印度古代史诗

摩诃婆罗多
MAHĀBHĀRATA

[印]毗耶娑 著

（三）

黄宝生
郭良鋆 译

中国社会科学出版社

说罢，妙施给了她一个金制的带盖酒杯。黑公主满怀疑惧，哭泣着祈求天神保佑，启步前往空竹宫中取酒。(4.14.17)

驾马驶向我的箭落下的军队中,车夫啊!好让我看到俱卢族的这个卑鄙之徒在哪儿?
48.8)

这一打击很有力,血从鼻子里流出。在血滴到地上之前,普利塔之子用接住。(4.63.45)

　　全胜会向你报告这场战争,国王啊!战争中发生的一切,都不会逃过
的眼睛。(6.2.9)

阿周那精神沮丧,站在双方军队之间,婆罗多子孙啊!黑天仿佛笑着,说了这些话。(6.24.10)

我是阿提洟中的毗湿奴,我是光明中辉煌的太阳,我是摩录多中的摩利支,我是星宿中的月亮。(6.32.21)

我是蛇中的无限，我是水族中的伐楼拿，我是祖先中的阿尔耶摩，我是控制者中的阎摩。(6.32.29)

他抓住大象的象牙,拔出象牙,又用象牙袭击大象的颚颚,犹如死神手持刑杖,把大象打倒在地。(6.98.35)

　这位愤怒的大瑜伽行者丢下普利塔之子(阿周那)银白色的马匹,跳下大车,尊者啊!这用臂搏击的力士冲向毗湿摩。他手挥鞭子,威风凛凛,一再像狮子那样发出吼叫,如同世之主用双足踩碎大地。(6.102.53—54)

目 录

导言 ································ 黄宝生（1）

第四 毗罗吒篇

毗罗吒篇（第1—12章）······························（3）
诛空竹篇（第13—23章）····························（20）
夺牛篇（第24—62章）······························（40）
婚礼篇（第63—67章）······························（94）

第五 斡旋篇

斡旋篇（第1—21章）······························（107）
全胜出使篇（第22—32章）·························（140）
不寐篇（第33—41章）·····························（161）
永善生篇（第42—45章）···························（191）
和谈篇（第46—69章）·····························（199）
黑天出使篇（第70—137章）························（241）
迦尔纳争议篇（第138—148章）·····················（349）
出战篇（第149—152章）···························（368）
毗湿摩挂帅篇（第153—156章）·····················（376）
优楼迦出使篇（第157—160章）·····················（383）
列数武士和大武士篇（第161—169章）···············（389）
安芭故事篇（第170—197章）·······················（402）

第六 毗湿摩篇

赡部洲构造篇（第1—11章）························（447）
大地篇（第12—13章）·····························（467）

1

目　录

薄伽梵歌篇（第14—40章） ································· (472)
杀毗湿摩篇（第41—117章） ······························· (527)

导　　言

一　关于《毗罗吒篇》

《毗罗吒篇》（Virāṭaparvan）叙述般度族兄弟结束了十二年流亡森林的生活，开始第十三年隐匿的生活。按照坚战和难敌掷骰子赌博的约定，如果般度族兄弟在第十三年暴露身份，那就要再次流亡森林十二年。

般度族兄弟选择摩差国毗罗吒王的宫廷作为藏身之地。他们把自己的武器藏在城外火葬场附近的一棵莎弥树上，然后，乔装改扮，更换姓名，坚战担任毗罗吒王的侍臣，阿周那担任后宫太监，怖军担任宫廷厨师，无种驯马，偕天放牛，黑公主担任王后的侍女。

他们尽心服役，在宫廷中深受欢迎。而国舅空竹色迷心窍，企图霸占黑公主。黑公主向怖军求助。怖军让黑公主与空竹约定晚上在舞厅幽会。然后，怖军替代黑公主赴约，杀死空竹。黑公主假称是自己的健达缚丈夫杀死了空竹。空竹的亲友们坚持要将黑公主为空竹殉葬。怖军又前往火葬场，乔装健达缚，杀死空竹的亲友们，救出黑公主。

难敌的探子们寻访各地，始终没有发现般度族兄弟的踪迹。现在，他们带回摩差国军队统帅空竹被健达缚杀死的消息。三穴国善佑王怂恿难敌趁此机会攻打摩差国，掠夺牛和财富。按照计划，善佑王率领三穴国大军充当先头部队，坚战、怖军、无种和偕天协助毗罗吒王迎战来敌。怖军救出在战斗中被俘的毗罗吒王，活捉善佑王。

在这边进行激战时，难敌率领俱卢族大军从另一边侵犯摩差国。由阿周那担任御者，王子优多罗出城迎战来敌。而一旦面对俱卢族大军，优多罗吓得六神无主，跳下战车，转身逃跑。阿周那拽他回来，让他担任御者，前往莎弥树取出武器。然后，阿周那凭借自己的"天授"螺号和甘狄拨神弓，迎战俱卢族大军。

俱卢族将帅们认出了乔装打扮的阿周那。难敌认为第十三年期限未满，阿周那暴露身份，般度族兄弟必须再次流亡森林十二年。而毗湿摩依据严格的历法计算，确认第十三年期限已满。经过激战，阿周那击溃俱卢族大军。阿周那和优多罗返回京城，与毗罗吒王会聚。

十三年的期限已满，般度族兄弟公开自己的身份，住在摩差国的水没城。毗罗吒王将女儿至上公主嫁给阿周那的儿子激昂，与般度族联姻结盟。迦尸王、尸毗王、木柱王和黑天前来庆贺婚礼。

般度族兄弟先是流亡森林，后又隐瞒身份，充当仆役，表面上是赌博输赢的结果，实质上是宫廷斗争。自古以来，宫廷内部为争夺王权，父子兄弟，六亲不认。失败的方式或尸首分身，或流放边地，或籍没为奴。般度族兄弟原本该充当难敌的奴隶，现在只是改换方式，充当毗罗吒的仆役。

像在那场掷骰子赌博中的情况一样，在流亡森林和充当仆役的生活中，蒙受羞辱和痛苦最深的是黑公主。摩差国国舅空竹肆无忌惮，骚扰黑公主，求欢不成，便施以拳脚。目睹空竹的暴行，怖军怒不可遏，而坚战生怕暴露身份，阻止怖军采取行动，也暗示黑公主要"忍辱负重"。这幕情景仿佛是黑公主在赌博大厅上受辱情景的重现。因此，黑公主只能把复仇的希望寄托在怖军身上。怖军敢作敢为，施计杀死了空竹。

当然，坚战逆来顺受的良苦用心也是可以理解的。"小不忍，则乱大谋"。他们已经流亡森林十二年，必须熬过这最后第十三年，才有出头的希望。在群雄争霸的时代，刹帝利武士之间较量的不仅是武艺和勇敢，还有智慧和毅力。坚战在落难时期，始终崇尚宽容。宽容增强了他信守诺言和承受苦难的耐力。宽容已成为坚战的重要性格特征。阿周那帮助优多罗王子击退俱卢族军队，毗罗吒王在不知情的情况下，生气打了坚战一巴掌，打得他鼻子流血。坚战不仅不责怪毗罗吒王，反而为毗罗吒王着想，努力保护毗罗吒王和摩差国的安全。这样，毗罗吒王后来就成了般度族的坚强盟友。

阿周那在毗罗吒宫中乔装太监，富有喜剧性。他身着妇女服装，梳起发辫，在后宫中教妇女唱歌和跳舞。在《森林篇》中，他前往天国求取法宝。因陀罗赐给他法宝，让他在天国学习武艺，也让他跟随健达缚学习歌舞艺术。这是为阿周那此后的乔装隐匿生活埋下伏笔。在《森林篇》的一些抄本中，还描写阿周那在天国时，天女优哩婆湿看中他，但他拒绝优哩婆湿的爱情，因为优哩婆湿是他的祖先宝罗婆族的母亲①。优哩婆湿为此诅咒阿周那将变成阉人，期限一年。这个插曲也是为阿周那此后乔装太监埋下伏笔。但精校本编者认为这个插曲是后期添加的，予以删去。

俱卢族大军压境，阿周那以太监身份充当优多罗的御者，驾驭战车，出城迎战。优多罗临阵脱逃，阿周那拽他回来，向他透露自己的真实身份，鼓起他的作战勇气。这个情节类似后来般度族和俱卢族两军对阵，即将开战，阿周那突然精神沮丧，失去斗志，黑天向他透露自己的大神身份，鼓起他的作战勇气。而阿周那帮助优多罗击溃俱卢族大军，种种战斗情景仿佛是后来般度族和俱卢族大战的预演。

这些说明《摩诃婆罗多》虽然卷帙浩繁，人物众多，情节曲折，但在细节描写方面，能注意前后呼应；在人物刻画和叙事技巧方面，也能保持协调一致。无疑，《摩诃婆罗多》的成书过程决不是故事的汇编或杂凑，而是能做到在总体的把握中谋求局部的发展，凝聚了印度古代无数宫廷歌手和吟游诗人的才智和心力。

二 关于《斡旋篇》

《斡旋篇》(Udyogaparvan) 也可译作《备战篇》。篇名原文 Udyoga，意谓"努力"。依据本篇的内容，也就是努力争取和平，同时努力准备战争。

在十二年林中生活和第十三年隐匿生活结束后，般度族和亲友们聚在一起商议，黑天建议派遣使者向难敌要回一半王国。木柱王（黑公主的父亲）表示赞成，同时指出要做好战争准备，建议派遣使者前往各地争取盟友。

---

① 优哩婆湿曾下凡与人间国王补卢罗婆娑（洪呼王）结为姻缘。他俩的后裔统称宝罗婆族。

难敌得知消息，也立即着手争取盟友。难敌和阿周那同一天赶到多门城，黑天正在睡觉。难敌先进屋，站在黑天床头，阿周那后进屋，站在黑天床脚。这样，黑天醒来后，先看见阿周那。难敌表示自己先到，要求黑天支持自己。黑天表示难敌先到，而自己先看见阿周那，因此，他对双方都给予帮助。黑天把自己的军队和他本人分作两份，由他俩挑选。阿周那选择黑天本人，难敌选择黑天的军队。

玛德罗王沙利耶（无种和偕天的舅舅）率领军队前来支援般度族。而途中在不知真相的情况下，他接受了俱卢族的盛情招待。沙利耶出于感谢，赐给难敌一个恩惠。于是，难敌要求他为俱卢族作战。沙利耶为了不失信义，只能同意。然后，他前往水没城，把这个意外情况通报坚战。他答应坚战在战场上保护阿周那，暗中与俱卢族大将迦尔纳作对。

般度族派遣木柱王的家庭祭司作为使者前往象城，要求俱卢族归还一半王国，没有获得明确答复。持国王派遣御者全胜作为使者，前往水没城，向坚战表示希望和平。为了避免流血战争，坚战作出最大让步，表示只要归还五个村庄就行。全胜返回象城，劝说持国王归还般度族一半王国。但是，难敌固执己见，表示连针尖大的地方也不给。

面对俱卢族的背信弃义，黑天明知没有和解希望，仍然决定亲自出使俱卢族。到了象城，黑天谢绝难敌提供的豪华宫殿和膳食，表示"使者只有在完成使命后，才能享用食物和接受恭敬"。他吃住在同情般度族的维杜罗那里。

在俱卢族集会上，黑天义正词严，说明利害关系。持国王劝说难敌与般度族和解，难敌不肯听从，愤怒地离开会厅。黑天建议把难敌、迦尔纳、沙恭尼和难降抓起来，送交般度族。持国王召回难敌，请王后甘陀利出面劝说难敌，而难敌依然不肯听从，再次愤怒地离开会厅。随即，难敌企图先下手为强，逮捕黑天。黑天当众显现神通。

黑天看望姑母贡蒂。贡蒂请黑天转告般度族兄弟，希望他们遵照刹帝利正法，投身战斗，夺回失去的那份祖传遗产。黑天也秘密劝说迦尔纳与生身母亲贡蒂相认，回到般度族。而迦尔纳表示不能背弃养父母的养育之恩，也不能背弃难敌的知遇之恩。

贡蒂亲自找到迦尔纳，希望他与般度族兄弟相认。迦尔纳不肯原谅贡蒂从小遗弃他的罪过。而且，在这样的时刻背叛难敌，有失尊严。但他向贡蒂许诺在战场上只与阿周那交战，这样，无论他还是阿周那战死，贡蒂都能保持有五个儿子。

谈判破裂后，般度族和俱卢族双方集结军队，准备战争。般度族组成七支大军，俱卢族组成十一支大军，开往俱卢之野。俱卢族方面，难敌请求毗湿摩担任俱卢族大军统帅。毗湿摩同意担任统帅，条件是不与迦尔纳同时出战。迦尔纳当即表示，只要毗湿摩活着，他决不出战。般度族方面，坚战指定木柱王、毗罗吒王、萨谛奇、猛光、勇旗、束发和偕天分别为七支大军的统帅，同时猛光为全军统帅，阿周那为最高统帅。难敌派遣赌徒之子优楼迦前往水没城，向般度族发出挑战。阿周那当着优楼迦的面，发誓要杀死毗湿摩。

应难敌的请求，毗湿摩历数俱卢族和般度族双方的勇士和大勇士。他向难敌表示他能击败般度族任何勇士，但决不与束发交战，因为束发前生是女子。他曾经以抢亲的方式为异母弟弟奇武抢来迦尸国的三位公主。其中大公主名叫安芭。她说明自己已经选定沙鲁瓦王为夫婿，毗湿摩便放走了她。而沙鲁瓦王认为安芭已被抢走，拒绝接受她。安芭走投无路，认定毗湿摩是自己遭遇不幸的原因，请求持斧罗摩为她复仇。持斧罗摩和毗湿摩展开激战，结果败北。于是，安芭前往森林，修炼严酷的苦行。大神湿婆显身，允诺安芭来生变成男性，在战场上杀死毗湿摩。而后，安芭投火自焚，转生为木柱王的女儿，名叫束发。她一直乔装男孩，后来与一位药叉交换性器官，才变成真正的男子，现在是般度族阵营中的一位优秀勇士。

俱卢族和般度族双方军队向战场进发，大战即将开始。

以上是《斡旋篇》的主要情节，呈现般度族和俱卢族在大战爆发前展开的外交斗争。般度族履行了流亡十三年的诺言，在道义上占据主动。而难敌凭借军事实力，拒绝归还一半王国。在列国纷争、群雄争霸的时代，必定盛行强权政治。俱卢族拥有十一支大军，般度族只有七支大军。俱卢族还有毗湿摩、德罗纳、慈悯和迦尔纳这样一些举世闻名的大勇士。难敌坚信自己能战胜般度族，霸占整个王国。坚战为了避免流血战争，作出最大让步，甚至提出只要归还五个村庄就

行。难敌也认为这是坚战"害怕我的军队和力量"。(5.54.29)

难敌崇拜武力。黑天以自己的军队为一方,以在战场上不参战的本人为另一方,让阿周那和难敌挑选。阿周那选择黑天本人,难敌选择黑天的军队。难敌为这个选择"高兴至极",(5.7.20)认为自己"已经稳操胜券"。(5.7.28)同时,难敌坚信自己是在履行刹帝利的使命,也不惧怕战死疆场"如果我们遵循自己的正法,到时候在战场上被武器杀死,我们将升入天国。""躺在战场的箭床上,这是我们刹帝利的最高正法。"(5.125.15、16)难敌迷信军事力量,无视道义和智慧的力量,注定了他的悲剧结局。

面对是和是战这个生死攸关的问题,史诗众多人物的性格获得充分揭示。持国王天生目盲,性格软弱,一向不能控制难敌的行为。但他心底里也还是愿意自己的儿子占有王国。在可能的情况下,他总是偏袒自己的儿子。这次谈判过程中,最初对般度族提出的严正要求,他没有作出明确答复。他派遣全胜出使般度族,也只是表达和平愿望,不是回应般度族的要求。全胜出使回来,转达了般度族的强硬立场。尤其是黑天亲自前来,向俱卢族发出最后通牒。持国王才感到事态严重,内战迫在眉睫,必须劝阻难敌。他和王后甘陀利都明确向难敌表示这个王国原本属于般度,现在应该属于般度之子们。这可以说是持国王所能做到的最有力的劝阻方式,但难敌冥顽不化,置若罔闻。持国王不可能按照黑天的建议,采取断然措施,强行阻止难敌。这样,持国王也就只能听天由命了。

贡蒂是一位坚强的母亲。般度英年早逝,贡蒂没有充分享受王后的荣华富贵,反而为了躲避难敌的迫害,与般度五子一起颠沛流离,备尝艰辛。般度五子分得一半国土后,建都天帝城,政绩辉煌。这又招惹难敌妒忌,设计掷骰子赌博骗局。般度五子被迫流亡十三年,贡蒂留在俱卢族,日日夜夜为儿子们担忧。苦熬到十三年期满,难敌暴戾骄慢,依然剥夺般度五子的正当权利,贡蒂怎能不义愤填膺?她委托黑天向坚战兄弟们转述古代英雄母亲维杜拉的故事,激励他们忠于刹帝利职责,舍生忘死,勇敢战斗。她指出坚战"懦弱,心慈手软",(5.130.20)"正法已经锐减",希望他"不要无所作为"。(5.130.5)贡蒂深切同情儿媳黑公主蒙受的屈辱和痛苦,也赞赏黑公主刚正不阿

的精神,请黑天转告阿周那"走德罗波蒂(黑公主)的路!"(5.135.19)

贡蒂心底深处还隐埋着一个精神创痛。她婚前遗弃的私生子迦尔纳现在成了难敌的忠实朋友,与坚战五兄弟不共戴天。想到自己的亲骨肉可能会在大战中互相残杀,她忧心如焚。于是,她当机立断,向迦尔纳透露他的出身秘密,请求他与坚战五兄弟相认。而迦尔纳认为为时已晚,无法同意贡蒂的请求。但迦尔纳也没有完全断绝母子之情。他许诺在战争中只与阿周那决一生死,让贡蒂依然保留有五个儿子。

迦尔纳拒绝贡蒂的请求,也是合乎情理的。他从小由车夫收养,以"车夫之子"的身份长大成人,被剥夺了一个刹帝利应有的名誉地位。为此,他在一次比武大会上受到般度族兄弟羞辱,而难敌趁机拉拢他,封他为盎伽王。这一切已经是既成事实。即使知道了自己的出身秘密,他也无法换一种活法。他宁肯戴着"假面具",继续以"车夫之子"的身份效忠难敌,也不愿在危难关头背弃朋友,招致天下刹帝利耻笑。贡蒂也理解迦尔纳的心迹。她满怀悲痛,只能哀叹"命运的力量更强大"。(5.144.24)

《斡旋篇》也插入了一些神话传说和故事,都是史诗中的人物为了说明某个道理而讲述的。

《因陀罗的胜利》(第9—18章) 讲述天国大匠的儿子万相修炼严酷的苦行,威力无比。因陀罗感到万相威胁自己的天王地位。他派遣天女们诱惑万相,企图破坏万相的苦行,未能成功。于是他亲手用金刚杵杀死万相。大匠失去儿子万相,愤怒之中,创造出恶魔弗栗多,用以杀死因陀罗。而因陀罗借助大神毗湿奴的力量,施展诡计,杀死弗栗多。事后,因陀罗为自己杀死万相而犯下杀害婆罗门罪,又为自己采用狡诈手段杀死弗栗多,深感不安,遁身隐藏水中。

天国失去天王,世界陷入灾难。众天神便选中友邻王替代因陀罗。友邻王登上天王宝座后,欲望膨胀,看中因陀罗的妻子沙姬。沙姬请求友邻王等待一些时日,借此拖延时间。沙姬在一个天池中,找到缩小身体藏在莲藕纤维中的因陀罗。沙姬请求因陀罗保护她。因陀罗让沙姬怂恿友邻王乘坐众仙人抬的轿子。友邻王忘乎所以,命令众仙人用轿子抬他,甚至用脚踢了投山仙人的头。结果,遭到投山仙人的诅咒,友邻从天国坠下,在大地上变成蟒蛇,一万年后才能返回天国。这样,因陀罗又重新登上天王宝座。

因陀罗诛灭弗栗多是古老的吠陀神话。在《梨俱吠陀》中,因陀罗作为雷神,用雷杵(金刚杵)杀死弗栗多,以释放河水。它经过历史演变,与万相、友邻王和投山仙人故事交织在一起,形成史诗中的这个神话传说。显然,这种演变是突出宣扬婆罗门仙人的无上威力,说明连天王也必须尊重和仰仗婆罗门。而在《斡旋篇》中,沙利耶在水没城向坚战讲述这个故事,着眼于因陀罗和妻子沙姬也曾蒙受痛苦,最终重新获得天国王位,以此勉励般度族兄弟和黑公主。

《骄生》(第94章)讲述古代一位名叫骄生的国王,狂妄自大,目空一切。他前往香醉山,向修炼苦行的那罗和那罗延发出挑衅。那罗以芦苇为武器,降服骄生。

在俱卢族的集会上,持斧罗摩讲述这个故事,指出阿周那和黑天是那罗和那罗延的化身,劝说难敌与般度族兄弟们和解。

《摩多梨嫁女选婿》(第95—103章)讲述因陀罗的御者摩多梨为嫁女儿,在天上人间找不到合适的女婿,跟随那罗陀仙人进入地下世界,在蛇城选中妙颜。可是,大鹏鸟迦楼罗已经吃掉妙颜的父亲,并说好不久要来吃掉妙颜。于是,摩多梨和那罗陀带着妙颜去见天王因陀罗。因陀罗赐给妙颜长寿。大鹏鸟愤怒至极,向因陀罗炫耀自己的威力。大神毗湿奴听了大鹏鸟的狂妄之言,便把手臂放在大鹏鸟背上。大鹏鸟经不起重压而倒下,甘拜下风。

在俱卢族的集会上,甘婆仙人讲述这个故事,指出般度之子们和黑天都是天神化身,劝说难敌与般度族和解。

《伽罗婆》(第104—121章)讲述正法之神乔装极裕仙人,前来考察在净修林中修炼苦行的众友王。众友王向正法之神供奉食品。正法之神说了声"你等着",便走了。于是,众友王把食品举在头顶,站在那里等了一百年,才等来正法之神。正法之神吃了食品后,说道"我很高兴,婆罗门仙人啊!"由于正法之神的这句话,众友王脱离刹帝利性,达到婆罗门性。

长期以来,伽罗婆作为学生,精心侍奉众友王。现在,众友王成为婆罗门仙人,对伽罗婆表示满意,让他离去。伽罗婆表示要付给老师报酬。众友仙人一再催促他走，而他一再坚持要付报酬。众友仙人不耐烦了，说道："给我八百匹只有一只黑耳朵的白马。"这下，伽罗婆陷入了忧愁和苦恼。大鹏金翅鸟带着他努力寻找这样的马，见到迅行王。迅行王把自己的女儿玛达维交给伽罗婆，让他去向国王们交换这样的马。玛达维先后为三个国王各生下一个儿子，各换来两百匹这样的马，可是，世上只有六百匹这样的马。伽罗婆便让玛达维为众友仙人生一个儿子，抵作缺额。这样，伽罗婆历尽艰辛，总算付清了给老师的报酬。

迅行王死后升入天国。后来，他变得骄傲自大，又从天国坠落，掉在飘忽林。恰好，玛达维的四个儿子正在那里举行祭祀。他们把自己的功德送给外祖父，玛达维和伽罗婆也把自己的苦行分给迅行王。这样，迅行王又重新升入天国。

在俱卢族的集会上，那罗陀仙人讲述这个故事，以伽罗婆犯固执错误和迅行王犯骄傲错误为例，劝说难敌摒弃固执和骄傲，与般度族和解。

《维杜拉训子》（第131—134章）讲述古代一位名叫维杜拉的刹帝利母亲，看见儿子战败归来，灰心丧气，躺倒在床上。她以尖锐的言词责备和教训儿子，希望他遵行刹帝利正法，振作精神，勇敢战斗，不要充当懦夫。最后，儿子接受母亲的教诲，表示要努力制服敌人，争取胜利。

这是贡蒂委托黑天向坚战兄弟们转述的一个故事，旨在激励儿子们的斗志。贡蒂把这个故事称作《胜利之歌》，认为它能造就男子汉，造就英雄。

除了这些神话传说和故事插话外，《斡旋篇》中还有两篇理论性插话，即《不寐篇》和《永善生篇》。这是全胜出使水没城回来，持国王忧心忡忡，彻夜不眠，听取维杜罗和永善生的忠告。

《不寐篇》（第33—41章）是维杜罗向持国王宣讲治国和处世之道。维杜罗的意图是明确的，劝说持国王将王国归还般度族，公平对待自己的儿子们和般度的儿子们，维护家族团结，诚如他所说："持国之子们是树林，般度之子们是老虎。不要砍掉有老虎的树林，也不能把老虎从树林里赶走。没有老虎，便没有树林，而没有树林，也就没有老虎，因为树林由老虎保护，而树林也保护老虎。"（5.37.41、42）但是，维杜罗宣讲的治国和处世之道涉及方方面面，并不局限于这个实际问题。因而，《不寐篇》仿佛成了一部印度古代政治和伦理格言汇编。

《永善生篇》（第42—45章）是维杜罗请永善生仙人向持国王宣讲"永恒的智慧"。永善生的谈话富有奥义书哲学色彩，强调修习梵行，摒弃贪欲，追求"梵我同一"。永善生认为"人们追逐成就，贪恋业果，不能超越死亡"。（5.42.8）而智者认识梵，走向梵，达到"梵我同一"，也就是达到"不死"的境界。

三 关于《毗湿摩篇》

婆罗多族大战总共进行了十八天。《毗湿摩篇》（Bhīṣmaparvan）描写了前十天的战斗情况。在这十天中，毗湿摩担任俱卢族大军的统帅，故而本篇题名《毗湿摩篇》。

俱卢族国王持国的御者全胜负责向持国汇报战斗情况。他首先应持国的要求，描述大地，因为世上的刹帝利国王们正是为了争夺大地的统治权而互相杀戮。全胜讲述了大地上的七大洲，围绕每个洲的大海，每个洲上的山岳、国家和居民状况。婆罗多国（即印度）位于赡部洲，洲上有七座主要山脉、一百几十条大河和二百几十个重要部族。毗湿摩中箭倒下后，全胜从战场上回来，向持国讲述了前十天的战斗情况。

第一天（第16—45章）：俱卢族和般度族双方大军进入战场，针对俱卢族的庞大阵容，般度族排定雷杵阵容。但坚战感到俱卢族阵容坚固，难以攻破，面露愁容，精神沮丧。阿周那勉励坚战投身战斗。然后，战斗即将开始时，阿周那自己对这场战争的合法性产生了怀疑。于是，黑天开导他。他俩的对话形成《薄伽梵歌》（23—40）。阿周那听从黑天的教导，投身战斗。在第一天的战斗中，俱卢族占据优势。

第二天（第46—51章）：般度族排出苍鹭阵容，俱卢族排出大阵容。阿周那和毗湿摩战成平局。怖军杀死羯陵伽王闻寿的儿子释迦罗天，又杀死闻寿本人。在第二天的战斗中，般度族占据优势。

第三天（第52—55章）：俱卢族排定大鹏阵容，般度族排出半月阵容。怖军用箭射伤难敌，俱卢族军队溃逃。难敌责备毗湿摩作战不力。毗湿摩再次向难敌说明般度族不可战胜，但表示自己将尽力而为。黑天发现阿周那在与毗湿摩交战中软弱无力，便跳下战车，手持飞轮，冲向毗湿摩。毗湿摩也表示欢迎黑天杀死自己。阿周那急忙跳下战车，拽住黑天，向黑天保证自己奋勇杀敌。随后，阿周那和黑天重新登上战车，大战俱卢族，取得这天战斗的胜利。

第四天（第56—64章）：阿周那和毗湿摩战成平局。怖军被难敌射伤，昏迷过去。恢复知觉后，在战斗中杀死持国的八个儿子。继而，与福授王交战，又中箭受伤，昏迷过去。怖军之子瓶首施展幻术，击溃俱卢族军队。这天夜里，难敌询问毗湿摩战争失利的原因。毗湿摩向他说明阿周那和黑天是那罗和那罗延的化身，劝说他与般度族和解。

第五天（第65—70章）：俱卢族排出鳄鱼阵容，般度族排出兀鹰阵容。双方勇士捉对厮杀。毗湿摩在战斗中遇见束发，不愿与他交战。广声杀死萨谛奇的十个儿子。

第六天（第71—75章）：般度族排出鳄鱼阵容，俱卢族排出苍鹭阵容。怖军杀进俱卢族阵容，长驱直入。猛光援助怖军，向俱卢族军队施展"迷魂"武器，而德罗纳用"智慧"武器瓦解猛光的"迷魂"武器。以激昂为首的般度族一方青年勇士们与俱卢族一方青年勇士们交战。

第七天（第76—82章）：难敌请求毗湿摩杀死般度族兄弟。毗湿摩再次表示般度族难以战胜，但他会奋力杀敌。俱卢族排出圆形阵容，般度族排出雷杵阵容。双方勇士捉对厮杀。德罗纳战胜毗罗吒，杀死毗罗吒之子商佉。马嘶重创束发。萨谛奇用因陀罗法宝粉碎罗刹指掌的幻术。猛光战胜难敌。怖军战胜成铠。阿周那之子宴丰战胜文陀和阿奴文陀。福授王战胜瓶首。无种和偕天战胜沙利耶。坚战战胜安波私吒王闻寿。慈悯和显光战成平局。广声和勇旗也战成平局。坚战责备束发没有兑现杀死毗湿摩的诺言。毗湿摩在战斗中重创坚战，但避免与束发交战。

第八天（第83—94章）：俱卢族排出大阵容，般度族排出三叉阵容。怖军在战斗中杀死持国的八个儿子。宴丰杀死沙恭尼的五个儿子，而自己被鹿角之子罗刹杀死。瓶首大战难敌，施展幻术，击溃俱卢族军队。福授王阻截瓶首。阿周那前来援助，得知儿子宴丰被杀，满怀悲痛，继续投身战斗。怖军又在战斗中杀死持国的九个儿子。这天夜里，难敌请求毗湿摩让迦尔纳参战，也就是让迦尔纳替换毗湿摩。毗湿摩再次向难敌说明般度族兄弟不可战胜，并保证自己将奋勇杀敌。

第九天（第95—103章）：俱卢族排出全福阵容，般度族排出大阵容。阿周那之子激昂战胜鹿角之子罗刹。双方其他勇士也捉对厮杀。毗湿摩在战斗中杀死般度族一万四千个战士。黑天看到毗湿摩奋勇作战而阿周那软弱无力。他再次跳下战车，冲向毗湿摩。阿周那又拽住他，要他恪守"不参战"的诺言，并向他发誓一定要战胜毗湿摩。然而，毗湿摩难以战胜，般度族军队遭受重创。这天夜里，般度族五兄弟和黑天一起拜见毗湿摩，请教杀死他本人的办法。毗湿摩指示让阿周那躲在束发身后向他射箭，因为束发前生是女人，他不会与束发交战。

第十天（第104—117章）：般度族将束发排在军队阵容的前面。在战斗中，毗湿摩即使遭到束发袭击，也不与束发交战。毗湿摩杀死般度族数万名战士后，对自己的生命感到厌倦，但他继续作战，又杀死般度族数万名战士。最后，阿周那躲在束发身后，用箭射倒毗湿摩。俱卢族和般度族双方停止战斗，聚集在毗湿摩周围。毗湿摩倒在地上，身体并未着地，因为他满身中箭，等于躺在箭床上。他躺在箭床上，不忘劝说俱卢族的难敌和迦尔纳与般度族五兄弟和解。但难敌和迦尔纳不听从他的劝说。因此，这场婆罗多族大战还将继续下去。

毗湿摩堪称《摩诃婆罗多》中最崇高的英雄形象。毗湿摩原名天誓，是恒河女神下凡与福身王所生，因而又名恒河之子。恒河女神返回天国后，福身王立天誓为王位继承人。后来，福身王爱上渔夫的女儿贞信。渔夫嫁女的条件是王位由贞信生下的儿子继承。福身王无法答应这个条件，但又思慕贞信，郁闷不乐。天誓得知情况，为了满足父亲的愿望，向渔夫发誓放弃自己的王位继承权，并且永不结婚，独身一世，以免自己生下的儿子与贞信的儿子争夺王位。由此，天誓得名毗湿摩（Bhīṣma），意思是"立下可怕誓言的人"。

恪守誓言是毗湿摩最突出的性格特征，贯穿毗湿摩的一生。恪守誓言，或者说信守诺言，是印度列国时代特别推崇的人的品德。这是古代社会维持人际关系和社会秩序的一个重要规则。在中国古代社会，孔子也强调"与朋友交，言而有信"。（《论语·学而》）中国封建时代确立的"三纲五常"中，"信"也是五常之一。在《摩诃婆罗多》中，在称赞优秀人物的品德时，恪守誓言是常见的一项。

当然，誓言或诺言本身也具有具体的内涵。印度列国时代是确立王权的时代。维护国王的权威是历史的要求。毗湿摩为了满足父亲福身王的愿望，毅然决然"立下可怕誓言"。毗湿摩的这一行为与迅行王的儿子补卢相似。补卢为了满足父亲迅行王充分享受人生的愿望，同意将自己的青春与迅行王的衰老进行交换。① 罗摩也是为了不让父亲十车王失信，心甘情愿放弃王位继承权，流亡森林。② 在王权政治中，维护国王的权威，有利于减少或缓和王室内争。

贞信为福身王生下两个儿子——花钏和奇武。花钏继承王位，后来在战斗中阵亡，没有留下子嗣。于是，奇武继承王位。毗湿摩以抢亲方式为奇武娶亲，抢来迦尸国的三位公主。其中大公主安芭已有意中人沙鲁瓦王。毗湿摩得知后，放走安芭。可是，沙鲁瓦王认为安芭已被人抢走，不愿再娶她。由此，安芭怨恨毗湿摩，发誓要复仇。她自焚后，转生为般度遮罗国公主束发，与一个药叉交换性别，变成男子，最终成为毗湿摩的死因。

奇武也没有留下子嗣而死去。贞信恳求毗湿摩继承王位，与奇武的两位遗孀同房。毗湿摩严守自己的誓言，予以拒绝。贞信只得找来自己婚前的私生子毗耶娑，让他与两位遗孀同房，分别生下持国和般度。毗湿摩承担治理国家和教育侄子的义务，直至持国和般度长大成人。持国天生目盲，由般度继承王位。持国生有以难敌为首的百子，般度生有以坚战为首的五子。然而，般度早逝，毗湿摩继续承担治理王国和教育侄孙的义务。

等到难敌和坚战长大成人，王位继承权成了难题。毗湿摩对难敌和坚战一视同仁。坚战比难敌年长，持国原本也同意由坚战继承王位。但难敌企图霸占王位，千方百计陷害坚战五兄弟。后来，毗湿摩出面调停，持国同意分给般度族五兄弟一半国土。坚战在分给他的一

---

① 参见《摩诃婆罗多·初篇》第79章。
② 参见《摩诃婆罗多·森林篇》第261章。

半国土上，建都天帝城，政绩辉煌。难敌心生妒忌，设计掷骰子赌博骗局。坚战在赌博中输掉一切，按照赌博协议，交出王国，流亡十三年。虽然毗湿摩一向同情般度族兄弟，面对这场赌博，他也束手无策。每个人都要对自己的言行负责。赌博出于双方自愿，坚战落难，也是咎由自取。

十三年流亡期满后，坚战要求难敌按照协议，归还一半国土。难敌蛮横无理，坚决不允。双方准备开战。毗湿摩一再严厉劝说难敌与坚战和解，而难敌冥顽不化，大战终于爆发。毗湿摩长期受俱卢族供养，出于恪守职责，只能担任俱卢族军队的统帅，为俱卢族作战。

毗湿摩在战场上的形象威武而高洁，他"站在所有军队的前面，白华盖，白螺号，白顶冠，白幡幢，白马，宛如一座白山"。(20.9) 在第一天两军交战之前，坚战按照古代传统，向对方阵营中的老师和长辈致敬。坚战向毗湿摩请教战胜他本人的方法。毗湿摩告诉坚战，没有哪个人能在战斗中战胜他。但他许诺坚战说"我的死期未到，你下次再来吧！"(41.43)

在大战中，每当难敌抱怨毗湿摩作战不力，毗湿摩总是告诫他般度族兄弟不可战胜，同时表示自己将尽力而为，奋勇杀敌。毗湿摩兑现自己每天杀死一万敌兵的诺言。他在战斗中也充分展现刹帝利武士的高贵风度，不杀害"扔掉武器的人，倒下的人，失去铠甲和旗帜的人，逃跑的人，恐惧的人，宣布投降的人，女人，取女人名字的人，残疾人，只有一个儿子的人，没有儿子的人"。(103.72、73)

黑天在大战前承诺支持般度族但不直接参战。因此，他在大战中只是为般度族出谋划策，并担任阿周那的御者。而他在战斗中两度跳下战车，想要亲自杀死毗湿摩。阿周那每次都拽住他，要他恪守诺言。在第九天夜里，黑天向坚战提出阿周那曾经发誓要杀死毗湿摩，他要维护阿周那的诺言，代替阿周那实现诺言。坚战明知黑天能说到做到，但他不愿意让黑天失信，依然要求他"支持但不参战"。坚战也深知毗湿摩信守诺言，决定拜见毗湿摩，再次向他请教杀死他本人的办法。毗湿摩甘愿牺牲自己，让般度族获胜。这样，他指示阿周那躲在束发身后向他射箭，杀死他。

毗湿摩满身中箭，躺在箭床上。俱卢族和般度族双方将士停止战斗,聚集在他的周围。人们想用柔软的枕头垫起他倒悬的头,他不要,而让阿周那用三支箭支撑他的头,并自豪地对阿周那说道:"刹帝利就应该这样恪守正法,睡在战场的箭床上。"(115.45)他拒绝医生救治,宣布要躺在箭床上,直到太阳北行之时,然后与这些箭一起火焚。这种大无畏的英雄气概达到了刹帝利武士品质的极致。

毗湿摩躺在箭床上,不忘劝说难敌。他满心希望以自己的死换取俱卢族和般度族的和解。他劝说难敌与般度族讲和,将一半王国分给般度族,"让臣民获得和平","国王们欢聚一堂","父亲和儿子,外甥和舅舅,还有兄弟和兄弟,重逢团圆"。(166.49) 然而,难敌执迷不悟,没有听从他的劝告。

毗湿摩也劝说迦尔纳捐弃前嫌,与般度族兄弟团聚。迦尔纳是贡蒂婚前的私生子,因而与坚战、怖军和阿周那是同母异父兄弟。他从小被收养在一个车夫家里。长大后,练就一身好武艺。由于他的身份是"车夫之子",在一次比武大会上,遭到般度族羞辱。难敌乘机拉拢他,封他为盎伽王,从此,他成为难敌的朋友,效忠俱卢族。迦尔纳心中明白世上任何人都不能战胜般度族兄弟和黑天,但他向毗湿摩表明:"贡蒂抛弃我,车夫抚养我;我享用了难敌的财富,不能背信弃义。"(117.22) 毗湿摩对迦尔纳信守诺言的决心表示尊重和理解,同意他按照自己的心愿投身战斗。

黑天在《薄伽梵歌》中教导阿周那要无私无畏地履行职责,从事行动,指出这是人生达到解脱的途径。毗湿摩的一生可以说是体现黑天这一教导的完美典范。

在《毗湿摩篇》中,第23至40章便是著名的宗教哲学插话《薄伽梵歌》(Bhagavadgītā)。这部宗教哲学诗共有十八章,七百颂。十八章这个数字与婆罗多族大战总共进行十八天,想必不是偶然的巧合,而富有深意,即史诗作者将《薄伽梵歌》视为《摩诃婆罗多》的思想核心。"薄伽梵"是对黑天的尊称,可以意译为"尊者"或"世尊"。黑天是大神毗湿奴的化身,因此,《薄伽梵歌》也可译作《神歌》。

这是在大战第一天,俱卢族和般度族双方军队已经在俱卢之野摆开阵容。阿周那却对这场战争的合法性产生怀疑,认为同族自相残杀破坏宗族法和种姓法，罪孽深重。他忧心忡忡，放下了武器，宁可束手待毙，也不愿意投身战斗。于是，黑天开导他，解除他心中的种种疑虑。他俩的对话构成这篇《薄伽梵歌》。

黑天在《薄伽梵歌》中向阿周那阐明达到人生最高目的解脱（moksa）的三条道路：业瑜伽、智瑜伽和信瑜伽。"瑜伽"在古代印度是指修炼身心的方法。波颠阇利的《瑜伽经》提到八种瑜伽修炼方法：自制、遵行、坐法、调息、制感、执持、禅定和三昧。而在《薄伽梵歌》中，黑天将瑜伽的含义扩大，泛指行动方式。瑜伽（Yoga）一词源自动词词根 yuj，意思是约束、连接或结合。这样，黑天所谓的瑜伽，要求行动者约束自己，与至高存在合一。

业（karma）是行动或行为。业瑜伽是指以一种超然的态度履行个人的社会义务和职责，不抱有个人的欲望和利益，不计较行动的成败得失。黑天认为行动是人类的本质。拒绝行动，恐怕连生命也难维持。停止行动，世界就会走向毁灭。纵然一切行动难免带有缺陷，犹如火焰总是带有烟雾，一个人也不应该摒弃生来注定的工作。行动本身不构成束缚，执著行动成果才构成束缚。因此，不怀私利，不执著行动成果，只是为履行自己的社会职责而行动，就能获得解脱。

在印度上古时代的吠陀文献中，"业"常常特指祭祀活动，因为婆罗门将祭祀视为最高的"业"，宣扬祭祀保证现世幸福和死后升入天国。黑天并不全然否定吠陀推崇的祭祀。他将祭祀推衍为广义的行动，但认为遵循吠陀的教导，执著行动成果，不能获得解脱。黑天强调每个人要履行自己的社会职责，从事行动而不执著行动成果。

在印度古代种姓制社会中，社会职责主要是指种姓职责。婆罗门掌管祭祀和文化，刹帝利掌管王权和军事，吠舍从事农业、牧业和商业，首陀罗从事渔猎和各种仆役。种姓制度是印度古代社会等级制度或阶级制度的表现形式，起源于社会分工。种姓制度是一种历史产物，自然有其局限和弊端。但在人类进入大同社会之前，各个国家都会存在不同形式的等级制度。即使进入大同社会，也还会存在不同程度的社会分工，因为每个个人都不可能全知全能。人类社会的维持和发展必然要求社会成员分工合作。这是人类的生存方式，也是不以人的主观意志为转移的客观规律。按照宗教的说法，则是神的安排。

黑天要求阿周那尽到刹帝利的职责，投身战斗。当然，般度族和俱卢族双方都是刹帝利，双方投身战斗，都是尽到刹帝利的职责。但是，战斗发生在一定的历史背景中，会有合法与非法，也就是正义与非正义的区别。按照史诗本身的描写，般度族和俱卢族这场大战，般度族代表正义的一方。因此，黑天鼓励阿周那说 "对于刹帝利武士，有什么胜过合法的战斗？"（24.31）

在黑天看来，人类社会始终处在创造、维持和毁灭的循环往复之中。战争也是人类存在方式中固有的。阿周那生为刹帝利，就不能逃避执掌王权和征战讨伐的社会职责。人生的最高目的是求得解脱。但解脱不是通过回避职责，放弃行动，而是通过履行职责，从事行动。履行职责，从事行动是第一位的，行动的成败得失是第二位的。只要尽心竭力履行自己的职责，行动和行动成果就不会成为个体灵魂的束缚，换言之，只要摆脱行动和行动成果对个体灵魂的束缚，也就达到了解脱。

要真正理解和实行业瑜伽，还必须与智瑜伽和信瑜伽结合，因为这三者是相辅相成的。智（jñāna）是知识或智慧。在《薄伽梵歌》中是指数论和奥义书的知识或智慧。智瑜伽就是以数论和奥义书的哲学智慧指导自己的行动。

数论哲学认为世界有原人和原质两种永恒的实在。原人（puruṣa，或译神我）是不变的、永恒的自我，也就是灵魂。原质（prakṛti，或译自性、自然）是原初物质。原质处于未显状态，是不可见的。但原质具有善、忧和暗三种性质（triguṇa，三性或译三德）。善性（sattva，或译喜性，音译萨埵）是指轻盈、光明和喜悦的性质，忧性（rajas，音译罗阇）是指激动、急躁和忧虑的性质，暗性（tamas，音译多摩）是指沉重、阻碍和迟钝的性质。这三种性质始终处在运动之中，由此原质失去平衡，发生变化，产生智、我慢（自我意识）、心根（思想）、五知根（眼、耳、鼻、舌和身）、五作根（口、手、脚、肛门和生殖器）、五种精细成分（色、声、香、味和触）和五种粗大成分（地、火、水、风和空）。

黑天要求阿周那分清原人和原质。行动是原质的行动，而非原人（灵魂）的行动。原质体现人的本性。原质的三种性质始终处在运动之中。依据这三种性质组合的比例，人可以分为善性之人、忧性之人和暗性之人，行动也可以分为善性行动、忧性行动和暗性行动。这是古代印度的人性论。它既不是性善论，也不是性恶论，而是认为人性中包含有这三性。每个人的人性特征取决于这三性组合的比例。而黑天要求保持灵魂纯洁，不受这三性束缚。行动出自人的本性，而为履行社会职责从事行动，不谋求私利，不执著行动成果，灵魂就能摆脱原质的束缚，达到解脱的境界。

奥义书哲学追求"梵我同一"。梵（Brahman）源自动词词根bṛh，即展现、增长或发展，因此这词最早含有"力量"的意思。在吠陀文献中，这词用作中性，指吠陀词语、诗句和咒语中的力量；用作阳性，指祭司，尤其是四种祭司中的监督者祭司。由Brahman派生的Brāhmaṇa则指婆罗门。

奥义书中对梵的探讨，也就是对宇宙最基本和最根本力量的探讨。在奥义书中，对于梵究竟是什么，众说纷纭。但在探讨过程中逐渐趋向于认为梵是绝对精神，宇宙的本体或本源。对梵的探讨通常又与对自我（ātman，即灵魂）的探讨相结合，由此得出"宇宙即梵，梵即自我"的结论，也就是"梵我同一"，宇宙本体与个体灵魂同一。奥义书中的一些名言，诸如"自我是梵"、"我是梵"、"这一切是梵"和"你是那个"，表达的都是这个思想。

奥义书中将梵视为最高真实，而将现实世界视为幻力（māyā）的产物。幻力也被等同于原质，即通过原质呈现为各种现实形式。然而，自我（个体灵魂）不同于原质。《广林奥义书》中说"它（自我）不可抓住，因为它不被抓住。它不可毁灭，因为它不被毁灭。它无所执著，因为它不被执著。它不受束缚。它不受苦。它不受伤害。"（Ⅲ.9.26）自我（灵魂）永恒不灭，它只是带着生前的善业或恶业，轮回转生。而如果人"不怀欲望，无欲望，摒弃欲望，心满意足，以自我（灵魂）为欲望，他的气息就不离去。他变成梵，达到梵"。（Ⅳ.4.6）达到梵就是与梵同一，摆脱轮回。承袭奥义书的这种哲学智慧，在《薄伽梵歌》中，梵被称作"不灭的至高存在"。（30.3）黑天多次提到的"与梵同一"（Brahmabhūta）和"梵涅槃"（Brahmanirvāṇa）都是指达到解脱的境界，也就是从事行动而不执著行动成果，自我

（灵魂）摆脱原质的束缚，达到平静和至福。

信（bhakti）是虔诚、崇敬或虔信。信瑜伽就是虔诚地崇拜黑天，将一切行动作为对黑天的奉献。《薄伽梵歌》是对吠陀有神论和奥义书绝对精神的综合发展。吠陀时代的婆罗门教是多神崇拜，而在史诗时代演变成三大主神崇拜：梵天司创造，毗湿奴司保护，湿婆司毁灭。奥义书绝对精神（梵）的一元论思维有助于促进形成一神论。尽管印度教最终没有形成一神论，但《薄伽梵歌》体现了这种努力。

黑天是大神毗湿奴的化身。他自称是"至高原人"，"超越可灭者，也高于不灭者"。（37.18）至高原人也就是至高的自我（灵魂）或至高的绝对精神。由此，阿周那也称黑天为"至高的梵"。（32.12）可灭者是指原质，不灭者是指自我（个体灵魂）。黑天作为至高原人是不显现的。至高原人只是通过原质，运用瑜伽幻力（yogamāyā）呈现宇宙万象。至高原人隐蔽在瑜伽幻力中，创造一切众生，维持一切众生。在世界毁灭时，一切众生复归至高原人的原质，等到世界再创造时，至高原人又放出一切众生。这样，黑天（毗湿奴）成了宇宙的至高存在，至高之神，世界的创造者、保护者和毁灭者。

黑天要求阿周那一心一意崇拜他。崇拜黑天不需要采取吠陀时代婆罗门教繁琐的祭祀仪式，只要献上"一片叶，一朵花，一枚果，一掬水"，（31.26）表示虔诚的心意就行。而更重要的崇拜方式是修习瑜伽和弃绝行动成果。修习瑜伽是沉思入定，把思想凝聚于黑天，以黑天为最高目的。弃绝行动成果是从事行动而不执著行动成果，把一切行动作为祭品献给黑天。创造、维持和毁灭是世界的存在方式，是神的安排。生而为人，就必须履行自己的社会职责，作为对神的奉献。黑天认为只要这样做，甚至出身卑贱的吠舍和首陀罗也能达到至高归宿，也就是摆脱生死轮回，与至高存在同一。

《薄伽梵歌》中倡导的黑天崇拜开创了中古印度教的虔信运动。而这部宗教哲学诗吸收和改造吠陀的有神论和祭祀论，融合数论哲学的原人和原质二元论以及奥义书哲学的梵我同一论，又采用瑰丽奇异的文学表现手法，在中古时代得到迅速普及。历代印度教哲学家经常把它从《摩诃婆罗多》中抽出来，作为一部独立的经典进行注解和阐释。在《摩诃婆罗多》精校本的校注中，列出的《薄伽梵歌》古代注本就有近二十种。

《薄伽梵歌》的这些注释家并非都是毗湿奴教派哲学家，也有吠檀多派哲学家和湿婆教派哲学家。因为各派哲学家都无法忽视《薄伽梵歌》的巨大影响。而《薄伽梵歌》本身也对各派宗教哲学思想具有包容性，容易让注释家按照自己的宗教哲学观点加以引申发挥。现存最早的《薄伽梵歌注疏》的作者便是吠檀多哲学大师商羯罗（Śaṅkara，八、九世纪）。他本人并不接受毗湿奴教，而是以吠檀多不二论观点阐释《薄伽梵歌》。经过他的阐释后，《薄伽梵歌》与《奥义书》和《梵经》被并列为吠檀多哲学的三大原典（prasthānatraya）。

在近代和现代，《薄伽梵歌》依然对印度社会思想产生深刻影响。罗姆罗罕·罗易、维韦卡南达、提拉克、甘地、奥罗宾多和拉达克利希南等等，这些印度思想家都曾利用《薄伽梵歌》阐述自己的政治和哲学思想。尤其是在印度争取民族独立运动的背景中，提拉克强调以智慧为根本和以虔信为支柱的行动瑜伽；甘地强调坚持真理，无私行动。诚如恰托巴底亚耶在他的《印度哲学》一书中所说"那时候一个爱国者只要手持一册《薄伽梵歌》，就能步伐坚定地走上绞刑架。"①《薄伽梵歌》至今仍是印度最流行的一部宗教哲学经典，几乎每年都有新的译本和注本问世。

《摩诃婆罗多》最早翻译成英文的也是这部宗教哲学诗，即英国查尔斯·威尔金斯于1785年翻译出版的《薄伽梵歌》。当时，德国语言学家威廉·洪堡无比推崇《薄伽梵歌》，说"《摩诃婆罗多》的这个插话是最美的，或许也是我们所知的一切文学中唯一真正的哲学诗"；又说"它也许是这个世界宣示的最深刻和最崇高的东西"。此后，《薄伽梵歌》相继译成多种西方语言，在西方思想和文学界产生了深远影响。T. S. 艾略特曾说《薄伽梵歌》"是仅次于但丁《神曲》的最伟大的哲学诗"。A. 赫胥黎也说"《薄伽梵歌》是永恒哲学最清晰、最全面的总结之一"，"或许也是永恒哲学最系统的精神表述"。②

可见，《薄伽梵歌》具有一种超越时空的思想魅力。我们今天阅

---

① D. 恰托巴底亚耶《印度哲学》，商务印书馆1980年版，第5页。
② 参阅 C. D. 韦尔摩编《世界文学中的〈薄伽梵歌〉》，新德里1990年版。

读《薄伽梵歌》，可以不必拘泥于它的哲学唯心主义和宗教有神论。我们可以将宗教和神话读作隐喻。黑天作为"至高原人"或"至高的梵"代表宇宙精神（即内在规律），而"至高原人"的"原质"代表宇宙万象。宇宙包括自然和社会。人是宇宙中的一分子。人要存在，就要从事行动。行动受"自我"（精神或思想）指导，而必须符合客观规律，这便是"梵我同一"。业瑜珈、智瑜伽和信瑜伽代表实践、认识和信仰，属于人类普遍的生存方式。认识世界，尊重客观规律，无私无畏地履行职责，从事行动，奉献社会，就能圆满实现人生，达到"天人合一"的崇高境界。

本卷包含《毗罗吒篇》、《斡旋篇》和《毗湿摩篇》。《毗罗吒篇》由郭良鋆翻译。《斡旋篇》第1—45章由郭良鋆翻译，第46—197章由我翻译。《毗湿摩篇》由我翻译。我也对本卷译文作了校订。

黄宝生

第四　毗罗吒篇

毗罗吒篇

一

镇群王说：

我的祖先们备受难敌威胁之苦。他们怎样隐姓埋名，住在毗罗吒城？（1）

护民子说：

优秀的守法者坚战从正法之神那里获得这些恩惠后，前往净修林，把这一切都告诉众婆罗门。（2）他向众婆罗门讲述这一切后，把钻火棍和引火柴还给那位婆罗门。（3）然后，婆罗多子孙啊！这位思想高尚的正法之子坚战王，召集众位弟弟，说道：（4）"我们被逐出王国已满十二年，现在到了最难度过的第十三年。（5）好吧，贡蒂之子阿周那！选择一个住处，让我们都住在那里，不被敌人发现。"（6）

阿周那说：

人中之主啊！凭借正法之神的恩惠，婆罗多族雄牛啊！我们的行迹不会被人发觉。（7）我将提出一些可爱的、适合藏身的国家，你选择一个居住吧！（8）这些可爱的国家食品丰富，位于俱卢族四周。它们是般遮罗国、车底国、摩差国、苏罗塞那国、波吒遮罗国、陀沙那国、那婆国、摩罗国、沙鲁瓦国和瑜甘陀罗国。（9）你喜欢它们之中哪一个作住处，国王啊！我们就在那里度过这一年，王中因陀罗啊！（10）

坚战说：

大臂者啊！那位尊神、万物之主正是这样说的。（11）毫无疑问，我们大家应该一起商量，寻找一个住处，那里可爱、吉祥和舒适，没有任何危险。（12）摩差国王毗罗吒强大有力，恪守正法，慷慨大方，

3

年迈而富有，他会保护般度族的。(13) 孩子啊！我们将在毗罗吒城为他做事，打发这一年，婆罗多子孙啊！(14) 我们每人说说自己能为他干什么活，俱卢后裔啊！(15)

阿周那说:

人中之神啊！你将在毗罗吒王的王国里干什么活？善人啊！你喜欢干什么活？(16) 你温和，慷慨，知耻，守法，以真理为勇气，国王啊！你遭逢不幸，般度之子啊！你将干什么活？(17) 你没有经历过常人的痛苦，国王啊！你遭逢不幸，将怎样度过这可怕的灾厄？(18)

坚战说:

请听，俱卢后裔啊！我将干什么活。到了人中雄牛毗罗吒王那里，(19) 我将成为这个灵魂高尚的国王的会堂侍臣。我成为一个婆罗门，名叫刚迦，精通掷骰子，是个讨人喜欢的赌徒。(20) 我将掷出迷人的黑骰子和红骰子，吠琉璃的，金子的，象牙的，还镶有宝石。(21) 如果国王问我，我就对他说："我过去是坚战的心腹朋友。"(22) 我已经告诉你们，我将怎样打发日子，狼腹（怖军）啊！你将在毗罗吒干什么活？(23)

以上是吉祥的《摩诃婆罗多》中《毗罗吒篇》第一章(1)。

二

怖军说:

我想我能成为皇家厨师，取名牛牧，侍奉国王毗罗吒。(1) 我善于烹调，为他做饭。我将制作美味佳肴，胜过以往的烹调高手，讨他欢心。(2) 我会背回大捆大捆的木柴。国王看到我勤劳能干，肯定会满心喜欢。(3) 国王啊！如果有强壮的大象或凶猛的公牛需要我调治，我会驯服它们。(4) 在角斗场上，任何武士挑战，我都会击败他们，令国王更加高兴。(5) 但我不会杀死那些挑战者。我只是击倒他们，不把他们置于死地。(6) 有人问我，我就说"我曾是坚战的驯象师、宰牛师、厨师和角斗士。"(7) 民众之主啊！我会自己保护自己。我保证这样打发日子。(8)

坚战说：

从前，火神想要焚毁甘味林。他化作婆罗门，遇到人中俊杰（阿周那）和陀沙诃后裔（黑天）。（9）这位强壮有力的大臂者，不可战胜的俱卢后裔，贡蒂之子胜财（阿周那），他将干什么活？（10）他到达那座林子，使火神满意。他单车战胜因陀罗，杀死恶蛇和罗刹，是名副其实的优秀战士。这位阿周那将干什么活？（11）太阳是最优秀的燃烧体，婆罗门是最优秀的两足类，蟒是最优秀的蛇，火是最优秀的发光体。（12）最优秀的兵器是金刚杵，最优秀的牛是驼峰牛，最优秀的湖泊是大海，最优秀的雨是雷雨。（13）最优秀的蛇是持国①，最优秀的象是爱罗婆多②，最可爱的亲人是儿子，最亲爱的朋友是妻子。（14）狼腹（怖军）啊！正如这些是各自类别中的优秀者，年轻的浓发（阿周那）是一切弓箭手中的佼佼者。（15）毗跋蒁（阿周那）驾驭白马，手持甘狄拨神弓；他不比因陀罗逊色，也不亚于婆薮提婆之子（黑天），婆罗多子孙啊！他将干什么活？（16）他曾在千眼（因陀罗）宫殿中住了五年，拥有发光的天神形体，获得神奇的武器。（17）我认为他是第十二位楼陀罗，第十三位阿提迭，他的双臂整齐而修长，左右两边的皮肤都被弓弦磨成胼胝，犹如套轭的牛肩。（18）他好比山岳中的雪山，江河中的大海，三十三天中的因陀罗，婆薮中的祭火，（19）兽中的老虎，鸟中的大鹏鸟，这位身披铠甲的勇士阿周那，将干什么活？（20）

阿周那说：

大地之主啊！我决心做一个太监，因为我的双臂粗壮，被弓弦磨硬，难以掩藏，国王啊！（21）我将戴上火焰一般的耳环，梳起发辫，国王啊！取名巨苇。（22）我将拥有女人的气质，不断讲述故事，取悦那位大地保护者和后宫里的人们。（23）国王啊！在毗罗吒宫中，我教妇女表演各种歌舞，演奏各种乐器。（24）我将讲述臣民的种种善行，贡蒂之子啊！我将运用幻术自己掩盖自己。（25）如果国王问我，婆罗多子孙啊！我就说"我曾在坚战宫中充任黑公主的女侍。"（26）就像那罗那样，用这种乔装改扮的方法，王中因陀罗啊！我将在毗罗吒宫

---

① 持国是蛇名，由生主迦叶波和蛇族之母迦德卢生下。
② 爱罗婆多是因陀罗的坐骑。

中愉快地消度时光。(27)

以上是吉祥的《摩诃婆罗多》中《毗罗吒篇》第二章(2)。

三

坚战说：

无种啊！你稚嫩，勇敢，漂亮，习惯于享乐，孩子啊！你将干什么活？(1)

无种说：

我将成为毗罗吒王的马夫，取名法结。我喜欢这个工作。(2) 我擅长驯马和给马治病。我一向喜欢马，就像你一样，俱卢族王啊！(3) 在毗罗吒城里，如果人们问起我，我就这样回答。我就这样打发日子。(4)

坚战说：

偕天啊！在毗罗吒王身边，你将怎样打发日子？孩子啊！你将干什么活，隐蔽自己？(5)

偕天说：

我将成为毗罗吒王的看牛人，养牛挤奶。我擅长照料牛。(6) 你要记住，我取名索护。我会干得很利索，请你不要担心。(7) 因为过去你总是让我照料牛，我在这方面能干熟练，民众之主啊！(8) 我精通牛的特征、行为、吉祥标志以及其他一切，大地之主啊！(9) 我会识别那些具有吉祥标志的公牛，国王啊！不育的母牛闻到这些公牛的尿味，便会生育。(10) 我就这样生活，因为我一向喜欢这个工作。别人不会认出我，国王啊！请你放心。(11)

坚战说：

这是我们可爱的妻子。她比我们的生命还宝贵，像母亲一样受到保护，像大姐一样受到尊敬。(12) 黑公主德罗波蒂将干什么活？因为她不熟悉通常妇女会干的活。(13) 娇嫩柔弱，声名远播，忠于丈夫，这位大福大德的公主将干什么活？(14) 从出生以来，这位美丽的女子只知道享用花环、香膏、首饰和各种衣料。(15)

黑公主说：

婆罗多子孙啊！在这世界上，侍女是女奴，不受保护。世上的人们都认为，正常的妇女不会走到这一步。(16) 我就说我是侍女，精通梳妆。你问我干什么活，我就这样保护自己。(17) 我将侍候声誉卓著的王后妙施。我到了那里，她会保护我。你不必如此忧虑！(18)

坚战说：

你说得真好，黑公主啊！不愧为出身名门。你纯洁无邪，恪守妇道，那就这样吧！(19)

以上是吉祥的《摩诃婆罗多》中《毗罗吒篇》第三章(3)。

四

坚战说：

你们都说了各自要干的活。我按照我的智慧判断，表示赞同。(1) 让我们的家庭祭司带着厨师和管家，保护好木柱王地区的祭火。(2) 以帝军为首的车夫驾驭这些空车，赶快到多门城去。这是我的决定。(3) 黑公主的所有这些女伴和女仆，还有厨师和管家，到般遮罗去。(4) 所有的人都要说 "不知道般度族兄弟在哪里。他们撇下我们，离开了双林。"(5)

烟氏仙人说：

即使已经知道的事情，朋友出于友情还要嘱咐一番。因此，我要讲讲。你们要理解其中的缘由。(6) 王子们啊！我要告诉你们宫廷的生活，一个仆人来到王宫，怎样做事才会不犯过失。(7) 即使是一个老练的人，在王宫里生活也很艰难，俱卢后裔啊，更何况你们是备受尊敬的人，却要隐姓埋名，不受尊敬，度过整整一年。(8)

指给你哪个门，就进那个门。不要信任那些国王。应该寻找别人不想要的位子。(9) 在王宫里生活，不要自以为受宠，去坐国王的坐骑、轿子、凳椅、象和车。(10) 凡是会招惹邪恶之人猜忌的位子，就不要去坐。只有这样，才能在王宫里生活。(11) 任何时候，没有问到你，你就不要向国王进谏，默默地坐着，在适当的时候向他致敬。(12)因为国王讨厌夸夸其谈的人,也蔑视乱出主意的大臣。(13)无论如何,聪明的人不会与国王的后妃结交友情,也不会与后宫侍从以及国王嫉恨的敌人结交友情。(14)即使微不足道的事情,也要按照国王的吩咐去做。无论在哪儿,这样为国王做事,就不会遭到毁灭。(15)

要尽心竭力侍奉国王,犹如侍奉祭火和天神,因为虚假的侍奉必然招致灾祸。(16)要遵照国王的意愿行事,避免懈怠、任性和发怒。(17)在讨论一切问题时,既讲可爱的方面,又讲有益的方面,而更要强调有益的方面。(18)在谈论一切事情时,要顺从国王,不要对国王讲既不可爱,又不有益的话。(19)聪明的人在侍奉国王时,不自认为是国王的宠儿,因而兢兢业业,做那些既可爱,又有益的事。(20)不要侍奉国王嫉恨的人,不要与居心不良的人呆在一起,不要越出自己的地位,应该这样在王宫里生活。(21)

智者应该坐在国王的左右两侧,因为后面的位子属于武装的卫士,而前面是永远禁止设位的。(22)不要当面谈论国王的秘密,哪怕是好事,因为即使对于穷人,这也是最大的忌讳。(23)不要当众揭穿国王的谎言,不要与国王嫉恨的人说话。(24)不要骄傲自大,自认为是勇士或智者。只有做国王喜欢的事,才能博得国王欢心,享受快乐。(25)从国王那里获得了难以获得的权力和恩宠,就应该兢兢业业,做对国王既可爱,又有益的事。(26)一个受智者尊敬的人,连想都不会去想伤害一个脾气暴躁而慷慨恩赐的人。(27)他不会噘嘴唇,吐恶言;他打喷嚏、放屁和吐痰都总是轻轻的。(28)遇到任何好笑的事情,他不会像疯子那样发出狂笑。(29)但也不要过于矜持,以免沉闷,而应该露出一种温文尔雅的微笑。(30)受到赏赐,不必惊喜;受到冷遇,不必痛苦。永远不会利令智昏,这样的人才能在王宫里生活。(31)

聪明的大臣总是顺应国王和王子,由此长久保持幸福。(32)得宠的大臣由于某些原因失宠,也不埋怨国王,然后又会得宠。(33)依靠国王生活,或住在国王领地,聪明的人无论当面或背后,都称颂国王的品德。(34)大臣如果强行要求国王赏赐,他的地位难保长久,性命也会丢掉。(35)始终要为自己着想,不要说与国王相左的意见;即使在训练场上，也无论如何不要胜过国王。(36)始终朝气蓬勃，强壮有力，形影不离，说话诚实，温和克制，这样的人能在王宫里生活。(37)别人受到委派时，他也要站出来说"我该干什么？"这样的人能在王宫里生活。(38)不管酷暑寒冬，还是白天黑夜，一旦接到命令，就毫不迟疑，这样的人能在王宫里生活。(39)离开家庭后，不再怀恋亲人，在痛苦中期待幸福，这样的人能在王宫里生活。(40)

不穿与国王相同的衣服，不在国王面前放声大笑，不作过多的劝谏，他就能博得国王的欢心。(41)经办事务时，不要接触任何钱财，如果贪污受贿，就会入狱或处死。(42)凡是获得的车骑、衣服、首饰和其他物品，他永远可以享用，而且会越来越受恩宠。(43)孩子啊！如果这一年里，你们能恪守这些戒律，就能恢复自己的领土，称心如意地生活。(44)

坚战说：

我们接受了你的指教，祝你好运！除了母亲贡蒂和大智者维杜罗以外，没有一个人这样和我们说话。(45)现在，为了度过这场灾厄，启程出发，争取胜利，请你立刻做该做的事吧！(46)

护民子说：

国王这样说罢，优秀的婆罗门烟氏仙人便按照规定举行一切仪式，安排他们上路。(47)他为他们点上祭火，念咒祭供，求取幸运、财富和征服世界。(48)他们向祭火、众婆罗门和众苦行者右旋绕行后，让黑公主走在前，这六个人启程出发。(49)

以上是吉祥的《摩诃婆罗多》中《毗罗吒篇》第四章(4)。

五

护民子说：

这些英雄佩带刀、箭袋和各种武器，系好腕护和指护，向迦陵底河出发。(1)然后，这些弓箭手沿着南岸步行，在深山密林中宿营。(2)这些强壮有力的大弓箭手射杀各种野兽。在陀沙尔那北边，般遮罗南边，(3)途经耶讫利罗摩和苏罗塞那，般度族兄弟自称是猎人，从树林进入摩差国地区。(4) 到达这个国家后，黑公主对国王说道 "看哪！这里有人行的小路和各种农田。(5) 显然，离毗罗吒的首都还很远。我感到很累，就在这里再过一夜吧！"(6)

坚战说：

胜财（阿周那）啊！扶起黑公主，驮着她走，婆罗多子孙啊！我们要离开这个树林，住进首都。(7)

护民子说：

阿周那犹如象王，迅速驮起黑公主，到达城边，放下黑公主。(8) 到达首都，贡蒂之子（坚战）对阿周那说道 "我们把武器放在什么地方，然后再进城？(9) 弟兄啊！如果我们带着武器进城，必定会引起人们恐慌。(10) 因为我们曾经允诺：只要我们之中有一个人被认出，就要再回森林度过十二年。"(11)

阿周那说：

人中因陀罗啊！在火葬场附近这座山顶上，有一棵浓密巨大的莎弥树，树杈可怕，难以攀登。(12) 那里人迹罕至，国王啊！因为它长在林中野兽出没的偏僻小路上。(13) 我们把武器存放在这棵树上，然后进城，婆罗多子孙啊！这样，我们就能随意游荡。(14)

护民子说：

他对以法为魂的坚战王这样说罢，便出发去安置武器，婆罗多族雄牛啊！(15) 这位俱卢后裔曾经单车战胜许多神、人和蛇，征服许多其他国家。(16) 这位普利塔之子依靠的就是这张高贵的甘狄拨神弓，弦声轰鸣，所向披靡。现在，他把弓弦放松，不再造成威胁。(17) 折磨敌人的英雄坚战也放松他的坚不可摧的弓弦。他曾经用这张弓保护俱卢族国王。(18) 怖军凭借他的弓，在战场上战胜般遮罗人；在征服四方时，独自一人抵挡众多的仇敌。(19) 在战场上，听到他的弓弦声，犹如山崩雷炸，敌人们四处逃窜。(20) 他就是用这张弓，迎战信度王，无罪者啊！现在，怖军也放松他的弓弦。(21) 般度之子（无种）曾经凭借他的弓，征服西方。这位在战场上吼叫的英雄，现在也放松他的弓弦。(22) 行为高尚的英雄偕天，曾经凭借他的弓征服南方，现在也放松他的弓弦。(23)

他们将黄色的大刀、昂贵的箭袋、锋利的箭和弓拢成一堆。(24)

无种亲自爬到树上，安放这些弓。他找到一些外形结实的树杈空间，(25) 又淋不着雨的地方，用结实的绳子把它们捆牢。(26) 般度族兄弟又在那里捆上一具死尸。人们闻到腐臭味，就会知道这里挂着死尸，远远避开这棵莎弥树。(27) 他们把死尸捆在这棵树上，说道："这是我们一百八十岁的母亲。这是我们家族祖传的法规。"(28) 这些折磨敌人、摧毁敌人的普利塔之子们向牧牛人和牧羊人这样说明，然后回到城边。(29) 坚战分别给他们起了秘密名字：阇耶、阇衍多、维阇耶、阇耶塞那和阇耶钵罗。(30) 他们进入这座大城，按照约定，要在这个国家隐蔽身份，度过第十三年。(31)

以上是吉祥的《摩诃婆罗多》中《毗罗吒篇》第五章(5)。

六

护民子说

当毗罗吒进入大厅时，坚战王首先走上前去，握紧吠琉璃骰子和金骰子，放在腋下，用衣服遮住。(1) 高贵的俱卢后裔，名声显赫的国王，备受诸王礼遇，犹如剧毒之蛇难以接近，现在他向这位声誉卓著的国王走去。(2) 他是人中雄牛，具有伟大的力量和容貌，具有天神的光辉形体，充满勇气，犹如太阳被密云围绕，火被灰围绕。(3)

看到这位犹如云中之月的般度之子出现在面前，毗罗吒王询问会场上以大臣、婆罗门和吟唱诗人为首的人们："走上前来的这个人是谁？他正在观看这个大厅。(4) 这位优秀的人不会是婆罗门，我心里觉得他是大地的主人。他没有奴仆，没有车辆，没有耳环，却像因陀罗那样，光照四周。(5) 因为他身上的相记表明他灌过顶，我这么猜想。他若无其事地来到我身旁，犹如醉象进入莲花池。"(6)

这时，人中雄牛坚战走近疑惑的毗罗吒王，说道："大王啊！你要知道，有位婆罗门失去一切，前来投靠你生活。(7) 我想在你的身边，无罪的人啊！遵照你的意愿行事，主人啊！"国王十分高兴，立即表示同意，说道："欢迎！(8) 孩子啊！我衷心欢迎你。你来自哪个国王的领土？如实说说你的家族和名字，精通什么手艺？"(9)

11

坚战说：

我过去是坚战的朋友，也是虎步家族的婆罗门。我是个赌徒，精通掷骰子，毗罗吒啊！我的名字叫刚迦，尽人皆知。(10)

毗罗吒说：

好极了！我给予你想要的恩惠。你统治摩差人吧！因为我是你的仆从。我一向喜欢聪明的赌徒。你会像天神那样治理王国。(11)

坚战说：

民众之主啊！出现重大争执时，我不会受到任何损失，摩差王啊！而被我战胜的人，无论是谁，都不再拥有财富。请你垂怜，给我这个恩惠吧！(12)

毗罗吒说：

如果有人冒犯你，即使不当杀，我也要处死他。我也会把这样的婆罗门驱逐出境。所有聚集在这里的人们听着：刚迦和我一样，也是这个国土的主人。(13) 你将作为我的朋友，和我坐一样的车，享有丰富的衣服、饮料和食物。你无论何时都可以里里外外，随意观看，我的大门为你敞开。(14) 贫困憔悴的人们向你乞求，你可以以我的名义答应他们。毫无疑问，我会给你一切。在我面前，你不要有任何恐惧。(15)

护民子说：

这样，这位人中雄牛与毗罗吒王会面，获得恩惠；这位英雄住在那里，备受尊敬，十分愉快，没有人知道他的底细。(16)

以上是吉祥的《摩诃婆罗多》中《毗罗吒篇》第六章(6)。

七

护民子说：

另一位强壮可怕、光彩熠熠的人迈着欢快的狮子步走上前来。他手持勺、匙和没有刀鞘、没有斑点的青刃刀。(1) 他厨师打扮，光辉无比，犹如太阳照亮世界；身穿黑衣，具有山王的精力。他走近摩差王，站在那里。(2) 国王见他走上前来，示意他停下，然后对在座的人们说道："这位青年是人中雄牛，相貌非凡，具有狮子隆肩。他是谁啊？（3）我从未见过这样的人。他像太阳，不可衡量。眼下，我摸不透这位人中雄牛的心思。"（4）于是，这位思想高尚的般度之子（怖军）走近毗罗吒王，神情忧伤地说道："我是厨师牛牧，人中因陀罗啊！你就品尝我做的美味佳肴吧！"（5）

毗罗吒说:

高傲的人啊！我不相信你是厨师，因为你看上去如同千眼神，孩子啊！你的吉祥、美貌和勇气闪闪发光，仿佛是这世上最优秀的人。（6）

怖军说:

人中因陀罗啊！我是你的厨师和仆从。我精通那些独特的上等菜肴，国王啊！从前，一直由坚战王品尝。（7）我力大无比，一向是角斗能手，国王啊！我能与大象、狮子较量，无罪的人啊！我永远会使你快乐。（8）

毗罗吒说:

好啊！我赐给你在厨房工作的恩惠，因为你说你擅长这工作，那就做吧。但我并不认为你适合这工作，你应该享有大海围绕的世界。（9）既然这是你的愿望，那就照办吧。你将是我厨房中的首席厨师。那里都是适合替我干活的人，你是他们的总管。这是我的任命。（10）

护民子说:

这样，怖军被安置在厨房，备受毗罗吒王的宠幸。他住在那里，国王啊！没有一个人，也没有一个仆从知道他的底细。（11）

以上是吉祥的《摩诃婆罗多》中《毗罗吒篇》第七章(7)。

八

护民子说:

黑眼珠的黑公主盘起柔软卷曲的秀发，将它藏在右边。（1）她裹上一件又大又脏的黑衣服，装扮成侍女模样，仿佛痛苦地走着。（2）男人和女人们看到她突然走来，急忙上前问道："你是谁？想要干什么？"（3）王中因陀罗啊！她对他们说道："我是一个侍女，到这里来

找活干。谁肯养活我，我就为他干活。"（4）从她的容貌、衣着和文雅的语言，人们不相信她是前来谋生的女仆。（5）

毗罗吒的妻子、羯迦夜的女儿（妙施）非常受人尊敬。她正从宫中朝外眺望，看到木柱王的女儿（黑公主）。（6）这位王后看到她这副模样，无依无靠，衣衫单薄，便召她进来，说道"贤女啊！你是谁？想干什么？"（7）王中因陀罗啊！她说道"我是一个侍女，到这里来找活干。谁肯养活我，我就为他干活。"（8）

妙施说：

你说的那种人不会像你这样，美丽的女子啊！像你这样的女子能使唤许多男仆和女奴。（9）你脚跟平正，大腿滚圆，三深六耸五红，[①]声音犹如天鹅鸣叫。（10）秀丽的头发，漂亮的乳头，黝黑的肤色，丰满的乳房和臀部，你拥有种种魅力，犹如迦湿弥罗的母马。（11）睫毛和眼睛弯曲，嘴唇如同频婆果，腰身苗条，脖颈如同海螺，青筋深隐，面庞如同满月。（12）请告诉我，你是谁？贤女啊！你无论如何不是一个女仆。你是药叉女、女神、健达缚女或天女？（13）是阿兰菩娑、密湿罗盖希、蓬吒利迦、玛哩尼、因陀罗尼或伐楼尼，或者是工巧神、创造神或生主的配偶？这些是天神中的著名女神，美丽的女子啊！你是她们中的哪一位？（14）

黑公主说：

我不是女神，不是健达缚女，不是阿修罗女，不是罗刹女。我是一个侍女，一个女仆。我对你说的是实话。（15）我精通梳理头发，调制软膏，编织各种各样绝顶漂亮的花环。（16）我曾取悦黑天宠爱的王后真光，还有般度族兄弟的妻子黑公主，俱卢族中惟一的美女。（17）我到处游荡，运气不错。我只要得到衣服，就很高兴。（18）王后亲自给我起名"花环女"，妙施王后啊！我来到你的宫殿。（19）

妙施说：

如果国王不会迷上你，我毫无疑问会让你居住在我的头顶。（20）你看王家妇女和在我住处的这些人全都盯着你看，有哪个男子会不为你神魂颠倒？（21）你看，在我住处的这些树也都向你弯腰致敬，有哪

[①] 三深指声音、精神和肚脐；六耸指鼻子、眼睛、耳朵、手指、乳房和脖颈；五红指脚指甲、手掌、眼角、唇舌和手指甲。

个男子会不为你神魂颠倒？(22) 美臀女啊！毗罗吒王见到了你的非凡形体，就会抛弃我，迷上你，妙腰女啊！(23) 大眼女郎啊！你瞧瞧那些盯着你看的男人，他们陷入了情爱，体态无瑕的女郎啊！(24) 那些男人目不转睛，盯着你看，笑容甜美的女郎啊！他们陷入了情爱，体态无瑕的女郎啊！(25) 我想，正如雌蟹怀胎，毁了自己，我收留你住下，也会遭此同样下场，笑容可掬的女郎啊！(26)

黑公主说：

我不会让毗罗吒王得到，也不会让任何别人得到，因为我有五个年轻的健达缚丈夫，美丽的女子啊！(27) 他们是一位品性伟大的健达缚王的儿子。他们始终保护我，而我也是个脾气暴烈的人。(28) 我的健达缚丈夫让我住的人家，不能给我吃残羹剩汁，也不用我为人洗脚。(29) 有哪个男人像对待普通女子那样贪图我，那么，他在夜里将进入另一个躯体。①(30) 我不会为任何人动心，女子啊！因为我的健达缚丈夫的脾气比我更暴烈。(31)

妙施说：

既然这样，我就顺从你的心愿，留你住下，好姐妹啊！无论如何，你不会给人洗脚，不会吃残羹剩汁。(32)

护民子说：

毗罗吒的妻子这样安抚黑公主，镇群王啊！那里，没有一个人知道她的真相。(33)

以上是吉祥的《摩诃婆罗多》中《毗罗吒篇》第八章(8)。

九

护民子说：

偕天乔装成优秀的牧人，拿腔拿调，走近毗罗吒王。(1) 看到这位光辉的人中雄牛走来，国王迎上前去，询问这位俱卢后裔：(2) "你是谁的儿子？从哪里来？想干什么？孩子啊！我从未见过你。你

---

① 意思是死去。

15

如实说吧，人中雄牛啊！"（3）这位焚毁敌人者走到国王那里，声音似滂沱大雨，说道 "我是吠舍，名叫坚铠，是俱卢族牛群的看牛人。（4）我想在你这里谋生，人中俊杰啊！因为我不知道那些王中之狮普利塔的儿子们在哪里，又不能改行谋生。除了你，没有一个国王合我心意。"（5）

毗罗吒说：

你有四海围绕的帝王相貌，如果你是婆罗门，或者是刹帝利，请你如实告诉我，粉碎敌人者啊！吠舍的工作不适合你。（6）你来自哪个王国？擅长什么技艺？你是否永久住在我们这里？你说，你要什么工酬？（7）

偕天说：

般度五子中的长兄坚战王的牛群有八十一万头，（8）另外还有一万头，还有二万头。我是他们的看牛人。他们都叫我索护。（9）十由旬长的地域内，无论哪里的牛群数目，它们的过去、现在和未来，我无所不晓。（10）灵魂高尚的俱卢族国王坚战十分熟悉我的才能，对我很满意。（11）因为牛群繁殖得又多又快，不生任何疾病。我通晓各种方法，掌握各种技巧。（12）国王啊！我能识别具有特殊相记的公牛，那些不育的母牛闻了这些公牛的尿味，就能生育。（13）

毗罗吒说：

我拥有一万头牛，颜色和品性多种多样。我把这些牲畜连同牧人都交给你。现在，我的牲畜全由你照看。（14）

护民子说：

就这样，民众之主啊！国王不知道他的身份。人中之主（偕天）愉快地住在那里。不管怎样，没有一个人知道他的底细，国王给予他想要的工酬。（15）

以上是吉祥的《摩诃婆罗多》中《毗罗吒篇》第九章(9)。

一〇

护民子说：

另一位容貌完美的奇男子出现，一身妇女装扮，戴着如墙如壁的大耳环和明亮灿烂的金腕环。(1)他臂膊修长,披散着浓密的长头发,步态犹如醉象,步履震动地面,从大厅附近走向毗罗吒王。(2)国王见到这位伟大的因陀罗的儿子,捣毁敌人者,乔装打扮,在大厅里走近过来,光辉无比,步态犹如象王。(3)国王询问身边的仆人道"这个人来自哪儿?我过去没有听说过。"众人回答说不知道。国王惊诧不已,说道:(4"这位黝黑的青年犹如象中魁首,拥有一切,令人喜悦。他戴着明亮灿烂的金腕环,披着发辫,戴着耳环。(5)请你还是挽上发髻,穿上铠甲,佩戴弓箭吧!请你登上战车,像我的儿子或像我一样奔驰吧!(6)我已经年老,想要隐退,请你努力保护全体摩差人吧!我心里明白,你怎么也不像是一个太监。"(7)

阿周那说:

我唱歌,我跳舞,我弹奏,能歌善舞。你亲自把我送给至上公主吧!我将成为王后的舞师,人中之神啊!(8)至于我怎么会是这等模样,提起它就令人心碎肠断。王中之神啊!你只要知道我叫巨苇,一个被父母遗弃的孤儿或弱女。(9)

毗罗吒说:

好啊!我赐给你这个恩惠,巨苇啊!你教我的女儿和她的那些同伴跳舞吧!但我认为这个工作不适合你。你应该享有四海围绕的大地。(10)

护民子说:

摩差王考察巨苇跳舞和弹奏的本领,确认他不是男性后,把他送到公主的宫中。(11)胜财(阿周那)教毗罗吒的女儿,也教她的女友和女仆们唱歌和弹奏。这位般度之子博得她们的欢心。(12)这样,胜财(阿周那)乔装住在那里,控制自我,与她们一起娱乐。宫殿内外,没有一个人知道他的来历。(13)

以上是吉祥的《摩诃婆罗多》中《毗罗吒篇》第十章(10)。

——

护民子说:

在毗罗吒王察看他的马群时,另一位般度之子出现。众人看见他走来，犹如一轮太阳从云中露出。(1) 摩差王四处巡视马群，看到他也在观察。这位杀敌者便对随从们说 "这个人如同天神，是从哪里来的？(2) 他专心致志观察我的马群，肯定是位精通马术的能手。赶快请他到我身边来，因为这位英雄看上去像天神。"(3) 杀敌者（无种）走到国王身边，说道 "祝你胜利，国王啊！祝你幸运！我一向以精通马术闻名，我将成为你的御马能手。"(4)

毗罗吒说：

我给你车辆、钱财和房子，你能成为我的马夫。你从哪里来？是谁的儿子？为什么来这里？说说你精通的技艺。(5)

无种说：

般度五子中的长兄坚战王，从前雇我管马，粉碎敌人者啊！(6) 我通晓马的习性，掌握各种驯马的方法，能降服烈马，也能治疗一切马病。(7) 我的马不会惊退。我的雌马也不暴烈，更不用说雄马了。人们和般度之子坚战都称呼我法结。(8)

毗罗吒说：

从今天起，我所有的车马都归你管，我的那些马夫和车夫也都归你管。(9) 如果这符合你的心愿，天神一般的人啊！你就说说想要多少工酬？但管理马匹的工作并不适合你，因为我认为你看上去像是一位国王。(10) 你的容貌像坚战的容貌那样令人欢喜。如今这位无可指摘的般度之子住在森林里，没有仆人，怎么会快乐呢？(11)

护民子说：

这位青年如同优秀的健达缚，受到毗罗吒王热情接待。他在宫中尽力逗人高兴，没有一个人知道他的实情。(12) 就这样，般度族兄弟按照约定，住在摩差国。他们的期望不会落空。这些以大海为界的君主隐蔽身份，谨慎行事，极端痛苦。(13)

以上是吉祥的《摩诃婆罗多》中《毗罗吒篇》第十一章(11)。

一二

镇群王说：

这样，般度族兄弟住在摩差王的都城中。此后，这些大勇士做了

些什么？婆罗门啊！（1）

护民子说：

这些俱卢后裔乔装打扮住在那里，取悦国王。请听他们做的事。（2）坚战作为宫廷赌徒，深得众大臣、毗罗吒王及其儿子们的青睐，民众之主啊！（3）这位般度之子谙熟骰子的诀窍，掷骰子得心应手，就像玩弄系着绳的小鸟。（4）人中之虎法王（坚战）不让毗罗吒王知道，将赢得的钱财公平地分给弟弟们。（5）而怖军也把摩差王赐给他的肉和各种食物卖给坚战。（6）阿周那卖掉在后宫获得的各种旧衣服，把钱分给兄弟们。（7）般度之子偕天扮作牧人，也把牛奶、奶酪和酥油分给兄弟们。（8）无种养马博得国王欢心，他也将获得的钱财分给兄弟们。（9）可怜的黑公主注意观察般度族五兄弟；这位光辉的女子依旧谨慎行事，不让人识破。（10）就这样，这些大勇士乔装打扮，互相关心，一起照看黑公主，人主啊！（11）

后来，在第四个月，摩差国举行盛大的梵天节，这是备受人们重视的喜庆活动。（12）国王啊！成千名角斗手从四面八方汇集这里。这些大勇士身材魁梧，犹如迦罗康迦阿修罗。（13）他们勇敢非凡，臂力超群，受到国王礼遇。他们的肩、臀和脖子如同狮子，身体干净，精神抖擞。他们经常在竞技场上，当着国王的面，博取成功。（14）他们之中有一位大个子，向所有的角斗手挑战。他在角斗场上蹦蹦跳跳，没有一个人敢走近他。（15）所有的角斗手无精打采，垂头丧气。于是，摩差王让厨师与这位角斗手较量。（16）

怖军受到怂恿，好不容易作出决定，因为他不能公开违抗国王。（17）于是，这位人中之虎迈着轻松的虎步进入大竞技场，毗罗吒王欣喜不已。（18）贡蒂之子怖军束紧腰带，众人兴奋。然后，他向那位如弗栗多一般的角斗手挑战。（19）这两个人强悍勇猛，无与伦比，犹如两头身躯庞大、年届六十的疯象。（20）杀敌者怖军吼叫着，用双臂拽住那位吼叫的角斗手，犹如老虎拽住大象。（21）大臂勇士（怖军）将那位角斗手举起旋转，使在场的角斗手和摩差人惊诧不已。（22）大臂者狼腹（怖军）将那位角斗手旋转了一百圈，使他失去神志，然后扔在地上践踏。（23）

举世闻名的角斗手耆莫多被打败，毗罗吒王及其亲属高兴至极。(24) 精神高尚的国王满怀喜悦,在大竞技场上赐给牛牧许多钱财,如同吠湿罗婆那(财神俱比罗)。(25) 怖军用同样方式打败许多角斗手和大力士,博得摩差王的极大欢心。(26) 眼看没有一个人能与他抗衡,国王又让他与老虎、狮子和大象搏斗。(27) 毗罗吒王还让狼腹(怖军)到后宫妇女中去,与凶猛疯狂的狮子搏斗。(28)

般度之子阿周那也用美妙的歌舞,博得毗罗吒王和所有后宫妇女的欢心。(29) 无种训练的快马聚集在那里,令国王满意,王中魁首啊!(30) 看见偕天善于管理牛群,国王高兴地赐给他许多钱财作为报酬,主人啊!(31) 就这样,这些人中雄牛乔装打扮,住在那里,为毗罗吒王做事。(32)

以上是吉祥的《摩诃婆罗多》中《毗罗吒篇》第十二章(12)。《毗罗吒篇》终。

诛空竹篇

一三

护民子说:

这些大勇士、普利塔之子们乔装打扮,住在摩差王的都城中,过了十个月。(1) 民众之主啊!黑公主本该由女仆侍奉,如今痛苦地听命妙施使唤,镇群王啊!(2) 毗罗吒的军队统帅看到般遮罗公主面庞似莲花,在妙施宫中来回忙碌。(3) 空竹看到这个来回忙碌的女子像天神所生的神女,心生爱欲,被爱神之箭射中。(4) 这位统帅欲火中烧,走到妙施那里,笑着说道:(5) "以前,我在毗罗吒王宫中,从来没有见过这位漂亮的女子。这位美女的容貌犹如醇酒的芳香,令我沉醉。(6) 这位貌似神女、摄人心魄的美女是谁?美丽的王后啊!告诉我,她是谁?从哪儿来?她折磨我的心,完全把我控制。我认为我已经无可救药。(7) 哎呀!你的这位美貌绝伦的女仆迷住了我。她不适合为你干活,让她使唤我和我的一切吧!(8) 让她使用我的大量的象、马和车,无数的钱财,丰富的饮食,迷人的金银首饰,让她为我

的大厦增辉吧!"(9)

空竹与妙施商量之后,走到人中之王的女儿黑公主那里,犹如林中豺狼奉承兽王的女儿,说道:(10)"你美貌绝伦,又值青春妙龄,如今只是徒然拥有,美女啊!犹如一个漂亮的花环没人佩戴,你虽然美丽,但不荣耀。(11)我抛弃过去的那些妻子,笑容可爱的女子啊!让她们成为你的女仆。我自己也像奴仆一样侍奉你,美女啊!我将永远听你摆布,面容秀丽的女子啊!"(12)

黑公主说:

苏多之子啊!你错打我的主意。我是一个没有姿色的侍女,一个卑微的梳头娘。(13)我是有夫之妇。祝你幸运!你现在的行为不合适。对于每个人,妻子是可爱的。你要想想正法。(14)无论如何,不能把你的心思放在别人的妻子上。一个善男子决不会做越轨之事。(15)因为灵魂卑劣,固执错误,陷入痴迷,名誉扫地,这样的人会蒙受极大的恐怖和危险。(16)苏多之子啊!你不要高兴,不要在今天就丧失掉性命。你打我的主意,而我受英雄们保护,难以得手。(17)你不可能得到我,我的丈夫们是健达缚。他们会愤怒地杀死你。好了,你不要自取灭亡。(18)你想走的这条路是走不通的绝路。你想做的事就像一个愚笨的孩子站在岸边想走到对岸。(19)你可以上天入地,可以跑到大海彼岸,你也逃不脱他们之手,因为我的丈夫们是勇猛的天神之子。(20)空竹啊!你怎么会痴心妄想追求我,就像一个病人盼望临终之夜?你怎么会打我的主意,就像躺在母亲怀中的孩子伸手想抓月亮?(21)

以上是吉祥的《摩诃婆罗多》中《毗罗吒篇》第十三章(13)。

一四

护民子说:

遭到黑公主拒绝后,空竹抑止不住可怕的情欲,对妙施说道:(1)"吉迦夷啊!你要设法让我与那侍女会面,妙施啊!你要看住她,别让我丢掉性命。"(2)毗罗吒王后聪明睿智,听了他多次诉说,心生怜悯。(3)妙施结合自己的目的,考虑到空竹的目的和黑公主的愤怒,对空竹说道:(4)"你借口过节,准备好酒和食品,然后,我派她到你那里取酒。(5)她奉命到了你那里,在无人之处就不受约束,你可以随意安抚她。如果她接受安抚,就会动情。"(6)

空竹回到家里,按照姐姐的话,准备好适合国王饮用的醇酒。(7)他吩咐高明的厨师烹调各种各样的羊肉,各种各样的鹿肉,还有色香齐全的食品和饮料。(8)准备停当,空竹告诉妙施王后。于是,妙施派遣侍女前往空竹宫中。(9)

妙施说:

侍女啊!你起来,到空竹宫中去取酒,贤女啊!我想喝酒,想得要命。(10)

黑公主说:

我不到他的宫中去,公主啊!你知道,王后啊!他是多么厚颜无耻。(11)体态无瑕的女子啊!我在你的宫中,不会任意妄为,背叛丈夫,美女啊!(12)王后啊!你清楚我当时进入你的宫中时定下的规矩,美女啊!(13)空竹是色胆包天的蠢货,头发秀丽的女子啊!他见到我,会侮辱我,美女啊!我不能去那里。(14)你有许多女仆供你使唤,公主啊!你派别人去吧!因为他会侮辱我。祝你幸运!(15)

妙施说:

是我派你去的,他不会伤害你。(16)

护民子说:

说罢,妙施给了她一个金制的带盖酒杯。黑公主满怀疑惧,哭泣着祈求天神保佑,起步前往空竹宫中取酒。(17)

黑公主说:

除了般度族兄弟,我不结识任何男子。凭此真言,我到了那里,空竹不会控制我。(18)

护民子说:

这位柔弱女子在太阳面前站了一会儿,太阳明白这位苗条女郎遭遇的一切。(19)他指派一位罗刹隐身保护无辜的黑公主,在任何情况下都不离开她。(20)见到黑公主像一头颤抖的小鹿走近前来,空竹欣

喜万分；犹如渡河者得到渡船。(21)

以上是吉祥的《摩诃婆罗多》中《毗罗吒篇》第十四章(14)。

一五

空竹说：
欢迎你，美发女郎！我的黑夜终于露出曙光。你来到这里成为女主人，带给我快乐吧！(1) 戴上金项链、贝壳和金耳环，穿上丝绸衣和皮衣。(2) 我的美丽的床是为你准备的。来这里，和我一起共饮蜜酒吧！(3)

黑公主说：
公主派我到你这里来取酒。她说"我想喝酒，快去替我取酒。"(4)

空竹说：
贤女啊！别人会给公主送酒去的。(5)

护民子说：
说罢，空竹拽住她的右手。黑公主挣脱，将空竹推倒在地，直奔坚战王所在的大厅寻求庇护。(6) 空竹抓住逃跑的黑公主的头发，当着国王的面把她摔倒在地，用脚踹她。(7) 这时，那位受太阳委派的罗刹迅似疾风，将空竹推倒，婆罗多子孙啊！(8) 他遭到罗刹有力的打击，滚倒在地，失去知觉，犹如一棵连根砍断的大树。(9) 怖军和坚战坐在那里看见黑公主，不能容忍空竹用脚踹她。(10) 灵魂高尚的怖军怒不可遏，咬牙切齿，想杀死灵魂邪恶的空竹。(11) 而法王（坚战）生怕暴露身份，用自己的拇指按住怖军的拇指，制止怖军，国王啊！(12) 美臀女郎看见自己的丈夫们神情沮丧，哭泣着来到大厅门口，向摩差王诉说。(13) 这位木柱王的女儿为了不暴露伪装，信守诺言，眼睛里燃烧着愤怒的火焰。(14)

黑公主说：
我是那些人的骄傲的妻子，他们的敌人双脚着地，不敢睡觉，而苏多之子却用脚踹我。(15) 我是那些人的骄傲的妻子，他们总是施舍而不乞讨，具有梵性，说话诚实，而苏多之子却用脚踹我。(16) 我是

23

那些人的骄傲的妻子，他们的战鼓声和弓弦声不绝于耳，而苏多之子却用脚踹我。（17）我是那些人的骄傲的妻子，他们光辉、自制、有力、高傲，而苏多之子却用脚踹我。（18）我是那些人的骄傲的妻子，他们可以摧毁整个世界，但恪守正法的准绳，而苏多之子却用脚踹我。（19）他们乔装打扮，在这世上游荡；他们是孤弱无助的求告者的庇护所。这些大勇士现在在哪里？（20）这些强壮有力、无比威严的男子汉怎么会像阉人一般，能容忍苏多之子伤害他们的忠贞可爱的妻子？（21）他们的愤慨、勇气和光辉都到哪里去了？妻子遭到灵魂卑劣的恶人侵害，他们也不挺身保护。（22）我能对毗罗吒王说些什么呢？他亲眼目睹正法遭践踏，我这个无辜之人遭伤害，却能容忍。（23）国王啊！你在空竹问题上的所作所为全然不像一位国王，因为你的正法犹如陀私优人的正法，没有在大庭广众放光。（24）不管是空竹，还是摩差王，都没有遵守自己的正法。大厅里侍奉国王的臣僚们也不知正法。（25）毗罗吒王啊！我不在大庭广众责骂你。但当着你的面，我受辱挨打，这是不应该的，摩差王啊！请在场的诸位作证：空竹有罪。（26）

毗罗吒说：

你们的争吵，我没有亲眼目睹。我不知道事情真相，怎么能正确处理呢？（27）

护民子说：

然而，侍臣们已经明白，称赞黑公主道"善哉！善哉！"同时谴责空竹。（28）

侍臣们说：

谁拥有这么一位体态优美、眼睛修长的妻子，他就拥有最高的收获，任何时候都不会发愁。（29）

护民子说：

众侍臣这样凝视和称赞黑公主，而坚战由于愤怒，额上渗出汗珠。（30）然而，这位俱卢后裔对他可爱的王后、国王的女儿说道："侍女啊！不要呆在这里，回妙施宫中去吧！（31）英雄们的妻子深爱丈夫，忍辱负重。她们忍辱负重，从而赢得丈夫的世界。（32）我想，你的丈夫们知道不是发怒的时候，所以，这些光辉如同太阳的健达缚没有跑来保护你。(33) 你不知道时机,侍女啊! 像舞女那样跑来。摩差人正在王宫大厅掷骰子,你妨碍了他们。去吧,侍女啊! 健达缚们会带给你快乐。"(34)

黑公主说:
为了这些软心肠的人,我遵行正法。任何人都能加害他们。他们的长者是位赌徒。(35)

护民子说:
这样说罢,美臀黑公主披散头发,眼睛气得发红,回到妙施宫中。(36) 一旦停止哭泣,她的脸又闪发光辉,犹如天上的月轮破云而出。(37)

妙施说:
谁打你了? 美臀女郎啊! 为什么哭泣? 美女啊! 今天,谁使你不愉快? 贤女子啊! 谁惹你不高兴? (38)

黑公主说:
我替你去取酒,空竹在大厅上当着国王的面踢我,仿佛无人在场。(39)

妙施说:
如果你觉得有必要,秀发女郎啊! 我就处死空竹。他被色欲冲昏头脑,打你这个贞洁女子的主意。(40)

黑公主说:
他伤害别人,别人就会杀死他。我相信就在今天,他会走向另一个世界。(41)

以上是吉祥的《摩诃婆罗多》中《毗罗吒篇》第十五章(15)。

一六

护民子说:
木柱王美丽的女儿黑公主遭到空竹侵害,怒火中烧,想要杀死这个军队统帅。她回到自己的住处,(1) 梳洗整理。苗条的黑公主用水洗了身子和衣服。(2) 她边流泪边思忖如何驱除自己的痛苦: "我怎么

办？到哪里去？怎样才能达到我的目的？"（3）她这样思忖着，想到了怖军："眼下，除了怖军，没有一个人能让我满意。"（4）

于是，聪明的黑公主在夜里起床。这位有人保护的贞洁女子心中充满痛苦，跑出去寻找她的保护人。（5）笑容妩媚的般遮罗公主来到厨房，站在怖军身旁，犹如林中一头全身雪白的三岁小母牛站在公牛面前，犹如一头雌象站在庞大的雄象面前。（6）这位无可指摘的女子用双臂抱住他，唤醒他，犹如蔓藤抱住戈摩蒂河岸边盛开的大娑罗树，犹如母狮唤醒密林中熟睡的公狮。（7）像琵琶发出迷人的犍陀罗音调，无可指摘的般遮罗公主话音甜蜜，对怖军说道：（8）"起来，起来，怖军啊！你怎么睡得像死人？因为侮辱不朽者的妻子的罪人不该活着。（9）我的仇人、邪恶的军队统帅犯下大罪后还活着，你怎么还能安睡？"（10）

怖军被公主唤醒后，起床坐在一张铺有靠垫的躺椅上，犹如一团雨云。（11）然后，这位俱卢后裔对可爱的王后说："什么事，你仿佛匆匆忙忙来到我的身旁？（12）你的脸色不好，看上去憔悴苍白。你原原本本说出一切，让我知道。（13）不管是苦是乐，是恨是爱，如实告诉我一切。我听后会知道怎么办。（14）黑公主啊！在任何事情上，我都是你的靠山。遇到各种不幸，我会一次又一次解救你。（15）快说出你心里想要说的事，然后，在别人醒来以前，你回到床上去。"（16）

以上是吉祥的《摩诃婆罗多》中《毗罗吒篇》第十六章（16）。

一七

黑公主说：

以坚战作丈夫的女人怎么会不忧伤？你知道我的一切痛苦，还问我做什么？（1）一个卑贱的小人把我拖到大厅，在大庭广众骂我是女奴，婆罗多子孙啊！我怒火中烧。（2）主人啊！除了木柱王的女儿之外，还有哪个像我这样的国王的女儿，在蒙受如此深重的痛苦后，还能活着？（3）住在森林里时，曾遭受邪恶的信度王侵害，谁还能承受这第二次的侵害呢？（4）当着摩差王的面，那个赌徒亲眼看到空竹用脚踢我，有谁能像我这样还活下去呢？（5）婆罗多子孙啊！你不知道我遭受这么多的苦难吗？贡蒂之子啊！我活下去会有什么结果？（6）婆罗多子孙啊！这个卑鄙透顶的空竹是毗罗吒王的内弟，人中之虎啊！他是军队统帅。（7）我乔装侍女住在王宫里，这个灵魂邪恶的人总是对我说"做我的妻子吧！"（8）这个该死的人纠缠我，杀敌者啊！我的心就像到时成熟的果子迸裂。（9）

该骂你们的长兄，这个邪恶的骰子赌徒，他的所作所为带给我无穷的痛苦。（10）除了邪恶的赌徒之外，有谁会输掉王国、财产和自己后，还以流亡生活作赌。（11）如果他赌成千成千金币，赌其他财物，日日夜夜赌上许多年，（12）也输不完他的金银首饰、衣服、坐骑、车辆、山羊、绵羊、马和骡。（13）而他失去了荣华富贵，如今借口是赌徒，像傻瓜一样默默坐着，想着自己的事。（14）曾经有数万头佩戴金项链和莲花的大象跟随他行走，如今他以赌徒的身份谋生。（15）曾经有数十万个无比光辉的仆人在天帝城侍奉这位大王坚战。（16）在他的厨房，总有数十万女仆，手持钵盂，日夜侍奉客人用膳。（17）这位慷慨的施主曾经施舍成千成千金币，却陷入赌博造成的巨大困厄之中。（18）许多音色优美的歌手和吟唱诗人，戴着锃亮的宝石耳环，曾经日夜侍奉他。（19）成千个具备苦行和学问的人经常围坐在他的大厅，受到侍奉，一切如愿。（20）坚战一向仁慈地供养国中的盲人、老人和一切遭逢不幸的孤弱无助者。（21）如今坚战沦落地狱，成为摩差王的仆从，国王大厅里的赌徒，自称名叫刚迦。（22）住在天帝城时，诸王都向他进贡，如今却依靠别人维生。（23）过去，保护大地的诸王都受他控制，如今这位国王生活在别人的控制下。（24）坚战曾经像太阳那样，光芒普照大地，如今他成为毗罗吒王的侍臣。（25）般度之子啊！你看这位般度之子，过去在大厅中，诸王和众位仙人侍奉他，如今他却侍奉别人。（26）坚战以法为魂，智慧博大，落到依靠他人谋生的地步，有谁见了不难过？（27）婆罗多子孙啊！你看这位婆罗多子孙，过去在大厅上，整个大地侍奉他，英雄啊！如今他却侍奉别人。（28）怖军啊！难道你没有看见我孤弱无助，遭受各种痛苦折磨，沉浸在忧愁的海洋中么？（29）

以上是吉祥的《摩诃婆罗多》中《毗罗吒篇》第十七章（17）。

一八

黑公主说：

我要告诉你我的巨大痛苦，婆罗多子孙啊！你不要生我的气，我是出于痛苦才讲的。(1) 你在宫中与老虎、公牛和狮子搏斗时，吉迦夷凝视着你，我神情沮丧。(2) 体态无瑕的吉迦夷转眼看见我仿佛神志恍惚，便对那些妇女说道：(3) "依我看，这位笑容美丽的女子与这位厨师住在一起，产生爱情。她看到厨师与那些猛兽搏斗，忧心忡忡。(4) 这位侍女容貌漂亮，牛牧也十分英俊。女人的心难以捉摸。但我觉得他俩很相配。(5) 这位侍女一直愉快地和他住在一起，对他充满同情；他俩在这王宫里生活了同样的时间。"(6) 她经常说这些话刺激我，看到我生气，就怀疑我和你！(7) 她这样说话，我陷入极大的痛苦，充满对坚战的忧虑，我不能活下去。(8)

单车英雄（阿周那）曾经战胜天神、人和蛇，现在是毗罗吒王女儿们的青年舞师。(9) 这位普利塔之子灵魂无可限量，曾经在甘味林中，使火神满意，如今住在后宫，犹如藏在井中的火。(10) 人中雄牛胜财（阿周那）一向使敌人恐惧，如今换上为世人鄙视的装束。(11) 他的弓弦声和击掌声曾经使敌人胆战心惊，如今妇女们喜气洋洋，聆听他的歌声。(12) 过去，戴在头上的王冠像太阳那样闪闪发光，如今胜财（阿周那）将头发末端梳成发辫。(13) 他灵魂伟大，是一切知识的宝库，佩戴全套天国武器，如今却佩戴耳环。(14) 在战场上，成千上万威力无比的国王不能超越他，犹如大海不能超越海岸。(15) 如今他乔装打扮，成为毗罗吒王女儿们的青年舞师，成为这些女孩的仆人。(16) 随着他的车声，整个大地摇撼，连同高山和树林，连同一切动和不动之物，怖军啊！(17) 这位高贵者降生时，消除了贡蒂的忧愁，怖军啊！如今你的这位弟弟却令我担忧。(18) 看到他戴着金耳环、贝壳手镯和各种首饰走来，我的心往下沉。(19) 怖军啊！看到阿周那梳着发辫跑来，女孩们围绕他，我的心往下沉。(20) 看到女孩们围绕这位貌似天神的人，犹如母象围绕春情发动的公象；(21) 看到这位普利塔之子站在乐器中间，侍奉摩差国王毗罗吒，我头晕眼花，不辨方向。(22) 高贵的婆婆肯定不知道胜财（阿周那）遭遇的困境，也不知道俱卢后裔无敌（坚战）这个邪恶的赌徒的沉沦。(23)

同样，看到年轻的偕天，这位武士之主，乔装牧人来到牛群中，我脸色变白，婆罗多子孙啊！(24) 我反复思量偕天的各种行为，大臂者啊！没有发现偕天有任何过错。这位诚实而勇敢的人不应该遭受这种痛苦。(25) 婆罗多族俊杰啊！看到你的可爱的弟弟如同雄牛，摩差王安排他看牛，我怒火中烧。(26) 看到他热情洋溢，身穿红衣，成为牧人首领，取悦毗罗吒王，我浑身发烧。(27) 因为高贵的婆婆总是向我称赞英雄偕天"出生高贵，行为端正，恪守戒律，(28) 懂得廉耻，言语甜蜜，遵行正法，我喜欢他，祭军之女啊！你在森林里要照看他，即使是在夜里。"(29) 如今看到最优秀的战士偕天忙于照看牛群，夜晚躺在小牛皮上，我怎么能活下去？般度之子啊！(30)

美貌、武艺和学问，无种具备这三者，如今成了毗罗吒的马夫，你看这时运倒转！(31) 法结当着国王的面训练马的速度，众人竞相观看。(32) 我看到他侍奉吉祥的摩差王，无比光辉的毗罗吒，向他展示马群。(33) 你想，我怎么会快乐？普利塔之子啊！由于坚战，我陷入百般痛苦之中，焚烧敌人者啊！(34)

婆罗多子孙啊！我还承受其他种种痛苦。我要当面告诉你，贡蒂之子啊！你听着。(35) 你们都还活着，各种痛苦折磨我的身体，还有什么比这更痛苦？(36)

以上是吉祥的《摩诃婆罗多》中《毗罗吒篇》第十八章(18)。

一九

黑公主说：

我乔装侍女，在宫中忙碌，为妙施公主梳洗打扮，这都是那个赌徒造成的。(1) 请看我这位公主蒙受的奇耻大辱，焚烧敌人者啊！我忍受着时间，活像病人忍受着一切痛楚。(2) 我相信人的成败兴衰飘忽无常，我盼望丈夫们再度辉煌。(3) 人的成功有原因，失败也有原因，所以，我期待着。(4) 我也听说 "人忽而施舍，忽而乞讨；忽而杀人，忽而被杀；忽而推翻别人，忽而被人推翻。"(5) 命运不会超重，命运也不可逃避，所以，我期待时来运转。(6) 曾经有水的地方，还会出水，我期望时来运转，再度辉煌。(7) 由于命运，即使有教养的人也会目的落空。但面对命运，智者仍会尽力而为。(8)

你问我这不幸女子说这些话的用意吧！即使你不问，我也会实话告诉你。(9) 我是般度之子们的王后，木柱王的女儿，落到这般境地，除了我之外，谁还想活下去？(10) 婆罗多子孙啊！因为我蒙受的苦难，使所有的俱卢族、般遮罗族和般度族丢脸，制服敌人者啊！(11) 享有众多的兄弟、公公和儿子给予的荣华富贵，杀敌者啊！哪个女子还能承受这种痛苦？(12) 难道是我幼稚无知，冒犯了创造主？由于他的恩惠，我遭逢不幸，婆罗多族雄牛啊！(13) 你看我的脸色，般度之子啊！过去即使处在极端的痛苦中，也不像这样。(14) 怖军啊！你知道我过去多么快乐，普利塔之子啊！如今我沦为女仆，孤弱无助，不得安宁。(15)

我想，这不能不是命运的安排，普利塔之子胜财（阿周那），这位可怕的弓箭手、大臂者安静地坐在那里，犹如不燃烧的火。(16) 普利塔之子啊！人们不能预测生命的进程。我想，这次落难也出乎你们的意料。(17) 你们是像因陀罗一样的人，过去总是凝视我的脸。现在，我这位贞洁女子却要看那些低贱女子的脸。(18) 你看，我的处境多么不适合我，般度之子啊！你看，在你们清醒的状况下，时运倒转。(19) 过去，我统辖四海围绕的大地，如今却战战兢兢受妙施支配。(20) 过去，我的女仆前呼后拥，如今，我为妙施忙前忙后，贡蒂之子啊！你明白我难以忍受这种痛苦。(21) 过去，除非是为贡蒂，我从不为自己磨制涂抹肢体的软膏。祝你幸运！如今，我得磨制檀香软膏，贡蒂之子啊！你看我的双手，再也不像从前那样。(22)

护民子说:
说着，她伸出结满胼胝的双手给怖军看。(23)

黑公主说:
我从来不惧怕贡蒂或你们，而现在，我作为一个女仆，胆战心惊地站在毗罗吒面前。(24) 这位大王会问我 "软膏准备好了没有？"因

为摩差王不喜欢别人磨制的檀香膏。(25)

护民子说：

光辉的黑公主向怖军诉说自己的种种痛苦，望着怖军，轻轻地哭泣。(26) 唏嘘叹息，声音哽咽，揪动着怖军的心，她继续说道：(27) "我过去大大冒犯了众天神，怖军啊！在应该死去的时候，却不幸地活着。"(28) 于是，杀敌英雄狼腹（怖军）拿起颤抖的黑公主的肿胀而结满胼胝的双手，放在自己脸上，呜咽哭泣。(29) 这位英勇的贡蒂之子握着她的双手，潸然泪下，痛苦不堪，说了下面这番话。(30)

以上是吉祥的《摩诃婆罗多》中《毗罗吒篇》第十九章(19)。

二〇

怖军说：

呸，我的臂力！呸，阿周那的甘狄拨神弓！从前红润的双手，如今结满胼胝。(1) 当时，法王（坚战）用眼神阻挡我。我明白了他的意思，站在原地不动，光辉的女子啊！否则，我会在毗罗吒的大厅里，大显身手。(2) 我被逐出王国，没有杀死俱卢族难敌、迦尔纳和妙力之子沙恭尼。(3) 我没有砍掉邪恶的难降的脑袋。这件事燃烧着我，犹如利箭扎在我的心，善女子啊！不要抛弃正法，臀部美丽的女子啊！平息怒气，智慧博大的女子啊！(4) 如果坚战王听到你的责备，善女子啊！他会抛弃整个生命。(5) 臀部美丽的女子啊！胜财（阿周那）和孪生兄弟也会这样做，腰身苗条的女子啊！一旦他们都去另一个世界，我也不能活下去了。(6) 沙利耶底的女儿美娘跟随在林中变成蚁垤的婆利古之子行落仙人，安抚他。(7) 你或许也听说过从前那陀延那美丽的女儿帝军，跟随一千岁的年迈丈夫。(8) 你或许也听说过遮那迦的女儿、毗提诃公主悉多跟随流亡林中的丈夫。(9) 这位臀部美丽的女子、罗摩可爱的王后被罗刹抓获，受尽磨难，依然追随罗摩。(10) 胆怯的女子啊！年轻美貌的残印也抛却一切超人的享乐，追随投山仙人。(11) 正如这些美貌妇女忠于丈夫，名声卓著，善女子啊！你也具备一切美德，享有

31

盛誉。(12)不要很久,你再忍受一个半月,十三年期满后,你将是国王的王后。(13)

黑公主说:

怖军啊!我摆脱不了痛苦,伤心落泪,我不责备国王。(14)大力士怖军啊!过去的时间已经过去,你要抓住即将到来的时间,立刻行动!(15)怖军啊!吉迦夷怀疑我比她漂亮,总是担心:"国王会不会要这个女人?"(16)灵魂卑劣的空竹了解她的这种心情,抱着幻想,经常纠缠我。(17)怖军啊!我发怒,但又压住怒气,对这个色迷心窍的人说道"空竹啊!你要保护自己。(18)我是五位健达缚的可爱的妻子。这些英雄行为暴烈,难以制服。他们会杀死你。"(19)灵魂卑劣的空竹听后,回答说"笑容美丽的侍女啊!我不怕健达缚。(20)我能在战斗中杀死成百上千个健达缚,胆怯的女子啊!给我一次机会吧。"(21)闻听此言,我又对这位害了相思病的苏多之子说道"你不是那些声名显赫的健达缚的对手。(22)我出身名门,品行端正,始终恪守正法。我不希望任何人被杀,所以,空竹啊!你才活着。"(23)听我这样说罢,这个灵魂卑劣的人放声大笑。他不走正道,也不遵守正法。(24)他灵魂邪恶,情感卑劣,沉湎爱欲,粗俗无礼。这个灵魂卑劣的人一再遭到拒绝后,每次见到我,就想伤害我,因此我不想活了。(25)你们努力遵行正法,而伟大的正法即将消失;你们信守诺言,而你们的妻子就要失去。(26)保护了妻子,也就保护了子孙;保护了子孙,也就保护了自己。(27)因为我听过婆罗门讲述这种姓法,对于刹帝利来说,除了杀死敌人之外,没有其他的正法。(28)

当着法王(坚战)的面,空竹用脚踢我;你也亲眼目睹,大力士怖军啊!(29)是你把我从可怕的辫发阿修罗手中救出,同样,你和兄弟们一起打败胜车。(30)空竹依仗国王的宠信,纠缠我,侮辱我,请你杀死这个罪人吧,婆罗多子孙啊!(31)杀死这个色迷心窍的人,就像把罐子摔在石头上,婆罗多子孙啊!他是我种种不幸的祸根。(32)如果明天太阳升起时,他还活着,我将配制毒药喝下。我决不能落入空竹手中,怖军啊!我最好当着你的面死去。(33)

护民子说:

黑公主这样说罢,依偎在怖军胸前哭泣。怖军抱住她,竭力安抚

她。他想到空竹，不禁舔着嘴角。(34)

以上是吉祥的《摩诃婆罗多》中《毗罗吒篇》第二十章(20)。

二 一

怖军说：

贤惠的女子啊！我将按照你说的去做，胆怯的女子啊！今天就杀死空竹及其亲属。(1) 笑容甜美的祭军之女啊！你抛开忧愁和痛苦，今天傍晚，与他约会。(2) 摩差王盖了一座舞厅，女孩们白天在那里跳舞，晚上都回各自的家。(3) 那里有一张制作精良、坚固结实的床，胆怯的女子啊！我就在那里让他去见早已死去的祖宗。(4) 你与他约会，不要让人看见，善女子啊！你要按照约定的办法去做。(5)

护民子说：

他俩心中充满痛苦，流着眼泪，互相诉说，度过最难熬的夜晚最后时分。(6) 夜晚过去，空竹早上起来，来到王宫，对黑公主说道：(7) "在大厅上，我当着国王的面，把你推倒在地，用脚踢你。你受到强者虐待，得不到救助。(8) 因为这里流传说摩差王徒有虚名，我这位军队统帅才是真正的摩差王。(9) 你就享福吧，胆怯的女子啊！我是你的奴仆，臀部美丽的女子啊！我马上就给你一百金币。(10) 我给你一百个女仆，一百个男仆和母骡拉的车，胆怯的女子啊！让我俩幽会吧。"(11)

黑公主说：

你先要答应我一个条件，空竹啊！不要让你的朋友或兄弟知道你和我幽会。(12) 因为我害怕名声卓著的健达缚们会知道。你答应这个条件，我便依从你。(13)

空竹说：

我照你说的做，臀部美丽的女子啊！我独自一人到你的空闺中去，贤女子啊！(14) 我爱你爱得发狂，要与你共度良宵，腿如芭蕉树的女子啊！太阳一般光辉的健达缚们不会发觉你。(15)

黑公主说:

摩差王盖了一座舞厅,女孩们白天在那里跳舞,晚上都回各自的家。(16)天黑后,你到那里去。健达缚们不知道。在那里万无一失,肯定没有问题。(17)

护民子说:

黑公主与空竹谈妥这事后,剩下的半天就像度过一个月,国王啊!(18)空竹回到家里,兴奋不已;这个傻瓜不知道死神已经化作侍女出现。(19)他动用所有的香料、首饰和花环;这个色迷心窍的人迅速打扮自己。(20)他做事时,想着那位大眼睛女郎,感到时间漫长。(21)这是他失去光辉之前的最后闪耀,犹如油灯燃尽灯芯,即将熄灭。(22)空竹色迷心窍,信以为真,想着幽会,不知道白天是怎么过去的。(23)

然而,善女子黑公主到厨房去,来到俱卢后裔、丈夫怖军身旁。(24)这位头发秀丽的女子对他说道:"我已经按照你说的,与空竹约定在舞厅幽会,焚烧敌人者啊!(25)空竹晚上独自一人来到这个空舞厅,大臂者啊!你杀死空竹吧。(26)贡蒂之子啊!苏多之子空竹傲慢狂妄,你去舞厅杀死他,般度之子啊!(27)这个苏多之子狂妄无知,藐视健达缚,最优秀的勇士啊!你去除掉他,犹如大象拔出芦苇。(28)请你揩干我痛苦的眼泪,婆罗多子孙啊!维护你自己和家族的荣耀吧,祝你幸运!"(29)

怖军说:

欢迎你,妙腰女啊!你告诉了我一个好消息,因为我不希望有任何人陪着他,肤色美丽的女子啊!(30)我很高兴听到你安排了与空竹的约会,就像我杀死希丁波那样高兴,肤色美丽的女子啊!(31)以我的兄弟们和正法的名义,我向你起誓:我将杀死空竹,就像天王(因陀罗)杀死弗栗多。(32)不管是在暗处,还是在明处,我都要杀死空竹;如果摩差人们知道了,我一定也要把他们一起杀死。(33)然后,我杀死难敌,夺回大地。让贡蒂之子坚战自愿去侍奉摩差王吧!(34)

黑公主说:

你不要为了我放弃誓言,主人啊!你悄悄地杀死空竹吧,英雄啊!(35)

怖军说：

我按照你说的去做，胆怯的女子啊！今天晚上，我悄悄地行动，无可指摘的女子啊！(36) 我要砸碎空竹的脑袋，就像大象碾碎吉祥果。他灵魂卑劣，贪图非分。(37)

护民子说：

到了晚上，怖军先到那里，悄悄坐着等候空竹，犹如隐藏的狮子等候小鹿。(38) 空竹打扮定当，满怀高兴，在指定的时间来到舞厅，渴望与般遮罗公主幽会。(39) 他一心想着幽会，进入舞厅。这宽敞的舞厅笼罩着黑暗。(40) 在那里，这个坏心人遇到威力无比的怖军；他早已来到，坐在一边。(41) 这位苏多之子抚摸躺在床上的死神；这位死神为黑公主受辱而怒火中烧。(42) 色迷心窍的空竹凑近身去，欣喜若狂，笑着说道：(43) '我为你准备了各式各样无数财宝，所有一切都给你，然后，我赶来这里。(44) 家里的妇女们突然赞美我说'没有一个男子像你这样衣着华丽和漂亮。'"(45)

怖军说：

多么幸运，你漂亮！多么幸运，你赞美自己！可是，这样的抚摸，你却从未经历。(46)

护民子说：

这样说罢，勇力可怕的大臂者、贡蒂之子怖军起身，笑着抓住那个卑鄙小人的装饰有花环和香粉的头发。(47) 这位优秀的力士被人用力抓住头发。但他迅速挣脱出来，用双臂抓住般度之子。(48) 于是，这两位狂怒的人中之狮交臂搏斗，犹如春天里两头强壮的公象争夺一头母象。(49) 由于愤怒，怖军有点慌神，脚步摇晃，强壮的空竹用膝盖将他绊倒在地。(50) 怖军被强壮的空竹摔倒在地后，迅速爬起，犹如一条遭到棍棒打击的蛇。(51) 苏多之子和般度之子这两位力士醉心暴力，深更半夜，在这无人之地，互相扯打，一决高低。(52) 这座辉煌的舞厅一再摇晃，这两个狂怒的人互相发出吼叫。(53) 怖军用手掌猛击空竹的胸膛。强壮的空竹怒火中烧，站定脚跟，没有失足。(54) 对这人地上难以忍受的猛烈打击，苏多之子也只是忍住了一会儿。在怖军猛烈的打击下，他的体力渐渐耗尽。(55) 大力士怖军知道他体力耗尽，立即按住他的胸口，用力压迫，直至他失去知觉。(56) 满腔怒火的狼腹（怖军）喘着气，这位优秀的胜利者，又使劲抓住空竹的头发。(57) 大力士怖军抓住空竹，大声吼叫，犹如饥饿觅食的老虎抓住一头巨鹿。(58) 他把空竹的双脚、双手、脑袋和脖子，全都塞进身体里去，犹如持弓者处理野兽。(59)

大力士怖军将失去所有肢体的这个肉团显示给黑公主看。(60) 这位光辉无比的般度之子对黑公主说道："般遮罗公主啊！你看，这就是那个追求你的人。"(61) 怖军杀死空竹，消除了怒气，告别黑公主，迅速回到厨房。(62)

优秀的女子黑公主让怖军杀死空竹后，解除了忧虑，十分高兴，对大厅卫兵说道：(63) "空竹迷恋别人的妻子，被我的健达缚丈夫们杀死了，躺在那里。你们来看看吧！"(64) 闻听此言，成千个舞厅卫兵急忙手持火把，来到这里。(65) 他们进入舞厅，看见空竹命绝身亡，躺在地上，鲜血溅满一地。(66) "他的脖子在哪里？脚在哪里？手在哪里？头在哪里？"他们断定空竹是被健达缚杀死的。(67)

以上是吉祥的《摩诃婆罗多》中《毗罗吒篇》第二十一章(21)。

二二

护民子说：

这时，空竹的亲属全都赶来看他，围着他哭泣。(1) 他们看到空竹的肢体全被毁掉，就像一只扔在地上的乌龟，不禁毛发直竖，浑身颤抖。(2) 怖军杀死他，犹如因陀罗杀死檀那婆。他们准备为他进行净化仪式，把他抬了出来。(3) 这时，聚集在那里的苏多之子们，看见体态无瑕的黑公主就在附近，依着柱子站着。(4) 这些苏多之子聚在一起，其中一位小空竹对他们说道："立刻杀死这个淫妇！全是为了她，空竹才遭到杀害。(5) 或者，我们不要杀死她，让她和她的情夫一起火化。无论如何，这会使苏多之子高兴，即使他已经死去。"(6)

于是，他们对毗罗吒王说道："空竹为了这个女人遭到杀害，就让她与空竹一起火化吧！你应该同意此事。"(7) 国王想到这些苏多之子骁勇强悍,便同意让这个侍女和苏多之子一起焚化,民众之主啊!(8) 小空竹们涌向眼似莲花的黑公主,粗暴地抓住她。她浑身颤抖,神志迷糊。(9) 他们抬起这位纤腰女子,捆住她,把她一起带往火葬场。(10) 无辜的黑公主被这些苏多之子抓住,国王啊!这位有人保护的贞洁女子哭喊着寻求保护。(11)

黑公主说:

阇耶、阇衍多、维阇耶、阇耶塞那和阇耶钵罗,请听我说"苏多之子们把我带走了!"(12) 在大战中,能听到他们迅速行动的可怕声响,弓弦声和击掌声,犹如闪电的霹雳;(13) 还能听到这些名声卓著的健达缚的隆隆车声。现在请听我说"苏多之子们把我带走了!"(14)

护民子说:

听到黑公主的悲哀呼叫,怖军毫不迟疑地从床上起来。(15)

怖军说:

我听见你说的话了,侍女啊!因此,你不要惧怕这些苏多之子,胆怯的女子啊!(16)

护民子说:

说罢,这位大臂者想要杀敌,起身伸腰,穿好衣服,从旁门跳出,窜到外面。(17) 怖军迅即从墙旁拔起一棵树,前往空竹亲属们已去的火葬场。(18) 这位力士握着这棵连干带枝十寻长的树,犹如死神手持刑杖,跑向苏多之子们。(19) 在他双腿所过之处,榕树、菩提树和金苏迦树纷纷倒下,随地成堆。(20) 苏多之子们看见这个狂怒的健达缚像雄狮一样冲来,全都绝望恐惧,浑身颤抖。(21) 小空竹们正准备焚烧长兄,看见这个健达缚来到,仿佛看见死神来到,他们绝望恐惧,浑身颤抖,互相说道:(22) "这个强壮的健达缚来了,愤怒地举着大树。赶快放掉这个侍女吧,我们已经大难临头。"(23) 他们看到怖军挥舞着大树,便把黑公主放了,逃回城去。(24)

怖军看到他们逃跑,犹如因陀罗看到檀那婆逃跑;他把一百零五个小空竹送进了阎摩殿。(25) 然后,难以抵御的大臂者狼腹(怖军)救下黑公主,安抚她,民众之主啊!他对这位可怜的、泪流满面的般遮罗公主说道：（26）"他们折磨你这无辜之人，胆怯的女子啊！现在他们已被杀死，黑公主啊！你回城去吧，不用害怕。我从另一条路回毗罗吒的厨房去。"（27）

婆罗多子孙啊！那里躺着一百零五个被杀死的人，犹如一座遭到砍伐的大森林，树木横七竖八。（28）国王啊！一百零五个小空竹就这样被杀死了，加上死在前面的军队统帅，总共一百零六个苏多之子。（29）男男女女来到这里，看见这个奇迹，都惊讶至极，说不出话来，婆罗多子孙啊！（30）

以上是吉祥的《摩诃婆罗多》中《毗罗吒篇》第二十二章（22）。

二三

护民子说：

他们看到苏多之子们被杀，便去报告国王说："国王啊！健达缚们杀死了一百多个苏多之子。（1）一眼望去，遍地都是苏多之子们，犹如金刚杵砍落的山峰。（2）那个侍女已经获释，又返回你的宫中，国王啊！你的整个都城将面临危险。（3）因为那个侍女如此美丽，而健达缚们又力大无比。毫无疑问，男人们贪图欢爱。（4）不要让你的都城毁在这个扮作侍女的女人手中，国王啊！赶快制定一个对策吧。"（5）

听了他们的话后，军队之主毗罗吒说道："为这些苏多之子举行最好的葬礼。（6）把空竹兄弟们放在一起迅速火化，配上各种珠宝和香料。"（7）然后，国王心怀恐惧，对妙施王后说道："等那侍女回来，你以我的名义对她说：（8）'走吧，侍女！愿去哪儿就去哪儿，弱女子啊！祝你幸运！国王害怕毁在健达缚手中，臀部美丽的女子啊！'（9）因为她受健达缚保护，我不能亲口对她这样说，而妇女们是无辜的，所以我让你去对她说。"（10）

那个苏多之子已被怖军杀死，黑公主得救，摆脱恐惧，走回城去。（11）她用水洗过肢体和衣服，犹如一只受过老虎惊吓的活泼小鹿。（12）人们看到她，都向四面八方逃开，国王啊！有些人惧怕健达缚，闭上眼睛。(13) 国王啊！这位般遮罗公主看到怖军站在厨房门口，犹如一头迷醉的大象。(14) 她惊讶不已，悄悄用手势暗示道："向健达缚王致敬！由于他，我才获救。"(15)

怖军说：

这些男子在这里生活，受她支配；听了她的话，他们生活没有负疚。(16)

护民子说：

然后，她看见大臂者胜财（阿周那）在舞厅里教毗罗吒王的女儿们跳舞。(17) 这些女孩与阿周那一起走出舞厅，看到无辜遭受磨难的黑公主走来。(18)

女孩们说：

多么幸运，侍女啊！你获救了！多么幸运，你又回来了！多么幸运，那些折磨你这个无辜者的苏多之子被杀死了！(19)

巨苇说：

侍女啊！你怎么获救的？那些罪人怎么被杀死的？我想如实听到这一切。(20)

侍女说：

巨苇啊！你如今与侍女有什么关系？善女子啊！你一直舒服地住在女孩们的后宫里。(21) 你没有经受过侍女吃到的苦头，所以，你仿佛笑着问我这个受苦之人。(22)

巨苇说：

善女子啊！巨苇也感受到无比的痛苦，弱女子啊！她已身同牲畜，你不了解她！(23)

护民子说：

然后，黑公主与女孩们一起进入王宫，走到妙施身旁。(24) 公主以毗罗吒名义对她说道"侍女啊！快走吧！想到哪儿就到哪儿去吧！(25) 国王害怕毁于健达缚手中，祝你幸运！你年轻，双眉秀丽，美貌绝伦，举世无双。"(26)

侍女说：

请国王宽容我十三天吧，美女啊！毫无疑问，健达缚们将完成他们的事业。(27) 然后，他们会带走我，也会报答你。他们肯定会给国

39

王及其亲属带来幸福吉祥。(28)

以上是吉祥的《摩诃婆罗多》中《毗罗吒篇》第二十三章(23)。《诛空竹篇》终。

夺牛篇

二四

护民子说：

空竹和他的弟弟们被杀，民众之主啊！平民百姓一想起这件事就感到惊讶。(1) 在城镇和乡村，人们议论纷纷："空竹这个大力士凭借勇敢成为国王的宠信。(2) 他心思不正，贪图女色，侵犯他人。这个灵魂卑鄙的恶人确实已被健达缚们杀死。"(3) 大王啊！人们到处这样议论这位曾经击败敌军、难以制胜的空竹。(4)

持国之子（难敌）派出的探子们搜寻了许多村庄、城市和国家。(5) 他们按照指示，逐地探访，然后，失望地回到象城。(6) 在这里，他们见到持国之子俱卢族王（难敌）、德罗纳、迦尔纳、慈悯和灵魂伟大的毗湿摩。(7) 他们向坐在大厅中间、由众位弟弟和三穴国大勇士们陪伴的难敌禀告道：(8) "人中因陀罗啊！我们尽了最大努力，一直在这座大森林中搜寻般度族兄弟。(9) 这座大森林荒无人烟，野兽出没，覆盖着各种树木和蔓藤，布满蔓藤卷须和各种树丛。(10) 我们到处搜寻坚定勇敢的普利塔之子们的足迹，但一无所获。(11) 山顶高坡，各个乡村，人口稠密的地方，山村，城镇，(12) 人中因陀罗啊！四面八方，我们都搜寻了，但没有发现般度族兄弟。他们全部消失了，祝你幸运！人中雄牛啊！(13) 我们寻找这些勇士的踪迹时，优秀的勇士啊！也花了一点时间追寻他们的车夫，人中因陀罗啊！(14) 经过认真侦察，可以肯定地说：这些车夫都已回到多门城，但没有普利塔之子们，焚烧敌人者啊！(15) 般度族兄弟没有在那里，国王啊！忠于丈夫的黑公主也没有在那里。他们全都消失。向你致敬，婆罗多族雄牛啊！(16) 我们不知道这些精神伟大的人是死了，还是活着？我们不知道般度族兄弟的消息,不知道他们在做什么?人中因陀罗啊!请指示我们下一步怎么做,民众之主啊!(17)我们怎样进一步搜寻般度族兄弟?请听我们告诉你一个光辉吉祥的好消息。(18)摩差王的车夫空竹精神伟大,曾经率领大军征服三穴国,国王啊!(19)这个灵魂邪恶的人和他的弟弟们,婆罗多子孙啊!在夜里被健达缚们悄悄杀死,躺倒在地,坚定的人啊!(20)听了这个敌人遇难的好消息,你心满意足,俱卢后裔啊!请决定下一步的行动吧!"(21)

以上是吉祥的《摩诃婆罗多》中《毗罗吒篇》第二十四章(24)。

二五

护民子说:

难敌王听了他们的话,沉思良久,对大厅里在座的人们说道:(1)"确实,要断定事情的最终结局十分困难,所以,你们一定查清般度族兄弟的去向。(2)他们在这第十三年里隐姓埋名生活,期限已过去大部分,只剩下一点点时间了。(3)如果般度族兄弟度过今年剩下的这些时间,他们便是恪守誓言,完成契约。(4)他们肯定会像游动的蛇王和毒蛇,愤怒暴烈地对待俱卢族。(5)如果在这规定的时间之前发现他们,那么,他们仍将保持悲惨的模样,克制怒气,再度进入森林。(6)因此,希望你们赶快找到他们,以便保障我们的王国永远稳定,没有对立,没有骚乱,没有仇敌。"(7)

然后,迦尔纳说道"婆罗多子孙啊!快让另外一些更加精明能干、办事可靠的人去找吧!(8)让他们隐蔽身份,侦察繁华地区、聚居地区和牧场,深入悉陀和出家人中间,(9)奴仆中间,还有圣地和矿区。这些人具备良好的推理能力,也许能找到。(10)这些人聪明睿智,尽心竭力,在巧妙的伪装下,或许能巧妙地找到隐居的般度族兄弟,(11)在河边,在凉亭,在圣地,在乡村,在城镇,在可爱的净修林,在山上,或者在洞穴里。"(12)

然后,弟弟难降对喜欢作恶的长兄说道:(13)"我们要重视迦尔纳说的这些话。让所有的探子按照命令,一批接一批去搜寻!让这些探子和比这些还要多的探子,按照规则,一个地区接一个地区去搜寻!(14)我们还没有得知他们的去向、住处和消息。他们或许藏得很深,或许越海过洋。(15)这些勇敢骄傲的人或许在大森林中被野兽吃掉了;或许遭遇不测,所有的人一起送了命。(16)因此,排除你心中的焦虑,俱卢后裔啊!按照你的想法,努力工作吧!"(17)

以上是吉祥的《摩诃婆罗多》中《毗罗吒篇》第二十五章(25)。

二六

护民子说:

然后,洞悉真谛的大英雄德罗纳说道 "这些人不会消失,也不会走向毁灭。(1)他们是英雄,有学问,有智慧,控制感官,通晓正法,知恩报恩,忠于法王(坚战)。(2)这位年长的法王洞悉政事、正法和利益的真谛,像父亲一样为大家谋利益,恪守正法,坚持真理,尊敬长者。(3)弟弟们都忠于这位灵魂伟大的长兄,国王啊!谦恭的无敌(坚战)也忠于弟弟们。(4)对于这些顺从、可靠、精神高尚的弟弟们,精明的普利塔之子(坚战)怎么会不为他们设计良策呢?(5)因此,他们正在努力等待时转运来。我凭智慧感觉到他们没有遭到毁灭。(6)现在,事不宜迟,赶快行动,要好好考虑一下,找到他们的住处。(7)般度之子们遇到任何事情,思想坚定;他们勇敢,无罪,遵奉苦行,确实难以找到。(8)普利塔之子(坚战)灵魂纯净,品德高尚,恪守真理,富有教养,纯洁无瑕,犹如不可名状的光团,夺走人们的双眼。(9)知道了这些,就行动吧!让我们依靠婆罗门、探子、悉陀和其他精通此道的人们,再搜寻一次吧!"(10)

以上是吉祥的《摩诃婆罗多》中《毗罗吒篇》第二十六章(26)。

二七

护民子说:

婆罗多族的祖父、福身王之子毗湿摩博学多闻,通晓天文地理,洞悉事物真谛，熟知一切正法。(1) 在老师说完后，他开始说话。他说了这些对婆罗多子孙们有益的话。(2) 他的话遵循正法，偏向知法的坚战，恶人始终难以接受，而一向受到善人尊重。毗湿摩在这里说了这些受到善人重视的话：(3)

"正如通晓一切事物真谛的婆罗门德罗纳所说 '般度族兄弟拥有一切吉相，不可能毁灭。(4) 他们富有学问，品行端正，誓言纯洁，认真听取长者教诲，一心恪守誓言。(5) 他们誓言纯正，懂得时机，维护协议，肩负善人之轭，不可能消沉。(6) 般度族兄弟受到正法和他们自己的勇气保护，我相信他们不会走向毁灭。'(7)

"我要谈谈我对般度族兄弟的想法，婆罗多子孙啊！贤明之人的谋略是不会被人识破的。(8) 我们考虑般度族兄弟，应该运用智慧，而不应该出于仇恨。请听，这就是我要说的。(9) 孩子啊！对于听从长者教诲和遵奉真理的人，无论如何，应该给予忠告，而不应该提供诡计。(10) 一位追求正法的智者想在善人中间提出忠告，毫无疑问，他应该完全按照自己的想法说话。(11)

"在这件事上，我的想法与别人不同。坚战王所在的城镇或乡村，(12) 那里没有怨怒之人，没有妒忌之人，没有狂言之人，没有贪婪之人，人人都奉守自己的正法。(13) 颂梵之声不绝于耳，祭品丰富，祭祀频繁，布施慷慨。(14) 毫无疑问，在那里，雨神将永远适时下雨，大地将免除灾害，谷物丰收。(15) 食物味美，果子优良，花环芳香，语言响亮，(16) 和风拂面，景色宜人，坚战王所在之处，没有恐惧。(17) 那里，母牛成群，没有一头瘦弱和少奶；牛奶、奶酪和酥油味儿纯正，富有营养。(18) 坚战王所在之处，那里的饮料优良，食物味美。(19) 坚战王所在之处，味、触、香和声，质地皆优，景色清静。(20) 在这第十三年，般度族兄弟居住的这个地方必定具有这些优点，孩子啊！(21) 那里的人们高兴满意，纯洁健康，供奉天神和客人，爱护一切众生。(22) 坚战王所在之处，人们乐善好施，精力充沛，总是遵循正法，痛恨污秽，追求纯洁，不断祭祀，誓言纯洁。(23) 孩子啊！坚战王所在之处，人们戒除谎言，纯洁，美丽，吉祥，向往圣洁之事，思想纯净，总是奉行可爱的誓言。(24)

"以法为魂的普利塔之子（坚战）当时没有被婆罗门们发现，怎么最终会被普通人找到呢?(25)诚实,坚定,布施,极端平静,非常英俊,知耻,吉祥,美名,无上光辉,仁慈,正直。(26)这样的智者乔装隐居,我说不出他的行踪或别的什么情况。(27)如果你还信任我,那就想想这个情况,你认为怎样有利,就赶快去做,俱卢后裔啊!"(28)

以上是吉祥的《摩诃婆罗多》中《毗罗吒篇》第二十七章(27)。

二八

护民子说:

然后,有年之子慈悯说道 "老人对般度族兄弟的说法合适确切。(1)符合正法和利益,娓娓动听,确实有道理,我要说的话与毗湿摩一致,请听!(2)让探子们考虑他们的行踪,探寻他们的住处,同时,我们现在就要制定一个有利的策略。(3)孩子啊!一个人想要生存,就不能轻视敌人,即使是普通的敌人,更何况这些在战场上精通一切武艺的般度族兄弟。(4)因此,灵魂伟大的般度族兄弟乔装隐居,等待时来运转,(5)你就应该了解自己在国内国外的力量。毫无疑问,一旦般度族兄弟们时来运转,(6)这些灵魂和力量伟大的普利塔之子履行了协议,就会变得生气勃勃,因为般度族兄弟精力过人。(7)因此,要做好军力、财力和策略的准备,以备时候来到,我们能正确对付他们。(8)孩子啊!我认为你应该确切了解自己在所有朋友中的力量,不管是强大的朋友,还是弱小的朋友。(9)知道了力量的强、中、弱,婆罗多子孙啊!我们就能愉快地或麻烦地对待别人。(10)按照惯例,运用和谈、分裂、馈赠、惩罚和贡赋制服强者,运用武力制服弱者。(11)在安抚朋友们之后,就很容易调集力量。随着财力和兵力增长,你就能获得圆满成功。(12)你能与进犯的强敌作战,也能与缺少兵马的般度族兄弟作战。(13)考虑到这一切,按照你自己的正法,及时作出决定吧!你会得到永久的幸福,人中因陀罗啊!"(14)

以上是吉祥的《摩诃婆罗多》中《毗罗吒篇》第二十八章(28)。

二九

护民子说：

然后，三穴国国王、车群之主善佑迅速抓住时机说话。(1) 过去，他经常被摩差人和沙鲁瓦人打败，一次又一次成为摩差国苏多之子空竹的手下败将。(2) 他与他的亲属遭受强敌的暴力侵扰。他望了望迦尔纳，对难敌说道：(3) "我的王国经常遭到摩差王的强大骚扰。他的军队统帅空竹强壮有力。(4) 残忍，暴戾，灵魂卑劣，勇敢举世闻名，这个作恶多端的家伙已被健达缚们杀死。(5) 在他死后，国王啊！我认为毗罗吒王无依无靠，失去锐气，无法骄傲。(6) 如果你同意，无罪之人啊！我想我、所有的俱卢后裔和灵魂高尚的迦尔纳都会出征。(7) 我认为这是一件迫切要做的有益之事，赶快向这个谷物丰盛的国家进发吧！(8) 我们去搜罗摩差王的各种宝石和财富，占领和分享他的村庄和王国。(9) 我们用武力征服他的城市，夺取成千成千头优质的牛。(10) 俱卢人，三穴人和所有的人联合起来，民众之主啊！迅速夺取他的牛。(11) 或者，我们摧毁他的全部军队，然后，与他结盟，束缚他的勇气，控制住他。(12) 一旦控制住他，我们就能愉快地住下。毫无疑问，你的军力会增强。"(13)

听了他的话，迦尔纳对国王说道"善佑说得很好，很及时，对我们很有益。(14) 因此，让我们为军队配备车马，排好阵营，赶快出发。或者，按照你的想法，无罪之人啊！(15) 这位智慧的俱卢族元老——我们所有人的祖父，还有教师德罗纳和有年之子慈悯，(16) 按照他们的想法，决定出征吧！让我们赶快商量，去征服这个国王。(17) 我们何必为般度族兄弟费心呢？他们已经失去财富、军队和勇气，或者他们已经全部毁灭，去了阎摩殿。(18) 让我们前往毗罗吒的国土，国王啊！不用担心，我们将获得他的牛和各种财富。"(19)

难敌王接受毗迦尔纳多那·迦尔纳的意见，立即亲自下令。(20) 他对始终站在一旁待命的难降下令道"立即与元老们商议，让军队配备车马。(21) 我们按照指令，与所有的俱卢族人一起出发。让大勇士善佑前往指定的地区。(22)让这位国王带着全部军马,与三穴国人一起,严守秘密,首先前往摩差国国土。(23)然后,过一天,我们一起前往摩差王富饶的国土。(24)他们一到毗罗吒城,立即攻击牧人们,夺取大量财物。(25)我们也兵分两路,夺取成千成千头优良吉祥的牛。"(26)

车王善佑按指定的方向出发,在黑半月第七天抢劫牛群。(27)一天后,在黑半月第八天,国王啊!所有的俱卢族人加入进来,抢劫成千成千个牛栏。(28)

以上是吉祥的《摩诃婆罗多》中《毗罗吒篇》第二十九章(29)。

三〇

护民子说：

大王啊!那些灵魂伟大、光辉无比的般度族兄弟乔装打扮,(1)履行协议,居住在美丽的城里,为毗罗吒国王效劳。(2)就在第十三年即将结束时,婆罗多子孙啊!善佑突然抢走大量的牛和财物。(3)于是,一位戴耳环的牧人快速跑向城里。他从车上跳下,去见摩差王。(4)戴着耳环和臂钏的勇士们、贤良的大臣们和人中之虎般度族兄弟一起,陪伴着国王。(5)这位促进国家繁荣的大王坐在大厅中,牧人走上前去,向他行礼,说道:(6)"三穴国人在战斗中打败了我们和我们的亲属,抢走了数十万头牛,人中因陀罗啊!保护好你的牲畜吧!别让它们丢失了!"(7)

闻听此言,国王让摩差国军队配备车、象和马,还有熙熙攘攘的步兵和旗帜。(8)所有的国王和王子们穿上各种光彩熠熠的铠甲,威武庄严。(9)毗罗吒可爱的弟弟百军穿着以金刚铁衬底的纯金铠甲。(10)百军的弟弟醉马穿着全铁铠甲,坚固结实,外观美丽。(11)摩差王穿着一件似乎刺不透的铠甲,上面有一百个太阳、一百个圆圈、一百个圆点和一百只眼睛。(12)日授穿着一件金背铠甲,光辉灿烂似太阳,上面有一百朵红莲花和白莲花。(13)毗罗吒的长子、英雄商怯穿着一件用硬铁衬底的白铠甲,上面有一百只眼睛。(14)成百位貌似天神的大勇士穿着各自的铠甲，手持武器，准备作战。(15) 大勇士们给那些装备精良的大战车套上马，每匹马都配有金鞍子。(16) 在摩差王的神圣战车上，树着一面庄严的旗子，用金子制成，像太阳和月亮一样闪闪发光。(17) 刹帝利英雄们也在各自的战车上树起各种各样的装饰有金子的旗帜。(18)

然后，摩差王对他的弟弟百军说道 "我认为，毫无疑问，刚迦、牛牧和牧人们，还有英雄的法结也应该参战。(19) 给他们树有旗帜的战车，让他们身穿各种坚硬的和柔软的铠甲，给他们各种武器。(20) 这些人具有英雄的身躯和相貌，犹如象王的鼻子。我相信他们肯定不会拒绝参战。"(21)

听了国王的话，思想敏捷的百军吩咐给普利塔之子们，给偕天、坚战王、怖军和无种安排战车，国王啊！(22) 效忠国王的车夫们十分高兴，迅速套上人中因陀罗指派的那些战车。(23) 毗罗吒吩咐给这些行为纯洁的人各种坚硬的和柔软的铠甲。这些焚烧敌人者穿上铠甲，全副武装。(24) 这些俱卢族雄牛、乔装打扮的般度族四兄弟个个是英雄，精通武艺，迅猛有力，以真理为勇气，他们一起跟随在毗罗吒后面。(25) 那些可怕的大象春情发动，颞颥裂开，象牙挺拔，年届六十，犹如白云浮动。(26) 上面安坐着训练有素、善于作战的骑手们，跟随在国王后面，犹如一座座移动的山。(27) 跟随在后的摩差人英勇善战，驯顺，兴奋，有八千辆车、一千头象和六万匹马，一起出发。(28) 毗罗吒的军队光彩夺目，婆罗多族雄牛啊！启程出发，寻找母牛的踪迹，大王啊！(29) 毗罗吒的精锐部队光辉灿烂，启程出发，里面充满全副武装的人，充满象、马和牛。(30)

以上是吉祥的《摩诃婆罗多》中《毗罗吒篇》第三十章(30)。

三一

护民子说：

英勇的摩差国人手持武器，排定阵容，离城出发，在太阳下山时，遇上三穴国人。(1) 摩差国人和三穴国人群情激奋，渴望战斗；

这些大力士贪恋牛群,互相发出吼叫。(2)骑在象上的村长们英勇善战,用长矛和钩子刺激那些可怕的疯象。(3)在太阳下沉时,两军交战,混乱可怕,令人毛发直竖,国王啊!犹如天神和阿修罗交战。(4)地上尘土飞扬,什么也看不清;被士兵击中的飞鸟落在地上,滚满尘土。(5)

太阳已经消失,但天空被接连不断射出的箭燃红,犹如被萤火虫燃红。(6)这些人间英雄、左右开弓的弓箭手倒下时,他们的金背之弓纠缠交叠。(7)车兵与车兵交战,步兵与步兵交战,骑兵与骑兵交战,象兵与象兵交战。(8)他们在战斗中,国王啊!愤怒地互相投掷刀、铁叉、飞镖、标枪和长矛。(9)在互相交战中,一些臂似铁闩的英雄猛烈进攻,并不能使另一些英雄转身逃跑。(10)但见砍下的头颅:上唇裂开,鼻子完好,头发斩断,沾满尘土,戴着首饰和耳环。(11)但见刹帝利们的肢体在大战中被箭射碎,犹如婆罗树的树干。(12)大地上布满依旧戴着耳环、散发着檀香的头颅,犹如许多蛇冠。(13)流淌的鲜血使尘土落地,变成污泥,但可怕的混战依然进行。(14)

百军杀死一百,广目杀死四百。这两位大勇士进入三穴国大军之中,狂暴地格斗,互相揪头发,掐指甲。(15)见到三穴国人的牛群,日授和醉马从后面包抄过去。(16)毗罗吒在战斗中杀死五百车兵、一百骑兵和五个大勇士。(17)这位车队之主在车兵中开辟一条条通路,在战场上与三穴国善佑的金车相遇。(18)这两位灵魂伟大的大力士互相厮打,犹如两头公牛在牛栏里互相吼叫。(19)然后,这两位车手各自驾车兜着圈子,迅速射箭,犹如乌云降雨。(20)两人愤怒狂暴,互相追逐,施展各种武器,锋利的箭、刀、标枪和棍棒。(21)国王向善佑连发十箭,向四匹马,每匹连发五箭。(22)而沉湎战斗又精通武艺的善佑向摩差王连发五百支利箭。(23)摩差王和善佑的军队淹没在尘土弥漫的黄昏中,互相不能辨认。(24)

以上是吉祥的《摩诃婆罗多》中《毗罗吒篇》第三十一章(31)。

三二

护民子说：

整个世界被黑暗和尘土笼罩，婆罗多子孙啊！勇士们保持军队阵容，暂时停战。(1) 然后，月亮升起，驱走黑暗，夜晚显得明朗，战场上的刹帝利们又兴奋起来。(2) 光明来临，他们又开始残酷的战斗，互相之间连看都不看对方一眼。(3) 三穴国善佑和弟弟一起带着车队，从四面八方冲向摩差王。(4) 然后，这对刹帝利雄牛兄弟手持棍棒，从车上跳下，狂怒地冲向马群。(5) 这样，他们的军队愤怒地向前冲杀，使用棍棒、刀、剑、斧子以及锋利的黄铜梭镖。(6) 三穴国国王善佑带领军队击溃摩差王的所有军队，勇猛地战胜摩差王，冲向威武的毗罗吒。(7) 他们兄弟俩杀死两匹马和后面的两个车夫，生擒活捉失去战车的摩差王。(8) 善佑拽住摩差王，犹如拽住啼哭的新娘，将他拖到自己车上，驾着快马，跑了。(9)

强大有力的毗罗吒失去战车而被俘，摩差国人受到三穴国人猛烈打击，恐惧地逃跑。(10) 他们陷入慌乱之中，贡蒂之子坚战对克敌制胜的大臂者怖军说道：(11) "摩差王被三穴国善佑抓走了，大臂者啊！你去救他，不要让他落入敌人手中。(12) 我们一直愉快地住在这里，受到善待，称心如意，怖军啊！你该报答这份居住的恩情。"(13)

怖军说：

国王啊！我遵命去救他，你看着我与敌人战斗的伟大功绩吧！(14) 你依仗自己的臂力，与兄弟们呆在一边站着，国王啊！今天就看看我的勇敢吧！(15) 这棵大树树干挺拔，形状如同棍棒。我要把它连根拔起，用它驱赶敌人。(16)

护民子说：

怖军犹如醉象凝视着这棵林中树王，法王坚战对英勇的弟弟说道：(17) "怖军啊！你不要鲁莽行事，让这棵林中树王活着吧！你不要借用这棵树做出超人之举，人们会认出这是怖军，婆罗多子孙啊！(18) 你随便拿一件常人使用的武器、弓、标枪、剑或者斧子。(19)

使用常规武器，不会让人发现，怖军啊！你拿了这样的武器，快去救国王啊！（20）这对孪生大力士保护你的车轮，弟兄啊！你布阵作战，拯救摩差王。"（21）

于是，他们所有的人对武器念过神圣咒语，怀着对三穴国人的愤怒，策马向前。（22）毗罗吒的大军见到般度族兄弟调转车头，便士气大振，开始了一场神奇的战斗。（23）贡蒂之子坚战射出一千支箭，怖军让七百个战士去见另一个世界，无种也射出七百支箭，（24）光辉的偕天射死三百个战士。按照坚战的命令，人中雄牛砍杀三穴国大军，人中雄牛啊！（25）

然后，大勇士坚战王迅速冲向善佑，发射利箭。（26）善佑也狂暴地进攻，向坚战射出九支箭，向四匹马射出四支箭。（27）然后，行动敏捷的贡蒂之子狼腹（怖军）向善佑进攻，杀死了他的马。（28）他用利箭射死善佑的后卫，又愤怒地将他的车夫从车上拽下。（29）车轮卫士是著名的英雄棕马。他看到三穴王失去战车，恐惧地弃车而逃。（30）于是，毗罗吒王从善佑的车上跳下。这位力士抓起棍棒，进攻善佑。他虽已年迈，仍像年轻人一般，手持棍棒，紧追不舍。（31）怖军戴着耳环，外貌可怕，从车上跳下，一把抓住三穴王，犹如狮子抓住一只小鹿。（32）

大勇士三穴王失去战车而被俘，三穴国全军陷入恐惧之中。（33）战胜善佑后，大力士般度之子们赶回牛群，取回各种财物。（34）他们个个具有臂力，但谦恭礼让，恪守誓言，在先锋部队中愉快地度过一个夜晚。（35）然后，毗罗吒王赐给勇武非凡的大勇士贡蒂之子们财物，以示尊敬。（36）

毗罗吒说：

正如这些宝石是我的，它们也是你们的。你们尽情地、随意地使用吧！（37）让我赐给你们装饰美丽的女孩们和各种财物，还有你们心里想要的一切，杀敌的英雄们啊！（38）全靠你们勇敢，我才得救，今天安然无恙站在这里。所以，你们全体是摩差人的主人。（39）

护民子说：

以坚战为首的俱卢后裔们——双手合十，向赞誉他们的摩差王说道：（40）"我们感谢你说的一切，民众之主啊！我们很高兴你今天从敌人手中逃生。"(41)大臂摩差王毗罗吒,这位优秀的国王心情愉快,又对坚战说道 "来吧,我要为你灌顶,让你成为我们的摩差国国王。(42)你心里想要的一切,我都会给你,杀敌英雄啊!你值得享用我们的一切。(43)虎步之子(刚迦)啊!宝石、牛和金子,或者摩尼珠和项链,婆罗门中的因陀罗啊!让所有一切向你致敬!(44)由于你,我今天才能活着见到王国和自己。对我施暴的人已经成为阶下囚。"(45)

于是,坚战又对摩差王说道 "我感谢你说的知心话,摩差王啊!(46)你总是谦恭有礼,但愿你永远幸福!让使者们快去你的城里,国王啊!向亲友们报喜,宣告你的胜利。"(47)摩差王按照他的话,命令使者道 "去城里宣告我在战斗中获胜。(48)让王子们打扮装饰,让所有的乐队和装饰美丽的歌伎,从城里到我这里来!"(49)使者们当夜前往,日出之时,便在城里宣告毗罗吒的胜利。(50)

以上是吉祥的《摩诃婆罗多》中《毗罗吒篇》第三十二章(32)。

三三

护民子说:

摩差王前往三穴国找还牲畜时,难敌与他的大臣们进犯毗罗吒国。(1)毗湿摩、德罗纳、迦尔纳、精通武艺的慈悯、德罗纳之子(马嘶)、妙力之子(沙恭尼)和主子难降,(2)毗文沙提、毗迦尔纳、英勇的奇军、丑面、难偕和其他勇士,(3)他们一起进犯毗罗吒王的摩差国,迅速冲进牛栏,强行抢劫牛群。(4)俱卢族人抢劫了六万头母牛,用大批的车队围住牛群。(5)在恐怖的抢劫中,牧民们遭到这些大勇士杀戮,牛栏里传出他们的哭喊声。(6)

牛总管惊恐地登上车子,哀声呼号,飞快赶往城里。(7)进了城,直奔王宫,急速下车,进宫报告。(8)他见到摩差王骄傲的儿子,名叫胜地,告诉了他王国牲畜遭到抢劫的全过程:(9)"俱卢族人抢去了六万头母牛。起来,去抢救王国的财富牛群。(10)王子啊!为了你自己的利益,赶快亲自出马!因为摩差王留下了一个空虚的王国。(11)国王曾在大庭广众夸耀过你 '我的儿子跟我一样英勇。他

51

是家族的支柱。(12) 我的儿子是精通弓术的战士,永远是英雄。'让这位人中因陀罗说的话兑现吧!(13) 你去阻挡俱卢族人,夺回牲畜,优秀的牲畜拥有者啊!用可怕的箭火焚烧他们的军队!(14) 用你的弓射出接头扁平的金羽箭,犹如象群的首领粉碎敌人的军队。(15) 你的弓犹如声音响亮的琵琶,绳圈是坐垫,弓弦是琴弦,弓背是琴棍,箭是音调,在敌人中间奏响它吧!(16) 让你的战车套上银色白马,升起你的金色狮子旗,主人啊!(17) 你熟练地发射箭头光滑的金羽箭,让它们盖过太阳,断送国王们的生命。(18) 在战场上打败所有的俱卢族人,犹如手持金刚杵者(因陀罗)打败阿修罗,赢得巨大声誉,然后返回城里。(19) 因为你作为摩差王的儿子,是王国的最高庇护;今天,让所有的居民得到你的庇护。"(20) 他在后宫妇女中间说了这些激励勇气的话,王子表示赞赏,说道。(21)

以上是吉祥的《摩诃婆罗多》中《毗罗吒篇》第三十三章(33)。

三 四

优多罗说:

如果有一个精通马术的车夫,我今天就要带着坚弓去追寻牛群下落。(1) 我不知道谁能做我的车夫,你们快去找一个适合随我出征的车夫。(2) 二十八天或者说一个月前,我的车夫在大战中丧生。(3) 如果我能得到另一个谙熟车技的人,我现在马上就登上悬挂大旗的战车出发。(4) 深入敌军,深入他们众多的象兵、马兵和车兵,施展武器的威力,战胜英勇的俱卢族人,带回牲畜。(5) 难敌、福身王之子(毗湿摩)、毗迦尔多那·迦尔纳、慈悯、德罗纳和他的儿子,所有聚集这里的大弓箭手们,(6) 我将在战场上吓跑他们,犹如手持金刚杵者(因陀罗)吓跑檀那婆,片刻间就能带回牲畜。(7) 俱卢族人发现国土空虚,前来抢劫牛群。我不在那里,有什么办法呢?(8) 今天,聚集这里的俱卢族人可以见识我的英勇:"这人难道是普利塔之子阿周那显身折磨我们?"(9)

护民子说:

优多罗在妇女中间反复这样说着,般遮罗公主(黑公主)听到他提到毗跛蓑（阿周那），再也忍不住。(10) 这位虔诚的女子从妇女中间走出，腼腆地走近他，轻声地说道：(11) "有位容貌可爱的青年，宛如大象。他就是大名鼎鼎的巨苇，曾经是普利塔之子的车夫。(12) 他是那位灵魂伟大者的学生，但箭术不比老师差，英雄啊！我过去侍奉般度之子时，见到过他。(13) 大火燃烧庞大的甘味林时，他驾驭着阿周那的骏马。(14) 普利塔之子与这位车夫一起，打败甘味林中的一切众生，因为世上没有像他那样的车夫。(15) 毫无疑问，他会听从你的妹妹、臀部美丽的公主的话，英雄啊！(16) 如果他做你的车夫，毫无疑问，你能战胜所有的俱卢族人，很快带回牛群。"(17)

听了这位侍女的话，优多罗对妹妹说道："体态无瑕的女子啊！快去把巨苇带来！"(18) 受哥哥派遣，她迅速前往舞厅；大臂者般度之子乔装打扮，住在那里。(19)

以上是吉祥的《摩诃婆罗多》中《毗罗吒篇》第三十四章(34)。

三五

护民子说：

国王啊！巨苇见到他的女友、大眼睛公主，笑着问道："为何而来？"(1) 公主走近这位人中雄牛，当着众女友的面，露出亲昵的神态，说道：(2) "俱卢族人抢劫我们王国的牛群，巨苇啊！我哥哥带了弓箭，要去征服他们。(3) 可是他的车夫不久前在战斗中丧生，没有一个与他同样的车夫为他驾车。(4) 他努力寻找车夫，巨苇啊！侍女告诉他说你精通马术。(5) 你做我哥哥的车夫吧，巨苇啊！趁俱卢族人抢了我们的牛还没跑远。(6) 我真心恳求你，如果你今天不理睬我的话，我就死在你面前。"(7)

听了这位美臀女友的话，光辉无比的焚烧敌人者就去王子那里。(8) 他飞快跑着，犹如春情发动的大象；大眼女郎追随其后，犹如幼小的雌象。(9) 王子在远处看到他，对他说道："普利塔之子有了你这位车夫，在甘味林使火神满意。(10) 贡蒂之子胜财（阿周那）征服了整个大地。侍女这样介绍你，因为她熟悉般度族兄弟。(11) 你驾驭我的马吧!巨苇啊!我要与俱卢族人作战,夺回牛群。(12)据说,你过去是阿周那宠爱的车夫;有了你这位朋友,般度族雄牛征服了大地。"(13)

闻听此言,巨苇对王子回答道 "我怎么有能力在战斗前沿充当车夫?(14)如果你要我唱歌、跳舞或演奏什么的,我都行,祝你幸运!可我怎么当得了车夫?"(15)

优多罗说:

巨苇啊!歌还要唱,舞还要跳,现在你赶快上我的车,驾驭我的骏马。(16)

护民子说:

般度之子知道一切,当着至上公主的面,穿戴铠甲,制服敌人者啊!(17)他把铠甲向上举起,往身上套,那些大眼睛女孩见了都发笑。(18)看到巨苇如此慌乱,优多罗亲自替他穿好昂贵的铠甲。(19)他自己也穿上如同太阳般光辉灿烂的上等铠甲,升起狮子旗,备好车。(20)携带许多昂贵的弓和闪闪发光的箭,以巨苇作车夫,这位英雄出发。(21)

至上公主和那些女孩对巨苇说道 "巨苇啊!你要给我们带回漂亮的衣服,(22)给我们的玩偶带回各种薄纱衣服,在你战胜以毗湿摩和德罗纳为首参战的俱卢族人之后。"(23)女孩们这样对般度之子(阿周那)说着,普利塔之子(阿周那)笑着以雷鸣之声回答说:(24) "如果优多罗在战场上打败了这些大勇士,我将带给你们神奇美丽的衣服。"(25)说完,英雄毗跋蕤(阿周那)策马驱往旌旗林立的俱卢族人。(26)

以上是吉祥的《摩诃婆罗多》中《毗罗吒篇》第三十五章(35)。

三六

护民子说:

出了京城,毗罗吒之子胜地对车夫说道 "驶向俱卢族人那儿!(1)那些俱卢族人来这里想要取胜。我要打败他们,迅速夺回牛群，然后返回自己的城里。"(2) 于是，般度之子（阿周那）驱策那些骏马。这些骏马佩戴金环，在人中狮子的驱策下，速度似风，仿佛在空中一划而过。(3)

摩差王的儿子和胜财（阿周那）这两位杀敌者寻找强大的俱卢族军队，没走多远，在火葬场附近遇见俱卢族人。(4) 他们的大军犹如大海在咆哮，犹如树木茂密的森林在空间蜿蜒。(5) 但见蠕动的大军扬起尘土，直达天空，蒙住了众生的眼睛，人中俊杰啊！(6) 看见这支大军布满象、马和车，受到迦尔纳、难敌、慈悯和福身王之子（毗湿摩）保护，(7) 还有聪明的大弓箭手德罗纳和他的儿子，毗罗吒之子汗毛竖起，陷入恐惧，对普利塔之子说道：(8) "你看，我汗毛竖起，无法与俱卢族人交战。这么多的英雄，实在可怕，连天神都难以抵御。我不能与这支没有尽头的俱卢族军队交战。(9) 我不想冲入婆罗多族的军队。他们拥有可怕的弓，布满车兵、象兵、马兵、步兵和旗帜。因为我在战场上一看见这些敌人，灵魂就仿佛在颤抖。(10) 那里有德罗纳、毗湿摩、慈悯、迦尔纳、毗文沙提、马嘶、毗迦尔纳、月授和波力迦，(11) 优秀的车兵和英雄难敌王，以及所有英勇善战、光辉照人的大弓箭手。(12) 一见到这些俱卢族勇士和阵容整齐的军队，我就毛发直竖，心惊胆战。"(13)

护民子说：

这个无赖头脑愚蠢，失去信心，当着左手开弓者（阿周那）的面，哭诉道：(14) "我的父亲出征三穴国，让我掌管这空虚的王国。他带走了所有军队，我这里没有军队。(15) 我只是我自己，一个没有经验的孩子，不能抵抗众多武艺高强的人，巨苇啊！回去吧！"(16)

阿周那说：

你吓成这个可怜的样子，只会长敌人的志气。在这战场上，别人都还没有行动哩！(17) 你自己对我说 "带我到俱卢族人那里去！"我才带你到这布满战旗的地方。(18) 我要把你带到俱卢族人中间去，大臂者啊！他们剑拔弩张，犹如秃鹫逐肉，在大地上战斗。(19) 你当着妇女和男人们的面吹嘘自己的勇气，出发时还在夸口，为什么现在不想战斗了呢？(20) 如果你没有夺回牛群就回家，英雄啊！男人和妇女们都会嘲笑你。(21) 我也受到侍女称赞，夸我精通车术，所以我不能

没有夺回牛群就回城。(22) 侍女夸奖我,你命令我,我怎么会不与所有的俱卢族人作战呢?你要坚定!(23)

优多罗说:

让俱卢族人随意抢走摩差国的大批财物吧!让妇女和男人们嘲笑我吧!巨苇啊!(24)

护民子说:

说罢,这个生性愚蠢、戴着耳环的人满怀恐惧,不顾体面,丢下弓箭,从车上跳下逃跑。(25)

巨苇说:

古人传承的刹帝利正法中,没有逃跑的行为。宁可在战斗中阵亡,也不能怕死逃跑。(26)

护民子说:

说罢,贡蒂之子胜财(阿周那)从这辆上等战车上跳下,拖着长长的发辫和红色的衣裳,追赶逃跑的王子。(27)一些士兵不知道他是阿周那,见到他拖着辫子跑动的样子,忍不住发笑。(28)而俱卢族人看到他快速奔跑,议论道 "这是谁?乔装打扮,犹如埋在灰中的火。(29)他有点儿像男人,有点儿像女人。他的样子像阿周那,只是一身阉人打扮。(30)这是他的头,他的脖子,他的铁闩般的双臂,他的步姿。他就是胜财(阿周那),不是别人。(31)凡人中的胜财(阿周那)犹如天神中的天王(因陀罗)。在这世上,除了阿周那,谁敢独自前来进攻我们?(32)毗罗吒的儿子独自守着这座空城。他是出于年幼无知,而不是出于男子汉气概才出征的。(33)这是乔装打扮的普利塔之子阿周那,优多罗让他担任了车夫,才敢离城出来。(34)我想,他看到我们的战旗,吓得逃跑了。现在,胜财(阿周那)想要抓回这个逃跑的人。"(35)所有的俱卢族人各自猜想着。但看到般度之子这副装扮,他们不能作出最后的判断,婆罗多子孙啊!(36)

胜财(阿周那)追赶逃跑的优多罗,追了一百步,一把抓住他的头发。(37)毗罗吒的儿子被阿周那抓住,痛苦不堪,可怜地哀求道:(38)"我给你一百枚纯金币,八枚光彩夺目的嵌金吠琉璃宝石,(39)一辆配有金杆和骏马的车,还有十头春情发动的大象,放了我吧,巨苇啊!"(40)

护民子说：

优多罗失魂落魄，说了这些话，人中之虎笑着把他带回车旁。(41) 然后，普利塔之子对这位胆战心惊而失去神志的人说道："如果你不敢与敌人作战，折磨敌人者啊！那么，来吧！你驾驭马匹，我与敌人作战。(42) 有我的臂力保护，你驶向敌人的车军。在那些英雄和大勇士们保护下，这可怕的车军难以攻破。(43) 杰出的王子啊！不要害怕，你是刹帝利，焚烧敌人者啊！我将与俱卢族人作战，夺回你的牲畜。(44) 驶进这难以攻破和难以抵御的车军，人中俊杰啊！你当车夫，我与俱卢族人作战。"(45)

不可战胜的毗跋蔟（阿周那）这样说着，安慰了毗罗吒之子优多罗片刻，婆罗多族雄牛啊！(46) 然后，优秀的战士普利塔之子勉强地让这位胆战心惊而失去神志的人登上了车。(47)

以上是吉祥的《摩诃婆罗多》中《毗罗吒篇》第三十六章(36)。

三七

护民子说：

见到车上这位人中雄牛一身阉人装束，让优多罗上车后，驶向沙弥树，(1) 俱卢族以毗湿摩和德罗纳为首的优秀勇士，怀着对胜财（阿周那）的恐惧，胆战心惊。(2) 看到他们失去勇气，也看到种种奇异的征兆，优秀的武士婆罗堕遮之子（德罗纳）老师说道：(3) "风儿吹动，坚硬、粗糙而无声，天空笼罩黑暗，色如灰土。(4) 云彩阴沉，奇形怪状，各种武器自动出鞘。(5) 在燃烧的那个方向，可怕的豺狼嗥叫，马儿流泪，不动的旗帜也飘动。(6) 见到许多这样的征兆，你们要站好，准备战斗。(7) 你们要保护自己！军队排好阵容，准备拼杀，守住牛群。(8) 这位英雄、大弓箭手、优秀的武士来到这里，毫无疑问，他是普利塔之子，身穿阉人的服装。(9) 这位焚烧敌人的普利塔之子勇敢善战，左手开弓，哪怕与全体摩录多交战，也不会退缩。(10) 这位英雄在森林中历尽艰辛，受过婆薮之主（因陀罗）的指教。他怒不可遏，毫无疑问，会投入战斗。(11) 俱卢族人啊！我看这

里没有人能抵抗他。听说，连大神也在战斗中对这位普利塔之子表示满意。"（12）

迦尔纳说：

你总是用颇勒古拿（阿周那）的品德贬低我们。阿周那还不及我和难敌的一根汗毛。（13）

难敌说：

如果他是普利塔之子，罗陀之子（迦尔纳）啊！我的目的也就达到了。一旦他们被认出，他们又要再流放十二年。（14）如果他是另一个人，身穿阉人服装，那我就用锐利的箭，将他射倒在地。（15）

护民子说：

焚烧敌人的持国之子（难敌）这样说着，毗湿摩、德罗纳、慈悯和德罗纳之子（马嘶）都敬重他的男子气概！（16）

以上是吉祥的《摩诃婆罗多》中《毗罗吒篇》第三十七章(37)。

三八

护民子说：

到了莎弥树下，普利塔之子知道毗罗吒之子太稚嫩，不太会打仗，对他说道：（1）"听我的命令，优多罗啊！赶快去取弓，因为你的这些弓不能承受我的力量，（2）不能承受沉重的压力，不能射死大象，或者，在我征服敌人时，不够我手臂伸展的长度。（3）因此，胜地啊！赶快爬到这棵绿叶茂盛的莎弥树上去，因为般度之子们的弓存放在那里。（4）有坚战、怖军、毗跋蕨（阿周那）和孪生子这些英雄的旗帜、弓箭和神奇的铠甲，（5）也有普利塔之子威力巨大的甘狄拨神弓。这一张弓顶得上十万张弓，能保障王国繁荣富强。（6）它大如树王，能承受强大的拉力，是一切武器中的佼佼者，给敌人制造麻烦。（7）它镶金，神奇，修长，平滑，光洁，能承受沉重的压力，外观美丽而又令人恐惧，其他所有的弓也都这样坚固和有力。"（8）

优多罗说：

我们听说这棵树上挂着尸体。我是位王子，怎么能用手去碰它呢？（9）我是出身刹帝利的高贵王子，懂得颂诗和祭祀，不适合接触这种东西。（10）你为什么要让我像一个不洁的运尸人那样接触尸体，做这样的事呢？巨苇啊！（11）

巨苇说：

你应该做这件事，王中因陀罗啊！你会保持纯洁。你不要害怕，那里放着那些弓，没有尸体。（12）你是摩差王家族的继承人，思想高尚，我怎么会让你做受人谴责的事呢？王子啊！（13）

护民子说：

听了普利塔之子的话，戴着耳环的毗罗吒之子无可奈何，从车上跳下，爬上莎弥树。（14）杀敌者胜财（阿周那）站在车上，命令他说"赶快揭去它们的遮盖物！"（15）于是，他揭去四周的遮盖物，看到甘狄拨神弓和其他四张弓。（16）揭去遮盖物后，这些弓灿若太阳，闪发神奇的光辉，犹如升起的行星。（17）他看到这些弓的形状，犹如看到张口的蛇，顿时毛发直竖，陷入恐惧。（18）抚摸着这些发亮的大弓，国王啊！毗罗吒之子对阿周那说了这些话。（19）

优多罗说：

这张高级的弓是谁的？它有一百个凹下的圆点，一千个金色的弯头。（20）这张高级的弓是谁的？它的背部镶有金色的大象，闪闪发光，边缘平整，易于把握。（21）这张高级的弓是谁的？它的背部镶有六十只纯金胭脂虫，闪闪发光。（22）这张高级的弓是谁的？它镶有三个金色的太阳，光焰闪耀。（23）这张高级的弓是谁的？它镶有金色的飞蛾，各种金子和摩尼珠。（24）

这些箭是谁的？这一千支金银箭头的羽毛箭，放在金制的箭囊中。（25）这些大箭是谁的？它们饰有秃鹫羽毛，在石头上磨尖，箭头优美，金黄色，全铁制成。（26）这个黑色箭囊是谁的？它有五虎标记，夹杂野猪耳朵，盛有十支箭。（27）这些箭是谁的？这些饮血之箭又长又大，全铜制成，共有七百支。（28）这些箭是谁的？前半部分装饰优美，如同鹦鹉羽毛，后半部分用铁制成，金黄色，金箭杆，在石头上磨尖。（29）

这把剑是谁的？它又长又大，背上有青蛙，面上有青蛙，金制剑柄，虎皮剑鞘。（30）这把剑是谁的？剑刃锋利，剑鞘漂亮，配有铃铛，金柄，神奇，毫无瑕疵。(31) 这把剑是谁的？它没有污迹，放在牛皮剑鞘里，金柄，尼奢陀造，不可抵御，担负重任。(32) 这把剑是谁的？它放在五爪剑鞘里，大小和形状合适，金柄，像天空一样金光灿烂。(33) 这把剑是谁的？它放在像燃烧的火焰那样的金制剑鞘里，沉重，金黄色，毫无瑕疵。(34) 巨苇啊！我问你，请你如实告诉我。我见到这些伟大的武器，不胜惊讶。(35)

巨苇说：

你最先问我的那张弓是举世闻名的甘狄拨神弓。它能毁灭敌军，是普利塔之子的。(36) 甘狄拨神弓是阿周那的最高级武器。它镶有金子，是一切武器中的佼佼者。(37) 这张弓顶得上十万张弓，能保障王国繁荣富强。普利塔之子在战场上用它对付天神和凡人。(38) 天神、檀那婆和健达缚们全都崇敬它。梵天曾经拥有它一千年。(39) 然后，生主拥有它五百零三年，帝释天拥有它八十五年。(40) 娑摩王拥有它五百年，伐楼拿拥有它一百年，驾驭白马的普利塔之子拥有它六十五年。(41) 这张优秀的大弓威力巨大，神奇，形状漂亮，无与伦比，受到天神和凡人崇敬。(42) 那张弓是怖军的，金把柄，边缘平整。这位焚烧敌人的普利塔之子用它征服整个东方。(43) 那张优秀的弓是坚战王的，镶有胭脂虫，把柄美丽，毗罗吒之子啊！(44) 那张弓是无种的，上面镶有金色的太阳，光焰闪耀。(45) 那张弓是玛德利之子偕天的，镶有金色的飞蛾和各种金子。(46)

这一千支羽毛箭是阿周那的，锐利似剃刀，似蛇毒，毗罗吒之子啊！(47) 这位英雄在战场上射杀敌人，这些箭速度飞快，金光闪耀，用之不尽。(48) 那些又长又宽的箭是怖军的，形状如同月牙，打磨尖利，能制敌死命。(49) 那些金黄色的羽毛箭是无种的，在石头上磨尖，箭囊有五虎标记。(50) 那个箭袋是聪明的玛德利之子的。他在战斗中，用它征服整个西方。(51) 那些箭是聪明的偕天的，全铜制成，犹如发光体，美丽而实用。(52) 那些大箭是国王坚战的，打磨尖利，箭羽又宽又长，金箭杆，三接头。(53)

这把结实的长剑是阿周那的，背上有青蛙，面上有青蛙，在战场上担负重任。(54) 那把神奇的大剑是怖军的，虎皮剑鞘，能担负重任，令敌人丧胆。(55) 那把无上之剑是俱卢后裔、聪明的法王（坚战)的,剑刃锋利,剑鞘漂亮,剑柄金制。(56)那把结实的剑是无种的,放在美丽的五爪剑鞘里,能担负重任。(57)那把结实的剑,你要知道,是偕天的,没有污迹,放在牛皮剑鞘里,能担负一切重任。(58)

以上是吉祥的《摩诃婆罗多》中《毗罗吒篇》第三十八章(38)。

三九

优多罗说:

普利塔之子们灵魂高尚,行动迅捷,他们的这些镶金武器光辉灿烂,美丽可爱。(1)可是,普利塔之子阿周那在哪里?俱卢后裔坚战在那里?无种、偕天和般度之子怖军在哪里?(2)他们灵魂高尚,毁灭一切敌人,自从掷骰子输掉王国,再也没有听说过他们。(3)黑公主德罗波蒂在哪里?这位般遮罗公主以"女宝"闻名。掷骰子输掉后,她跟随他们一起去森林。(4)

阿周那说:

我就是普利塔之子阿周那。大厅侍臣是坚战。牛牧是怖军,你父亲的厨师。(5)养马的是无种。偕天在牛栏里。侍女是德罗波蒂。你要知道,就是为了她,空竹兄弟们断送性命。(6)

优多罗说:

如果你能说出我曾听说过的普利塔之子的十个名字,那我就完全相信你。(7)

阿周那说:

当然,我能告诉你我的十个名字:阿周那、翼月生、吉湿奴、有冠者、驾驭白马者、毗跋蓣、维阇耶、黑王子、左手开弓者和胜财。(8)

优多罗说:

为什么你叫维阇耶?为什么你叫驾驭白马者?为什么你叫有冠者?为什么你叫左手开弓者?(9)为什么你叫阿周那、翼月生、吉湿奴、黑王子、毗跋蓣和胜财?你如实告诉我。我听说过这位英雄的这些名字来由。(10)

阿周那说:

战胜所有的国家,抢夺他们的财产,我站在财富中间,由此,人们叫我胜财。(11) 在战场上，我勇往直前，冲向疯狂战斗的敌人，不战胜他们，决不返回，由此，人们叫我维阇耶（胜利）。(12) 我上战场作战，总是用配有金鞍的白马拉车，因此，我得名驾驭白马者。(13) 我诞生在雪山山脊，那天遇上翼宿（颇勒古尼）的前后两个星座，因此，人们叫我翼月生（颇勒古拿）。(14) 从前，我与檀那婆们作战时，帝释天送给我一顶灿若太阳的顶冠，戴在头上，因此，人们叫我有冠者。(15) 我在战斗时，从来不做令人厌恶的事，由此，在天神和凡人中间，我得名毗跋蹉（厌恶者）。(16) 我的两手都能拉开甘狄拨神弓，由此，在天神和凡人中间，我得名左手开弓者。(17) 在这大地四周，像我这样的肤色难以找到，我的行为洁白，由此，人们叫我阿周那（洁白者）。(18) 我难以到达，难以征服，克敌制胜，是诛灭巴迦者（因陀罗）的儿子，由此，在天神和凡人中间，我得名吉湿奴（胜利者）。(19) 第十个名字黑王子是父亲给我起的，出于喜爱孩子黑亮的肤色。(20)

护民子说：

于是，毗罗吒之子上前向普利塔之子行礼道："我的名字叫胜地，也叫优多罗。(21) 多么幸运！我能见到你，普利塔之子啊！欢迎你，胜财啊！红眼睛啊！犹如象王鼻子的大臂者啊！你原谅我出于无知说的那些话。(22) 凭你过去艰难奇异的业绩，我的恐惧解除。我无限地喜欢你。"(23)

以上是吉祥的《摩诃婆罗多》中《毗罗吒篇》第三十九章(39)。

四〇

优多罗说：

登上宽阔的战车，英雄啊！由我担任车夫。你说驶向哪支军队，我就驶向哪里。(1)

阿周那说：

我很高兴，人中之虎啊！你的恐惧消失。我将在战场上驱除你的所有敌人，精通战斗的人啊！(2) 你要坚定，大智者啊！看我与敌人作战。在战斗中，我将制造大恐怖。（3）赶快把所有的箭袋系在我的车上，拿来这把镶金的剑，我将与俱卢族人作战，夺回你的牲畜。（4）我有毁灭敌人的决心，以手臂作为城墙和城门，旗杆颤动，旌旗招展；（5）我怒气冲冲，拉开弓弦，车轮嘎嘎，如同鼓声。这样，由我保护，这辆车将成为你的城堡。（6）我凭甘狄拨神弓，掌管这辆车，面对敌军，战无不胜，毗罗吒之子啊！你摒弃恐惧吧。（7）

优多罗说：

我不惧怕他们。我知道你在战斗中坚定不移，仿佛盖沙婆（黑天）或因陀罗亲临战场。（8）但是，我一想这事，就犯糊涂。我头脑愚钝，怎么也想不明白。（9）你如此英姿勃勃，相貌堂堂，什么业报使你变成一个阉人？（10）我想，你是持叉者（湿婆）乔装阉人，或者你是健达缚王那样的天神，或者你是百祭（因陀罗）。（11）

阿周那说：

这是按照长兄的安排，奉守一年的誓约。我遵守梵行，对你说的是真话。（12）我不是阉人，大臂者啊！我听命他人，遵行正法。你要知道，王子啊！我已经兑现誓约。（13）

优多罗说：

我今天满意极了，我的猜想没有落空，因为在这世上，这样的人中俊杰不会是阉人。（14）我有了帮手，在战场甚至敢与众天神交战。我的恐惧已经打消。我做什么？你说吧！（15）我将为你驾驭这些马，摧毁敌人车阵，因为我随名师学过驭马，人中雄牛啊！（16）就像婆薮提婆之子（黑天）的达禄迦和帝释天的摩多梨，你要知道，我学过驭马术，人中雄牛啊！（17）右边负轭的那匹马，犹如妙项①，行走时，看不见它的足迹落地。（18）左边负轭的那匹漂亮的骏马，我想，它的速度与云花一样。（19）那匹漂亮的马备有金鞍子，牵引左车轴，我想，它的速度比塞尼耶还要迅猛。（20）那匹俯仰的马牵引右车轴，我想，它的速度比钵罗诃迦还勇猛。（21）这辆车能载着你，持弓驰骋战场。我想，你站在这辆车上，能够作战。（22）

护民子说：

于是，这位英雄从双臂褪下手镯，拍拍美丽的手掌，仿佛发出鼓

---

① 妙项以及下面的云花、塞尼耶和钵罗诃迦是黑天的马名。

声。(23)他用白布束起卷曲的黑发,迅速给甘狄拨神弓上弦,然后拉开弓弦。(24)他拉开弓弦时,发出巨大声响,犹如巨石互相撞击。(25)大地震撼,狂风四起,鸟群腾空乱飞,大树摇晃。(26)听到这雷鸣般的响声,俱卢族人知道阿周那在战车上,用双臂拉开他的神弓。(27)

以上是吉祥的《摩诃婆罗多》中《毗罗吒篇》第四十章(40)。

四一

护民子说:

胜财(阿周那)让优多罗担任车夫,右旋绕行莎弥树,拿起所有的武器,然后出发。(1)这位大勇士收下车上的狮子旗,放在莎弥树根旁,由优多罗驾车出发。(2)他在车上树起自己的金旗,上面有狮子尾巴和猴子的标记。这是工巧神制作的,具有神性和魔力。(3)他心里想着火神的恩惠。火神知道他的想法,鼓动众生前往那面金旗。(4)

大勇士、驾驭白马者、毗跋蕤、贡蒂之子插上旗帜,带着箭袋,登上绚丽的战车。(5)他佩着刀,穿着铠甲,拿着弓,以猴王为标记,向北出发。(6)这位有力的杀敌者凭借自己的力量,吹响嘹亮的大螺号,令敌人毛发直竖。(7)于是,那些快马以膝跪地,优多罗害怕地坐在车上。(8)贡蒂之子阿周那拉住缰绳勒住马,抱住优多罗,安抚道:(9"别害怕,高贵的王子啊!你是刹帝利,焚烧敌人者啊!为什么在敌人面前意志消沉?(10)你也听到过螺号声、喧闹的击鼓声和排在军队阵营中的大象吼叫声。(11)为什么听到这个螺号声,你胆战心惊,神情沮丧,像个普通人?(12)

优多罗说:

我是听到过螺号声、喧闹的击鼓声和排在军队阵营中的大象吼叫声。(13)但是,我从未听到过这样的螺号声,也从未见到过这样的旗帜。我也从未在哪儿听到过这样的弓弦声。(14)听到这样的螺号声、弓弦声和车声,我的思想迷乱。(15)我晕头转向,心儿颤抖,周围一切仿佛被旗帜挡住,甘狄拨神弓的声音震聋我的双耳。(16)

阿周那说：

你站在车子一边，稳住脚跟，拉紧缰绳，我又要吹螺号了。(17)

护民子说：

由于螺号声、车轮声和甘狄拨神弓的弦声，大地颤动。(18)

德罗纳说：

发出这样的车轮声，吹出这样的螺号声，大地这样颤动，不是别人，正是左手开弓者。(19) 我们的武器不发光，马匹不欢腾，点燃的火焰也暗淡无光，这不吉祥。(20) 所有的野兽从我们这里跑向太阳，发出可怕的嗥叫，乌鸦飞落在我们的旗帜上，这不吉祥。鸟群飞向左边，预示我们大难临头。(21) 有一只豺狼嗥叫着跟随军队，没有挨打，就逃跑了，这预示大难临头。我发现你们汗毛直竖。(22) 你们的军队已被压倒，没有一个人向往战斗。几乎所有的战士个个脸色苍白，精神沮丧。让我们赶开牛群，全体战士站立整齐，排好阵容。(23)

以上是吉祥的《摩诃婆罗多》中《毗罗吒篇》第四十一章(41)。

四二

护民子说：

然后，难敌王在战场上对毗湿摩、虎将德罗纳和大勇士慈悯说道：(1) "我和迦尔纳多次对老师说过这事，我还要再说一遍，因为我不厌其烦。(2) 那些失败者要在森林里住十二年，还要在某个国家住一年，不能让人发现，这是我们的赌注。(3) 如今，他们隐居的第十三年还没有过完，毗跋薮（阿周那）就和我们相遇。(4) 如果流放期限没有结束，毗跋薮（阿周那）出现，那么，般度族兄弟又该在森林里居住十二年。(5) 或者是他们出于贪婪，忘了时间，或者是我们自己糊涂了。毗湿摩应该知道他们的期限过了还是没过。(6)

"凡事有两个方面，永远存在疑问。事情想着这样，结果又是那样。(7) 我们寻找优多罗，准备与摩差国军队打仗。如果毗跋薮（阿周那）来了，谁能逃避他们？(8) 我们为了三穴国人，来到这里与摩差国人作战。他们向我们诉说了摩差国人的许多暴行。(9) 他们出于

65

恐惧，请求我们帮助。我们约定，他们先去抢劫摩差国的大批牛群。(10) 他们在第七天下午采取行动，到第八天太阳升起的时候，再和我们一起行动。(11) 或许他们没有找到牛群，或许他们被打败了，或许他们欺骗我们，已与摩差国结盟。(12) 或许摩差王与国民们一起攻打了他们，现在带了所有军队来攻打我们。(13) 他们之中有位带头的大勇士，或者是摩差王亲自来战胜我们。(14) 不管是摩差王，还是毗跋蘖（阿周那）来这里，我们都要发誓战斗。(15)

"那么，这些优秀的勇士——毗湿摩、德罗纳、慈悯、毗迦尔纳和德罗纳之子，为什么还站在车上？(16) 这些大勇士在这样的时刻心慌意乱。而除了战斗，别无良策，下定决心吧！(17) 为了保住我们抢来的牛群，与手持金刚杵的天神（因陀罗）或者与阎摩交战，谁能跑回象城？(18) 那些马匹或许能生还，而那些步兵中箭倒在密林中，有谁能生还？我们要背着老师制定战略。(19) 因为他知道了我们的想法，就会吓唬我们。我发现他特别偏爱阿周那。(20) 因此，他见到毗跋蘖（阿周那）来，便赞美他。我就这样制定战略，免得军队溃败。(21) 我就这样制定战略，免得在陌生的大森林中，在炎热的夏季，军队受制于敌人，陷入混乱。(22) 谁会听到马嘶声，就赞美敌人？不管站着，还是走着，马总会嘶叫。(23) 风总会吹，雨总会下，同样，雷声也经常会听到。(24) 这与普利塔之子有什么关系？为什么要赞美他？这只能是出于对他们的爱，而对我们的恨和怨。(25)

"确实，老师们仁慈，睿智，洞察弊端。但是，大难当头，千万不能与他们商量。(26) 在华丽的宫殿中，在集会中，在住家中，这些光辉的智者讲述各种美妙的故事。(27) 这些光辉的智者精通箭术，在大庭广众，巧妙地安放弓箭，展示许多奇迹。(28) 这些光辉的智者洞察别人的弱点、人的行为和食物烹调中的缺点。(29) 而这些智者赞美敌人的品德。让我背着他们，制定战略，消灭敌人。(30) 让他们安置牛群，让军队立即排好阵容，让卫兵们站在我们将与敌人作战的地方。"(31)

以上是吉祥的《摩诃婆罗多》中《毗罗吒篇》第四十二章(42)。

四三

迦尔纳说：

我看你们全都恐惧，颤抖，无心作战，全都心神不定。(1) 如果摩差王或者毗跋蕤（阿周那）来到，我将挡住他，犹如海岸挡住大海。(2) 我拉弓射出的扁平箭，从不虚发，犹如爬行的毒蛇。(3) 我熟练地射出箭头锋利的金杆箭，让它们覆盖普利塔之子，犹如飞蛾覆盖树木。(4) 羽毛箭紧压弓弦，双臂发出声响，犹如敲击双鼓。(5) 毗跋蕤（阿周那）熬过十三年，变得好战，就要来攻打我。(6) 贡蒂之子适合接受礼物，犹如品德高尚的婆罗门，让他接受我发射的成千成千支箭吧！(7)

确实，这位大弓箭手三界闻名，众位俱卢族俊杰啊！而我哪方面都不比阿周那差。(8) 你们看着吧！我今天向四处发射秃鹫羽毛金箭，犹如萤火虫布满天空。(9) 今天，我在战场上杀死阿周那，也就还清了我欠持国之子（难敌）的还不清的债，这是我早就许诺的。(10) 你们看着吧！在这中间，那些箭杆迸裂飞溅，犹如飞蛾满天扑腾。(11) 普利塔之子的光辉如同因陀罗，他的袭击如同因陀罗的雷电，我要折磨他，犹如用火把折磨大象。(12) 他犹如般度族之火，以刀、标枪和箭为燃料，焚烧敌人，难以制服。(13) 我将以马速为先导之风，以车队为咆哮的洪流，以箭雨为庞大的乌云，像灭火那样，平息般度之子。(14) 从我的弓上射出的箭像蛇那样窜向普利塔之子，犹如蛇窜向蚁垤。(15) 凭借我从优秀的仙人阇摩陀耆尼之子（持斧罗摩）那里获得的武器，我甚至能与英勇的婆薮之主（因陀罗）交战。(16) 就在今天，我要用月牙箭把呆在旗顶上的猴子打落在地，让它吓得嗷嗷乱叫。(17) 让那些依附敌人旗帜的众生，在我的追逐下，四处逃跑，发出的叫声直达云霄。(18) 今天，我要把毗跋蕤（阿周那）从车上打落在地，连根拔掉长期扎在难敌心中的荆棘。(19) 今天，我要让俱卢族人看到普利塔之子马死车毁，勇气丧尽，像蛇一样嘶嘶喘息。(20) 让俱卢族人随意去取财物吧！或者，就呆在车上，看我战斗吧！(21)

以上是吉祥的《摩诃婆罗多》中《毗罗吒篇》第四十三章(43)。

四 四

慈悯说：

罗陀之子（迦尔纳）啊！你的残酷的心一向热衷战斗。你不理解事情的性质，不计后果。（1）依据经典，我们想到许多行动方式。通晓故事的人告诉我们：战争是最可恶的行动方式。（2）地点和时间合适，战争有可能取胜。不合时宜，不会有结果。符合天时地利，勇敢导致幸福。（3）结果有利，才会采取行动。智者们不指望车匠担负重任。（4）

想一想，我们不宜与普利塔之子遭遇。他独自一人营救了俱卢族，独自一人满足了火神。（5）他独自一人修了五年梵行，独自一人让妙贤登上车，向黑天挑战搏斗。就在这座森林里，这个黑王子救出被劫持的黑公主。（6）他独自一人跟帝释天学了五年武艺，独自一人战胜桑耶摩尼，为俱卢族赢得声誉。（7）这位制服敌人者独自一人在战场上迅捷地战胜健达缚王奇军和他的难以战胜的军队。（18）同样，他独自一人在战场上打垮连天神都杀不死的全甲族和迦罗康迦族檀那婆。（9）迦尔纳啊！你独自一人过去有何作为，是否像他们每个人那样，制服国王们？（10）

即使因陀罗也不能向普利塔之子开战。谁想与他开战，就得为自己备好药。（11）你不假思索，举起右手，想用手指去拔暴怒的毒蛇的牙齿。（12）或者，你独自一人在林中游荡，不用钩子，骑上春情发动的大象，想到城里去。（13）或者，你身上涂了酥油，穿着树皮衣，想要通过吞噬酥酒、骨髓和脂肪的熊熊烈火。（14）一个人把自己捆起来，又在脖子上吊一块大石头，而用双臂泅渡大海，这是男子汉气概吗？（15）迦尔纳啊！一个不通武艺的弱者想与普利塔之子那样精通武艺的强者交战，那是十足的傻瓜。（16）

我们亏待了他十三年，现在，他像挣脱套索的雄狮，不会让我们活命。（17）我们无意中遇到隐匿的普利塔之子，犹如遇见藏在井里的火。我们大难临头。（18）热衷战斗的普利塔之子来到时，我们要联合作战。让士兵们穿上铠甲，拿起武器，排好阵容。(19) 德罗纳、难敌、毗湿摩、你和德罗纳之子，我们大家一起与普利塔之子作战，迦尔纳啊！你不要鲁莽。(20) 如果我们六辆战车联合起来，就可以对抗普利塔之子。他决心已定，斗志昂扬，如同手持金刚杵者（因陀罗）。(21) 军队排好阵容，大弓箭手们做好准备，我们在战场上与阿周那开战，犹如檀那婆们与婆薮之主（因陀罗）开战。(22)

以上是吉祥的《摩诃婆罗多》中《毗罗吒篇》第四十四章(44)。

四五

马嘶说：

牲畜还没有抢到，边界没有越过，象城没有到达，迦尔纳啊！你就自吹自擂。(1) 人家打赢许多战争，夺取大量财富，征服敌人领土，也不吹嘘自己勇敢。(2) 火焰静静地煮食，太阳默默地发光，大地悄悄地载负各种动和不动的生物。(3) 圣人们规定了四种姓的职责。人们应该依据职责获取财富，不犯错误。(4) 婆罗门应该学习吠陀，祭祀和为人祭祀。刹帝利依靠弓箭，应该祭祀，而不为人祭祀。吠舍赚取财富后，应该请祭司祭祀。(5)

那些光辉的人物按照经典行动，赢得大地。他们尊敬长者，哪怕是无德的长者。(6) 用这样毒辣的掷骰子手段赢得王国，有哪个刹帝利会像普通人那样感觉满意？(7) 不择手段，欺诈蒙骗，这样获取财富，哪个明智之人会像屠户那样吹嘘？(8) 你夺取他们的财产，但你在哪次单独战斗中战胜过阿周那、无种或偕天？(9) 在哪次战斗中，你打败过坚战和优秀的力士怖军？在哪次战斗中，你征服过天帝城？(10) 同样，在哪次战斗中，你赢得过黑公主？行为邪恶的人啊！黑公主正在行经期，身穿单衣，被拖到大厅里。(11) 你贪图富贵，砍断他们的主根，犹如砍断檀香树。你逼迫他们，英雄啊！当时，维杜罗是怎么说的？(12)

我们看到，人和其他生物都有各自的容忍力，甚至蛆虫和蚂蚁也是这样。(13) 般度之子不能容忍对黑公主的凌辱。胜财（阿周那）出现是为了毁灭持国之子们。(14)你又要自作聪明,在这里说这些话。而吉湿奴(阿周那)是要报仇雪恨,不让我们活命。(15)贡蒂之子胜财(阿周那)不怕与天神、健达缚、阿修罗或罗刹交战。(16)他在战场上,愤怒地打倒一个个对手,就如金翅鸟迅猛飞行,刮倒树木。(17)他比你更勇敢,在箭术上,与天王(因陀罗)一样;在战斗中,与婆薮之主(因陀罗)一样,谁不崇敬这位普利塔之子?(18)他用天神的兵器打败天神,用凡人的武器打败凡人,有谁能与阿周那相比?(19)通晓正法的人们知道 "学生仅次于儿子。"由于这个道理,德罗纳喜欢这位般度之子。(20)

像掷骰子赌博那样,像夺得天帝城那样,像把黑公主拖到大厅那样,你与这位般度之子开战吧!(21)这位犍陀罗王沙恭尼是你的舅舅,聪明,精通刹帝利法,是个狡诈的赌徒,让他在这里战斗吧!(22)甘狄拨神弓射出的不是骰子,不是么点,不是两点。甘狄拨神弓射出的是锋利发光的箭。(23)甘狄拨神弓射出的秃鹫羽毛箭威力巨大,甚至能贯穿山脊。(24)灭亡者、灭绝者、死神或马面火神有时还会留有余地,而愤怒的胜财(阿周那)不会手下留情。(25)让老师按照意愿与胜财(阿周那)作战吧!我不会与他作战,因为我们应该与摩差王作战,如果他来追回牛群的话。(26)

以上是吉祥的《摩诃婆罗多》中《毗罗吒篇》第四十五章(45)。

四六

毗湿摩说:

德罗纳的看法正确,慈悯的看法也正确,而迦尔纳也是遵照刹帝利的正法,想要战斗。(1)老师不应该受到聪明的人责备。我的意见是作战应该考虑时间和地点。(2)有五个像太阳一样的仇敌,看到他们崛起,智者怎么会不困惑?(3)即使是通晓正法的人,也会为了自己的利益犯糊涂。因此,国王啊!如果你同意,我要说话。(4)迦尔纳说那些话,是为了激发我们的勇气。请老师之子(马嘶)宽容他,因为事情紧迫。(5)现在不是争吵的时候,贡蒂之子就在眼前。你、老师和慈悯都应该宽容一切。(6) 你们都精通武艺,犹如太阳的光辉。正如月亮上的印记永远不能抹去,你们拥有婆罗门性和梵箭。(7) 我们可以在某处见到四吠陀,在某处见到刹帝利性,但没有听说哪个人两者俱全。(8) 我认为,除了婆罗多族的老师和他的儿子外,再也没有人兼备梵箭和吠陀。(9) 请老师之子(马嘶)宽容,现在不是自相分裂的时候。让我们所有的人联合起来,与前来的因陀罗之子(阿周那)作战。(10) 圣人们讲述了军队的种种灾厄。智者们认为分裂是其中的最大罪过。(11)

马嘶说:

请老师宽容吧!让这里平静吧!因为老师受到中伤,会做出可怕之事。(12)

护民子说:

于是,难敌与迦尔纳、毗湿摩和灵魂伟大的慈悯一起,请求德罗纳宽容。(13)

德罗纳说:

我一听福身王之子毗湿摩的话,也就平静了。让我们作出决定吧!(14) 让我们制定战略,以便难敌出现疏忽时,士兵们不会由于鲁莽或糊涂,犯下罪过。(15) 如果流放生活没有到期,胜财(阿周那)不会暴露自己。他今天不夺回牛群,不会放过我们。(16) 让我们制定战略,无论如何,不让他迎战和打败持国之子们。(17) 恒河之子(毗湿摩)啊!记住难敌问过的这个问题,你应如实回答。(18)

以上是吉祥的《摩诃婆罗多》中《毗罗吒篇》第四十六章(46)。

四七

毗湿摩说:

孩子啊!时间分秒相连,一刻、一天、半月、一月、星宿和行星,(1) 季节和年,前后相连。这样,依靠各部分时间,时轮运转。(2) 由于时间的剩余和天体的偏离,每五年要添加两个月。(3) 我认为,十三年应该添加五个月零十二天。(4) 他们已经履行了自己的全部承诺。毗跋蓑（阿周那）肯定知道这一点，才会来这里。(5) 他们全都精神高尚，精通正法和利益。他们的国王是坚战，怎么会违反正法。(6)

贡蒂之子们不贪婪，完成了难以完成的事情。他们不会一心想要王国而不择手段。(7) 当时，这些俱卢后裔想要违抗，但他们受正法之网束缚，遵守刹帝利誓言，没有采取行动。(8) 或者被称作说谎者，或者走向死亡，那么，普利塔之子们宁愿选择死亡，无论如何不会选择说谎。(9) 而现在时机已到，这些人中雄牛不会放弃应该获得的东西，哪怕这些东西受到持金刚杵者（因陀罗）保护，因为般度之子们如此英勇。(10)

我们要在战场上迎战这位全副武装的勇士。因此，赶快按照世上善人遵循的正当手段，采取行动吧！不要让我们的利益落到别人手里。(11) 俱卢后裔啊！我从未见到在战斗中，一方永葆胜利，王中因陀罗啊！胜财（阿周那）已经来到。(12) 一旦战斗进行，或生或死，或胜或败，必然落到一方。这毫无疑问，司空见惯。(13) 因此，遵循正法，赶快做好战斗准备，因为胜财（阿周那）已经来到。(14)

难敌说：

我不会把王国交给般度族兄弟，祖父啊！赶快做好一切战斗准备吧！(15)

毗湿摩说：

如果你愿意，就听我的意见。你带领四分之一的军队，快回城。然后，让另外四分之一的军队带着牛群离开。(16) 我们用剩下的一半军队抵抗般度之子，或者摩差王也来，或者百祭（因陀罗）也来。(17) 让老师站在中间，让马嘶在左边护驾，让有年之子、聪明的慈悯在右边护驾。(18) 让车夫之子迦尔纳全副武装站在前面，我站在全军后面压阵。(19)

以上是吉祥的《摩诃婆罗多》中《毗罗吒篇》第四十七章(47)。

四八

护民子说：

俱卢族大勇士们排好军阵，阿周那的车声隆隆，迅速逼近而来。(1) 他们看到旗顶，听到车声和激烈震动的甘狄拨神弓的弓弦声。(2) 看到这一切，又看到大勇士手持甘狄拨神弓而来，德罗纳说道：(3) "这是普利塔之子的旗顶在远处闪耀。这是他的雷鸣声和猴子的尖叫声。(4) 这位优秀的勇士驾着上等战车，站在车上，最优秀的甘狄拨神弓响声如雷。(5) 他射出的这两支箭落在我的脚前，另外两支箭擦过我的耳朵。(6) 普利塔之子在森林中住满了日子，创造了超人的业绩，现在向我俯首行礼，在我耳边问候。"(7)

阿周那说：

驾马驶向我的箭落下的军队中，车夫啊！好让我看到俱卢族的这个卑鄙之徒在哪儿？(8) 找到这个傲慢的家伙，我就不用管其他所有人。我只要砍下他的头，其他人就全部垮掉。(9) 这里站着德罗纳，后面站着他的儿子，还有毗湿摩、慈悯和迦尔纳这些大弓箭手。(10) 我在这里没有看到国王（难敌）。我猜想，他想逃命，带着牛群跑了，走的是南路。(11) 别管这些兵，去追难敌，毗罗吒之子啊！我要与难敌作战。这场战斗不会没有回报。我将打败他，带着牛群回来。(12)

护民子说：

闻听此言，毗罗吒之子努力收缰勒马，改变前往俱卢族雄牛们所在的方向，策马去追难敌。(13) 这位驾驭白马者放弃车兵，转向而走。德罗纳知道他的意图，说道：(14 '毗跋蹉（阿周那）不愿意呆在没有国王的地方。他转向而走，我们赶快从后面抓他。(15) 在战斗中，没有人能与这个愤怒的英雄单独交战，除了千眼神（因陀罗）和提婆吉之子黑天。(16) 一旦难敌陷入阿周那手中，像船沉入水中，我们还要牛群或者大量的财富，有什么用？"(17)

毗跋蹉（阿周那）向前挺进，通报自己的姓名。他迅速射箭，密如飞蛾，扑向军队。(18) 普利塔之子射出的箭流击溃士兵们。箭雨密布，他们看不清天和地。(19) 他们内心既不想战斗，也不想逃跑，由衷地钦佩普利塔之子的敏捷。(20) 然后，他吹起他的螺号，令敌人毛发直竖；他拉开最优秀的弓，激励旗帜里的众生。(21) 听到他的螺号声、车轮声和住在旗帜里的非凡众生的呐喊声。(22) 牛群向上摇动尾巴，四处鸣叫，朝着南方，又转回身。(23)

以上是吉祥的《摩诃婆罗多》中《毗罗吒篇》第四十八章(48)。

四九

护民子说:

这位杰出的弓箭手猛烈地击溃敌军,夺回牛群,又向难敌冲击。阿周那想在战斗中打个痛快。(1) 牛群迅速跑回摩差国,俱卢族英雄们心想:"有冠者(阿周那)的目的达到了。"于是,他们赶紧冲向正在追赶难敌的阿周那。(2) 见到他们阵容密集、旗帜遍布的军队,杀敌者(阿周那)召唤摩差王之子道:(3)"快让这些金鞍白马走这条路。请你奋力全速驾驶,让我冲向这群狮子般的勇士。(4) 这个灵魂邪恶的车夫之子(迦尔纳)想要与我战斗,就像大象与大象搏斗。他依仗难敌而骄狂,王子啊!你把我带到他那里。"(5)

毗罗吒之子驾驭那些配有金鞍、快速似风的大马,冲散敌军车阵,载着普利塔之子到达战场中间。(6) 奇军、胜战、御敌和阇耶,这些大勇士信赖迦尔纳,用箭和标枪反击冲来的这位婆罗多子孙。(7) 于是,这位人中豪杰满腔愤怒,用神弓之火和飞箭之热燃烧俱卢族雄牛们的车兵,犹如大火燃烧森林。(8) 可怕的战斗开始,俱卢族英雄毗迦尔纳从车上发射可怕的箭雨,向怖军的弟弟、大勇士普利塔之子发起进攻。(9) 阿周那拉开裹有钝金、弓弦坚固的弓,攻击毗迦尔纳,砍断他的旗帜。毗迦尔纳带着砍断的旗帜,迅速逃跑。(10) 普利塔之子折磨成群成群的敌人,创造非凡的业绩。焚敌怒不可遏,用龟爪箭袭击他。(11) 他遭到这位无比英勇的国王袭击,依然冲进旗帜招展的俱卢族军队,迅速用五支箭射击焚敌,用十支箭射死焚敌的车夫。(12) 这位婆罗多族雄牛用箭射穿焚敌的铠甲。焚敌在战斗中倒地死去,犹如树遇狂风,从山顶倒下。(13)

这些勇士雄牛被这位大勇士雄牛打败,这些英雄被这位大英雄打败,他们浑身颤抖,犹如狂风大作,大森林簌簌发抖。(14) 这些青年是人中英雄,衣着整齐,被普利塔之子杀死,躺在地上。他们慷慨施舍财物,像婆薮之主(因陀罗)一样勇敢,犹如雪山成年的大象,披挂金子和黑铁铠甲,在战斗中被因陀罗之子(阿周那)打败。(15) 这位人中英雄手持甘狄拨神弓，在战斗中消灭敌人，在战场上到处驰骋，犹如热季之末的大火焚烧树林。(16) 犹如暮春空中劲风横扫落叶，这位大勇士有冠者在战场上驰骋，歼灭仇敌。(17)

毗迦尔多那（迦尔纳）的兄弟胜战驾驭红马。有冠者（阿周那）斗志昂扬，杀死他的马，用一支箭射中他的头。(18) 看到兄弟被杀，车夫之子毗迦尔多那鼓起勇气，犹如象王显示象牙，犹如老虎进攻大公牛。(19) 毗迦尔多那迅速向般度之子射出十二支花斑羚羊箭，又用许多箭射向所有的人马和毗罗吒之子。(20) 犹如象王遭到象袭击，他从箭囊中取出一支支锋利的月牙箭，拉满弓弦，直至耳朵，射向车夫之子。(21) 这位粉碎敌人者用甘狄拨神弓射出雷电般的箭，射中他的手臂、大腿、脑袋、额头、脖子和车身。(22) 在普利塔之子射出的利箭逼迫下，仿佛一头象败于另一头象，勇猛的毗迦尔多那忍受着般度之子的利箭烧灼，抛弃前锋岗位，离阵而去。(23)

以上是吉祥的《摩诃婆罗多》中《毗罗吒篇》第四十九章(49)。

五〇

护民子说：
罗陀之子（迦尔纳）离阵后，以难敌为首的众位将帅带着各自的军队，用箭向般度之子发动进攻。(1) 看到大批军队发射利箭，列队前来，毗罗吒之子说道：(2)"请你在这美丽的车上站好，吉湿奴（阿周那）啊！有我做车夫，你要冲向哪支军队，我按照你的吩咐驾驶。"(3)

阿周那说：
你看那个吉祥之人，红眼睛，身披虎皮，倚着青旗，站在车上，优多罗啊！(4) 这是慈悯。你带我驶向他的车队。我要用坚固的弓向他显示快速的箭。(5)

那位是老师德罗纳，精通一切武艺。他的旗帜有金制的美丽水罐。(6) 你要平心静气，右旋绕行，英雄啊！不要与他对面冲撞。这是古已有之的正法。(7) 如果德罗纳先打我的身体，然后，我再打他，

75

他就不会生气。(8)

离他不远,旗顶上有弓,那是老师的儿子大勇士马嘶。(9) 他一直受到我的尊敬,也受到手持各种武器的勇士尊敬。你到达他的车前,要一再收缰勒马。(10)

在车兵中间,这一位身穿金铠甲,站在最精锐的第三常备军这一边。(11) 他的旗顶上有大象,背景是金色的田野。他是持国之子,吉祥的难敌王。(12) 他狂热好战,气势汹汹,粉碎敌人的战车,英雄啊!(13) 在德罗纳的学生中,人们认为他射箭迅捷。我要用箭向他充分显示敏捷的箭术。(14)

你已经知道这一位是毗迦尔多那·迦尔纳,他的旗顶上有美丽的象肚带。(15) 你到达这个灵魂邪恶的罗陀之子(迦尔纳)车前时,要多加小心,他总是在战场上与我较劲。(16)

这一位手戴护套,拿着大弓,英勇地站在车上,树着青色的五星旗。(17) 他的车上美丽的旗帜画着星星和太阳,他的头顶上张着洁白无瑕的华盖。(18) 庞大的车队飘扬着各种旗帜,他站在前面,犹如云端的太阳。(19) 他身穿金铠甲,像月亮和太阳一样辉煌。看到他的金色头盔,我的心仿佛在颤抖。(20) 他就是福身王之子毗湿摩,我们大家的祖父。他维系王室的富贵,顺从难敌的意志。(21) 只要他不阻碍我,我们最后去他那里。在我与他作战时,你要尽力勒住我的马。(22)

护民子说:

于是,毗罗吒之子小心谨慎地载着左手开弓者(阿周那),国王啊!向准备与胜财(阿周那)作战的慈悯驶去。(23)

以上是吉祥的《摩诃婆罗多》中《毗罗吒篇》第五十章(50)。

五一

护民子说:

但见俱卢族军队手持锐利的弓箭向前蠕动,犹如夏季之末的雨云,在和风吹拂下缓缓移动。(1) 那些由战士骑着的马挨在一起,那

些模样可怕的大象受到长矛和钩子驱赶。(2)

然后,帝释天骑着妙容,带着众天神,国王啊!带着成群的毗奢、双马童和摩录多,一起来到。(3) 天空中充满天神、药叉、健达缚和大蛇,犹如清澈无云,繁星闪烁。(4) 他们前来观看他们的武器在人间运用的威力,观看毗湿摩和阿周那相遇,这场可怕的大战。(5)

那些金柱子和摩尼珠宝柱子,十万再乘一百,支撑着宫殿。(6) 这是天王神奇的飞车,在空中随意飞行,装饰着一切宝石,闪闪发光。(7) 那里,三十三天诸神和婆薮之主(因陀罗)在一起,还有健达缚、罗刹、蛇、祖先和大仙。(8) 诸如国王婆薮摩纳、勃罗刹、苏钵罗达尔陀那、八部、尸毗、迅行、友邻和伽耶,(9) 摩奴、楚波、罗怙、婆奴、瘦马、娑伽罗和舍罗,都在天王的飞车上,看上去神采奕奕。(10) 火神、伊舍、苏摩、伐楼拿、生主、陀多和毗陀多、俱比罗和阎摩,(11) 阿楞菩沙、乌揭罗犀那和健达缚冬布鲁,他们的飞车在各自指定的位置闪闪发光。(12)

所有的天神、悉陀和至高的仙人都来观看阿周那和俱卢族人交战。(13) 天神的花环四处散发圣洁的芳香,犹如初春树木开花。(14) 但见众天神站在那里,他们的华盖、衣服、花环和麈尾,色彩或浓或淡。(15) 大地尘土平息,光明普照一切,微风吹来神奇的芳香,抚慰战士们。(16) 至高的众天神带着各种美妙的飞车来到这里,镶嵌有各种闪光的宝石。天空变得绚丽多彩,仿佛更加明亮。(17)

以上是吉祥的《摩诃婆罗多》中《毗罗吒篇》第五十一章(51)。

五二

护民子说:

就在这时,大勇士慈悯走向前来。他是优秀的武士,精力旺盛,勇气过人,渴望与阿周那决战。(1) 这两位大力士灿若太阳,各自站定,准备战斗,犹如秋天的两块云团。(2) 普利塔之子拉开他的举世闻名的高级武器甘狄拨神弓,射出许多致命的铁箭。(3) 在普利塔之子这些嗜血的铁箭尚未到达之时，慈悯用成百成千支利箭将它们射碎。(4) 于是，大勇士普利塔之子愤怒地显示各式武艺，用箭覆盖四面八方。(5) 普利塔之子灵魂不可限量，这位主子用数百支箭覆盖慈悯，使整个天空仿佛变成一片阴影。(6) 慈悯受到火焰般的利箭折磨，怒不可遏，迅速向灵魂伟大、威力无比的普利塔之子发射一千支箭，并在战斗中大声吼叫。(7)

接着，英雄阿周那用甘狄拨神弓迅速射出四支金杆扁平利箭，射中慈悯的四匹马。(8) 这些马被灼热的利箭射中，仿佛遭到蛇咬，猛然腾空跳起，把慈悯从座位上颠翻下来。(9) 俱卢后裔（阿周那）看见乔答摩（慈悯）从座位上跌落，这位杀敌英雄为了维护慈悯的尊严，没有杀害他。(10) 乔答摩又回到座位上，迅速向左手开弓者（阿周那）射出十支苍鹭羽毛箭。(11) 随即，普利塔之子用一支锐利的月牙箭射断他的弓，又把这张弓从他的手中射下。(12)

然后，普利塔之子用致命的利箭射中他的铠甲，但没有伤及他的身体。(13) 他的铠甲失落，露出身体，犹如到时候蜕掉皮的蛇的身体。(14) 乔答摩（慈悯）被普利塔之子射断一张弓后，又拿起另一张弓，将弓挽开。这仿佛是奇迹。(15) 但贡蒂之子又用一支扁平箭射断他的弓。就这样，杀敌英雄般度之子敏捷地射断有年之子（慈悯）的许多张弓。(16)

英勇的慈悯拿着断裂的弓，向般度之子掷出一支标枪，犹如燃烧的雷电。(17) 这支镶金标枪如同大流星从空中飞来，阿周那用十支箭将它射断。这支标枪被聪明的普利塔之子射断，掉在地上，碎成十块。(18) 慈悯在车辕中间，举弓向普利塔之子迅速射出十支锐利的月牙箭。(19) 而威力巨大的普利塔之子愤怒地在战斗中射出十三支在石头上磨过的、威力如火的利箭。(20) 他用一支箭射中车辕，四支箭射中四匹马，第六支箭使车夫的脑袋脱离身体。(21) 这位大力士在战斗中，用三支箭射中三根竹竿，用两支箭射中两个车轴，用第十二支月牙箭射中旗帜。(22) 然后，与因陀罗一样的颇勒古拿（阿周那）仿佛笑了笑，用如同金刚杵的第十三支箭射中慈悯的胸膛。(23)

慈悯弓断，车毁，马死，车夫也死，他手持棍棒，迅速跳下车，投掷棍棒。(24) 慈悯投掷的这根棍棒精致而沉重，但被阿周那用箭挡住,原路返回。(25)于是,士兵们想要救援怒不可遏的有年之子(慈悯),在战场上从各处向普利塔之子发射箭雨。(26)毗罗吒之子让马左转弯,绕行双圈,阻挡那些士兵。(27)但是,那些人中雄牛动作迅猛,拉住失去战车的慈悯,把他从贡蒂之子胜财(阿周那)那里救走。(28)

以上是吉祥的《摩诃婆罗多》中《毗罗吒篇》第五十二章(52)。

五三

阿周那说:

朋友啊!祝你幸运!你带我到德罗纳的军队那里去。那里的金旗杆有个高耸的金祭坛,犹如燃烧的火焰,装饰着许多旗帜。(1)那些高大漂亮的红马宛如滋润的珊瑚,嘴巴古铜色,令人悦目。它们受过精心训练,驾着上等战车。(2)他是光辉的婆罗堕遮之子(德罗纳),威力巨大,手臂修长,既强壮又漂亮,举世闻名。(3)他的智力与优沙那仙人相等,品行与祭主仙人媲美。他精通四吠陀,奉守梵行。(4)他精通所有的天神武器,懂得怎样使用和收回;他精通全部弓箭术,朋友啊!(5)在这位优秀的婆罗门身上,具有宽容、自制、真实、仁慈、正直和其他许多品德。(6)我要在战场上与这位大德较量,因此,你赶快驾车,优多罗啊,把我带到这位老师那里去。(7)

护民子说:

听了阿周那的话,毗罗吒之子驱赶饰有金子的马匹,朝婆罗堕遮之子(德罗纳)的战车驶去。(8)优秀的车兵般度之子(阿周那)快速冲来。德罗纳迎战普利塔之子(阿周那),犹如一头疯象迎战另一头疯象。(9)他吹起螺号,敲响百鼓,整个军队振奋,犹如大海翻滚。(10)看到这些红色的骏马在战斗中与那些快如思想、色如天鹅的马交相混合,战场上的人们惊诧不已。(11)看到在阵地前沿,这师生两人都是英雄,有思想,有学问,有勇气,不可战胜;(12)看到德罗纳和阿周那这两位大力士互相靠近,婆罗多族大军震颤不已。(13)英勇的普利塔之子充满喜悦,这位大勇士仿佛微笑着,将车靠近德罗纳的车。(14) 贡蒂之子大臂阿周那向德罗纳行礼,这位杀敌英雄用温和的语言安抚道:(15) "我们已经度过林居生活,现在想要报复,难以战胜的人啊!你不应该生我们的气,(16) 只有你先打我,我才会打你,无罪的人啊!这是我的想法,你看着办吧!" (17) 于是,德罗纳向他射出二十多支箭,而普利塔之子敏捷地粉碎这些尚未到达的箭。(18) 然后,英勇的德罗纳施展他的快速武器,向普利塔之子的战车射出一千支箭。(19)

这样,婆罗堕遮之子(德罗纳)和有冠者(阿周那)之间的战斗开始。他们俩在战场上,同样发射光焰灼热的箭。(20) 他们俩都是业绩卓著,快速似风,精通天神武器,具有至高威力。他们俩发射的箭网使国王们头晕目眩。(21) 聚集在那里的战士个个惊讶不已,钦佩这两位射箭者,连声称好。(22) 那些站在阵地前沿的人们说道"除了颇勒古拿(阿周那)之外,谁敢与德罗纳交战?刹帝利法真厉害,竟敢与老师交战。"(23)

这两位大勇士不可战胜,英勇激昂,互相挨近,用密集的箭覆盖对方。(24) 婆罗堕遮之子(德罗纳)激动地拉开难以抵御的金背巨弓,反击颇勒古拿(阿周那)。(25) 他用磨尖发光的箭网覆盖阿周那的战车,犹如遮挡太阳的光芒。(26) 这位长臂大勇士用快速的利箭射击普利塔之子,犹如云雨泼向山头。(27) 而般度之子高兴地拿起他的担负杀敌重任的甘狄拨神弓,迅速射出各种各样镶金的箭。(28) 这位勇士快速挽弓射箭,消除了婆罗堕遮之子(德罗纳)的箭雨。这仿佛是奇迹。(29) 英俊的普利塔之子胜财(阿周那)驱车行进,同时向所有方向施展他的一切武器。(30) 四面八方全是箭,天空似乎变成一片阴影,德罗纳隐而不见,仿佛笼罩在烟雾中。(31) 他的形体被利箭笼罩,犹如一座四周燃烧火焰的山。(32)

看到普利塔之子的箭覆盖自己的车,德罗纳拉开漂亮的弓,声如雷鸣。(33) 德罗纳雄姿英发,将这至高无上的可怕武器拉成满弓,形同火轮,射出许多箭,发出巨大的声响,犹如燃烧的竹林。(34) 这位灵魂无比者用漂亮的劲弓射出许多金羽箭,遮盖了四周和太阳的光芒。(35) 这些节头扁平的金羽箭在空中飞行时,照亮许多人。(36) 德罗纳的许多羽毛箭从弓中射出,在空中联成一体,看似一支长箭。(37)

就这样，这两位英雄发射镶金的大箭，仿佛用火把覆盖天空。(38) 那些装饰苍鹭羽毛的箭，看似秋季空中一行行迁徙的天鹅。(39) 灵魂高尚的德罗纳和般度之子在那里进行激战，犹如弗栗多和婆薮之主（因陀罗）进行可怕的战斗。(40) 他们俩挽满强弓，互相射箭，犹如两头大象用象牙尖互相顶撞。(41) 这两位激昂的英雄在战场上大显身手，向各处发射神奇的武器。(42) 优秀的胜利者阿周那用利箭挡住优秀的老师射来的、在石头上磨尖的箭。(43) 因陀罗之子（阿周那）展示自己的勇敢凶猛，射出许多快箭，遮盖天空。(44) 人中之虎阿周那威力过人，想要杀死敌手。优秀的老师、杰出的武士德罗纳在战斗中，用笔直光滑的箭戏耍阿周那。(45) 婆罗堕遮之子（德罗纳）在大战中发射神奇的武器，颇勒古拿（阿周那）用武器抵挡武器，与他交战。(46) 这一对人中之狮怒恨交加，犹如天神和檀那婆互相进攻。(47) 般度之子一次又一次用自己的武器，吞没德罗纳一一发射的因陀罗武器、风神武器和火神武器。(48)

就这样，这两位英勇的大弓箭手发射利箭，箭雨使天空变成一片阴影。(49) 阿周那射出的箭落在人的身上，发出声响，犹如雷电打在山上。(50) 大象、车兵和骑兵沾满鲜血，民众之主啊！看上去像盛开的金苏迦花。(51) 戴着手镯的断臂，各种各样的大车，金光灿烂的铠甲，倒下的旗帜，(52) 死在普利塔之子箭下的战士，在德罗纳和阿周那交战时，军队混乱不堪。(53) 这两位英雄挥动着担负重任的弓，互相用箭攻击，压住对方。(54) 空中出现赞美德罗纳的声音："德罗纳与阿周那作战，难能可贵。(55) 阿周那这位大勇士所向披靡，英勇非凡，拳头坚硬，难以抵御；他是天神、提迭和蛇的征服者。"(56) 看到普利塔之子在战场上不知疲倦、武艺精湛、快速灵敏、善于远射，德罗纳惊诧不已。(57) 婆罗多族雄牛啊！愤慨的普利塔之子在战场上举起甘狄拨神弓，用手臂把它拉开。(58) 他的箭雨犹如一群飞蛾扑来，连风都不能在他的箭缝中间透过。(59) 普利塔之子不断地取箭、搭箭和射箭，看不出其中的间歇。(60) 在这场可怕的快箭战中，普利塔之子射出的箭一支比一支更快。(61) 于是，成百成千支笔直光滑的箭同时落在德罗纳的战车附近。(62) 这位甘狄拨神弓手射出的箭泼向德罗纳，士兵们发出"啊啊"的大声呼叫，婆罗多族雄牛啊！(63)

摩诃梵（因陀罗）也和聚集在那里的健达缚和天女们一起，对普利塔之子的快箭表示钦佩。(64)突然，老师的儿子、车队的首领带着大批车兵前来阻挡般度之子。(65)马嘶心里钦佩灵魂高尚的普利塔之子的业绩，但对他也很生气。(66)他怒不可遏，在战场上冲向普利塔之子，射出数千支箭，犹如乌云降雨。(67)德罗纳之子大臂马嘶努力驾马阻挡，这样，普利塔之子阿周那就给了德罗纳逃跑的机会。(68)这位英雄立即抓住这个机会，驾着已被利箭射伤的快马逃跑，他的铠甲和旗帜已经破碎。(69)

以上是吉祥的《摩诃婆罗多》中《毗罗吒篇》第五十三章(53)。

五四

护民子说：

普利塔之子迎战风速般冲来的马嘶。马嘶发射庞大的箭网，犹如乌云下雨。(1)他们交战，犹如天神和阿修罗大战，犹如弗栗多和因陀罗互相发射箭网。(2)整个天空布满飞箭，四周昏暗，阳光照不进，风儿吹不进。(3)这两位战士互相厮杀，发出噼噼啪啪的声响，犹如竹林燃烧，攻克敌堡者啊！(4)在阿周那的打击下，马嘶所有的马奄奄一息，国王啊！马嘶头晕目眩，辨不清哪个方向。(5)

在普利塔之子将要进攻时，勇气过人的德罗纳之子发现一个小破绽，便用剃刀箭射断了他的弓弦。众天神见到这个非凡的业绩，无不表示钦佩。(6)然后，德罗纳之子后退八张弓的距离，又用苍鹭羽毛箭射击人中雄牛普利塔之子的心窝。(7)大臂者普利塔之子大声笑着，用力为甘狄拨神弓换上新弦。(8)普利塔之子转了半个圈，上前交战，犹如疯狂的象王迎战另一头疯象。(9)这两位在大地上同样勇敢的英雄在战场上开始大战，令人汗毛直竖。(10)所有的俱卢族人充满惊讶，观看这两位灵魂高尚的英雄交战，犹如两头象王争斗。(11)这两位人中雄牛互相发射毒蛇形状的箭，宛如一条条喷射火焰的蛇。(12)

灵魂高尚的般度之子有两个天神的箭囊，用之不竭。因此，英雄普利塔之子屹立战场，犹如岿然不动的高山。(13)而马嘶在战场上快速射箭，箭很快耗尽。这样，阿周那占了优势。(14) 于是，迦尔纳愤怒地拉开巨大的弓射箭，随即响起"啊啊"的巨大呼叫声。(15) 普利塔之子把目光转向拉弓的地方，看见了罗陀之子（迦尔纳），不禁怒火中烧。(16) 他这位俱卢族雄牛睁眼瞪视，怒不可遏，想要杀死迦尔纳。(17) 趁普利塔之子转过脸去，国王啊！人们迅速递给德罗纳之子成千支箭。(18) 大臂胜财（阿周那）丢开德罗纳之子，这位克敌者猛然冲向迦尔纳。(19) 贡蒂之子气红双眼，冲过去想要进行车战，说了这番话。(20)

以上是吉祥的《摩诃婆罗多》中《毗罗吒篇》第五十四章(54)。

五五

阿周那说：

迦尔纳啊！你经常在大庭广众自吹自擂"我在战斗中无可匹敌。"现在可以兑现了。(1) 你一味摒弃正法，言语粗鲁，但我认为你的野心难以实现。(2) 你过去说那些话，根本没有考虑会遇到我。现在，当着俱卢族人面，罗陀之子（迦尔纳）啊！你与我较量吧。(3) 你目睹那些灵魂邪恶的人在大厅里折磨般遮罗公主，现在，你接受它的全部果报吧！(4) 过去，我受正法之绳束缚，忍受了这一切。现在，你看着，罗陀之子（迦尔纳）啊！我的愤怒将在战斗中取胜。(5) 来吧，迦尔纳啊！同意与我交战。让所有的俱卢族人和士兵们亲眼目睹！(6)

迦尔纳说：

普利塔之子啊！你就照你所说的做吧！因为在这世上，人们都知道行动胜过言词，(7) 你过去忍气吞声，那是因为你无能，普利塔之子啊！我目睹你的怯懦，才认定这么说。(8) 如果你过去受正法之绳束缚才忍气吞声，那么，你现在依然受束缚，而你仿佛认为自己不受束缚。(9) 如果你已经按照协议度过林居生活，困苦不堪，通晓正法和利益，现在却想破坏誓约。(10) 即使帝释天为了你，亲自前来作战，普利塔之子啊！我也毫不担心我会取胜。(11) 贡蒂之子啊！你的

愿望马上就会实现,你将与我交战。今天,你将领教我的力量。(12)

阿周那说:

方才你在与我战斗中逃跑,由此你得以活命,罗陀之子(迦尔纳)啊!而你的弟弟被杀死。(13)除了你以外,有谁会临阵脱逃,让弟弟送死,还居然站在善人们面前这样说话?(14)

护民子说:

对迦尔纳说完这些话,不可战胜的毗跋蘇(阿周那)冲向前去,发射能穿透铠甲的利箭。(15)迦尔纳进行反击,发射像火焰一样的利箭,滂沱的箭雨犹如乌云下雨。(16)形状可怕的箭网布满四周,阿周那一一射中迦尔纳的马匹、手臂和护臂。(17)他愤慨地用笔直光滑、箭头锐利的箭射断迦尔纳箭囊的挂绳。(18)迦尔纳从箭囊中又取出一些箭,射中般度之子的手,使他的手掌握不紧。(19)然后,大臂普利塔之子射碎迦尔纳的弓。迦尔纳投掷标枪,普利塔之子用箭挡开它。(20)罗陀之子(迦尔纳)的许多步兵冲上前来,普利塔之子用甘狄拨神弓射出的箭,把他们送往阎摩殿。(21)毗跋蘇(阿周那)将弓拉至耳边,射出担负重任的利箭,将迦尔纳的马匹射倒在地。(22)英勇的大臂者贡蒂之子用另一支闪光的利箭射中迦尔纳的胸膛。(23)这支箭穿透他的铠甲,刺入他的身体。他眼前一片漆黑,什么也分辨不清。(24)他痛苦不堪,放弃战斗,朝北逃去,大勇士阿周那和优多罗高声辱骂他。(25)

以上是吉祥的《摩诃婆罗多》中《毗罗吒篇》第五十五章(55)。

五六

护民子说:

击败毗迦尔多那(迦尔纳)后,普利塔之子对毗罗吒之子说道:"带我到那支军队去!那里有金制的多罗树标记。(1)那里,我们的祖父、福身王之子毗湿摩具有天神相貌,站在车上想要与我战斗。我要在战斗中取下他的弓弦。(2)现在,你看我发射天神武器,如同雷雨中的闪电划过天空。(3)俱卢族人会看到我的金背甘狄拨神弓。所有汇集在这里的敌人都会猜测我是用右手还是用左手发射的?(4)我将造成一条河流,以鲜血为流水,以战车为漩涡,以大象为鳄鱼,难以越过,而流向另一个世界。(5)我将用笔直光滑的月牙箭铲除俱卢族这座森林,它以手、脚、头、背和手臂为树枝。(6)我独自一人用弓箭战胜俱卢族军队,犹如大火在森林中开辟一百条通道。你将看到所有的军队遭到我的打击,像车轮那样团团乱转。(7)

"你站在车上,无论道路平坦或崎岖,都不要慌乱。我将用利箭劈开遮蔽天空的高山。(8)从前,我曾奉因陀罗之命,在战争中杀死成百成千个宝罗摩和迦罗康迦。(9)我从因陀罗那里获得坚固的拳头,从梵天那里获得敏捷,从生主那里获得深入、可怕和奇妙的穿透术。(10)我战胜了六千名手持强弓的车兵,摧毁大海对岸的金城。(11)我将用这武器的威力焚烧俱卢族这座森林,它以旗帜为树,以步兵为草,以战车为狮子。(12)我独自一人用笔直光滑的箭就能把他们从车座上赶下来,就像手持金刚杵者(因陀罗)对付阿修罗那样。(13)我从楼陀罗那里获得楼陀罗法宝,从伐楼拿那里获得伐楼拿法宝,从火神那里获得火神法宝,从风神那里获得风神法宝,从帝释天那里获得金刚杵等等法宝。(14)毗罗吒之子啊!消除你的恐惧吧。我将铲除持国之子这座由人中狮子们守护的可怕森林。"(15)

经过左手开弓者(阿周那)这样安抚,毗罗吒之子冲入智者毗湿摩的可怕车队。(16)大臂胜财(阿周那)冲过来,想在战场上制服敌人。而那位行为残酷的人沉着地挡住了他。(17)然后,那些有学问、有思想、戴着各种花环和装饰品的勇士举臂拉开弓弦,冲向这位可怕的弓箭手。(18)他们是难降、毗迦尔纳、难偕和毗文沙提,冲过来围堵可怕的弓箭手毗跋蒺(阿周那)。(19)难降用月牙箭射中毗罗吒之子优多罗。这位英雄又用第二支箭射中阿周那的胸膛。(20)吉湿奴(阿周那)转过身,用秃鹫羽毛宽刃箭射断难降镶金的弓。(21)然后,他用五支箭射中难降的胸膛。难以忍受这些箭的折磨,难降放弃战斗,逃离而去。(22)持国之子毗迦尔纳用笔直飞行的秃鹫羽毛利箭射击杀敌英雄阿周那。(23)而贡蒂之子很快用笔直光滑的箭射中他的前额。他中箭后,从车上跌落下来。(24)接着,难偕和毗文沙提冲向普利塔之子,向他倾泻利箭,想在战斗中救护自己的兄弟。(25)胜财

(阿周那）沉着地用锋利的秃鹫羽毛箭同时射向他们俩，杀死了他们俩的马匹。（26）持国的这两个儿子身体受伤，马匹倒毙。步兵们冲过来，用另外的车将他们俩带走。（27）不可战胜的有冠者贡蒂之子、目标明确的大智者毗跋蓰（阿周那）向所有的方向展开攻击。（28）

  上是吉祥的《摩诃婆罗多》中《毗罗吒篇》第五十六章(56)。

五七

护民子说：

  俱卢族所有的大勇士集合起来，决心联合反击阿周那，婆罗多子孙啊！（1）这位灵魂无比的人向四面八方布下箭网，覆盖这些大勇士，犹如迷雾笼罩群山。（2）大象吼叫，马匹嘶鸣，铜鼓声、螺号声，嘈杂喧嚣。（3）穿透人马的躯体和铁铠甲，普利塔之子的箭网倾泻成千次。（4）般度之子驰骋战场，快速射箭，犹如秋天中午的太阳，光辉灿烂。（5）恐惧的车夫们从战车上跌下，骑兵们从马背上滚下，步兵们在地上乱窜。（6）那些箭打击大勇士们的铜、银和铁铠甲，发出巨大的声响。（7）整个战场布满失去知觉的尸体，被利箭剥夺生命的象和马。（8）遍地是从车座上摔下的人，胜财（阿周那）手持神弓，仿佛在战场上跳舞。（9）

  听到甘狄拨神弓发出的声响如同雷鸣，一切众生都恐惧地逃离战场。（10）但见阵地前沿，人头坠落，还戴着耳环、顶冠和金花环。（11）大地上布满利箭摧毁的肢体，举着弓或戴着手镯的手臂。（12）那些人头被利箭削落，犹如空中降下的石雨，婆罗多族雄牛啊！（13）勇气吓人的普利塔之子显示自己的暴烈。他受了十三年压制，如今驰骋战场，向持国之子们发泄可怕的愤怒之火。（14）

  目睹他焚烧军队的威力，所有的战士当着持国之子的面，停止战斗。（15）优秀的胜利者阿周那驰骋战场，吓坏了士兵们，赶跑了大勇士们，婆罗多子孙啊！（16）他造成一条可怕的河流，以鲜血为波浪，以白骨为水草，那是时代末日时神的创造。（17）普利塔之子造成一条可怕的深红色大河，以弓箭为木筏，以血肉为淤泥，以大车为岛屿，

以螺号战鼓为水声。(18) 他取箭，搭箭，拉开甘狄拨神弓射箭，人们看不出任何间隙。(19)

以上是吉祥的《摩诃婆罗多》中《毗罗吒篇》第五十七章(57)。

五八

护民子说：

然后，难敌、迦尔纳、难降、毗文沙提、德罗纳和他的儿子，还有杰出的勇士慈悯，(1) 他们重返战场，疯狂地想要杀死胜财（阿周那），拉开坚固有力的硬弓。(2) 这位以猴子为标志的勇士，乘坐旗帜招展、灿若太阳的战车，迎战所有这些敌人，大王啊！(3) 慈悯、迦尔纳和优秀的勇士德罗纳使用伟大的武器，围堵勇气非凡的胜财（阿周那）。(4) 他们射出一道道箭流，犹如雨季的乌云下雨。箭雨向进攻的有冠者（阿周那）倾泻。(5) 他们小心地站在不远处，迅速地发射许多羽毛箭，布满战场。(6) 那些天神武器从四面八方射向他，甚至伤不了他的两个指头。(7)

大勇士毗跋蔌（阿周那）笑了笑，将灿若太阳的因陀罗法宝搭在甘狄拨神弓上。(8) 强壮的有冠者贡蒂之子犹如燃烧的太阳，用光芒笼罩所有的俱卢族人。(9) 犹如云中的闪电，山上的火，甘狄拨神弓像展开的彩虹。(10) 正如乌云下雨时，空中电光闪烁，甘狄拨神弓发射时，覆盖十方。(11) 那里，所有的勇士都感到恐惧，渴望和平，控制不住自己的思想。所有的战士失去意志，逃离战场。(12) 这样，军队毫无活命的希望，全线崩溃，逃向四面八方，婆罗多族雄牛啊！(13)

以上是吉祥的《摩诃婆罗多》中《毗罗吒篇》第五十八章(58)。

五九

护民子说：

战士们遭到杀戮，光辉的、难以抵御的福身王之子毗湿摩冲向胜财（阿周那）。(1) 他手持精良的镶金硬弓，带着顶端锋利的箭，能穿透致命弱点。(2) 头顶上张着白色华盖，这位人中之虎光彩熠熠，犹如太阳升起时的高山。(3) 恒河之子（毗湿摩）吹响螺号，持国之子们欢欣鼓舞，向右绕行，围堵毗跛蒭（阿周那）。(4)

看到他这样前来，杀敌英雄贡蒂之子满心喜欢，上前迎战，犹如山峰迎接雨云。(5) 英勇的毗湿摩向普利塔之子的旗帜嗖嗖射出八支快箭，犹如嘶嘶发声的蛇。(6) 这些燃烧的箭射中般度之子的旗帜，射中旗顶上的猴子和其他生物。(7) 般度之子迅即用宽刃的大月牙箭将毗湿摩的华盖射穿，坠落在地。(8) 贡蒂之子行动敏捷，用箭射击毗湿摩结实的旗帜、车马和两侧的车夫。(9) 毗湿摩和普利塔之子两人战斗激烈，令人毛发直竖，犹如钵利和婆薮之主（因陀罗）交战。(10) 毗湿摩和般度之子两人交战，射出的月牙箭在空中互相碰撞发光，犹如雨季空中雷电闪烁。(11) 普利塔之子左右开弓射箭，国王啊！他的甘狄拨神弓犹如转动的火轮。(12) 他用数百支利箭覆盖毗湿摩，犹如乌云用雨水覆盖山岭。(13) 这箭雨如同汹涌澎湃的潮水。而毗湿摩以箭挡箭，阻挡住阿周那。(14) 那些破碎的箭网在战场上纷纷坠落，落回颇勒古拿（阿周那）的战车。(15)

接着，金杆羽毛箭雨从般度之子的战车飞快射出，犹如一群飞蛾扑来。毗湿摩又用数百支利箭阻挡。(16) 所有的俱卢族人赞叹道："好啊！好啊！毗湿摩与阿周那交战，正在完成难以完成的业绩。(17) 般度之子年轻，有力，能干，敏捷，谁能在战场上抵挡这位普利塔之子的勇猛？(18) 除了福身王之子毗湿摩，或者提婆吉之子黑天，或者优秀的老师、大力士婆罗堕遮之子（德罗纳）。"(19) 这两位大力士、人中雄牛玩耍似地以箭对箭，令一切众生眼花缭乱。(20) 这两位灵魂伟大的人在战场上驰骋，使用可怕的生主法宝、因陀罗法宝、火神法宝、俱比罗法宝、伐楼拿法宝、阎摩法宝和风神法宝。(21) 一切众生惊讶地看着他俩战斗，赞叹道"好啊！大臂者普利塔之子！好啊！毗湿摩！(22) 我们看到毗湿摩和普利塔之子大战，在战场上使用伟大的武器。这在人间前所未有。"(23)

就这样，这两位精通武艺的人展开武器大战。吉湿奴（阿周那）用宽刃箭射断毗湿摩的镶金弓。(24) 仅仅一眨眼的工夫，长臂大力士毗湿摩又拿起另一张弓，愤怒地搭上箭，迅速地向胜财（阿周那）射出许多箭。(25) 威力无比的阿周那向毗湿摩发射大量利箭，毗湿摩也同样回报这位般度之子。(26) 他俩灵魂伟大，精通天神武器，不停地互相射箭，国王啊！看不出谁技高一筹。(27) 非凡的勇士、有冠者贡蒂之子和英雄福身王之子用箭覆盖十方。(28) 战斗中，时儿般度之子胜过毗湿摩，时儿毗湿摩胜过普利塔之子，国王啊！这真是人间奇迹。(29)

保护毗湿摩战车的勇士们被般度之子杀死。他们躺倒在贡蒂之子的战车前面。(30) 驾驭白马者（阿周那）的甘狄拨神弓射出羽毛箭，想要消灭无敌英雄。(31) 从他车上射出的白色镶金箭，看上去像空中一行行天鹅。(32) 众天神和婆薮之主（因陀罗）在空中观看他发射神奇的武器。(33) 光辉的健达缚王奇军看到这个奇迹，高兴至极，对天王说道：(34) "看啊！这些杀敌的箭仿佛连在一起飞行。这是阿周那射出的形状奇妙的天神武器。(35) 凡人们难以置信，因为前所未见。这些古老的伟大武器互相撞击多么神奇。(36) 士兵们不敢正视光辉的般度之子，犹如不敢观看中午空中燃烧的太阳。(37) 他们两人功勋卓著，精通武艺；他们两人业绩相同，在战斗中难以抵御。"(38) 天王听罢此言，用天国花雨表示赞赏普利塔之子和毗湿摩的交战。婆罗多子孙啊！(39)

然后，在左手开弓者（阿周那）搭箭射击时，福身王之子毗湿摩射中他的左胁。(40) 而毗跋蹉（阿周那）笑了笑，用宽刃秃鹫羽毛箭射断威力无比的毗湿摩的弓。(41) 接着，贡蒂之子胜财（阿周那）用十支箭射中勇猛冲来的毗湿摩的胸膛。(42) 难以抵御的大臂者恒河之子（毗湿摩）遭此打击，抓住车辕，仿佛痛苦地站了好长时间。(43) 他的车马驾驭者牢记教导，保护这位大勇士，驾车运走失去知觉的毗湿摩。(44)

以上是吉祥的《摩诃婆罗多》中《毗罗吒篇》第五十九章(59)。

六〇

护民子说：

毗湿摩从前线撤离逃跑后，灵魂伟大的持国之子（难敌）高举旗帜，呐喊着亲自冲向阿周那。(1) 骁勇可怕的弓箭手胜财（阿周那）驰骋在敌人中间。难敌拉满弓，从耳边射出月牙箭，射中他的前额。(2) 他被磨尖的金箭射中，国王啊！这位业绩伟大的人光彩熠熠，犹如美丽的独峰山。(3) 被箭射中，热血涌流，色泽鲜艳，犹如美丽的金花环。(4) 怒气冲冲的难敌用箭射中阿周那，阿周那毫不气馁，迅速取出似毒如火的箭，射向难敌王。(5) 威武勇猛的难敌进攻普利塔之子，独一无二的英雄普利塔之子进攻难敌。这两位人中英雄同是阿阇弥吒后裔，在战场上互相厮杀。(6)

随后，毗迦尔纳乘坐高似山峰的疯象和四辆保护象腿的战车，冲向贡蒂之子吉湿奴（阿周那）。(7) 这头象王快速冲来，胜财（阿周那）拉满弓，从耳边射出飞快的硬铁箭，射在两边颞颥中间。(8) 普利塔之子射出的秃鹫羽毛箭，深深扎进高山一般的大象，犹如因陀罗掷出的雷杵，劈开高山。(9) 象王中箭，痛苦不堪，肢体颤抖，内心恐怖，缓缓下沉，倒在地上，犹如山顶被金刚杵击落。(10) 象王倒在地上，毗迦尔纳惊慌失措，急忙跳下，奔跑了八百步，爬上毗文沙提的战车。(11)

普利塔之子用金刚杵一般的箭杀死似山如云的大象，他用同样的箭射中难敌的胸膛。(12) 大象和国王都被箭射中，毗迦尔纳和保护象腿的卫兵们败下阵来，在甘狄拨神弓发射的利箭追逐下，优秀的战士们迅速逃跑。(13) 看到大象被箭射死，看到所有的战士逃跑，这位俱卢族英雄（难敌）掉转车身，从战场上逃向普利塔之子不在的地方。(14) 难敌中箭流血，容貌可怕，迅速逃跑，持箭克敌的有冠者（阿周那）热衷战斗，开口说话。(15)

阿周那说：

你为何不顾名声和巨大的声誉，弃战而逃？现在，他们不再像你出征时那样击鼓奏乐。(16) 我是普利塔的第三个儿子,执行坚战的命令,在战争中勇敢坚定。因此,你回来,面对着我,记住人中因陀罗的行为,持国之子啊!(17) 你的名字在这世上徒有其名。你既然取名"难敌",现在弃战而逃,与"难敌"之名不相称。(18) 我看你前后都无人保护,难敌啊!就让你从战场上逃跑吧,俱卢族英雄啊!今天让你从般度之子的手中逃命。(19)

以上是吉祥的《摩诃婆罗多》中《毗罗吒篇》第六十章(60)。

六一

护民子说:

高傲的持国之子受到挑战,被语言之钩拉回,犹如疯象被钩子拉回。(1) 这位刚烈的勇士被另一位大勇士的语言激怒,掉转车身,犹如蛇遭脚踩。(2) 迦尔纳看见他转回,也挺住受伤的身体转回,靠近难敌的右侧。这位人中英雄佩戴金花环,向普利塔之子发起进攻。(3) 然后,福身王之子大臂者(毗湿摩)也转回,驱策配有金鞍的马匹,挽开弓弦,从后面保护难敌免受普利塔之子伤害。(4) 德罗纳、慈悯、毗文沙提和难降也都迅速转回,手持弓箭,冲在前面保护难敌。(5)

看到这些军队转回,如同汹涌的洪水,普利塔之子胜财(阿周那)勇敢地上前迎战,犹如天鹅飞向雨云。(6) 他们拿着神奇的武器,从四面八方包围普利塔之子,发射箭雨,犹如乌云向山顶倾泻暴雨。(7) 甘狄拨神弓手(阿周那)用武器抵挡俱卢族雄牛们的武器,克敌者因陀罗之子(阿周那)又展示另一件令人困惑、难以抵御的武器。(8) 这位大力士用尖锐锋利的羽毛箭覆盖四面八方,又用甘狄拨神弓的声音恐吓他们的心。(9) 然后,杀敌者普利塔之子用双手捧起声音可怕的大螺号,吹出嘹亮的号声,响彻天、地和四方。(10) 俱卢族英雄们听到普利塔之子吹出的号声,晕头转向,丢下难以抵御的弓,一心向往安静。(11)

看到敌人失去知觉,普利塔之子想起至上公主的话,对摩差王子

说道 "趁俱卢族人失去知觉,你从中间冲过去。(12)你去拿老师和有年之子(慈悯)的白色衣袍,迦尔纳的黄色和红色衣袍,德罗纳之子和国王的蓝色衣袍,人中英雄啊!(13)我想毗湿摩还是有知觉的,他知道怎样对付我的武器。你要从他的马的左边走,因为只有这样,才能走过那些有知觉的人。"(14)于是,灵魂高尚的毗罗吒之子放开缰绳,从车上跳下,拿起大勇士们的衣袍,又很快登上自己的战车。(15)然后,毗罗吒之子命令四匹配有金鞍的骏马穿过旗帜飘扬的军队。这些白马载着阿周那,从战场中间冲出。(16)勇敢的毗湿摩用箭射击正在撤走的人中英雄,而阿周那杀死毗湿摩的马,用十支箭射中他的肋部。(17)不可战胜的弓箭手阿周那在战场上摆脱毗湿摩,杀死他的车夫,从车军中突围而出,犹如千光者(太阳)挣脱罗睺。(18)

俱卢族英雄(难敌)恢复了知觉,看到普利塔之子如同伟大的因陀罗撤离战场,独自站着。这位持国之子着急地说道:(19)"他怎么从你这儿逃跑了?你应该抓住他,不让他逃掉。"福身王之子(毗湿摩)笑着说道"你的智慧跑哪里去了?你的勇气跑哪里去了?(20)你站在那里,一心向往安静,丢下利箭和美丽的弓。毗跋蔟(阿周那)不会做残忍的事,他的心不会陷入邪恶。(21)即使为了获得三界,他也不会放弃正法。正因为如此,我们大家才没有在战场上丧命。赶快返回俱卢国,俱卢族英雄啊!让普利塔之子赢得牛群,让他走吧!"(22)难敌王满腔愤怒,听了祖父这些对自己有益的话,放弃了作战的念头。他长吁短叹,默不作声。(23)听到毗湿摩这些有益的话,看到胜财(阿周那)的勇力之火猛增,那些保护难敌的勇士们也都一心想要回去。(24)

普利塔之子胜财(阿周那)看到俱卢族英雄们出发离去,满心欢喜,跟随了他们一会儿。这位灵魂高尚的人对他们说话,向长辈们致敬。(25)他向年迈的祖父福身王之子(毗湿摩)和老师德罗纳俯首行礼,也挥动美丽的箭向德罗那之子、慈悯和所有的长者致意。(26)普利塔之子用箭射穿难敌的镶有昂贵宝石的王冠。他向所有高贵的英雄们告别,甘狄拨神弓的声音响彻世界。(27)这位英雄猛然吹响天授螺号,撕裂敌人的心。他战胜所有敌人,带着金网编织的旗帜,光辉灿烂。(28) 看到俱卢族人离去，有冠者（阿周那）高兴地对摩差王子说道："掉转马头吧！敌人已经离去！你赢得了牲畜，高高兴兴回城去吧！"(29)

以上是吉祥的《摩诃婆罗多》中《毗罗吒篇》第六十一章(61)。

六二

护民子说：

在战场上征服了俱卢族人，牛眼英雄带回毗罗吒的大量财产。(1) 持国之子们败走后，许多俱卢族士兵们从稠密的树林里走出来。(2) 他们心惊胆战，从各处汇集过来，头发披散，双手合十，恐惧地站着。(3) 他们又饥又渴，疲惫不堪，身处异国，失魂落魄，惊慌地向普利塔之子行礼，说道："我们怎么办？"(4)

阿周那说：

你们平安地走吧，祝你们好运！你们不必害怕，我不会滥杀无辜，请你们放心。(5)

护民子说：

这些士兵聚在一起，听了他的话，消除了恐惧。他们祝福他获得长寿、声誉和荣耀，令他高兴。(6) 然后，这些战败的俱卢族人回去了。颇勒古拿（阿周那）也准备上路，说道：(7) "王子啊！等待所有的牛群和牧牛人会合，大臂英雄啊！(8) 先让那些马休息、饮水和打滚，下午我们要回毗罗吒城去。(9) 现在，你派牧牛人快速回城，报告好消息，宣布你的胜利。"(10)

护民子说：

于是，优多罗立刻吩咐使者道："遵照阿周那的话，你们去宣布我的胜利。"(11)

以上是吉祥的《摩诃婆罗多》中《毗罗吒篇》第六十二章(62)。《夺牛篇》终。

婚 礼 篇

六三

护民子说:

军队首领毗罗吒夺回了财产,高兴地与四位般度之子一起回城。(1) 在战场上打败三穴国王,夺回全部牛群,伟大的国王吉祥幸福,与普利塔之子们一起光彩熠熠。(2) 这位英雄为朋友们增添喜悦,坐在座位上。所有的大臣和众婆罗门侍奉他。(3) 摩差王和军队一起接受恭贺,满心喜欢,然后遣散了这些婆罗门和大臣。(4)

而后,军队首领、摩差王毗罗吒问起优多罗,说道 "他到哪儿去了?"(5) 宫中妇女和女孩们,还有后宫侍女们,高兴地答道 "我们的牛群和财产被俱卢族人抢走,(6) 胜地（优多罗）情绪激动,急于要去夺回,独自一人带着巨苇出征,(7) 想要战胜入侵的德罗纳、福身王之子（毗湿摩）、慈悯、迦尔纳、难敌和德罗纳之子这六位大勇士。"(8)

毗罗吒王听说儿子渴望战斗,让巨苇作车夫,单独驾车出征,焦急地对所有的大臣说道:(9) "俱卢族人和其他的国王听到三穴国已被征服,他们无论如何不会善罢甘休。(10) 所以,让我的那些没有被三穴国人打伤的战士们,和大军一起出发,去救优多罗。"(11) 他让象兵、马兵、车兵和英勇的步兵,带上各种武器和装饰品,赶快出发去救他的儿子。(12) 军队首领、摩差王毗罗吒当即给这四种军队下令道:(13) "快去探明王子是不是活着?他带了一个阉人作车夫,我想他是没命了。"(14) 法王（坚战）笑着对蒙受俱卢族人折磨的毗罗吒说道 "有巨苇作车夫,人中因陀罗啊! 就没有任何敌人能抢走你的牛群。(15) 有这位车夫精心侍奉,你的儿子在战场上必定会战胜所有的国王和俱卢族人,甚至战胜天神、阿修罗、药叉和大象。"(16)

随后,优多罗派遣的使者们快速行走,到达毗罗吒城,报告胜利的消息。(17) 大臣报告国王这个重大的胜利,俱卢族人已经战败,优

多罗就要回来：（18）"所有的牛群已经夺回，俱卢族人已经战败，优多罗和车夫安然无恙，焚烧敌人者啊！"（19）

刚迦说：

多么幸运，你的牛群已经夺回，俱卢族人已经战败！多么幸运，你听到儿子活着的消息，王中雄牛啊！（20）但我认为你的儿子战胜俱卢族人，这并不神奇。他让巨苇作车夫，肯定获胜。（21）

护民子说：

毗罗吒王听说光辉无比的儿子赢得胜利，高兴得汗毛直竖。他赐给使者们衣物，命令大臣们说：（22）"用旗帜装点皇家大道，用鲜花和祭品供奉所有的天神。（23）让王子们、优秀的武士们和盛装严饰的妓女们，带上所有的乐器，欢迎我的儿子。（24）快让我的传令人骑上我的醉象，到所有的十字路口摇铃击鼓，宣布我的胜利。（25）让至上公主穿戴艳丽的服装和首饰，在众位公主的陪伴下，也去迎接巨苇。"（26）

听了国王的命令，所有的人手持吉祥物，敲锣，打鼓，吹号，美丽的妇女身穿昂贵的衣服。（27）吟唱诗人、摩揭陀歌手和各种鼓手，从大力士毗罗吒的城中出来，去迎接无比勇敢的王子。（28）

派遣了军队、女孩和盛装严饰的妓女，智慧博大的毗罗吒王高兴地说"拿骰子来，侍女啊！掷骰子吧，刚迦啊！"（29）般度之子听他这样说后，回答道"我们听说，不应该与得意的赌徒赌博。（30）你今天这样高兴，我不应该与你赌博。但是，我想讨你喜欢，如果你想赌博，那就开始吧！"（31）

毗罗吒说：

妇女、牛群、金子和其他任何财富，即使不赌博，你也不能保护我的任何东西。（32）

刚迦说：

为什么你要赌博？王中因陀罗啊！赌博有许多害处。因此，骄傲的人啊！你应该戒除赌博。（33）你有没有听说或者看到般度之子坚战，他赌输了繁荣的大王国和像三十三天一样的弟弟们，（34）赌输了所有一切。所以，我不喜欢赌博。不知你怎么想，国王啊！如果你喜欢，我俩就赌吧！（35）

护民子说：

在掷骰子时，摩差王对般度之子说道："瞧，我的儿子在战斗中打败这样的俱卢族人。"(36)正法之子坚战对摩差王说道："他的车夫是巨苇，怎么会不胜利呢？"(37)闻听此言，摩差王很生气，对般度之子说道："你把一个阉人与我的儿子相提并论，卑劣的婆罗门啊！(38)你不知道什么该说，什么不该说吗？你藐视我。为什么他不能打败以毗湿摩和德罗纳为首的所有的人呢？(39)出于朋友情分，我宽恕你的罪过，婆罗门啊！如果你想要活命，就不要再讲这种话了。"(40)

坚战说：

那里有德罗纳、毗湿摩、德罗纳之子、毗迦尔多那（迦尔纳）、慈悯、难敌和其他的大勇士，王中因陀罗啊！(41)百祭（因陀罗）也在成群的摩录多陪伴下，亲自出场。除了巨苇外，谁能战胜聚集在那里的这些英雄？(42)

毗罗吒说：

我一再警告你，你仍不控制语言。如果不制止你，那就没有人遵守正法了。(43)

护民子说：

国王很生气，将骰子狠狠掷在坚战脸上，愤怒地骂道："不许这样！"(44)这一打击很有力，血从鼻子里流出。在血滴到地上之前，普利塔之子用手接住。(45)以法为魂的坚战斜眼看了看站在一旁的黑公主。她顺从丈夫的心愿，明白他的意思。(46)这位无可指摘的妇女用金盆盛满水，接住般度之子流出的血。(47)

然后，优多罗涂着香粉，戴着各种花环，满怀喜悦，缓缓进城。(48)他受到市民、妇女和村民供拜，来到宫廷门口，让人通报父亲。(49)门卫进宫报告国王说："你的儿子优多罗由巨苇陪伴，就在门口。"(50)摩差王欣喜万分，对门卫说道："快让他们俩进来，我想见到他们俩。"(51)而俱卢王（坚战）悄悄对门卫耳语道："让优多罗一个人进来，不要让巨苇进来。(52)他奉守誓言，大臂者啊！如果在战场以外的地方，有人弄伤我的身体，或者让我流血，这人肯定活不了。(53)如果他看到我在流血，他会怒气冲天，不能忍受。他会杀

死毗罗吒以及他的大臣、军队和马匹。"(54)

以上是吉祥的《摩诃婆罗多》中《毗罗吒篇》第六十三章(63)。

六 四

护民子说:

国王的长子胜地(优多罗)进宫,向父亲行触足礼后,看到法王(坚战)。(1)这位无罪的王子坐在一边地上,流着血,神情不安,侍女正在侍奉他。(2)于是,优多罗赶忙询问父亲 "谁打了他?国王啊!谁犯下这个罪过?"(3)

毗罗吒说:

我打了这个无赖。他该打。我称赞你这位英雄时,他却称赞那个阉人。(4)

优多罗说:

你做了不该做的事,国王啊!赶快安抚他。不要让可怕的梵毒连根烧死你。(5)

护民子说:

贡蒂之子犹如藏在灰中的火。王国的繁荣者毗罗吒听了儿子的话,请求他宽恕。(6)般度之子对请求宽恕的国王说道 "我早已宽恕此事,国王啊!我没有发怒。(7)因为如果我的鼻血滴在地上,大王啊!你和你的王国肯定要毁灭。(8)我不责怪你打了一个无辜的人,因为有权之人很容易变得残酷无情。"(9)

血止住后,巨苇进来。他向国王和刚迦行礼请安后,站在一旁。(10)摩差王安抚了俱卢后裔(坚战)后,当着左手开弓者(阿周那)的面称赞从战场上回来的优多罗:(11)"你不愧为我的儿子,为羯迦夜族增添欢乐的人啊!我不曾有过像你这样的儿子,将来也不会有。(12)你怎样与迦尔纳交战?儿子啊!他走一千步,不会错一步。(13)你怎样与毗湿摩交战,儿子啊!他在整个凡界,无与伦比。他像大海一样沉静,像劫火一样难以承受。(14)你怎样与德罗纳交战,儿子啊!他是芝湿尼族英雄们和般度之子们的婆罗门老师,一切刹帝利的老师，精通一切武艺的勇士。（15）你怎样与著名的马嘶交战，儿子啊！他是老师的儿子，精通一切武艺的勇士。（16）你怎样与慈悯交战，儿子啊！士兵们在战场上一见到他，就神情沮丧，犹如商人遭到抢劫。（17）你怎样与难敌交战，儿子啊！这位王子能用大箭射穿高山。"（18）

优多罗说：

并不是我夺回牛群，也不是我打败敌人，这一切是某位天神之子的业绩。（19）我在战场上吓得逃跑，这位年轻的天神之子拉住我。他站在车上，犹如持金刚杵者（因陀罗）。（20）是他夺回了牛群，是他打败了俱卢族人。这个业绩是这位英雄创造的，而不是我创造的，父亲啊！（21）是这位勇士用箭赶跑有年之子（慈悯）、德罗纳、德罗纳之子、车夫之子（迦尔纳）和毗湿摩。（22）他在战场上打败如同象群之首的难敌，对这位胆战心惊的大力士王子说道：（23）"我看你在象城无处可逃，俱卢子孙啊！保住性命，要靠战斗。（24）逃跑救不了命，国王啊！下决心战斗吧。若胜利，你可以享受大地；若战死，你可以升入天国。"（25）于是，这位人中之虎返身转回，发射金刚杵般的利箭。这位国王在大臣们簇拥下，站在车上，像蛇一样发出嘶嘶之声。（26）父亲啊！他用箭射击像乌云一样密集的军队，我汗毛直竖，双腿发软。（27）这位青年像狮子一样魁梧，强壮有力，国王啊！他击溃车军后，笑着拿走俱卢族人的衣服。（28）这位英雄独自阻止六位英雄，犹如疯狂的老虎在林中拦截吃草的小鹿。（29）

毗罗吒说：

这位大臂英雄，享有盛名的天神之子在哪里？他在战场上帮我夺回了被俱卢族人抢走的财产。（30）我想见见这位大力士，表示敬意。天神之子救了你和我的牛群。（31）

优多罗说：

这个光辉的天神之子已经消失，父亲啊！但我想，明天或后天，他还会出现。（32）

护民子说：

他这样讲述乔装打扮的般度之子，毗罗吒并不知道普利塔之子阿周那就住在这里。（33）征得灵魂高尚的毗罗吒同意，普利塔之子亲自

将那些衣服献给毗罗吒的女儿。(34) 美丽的至上公主高兴地收下各种各样昂贵精致的衣服。(35)

贡蒂之子与优多罗悄悄商量一个有关坚战王的计划。(36) 然后，婆罗多族雄牛高兴地与摩差王之子一起实施这个计划，人中雄牛啊！(37)

以上是吉祥的《摩诃婆罗多》中《毗罗吒篇》第六十四章(64)。

六五

护民子说：

在第三天，般度族五兄弟沐浴后，穿上白袍。他们已经按照协议兑现誓言。(1) 他们戴上所有的装饰品，让坚战在最前面。这些大勇士像莲花斑大象一样光彩夺目。(2) 他们前往毗罗吒的大厅，坐在国王们的座位上，犹如炉灶上的火焰，闪闪发光。(3) 他们坐在那里时，毗罗吒王来到大厅，准备处理朝政。(4) 看到吉祥的般度之子们像火焰一样闪发光辉，刚迦坐在那里，形同天神，就像摩录多群神陪伴的三十三天的天王，摩差王便说道：(5) "你只是一个掷骰子能手，我让你担任宫廷助手。你为什么衣着华贵，坐在王位上？"(6)

阿周那听了毗罗吒的话，国王啊！他想开个玩笑，笑着说道：(7) "国王啊！他甚至配坐因陀罗的座位。他具有梵性，学问渊博，慷慨大方，热心祭祀，恪守誓言。(8) 他是俱卢族雄牛、贡蒂之子坚战。他享誉世界，犹如朝阳的光辉。(9) 他的名声传遍各地，犹如朝阳的光辉普照四方。(10) 他住在俱卢国时，国王啊！一万头强壮有力的大象紧随其后。(11) 三万名佩戴金花环的士兵骑着骏马紧随其后。(12) 八百名吟唱诗人佩戴锃亮的摩尼珠耳环和摩揭陀歌手一起赞颂他，犹如从前仙人们赞颂帝释天。(13) 俱卢族人始终像仆人那样侍奉他，国王啊！所有的国王也像众天神侍奉财神那样侍奉他。(14) 那时候，所有的国王都向他交纳赋税，大王啊！就像吠舍那样，不管他们愿意不愿意。(15) 八万名灵魂高尚的在家婆罗门依靠这位奉守誓言的国王生活。(16) 这位高贵的人依法保护老弱病残，像保护儿子那样保护臣民，尊者啊！（17）这位国王遵循正法，克制怒气，奉守誓言，乐善好施，具有梵性，说话真实。（18）他的吉祥的光辉折磨难敌王及其同伙迦尔纳和妙力之子（沙恭尼）。（19）他的品德无法历数，人中之主啊！这位般度之子一心守法，永远仁慈。（20）这位般度之子是伟大的国王，王中雄牛，大地之主。他具备这样的品德，难道不配坐王位吗？"（21）

以上是吉祥的《摩诃婆罗多》中《毗罗吒篇》第六十五章(65)。

六六

毗罗吒说：

如果他是俱卢后裔、贡蒂之子坚战王，那么，他的弟弟阿周那是哪一位？强有力的怖军是哪一位？（1）还有无种、偕天和声名远播的黑公主。自从这些普利塔之子赌博失败后，哪里也没有发现他们。（2）

阿周那说：

那个名叫牛牧的是你的厨师，人中之主啊！他就是大臂者怖军，速度惊人，勇敢非凡。（3）他愤怒地杀死香醉山上的罗刹，为黑公主采摘芳香的天花。（4）他就是那位健达缚，杀死那些灵魂邪恶的空竹，并在你的后宫杀死老虎、熊和野猪。（5）你的看马人是焚烧敌人的无种，你的看牛人是偕天。这两位大勇士是玛德利的双生子。（6）他们俩穿戴艳丽的服装和首饰，容光焕发。这两位人中雄牛能征服数千位勇士。（7）这位眼似莲花、笑容美丽的细腰侍女就是黑公主，国王啊！空竹们就是为了她送的命。（8）大王啊！我就是你早已听说的阿周那，普利塔之子，怖军的弟弟，双生子的哥哥。（9）大王啊！我们愉快地住在你的宫中，度过我们的隐居生活，犹如胎儿在子宫中。（10）

护民子说：

阿周那讲述般度族五位英雄后，毗罗吒之子讲述阿周那的勇武：（11）"他站在敌人中间，犹如狮子站在鹿群中间。他在车军中驰骋，杀死那些优秀的士兵。（12）他用一支箭射死大象。这头配有金鞍

的大象倒在战场上，象牙触地。(13) 他夺回牛群，在战场上打败俱卢族人。他的螺声震聋我的双耳。"(14)

闻听此言，光辉的摩差王觉得自己冒犯了坚战，便对优多罗说道：(15) "我想，现在到了赐予般度之子恩惠的时候了。如果你同意，我要把至上公主送给普利塔之子。"(16)

优多罗说：
他们值得赐予、供奉和崇敬。我想这个时候是到了，供奉这些值得供奉的、高贵的般度族兄弟吧! (17)

毗罗吒说：
我在战场上陷入敌人重围，是怖军救了我，牛群也是他夺回的。(18) 凭借他们的臂力，我们在战场上获胜。所以，让我们全体与众大臣一起，向这位般度族雄牛、贡蒂之子坚战和他的弟弟们谢恩，祝你幸运! (19) 我们不知道这位人中之主，说了不恰当的话。这位般度之子以法为魂，他会宽恕这一切。(20)

护民子说：
灵魂高尚的毗罗吒满怀喜悦，走到坚战王那里，与他签订盟约，把整个王国连同权杖、财富和城市都交给他。(21) 摩差王首先向胜财（阿周那）表示敬意，然后，对全体般度族兄弟说道 "多么幸运，多么幸运!" (22) 他一再拥抱亲吻坚战、怖军、玛德利双生子的头。(23) 军队首领毗罗吒不满足凝视他们，高兴地对坚战说道：(24) "多么幸运，你们平安地走出森林。多么幸运! 你们度过了艰难困苦，没有被那些恶人发现。(25) 请普利塔之子们接受我们的这个王国和所有的财富，不必迟疑。(26) 让左手开弓者胜财（阿周那）接受至上公主，因为这位人中俊杰适合做她的丈夫。"(27)

听了这话，法王（坚战）看了看普利塔之子胜财（阿周那）。根据哥哥的目光，阿周那对摩差王说道：(28) "我接受你的女儿，国王啊! 作为儿媳妇，因为优秀的摩差族和婆罗多族联姻是合适的。"(29)

以上是吉祥的《摩诃婆罗多》中《毗罗吒篇》第六十六章(66)。

六七

毗罗吒说：

般度族俊杰啊！我把我的女儿送给你，你为什么不愿意接受她作为你的妻子？（1）

阿周那说：

我住在后宫，经常见到你的女儿。不管是公开还是私下，她对我就像对父亲一样信任。（2）我能歌善舞而讨人喜欢，备受尊重。你的女儿也始终把我视为老师。（3）这一年，我与这位妙龄女郎住在一起，你和世人可能在这方面产生怀疑，主人啊！（4）因此，大地之主啊！我请求你给我你的女儿。我是纯洁的，具有自制力，善于控制感官，让她保持纯洁。（5）儿媳或女儿对于儿子或自己，我看在这方面就不会产生怀疑，这样就会保证清白。（6）我害怕误解和毁谤，焚烧敌人者啊！因此，我接受你的女儿作为我的儿媳，国王啊！（7）黑天的外甥，持轮神（毗湿奴）的宠儿，如同天神之子显身，孩提时就精通武艺。（8）这就是我的儿子激昂，人中之主啊！这位大臂者适合做你的女婿和你女儿的丈夫。（9）

毗罗吒说：

这样做确实适合俱卢族俊杰、贡蒂之子胜财（阿周那）。般度之子（阿周那）富有智慧，恪守正法。（10）你认为应该怎么办，那就马上决定怎么办吧，普利塔之子啊！我与阿周那联姻，我的所有愿望就圆满实现。（11）

护民子说：

王中因陀罗这样说后，贡蒂之子坚战同意摩差王和普利塔之子联姻结盟。（12）然后，贡蒂之子和毗罗吒王派遣使者去通知所有的朋友和黑天，婆罗多子孙啊！（13）

十三年期限已满，般度族五兄弟都住到毗罗吒的水没城。（14）住在那里时，般度族之子毗跋蓑（阿周那）请来黑天、激昂和阿那尔多的黑天的后代。（15）与坚战友好的迦尸王和尸毗王带着两支大军来到，大地之主啊！（16）光辉的大力士祭军带着大军，还有黑公主勇敢的儿子们和不可战胜的束发。（17）难以抵御的猛光，精通一切武艺的勇士。这些大军的将帅全都是慷慨施舍的祭祀者。他们备有各种武器，全都是勇于捐躯的英雄。（18）

优秀的持法者摩差王看见他们来到，非常高兴，把女儿给了激昂。（19）国王们从各地来到这里，黑天，戴着野花环的大力罗摩，成铠，善战，（20）无阻，阿迦卢罗，商波，尼沙陀，这些克敌英雄带着激昂和他的母亲来到这里。（21）帝军等人带着那些装备精良的车子来到这里，他们已经度过了整整一年。（22）带着一万头象、一亿匹马、一千万辆车和十亿个步兵，（23）大批的苾湿尼族人、安陀迦族人和威严的博遮族人跟随光辉的苾湿尼族之虎黑天。（24）黑天赠给灵魂高尚的般度族兄弟每人一份礼物，包括许多妇女、宝石和衣服。然后，摩差王和普利塔之子按照礼仪举行婚礼。（25）

摩差王与普利塔之子们结盟，螺号、铜鼓、喇叭和战鼓在他的宫中齐鸣。（26）他们成百成百地宰杀上等、中等、下等的牲畜。他们供应大量的蜜酒和饮料。（27）擅长说唱的演员、歌手、诗人和摩揭陀歌手站在一旁，赞颂他们。（28）摩差族的优秀妇女，以妙施为首，肢体美丽，戴着锃亮的摩尼珠耳环，来到这里。（29）所有的妇女有姿色，有美貌，盛装严饰，而黑公主更美丽，更光辉，更吉祥。（30）她们簇拥着装扮一新的至上公主，恭敬地侍奉她，犹如侍奉伟大的因陀罗的女儿。（31）贡蒂之子胜财（阿周那）为他和妙贤的儿子（激昂）接受毗罗吒的肢体无可指摘的女儿。（32）伟大的国王、贡蒂之子坚战具有因陀罗的容貌，站在那里，接受她为儿媳妇。（33）

普利塔之子接受了她，向黑天致以敬意，然后，为灵魂高尚的妙贤之子（激昂）举行婚礼。（34）国王给他七千匹快马、二百头大象和许多财富。（35）完成婚礼后，正法之子坚战将自己带来的财富赠给众婆罗门，（36）数千头牛、大量的宝石、各种各样的衣服、精致的装饰品、车子和床。（37）摩差王的都城光辉灿烂，仿佛庆祝盛大节日，簇拥着心满意足的人们，婆罗多族雄牛啊！（38）

以上是吉祥的《摩诃婆罗多》中《毗罗吒篇》第六十七章（67）。《婚礼篇》终。《毗罗吒篇》终。

第五　斡旋篇

第七章 阿格頓

斡 旋 篇

一

护民子说：
俱卢族英雄们与快乐的同伴们一起举行完毕激昂的婚礼，愉快地休息了四天，返回毗罗吒的宫殿。(1) 摩差王（毗罗吒）的宫殿富丽堂皇，精选的宝珠和珍贵的宝石光彩夺目，花环散发芳香，座位都已排好，这些优秀的人中之王回到这里。(2) 木柱王和毗罗吒王，这两位人中因陀罗坐在前面，还有国王们尊敬的长者——大力罗摩和黑天的祖父（悉尼）。(3) 般遮罗王（木柱王）旁边坐着悉尼族英雄（萨谛奇）和卢醯尼之子（大力罗摩）；摩差王旁边坐着黑天和坚战。(4) 木柱王的所有儿子，怖军、阿周那和玛德利的双生子，战斗英雄始光和商波，还有毗罗吒之子和激昂，(5) 德罗波蒂的儿子们坐在金光闪烁的精美座位上，这些英雄在勇敢、容貌和力量上与他们的父亲一样。(6) 这些服饰华丽的大勇士坐定，整个宫殿富丽堂皇，满眼都是国王，犹如天空布满明亮的星星。(7) 然后，这些人中英雄谈论各种有关的话题；这些国王抬头望着黑天，顷刻间陷入沉思。(8) 这些王中之狮受黑天召集，为了般度族的事业聚在一起；他们停止谈话，聆听黑天充满意义和富有说服力的话。(9)

黑天说：
你们都知道，坚战掷骰子输给耍弄诡计的妙力之子（沙恭尼），失去王国，按照协议流放。(10) 这些般度之子能够用武力征服大地，但他们言而有信，执行协议，这些婆罗多族俊杰遵守了十三年可怕的誓约。(11) 第十三年是很难度过的。他们就在你们附近，隐姓埋名，经历了难以忍受的困苦，这一切，你们都知道。(12) 事情就是这样，你们要为正法之子坚战王和难敌的利益，为俱卢族和般度族双方着想，怎样做才合理合法，又保全名誉。(13)如果不合法，即使是天国，法王（坚战）也不会贪求，而如果合法，即使是一个村庄的王权，他也会争取。(14)你们知道，持国之子们用欺骗的手段，夺去这些国王祖传的王国，致使他们遭受难以忍受的巨大不幸。(15)持国之子们不能凭自己的威力在战斗中战胜普利塔之子（阿周那），而坚战王和朋友们依然希望他们安然无恙。(16)贡蒂的儿子们和玛德利的双生子，这些人中英雄只想获得他们自己打击和战胜大地上的国王们所获得的那一切。(17)为了夺取王权，甚至在少年时代，持国之子们就千方百计，用各种卑劣可怕的手段伤害这些能容忍敌人的般度之子，这一切你们都知道。(18)看到持国之子们贪得无厌，看到坚战以法为魂，看到他们之间的关系，你们要独立思考和共同商议。(19)他们一向热爱真理，已经如实履行协议，如果持国之子们还要出尔反尔，他们就可以杀死所有这些持国之子。(20)得知坚战王受到持国之子们欺侮，他的朋友们会汇集在他身旁，投身战斗，不怕牺牲，杀死这些持国之子。(21)或许你们认为他们力量单薄，不能战胜持国之子们，但你们要知道，他们联合起来，与朋友们一起，会努力消灭持国之子们。(22)现在，还不知道难敌的想法，不知道他要采取什么行动？不了解敌人的想法，你们怎么能想出良策呢？(23)因此，派一个恪守正法、出身高贵、纯洁无瑕、精勤努力的使者，去劝说他们把一半王国还给坚战。(24)

护民子说：

听了黑天这番合法、有利、甜蜜而公正的话，他的兄长开腔说话，热烈推崇他的话，国王啊！(25)

以上是吉祥的《摩诃婆罗多》中《斡旋篇》第一章 (1)。

二

大力罗摩说：

你们已经听到伽陀之兄（黑天）合法和有利的话，既对无敌（坚战）有益，也对难敌王有益。(1) 因为贡蒂之子们这些英雄为了难敌而放弃一半王国，持国之子（难敌）还给他们一半王国后，就能与我们愉快相处，共享欢乐。(2) 这些人中英雄得到王国后，只要对方行为正当，他们肯定会心平气和，安享幸福。他们安定，臣民得益。(3) 为了俱卢族和般度族的和平，我很高兴有人去了解难敌的想法，传达坚战的意见。(4) 他应该问候俱卢族英雄毗湿摩、威力无比的奇武之子（持国）、德罗纳及其儿子、维杜罗、慈悯、犍陀罗王沙恭尼和车夫之子（迦尔纳）。(5) 还有持国所有的儿子，所有其他的人间英雄，他们崇尚力量和经典，恪守自己的职责，年龄成熟，学问也成熟。(6) 他们所有人聚集在那里，还有年长的市民们也聚集在那里，他一定要言辞谦恭，这样才有利于贡蒂之子（坚战）。(7) 无论如何，他们不是依靠欺诈，而是依靠力量夺取这个王国；坚战友好地接近他们，但迷恋掷骰子赌博，失去了王国。(8) 坚战并不精通赌博，但他不听所有的朋友、俱卢族众英雄劝阻，仍向掷骰子高手犍陀罗王（沙恭尼）挑战赌博。(9) 那里有成千成千其他赌徒，坚战能够赢他们。但他不理他们，偏偏向妙力之子（沙恭尼）挑战，结果掷骰子输了。(10) 在与对手赌博时，骰子总是对他不利。他在激动中输得精光。在这件事上，沙恭尼没有什么罪过。(11) 所以，这位使者要向奇武之子（持国）行礼，多说一些安抚的话，这样，才能让持国之子（难敌）认清自己的利益。(12)

护民子说：

摩豆族英雄（大力罗摩）这样说着，悉尼族英雄（萨谛奇）突然冲出来，谴责他的话，愤怒地说道。(13)

以上是吉祥的《摩诃婆罗多》中《斡旋篇》第二章（2）。

三

萨谛奇说：

一个人有什么样的灵魂，就说什么样的话，你有这样的内心灵魂，就说这样的话。(1) 有勇士，也有懦夫，在人们中，总能看到这两类。(2) 在同一家族中，也会产生懦夫和勇士，正如在同一棵大树上，有的树枝结果，有的不结果。(3) 我并不愤恨你说的话，以犁为旗徽者啊！我愤恨那些听你说话的人，摩豆族人啊！(4) 怎么会容许有人在大庭广众肆无忌惮，大放厥词，对法王（坚战）吹毛求疵？(5) 那些精通骰子的人向灵魂高尚的坚战挑战。他不精通骰子，但信任他们，结果输了。这哪里是合法的胜利？(6) 如果他们到贡蒂之子（坚战）家里，他正和弟弟们一起玩耍；在那里，他们战胜他，这才合法。(7) 向一位始终恪守刹帝利正法的国王挑战，用诡计战胜他，这有什么光彩？(8) 他押进最大的赌注，最终摆脱流亡生活，怎么还要俯首帖耳，才能获得祖传的产业？(9) 即使坚战贪图他人财产，也不需要这样乞求他人。(10) 贡蒂之子们完成流亡生活，他们却说贡蒂之子们暴露了身份。怎么能说他们是合法的，不是企图夺取王国呢？(11)

毗湿摩和灵魂高尚的德罗纳都劝说他们，但他们不同意还给般度族兄弟祖传的财产。(12) 我要在战场上用利箭狠狠教训他们，让他们匍匐在灵魂高尚的贡蒂之子（坚战）脚下。(13) 如果他们拒绝向贤明的坚战俯首致敬，他们就会和大臣们一起进入阎摩殿。(14) 因为我萨谛奇怒不可遏，渴望战斗，他们忍受不了我的冲击，犹如山峰抵挡不住金刚杵。(15) 谁能在战斗中抵挡得住手持甘狄拨神弓者，谁能抵挡以转轮为武器者？谁能抵挡我？谁能抵挡难以接近的怖军？(16) 一个想要活命的人怎么会走近像阎摩那样光辉无比、手持硬弓的双生子，或者走近水滴王之孙猛光？(17) 还有般度族五兄弟的五位儿子，他们为德罗波蒂增添荣誉，与般度族五兄弟同样魁梧，同样勇敢，骄傲暴烈。(18) 还有连天神也难以抵挡的大弓箭手妙贤之子（激昂），还有伽陀、始光和商波，如同时神、金刚杵和烈火。(19) 我们将在战场上杀死持国之子（难敌）、沙恭尼和迦尔纳，然后为般度之子（坚战）灌顶。(20)

杀死危害我们的敌人，并不违反正法，向敌人乞求，才是背离正法，败坏名誉。(21) 你们要坚持不懈，实现坚战心中的愿望，让般度之子获得持国让出的王位。(22) 今天，或者让般度之子获得王国，或者让所有人战死疆场，倒卧地上。(23)

以上是吉祥的《摩诃婆罗多》中《斡旋篇》第三章（3）。

四

木柱王说：

正是这样，大臂者啊！毫无疑问，难敌是不会轻易交回王国的。(1) 持国出于爱子之情，会依从他；毗湿摩和德罗纳出于贫困，迦尔纳和沙恭尼出于愚蠢，也会依从他。(2) 我认为大力罗摩的话不适用，因为对方从一开始就不想合理解决问题。(3) 对持国之子（难敌），说话完全不必客气，因为我知道他的心思恶毒，对他客气没用。(4) 对心地邪恶的难敌，说话客气，犹如对驴和善，对牛粗暴。(5) 这恶人认为说话客气是无能；如果我们客气，这傻瓜会认为自己已经胜利，达到目的。(6) 我们应该采取行动，精进努力，给朋友们送信，让他们为我们召集军队。(7) 派行动迅速的使者去通知沙利耶、勇旗、胜军和所有的羯迦夜王子，主人啊！(8) 难敌肯定也会向各处派出使者，贤士们总是答应先来求助的人。(9) 因此，你们要赶在前面，去求助那些人中因陀罗，我认为这是至关重要的大事。(10)

赶快派人去通知沙利耶以及忠于他的国王们，还有住在东海的福授王，(11) 阿密道阇斯、优揭罗、成铠、阿护迦、远见卓识的摩罗和罗遮摩那，主人啊！(12) 要召集苾亨多、军丸王、巴波耆多、向山、奇铠和苏伐斯图迦，(13) 波力迦、孟阇盖舍、车底王、妙边、妙臂和大勇士宝罗婆，(14) 沙迦王、波罗婆王、陀罗陀王、甘波阇王、利希迦王和西临水王，(15) 迦尸王胜军、五河地区的国王们、难以抵御的迦罗特之子和山区的国王们，(16) 阇那吉、善佑、有珠、宝提摩差迦、般苏王和英勇的勇旗，(17) 奥陀罗、执杖、英勇的巨军、阿婆罗吉多、尼沙陀、希利尼曼和婆薮曼，(18) 威武的巨力、征服敌人城堡的跛呼和英勇的海军王及其儿子，(19) 阿达利、纳迪阇、迦尔纳吠湿多王、萨摩尔特、苏维罗、摩尔阇罗和迦尼耶迦，(20) 摩诃维罗、迦德卢、尼迦罗、可怕的迦罗特、尼罗、维罗达曼和英勇的菩密波罗，(21) 难胜、齿曲、卢格明（宝光）、镇群、阿夏达、风迅和补婆波林王，(22)菩利台阇斯、提婆迦、爱迦罗维耶之子、迦卢沙迦国王们和英勇的忏摩杜尔提，(23)优德跋婆、忏摩迦、伐陀达那王、闻寿、坚寿和英勇的沙鲁瓦之子，(24)还有奋勇作战的羯陵迦王鸠摩罗，赶快派使者去通知他们，我赞成这样做。(25)

国王啊！让这位婆罗门，我的家庭祭司立刻前往持国那里，你把话告诉他吧！(26)这样，他可以传达给难敌，传达给福身王之子（毗湿摩）、持国和优秀的智者德罗纳。(27)

以上是吉祥的《摩诃婆罗多》中《斡旋篇》第四章（4）。

五

婆薮提婆之子（黑天）说：

这些话符合苏摩迦族首领的身份，能促进光辉无比的般度之子坚战王达到目的。(1)我们需要正确行动，这是当务之急；如果不这样做，那就成了傻瓜。(2)但是，我们与俱卢族和般度族的关系一样，不管他们双方愿意采取什么行动。(3)我们大家和你一样，都是来参加婚礼的。现在婚礼已经结束，我们就要高高兴兴回家了。(4)在这些国王中，你在年龄和学识上都是长者，无疑，我们都像是你的学生。(5)持国一向很尊敬你，你是德罗纳和慈悯这两位老师的朋友。(6)现在，你为了般度族的利益，派使者传话；由你派使者传话，这也是我们大家的决定。(7)如果俱卢族雄牛（难敌）通情达理，接受和平，那么，俱卢族和般度族的兄弟情谊不会受到很大伤害。(8)如果持国之子（难敌）出于骄横和愚痴，不接受和平，那么，你就通知其他人，然后也召唤我们。(9)这样，手持甘狄拨神弓者（阿周那）一发怒，愚蠢的难敌连同他的大臣和亲属都将遭到毁灭。(10)

护民子说：

然后，国王毗罗吒以礼相待，送别黑天及其亲族和随从。(11)黑天返回多门城后，以坚战为首的般度之子们和国王毗罗吒一起做好一切战争准备。(12)毗罗吒王及其亲族，还有木柱王，派遣使者通知所有的国王。(13)摩差王（毗罗吒）、般遮罗王（木柱）和许多强大有

力的国王们愉快地聚集在一起,等待俱卢族雄狮们的回音。(14)

听说般度之子们结集大量军队,持国之子(难敌)也召集许多国王。(15)大地上拥满国王,他们都是为了俱卢族或般度族而来,国王啊!(16)这些英雄们的军队从各处走来,震撼载有高山和森林的大地女神。(17)然后,征得坚战同意,木柱王派遣在学识和年龄都是长者的自己的家庭祭司前往俱卢族。(18)

以上是吉祥的《摩诃婆罗多》中《斡旋篇》第五章(5)。

六

木柱王说:

在万物中,生物最优秀;在生物中,有智力者最优秀;在有智力者中,人最优秀;在人中,婆罗门最优秀;(1)在婆罗门中,通晓吠陀者最优秀;在通晓吠陀者中,智慧圆满者最优秀;而我认为,你是智慧圆满者中的优秀者。(2)你在出身、年龄和学识上都是卓越的,你的智慧不亚于太白和鸯耆罗。(3)俱卢后裔(难敌)的所作所为,般度之子坚战的所作所为,你完全了解。(4)持国明知道般度之子们受他人欺骗,维杜罗也劝导他,他还是顺从儿子。(5)精通骰子的沙恭尼老谋深算,向贡蒂之子(坚战)挑战;贡蒂之子(坚战)并不精通骰子,却纯洁地恪守刹帝利行为规则。(6)他们这样欺骗正法之子坚战后,又怎么也不肯主动把王国还给他。(7)你对持国讲清道理,肯定会动摇他们的军心。(8)维杜罗也会赞同你的话,从而分化毗湿摩、德罗纳和慈悯。(9)大臣们分裂,军队浮动,他们的任务是要重新达到统一。(10)

这时,普利塔之子们可以轻松地集中精力组织军队,调集物资。(11)由于受你牵制,他们内部发生分裂,毫无疑问,就不能忙于军备。(12)这样,主要目的也就达到了。持国会见你后,也许会听从你的符合正法的话。(13)你是奉守正法的人,对他们也要按照正法行事,向那些富有同情心的人陈述般度之子们经历的种种苦难。(14)你要对那些长者讲述自古以来遵循的宗法,我深信不疑,这会瓦解他们的心。(15) 你不必惧怕他们，因为你是精通吠陀的婆罗门，你是执行使者的使命，而且是一位耆老。(16) 在月亮进入鬼宿的胜利时辰，你赶快前往俱卢族，让贡蒂之子达到目的。(17)

护民子说:

这样，遵照灵魂高尚的木柱王的命令，这位品行完美的家庭祭司前往象城。(18)

以上是吉祥的《摩诃婆罗多》中《斡旋篇》第六章(6)。

七

护民子说:

黑天和摩豆族后裔大力罗摩带着成百成百的芯湿尼族人、安陀迦族人和安乐族人返回多门城。(1) 持国之子（难敌）从派出的使者和密探那里知道般度族的一切行动。(2) 听说黑天已经走了，他便骑着快速似风的骏马，带着一支不太大的卫队，前往多门城。(3) 就在这天，贡蒂之子胜财（阿周那）也快速前往可爱的阿那尔多城。(4)

这两位俱卢后裔，人中之虎到达多门城，看见黑天睡在床榻上，便走上前去。(5) 黑天睡着，难敌进去后，坐在黑天床头前面的座椅上。(6) 随后，思想高尚的有冠者（阿周那）进去，双手合十，躬身行礼，站在黑天的脚跟那边。(7) 芯湿尼族后裔（黑天）醒来，首先看到有冠者（阿周那）。向他俩表示欢迎和致敬后，诛灭摩图者（黑天）询问他俩到来的原因。(8) 难敌仿佛笑着，对黑天说道"在这场战争中，你应该帮助我。(9) 因为我和阿周那同样都是你的朋友，我们同你的亲属关系也一样，黑天啊！(10) 今天，是我先来到你这里，诛灭摩图者啊！贤士按照惯例总是答应先来者。(11) 你是当今世上最优秀的贤士，折磨敌人者啊！一向受人尊敬，请你保持这个美德。"(12)

黑天说:

毫无疑问，你先来到这里。但是，我先看到的是普利塔之子胜财（阿周那），国王啊！(13) 你先来，而我先看到他，所以，你们两人，我都给予帮助，难敌啊！(14) 常言道"幼者先挑选。"因此，应该让普利塔之子胜财先挑选。(15) 有一千万像我一样有力的牧人，他们被称作那罗延人，个个英勇善战，(16) 在战斗中，难以制服。这些军队作为一方，而我作为另一方，在战场上放下武器，不参战。(17) 普利塔之子啊！你按照自己的心愿，在这两者中间选择一个吧！因为按照法则，应该由你先挑选。(18)

护民子说：

听完黑天这些话，贡蒂之子胜财（阿周那）选择了在战场上不参战的黑天。(19) 难敌得到一千万军队，婆罗多子孙啊！他知道黑天不参战，高兴至极。(20)

然后，力量可怕的难敌王带走所有这些军队，又来到大力士卢醯尼之子（大力罗摩）那里。(21) 他说明自己来访的原因，梭利（大力罗摩）回答持国之子（难敌）道：(22) "我过去在毗罗吒举行的婚礼上说的话，人中之虎啊！你应该都知道。(23) 俱卢后裔啊！为了你的缘故，我抵制黑天，反复声明和双方的关系一样，国王啊！(24) 黑天不同意我的话，而我没有黑天，一刻也不能存在。(25) 看到婆薮提婆之子（黑天）这样，我决心既不帮助普利塔之子们，也不帮助难敌。(26) 你出生在受到举世国王尊敬的婆罗多族，去吧！按照刹帝利正法投入战斗，婆罗多族雄牛啊！"(27) 闻听此言，难敌拥抱以犁为武器者（大力罗摩），他想到黑天不参战，认为自己已经稳操胜券。(28)

持国之子难敌王前往成铠那里，成铠送给他一支庞大的军队。(29) 在所有这些可怕的军队的簇拥下，俱卢后裔（难敌）高兴地返回，使朋友们兴高采烈。(30)

难敌走后，黑天询问有冠者（阿周那）说："你选择我这不参战的人，是怎样想的？"(31)

阿周那说：

毫无疑问，你能杀死他们所有人，而我也能独自杀死他们，人中俊杰啊！(32) 你举世闻名，荣誉会追随你，我也渴望荣誉，所以，我选择你。(33) 我总想你能担任我的御者，请你满足我这个朝思暮想的愿望吧！(34)

婆薮提婆之子（黑天）说：

普利塔之子啊！你和我搭配很合适。我将做你的御者，满足你的

115

愿望。(35)

护民子说:

这样,普利塔之子(阿周那)和黑天一起,在陀沙诃国众勇士簇拥下,愉快地回到坚战那里。(36)

以上是吉祥的《摩诃婆罗多》中《斡旋篇》第七章(7)。

八

护民子说:

沙利耶从使者那里听到消息后,与大勇士儿子们一起,带着一支大军,前往般度族,国王啊!(1)他的军营大约占地一个半由旬①,因为人中雄牛拥有庞大的军队。(2)那些勇士身穿各种铠甲,装备各种旗帜和弓,佩戴各种首饰,乘坐各种车马。(3)他的军队将领成百成千,都是英勇的刹帝利雄牛,穿戴本地的服饰。(4)仿佛威慑众生,仿佛震撼大地,他让军队走走息息,前往般度族。(5)

难敌听说这位大勇士带着大军走来,便亲自迎头赶去,向他表示敬意,婆罗多子孙啊!(6)为了表示敬意,他在景色宜人的地点,盖了许多行宫,装饰有各种美丽的珠宝。(7)沙利耶停留在这些行宫,处处受到礼遇,难敌的大臣们像供奉天神一样供奉他。然后,他来到另一个像天宫一样辉煌的行宫。(8)他在这里享受到非凡的快乐,自我膨胀,以为自己已经胜过因陀罗。(9)这位刹帝利雄牛高兴地询问侍从:"坚战手下的哪些人盖了这些行宫?把那些盖行宫的人带来,我认为他们应该受到赏赐。"(10)这时,躲在一旁的难敌出现在舅舅面前。摩德罗王见到他,明白这是他做出的努力,便拥抱他,高兴地说道:"你选择一个恩惠吧!"(11)

难敌说:

但愿你言而有信,好心人啊!赐给我恩惠吧!你应该成为我的全军统帅。(12)

---

① 由旬是印度古代长度单位,相当于一头牛一次拉车行走的距离。

护民子说：

沙利耶说道 "好吧！我还要做些什么？"甘陀利之子（难敌）反复说道 "这就行了。"（13）难敌告别沙利耶，回到自己城里。沙利耶前往贡蒂之子们那里，通报自己做的事。（14）

沙利耶到达水没城，进入营部，看到般度之子们都在那里。（15）大臂沙利耶见到般度之子们，按照礼节接受了洗足水和牛。（16）杀敌者摩德罗王首先问好，随后无比高兴地拥抱坚战。（17）他也拥抱喜悦的怖军和阿周那，还有两位孪生的外甥。然后，沙利耶入座，对普利塔之子（坚战）说道：（18）"王中之虎啊，你好！俱卢后裔啊！你很幸运，摆脱了林中流亡生活，优秀的胜利者啊！（19）你与弟弟们，还有黑公主，住在荒无人烟的森林中，国王啊！完成了一件难以完成的事，王中因陀罗啊！（20）你也度过了隐姓埋名的艰难生活，这也是难以完成的事。一个失去王位的人只有痛苦，哪里有幸福可言？婆罗多子孙啊！（21）你承受了持国之子（难敌）制造的巨大痛苦，国王啊！在杀死敌人后，你将获得幸福，折磨敌人者啊！（22）大王啊！你知道人世的真谛，人主啊！因此，你从不做贪婪的事，孩子啊！"（23）接着，这位国王告诉坚战，自己与难敌相遇、受到款待和赐予恩惠之事，婆罗多子孙啊！（24）

坚战说：

你做得很对，国王啊！心中怀着喜悦，兑现你对难敌做出的许诺。祝你幸运！但我想求你一件事，大地之主啊！（25）在战场上，你如同婆薮提婆之子（黑天），大王啊！当迦尔纳和阿周那进行车战时，毫无疑问，你会担任迦尔纳的御者，优秀的国王啊！（26）如果你愿意为我做好事，国王啊！请你保护阿周那，遏制车夫之子（迦尔纳）的威力，让我们赢得胜利。尽管这样做不正当，但你能够做到，舅舅啊！（27）

沙利耶说：

听着，般度之子啊！祝你幸运！你要我在战场上让灵魂邪恶的车夫之子（迦尔纳）失去威力。（28）我在战场上肯定会担任他的御者，因为，他一向认为我跟婆薮提婆之子（黑天）一样。（29）他在战场上渴望战斗时，我肯定会对他说些相反的话，无益的话，俱卢族之虎啊!(30)让他丧失傲气,丧失威力,般度之子啊!这样就很容易杀死他。我对你说话算数。(31)我会按照我对你说的话去做,孩子啊!为了让你高兴,只要我能做到的事,我都会去做。(32)在掷骰子时,你和黑公主遭受痛苦,车夫之子(迦尔纳)说话粗鲁。(33)黑公主还遭到辫发阿修罗和空竹的骚扰,大光辉者啊!她蒙受的一切羞辱,就像达摩衍蒂一样。(34)这一切痛苦将换来幸福,英雄啊!对此,你不必担心,因为命运远为强大有力。(35)灵魂高尚的人们也会经受痛苦,坚战啊!甚至天神也会经受痛苦,世界之主啊!(36)我们听说灵魂高尚的天王因陀罗和他的妻子,国王啊!也经历过巨大的痛苦,婆罗多子孙啊!(37)

以上是吉祥的《摩诃婆罗多》中《斡旋篇》第八章(8)。

九

坚战说:

王中因陀罗啊!我想知道灵魂高尚的因陀罗和他的妻子怎么会经受极其可怕的痛苦?(1)

沙利耶说:

国王啊!请听这个古老的历史传说,因陀罗和他的妻子怎样经受痛苦,婆罗多子孙啊!(2)生主大匠是一位优秀的天神,伟大的苦行者,出于对因陀罗的仇恨,创造了一个三头儿子。(3)这位无比光辉的万相渴求因陀罗的地位,长有三张可怕的嘴,犹如太阳、月亮和火焰。(4)他用一张嘴念诵吠陀,用另一张嘴饮酒,还有一张嘴看似要吞没一切空间。(5)这位温和自制的苦行者热衷正法和苦行,修炼非常严酷和难以实行的大苦行,制服敌人者啊!(6)目睹他苦行的威力和无比光辉的本质,帝释天因陀罗感到沮丧,心想"他可能会成为我。(7)这个三头者长大后,会吞没这三界。怎样使他沉湎享乐,不修炼大苦行?"(8)睿智的因陀罗经过反复思考,婆罗多族雄牛啊!他命令天女们去诱惑大匠的儿子:(9)"你们快去勾引他,不要耽搁。让这个三头者沉湎爱欲享受。(10)你们穿上妖艳的衣服，呈现美丽的臀部，作出各种媚态，诱惑他。祝你们成功，从而消除我的恐惧。(11)我深感不安，体态美丽的少女们啊！赶快消除我无比可怕的恐惧！"(12)

天女们说：

帝释天啊！我们会尽力诱惑他，让你不再感到恐惧，诛杀波罗者啊！(13)这位苦行者坐在那里，仿佛用双眼燃烧一切，天神啊！我们一起去诱惑他。我们会努力控制他，驱除你的恐惧。(14)

沙利耶说：

遵照因陀罗的命令，她们来到三头者身旁。这些美丽的女子用各种媚态诱惑他，展示舞姿和各种肢体魅力。(15)她们来回走动。但是，大苦行者对她们毫无兴趣，控制着感官，犹如满满的大海。(16)她们尽了最大努力，又回到帝释天那里，双手合十，对天王说道：(17)"这个人难以接近，无法动摇他的坚强意志，主人啊！采取另外的办法吧，大德啊！"(18)

大智者帝释天向天女们表示敬意后，打发她们走了。他考虑杀死这位灵魂伟大者的方法。(19)这位天王英勇、威武和睿智，默默地思索，决心杀死三头者：(20)"就在今天，我要向他投掷金刚杵，他立刻就会不存在。凡是强大者，不能忽视暂时弱小而正在增长中的敌人。"(21)经典智慧增强他杀死三头者的决心。帝释天愤怒地向三头者掷出金刚杵。金刚杵如同火焰，形状可怕，令人恐惧。(22)遭到金刚杵沉重打击，三头者倒地而死，犹如山峰倒塌在地。(23)看到他被金刚杵击毙，像山峰一样躺倒在地，天王因陀罗并没有感到安全，仍然受到他的光辉烤灼。他虽然死了，但依旧光辉闪烁，看上去仿佛还活着。(24)沙姬之夫（因陀罗）看到一位樵夫在附近忙碌，杀死巴迦者（因陀罗）立即对他说道"赶快砍下他的那些脑袋，照我的话做！"(25)

樵夫说：

他的肩膀太宽，这把斧子不够用。我也不能做善人谴责的事。(26)

因陀罗说：

不用怕，赶快照我的话做。由于我的恩惠，你的斧子会像金刚杵一样。(27)

樵夫说:

我要知道你是谁?今天做了这样可怕的事。如实告诉我吧!我想知道。(28)

因陀罗说:

你要知道,我是天王因陀罗,樵夫啊!照我的话做,樵夫啊!不要耽搁!(29)

樵夫说:

做了这样残忍的事,帝释天啊!你怎么不羞愧?杀死仙人的儿子,你不害怕犯下杀害婆罗门之罪?(30)

因陀罗说:

以后我会履行难以履行的正法,以净化我自己。我用金刚杵杀死这个勇力无比的敌人。(31) 即使现在,我仍然心神不宁,樵夫啊!我依旧害怕他,赶快砍下他的那些脑袋,我会赐给你恩惠。(32) 人们会在祭祀中分给你牲畜的脑袋。这是赐给你的恩惠,樵夫啊!赶快做我喜欢的事。(33)

沙利耶说:

听了伟大的因陀罗的话后,樵夫用他的斧子砍下三头者的那些脑袋。(34) 这些脑袋被砍下时,鹧鸪、鹌鹑和麻雀从三头者那里飞向四面八方。(35) 从念诵吠陀和饮苏摩的嘴中,迅速飞出鹧鸪。(36) 国王啊!从那张看似吞没四面八方的嘴中飞出鹌鹑,般度之子啊!(37) 从三头者那张饮酒的嘴中飞出麻雀,婆罗多族雄牛啊!(38)

砍下这些脑袋后,摩诃梵(因陀罗)消除焦虑,愉快地返回天国,樵夫也返回自己的家。(39) 而生主大匠听说帝释天杀死了他的儿子,眼睛气得发红,说道:(40) "我的儿子一向修炼苦行,宽容,自制,控制感官,没有罪过,竟被杀死了。(41) 因此,我要创造弗栗多,让他杀死帝释天,让世人目睹我的勇气和苦行的伟大力量,也让这个灵魂卑劣、心思邪恶的天王因陀罗见识见识。"(42) 于是,这位光辉无比的苦行者愤怒地沾水净手,祭供火神,创造了可怕的弗栗多,说道"凭借我的苦行的力量,因陀罗的敌人长大吧!"(43) 他长大了,支撑着天,犹如太阳和火。像世界末日升起的太阳,他说道:"我做什么?""杀死帝释天!"说罢,大匠返回天国。(44)

然后，愤怒的弗栗多和婆薮之主（因陀罗）展开极其可怕的、难解难分的战斗，俱卢族俊杰啊！(45)英勇的弗栗多抓住百祭天王因陀罗，满腔愤怒地张开嘴，吞下他。(46)帝释天被弗栗多吞下后，伟大高尚的众天神慌忙创造呵欠，用以消灭弗栗多。(47)弗栗多打呵欠时，诛灭波罗者（因陀罗）紧缩自己的身体，从张开的口中逃了出来。从此，在世界上，呵欠便依附有生命者。(48)看到帝释天逃出，众天神十分高兴。满腔愤怒的弗栗多和婆薮之主（因陀罗）又展开可怕而持久的战斗，婆罗多族雄牛啊！(49)

由于大匠苦行的威力，弗栗多在战场上越战越勇，精力旺盛，聪明的帝释天转身退却。(50)看到他退却，众天神深感失望。他们被大匠的光辉搅昏头脑，与帝释天相遇后，跟众牟尼一起商量对策，婆罗多子孙啊！(51)他们已被吓昏，考虑着该怎么办？国王啊！他们坐在曼陀罗山顶，盼望杀死弗栗多，心中想起灵魂高尚、永恒不灭的毗湿奴。(52)

以上是吉祥的《摩诃婆罗多》中《斡旋篇》第九章（9）。

一〇

因陀罗说：

众天神啊！这整个不灭的世界已被弗栗多占有，因为没有什么能与他对抗。(1)过去我能做到，现在我无能为力。我该怎么办呢？祝你们幸运！我认为他难以制服。(2)这位灵魂高尚的光辉者在战斗中无比勇敢，将会吞噬整个三界，连同大神、阿修罗和人。(3)因此，众天神啊！听从我的决定吧！让我们前往毗湿奴的住所，与这位灵魂高尚者一起商量。我们会找到杀死那个灵魂卑劣者的方法。(4)

沙利耶说：

听了这些话，众天神和成群的仙人前往庇护主、大力士毗湿奴神那里，寻求庇护。(5)众天神惧怕弗栗多，精神备受折磨，对神主毗湿奴说道"你以三步跨越三界，主人啊！(6)你夺得甘露，在战斗中杀死众提迭，毗湿奴啊！你捆住大提迭钵利，让帝释天成为天王。(7) 你是一切世界的主人；你遍及一切，神啊！你是大神，一切世界都向你致敬。(8) 你是因陀罗和众天神的归宿，最优秀的神啊！这整个世界已被弗栗多占据，诛灭阿修罗者啊！(9)

毗湿奴说：

毫无疑问，我应该做对你们最有利的事情。因此，我要告诉你们一个办法，让他不再存在。(10) 你们与众仙人和健达缚一起到具有宇宙形象的弗栗多那里去，跟他讲和，然后，你们就能制服他。(11) 凭借我的光辉，众天神啊！帝释天会成功，我将隐身进入他的至高武器金刚杵。(12) 诸位优秀的天神啊！你们与众仙人和健达缚一起去吧！为帝释天和弗栗多讲和，不要耽搁！(13)

沙利耶说：

听了大神的话，众仙人和众天神以帝释天为首，一起离去。(14) 这些大光辉者来到弗栗多那里。弗栗多光辉灿烂，照耀十方。(15) 众天神和帝释天望着弗栗多，感到他仿佛要吞噬三界、太阳和月亮。(16) 众仙人走上前去，对弗栗多说好话"你的光辉遍照全世界，难以战胜者啊！(17) 你不能战胜勇敢非凡的婆薮之主（因陀罗）。你们两人已经战斗了很长时间。(18) 一切众生包括天神、阿修罗和人都遭受痛苦，弗栗多啊！你和帝释天永远友好吧！你会得到幸福和帝释天的不朽世界。"(19)

听了众仙人的话，大力士阿修罗弗栗多低下头，回答他们说：(20) "众位大德啊！你们和众位健达缚所说的话，我已听到。现在，请听我说，无罪的人们啊！(21) 帝释天和我怎么能讲和呢？我们两个光辉者怎么会友好呢？众天神啊！"(22)

众仙人说：

与善人结识的机会应该抓住，以后的事，以后再说。你要抓住而不要错过与善人结识的机会。(23) 与善人结识永远可靠，智者在患难中会提供忠告；与善人结识大有好处，智者不会杀害善人。(24) 因陀罗受到善人们尊敬，是灵魂高尚者的庇护所，因为他说真话，不沮丧，通晓正法，意志坚定。(25) 因此，你与帝释天永远和好吧！你要有信心，不要有别的想法。(26)

沙利耶说：

听了众位大仙的话，这位大光辉者回答他们说"确实，我应该尊敬你们这些苦行者。(27) 如果能做到我在这里说的一切，众天神啊！我也会做到这些婆罗门雄牛说的一切。(28) 无论白天还是夜晚，无论用干的或湿的，石头或木棒，武器或金刚杵，(29) 帝释天和众天神都不会杀死我，众位婆罗门中的因陀罗啊！这样，我才愿意与帝释天永远和好。"(30) 众仙人回答他说 "好吧！"婆罗多族雄牛啊！就这样达成了和解，弗栗多也很高兴。(31)

然而，帝释天满怀嫉恨，总是想方设法要杀死弗栗多。这位诛灭波罗和弗栗多者焦躁不安，窥伺机会。(32) 在一个既迷人又可怕的黄昏时分，在海边他看到这位大阿修罗。(33) 于是，这位尊者想起灵魂伟大者（毗湿奴）赐给他的恩惠 "现在是可怕的黄昏，既不是白天，也不是夜晚。毫无疑问，我可以杀死弗栗多，这个吞噬一切的敌人。(34) 如果我今天不要手段杀死这个身材魁梧的大力士阿修罗，就不会有更好的机会了。"(35) 帝释天这样想着，思念毗湿奴。随即，他看到大海里有一堆泡沫，如同山峰。(36) "这既不干，又不湿，也不是武器，我把它掷向弗栗多，立刻就能杀死他。"(37) 他立即将这泡沫连同金刚杵一起掷向弗栗多。毗湿奴进入这泡沫，杀死了弗栗多。(38)

弗栗多被杀死后，天空明朗，清风吹拂，众生欢喜。(39) 众天神、健达缚、药叉、罗刹、蛇和仙人用各种颂诗赞美伟大的因陀罗。(40) 知法的婆薮之主（因陀罗）安抚一切众生，接受一切众生的致敬。他杀死了敌人，精神愉快，与众天神一起祭拜三界魁首毗湿奴。(41)

帝释天杀死威胁众天神的大英雄弗栗多后，为自己的不正当行为深感不安，也为先前杀害三头者而犯下杀害婆罗门罪深感不安。(42) 天王因陀罗走到世界尽头，失去知觉和智慧。他被自己的罪孽压倒，神志不清，将自己隐藏在水中，像蛇一样游动。(43)

天王因陀罗犯下杀害婆罗门罪，蒙受恐惧的折磨而失踪，整个大地遭到破坏，树木消失，园林荒芜，水流中断，池塘枯竭。(44) 干旱使一切众生恐慌，众天神和众大仙也忧心忡忡。(45) 没有天王，整个世界陷入灾难。众天神惶恐不安 "谁能成为我们的天王？"(46) 在天国，众天神和众仙人失去了天王，而天神中没有一位想做天王。(47)

以上是吉祥的《摩诃婆罗多》中《斡旋篇》第十章(10)。

一一

沙利耶说：

所有的仙人和三十三天天神说道"我们让吉祥的友邻王灌顶为天王吧！"于是，他们一起去对他说道"你成为我们的天王吧！大地之主啊！"（1）友邻王考虑自己的利益，对众天神、众仙人和祖先们说道：（2）"我是软弱的，没有能力保护你们。只有强大有力者才能成为你们的天王，因为帝释天始终强大有力。"（3）以众仙人为首的众天神再次说道"凭借我们的苦行，你保护这天上的王国吧！（4）毫无疑问，我们之间充满恐惧。你灌顶成为天国国王吧，王中因陀罗啊！（5）天神、檀那婆、药叉、仙人、罗刹、祖先、健达缚和精灵进入你的视野。你看到他们，就会获得他们的光辉，变得强大有力。（6）始终将正法放在首位，成为一切世界之主，保护天国的众梵仙和众天神吧！"（7）

友邻王一向以正法为魂，得到这难以得到的恩惠——天国王位后，变得以爱欲为魂。（8）在所有的天神花园、乐园、盖拉娑山、雪山山顶、曼陀罗、白山、萨希耶山、摩亨德罗山、摩罗耶山、大海和河流，（9）友邻王作为天王，在众天女和众天神女儿的环绕和簇拥下，尽情玩乐。（10）他聆听各种迷人的天神故事、一切悦耳的音乐以及甜美歌唱。（11）广慈、那罗陀、众健达缚和众天女，还有六季的化身，都侍奉这位神中因陀罗。芳香的微风吹拂，清凉舒心。（12）

灵魂伟大的友邻王在娱乐时，帝释天可爱的王后出现在他的眼前。（13）他一见到她，便心生邪念，对众侍臣说道"为什么因陀罗的王后不侍奉我？（14）我是神中因陀罗，世界之主，让沙姬今天立刻到我的宫中来。"（15）闻听此言，这位女神心情沮丧，对毗诃波提（祭主）说道"保护我免受友邻王骚扰，婆罗门啊！我求你庇护。（16）你曾经说我具有一切吉相，婆罗门啊！你说我是天王的爱妻，有享不尽的幸福。（17）你说我忠于丈夫，是贞洁的妻子，不会成为寡妇。你过去是这样对我说的，你兑现这些话吧！（18）你从来不说空话，尊者啊！因此，你说的这些话也会落实，优秀的婆罗门啊！"（19）于是，毗诃波提（祭主）对吓昏了的因陀罗尼（沙姬）说道 "女神啊！我对你说的话肯定都会落实。（20）你很快就会看到天王因陀罗回到这里。你不用害怕友邻王。我对你说的是真话，我很快就会让你和帝释天团圆。"（21）

听说因陀罗尼求助鸯耆罗之子毗诃波提（祭主），友邻王十分生气。（22）

以上是吉祥的《摩诃婆罗多》中《斡旋篇》第十一章（11）。

一 二

沙利耶说：

以众仙人为首的众天神得知友邻王发怒，便对神色可怕的天王友邻王说道：（1）"天王啊！请息怒。你一发怒，主人啊！这个世界，连同阿修罗、健达缚、紧那罗和大蛇一起颤抖。（2）请息怒，贤士啊！像你这样的人是不应该生气的。这位女神是别人的妻子，你就开恩吧，神主啊！（3）把你的心从骚扰别人妻子的罪恶中收回来！你是天王，祝你幸运！依法保护你的臣民吧！"（4）

听了这些话，友邻王仍不接受规劝。这位神主色迷心窍，对众天神讲起因陀罗的事情：（5）"过去，因陀罗也曾强占声誉卓著的仙人之妻未耕。她的丈夫还活着哩，你们怎么不劝阻他？（6）过去，因陀罗做过许多残忍的、非法的和诈骗的事，你们怎么不劝阻他？（7）让这女神来侍奉我。这样对她最有利，你们这些天神也可以永保平安。"（8）

众天神说：

天国之主啊！我们将按照你的愿望，将因陀罗尼带来，请息怒，英雄啊！但愿你高兴，神主啊！（9）

沙利耶说：

这样说罢，众天神和众仙人们一起到毗诃波提（祭主）那里，婆罗多子孙啊！将这不幸的消息告诉因陀罗尼（沙姬）：（10）"我们知道因陀罗尼来到你住处寻求庇护,婆罗门中的因陀罗啊!你也解除了她的恐惧,优秀的神仙啊!(11)众天神、众健达缚和众仙人请求你,大光辉者啊!将因陀罗尼交给友邻王吧!(12)大光辉的天王友邻王胜过因陀罗,让这肤色美丽、臀部丰满的女子选他作为丈夫吧!"(13)闻听此言,可怜的女神流下眼泪,哽咽着对毗诃波提哭诉道:(14)"我不愿意抛弃自己的主人,另选友邻王做丈夫。我已经求你庇护,婆罗门啊!请保护我,让我摆脱这场大恐怖!"(15)

毗诃波提说:

我不会抛弃前来求助的因陀罗尼,这是我的决定。无可责备的人啊!我不会抛弃你这位知法守法的人。(16)尤其是作为一个婆罗门,通晓正法,信守诺言,了解法规,我不会做不该做的事。(17)我不会做这种事的,诸位优秀的天神啊!你们听听过去梵天有关的诵唱吧!(18)"谁把恐惧的求助者交给敌人,那么,他的种子在播种季节不成长;他的雨水在雨季不降下;他需要保护时,也得不到保护。(19)谁把恐惧的求助者交给敌人,那么,他失去智慧,一无所获,他失去知觉,从天国跌落;众天神也不会接受他的祭品。(20)谁把恐惧的求助者交给敌人,那么,他的子孙非时而死,他的祖先永远驱逐他,包括因陀罗在内的众天神用金刚杵打击他。"(21)我知道这些,不会交出沙姬。举世皆知因陀罗尼是因陀罗可爱的王后。(22)她的利益也就是我的利益,诸位优秀的天神啊!就这样吧,我是不会交出沙姬的。(23)

沙利耶说:

于是,众天神对这位鸯耆罗族俊杰说道"毗诃波提啊!跟我们商量一下,怎么办才好?"(24)

毗诃波提说:

让美丽的女神恳求友邻王推迟一些时间。这样做对因陀罗尼有利,对我们也有利。(25)时间会节外生枝,时间会带来时间。友邻王由于得到恩惠,才变得强大,有力,骄横跋扈。(26)

沙利耶说:

听了他的话,众天神高兴地说道"婆罗门啊!你说得对!这对整个天国都有好处。优秀的婆罗门啊!让我们请求这位女神吧!"(27) 随后,以火神为首的众天神一心为了世界的利益,一起对因陀罗尼说道:(28) "全世界的动物和不动物全靠你支撑了。你是诚实的女人,忠贞的妻子,到友邻王那里去一下吧!(29) 友邻王迷恋你,他很快便会毁灭,女神啊!帝释天会恢复天国王权。"(30)

因陀罗尼决定促成此事,她含羞前往容貌可怕的友邻王那里。(31) 友邻王见到她年轻貌美,万分高兴,心生邪念,陷入爱欲。(32)

以上是吉祥的《摩诃婆罗多》中《斡旋篇》第十二章(12)。

一三

沙利耶说:

天王友邻王看到她后,说道:"我是三界的因陀罗,笑容美丽的女子啊!将我作为丈夫吧,臀部丰满、肤色美丽的女子啊!"(1) 听了友邻王的话,忠于丈夫的女神惊恐不安,浑身抖动,犹如风中的芭蕉树。(2) 她向梵天行过礼,双手合十,放在额头前,对容貌可怕的天王友邻王说道:(3) "我希望你给我一点时间,神主啊!因为不知道帝释天出了什么事?到哪里去了?(4) 一旦知道事情真相,或者无法知道事情真相,主人啊!我就侍奉你。我对你说的是真话。"听了因陀罗尼的话,友邻王十分高兴。(5)

友邻王说:

美臀女子啊!就照你说的这样办吧!你知道事情真相后,一定要来。你要记住自己的诺言。(6)

沙利耶说:

经友邻王打发,美丽的女神走出来。这位苦行女回到毗诃波提住处。(7) 听了她的话后,以火神为首的众天神认真商量帝释天的事,王中俊杰啊!(8) 他们会见强大有力的神中之神毗湿奴。这些善于辞令的天神激动地对他说道:(9) "众神之主帝释天已被杀害婆罗门罪压垮。你是我们的归宿,神主啊!你是最早诞生的世界之主。为了保护一切众生,你成为毗湿奴。(10) 婆薮之主(因陀罗)凭借你的勇气

杀死弗栗多后,为杀害婆罗门罪纠缠,神中俊杰啊!请指出他怎样才能摆脱纠缠?"(11)

毗湿奴听了众天神的话,说道"让帝释天祭供我。我将净化这位手持金刚杵者。(12)这位降服巴迦者用神圣的马祭取悦我后,他将恢复天王的地位,不再会有任何恐惧。(13)友邻王心术不正,将按照自己的业报,走向毁灭,众天神啊!你们必须坚持不懈,忍耐一段时间。"(14)

听了毗湿奴这番真实优美的话,仿佛尝到甘露,所有的天神偕同老师和仙人,前往为恐惧困扰的帝释天的所在地。(15)在那里,灵魂伟大的因陀罗为了净化自己,举行盛大的马祭,涤除杀害婆罗门的罪孽,国王啊!(16)他将杀害婆罗门的罪分散给树木、河流、高山、大地和妇女,坚战啊!(17)神主将罪孽分散给众生后,获得净化,摆脱昏热。婆薮之主(因陀罗)又恢复自我。(18)这位诛灭波罗者看到友邻王的地位并没有动摇。由于获得恩惠,友邻王吞噬一切众生的光辉,难以抗衡。(19)于是,沙姬的英雄丈夫又一次消失,在一切众生面前隐没自己,四处游荡,等待时机。(20)

帝释天消失后,沙姬女神充满忧伤,痛苦地哀叹道:(21)"因陀罗啊!如果我施舍,我祭供,我使老师满意,如果我信守誓言,就让我只有一个丈夫吧!(22)我将礼拜北行的神圣吉祥的黑夜女神,让我的愿望实现吧!"(23)从此,她精心侍奉黑夜女神。她凭借忠于丈夫和信守誓言,倾听神谕。(24)这位女神召唤神谕天女,说道"以真心换真心,请向我显示天王的所在地!"(25)

以上是吉祥的《摩诃婆罗多》中《斡旋篇》第十三章(13)。

一四

沙利耶说:

然后,神谕天女走近美丽善良的女神,看到她年轻貌美,正在供奉。(1)因陀罗尼满怀喜悦,向她行礼,问道"你是谁?我想知道。请你告诉我,脸庞美丽的女子啊!"(2)

神谕天女说：

我是神谕天女，女神啊！我来到你身旁，对你的真诚感到满意，向你显身。(3) 你忠于丈夫，谨慎，自制，我将向你显示诛灭弗栗多的帝释天。快来吧，祝你幸运！我将向你显示这位神中俊杰。(4)

沙利耶说：

于是，因陀罗尼跟随这位天女出发，越过许多天国树林和山岳，越过雪山，来到北边，(5) 来到许多由旬宽的大海，来到一个覆盖各种树木和蔓藤的大岛。(6) 在那里，她看到一个美丽的天池，有一百由旬长、一百由旬宽，群鸟纷飞。(7) 天国莲花五彩缤纷，蜜蜂欢唱，成千朵莲花盛开，婆罗多子孙啊！(8) 她折断一枝莲花茎，与神谕天女一起进入。在那里，她看到百祭（因陀罗）呆在莲藕纤维里。(9)

看到丈夫呆在那里，身体缩得很小，女神和神谕天女也将身体缩得很小。(10) 因陀罗尼赞美因陀罗从前的著名功绩。这位攻克城堡的天神受到赞美后，对沙姬说道：(11) "你为什么来？你怎么找到我的？"于是，她讲述友邻王的所作所为：(12) "他得到三界的因陀罗地位后，陶醉于自己的勇武，骄横跋扈，灵魂邪恶，粗鲁地对我说：'侍候我！'百祭（因陀罗）啊！但他给了我一些时间。(13) 主人啊！如果你不保护我，他就要占有我了。我受到他的威胁，帝释天啊！所以，我来到你身边。杀死这个暴戾的、一心作恶的友邻王吧，大臂者啊！(14) 你站出来吧，诛灭提迭和檀那婆者啊！恢复你的光辉，统治天国吧，主人啊！"(15)

以上是吉祥的《摩诃婆罗多》中《斡旋篇》第十四章(14)。

一五

沙利耶说：

听了沙姬的话，尊神说道 "现在不是逞强的时候，友邻王十分强大有力。(1) 由于众仙人供奉和祭祀，他的力量增强，光辉的女子啊！我想了个办法，你照着去做，女神啊！(2) 你悄悄去做，不要告诉任何人，美丽的女子啊！到友邻王那里，细腰女子啊！单独跟他说：（3）'你乘坐神圣的仙人车来我这里，世界之主啊！这样，我就会愉快地顺从你。'"（4）听了天王的话，莲花眼妻子回答说："就这样吧！"说完，她前往友邻王那里。（5）

友邻王见到她，惊讶地说道："欢迎你，臀部美丽的女子啊！我能为你做什么？笑容美丽的女子啊！（6）接受我吧！我忠于你，可爱的女子啊！你想要什么？聪慧的女子啊！你要什么，我就做什么，可爱的细腰女子啊！（7）你不要害羞，臀部美丽的女子啊！相信我，我真心发誓，女神啊！我按你说的办。"（8）

因陀罗尼说：

世界之主啊！我盼望着用完你给我的时间，然后，你将成为我的丈夫，神主啊！（9）你猜猜我心中的愿望，天王啊！如果你照着我说的表达爱情的话去做，让我高兴，我就说出来，国王啊！然后，我就会顺从你。（10）因陀罗乘坐马、象和车，而我想要你乘坐前所未有的坐骑，神主啊！不是毗湿奴的和楼陀罗的，也不是阿修罗的和罗刹的。（11）让众仙人一起用轿子抬着你，主人啊！这样会让我高兴，国王啊！（12）你应该有别于众阿修罗和众天神。你凭自己的勇力，望他们一眼，就吸取他们所有的光辉。没有哪位勇士敢站在你面前。（13）

沙利耶说：

听了这些话，神中因陀罗友邻王很高兴，对这位无可责备的女神说道：（14）"你说的这种前所未有的坐骑确实令我喜欢，肤色美丽的女神啊！我听你摆布，脸庞美丽的女子啊！（15）把众牟尼作为坐骑，确实勇气不小。我是有威力的苦行者，过去、未来和现在的统治者。（16）一旦我发怒，世界就不存在。天神、檀那婆、健达缚、紧那罗、大蛇和罗刹，所有一切都依靠我。（17）整个世界都无法抗衡我的愤怒，笑容美丽的女子啊！我只要望谁一眼，就能夺走他的光辉。（18）因此，女神啊！我将照你的话做。毫无疑问，七仙人和所有的仙人会抬我。你看，我们多么伟大和富有，肤色美丽的女子啊！"（19）

说罢，他打发走脸庞美丽的女神。他让那些控制自我的仙人套上天车。（20）他强大有力，得到恩惠而骄横跋扈，陷入爱欲，灵魂邪恶，非礼婆罗门，让众仙人抬着他。（21）

沙姬从友邻王那里回来,对毗诃波提说道:"友邻王给我的期限,剩下不多。你快去找帝释天,怜悯我这忠于丈夫的女子吧!"(22)尊者毗诃波提对她说道:"好吧,女神啊!你不用害怕心地不正的友邻王。(23)因为这个卑鄙小人呆不长了。他不懂正法,让众大仙抬他,注定要死,美丽的女子啊!(24)我会举行祭祀,让这坏心人灭亡。我将找到帝释天,别害怕,祝你幸运!"(25)

然后,大光辉的毗诃波提点燃祭火,按照礼仪供奉最高的祭品,以便找到天王。(26)于是,尊者火神亲自出马,穿上神奇的女装,立刻消失不见。(27)他以思想般的速度搜寻四面八方、高山、树林、大地和天空,眨眼之间,又回到毗诃波提那里。(28)

火神说:

毗诃波提啊!我在哪里都没有找到天王。剩下的地方是水域,但我不能进入水中。那不是我的去处,婆罗门啊!我还能为你做什么?(29)

沙利耶说:

天师(毗诃波提)对他说道:"进入水中吧,大光辉者啊!"(30)

火神说:

我不能进入水中。这会使我毁灭。我求你庇护,祝你吉祥平安,大光辉者啊!(31)火产生于水,刹帝利产生于婆罗门,铁产生于石头。它们的威力遍及一切,但对自己的母胎无能为力。(32)

以上是吉祥的《摩诃婆罗多》中《斡旋篇》第十五章(15)。

一六

毗诃波提说:

火神啊!你是众神之嘴,你是祭品运送者。你悄悄藏在一切众生中,行为像窥视者。(1)诗人们称你为一,又称你为三。这个世界遭你遗弃,就会立刻毁灭,食祭品者啊!(2)婆罗门向你致敬,与妻儿一起,走向凭自己的行为赢得的永久归宿。(3)大神啊!你运送祭品,你是最高的祭品。在最高的礼仪中，人们用萨多罗祭①供奉你。(4) 你创造了三界，运送祭品者啊！你又在适当的时候，燃烧着催熟它们。你是整个世界的产生者，火神啊！又是它们的支持者。(5) 火神啊！人们称你为云，称你为闪电，你产生的火焰焚烧一切众生。(6) 一切水依赖你，整个世界依赖你。三界中的一切，你无所不知，净化者啊！(7) 人人都热爱自己的母胎。你不要犹疑，进入水中吧！我会用永恒的梵咒增强你的力量。(8)

沙利耶说：

这位尊者、运送祭品者和最优秀的诗人受到赞美后，高兴地对毗诃波提说了极好的话 "我会为你找到帝释天，我说话算数。"(9) 然后，火神进入水中，进入大海和池塘，来到百祭（因陀罗）藏身的池中。(10) 在那里，他搜寻那些莲花，婆罗多族雄牛啊！他发现天王因陀罗呆在莲藕纤维中。(11) 他迅速回来，告诉毗诃波提说 "主人缩小身体，呆在莲藕纤维中。"(12)

在天神、仙人和健达缚们陪同下，毗诃波提赶往那里，赞美诛灭波罗者（因陀罗）过去的业绩：(13) "帝释天啊！你曾经杀死恐怖的大阿修罗那牟支，还有威力可怕的商波罗和波罗。(14) 百祭（因陀罗）啊！鼓起勇气，消灭一切敌人！起来，手持金刚杵者啊！你看天神和仙人们已经集合。(15) 伟大的因陀罗啊！你曾经杀死那些檀那婆，保护整个世界，主人啊！你遇见凭借毗湿奴的光辉增强威力的水中泡沫，天王啊！用它杀死了弗栗多，世界之主啊！(16) 你在一切众生中最受欢迎，备受赞颂。在这世上，任何众生都不能与你相比。你支持一切众生，帝释天啊！你也为众天神创造丰功伟绩。(17) 保护众天神和整个世界吧，伟大的因陀罗啊！恢复力量吧！"这样，他受到赞美，渐渐增强力量。(18) 他的身体恢复原样，充满力量。这位大神对侍立一旁的老师毗诃波提说道：(19) "你们还要我做什么事？我已经杀死大阿修罗大匠之子，也杀死身躯庞大、想吞噬世界的弗栗多。"(20)

毗诃波提说：

人间之王友邻王，凭借众天神和众仙人的光辉，获得天国王位。

---

① 萨多罗祭是连续进行十三天至一百天的祭祀。

他残酷地折磨我们。(21)

  因陀罗说：

  友邻王怎么会获得难以获得的天国王位？他修炼什么苦行？具备什么勇气？毗诃波提啊！(22)

  毗诃波提说：

  你放弃伟大的因陀罗的地位后，众天神感到恐惧，想要一位帝释天。众天神与祖先、仙人和健达缚们结伴，(23) 帝释天啊！到友邻王那里，说道"你做我们的天王，成为世界保护者吧！"友邻王回答他们说"我没有能力，你们赐给我苦行和光辉吧！"(24) 听了他的话，众天神增强他的力量。友邻王成为拥有可怕威力的天王。他灵魂邪恶，获得三界王位后，让苦行者们抬着他走向世界。(25) 他的眼睛毒辣可怕，摄取别人的光辉。你千万不要观看友邻王。众天神胆战心惊，躲躲藏藏，都不敢观看友邻王。(26)

  沙利耶说：

  最优秀的茑耆罗之子毗诃波提这样说着，世界保护者俱比罗、古老的毗婆薮之子阎摩、苏摩神和伐楼拿也来到那里。(27) 他们聚在一起，对伟大的因陀罗说道"幸运啊！大匠之子和弗栗多已被杀死。幸运啊！我们看到你这位杀敌者安然无恙，帝释天啊！"(28) 帝释天按照常礼回答，并请求他们一起对付友邻王，说"天王友邻王面貌可怕，你们要帮助我。"(29) 他们回答说"友邻王面貌可怕，眼睛毒辣，我们都怕他，天神啊！如果你战胜友邻王，天王啊！我们也能分享一份，帝释天啊！"(30) 因陀罗说道"好吧！你，水中之主、阎摩和俱比罗今天和我一起进行大灌顶，我们一起战胜眼睛可怕的敌人友邻王。"(31) 随即，火神也对因陀罗说道"请你也给我一份，我也将帮助你。"帝释天回答说"你也会在因陀罗和火神大祭中，分享一份。"(32) 伟大尊贵的诛灭巴迦的因陀罗考虑决定后，封俱比罗为一切药叉和财富之王，(33) 封毗婆薮之子（阎摩）为祖先之王，封伐楼拿为水中之王。就这样，帝释天按照礼仪，赐给他们恩惠和王权。(34)

  以上是吉祥的《摩诃婆罗多》中《斡旋篇》第十六章(16)。

一七

沙利耶说:

正当睿智的天王和世界保护者们商议杀死友邻王的办法时,尊敬的苦行者投山仙人出现。(1) 他向天王因陀罗致敬,说道 "幸运啊!你变得更加强大有力,万相和大阿修罗弗栗多已被杀死。(2) 幸运啊!友邻王已从天国王位坠落,攻克城堡者啊! 幸运啊! 我见到你这位杀敌者,诛灭波罗者啊!"(3)

因陀罗说:

欢迎你,大仙人! 我很高兴见到你。请接受我的洗脚水、漱口水和母牛。(4)

沙利耶说:

这位优秀的牟尼接受礼拜坐下后,天王高兴地向这位婆罗门雄牛问道: (5) "尊者啊! 我想请你告诉我,婆罗门俊杰啊! 一心作恶的友邻王怎样从天国坠落?"(6)

投山仙人说:

帝释天啊! 请听这令人高兴的消息: 这个灵魂邪恶、行为不端、恃强逞雄的友邻王已从天国坠落。(7) 那些圣洁的天仙和梵仙抬着作恶的友邻王,疲惫不堪,天神啊! 他们询问他一个问题,伟大的胜利者啊! (8) "在给母牛洒水时,梵天念诵过一些颂诗,这有没有根据?"婆薮之主(因陀罗)啊! 友邻王内心昏暗痴迷,回答他们说:"没有根据。"(9)

众仙人说:

你陷入非法,不懂正法。过去众大仙告诉我们,这有根据。(10)

投山仙人说:

于是,他与众牟尼争论起来,婆薮之主(因陀罗)啊! 这个陷入非法的人竟用脚踢我的头。(11) 由此,他失去光辉和吉祥,沙姬之夫啊! 我对这个惶恐不安的人说道: (12) "你玷污了众梵仙遵循的、古已有之的纯洁的梵;你又用脚踢我的头;(13) 你还让像梵一样难以抗衡的众梵仙充当你的坐骑,因此,傻瓜啊!你失去了光辉,从天国掉下去吧!(14)罪人啊!你耗尽了功德,掉到大地上,将变成一条大蛇,过上整整一万年,才能再回天国。"(15)

这样,这个灵魂邪恶的人从天国王位坠落,克敌者啊!我们又有了好运,帝释天啊!婆罗门的眼中刺已经拔除。(16)沙姬之夫啊!你回到天国,保护世界吧!你控制感官,战胜敌人,受到众大仙赞美。(17)

沙利耶说:

然后,在众大仙围绕下,兴高采烈的众天神、众祖先、众药叉、众大蛇和众罗刹,(18)众健达缚、众天神的女儿、众天女以及湖泊、河流、高山和大海,民众之主啊!(19)他们全都来到,说道:"祝你获得好运,杀敌者啊!多么幸运,邪恶的友邻王已被睿智的投山仙人驱逐。多么幸运,这个行为邪恶的人已经变成大地上的蛇。"(20)

以上是吉祥的《摩诃婆罗多》中《斡旋篇》第十七章(17)。

一八

沙利耶说:

帝释天接受成群的健达缚和天女赞颂后,骑上具有相记的象王爱罗婆多。(1)大光辉的火神、大仙人毗诃波提、阎摩、伐楼拿和财神俱比罗,(2)在众天神、健达缚和天女簇拥下,与诛灭弗栗多的主人帝释天一起前往三界。(3)

天王百祭(因陀罗)和因陀罗尼团圆,满怀喜悦保护世界。(4)随后,尊者鸯耆罗出现,用阿达婆吠陀颂诗向天王因陀罗致敬。(5)尊者因陀罗很高兴,赐给阿达婆鸯耆罗一个恩惠:(6)"在这部吠陀中,这段颂诗就称作阿达婆鸯耆罗。你将在祭祀中分享一份祭品。"(7)这样表示恭敬后,尊神天王百祭(因陀罗)送走阿达婆鸯耆罗,大王啊!(8)因陀罗向所有三十三天神和以苦行为财宝的仙人们表示恭敬后,愉快地依法保护臣民,国王啊!(9)

这就是因陀罗和他妻子遭遇的不幸,想要杀死仇敌而过隐居生活。(10)你和德罗波蒂,还有灵魂高尚的弟弟们,在大森林中,历尽艰难，不要为此气愤，王中因陀罗啊！（11）正如帝释天杀死弗栗多，获得王位，婆罗多子孙啊！王中因陀罗啊！你也会获得王位，俱卢后裔啊！（12）友邻王行为不端，思想邪恶，仇视婆罗门，毁于投山仙人的咒语，永远消失。（13）同样，你的那些灵魂邪恶的敌人迦尔纳和难敌等等，也很快就会走向死亡，杀敌者啊！（14）然后，你、德罗波蒂和弟弟们一起，英雄啊！就能享受这个以大海为边界的大地，主人啊！（15）

这个帝释天胜利的故事相当于吠陀，凡是严阵以待、想要取胜的国王都应听取。（16）因此，我讲给你听这个胜利故事，优秀的胜利者啊！灵魂高尚的人受到赞颂，便会振作起来，坚战啊！（17）由于难敌的罪恶，由于怖军和阿周那的威力，那些灵魂高尚的刹帝利也会遭到毁灭，坚战啊！（18）专心念诵这个因陀罗胜利故事，便能涤除罪恶，赢得天国，今生和来世都幸福。（19）他不会惧怕敌人，不会没有子孙，不会遭受灾难；他会获得长寿，战无不胜，永不失败。（20）

护民子说：

沙利耶这样安抚后，婆罗多族雄牛啊！优秀的执法者坚战王按照礼仪向沙利耶致敬。（21）贡蒂之子大臂坚战听了沙利耶的话，对摩德罗王（沙利耶）说道：（22）"毫无疑问，你将担任迦尔纳的御者。但通过你对我的赞颂，必将灭除他的光辉。"（23）

沙利耶说：

我将按照你对我说的去做。凡是我能做到的事，我都会为你去做。（24）

护民子说：

于是，吉祥的克敌者摩德罗王沙利耶告辞贡蒂之子们，带着军队前往难敌那里。（25）

以上是吉祥的《摩诃婆罗多》中《斡旋篇》第十八章（18）。

一九

护民子说：

然后，沙特婆多族大勇士善战（萨谛奇）带着四支大军来到坚战那里。(1) 这些勇敢非凡的战士来自各个地区，英雄们手持各种武器，为军队增添光辉。(2) 战斧、飞镖、标枪、长矛、铁杵、双刃剑、斧子、梭镖和锃亮的长剑，(3) 刀、弓、头盔和各种抹上油的箭，闪闪发亮，为军队增添光辉。(4) 军队如同乌云，在各种武器辉映下，仿佛乌云携带闪电。(5) 这支大军汇入坚战的军队，消失不见，国王啊！犹如河流汇入大海。(6)

同样，车底国雄牛勇旗也带领一支大军，来到光辉无比的般度族。(7) 摩揭陀国妖连之子大力士胜军也带了一支大军来到法王（坚战）那里。(8) 还有般底耶王，在许多海边战士的簇拥下，来到坚战那里，王中因陀罗啊！(9) 在这些汇集的军队中，他的队伍格外引人注目，衣着漂亮，威武有力。(10) 木柱王的军队也由来自各地的勇士和他自己的大勇士儿子们组成，光彩熠熠。(11) 同样，摩差国统帅毗罗吒王和山区的首领们一起来到般度族。(12) 这七支大军飘扬着各种旗帜，从各地来到这里，与灵魂高尚的般度族汇合，准备与俱卢族决战，般度之子们十分高兴。(13)

同样，福授王带来一支大军，为持国之子（难敌）增添喜悦。(14) 他的不可抵御的军队由支那人和山民组成，金光闪闪，犹如迦尔尼迦罗树林。(15) 英勇的广声和沙利耶也各自带领一支大军来到难敌那里，俱卢后裔啊！(16) 诃利迪迦之子成铠偕同博遮族和安陀迦族军队，带领一支大军来到难敌那里。(17) 那些佩戴野花花环的人中之虎为军队增色，犹如戏耍的疯象为树林增色。(18) 信度和绍维罗的国王们在胜车带领下前来，仿佛地动山摇。(19) 他们庞大的军队多姿多彩，犹如遭到风吹的雨云。(20) 甘波阇王善巧偕同耶婆那人和沙迦人，带着一支大军来到俱卢族，民众之主啊！(21) 他的庞大军队犹如成群飞蛾，进入俱卢族，消失不见。(22) 玛喜湿摩提的尼罗王带着手持黑色武器的南方大勇士们前来。(23) 阿凡提的两位国王在大力士们簇拥下，各自带着一支大军来到难敌那里。(24) 羯迦夜的人中之虎，五兄弟国王，也带领一支大军赶来，俱卢族十分高兴。(25) 在各地灵魂高尚的国王中，又有另外三支军队赶来，婆罗多族雄牛啊！(26) 这样，十一支大军围绕难敌，各种旗帜飘扬，准备与贡蒂之子们决战。(27)

国王啊！象城已经容纳不下所有主要的国王和将帅，婆罗多子孙啊！(28) 五河地区、整个俱卢疆伽国、罗希多迦树林和整个旷野国，(29) 阿希且多罗、迦罗俱吒山和恒河河岸，婆罗多子孙啊！伐罗那、伐吒达那和亚牟那山，(30) 这些物产富饶的地方到处布满俱卢族军队。(31) 般遮罗王派往俱卢族的祭司看到了这里的军队情况。(32)

以上是吉祥的《摩诃婆罗多》中《斡旋篇》第十九章 (19)。

二〇

护民子说：

木柱王的祭司会见俱卢族，受到持国、毗湿摩和维杜罗礼遇。(1) 他先向大家问好，又问候身体健康，然后在众位将帅中间说道：(2) "永恒的王法你们都知道，即使你们都知道，但作为开场白，我还要说一说。(3) 众所周知，持国和般度是同一父亲的两个儿子，毫无疑问，有同样的权利享受父亲的遗产。(4) 现在，持国的儿子们享有父亲的遗产，为什么般度的儿子们不能享有父亲的遗产？(5) 情况就是这样，你们都知道般度之子们从来没有获得父亲的遗产。这份遗产被持国之子（难敌）霸占了。(6) 不止一次有人企图谋害他们，只是他们命大，还不能把他们送往阎摩殿。(7) 这些灵魂高尚者凭借自己的力量，又创建一个王国，但是仍被卑鄙的持国之子们和妙力之子（沙恭尼）骗走。(8) 就是这里的这个人同意这样做，以致般度之子们在大森林中生活十三年。(9) 这些英雄和妻子在会厅里备受凌辱，在森林里历尽各种艰辛。(10) 同样，在毗罗吒城，这些灵魂高尚者受尽磨难，犹如灵魂邪恶者投胎另一生。(11)

"现在，这些俱卢族雄牛撇开过去的一切伤害，希望与俱卢族和解。(12) 知道了他们的行为和难敌的行为，诸位朋友应该开导持国。(13) 因为这些般度族英雄并不想与俱卢族开战，他们只想得到自己的一份，并不想毁灭这个世界。(14) 持国之子（难敌）想要开战的理由不能成立，因为般度之子们更为强大有力。(15) 有七支大军结集在正法之子（坚战）身旁，等待他下达命令，与俱卢族决战。(16) 另外一些人中之虎威力如同千支大军，他们是萨谛奇、怖军和大力士双生子。(17) 这一边结集了十一支大军，而那一边有形体多变的大臂胜财（阿周那）。(18) 犹如有冠者（阿周那）胜过一切军队，大光辉的大臂婆薮提婆之子（黑天）也是这样。(19) 知道了有冠者（阿周那）拥有众多的军队，知道他的勇武和黑天的智慧，有谁还敢交战？(20) 诸位尊者啊！你们应该按照正法，按照契约，把应该给他们的给他们吧！不要失去这个机会！"(21)

以上是吉祥的《摩诃婆罗多》中《斡旋篇》第二十章（20）。

二一

护民子说：

听了他的这些话，光辉无比、智慧深邃的毗湿摩向他致敬，及时地说道：(1) "幸运啊！般度之子们及其亲属都身体健康。幸运啊！他们有很多盟友。幸运啊！他们都热爱正法。(2) 幸运啊！这些俱卢后裔、五位兄弟都希望和解。幸运啊！他们和达摩陀罗（黑天）都不希望战争。(3) 毫无疑问，你说的都是实话。但你说得太尖刻，我想这是因为你是婆罗门的缘故。(4) 无疑，般度之子们在这里和在森林里备受艰辛；无疑，他们获得父亲的财产是合法的。(5) 普利塔之子大力士有冠者（阿周那）强大有力，精通武艺，谁能在战斗中抵御般度之子胜财（阿周那）？(6) 即使持金刚杵者（因陀罗）亲自出马都不行，何况其他弓箭手？我认为他能征服三界。"(7)

毗湿摩这样说着，迦尔纳愤怒而粗暴地打断他的话，望了望难敌，说道：(8) "婆罗门啊！在这世上，谁不知道这些？何必一而冉，再而三，重复唠叨？(9) 过去，沙恭尼为难敌在掷骰子赌博中取胜，按照契约，般度之子坚战前往森林。(10) 这位王子不遵守契约，却凭借摩差国和般遮罗国的力量，想要获得祖传的王国。(11) 智者啊！难敌不会出于害怕，最终给他立足之地。而如果合法，他会交出整个大地，哪怕交给仇敌。(12) 如果他们还想要祖传的王国，那就应该按照契约规定的时间在森林里生活。(13) 然后，让他们无所畏惧地生活在难敌膝下。他们现在的想法不合法，愚蠢透顶。(14) 如果般度之子们

抛弃正法，想要战争。那么，一旦他们与俱卢族俊杰们交战，就会想起我的这些话。"(15)

毗湿摩说：

罗陀之子（迦尔纳）啊！你怎么能这样说话呢？你应该记得这个事实，当时，普利塔之子（阿周那）在战场上独自一人战胜六位车兵。(16) 如果我们不听从这位婆罗门的忠告，我们肯定会在战斗中遭到杀戮，啃吃灰土。(17)

护民子说：

持国抚慰毗湿摩，斥责罗陀之子（迦尔纳），说道：(18) "福身王之子毗湿摩说的这些话是为我们好，也是为般度族好，也是为整个世界好。(19) 经过考虑，我将派遣全胜到普利塔之子们那里去。你现在也回到般度之子们那里去，不要耽搁。"(20) 这位俱卢后裔（持国）向他致敬后，打发他回到般度之子们那里去。然后，持国把全胜召到会堂，说了这些话。(21)

以上是吉祥的《摩诃婆罗多》中《斡旋篇》第二十一章（21）。《斡旋篇》终。

全胜出使篇

二二

持国说：

全胜啊！人们说般度之子们已经到达水没城，你去那里找他们，向无敌（坚战）表示恭贺"幸运啊！你来到这个村镇。"(1) 你要向他们大家问好，全胜啊！他们度过了不该经历的艰辛生活。他们很快就要与我们和解。他们受到欺弄，仍然诚挚友善。(2) 我从来没有看到般度之子们有任何欺骗行为，全胜啊！般度之子们凭借自己的勇力赢得一切财富，全都交给我。(3) 我经过观察，从来没有发现普利塔之子们有任何可以指责的过失。他们总是按照正法和利益行事。即使喜欢快乐，也不沉溺爱欲。(4) 普利塔之子们依靠毅力和智慧战胜冷、热、饥、渴、困倦、懒散、喜怒和骄逸。他们努力遵行正法和利益。(5) 他们及时将财富送给朋友。他们的友情不会因共同生活而减弱,因为普利塔之子们总是给予合适的尊敬和财物。在阿阇弥吒族(俱卢族)中,没有仇恨他们的人,(6) 除了邪恶、粗暴、愚蠢的难敌和卑贱的迦尔纳。而他们反倒使这些失去幸福和快乐的灵魂高尚者增添光辉。(7) 难敌热衷享乐,勇气十足,认为自己做得对。其实,只要般度之子们活着,只有傻瓜才会认为能夺取他们的那一份。(8) 追随无敌(坚战)足迹的有阿周那、黑天、狼腹(怖军)、萨谛奇、玛德利的双生子和所有的斯楞遮耶人。所以,最好在开战以前,把那一份还给他。(9)

手持甘狄拨神弓的左手开弓者(阿周那)独自一人驱车,就能荡平大地,灵魂伟大、难以制服的毗湿奴黑天是三界之主。(10) 哪个凡人敢站在他的面前?他在众神中最值得赞美。他发射带着雷鸣的箭流,速度飞快,如同鸟群。(11) 手持甘狄拨神弓者(阿周那)独自驱车征服了北方地区和北方的俱卢人,这位左手开弓者夺走他们的财富,使他们成为军中差役和税民。(12) 在甘味林,左手开弓者颇勒古拿(阿周那)用甘狄拨神弓打败以因陀罗为首的众天神,侍奉火神,为般度之子们增添荣誉和骄傲。(13) 没有一位持杵者能与怖军相比,也没有一位骑象者能与他相比。人们说他的车术不亚于阿周那,他的臂力相当一万头大象。(14) 他受过良好训练,嫉恶如仇,脾气刚烈,发起怒来,会猛烈焚烧持国之子们。即使婆薮之主(因陀罗)在战斗中亲自出马,也不能战胜这位永不妥协的力士。(15) 玛德利的双生子精明,有力,手巧,受过颇勒古拿(阿周那)的良好训练,会像兀鹰捕捉群鸟那样,不让俱卢族人活在世上。(16)

在他们中间,猛光行为刚烈,是般度族的一个成员。这位苏摩迦族后裔带着大臣,为了般度族的胜利,奋不顾身。(17) 沙鲁瓦族国王毗罗吒曾经与般度之子们共同生活,实现愿望,现已年老。我听说他和儿子们选择般度族一方,永远忠于坚战。(18) 羯迦夜国有力的大弓箭手五兄弟遭到驱逐,他们想夺回羯迦夜国王位,追随普利塔之子们准备战斗。(19) 所有英勇的大地之主都前来加盟般度族。我听说这些忠诚的勇士满怀喜悦,归附法王(坚战)。(20) 崎岖山区的山民,大地上出身良好、血统纯正的战士，手持各种武器、英勇的弥戾车人，汇集这里，加盟般度族。(21) 灵魂高尚的般底耶王在战斗中如同因陀罗，无与伦比，和许多勇士一起前来加盟般度族。这位人间英雄的勇气和光辉不可抗拒。(22) 我听说萨谛奇从阿周那、德罗纳、婆薮提婆之子（黑天）、慈悯和毗湿摩那里学到武艺。人们说他能与黑天之子（始光）媲美，也加盟般度族。(23)

车底人和迦卢沙人与所有英勇的国王也都前来归附般度族。车底王（童护）曾在他们中间像太阳一样闪闪发光，吉祥绕身，光芒四射。(24) 人们认为他在战斗中不可阻挡，是大地上最优秀的挽弓者。而黑天狠狠打击这位最英勇的刹帝利，把他杀死。(25) 以迦卢沙王为首的人中因陀罗们曾为童护增添骄傲，而黑天在战斗中杀死童护，为雅度族增添荣誉和骄傲。(26) 黑天乘坐须羯哩婆驾驭的战车，这些国王认为他不可抗衡，丢下车底王纷纷逃跑，犹如小鹿看见狮子。(27) 童护奋起迎战，想在两车对战中获胜，结果被婆薮提婆之子（黑天）杀死，倒地丧命，犹如迦尼迦罗树被大风刮倒在地。(28) 全胜啊！这是黑天为般度族创下的英勇业绩，是别人告诉我的。我想起这位毗湿奴的种种业绩，心中不得安宁，伽婆尔伽纳之子（全胜）啊！(29)

没有哪个敌人能抵御他们。他们的领袖是芯湿尼族狮子。一听说两位黑王子（黑天和阿周那）同乘一辆战车，我的心就恐惧发抖。(30) 但愿我那头脑愚蠢、思想入邪的儿子不要与他们交战，全胜啊！但愿他俩不要焚毁俱卢族，犹如因陀罗和毗湿奴焚毁提迭军队，全胜啊！因为我认为阿周那如同帝释天（因陀罗），而芯湿尼族英雄（黑天）是永恒的毗湿奴。(31) 般度族贡蒂的儿子无敌（坚战）热爱正法，聪明睿智，知耻而勇敢，受到难敌亏待。但愿他不要发怒焚毁持国之子们。(32) 我不怕阿周那和婆薮提婆之子（黑天），也不怕怖军和双生子，御者啊！我最怕的是这位国王怒火燃烧。(33) 他修习苦行和梵行，心中的计划总会成功，全胜啊！我明白这个情况，十分害怕他在战场上发怒。(34)

你赶快登上车，受我派遣前往般遮罗王的军营。你要一再向无敌（坚战）问好，说话要和蔼可亲。(35) 你也要会见黑天，孩子啊！他是最优秀的勇士，伟大崇高。你要以我的名义向他问候健康，告诉他持国想要与般度族和解。(36) 只要婆薮提婆之子（黑天）不开口，贡蒂之子（坚战）就不会采取行动，御者啊！智者黑天喜欢他们，视同自己，始终参与他们的事业。(37) 见到般度之子们、斯楞遮耶族人、黑天、萨谛奇和毗罗吒，还有德罗波蒂的五个儿子，你要以我的名义向他们问候健康。(38) 你在国王们中间，应该说那些你认为合时宜的、有利于婆罗多族的话，这样就不会造成误解，不会引发战争，全胜啊！(39)

以上是吉祥的《摩诃婆罗多》中《斡旋篇》第二十二章(22)。

二三

护民子说：

听了持国王的话，全胜前往水没城，会见无比光辉的般度之子们。(1) 这位御者之子见到以法为魂的坚战王，首先向他俯首行礼，然后开口说话。(2) 御者之子全胜是伽婆尔伽纳的儿子。他高兴地对无敌（坚战）说道"幸运啊，国王！我看到你身体健康，有朋友伴随，如同伟大的因陀罗。(3) 年迈的智者安必迦之子持国王向你问候健康，也向怖军、般度族俊杰胜财（阿周那）和玛德利的双生子问好。(4) 也向英雄们忠贞、聪慧的妻子黑公主德罗波蒂及其儿子们问好，婆罗多子孙啊！你渴望安宁，把希望和心愿寄托在她身上。(5)

坚战说：

伽婆尔伽纳之子全胜啊！欢迎你，我很高兴结识你，御者啊！我告诉你，我和弟弟们都健康平安，智者啊！(6) 很久了，我又听说俱卢族长辈、婆罗多王（持国）身体安康，御者啊！我很高兴，全胜啊！见到你，我仿佛亲眼见到人中因陀罗（持国）。(7) 我们的祖父、俱卢族耆宿毗湿摩是大智者，聪明睿智，通晓一切正法，他身体好吗？朋友啊！他还像以前那样生活吗？(8) 灵魂高尚的奇武之子持国王及其儿子们身体都好吗？波罗底波之子波力迦大王身体好吗？御者之子啊！(9) 月授身体好吗？朋友啊！还有广声、真连、舍罗、德罗纳及其儿子和慈悯婆罗门。所有这些大弓箭手身体都好吗？(10) 他们富有智慧，精通一切武艺，是大地上最优秀的弓箭手，朋友啊！这些弓箭手受到尊敬吗？他们身体都好吗？(11) 大地上所有年轻的弓箭手都仰慕俱卢族，全胜啊！英俊有德的大弓箭手德罗纳之子（马嘶）住在谁的王国？(12) 吠舍侍女之子尚武富有智慧，这位王子身体好吗？朋友啊！大臣迦尔纳好吗？朋友啊！愚蠢的难敌对他言听计从。(13)

那些年迈的妇女，婆罗多族的母亲们，女厨，奴仆的妻子，媳妇，儿子，姐妹，侄甥，外孙，全都安分吗？(14) 国王依旧像过去那样，按照礼仪供奉婆罗门吗？朋友啊！持国之子（难敌）没有中断我对婆罗门的施舍吧！全胜啊！(15) 持国王及其儿子对婆罗门的过失宽容吗？有没有借故不照顾他们的生活？(16) 在生命世界中，这是创造主为众生创造的至高无上的纯洁光辉。如果那些蠢人不控制自己的贪欲，就会导致俱卢族的彻底毁灭。(17) 持国王及其儿子关心大臣们的生活吗？有没有敌人伪装成知心朋友，依靠挑拨离间谋生？(18)

俱卢族没有讲述般度族什么罪过吧？朋友啊！看到陀私优匪帮结集，他们是否想起武士领袖普利塔之子（阿周那）？(19) 他们是否想起这位弓箭手激动地用臂挽开甘狄拨神弓弓弦，发出带着雷鸣直线飞行的箭，朋友啊！(20) 在这大地上，我没有见到和听说有人超过或等同阿周那，他挥手一射，就抵得上六十一支箭头磨尖、箭刃锋利、装饰华丽的箭。(21) 怖军手持铁杵，刚强勇猛，令敌军胆战心惊。他们是否记得他摧毁敌军，犹如醉象践踏芦苇丛？(22) 玛德利的儿子偕天曾在檀多古罗左右开弓打败结集的羯陵伽人。他们是否记得这位大力士？(23) 伽婆尔伽纳之子全胜啊！你亲眼看到，无种奉命出发，为我征服了西方。他们是否记得玛德利的这个儿子？(24) 这是在双林发生的一件事：他们不怀好意，来到牧场，结果这些傻瓜落入敌人之手，还是怖军和阇耶（阿周那）救了他们。(25) 我在后面保护阿周那，玛德利的双生子和怖军保护车轮，阿周那手持甘狄拨神弓击败敌军，安全返回。他们还记得他吗？(26) 如果我们全心全意都不能赢得持国之子（难敌），那么，全胜啊！做一件好事肯定无济于事。(27)

以上是吉祥的《摩诃婆罗多》中《斡旋篇》第二十三章 (23)。

二四

全胜说：

你做了你该做的，般度之子啊！你问候俱卢人，俱卢族俊杰啊！你问候那些聪慧的俱卢族俊杰身体健康，普利塔之子啊！（1）你知道，般度之子啊！持国之子（难敌）身边有年长的善人，也有恶人，而持国之子（难敌）甚至肯向敌人施舍，他怎么会取消对婆罗门的布施呢？（2）他对你们不公正，犹如伤害不该伤害的人，这是不对的。如果持国不善良，和儿子一起仇恨你们这些行为善良的人，那他就是背信弃义的人。（3）而这个老人不同意这样做。他心中悲伤，痛苦万分，无敌（坚战）啊！因为他召集婆罗门，知道背信弃义是严重的罪过。（4）他们聚会时，想起你，人中之神啊！在战斗中，想起武士领袖吉湿奴（阿周那）；战鼓螺号响起时，想起手持铁杵的怖军。（5）他们也记得玛德利的双生子，这两位大勇士在战场上纵横驰骋，不断用箭雨泼洒敌人，在战斗中从不动摇。（6）

国王啊！如果像你这样具备一切正法的人还遭受磨难，般度之子啊！我认为人的未来命运不可知。（7）而你可以凭借自己的智慧重新弥补这一切，无敌（坚战）啊！像因陀罗一样的般度之子们不会为了欲乐而抛弃正法。（8）无敌（坚战）啊！凭借你的智慧，可以创造和平。由此，持国之子们、般度之子们、斯楞遮耶人以及其他加盟的国王都能得到庇护。（9）无敌（坚战）啊！现在听我告诉你，国王啊！你的伯父持国在夜里召集儿子和大臣们，对我说的话。（10）

以上是吉祥的《摩诃婆罗多》中《斡旋篇》第二十四章（24）。

二五

坚战说：

般度之子们、斯楞遮耶人、黑天、萨谛奇和毗罗吒都聚集在这

里，伽婆尔伽纳之子啊！你说说持国的教诲吧，御者之子啊！（1）

全胜说：

无敌（坚战）、狼腹（怖军）、胜财（阿周那）、玛德利的双生子、婆薮提婆之子梭利（黑天）、显光、毗罗吒和萨谛奇，我向你们问好。（2）还有年迈的般遮罗王（木柱王）、水滴王之孙猛光和祭军之子（束发），请你们听我说。我是为了俱卢族的利益而说话。（3）持国王热爱和平，迅速派我驾车前来。但愿国王及其兄弟、儿子和亲属都高兴！但愿般度族接受和解。（4）普利塔之子们具备一切正法，坚定，温和，正直，出身高贵，文雅，慷慨，知耻，果断。（5）渺小的行为不与你们沾边，因为你们生性如此，怖军们啊！罪恶在你们身上就像一滴眼膏落在白布上那样显眼。（6）知道了那样会导致彻底毁灭，犯下罪恶，坠入地狱，一切落空，胜利和失败都一样，谁还会做这事呢？（7）肯为亲属做好事的人是有福的。肯舍弃卑微的生命的人，才是真正的儿子、朋友和亲属。这样，俱卢族的生存才能得到保障。（8）

普利塔之子们啊！如果你们惩罚俱卢族，制服所有的敌人，那么，你们虽生犹死，因为以亲属的死亡换取自己的生存，这不正当。（9）有黑天、显光和萨谛奇的支持，有水滴王之孙（猛光）的保护，还得到因陀罗和众天神帮助，谁能战胜你们？（10）有德罗纳和毗湿摩保护，有马嘶、沙利耶、慈悯支持，还有罗陀之子（迦尔纳）和众国王的帮助，国王啊！谁能战胜俱卢族？（11）谁能消灭持国之子难敌王的大军而不受损失？在这胜利和失败中，我看不到有任何益处。（12）普利塔之子们怎么会像低贱的人那样做这种违反正法和利益的事呢？请开恩吧！我向婆薮提婆之子（黑天）行礼，向年迈的般遮罗王行礼。（13）我双手合十，请求你们庇护。怎样才能使俱卢族和斯楞遮耶族双方都平安幸福？因为没有你发话，婆薮提婆之子（黑天）或胜财（阿周那）就不会采取行动。（14）一旦受到请求，生命都在所不惜，更何况其他？智者啊！我说这些是为了完成使命。以毗湿摩为先导的国王想要与你们永结和平。（15）

以上是吉祥的《摩诃婆罗多》中《斡旋篇》第二十五章(25)。

二六

坚战说：

全胜啊！你听到我说了什么好战的话，以致你害怕发生战争？朋友啊！和平比战争更重要。得到了和平，谁还会要战争？御者啊！（1）我知道，全胜啊！如果一个人不做什么，心中的愿望就能实现，那他就可以什么也不做。还有什么比战争更无意义的事呢？（2）一个人懂得这一点，怎么会要战争？受到命运诅咒的人，谁会选择战争？普利塔之子们渴望幸福，他们的行动不损害正法，而有利于世界。（3）希望通过行动产生幸福，而行动本质上是痛苦的，需要经历各种艰辛。希望获得幸福，避开痛苦，而陷入感官快乐的控制，沉迷爱欲，只能损耗自己的身体，由此造成痛苦。（4）犹如点燃的火添加燃料，火力更旺，目的达到，欲望更强。请看持国王奢侈豪华的享受，跟我们比一比！（5）他不是低级躯体的主人，不听低级的歌声，不嗅低级的花香，不抹低级的油膏，（6）不穿低级的衣服。但他为什么把我们逐出俱卢族？已经把我们赶到了这里，体内的欲望还在折磨他的心。（7）国王自己不公正，却要求别人公正，这不正当。他遇到的别人的行为，正是他看到的自己的行为。（8）正如在冬季结束，在炎热的时刻，将身边的火扔进茂密的枯林，火借风势，越烧越旺，这时想要逃命，已经后悔莫及。（9）现在，持国王已经获得王权，却悲叹不已，全胜啊！他为什么要接受心术不正、热衷欺诈的愚蠢儿子的馊主意？（10）不可信任的难敌藐视维杜罗的值得信任的忠告，而持国王溺爱儿子，纵然心里明白，还是陷入非法。（11）

在俱卢族中，维杜罗聪明睿智，深明事理，学识广博，善于辞令，品德高尚，御者啊！而持国王溺爱儿子，没有把维杜罗放在心上。（12）持国的儿子骄横跋扈，热衷自我，妒忌，鲁莽，无视正法和利益，言语粗卑，愤怒成性，沉湎爱欲，心术不正，（13）缺乏教养，行为低劣，结怨记仇，背叛朋友，心思恶毒，持国王看得一清二楚，仍然溺爱儿子，背离正法和利益①，全胜啊！（14）我掷骰子赌博时，维杜罗说了明智的话 "但愿灾祸不要降临俱卢族！"但是，他的话没有得到持国赏识，全胜啊！（15）如果他们当时听从奴婢子（维杜罗）的忠告，俱卢族就不会招来麻烦；如果他们遵循他的智慧，他们的王国就会繁荣昌盛。（16）御者啊！现在，我告诉你，贪财的持国之子（难敌）的同谋者是难降、沙恭尼和车夫之子（迦尔纳），牛众之子啊！你看他多么愚蠢！（17）

我仔细观察，看不出俱卢族和斯楞遮耶族怎样才能平安幸福。持国从别人那里夺得王权，而将富有远见的维杜罗抛在一旁。（18）持国及其儿子希望独霸天下，没有对手。在这种情况下，根本不可能获得和平。他认为我的财富，他们唾手可得。（19）迦尔纳认为在战场上拿起武器可以对付阿周那。过去也曾发生过多次大战。但为什么迦尔纳没有成为他们的庇护所呢？（20）迦尔纳、难敌、德罗纳和祖父（毗湿摩）知道，其他俱卢族人也都知道，没有一个弓箭手能超过阿周那。（21）所有的俱卢族人和聚集在这里的其他国王都知道，只有克敌的颇勒古拿（阿周那）不在场，难敌才能作恶。（22）所以，持国之子（难敌）认为他能从般度族夺走属于我的财富，而手持大弓的有冠者（阿周那）知道他的企图，便在这里投入战斗。（23）持国之子们活到现在，没有听到甘狄拨神弓在战场上呼啸声，没有遇到怖军狂暴的冲杀，难敌认为他的目的已经达到。（24）只要怖军还活着，御者啊！只要胜财（阿周那）、无种和我的英雄偕天还活着，朋友啊！即使因陀罗也不能夺走我的王权。（25）

如果老国王和他的儿子有点理智，那么，御者啊！持国之子们就不会在战场上被般度之子们的怒火焚毁，全胜啊！（26）你知道我们经受的磨难。出于对你的尊敬，全胜啊！我将宽恕他们。你知道过去俱卢族是怎样对待我们的，而我们是怎样对待难敌的。（27）今天，我们一如既往，按照你所说的，我们谋求和平。但是，我必须统治我的天帝城。让婆罗多族首领难敌还给我吧！（28）

以上是吉祥的《摩诃婆罗多》中《斡旋篇》第二十六章(26)。

---

① 原文为 "背离正法和爱欲"，现据校注中别的抄本译为 "背离正法和利益"。

二七

全胜说：

你的行为永远符合正法，般度之子啊！而且举世闻名，普利塔之子啊！然而，生命的洪流无常，你不要看着它毁灭，般度之子啊！（1）如果不进行战争，俱卢族不会归还属于你的王国，无敌（坚战）啊！那么，我认为在安陀迦和苾湿尼王国中乞讨生活，也比用战争夺回王国要强。（2）人的生命洪流短促，变化不停，永远痛苦，不符合人对寿命的渴望，因此，般度之子啊！不要犯下罪恶。（3）爱欲总是缠着人类，是正法的最大障碍，人中因陀罗啊！如果一个人能坚定地粉碎它们，就能在世界上获得声誉，不受指责。（4）在这世上，贪财是个桎梏，普利塔之子啊！贪图财富，正法受阻。选择正法的人是智者。执著爱欲，追逐财富，终遭毁灭。（5）遇事将正法放在首位，朋友啊！他就像光辉灿烂的太阳那样闪闪发光；思想邪恶的人抛弃正法，即使获得这个大地，终遭沉沦。（6）

你学习吠陀，实践梵行，举行祭祀，施舍婆罗门。尽管你知道最高目标，你的自我也享受快乐许多年。（7）一个人过度追求享受和快乐，不按照瑜伽实践行事，在财富耗尽时，他会彻底失去幸福，在强烈的欲望折磨下，痛苦不堪。（8）因此，迷恋财富的人抛弃正法，从事非法。愚蠢的傻瓜不相信来世，抛弃身体死后仍受煎熬。（9）业在来世也不会消失。不管是善业还是恶业，善恶总是先于作业者到达来世，作业者随后才跟着到达。（10）在最高施舍的祭祖仪式上，按照礼仪施舍的食物香味俱全，因虔诚而圣洁，人们称赞你的业就像这样。（11）普利塔之子啊！你这世在这里作业，死后不再作业，而所作之业随同你到来世。伟大的善业受到圣贤称赞。（12）在那里，摆脱老、死和恐惧，没有饥和渴，没有烦心的事，除了保持感官快乐，没有要做的事。（13）这就是业的果报，人中因陀罗啊！产生于愤怒，产生于喜悦。你不要为了短暂的内心快乐，长久抛弃两个世界（今世和来世）。（14）

真诚，自制，正直，文雅，举行马祭和王祭，你完成这些善业而受到赞扬，不要再去从事恶业。(15)普利塔之子们啊！如果事过很久，你们还要按照习惯从事恶业，般度之子们啊！你们何必遵循正法，在森林里住了许多年，经历艰辛？(16)你不必流亡，因为你拥有自己控制的军队，般遮罗人、黑天和英雄萨谛奇始终支持你。(17)驾驭金车的摩差王毗罗吒及其英勇的儿子们，还有以前你战胜的那些国王都归附你。(18)你有强大的盟友，光辉的军队，又受到阿周那和婆薮提婆之子（黑天）的尊重，你将在战场上杀戮精锐的敌军，灭尽持国之子（难敌）的威风。(19)你为何要助长敌人的力量，削弱自己的盟友，在森林里流亡这么多年？般度之子啊！你失去时机后，现在又想要战争。(20)

愚者不懂正法，进行战争，失去幸福之路，般度之子啊！智者懂得正法，而激动发怒，也会失去幸福。(21)普利塔之子啊！你的思想从不陷入非法，从不激动发怒而犯下罪恶，究竟出于什么原因，有什么缘故，你想要做出这不明智的事情？(22)愤怒不是病，却令人头痛难忍。它毁坏名声，造成恶果。君子能咽下它，而小人咽不下它。大王啊！你息怒，咽下它吧！(23)谁会去追求沾染罪恶的东西？宽恕对你比那些享受更好。否则，你要杀死福身王之子毗湿摩，杀死德罗纳和他的儿子（马嘶）。(24)还有慈悯、沙利耶、月授之子（广声）、毗迦尔纳、毗文沙提、迦尔纳和难敌，你杀死了这些人后，会得到什么快乐呢？普利塔之子啊！请你告诉我。(25)即使获得这个以大海为边界的大地，你仍然不能摆脱老和死，不能摆脱可爱和可憎，幸福和痛苦，国王啊！明白了这些，你就不要发动战争吧！(26)如果这是大臣们的意愿，促使你要这样做，那么，你把自己所有的一切都给他们，一走了之！你不要背离天神之路。(27)

以上是吉祥的《摩诃婆罗多》中《斡旋篇》第二十七章(27)。

二八

坚战说：

毫无疑问，正法是行为的最高准则，全胜啊！你说的这点完全正确。但你应该认清我的行为符合正法，还是违背正法，然后再责备我。(1) 是正法采取非法形式，或是非法采取正法形式，智者会用心辨察。(2) 因此，作为永恒的存在方式，正法和非法在危难中都具有这种形式特征，全胜啊！现在我告诉你第一种形式特征，在危难中的正法准则。(3) 在困厄中失去天性，企图采取行动，或者，虽然保持天性，却安于危难，全胜啊！这两种人都应受到谴责。(4) 创造主为不想毁灭自己的婆罗门制定了赎救方法，在危难中不行动和错误地行动都应受谴责，全胜啊！(5) 为了便于智者判断事情的性质，也为不学吠陀的非婆罗门规定了生活方式，人们据此能做出正确决定。(6) 我们的父亲和前辈，我们的祖父和先人，还有那些寻求智慧的人，他们都是这样行动。我不认为这是不正当的，非法的。(7) 我不想依靠非法手段贪求大地的财富、三十三天神的财富、生主的天国和梵界，全胜啊！(8)

　　黑天是正法之主，聪明睿智，精明能干，通晓政事，侍奉婆罗门，教诲众多强大有力的国王。(9) 让声誉卓著的黑天说说，是不是我放弃战争，就不受谴责，而我进行战争，就抛弃了自己的正法？因为婆薮提婆之子（黑天）是为双方利益着想的。(10) 悉尼族、古多罗迦族、安陀迦族、芯湿尼族、博遮族、古古罗族和斯楞遮耶族，都听取婆薮提婆之子（黑天）的意见，消灭敌人，使朋友们高兴。(11) 以猛军为首的芯湿尼族和安陀迦族，在黑天的指导下，都变得像因陀罗那样；雅度族精神抖擞，以真理为勇气，强大有力，充满快乐。(12) 迦尸王跋波鲁得到黑天作为兄弟和导师，获得最高幸运。婆薮提婆之子（黑天）为他降下愿望之雨，犹如夏季结束时，雨云给众生降下及时雨。(13) 这样一位黑天，朋友啊！我们知道他能判断行为。善良仁慈的黑天喜欢我们，我不会违背黑天的话。(14)

　　　　　　　　以上是吉祥的《摩诃婆罗多》中《斡旋篇》第二十八章(28)。

二九

婆薮提婆之子（黑天）说:
　　全胜啊！我希望般度之子们不要灭亡，希望他们繁荣幸福，御者啊！同样，我也希望持国王及其儿子们兴旺发达。(1) 我心里一直怀抱这个愿望，对他们只说和平，不说其他。因为我听说国王喜爱和平，我也认为这对般度之子们有利。(2) 确实，般度之子（坚战）已经表示和平难以实现，全胜啊！因为持国及其儿子贪得无厌，怎么会不发生争斗呢？(3) 全胜啊！你从我和坚战这里了解到事实，你明白真相。般度之子（坚战）精勤努力，履行自己的职责，过着正常的家庭生活，一向行为端正，你为何要诋毁他呢？(4)

对于眼下的问题，婆罗门中间也存在不同意见。有些人说，行动（业）会带来来世成功；有些人说，放弃行动（业），依靠知识能获得成功。而婆罗门们也都知道，一个知道吃饭的人，不吃饭还是会饿的。(5) 知识付诸行动，才会有成果，否则，不会有成果。在这世上，行动的成果有目共睹，喝水就能解渴。(6) 法则由行动确立，行动存在其中。我认为没有什么比行动更好，弱者的空谈毫无用处。(7) 在另一个世界，众天神依靠行动荣耀，风依靠行动在这里吹拂，太阳依靠行动永远不知疲倦地升起，创造白天和黑夜。(8) 月亮与星星相伴，不知疲倦地走过一月和半月；点燃的火不知疲倦地燃烧，为众生造福。(9) 大地女神不知疲倦地用力支撑着沉重的负担，河流不知疲倦地匆匆流淌，满足一切众生。(10) 威力巨大的诛灭波罗者（因陀罗）不知疲倦地降雨，雷声响彻天空和天国。他不知疲倦地实行梵行，渴望成为最优秀的天神。(11) 帝释天（因陀罗）抛弃快乐和心愿，依靠行动成为最优秀者。他保持真理和正法，清醒，自制，忍耐，平等，可爱。因陀罗凭借这一切，获得神中最高王权。(12) 祭主（毗诃波提）实行梵行，思想集中，精神完备，放弃快乐，控制官感，成为众神的老师。(13) 星宿依靠行动在另一世界闪耀光辉。众楼陀罗、众阿提迭、众婆薮、众毗奢、阎摩王、名声之子俱比罗、众健达缚、众药叉、众天女也闪耀光辉。还有众牟尼，精通吠陀，遵奉梵行和礼仪，在另一世界闪耀光辉。(14)

你知道这是整个世界婆罗门、刹帝利和吠舍的正法，你是智者中的智者，全胜啊！为什么还要为俱卢族效劳？(15) 你知道坚战始终遵奉经典，举行马祭和王祭，佩戴铠甲、弓箭和护臂，驾驭战车。(16) 如果普利塔之子们发现有什么办法能使俱卢之子们免遭杀戮，他们会做这种保护正法的功德之事,迫使怖军行为高雅。(17)如果在完成父业中,由于命运安排,走向死亡,他们也是为自己的事业尽了力,死了也值得称颂。(18)你似乎知道一切。我想听你说说,正法规定国王从事战斗,还是规定国王不从事战斗?(19)你先考虑四种姓的区分和各自的职责,全胜啊!你听了般度之子们的职责后,再表示称赞和责备。(20)

婆罗门应该学习经典和从事祭祀,应该施舍和朝拜主要圣地,应该教诲和侍奉值得侍奉的人,接受熟悉的人的施舍。(21)同样,国王(刹帝利)应该保护臣民,依法行事,精勤努力,乐于施舍,举行祭祀,学习一切吠陀,娶妻,过圣洁的家庭生活。(22)吠舍应该学习,精勤努力,依靠耕作、牧牛和经商积聚财富,保护财富,用它取悦婆罗门和刹帝利,恪守正法,过圣洁的家庭生活。(23)自古传承的首陀罗职责是侍奉和尊敬婆罗门,不准学习,不准祭祀,永远勤奋努力,不知疲倦,谋求利益。(24)国王应该精勤努力,保护一切种姓,让他们奉行各自的职责。国王自己不贪婪,平等对待一切臣民,不追随非法的欲望。(25)如果发现有人具备一切正法,声誉卓著,比他更好,他知道后,应该以此教诲卑劣者,而不产生不正当的贪心。(26)一旦残忍地贪求别人的领土,由于命运发怒,就会采取暴力。于是,国王之间爆发战争,使用铠甲、武器和弓箭。正是为了杀死陀私优,因陀罗造出铠甲、武器和弓箭。(27)

盗贼窃取财物,或者暗偷,或者明抢,两者同样犯罪,全胜啊!持国之子又有什么不同呢?他出于贪婪,意气用事,认为那样做是合法的。(28)般度之子们的那一份是固有的。为什么我们的那一份要被别人拿走?在这件事上,我们即使战死也是值得称道的,继承父传的王国强于霸占别人的王国。全胜啊!你应该在王国中,向俱卢后裔们讲述古老的正法。(29)持国之子召集来的那些人愚昧无知,已经陷入死神手掌。请你再次想想俱卢族在会堂里做出的邪恶行为。(30)般度之子们可爱的妻子德罗波蒂品行端庄,声誉卓著,却被好色之徒强拉硬拽,哀哀哭泣,而以毗湿摩为首的俱卢族人视若无睹。(31)当时,老老少少的俱卢族人聚集在那里。如果他们能阻止这一行为,我就会对持国王产生好感,对他的儿子们也是这样。(32)难降强行把黑公主拽到她伯公的会堂里。到了那里,她可怜地哀告。可是,除了奴婢子(维杜罗)外,看不到有人保护她。(33)聚集在那里的国王们出于胆怯,不敢在会堂里说话。只有这位奴婢子(维杜罗)说了公道话。他通晓正法,谴责无知妄为。(34)你并没有在会堂里讲公道话,现在却想教训般度之子。黑公主被拽到会堂,做了一件漂亮的事。这是难以做到的。由此,她把般度之子们和她自己救出困境,犹如一条船渡过汹涌的大海。(35)

在会堂里,车夫之子(迦尔纳)对站在伯公身旁的黑公主说道:"祭军之女啊!你已经无路可走,落入持国之子的手中。你的丈夫们已经失败,不复存在,美丽的女子啊!选择别人作为你的丈夫吧!"(36)迦尔纳发出的这支语言之箭灼热、锋利,可怕,刺骨钻心,扎在阿周那的心上。(37)般度之子们要穿上黑羚羊皮衣服时,难降也说了这些伤害的话 "你们都像芥末子一样消失,走向毁灭,永堕地狱。"(38)犍陀罗王沙恭尼在掷骰子赌博中,狡诈地对般度之子们说道 "你已经输掉无种,还有什么?拿祭军之女黑公主下注吧!"(39)全胜啊!你知道他们在赌博中说的所有这些不该说的话。我准备亲自前往俱卢族,解决这件不幸的事。(40)如果不伤害般度族的利益,我会带给俱卢族和平。我也就做了一件伟大高尚的善事,俱卢族将逃脱死神的套索。(41)我说的话含着智慧,符合正法,富有意义,无害有益,持国之子们应该当着我的面,认真听取;俱卢族应该对我的到来,表示敬意。(42)如果不这样,颇勒古拿(阿周那)乘坐战车,怖军身穿铠甲,你知道,愚蠢卑劣的持国之子们将自作自受,遭到焚烧。(43)

持国之子对失败的般度之子们说过粗鲁的话,手持铁杵的怖军时时刻刻保持警觉,记着难敌。(44)难敌是愤怒的大树,迦尔纳是树干,沙恭尼是树枝,难降是盛开的花果,糊涂的持国王是树根。(45)而坚战是正义的大树,阿周那是树干,怖军是树枝,玛德利的双生子是盛开的花果,我、梵和婆罗门是树根。(46)持国王和他的儿子们是树林,般度之子们是林中的老虎,全胜啊!不要砍掉有老虎的树林,也不要消灭林中的老虎。(47)没有树林,老虎会遭到杀戮;没有老虎,树林会被砍光。因此,老虎应该守卫树林,树林应该保护老虎。(48) 持国之子们是蔓藤，般度之子们是沙罗树，全胜啊！失去了依附的大树，蔓藤无法生长。(49) 普利塔之子们等待着命令，那边的杀敌英雄们也准备战斗，让持国王决定该做的事吧！(50) 灵魂高尚的般度之子们依法行事，立足和平，但他们也是刚强的勇士，智者啊！你如实地去禀告吧！(51)

以上是吉祥的《摩诃婆罗多》中《斡旋篇》第二十九章(29)。

三〇

全胜说：

我向你告辞了，王中之神啊！我走了，般度之子啊！祝你幸运。但愿我偏袒一方的话没有冒犯你。(1) 我也向黑天、怖军、阿周那、玛德利的双生子、显光和萨谛奇告辞，祝你们平安幸福。我走了，请用和善的眼睛看我一眼，国王们啊！(2)

坚战说：

全胜啊！你告辞而去，祝你一路平安！你没有带给我们不愉快。我们全都了解你。你心地纯洁，在会堂里保持中立。(3) 你是来到这里的可爱的使者，全胜啊！说话和蔼，有德行，有眼力，头脑不糊涂，全胜啊！即使对你实话直说，你也不生气。(4) 你不说粗鲁伤人的话，也不提出严厉苛刻的要求。我知道你说的话符合正法，富有意义，无害有益，御者啊！(5) 你是我们可爱的使者，第二个会来这里的是维杜罗。过去，我们时常见到你，你是我们的朋友，灵魂与胜财（阿周那）一样。(6) 全胜啊！快从这里出发吧！你应该去侍奉那些值得侍奉的婆罗门。他们勇气纯正，学问渊博，出身高贵，具备一切正法。(7) 你应该侍奉那些专心学习的婆罗门和乞食者，还有始终住在林中的苦行者。你要以我的名义向长辈们请安，也问候其他人身体健康。(8) 你遇到持国王的家庭祭司、老师们和祭司们，朋友啊！要按照合适的方式向他们问好，御者啊！(9)

请你按照合适的方式向仁慈的老师德罗纳行礼请安。他和蔼可亲，忠于职守，热爱吠陀，实行梵行，精通各种武器。(10) 请你问候马嘶身体健康。他努力学习，很有学问，精通各种武器，与健达缚王子一样勇猛。(11)你也要前往精通武艺的大勇士有年之子（慈悯）的住所，全胜啊！用手触摸慈悯的双脚，一再向他提起我。(12)你还要触摸俱卢族俊杰毗湿摩的双脚，向他提起我。他勇敢而不残忍，富有苦行、智慧、品德和学问，真诚而坚定。(13)俱卢族领袖（持国）具有智慧之眼，学问渊博，关心老人，聪明睿智。请你向这位国王行礼请安，代我问候他身体健康，全胜啊！(14)持国的长子愚昧无知，虚伪狡诈，作恶多端，现在统治着整个大地，全胜啊！你也要向这位难敌问好，朋友啊！(15)他的那位愚蠢的弟弟也永远是这样的德行，朋友啊！你也要向这位俱卢族俊杰、大弓箭手难降问好。(16)吠舍侍女之子（尚武）是杰出的智者，凡事不糊涂，智慧广大，具备一切正法，厌弃战争，朋友啊！请你向他问好。(17)在劈杀和赌博中首屈一指，擅长欺骗，精通赌博和掷骰子，在赌博中从不败阵，朋友啊！你也要向这位奇军问好。(18)

波力迦族雄牛一心希望婆罗多族和平，别无他念，这位仁慈的智者会像过去那样问起我。(19)具备许多优秀品德，有学识，不骄慢，有爱心，能忍耐，我认为月授值得崇敬。(20)月授之子（广声）是俱卢族中最值得尊重的人，全胜啊！他是大弓箭手，最优秀的勇士，我们的兄弟和朋友，请你向他和他的大臣们问好。(21)俱卢族中其他一些杰出的青年是我们的儿子辈、孙子辈和兄弟辈，凡是遇见他们，也以我的名义问候他们身体健康。(22)持国之子召集来准备与般度族作战的国王们，婆沙提族、沙鲁瓦族、羯迦夜族、安波私吒族和三穴族的首领们，(23)东方、北方、南方、西方以及山区的所有勇士，他们都不残忍，具有良好的品行，朋友啊！你也要向他们大家问好。(24)象兵、马兵、车兵和步兵，由这些高尚的士兵组成庞大的军队，你要告诉他们我身体健康，也问候他们所有人身体健康。(25)那些为国王效劳的大臣、卫士和军官，掌管收支的官员，决策重大事件的官员，也要问候他们身体健康。(26)

山区犍陀罗王沙恭尼在劈杀和赌博中首屈一指，助长持国之子的傲气，御者啊！你也要向这位诡计多端的人问候身体健康，朋友啊！(27)毗迦尔多那（迦尔纳）这位英雄，渴望单独驾车征服不可战胜的般度之子们，像这样蠢中之蠢的人没有第二个，朋友啊！你也要向他问好。(28) 忠诚的维杜罗是我们的老师、仆人、父亲、母亲和朋友，智慧深邃，富有远见，朋友啊！你要向我们的这位顾问问好。(29) 那些年长有德的妇女，像母亲一样了解我们，全胜啊！遇到这些年长的妇女，你要向她们大家问好。(30) 全胜啊！你要对她们说"儿子健在的母亲们啊！你们的儿子对你们孝敬和温顺吧？"然后，你要告诉她们，无敌（坚战）及其儿子们平安健康。(31) 你知道，全胜啊！我们的妻子们在那里，朋友啊！你要向她们大家问好："你们受到精心保护吗？生活愉快吗？没有受到责备吗？在家里安分守己吗？(32) 你们贤惠吗？孝敬公婆吗？对他们温顺吗？你们的举止行为能让你们的丈夫感到满意吗？"(33) 全胜啊！你知道，我们的那些儿媳出身名门，品行端庄，善于生育，你遇到她们，告诉她们说："仁慈的坚战向你们问好。"(34) 全胜啊！你要拥抱宫中那些年轻的女孩，以我的名义问候她们身体健康"但愿你们英俊的丈夫对你们百依百顺，而你们也对丈夫百依百顺。"(35)

朋友啊！你也要向那些妓女问好："你们打扮吗？衣服漂亮吗？脂粉芳香吗？生活舒适愉快吗？享受充足吗？眼光轻盈吗？语言轻快吗？"(36) 那些俱卢族的奴仆、奴仆之子和众多投靠俱卢族的驼背和跛子，你要告诉他们我安然无恙，问候这些可怜的人身体健康：(37) "你们还是维持过去的生计吗？持国之子供给你们食物吗？你们这些残疾人、穷苦人和侏儒，持国之子仁慈地抚养你们吗？"(38) 那些盲人、老人和众多的手艺人，你要告诉他们我安然无恙，问候这些可怜的人身体健康：(39) "不要被生活中的苦难吓倒。无疑，这是前世恶业造成的。等我征服了敌人，帮助了朋友，我会供给你们住房和食物。(40) 我会从婆罗门那里得到善果，将来也肯定是这样。等我看到你们生活正常，你们也要报告国王你们的幸运。"(41) 那些无依无靠的弱者，那些终日自我挣扎的痴呆，那些陷入绝境的穷人，朋友啊！你要以我的名义向他们问好。(42)

还有，那些从四面八方前来依附持国之子的人们，御者之子啊！你见到他们和其他所有值得尊敬的人，你要祝愿他们永远安康。(43) 同样，那些从四面八方已经来到和刚刚来到的国王的使者们，御者啊!你要向他们所有人问好,然后告诉他们我安然无恙。(44)持国之子得到的那些勇士,在这大地上再也找不到。然而,正法永恒,我的强大有力的正法能消灭敌人。(45)全胜啊!请你再次告诉持国之子难敌这个话 "独霸俱卢族的欲望在你的体内折磨你的心。(46)这种想法毫无道理。我们不是那种人,会让你高兴满意。你或者把天帝城还给我们,或者就开战,婆罗多族大英雄啊!"(47)

以上是吉祥的《摩诃婆罗多》中《斡旋篇》第三十章(30)。

三一

坚战说:

创造主控制着善与恶、幼与老、强与弱,全胜啊!(1)神主把学问赐给儿童,把童心赐给学者,他事先已经播下一切种子。(2)不要再多指点了,你就如实去讲吧!我们已经十分愉快地互相商量过了。(3)牛众之子啊!到俱卢族去,向大力士持国行触足礼,问候他身体健康。(4)你对坐在俱卢族人中间的持国说 "国王啊!靠了你的威力,般度之子们生活很好。(5)克敌者啊!靠了你的恩惠,他们在年幼时就得到王国。你原先为他们建立了王国,现在不要忽视他们,让他们遭到毁灭。"(6)全胜啊!一个人不该独占一切,朋友啊!我们希望共同生活,不要陷入仇恨之中。(7)

同样,你要以我的名义,向福身王之子、婆罗多族祖父毗湿摩俯首行礼。(8)向他行礼后,你要对我们的祖父说 "你曾经拯救过福身王家族,(9)现在,你运用自己的智慧,也这样做吧,祖父啊!让你的孙子们和睦相处,共同生活。"(10)同样,你要对俱卢族顾问维杜罗说 "朋友啊!请你提出不要战争。坚战是注重利益的。"(11)

然后,坐在俱卢族人中间的王子难敌生性暴躁,你与他说话,要不断奉承他。(12)黑公主孤立无援,被拽到会堂,他看到我坐视不救。我们强忍痛苦,心里想着 "我们不能杀害俱卢族人。"(13)俱卢族人也都知道,般度之子们虽然强大无比,但他们还是前前后后承受了种种艰难。(14 "你让我们穿上黑羚羊皮衣服,放逐我们。我们承受了这种痛苦,心里想着 '我们不能杀害俱卢族人。'(15)朋友啊!你授意难降,揪住黑公主的头发,把她拽到会堂,我们也没有计较。(16)但是,征服敌人者啊!我们必须要回我们自己的那一份王国,人中雄牛啊!打消霸占别人财产的念头和野心吧!(17)这样,国王啊!才会有和平,才会互相友好。我们向往和平,请还给我们王国的一小部分吧!(18)俱舍地、狼地、阿散地和多象地,第五个地方随便你给。(19)难敌啊!你就给我们五兄弟五座村庄吧!"大智慧的全胜啊!这样,我们和亲戚之间就会有和平。(20)

让兄弟们亲密无间,让父亲与儿子和谐一致,让般遮罗人欢笑着与俱卢族人会合吧!(21)我希望我们能看到俱卢族和般遮罗族都不受伤害,朋友啊!我们大家都平安快乐,婆罗多族雄牛啊!(22)我既能战,也能和;既求法,也求利;既能软,也能硬,全胜啊!(23)

以上是吉祥的《摩诃婆罗多》中《斡旋篇》第三十一章(31)。

三二

护民子说:

全胜完成灵魂高尚的持国的使命,向般度之子告别离去。(1)他很快到达象城,进城后,站在后宫门口,对门卫说道:(2)"门卫啊!请你通报持国,我从般度之子那里回来了。如果国王醒着,你就通报,卫士啊!我要进去向他禀告情况。"(3)

门卫说:

全胜来了,国王啊!向你致敬。他在门口,想要见你。这位使者从般度之子那里回来了。请吩咐吧,国王啊!让不让他见你?(4)

持国说:

告诉他,我很乐于见他。让他进来,欢迎全胜。我从不对他表示不欢迎,为什么让他呆在门口?卫士啊!(5)

护民子说:

经国王同意,御者之子(全胜)进入由聪明勇敢的阿利雅人守卫的大殿,走近坐在狮子座上的国王奇武之子(持国),双手合十。(6)

全胜说：

全胜向你致敬，国王啊！我到般度之子那里去后，回来了，人中之神啊！聪明睿智的般度之子坚战向你致敬，向你问好。(7) 他也愉快地问候你的儿子们，国王啊！问候你与儿子、孙子、朋友、大臣，还有那些依附你的人，过得愉快吗？(8)

持国说：

来吧，孩子啊！我问你，全胜啊！普利塔之子无敌（坚战）好吗？这位国王和他的儿子、大臣以及弟弟们都好吗？(9)

全胜说：

般度之子（坚战）和他的大臣们都好，比你原先想象的要好。他奉行纯洁的法和利，有思想，有学问，有眼光，有品行。(10) 般度之子（坚战）认为谦和高于正法，正法高于聚财，婆罗多子孙啊！你知道，普利塔之子（坚战）不会放弃正法，沉迷享乐。(11) 人的行动受他人牵制，正如木偶由线操纵。看到般度之子身处逆境，我认为业命高于人力。(12) 看到你作的恶业，造成难以形容的可怕罪孽，我想人只有愿望合理，才能赢得赞誉。(13) 无敌（坚战）摒弃罪恶，犹如蛇蜕去衰老无用的皮，英雄坚战以坚忍不拔的行为赢得荣耀，已把罪恶扔给你。(14) 你要知道，国王啊！你自己作的业不高尚，背离正法和利益。你在这个世界受到谴责，国王啊！如果你不注意，在另一个世界还会沾上罪恶。(15) 你受儿子摆布，不顾别人，贪图可疑的财富。你在这个大地上，声名狼藉，婆罗多族俊杰啊！你这样做实在不合适。(16)

缺乏智慧，出身低贱，粗暴，报复心重，疏于刹帝利学问，缺乏勇气，没有教养，这样的人逃不脱灾难。(17) 出身高贵，奉守正法，声誉卓著，学问渊博，生活愉快，控制自我，担负起正法和利益双重职责，由于命运安排，他只能这样，别无选择。(18) 聪明睿智，有杰出的大臣，在不幸中以正法和利益作指导，有教养，不愚昧，通晓颂诗咒语，这样的人怎么会做残忍的事呢？(19) 你的大臣们通晓颂诗咒语，聚坐在这里，始终操心你的事业。这便是他们有力的判断：为俱卢族毁灭做好准备，地狱已经扩大。(20) 如果无敌（坚战）想要作恶，俱卢族立刻就会不再存在。而他把罪恶扔给了你，你将在这世上遭受谴责。(21)除了天神世界外,普利塔之子(阿周那)还会看到别的什么世界?他升入天国后,会受到尊敬。无疑,这不是凡人能做到的事。(22)

钵利国王曾考察那些业的性质,有与无,存在和无常,找不到终极,因而,认为除了时间外,别无原因。(23)眼睛、耳朵、鼻子、皮肤和舌头是人的知觉入处。只有渴望得到满足而平息,它们才愉快。因此,摒弃它们,减少烦恼,减少痛苦。(24)而有些人不是这样。他们认为,人的业按照自己的方式运转。父亲和母亲通过行动生育,孩子通过吃食正常成长。(25)人离不开可爱和可憎,快乐和痛苦,谴责和赞美,国王啊!犯了罪过,受到别人谴责;做了好事,受到别人赞美。(26)我要谴责你,因为婆罗多族出现内讧,终将导致断子绝孙。你的恶业毁灭俱卢族,犹如大火焚毁枯木。(27)国王啊!全世界只有你一个人这样听任亲生儿子摆布,人中因陀罗啊!在掷骰子时,你称赞那些好色之徒。你看,它的结果只能是毁灭。(28)人中因陀罗啊!你偏爱不可信者,厌弃可信者。你软弱无力,俱卢后裔啊!没有能力保护这广袤无垠的大地。(29)车轮飞滚,一路颠簸,我已疲乏,请允许我上床休息,人中之狮啊!明天,俱卢族人聚集在会堂,听听无敌(坚战)的回话。(30)

以上是吉祥的《摩诃婆罗多》中《斡旋篇》第三十二章(32)。
《全胜出使篇》终。

不寐篇

三三

护民子说:

大智慧的持国王对门卫说道"我要见维杜罗,去把他带来,不要耽搁。"(1)受持国王派遣,使者对这位管家说道"大智者啊!大王想见你。"(2)闻听此言,维杜罗来到王宫,说道"门卫啊!通报国王我来了。"(3)

门卫说：

王中因陀罗啊！维杜罗奉命来到。他想拜见你。你见不见？请吩咐。(4)

持国说：

请富有远见的大智者维杜罗进来，我任何时候都乐于见到他。(5)

门卫说：

管家啊！请你进入睿智的大王后宫，因为国王对我说"任何时候都乐于见到你。"(6)

护民子说：

于是，维杜罗进入持国后宫，双手合十，对忧心忡忡的国王说道：(7)"大智者啊！我维杜罗奉命来到。有什么事要做，请吩咐！"(8)

持国说：

全胜回来了，维杜罗啊！他谴责我一顿，走了。明天，他在会堂里传达无敌（坚战）的回话。(9)现在，我还不知道那位俱卢族英雄的回话。我四肢发烧，难以入眠。(10)告诉我，你觉得一个浑身发烧、难以入眠的人该怎样做才好，朋友啊！因为你精通正法和利益。(11)全胜从般度之子那里回来，我心神不宁，全身感官失常，因为我担心明天他不知会说些什么。(12)

维杜罗说：

失眠侵扰这些人：受到强者威胁的弱者、失败者、破产者、恋人和窃贼。(13)你没有遇到这些麻烦吧？国王啊！你不是贪图他人财富而焦躁不安吧？(14)

持国说：

我想听听你的符合正法和至善的话。在这王仙家族中，你是惟一受智者尊敬的人。(15)

维杜罗说：

智者的标志是：做值得赞美的事，不做受谴责的事，不信邪教，信仰虔诚。(16)不怒，不喜，不骄傲，不羞怯，不自负，不背离目的，这样的人称作智者。(17)敌人不知道他的意图、计划和决议，只知道他做出的行动，这样的人称作智者。(18)无论冷或热，恐惧或喜爱，富裕或贫穷，都不会影响他的计划，这样的人称作智者。(19) 他的生活智慧追随正法和利益，选择利益而放弃爱欲，这样的人称作智者。(20) 按照能力设想，按照能力做事，不轻视任何事，婆罗多族雄牛啊！这样的人称作智者。(21) 他耐心倾听，迅速理解；依据理智而不是依据欲望追求利益；不经请求，不干预他人之事，这是智者的首要标志。(22) 他们不渴望不能得到的东西，也不为失去的东西悲伤，身处困境也不迷惑，这样的人称作智者。(23) 下定决心，勇往直前，坚持到底，不浪费时间，控制自我，这样的人称作智者。(24) 热爱高尚的事业，促进事业繁荣昌盛，不抱怨利益，婆罗多族雄牛啊！这样的人称作智者。(25) 受到尊敬，不沾沾自喜；受到轻视，也不烦躁不安，像恒河的湖泊一样深沉稳重，这样的人称作智者。(26) 懂得一切众生的本质，懂得一切业的运作，懂得人的权宜之计，这样的人称作智者。(27) 说话流利，学识广博，机智敏锐，善于应答，熟谙经典，这样的人称作智者。(28) 学问辅助智慧，智慧辅助学问，不违背高尚之人的准则，这样的人称作智者。(29)

没有学问却狂妄自负，贫穷却骄傲自大，只想不劳而获，智者称这样的人为愚者。(30) 放弃自己的事业，追随别人的事业，虚假地对待朋友的事业，这样的人称作愚者。(31) 追求不该追求的东西，蔑视应该追求的东西，仇恨有实力的人，这样的人称作愚者。(32) 认敌为友，仇视和伤害朋友，从事恶业，这样的人称作愚者。(33) 泄漏计划，怀疑一切，耽误急事，婆罗多族雄牛啊！这样的人称作愚者。(34) 未经邀请擅自进入；未经请求，夸夸其谈；信任那些猥琐之人，这种卑下的人称作愚者。(35) 自己出错，却归咎他人，软弱无能却大发脾气，这是最愚蠢的人。(36) 不自量力，总想不劳而获，背离正法和利益，人们称这样的人为愚者。(37) 他不教学生，而侍奉废物，依附卑鄙小人，这样的人称作愚者。(38)

拥有大量财富、知识和权力，依然不狂妄自负，这样的人称作智者。(39) 只顾自己吃美味佳肴，住豪华宫殿，而不让仆从分享，还有谁比这种人更残忍呢？(40) 一个人做了恶事，许多人吞下恶果；吞下恶果者获得解脱，而恶业粘住作恶者。(41) 弓箭手射出的箭可能杀死人，也可能没有杀死人，而智者施展的智慧能毁灭王国和国王。(42)

用一决定二，用四控制三，征服五，懂得六，摒弃七，你就会幸福。(43) 毒液毒死一个人，刀子杀死一个人，而泄漏机密毁灭国王、王国和臣民。(44) 一个人不应该独自进食，不应该独自考虑问题，不应该独自外出旅行，不应该众人皆睡，独自警醒。(45) 国王啊！你不理解独一无二的事物是真理，那是登上天国的阶梯，犹如渡过大海的船只。(46) 宽容只有一个缺点，别无其他，也就是人们会认为宽容者软弱无能。(47) 唯独正法是至善，唯独宽容是最高和平，唯独知识是最高眼力，唯独不杀生是幸福途径。(48)

犹如蟒蛇吞吃洞中动物，大地吞噬两种人：不敢抵抗的国王和不朝拜圣地的婆罗门。(49) 在这世上，人有两种行为讨人喜欢：不说任何粗话，不乞求恶人。(50) 人中之虎啊！有两种人轻信他人：迷上情夫的女人，随俗尊敬他人的人。(51) 有两种锋利的荆棘伤害身体：穷人的贪婪和弱者的愤怒。(52) 国王啊！有两种人能生活在天国的高处：宽容的主人和施舍的穷人。(53) 以正当手段获得的财富，有两种不正当的使用方式：对不该施舍的人施舍，对该施舍的人不施舍。(54)

婆罗多族雄牛啊！听说人的衡量标准有三种：低级、中级和高级，吠陀学者都知道。(55) 国王啊！人分上中下三类，应该按照规定让他们担负各种职责。(56) 国王啊！有三种人不应该拥有财产：妻子、奴隶和儿子。无论他们获得多少财物，都属于他们的主人。(57) 人们说，智者应该知道，强大的国王应该避开四种人：缺乏智慧者、作风拖沓者、懒惰者和奉承的歌手，不要与他们商量政事。(58) 朋友啊！在拥有财富的居家生活中，应该让四种人住在你的家中：年老的亲属，出身高贵而遭逢不幸的人，贫困的朋友，没有子女的姐妹。(59) 大王啊！你要知道，祭主（毗诃波提）在回答三十三天因陀罗的询问时，说到四种当前的事情：(60) 天神的意图，智者的直觉，学者的谦恭，作恶者的毁灭。(61)

婆罗多族雄牛啊！一个人应该努力侍奉五火：父亲、母亲、火、自我和老师。(62) 一个人只有供奉五种人：天神、祖先、人、出家人和客人，才能在世上获得声誉。(63) 不管你走到哪里，总有五种人跟随于你：朋友、敌人、中立者、依靠者和投靠者。(64) 人的五个感

官，只要有一个破裂，他的智慧就从这个缺口流失，犹如水从水袋底部流失。(65)

一个向往繁荣昌盛的人应该摒弃六种恶习：嗜睡、松懈、恐惧、愤怒、懒惰和拖沓。(66) 一个人应该像放弃大海中的漏船那样离开这六种人：不教诲的老师，不学习的祭司，(67) 不保护的国王，说话难听的妻子，想要村庄的牧人，想要树林的理发师。(68) 一个人无论何时都不要失去这六种品德：真诚、施舍、不懒惰、不嫉恨、宽容和坚定。(69) 自身确立这六种永恒的品德，控制住感官，这样的人怎么会与无益的罪恶沾边？(70) 有六种人依赖另外六种人生存，没有第七种。窃贼依赖疏忽大意的人生存，医生依赖病人生存，(71) 任性的妇女依赖好色之徒生存，祭司依赖祭祀者生存，国王依赖诉讼者生存，智者永远依赖愚者生存。(72)

国王应该永远抛弃招灾惹祸的七种恶习。它们会使地位稳固的国王毁于一旦：(73) 女色，掷骰子，行猎，酗酒，说话粗鲁是第五，酷刑，挥霍钱财。(74)

人的毁灭有八种前兆：首先是仇恨婆罗门，其次是与婆罗门争吵，(75) 拿婆罗门的财物，企图谋杀婆罗门，喜欢指责他们，不喜欢称赞他们，(76) 有事不找他们，嫉恨他们的乞求。智者凭智慧了解这些恶习，从而避开它们。(77) 婆罗多子孙啊！这八种快乐的新鲜奶油，只要看到它们，就令人欢愉：(78) 与朋友相聚，获得大量财物，拥抱儿子，性交，(79) 适时的快乐交谈，在自己家族中受到尊敬，达到渴望的目的，在集会上受到崇敬。(80)

凡是懂得这个住宅有九重门，三根柱子，五个见证者，由灵魂统辖，这样的智者是最伟大的智者。(81)

持国啊！你要知道，有十种不合正法的事：嗜酒，疏忽，狂妄，松懈，愤怒，饥渴，(82) 匆忙，胆怯，贪婪，好色。智者不应该与这十种状况沾边。(83) 他们引证古代历史说明这个问题，那是阿修罗王妙弓为他的儿子念诵的。(84)

一位国王摒除爱欲和嗔怒，施舍财物给值得施舍的人，明辨是非，学问渊博，行动敏捷，世人都会以他为楷模。(85) 懂得安抚臣民，惩治邪恶，懂得量度和宽容，一切吉祥必然降临这样的国王。(86)不轻视弱小的敌人,注重以智慧对付敌人,不热衷与强者争斗,在适当的时候显示勇气,这样的人是智者。(87)无论何时遭遇不幸,他都不悲伤,依然精进努力,坚持不懈,控制自我,忍受痛苦,这样的领袖必定战胜敌人。(88)他不离家盲目游荡,不与恶人交往,不碰别人的妻子,不骄傲,不偷窃,不诽谤,不酗酒,这样的人永远幸福。(89)他不狂热追逐各种目标;受到询问,如实回答;不为琐事争吵;没有受到尊重,也不愚蠢地生气。(90)从不妒忌,有同情心,即使自己弱小,也不怨恨他人,不饶舌,容忍分歧,这样的人在任何地方都受称赞。(91)他不摆出傲慢的姿态,不向别人吹嘘英雄气概,不趾高气扬,出言不逊,这样的人永远招人喜欢。(92)他不挑起平息的怨仇,既不狂妄,也不自卑,不会愤怒地埋怨自己倒霉,人们称赞这样的人为最优秀的品德高尚者。(93)

品德高尚的人在自己幸运的时候,不会沾沾自喜;在别人痛苦的时候,不会幸灾乐祸;施舍以后,不会后悔,也不吹嘘。(94)懂得高低的人努力遵行地方风俗习惯和种姓法,他无论走到哪里,都能位居众人之上。(95)优秀的智者摒弃骄傲、迷惑、妒忌、恶行、仇视国王、诽谤和触犯众怒,也避免与醉汉、疯子和恶人交谈。(96)自制,纯洁,虔诚,吉祥仪式,赎罪仪式,各种世俗舆论,奉行这些常规的人,天神喜欢提高他的地位。(97)与门当户对的人结婚,不与低等人结婚,与地位相等的人交友、来往和谈话,把品德放在首位,这样的人是有教养的智者。(98)饮食有节制,与依附者分享;睡眠有节制,工作无止境;遇到乞求者,即使是敌人,也给予施舍,厄运远离具有这种灵魂的人。(99)别人一点也不知道他的进攻意图和行动,而他也严守秘密,他的目的丝毫不会受到损害。(100)他关心一切众生的安全,真诚,温和,施舍,生性纯洁,在亲属中受到公认,犹如天生纯洁的大宝珠。(101)一个深深懂得自我警惕的人,能成为一切世人的老师。他有无限的光辉,思想纯正,精神集中,犹如太阳以自己的光辉照耀一切。(102)

国王般度受咒语折磨,在树林里生下五个像因陀罗一样的儿子。你抚养和教育这些孩子。现在,他们等待你的命令,安必迦之子(持国)啊!(103)高高兴兴还给他们名分里的王国,朋友啊!与儿子们

一起幸福地生活，再也不用担心神和人了，人中因陀罗啊！（104）

以上是吉祥的《摩诃婆罗多》中《斡旋篇》第三十三章(33)。

三 四

持国说：

依你之见，一个受失眠煎熬的人应该怎么办？请你告诉我，朋友啊！因为，在我们中间，你精通正法和利益，为人正直。(1) 维杜罗啊！请你如实指点我。根据你的智慧，应该怎样对待无敌（坚战）才合适？本性高尚的人啊！你说说，俱卢族怎么做才好？(2) 我害怕罪恶，又预感到罪恶，忧心忡忡地问你，智者啊！如实地告诉我无敌（坚战）的一切想法吧。(3)

维杜罗说：

即使不被询问，一个人也应该告诉不希望失败的人，不管是善还是恶，是可憎还是可爱。(4) 因此，为俱卢族的利益着想，我将告诉你，国王啊！请听我告诉你有益而合法的话。(5) 婆罗多子孙啊！你不要费尽心机，用欺骗的行为和非法的手段获取成功。(6) 智者用正当行为和合法手段行事，即使没有获得成功，也不气馁，国王啊！(7) 行必有果，应该考虑后果；考虑之后再行动，不要草率行事。(8) 考虑了后果、行动的结局和自己的能力，智者才决定做与不做。(9) 一个国王不懂得把握增长、削减、库藏、人口和刑罚的适当标准，他的王国就不会长治久安。(10) 通晓这些方面的标准，具备正法和利益的知识，就能获得王国。(11) 一个人不应该认为自己已经获得王国，就可以随心所欲地行动，因为不适当的行动损害吉祥幸福，犹如衰老损害美貌。(12)

鱼只注意外观，吞吃裹上美食的铁钩，没有考虑到后果。(13) 一个想要繁荣幸福的人应该考虑这能不能吃？吃下这能吃的食物后，能不能消化？这食物消化后，是否有益？(14) 一个人从树上摘取没有成熟的果子，他不可能从中尝到美味，也毁了种子。(15) 如果他到时候摘取成熟的果子，他就能尝到果子的美味，还能通过种子再获得果子。(16) 犹如蜜蜂在采蜜的同时，也保护花朵，国王应该从人民那里取得财富，而不伤害人民。(17) 可以一朵一朵地采花，但不要毁坏其根，要像花园里的花环匠，而不要像烧炭工。(18)

一个人应该先考虑做这件事有何利？不做又有何弊？然后才决定做还是不做。(19) 有些事情不应该去做，因为它们始终保持原样，个人再努力也无济于事。(20) 有些事情根部很小，但成果很大，智者会立即动手去做，不会搁置延误。(21) 如果一个人正确地看待一切，犹如用眼睛饮下一切，即使他坐着或保持沉默，人们也会爱戴他。(22) 一个人在眼睛、思想、语言和行为四方面垂恩世人，世人也会回报他。(23) 如果众生惧怕他，犹如小鹿惧怕猎人，他即使获得以大海为边界的大地，也会遭到唾弃。(24)

一个人可以靠自己的威力获得祖传的王国，但如果治理不当，就会崩溃，犹如风扫残云。(25) 国王实施自古以来由圣贤实施的正法，他的富饶的大地日益增长和繁荣。(26) 如果抛弃正法，追随非法，他的国土就会蜷缩，犹如投入火中的兽皮。(27) 在保护自己王国上做出的努力，应该与在摧毁别人的王国上做出的努力完全一样。(28) 凭借正法获取王国，凭借正法保护王国，获得以正法为根基的幸福，他不会失去，也不会被抛弃。(29)

一个人能从疯子的胡言乱语或孩子的满地乱爬中，获得任何精义，犹如能从石头中获得金子吗？(30) 智者坐着收集各处有益的意见和智慧的做法，犹如拾穗者捡拾谷穗。(31) 牛用鼻子观察，婆罗门用吠陀观察，国王用密探观察，其他人用眼睛观察。(32) 一头难以产奶的母牛要承受许多痛苦，而人们不会去调教一头容易产奶的母牛，国王啊！(33) 人们不会去加热不需加热便已弯曲的东西，不会去弯曲已经自行弯曲的木头。(34) 按此比喻，智者向强者行礼，向强者行礼的人会向因陀罗行礼。(35) 牲畜以雨神为庇护，国王以朋友为亲属，丈夫是妇女的亲人，吠陀是婆罗门的亲人。(36) 正法由真理保护，知识由实践保护，美貌由清洁保护，家族由行为规范保护。(37) 粮食由容器保护，马匹由训练保护，母牛由耐心照料保护，妇女由旧衣服保护。(38) 我认为，一个人缺少行为规范，他的家族就失去准则，因为即使在低级种姓中，也重视行为规范。(39) 一个人妒忌别人的财富、

美貌、勇气、人丁兴旺、快乐幸福和殷勤好客，那他的病痛无穷无尽。(40)

如果你害怕做不该做的事，而没做该做的事，或者不合时宜而计划失败，那么，你不要去喝醉人的饮料。(41) 易醉的人醉于知识，醉于财产，醉于出身，而圣人醉于自我控制。(42) 圣人偶尔向小人询问一点事情，名声狼藉的小人也会自认为是圣人。(43) 圣人可以引导有思想的人，圣人可以引导圣人，圣人可以引导小人，但小人不可能引导圣人。(44) 有衣者征服集会，有牛者征服牧场，有车者征服道路，有德者征服一切。(45) 德行是人的精髓，人失去了它，生命、财产和亲属都将没有意义。(46) 富人的最大享受是肉，中等人家的最大享受是牛奶，穷人的最大享受是盐，婆罗多族雄牛啊！(47) 但穷人享用食物常常更有味，因为饥饿产生食欲，这是富人得不到的。(48) 在这世上，经常能看到富人厌食，而穷人甚至能消化树皮，王中因陀罗啊！(49) 下等人的恐惧是失去工作，中等人的恐惧是死亡，上等人的最大恐惧是受到轻视。(50) 沉醉权力比沉醉饮酒更坏，因为沉醉权力，不到栽下来，不会清醒。(51)

世人不控制自己的感官活动，一味追求感官快乐，他们受到感官烧灼，犹如星星受到行星烧灼。(52) 一个人被天性折磨自我的五种感官征服，他的不幸就像白半月的月亮，逐日增大。(53) 一个人不控制自我，却想控制大臣；不控制大臣，却想控制敌人，他注定遭到唾弃。(54) 如果他像控制国家那样首先控制自我，那么，他想控制大臣和敌人的愿望就不会落空。(55) 控制感官，控制大臣，惩处邪恶，审时度势，那么，幸运永远恩宠这样的智者。(56) 人的身体是一辆车子，灵魂是车夫，感官是马匹，国王啊！智者犹如勤勉、熟练的车夫，驾驭训练有素的骏马，轻松行进。(57) 未经控制的感官带来不幸，犹如未经驯服的马匹在路上给低能的车夫带来不幸。(58) 愚者受感官驱使，将有益视作无益，将无益视作有益，将不幸视作幸福。(59) 抛弃正法和利益，陷入感官的控制，很快就会失去幸福、生命、财产和妻子。(60) 他是财富的主人而不是感官的主人。由于不是感官的主人，他便从主人的地位跌落。(61) 一个人应该控制思想、智慧和感官，自己寻找自我，因为自己是自我的亲人，自己也是自我的

169

敌人。(62)犹如套在细眼网中的两条大鱼,国王啊!贪欲和嗔怒会撕裂智慧。(63)认真考虑正法和利益,就是做好准备。而做好准备的人,幸福永远增长。(64)没有制服毁灭理智的五个内在敌人,而想制服其他敌人,反被敌人制服。(65)我们看到灵魂邪恶的国王毁于自己的行为,因为他们不能控制自己的感官,造成王国混乱。(66)湿柴与干柴混在一起,湿柴也被燃烧,无罪之人不远离作恶之人,混在一起,受到同样的惩处。因此,不要与恶人交往。(67)一个人出于愚昧,不控制天生具有五种作用的五个感官的人,灾祸就会吞没他。(68)

不妒忌、正直、纯洁、知足、说话可爱、自制、真诚和轻松自如,灵魂邪恶的人不具备这些。(69)理解自我,轻松自如,宽容大度,恪守正法,守护语言,慷慨布施,低等人不具备这些,婆罗多子孙啊!(70)愚者想用谩骂和诽谤伤害智者,而谩骂者获得罪恶,宽容者获得解脱。(71)罪恶的力量是杀生,国王的力量是刑杖,妇女的力量是顺从,有德者的力量是宽容。(72)掌握语言被认为是最难的事,国王啊!不可能说许多富有意义而又生动多变的话。(73)各种美妙的语言会带来幸福,而粗俗的语言会带来不幸。(74)树林遭到箭射或斧砍,还能生长,而遭到恶言恶语的伤害,则无法愈合。(75)人们从身上拔去各种箭,但语言之箭难以拔去,因为它扎在心上。(76)语言之箭从口中射出,落在别人要害部位,中箭的人日夜痛苦。智者不向别人发射这种箭。(77)

天神想要打败凡人,先夺走他的智慧,让他的视觉颠倒。(78)一旦智慧变得浑浊,开始衰退,恶行便冒充善行,占据他的心。(79)你的儿子们失去智慧,与般度之子们作对,婆罗多子孙啊!你还没有意识到。(80)坚战具有三界之王的吉相,持国啊!他是你的学生,让他统治吧!(81)他超过你所有的儿子,命中注定受人尊敬,具有光辉和智慧,通晓正法和利益的真谛。(82)他是最优秀的执法者,王中因陀罗啊,出于仁慈和善良,出于对你的尊重,他忍受了许多苦难。(83)

以上是吉祥的《摩诃婆罗多》中《斡旋篇》第三十四章(34)。

三五

持国说：

大智者啊！你再说一些有关正法和利益的话，因为你说得很精彩，我还没有听够。(1)

维杜罗说：

在一切圣地沐浴，对一切众生公正，这两件事可能同样重要，或许仁慈高于沐浴。(2) 主人啊！你要永远对儿子们公正，那么，你在今生会获得最高声誉，死后升入天国。(3) 人中之虎啊！一个人的功德在世间受到称颂，那么，他在天国也会受到尊敬。(4) 在这方面，人们也引证古老的历史，那是为了回答盖希尼（秀发）的问题，毗娄遮那和妙弓展开的一次对话。① (5)

盖希尼说：

毗娄遮那啊！是婆罗门更优秀，还是提迭更优秀？妙弓不愿与谁坐在一起？(6)

毗娄遮那说：

生主的子孙最优秀，盖希尼啊！我们最优秀。这些世界都是我们的。谁是天神？谁是再生者（婆罗门）？(7)

盖希尼说：

请你坐在这里，毗娄遮那啊！我们就在这个会场等着。明天妙弓要来。我要看到你俩相遇。(8)

毗娄遮那说：

好吧，贤女子啊！我就照你说的做，羞怯的女子啊！明天，你将看到妙弓和我相遇。(9)

妙弓说：

波罗诃罗陀之子啊！我接受你的金椅子。我与你相遇，但我不与你坐在一起。(10)

---

① 毗娄遮那是阿修罗，波罗诃罗陀之子；妙弓是婆罗门，鸯耆罗之子。

毗娄遮那说：

让人给你拿一块木板、一捆草或一个草垫，妙弓啊！你不配与我坐同样的椅子。(11)

妙弓说：

你的父亲与我坐在一起时，也只能坐在我的下方。你是在家里宠坏了的孩子，什么也不懂。(12)

毗娄遮那说：

让我们用金子、牛、马和阿修罗拥有的财富做赌注，去询问有学问的人这个问题。(13)

妙弓说：

收起你的金子和牛马，毗娄遮那啊！让我们用生命做赌注，去问有学问的人这个问题。(14)

毗娄遮那说：

拿生命做赌注，我们去哪里呢？因为我从不站在天神或凡人面前。(15)

妙弓说：

拿生命做赌注，我们去你父亲那里，因为波罗诃罗陀甚至不会为儿子说谎话。(16)

波罗诃罗陀说：

看到这两个从不一起活动的人走在一起，犹如两条发怒的毒蛇狭路相逢。(17) 为什么你们走在一起？过去你们从不同行，毗娄遮那啊！我问你，你怎么会与妙弓结为朋友？(18)

毗娄遮那说：

我没有与妙弓结为朋友。我俩用自己的生命做赌注，波罗诃罗陀啊！我要问你一个问题，请你不要说谎。(19)

波罗诃罗陀说：

请拿水和蜜食给妙弓。婆罗门啊！你应该受到礼遇，有一头白牛已被养肥。(20)

妙弓说：

我已在路上得到水和蜜食，波罗诃罗陀啊！请你如实回答我们问的问题。(21)

波罗诃罗陀说:

婆罗门啊! 如果你作为我的另一个儿子,站在这里作见证,那么,像我们这样的人应该怎样回答两个人争论的问题? (22) 我问你,妙弓啊! 不说真话,而说假话,这样的错误仲裁人如何生活? (23)

妙弓说:

一个作了错误仲裁的人度过夜晚,就像一个受丈夫冷落的女子,一个赌博输掉的人,一个累得浑身难受的人。(24) 一个作了错误仲裁的人度过夜晚就像一个被禁止进城的人,一个在门外忍饥挨饿的人,一个看到许多敌人的人。(25) 为了一头牲畜说谎,他就害了五个人;为了一头牛说谎,他就害了十个人;为了一匹马说谎,他就害了一百个人;为了一个人说谎,他就害了一千个人;(26) 为了金子说谎,他就害了生下的和未生下的人;为了领土说谎,他就害了一切人。因此,你别为了领土说谎。(27)

波罗诃罗陀说:

鸯耆罗比我更优秀,妙弓比你更优秀,毗娄遮那啊! 他的母亲比你的母亲更优秀,因此,他战胜了你。(28) 毗娄遮那啊! 妙弓控制了你的生命。妙弓啊! 我希望你把这生命还给毗娄遮那。(29)

妙弓说:

你选择了正法,没有为了爱而说谎,因此,我还给你这难以得到的儿子,波罗诃罗陀啊! (30) 这是我还给你的儿子毗娄遮那,波罗诃罗陀啊! 他要在公主面前替我洗脚。(31)

维杜罗说:

因此,人中因陀罗啊! 不要为了领土说谎,不要纵容儿子们,导致你与儿子们和大臣们一起走向毁灭。(32) 众大神不保护像牧人那样举着棍子的人,他们愿意保护有智慧的人。(33) 一个人一心行善,毫无疑问,他的一切目的都会成功。(34) 颂诗不能解救以幻术谋事的幻术师的罪孽。正如羽毛丰满的小鸟离开巢,颂诗也在他死亡时离开他。(35) 人们说应该避开这些邪恶之路:酗酒、争吵、结仇、夫妻不和、亲属分裂、仇视国王、男女斗嘴。(36) 有七种人不能作见证人:看相者,先为窃贼后为商人者,捕鸟者,医生,敌人,朋友,吟唱诗人。(37) 骄傲的火祭,骄傲的沉默,骄傲的学习,骄傲的祭祀,这四件事本身并不可怕,而如果使用不当,便会产生危险。(38) 纵火犯、放毒者、拉皮条者、卖苏摩酒者、制箭者、间谍、伤害朋友者和偷情者,(39) 堕胎者、玷污老师床笫者、饮酒的婆罗门、尖酸刻薄者、蛮横无理者、邪教徒和贬斥吠陀者,(40) 利己者、失去种姓者、悭吝者和杀害求救者,这些人与杀害婆罗门者一样。(41) 草火知真金,约束知贤人,品行知善人,危险知英雄,困境知勇士,患难知敌友。(42) 衰老夺走美貌,愿望夺走坚定,死亡夺走生命,妒忌夺走德行,愤怒夺走幸运,附逆夺走节操,贪欲夺走廉耻,骄傲夺走一切。(43) 幸福因吉祥而产生,因自信而增长,因能干而扎根,因自制而稳固。(44)

有八种品质使人光彩熠熠:智慧,出身高贵,自制,博学,勇敢,不唠叨,尽力施舍,知恩感恩。(45) 有一种品德凝聚所有威力强大的品德。如果国王以礼待人,这个品德会使所有品德发扬光大。(46) 国王啊!人间的这八种品德是天国的征兆。其中四种与善人相伴,另外四种为善人追随。(47) 祭祀、施舍、学习和苦行,这四种与善人相伴;自制、真诚、正直和善良,这四种为善人追随。(48)

没有长者的地方便没有集会;不宣讲正法者不是长者;没有真理的地方没有正法;以欺诈取胜者不是真理。(49) 真理、容貌、学问、知识、出生、品行、力量、财富、勇气和口才,这是社会交往的十大源泉。(50) 以恶闻名者作恶,吃到恶果;以善闻名者行善,吃到善果。(51) 一再作恶,毁灭智慧;智慧毁灭的人永远作恶。(52) 一再行善,增长智慧;智慧增长的人永远行善。(53) 一个妒忌者、恶毒者、暴戾者和仇视者,他们作恶后,不久就会遭遇大难。(54) 不妒忌,有智慧,永远行善,他就远离灾祸,获得幸福,在哪儿都光彩熠熠。(55)

从智者那里学到智慧的人是智者。他凭智者获得正法和利益,能享受幸福。(56) 白天完成该完成的工作,安然度过夜晚。八个月里完成该完成的工作,安然度过雨季。(57) 青壮年时完成该完成的工作,安然度过晚年。活着时完成该完成的工作,死后仍然享福。(58) 人们赞美已经消化的食物,青春逝去的妻子,结束战斗的英雄,到达成功彼岸的苦行者。(59)

用不义之财填补窟窿,还未填满,又出现另一个窟窿。(60) 老师控制有灵魂的人，国王控制灵魂邪恶的人，毗婆薮之子阎摩控制秘密作恶的人。(61) 仙人、河流、灵魂高尚的家族，它们的起源不得而知，还有妇女的恶行。(62) 喜欢供奉婆罗门的慷慨施舍者，善待亲属的正直者，享受天国的刹帝利，国王啊！永久统治大地。(63) 有三种人能获得金花盛开的大地：勇士、学者和懂得服务的人。(64) 智力行动最好，臂力中等，腿力其次，笨重体力最次。(65)

你把权力交给愚蠢的难敌、沙恭尼、难降和迦尔纳，怎么还能指望繁荣昌盛呢？(66) 般度之子们拥有一切品德，婆罗多族雄牛啊！他们把你当作父亲对待，你也应该把他们当作儿子对待。(67)

以上是吉祥的《摩诃婆罗多》中《斡旋篇》第三十五章(35)。

三六

维杜罗说：

在这个问题上，人们引证古代历史，也就是我们听说的阿底梨耶和沙提耶们的对话。(1) 从前，有位严守誓言的大仙化作天鹅漫游，沙提耶天神们询问这位大智者：(2) "大仙啊！我们是沙提耶天神。我们见到你，却猜不出你是谁？我们认为你博学，坚定，富有智慧，请你讲些高尚机智的话。"(3)

天鹅说：

不死者们啊！我听说应该做的事情是：坚定，平静，追随真理和正法，解开心中郁结，引导自我控制爱憎。(4) 受到辱骂，不回骂，忍住的怒气会焚烧辱骂者，并能获得他的功德。(5) 不要辱骂和鄙视他人，不要伤害朋友，不要侍奉小人，不要骄傲，不要缺乏品行，说话不要粗暴伤人。(6) 可怕的言词焚烧人的要害、骨骼、心脏和生命，因此，热爱正法的人应该永远避免说话粗暴伤人。(7) 应该知道，用粗鲁、尖刻和带刺的话伤害人，这是最可悲的人，他把死亡带到了自己嘴上。(8)

当敌人用像太阳和烈火一般燃烧的利箭射中他，虽然受伤流血，仍然活了下来，这位智者就会知道敌人已把功德转移给他。(9) 无论侍奉善人或恶人，苦行者或窃贼，犹如衣服染色，他也会受到他们影响。(10)不回骂，也不唆使别人回骂；虽遭伤害，不还击，也不唆使别人还击；对想要伤害自己的人也不抱恶意，众天神盼望这样的人来到。(11)人们说，沉默比说话好；其次，如果要说话，那就说真话；第三，要说令人愉快的话；第四，要说合法的话。(12)与这样的人交谈，侍奉这样的人，希望成为这样的人，那他就是这样的人。(13)

摆脱一切已经避开的事情，由于避开了那一切，他不会遭受哪怕些微的痛苦。(14)他不被别人征服，也不想征服别人；他不结仇，不反击；无论褒贬，他都坦然自若，既不悲伤，也不喜悦。(15)希望人人幸福，不怀恶意，说真话，温顺，自制，这样的人是上等人。(16)不抚慰卑劣之人，兑现诺言，懂得成功和失败，这样的人是中等人。(17)难以管束，只会杀伤，不会训导，摆脱不了愤怒的控制，忘恩负义，没有朋友，灵魂邪恶，这些是下等人的伎俩。(18)不相信别人的善举，自我怀疑，抛弃朋友，这样的人是下等人。(19)想要自己成为好人，应该侍奉上等人，适当侍奉中等人，而不要侍奉下等人。(20)一个人凭借力量、智慧和勇气，通过不断努力，可以获得财富，但不能真正获得赞美，获得名门望族的品行。(21)

持国说:

众天神、学识渊博者、通晓正法和利益者都向往名门望族，维杜罗啊！我问你这个问题：哪些是名门望族？(22)

维杜罗说:

苦行，自制，知梵，祭祀，婚姻纯洁，经常施舍食物，行为正确，具备这七种品德，这些是名门望族。(23)品行端正，出生纯洁，用善行实施正法，渴望家族获得殊荣，摒弃谎言，这些是名门望族。(24)不祭祀，婚姻不纯，废弃吠陀，违背正法，失去名门望族的资格。(25)暴殄天物，夺走婆罗门的财产，冒犯婆罗门，失去名门望族的资格。(26)压制和诽谤婆罗门，抢走寄存在他们那里的财物，婆罗多子孙啊！失去名门望族的资格。(27)拥有牛、人和马，但缺少品行，这样的家族也称不上名门望族。(28)即使财富不多，但不缺少品行，这样的家族也称得上名门望族，声誉卓著。(29)

但愿在我们的家族中，不要有任何结仇的人，不要有偷盗别人财产的王臣，不要有伤害朋友的人，不要有欺骗和说谎的人，不要有在供奉祖先、天神和客人之前，自己先吃的人。(30) 在我们中间，如果有人杀害婆罗门，有人仇恨婆罗门，有人从事耕作，不要让这样的人接近我们。(31) 草、地和水，第四是友善的语言，在善人的家里永远不会短缺。(32) 奉守正法，从事善业，品行端正，大智者啊！他们无比虔诚，以礼待人，国王啊！(33) 甚至小小的希衍陀纳树①，也能承受其他树不能承受的重负，国王啊！同样，出身名门望族的人能担负别人不能担负的责任。(34)

一个怒气冲冲，令人恐惧的人，不是朋友；一个需要小心翼翼侍奉的人，不是朋友。像父亲一样值得信任的朋友，才是真正的朋友，其他的只不过交往而已。(35) 一个人虽然不是亲戚，但有朋友的品性，那他也就是亲戚、朋友、庇护和依托。(36) 心情浮躁，不侍奉老人，思想变化不停，这种人永远找不到朋友。(37) 心思浮躁，不约束自我，听任感官摆布，财富抛弃这样的人，犹如天鹅抛弃干枯的水池。(38) 无缘无故发怒，随心所欲施恩，犹如变幻莫测的云彩，这不是善人的品行。(39) 不善待朋友，不为朋友谋利，连食肉动物也不吃这种忘恩负义之徒的死尸。(40) 不管有没有财产，都应该请求朋友，不请求，不知道朋友的虚实。(41)

烦恼损害容貌，烦恼损害力量，烦恼损害智慧，烦恼招致疾病。(42) 忧愁徒劳无益，只会折磨身体，使敌人高兴，所以，不要心生忧愁。(43) 人一次又一次生和死，一次又一次兴盛和衰微，一次又一次请求和被请求，一次又一次哀伤和被哀伤。(44) 苦与乐，有与无，得与失，生与死，轮番接触世上每个人，所以，智者既不喜悦，也不忧伤。(45) 六种感官游移不定，凡有感官活动之处，智慧便流失，犹如水从破罐中流出。(46)

持国说：

我错待了这位国王（坚战），他像上蹿的火苗，将用战斗消灭我的那些愚蠢的儿子。(47) 这一切永远令人烦躁，我的心始终烦躁，大智者啊！说些驱除我烦恼的话吧！(48)

---

① 希衍陀纳树的木材用以制造车辆。

维杜罗说：

无罪的人啊！我看除了知识和苦行，除了控制感官，除了摒弃贪欲，别无安宁。(49) 通过智慧驱除恐惧，通过苦行寻求伟大，通过从师获得知识，通过弃绝获得安宁。(50) 不依靠施舍的功德，不依靠吠陀的功德，解脱者摆脱贪欲和仇恨，在这世上游荡。(51) 好好学习，好好战斗，好好做事，好好修苦行，最终幸福会增长。(52)

那些分裂的人，即使他们的床铺舒适，也睡不着觉，国王啊！他们从妇女那里也得不到快乐，从歌手和吟唱诗人那里也得不到赞美。(53) 那些分裂的人，他们不奉行正法，在这世上得不到幸福，他们不尊重师长，不热爱和平。(54) 那些分裂的人，不乐意听取忠告，不适宜保护财产，人中因陀罗啊！除了死亡外，别无归宿。(55)

财富产生于母牛，苦行产生于婆罗门，饶舌产生于妇女，恐惧产生于亲属。(56) 圣人们有个比喻：许多同样的线始终拧在一起，由于线多，便能承受重负。(57) 持国啊！亲属就像火炭，分开只会冒烟，合在一起才会燃烧，婆罗多族雄牛啊！(58) 对婆罗门、妇女、亲属和母牛逞勇的人，他们总会栽倒，犹如成熟的果子从树上坠落，持国啊！(59) 单独一棵树，无论多么高大结实，根深蒂固，也会被狂风吹断树枝和树干。(60) 成片成片的树连在一起，互相依附，便能抵挡住最猛烈的风暴。(61) 同样，即使有品德，但孤立一人，敌人也会认为他可欺，犹如狂风吹倒单棵大树。(62) 互相支持，互相依托，亲属们便会繁荣昌盛，犹如池塘中的莲花。(63)

不可杀害婆罗门、母牛、妇女、儿童和亲属，或者人们吃他们的食物，或者他们需要人们庇护。(64) 对于人，甚至是富人，也没有比健康更大的优点，愿你幸运！因为有病近似死亡。(65) 嗔怒是一种非生理的严重头痛病，与罪恶相连，粗暴激烈。善人能咽下嗔怒，恶人则不能，大王啊！咽下嗔怒吧，平静下来吧！(66) 疾病缠身的人不关心果报，领略不到感官对象的精髓；有病之人始终与痛苦相伴，不知道享受财富和幸福。(67)

我过去对你说过，而你没有照我说的去做，国王啊！在掷骰子赌博时，看到德罗波蒂被输掉，我说道"阻止难敌！"因为在掷骰子赌博中，智者不采用欺骗手段。(68) 欺软不是本事，应该积极奉行混合法。靠凶暴敛聚的财富容易毁灭，软硬结合才能恩泽子孙。(69) 让持国之子们保护般度之子们，让般度之子们保护你的儿子们！让俱卢族有共同的敌人、朋友和大臣，国王啊！让他们幸福繁荣地生活。(70) 现在，你是俱卢族的支柱，持国啊！俱卢族全靠你了。你要维护自己的名誉，朋友啊！保护这些经受林中生活磨难的年轻的普利塔之子们吧！(71) 让俱卢族人和般度之子们联合起来，不要让敌人钻空子。他们都是坚守真理的，人中之神啊！你要阻止难敌，人中因陀罗啊！(72)

以上是吉祥的《摩诃婆罗多》中《斡旋篇》第三十六章(36)。

三七

维杜罗说：

王中因陀罗啊！自生者摩奴说过有十七种人，奇武之子啊！他们如同用拳头击打空间，(1) 如同想拧歪因陀罗的拧不歪的神弓，如同想拧歪太阳的光线。(2) 教诲不可教诲者，发怒生气，过分依从敌人，不保护妇女，乞求不该乞求者，夸夸其谈。祝你好运！(3) 出身名门，仍做不该做的事；自己是弱者，却与强者长期结仇；与不信任自己的人说话；贪图不该贪图者，人中因陀罗啊！(4) 公公想与儿媳开玩笑；与儿媳住在一起，还想受到尊敬；把种子播在别人田里；辱骂妇女；(5) 得到了东西，却说记不清；受到乞求，施舍之后，大肆吹嘘；从恶人那里寻求安慰，这些人都是用套索捕风。(6) 人应该按照各自的行动方式行动，这是正法。幻术帅施展幻术。行善者努力行善。(7)

持国说：

所有的吠陀都说人寿百年，为什么这世上的人没有达到这个寿数？(8)

维杜罗说：

说话过多，狂妄骄傲，不弃绝，嗔怒，渴望过多，背叛朋友，人主啊！(9) 这是六把斩断人寿的利剑。正是它们杀死人，而不是死亡。

祝你幸运！（10）沾染好友的妻子，玷污老师的床笫，婆罗门与首陀罗女子结婚，饮酒者，婆罗多子孙啊！（11）杀害前来请求庇护的人，所有这些人都与杀害婆罗门者一样。传承中说 "与这些人交往，必须进行赎罪仪式。"（12）作为家主，慷慨大度，不胡言乱语，吃祭祀剩下的食物，不杀生，不做无益之事，避免纠纷，知恩图报，真诚，温和，这样的智者升入天国。（13）

国王啊！说恭维话的人永远不难找到，而逆耳忠言的说者和听者都很难得。（14）坚持正法，不管主人喜欢不喜欢，总是说逆耳的忠言，有这样的人，国王便有了朋友。（15）为了家族，可以牺牲一个人；为了村庄，可以牺牲一个家族；为了国家，可以牺牲一个村庄，为了自我（灵魂），可以牺牲整个大地。（16）为防范灾祸，应该保护财产，也应该用财产保护妻子，也应该用财产和妻子保护自我。（17）国王啊！在掷骰子赌博时，我就对你说过那样做不合适，波罗底波后裔啊！但是，你不爱听，奇武之子啊！如同病人不喜欢苦口良药。（18）持国之子们战胜般度之子们，犹如乌鸦战胜羽毛美丽的孔雀。你抛弃狮子，保护豺狼，到时候，你会忧愁悲伤，人中因陀罗啊！（19）

仆人们总是信任任何时候都不发怒的主人，他们忠心耿耿，乐于为主人谋利益。主人从不对这样的仆人发怒，而仆人也信任这样的主人，即使他遭逢不幸，也不背弃他。（20）不要为了与外面的人攀比而克扣仆人的生活。失去正当的待遇和享受，即使是友好的大臣，也会抛弃他。（21）首先要考虑一切应该做的事，提供与收支相当的生活待遇，这样，他就能得到相应的帮助。得到帮助，他才能完成难以完成的事情。（22）了解主人的意图，不遗余力地完成一切工作，为主人的利益说话，这样的人忠诚，高尚，有自知之明，应该被主人视为心腹。（23）一个对主人的嘱咐漫不经心，对主人的命令回嘴顶撞，自以为聪明，傲气十足，动辄吵吵闹闹，这样的仆人应该赶快辞掉。（24）

人们说，使者应该具备八种品质：不亢，不卑，不拖沓，有同情心，和蔼可亲，不受笼络，身体健康，语言高尚。（25）一个聪明的人不会充满自信，在不合适的时间进入别人家中，不会在夜晚悄悄站在十字路口，不会追逐皇家的女子。（26）不要与意见含混、交往不慎的伪善之人交锋，不要直接对他说 "我不信任你。" 而应该找个合理的借口。(27) 应该避免与这些人发生纠葛：仁慈的人，国王，妓女，国王的仆人，儿子，兄弟，孤儿寡母，在军队谋生的人，失去尊敬的人。(28)

坚持沐浴的人有十种特征：力量，容貌，纯正的发音，舒适的接触，优雅的香味，清洁，吉祥，娇嫩，美丽的妇女。(29) 控制饮食的人有六种特征：健康，长寿，幸福，精力充沛，生育素质优良，无人指责他贪吃。(30) 不应该收留这样的人住在家里：行为不良，暴饮暴食，触犯众怒，狡诈，残忍，衣冠不整，不分时间和场合。(31) 即使遭逢不幸，也不要乞求这些人：吝啬鬼，诽谤者，不学无术者，堕落者，盲目尊敬者，粗暴傲慢者，结仇者，忘恩负义者。(32) 不该侍奉这六种人：行为卑污，嚼舌多嘴，惯于说谎，不虔诚，感情冷漠，狂妄自大。(33)

目的依靠手段，手段依靠目的，两者互相依靠，缺一不成。(34) 生下儿子，还清孽债，安排好他们的谋生方式，又将所有的女儿嫁出，他就可以隐居树林，像牟尼那样生活。(35) 统治者应该为一切众生谋利益，也给自己带来幸福，因为这是正法和利益成功的根源。(36) 如果一个人具备智慧、力量、光辉、勇气、勤勉和毅力，怎么会害怕没有谋生之路？(37)

你看看与般度之子们争吵的恶果，连帝释天在内的众天神都感到震惊：儿子们互相结仇，生活不得安宁，名声毁灭，敌人高兴。(38) 与因陀罗一样的人啊！毗湿摩、你、德罗纳和坚战王的怒气一旦爆发，会使整个世界崩溃，犹如白色的彗星从空中坠落。(39) 你的一百个儿子，迦尔纳和般度五子能统治以大海为腰带的整个大地。(40) 国王啊！我认为，持国之子们是树林，般度之子们是老虎，不要砍掉有老虎的树林，也不能把老虎从树林里赶走。(41) 没有老虎，便没有树林，而没有树林，也就没有老虎，因为树林由老虎保护，而树林也保护老虎。(42)

思想邪恶的人不想知道自己的劣迹，也不想知道别人的美德。(43) 一个人想要获得最大利益，那么，他从一开始就要遵行正法，因为利益不会脱离正法，犹如甘露不会脱离天国。(44) 灵魂摒弃邪恶，一心行善，便能无所不知，不管是原始的，还是派生的。(45)适时实施法、利和欲，他今生和来世都会达到法、利和欲的结合。(46)控制愤怒和喜悦的冲动，便能享受幸运，国王啊！身陷困境也不迷惑。(47)

听我告诉你，人有五种力量。据说臂力是其中最小的力量。(48)获得忠臣据说是第二种力量。祝你好运！渴望胜利的人说赢得财富是第三种力量。(49)父亲和祖父遗传的力量，称作天生的力量，传统认为是第四种力量。(50)据说智力在所有力量中最优秀，凭借它，能获得一切，婆罗多子孙啊！(51)如果一个人严重伤害别人，压倒别人，结下冤仇，即使身在远处，也不会感到安全。(52)哪个智者会信任妇女、国王、蛇、吟诵吠陀、侍奉敌人者、享受和寿命呢？(53)被智慧之箭射中的人，无药可医；祭祀、咒语、吉祥仪式、阿达婆吠陀和药物，都无济于事。(54)一个人不应该轻视蛇、火、狮子和良家子弟，婆罗多子孙啊！因为他们都具有非凡的威力。(55)火是世界上的伟大力量，隐藏在树木中。只要没有被别人点燃，它不会自行消耗。(56)一旦树木摩擦生火，它很快发挥威力，烧遍这座和那座树林。(57)良家子弟具有火一样的威力，他们耐心地呆着，犹如树木中的火，隐而不现。(58)

你和你的儿子像蔓藤，般度之子们是娑罗树；不攀附大树，蔓藤无法生长。(59)国王啊！你要知道，你和你的儿子是树林，般度之子们是林中狮子，安必迦之子（持国）啊！没有狮子，树林会毁灭，而没有树林，狮子也会毁灭。(60)

以上是吉祥的《摩诃婆罗多》中《斡旋篇》第三十七章 (37)。

三八

维杜罗说：

长者来到时，年轻人的呼吸升腾，上前向他致敬行礼后，呼吸又恢复正常。(1)对于前来的善人，智者应该给他坐椅，为他端水洗脚，问候安康，告诉他自己的情况。然后，给他食物，小心侍奉。(2)高贵的人们说，如果一个懂得咒语的人来到他家中，由于他的贪婪、恐惧或贫困，没有接受他的水、蜜食和母牛，那么，他活着也没有意义。(3) 医生、制箭匠、失节者、窃贼、饮酒者、残忍者、堕胎者、士兵和出卖吠陀者，即使很可爱，也不能施以待客之礼。(4)

不应该出售盐、熟食、奶酪、牛奶、蜂蜜、油、酥油、芝麻、肉、根果、蔬菜、染过的衣服、各种香料和糖蜜。(5) 不嗔怒，对土块和金子一视同仁，摈弃忧伤，超越联合和纷争，摆脱褒贬和爱憎，无牵无挂地游荡，这样的人是真正的比丘。(6) 杰出的苦行者行善积德，以野稻、根果和野菜为生，完全控制自我，不必忙于火祭，住在树林里，从不怠慢客人。(7)

得罪了智者，不要以为自己身在远处而放心，因为智者的双臂很长，一旦受到伤害，可以用他的双臂回击。(8) 不要信任不可信任的人，也不要过于信任可以信任的人，因为信任会产生连根铲除的危险。(9) 一个人不应该妒忌，要保护自己的妻子，与别人分享财富，说话可爱，对妇女和蔼可亲，言语甜美，但不要受她们控制。(10) 值得尊敬，幸运，吉祥，圣洁，使家庭生辉，这样的妇女堪称家庭的财富，应该受到特别保护。(11) 一个人应该将后宫托付父亲，将厨房托付母亲，将牛群托付给予自己一样的人，而自己从事农耕，让仆人从事商业，让儿子侍奉婆罗门。(12)

火产生于水，刹帝利性产生于梵，铁产生于矿石。它们的力量遍及一切，而在自己的源头安息。(13) 出身高贵的善人威力如同火焰，但他们善于忍耐，不露真相，犹如树木中的火。(14) 内部和外部的人都不知道他的计划，而他本人注意观察一切，这样的国王能长久统治。(15) 不需要说他将要做什么，而应该展示有关法、利和欲的业绩，这样，他的计划就不会受挫。(16) 应该爬上山顶，或悄悄登上宫殿，或进入荒凉的树林，在那里制定计划。(17) 不是知心朋友，就不能让他知道最高机密，婆罗多子孙啊！也不能让没有学问的朋友或者有学问却不能控制自我的朋友知道，因为保护机密和实现目的全靠大臣。(18) 国王严守机密，参与者只知道完成自己该做的事，那么，国王的计划无疑会成功。(19)

一个人出于愚昧，做了该遭谴责的事情，随着这些事情失败，他的生命也丧失。(20) 从事值得赞美的事情，会带来幸福；不从事这样的事情，会后悔莫及。(21) 一个国王懂得稳定、兴盛和衰亡，通晓六种治术，品德无可非议，那么，他能依靠自己统治这个大地，国王啊！(22) 他的愤怒和喜悦不落空，他亲自考察事务，亲自掌握库藏，这样的国王能统治大地。(23) 国王应该满足于称号和华盖，应该把财物赐给仆从，不要独霸一切。(24) 婆罗门了解婆罗门，丈夫了解妻子，国王了解大臣，国王了解国王。(25) 一个注定要死的敌人来到身边，不应该释放他，因为不杀死他，不用多久，就会造成危害。(26) 一个人永远应该努力克制自己，不对天神、国王、婆罗门、老人、孩子和病人发怒。(27) 智者应该戒绝愚者热衷的无聊争吵，这样，他能在这世上赢得名声，而避免徒劳无益。(28) 人们不希望自己的主人空许恩惠和无端发怒，正如妇女不希望自己的丈夫是阉人。(29)

聪明未必导致发财，愚笨未必导致贫穷，智者知道世事的运转，其他人不明白。(30) 愚者总是轻视有学问、有品德的年迈长者，轻视智慧高深者，轻视出身高贵的富有者，婆罗多子孙啊！(31) 不幸迅速降临这样的人：行为不高尚，不明智，生性妒忌，违背正法，言语粗鄙，脾气暴戾。(32) 诚实不欺，慷慨施舍，恪守协议，说话算数，这样的人吸引众生。(33) 诚实，能干，知恩，聪明，正直，这样的人即使财富下降，也会获得随从。(34) 坚定，平静，自制，纯洁，仁慈，语言温和，不伤害朋友，这些是吉祥幸福的七种引火棍。(35)

不肯分享财富，灵魂邪恶，忘恩负义，不知羞耻，人主啊！应该避开世上这些卑劣的人。(36) 自己犯了错误，却向身边的无辜之人发怒，他在晚上睡不安稳，如同躺在有蛇的屋子里。(37) 财产安全受到一些恶人威胁，婆罗多子孙啊！应该像安抚天神那样安抚这些恶人。(38) 凡与妇女、暴发户和卑劣者发生牵连，事情总有危险。(39) 凡是妇女、儿童或赌徒统治的地方，必然沉沦，犹如石船沉入河中。(40) 我认为智者依据通则，而不依据例外，婆罗多子孙啊！因为例外属于偶然。(41) 受到赌徒赞扬，受到俳优赞扬，受到妓女赞扬，这样的人虽生犹死。(42)

抛弃光辉无比、至高的弓箭手般度之子们，你把伟大的婆罗多族王权交给了难敌。(43) 你很快就会看到他跌落，犹如醉心权力的钵利

从三界跌落。(44)

以上是吉祥的《摩诃婆罗多》中《斡旋篇》第三十八章(38)。

三九

持国说：

人不能控制生死存亡，如同木偶由线操纵，创造主安排人受命运控制。因此，你说吧！我注意听着。(1)

维杜罗说：

由于说话不合时宜，甚至祭主（毗诃波提）的智力也遭到贬斥和轻视，婆罗多子孙啊！(2) 有的人因施舍而可爱，有的人因言语甜美而可爱，有的人因咒语和药草而可爱，而可爱的人永远可爱。(3) 可憎的人不是善人，不是贤士，不是智者。善业可爱，恶业可憎，婆罗多子孙啊！(4) 大王啊！能带来繁荣的损失，不是损失；会导致重大毁灭的损失，才是损失。(5) 有些人品德富裕，而有些人物质富裕，持国啊！你要避开物质富裕而品德贫乏的人。(6)

持国说：

你听说的一切都与子孙后代有关，为智者们所公认。而我不能抛弃我的儿子，因为哪里有正法，哪里就有胜利。(7)

维杜罗说：

一个具有天生美德和良好教养的人，不会对众生做出哪怕最轻微的伤害。(8) 那些热衷毁谤他人的人总是竭力与别人发生摩擦，给别人制造痛苦。(9) 有些人目光邪恶，与他们交往，充满危险；接受他们施舍，铸下大错；给予他们施舍，充满危险。(10) 应该避开这样的人：以邪恶闻名，与他们的交往会受到谴责，他们还有其他严重缺点。(11) 对于低等人，友情结束，情意也就消失，友情的成果和快乐也消失。(12) 他竭力毁谤，热衷破坏，出于愚痴，即使犯下很小的罪过，也会不得安宁。(13) 智者凭借智慧明察事理，他会远远避开这些自我失控的、残忍的下等人。(14)

帮助贫困、不幸和有病的亲戚，他会享有儿子和牲畜的兴旺，赢得无穷的声誉。(15) 希望自己幸福和家族兴旺的人应该帮助亲戚,因此,王中因陀罗啊!行善吧!(16) 善待亲属会给你带来好处,国王啊!即使缺德的亲戚,也应该保护,婆罗多族雄牛啊!(17) 更何况那些品德高尚的亲戚,他们希望得到你的恩惠,民众之主啊!向可怜的般度之子们赐恩吧!(18) 给他们一些村庄,让他们生活,人主啊!这样,你会在这世界上赢得声誉。(19) 你已年迈,应该保护你的儿子们,朋友啊!我说话也是为你好。你要知道,我是为你谋利益的人。(20) 一个渴望繁荣的人不应该与亲戚发生争执,朋友啊!他应该与亲戚共享幸福,婆罗多族雄牛啊!(21) 应该与亲戚一起享受,互相谈话,共享欢乐,而决不要发生争吵。(22) 在这世上,有些亲戚是救助者,有些亲戚是毁灭者;善良的亲戚是救助者,邪恶的亲戚是毁灭者。(23) 王中因陀罗啊!你要善待般度之子们,赐予骄傲者啊!由他们护卫,你将战无不胜。(24) 如果面对富裕的亲戚,却遭受不幸,犹如小鹿面对双手沾血的猎人,体验到对方的恶毒。(25)

人中俊杰啊!以后,当你听到他们或者你的儿子们被杀死,你会懊悔的。好好思量一下吧!(26) 一开始就不要做那种会导致辗转病榻受苦的事,因为生命是脆弱的。(27) 除了跋尔伽婆外,没有一个人不犯过失。但所有的智者都会考虑后果。(28) 如果难敌过去对他们做了坏事,那么,你作为家族的长者,应该加以弥补,人主啊!(29) 你要纠正错误,把他们在世界上的位置放正,人中俊杰啊!这样,你就会受到智者尊敬。(30) 如果一个人依据后果考虑智者的忠告,决定自己该做什么,那么,他能永享美名。(31)

教化抑止粗野,勇敢战胜不幸,忍耐制服嗔怒,善行驱除不祥。(32) 国王啊!一个人应该通过随从、田地、住宅、侍从、食物和衣着考察一个家族。(33) 两个人以心对心,以谦恭对谦恭,以智慧对智慧,这样的友情永不衰退。(34) 智者应该避开心思邪恶、缺乏智慧的人,犹如避开稻草掩盖的深井,这种人的友情必定毁灭。(35) 傲慢、愚蠢、残忍、粗暴、违背正法,智者不应该与这样的人结交友情。(36) 知恩图报,恪守正法,真诚,高尚,忠实,控制感官,坚定不移,智者愿意与这样的人结交永久的友情。(37)

收缩感官无异于死亡,而放纵感官甚至会使天神堕落。(38) 怜悯众生，不嫉恨，宽容，坚定，尊重朋友，智者们说这些增长寿命。(39) 依靠坚定的智慧，用善行扭转恶行，这是高尚者的守则。(40) 知道过去之事造成的后果，及时下定决心，予以补救，这样的人不会失去财富。(41) 一个人通过行动、思想和语言不断追求什么，什么就会带走他，因此，应该行善。(42) 保持吉祥，精勤修习，博学，奋发努力，正直，经常看望善人，这些带来繁荣昌盛。(43) 对于消除痛苦不绝望，这是吉祥和幸福的根源。一个不绝望的人会变得伟大，享受无穷的幸福。(44) 朋友啊！一个有权力的人在任何时间，任何地点都宽容，没有什么行为比这更吉祥，更合适。(45) 弱者应该宽容一切，而强者为了正法，也应该这样。如果对利害得失一视同仁，那他就会永远宽容。(46)

追求幸福不能抛弃正法和利益。一个人只能这样满足自己的欲望，而不能追随愚蠢的生活方式。(47) 松懈，懒惰，信奉邪教，不自制，陷身痛苦，缺乏勇气，幸运不会降临这些人。(48) 诚实的人由于诚实而谦恭，而心思邪恶的人认为这样的人软弱可欺。(49) 过分高雅，过分慷慨，过分勇敢，恪守过分严酷的誓愿，自以为聪明过人，幸运也害怕接近这些人。(50) 吠陀的果实在火祭，学问的果实在品行，妻子的果实在欢爱和儿子，财富的果实在施舍和享用。(51) 用非法获得的财物举行葬礼，死后也享受不到它的果报，因为这种财物来路不正。(52) 在荒山野林和崎岖小路，身处困境，遭遇不幸，在混乱中面对刀枪，命不该绝的人无所畏惧。(53)

勤奋，自制，能干，努力，坚定，记忆，慎思而行，你要知道，这些是繁荣的根源。(54) 苦行者的力量是苦行，知梵者的力量是梵，恶人的力量是杀生，有德之士的力量是宽容。(55) 有八件事物不损害誓愿：水、根、果、牛奶、祭品、婆罗门喜欢、老师的教诲和药草。(56) 己所不欲，勿施于人。这是简单的道理：别人的行动出自欲望。(57) 用温和战胜嗔怒，用善良战胜邪恶，用慷慨战胜吝啬，用真话战胜谎言。(58) 不要轻信妇女、骗子、懒汉、懦夫、暴徒、窃贼、自吹自擂者、忘恩负义者和不信神者。(59) 一贯请礼问安，侍奉长者，这样的人在四个方面获得增长：名声、寿命、荣誉和力量。(60)

费力获取财富，或依靠非法手段，或依靠征服敌人，你不要把心思放在这些事情上。(61) 没有知识的人是可悲的，没有后代的夫妇是可悲的，没有食物的臣民是可悲的，没有国王的王国是可悲的。(62) 旅行会使人衰老，水流会使山岳衰老，缺少性爱会使妇女衰老，语言之箭会使心衰老。(63) 吠陀不念诵会受污染，婆罗门不守誓愿会受污染，贞女怀有好奇心会受污染，妇女离家出走会受污染。(64) 金子受银子污染，银子受锡污染，锡受铅污染，铅受脏物污染。(65) 不要用睡眠制服睡眠，不要用情爱制服妇女，不要用燃料制服火，不要用饮酒制服酒。(66) 通过施舍赢得朋友，在战斗中战胜敌人，通过食物和饮料赢得妻子，这样的生命有成果。(67)

千人之帅要活，百人之帅也要活，持国啊！放弃你的愿望吧。人无论如何不会没有活路。(68) 在这大地上，所有的稻米、麦子、金子、牲畜和妇女都不能使一个人满足，看清了这一点，你就不会糊涂。(69) 国王啊！我再对你说一遍：你要公平对待你的儿子们，国王啊！公平对待自己的儿子们和般度的儿子们。(70)

以上是吉祥的《摩诃婆罗多》中《斡旋篇》第三十九章(39)。

四〇

维杜罗说：

应善人们的请求，尽力完成任务而不执著成果，很快获得声誉，因为善人们满意会带来幸福。(1) 在受到谴责前，就放弃属于非法的重大之事，那么，他摆脱痛苦，安享幸福，犹如蛇蜕去衰老的皮。(2) 谎称出身高贵，毁谤国王，作弄老师，这些与杀婆罗门同罪。(3) 一句妒忌的话、死亡和争吵都能扼杀幸福；不虚心、草率和自夸是知识的三大敌人。(4) 寻求快乐的人怎会有知识？而寻求知识的人不会有快乐。寻求快乐的人会放弃知识，或者，寻求知识的人会放弃快乐。(5) 火对木头不知餍足，大海对河水不知餍足，死亡对一切众生也不知餍足，美目女郎对男子不知餍足。(6) 愿望毁灭坚定，死亡毁灭繁荣，愤怒毁灭幸运，吝啬毁灭声誉，不养护毁灭牲畜，国王啊！一个发怒的婆罗门毁灭王国。(7)

家中始终要存有山羊、黄铜、车子、蜂蜜、解毒药、鸟、祭司、年老的亲戚和不幸的朋友。(8) 山羊、公牛、檀香、琵琶、镜子、蜂蜜、酥油、铁、铜、贝螺、金子、麝香和牛黄。(9) 摩奴说过，家中应该备有这些，用以供奉天神、婆罗门和客人，婆罗多子孙啊！(10) 我要告诉你一些特别圣洁而高于一切的话：永远也不要出于欲望、恐惧和贪婪，也不要为了生命而抛弃正法。(11) 因为正法永恒，而苦乐无常；生命永恒，而生命的持有者无常。抛弃无常，立足永恒，你要知足，因为知足就是财富。(12)

你看那些强大有力的国王统治这个物产富饶的大地，照样抛弃王国和奢侈的享受，陷入死神的控制。(13) 辛辛苦苦抚养的儿子一旦死去，国王啊！人们便把他抬出家门，披头散发，哀哀哭泣，把他放在火葬堆上，犹如放下一块木头。(14) 别人享受死者的财富，鸟和火吞噬尸体。只有两件东西跟随他到来世，那就是善业和恶业。(15) 抛弃他后，亲属、朋友和儿子们回去，而他自己作的业跟随他，即使他已经被扔进火葬堆。(16) 在这世界的上面和下面，是广漠无际的黑暗，迷惑感官。你要知道这一点，不要得到它，国王啊！(17)

如果你能认真听取这些话，照着去做，你将在这个生命世界里获得至高名声，在今生和来世都无所畏惧。(18) 婆罗多子孙啊！灵魂是河流，善业是沐浴圣地，真理是河水，坚定是河岸，自制是水波。在这里沐浴，行善之人得到净化，因为灵魂是纯洁的，水永远是水。(19) 制造一艘坚定之船，渡过五种感官之水汇成的河流，河流中有爱欲和嗔怒两种鳄鱼和难以逾越的再生险滩。(20) 在智慧、正法、学识和年龄上都是长辈，又是自己的亲戚，敬重他，供奉他，向他请教什么该做，什么不该做，就永远不会迷惑。(21) 一个人应该用坚定守护阳物和肚子，用眼睛守护手和脚，用思想守护眼睛和耳朵，用行为守护思想和语言。(22)

经常备有水，经常佩戴圣线，经常学习，避免食用掉在地上的食物，对老师说真话，做善事，这样的婆罗门不会从梵界跌落。(23) 学习吠陀之后，点燃祭火，供奉祭品，保护众生。为了保护牛群和婆罗门，用武器净化自己的灵魂，这样的刹帝利在战场上战死后，升入天国。(24) 学习之后，将钱财适时分给婆罗门、刹帝利和投靠者，嗅三火净化的圣烟，这样的吠舍死后在天国享受天神的快乐。(25) 依照规矩供奉婆罗门、刹帝利和吠舍，使他们满意，这样的首陀罗焚毁罪恶，没有烦恼，抛弃身体时，能享受天国的幸福。(26) 我给你讲了四种姓的正法。你要知道我讲这些的缘由：般度之子已从刹帝利正法失落，国王啊！你应该按照王法恢复他的地位。(27)

持国说：

确实，正如你经常教诲我的那样，朋友啊！我的心完全同意你说的话。(28) 即使我的理智一向同情般度之子们，但一见难敌，就会变样。(29) 没有一个凡人能够超越命运，我认为命运决定一切，人为的努力是徒劳的。(30)

以上是吉祥的《摩诃婆罗多》中《斡旋篇》第四十章 (40)。

四一

持国说：

维杜罗啊！如果你还有什么没讲的，请你告诉我吧！我很愿意听，因为你的话丰富多彩。(1)

维杜罗说：

持国啊！古代的长生童子永善生曾经说过死亡不存在，婆罗多子孙啊！(2) 他是一切智者中的佼佼者，大王啊！他能说出你内心显露和隐埋的一切。(3)

持国说：

你怎么会不知道这位长生童子会告诉我什么？如果你智慧有余的话，维杜罗啊！请你告诉我。(4)

维杜罗说：

我是首陀罗出身，因此，我不能说得更多了。但我知道这位童子的永恒智慧。(5) 他出身婆罗门，即使透露秘密也不会受天神们谴责。因此，我才这么对你说。(6)

持国说：

告诉我，维杜罗啊！我在这世带着肉身，怎样才能与这位古代的

长生童子相会?(7)

护民子说:

于是,维杜罗思念这位誓言严厉的仙人。他感知到思念,便显现自己,婆罗多子孙啊!(8)维杜罗按照仪规接待他,让他舒适地休息片刻后,对他说道:(9)"尊者啊!持国心中有疑惑,我不能对他说,而你能对他说。这位王中因陀罗听了你说的话,就能超越苦和乐。(10)同样,得和失、爱和恨、老和死、恐惧和愤慨、饥和渴、迷醉、忧恼、懈怠、爱欲和嗔怒、兴盛和衰亡都不能压倒他。"(11)

以上是吉祥的《摩诃婆罗多》中《斡旋篇》第四十一章(41)。《不寐篇》终。

永善生篇

四 二

护民子说:

灵魂高尚而聪明的持国王崇敬维杜罗说的话。他希望获得至高的智慧,悄悄地询问永善生。(1)

持国说:

永善生啊!我听说你教导说没有死亡,而天神和阿修罗为达到不死而修习梵行,究竟哪一种正确?(2)

永善生说:

有些人认为通过行动可以达到不死,有些人认为没有死亡。听我告诉你,国王啊!这样,你就会解除疑惑。(3)刹帝利啊!这两种观点的原始意义都正确。智者们认为痴迷即死亡,而我说放逸即死亡,也就是说,永远不放逸即不死。(4)由于放逸,阿修罗们失败;由于不放逸,天神们与梵同一。死亡并不像老虎那样吃人,因为死亡没有固定的形态。(5)有些人说阎摩是死亡,有些人说是别的。而沉潜自我的梵行就是不死。这位天神统治祖先世界中的王国,福中之福,祸中之祸。(6)死亡出自他的口中,在人中表现为愤怒、放逸和痴迷。

在他的控制下，痴迷的人们离开这里，又坠落那里。（7）天神们追随他，也惶惑迷离，因此，他得名死亡。人们追逐成就，贪恋业果，不能超越死亡。（8）如果能思考并摧毁冲动，不受尊敬也不在乎，那么，他就是死亡，像死亡那样吞噬。懂得这一点的人，便会灭寂欲望。（9）

一个人追逐爱欲，便随爱欲毁灭；一个人摒弃爱欲，也就摆脱任何激情。（10）众生的地狱漆黑幽暗，仿佛被抓住后想逃跑，却面对深渊。（11）贪欲首先杀害他，然后爱欲和愤怒也会抓住他。它们驱使弱者走向死亡，而坚定者能凭借坚定超越死亡。（12）刹帝利啊！如果一个人无所顾虑，死亡就像稻草老虎那样不会攻击他。由于愤怒和贪婪，灵魂陷入痴迷，死亡就在你的身体里。（13）懂得死亡这样产生，一个人立足知识，就不怕死亡。死亡在知识的领域毁灭，正如人进入死亡的领域而毁灭。（14）

持国说：

在这世上，有些人不遵行正法，有些人遵行正法，那么，是正法被邪恶消灭，还是正法消灭邪恶？（15）

永善生说：

在这世上，人们享受到两种业果，正法之果和非法之果。智者以正法驱逐非法。你要知道，正法比非法更强大。（16）

持国说：

人们说，永恒的世界属于行善的再生者自己的正法；人们说，这些再生者还有不同的序列，智者啊！那是由业造成。（17）

永善生说：

那些不能角力的婆罗门像力士那样有力，他们死后在天国闪发光辉。（18）婆罗门认为那里食物和饮料像雨季的青草一样茂盛，在那里生活不会忧愁。（19）有人给他带来凶险和威胁，他沉默不语，若无其事，这样的人比别人幸运。（20）面对沉默不语者不心烦，也不占用婆罗门的财物。那么，他的食物被认为是善人的食物。（21）犹如狗在危难中经常吃自己的呕吐物，他们以自己的勇气维生，也吃呕吐物。（22）婆罗门希望自己的行动永远无人知晓，他生活在亲属中间，不露痕迹。（23）

哪个婆罗门能杀死内在的灵魂？刹帝利啊！因为他看到某种梵住在那里。(24) 婆罗门应该不疲倦，不索取，受尊敬，无忧恼，真正有修养，而不是貌似有修养，是知梵的智者。(25) 再生者世俗财物不富有，而吠陀富有，不可制服，不可动摇，要知道他们形成梵的身体。(26) 在这世上懂得认真祭祀众天神，这样的人并不等于是婆罗门，因为他是在努力行事。(27) 不刻意努力，而受到人们尊敬，这是真正受尊敬。他受到尊敬，不在意；不受到尊敬，也不心烦。(28) 受到尊敬时，应该想"在这世上，智者尊敬人。"不受尊敬时，应该想"愚人精通世故，不懂正法，不尊敬应该尊敬的人。"(29)

尊敬（或骄傲）和苦行（或沉默）从不同行，人们知道尊敬属于这个世界，苦行属于另一个世界。(30) 在这世上，吉祥伴随幸福，但吉祥也是路上的障碍，刹帝利啊！缺乏智慧的人难以获得婆罗门（或梵天）的吉祥。(31) 人们说这种吉祥有许多道难以守护的门。真诚、正直、廉耻、自制、纯洁和知识，这些是阻挡骄傲和痴迷的六道门。(32)

以上是吉祥的《摩诃婆罗多》中《斡旋篇》第四十二章 (42)。

四三

持国说：

学习梨俱、夜柔和娑摩吠陀的再生者犯了罪，是否被罪恶玷污？(1)

永善生说：

娑摩、梨俱和夜柔都不能救护恶业，智者啊！我对你说的是实话。(2) 颂诗不能救护靠幻术谋生的骗子们的罪恶。犹如羽毛丰满的小鸟离开巢窝，颂诗抛弃死到临头的人。(3)

持国说：

如果吠陀不能救护通晓吠陀的人，智者啊！婆罗门为什么依然喋喋不休呢？(4)

永善生说：

在这个世界修习苦行，在另一个世界见到成果。对于婆罗门来

193

说，这些世界依靠充足的苦行。(5)

持国说：

什么是充足的或不充足的苦行？永善生啊！请你说说，让我们知道。(6)

永善生说：

有愤怒等等十二种缺点和残忍等等六种缺点，国王啊！有正法等等十二种优点，再生者从经典中得知。(7) 愤怒、爱欲、贪婪、痴迷、好奇、哀怜、不满、骄傲、忧愁、渴求、妒忌和厌恶，这些是人们应该经常避免的十二种缺点。(8) 王中因陀罗啊！这些缺点依次走近人，寻找机会，就像猎人伺机捕鹿。(9) 自夸、贪心、狡黠、记仇、浮躁和疏忽，这六种缺点使人作恶犯法，在危难中也不起好作用。(10) 纵欲，密谋，通敌，后悔施舍，虚弱无力，吹捧同党，仇视妇女，这些是七种残忍之法。(11) 正法、真诚、自制、苦行、不妒忌、廉耻、宽容、不嫉恨、祭祀、施舍、坚定和博识，这是婆罗门的十二种伟大誓愿。(12) 具备这十二种品德的人出外游历，能统治这整个大地。明显具备其中的三种、两种或一种品德，也被认为不是执著自我的人。(13)

自制、弃绝和不放逸，不朽存在其中。睿智的婆罗门说，这些都以真理为前提。(14) 与自制对立的缺点有十八种：不做该做的事、说谎、嫉恨、爱欲、钱财和渴求，(15) 愤怒、忧愁、渴望、贪婪、背信弃义、妒忌、好奇、后悔和享乐，(16) 还有健忘、嚼舌多嘴和自我陶醉，善人们说自制就是摆脱这些缺点。(17) 有六种最好的弃绝：遇到快乐之事不喜悦，遇到不快之事不沮丧，(18) 相传第三种是乞求者乞求的不是别的，而是他的可爱的妻子和儿子，他也能满足乞求者，不管别人说闲话。(19) 舍弃钱财，不肆意挥霍，也不缺乏礼仪费用，如同具有学者的智慧，这样的人既拥有财富，又具备一切品德。(20)

不放逸者应该避免八种缺点，婆罗多子孙啊！摆脱了五种感官、心、过去和未来，就能获得幸福。(21) 摆脱那些缺点，具备那些优点，这就是你询问的苦行充足或不充足，王中因陀罗啊！你还想要听什么？(22)

持国说：

有人说四吠陀加上故事有五吠陀，有人说四吠陀，有人说三吠

陀，(23) 也有人说二吠陀，一吠陀，甚至没有梨俱（吠陀）。这些人中，我能称谁是婆罗门？(24)

永善生说：

由于不知道一种吠陀，同一真理产生了许多种吠陀，王中因陀罗啊！无论哪一种都根植于真理。这样，不摒弃吠陀，把智慧用在大处。(25) 如果出于贪欲而进行施舍、学习和祭祀，那么，他们的意图从真理滑向错误。(26) 如果为了坚持真理而举行祭祀，用思想、语言和行动举行祭祀，这样的人实现意图，控制意图。(27) 一个人不必悄悄奉行祭祀的誓愿。真理（satyam）这个名称源自字根存在（sat），也就是至高的存在。知识的成果明显，苦行的成果深奥。(28) 要知道，念诵许多经文的婆罗门只是善于念诵，刹帝利啊！你不能以为念诵者就是婆罗门，只有不偏离真理的人，你才能承认他是婆罗门。(29)

古代，仙人们创作时，阿达婆吟诵阐陀（颂诗）。学会阐陀的人就是精通阐陀者。但他们并不知道应该知道的真谛。(30) 没有人真正懂得这些吠陀，或许也有人理解这些吠陀，国王啊！知道这些吠陀的人并不知道应该知道的真谛。只有立足真理的人才能知道应该知道的真谛。(31)

我认为婆罗门是聪明的故事手。他破除了疑惑，阐述一切疑问。(32) 对它的探索不用去东方、南方、北方、地平线或任何方向。(33) 一个人应该放下一切，保持沉默，凝思集虑，寂然不动，这样，梵才会进入他的内在自我。(34) 由于静默，而不是由于居住林中，他成为牟尼。懂得不灭者（梵），被称为最优秀的牟尼。(35) 由于能解释一切词义，他被称为语法家。他洞察所有世界，成为洞察一切者。(36) 婆罗门立足真理，遵循吠陀，看到梵，刹帝利啊！这就是我要告诉你的，智者啊！(37)

以上是吉祥的《摩诃婆罗多》中《斡旋篇》第四十三章 (43)。

四四

持国说：

永善生啊！你讲述关于梵的话，包罗万象，具有至高的意义。这

是最可爱的话题,请你讲给我听吧,童子啊!(1)

永善生说:

你兴奋地询问我这个梵,它不可能匆匆忙忙获得。我将对你讲述这种古老的未曾显现的知识,它只有通过智慧和梵行才能获得。(2)

持国说:

你说这种永恒的、未曾显现的知识要通过梵行得到,而它停留在这里的时间中,保持不动,高贵者啊!那么,怎样才能获得这种梵的不朽呢?(3)

永善生说:

在这世上,克服世俗的爱欲,耐心地立足于梵,坚守真性,让自我摆脱肉体,犹如从蒙阇草取出草茎。(4)父亲和母亲造成肉体,婆罗多子孙啊!而不老不死的真正的生,来自老师的教诲。(5)他们进入老师的胎中,成为胎儿,修习梵行,成为世上经典作者,摒弃肉体,走向至高的瑜伽。(6)以真理设防,护卫耳朵,赐予不朽,应该将这样的人视为父母。知道了他的行为,就不会伤害他。(7)学生永远应该尊敬老师,渴望学习,心地纯洁,精进努力,不应该骄傲和粗鲁。这是梵行的第一步。(8)即使献出生命和财富,也要在行为、思想和语言上,使老师满意。这是梵行的第二步。(9)对待师母的行为应该与对待老师一样,按照吩咐去做,使她满意。这是梵行的第三步。(10)智者侍奉老师,不会说"我不做这事。"他可以这样想,而不能这样说。这是梵行的第四步。(11)他这样生活,应该把到手的钱财供奉老师。这会使善人的收入增长许多倍。对待老师的儿子的行为也是这样。(12)他这样生活,在这世上全面繁荣,获得许多儿子和稳固的地位,四面八方为他降雨,人们也会实践梵行。(13)

凭借这种梵行,众天神获得神性,聪明吉祥的众仙人获得梵界。(14)凭借这种梵行,众健达缚和众天女获得美貌;从前,太阳也是凭借这种梵行降生。(15)他修炼苦行,如果躺下,会使整个身体爆裂,国王啊!由此,他超越愚痴,成为智者,在死亡之时,也能阻止死亡。(16)人们用人为的行动征服有限的世界,刹帝利啊!而智者走向整个梵。此外,没有别的出路。(17)

持国说:

它是像白色的,红色的,黑色的,乌色的,还是褐色的?婆罗门

智者看到的这种不朽不灭的境界是什么样子的？（18）

永善生说：

它不像白色，不像红色，不像黑色，不像铁的颜色，也不像太阳的颜色。它既不呆在地上，也不呆在空中，海水也不负载它。（19）它不在星星中，也不附着闪电。它的形状也不见于云中。它不在风中，不在神癨中，也不见于月亮和太阳中。（20）它不在梨俱中，不在夜柔中，不在阿达婆中，也不见于纯洁的娑摩中，国王啊！也肯定不见于娑摩的韵律。（21）它超越不能超越的黑暗。甚至死亡本身在毁灭之时，也走向它。它的形状既比剃刀刀刃还薄，又比高山还大。（22）它是基础、不死、世界、梵和声誉，众生从它那里产生，也在那里走向毁灭。（23）它健康、伟大、崇高、著名。智者们说它是语言的产物。整个世界立足于它。知道它的人达到不死。（24）

以上是吉祥的《摩诃婆罗多》中《斡旋篇》第四十四章（44）。

四五

永善生说：

这精子具有巨大的光辉、热力和声誉。众天神侍奉它，太阳依靠它发光。瑜伽行者看到这位永恒的尊者。（1）梵产生于精子，依靠精子增长。在发光体中间，精子使不热者发热。瑜伽行者看到这位永恒的尊者。（2）在水中，水产生于水，两位天神躺在空中，一个正方向，一个反方向，支撑天和地。瑜伽行者看到这位永恒的尊者。（3）两位天神支撑天和地，精子支撑方位和世界。方位和河流从它流出，大海由它造成。瑜伽行者看到这位永恒的尊者。（4）这位神圣的不老者光辉熠熠，站在稳固的、不停运转的车轮上，马匹在空中将他运送。瑜伽行者看到这位永恒的尊者。（5）他的形态无可比拟，没有人能用肉眼看到他。而用智慧、思想和心灵理解他，这样的人达到不死。瑜伽行者看到这位永恒的尊者。（6）主人们经历既可怕又甜蜜的、由天神守护的十二条溪流。瑜伽行者看到这位永恒的尊者。（7）蜜蜂采集和吸吮半个月的蜜，在一切众生中，主宰者用它作为祭品。瑜伽行者看到这位永恒的尊者。(8)没有羽毛的雏鸟降生在金叶吉祥树上,在那里,长大成鸟,然后飞向各方。瑜伽行者看到这位永恒的尊者。(9)从圆满中提取圆满,从圆满中创造圆满,从圆满中取走圆满,而圆满依然保持圆满。瑜伽行者看到这位永恒的尊者。(10)风来自它,也在它那里安息;火和娑摩来自它,呼吸在它那里扩展。(11)从它那里可以知道一切,而我们无法描述它。瑜伽行者看到这位永恒的尊者。(12)呼吸吞噬气息,月亮吞噬呼吸,太阳吞噬月亮,至高者吞噬太阳。瑜伽行者看到这位永恒的尊者。(13)天鹅从水上腾飞时,不伸出一只脚。如果它总是这样,那就既没有死亡,也没有不死。瑜伽行者看到这位永恒的尊者。(14)这位天神灵魂伟大,这位原人吞噬火,一个人知道这位原人,他的灵魂就不受伤害。瑜伽行者看到这位永恒的尊者。(15)如果他伸展开成千张翅膀,飞起来,来到中间的中间,他的速度会快似思想。瑜伽行者看到这位永恒的尊者。(16)他的形象不停留在视界,只有本性纯洁的人才能看到他。有益的智者能用思想看到他。依附于他的人达到不死。瑜伽行者看到这位永恒的尊者。(17)正如蛇藏身洞穴,人靠自己的学识和行为藏身。愚蠢的人陷入痴迷,犹如迷路遇险。瑜伽行者看到这位永恒的尊者。(18)如果经常成为存在和不存在,哪里会有死亡和不死?真理和谎言,都与真理相关;存在和不存在,同一根源。瑜伽行者看到这位永恒的尊者。(19)在世人中,善人和恶人对它的看法不会一样。如果知道它与不死相同,他就会努力追求这种蜜。瑜伽行者看到这位永恒的尊者。(20)流言不折磨他的心。他不考虑有没有学习,有没有举行火祭,而把心思放在轻快的梵上。智者们获得他的知识。瑜伽行者看到这位永恒的尊者。(21)

如果一个人在遍布各处的一切众生中看到自我,他为何还要忧伤?(22)对于婆罗门智者,一切吠陀如同水源充溢的泉井。(23)灵魂伟大的原人拇指般大小,悄悄进入心中。这位不生者不知疲倦地日夜游荡。智者想到他,便保持宁静。(24)我是我,我也是你们的母亲、父亲和儿子,我也是一切存在或不存在者的灵魂。(25)我是古老的祖父、父亲和儿子,婆罗多子孙啊!你们在我的灵魂中。你们不属于我,我也不属于你们。(26)灵魂是我的住处,灵魂是我的出生,我是

永不衰老的基础。(27) 善念不胜微妙,我在一切众生中保持觉醒。人们知道一切众生之父被安置在莲花上。(28)

以上是吉祥的《摩诃婆罗多》中《斡旋篇》第四十五章(45)。《永善生篇》终。

和 谈 篇

四 六

护民子说:

国王与永善生和聪明的维杜罗这样交谈着,黑夜逝去。(1) 天亮后,所有的国王愉快地进入会堂,想看看这位御者。(2) 以持国为首,他们一齐进入国王美丽的会堂,想听听普利塔之子们关于正法和利益的言辞。(3) 这宽敞的会堂洗刷一新,配有镶金庭院,像月亮那样明亮,喷洒了圣洁的香水,(4) 安放着铺有精美坐垫的金椅、木椅、宝石椅和象牙椅。(5)

毗湿摩、德罗纳、慈悯、沙利耶、成铠、胜车、马嘶、毗迦尔纳、月授和波力迦,(6) 大智者维杜罗和大勇士尚武,婆罗多族雄牛啊!所有这些王族勇士聚在一起,以持国为首,进入会堂。(7) 难降、奇军、妙力之子沙恭尼、丑面、难偕、迦尔纳、优楼迦和毗文沙提,(8) 以暴烈的俱卢王难敌为首,进入这座会堂,国王啊!犹如众天神进入帝释天的宫殿。(9) 随着这些臂似铁闩的勇士进入,国王啊!这座会堂光彩熠熠,犹如充满狮子的山洞,国王啊!(10)

这些显赫的大弓箭手灿若太阳,进入会堂,在这些精美的座椅上就座。(11) 所有的国王就座后,婆罗多子孙啊!门卫报告御者之子已经来到:(12) "我们的使者驾驶信度马车前往般度族,又迅速返回。"(13) 全胜戴着耳环,从车上迅速跳下,进入会堂,里面坐满灵魂高尚的国土。(14)

全胜说:

俱卢族人啊!你们知道,我从般度族那里回来,般度之子们按照辈分向各位俱卢族人行礼问候。（15）普利塔之子们向长辈请安，以朋友之礼问候朋友，也向小辈问好，按照辈分依次表示敬意。（16）众位国王啊！你们要知道，我遵照持国的吩咐前往般度族，向他们传话。（17）

以上是吉祥的《摩诃婆罗多》中《斡旋篇》第四十六章（46）。

四七

持国说：
当着众国王的面，我问你，全胜啊！胜财（阿周那）说了些什么？他灵魂高尚，精力旺盛，是武士魁首，砍伐邪恶者的生命。（1）

全胜说：
让难敌听听阿周那说的这些话。灵魂高尚的胜财（阿周那）得到坚战同意，准备开战。黑天当时也听到这些话。（2）有冠者（阿周那）知道自己的臂力，无所畏惧，坚定沉着，准备开战，当着婆薮提婆之子（黑天）的面，对我说道 "你在俱卢族人中间，对持国之子（难敌）说：（3）'让聚在一起想要与般度族开战的国王们听着，你要让国王和大臣听到我说的所有的话。'"（4）犹如众天神热切聆听手持金刚杵的天王的话，般度族人和斯楞遮耶族人聆听有冠者（阿周那）铿锵有力的话。（5）

手持甘狄拨神弓的阿周那准备开战，眼似红莲，说道 "如果持国之子（难敌）不把王国还给阿阇弥吒后裔坚战王，那么持国之子们原先犯下的罪孽就没有清算。（6）怖军，阿周那，双马童之子（无种和偕天），婆薮提婆之子（黑天），高举武器的悉尼之孙（萨谛奇），猛光，束发，还有像因陀罗一样的坚战，他运用意念就能焚烧大地和天空。（7）如果持国之子（难敌）想与他们作战，那么，般度之子们的目的就会完全实现。你不必为般度族做什么，如果你想开战，你就来吧！"（8）奉行正法的般度之子遭到放逐，流亡森林，躺在痛苦之床，那么，持国之子将来丧失生命，躺在更加痛苦不堪的毁灭之床。（9）

"持国之子灵魂邪恶，胡作非为，统治俱卢族和般度族。而般度之子具有廉耻、智慧、苦行、自制、愤慨和财富，保护正法。(10) 虽然受到欺诈，依旧谦恭，正直，行苦行，自制，保护正法，有力，说真话，说善意的谎话，忍受无比的艰辛。(11) 般度族长子精神久经磨炼，一旦他思想激动，向俱卢族倾泻积压多年的可怕怒气，持国之子将为这场战争哀叹。(12) 犹如夏季燃起黑烟滚滚的大火焚烧干草枯木，坚战怒火燃烧，望上一眼，就能焚毁持国之子的军队。(13)

"看到般度之子怖军在战场上手持铁杵，喷吐愤怒的毒液，迅猛可怕，难以制服，持国之子将为这场战争哀叹。(14) 容貌可怕的怖军手持铁杵，冲向前来，杀戮持国之子们，就像雄狮冲进牛群，持国之子将为这场战争哀叹。(15) 他精通武器，在大恐怖中消除恐怖，在交战中粉碎敌军，经常独自一人驾车对抗车流，用铁杵杀戮成群成群的步兵。(16) 犹如用斧子砍伐树林，这位勇士迅猛地摧毁一支又一支队伍，击溃持国之子的军队，持国之子将为这场战争哀叹。(17) 持国之子看到自己庞大的军队溃败，犹如看到布满茅屋的村庄遭到火焚，成熟的谷子遭到雷击。(18) 看到怖军的武器之火焚烧，勇士们遭到杀害，大部分士兵惊恐失色，转身而逃，失去抵抗力，持国之子将为这场战争哀叹。(19)

"杰出的勇士无种武艺奇特，用右手从箭囊中取箭，射杀成百成百车兵，持国之子将为这场战争哀叹。(20) 养尊处优的无种在林中痛苦之床上躺了很久，他像愤怒的毒蛇嘶嘶喘息，持国之子将为这场战争哀叹。(21) 看到这些英雄遵奉法王（坚战）的命令，驾着辉煌的战车向军队冲来，奋不顾身，与国王们交战，持国之子将会哀叹。(22) 俱卢族人看到这五位少年勇士看似稚气，却精通武器，奋不顾身冲向羯迦夜人，持国之子将为这场战争哀叹。(23) 射手偕天乘坐不可抵御的战车，车轴无声，镶有金星，套着驯顺的骏马，用箭流砍削国王们的脑袋。(24) 看到他站在战车上，在极其恐怖的战场上纵横驰骋，武艺高强，所向披靡，持国之子将为这场战争哀叹。(25) 知耻，睿智，说真话，力大无比，恪守一切正法，在混战中行动敏捷，勇猛的偕天冲向犍陀罗人（沙恭尼），会杀死许多人。(26)

"看到德罗波蒂的儿子们，这些大弓箭手精通车战，武艺高强，这些勇士像剧毒的毒蛇那样冲向前来，持国之子将为这场战争哀叹。(27) 杀敌英雄激昂像黑天一样精通武艺，直闯敌人阵营，连连射箭，犹如乌云降雨，持国之子将为这场战争哀叹。(28) 看到妙贤之子（激昂）虽然年少，却勇气成熟，像因陀罗一样精通武艺，犹如死神降临敌军，持国之子将为这场战争哀叹。(29) 那些钵罗跋德罗迦族青年机智敏捷，像狮子一般英勇，击溃持国之子们和他们的军队，持国之子将为这场战争哀叹。(30)

"年长的毗罗吒和木柱王这两位大勇士，看到持国之子们和他们的军队，便率领各自的军队冲向敌人，持国之子将为这场战争哀叹。(31) 精通武艺的木柱王驾着战车，在战斗中愤怒地挽弓射箭，砍伐青年们的脑袋，持国之子将为这场战争哀叹。(32) 诛灭敌雄的毗罗吒带着面貌凶狠的摩差人，冲进敌军的要害部位，持国之子将为这场战争哀叹。(33) 看到摩差人中面貌凶狠的长者，毗罗吒的儿子，这位勇士也为般度族披挂上阵，持国之子将为这场战争哀叹。(34)

"一旦俱卢族杰出的英雄福身王之子（毗湿摩）在战场上被束发杀死，我说实话，毫无疑问，我们的敌人将不复存在。(35) 束发身披铠甲砍杀车兵们，驱车冲向毗湿摩，用神圣的战马粉碎车流，持国之子将为这场战争哀叹。(36)

"看到光辉的猛光站在斯楞遮耶族军队前列，聪明的德罗纳曾传授给他秘密的武艺，持国之子将会悲叹。(37) 这位军队统帅无与伦比，在战场上抗击敌人，用箭征服持国之子们，又冲向德罗纳，持国之子将为这场战争哀叹。(38) 这位苏摩迦族首领知耻，聪明，有力，机智，吉祥。任何敌人都不能抵挡我们，因为我们的先锋是芝湿尼族雄狮。(39) 他会对世人说'你们不用再选择了！'因为我们已经选择萨谛奇，他是悉尼的孙子，我们的朋友，战斗中无与伦比的车兵，无所畏惧的大力士，精通武艺。(40) 这位悉尼族首领会听从我的命令，用箭射击敌人，犹如乌云降雨，还会用箭网覆盖敌军士兵，持国之子会为这场战争哀叹。(41) 他灵魂高尚，臂长弓硬，意志坚定，渴望战斗，犹如牛群闻到狮子的气味，敌人会像遇到火一样往后退缩。(42) 他灵魂高尚，臂长弓硬，能劈开群山，毁灭一切世界；他精通武艺，心灵手巧，犹如空中的太阳，光辉灿烂。(43) 这位雅度族后代、苾湿尼族雄狮通晓奇异微妙的武器瑜伽,人们赞颂这种瑜伽。萨谛奇具备一切品德。(44) 在战斗中,看到摩豆族萨谛奇的金车套着四匹白马,不能控制自我的、愚蠢的难敌会哀叹。(45)

"看到盖娑婆(黑天)在战场上驾着镶有金子和宝石的战车,套着白马,以猿猴为旗徽,不能控制自我的、愚蠢的难敌会哀叹。(46) 这头脑愚蠢的人会在大战中听到我挥动甘狄拨神弓,弓弦碰击手臂,发出巨大的响声,犹如雷电轰鸣。(47) 愚蠢的持国之子心术不正,朋友邪恶,在战斗中,看到军队在箭雨中盲目逃窜,犹如牛群跑散,他会哀叹。(48) 在交战中杀死成千敌人,犹如乌云发出闪电,我的弓吐出利箭,穿透筋骨,命中要害,持国之子将为这场战争哀叹。(49) 看到从甘狄拨神弓弓弦上飞出的箭流,箭头锋利,命中大象、马和披戴铠甲的士兵,持国之子将为这场战争哀叹。(50) 看到敌人的箭被我射出的箭挡回,或偏离方向,或被我的剃刀箭砍断,愚蠢的持国之子将为这场战争哀叹。(51) 从我的手臂射出的箭砍下那些青年战士的头颅,犹如鸟儿啄下大树上的果子,持国之子将为这场战争哀叹。(52) 看到士兵们被箭击中,纷纷从车上、马上和大象上跌落,倒在战场上,持国之子将为这场战争哀叹。(53)

"我像张开大口的死神,向四面八方的步兵和车群射箭,用燃烧的箭雨驱散这些敌人,这个头脑愚蠢的人将会哀叹。(54) 看到战车冲向四面八方,自己的军队蒙上尘土,遭到甘狄拨神弓杀戮,晕头转向,这个头脑愚蠢的人将会哀叹。(55) 难敌将看到所有士兵不辨方向,肢体残缺,失去知觉,他们的战马、勇士、首领和大象遭到杀戮,干渴难忍,惊恐不安,车马疲惫不堪。(56) 看到他们遭到打击,遭到杀戮,发出痛苦的呻吟,到处是散落的发髻、骨头和头盖骨,犹如生主的半成品,这个头脑愚蠢的人将会哀叹。(57) 持国之子看到在车上有甘狄拨神弓、婆薮提婆之子(黑天)、神圣'五生'海螺、马匹、两个取之不尽的箭囊、'天授'(海螺)和我。(58) 我驱散成群结队的陀私优人。一个时代结束,开始另一个时代,我将像烈火那样焚毁俱卢族,持国和他的儿子们将会哀叹。(59) 愚蠢的持国之子及其兄弟和军队,失去王权,陷入愤怒,颤抖不已,失去主意,失去骄傲,他会哀叹。(60)

"一天早上，我做完祷告，有位婆罗门在水边友善地对我说'有件难事要你做，普利塔之子啊！你必须与你的敌人作战，左手开弓者啊！(61) 在战斗中，或者让因陀罗手持金刚杵，骑着马，在前面为你杀敌，或者让婆薮提婆之子黑天驾着套有妙项马的战车，在后面保护你。'(62) 我舍弃手持金刚杵的伟大因陀罗，而选择婆薮提婆之子（黑天）作为我的战斗助手。为了消灭陀私优人，我得到黑天，我想这是天命为我作的安排。(63) 黑天喜欢谁取胜，他只要运用意念，无须亲自出战，那个人肯定能战胜包括因陀罗在内的一切天神，至于凡人，更不用担心。(64) 谁想凭双臂渡过浩淼无边的大海，才会想在战斗中战胜光辉的、英勇无比的婆薮提婆之子黑天。(65) 谁想用手掌劈开由无数岩石堆积而成的白色大山，即使将手掌连同指甲都拍烂了，对大山也毫无损伤。(66) 想在战斗中战胜婆薮提婆之子（黑天），犹如想用双手扑灭燃烧的大火，想阻止太阳和月亮移动，想抢夺天神们的甘露。(67)

"黑天用暴力摧毁国王们的领地，独自驱车，娶了安乐国名誉显赫的艳光公主为妻，生下灵魂高尚的始光。(68) 他迅速粉碎犍陀罗族，战胜那伽那吉的所有儿子，强行释放在囚禁中发出呼喊、受众天神宠爱的善见。(69) 在迦瓦吒，他杀死般底耶人；在檀多古罗，他摧毁羯陵伽人；他焚毁波罗奈城，使这城废弃多年。(70) 一些人认为名叫独斫的尼沙陀王不可战胜，却照样被黑天杀死，躺倒在地，失去生命，犹如瞻婆猛烈撞在山上。(71) 他与大力罗摩一起，杀死在苾湿尼族和安陀迦族中作威作福的猛军的坏儿子，把王国交还给猛军。(72) 他施展幻力，与站在空中的、可怕的沙鲁瓦王梭婆作战，在梭婆的门口，用双手擒住这个杀人者。哪个凡人能对抗他？(73)

"有座可怕的阿修罗城堡，名为东光，难以接近，不可抗衡，大地之子那罗迦夺走了阿底提美丽的宝石耳环。(74) 众天神和帝释天联合起来，也不能与他对抗，夺回耳环。他们怀着恐惧，看到盖娑婆（黑天）的勇气、威力和武器。(75) 他们知道了盖娑婆（黑天）的本质，安排他去杀死那些陀私优。婆薮提婆之子（黑天）功绩显赫，接受了这个难以完成的任务。(76) 这位英雄在解脱城，杀敌六千，猛力砍断剃刀般锋利的套索，然后杀死牟罗和罗刹军队，进入解脱城。(77) 在那里，力量超凡的毗湿奴（黑天）与那位大力士（那罗迦）发生战斗。他被黑天杀死，躺倒在地，失去生命，犹如迦尼迦罗树被风刮倒。(78) 黑天夺回那些宝石耳环，杀死大地之子那罗迦和牟罗。威力无比的黑天吉祥笼罩，载誉而归。(79) 看到他在这场战斗中创造的可怕业绩，众天神赐给他许多恩惠'你将在战斗中不知疲倦；无论在空中还是在水里，你都能立足；(80) 任何武器都不会进入你的身体。'于是，黑天心满意足。大力士婆薮提婆之子（黑天）就是这样无与伦比，永远具备一切美德。(81)

"持国之子想用武力控制勇力无比、不可抗衡的毗湿奴（黑天）。这个灵魂邪恶的人打他的主意时，他予以抵制，而关注我们。(82) 如果他以为能在我和黑天之间制造争吵，从而夺走般度族的财产，那么让他到战场上去，在那里就会见分晓。(83) 我向福身王之子（毗湿摩）致敬，向德罗纳和他的儿子致敬，向举世无双的有年之子（慈悯）致敬，我想要王国，准备战斗。(84)

"遵行正法的人与般度族战斗，我想他的武器会受正法约束。般度之子们在掷骰子骗局中败于那些卑鄙的人，整整十二年，(85) 在森林中度过漫长的艰难生活，又度过一年的隐蔽生活，因为持国之子们站稳脚跟，无缘无故地不能容忍般度之子们活着。(86) 如果他们与我们交战，依靠以因陀罗为首的众天神帮助，战胜我们，那么，非法胜过正法，肯定不会有人行善了。(87) 如果他认为人不受业的束缚，如果他认为我们并不比他强，那么，我希望在婆薮提婆之子（黑天）帮助下，杀死难敌和他的亲属。(88) 如果人不受业的束缚，人不存在自己的业，那就好好看看，持国之子的失败便是明证。(89)

"俱卢族人啊！我明白告诉你们，持国之子们进行这场战争，他们将不复存在。俱卢族人啊！如果有人不指望战争，那就让他退出战争。这样，还能有人活在这世上。(90) 我杀死持国之子们和迦尔纳后，便征服整个俱卢族王国。你们各自做你们自己该做的事吧！你们享受可爱的妻子和儿子吧！(91) 我们也有年长的婆罗门，他们学问渊博，品行高尚，出身纯洁，通晓纪年和天文，善于测定星宿的会合。(92) 他们知道命运的大小秘密、神奇的天象、黄道和小时，预言俱卢族和斯楞遮耶族遭到大毁灭，般度族取得胜利。(93) 我们的无敌（坚战）认为已经达到制服敌人的目的。苾湿尼族雄狮遮那陀那（黑天）洞察幽微，也觉得没有疑问。（94） 我也知道未来情形。我精进努力，自己凭智慧观察一切。我的古老的眼力不会昏花。持国之子们进行这场战斗，他们将不复存在。（95）

"我的甘狄拨神弓不挽也会张开，我的弓弦不碰也会颤抖，我的箭会不断地从箭囊中蹦出，渴望飞射。（96） 我的刀悄悄地从刀鞘中脱出，犹如蛇蜕去自己衰老的皮。在我的旗帜上面，飘荡着可怕的话语 '有冠者啊！什么时候套上你的战车？'（97） 在夜里，成群的豺嚎叫，罗刹们从空中飞下，鹿、豺、孔雀、乌鸦、秃鹫、鹤和狼，（98）还有金翅鸟，看到我的战车套上白马，都会跟在后面。我独自一人倾泻箭雨，就能将所有参战的国王送往死神的世界。（99） 犹如夏季的大火席卷树林，我将用各种武器开路：可怕的桩耳和兽主宝，还有帝释天传授给我的梵宝。（100） 我决心杀敌，射出飞速的利箭，仿佛不放过任何一个人。我将获得平静。这是我的坚定不移的最大决心，你告诉他们吧，牛众之子啊！"（101）

持国之子经常依靠朋友，甚至向以因陀罗为首的众天神发出挑衅。而与这些朋友，他也想挑起争吵。请看看，他多么愚蠢！（102） 年长的福身王之子毗湿摩、慈悯、聪明的维杜罗、德罗纳和他的儿子，他们都说过 "愿全体俱卢族人长寿！"但愿如此！（103）

以上是吉祥的《摩诃婆罗多》中《斡旋篇》第四十七章（47）。

四八

护民子说：

所有的国王聚集在这里，婆罗多子孙啊！福身王之子毗湿摩对难敌说道：（1） "祭主和优沙那曾经侍奉梵天。摩录多和因陀罗，婆薮们和双马童，（2）阿提迭们、沙提耶们、天上七仙人、毗首婆薮、健达缚们和美丽的众天女，（3） 他们走近这位世界的老祖宗，向他行礼。这些天国居民围绕这位宇宙之主，侍奉他。（4） 这时，两位古老的天神、仙人那罗和那罗延离开那里，吸引着这些天国居民的思想和

光辉。（5）祭主询问梵天道："那两位是谁？他俩不侍奉你。请你告诉我们，祖宗啊！'"（6）

梵天说：

这两位苦行者光辉灿烂，照亮天空和大地，遍及一切，超越一切，强大有力。（7）那罗和那罗延从一个世界游荡到另一个世界，凭借自己的苦行，拥有伟大的品质和勇气。（8）他俩确实以自己的行动带给世界快乐。为了消灭阿修罗，天神和健达缚崇敬他俩。（9）

护民子说：

闻听此言，帝释天偕同以祭主为首的众天神，前往这两位苦行者修苦行的地方。（10）那时，天国居民正处在天神和阿修罗争斗的恐怖中，帝释天向灵魂伟大的那罗和那罗延乞求恩惠。（11）婆罗多族俊杰啊！他俩同意道："你选吧！"因陀罗说："请帮助我们吧！"（12）他俩回答道："我俩将按照你希望的去做。"由于他俩的帮助，帝释天战胜了提迭和檀那婆。（13）

在因陀罗（帝释天）的战斗中，折磨敌人的那罗杀死成千上万敌人——宝罗摩们和迦罗康迦们。（14）阿周那（那罗）站在战车上，驰骋战场，用月牙箭砍下正在吞噬祭祀的瞻婆的脑袋。（15）他在战场上杀死六千个全甲族阿修罗后，捣毁了大海彼岸的金城。（16）这位战胜敌人城堡的大臂阿周那（那罗）胜过众天神和因陀罗，令火神满意。那罗延也在战斗中杀死其他许多敌人。（17）

你们看，这两位大英雄联手配合，婆薮提婆之子（黑天）和阿周那两位大勇士也同样联手配合。（18）听说那罗和那罗延是古老的天神。在人间，连包括因陀罗在内的天神和阿修罗都无法战胜他俩。（19）传说黑天就是那罗延，颇勒古拿（阿周那）就是那罗。那罗延和那罗是一个实体，分成两个。（20）他俩凭借自己的业绩，享受不灭的永恒世界，而在战斗的时刻，他俩又一次次诞生在这里或那里。（21）因此，那罗陀说："应该行动。"因为他懂得吠陀，把这一切告诉苾湿尼族人。（22）

一旦你看到盖娑婆（黑天）手持螺号、飞轮和铁杵，可怕的弓箭手阿周那拿着武器，（23）这两位灵魂伟大的、不朽的黑王子站在同一辆战车上，孩子难敌啊！那时，你会想起我的话。（24）你的智慧偏离了正法和利益，孩子啊！俱卢族怎么会不面临毁灭？（25）如果你不听我的话，你会听到许多人死去，因为所有的俱卢族人都服从你的意见。（26）你只听取三个人的意见，婆罗多族雄牛啊！一个是遭到罗摩诅咒的迦尔纳，（27）出身低贱的车夫之子，另一个是妙力之子沙恭尼，还有一个是你的渺小卑劣的弟弟难降。（28）

迦尔纳说：

长寿的祖父啊！你不该这样说我，因为我恪守刹帝利正法，从不放弃自己的职责。（29）我有什么恶行，以致你责备我？持国之子们知道我没有任何劣迹。（30）我做一切事，让持国王高兴，也让难敌高兴，因为他掌管这个王国。（31）

护民子说：

听了迦尔纳的话，福身王之子毗湿摩又对大王持国说道：（32）"他总是夸口说'我要杀死般度之子们'，而他还比不上灵魂高尚的般度之子们的百分之一。（33）你要知道，现在降临到你灵魂邪恶的儿子们身上的厄运，正是这个心术不正的车夫之子迦尔纳造成的。（34）你的儿子难敌头脑愚蠢，信赖他，藐视那些制服敌人的英雄、天神之子们。（35）他过去做过哪件难事，能与般度之子们各自的业绩相比？（36）在毗罗吒城，看到可爱的弟弟遭到威风的胜财（阿周那）杀害，那时，他干了什么？（37）胜财（阿周那）冲向结集在一起的俱卢族人，击溃他们，夺走牛群，他难道不在那里吗？（38）你的儿子巡视牛场，被健达缚抓住，那时，这个车夫之子在哪儿？现在，他倒气壮如牛。（39）难道不正是灵魂高尚的普利塔之子怖军和双生子，前来打败健达缚的吗？（40）婆罗多族雄牛啊！祝你幸运！这个偏离正法和利益的人总是自我吹嘘，说了许多谎言。"（41）

灵魂高尚的婆罗堕遮之子（德罗纳）听了这番话，当着众国王的面，向持国行礼，说道：（42）"你按照婆罗多族俊杰毗湿摩说的去做，国王啊！你不能按照那些贪财的人的话去做。（43）我认为在开战前，最好先与般度之子们会谈。全胜传达了阿周那说的那些话。（44）我知道，这位般度之子会说到做到，因为三界中，没有一个人能与这位弓箭手相比。"（45）

国王没有理会毗湿摩和德罗纳的忠告，继续询问全胜有关般度之

子（坚战）的情况。（46） 国王没有正确回答毗湿摩和德罗纳的话，所有俱卢族人失去了生存的希望。（47）

以上是吉祥的《摩诃婆罗多》中《斡旋篇》第四十八章（48）。

四九

持国说：
听到我们这边结集了这么多军队，那位正法之子、般度族国王说了些什么？（1） 坚战准备作战，希望从中得到什么？在忧患中，在弟弟和儿子们中间，他观察谁的脸色？（2） 他通晓正法，遵行正法，受到蠢人们欺骗而陷入愤怒，哪些人为他选择战争或和平？（3）

全胜说：
般遮罗族人和般度族人观看国王坚战的脸色，祝你好运！他统辖所有的人。（4） 般度族和般遮罗族各支车队向前来的贡蒂之子坚战行礼。（5） 贡蒂之子（坚战）光辉灿烂，犹如闪发光焰、驱除黑暗的太阳，般遮罗族人向他致敬。（6） 般遮罗族人、羯迦夜族人、摩差族人以及牧牛人和牧羊人，都向和蔼可亲的般度之子坚战行礼致敬。（7） 婆罗门妇女们、公主们和百姓的女孩们，戏耍着聚在一起，观看全副武装的普利塔之子（坚战）。（8）

持国说：
全胜啊！告诉我，般度之子们联合什么人打我们？猛光和别的军队怎么样？苏摩迦族的力量怎样？（9）

护民子说：
在俱卢族集会的会堂里，持国王询问这个问题。牛众之子（全胜）仿佛思绪起伏，深深地叹息。出于天意，这位御者无缘无故昏厥过去。（10） 在国王集会的这个会堂里，有人喊道："大王啊！全胜突然昏倒在地，失去知觉，没有反应，说不出话了。"（11）

持国说：
全胜见到大勇士贡蒂之子们，他的心肯定已被这些人中之虎扰乱。（12）

护民子说:

全胜恢复知觉,回过气来,又在俱卢族集会的这个会堂里,对持国说道"大王啊! (13) 我见到大勇士贡蒂之子们,王中因陀罗啊!他们受到限制,生活在摩差王宫中,清癯消瘦。大王啊!你听着,般度族任用什么人? (14) 他以法为魂,不暴怒,不恐惧,不淫逸,不贪财,不强词夺理,不抛弃真理, (15) 大王啊!他是法的典范,最优秀的守法者,般度族任用这位无敌(坚战)。(16)

"这位弓箭手臂力举世无双,制服所有的国王,般度族任用这位怖军。(17) 他们从紫胶宫中逃出,遇到吃人的希丁波,贡蒂之子狼腹(怖军)成为他们的庇护所。(18) 信度王劫掠祭军之女(黑公主),贡蒂之子狼腹(怖军)成为他们的庇护所。(19) 在多象城,他从大火中救出所有的般度之子。般度族任用他。(20) 为了取悦黑公主,他杀死迦娄陀婆沙,进入崎岖可怕的香醉山。(21) 他的双臂拥有一万头大象的勇力,般度族任用这位怖军与你们作战。(22)

"这位英雄过去为了取悦火神,以黑天做助手,大显身手,战胜好战的摧毁城堡者(因陀罗)。(23) 他以战斗令大神(湿婆)满意。这位大神住在雪山,手持三股叉,是乌玛的丈夫。(24) 这位弓箭手制服所有的国王。般度族任用这位维阇耶(阿周那)与你们作战。(25)

"战士无种武艺神奇,意志坚定,他征服弥戾车人居住的西方。(26) 他手持大弓,是玛德利的儿子。般度族任用这位英俊的勇士,俱卢后裔啊! (27) 般度族也任用偕天与你们作战。他曾经战胜迦尸人、盎伽人、摩揭陀人和羯陵伽人。(28) 在这世界上,只有四个人的勇力能与他匹敌,他们是马嘶、勇旗、始光和宝光。(29) 这位年轻的人间英雄令玛德利高兴。般度族任用这位偕天与你们作战。(30)

"前生是迦尸王的女儿,想杀死毗湿摩,实施严厉的苦行。死后,婆罗多族雄牛啊! (31) 她转生为般遮罗王的女儿。由于命运安排,她又转变为男子,人中之虎啊!他知道男女的善恶。(32) 这位般遮罗人作战狂热,曾经打败羯陵伽人。他们任用这位精通武艺的束发与你们作战,俱卢族人啊! (33) 据说是一位药叉将她变成男子,为了

杀死毗湿摩。般度族任用这位暴戾的大弓箭手。(34)

"羯迦夜族五兄弟王子，他们都是大弓箭手，铠甲锃亮。般度族任用他们与你们作战。(35) 芝湿尼族英雄善战（萨谛奇）臂长，武器迅猛，坚定，以真理为勇气。他们任用他与你们作战。(36) 毗罗吒曾经及时庇护灵魂高尚的般度之子们。般度族任用他作战。(37) 迦尸国王是波罗奈的大勇士，已经成为他们的战士。他们任用他与你们作战。(38) 木柱王的年轻的儿子们灵魂高尚，在战斗中难以战胜，犹如与毒蛇接触。般度族任用他们。(39) 激昂与黑天一样英勇，与坚战一样自制。般度族任用他作战。(40) 童护之子勇旗英勇无比，名声卓著，这位大勇士在战场上怒不可挡。般度族任用这位车底王与你们作战。(41) 婆薮提婆之子（黑天）是般度族之子们的庇护所，犹如婆薮之主（因陀罗）是众天神的庇护所。般度族任用他与你们作战。(42) 还有车底王的弟弟沙罗跋和迦罗迦尔舍。他们任用他俩与你们作战。(43) 还有妖连之子偕天和胜军。光辉的木柱王率领大军，奋不顾身，决心为般度族的利益作战。(44) 法王（坚战）依靠这些和其他许多东方、北方的成百位国王，严阵以待。"(45)

以上是吉祥的《摩诃婆罗多》中《斡旋篇》第四十九章(49)。

五〇

持国说：

你提到的所有这些人都很英勇，但把他们全都加起来，只顶怖军一个。(1) 犹如人鹿对老虎，我对怒不可遏的怖军怀有极大的恐怖。(2) 我彻夜难眠，长吁短叹，惧怕的就是狼腹（怖军），犹如弱小动物惧怕狮子。(3) 因为我看到这位大臂者像因陀罗那样威武，军队中没有一个人能在战斗中与他对抗。(4) 般度和贡蒂的这位儿子暴躁，记仇，不会开玩笑，疯狂，斜眼看人，大声吼叫。(5) 他速度非凡，勇气非凡，手臂非凡，力量非凡，将在战斗中毁灭我的愚蠢的儿子们。(6) 俱卢族雄牛狼腹（怖军）在战斗中手持捶击大腿的铁杵，犹如死神手持刑杖。(7) 在我的心中，看到那可怕的镶金铁杵，犹如

看到高举的梵杖。(8)

怖军将蹂躏我的军队，犹如强悍的狮子蹂躏鹿群。(9) 甚至在孩提时代，他就贪吃，倔强，粗鲁，经常一人对我的所有的儿子施暴。(10) 难敌他们在孩提时代与他交手，一败涂地，犹如遭到大象践踏，我的心就颤抖不安。(11) 我的儿子们一向慑于他的勇力，忧心忡忡。这个勇敢可怕的怖军正是造成分裂的原因。(12) 我仿佛看到在战场上，愤怒狂暴的怖军吞吃前面成排成排的人、象和马。(13) 他的武艺与德罗纳和阿周那一样，速度与风一样，全胜啊！你讲讲这个不可抵御的勇士怖军的情况吧！(14)

我想，这个坚决的杀敌者若不杀死我的所有的儿子，那真是出乎意料。(15) 他曾杀死威力骇人的药叉和罗刹，凡人怎么能在战场上抵御他的冲击？(16) 全胜啊！即使在孩提时代，他也不听从我的管教，现在，这位般度之子受到我的坏儿子们的伤害，更不用说了。(17) 他坚强不屈，宁折不弯，目光斜视，眉毛紧锁，这位狼腹（怖军）怎么会安宁？(18) 怖军肩膀宽阔，力大无比，肤色漂亮，身躯魁梧如同多罗树，比阿周那还高一虎口。(19) 他的速度赛过骏马，力量赛过大象，这位般度族的仲儿①说话咕噜咕噜，眼睛似蜜。(20) 我过去从毗耶娑的口中听说这位般度之子的容貌和勇气。确实，他在孩提时代就是如此。(21)

优秀的武士怖军将在战场上愤怒地挥舞铁杵，杀死车、象、马和人。(22) 他一向怒不可遏，粗暴，残忍，凶猛，以前总是违抗我而受到蔑视，朋友啊！(23) 他的镶金大铁杵铸造精良，一挥舞就能杀死一百人，发出一百种声响，我的儿子们怎能忍受？(24) 只有傻瓜才指望渡过怖军制造的箭海，朋友啊！这箭海无边无际，深不可测，难以逾越。(25) 这些孩子自以为聪明，不听我的警告，眼睛只看到蜜糖，看不到险恶的深坑。(26) 他们将与化作人形的风神交战，必定受创造主驱赶，犹如鹿群受到狮子驱赶，朋友啊！(27)

这铁杵四肘长，六边形，威力无比，砸在身上痛苦不堪，我的儿子们怎能忍受？(28) 他不断舔着嘴角，淌着眼泪，挥舞铁杵，砸碎

---

① 怖军在贡蒂生的三个儿子中，排行第二。

大象的脑袋。（29）他对准目标捶击，发出怒吼，击倒鸣叫着向他冲来的大象。（30）他冲进车道，杀戮优秀的武士，如同熊熊燃烧的烈火，我的孩子怎能逃脱？（31）这位大臂者辟出一条路，一路驱赶我的军队。他手持铁杵，仿佛跳着舞，展示时代的末日。（32）犹如颞颥开裂的大象撞碎开花的树木，狼腹（怖军）将在战场上击溃我的儿子们的军队。（33）这位人中之虎击倒战车上的人和旗，砸碎鼓皮，杀死车兵和骑兵。（34）如同恒河湍急的水流冲垮河边各种树木，他击溃我的儿子们的大军，全胜啊！（35）在怖军的折磨下，我的儿子们、臣仆们和国王们肯定都会陷入他的控制，全胜啊！（36）

从前，他进入后宫，在婆薮提婆之子（黑天）帮助下，击倒英勇非凡的妖连王。（37）聪明而有力的摩揭陀国王妖连曾经征服和折磨大地女神。（38）俱卢族人依靠毗湿摩的威严，安陀迦人和芝湿尼人依靠谋略，才没有陷入他的控制。或许，这只是出自天意。（39）而这位勇敢的般度之子赶到那里，赤手空拳就把他打死了，还有什么可说的？（40）

犹如一条蛇喷吐积聚已久的毒液，全胜啊！怖军将在战场上向我的儿子们施展威力。（41）他将手持铁杵杀死我的儿子们，犹如神中魁首因陀罗手持金刚杵杀死檀那婆。（42）我仿佛看到狼腹（怖军）冲过来，不可抵御，不可阻拦，眼睛通红，勇猛无比。（43）即使他不拿铁杵，不拿弓箭，不驾战车，不穿铠甲，只用双臂战斗，又有谁能顶住？（44）毗湿摩、婆罗门德罗纳和有年之子慈悯都跟我一样知道怖军聪明而有勇气。（45）这些人中雄牛知道誓言高贵，不愿毁弃诺言，依然会站在我们军队的前列。（46）命运胜过一切，尤其是胜过人力，即使我看到般度之子们胜利，我也不会阻止我的儿子们。（47）

这些大弓箭手走在古老的因陀罗之路上，将在混战中捐弃生命，保护他们在大地上的声誉。（48）我的儿子们和般度之子们对于他们都一样，都是毗湿摩的孙辈，德罗纳和慈悯的学生，朋友啊！（49）这三位老人品行高贵，我们给予的任何供养和庇护，都会得到回报，全胜啊！（50）人们说，对于一位婆罗门，拿起武器，愿意履行刹帝利正法，死亡是最高的恩惠。（51）确实，我为所有准备与般度之子们作战的人哀伤，维杜罗一开始就预言灾祸降临。（52）

全胜啊！我不认为智慧能消除痛苦，因为痛苦强大有力，反而能毁灭智慧。（53）即使获得解脱的仙人，目睹世俗的执著，也是遇快乐而快乐，见痛苦而痛苦。（54）更何况我这个有千种执著的人？执著王国、儿子们、王后们、孙子们和亲友们。（55）在这场大灾难中，我究竟能做什么？因为我预感到俱卢族的覆灭。（56）俱卢族的大祸显然发端于掷骰子。这是那些迷恋王权、贪得无厌的蠢人造下的恶业。（57）我认为这是时神永远运转的法则，犹如箍在轮子上的轮圈，无法逃脱。（58）

全胜啊！我该做什么？我该怎么办？我到哪里去？那些愚蠢的俱卢族人处在时神控制下，即将毁灭。（59）不久，我的一百个儿子将被杀死，而我无能为力，将听到妇女们的哀号，朋友啊！怎样能让我也死去？（60）犹如夏季燃起的大火，借助风势，焚烧干草枯木，般度之子（怖军）手持铁杵，和阿周那一起，将要杀死我的儿子们。（61）

以上是吉祥的《摩诃婆罗多》中《斡旋篇》第五十章（50）。

五一

持国说：

我们从未听他（坚战）说过谎言，而胜财（阿周那）是他的战士，他甚至能统治三界。（1）我想来想去，也没有发现哪个人能驱车迎战甘狄拨神弓手（阿周那）。（2）甘狄拨神弓手在战场上射出各种穿心的利箭，没有人能与他对抗。（3）如果人中雄牛德罗纳和迦尔纳与他对阵，由于他俩伟大高尚，结果未可预料。但在这世上，胜利不会属于我。（4）迦尔纳既温和，又鲁莽，教师（德罗纳）年高资深，普利塔之子（阿周那）强壮有力，手持硬弓。将会有一场激战，难分胜负。（5）他们都是精通武艺的勇士，声誉卓著，宁可舍弃天国统治权，也不愿舍弃胜利。或者是他俩被杀，或者是颇勒古拿（阿周那）被杀，才会有和平。（6）

能够战胜和杀死阿周那的人尚未发现。他对我的愚蠢的儿子们的怒火怎么会平息？（7）精通武艺的人通常也有胜败，但我们听说颇勒古拿（阿周那）常胜不败。(8) 他在甘味林，向三十三天神挑战，令火神满意。他战胜所有天神，我没听说他失败过。(9) 在战斗中，他的御者是感官之主（黑天），品行与他一样，朋友啊！胜利肯定属于他，犹如属于因陀罗。(10) 我们听说，这两位黑王子和上了弦的甘狄拨神弓，这三种威力在同一辆战车上结为一体。(11) 而我们没有这样的弓，这样的战士，这样的御者。那些追随难敌的蠢人还没有明白这一点。(12)

全胜啊！闪光的雷电打在头上，有人还可能侥幸活命，朋友啊！而有冠者（阿周那）射出的箭不会放过一人。(13) 颇勒古拿（阿周那）仿佛在射箭，仿佛在杀戮，仿佛在用箭雨制造身首分离。(14) 仿佛由甘狄拨神弓点燃的箭火到处蔓延，在战场上焚烧我的儿子们的军队。(15) 我预感到婆罗多族大军为左手开弓者（阿周那）的隆隆车声震慑，簌簌发抖。(16) 犹如大火焚烧干草枯木，四处蔓延，火焰越蹿越高，他将焚毁我们的军队。(17) 一旦有冠者（阿周那）屹立战场，挽弓喷射成束成束的利箭，他就成了创造主创造的毁灭一切的死神，谁也无法抵抗。(18) 在俱卢族的住处或在周围，同样在战争开始后，我将不断听到许多征兆，毁灭肯定降临俱卢族。(19)

以上是吉祥的《摩诃婆罗多》中《斡旋篇》第五十一章 (51)。

五二

持国说：
正如般度之子们个个勇敢豪迈，渴望胜利，他们的盟友也怀抱必胜信念，奋不顾身。(1) 因为你已经告诉我那些勇敢的敌人：般遮罗人、羯迦夜人、摩差人、摩揭陀人和婆蹉人。(2) 强大有力的黑天想要控制包括因陀罗在内的所有世界。这位世界的最优秀者也坚信般度族胜利。(3) 萨谛奇很快学会阿周那的全部知识。这位悉尼之孙将在战场上像播种那样播撒利箭。(4) 般遮罗族人勇士猛光行为残酷，精通至高的武器，将与我的军队作战。(5) 我害怕坚战的怒气和阿周那的勇敢，朋友啊！我害怕孪生子和怖军。(6) 这些人中因陀罗将会撒

下神奇的罗网，消灭我的军队，因此，我发出悲鸣，全胜啊！（7）

般度之子（坚战）英俊，聪明，机智，有吉相，行梵行，智慧健全，以法为魂。（8）他有朋友和大臣，有合适的盟友，有兄弟、岳父和儿子，他们都是大勇士。（9）人中之虎般度之子（坚战）坚忍不拔，保守秘密，仁慈，慷慨，廉耻，以真理为勇气。（10）他学问广博，灵魂完美，侍奉长者，控制感官。这样一个具有一切品德的人犹如点燃的火。（11）哪个愚蠢的人头脑发昏，想要寻死，会像飞蛾那样扑向熊熊燃烧、不可阻挡的般度族之火？（12）这位国王是又细又高的火苗，闪耀纯金的光辉，将在战斗中毁灭我的愚蠢的儿子们。（13）我认为，不与他们开战为好，俱卢族人啊！你们要知道，如果进行战争，整个家族肯定毁灭。（14）对我来说，和平至上。有了和平，我的心才会安宁。如果你们不想要战争，让我们一起为和平努力。（15）坚战不会无视你们的请求，因为他厌弃非法，为此而指责我。（16）

以上是吉祥的《摩诃婆罗多》中《斡旋篇》第五十二章（52）。

五三

全胜说：

婆罗多族大王啊！正如你所说，甘狄拨神弓会在战斗中毁灭刹帝利。（1）但我不明白，你一向聪明睿智，深知左手开弓者（阿周那）的秉性，却还对儿子言听计从。（2）大王啊！为时已晚，你一错再错，从一开始就亏待了这些普利塔之子，婆罗多族雄牛啊！（3）作为父亲和知心朋友，应该很好把握自己，为儿子的利益着想。害儿子的人不配做父亲。（4）"胜了！赢了！"当你听说他们在赌博中失败，大王啊！你像小孩子一样欢笑。（5）你无视普利塔之子们遭到尖刻的嘲讽，只想到自己的儿子们赢得整个王国，没有预见这是祸患。（6）大王啊！你的祖传的王国是包括疆伽罗族在内的俱卢族。后来你获得英雄们征服的整个大地。（7）普利塔之子们凭借臂力和勇气征服大地，交给你，而你认为"这是我征服的"，王中魁首啊！（8）你的儿子们被健达缚王抓获，沉入海中，无船搭救，又是普利塔之子救回他们，

王中魁首啊！（9）而般度之子们在赌博中受骗，被迫流亡森林，国王啊！你却像小孩子那样欢笑。（10）

阿周那泼洒大量的利箭，甚至大海也会枯竭，何况血肉之躯？（11）颇勒古拿（阿周那）是最优秀的射手，甘狄拨是最好的弓，盖娑婆（黑天）在一切众生中最优秀，妙容是最好的飞轮。（12）他的旗帜是最好的旗帜，以猿猴为旗徽，闪闪发光。白马拉着战车，运载这一切，国王啊！犹如时间之轮腾飞，将在战场上毁灭我们。（13）现在，国王啊！这整个世界属于他，婆罗多族雄牛啊！这位国王有怖军和阿周那两位战士，王中魁首啊！（14）以难敌为首的俱卢族人看到你的军队被怖军杀得一败涂地，他们将走向毁灭。（15）大王啊！你的儿子们和追随他们的国王们惧怕怖军，胆战心惊，不会取胜，主人啊！（16）

现在，摩差人、般遮罗人和羯迦夜人不再尊敬你，沙鲁瓦人和苏罗塞那人都轻视你，因为他们了解普利塔之子的智慧和勇气，全都归顺他。（17）欺诈那些奉守正法、命不该死的人，你的邪恶的儿子和他的随从应该受到一切方式的制裁，大王啊！你不该为此悲伤。（18）在赌博的时候，我和聪明的维杜罗就已对你说过，婆罗多子孙啊！现在，你为了般度之子们发出悲叹，仿佛失去希望，王中因陀罗啊！这一切都毫无意义。（19）

以上是吉祥的《摩诃婆罗多》中《斡旋篇》第五十三章（53）。

五四

难敌说：

不要害怕，大王啊！不要为我们担心，国王啊！我们有能力在战斗中战胜敌人，主人啊！（1）普利塔之子们流亡森林时，诛灭摩图者（黑天）带着摧毁敌国的大军来到。（2）羯迦夜人、勇旗和水滴王之孙猛光，还有其他许多追随普利塔之子们的国王也接踵而来。（3）这些大勇士汇聚在天帝城附近，一起指责你和俱卢族。（4）以黑天为首，他们聚在一起，侍奉身穿兽皮坐着的邻居坚战，婆罗多子孙啊！（5）国王们对他说道 "应该讨还王国。"他们想消灭你和追随者。（6）我听说后，国王啊！担心亲族遭到毁灭，婆罗多族雄牛啊！对毗湿摩、德罗纳和慈悯说道：（7）"我认为，般度之子们不会遵守协议，因为婆薮提婆之子（黑天）想彻底消灭我们。（8）除了维杜罗外，你们这些灵魂高尚的人都会被杀死。俱卢族魁首持国通晓正法，不会被杀死。（9）在彻底消灭我们之后，遮那陀那（黑天）会把整个俱卢族王国交给坚战。（10）怎么办？到时候了！投降，逃跑，还是拼死决战？（11）如果我们坚持抵抗，必败无疑，因为所有的国王都听从坚战指挥。（12）我们的臣民离心离德，我们的朋友充满怨气，所有的国王和亲友都责怪我们。（13）向亲属投降，不算过错，自古以来就是如此。只是我为父亲悲伤。他是具有慧眼的人主，为了我的缘故，蒙受痛苦，陷入无穷的烦恼。"（14）以前，你的儿子们为了取悦我，总是骚扰别人。这些你都知道，人中魁首啊！（15）大勇士般度之子们会报仇雪恨，消灭持国王的家族和大臣们。（16）

婆罗多子孙啊！知道我忧心忡忡，感官痛苦，德罗纳、毗湿摩和德罗纳之子（马嘶）说道：（17）"如果敌人侵害我们，我们不应该惧怕，折磨敌人者啊！（18）我们人人都能打败所有的国王，让他们来吧！我们将用利箭灭除他们的骄傲。（19）从前，毗湿摩的父亲死去时，毗湿摩独自驱车，愤怒地击败所有的国王，婆罗多子孙啊！（20）这位俱卢族俊杰愤怒地杀死了他们中的许多人。他们出于恐惧，归顺天誓（毗湿摩）。（21）毗湿摩和我们完全能在战斗中战胜敌人，婆罗多族雄牛啊！消除你的恐惧吧！"当时，这些威力无比的人就作出这样的决定。（22）

那时，整个大地在敌人控制之下。现在，这些人不可能在战场上战胜我们，因为敌方已经分裂，般度之子们失去勇气。（23）现在，这世界依靠我们转动，婆罗多族雄牛啊！我召集来的国王们团结一致，能够同欢乐，共患难。（24）你要知道，折磨敌人者啊！这些国王为了我，赴汤蹈火也在所不惜，俱卢族魁首啊！（25）他们都嘲笑你像疯子似的痛苦不堪，悲泣哀伤，吹捧敌人，恐惧万状。（26）这些国王个个都能迎战般度之子们，个个都知道自己的分量，消除你的恐惧吧！（27）甚至婆薮之主（因陀罗）和自生者梵天也不能消灭我

的所有军队。(28)

坚战已经放弃城市，只要求五个村庄，就是因为他害怕我的军队和力量，主人啊！(29) 你想像的贡蒂之子狼腹（怖军）的能力虚妄不实，因为你不知道我的全部威力，婆罗多子孙啊！(30) 以杵交战，在这大地上没有人能与我相比，无论过去，还是将来，没有人能超过我。(31) 经过长期痛苦的磨炼，我已经精通知识技艺。无论在哪里，我都不会惧怕怖军或其他的人。(32) 我侍奉商迦尔舍那（大力罗摩）时，他就断言："以杵交战，没有人能与难敌相比。"祝你幸运！(33) 在战斗中，我与商迦尔舍那相等，而在世界上，我的力量更强。怖军在战斗中不能承受我的铁杵打击。(34) 我只要给上怖军狠狠一捶，国王啊！马上就能把他送往阎摩的可怕领地。(35) 我希望见到手持铁杵的狼腹（怖军），国王啊！这是渴望已久的心愿。(36) 普利塔之子狼腹（怖军）将在战场上遭到我的铁杵打击，肢体破碎，失去生命，躺倒在地。(37) 甚至雪山一旦遭到我的铁杵打击，也会碎成百块千块。(38) 怖军知道，婆薮提婆之子（黑天）和阿周那也知道这个论断，"以杵交战，没有人能与难敌相比。"(39) 因此，消除你对怖军的恐惧吧！在大战中，我将消灭他，国王啊！你不用担心。(40)

我杀死怖军后，婆罗多族雄牛啊！许多相同的或更加优异的勇士很快就会击败阿周那。(41) 毗湿摩、德罗纳、慈悯、德罗纳之子（马嘶）、迦尔纳、广声、东光王、沙利耶和信度王胜车，(42) 他们人人都能杀死般度之子们，婆罗多子孙啊！立刻把他们全都送往阎摩殿。(43) 所有这些国王的军队怎么会战胜不了一个胜财（阿周那）？没有这个道理。(44) 毗湿摩、德罗纳、德罗纳之子（马嘶）和慈悯射出成百成千束箭流，迫使普利塔之子（阿周那）前往阎摩殿。(45)

祖父毗湿摩是恒河女神和福身王所生，与梵仙一样，甚至众天神都难以抵御，因为仁慈的父亲曾对他说"只要你不愿意，你就不会死去。"(46) 德罗纳（Drona）出生在梵仙婆罗堕遮的木盆（dronī）里，大王啊！德罗纳又生下精通至高武艺的德罗纳之子（马嘶）。(47) 杰出的教师慈悯出生在芦苇秆中，是乔答摩（有年）大仙的儿子。我认为这位吉祥的人不会被杀死。(48) 这三个人都不是胎生。他们是马嘶的父亲、母亲和舅舅，而马嘶是站在我这边的勇士，

大王啊！（49）所有这些大勇士如同天神，大王啊！他们在战斗中，甚至能给因陀罗造成痛苦，婆罗多族雄牛啊！（50）

我认为，迦尔纳与毗湿摩、德罗纳和慈悯一样；罗摩也同意，对他说"你与我一样。"婆罗多子孙啊！（51）迦尔纳有一对天生的光辉灿烂的耳环，伟大的因陀罗为了沙姬，向这位折磨敌人者请求，用百发百中、可怕至极的"力宝"交换那对耳环，大王啊！（52）迦尔纳怀藏"力宝"，胜财（阿周那）怎么还能活命？我必胜无疑，仿佛果子已经到手，国王啊！显而易见，我们在这世界上的敌人将遭到彻底失败。（53）毗湿摩一天能杀敌一万，婆罗多子孙啊！大弓箭手德罗纳、德罗纳之子（马嘶）和慈悯与他一样。（54）折磨敌人者啊！众多的刹帝利盟友都下定决心：不是我们杀死阿周那，就是胜财（阿周那）杀死我们！（55）主人啊！国王们确信能杀死左手开弓者（阿周那），你何必痛苦烦恼？国王啊！（56）

怖军被杀后，敌军中还有谁会作战？如果你知道，请告诉我，折磨敌人者啊！（57）般度族五兄弟、猛光和萨谛奇，这七位武士是敌方的主力，国王啊！（58）而我方优秀的武士有毗湿摩、德罗纳、慈悯、德罗纳之子（马嘶）、毗迦尔多那·迦尔纳、月授和波力迦，（59）东光王、沙利耶、阿凡提王、胜车、难降、丑面和难偕，民众之主啊！（60）闻寿、奇军、多友、毗文沙提、舍罗、广声和你的儿子毗迦尔纳。（61）我已结集了十一支大军，而敌方比我们少，只有七支。我怎么会失败呢？（62）祭主说过"兵力比自己少三分之一，可以与之交战。"国王啊！我的军队超出敌人三分之一。（63）我看到敌方有许多缺陷，婆罗多子孙啊！我方有许多长处，民众之主啊！（64）我的军队处于优势，般度族军队处于劣势，婆罗多子孙啊！看到这一切，你就不会困惑。（65）

护民子说：

说罢，战胜敌人城堡者（难敌）知道时间紧迫，需要备战，又询问全胜。（66）

以上是吉祥的《摩诃婆罗多》中《斡旋篇》第五十四章(54)。

五五

难敌说：

贡蒂之子坚战已经结集七支大军，全胜啊！他和国王们渴望开战，有什么打算？（1）

全胜说：

国王啊！坚战兴奋激动，渴望开战，怖军、阿周那和双生子都无所畏惧。（2）贡蒂之子毗跋蓨（阿周那）试试咒语，套上天车，光照四方。（3）我看到他全副武装，犹如携带闪电的乌云，他默念咒语，高兴地对我说道：（4）"请看看这些前兆，全胜啊！我们将获得胜利。"正像毗跋蓨（阿周那）对我说的，我的感觉也是这样。（5）

难敌说：

你喜欢称颂在掷骰子中失败的普利塔之子们，请说说阿周那车上套的什么马？挂的什么旗？（6）

全胜说：

民众之主啊！鲍婆那和帝释天、大匠（陀湿多）和创造主（陀多）创造了这辆车的式样和装饰，主人啊！（7）凭借天神的幻力，他们在旗帜上制作形象，精致、神圣、宏伟、轻巧。（8）四面八方，横向纵向，这面旗覆盖一由旬，即使被树木围住，也不受阻碍，因为它是鲍婆那用幻力制成。（9）犹如帝释天的弓（彩虹）在空中闪耀，色彩斑斓，我们不知道它是怎么回事，鲍婆那制造的这面旗多姿多彩。（10）犹如从火中冒出的烟，遇到阻碍，照样升空，带着色彩、光辉和形体，鲍婆那制造的这面旗轻盈灵巧，没有阻碍。（11）他的战车套着训练有素、快速如风的白色神马。奇军赠给他这些马时，曾经许下恩惠：即使会有这匹或那匹马被杀死，它们的数量始终保持一百。（12）

国王（坚战）的战车套着象牙色的大马，与他的勇力相配；怖军的那些马色似羚羊，在战场上快速似风。（13）偕天的那些马身体呈花斑色，背脊杂色似鹧鸪，是亲爱的哥哥颇勒古拿（阿周那）赠送的，比英雄哥哥自己的马还要好。这些马愉快地拉着偕天。(14) 那些快速如风、强大有力的骏马是因陀罗赠送的，拉着玛德利的儿子、阿阇弥吒的后裔无种，犹如拉着杀死弗栗多的英雄因陀罗。(15) 天神赠送的那些高大的骏马，拉着妙贤之子和德罗波蒂的儿子们，与他们的年龄和勇力相配，速度无与伦比。(16)

以上是吉祥的《摩诃婆罗多》中《斡旋篇》第五十五章(55)。

五六

持国说：

全胜啊！你看到哪些人，出于各种目的结集在一起，为了般度之子们，准备与我儿子的军队作战？(1)

全胜说：

我看到安陀迦族和苾湿尼族的首领黑天来到那里，还有显光和善战·萨谛奇。(2) 这两位著名的大勇士气概豪迈，各自带领一支大军归附般度族。(3) 般遮罗族木柱王在十个英雄儿子簇拥下，以真胜为首，以猛光为先锋，带着一支大军，(4) 在束发保护下，所有的士兵，全副武装，来到那里，增强般度族的声势。(5) 毗罗吒偕同他的两个儿子商佉和优多罗，还有以醉马为先锋、以月授为首的众位英雄。(6) 这位国王带着兄弟和儿子，在大军围绕下，归附普利塔之子。(7) 摩揭陀王妖连之子（胜军）和车底王勇旗，各自带领大军，分别来到。(8) 羯迦夜族五兄弟全都悬挂红色的旗帜，在大军围绕下，归附般度族。(9) 我看到这些人聚集在一起，为了般度族，准备与持国之子的军队作战。(10)

精神高尚的猛光通晓人、神、健达缚和阿修罗的军阵，担任军队统帅。(11) 束发负责对付福身王之子毗湿摩，国王啊！毗罗吒和摩差国的勇士们接应他。(12) 般度长子（坚战）负责对付摩德罗王，而有些人说"我们认为这两个人不相称。"(13) 怖军负责对付难敌及其儿子和他的一百个兄弟，还有东方人和南方人。(14) 阿周那负责对付毗迦尔多那·迦尔纳、马嘶、毗迦尔纳和信度王胜车。(15) 普

第五　斡旋篇

利塔之子阿周那还负责对付世上所有英勇傲慢、不可抵御的敌人。（16）羯迦夜族大弓箭手五兄弟王子负责在战场上与羯迦夜人作战。（17）他们负责对付玛尔华人、沙鲁瓦人、羯迦夜人和三穴国两位发了誓的首领。（18）妙贤之子（激昂）负责对付难敌的所有儿子、难降和巨力王。（19）德罗波蒂的大弓箭手儿子们悬挂金旗，将跟随猛光迎战德罗纳，婆罗多子孙啊！（20）显光渴望与月授展开车战，善战（萨谛奇）想与安乐国成铠交战。（21）玛德利之子偕天，这位在战斗中吼叫的勇士负责对付你的内弟妙力之子（沙恭尼）。（22）玛德利之子无种负责对付优楼迦·盖多维耶和娑罗湿婆多族。（23）其他一些召集而来准备参战的国王们，般度之子们也都作了安排，国王啊！（24）他们的军队部署就是这样，你和你的儿子要及时作好必要的准备。（25）

持国说：

我的那些愚蠢的儿子在赌博中耍奸，到了战场上，与强壮有力的怖军交战，都将不复存在。（26）大地上所有的国王们经过时神法则的净化，即将投入甘狄拨神弓之火，犹如飞蛾扑火。（27）我想，一旦复仇心切的般度之子们在战斗中击溃我的军队，谁还会在战场上追随我们？（28）他们都是威武显赫、声誉卓著的勇士，战场上的胜利者，辉煌如同太阳和烈火。（29）坚战是他们的首领，诛杀摩图者（黑天）是他们的保护者，般度之子左手开弓者（阿周那）和狼腹（怖军）是他们的战斗英雄。（30）无种、偕天、水滴王之孙猛光、萨谛奇、木柱王和猛光之子，（31）般遮罗族王子优多贸阇、难以战胜的战愤、束发、刹多罗提婆、毗罗吒之子优多罗，（32）迦尸人、车底人、摩差人和所有的斯楞遮耶人、毗罗吒之子跋波鲁、般遮罗人和钵罗跋德罗迦人，（33）这些英雄勇敢坚定，甚至能劈开高山。只要他们不愿意，即使因陀罗也不能夺走这个大地。（34）他们全都具备优秀的品德和超人的威力，全胜啊！尽管我哀叹悲鸣，我的邪恶的儿子依然想要开战。（35）

难敌说：

我们双方出身同一个家族，脚踩同一个大地，为什么你只认为般度族一方会胜利？（36）祖父（毗湿摩）、德罗纳、慈悯、难以战胜的

223

迦尔纳、胜车、月授和马嘶,(37) 都是精明的大弓箭手,即使因陀罗和众天神也不能在战斗中战胜他们,何况般度之子们?父亲啊!(38) 整个大地是为我创造的,父亲啊!我必须驱逐般度之子们,即使他们坚定,英勇,如同烈火。(39) 般度之子们不敢正视我的军队,因为我作战勇敢,必将战胜般度族兄弟和他们的儿子。(40) 所有的国王都想取悦我,会包围他们,犹如网住羚羊,婆罗多子孙啊!(41) 我的庞大车队和箭网将击溃般遮罗族与般度族。(42)

持国说:

全胜啊!我的儿子像疯子一样胡言乱语,因为他不能战胜法王坚战。(43) 毗湿摩一向知道般度族兄弟和他们的儿子声誉卓著,强大有力,通晓正法,灵魂高尚。(44) 因此,我不愿意与这些灵魂高尚者交战,全胜啊!请继续说说他们的情况吧!(45) 是谁激励这些迅猛的般度族大弓箭手闪耀光辉,犹如添加酥油的祭火。(46)

全胜说:

婆罗多子孙啊!是猛光不断地激励他们:"战斗吧,婆罗多族英雄们!不要害怕战争!(47) 那些国王将在持国之子陪伴下,投入激战,汇成铠甲的海洋。(48) 在战斗中,我独自一人就能吞噬这些愤怒的国王和他们的随从,犹如鲸鱼吞食小鱼。(49) 我将抵挡毗湿摩、德罗纳、慈悯、迦尔纳、德罗纳之子(马嘶)、沙利耶和难敌,犹如海岸抵挡大海。"(50)

闻听此言,以法为魂的坚战对他说道:"般遮罗族和般度族全靠你的坚定和勇气,你在战争中救助我们吧!(51) 我知道,大臂者啊!你坚守刹帝利正法,独自一人就能对抗好战的俱卢族人。你的所作所为都是为了我们的利益,折磨敌人者啊!(52) 面对在战斗中逃跑、溃退和求救的人们,他依然奋勇当先,展示英雄气概。这样的勇士值得用一千人交换,精通策略的人啊!这确实是关键。(53) 你就是英雄、豪杰、勇士,人中雄牛啊!无疑,对于陷入战争恐怖的人们,你是救护者。"(54)

以法为魂的贡蒂之子坚战这样说后,无所畏惧的猛光对我说道:(55) "御者啊!你告诉所有的人,告诉难敌的战士们、波力迦人、波罗底波后裔俱卢族人和有年族人,(56) 车夫之子(迦尔纳)、德罗纳及其儿子、胜车、难降、毗迦尔纳和难敌王。(57) 你赶快去对毗湿摩说 '你应该与般度之子坚战讲和,别让受天神保护的阿周那杀死你们。你们要赶快去恳求这位世界英雄。(58) 这位左手开弓的般度之子(阿周那)精通武艺,在这大地上,没有一个战士能与他相比。(59) 这位手持甘狄拨神弓者(阿周那)的天车受天神保护,没有一个凡人能战胜他,你们不要对战斗抱有幻想。'"(60)

以上是吉祥的《摩诃婆罗多》中《斡旋篇》第五十六章(56)。

五七

持国说:

般度之子坚战具有刹帝利的光辉,从小就遵奉梵行。尽管我哀叹悲鸣,我的愚蠢的儿子们仍要与他决战。(1) 难敌啊!你放弃战斗吧,婆罗多族俊杰啊!在任何情况下,人们都不赞同战争,克敌者啊!(2) 一半的领土足够你和大臣们生活了,还给般度之子们该有的那一份吧,克敌者啊!(3) 因为,所有的俱卢族人都认为,你愿意与灵魂高尚的般度之子们讲和,合乎正法。(4) 儿子啊!你好好想想这些,看看你自己的军队。这正是你的漏洞,而你执迷不悟。(5) 我不希望打仗,波力迦不希望打仗,毗湿摩、德罗纳、马嘶和全胜也不希望打仗。(6) 月授、沙利耶、慈悯、诚誓、多友、庆胜和广声也都不希望打仗。(7) 俱卢族人受到骚扰,就得靠他们。他们也不愿意打仗,孩子啊!让他们与你和好吧!(8) 你做事没有主见,迦尔纳、难降和灵魂邪恶的妙力之子沙恭尼是你的教唆者。(9)

难敌说:

对于你、德罗纳、马嘶、全胜、毗迦尔纳、甘波阇、慈悯和波力迦,(10) 诚誓、多友、广声以及其他你的人,我都不会委以重任,而我照样发出挑战。(11) 父亲啊!我和迦尔纳安排这场战争祭祀,以坚战作为祭供的牺牲,婆罗多族雄牛啊!(12) 我的战车是祭坛,刀剑是小勺,铁杵是大勺,铠甲是会众,战马是四位祭司,箭是达哩薄草,声誉是酥油。(13) 我们在战场上亲自祭祀阎摩,人主啊!我

225

们将杀死敌人，满载财富，凯旋而归。（14） 我、迦尔纳和弟弟难降，父亲啊！我们三个人将在战斗中杀死般度之子们。（15） 或是我杀死般度之子们，统治这大地，或是般度之子们杀死我，享受这大地。（16）我宁愿抛弃生命、财富和王国，国王啊！我也不愿与般度之子们一起生活。（17） 尊者啊！我不会给般度之子们甚至针尖一般大的领土。（18）

持国说：

孩子啊！我为你们感到悲哀。我放弃难敌，你们将跟随这个蠢人走向阎摩殿。（19） 犹如羚羊群中的老虎，优秀的武士般度之子们将在战斗中一起冲过来，杀死你的优秀的武士们。（20） 我仿佛感到时运逆转，婆罗多族军队被长臂善战（萨谛奇）击溃，犹如一位恐惧的妇女遭到蹂躏。（21） 这位悉尼族后裔充实了普利塔之子的军力，将在战场上像播种那样泼洒利箭。（22） 怖军将站在参战的军队前沿。他们全都依赖他，把他看作无所畏惧的堡垒。（23） 一旦你看到那些山岳般的大象被怖军击倒，象牙破碎，颞颥裂开，鲜血流淌；（24） 看到它们在战场如同一座座流血的高山，你会害怕与怖军交锋，这时你会记起我的话。（25） 看到怖军焚毁你的军队，杀戮你的车兵和象兵，犹如大火蔓延，你会记起我的话。（26） 如果你们不与般度之子们讲和，就会陷入大恐怖。直至你们死于怖军的铁杵，才会达到安宁。（27） 一旦你看到俱卢族军队在战场上，如同大森林遭到砍伐，你会记起我的话。（28）

护民子说：

国王对所有的国王这样说后，又继续询问全胜，大王啊！（29）

以上是吉祥的《摩诃婆罗多》中《斡旋篇》第五十七章（57）。

五八

持国说：

灵魂高尚的婆薮提婆之子（黑天）和胜财（阿周那）说了些什么？请告诉我，大智者啊！我想听你说的话。（1）

226

全胜说：

国王啊！请听我告诉你：我怎样见到黑天和胜财（阿周那），而这两位英雄又说了些什么？婆罗多子孙啊！（2）我双手合十，目视脚趾，国王啊！谦恭地进入后宫，与两位人中之神谈话。（3）激昂和双生子不能进入那里。那里住着两位黑王子、黑公主和真光。（4）他俩喝了蜜酒，抹了檀香，衣着漂亮，佩戴花环和天国饰物。（5）这两位克敌者坐在一张金制大床椅上，镶有各种宝石，铺有各种织物。（6）我看到黑天的双脚搁在阿周那的膝上，灵魂高尚的阿周那的双脚搁在黑公主和真光的膝上。（7）

普利塔之子（阿周那）指给我一张金制脚凳，我用手触摸后，坐在地上。（8）普利塔之子（阿周那）美丽的双脚从脚凳上移开时，我看见他的脚底有直线向上的吉相。（9）看到这两位黝黑高大的青年像两棵挺拔的娑罗树树干，坐在同一张躺椅上，我深感恐惧。（10）他俩如同因陀罗和毗湿奴，而那个傻瓜依赖德罗纳和毗湿摩，又听信迦尔纳的吹嘘，没有意识到。（11）当时我就确信，有他俩执行命令，法王（坚战）的意图肯定会实现。（12）

我受到食物和饮料的款待，还得到衣料。我双手合十，举在头顶，向他俩通报信息。（13）普利塔之子（阿周那）用那只使惯弓箭的手，推推黑天的、有吉相的脚，催促他说话。（14）黑天像因陀罗一样英勇，全身佩戴饰物。犹如因陀罗的旗帜升起，他挺直身子跟我说话。（15）这位擅长辞令的人说的话贴切合适，令人高兴，而对于持国之子们其实却是软中有硬，充满威胁。（16）我听了适合他说的这些话，吐字清晰，意义完善，我的心顿时枯竭。（17）

婆薮提婆之子（黑天）说：

全胜啊！你把这些话告诉聪明的持国，也让俱卢族长者和德罗纳听到：（18）"你们举行盛大的祭祀吧！给婆罗门施舍吧！与妻子和儿子一起享乐吧！因为大恐怖已经降临。（19）把财产分给值得接受的人，生养心爱的儿子，带给亲人们以快乐，因为国王（坚战）很快就要获胜。"（20）黑公主曾向在远处的我发出呼喊"乔宾陀（黑天）啊！"这笔旧账还没有从我心头消掉。（21）我现在协助对你们怀抱敌意的左手开弓者（阿周那），他的甘狄拨神弓充满威力，难以抵

227

御。(22) 有我做他的助手，谁还敢向这位普利塔之子挑衅？甚至摧毁城堡者（因陀罗）也不敢，除非此人时限已满。(23) 阿周那发起怒来能用双臂举起大地，能焚烧众生，能使天神从天国坠落，谁能在战斗中战胜他？(24) 在天神、阿修罗、人、药叉、健达缚和蛇中，我没有发现有谁能在战场上迎战这位般度之子。(25) 人们听说的那个奇迹，他在毗罗吒城孤身战群雄，就是明证。(26) 这位般度之子在毗罗吒城孤身奋战，敌人四处逃窜，就是明证。(27) 除了这位普利塔之子外，没有人拥有这样的力量、勇气、光辉、速度、敏捷、坚定和刚毅。(28)

全胜说：

犹如诛灭巴迦者（因陀罗）雨季在空中发出雷鸣，黑天说了这些话，普利塔之子（阿周那）听了很高兴。(29) 驾驭白马的有冠者阿周那听了黑天的话，说出令人汗毛直竖的话。(30)

以上是吉祥的《摩诃婆罗多》中《斡旋篇》第五十八章(58)。

五九

护民子说：

听了全胜的话，具有慧眼的国王开始考虑话中的利弊。(1) 他希望自己的儿子们取胜，如实地仔细考虑，明智地权衡利弊。(2) 这位聪明的国王如实地判断力量强弱，估量双方实力。(3) 他断定般度族具有天神和凡人的力量和光辉而俱卢族的力量很弱，便对难敌说道：(4) '难敌啊！我的忧虑从未中止，因为我认为这是明白的事实，而不是推测。(5) 一切众生最疼爱自己的孩子，尽力为他们谋取利益，让他们高兴。(6) 我们经常看到善人们希望给予恩人更大、更快乐的回报。(7) 火神只要想起阿周那在甘味林中帮的忙，便会在这场俱卢族和般度族的可怕战争中辅助他。(8) 正法之神和其他天神受到召唤，出于爱子之心，也会辅助般度之子们。(9) 我认为这些天神想要帮助他们摆脱对毗湿摩、德罗纳和慈悯等人的恐惧，会像雷电一样发泄愤怒。(10) 这些普利塔之子精通武艺，勇气非凡。他们是人中之虎，又有天神辅助，没人敢于正视。(11)

"他的无上的甘狄拨神弓难以抵御,他得自伐楼拿神的箭囊装满利箭,取之不尽。(12) 以猿猴为旗徽的神圣旗帜从不卷裹,犹如青烟高高飘扬。光辉的战车在四周大地上无与伦比。(13) 人们听到他的声音犹如听到乌云发出的雷鸣,令敌人丧胆。(14) 全世界公认他勇气非凡,国王们都知道他在战斗中甚至能战胜天神。(15) 人们看到他一眨眼就射出五百支箭,而且射得很远。(16) 毗湿摩、德罗纳、慈悯、德罗纳之子(马嘶)、摩德罗王沙利耶以及中立的国王们说:(17) '一旦车兵之虎普利塔之子(阿周那)决心战斗,非凡的国王们不可能战胜这位克敌英雄。(18) 这位般度之子的臂力与作武王一样,一下子就能发射五百支箭。'(19)

"大弓箭手阿周那受到伟大的因陀罗之弟(黑天)保护,我仿佛看到他在毁灭性的大战中杀戮。(20) 为此,我整日整夜忧虑,婆罗多子孙啊!我担心俱卢族毁灭,难以入眠,失去安宁。(21) 大难降临俱卢族,除非讲和,没有别的办法结束这场争端。(22) 我一向喜欢和平,孩子啊!不要与普利塔之子们发生战争,因为我始终认为般度族胜过俱卢族。"(23)

以上是吉祥的《摩诃婆罗多》中《斡旋篇》第五十九章(59)。

六〇

护民子说:

听了父亲的这些话,持国之子(难敌)怒不可遏,大发脾气,说道:(1) "如果你认为普利塔之子们受到大神辅助,因而不可战胜,那么,抛开这种恐惧吧,王中魁首啊!(2) 天神们不怀抱爱憎,不仇恨,不贪婪,感情淡漠,这才达到神性。(3) 这是岛生毗耶娑、大苦行者那罗陀和阇摩陀耆尼之子罗摩过去告诉我的。(4) 天神们无论何时都不会像凡人那样出于爱欲、贪欲、同情或仇恨而行事,婆罗多族雄牛啊!(5) 假如火神、风神、正法之神、因陀罗和双马童果真出于爱欲而行事,普利塔之子们也就不会遭受痛苦了。(6) 因此,你完全不用担心,因为天神们永远关心天神们自己的事,婆罗多子孙

啊！（7）如果在天神中看到出于爱欲、仇恨和贪欲的行为，那也不是天神的普遍法则。（8）

"火神弥漫四周，想要烧毁整个世界。我经常向他念诵咒语，他称赞我。（9）天神们确实拥有至高的威力，但你要知道，他们的威力也不能与我相比，婆罗多子孙啊！（10）当着世人的面，国王啊！我能凭借咒语弥合裂开的大地和崩塌的山峰。（11）恐怖的轰鸣导致有生物和无生物、动物和不动物毁灭，（12）还有石雨和风暴，我出于对众生的怜悯，当着世人的面，随时平息它们。（13）我能使流水静止，让车队和步兵通过；我是天神和阿修罗事业的惟一促进者。（14）我可以带着大军到任何地方执行任务；我想去哪里，那里的水就为我流动。（15）国王啊！在我的领地，没有毒蛇等等危险；有我在，就不会有恐怖者伤害熟睡的众生。（16）雨云为我的领地居民降下充足的雨水，臣民守法，没有天灾。（17）

"双马童神、火神、诛杀弗栗多者（因陀罗）和摩录多们，还有正法之神，都不能保护我所憎恨的人。（18）如果他们能够凭借他们的威力保护我的敌人，普利塔之子们就不会承受十三年的痛苦。（19）天神、健达缚、阿修罗和罗刹都不能保护我所憎恨的人，我说的是实话。（20）我对朋友和敌人作出或好或坏的思考，过去从未失算。（21）我说事情会变成这样，就不会变成那样，折磨敌人者啊！因此，人们知道我是说真话者。（22）我的伟大有目共睹，闻名遐迩；我说这些是为了安慰你，并不是自我夸耀，国王啊！（23）我过去从不自我夸耀，国王啊！因为称赞自己不是高尚的行为。（24）

"你会听到我战胜般度之子们、摩差人、般遮罗人、羯迦夜人、萨谛奇和婆薮提婆之子（黑天）。（25）犹如河流流入大海，消失不见，他们及其追随者来到我这里，就会毁灭。（26）我有无上的智慧、无上的光辉、无上的勇气、无上的知识和无上的瑜伽，胜过他们。（27）老祖父（毗湿摩）、德罗纳、慈悯、沙利耶和舍罗熟谙的武艺，我都精通。"（28）

这样说罢，婆罗多子孙啊！他渴望战斗，知道行动的时刻已经来到，又询问全胜，克敌者啊！（29）

以上是吉祥的《摩诃婆罗多》中《斡旋篇》第六十章（60）。

六一

护民子说：

不管奇武之子（持国）询问普利塔之子们的情况，迦尔纳在俱卢族集会上取悦持国之子（难敌），说道：(1) "我用谎言从罗摩那里骗得梵武器。他知道后，对我说道 '一旦你的死期来临，它就会失灵。'(2) 虽然我严重冒犯了老师，他只是这么诅咒我一下。而这位光辉炽烈的大仙能够焚烧包括大海在内的整个大地。(3) 我以自己的顺从和英雄气概稳住了他的心。从此，这个武器完全属于我。我有能力，重任在我。(4) 由于大仙的恩惠，我一眨眼就能到达般遮罗人、迦卢沙人和摩差人那里，杀死普利塔之子们及其儿孙，用自己的武器赢得世界。(5) 让老祖父、德罗纳和所有的人中豪杰都呆在你的身边吧！我将带着优秀的军队前去杀死普利塔之子们，重任在我。"(6)

他这样说着，毗湿摩插言道 "你在说些什么呀！智慧被死神蒙蔽的人啊！你不知道，迦尔纳啊！一旦首领被杀，持国之子们都将死去。(7) 听到胜财（阿周那）在黑天帮助下焚烧甘味林的业绩，你和亲友们不得不收敛自我。(8) 灵魂高尚的众神之主、伟大的尊者因陀罗赐给你的这支梭镖，你将看到黑天用飞轮击落它，碎成粉末。(9) 你的蛇嘴箭光辉熠熠；你一向精勤努力，用美丽的花环供拜它。一旦它被般度之子们用箭流击中，迦尔纳啊！它将与你一起走向毁灭。(10) 婆薮提婆之子（黑天）亲自保护有冠者（阿周那），他曾杀死巴纳和包摩（那罗迦），迦尔纳啊！他在激战中杀死的敌人都与你一样，或者比你还要强。"(11)

迦尔纳说：

毫无疑问，这位灵魂高尚的苾湿尼族首领正如你说的那样，甚至还要伟大。我要回答这种侮辱，让祖父知道它的后果。(12) 我将放下武器，祖父将看到我在会堂而不在战场。一旦你平静之后，大地上所有的国王将看到我的威力。(13)

护民子说：

说罢，这位大弓箭手离开会堂，返回自己的住处，国王啊！毗湿摩笑了笑，在俱卢族人中间，对难敌说道：(14) "一旦你们看到怖军布阵对抗，头颅纷纷落地，世界毁灭，这位车夫之子怎样信守诺言，担负这个重任？(15) 他说他将当着阿凡提王、羯陵伽王、胜车、吠迪堕遮和波力迦的面，杀死成千上万的敌军战士。(16) 他在无可指责的尊者罗摩面前说自己是婆罗门，从而获得那件武器。就在那时，卑鄙的毗迦尔多那（迦尔纳）已经失去他的正法和苦行。"(17) 人中之主毗湿摩这样说时，迦尔纳已经放下武器离去。于是，愚蠢的持国之子难敌对福身王之子（毗湿摩）说道。(18)

以上是吉祥的《摩诃婆罗多》中《斡旋篇》第六十一章(61)。

六二

难敌说：

普利塔之子们的出生与所有的人一样，为什么你认为胜利唯独属于他们？(1) 所有的人一样从娘胎出生，祖父啊！为什么你知道普利塔之子们会胜利？(2) 我并不依靠你、德罗纳、慈悯、波力迦和其他人中豪杰逞勇取胜。(3) 我、毗迦尔多那·迦尔纳和我的弟弟难降将在战场上用利箭杀死般度族五兄弟。(4) 然后，国王啊！我将举行各种盛大的祭祀，用丰厚的酬金、牛、马和财物满足婆罗门。(5)

维杜罗说：

孩子啊！我们听老人们说，有个捕鸟人想捕鸟，在地上安了网。(6) 有两只同样壮实的鸟一起被网套住。而它俩带着网，一起飞往空中。(7) 捕鸟人看到这两只鸟飞走，并不灰心，跟在后面追赶。(8) 净修林里有位牟尼做完日常的事，看到这位猎人追逐飞鸟。(9) 牟尼看到猎人在地上追赶两只在天上飞行的鸟，俱卢后裔啊！他用这首偈颂询问道：(10) "猎人啊！这事对我来说真是希奇古怪。你步行追赶两只在空中飞行的鸟。"(11)

捕鸟人说：

这两只鸟一起带走我的网。只要它俩发生争吵，就会落入我的手中。(12)

维杜罗说:

这两只愚蠢的鸟命中该死,开始争吵。一争吵,便坠落地上。(13) 它俩陷入死神的圈套,愤怒地互相搏斗,猎人悄悄走过去,逮住它俩。(14) 同样,亲属们为了钱财互相争吵,就会落入敌人的控制,就像这两只鸟因争吵而丧命。(15) 亲属们应该一起吃饭,互相说话,互相询问,无论如何不要发生争执。(16) 大家心情愉快,侍奉长者,就不可征服,如同有狮子保护的树林。(17) 然而,有些人已经获得无穷的财富,依然行为卑劣,把幸福交给敌人,婆罗多族雄牛啊!(18) 持国啊!亲属们犹如火炭,互相分开,只会冒烟,聚在一起,才会燃烧,婆罗多族雄牛啊!(19)

我要告诉你另外一件事,是我亲眼在山上看到的,俱卢后裔啊!听了之后,你对照着去做吧!(20) 我们曾经与一些猎人和天神一般的婆罗门一起上北山。这些婆罗门熟谙咒术和药草。(21) 走近悉陀和健达缚出没的香醉山,那里丛林覆盖,药草闪闪发光。(22) 在那里,我们看到一罐黄色的蜜浆,但不是蜂蜜,放在悬崖峭壁上。(23) 蜜浆由毒蛇们守护,是俱比罗(财神)酷爱的饮料,凡人喝了能长生不老。(24) 瞎子喝了能复明,老人喝了变年轻,精通药草的婆罗门这样说。(25) 那些猎人看到后,想得到它,国王啊!结果都葬身在毒蛇出没、崎岖陡峭的山谷中。(26)

同样,你的儿子想独霸这个大地。出于愚痴,他只看见蜜浆,而没有看见悬崖峭壁。(27) 难敌要与左手开弓者(阿周那)在战场上决斗,但我看不出他具备这种威力和勇武。(28) 阿周那曾经独自驱车征服大地,现在这位英雄正看着你,等待时机。(29) 木柱王、摩差王和满腔愤怒的胜财(阿周那)在战场上如同火借风势,不会放过任何一个人。(30) 持国啊!把坚战王搂在你的怀里吧!因为双方一交战,没有哪一方会胜利。(31)

以上是吉祥的《摩诃婆罗多》中《斡旋篇》第六十二章(62)。

六三

持国说：

儿子难敌啊！你要明白我对你说的话。你像一个不认路的旅行者，误入歧途。(1) 灵魂高尚的般度族五兄弟犹如五大元素，而你想要对抗他们的威力。(2) 你不正视至高归宿，也就不能理解贡蒂之子坚战恪守至高正法。(3) 贡蒂之子怖军力大无比，而你却企图在战场上杀死他，犹如一棵树想对抗暴风。(4) 哪个有头脑的人会在战斗中与手持甘狄拨神弓者（阿周那）作战。他是最优秀的武士，犹如群山中的弥卢山。(5) 般遮罗族猛光向敌人射箭，犹如天王释放雷电，有谁不能命中？(6) 安陀迦族和芯湿尼族公认萨谛奇不可抵御。他效力般度族，将会摧毁你的军队。(7) 哪个有头脑的人会与莲花眼黑天作战？相比之下，他胜过三界。(8) 因为他的一边是妻子、眷属、亲友、自己和大地，另一边是胜财（阿周那）。(9) 般度之子在哪里，控制自我、不可抵御的婆薮提婆之子（黑天）就在那里；盖娑婆（黑天）在哪里，那里的大地就无法承受般度之子的军队。(10)

孩子啊！你要听取善意提供忠告的朋友们的话。你要尊重福身王之子毗湿摩老祖父。(11) 听从我为俱卢族的利益说的话，听从德罗纳、慈悯、毗迦尔纳和波力迦大王说的话。(12) 他们都和我一样，通晓正法，怀有爱心，你应该尊重他们，婆罗多子孙啊！(13) 在毗罗吒城，阿周那当着你的面，夺回牛群，你的军队和弟兄们在惊恐中溃散。(14) 毗罗吒城这个孤身战群雄的奇迹众所周知，就是明证。(15) 阿周那独自一人尚且如此，何况他们所有的人呢？认他们为兄弟吧！给他们一份生计吧！(16)

以上是吉祥的《摩诃婆罗多》中《斡旋篇》第六十三章(63)。

六 四

护民子说：

大福大德的持国对难敌说了这些话后，又询问全胜道：（1）"告诉我其他情况，全胜啊！在婆薮提婆之子（黑天）说后，阿周那对你说了些什么？我迫切想知道。"（2）

全胜说：

听了婆薮提婆之子（黑天）的话后，难以抵御的贡蒂之子胜财（阿周那）开始说话，而婆薮提婆之子（黑天）听着：（3）"全胜啊！祖父福身王之子（毗湿摩）、持国、德罗纳、慈悯、迦尔纳和波力迦大王，（4）德罗纳之子（马嘶）、月授、妙力之子沙恭尼、难降、舍罗、多友和毗文沙提，（5）毗迦尔纳、奇军、胜军王、阿凡提国的文陀和阿奴文陀、俱卢后裔丑面，（6）信度王（胜军）、难偕、广声、福授王和水连王，（7）他们和其他的国王聚集在这里，要为俱卢族的利益而战斗。他们由持国之子（难敌）带领，准备葬身熊熊燃烧的般度族之火，御者啊！（8）全胜啊！遵照礼节，向这些集合的国王请安问好，传达我的话。你要当着这些国王的面，对为首的作恶者难敌说话。（9）向这个暴躁、狡诈、灵魂邪恶、贪得无厌的持国族王子，以及他的所有大臣，传达我的话，全胜啊！"（10）

睿智的普利塔之子胜财（阿周那）说了这些开场白后，睁大通红的眼睛，望了望婆薮提婆之子（黑天），对我说了这些合乎正法和利益的话：（11）"我的话正如你专心聆听的灵魂高尚的摩豆族英雄（黑天）的话，你要向聚集在一起的国王们传达：（12）'箭是火和烟，车声隆隆是念诵，弓是勺，倾注武器和军队，你们一齐上阵，要尽心竭力，以免在大战中成为祭品。（13）如果你们不归还杀敌者坚战想要的他的那一份，我将用利箭把你们和你们的马兵、步兵、象兵送往阴府。'"（14）于是，我赶紧向四臂诃利（黑天）告别，向胜财（阿周那）行礼，光辉永恒的国王啊！我迅速回到你的身边，报告你这些重

要的消息。(15)

以上是吉祥的《摩诃婆罗多》中《斡旋篇》第六十四章(64)。

六五

护民子说:

持国之子难敌不赞成他的话,全场保持沉默,国王们起身。(1) 大地上所有的国王都起身离开后,大王啊! 持国王便悄悄地询问全胜。(2) 他溺爱儿子,希望他们胜利,想对自己和敌方般度族作出决定。(3)

持国说:

牛众之子(全胜)啊! 告诉我们,我方军队有什么优势和弱势。你了解般度族的一切,他们有哪些优势,哪些劣势?(4) 你洞察一切,了解双方的力量,通晓正法和利益,善于判断。我问你,全胜啊! 请你告诉我哪一方将在战斗中毁灭?(5)

全胜说:

我私下里不跟你说,因为你会对我产生嫉恨,国王啊! 把你的誓言严厉的父亲和王后甘陀利叫来,阿阇弥吒后裔啊!(6) 他俩通晓正法,善于判断,会消除你对我的嫉恨,国王啊! 只有当着他俩的面,我才会告诉你婆薮提婆之子(黑天)和阿周那的全部想法。(7)

护民子说:

得知全胜和儿子的想法,大智慧的黑岛生(毗耶娑)来到那里,说道:(8) "全胜啊! 现在你跟持国说吧,回答他询问的问题,如实讲述你所知道的婆薮提婆之子(黑天)和阿周那的一切情况。"(9)

以上是吉祥的《摩诃婆罗多》中《斡旋篇》第六十五章(65)。

六六

全胜说:

阿周那和婆薮提婆之子(黑天)是最受尊敬的两位弓箭手。他俩都能随意选择出生，都能毁灭一切。（1）睿智的婆薮提婆之子（黑天）的飞轮随时都能升入空中，由他的幻力操纵，主人啊！（2）这飞轮在般度族中隐而不见，但受到般度族敬仰。你听我简要地讲述他们兵力的强弱。（3）摩豆族后裔遮那陀那（黑天）游戏般地战胜了那罗迦、商波罗、刚沙、车底王和许多貌似可怕的敌人。（4）这位灵魂优异的人中俊杰具有控制力，凭意念就能控制天、地和空。（5）国王啊！你一次又一次地向我询问般度族的情况，想知道他们的兵力强弱，请听我告诉你。（6）

整个世界作为一方，遮那陀那（黑天）作为另一方，遮那陀那（黑天）的实力胜过整个世界。（7）遮那陀那（黑天）只要凭意念就能将这个世界化为灰烬，而整个世界却不能将遮那陀那（黑天）化为灰烬。（8）哪里有真理，有正法，有廉耻，有公正，那里就有乔宾陀（黑天）；而哪里有黑天，那里就有胜利。（9）人中俊杰、众生之魂遮那陀那（黑天）游戏般操纵天、地和空。（10）他以般度之子们作为伪装，仿佛迷惑这个世界，想要焚毁你的那些愚蠢的热衷非法的儿子们。（11）尊者盖娑婆（黑天）凭借自己的瑜伽，不断地运转时间之轮、世界之轮、时代之轮。（12）我如实告诉你，唯独这位尊者主宰时间、死亡、动物和不动物。（13）而伟大的瑜伽行者诃利（黑天）即使主宰一切世界，仍然像一个无能的农夫那样从事活动。（14）因此，盖娑婆（黑天）用幻力瑜伽迷惑世人，而那些受他庇护的人不会迷惑。（15）

以上是吉祥的《摩诃婆罗多》中《斡旋篇》第六十六章（66）。

六七

持国说：

你怎么知道摩豆族后裔（黑天）是整个世界的主宰？我怎么不知道呢？请你告诉我，全胜啊！（1）

全胜说：

国王啊！你的知识不是知识，而我不缺乏知识。你缺乏知识，为黑暗所笼罩，不了解盖娑婆（黑天）。（2）朋友啊！我凭借知识，知道三时代①的诛灭摩图者（黑天）是天神，不被创造的创造主，众生的起源和灭亡。（3）

持国说：

牛众之子（全胜）啊！你一向怎样对遮那陀那（黑天）表示虔诚，因而了解三时代的诛灭摩图者（黑天）？（4）

全胜说：

我不具备幻力，祝你好运！我也不采取非法行为。我依靠虔诚，得到净化，依据经典了解遮那陀那（黑天）。（5）

持国说：

难敌啊！你要到感官之主遮那陀那（黑天）那里去。全胜是我们信任的人，孩子啊！寻求盖娑婆（黑天）庇护吧！（6）

难敌说：

如果提婆吉之子尊者盖娑婆（黑天）为了表明与阿周那的友情，将要毁灭这个世界，我就不到他那里去。（7）

持国说：

甘陀利啊！你的儿子不成器，心术不正，妒忌，骄横，灵魂邪恶，轻视贤者的话。（8）

甘陀利说：

你热衷权力，灵魂邪恶，违抗长者命令！你抛弃富贵和生命，抛弃父亲和我，蠢人啊！（9）让坏心人高兴，让我悲伤。等到怖军杀死你，你就会记起父亲的话。（10）

毗耶娑说：

持国啊！你要知道，你是黑天爱戴的人，全胜是你的使者，会为你谋取幸福。（11）他知道感官之主（黑天）既古老又新鲜。如果你专心听取他的意见，就会摆脱大恐怖。（12）奇武王之子（持国）啊！人们被喜怒的黑暗笼罩，套上各种绞索，不满足自己的财富。（13）他们沉迷爱欲，受自己的行动牵引，犹如盲人牵引盲人，一次又一次陷入阎摩的控制。（14）看到智者行走的那一条路，便能超越死亡。

---

① 指黑天出现在圆满时代、三分时代和二分时代。

伟大的人不执著。(15)

持国说：

全胜啊！赶快告诉我这条无所畏惧的路。我能由此通向感官之主（黑天），达到无上宁静。(16)

全胜说：

一个灵魂不完善的人不会理解灵魂完善的遮那陀那（黑天）。举行祭祀而不控制感官，这不是正确的方法。(17) 精进努力，摒弃对激动的感官的贪恋，不放逸，不杀生，无疑是智慧的源泉。(18) 你要坚持不懈，努力控制感官，国王啊！不要让你的智慧偏离，随时随地把握住它。(19) 婆罗门知道这智慧永远控制感官，这智慧是智者行走的路。(20) 不征服感官的人不能通向盖娑婆（黑天），国王啊！通晓经典，依靠瑜伽控制自己，便能达到真正的平静。(21)

以上是吉祥的《摩诃婆罗多》中《斡旋篇》第六十七章(67)。

六八

持国说：

全胜啊！请你再告诉我莲花眼（黑天）的情况，朋友啊！我知道了他的名字和事迹的意义，就能通向这位人中俊杰。(1)

全胜说：

我曾听说有关这位天神名字的吉祥解说。我尽我所知告诉你，因为盖娑婆（黑天）不可估量。(2) 由于他赋予一切众生衣服（vasana）和财富（vasutva），是众神（deva）的子宫，他叫婆薮提婆之子（Vāsudeva）。由于他的雄牛性（vrsatva），他叫苾湿尼（Vrsni）。(3) 婆罗多子孙啊！你要知道，由于沉默（mauna）、禅定（dhyāna）和瑜伽（yoga），他叫摩豆族人（Mādhava）。由于毁灭一切众生，他叫"诛灭摩图者"（Madhuhan）或"毁灭摩图者"（Madhusūdana）。(4) krsi的意思是大地，na的意思是幸福，krsna是这两个字的结合，也就是永恒的黑天（Krsna）。(5) 莲花是最高的住处，永恒，不灭，不变，因此，他叫莲花眼。由于他使陀私优人惧怕，他叫遮那陀那。(6) 由于他精力（sattva）无穷，永不枯竭，他叫沙特婆多族人（Sātvata）。
由于他像公牛，他叫公牛眼。（7）他不生（na jāyate）自母胎，因此
这位征服军队者叫不生（Aja）。由于凭自己的光辉制服（dama）天
神，人们知道他叫达摩陀罗（Dāmodara）。（8）由于他幸福快乐
（harṣa），是幸福之主，而成为感官之主（Harṣīkeśa）。他用双臂维系
天地，因此得名大臂者。（9）他从不退缩（adho na kṣīyate），因此，
得名"生于车轴下"（Adhokṣaja）。由于他是众人之路（naranām ay-
ana），人们称他为那罗延（Nārāyaṇa）。由于他既布满，又毁灭，他是
人中至高者。（10）他是一切存在和非存在的起源和灭亡，永远知道
一切，因此人们称他为一切者。（11）黑天立足真理，真理也立足黑
天。乔宾陀（黑天）是真理中的真理，因此，他得名真理。（12）由
于他的大步（vikramaṇa），他叫毗湿奴（Viṣṇu）；由于他的胜利
（jayana），他叫吉湿奴（Jiṣṇu）；由于他的永恒，他叫无际者（Anan-
ta）；由于他精通牛，他叫乔宾陀（Govinda，得牛者）。（13）他使非
真实变为真实，以此迷惑世人。就是这样，这位尊者永远恪守正法，
这位永不退缩的大臂者将与众牟尼一起前来和谈，以免流血。（14）

以上是吉祥的《摩诃婆罗多》中《斡旋篇》第六十八章（68）。

六九

持国说：

全胜啊！我羡慕那些有慧眼的人，他们能看到身旁的婆薮提婆之
子（黑天）。他的美丽形体至高无上，光辉灿烂，照亮四面八方。（1）
他对婆罗多族和斯楞遮耶族说的话是吉祥的，值得重视，无可指责，
愿意活着的人会听取，而注定要死的人不会听取。（2）独一无二的英
雄沙特婆多（黑天）来到我们这里。他是雅度族的雄牛和首领，扰乱
和杀戮敌人，使敌人名誉扫地。（3）俱卢族人聚集在这里，将看见这
位灵魂高尚的优秀杀敌者。这位苾湿尼族俊杰会说和善的话，迷惑我
的儿子们。（4）他是永恒的仙人和智者，语言的海洋，苦行者的钵，

金翅大鹏鸟坚辋,众生之主,世界之居处。(5) 这位古老的千首之人,无始无终无中间,名声无边,维系种子,无生而生,至高无上,我请求他庇护。(6) 这位生者创造三界,是天神、阿修罗、罗刹、蛇、国王和智者的首领,是因陀罗的弟弟,我请求他的庇护。(7)

以上是吉祥的《摩诃婆罗多》中《斡旋篇》第六十九章(69)。《和谈篇》终。

黑天出使篇

七〇

护民子说:

全胜回去后,法王坚战对沙特婆多族雄牛十能(黑天)说道:(1) "现在是为朋友效力的时候了,遮那陀那(黑天)啊!依我看,除了你,没有人能帮助我们渡过灾难。(2) 摩豆族后裔啊!依靠你,我们才能无所畏惧,向愚昧骄横的持国之子(难敌)及其大臣索还自己的那份遗产。(3) 克敌者啊!正如你在危难中保护苾湿尼族,你也要保护般度族,让我们摆脱大恐怖!"(4)

薄伽梵(黑天)说:

我在这里,大臂者啊!你想说什么就说吧!我将照你说的去做,婆罗多子孙啊!(5)

坚战说:

你已经知道持国及其儿子的意图,因为全胜已经全部告诉我,黑天啊!(6) 全胜是持国的灵魂,说出他的内心想法。使者总是如实传达,否则会遭杀身之祸。(7) 持国贪婪,思想邪恶,处事不公正,不归还我们王国,却要和我们讲和。(8) 由于持国的命令,我们流放森林十二年,又隐姓埋名一年。(9) 持国应该遵守与我们的协议,主人啊!婆罗门们都知道,我们没有违背协议,黑天啊!(10) 年迈的持国王不考虑自己的正法,也许他考虑了,但溺爱儿子,依然按照愚蠢的儿子的意旨行事。(11) 贪婪的国王顺从难敌的意见,遮那陀那啊!

只为自己的利益着想,错误地对待我们。(12) 我不能照顾自己的母亲和朋友们,还有什么比这更痛苦?遮那陀那啊!(13) 有迦尸人、车底人、般遮罗人和摩差人支持,有你保护,诛灭摩图者啊!我只选择五个村庄。(14) 俱舍地、狼地、摩桑迪、多象和其他任何一个无人居住的村庄,乔宾陀啊!(15) 我说"父亲啊!给我们五个村庄或小镇,让我们生活在那里,别让婆罗多族毁灭。"(16) 灵魂邪恶的持国之子不同意,认为一切都是他的。还有什么比这更痛苦?(17) 一个在高贵家庭中出生和长大的人,贪图别人的财产,便失去廉耻。(18) 没有廉耻,正法受阻。正法受挫,幸运消失。幸运消失,人便毁灭。对于人来说,贫穷即死亡。(19)

亲戚、朋友和祭祀都离开贫穷之人,犹如鸟儿远离不开花不结果的树,朋友啊!(20) 亲属们避开他,仿佛避开一个堕落者,朋友啊!这无异死亡,犹如生命离开死人。(21) 商波罗说过,没有比今天和明天都见不到食物更糟的景况。(22) 人们说,财富是最高的正法,一切都依靠财富。在这世界上,富人活着,穷人死亡。(23) 如果依仗自己的力量,掠夺一个人的财富,也就摧毁了这个人的正法、利益和爱欲,也摧毁了这个人。(24) 陷入这种境地后,有些人选择死亡,有些人选择村庄,有些人选择森林,有些人选择毁灭。(25) 为了钱财,有些人日益疯癫,有些人投降敌人,有些人沦为别人的奴仆。(26) 一个人失去幸运,陷入困境,比死亡更不幸,因为幸运是正法和爱欲的源泉。(27) 正当的死亡是世界的永恒规律,适用于一切众生,谁也不能超越。(28)

一个天生贫穷的人不会像那些曾经获得幸运,享受幸福,而后陷入贫穷的人那样痛苦,黑天啊!(29) 由于自己的罪过,遭逢极大的不幸,他责备众天神和因陀罗,而从不责备自己。(30) 所有的经典都消除不了他的怨气,他怒叱仆从,嫉恨朋友。(31) 一旦发怒,陷入愚痴。在愚痴控制下,从事恶业。(32) 从事恶业,造成种姓混乱。种姓混乱导向地狱。这是作恶者的最终归宿。(33) 如果他不觉醒,黑天啊!他肯定堕入地狱。而只有智慧能使他清醒。具有慧眼的人不会遭到毁灭。(34) 人获得智慧,便会关注经典,永远遵循经典,恪守正法,廉耻成为他至高的生命要素。(35) 有廉耻的人憎恨罪恶,他的财富就会增长。获得幸运的人才是真正的人。（36）永远遵行正法，灵魂平静，恪守职责，不起邪念，不做非法之事。（37）没有廉耻，头脑愚痴，既不是女人，也不是男人，与正法无缘，犹如首陀罗。（38）有廉耻的人令天神、祖先甚至自己满意，由此，走向神性。这是行善之人的最终归宿。（39）

诛灭摩图者啊！你亲眼目睹我的遭遇，失去王国，度过漫漫长夜。（40）我们没有理由放弃幸福，如果我们在奋斗中死去，那也很好。（41）我们要做的第一件事是与他们和解，共享幸福，摩豆族后裔啊！（42）最坏的结果是发生可怕的激战和毁灭，我们杀死俱卢族人，享有王国。（43）黑天啊！即使是陌生的、低贱的敌人，也不应该随意杀死，何况是他们这些人呢！（44）他们大多是我们的亲戚、朋友和老师，杀死他们罪孽深重，战争有什么好处？（45）

这便是罪恶的刹帝利正法。我们生为刹帝利，这是我们自己的正法。不管它合法不合法，别的生活方式都被禁止。（46）首陀罗伺候他人，吠舍以经商为生，我们以杀戮为生，婆罗门选择托钵。（47）刹帝利杀戮刹帝利，鱼吃鱼，狗咬狗，十能（黑天）啊！你看，这就是传承的正法。（48）战争中冲突不断，战场上生命毁灭，武力服从政治，胜败自有定规。（49）生与死不凭众生自己的意愿，时间未到，则无快乐，也无痛苦，雅度族俊杰啊！（50）一个人可以杀死许多人，许多人可以杀死一个人，懦夫可以杀死勇士，无名之人可以杀死有名之人。（51）双方都能看到胜利，双方都能看到失败，也能看到灭亡。如果逃跑，只有死亡和毁灭。（52）

战争充满罪恶，哪个杀人者不被杀？对于被杀者，胜利和失败都一样，感官之主啊！（53）我认为失败无异于死亡，而胜利者肯定也会衰亡，黑天啊！（54）最后，一些人杀死了他的亲人，他失去力量，再也见不到儿子和兄弟，就会对生活绝望，黑天啊！（55）正是这些有廉耻、有同情心的高贵英雄在战场中被杀，很少有人幸免。（56）即使杀死敌人，也常常会后悔，遮那陀那啊！后果是严重的，幸存者依然活着。（57）幸存者积聚力量，不愿让幸存者活着，要报仇雪恨，消灭一切人。（58）胜利产生仇恨，失败带来痛苦，只有摒弃胜利和失败，才能安稳入睡。（59）心生仇恨的人永远不得安睡，因为内心不安，仿佛屋里有蛇。（60）如果一个人灭绝所有的人，就会丧失名誉，在一切众生中永留恶名。（61）长期造成的仇恨无法平息，只要家族中有人出生，就会有人讲述。（62）盖娑婆（黑天）啊！用仇恨无法消除仇恨，只能助长仇恨，犹如酥油助长祭火，黑天啊！（63）因此，无法安宁。这毕竟是永恒的缺点，是热衷寻找缺点的人们的永恒缺点。（64）

　　人为的激烈痛苦折磨人心，只有舍弃一切或止息思维，才能获得平静。（65）或许，连根铲除敌人会了结一切，但那样太残酷，诛灭摩图者啊！（66）而通过舍弃王国，达到平静，无异于死亡，因为敌方和我方毁灭的危险依然存在。（67）我们既不想放弃王国，也不想毁灭家族，只能委曲求全，争取和平。（68）争取和平的一切努力遭到拒绝，战争也就不可避免。（69）和谈失败，后果可怕，智者们仿佛看到群狗争食。（70）摆动尾巴，互相吠叫，往后退步，龇牙咧嘴，再次吠叫，开始争斗。（71）在这里，强者获胜吃到肉，黑天啊！人类也是这样，没有什么差别。（72）这已习以为常，强者蔑视和欺侮弱者，而弱者卑躬屈膝。（73）无论如何，父亲、国王和长者应该受到尊敬，因此，持国应该受到我们尊敬，遮那陀那啊！（74）但是，持国溺爱儿子，摩豆族后裔啊！他依从儿子，就会无视我们的谦卑。（75）

　　你对此事有什么想法？黑天啊！现在是时候了，我们怎样才能不抛弃利益和正法呢？摩豆族后裔啊！（76）遇到这样的难事，诛灭摩图者啊！除了你，我们还与谁商量？人中俊杰啊！（77）除了你，黑天啊！有谁对我们这样友好，关心我们的利益，知道一切行为的后果，善于决断？（78）

护民子说:

　　听罢这些话，遮那陀那（黑天）对法王（坚战）说道"为了你们双方，我将前往俱卢族会堂。（79）如果我能不损害你们的利益，取得和平，国王啊！那我就积了大功德，会获得大果报。（80）我便从死亡的套索中救出愤怒的俱卢族、斯楞遮耶族、般度族、持国之子们以及整个大地。"（81）

坚战说:

　　我不同意你去俱卢族，黑天啊！无论你说得多好，难敌也不会听你的话。(82) 大地上的刹帝利们聚集在那里,受难敌操纵,黑天啊!我不愿意你屈尊俯就他们。(83) 如果你受挫,摩豆族后裔啊!我们还有什么幸福可言?财富、神性和天国统治权,都不能使我们高兴。(84)

薄伽梵(黑天)说:

大王啊!我知道持国之子(难敌)的邪恶,但只有这样,我们才不会遭受全世界国王们非难。(85) 所有的国王聚集起来,也不敢站在发怒的我面前,犹如其他动物不敢站在发怒的狮子面前。(86) 我已经想好,如果他们给我制造什么麻烦,我就烧毁整个俱卢族。(87) 我去那里不会徒劳无益,普利塔之子啊!我们有可能达到目的,至少,我们不会受到非难。(88)

坚战说:

黑天啊!如果你愿意,你就去俱卢族吧!祝你成功!我盼望你达到目的,平安归来。(89) 遍军(黑天)啊!你去俱卢族,安抚婆罗多后裔们,让我们大家心情舒畅,友好相处,主人啊!(90) 你是我和毗跋蔹(阿周那)亲爱的兄弟,你的友情不容怀疑,祝你平安!为了我们的利益,你去吧!(91) 你了解我们,也了解别人,精通利益,能言善辩,黑天啊!让难敌知道我们的利益。(92) 盖娑婆啊!不管是和平,还是战争,你说的话都要合乎正法,对我们有利。(93)

以上是吉祥的《摩诃婆罗多》中《斡旋篇》第七十章(70)。

七一

薄伽梵(黑天)说:

我听了全胜的话,也听了你的话,知道他们的全部意图,也知道你的意图。(1) 你的想法依据正法,而他们的想法立足仇恨。你想的更多是怎样避免战争。(2) 禁欲守戒不是刹帝利的职责,民众之主啊!处在各种人生阶段的人都说刹帝利不应该乞食。(3) 在战场上获胜或战死,这是创造主为刹帝利确立的永恒正法。怯懦不受称赞。(4) 胆怯畏缩,不能生存,大臂坚战啊!勇敢杀敌吧!克敌者

啊！（5）

贪婪的持国之子们长期与其他国王相处，感情笼络，结为朋友，形成势力，折磨敌人者啊！（6）不能指望他们平等对待你，民众之主啊！他们依仗毗湿摩、德罗纳和慈悯等人，自以为强大有力。（7）国王啊！倘若你待他们温和，他们就会霸占你的王国，克敌者啊！（8）持国之子们不会出于同情，出于怯懦，出于正法和利益，满足你的愿望，克敌者啊！（9）般度之子啊！他们逼得你们只剩围腰布时，他们也不为自己的恶行后悔，这就是明证。（10）当着祖父、德罗纳、聪明的维杜罗和所有的俱卢族首领的面，（11）在赌博中耍手腕，欺骗你这乐善好施、温和自制、热爱正法、恪守誓言的人，国王啊！这个恶人并不对自己的卑鄙行为感到羞耻。（12）国王啊！对这种品行的人，不要表示友爱。他们死在任何人手中都是应该的，何况死在你的手中！婆罗多子孙啊！（13）他曾用恶毒的话伤害你和你的弟弟们。他和他的弟弟们得意忘形，说道：（14）"现在般度之子们在这世上已经一无所有，甚至他们的名字和族性也将不复存在。（15）他们将随着时间流逝而毁灭。人丧失本原，便返回本原。"（16）

你流放森林时，他在亲属中自吹自擂，还说了另外一些尖刻的话。（17）应邀而来的人们看到你无辜受辱，他们坐在会堂里哽咽抽泣。（18）国王们和婆罗门们没有祝贺难敌，会堂里的人都谴责他。（19）粉碎敌人者啊！出身高贵的人面对谴责和死亡，宁可光明磊落地死去，也不愿遭受谴责，苟且偷生，国王啊！（20）当着大地上所有国王的面，遭受谴责，国王啊！此刻，这个无耻之徒已经死去。大王啊！（21）这种品行的人很容易杀死，犹如一棵根部已断而支撑着的树。（22）这个卑鄙邪恶的人应该像蛇一样被世人杀死，杀敌者啊！杀死他！不要犹豫，国王啊！（23）无论如何，你能胜任，令我喜欢，无罪之人啊！你会向父亲和毗湿摩俯首致敬。（24）

我将前往那里，消除世人的疑惑，他们对难敌还看不准，国王啊！（25）我将在国王们中间，称赞你的英雄品行，指出他的倒行逆施。（26）我说的话合乎正法和利益，世界各地的国王听后，（27）会知道你以法为魂，说话诚实；也会知道他所作所为，出于贪婪。（28）在城镇和乡村居民中，包括老人和儿童，在四种姓聚居的地方，我要谴责他。(29) 如果你请求和平，而在这里得不到公正对待，国王们会指责俱卢族和持国王。(30) 一旦他被世人抛弃，还有什么事要做？国王啊！一旦难敌死去，还有什么事要做？(31)

我将前往俱卢族，不损害你们的利益，努力争取和平，注意他们的动向。(32) 我前往那里，观察俱卢族的备战情况，然后，我就会回来，为你争取胜利，婆罗多子孙啊！(33) 无论如何，我盼望与敌人作战，因为一切预兆展现在我的眼前。(34) 夜晚降临，飞禽走兽发出可怕的叫声，象和马呈现可怕的形象，火也呈现各种各样可怕的色彩。只有可怕的死神前来毁灭凡人世界，才会这样。(35) 让你的所有士兵坚持训练，备好兵器、弓箭、铠甲、战车、大象和军旗，登上象、马和车，作好战争需要的一切准备，人中因陀罗啊！(36) 只要难敌还活着，国王啊！他无论如何不会还给你财产和王国，般度族魁首啊！它们过去属于你，后来在赌博中被夺走。(37)

以上是吉祥的《摩诃婆罗多》中《斡旋篇》第七十一章(71)。

七二

怖军说：

你无论怎样说，都要让俱卢族人接受和平，诛灭摩图者啊！你不要拿战争恐吓他们。(1) 难敌粗暴，易怒，嫉恨，骄慢，对他说话不能严厉，要和气。(2) 他天性邪恶，心思与陀私优人一样，迷恋权力，仇视般度族。(3) 他目光短浅，说话粗野，骂骂咧咧，强悍凶暴，怒容满面，桀骜不驯，灵魂邪恶，热衷欺诈。(4) 他宁死也不愿分享财富，不愿放弃他认为属于自己的财富，黑天啊！我认为与这样的人和解很难。(5) 他轻视朋友，抛弃正法，喜欢说谎，拒绝朋友的忠告和意见。(6) 他受愤怒控制，天性嗜恶，天性作恶，犹如打草惊动的蛇。(7) 你对难敌很了解，他的军队，他的品行，他的天性，他的力量，他的勇气。(8) 过去，俱卢族人和他们的儿子生活安乐。我们也一样，仿佛是因陀罗的弟兄，与亲属们一起生活，高高兴兴。(9) 现在，由于难敌发怒，诛灭摩图者啊！婆罗多族将被焚毁，

犹如冬季结束时，大火焚毁森林。(10)

诛灭摩图者啊！众所周知，有十八位国王灭绝他们的亲属、朋友和亲戚。(11) 在正法毁灭的时代，钵利出生在辉煌富庶的阿修罗族。(12) 乌达婆尔多出生在海诃夜族，镇群出生在尼波族，勃呼罗出生在多罗旃伽族，骄傲的婆薮出生在讫利密族，(13) 阿阇宾都出生在苏维罗族，俱舍尔迪迦出生在苏拉私吒罗族，阿尔迦阇出生在勃利赫族，道多穆罗迦出生在支那族，(14) 赫耶羯利婆出生在毗提诃族，婆罗钵罗出生在摩豪阇娑族，巴胡出生在孙陀罗吠伽族，补卢罗婆出生在迪波多刹族，(15) 娑诃阇出生在车底摩差族，巨力出生在钵罗支多族，达罗那出生在因陀罗婆蹉族，维伽诃那出生在穆古吒族，(16) 沙摩出生在南迪吠伽族，黑天啊！在世界末日，这些卑劣的人出生在他们的家族，玷污他们的家族。(17)

现在，这个由死神扶植的、卑鄙邪恶的难敌也在世界末日，出生在我们俱卢族，要像炭火那样焚毁家族。(18) 因此，你要和和气气，慢慢地跟他讲清正法和利益，尽量顺从他的意愿，不要过分傲慢。(19) 黑天啊！我们都愿意谦卑地顺从他，不要让我们的婆罗多族毁灭。(20) 这样，他和俱卢族人就会放过我们，婆薮提婆之子（黑天）啊！恶运也就不会降临俱卢族。(21) 黑天啊！你去劝说老祖父和会堂里的人们，请他们恢复兄弟情谊，请持国之子（难敌）息怒。(22) 我要说的就是这些，国王（坚战）也赞成。阿周那也不想要战争，因为他富有同情心。(23)

以上是吉祥的《摩诃婆罗多》中《斡旋篇》第七十二章 (72)。

七三

护民子说：

听怖军说出这番从未说过的温和的话，大臂盖娑婆（黑天）仿佛笑了起来。(1) 这位手持角弓的罗摩之弟梭利（黑天）心想"山仿佛变轻了，火仿佛变凉了。"(2) 他想用语言激励狼腹（怖军），犹如煽风助火。他对坐在那里大发慈悲的怖军说道：(3) "平时，你总是赞成战争，怖军啊！你总想粉碎残暴的、喜欢杀戮的持国之子们。(4) 你夜不入眠，保持警醒，脸朝下躺，折磨敌人者啊！你说出的话一向激烈可怕。(5) 你唉声叹气，胸中怒火燃烧，怖军啊！你心烦意乱，如同冒烟的火。(6) 你独自躺在一角呻吟，犹如不堪重负的弱者，婆罗多子孙啊！不知内情的人以为你疯了。(7) 你像觅食的大象，连根扯倒树木，用脚猛踩大地，喘息着转圈奔跑，怖军啊！(8) 你与大家格格不入，宁可独自消磨时光，般度之子啊！不管白天黑夜，都不欢迎别人。(9) 你独自坐着，仿佛无缘无故发笑，无缘无故哭泣；你把头埋在膝上，长时间闭目而坐。(10) 人们经常看到你紧皱眉头，仿佛舔着嘴唇，怖军啊！这一切都由愤怒造成。(11)

"'正如人们看到太阳从东方升起，光辉灿烂，在西方降落，余晖围绕北极星，(12) 同样，我发誓，决不食言：我要冲向暴躁的难敌，用铁杵砸死他。'(13) 这是你在兄弟中举着铁杵发的誓。现在，你的思想却平静下来了，折磨敌人者啊！(14) 哦，战争的时刻来到，你仿佛看到什么有关战争祸福的征兆，让你感到害怕？怖军啊！(15) 哦，普利塔之子啊！你在睡梦中或清醒时，看到不祥的预兆，因此，你想求和。(16) 哦，你仿佛是个阉人，不指望自己有点男子汉气概，怯懦畏缩，心灵扭曲。(17) 你的心在颤抖，精神沮丧，两腿僵直，因此，你想求和。(18) 确实，凡人的心思反复无常，犹如丝绵树上迎风摇摆的小球。(19) 你的思想对于你，就像人话对于牛那样奇怪。这会使般度之子们意气消沉，犹如沉船落水。(20) 真叫我惊讶，仿佛山在移动，你说的这些话，不像出自怖军之口。(21) 看看自己的业绩和高贵的出身，婆罗多子孙啊！振作起来，不要沮丧，英雄啊！你要坚定。(22) 这样软弱与你不相称，克敌者啊！刹帝利从不享受不用武力获得的东西。"(23)

以上是吉祥的《摩诃婆罗多》中《斡旋篇》第七十三章(73)。

七四

护民子说：

听了婆薮提婆之子（黑天）这番话，一向愤怒和急躁的怖军如同骏马奔腾,立刻说道:(1) "你把我看歪了,你把我想歪了,不退者啊!我酷爱战斗,真正勇敢。(2) 你长期与我在一起,应该知道我的脾气,十能(黑天)啊!也许你并不了解我,犹如落水者游入深水,因此你用这种不恰当的言语中伤我。(3) 凡知道我怖军的人怎么会像你这样,对我说这些不恰当的话?摩豆族后裔啊!(4) 我要告诉你,我的男子汉气概和力量无与伦比,苾湿尼族后裔啊!(5) 虽然自我吹嘘不是高尚的行为,但你的指责刺伤我,我要说明自己的力量。(6)

"你看,黑天啊!这天和地稳定不动,无边无际,是一切的母亲,众生得以生存。(7) 如果他俩突然发怒,像两块巨石相撞,我能用双臂拽住他俩,连同一切动物和不动物。(8) 你看,我的双臂像大铁闩,我没有见到有哪个人进入我的双臂,又能逃脱的。(9) 雪山、大海和手持金刚杵诛灭波罗者(因陀罗)本人,三者的力量加在一起,也不能解救落入我手中的人。(10) 我要与一切袭击般度族的刹帝利作战,用我的脚板把他们踩在地上。(11) 你不是不知道我的勇敢,不退者啊!不是不知道我战胜和制服那些国王。(12) 如果你真的不知道我像升起的太阳的光芒,那么,一旦我投入激战,你就会知道,遮那陀那啊!(13) 你为什么要用尖刻的话责备我,犹如针扎伤口,无罪的人啊!我如实告诉你,你要知道,实际上我还要厉害。(14) 在血腥的激战开始的那天,你将看到我杀死大象、车兵和骑兵。(15) 你和世人将看到我愤怒地杀死那些刹帝利雄牛,打垮那些优秀的勇士。(16) 我的筋骨没有瘫软,我的心没有颤抖,整个世界向我发怒,我也不会恐惧。(17) 只是出于怜悯,我才表示友好,诛灭摩图者啊!我忍受一切艰辛,别让我们的婆罗多族毁灭。"(18)

以上是吉祥的《摩诃婆罗多》中《斡旋篇》第七十四章(74)。

七五

薄伽梵(黑天)说:

我是想了解你的意图,出于爱护才这样说的,不是责备你,不是自作聪明,不是生你的气,也不是怀疑你。(1) 我知道你灵魂高尚,知道你的力量,知道你的业绩,我没有轻视你。(2) 般度之子啊!我对你的优点的估量要比你自己的估量强一千倍。(3) 你和亲戚朋友出生在受到所有国王尊敬的家族中,怖军啊!(4)

人们想通晓难以把握的法则,狼腹(怖军)啊!他们不知道怎样区分命运和人力。(5) 因为一个人事业成功的原因也可以是他毁灭的原因,人的行动难以把握。(6) 洞察利弊的智者预见的事情出现逆转,犹如狂风转向。(7) 人们做事,即使精心策划,周密安排,认真执行,仍然会受到命运阻碍。(8) 命运注定的事,人力做不到的事,如冷热、下雨和饥渴,不必强求,婆罗多子孙啊!(9) 命运之外,人的行动不受阻碍。这便是命运和人力的特征。(10) 除了行动,没有别的世界生存方式,般度之子啊!知道了这一点,人就会行动,不管是命运注定,还是人为努力。(11) 知道了这一点,人就会行动,不因失败而痛苦,不因成功而喜悦。(12) 我想说的就是这点意思,怖军啊!不要认为在和俱卢族的战争中,一方必胜。(13) 一旦出现变故,不要放松缰绳,不要沮丧和消沉,我对你说的就是这点意思。(14)

明天,我到持国那里,般度之子啊!我将努力谋求和平,而不放弃你们的利益。(15) 如果他们同意和平,那是我的无限荣誉,你们的愿望实现,他们也获得无上安宁。(16) 如果俱卢族不听我的话,固执己见,那么,必将爆发一场残酷的战争。(17) 在这场战争中,怖军啊!重担压在你身上,压在阿周那身上,其他人协同作战。(18) 在战场上,我将是毗跋蔌(阿周那)的御者。这是胜财(阿周那)的愿望,我本意不想参战。(19) 因此,狼腹(怖军)啊!我揣测你的想法,说不要像阉人那样,是为了激励你,燃起你的激情。(20)

以上是吉祥的《摩诃婆罗多》中《斡旋篇》第七十五章(**75**)。

七六

阿周那说:

遮那陀那啊!坚战讲了他该讲的话,折磨敌人者啊!听了你的话,我似乎感到,(1) 你认为由于持国的贪婪和我们所处的不幸境

251

地，谋求和平并不容易，主人啊！（2） 你认为人的勇气徒劳无功，又认为缺乏行动勇气，无法获得成功。（3） 你说的话既是这样，又不是这样。但是，不能把什么事都看作不能成功。（4） 而且，你认为我们的不幸在于我们一开始就犯了错误。我们的行动没有获得成果。（5） 正确的行动会获得成果，主人啊！着手与敌方讲和吧，黑天啊！（6）

你是俱卢族和般度族最好的朋友，犹如生主是天神和阿修罗最好的朋友，英雄啊！（7） 你为俱卢族和般度族带来幸福吧！为我们谋求利益，我认为这对你来说并不困难。（8） 如果这样，你的任务就会完成，遮那陀那啊！毫无疑问，只要你去，事情就能办成。（9） 如果你想用另一种办法对待这个灵魂邪恶的人，英雄啊！那就按照你的想法去办。（10） 不管是我们与他们讲和，还是你另有想法，你在考虑时，都要以我们的利益为重，黑天啊！（11）

这个灵魂邪恶的人及其儿子和亲属不该死吗？他看到正法之子（坚战）的富庶，不能忍受，（12） 又找不到合法的手段，诛灭摩图者啊！便采用恶毒的手段，设下掷骰子赌博骗局，夺走我们的财产。（13） 一个刹帝利出身的弓箭手，怎么能在生死关头临阵脱逃？（14）当我看到我们被非法战胜，流亡森林时，苾湿尼族后裔啊！我就想杀死这个难敌。（15）

你为了朋友，想要怎么做都不足为奇，黑天啊！问题是怎样完成主要的任务，依靠软的还是依靠硬的？（16） 或者，你认为最好是立即将他们杀死，那么，就尽快动手吧，不要犹豫！（17） 因为你知道德罗波蒂在大庭广众遭到这个灵魂邪恶的人凌辱，而别人竟能容忍。（18） 摩豆族后裔啊！我不相信这样的人会公正对待般度族，犹如种子撒在盐碱地。（19） 因此，苾湿尼族后裔啊！只要你认为对般度族合适和有利，你就赶快做吧，我们随即跟着做。（20）

以上是吉祥的《摩诃婆罗多》中《斡旋篇》第七十六章（76）。

七七

薄伽梵（黑天）说:

大臂者啊！正如你说的，般度之子啊！一切都依靠双方的行动，毗跋蔌（阿周那）啊！（1）农夫可以把土地收拾得肥沃而整齐，但是，没有雨水，照样没有收成，贡蒂之子啊！（2）这里，人们会说可以靠人力灌溉，但天命难违，很快又看到土地干旱。（3）灵魂伟大的先贤早已睿智地断言：世事取决于命运和人力。（4）就人力而言，我将竭尽全力，但我怎么也阻挡不了命运注定的事。（5）

这个思想邪恶的人抛弃正法和真理，他的胡作非为并没有受到惩处。（6）他的大臣们还助长他的邪念，诸如御者之子沙恭尼，他的弟弟难降。（7）难敌和他的亲属在被杀死之前，普利塔之子啊！不会放弃王国，同意和平。（8）法王（坚战）也不愿拱手让出王国，但即使恳求，那个思想邪恶的人也不会归还王国。（9）因此，我认为不应该把坚战的意见告诉他，婆罗多子孙啊！法王（坚战）提出的要求，（10）这个俱卢族罪人根本不会照办。如果他不照办，他应该让世人杀死。（11）他应该让我杀死，也应该让世人杀死，婆罗多子孙啊！在童年时代，他就欺侮你们。（12）这个灵魂邪恶的暴徒夺走你们的王国；这个罪人看到坚战富庶，就不安分。（13）他经常挑拨我和你的关系，普利塔之子啊！但我从不中他的奸计。（14）

大臂者啊！你知道他的全部心思，也知道我愿意为法王（坚战）尽心效力。（15）你知道他的灵魂，也知道我的心意，阿周那啊！今天不知怎么变得不知道，产生了怀疑。（16）你也知道命定之事无上神秘，普利塔之子啊！怎么可能与敌人和解呢？（17）尽管我不赞成与敌人和解，般度之子啊！但我还是会付诸语言和行动，普利塔之子啊！（18）去年，难敌抢夺牛群，尽管毗湿摩在途中劝他，他说过这种愿意和解的话吗？（19）一旦你下定决心，就能战胜他们。难敌是一分一秒也不愿意失去他的一点一滴。（20）不管怎样，我必须执行法王(坚战)的命令,但也要警惕这个灵魂邪恶的人的恶劣行径。（21）

以上是吉祥的《摩诃婆罗多》中《斡旋篇》第七十七章(77)。

七八

无种说：

法王（坚战）通晓正法，慷慨大度，已经如实讲了许多符合正法的话，摩豆族后裔啊！（1） 怖军领会国王（坚战）的意图，讲述了和平，也讲述他自己双臂的威力，摩豆族后裔啊！（2） 同样，你也听了颇勒古拿（阿周那）的话，英雄啊！你也反复讲述了自己的意见。（3）你听了别人的意见后，不要受束缚，而应该采取你认为时机合适的行动，人中俊杰啊！（4） 因为每一种意见都自有道理，盖娑婆啊！而人总是采取自己认为时机合适的行动，克敌者啊！（5）

事情这样考虑，后来又变成那样，人中俊杰啊！在这世界上，人的想法不会一成不变。（6） 我们住在森林里时，有一种想法；隐姓埋名时，也有一种想法；公开露面时，又有一种想法，黑天啊！（7） 我们流亡森林时，并没有像现在这样渴望王国，苾湿尼族后裔啊！（8） 听说我们流放归来，英雄啊！由于你的恩惠，有七支大军集聚这里，遮那陀那啊！（9） 见到这些勇力不可思议、在战场上全副武装的人中之虎，有谁不会害怕？（10）

你在俱卢族人中间，说话既要威胁，又要安抚，别让愚蠢的难敌吓着。（11） 这里有坚战、怖军、不可战胜的毗跛蓣（阿周那）、偕天和我，还有你和罗摩，盖娑婆啊！（12） 无比英勇的萨谛奇、毗罗吒及其儿子、木柱王及其大臣和水滴王之孙猛光，（13） 勇敢的迦尸王、勇旗和车底王，哪个血肉之躯的凡人能在战场上抵御他们？（14） 你只要去那里，毫无疑问，你会使法王（坚战）的目的圆满实现，大臂者啊！（15） 维杜罗、毗湿摩、德罗纳和波力迦听了你的话，会明白怎样做最好，无罪的人啊！（16） 他们会引导持国王和行为邪恶的难敌及其大臣。（17） 有维杜罗这位听者和你这位说者，遮那陀那啊！还有什么事情不能办妥？（18）

以上是吉祥的《摩诃婆罗多》中《斡旋篇》第七十八章（78）

七九

偕天说：

国王（坚战）说的是永恒的正法，克敌者啊！而你应该让战争爆发。（1） 即使俱卢族想与般度族讲和，十能（黑天）啊！你也要设法与他们交战。(2) 目睹般遮罗公主在大庭广众遭到凌辱,不杀难敌,我的怒气难消。(3) 如果怖军、阿周那和法王(坚战)奉行正法,黑天啊! 我宁可抛弃正法,也要与他交战。(4)

萨谛奇说:

大臂者啊! 大智者偕天说得对,只有杀死难敌,我的怒气才能平息。(5) 你知道,当你看到不幸的般度之子们在森林里身穿树皮和兽皮,你也怒不可遏。(6) 人中雄牛、英勇的玛德利之子(偕天)说的话,也是所有战士的想法,人中俊杰啊! (7)

护民子说:

大智者善战(萨谛奇)这样说罢,这里的所有战士齐声发出可怕的狮子吼。(8) 所有的勇士都渴望战斗,赞赏他的话,高呼:"好啊!好啊!"令悉尼之孙(萨谛奇)满心欢喜。(9)

以上是吉祥的《摩诃婆罗多》中《斡旋篇》第七十九章(79)。

八〇

护民子说:

听了国王(坚战)符合正法和利益的言词,忧愁苦恼的黑公主对坐着的十能(黑天)说话。(1) 木柱王之女(黑公主)头发又黑又长,她赞赏偕天和大勇士萨谛奇。(2) 看到怖军心平气和,机敏的黑公主心情沉重,眼含泪水,这样说道: (3)

"大臂者啊! 知法者啊! 诛灭摩图者啊! 你知道持国之子(难敌)及其大臣怎样不择手段,(4) 剥夺般度之子们的幸福,遮那陀那啊! 你也知道国王(持国)悄悄告知全胜的建议。(5) 你也知道坚战对全胜说的话,十能(黑天)啊! 你听到了这些话:(6) '只要给我们五个村庄,大光辉者啊! 俱舍地、狼地、摩桑迪和多象,(7) 加上另外任何一个无人居住的村庄,大臂者啊!'这些话会告知难敌及其朋友,盖娑婆啊! (8) 坚战知廉耻,希望和解,黑天啊! 而难敌听了他的话,不会照着做,十能(黑天)啊! (9) 如果难敌想要和解,而又不归还王国,黑天啊! 你就不应该去那里。(10) 大臂者啊! 般度族和斯楞遮耶族能够抵御持国之子凶狂的军队。(11) 如果安抚或施舍对他们都不起作用，那么，你就不应该怜悯他们，诛灭摩图者啊！(12)

"不能靠安抚或施舍平息敌人，黑天啊！我们想要生存，就应该惩治他们。(13) 大臂者啊！你赶快与般度族和斯楞遮耶族一起，严厉惩治他们吧，不退者啊！(14) 这样对普利塔之子们有利，也增加你的声誉，也为刹帝利带来幸福，黑天啊！(15) 因为恪守自己职责的刹帝利应该杀死贪婪者，不管他是刹帝利，或者不是刹帝利，十能（黑天）啊！(16) 但是，不包括犯罪的婆罗门，朋友啊！因为婆罗门是一切种姓的老师，是精美祭品的享受者。(17) 通晓正法的人都知道，遮那陀那啊！杀死不该杀死的人是错误，而不杀死应该杀死的人也是错误。(18) 因此，黑天啊！你不要犯这种错误，与般度族和斯楞遮耶族的军队一起行动吧，十能（黑天）啊！(19)

"我已经说过，但我还要自信地说，遮那陀那啊！在这大地上，有哪个女子像我这样？盖娑婆啊！(20) 我是木柱王之女，诞生在祭坛中间，是猛光的姐姐，你的好朋友，黑天啊！(21) 嫁到阿阇弥吒族，成为灵魂伟大的般度族儿媳，般度之子们的王后，这五兄弟的光辉如同因陀罗。(22) 我与这五个英雄生下五个大勇士，就像激昂那样。(23) 我被人揪着头发拖进会堂，蒙受欺凌，般度之子们亲眼目睹，你也在场，盖娑婆啊！(24) 当着俱卢族人、般遮罗人和苾湿尼族人的面，我在这大庭广众备受折磨，成为那些恶人的女奴。(25) 般度之子们目睹这一切，却无动于衷，乔宾陀（黑天）啊！我在心里祈求你'救救我吧！'(26) 尊敬的国王公公对我说'你选择一个恩惠。'(27) 我说'让具有车辆和武器的般度之子们不要成为奴隶。'这样，他们被释放，流亡森林，盖娑婆啊！(28)

"你知道这些痛苦，遮那陀那啊！保护我以及我的兄弟、亲属和亲友，莲花眼啊！(29) 难道我不是毗湿摩和持国两人的合法儿媳吗？黑天啊！我却成了女奴。(30) 只要难敌此刻还活着，就枉有怖军的勇力，枉有普利塔的这些弓箭手儿子，黑天啊！(31) 如果你喜欢我，如果你怜悯我，把你的全部怒气撒向持国之子们吧，黑天啊！"(32)

这样说罢，她眼圈发黑，乌黑柔软的秀发顶端卷曲，散发圣洁的香味，(33) 具有一切吉相，闪耀大蛇一般的光辉。她臀部丰满，用左手挽住秀发。(34) 眼似莲花的黑公主迈着象步，走近莲花眼黑天，眼含泪水，对他说道：(35) "莲花眼啊！应该让想要与敌人和解的人随时记住难降用手揪我的这束头发。(36) 如果怖军和阿周那低声下气地想要求和，那么，我的年迈的父亲和大勇士儿子们会去作战。(37) 诛灭摩图者啊！我的五个英勇非凡的儿子会以激昂为先锋，与俱卢族作战。(38) 我不看到难降的黑手被砍下，坠入尘土，我的心怎么能平静？(39) 我在期待中度过这十三年，愤怒犹如点燃的火，藏在心中。(40) 受到怖军的语言之箭的打击，我的心碎了，因为这位大臂者现在只关心正法。"(41)

大眼睛的黑公主哽咽着说完，失声痛哭，浑身颤抖，潸潸泪下。(42) 臀部丰满的黑公主泪湿胸脯，眼中涌出的泪水犹如滚烫的热水。(43) 大臂盖娑婆（黑天）安抚她说 "黑公主啊！不久，你会看到婆罗多族的妇女们哭泣。(44) 胆怯的女子啊！她们的亲属和亲友被杀死，她们的朋友和战士被杀死，美丽的女子啊！你对她们怀有怨气。(45) 我将与怖军、阿周那和双生子一起，按照坚战的命令去做，顺从命运，由命运决定。(46) 如果持国之子们不听我的话，命定该死，他们将被杀死，躺在地上，喂饱野狗和豺狼。(47) 雪山可以移动，大地可以迸裂，天空和星星可以坠落，我的话决不会落空。(48) 黑公主啊！收住眼泪吧！我向你发誓：你不久将看到敌人被杀死，你的丈夫们重新获得荣华富贵。"(49)

以上是吉祥的《摩诃婆罗多》中《斡旋篇》第八十章(80)。

八一

阿周那说：

现在，你是所有俱卢后裔的最好的朋友，你一向是双方欢迎的盟友。(1) 持国之子们和般度之子们应该恢复正常，你能使双方和解，盖娑婆（黑天）啊！(2) 你到了暴躁的难敌那里，莲花眼啊！为了和平，要对这位婆罗多子孙说该说的话，杀敌者啊！(3) 如果你说了符合正法和利益的话，而这个蠢人不接受吉祥有益的忠告，那他只能听

257

任命运主宰了。(4)

薄伽梵(黑天)说:

我将前往持国王那里,希望得到我们的合法利益,也保证俱卢族安全。(5)

护民子说:

然后,黑夜过去,灿烂的太阳升起,密多罗时辰,阳光和煦。(6)时值奎宿白莲月,秋末冬初,谷物丰登的时节,这位人中俊杰精力旺盛。(7)他听到那些虔诚的婆罗门吉祥神圣的发音和祝福的话语,犹如婆薮之主(因陀罗)听到众仙人的祝福。(8)遮那陀那(黑天)做完晨祷,沐浴净身,装饰自己,然后供奉太阳和火。(9)他摸着公牛的背脊,向婆罗门们问候请安,绕火右旋,望着前面的吉祥物。(10)遮那陀那(黑天)已经允诺般度之子(坚战),对坐着的悉尼之孙萨谛奇说道:(11)"将我的螺号、飞轮和铁杵放在车上,还有箭囊、标枪和一切武器。(12)因为难敌、迦尔纳和妙力之子(沙恭尼)灵魂邪恶,一个强者甚至不能轻视一个普通的敌人。"(13)听了盖娑婆(黑天)的吩咐,侍从们跑去为这位手持飞轮和铁杵者套车。(14)这车闪闪发光,犹如世界末日之火,上路行驶犹如飞鸟,两个车轮犹如装饰着太阳和月亮。(15)这车漂亮,装饰有各种半月、圆月、鱼、兽、鸟、花卉、珍珠和宝石。(16)这车灿若朝阳,宽敞,悦目,车身镶有珍珠和金子,旗杆和旗徽优美。(17)这车零件精致,裹有虎皮,坚不可摧,灭敌人威风,长雅度族志气。(18)他们给这车套上塞尼耶马、妙项马、云花马和巨云马,洗刷一新,马具齐全。(19)车声隆隆,车上的旗子以鸟王(金翅大鹏)为标志,更增添黑天的威严。(20)

梭利(黑天)登上这辆如同弥卢山峰的车,车声似云鼓,犹如有功德之人登上天车。(21)这位人中俊杰也让萨谛奇上车,然后出发,车声隆隆,响彻天地。(22)刹那之间,天气晴朗,万里无云,和风轻拂,尘土停息。(23)吉祥的飞鸟走兽右旋绕行,跟随婆薮提婆之子(黑天)出发。(24)仙鹤、孔雀和天鹅发出吉祥的鸣叫,在四周盘旋,跟随诛杀摩图者(黑天)。(25)伴随经咒,大量祭品倾入祭火,火苗向右,明净无烟。(26)极裕、瓦摩提婆、广辉、伽耶、迦罗陀、金星、那罗陀、蚁垤、摩录多、拘湿迦和婆利古,(27)这些梵仙和神仙围着这位带给雅度族幸福的因陀罗之弟黑天,右旋绕行。(28)

这样,受到吉祥的大仙人们致敬,黑天向俱卢族住地出发。(29)贡蒂之子坚战跟随在后,还有怖军、阿周那、玛德利和般度的双生子,(30)勇敢的显光、车底王勇旗、迦尸王木柱和大勇士束发,(31)猛光、毗罗吒及其儿子和羯迦夜人。这些刹帝利跟随这位刹帝利雄牛,盼望事业成功。(32)跟随了一段路程后,光辉的法王坚战当着众位国王的面,嘱咐乔宾陀(黑天)。(33)盖娑婆(黑天)心不贪婪,智慧坚定,从不出于欲望、恐惧或贪财而追随非法行为。(34)他通晓正法,坚定不移,了解一切众生,是一切众生的主宰,神中之神,威严显赫。(35)他具备一切美德,胸前有卍的吉祥标志。贡蒂之子(坚战)拥抱他,嘱咐他说:(36)

"我们自幼由这位柔弱的妇女抚育长大。她奉守斋戒和苦行,经常祈福禳灾。(37)她供奉天神和客人,敬重长者,爱护孩子们,喜欢儿子们,我们也喜欢她,遮那陀那啊!(38)粉碎敌人者啊!她把我们从难敌的威胁中解救出来,摆脱死亡的压迫,犹如航船渡过大海。(39)摩豆族后裔啊!她经常为了我们,承受她不必承受的痛苦,请问候她的健康。(40)她为自己的儿子忧伤苦恼,你要对她多加安慰,向她请安,拥抱她,并称赞般度之子们。(41)自从结婚以来,她目睹夫家的欺诈和苦难,备尝痛苦,虽然她不该遭受这些,克敌者啊!(42)

"一旦时来运转,黑天啊!我就能把快乐带给受难的母亲,克敌者啊!(43)我们流放时,她满怀对儿子的慈爱,哭泣着追赶我们,而我们丢下她,前往森林。(44)如果她还活着,没有伤心而死,那是因为她受到阿那尔多人的关心照顾,虽然她为儿子们忧愁焦虑,盖娑婆啊!(45)黑天啊!请你以我的名义向她问候,主人啊!还有俱卢族持国王和众位比我们年长的国王们,(46)毗湿摩、德罗纳、慈悯、波力迦大王、德罗纳之了(马嘶)、月授和所有其他各位婆罗多族人。(47)大智者维杜罗是俱卢族的顾问,智慧深邃,通晓正法,你要拥抱他,诛灭摩图者啊!"(48)

坚战当着众位国王，对盖娑婆（黑天）说完这些话，右旋绕行后，向黑天告别。（49） 毗跋蔟（阿周那）走上前来，对他的朋友、人中雄牛、战无不胜的杀敌英雄十能（黑天）说道：（50）"乔宾陀（黑天）啊！所有的国王都知道归还半个王国的事，主人啊！这是我们商量决定的。（51）如果他们不藐视我们，客客气气，痛痛快快，还给我们，我会感到高兴，他们也免遭灾难，大臂者啊！（52）如果持国之子（难敌）不懂得随机应变，不肯这样做，那我就要灭绝这些刹帝利，遮那陀那啊！"（53）

听了般度之子（阿周那）这番话，狼腹（怖军）十分高兴。这位般度之子（怖军）满腔愤怒，浑身不断颤抖。（54）这位贡蒂之子（怖军）颤抖着发出大声吼叫，听了胜财（阿周那）的话后，精神振奋。（55）听到他的吼叫声，弓箭手们发抖，所有的象、马尿屎直流。（56）阿周那向盖娑婆（黑天）表明这样的决心后，拥抱遮那陀那（黑天），告别离去。（57）所有的国王都回去后，遮那陀那（黑天）高兴地驾着塞尼耶马和妙项马，迅速出发。（58）在达禄迦驱策下，婆薮提婆之子（黑天）的这些马犹如吞没道路，吞噬天空。（59）

途中，大臂盖娑婆（黑天）看到具有梵天吉祥光辉的仙人们站在路的两旁。（60）遮那陀那（黑天）立刻下车，遵照礼仪，向众仙人请安，说道：（61）"世界平安吗？正法得到遵守吗？其他三种种姓听从婆罗门的训导吗？"（62）向他们致敬后，诛灭摩图者（黑天）又说道"尊者们！你们在哪里获得成就？你们走的什么路？（63）你们要做什么？我能为你们做什么？你们为何来到大地上？"（64）

食火仙人之子走近诛灭摩图者（黑天），这位品行优秀的老朋友拥抱乔宾陀（黑天），说道：（65）"功德圆满的神仙、学问渊博的婆罗门、王仙和可敬的苦行者们，十能（黑天）啊！（66）他们曾经目睹从前天神和阿修罗大战，大光辉者啊！现在，他们想看看大地上聚集的刹帝利，（67）看看会堂里的国王们，还有诚实的你，遮那陀那啊！我们前来观看这件伟大的事情，盖娑婆啊！（68）我们想听你当着众国王的面，摩豆族后裔啊！向俱卢族讲述符合正法和利益的话，折磨敌人者啊！（69）毗湿摩、德罗纳、大智者维杜罗和你，雅度族之虎啊！你们将在会堂里会面。（70）摩豆族后裔啊！我们想听你向他们讲述神圣、真实和优美的话，乔宾陀啊！（71）再见，大臂者啊！我们还会见面，祝你一路顺风，英雄啊！我们将在会堂里看到你。"（72）

以上是吉祥的《摩诃婆罗多》中《斡旋篇》第八十一章（81）。

八二

护民子说：

十名杀敌英雄、手持武器的大勇士陪随大臂者提婆吉之子（黑天）出发，（1）还有一千名步兵和骑兵，折磨敌人者啊！加上数百名随从和丰富的给养，国王啊！（2）

镇群王说：

灵魂伟大的诛灭摩图者十能（黑天）怎样行进？这位威力无比者在行进中，出现哪些征兆？（3）

护民子说：

你听我告诉你，这位灵魂伟大者在行进中，出现种种预兆天意的神圣奇迹。（4）天空无云，却出现闪电雷鸣，雨神在他身后降下暴雨。（5）包括最杰出的信度河在内，所有向东的大河现在逆向而流，一切方向颠倒，难以辨认。（6）国王啊！火光闪闪，大地震动，许多池井和水罐向外溢水。（7）黑暗笼罩整个世界，尘土弥漫空间，无法辨认方向，国王啊！（8）空中出现巨大声响，但无论何处都不见形体，国王啊！这仿佛是奇迹。（9）一股强劲的西南风带着可怕的呼啸声，席卷象城，摧毁成片成片的树林。（10）苾湿尼族后裔（黑天）一路上走到哪里，哪里便吹拂轻柔舒适的和风，婆罗多子孙啊！（11）天上洒下花雨，遍地莲花，道路宽敞平坦，没有杂草荆棘。（12）这位慷慨布施的大臂者所到之处，接受善意的婆罗门表示敬意的蜜食。（13）一路上，妇女们成群结队前来，向这位关心众生利益的灵魂伟大者抛撒芳香的林中鲜花。（14）

他经过可爱的稻田乡，那里五谷丰登，人们奉公守法，生活幸福，婆罗多族雄牛啊！（15）他看到许多可爱的村庄，牲畜满圈，令人赏心悦目；他还经过许多城镇和王国。(16) 那些城镇居民受到婆罗多族保护，不用为敌军入侵烦恼，也不懂得阴谋诡计。(17) 他们聚集在路旁，要见见从水没城来的遍军（黑天）。(18) 他们隆重接待这位像火焰一样燃烧的著名主人，作为来到当地的贵宾。(19)

　　杀敌英雄盖娑婆（黑天）到达狼地时，明净的太阳变红，光芒扩散。(20) 他迅速下车，遵照礼仪沐浴净身，吩咐卸下车辆，坐着做晚祷。(21) 达禄迦卸下马匹，按照规则照料它们，解去护甲，放开它们。(22) 做完这些事，诛灭摩图者（黑天）说道"为了坚战的事业，我们在这里过夜。"(23) 知道了他的意图，人们安营，很快找来优质的食物和饮料。(24) 国王啊！这个村庄的婆罗门出身高贵，知廉耻，遵循梵行。(25) 他们走近这位灵魂伟大的克敌者、感官之主，遵照礼仪，向他致以敬礼和吉祥的祝福。(26) 他们向受到全世界崇拜的十能（黑天）表示敬意后，又向这位灵魂伟大者提供镶有宝石的住房。(27) 这位主人对他们说道"够了。"他以礼相待，进入他们的住房，然后，又与他们一起回来。(28) 盖娑婆（黑天）以可口的食物招待这些婆罗门，与他们一起进食，愉快地度过这个夜晚。(29)

　　以上是吉祥的《摩诃婆罗多》中《斡旋篇》第八十二章 (82)。

<h1 style="text-align:center">八　三</h1>

护民子说:

　　从使者那里得知诛灭摩图者（黑天）来到，持国向大臂者毗湿摩致敬后，(1) 高兴得汗毛直竖，对德罗纳、全胜、大智者维杜罗、难敌和大臣们说道：(2) "俱卢后裔啊！我们听到了这个伟大的奇迹般的消息。家家户户的妇女、儿童和老人都在谈论。(3) 有些人虔诚地讲述，有些人聚在一起议论，各种各样的传言出现在十字路口和会堂中。(4) 英勇的十能（黑天）为了般度族而来，诛灭摩图者（黑天）值得我们以任何方式尊敬和供奉。(5) 整个世界靠他运转；他是一切众生的主宰。在摩豆族后裔（黑天）身上，存在坚定、勇气、智慧和威力。(6) 这位人中俊杰应该受到尊敬，因为他是永恒的正法。尊敬他，导致幸福；不尊敬他，招来不幸。(7) 如果克敌者十能（黑天）满意我们的侍奉，在所有的国王中，我们将实现全部愿望。(8) 折磨敌人者啊！为了向他表示敬意，今天你要做准备，沿途搭好厅堂，设备一应俱全。(9) 甘陀利之子（难敌）啊！你要这样做，大臂者啊！让他对你产生好感。毗湿摩啊！你以为如何？"(10)

以毗湿摩为首，所有人都尊重持国王的话，说道"好极了！"(11) 难敌王知道他们的意见后，选定可爱的地点建造厅堂，(12) 在每个可爱的地点，盖了许多镶有各种宝石的厅堂。(13) 配备有各种精美的坐椅，还有妇女、香料、装饰品和细腻的衣服。(14) 国王还备齐优质的饮料、各色食品和芬芳的花环。(15) 俱卢族国王在狼地村特别盖了一座可爱的厅堂，镶有许多宝石，专供黑天居住。(16) 完成这些适合天神享受的非凡安排后，难敌王向持国禀报。(17) 然而，盖娑婆十能（黑天）没有看一眼这些厅堂和各种宝石，直接前往俱卢族王宫。(18)

以上是吉祥的《摩诃婆罗多》中《斡旋篇》第八十三章(83)。

八 四

持国说：

奴婢子（维杜罗）啊！遮那陀那（黑天）从水没城来这里，现在住在狼地，明天早上就要到这里。(1) 遮那陀那（黑天）是阿护迦族国王，沙特婆多族首领，灵魂伟大，品格伟大，勇敢无比。(2) 他是摩豆族后裔，富庶的芘湿尼家族的支柱和庇护，三界尊贵的鼻祖。(3) 心地善良的芘湿尼族人和安陀迦族人敬仰他的智慧，犹如阿提迭、婆薮和楼陀罗们敬仰祭主的智慧。(4) 我要当着你的面，向灵魂伟大的十能（黑天）表示敬意，知法者啊！听我告诉你。(5)

我要给他十六辆金车，每辆车套有四匹全身乌黑的波力良种骏马。(6) 我要给盖娑婆（黑天）八头战象，象牙如同犁柄，颞颥经常开裂，每头大象有八个侍从。(7) 我要给他一百个肤色金黄、没有生过孩子的美丽女仆，也给他同样多的男仆。(8) 我要给他一万八千张羊皮，手感柔软，原本是山里人的贡品。（9） 我要给他数千张支那国产的毛皮，盖娑婆（黑天）值得接受这些。（10） 我要给他日夜闪烁的晶莹宝石，盖娑婆（黑天）值得接受这些。（11） 我要给他一辆骡车，一天能行驶十四由旬。（12） 我要每天给他的随从和马匹八倍数量的食物。（13）

我的所有的儿孙，除了难敌外，都会修饰打扮，乘坐洁净的车辆，前去迎接十能（黑天）。（14） 成千个精心装饰的漂亮妓女会徒步前去迎接高贵的盖娑婆（黑天）。（15） 一些美丽的少女也会不加遮盖，从城里出来观看遮那陀那（黑天）。（16） 全城的居民，包括男人、女人和儿童，都会仰视灵魂伟大的诛灭摩图者（黑天），犹如仰视太阳。（17）

让四面八方旗幡招展，在他的来路上，洒水除尘。（18） 难降的住所比难敌好，赶快将那里打扫干净，装饰一新。（19） 他的住所有许多形状美丽的楼阁，吉祥，可爱，充满各个季节的珍宝。（20） 我和难敌的所有宝石也放在那里，毫无疑问，苾湿尼族后裔（黑天）值得享受这一切。（21） 。

以上是吉祥的《摩诃婆罗多》中《斡旋篇》第八十四章（84）。

八五

维杜罗说：

国王啊！你是备受三界尊敬的人中俊杰，受到世人的敬仰和爱戴，婆罗多子孙啊！（1） 你已进入晚年，无论说什么，都依据经典，经过深思熟虑，因年老而稳健。（2） 臣民们都知道，大王啊！正法对于你，犹如石头的纹路，太阳的光辉，大海的波浪。（3） 你具备大量美德，世人永远感到高兴，国王啊！你和亲属们要始终努力保护这些美德。（4） 你要保持公正，不要愚蠢地让王国、可爱的儿孙和朋友惨遭毁灭。（5）

国王啊！你把盖娑婆（黑天）当作客人，想要隆重招待他，而十能（黑天）也值得享受这些或那些，甚至整个大地。（6） 但是，我凭自己的灵魂发誓，你这样招待黑天，不是为了展现正法或出于友情。(7) 这是一个骗局，一个幌子，一个圈套，慷慨施舍者啊！我知道你这种表面行为掩盖的真正意图。(8) 国王啊！般度之子们想要五个村庄，只要五个，而你不想给他们。那么，谁能创造和平呢？(9) 你想用财物拉拢苾湿尼族大臂者（黑天），想用这种手段分裂般度族。(10) 我告诉你实话，财物、压力或谩骂都不能使他与胜财（阿周那）疏远。(11) 我知道黑天的伟大，知道他的坚定忠诚，知道他不会抛弃视同生命的胜财（阿周那）。(12) 除了一满罐水，除了用水洗脚，除了问候一声健康，遮那陀那（黑天）不会要别的什么。(13) 因此，以他本人喜欢的方式接待这位值得尊敬的灵魂伟大者，国王啊！遮那陀那值得尊敬。(14)

盖娑婆（黑天）到俱卢族来，希望做成好事，国王啊！满足他的愿望吧！(15) 十能（黑天）希望你和难敌与般度之子们和解，王中因陀罗啊！照他说的做吧！(16) 你是他们的父亲，他们是你的儿子，国王啊！你是长辈，他们是晚辈。你要像父亲那样对待他们，因为他们像儿子那样对待你。(17)

以上是吉祥的《摩诃婆罗多》中《斡旋篇》第八十五章(85)。

八六

难敌说:

维杜罗说的关于黑天的话完全正确，遮那陀那（黑天）与普利塔之子们感情深厚，不可分离。(1) 你想隆重招待遮那陀那（黑天），送给他各种各样财物，王中因陀罗啊！决不要这样做。(2) 时间和地点都不合适，因为盖娑婆（黑天）不值得接受这些，国王啊！轴下生（黑天）会认为："他出于恐惧恭敬我。"(3) 我确信，一个聪明的刹帝利不应该做招人蔑视的事，民众之主啊！(4) 我很清楚，莲花眼黑天受到三界崇拜。(5) 然而，现在不应该向他送礼，主人啊！事情已经到了这个地步，战争就要爆发。不靠战争，不能平息。(6)

护民子说:

听了他这些话，俱卢族祖父毗湿摩对奇武之子国王（持国）说道：(7)"遮那陀那（黑天）无论受到或不受到款待，他都不会生气。盖娑婆（黑天）即使受到轻视，他也不会轻视别人。(8) 大臂者啊！他决心完成的事，任何人都没有办法加以阻拦。(9) 我们应该毫不犹豫地按照大臂者（黑天）所说的去做，以婆薮提婆之子（黑天）为桥梁，立刻与般度之子们和解。(10) 以法为魂的遮那陀那（黑天）说的话肯定符合正法和利益，你和亲属们与他交谈要友好。"(11)

难敌说：

国王啊！我无法与般度之子们一起生活，共享唯独属于我的荣华富贵，祖父啊！(12) 请听我作出的重大决策：我要囚禁般度之子们的靠山遮那陀那（黑天）。(13) 一旦他被囚禁，苾湿尼族、大地和般度族都得服从我。他明天早上就要来这里。(14) 告诉我，尊者啊！用什么方法可以不让遮那陀那（黑天）发觉，对我们不造成危害。(15)

护民子说：

持国和大臣们听了他要加害黑天的可怕的话，深感痛苦，惶惶不安。(16) 于是，持国对难敌说道"臣民的保护者啊！你不要说这样的话。这不符合永恒的正法。(17) 因为感官之主（黑天）是使者，是我们亲爱的朋友。他没有伤害俱卢族，怎么能囚禁他？"(18)

毗湿摩说：

持国啊！你的儿子头脑愚蠢，思维颠倒。朋友们请求他，他却选择灾难，而不选择利益。(19) 这个邪恶的人与邪恶的追随者们一起走上歧途，而你不听朋友们忠告，依从他。(20) 如果你的邪恶的儿子和大臣们与行为清白的黑天发生冲突，他们顷刻之间就会毁灭。(21) 这个邪恶的人摒弃正法，愚蠢残忍，我再也不能听他胡言乱语。(22)

护民子说：

说罢，婆罗多族元老毗湿摩无比愤怒，他以真理为勇气，起身离去。(23)

以上是吉祥的《摩诃婆罗多》中《翰旋篇》第八十六章(86)。

八七

护民子说:

第二天早上,黑天起身,做完晨祷,辞别婆罗门,出发前往城里。(1) 所有的狼地居民送别辞行的大臂者(黑天)后,返身回去,国王啊!(2) 除了难敌外,所有的持国之子盛装严饰,还有毗湿摩、德罗纳和慈悯等人一齐迎接他的来临。(3) 国王啊!许许多多市民都想观看感官之主(黑天),一些人乘坐各种车辆,另一些人步行。(4) 他在路上遇见行为清白的毗湿摩、德罗纳和持国之子们,在他们簇拥下,一起进城。(5)

为了向黑天表示敬意,全城装饰一新,王道上镶有许多宝石。(6) 国王啊!妇女、老人和孩子都想观看婆薮提婆之子(黑天),没有一个人呆在家里,婆罗多族雄牛啊!(7) 感官之主(黑天)进城时,人们在王道上找不到一点空隙,大王啊!(8) 高大的住宅周围挤满美丽的妇女,大地仿佛不堪重负摇摇晃晃。(9) 王道上人群簇拥,婆薮提婆之子(黑天)的快马只能放慢步伐。(10)

粉碎敌人者莲花眼(黑天)进入持国之子(难降)洁白美丽的住处,里边有许多楼阁。(11) 克敌者盖娑婆(黑天)经过三座王宫庭院,走向奇武之子国王(持国)。(12) 十能(黑天)走近时,具有慧眼、声誉卓著的人主(持国)与德罗纳和毗湿摩一起站立。(13) 还有慈悯、月授和波力迦王,都从座位上起身,向遮那陀那(黑天)表示敬意。(14) 然后苾湿尼族后裔(黑天)会见声誉卓著的持国王,迅速用语言向他致敬,也向毗湿摩致敬。(15) 诛灭摩图者(黑天)按照正法向他们致敬后,摩豆族后裔(黑天)又按照年龄一一问候在场的其他国王。(16) 然后,遮那陀那(黑天)问候德罗纳及其儿子、声誉卓著的波力迦、慈悯和月授。(17) 那里有一把坚固洁净的大金椅,持国王请不退者(黑天)入座。(18) 持国的祭司们按照礼仪,献给遮那陀那(黑天)母牛、蜜食和水。(19) 接受待客之礼后,乔宾陀(黑天)在俱卢族人围绕下,坐在那里与他们亲切谈笑。(20)

声誉卓著的克敌者（黑天）受持国献礼致敬后，辞别国王出来。（21）在俱卢族会堂里，摩豆族后裔（黑天）按照礼仪，会见俱卢族人，随后，前往维杜罗的可爱住所。（22）遮那陀那（黑天）到了那里，维杜罗迎上前来，向十能（黑天）致以一切吉祥如意的祝福。（23）向乔宾陀（黑天）施以待客之礼后，通晓一切正法的维杜罗向诛灭摩图者（黑天）问候般度之子们的健康。（24）维杜罗亲切友好，学问渊博，智慧超绝，永远恪守正法，纯洁无瑕。（25）洞察一切的十能（黑天）向奴婢子（维杜罗）详细讲述了般度之子们的一切情况。（26）

以上是吉祥的《摩诃婆罗多》中《斡旋篇》第八十七章（87）。

八八

护民子说：

克敌者遮那陀那（黑天）拜访维杜罗后，下午，又前往姑母（贡蒂）那里。（1）看到灿若阳光的黑天来到，普利塔（贡蒂）搂住他的脖子，想起自己的儿子们，悲伤不已。（2）普利塔（贡蒂）久久凝视英勇的儿子们的同伴苾湿尼族后裔乔宾陀（黑天），潸然泪下。（3）战将黑天接受待客之礼后坐下，她满面愁容，话语哽咽，说道：（4）

"他们从小就孝敬长辈，互相友好，互相尊重，思想一致。（5）他们受骗失去王国，本该生活在人间，却前往无人之地。他们控制喜怒，具有梵性，说话真实。（6）普利塔之子们抛弃幸福快乐，撇下哭泣的我，流亡森林，连根挖走我的心。（7）盖娑婆啊！灵魂高尚的般度之子们不该承受这一切，孩子啊！他们怎么能居住在狮子、老虎和大象出没的大森林里呢？（8）他们自幼失去父亲，始终由我抚养他们长大，怎么能看不到父母，居住在大森林里？（9）

"盖娑婆啊！般度之子们从小伴随着螺号声、大鼓声、小鼓声和竹笛声醒来。（10）他们在家时，一直伴随着象叫声、马嘶声和车轮声醒来。（11）还伴随有螺号和大鼓，竹笛和琵琶，混合着婆罗门在喜庆节日的祝福声。（12）他们献给婆罗门衣服、宝石和装饰品，而灵魂高尚的婆罗门献给他们吉祥的颂歌。(13) 他们睡在宫殿露台羚羊鹿皮上,听到值得馈赠而受到馈赠的婆罗门的赞歌,愉快地醒来。(14) 他们在大森林里听到野兽嗥叫,无法入睡,遮那陀那(黑天)啊!他们不该遭受这些苦难。(15) 大鼓声、小鼓声、螺号声、竹笛声和妇女甜蜜的歌声,诛灭摩图者啊!(16) 还有吟唱诗人和歌手的颂歌声,他们醒来时习惯听到这些声音,怎么能在大森林里醒来时听到野兽的嗥叫?(17)

"他知廉耻,坚持真理,克制自我,怜悯众生,控制爱憎,遵行正法。(18) 安波利沙、曼达特里、迅行王、友邻王、婆罗多、底梨波、尸毗和奥湿那罗,(19) 他背负着这些古代王仙的、难以承受的重任。他品行端正,通晓正法,言而有信。(20) 无敌(坚战)以法为魂,灿若纯金,具备一切美德,可以成为三界之王。(21) 在整个俱卢族中,无论正法、学问和品行,坚战最为优秀,黑天啊!他容貌可爱,手臂修长,现在情况怎么样?(22)

"般度之子狼腹(怖军)精力如同万头大象,勇猛如同狂风,脾气暴躁,但一向可爱,博得兄弟们喜欢。(23) 诛灭摩图者啊!这位英雄杀死了空竹及其亲属,杀死了迦娄陀婆沙、希丁波和钵迦。(24) 优秀的战士怖军勇敢如同因陀罗,快速如同疾风,愤怒如同大自在天。(25) 这位折磨敌人的般度之子抑制怒气、力量和暴躁,控制自我,耐心服从兄长的命令。(26) 怖军光辉灿烂,灵魂高尚,力量如同洪水,威严无比,容貌可怖,遮那陀那啊!告诉我,狼腹(怖军)现在情况怎样?苾湿尼族后裔啊!(27)

"排行中间的般度之子阿周那,臂似铁闩,不退者黑天啊!双臂阿周那永远与故世的千臂阿周那媲美,盖娑婆啊!(28) 这位般度之子一气能射五百支箭,箭术与作武王一样。(29) 他的光辉如同太阳,自制如同大仙,宽容如同大地,勇敢如同伟大的因陀罗。(30) 诛灭摩图者啊!依靠他的英勇,俱卢族在一切国王中赢得威武显赫的最高王权,闻名遐迩。(31) 这位般度之子以真理为勇气,是最优秀的车兵,俱卢族人都敬畏他的可怕臂力。(32) 胜财(阿周那)是般度之子们的庇护,犹如婆薮之主(因陀罗)是众天神的庇护。他也是你的兄弟和朋友,现在情况怎样?(33)

"怜悯一切众生,知廉耻,能克制,精通武艺,温和柔顺,遵守正法,讨我喜欢。(34) 大弓箭手偕天在战场上光彩夺目,黑天啊!这位年轻的勇士顺从兄长们,精通正法和利益。(35) 偕天灵魂高尚,品行优良,诛灭摩图者啊!兄长们经常称赞他的行为。(36) 英雄偕天是战将,顺从兄长,孝敬我,苾湿尼族后裔啊!请告诉我这位玛德利之子的情况。(37)

"年轻的勇士,娇嫩漂亮的般度之子,为所有的兄长宠爱,犹如他们体外的生命,黑天啊!(38) 无种是大弓箭手,大力士,奇妙的战士,黑天啊!我的这个孩子在幸福中长大,现在身体怎样?(39) 这位大勇士很娇嫩,一向养尊处优,不该遭受这种苦难,大臂者啊!我还能见到无种吗?(40) 我只要一眨眼的工夫看不到无种,就不安宁,英雄啊!你看,我现在还活着!(41)

"我爱德罗波蒂胜过所有的儿子,遮那陀那啊!她出身高贵,品行端庄,具备一切美德。(42) 她说话真实,选择丈夫的世界而不是儿子的世界,撇下可爱的儿子们,追随般度之子们。(43) 她出身高贵,如愿受到尊敬,不退者啊!尽善尽美的女主人德罗波蒂情况怎样?(44) 德罗波蒂的五位丈夫都是英勇的大弓箭手,像火一样猛烈,她却饱尝痛苦。(45) 克敌者啊!我已经第十四年没有见到说话真实的德罗波蒂,她肯定为儿子们忧虑。(46) 如果品行这样的德罗波蒂都享受不到持久的幸福,那就没有人能以善业享受到幸福。(47)

"我爱黑公主胜过毗跋蒴、坚战、怖军和双生子。我看到她被拖到会堂时,(48) 我的痛苦前所未有,无以复加。处在经期的德罗波蒂站在公公们身边。(49) 她只穿一件衣服,在俱卢族众目睽睽下,追随愤怒和贪欲的卑鄙者把她拖到会堂。(50) 持国、波力迦大王、慈悯、月授和沮丧的俱卢族人都在那里。(51) 在整个会堂里,我只尊敬奴婢子(维杜罗),不是因为他有财富和学问,而是因为他行为高尚。(52) 黑天啊!大臂者奴婢子(维杜罗)庄重深沉,灵魂高尚,以品行为装饰,支撑着这个世界。"(53)

看见乔宾陀(黑天)来到,她又喜又悲,倾诉自己的所有痛苦:(54) "克敌者啊!古代那些坏国王从事的赌博和打猎,能带给他们幸福吗?(55) 持国之子们当着俱卢族人的面,在会堂中凌辱黑公主，犹如将她置于死地，这件事烧灼我的心。（56）然后，他们出城流亡，折磨敌人者啊！我经受了种种痛苦，遮那陀那啊！他们乔装改扮，与年幼的孩子们分离，盖娑婆啊！（57）如今，我和儿子们蒙受难敌欺诈十四年，折磨敌人者啊！没有比这更令人痛苦。（58）如果不能苦尽甘来，那么，功德之果毁灭。我过去对持国之子和般度之子从不偏心。（59）凭这句真话，黑天啊！我会看到你和般度之子们一起消灭敌人，吉祥环绕，从战场上平安归来。他们具有这样的气概，决不会失败。（60）

"我不责备自己，不责备难敌，只责备我的父亲。他把我送给贡提婆阇，就像赌徒付出钱财。（61）我还是一个在玩球的小女孩，你的祖父以朋友的身份把我送给灵魂高尚的贡提婆阇。（62）父亲和公公们亏待我，克敌者啊！我承受无穷的痛苦，黑天啊！我活着有什么意义？（63）当左手开弓者（阿周那）出生时，黑夜中有个声音对我说道'你的这个儿子将征服大地，声誉直达天国。（64）在宗族战争中杀死俱卢族人，获得王国，贡蒂之子胜财（阿周那）将与兄弟们一起进行三次祭祀。'（65）我不怨恨这话，永远向创造者正法致敬，向伟大的黑天致敬。正法支撑众生。（66）芯湿尼族后裔啊！有正法，才会有真理，黑天啊！这样，你就会实行这一切。（67）守寡，失去财产，受到敌视，摩豆族后裔啊！都不像与儿子分离那样令我忧伤。（68）看不到手持甘狄拨神弓的优秀武士（阿周那），我的心怎么能平静？（69）

"已经有十四年了，我没有看到坚战、胜财（阿周那）、双生子和狼腹（怖军），乔宾陀啊！（70）人们祭供生命消失的故人。实际上，他们对我来说已死去，我对他们来说也已死去，遮那陀那啊！（71）摩豆族后裔啊！你要对以法为魂的坚战说'你的正法日益缩减，孩子啊！你不要无所作为。'（72）婆薮提婆之子啊！我寄人篱下，真可悲！甚至不安定的生活也强似忍辱苟活。（73）

"然后，你要对胜财（阿周那）和随时做好准备的狼腹（怖军）说'刹帝利女子生养你们是有目的的。现在这个时候已经来到。（74）如果这个时刻来到，而你们让它流失，那你们也太冷酷，尽管你们受到世人尊敬。（75）如果你们这样冷酷，我就永远丢弃你们，因为一旦时机来临，应该舍生忘死。'（76） 你也要对永远热爱刹帝利正法的玛德利双生子说 '活着就要努力凭勇气赢得享受，（77） 依据刹帝利法则生活，凭勇气获得财富，这样的人永远心情愉快，人中俊杰啊！'（78）

"大臂者啊！你去对优秀的武士、英勇的般度之子阿周那说 '沿着德罗波蒂的道路前进！' （79） 你知道，怖军和阿周那一旦愤怒至极，会像死神那样，甚至把众天神送往最终的归宿。（80） 这件事使他俩蒙受屈辱：黑公主在会堂，难降和迦尔纳说出粗言恶语。（81） 难敌当着俱卢族众首领的面，逼近意志坚强的怖军，他会看到自己行为的后果。（82） 狼腹（怖军）结下怨恨，难以平息，即使时隔久远，怨恨也不会消除，除非这位粉碎敌人者将敌人斩尽杀绝。（83）

"王国被夺走，赌博失败，儿子流亡，这些痛苦对我不算痛苦。（84）高贵的黑公主只穿一件衣服，站在会堂，听那些粗言恶语，还有什么比这更痛苦？（85） 美丽的黑公主一向热爱刹帝利正法，当时处在经期，她有保护者，却得不到保护。（86） 诛灭摩图者啊！不但你是我和儿子们的保护者，还有优秀的力士罗摩和大勇士始光。（87）我还遭受这样的痛苦，人中俊杰啊！而且，难以抵御的怖军和从不退却的维阇耶（阿周那）还活着。"（88）

普利塔（贡蒂）为儿子们满怀忧伤，普利塔之子们的朋友梭利（黑天）安慰她说：（89） "姑妈啊！在这世上，有哪个妇女像你这样？你是苏罗王的女儿，嫁到阿阇弥吒族。（90） 你出身高贵，犹如从一个池子移到另一个池子。你是尽善尽美的女主人，受到丈夫高度尊敬。（91） 你是英雄们的母亲，也是英雄的妻子，具备一切美德，只有像你这样的妇女才能承受快乐和痛苦，大智慧的女子啊！（92）

"普利塔之子们已经战胜困倦、喜怒、饥渴和冷热，这些英雄永远热爱幸福。（93） 普利塔之子们放弃乡村的幸福，永远热爱英雄的幸福。这些精力充沛的大力士决不满足于卑微的幸福。（94） 坚定的人追求极限，而热爱乡村幸福的人追求中等。坚定的人喜欢经历极大的艰难，获得极大的享受。（95） 坚定的人喜欢极限，不喜欢中等。达到极限是幸福，居于两端之中是痛苦。（96） 般度之子们和黑公主向您致敬，报告他们自己健康，也问候您的健康。（97） 你很快就会

见到般度之子们安然无恙，达到一切目的，消灭敌人，主宰整个世界，吉祥环绕。"（98）

这样，为儿子们担忧的贡蒂得到安慰，驱除了因无知产生的黑暗，对遮那陀那（黑天）说道：（99）"诛灭摩图者啊！你认为怎样对他们合适，就怎样做吧！大臂黑天啊！（100）不要损害正法，不要欺诈，折磨敌人者啊！你出身高贵，坚持真理，黑天啊！我知道你的威力。（101）你为朋友贡献智慧和勇气。在我们家族中，你就是正法，你就是真理，你是伟大的苦行。（102）你是庇护者，你是伟大的梵，一切立足于你。正如你说的：真理就在你身上。"（103）

大臂乔宾陀（黑天）向她告辞，右旋绕行，然后，前往难敌的宫殿。（104）

以上是吉祥的《摩诃婆罗多》中《斡旋篇》第八十八章（88）。

八九

护民子说：

克敌者苏罗之子乔宾陀（黑天）告别普利塔（贡蒂），右旋绕行，然后，前往难敌的宫殿。（1）这宫殿如同摧毁城堡者（因陀罗）的宫殿，富丽堂皇。他经过三道围墙，没有受到门卫阻挡。（2）然后，这位声誉卓著者登上宫殿。这宫殿像云团，像耸立的山峰，吉祥之光闪耀。（3）在这里，他看到大臂者持国之子（难敌）坐在座位上，数千位国王和俱卢族人围绕他。（4）他也看到难降、迦尔纳和妙力之子沙恭尼坐在难敌身旁。（5）

十能（黑天）走上前去，声誉卓著的持国之子和大臣们起身，向诛灭摩图者（黑天）致敬。（6）苾湿尼族后裔盖娑婆（黑天）问候持国之子（难敌）及其大臣们，又按照年龄问候诸位国王。（7）然后，不退者（黑天）坐在精心装饰的金躺椅上，躺椅上铺有各种垫子。（8）俱卢后裔（难敌）献给遮那陀那（黑天）母牛和蜜食，又献给他宫殿和王国。（9）所有的俱卢族人和国王们侍奉坐在那里灿若阳光的乔宾陀（黑天）。（10）然后，难敌王邀请优秀的胜利者苾湿尼族

后裔（黑天）吃饭，而盖娑婆（黑天）没有同意。（11）

俱卢后裔难敌与迦尔纳说话后，当着众国王面，对黑天说道，语调软中带刺：（12）"遮那陀那啊！为什么你不接受献给你的食物、饮料、衣服和床？（13）你与双方友好，关心双方利益，你是持国的亲友，摩豆族后裔啊！（14）因为你通晓正法和利益，深刻全面，乔宾陀啊！我希望听你说明原因，手持飞轮和铁杵者啊！"（15）

闻听此言，精神伟大的乔宾陀（黑天）抬起粗壮的手臂，回答难敌，声音似行云流水。（16）莲花眼（黑天）发音清晰，不吞音，不漏音，不含混，向这位国王说明原因：（17）"使者只有在完成使命后，才能享用食物和接受恭敬。等我完成使命后，你和大臣们再供奉我，婆罗多子孙啊！"（18）

闻听此言，持国之子（难敌）回答遮那陀那（黑天）说"你这样对待我们不合适。（19）诛灭摩图者啊！不管你完成使命与否，我们都要努力供奉你，乔宾陀啊！我们不能不供奉你。（20）我们不知道原因，诛灭摩图者啊！你为何不接受友好的供奉，人中俊杰啊！（21）我们与你没有仇恨，没有争执，乔宾陀啊！你考虑到这些，就不该这样说话。"（22）

闻听此言，遮那陀那（黑天）望着持国之子（难敌）及其大臣们，十能（黑天）仿佛笑着，回答说：（23）"我决不会出于爱欲、愤怒、仇恨、私利、辩论和贪婪，抛弃正法。（24）人在高兴时接受别人的食物，或遇困境时接受别人的食物，国王啊！而你并没有让我感到高兴，我们也没有陷入困境。（25）从般度之子们一出生，国王啊！你就无缘无故仇视他们，而这几位兄弟对你友好，具备一切美德。（26）不要无缘无故仇视普利塔之子们。般度之子们恪守正法，谁能说他们什么？（27）仇视他们，就是仇视我；追随他们，就是追随我。你要知道，我与遵守正法的般度之子们灵魂同一。（28）出于愚痴，追随爱欲和愤怒，仇视和阻挠有德之士，人们称这样的人是卑鄙小人。（29）不控制自我，不控制愤怒，出于愚痴和贪婪，仇视具备美德的亲戚，这样的人不会长久吉祥富贵。（30）即使心里不乐意，也能与具备美德的人友好相处，这样的人长久享有名声。（31）一切沾染邪恶的食物是不应该吃的，我主意已定，只吃奴婢子（维杜罗）

的食物。"（32）

大臂者（黑天）对暴躁的难敌这样说罢，便走出持国之子庄严的宫殿（33）精神伟大的大臂婆薮提婆之子（黑天）出来后，前往灵魂高尚的维杜罗的住所住下。（34）

德罗纳、慈悯、毗湿摩、波力迦和俱卢族人前来看望住在维杜罗家中的大臂者（黑天）。（35）这些俱卢族人对诛灭摩图者（黑天）说道："苾湿尼族后裔啊！我们向你提供镶嵌宝石的宫殿。"（36）光辉无比的诛灭摩图者（黑天）对这些俱卢族人说道："你们都请回吧！我已经受到一切尊敬。"（37）

这些俱卢族人离开后，奴婢子（维杜罗）尽心尽力供奉不可战胜的十能（黑天）。（38）奴婢子（维杜罗）让人拿来许多清洁美味的食物和饮料，供灵魂伟大的盖娑婆（黑天）享用。（39）诛灭摩图者黑天首先满足婆罗门们，把最好的东西施与那些精通吠陀者。（40）然后，他和随从们，犹如婆薮之主（因陀罗）和摩录多们，一起享用维杜罗提供的清洁美味的食物。（41）

以上是吉祥的《摩诃婆罗多》中《斡旋篇》第八十九章（89）。

九〇

护民子说：

黑天吃完饭，消除疲劳。晚上，维杜罗对他说道："盖娑婆啊！你来这里，这不是高明的决策。（1）难敌不讲正法和利益，愚蠢，鲁莽，遮那陀那啊！骄傲，蛮横，不服从长者的命令。（2）他违背法论，愚蠢，邪恶，执著，难以驯服，对好人作恶，遮那陀那啊！（3）他的灵魂充满爱欲，自以为聪明，伤害朋友，怀疑一切，无所事事，忘恩负义，抛弃正法，喜欢说谎。（4）他还有许多别的缺点。即使你提出再好的建议，他出于傲慢也不会接受。（5）诛灭摩图者啊！这傻瓜缺乏自知之明，看到大地上的军队都已调来，便以为稳操胜券。（6）愚蠢的持国之子（难敌）认定单靠迦尔纳就能战胜敌人，他不会讲和。（7）他把事情都托付毗湿摩、德罗纳、迦尔纳、德罗纳之

子（马嘶）和胜车，没有和解之心。（8）

"遮那陀那啊！持国之子们和迦尔纳已经认定，普利塔之子们不敢正视毗湿摩、德罗纳和慈悯。（9）盖娑婆啊！你考虑到他们之间的兄弟情谊，努力争取和平，而持国之子们意见一致：（10）'我们不会还给般度之子们应得的那一份。'他们主意已定，你再对他们说什么，都无济于事。（11）诛灭摩图者啊！既然好说歹说结果都一样，犹如歌手面对聋子，智者也就不必开口。（12）他们无知，愚蠢，不守法度，诛灭摩图者啊！你不要跟他们说话，犹如婆罗门不跟旃陀罗（贱民）说话。（13）

"这个傻瓜自恃强大有力，不会听取你的话。这样，你说的话都是白费唇舌。（14）黑天啊！我不赞成你到这些心思邪恶、聚坐在一起的人中间去。（15）黑天啊！我不赞成你去劝说这些愚蠢无知、不可教诲、心思邪恶的人。（16）他从不敬重长者，依仗财富而蛮横，依仗年轻而骄傲，出于愚痴和暴躁，不会听取你的忠告。（17）他有强大的军队，诛灭摩图者啊！无论你说什么，他都会怀疑，不会听从你的话。（18）遮那陀那啊！持国之子们都确信，即使因陀罗和众天神也不能打垮他们。（19）他们如此自信，追随爱欲和愤怒，即使你的话很有说服力，也起不了作用。（20）

"愚蠢的难敌站在他的象军、车军和马军中间，肆无忌惮地认为：'我已经征服整个大地。'（21）持国之子（难敌）渴望在大地上确立无可匹敌的伟大王国，认为已经到手的财富要抓住不放，这样的人根本不会讲和。（22）大地上所有的战士都已结集，国王们也都互相联合，为了难敌准备与般度之子们作战。时间已经成熟，大地就要倾覆。（23）所有这些国王都与你有宿仇，黑天啊！你夺走了他们的财富。出于对你的厌恨，这些英雄投靠持国之子们，与迦尔纳联手。（24）所有的战士不怕牺牲，站在难敌这边，准备与般度之子们作战，十能啊！因此，我不赞成你到他们中间去，英雄啊！（25）

"粉碎敌人者啊！你为什么要到这些心思邪恶、聚坐在一起的敌人中间去呢？（26）大臂者啊！在任何情况下，甚至众天神也不能与你抗衡，杀敌者啊！我知道你的威力、勇气和智慧。（27）我对你的爱和对般度之子们的爱完全一样，摩豆族后裔啊！我是出于爱，出于

敬重，出于友情，才对你这样说。"（28）

以上是吉祥的《摩诃婆罗多》中《斡旋篇》第九十章（90）。

九一

薄伽梵（黑天）说：

你说的如同大智者所当说，如同有远见的人所当说，如同你这样的朋友对我这样的朋友所当说。（1） 你说的都是实话，符合正法和利益，同样适用于你。你像父亲和母亲那样，对我说这些话。（2） 你对我说的话真实，正确，合适，维杜罗啊！现在，请认真听我解释我来的原因。（3）

奴婢子（维杜罗）啊！我来到俱卢族，完全知道持国之子（难敌）的邪恶灵魂和刹帝利们的敌视。（4） 如果能把整个倾覆的大地连同马、象和车，从死亡的套索中解救出来，那么，他就达到至高的正法。（5） 即使一个人竭尽全力，也不能完成这个正法任务，我也不怀疑这个人会获得功德。（6） 因为，通晓正法的人都知道，即使心中有犯罪的念头，只要不付诸行动，就不会获得恶果。（7） 因此，我光明正大，努力促成俱卢族和斯楞遮耶族和解，免得双方在战争中毁灭。（8） 极其可怕的灾难降临俱卢族，这是由迦尔纳和难敌造成，其他的人都是追随者。（9） 不解救陷入不幸的朋友，不倾力相助，智者们认为这样的人冷酷无情。（10） 竭尽全力，甚至拽住朋友的头发，阻止他做不该做的事，那么，谁也不会指责这样的人。（11）

维杜罗啊！我的话合理，有益，吉祥，符合正法和利益，持国之子（难敌）和大臣们应该听取。（12） 因为，我光明正大，努力为持国之子们和般度之子们，也为大地上所有刹帝利谋利益。（13） 如果难敌对我的这种努力表示怀疑，那么，我的爱心也算尽到责任。（14） 亲戚之间出现分裂，朋友不竭尽全力调停，而袖手旁观，智者们认为这样的人不是朋友。（15） 那些不懂正法、不怀好意的蠢人不会指责我，说黑天有能力，却不阻止愤怒的俱卢族和般度族。（16） 我来的目的就是帮助双方。我在这事上尽了力，便不会遭到人们谴责。（17）

如果这个傻瓜听了我的符合正法和利益的忠告,仍不采纳,他将陷入命运的控制。(18) 如果我促成俱卢族和般度族和解,又不放弃般度族的利益,我便积下大功德,俱卢族将摆脱死亡的套索。(19) 如果持国之子们重视我说的那些蕴含智慧、符合正法、富有意义和避免杀戮的话,俱卢族人就会称赞我的到来。(20) 一旦我发怒,所有的国王集合起来,也不敢站在我的面前,犹如鹿群不敢站在狮子面前。(21)

护民子说:

苾湿尼族雄牛(黑天)说完这些话,带给雅度族幸福者(黑天)在舒服的床上躺下。(22)

以上是吉祥的《摩诃婆罗多》中《斡旋篇》第九十一章(91)。

九二

护民子说:

这两位智者这样谈着,布满星星的吉祥之夜逝去。(1) 灵魂高尚的维杜罗听着有关法、利和欲的各种谈话,字字珠玑,句句精彩。(2) 他听着光辉无比的黑天这些合适的谈话,仿佛不愿夜晚逝去,黑天也是这样。(3) 然后,许多嗓音洪亮的吟唱诗人和歌手用螺号和鼓声唤醒盖娑婆(黑天)。(4) 沙特婆多族雄牛遮那陀那(黑天)起身,完成早晨应做的一切。(5) 沐浴,默祷,供奉祭火,装饰打扮。然后,摩豆族后裔(黑天)礼拜升起的太阳。(6)

不可战胜的十能(黑天)正在进行晨祷,难敌和妙力之子沙恭尼走上前来。(7) 他俩告诉黑天,持国正在会堂,还有以毗湿摩为首的俱卢族人和大地上的所有国王:(8) "乔宾陀啊!他们都在等你,犹如天上众天神们等待因陀罗。"(9)

太阳变得明亮,折磨敌人者遮那陀那(黑天)向婆罗门们布施金子、衣服、母牛和马匹。(10) 不可战胜的十能(黑天)布施完财宝,站在那里,御者前来向他问候。(11) 灵魂伟大者(黑天)知道天车已经备好。这天车装饰有各种宝石,车声隆隆如同雷鸣。(12) 遮那陀那（黑天）向祭火和婆罗门们右旋绕行。他戴着憍斯杜跋摩尼珠，闪耀着无比吉祥的光辉。（13）雅度族后裔苏罗之子黑天在俱卢族人簇拥下，由苾湿尼族人护卫，登上天车。（14）十能（黑天）是一切生命中的俊杰，一切执法者中的魁首，通晓一切正法的维杜罗跟随他上车。（15）然后，难敌和妙力之子沙恭尼登上第二辆车，跟随折磨敌人的黑天。（16）萨谛奇、成铠和苾湿尼族大勇士们乘坐车、马和象，跟随在黑天后面。（17）他们出发，各色车辆都套着骏马，配备有金制器具，车声隆隆，光彩熠熠。（18）

此刻，光辉吉祥的智者黑天来到大路。那是王仙们行走的路，已经打扫干净。（19）十能（黑天）经过时，螺号吹响，铜鼓敲起，各种乐器齐鸣。（20）全世界折磨敌人、勇似狮子的青年勇士围绕着苏罗之子（黑天）的车辆前进。（21）有数千人身穿奇异的衣服，佩戴各种刀枪，走在前面，为黑天开道。（22）一百多头大象和成千匹骏马跟随不可战胜的英雄十能（黑天）前进。（23）俱卢族人，连同老人、孩子和妇女，倾城而出，来到路上，想要观看克敌者遮那陀那（黑天）。（24）房屋阳台护栏前拥满妇女，仿佛不堪重负，摇摇晃晃。（25）他缓缓前进，接受俱卢族人的致敬，听取各种各样的谈话，眼观四方，礼貌地答谢致意。（26）

然后，到达会堂，盖娑婆（黑天）的随从们吹奏螺号和竹笛，响彻四面八方。（27）无比光辉的国王们聚集在会堂，渴望黑天来到，兴奋激动，颤抖不已。（28）黑天走近时，国王们听到雷鸣般的车声，满怀喜悦。（29）沙特婆多族雄牛苏罗之子（黑天）到达会堂门口，从车上下来，犹如从盖拉娑山顶下来。（30）他进入会堂。这会堂似山似云，光辉灿烂，如同伟大的因陀罗的宫殿。（31）

声誉卓著者（黑天）一手握着维杜罗，一手握着萨谛奇，国王啊！他以吉祥之光笼罩俱卢族人，犹如太阳笼罩星星。（32）迦尔纳和难敌两人走在婆薮提婆之子（黑天）前面，成铠和苾湿尼族人跟在黑天后面。（33）以持国为首，毗湿摩和德罗纳等人从座位上起身，向遮那陀那（黑天）致敬。（34）十能（黑天）走上前来，声誉卓著、具有慧眼、思想高尚的国王（持国）与毗湿摩和德罗纳起身站着。（35）看见人中之主持国大王站着，周围数千位国王也都站着。(36) 按照持国的命令，那里为黑天备有一张精致美丽的金座椅。(37) 以法为魂的摩豆族后裔（黑天）微笑着，按照辈分，一一问候国王（持国）、毗湿摩、德罗纳和其他各位国王。(38) 盖娑婆（黑天）进入大厅，大地上所有的国王和俱卢族人都依礼向遮那陀那（黑天）致敬。(39)

折磨敌人、战胜敌人城堡者十能（黑天）站在国王们中间，看到空中的仙人们。(40) 十能（黑天）看到以那罗陀为首的这些仙人，悄悄对福身王之子毗湿摩说道：(41) "仙人们来看人间的集会，国王啊！邀请他们入座，隆重接待他们。(42) 他们没有坐下，任何人都不能坐下。赶快向这些灵魂完美的牟尼们致敬！"(43) 福身王之子（毗湿摩）看见仙人们站在会堂门口，赶紧命令仆人们："备座！"(44) 他们搬来宽大精美的座椅，上面镶有珠宝和金子，光彩夺目。(45) 仙人们坐下，接受待客之礼，婆罗多子孙啊！然后，黑天坐下，国王们也坐下。(46)

难降给萨谛奇一张上等座椅，毗文沙提给成铠一张金座椅。(47) 离黑天不远处，迦尔纳和难敌这两个灵魂伟大、脾气暴躁的人合坐一张椅子。(48) 犍陀罗王沙恭尼在犍陀罗人的护卫下，也和儿子一起入座，民众之主啊！(49) 大智者维杜罗坐在一张铺有白鹿皮的珠宝座椅上，紧挨着苏罗之子（黑天）的座位。(50)

大地上所有的国王久久凝视着十能（黑天）。他们望着遮那陀那（黑天），如饮甘露，不知餍足。(51) 遮那陀那（黑天）像亚麻花一样黝黑，身穿黄衣，在会堂中闪闪发光，犹如嵌在金子上的摩尼珠。(52) 所有的人的思想都集中在乔宾陀（黑天）身上，全场寂静，没有一个人发出一点声响。(53)

以上是吉祥的《摩诃婆罗多》中《斡旋篇》第九十二章(92)。

九三

护民子说：

所有的国王坐着，静默无声。牙齿整齐、音色似鼓的黑天开始说

话。(1) 犹如夏末的雨云，摩豆族后裔（黑天）的话音整个会堂都能听到。他望着持国，说道：(2)

"俱卢族和般度族应该和解，双方英雄不应致力于战争，婆罗多子孙啊！我就是为此而来。(3) 国王啊！我没有其他有益的话要对你讲，因为凡是应该知道的你都知道，克敌者啊！(4) 国王啊！这个家族在一切国王中最优秀，因为它具备学识和品行，具备一切美德。(5) 怜悯，同情，慈悲，善良，正直，宽容，真诚，婆罗多子孙啊！这些使俱卢族出类拔萃。(6) 国王啊！在这样伟大的家族中，不会做出不合适的事，特别是与你有关的事。(7) 一旦有人在族内或族外胡作非为，你是俱卢族中最权威的管束者，俱卢族俊杰啊！(8)

"俱卢后裔啊！以难敌为首，你的儿子们将正法和利益抛在脑后，行为残忍。(9) 没有教养，不守法度，利欲熏心，你应该知道，他们就是这样对待自己的亲戚和朋友，婆罗多族雄牛啊！(10) 极其可怕的灾难就要降临俱卢族，俱卢后裔啊！如果掉以轻心，就会导致世界毁灭。(11) 如果你想要和平，这能做到，婆罗多子孙啊！依我看，和平也不是难事，婆罗多族雄牛啊！(12) 国王啊！和平有赖于你，国王啊！也有赖我，民众之主啊！制止你的儿子们，俱卢后裔啊！我也将制止另一方。(13) 你的儿子及其追随者应该服从你的命令，王中因陀罗啊！服从你的命令对他们十分有益。(14) 我努力争取和平，这对你有益，国王啊！也对般度之子们有益，他们正在等待命令。(15) 你自己全面考虑一下，然后作出安排，民众之主啊！你的婆罗多族应该团结一致，人主啊！(16) 国王啊！在般度之子们保护下，奉守正法和利益吧！因为无论怎样努力，也无法战胜他们，人主啊！(17) 有灵魂高尚的般度之子们保护，即使因陀罗和众天神也不能战胜你，何况人间的国王？(18)

"如果有毗湿摩、德罗纳、慈悯、迦尔纳、毗文沙提、马嘶、毗迦尔纳、月授和波力迦，(19) 信度王、羯陵迦王和甘波阇王善巧，再加上坚战、怖军、左手开弓者（阿周那）和双生子，(20) 还有光辉无比的萨谛奇和大勇士尚武，哪个灵魂邪恶的人敢与他们作战？婆罗多族雄牛啊！(21) 依靠俱卢族和般度族，杀敌者啊！你将主宰世界，坚不可摧。(22) 所有的国王，大地之主啊！无论比你弱，还是

281

比你强，都会与你联合，折磨敌人者啊！（23）有儿子、孙子、兄弟、父亲和朋友们全面保护你，你将幸福地生活。（24）像从前一样尊重他们，善待他们，你将享有这整个大地，大地之主啊！（25）所有的般度之子和你自己的儿子联合起来，你将战胜所有其他敌人，婆罗多子孙啊！这是你的全部利益所在。（26）如果你与儿子们和大臣们团结，折磨敌人者啊！你将享受他们为你赢得的大地，人主啊！（27）

"一旦爆发战争，将是一场大毁灭，大王啊！在双方的毁灭中，你会看到什么正法？国王啊！（28）般度之子们或者你的大力士儿子们在战场上被杀，你会感到愉快吗？国王啊！请你告诉我，婆罗多族雄牛啊！（29）般度之子们和你的儿子们个个都是勇士，精通武艺，勇敢善战，请你保护他们免遭大难吧！（30）在战场上以车对车，互相杀戮，双方的勇士日渐减少，我们将不再看到俱卢族人和般度族人。（31）因为，大地上的国王们已经结集，怒不可遏，将毁灭众生，王中魁首啊！（32）保护这个世界吧！不要让众生遭到毁灭，国王啊！只要你恢复常态，就能救下他们，俱卢后裔啊！（33）

"这些国王纯洁，慷慨，知廉耻，高尚，出身纯正，互相帮助，国王啊！保护他们免遭大难吧！（34）让这些国王集合，友好相处，一起吃，一起喝，然后返回各自的家。（35）穿上漂亮的衣服，佩戴花环，互相尊敬，婆罗多族雄牛啊！消除愤怒和仇恨，折磨敌人者啊！（36）你的寿命已经不多，现在，你要关心般度之子们，婆罗多族雄牛啊！（37）他们自幼失去父亲，由你抚养长大，婆罗多族雄牛啊！像亲生儿子一样保护他们吧！（38）你应该保护他们，尤其是他们遭到不幸的时候，婆罗多族雄牛啊！不要让你的正法和利益毁灭。（39）

"国王啊！般度之子们向你致以敬礼和慰问，说道 '按照你的命令，我们和随从历尽苦难，（40）流亡森林十二年，又在人间隐姓埋名度过第十三年。（41）我们坚信我们的父亲会遵守协议。婆罗门们知道，我们没有违反协议，父亲啊！（42）你也履行我们之间的协议吧，婆罗多族雄牛啊！我们应该获得我们自己的那份王国。（43）你善于运用正法和利益，能够保护我们。我们把你看作师长，忍受了许多痛苦。（44）像父母那样对待我们吧！老师的行为比学生更重要，

婆罗多子孙啊！（45）如果我们误入歧途，父亲应该加以纠正，把我们引上正道，国王啊！你也要站在自己的路上。'（46）

"婆罗多族雄牛啊！你的这些儿子也对会堂中的人们说'在知法的集会者中，不会做出不合适的事。（47）哪里在众目睽睽之下，正法被非法扼杀，哪里的集会者本身也被扼杀。（48）哪里集会上出现非法攻击正法，如果不除去毒箭，哪里的集会者也会中箭。正法摧毁他们，犹如河流摧毁岸边的树。'（49）

"般度之子们潜心正法，沉思默想，婆罗多族雄牛啊！他们说的是实话，合理合法。（50）你除了还给他们外，还能说什么呢？或者让聚坐在会堂中的国王们说，我是否依据正法和利益，说的是实话？（51）刹帝利雄牛啊！让那些刹帝利摆脱死亡的套索吧！讲和吧！不要让愤怒控制自己，婆罗多族俊杰啊！（52）把属于般度之子们的那份遗产还给他们，折磨敌人者啊！你完成任务，和儿子们一起享受生活吧！（53）

"你知道无敌（坚战）一向恪守善人的正法，也知道他怎样对待你和你的儿子们，人主啊！（54）他遭火烧，受驱逐，仍然投靠你，而你和儿子们把他流放天帝城。（55）他住在那里，制服所有的国王，仍然仰望你，国王啊！从不超越你。（56）他已经做到这样，妙力之子（沙恭尼）还要设下毒计，企图夺走他的王国、财产和粮食。（57）灵魂无量的坚战落到这种境地，眼见着黑公主被拖到会堂，他也没有偏离刹帝利正法。（58）

"我希望你好，也希望他们好，婆罗多子孙啊！为了正法，为了利益，为了幸福，国王啊！不要毁灭你的臣民。（59）你要制止你的儿子们，民众之主啊！他们贪得无厌，将有害视为对自己有益，而将有益视为对自己有害。（60）克敌者普利塔之子们准备听从，也准备战斗，国王啊！你要选准对你自己最合适的道路，克敌者啊！"（61）

所有国王的心里都赞同他的话，但没有一个敢站出来说话。（62）

以上是吉祥的《摩诃婆罗多》中《斡旋篇》第九十三章（93）。

九四

护民子说：

灵魂伟大的盖娑婆（黑天）说着这些话，会堂里所有的人屏气凝神，高兴得汗毛直竖。（1）所有的国王心里想着："哪个人能作出回答？"（2）所有的国王们保持沉默，阇摩陀耆尼之子（持斧罗摩）在俱卢族会堂中说道：（3）"国王啊！请听这个譬喻，相信它是事实。听了之后，你认为有益，就加以采纳吧！（4）

"从前，有位统治世界的国王，名叫骄生。我们听说他享有整个大地。（5）这位大勇士每当夜晚逝去，早晨起身，便坐着询问婆罗门和刹帝利：（6）'在战场上，有哪个手持武器的首陀罗、吠舍、刹帝利或婆罗门与我一样，或者超过我？'（7）这位国王说着这样的话，走遍这个大地，骄横狂妄，目中无人。（8）

"有一些博学的婆罗门无所畏惧，不客气地劝阻这位无休止自吹自擂的国王。（9）他自恃富贵，傲气十足，虽然受到劝阻，仍一再这样询问这些婆罗门。（10）这些婆罗门苦行者灵魂伟大，恪守吠陀誓言，怒火燃烧，对这位趾高气扬的国王说道：（11）'有两位人中之狮，在战场上有无数化身，国王啊！你永远也不能与他俩比。'（12）闻听此言，国王又询问这些婆罗门：'这两位英雄在哪里？出生在哪里？有什么业绩？他俩是谁？'"（13）

众婆罗门说：

我们听说是那罗和那罗延，这两位苦行者，国王啊！他俩已来到人间，你与他俩交战吧！（14）听说灵魂伟大的那罗和那罗延在香醉山修炼可怕的不可言状的苦行。（15）

罗摩说：

这位国王怒不可遏，集合六支大军，前往这两位不可战胜者的住地。（16）他来到崎岖可怕的香醉山，搜索这两位不可战胜的苦行者。（17）他看到这两位人中俊杰饥渴憔悴，青筋暴露，在寒风和烈日的折磨下，羸弱不堪。他走上前去，行触足礼，问候健康。（18）他

俩赐给他根果、座位和水,然后,询问这位国王:"你有什么事?"(19)

骄生说:

我凭借双臂征服大地,杀死一切敌人。我来到这座山上,想与你俩交战。赐给客人这个恩惠吧!这是我长久的愿望。(20)

那罗和那罗延说:

王中俊杰啊!这里是摒弃嗔怒和贪婪的净修林。在净修林里没有战斗,哪里会有武器?哪里会有狡诈?请到别处去挑战吧!世界上有许多刹帝利。(21)

罗摩说:

即使这样劝说他,一再宽容他,安慰他,骄生仍然坚持这样说,婆罗多子孙啊!他想要战斗,向这两位苦行者挑战。(22)于是,那罗拿起一把芦苇,俱卢后裔啊!说道:"来吧,开战吧!好战的刹帝利啊!(23)拿起你所有的武器,集合你的军队,我将永远消灭你的战斗信仰。"(24)

骄生说:

如果你认为你这武器适合我们交战,苦行者啊!我就和你开战,因为我来这里就是为了战斗。(25)

罗摩说:

说罢,骄生率领军队,,从四面八方泼洒箭雨,想要杀死这位苦行者。(26)他射出这些能穿透身体的可怕的箭,而这位牟尼用芦苇挡住它们,使它们失去作用。(27)然后,不可战胜的牟尼向他掷出不可抵御的武器——可怕的芦苇。这仿佛是奇迹。(28)牟尼凭借幻力,用芦苇袭击他们的眼睛、耳朵和鼻子,百发百中。(29)

国王看到明净的空中布满芦苇,跪倒在苦行者脚下,说道:"保佑我平安吧!"(30)那罗乐于庇护寻求庇护的人,国王啊!对他说道:"你要具备梵性,以法为魂,不要再做这种事!(31)永远不要骄傲,不要辱骂别人,不管别人比你强,还是比你弱,国王啊!这对你最有益处。(32)你要智慧完善,摒弃贪婪,不自私,有灵魂,自制,宽容,温和,平静,保护臣民,国王啊!(33)带着我的祝福,走吧!不要再有这种行为。以我俩的名义问候诸位婆罗门身体健康。"(34)然后,国王向这两位灵魂伟大者行触足礼,返回自己城里,积极遵行

正法。(35)

从前，那罗的业绩十分伟大，而那罗延具备许多美德，最为优秀。(36) 因此，趁甘狄拨神弓尚未搭上箭，国王啊！放下架子，到胜财（阿周那）那里去吧！(37) 他有驼峰、鹦鹉、太空、伤眼、永久、旋转、恐怖和可口八种武器。(38) 凡被这些武器击中，有些人走向死亡，有些人癫狂发疯，或不能动弹，或失去知觉，或失去理智，(39) 或躺倒，或逃跑，或呕吐，或流尿，或哭笑不止。(40) 普利塔之子（阿周那）具有无数美德，而遮那陀那（黑天）更为优秀。你也十分了解贡蒂之子胜财（阿周那）。(41) 但你要知道，大王啊！英勇的阿周那和盖娑婆（黑天）这两位人中雄牛就是那罗和那罗延。(42)

如果你知道是这样，不怀疑我，婆罗多子孙啊！你就作出高尚的决定，与般度之子们和解吧！(43) 如果你认为这样最好："不会出现分裂。"那么，和解吧！婆罗多族俊杰啊！不要把心思放在战争上。(44) 你们的家族在大地上备受尊敬，俱卢族俊杰啊！让它持续这样吧！祝你幸运！你为自己的利益着想。(45)

以上是吉祥的《摩诃婆罗多》中《斡旋篇》第九十四章(94)。

九五

护民子说:

听了阁摩陀耆尼之子（持斧罗摩）的话，尊者甘婆仙人也在俱卢族会堂上，对难敌说道：(1) "世界鼻祖梵天永恒不灭，尊者那罗和那罗延两位仙人也是这样。(2) 在所有阿提迭中，惟有毗湿奴永恒不灭，不可战胜，是永恒的主人和主宰。(3) 而诸如日、月、地、水、风、火、空、行星和星座都注定要死亡。(4) 每当世界毁灭之时，它们抛弃三界，走向毁灭，然后，一次又一次再被创造出来。(5) 还有其他，诸如人、兽和鸟，在生命世界活动的各种动物，更是顷刻之间就会死亡。(6) 而国王们充分享受荣华富贵后，生命衰竭，走向死亡，接受善果和恶果。(7)

"你应该与正法之子（坚战）和解，让般度族和俱卢族保护这大地！（8）不要自以为强大有力，难敌啊！强中更有强中手，人中雄牛啊！（9）在强者中间，力量不算力量，俱卢后裔啊！般度之子都是强者，因为他们具有神威。（10）

"在这方面，人们引用一个古老的传说，摩多梨嫁女选婿的故事。（11）

"三界之王（因陀罗）有位受人尊敬的车夫，名叫摩多梨。他家有个女儿，容貌美丽，举世闻名。（12）她以德髻的名字著称于世，具有天女姿色，美丽和吉祥胜过其他妇女。（13）知道她到了出嫁年龄，国王啊！摩多梨和妻子左思右想，操心这事：（14）'哎呀！女孩子在品行高尚、生活富庶的名门望族中长大，（15）出嫁时，总要给母亲家族、父亲家族和夫婿家族制造麻烦。（16）我用思想之眼寻遍天国和人间，也没有找到一个合意的女婿。（17）众多的天神、提迭、健达缚、凡人和仙人，没有一个令我满意，能选作女婿。'（18）

"晚上，摩多梨和妻子妙法商量，决定去蛇界寻找：（19）'在天国和人间，我找不到与德髻美貌相配的女婿，在蛇界肯定会有。'（20）这样，与妙法商量决定后，他右旋绕行，吻了女儿的头，进入地下。"（21）

以上是吉祥的《摩诃婆罗多》中《斡旋篇》第九十五章（95）。

九六

甘婆说：

摩多梨在途中，偶然遇见前去看望伐楼拿的大仙人那罗陀。（1）那罗陀问他道："你准备去哪里？是为自己的事，还是奉百祭（因陀罗）之命？御者啊！"（2）摩多梨在途中受到那罗陀询问，便如实告诉他，是为自己的事前往伐楼拿那里。（3）于是，这位牟尼对他说道："我俩一起去吧！我是从天上下来，准备去看望水神（伐楼拿）。（4）我会带你观赏地下世界，给你讲解，摩多梨啊！在那里，我俩会找到一个令人满意的女婿。"（5）

于是，灵魂高尚的摩多梨和那罗陀沉入地下，见到保护世界的水中之主（伐楼拿）。(6) 在那里，那罗陀受到与天仙一样的崇敬，摩多梨受到与伟大的因陀罗一样的崇敬。(7) 他俩精神愉快，说明事由。经伐楼拿同意，他俩游览蛇界。(8) 那罗陀熟悉居住地下的一切众生，向车夫（摩多梨）详细介绍。(9)

那罗陀说：

你已看到子孙围绕的伐楼拿，朋友啊！你看，水中之主的住地，处处吉祥富饶。(10) 这是牛主伐楼拿的儿子，聪明睿智，纯洁的品行胜过父亲。(11) 他的这位可爱的儿子眼似青莲，得名青莲，容貌悦人，被苏摩的女儿选为丈夫。(12) 人们称呼她乔织那迦利，在容貌上，是第二位吉祥女神。据说，这位牛的儿子是阿提迭的长子。① (13)

你看，伐楼拿的这座全金宫殿！拥有它，天神才成为天神，天王的朋友啊！(14) 你看到的这些闪光的武器全是失去王位的提迭们的，摩多梨啊！(15) 据说，这些武器不会毁坏，摩多梨啊！天神们赢得它们，有威力才能使用。(16) 这里的罗刹族和鬼怪族拥有神圣的武器，摩多梨啊！他们早已被众天神征服。(17) 这光焰炽烈的火在伐楼拿的湖中觉醒，毗湿奴的飞轮布满无烟的火。(18) 这张用犀牛角制作的弓足以毁灭世界。它一直由众天神守护，称为甘狄拨神弓。(19) 一旦需要用它，肯定顶得上十万人的力量。(20)

这是宣示梵的梵天最初创造的刑杖，用于惩处与罗刹勾结而没有受到惩处的国王们。(21) 这是因陀罗称为人中因陀罗们的武器，水中之主（伐楼拿）的儿子们靠它获得繁荣。(22) 这是水中之主（伐楼拿）的华盖，竖在华盖屋中，四周流着凉水，犹如乌云下雨。(23) 从华盖上流下的水像月亮一样纯净，但被黑暗笼罩，不能看见。(24) 这里能看到许多奇迹，摩多梨啊！这会妨碍你要做的事。因此，我俩走吧，不要久留。(25)

以上是吉祥的《摩诃婆罗多》中《斡旋篇》第九十六章(96)。

---

① 伐楼拿是十二位阿提迭之一。这里所说的"牛的儿子"可能就是青莲。

九七

那罗陀说：

位于蛇界中心的这座城市名叫波多罗，居住着提迭和檀那婆。(1) 那些动物和不动物被水流带来，恐惧万分，号叫着进入这里。(2) 这里是永远燃烧的阿修罗火，以水为食，但它知道自己的作用有限。(3) 这里是杀死敌人的众天神饮用和存放甘露的地方，所以，人们看到月亮盈亏。(4) 这是神圣的马头，每逢朔望月出现，金光闪闪，用水充满世界。(5)

由于各种水的形体落下，这座崇高的城市称作波多罗①。(6) 造福世界的爱罗婆多象从这里吸水，注入云中，伟大的因陀罗能降下清凉的雨水。(7) 这里居住着各种各样的大鱼和水中动物，在水中饮用月光。(8) 这里，住在波多罗城地面的生物，白天被阳光晒裂而死，御者啊！夜里又复活过来。(9) 每当月亮升起，月光笼罩，这些生物接触到甘露，由此复活。(10) 这里也居住热衷非法的提迭，他们的富贵被婆薮之主（因陀罗）剥夺，囚禁在这里，忍受时间的折磨。(11) 这里，一切众生的主宰者名叫生主，他为了众生的利益，修炼至高的苦行。(12)

这里也居住着许多奉行牛誓②的婆罗门大仙人，因诵习圣典而消瘦，抛弃生命，升入天国。(13) 据说，牛誓者在这里向来睡不择地，吃不择食，穿不择衣。(14) 象王爱罗婆多和象中魁首伐摩那、古穆陀和安阇纳都出生在苏婆罗迪迦（妙颜）象族。(15)

你看，哪里能选到品德令你满意的女婿，我俩就努力去选，摩多梨啊！(16) 这是安放在水中的一个卵，仿佛闪耀着吉祥的光辉。自从众生创造以来，它不开裂，不移动。(17) 我从未听说它的出生和创造，也没有一个人知道他的父亲或母亲。(18) 据说，一旦世界末日来临，大火从这卵中喷出，焚毁整个三界，连同一切动物和不动物。(19)

---

① 这是通俗词源学，即波多罗(pātāla) 由 pata（落下）和 [ja]la（水）组成。
② 奉行牛誓是效仿牛的勤俭。

甘婆说：

听了那罗陀的这些话，摩多梨说道"这里没有一个人令我满意，赶快到别处去吧！"（20）

以上是吉祥的《摩诃婆罗多》中《斡旋篇》第九十七章（97）。

九八

那罗陀说：

这是著名的金城，一座优秀的大城市，生活着具有成百种幻术的提迭和檀那婆。（1）它挨着波多罗城，由毗首羯磨（工巧天）竭尽努力，运用心中的幻力造成。（2）从前，无比英勇的檀那婆们施展数千种幻术，获得恩惠，便住在这里。（3）帝释天不能制服他们，其他的天神伐楼拿、阎摩和财神也不能制服他们。（4）迦罗康迦阿修罗们从毗湿奴的双脚中生出，尼内多妖怪们从梵天的吠陀中生出。（5）青面獠牙，面目可憎，具有幻力，勇猛似风，住在这里，自己保护自己。（6）这些称作全甲的檀那婆，你知道，他们作战疯狂，连帝释天也挡不住。（7）摩多梨啊！你和你的儿子牛面多次在他们面前溃退，沙姬的丈夫天王及其儿子也是如此。（8）

你看，摩多梨啊！这些金宫银宫工艺精湛，装饰华丽。（9）琉璃的绿色，珊瑚的红色，水晶的白色，钻石的亮色。（10）它们看上去仿佛由大地、高山、岩石和星星造成。（11）它们像辉煌的太阳，燃烧的火焰，镶满珍宝，绚丽多彩，巍峨高耸，栉比鳞次。（12）这些宫殿的质量和比例完美，无法描述它们的形状、材料和质量。（13）

你看，提迭们的娱乐场，昂贵的嵌宝床榻、餐具和座椅。（14）山上流水似云，随意移动的树随意开花结果。（15）摩多梨啊！这里有哪个人令你满意，可以选作女婿？或者，你想的话，我俩再到别处去看看。（16）

甘婆说：

摩多梨回答他说"神仙啊！我不能做出让众天神不高兴的事。（17）天神和檀那婆是结下不解之仇的兄弟，我怎么会愿意与敌方

联姻?(18) 好吧! 我俩上别处去,我不愿意看到檀那婆。我知道我自己只是想把她嫁出去。"(19)

以上是吉祥的《摩诃婆罗多》中《斡旋篇》第九十八章(98)。

九九

那罗陀说:

这是大鹏鸟的世界。它们以吃蛇为生,无论展示勇气、飞行或负重,从不知疲倦。(1) 摩多梨啊! 这个家族由毗娜达之子(迦楼罗)的六个儿子繁衍而成。它们是妙颜、妙名、妙眼和妙光,(2) 鸟王妙色和妙力,摩多梨啊! 毗娜达家族由它们繁衍。(3) 这些鸟王繁衍了数千数百代。它们出生在迦叶波①家族,助长家族繁荣。(4) 它们全都吉祥富贵,全都具有卍字德相,全都向往财富,全都具有力量。(5) 依据行为,它们是刹帝利。它们残忍地吞食蛇,由于毁灭亲属,没有获得梵性。(6)

我将告诉你它们中的一些重要名字。请听,摩多梨啊! 这个家族受人称赞,因为它们崇敬毗湿奴。(7) 毗湿奴是它们的神祇;毗湿奴是它们的庇护;毗湿奴永远在它们心中;毗湿奴总是它们的归宿。(8) 它们是金髻、食蛇、达录那、厉嘴、阿那罗、阿尼罗、宽眼和恭吒利,(9) 迦叶比、旗杆、吠那泰耶、伐摩那、伐多吠伽、方位眼、尼梅舍和尼密舍,(10) 三回、七回、蚁垤、小岛、提迭岛、河岛、沙罗娑和莲髻,(11) 妙颜、福旗、花尾、阿那伽、梅伽讫利多、古穆陀、陀利、灭蛇和饮月,(12) 古鲁跋罗、迦波多、日眼、吉兰多迦、毗湿奴弓、鸠摩罗、波利巴诃和诃利多,(13) 妙声、蜜食、金色、摩罗耶、摩多利首、尼夏迦罗和迪伐迦罗。(14) 我在这里只是列举一些重要的大鹏鸟,它们声誉卓著,受人尊敬。(15) 如果你不喜欢它们,那么,我俩走吧,摩多梨啊! 我带你到一个地方,让你找到你喜欢的女婿。(16)

以上是吉祥的《摩诃婆罗多》中《斡旋篇》第九十九章(99)。

---

① 迦叶波是毗娜达的丈夫。

一〇〇

那罗陀说:

这是地下第七层,名叫罗娑达罗,从乳海中搅出的母牛之母怡悦就住在这里。(1) 它永远流淌奶汁,大地上一切精华的源泉,融合六味精华的至高无上的味。(2) 从前,祖父饱饮甘露后,反刍精华。这头无可指责的母牛从祖父的嘴中出生。(3) 她的奶汁似瀑布,落到地面,形成湖,形成无上纯洁的乳海。(4) 乳海岸边涌满泡沫,犹如繁花盛开,那里住着优秀的饮沫仙人。(5) 他们名为饮沫,以泡沫为食,摩多梨啊! 他们实施严酷的苦行,令众天神惧怕。(6)

她生下的另外四头母牛住在四方,保护四方,支持四方,摩多梨啊! (7) 怡悦之女名叫妙色,支持东方;名叫天鹅,支持南方;(8) 名叫妙贤,支持伐楼拿的西方,永远具有巨大的威力和宇宙的形体;(9) 名叫如意,支持以遵行正法的伊罗毗罗之子(财神)闻名的北方,摩多梨啊! (10)

天神和阿修罗联手,以曼陀罗山作搅棒,搅动混合她的乳汁的海水。(11) 他们搅出伐楼拿酒、吉祥女神和甘露,摩多梨啊! 还有马王高耳和摩尼宝憍斯杜跋。(12) 怡悦为饮琼浆者流下琼浆,为饮玉液者流下玉液,为饮甘露者流下甘露。(13) 罗娑达罗的居民吟唱的一首古老的偈颂:(14) "住在蛇界,住在天国,住在因陀罗的天宫,都没有像住在罗娑达罗那样幸福快乐。"(15)

以上是吉祥的《摩诃婆罗多》中《斡旋篇》第一百章(100)。

一〇一

那罗陀说:

这座城名为蛇城,由婆苏吉保护,与天王永寿城一样可爱。(1) 这里居住着名为湿舍的蛇。它一向凭借威力巨大、超凡出众的苦行支撑大地。(2) 它的形状像白色的高山,有各种饰物、千头和火舌,强壮有力。(3) 这里居住着妙味的儿子们。这些蛇有各种形状,有各种饰物,没有烦恼。(4) 它们数以千计,天生凶猛有力,拥有摩尼珠、卍字、转轮和水罐。(5) 它们有些是千头蛇,有些是五百头蛇,有些是百头蛇,有些是三头蛇,(6) 有些是十头蛇,有些是七头蛇,身躯巨大,顶冠高大,蜷曲起来犹如盘旋的山。(7) 这数千、数万、数十万条蛇同属一个家族,你听我列举其中最优秀的一些蛇:(8)

婆苏吉、多刹迦、迦拘吒迦、胜财、迦利耶、友邻、毛毯和骡子,(9) 巴希耶恭吒、摩尼、不足、行空、侏儒、豆蔻叶、古古罗和古古那,(10) 阿利耶迦、南陀迦、迦罗舍、波多迦、盖拉娑迦、宾遮罗迦和爱罗婆多,(11) 慈口、乳口、螺贝、南陀、优波南陀迦、阿波多、憍吒那迦、有髻和粗野,(12) 鹧鸪、象贤、睡莲、花团、两条红莲、白莲、花朵和茉莉叶,(13) 夹竹桃、比特罗迦、商婆利多、婆利多、宾多罗、比罗婆叶、食鼠、希利沙,(14) 迪利波、螺顶、光芒、无敌、俱卢族、持国、鸠摩罗和俱舍迦,(15) 无尘、陀罗那、妙臂、穆克罗、阇耶、聋子、安陀、维恭吒、无味和妙味。(16)

这些和其他许多蛇据说都是迦叶波的儿子,摩多梨啊!你看,这里有谁令你满意,可以选作女婿?(17)

甘婆说:

这时,摩多梨专心凝视一条蛇,似乎对它很喜欢,询问那罗陀道:(18) "在俱卢族和阿利耶迦前面的那条闪闪发光的、漂亮的蛇属于哪个家族?(19) 它的父亲是谁?母亲是谁?他出自哪条蛇?它站立起来犹如大旗杆。(20) 它的聪明、坚定、容貌和年龄打动我的心,神仙啊!我选它作为德髻的丈夫。"(21)

那罗陀发现摩多梨看中妙颜,便告诉他妙颜的伟大出身和业绩:(22) "它是蛇王,名叫妙颜,出生在爱罗婆多家族。这条尊贵的蛇是阿利耶迦的孙子,侏儒的外孙。(23) 它的父亲是吉古罗,不久前,被毗娜达之子(迦楼罗)化作五大成分,摩多梨啊!"(24) 于是,摩多梨高兴地对那罗陀说道"我喜欢这条优秀的蛇做我的女婿,朋友啊!(25) 让我俩努力争取,因为我喜欢这条蛇,想把可爱的女儿嫁给这位蛇王,牟尼啊!"(26)

以上是吉祥的《摩诃婆罗多》中《斡旋篇》第一百零一章(101)。

一〇二

那罗陀说：

这位御者名叫摩多梨，是帝释天亲密的朋友，具有纯洁的品德，威武有力。(1) 他既是帝释天的朋友，又是参谋，也是车夫。在每次战斗中，他的威力与婆薮之主（帝释天）相差无几。(2) 在天神和阿修罗大战中，他凭意念驾驭套有千马的胜利之车。(3) 他先用马战胜敌人，然后，婆薮之主（帝释天）用双臂战胜敌人；他先进攻，然后诛灭钵罗者（帝释天）进攻。(4)

他有个臀部丰满的女儿，叫做德鬐，品行兼备，遐迩闻名。(5) 他不辞辛劳，周游三界，不朽的光辉者啊！他看中你的孙子妙颜，想选他做女婿，(6) 如果你愿意，亲爱的阿利耶迦啊！就不要耽搁，蛇中俊杰啊！立即决定接受他的女儿吧！(7) 犹如吉祥天女进入毗湿奴家，娑婆诃进入火神家，让纤腰女郎德鬐进入你家吧！(8) 让你的孙子娶德鬐吧！她匹配你的孙子，犹如沙姬匹配婆薮之主（帝释天）。(9) 虽然妙颜失去了父亲，但出于对你和爱罗婆多的尊敬，也考虑到他具有守戒、纯洁和自制等等品德，我们还是选中他。(10) 摩多梨亲自前来求嫁女儿，你也应该向他表示敬意。(11)

甘婆说：

儿子去世，孙子被人选为女婿，阿利耶迦又悲又喜，对那罗陀说道：(12)"神仙啊！我不会不尊重你的话，因为谁不想与帝释天的朋友联姻？(13) 大牟尼啊！我是担心这桩姻缘不牢靠，因为他的生身父亲、我的儿子被毗娜达之子（迦楼罗）吃掉，朋友啊！我们痛苦不堪，大光辉者啊！(14) 毗娜达之子（迦楼罗）临走时还说'下个月，我要来吃妙颜。'主人啊！(15) 我们知道他是说话算数的。这位金翅大鹏鸟的话扼杀了我的喜悦。"(16)

而摩多梨对他说道"我决心已定，选你的孙子妙颜做我的女婿。(17) 让这条蛇（妙颜）与我和那罗陀一起去见三界之主、婆薮之主天王（帝释天）。(18) 我将知道妙颜还有多少寿数，我会努力阻止

金翅大鹏鸟，贤士啊！(19) 让妙颜和我一起到天王那里去吧！祝愿我们事情成功，祝你幸运，蛇啊！"(20)

然后，他带着妙颜和所有这些威武的人，会见坐着的、光辉无比的天王帝释天。(21) 恰好，尊者四臂毗湿奴也在那里。于是，那罗陀讲述了有关摩多梨的全部事情。(22) 随后，毗湿奴对世界之主、摧毁城堡者（帝释天）说道 "赐给它甘露，让它与天神一样。(23) 这样出于你的意愿，婆薮之主啊！摩多梨、那罗陀和妙颜如愿以偿。"(24) 而摧毁城堡者（帝释天）考虑到毗娜达之子（迦楼罗）的威力，对毗湿奴说道 "你赐给它吧！"(25)

毗湿奴说：

你是一切世界动物和不动物的主宰，你说给，谁敢不给？主人啊！(26)

甘婆说：

诛灭钵罗和弗栗多的帝释天赐给这条蛇最高寿数，但没有给它喝甘露。(27) 妙颜得到这个恩惠，变得容光焕发，举行完婚礼，称心如意地回家。(28) 那罗陀和阿利耶迦也完成任务，高高兴兴向光辉无比的天王辞别回家。(29)

以上是吉祥的《摩诃婆罗多》中《斡旋篇》第一百零二章(102)。

一〇三

甘婆说：

威力巨大的迦楼罗听说帝释天赐给这条蛇长寿，婆罗多子孙啊！(1) 这只金翅鸟愤怒至极，展翅扇出飓风，压迫三界，飞向婆薮之主（帝释天）。(2)

迦楼罗说：

尊者啊！过去我处在饥饿的恐慌中，你自愿赐给我的恩惠，怎么随随便便就改变了？(3) 一切众生的创造主从创造一切众生起，就为我规定的食物，你怎么给撤销了？(4) 我已经选择这条大蛇，并指定了日子，天神啊！我要用它维持我的巨大活力。(5) 现在，这事变了样，我也不能杀死别的蛇，天王啊！你逢场作戏，随心所欲。（6）我就要失去生命，我的家属和仆从也一样，婆薮之主啊！你高兴吧！（7）

但是，我这样也值得，诛灭钵罗和弗栗多者啊！我曾是三界之王，沦为别人的奴仆。（8）有你在，天王啊！毗湿奴不是我沦落的原因，三界之王啊！因为王权永远属于你，婆薮之主啊！（9）我的母亲也是陀刹之女，我的父亲是迦叶波。我也能轻快地负载整个世界。（10）我的力量巨大，一切众生不可抵御。在与提迭的战斗中，我也立下丰功伟绩。（11）我曾杀死许多提迭——闻吉、闻军、毗婆薮、光颜、钵罗沙跋和迦罗迦刹。（12）你轻视我，因为我努力在旗帜附近盘旋，还背负你的弟弟（毗湿奴）。（13）还有谁能背负这重负？还有谁比我更有力，比我更优秀，能背负他和他的亲属？（14）而你轻视我，剥夺了我的食物，因此，我失去了对你和对他的尊敬，婆薮之主啊！（15）

所有的阿提迭都具备力量和勇气，而你确实胜过他们，最为有力。（16）但我只用一小块翅膀就能背负你，毫不费力，你好好想想，朋友啊！谁最有力？（17）

甘婆说：

手持飞轮者（毗湿奴）听了这鸟的狂妄之言，为了动摇这位不可动摇的多尔刹（迦楼罗），说道：（18）"鸟啊！你软弱无力，却自以为强大有力。你不要在我们面前自我吹嘘，卵生者啊！（19）即使整个三界也不能负载我的身体，而我自己能负载自己，也能负载你。（20）你且负载我的这只右臂吧！如果你能负载，那就算你不是吹嘘。"（21）

于是，尊者将手臂放在它的背上。它经不住重压而倒下，惶恐不安，灰心丧气。（22）它感到这一只手臂的重量犹如包括高山在内的整个大地的重量。（23）不退者（毗湿奴）拥有比这更大的力量，但他没有用力压它，剥夺他的生命。（24）这位对手身体倒地，惶恐不安，灰心丧气；这只鸟在重压下，摊开翅膀。（25）毗娜达之子（迦楼罗）痛苦烦恼，精神沮丧，向毗湿奴俯首行礼，说道：（26）"尊者啊！你的美丽的手臂犹如汇聚世界的精力，随意一伸，就把我按倒在地。（27）宽恕我，天神啊！我这只住在你的旗杆上的鸟，受到力量之火焚烧，惶恐不安，神志迷糊。(28) 我不知道你的无上威力，天神啊！因此，我以为没有人像我这样英勇，主人啊！"(29)

然后，尊者宽恕这鸟，怀着慈爱，对它说道"不要再这样。"(30)

甘陀利之子（难敌）啊！你也是如此。只要你不在战场与英勇的般度之子们交锋，你就能活着，孩子啊！(31) 最优秀的战士、力大无比的风神之子怖军，因陀罗之子胜财（阿周那），他俩在战场上不能杀死谁？(32) 毗湿奴、风神、帝释天、正法之神和双马童，你凭什么敢于逼视这些天神？(33) 因此，你不要作梗，和解吧，王子啊！依靠婆薮之主（帝释天）救助，你能保护家族。(34) 大苦行者那罗陀亲眼目睹他的伟大，他就是手持飞轮和铁杵的毗湿奴。(35)

护民子说：

听了这些话，难敌皱眉叹息，然后，望着罗陀之子（迦尔纳），放声大笑。(36) 这个心思邪恶的人无视甘婆仙人的劝告，拍了拍象鼻一般的大腿，说道：(37) "我按照创造主为我安排的未来和归宿去做，大仙啊！空谈有什么用？"(38)

以上是吉祥的《摩诃婆罗多》中《斡旋篇》第一百零三章(103)。

一〇四

镇群王说：

生性嗜恶，盲目贪图他人财富，热衷卑劣的行为，自取灭亡。(1) 给亲属造成痛苦，给亲友增添忧愁，给朋友造成麻烦，给敌人增添欢乐。(2) 对于这个误入歧途的人，为什么这里的亲属不劝阻他？为什么朋友不出于友情劝阻他？为什么怀有爱心的老祖父不劝阻他？(3)

护民子说：

尊敬的毗湿摩说了该说的话，那罗陀也说了许多话，你请听！(4)

那罗陀说：

肯听忠告的朋友难得，肯进忠言的朋友也难得，因为需要朋友的地方，总是缺少朋友。(5) 我感到应该听取朋友的话，俱卢后裔啊！

不要固执。固执十分危险。（6）在这方面，人们传诵一个古老的传说。讲述伽罗婆由于固执，招来麻烦。（7）

从前，正法大神为了考察修苦行的众友，化作尊者极裕仙人，亲自前往。（8）婆罗多子孙啊！他乔装七仙人之一，来到憍尸迦净修林，饥肠辘辘，乞求食物，国王啊！（9）众友急忙煮牛奶粥，而他没有耐心等待这美味食品，（10）吃了别的苦行者供奉的食品。众友端着滚烫的食品出来时，（11）尊者说道"我吃过了，你等着！"说完，便走了。于是，大光辉的众友便等在那里，国王啊！（12）他用双手把食品举在头顶，站在附近，犹如一根柱子，岿然不动，饮风维生。（13）牟尼伽罗婆出于尊重和崇敬，对他热情友好，努力侍奉他。（14）

一百年后，正法之神又乔装极裕仙人来到憍尸迦乞食。（15）他看到睿智的大仙人众友头上举着食物，站在那里饮风。（16）于是，正法之神接过这依旧发热的新鲜食品，吃罢说道"我很高兴，婆罗门仙人啊！"说完，便走了。（17）由于正法之神的这些话，众友脱离刹帝利性，达到婆罗门性，非常高兴，（18）

众友对苦行者学生伽罗婆的恭顺和虔诚感到满意，对他说道："孩子啊！我同意你离开，伽罗婆啊！你愿意去哪儿，就去那儿。"（19）闻听此言，伽罗婆满心欢喜，用甜蜜的语言回答这位大光辉的优秀牟尼：（20）"我给你什么报酬偿付老师的辛苦？因为人的工作付酬才生效。（21）付了报酬，善人便在天国享受祭祀的果报。因此，人们说，付酬得安宁。请尊者说吧，我拿什么作为老师的报酬？"（22）尊者众友知道自己已经赢得伽罗婆的恭顺，反复不断催促他说"走吧，走吧！"（23）

尽管众友不断催促"走吧，走吧！"伽罗婆还是反复询问："我给你什么？"（24）苦行者伽罗婆固执己见，纠缠不休，众友有点烦了，便说道：（25）"给我八百匹有一只黑耳朵的皎洁如月的马。去吧，伽罗婆啊！不要耽搁。"（26）

以上是吉祥的《摩诃婆罗多》中《斡旋篇》第一百零四章（104）。

一〇五

那罗陀说:

听了睿智的众友的话,伽罗婆坐不住,睡不着,吃不下。(1) 他陷入忧愁烦恼,面色发青,皮包骨头。他焦躁不安,忧心如焚: (2) "哪里有富裕的朋友?哪里有财富?哪里有宝库?哪里能得到八百匹皎洁如月的马?(3) 我哪里有心思吃饭?又怎么敢奢望快乐?我活着,但希望已破灭。这样活着有什么意义?(4) 我要去大海彼岸,或者到大地尽头,抛弃我自己。我活着有什么果报?(5) 贫穷,失败,失去各种果报,背着债,这样的人怎么会企盼幸福?(6) 享用了朋友的钱财,顺遂了心愿,却不能回报,这样的人死去比活着更好。(7) 答应要做的事,却没有做到,这样的人受到谎言焚烧,祭祀的功德就会消失。(8) 说谎者没有美貌,说谎者没有子嗣,说谎者没有权威,他怎么会有美好的归宿?(9) 忘恩负义的人怎么会有名誉?怎么会有地位?怎么会有幸福?忘恩负义的人不受信任,因为忘恩负义不可救药。(10)

"贫穷的罪人无法活着。罪人怎么能维持家族?罪人毁灭成就,必定遭到毁灭。(11) 我是一个罪人,忘恩负义者,可怜者,说谎者。我完成了学业,却不能实现老师的要求。我竭尽全力后,将抛弃我的生命。(12) 我从未请求过众天神,祭座上的三十三天神都尊敬我。(13) 现在,我要到毗湿奴一黑天那里去。他是神中魁首,三界主宰,有归宿者的最好归宿。(14) 一切享受来自他,遍及所有天神和阿修罗。我一心想要拜见这位永恒的大瑜伽行者。"(15)

他这样说着,他的朋友毗娜达之子迦楼罗出现在他面前,想要帮助他,高兴地说道: (16) "我把你看作朋友,看作朋友中的朋友。人在自己富贵时,应该满足朋友的愿望。(17) 我享有富贵,婆罗门啊!我过去为了你,曾和婆薮之主(帝释天)的弟弟(毗湿奴)说过话,再生族啊!他满足了我的心愿。(18) 来,我俩走吧!我将舒舒服服带你到大地的尽头。走吧,伽罗婆啊!别耽搁。"(19)

以上是吉祥的《摩诃婆罗多》中《斡旋篇》第一百零五章(105)。

一〇六

金翅鸟说：

我受过起源不明的天神的训导，伽罗婆啊！请说，我首先拜访哪个方向？（1）东方，南方，西方，或者北方，优秀的再生族啊！我飞往哪里？伽罗婆啊！（2）照亮一切世界的太阳从东方升起。黎明时分，沙提耶们在那里修苦行。（3）思想首先在那里产生，然后遍及这个世界。在那里，有正法的双眼，正法得到确立。（4）通过东方之口，供奉的祭品流布各个方向，优秀的再生族啊！它是一天之门，也是旅途之门。（5）从前，陀刹的女儿们在这里出生，迦叶波的儿子们在这里长大。（6）众天神的吉祥扎根这里，婆罗门仙人啊！帝释天在这里灌顶为王，众天神在这里积累苦行。（7）在原初之时，这里首先布满众天神。由于这个原因，婆罗门啊！这个方向称为"东方"①。（8）因此，先人们凝视东方，追求幸福的人首先要举行神圣的仪式。（9）

尊者创世主首先在这里念诵吠陀；萨毗多首先在这里向颂诗念诵者宣示莎维德丽颂诗。（10）在这里，太阳神赐予夜柔祷词，优秀的再生族啊！在这里，众天神获得恩惠，在祭祀中享用苏摩酒。（11）在这里，运送祭品的祭火得到满足，享用自己的源泉（酥油）；在这里，伐楼拿进入波多罗，获得吉祥富贵。（12）古代极裕仙人在这里出生、生存和死亡，婆罗门雄牛啊！（13）成百种唵音在这里产生；享用苏摩酒的牟尼们在这里的祭场畅饮。（14）在这里，帝释天宰杀林中野猪等等野兽供众天神享用。（15）在这里，太阳升起，愤怒地杀死所有忘恩负义的恶人和阿修罗。（16）

这是三界之门，天国之门，幸福之门，这是东方。如果你愿意，我俩去吧！（17）我听候你的吩咐，满足你的意愿，伽罗婆啊！你说去，我就去。现在，你听听另一个方向吧！（18）

以上是吉祥的《摩诃婆罗多》中《斡旋篇》第一百零六章(106)。

---

① 东方(pūrva)一词与前面、先前或首先同义。

一〇七

金翅鸟说：

从前，毗婆薮按照传承规定，将这个方向作为报酬献给老师。因此，这个方向称为南方①。(1) 这里居住着三界的祖先，再生族啊！听说乌湿摩波神灵们也住在这里。(2) 毗奢神灵们也经常与祖先们一起住在这里。他们受到世人祭供，获得与祖先一样的享受。(3) 人们说这里是正法的第二门，再生族啊！在这里，时间以顷刻和瞬间计算。(4) 神仙以及祖先中的仙人和王仙经常住在这里，无忧无虑。(5) 这里显现正法、真理和业报，优秀的再生族啊！这里是自我随业沉没的人的归宿。(6) 这是所有人都要去的地方，优秀的再生族啊！但是，受无知蒙蔽的人在这里得不到幸福。(7)

再生族雄牛啊！在这里，灵魂不完善的人们会遇见数以千计制造对立的尼内多（妖魔）。(8) 在这里，曼陀罗山的丛林和婆罗门仙人的住处中，健达缚们唱着心醉神迷的歌曲，再生族啊！(9) 在这里，奈婆多王听到吟唱的娑摩歌曲，抛下妻子、大臣和王国，前往森林。(10) 沙瓦尔尼（摩奴）和谷购之子在这里确立边界，连太阳都不能超越，婆罗门啊！(11) 灵魂高尚的罗刹王补罗斯迭之子罗波那在这里修苦行，从天神们那里选择不死作恩惠。(12) 在这里，弗栗多以其恶行成为帝释天的敌人；在这里，一切生命再次化为五大。(13) 在这里，行为邪恶的人受煎熬，伽罗婆啊！在这里，吠多罗尼河挤满渡河的人。在这里，走向幸福的尽头，到达痛苦的尽头。(14) 太阳返回这里时，洒下美味的水，而到达危宿时，又降下霜雪。(15)

伽罗婆啊！从前，我在这里忍饥挨饿，寻找食物，得到一对正在殴斗的庞然大物：一头大象和一只乌龟。(16) 大仙人释迦罗达努在这里从太阳中出生。人们知道他是迦比罗神，吞噬娑伽罗的儿子们。(17) 在这里，名为湿婆的婆罗门们精通吠陀，学会包括附录在内

---

① 南方（dakṣiṇā）一词与报酬同音。

的所有吠陀,达到毁灭阎摩的境地。(18) 在这里,名为博伽婆底的蛇城由婆苏吉、多刹迦和爱罗婆多统治。(19) 在这里,人们逝去时,必定陷入巨大的黑暗,即使太阳和火也不能撕破它。(20)

这是一条充满艰难的路,伽罗婆啊!如果你要去,请说吧!或者,听我告诉你西方吧!(21)

以上是吉祥的《摩诃婆罗多》中《斡旋篇》第一百零七章(107)。

一〇八

金翅鸟说:

这个方向为牛主伐楼拿王所喜欢,一直是这位水中之王的住处和基地。(1) 在每天的后半部分,太阳在这里散尽自己的光辉,因此,这个方向称为西方①,优秀的再生族啊!(2) 在这里,尊神迦叶波为伐楼拿灌顶,立他为水族之王,保护大海。(3) 在这里,月亮饮用伐楼拿的所有六味,得以恢复活力,在白半月之初,驱除黑暗。(4) 在这里,风神击败和囚禁提迭们,再生族啊!他们在大蛇们的折磨下,喘息着入睡。(5) 在这里,有座名叫阿斯多的山,接纳可爱的太阳,黄昏从这里开始。(6) 白天结束时,夜晚和睡眠从这里出发,仿佛夺走生命世界的一半寿命。(7) 在这里,帝释天造成怀孕的提底女神在睡眠中早产,生下一群摩录多。(8) 在这里,雪山山脚向永恒的曼陀罗山延伸,即使一千年,也到不了它的尽头。(9) 在这里,怡悦神牛来到金山和金河的海边,洒下乳汁。(10) 在这大海中间,能看见天光(罗睺)的太阳一般的躯体。他想要杀死太阳和月亮。(11)

在这里,能听到金首仙人洪亮的诵唱声,他全身绿毛,无与伦比,从不显现。(12) 在这里,诃利弥陀的女儿陀婆遮婆蒂按照太阳的"站住!站住!"的命令,站在空中。(13) 在这里,风、火、水和空摆脱白天和黑夜的痛苦感触,伽罗婆啊!从这里开始,太阳轨迹倾斜。(14) 在这里,所有的发光体进入太阳的轨道,与太阳一起运行

---

① 西方(paścima)一词与后面同义。

二十八夜后,再脱离太阳,与月亮连接。(15) 这里永远是河流的起源,大海的出生地;这里积聚着三界之水,是伐楼拿的住处。(16) 这里也是蛇王(湿舍)的住处,无始无终的毗湿奴的无上住处。(17) 这里也是火神的朋友风神的住处,摩利支之子迦叶波大仙的住处。(18)

我为你讲述各个方向。这就是西方之路,伽罗婆啊!我俩去哪儿?请说说你的想法,优秀的再生族啊!(19)

以上是吉祥的《摩诃婆罗多》中《斡旋篇》第一百零八章(108)。

一〇九

金翅鸟说:

在这个地区,人们从罪恶中得救,达到至福,因此,智者依据拯救的功果,称这个方向为北方①。(1) 通往北方金地的路在西方和东方中间,伽罗婆啊!(2) 住在这最优秀的北方的人,无不温文尔雅,无不控制自己,无不遵行正法,再生族雄牛啊!(3)

那罗延—黑天、人中俊杰吉湿奴和永恒的梵天,住在这里的钵陀利净修林。(4) 大自在天永远住在这里的雪山山脊;月亮在这里被灌顶为婆罗门之王。(5) 在这里,大神接住从空中降落的恒河,把她送到人间,优秀的知梵者啊!(6) 在这里,女神为了取悦大神,修炼苦行;在这里,爱欲、愤怒、雪山和乌玛共存。(7) 财神在这里的盖拉娑山上,被灌顶为罗刹、药叉和健达缚的君王,伽罗婆啊!(8) 这里有可爱的奇车园;这里有吠伽那婆净修林;这里有曼陀吉尼河;这里有曼陀罗山,再生族雄牛啊!(9) 这里有尼内多们守护的芬芳林、草地和芭蕉林;这里有桑多那迦树林。(10) 在这里,永远控制自我的悉陀们自由行动,伽罗婆啊!那些天宫适合他们随意享受。(11)

这里住着七仙人和无碍女神;这里住着亢宿,相传它从这里升起。(12) 在这里,祖父登上祭坛,固定不动,太阳、月亮和各种发光

---

① 北方(uttara)与越过或拯救同义。

体不断运转。(13) 在这里,优秀的再生族保护伽衍底迦之门,这些名为达摩的牟尼灵魂伟大,说话诚实。(14) 没有人知道他们的出生、形体和修炼的苦行,伽罗婆啊! 有数以千计的机会,供他们随意享受。(15)

一个人穿越这里,优秀的再生族啊! 他就会解体,伽罗婆啊! (16) 除了天神那罗延或者那罗—吉湿奴,过去没别人来过这里,再生族雄牛啊! (17) 这里是伊罗毗罗之子(财神)的住处,叫做盖拉婆;名为电光的十位天女出生在这里。(18) 这里有毗湿奴在跨越三界时,留在北方的足迹,名为"毗湿奴足迹",婆罗门啊! (19) 国王摩奴多在这里的优湿罗比遮举行祭祀,优秀的再生族啊! 金池也在这里。(20) 在这里,雪山圣洁的莲花池亲自侍奉灵魂伟大的婆罗门仙人耆莫多。(21) 这位大仙人把自己的巨额财富全数施舍婆罗门后,选择这座树林。此后,这座森林叫做耆莫多林。(22) 在这里,世界的保护者们每天清晨和黄昏都要呼喊 "谁有什么要求?"再生族雄牛伽罗婆啊! (23)

由于这些和其他种种优点,这个优秀的方向得名北方①。它是一切活动中的优秀方向。(24) 我已经依次向你详细讲述了四个方向,朋友啊! 你想去哪个方向? (25) 我准备带你去看这些方向和整个世界,婆罗门啊! 请骑在我身上吧,再生族啊! (26)

以上是吉祥的《摩诃婆罗多》中《斡旋篇》第一百零九章(109)。

一一〇

伽罗婆说:

金翅鸟啊! 蛇王之敌啊! 毗娜达之子啊! 带我到东方去,多尔刹啊! 那里有正法之神的双眼。(1) 先到你先讲述的方向去,因为你说众天神在那里。(2) 你正确地指出那里有真理和正法。我希望遇到所有的天神,阿噜诺之弟啊! 我还希望拜见这些天神。(3)

---

① 北方(uttara)也与上方、上等或优秀同义。

那罗陀说:

毗娜达之子(迦楼罗)对这位婆罗门说道"你骑上来吧!"于是,牟尼伽罗婆骑上迦楼罗。(4)

伽罗婆说:

食蛇者啊! 你飞行时的形象犹如早晨光芒千道的太阳毗婆薮。(5) 鸟啊! 我看见各种树木被你的翅膀扇出的风刮倒,仿佛随着你的行程一同前进。(6) 空中行者啊! 你的翅膀扇出的风仿佛撕裂大地,连同大海、森林、高山和丛林。(7) 你翅膀不断扇出狂风,仿佛把海水掀上天空,连同鱼、蛇和鳄鱼。(8) 我看见形体和嘴脸相同的鲸鱼、吞鲸鱼和人面蛇仿佛腾空翻滚。(9) 大海的呼啸震聋我的耳朵,我听不到,看不见,不知道自己是怎么回事。(10)

请慢点飞吧! 记住不要害死婆罗门,空中行者啊! 我看不见太阳,看不见四方,看不见天空。(11) 我眼前一片黑暗,辨认不出你的身体,卵生者啊! 我只看见你的两只眼睛如同两颗珍奇摩尼珠。(12) 我看不见你的身体和自己的身体,我只看见大海中升起一团团火焰。(13) 火焰突然吹向我的双眼,而后熄灭。你已经飞了很长时间,停下吧,毗娜达之子啊! (14) 我并没有什么事情要去那里,食蛇者啊! 停下吧,快速者啊! 我受不了你的速度。(15) 我答应给老师八百匹有一只黑耳朵的皎洁如月的马。(16) 我看不到完成这个任务的办法,卵生者啊! 我看到我的出路是抛弃自己的生命。(17) 我没有财产,也没有富裕的朋友。而即使有巨额财富,也报偿不了这个债。(18)

那罗陀说:

可怜的伽罗婆絮絮叨叨这样说着,毗娜达之子(迦楼罗)仿佛微笑着,边飞边说道: (19) "婆罗门仙人啊! 你想抛弃自己的生命,太不聪明了。生死不由人,时神是至高主宰。(20) 为什么你不先告诉我? 有个好办法能完成这个任务。(21) 在这大海中,有座高山,名叫雄牛山。在这里休息和进食后,我俩返回那里,伽罗婆啊!"(22)

以上是吉祥的《摩诃婆罗多》中《斡旋篇》第一百一十章(110)。

那罗陀说：

然后，婆罗门和金翅鸟降落在雄牛山顶，看见在那里修炼苦行的女婆罗门香蒂利。(1) 金翅鸟和伽罗婆向她问候致敬，听到她表示欢迎，便坐在草垫上。(2) 他俩很快地吃了女婆罗门煮好的食物。这食物念过咒，献过神。他俩吃饱后，迷迷糊糊倒地而睡。(3) 一会儿，金翅鸟醒了，想要启程。但是，金翅鸟发现自己的翅膀掉了。(4) 金翅鸟仿佛成了一个肉团，只有头和脚。伽罗婆看见它成了这个样子，沮丧地问道：(5) "你这是怎么了？是飞行的结果吗？我俩要在这里呆多久？(6) 你心中没有想过玷污正法的恶事吧？你不会犯下任何微小的过失。"(7)

金翅鸟回答婆罗门道 "再生族啊！我是想把这位女悉陀带到生主那里去。(8) 那里有大神，有永恒的毗湿奴，有正法之神和祭祀之神，她应该住在那里。(9) 现在，我真心诚意向女尊者行礼请求：'我确实心怀忧虑，产生过这个想法。(10) 这事令你不愉快，但我完全是出于对你的尊敬。不管是对是错，你宽宏大量，能够原谅我。'"(11)

女尊者感到满意，对鸟王和婆罗门雄牛说道 "不要怕。你是金翅鸟。金翅鸟啊！不要恐慌。(12) 你藐视我，孩子啊！我不能容忍藐视。藐视我的作恶者会从世界上坠落。(13) 我没有任何不祥征兆，无可指责。我实施苦行，获得至高成就。(14) 凭品行获得正法，凭品行获得财富，凭品行获得吉祥。品行驱除不祥。(15) 长寿鸟王啊！你愿意去哪里，就去那里吧！在任何地方都不要再责难妇女，哪怕她应该受到责难。(16) 你会像从前一样强壮有力。"于是，金翅鸟的两只翅膀长得比过去更加有力。(17)

与香蒂利告别后，伽罗婆按来路返回，但没有找到那种样子的马。(18) 众友看到伽罗婆呆在路上。这位优秀的辩士当着金翅鸟的面，对伽罗婆说道：(19) "你自己同意给我礼物，再生族啊！你是否觉得已到兑现的时间？（20） 我将再等这么长时间，婆罗门啊！想个办法，办成这件事。"（21） 金翅鸟对痛苦忧伤的伽罗婆说道："现在，我亲耳听到了众友说的话。（22） 来吧，优秀的再生族啊！我俩商议一下，伽罗婆啊！你还没有按要求送给老师礼物，不能坐在这里。"（23）

　　　　　　以上是吉祥的《摩诃婆罗多》中《斡旋篇》第一百一十一章（111）。

一一二

那罗陀说：

　　然后，鸟中俊杰金翅鸟对沮丧的伽罗婆说道："在这大地上金子由火造成，随风增长。一切都含有金子，因此，财富称为金子。（1） 它安放，它支持，因此，它是财富。[①] 财富永远屹立三界。（2） 在室宿和璧宿，金星作为财主，总是赐予人们心中向往的钱财。（3） 财富由阿杰迦波、阿希菩特尼耶和财神（俱比罗）保护，再生族雄牛啊！这样，人们不能得到不该得到的钱财。（4） 没有钱财，你就得不到那些马。你去向一位出身王仙家族的国王乞求钱财。这样的国王不欺压百姓，会满足我俩的要求。（5） 有一位出生在月亮世系的国王，是我的朋友。我俩去他那里。他是大地上的富有者。（6） 他就是友邻之子迅行王。这位王仙以真理为勇气。我跟他说说，你自己也请求，他会给的。（7） 他像财神一样拥有巨大财富。通过施舍，这位智者净化了钱财。"（8）

　　他俩这样谈着，想着怎样才合适，来到补罗底私坦城，会见迅行王。（9） 接受了待客之礼和精美食物后，毗娜达之子（迦楼罗）回答询问，说明来由：（10） "友邻王之子啊！这是我的朋友伽罗婆。他是苦行之海。他是众友的学生，学年数以万计。（11） 辞别老师时，这位婆罗门尊者想报答老师，问道：'我给你什么作为老师的报酬？'（12） 由于一再这样询问，老师有点生气，知道他财富匮乏，却

[①] dhana（财富或钱财）、dhā（安放）和 dhr（支持）中都含有 dh 音。

说道：'给吧！（13）给我八百匹有一只黑耳朵的皎洁似月的纯种马。（14）伽罗婆啊！如果你想给，就给这个作为老师的报酬吧！'以苦行为财富的众友生气地说了这些话。（15）

"而这位再生族雄牛无力办到，忧愁万分，因此，前来求你庇护。（16）一旦从你这里得到施舍，他就能摆脱烦恼，人中之虎啊！他付清老师报酬后，将修炼大苦行。（17）他将与你分享苦行。你具有自己的王仙苦行，他将使你更充盈。（18）人主啊！施舍马，能得到像马的鬃毛那样多的世界，国王啊！（19）他是合适的受施者，你是合适的施舍者，犹如牛奶注入贝螺。"（20）

以上是吉祥的《摩诃婆罗多》中《斡旋篇》第一百一十二章（112）。

一一三

那罗陀说：

听了金翅鸟这些如实而高尚的话，国王陷入沉思，最后作出决定。（1）这位数千次祭祀的祭祀者、施舍之主、主人、犊子国和迦尸国国王迅行王作出回答。（2）他见到亲爱的朋友多尔刹和婆罗门雄牛伽罗婆，感到伽罗婆是苦行典范，这种乞求值得称颂赞美。（3）他想到他俩越过出身太阳世系的许多国王，直接来到我这里。（4）因此，他说道"今天，我的出生得到果报。今天，我的家族得到救护。今天，我的国家得到你的救护，无罪的多尔刹啊！（5）朋友啊！我想告诉你，我不像你过去知道的那样富裕了，因为我的财富减少了，朋友啊！（6）但我不能让你白来一趟，鸟啊！也不能让这位婆罗门仙人的希望落空。（7）我会给他东西，让他办成事情，因为，前来求乞，失望而去，会焚毁家族。（8）

"毗娜达之子啊！声称没有，毁灭乞求者的希望，人们说在这世界上，没有比这更大的罪过。（9）一个可尊敬的人希望破灭，目的受挫，受到伤害，他能毁灭拒绝乞求者的儿孙。（10）我的女儿是四个家族的支柱。她如同天神的女儿，遵奉一切正法。（11）她容貌美丽，神、人和魔一直渴望她，伽罗婆啊！请接受我这年轻的女儿吧！（12）

国王们肯定会用王国作为她的聘礼，何况八百匹黑耳马呢？（13）请你接受我的女儿玛达维，主人啊！我的愿望是抱外孙。"（14）

伽罗婆接受了这女孩，与金翅鸟一起说道："再见！"他与女孩一起出发。（15）金翅鸟对伽罗婆说道："你已经有办法得到马了。"这样，它告别伽罗婆，返回自己的住处去了。（16）

鸟王离开后，伽罗婆带着女孩，考虑那些能付聘礼的国王。（17）他决定到阿逾陀城甘蔗族诃利耶湿婆王那里去。这位王中俊杰英勇无比，拥有四军。（18）他有金库、粮仓和军队，百姓爱戴，婆罗门喜欢，渴望子嗣，生活安宁，实施严厉的苦行。（19）婆罗门伽罗婆来到诃利耶湿婆那里，说道："王中因陀罗啊！我的这个女孩会为你生育儿子，繁荣家族。（20）诃利耶湿婆啊！你用聘礼娶她为妻吧！我将告诉你什么聘礼。你听了之后认真考虑。"（21）

以上是吉祥的《摩诃婆罗多》中《斡旋篇》第一百一十三章（113）。

一一四

那罗陀说：

优秀的国王诃利耶湿婆反复考虑，渴望子嗣，深深地叹了一口热气，说道：（1）"她的六处隆起的部位隆起，七处纤细的部位纤细，三处深陷的部位深陷，五处鲜红的部位鲜红。①（2）她是众多天神、阿修罗和健达缚的景观，具有许多吉相，能生许多孩子。（3）她能生出转轮王儿子。请说出聘礼，优秀的婆罗门啊！但要考虑到我的财力。"（4）

伽罗婆说：

给我八百匹有一只黑耳朵的皎洁似月的良种骏马。（5）然后，这个大眼睛的漂亮女孩将成为你的儿子们的母亲，犹如引火的钻木是祭火的母胎。（6）

---

① 六处隆起的部位指双乳、双股、双眼；七处纤细的部位指皮肤、头发、牙齿、手指、脚趾、腰和颈；三处深陷的部位指肚脐、声音和智力；五处鲜红的部位指手心、眼角、舌头、嘴唇和腭。

那罗陀说:

听了这话,诃利耶湿婆王神情沮丧。这位王仙陷入爱欲,对优秀的仙人伽罗婆说道:(7)"我手头只有两百匹你要的那种马,别种可爱的马倒有好几百。(8)我只要生一个儿子,伽罗婆啊!成全我这个愿望,赐给我这个恩惠吧!"(9)

听了这话,女孩对伽罗婆说道"有位说梵者曾经赐给我一个恩惠:(10)'每次生过孩子后,你仍然是处女。'你接受那些骏马,把我交给这位国王吧!(11)你可以从四个国王那里,凑够八百匹马,同时,我会有四个儿子。(12)我这样帮你凑够给老师的酬报,优秀的婆罗门啊!这是我的想法,你以为如何?再生族啊!"(13)

听了女孩的话,牟尼伽罗婆对大地之主诃利耶湿婆说道:(14)"接受这女孩吧,人中俊杰诃利耶湿婆啊!你付四分之一的聘礼,只能生一个儿子。"(15)

国王接受这个女孩,向伽罗婆致谢。在适合的时间和地点,他如愿得到儿子。(16)儿子取名富心,长大成为国王。他像婆薮一样,但比婆薮还富裕,是一位施舍财富者。(17)

这时,睿智的伽罗婆又回来,拜见心情愉快的诃利耶湿婆王,对他说道:(18)"国王啊!你已经生下这个如同朝阳的儿子,现在,我要去乞求另一个国王了,人中俊杰啊!"(19)诃利耶湿婆信守诺言,不失大丈夫气概,考虑到那些马很难得到,便把玛达维奉还。(20)玛达维放弃王室的荣华富贵,自愿成为一个处女,跟随伽罗婆。(21)这个婆罗门说道"让这些马暂时存放在这里。"然后,与这女孩一起前往迪沃陀娑国王那里。(22)

以上是吉祥的《摩诃婆罗多》中《斡旋篇》第一百一十四章(114)。

一一五

伽罗婆说:

迦尸国国王勇敢无比。这位君主是怖军的儿子,名叫迪沃陀娑。(1)我俩去那里,贤女啊!慢慢地走吧,不要担心。这位国王恪

守正法，自制诚实。(2)

那罗陀说：

这位牟尼到了那里，受到国王礼遇。伽罗婆鼓励国王生个儿子。(3)

迪沃陀娑说：

我已经听说这事，何必还要细说？再生族啊！我一听说这事，就心驰神往，优秀的再生族啊！(4) 你撇开许多国王，来到我这里。这是对我格外尊敬。无疑，这事能成。(5) 我也只有这些马，伽罗婆啊！我也只要她生一个王子。(6)

那罗陀说：

这位优秀的再生族同意道 "好吧！"便把女孩交给国王。国王按照礼仪接受这个女孩。(7) 王仙和她交欢，犹如太阳和婆罗跛婆蒂，火神和娑婆诃，因陀罗和沙姬，(8) 月亮和卢醯尼，阎摩和突莫纳，伐楼拿和高利，财神和利蒂，(9) 那罗延和吉祥天女，大海和恒河，楼陀罗和楼陀罗尼，祖父和祭坛，(10) 极裕之子（沙迦提）和隐娘，极裕和阿刹玛罗，行落和美娘，补罗斯迭和商迪亚，(11) 投山和毗达尔跋公主，萨谛梵和莎维德丽，婆利古和布罗玛，迦叶波和阿提底，(12) 利吉迦之子和莱奴迦，憍尸迦和雪山之女，祭主和达罗，金星和舍多波尔娃，(13) 菩密波底和菩密，补卢罗婆娑和优哩婆湿，利吉迦和贞信，摩奴和婆罗私婆蒂。(14) 这样，玛达维和迪沃陀娑国王交欢生下一个儿子婆罗达陀那。(15)

到时候，尊者伽罗婆回来，对迪沃陀娑说道：(16) "你把女孩还我。让那些马暂时留在这里。我去别处寻求聘礼，国王啊！"(17) 国王迪沃陀娑以法为魂，信守诺言，按照协议，把这女孩还给伽罗婆。(18)

以上是吉祥的《摩诃婆罗多》中《斡旋篇》第一百一十五章（115）。

一一六

伽罗婆说：

玛达维信守誓言，声誉卓著。她抛弃荣华富贵，又成为一个处女，跟随婆罗门伽罗婆。(1) 伽罗婆思索着，一心想完成自己的事。他前往博遮城，拜见优湿那罗国国王。(2) 到了那里，他对这位以真理为勇气的国王说道 "这个女孩将为你生两个王子。(3) 国王啊！你和她生下两个如同日月的儿子后，今生和来世都功德圆满。(4) 但是，你要给我四百匹有一只黑耳朵的皎洁似月的骏马作为聘礼，通晓一切正法的人啊！(5) 我是为老师准备礼物，并不是我自己要用这些马。如果你能办到，大王啊！请不要犹豫。(6) 你没有子嗣，王仙啊！你生两个儿子吧，国王啊！有了儿子这艘渡船，你就能拯救自己和祖先。(7) 王仙啊！一个享受儿子果报的人不会从天国坠落，不会前往绝后之人前往的可怕地狱。"(8)

优湿那罗王听了伽罗婆说的这些和其他各种话后，回答道：(9) "我已经听说你说的这些话，伽罗婆啊！我心里想这样，但命运之力强大，婆罗门啊！(10) 我只有两百匹这样的马，优秀的再生族啊！别样的马我有很多，数以千计。(11) 我将跟别人一样走上这条路，伽罗婆啊！我只和她生一个儿子，婆罗门啊！(12) 我将给你同样的聘礼，优秀的再生族啊！我的财富要用于城乡百姓，不是为了自己享受。(13) 一个国王为了爱欲，挥霍别人的钱财，他就得不到正法和声誉，以法为魂的人啊！(14) 我接受她，把她给我吧！这女孩像天神的女儿，让她为我生一个儿子。"(15)

优湿那罗王讲了许多美好的话。优秀的再生族伽罗婆向他致以敬礼。(16) 伽罗婆将女孩交给优湿那罗后，便去树林。国王和这女孩交欢，犹如有德之人享受富贵。(17) 在山谷，在溪流，在绚丽的花园，在树林，在丛林。(18) 在可爱的露台，在宫殿的楼顶，在开窗的楼阁，在隐蔽的密室。(19)

到时候，她生下一个灿若朝阳的儿子，也就是那位以尸毗闻名的优秀国王。(20) 婆罗门伽罗婆回来接走这女孩，国王啊！前去会见毗娜达之子（迦楼罗）。(21)

以上是吉祥的《摩诃婆罗多》中《斡旋篇》第一百一十六章（116）。

一一七

那罗陀说:

毗娜达之子（迦楼罗）笑着对伽罗婆说 "你真幸运，再生族啊！我看到你成功了。"（1） 听了毗娜达之子（迦楼罗）鸟王的话，伽罗婆告诉他说 "还有四分之一的任务要完成。"（2） 优秀的飞行者金翅鸟对伽罗婆说道 "你不必再费劲了。你办不成这事。（3） 因为从前，利吉迦在曲女城选中伽提的女儿贞信做妻子，伽罗婆啊！国王对他说道：（4） '尊者啊！给我一千匹有一只黑耳朵的、皎洁似月的马。'伽罗婆啊！（5） 利吉迦同意道 '好吧！'他前往伐楼拿的住处，在神马圣地得到这些马，交给了国王。（6） 在完成莲花祭祀后，国王把这些马施舍众婆罗门。那几位国王向这些婆罗门买马，每人买了二百匹。（7） 余下的四百匹马在渡过毗多湿达河时，被卷走了，优秀的再生族啊！因此，再也不能得到了，伽罗婆啊！（8） 你把这女孩送给众友，顶替二百匹马，以法为魂者啊！加上那六百匹马，你就完成任务，不用恐慌了，婆罗门雄牛啊！"（9） 伽罗婆同意道 "好吧！"然后，他带着这女孩和马群，由金翅鸟陪同，到众友那里。（10）

伽罗婆说:

请你接受这六百匹你想要的马，还有这个女孩，顶替二百匹马。（11） 她已经和王仙们生了三个遵守正法的儿子，让她和你生第四个儿子吧，人中俊杰啊！（12） 这样就算给够了你八百匹马。我还清了债，就可以安心修炼苦行了。（13）

那罗陀说:

众友仙人看了看伽罗婆、金翅鸟和这个臀部优美的女孩，说道：（14） "伽罗婆啊！你为什么不把这女孩先送到我这里来？那样，我可以有四个儿子，繁荣家族。（15） 我接受你的女孩，让她生一个儿子。那些马就全都留在我的净修林里吧！"（16）

光辉无比的众友和这女孩交欢，生下一个儿子，也就是玛维达之子八部。（17） 这个儿子一生下，光辉无比的众友就教导他利益和正法，交给他这些马。（18） 然后，八部前往一个如同月亮城的城市，憍尸迦（众友）将这女孩还给他的学生，自己前往森林。(19)

伽罗婆付清老师的报酬，与满怀喜悦的金翅鸟一起，对这女孩说道：（20）"你生下的这个儿子是又一位施主，又一位勇士，又一位热爱真理和正法者，又一位祭祀者。（21） 因此，你走吧，丰臀美女啊！你用儿子们拯救了你的父亲，也拯救了四个国王和我，妙腰美女啊！"（22）伽罗婆辞别食蛇的金鹏鸟，将这女孩送回他的父亲，自己前往森林。(23)

以上是吉祥的《摩诃婆罗多》中《斡旋篇》第一百一十七章（117）。

一一八

那罗陀说：

迅行王想让女儿自选夫婿，前往恒河和阎牟那河汇合处的净修林。(1) 他让佩戴着花环的玛达维坐上车，让补卢和雅度陪同他们的妹妹前往那座净修林。(2) 那里聚集了许多蛇、药叉、人、鸟、兽和山林居民。(3) 林中到处是来自各地的人中君王，到处是像梵天一样的仙人。(4) 在通报求婚者姓名后，这肤色美丽的女孩撇下所有求婚者，选择了这树林。(5) 迅行王之女（玛达维）从车上下来，向亲属们行礼，进入圣洁的树林，修炼苦行。(6)

实行各种斋戒、祭仪和禁戒，她的身体变轻，像鹿一样生活。(7) 她吃像吠琉璃一样的嫩芽和又甜又涩的绿草。(8) 她喝洁净清凉的流水，吉祥、圣洁而甜美。(9) 这些树林里没有狮子，鹿儿称王，也没有大火，空旷深邃。(10) 她在树林里游荡，犹如母鹿与小鹿们一起生活。她奉行正法，恪守梵行。(11)

同时，迅行王遵循古代国王的生活方式，度过许多年，最终服从时间之法。(12) 人中俊杰补罗和雅度繁荣了两个家族。由此，友邻之子（迅行王）在今世和来世的地位得到确立。(13) 在天国，迅行王备受尊敬。像大仙人那样，这位人中之主享受天国至高无上的果报。(14)

过了许多倍的许多千年，王仙们和尊敬的大仙们坐在一起的时候，(15)迅行王头脑发昏，受好奇心驱使，轻视所有的凡人、众天神和众仙人。 (16)诛灭钵罗的帝释天注意到他，所有的王仙说道："呸，呸！"(17)他们望着友邻之子（迅行王），产生疑惑 "这人是谁？是哪位国王？怎么来到天国？(18)他完成了什么业绩？在哪儿积累了苦行？他怎么会在天国受到承认？有谁认识他？"(19)居住在天国的国王们这样思索着，望着迅行王，互相询问。(20)成百成百的天车护卫、天国门卫和坐席侍卫受到询问，都回答说 "我们不认识。"(21) 所有的人智慧都蒙住了，不认识这位国王。顿时，这位国王失去光辉。(22)

以上是吉祥的《摩诃婆罗多》中《斡旋篇》第一百一十八章(118)。

一一九

那罗陀说:

于是，他失去地位，从座位上跌落，心中颤抖，受忧愁之火煎熬。(1)他的花环枯萎，服饰凌乱，头脑糊涂，身体颤动，四肢松弛。(2)不管他看不看别人，别人眼中已经没有他。他心中一片空虚，就要坠落地面。(3) 这位国王思忖道 "我心中起了什么玷污正法的恶念，造成我失去地位？"(4) 然而，这里的国王、悉陀和天女们都不看一眼这位失足坠落的迅行王。(5)

后来，有一位掌管驱逐功德耗尽的人，国王啊！奉天王之命前来对迅行王说: (6) "你太骄傲，太放肆，没有一个人不受到你轻视。由于骄傲，你失去天国，不能留在这里，王子啊！你不受承认，走吧！掉下去吧！"(7) 友邻之子（迅行王） 在坠落之际，连说三声: "我要掉在善人中间。"这位优秀的行动者想着自己的去处。(8)

就在这时，迅行王看到飘忽林中四位王中雄牛。他掉在他们中间。(9)他们是刺穿王、富心王、尸毗—奥湿那罗和八部王，正在举行强力酒祭，取悦天王。(10) 迅行王嗅着从祭火中升向天国之门的烟，向地面坠落。(11) 这位世界之主沿着这条连接天和地的烟河，犹如沿着恒河,顺流而下。(12) 国王坠落在四位优秀的祭祀者中间。他们是他的亲属,吉祥富贵,如同世界保护者。(13) 王仙迅行王功德耗尽,坠落在四位王狮中间。他们如同伟大的祭火。(14)

所有的国王仿佛面对美的典范,问道 "你是谁?谁是你的亲属?来自哪个地方?哪个城市?(15) 你是药叉,还是天神、健达缚或罗刹?因为你的容貌不像凡人,你想做什么?" (16)

迅行王说:

我是王仙迅行王,功德耗尽,从天国坠落。我想着"我要掉在善人中间。"于是,我掉在你们中间。(17)

国王们说:

让你的愿望实现吧,人中雄牛啊!请接受我们的正法和祭祀的果报。(18)

迅行王说:

我不是接受钱财的婆罗门,我是刹帝利。我不愿意消耗别人的功果。(19)

那罗陀说:

正在这时,国王们看到实施鹿苦行的玛达维走了过来,便向她行礼,说道:(20) "你来有什么事?你要盼咐我们做什么?我们是你的儿子,听候你的盼咐,以苦行为财富的女子啊!" (21) 听了他们的话,玛达维无比喜悦,走向父亲迅行王,向他行礼。(22) 望着这些俯首行礼的儿子们,女苦行者说道 "这些是我的儿子,你的外孙,王中因陀罗啊!他们不是外人。他们会拯救你。这是天命,古来如此。(23) 我是你的女儿玛达维,国王啊!正在实施鹿苦行。我也积累了正法,因此,请你接受其中的一半。(24) 国王啊!所有的人都享受子女的功果。因此,他们都像你一样,盼望有外孙,大地之王啊!" (25)

所有的国王向母亲俯首行礼,向外祖父致敬问候。(26) 他们的洪亮而甜蜜的声音无与伦比,响彻大地。这些国王要拯救从天国坠落的外祖父。(27) 随后,伽罗婆也来到这里,对国王说道 "请接受我的八分之一的苦行,升入天国吧!" (28)

以上是吉祥的《摩诃婆罗多》中《斡旋篇》第一百一十九章(119)。

一二〇

那罗陀说：

一旦人中雄牛迅行王被这些善人认出，他便恢复了天神状态，烦恼消失。(1) 他又戴上天神的花环，穿上天神的服饰，散发天神的芳香，脚不沾地。(2)

然后，以施主著称于世的富心首先发出洪亮的声音，对国王说道：(3) "凭借我对一切种姓的无可指责的行为，我在世上获得的一切功德，我都送给你，请你接受。(4) 施舍的功德，宽容的功德，祭祀的功德，我都交给你。"(5) 然后，刹帝利雄牛刺穿王也说道 "我始终热爱正法，始终投身战斗，(6) 在这世上赢得产生于刹帝利正法的荣誉和英雄的名声，请你接受这些功德。"(7)

睿智的尸毗—奥湿那罗说话甜蜜 "即使对儿童和妇女，甚至开玩笑，(8) 或者在战斗中，或者遇到挫折、灾难和不幸时，我从不说谎。你带着我的诚实的功德，升入天国吧！(9) 我宁可抛弃生命、王国、事业和幸福，也不抛弃诚实，国王啊！你带着我的诚实的功德，升入天国吧！(10) 我的诚实令正法之神喜悦，令火神喜悦，令帝释天喜悦。你带着我的诚实功德升入天国吧！"(11)

然后，憍尸迦（众友）和玛达维的儿子、通晓正法的八部王仙对举行过数百次祭祀的迅行王说道：(12) '我积累的莲花祭、牛祭和强力酒祭数以百计，主人啊！请你接受这些祭祀的功德吧！(13) 我的珍宝、财富和其他财物无不用于祭祀。请你带着我的诚实的功德，升入天国吧！"(14)

外孙们对国王说了这些话，国王离开大地，升向天国。(15) 这样，这些国王凭借他们的善行，轻而易举就拯救了从天国坠落的迅行王。(16) 这四位外孙出生在四个王族，凭借自己实行正法、祭祀和施舍，繁荣家族，使他们的大智者外祖父升入天国。(17)

国王们说：

国王啊！我们是你的外孙，具有国王的正法和品德，恪守一切正

法和品德，国王啊！请升入天国吧！（18）

以上是吉祥的《摩诃婆罗多》中《斡旋篇》第一百二十章（120）。

一二一

那罗陀说：

凭借这些行善的国王慷慨施舍，迅行王告别外孙们，升入空中，到达天国。(1) 他沐浴在散发各种芳香的花雨中，拥抱在圣洁芳香的清风中。(2) 凭借外孙们的功德和自己积累的业报，他升入稳定的天国，闪耀无上的光辉。(3) 成群的健达缚和天女载歌载舞，伴以鼓声，热烈欢迎他进入天国。(4) 许多天神、王仙和天国歌手赞美他，隆重地接待他，欢迎他。(5)

他获得天国的果报，心满意足。祖父（梵天）仿佛用语言抚慰他，说道：(6) "凭借你在世间的业绩，你积累了四重正法，你的这个世界不灭，王仙啊！凭借你的善行，你的声誉在天国也不灭。(7) 黑暗蒙住所有天国居民的心，他们不承认你。你得不到承认，便从天国坠落。(8) 你的外孙们怀着爱心，拯救了你。你回到这里，恢复你凭借自己的业绩赢得的地位，稳定，永恒，圣洁，崇高，持久，不变。"(9)

迅行王说：

尊者啊！我有一个疑问，请你解答，因为我不能问别人，世界鼻祖啊！(10) 我凭借无数的祭祀和施舍，加上保护臣民，积累了许多千年的大功德，(11) 怎么会在短期里耗尽，致使我从天国坠落？尊者啊！你知道我赢得的世界是永恒的。(12)

祖父说：

你凭借无数的祭祀和施舍，加上保护臣民，积累了许多千年的大功德。(13) 而只要有一个过失，就会耗尽，致使你从天国坠落，人中因陀罗啊！由于你骄傲，天国居民们唾弃你。(14) 王仙啊！不骄傲，不施暴，不杀生，不狡诈，不欺诳，这个世界才会永恒。(15) 国王啊！不要轻视任何人，无论是下等人、高等人，还是中等人。因

为哪儿也没有人,能与骄火中烧的人平等相处。(16) 毫无疑问,那些讲述你的这个升降故事的人将渡过一切不幸。(17)

那罗陀说:

从前,迅行王犯了骄傲的错误,伽罗婆犯了固执的错误,大地之主啊!(18) 凡是希望幸福的人应该听取为他们谋利益的朋友们的忠告,不要固执。固执会招致毁灭。(19) 因此,甘陀利之子啊!摒弃骄傲和愤怒,与般度之子们讲和,英雄啊!消除怨恨,国王啊!(20)

国王啊!施舍、善行、苦行和祭祀积下的功德,不会毁灭,不会缩小,别人无法享受,只有本人能享受。(21) 摆脱愤怒和贪婪的博学之士推崇这个无上伟大的故事。在这世上,通晓三大目的(法、利和欲)的人认真学习和广为传诵这个故事,他就能赢得大地。(22)

以上是吉祥的《摩诃婆罗多》中《斡旋篇》第一百二十一章(121)。

一二二

持国说:

尊者那罗陀啊!正如你所说,我也希望这样,但我做不了主,尊者啊!(1)

护民子说:

说罢,婆罗多子孙啊!他又对黑天说道 "盖婆婆啊!你已经告诉我怎样做事合理合法,有益于天国和人世。(2) 我是身不由己,朋友啊!愚蠢的难敌从不让我高兴,总是违背我的命令,黑天啊!(3) 你努力开导他吧!大臂者啊!你会为朋友尽到最人责任,人中俊杰遮那陀那啊!"(4)

于是,精通一切正法和利益的苾湿尼族后裔(黑天)转向愤怒的难敌,好言相劝:(5) "难敌啊!你听听我的话,俱卢族俊杰啊!这些话完全是为你和你的追随者们着想,婆罗多子孙啊!(6) 大智者啊!你出身高贵,具有学识和品行,品德高尚,能够做好事。(7) 而你想做的事,朋友啊!只有出生低劣、灵魂邪恶、残忍无耻的人才会做。(8) 在这世界上,善人的行为符合正法和利益,而恶人的行为违背正法和利益，婆罗多族雄牛啊！（9）你经常倒行逆施，热衷非法的行为，造成极其可怕的致命的后果。（10）你做出许多有损名誉的事，婆罗多子孙啊！抛弃这些无益的行为，你就能为自己做好事。（11）你就能将你的弟兄、仆人和朋友从非法和恶名中解救出来，折磨敌人者啊！（12）

"与般度之子们讲和吧，人中之虎啊！他们聪明，勇敢，刚强，自制，博学，婆罗多族雄牛啊！（13）这样会使大家满意——睿智的持国、祖父（毗湿摩）、德罗纳和大智者维杜罗，（14）慈悯、月授、睿智的波力迦、马嘶、毗迦尔纳和全胜，民众之主啊！（15）还有你的许多亲戚和朋友，折磨敌人者啊！整个世界都能安享太平，朋友啊！（16）你出身高贵，有学识，有廉耻，不残忍，朋友啊！听从父母的命令吧，婆罗多族雄牛啊！（17）

"父亲的命令最有效，婆罗多子孙啊！遇到大难，人人都会想起父亲的命令。（18）让你父亲高兴，朋友啊！与般度族和解，俱卢族俊杰啊！你和你的大臣应该为此高兴，朋友啊！（19）如果一个人听了朋友的忠告，不照着去做，那么，到时候它会焚烧他，犹如吃了甄波迦果。（20）一个人出于愚痴，不听取忠告，延误时机，失去财富，后悔莫及。（21）听取忠告，照着去做，放弃自己的意见，他就在这个世界上获得幸福。（22）出于抵触情绪，不听取心怀善意的朋友的话，而听取相反的意见，结果陷入敌人的控制。（23）无视善人的意见，听信恶人的意见，他的朋友很快就会为他的不幸悲伤。（24）排斥优秀的大臣，听从卑鄙的小人，他就会陷入可怕的灾难，不可挽救。（25）对恶人言听计从，对善人置之不理，亲近敌人，嫉恨亲人，行为反常，大地也诅咒这样的人，婆罗多子孙啊！（26）

"你与那些英雄发生矛盾，想要求助别人，一些没有教养和能力的愚人，婆罗多族雄牛啊！（27）在这世界上，除你之外，有谁会抛弃那些亲戚，像帝释天一样的大勇士，而去求助别人？（28）贡蒂之子们出生以来，你就一直加害他们，而般度之子们从不发怒，因为他们以法为魂。（29）般度之子们从出生以来，一直受到亏待，朋友啊！而这些声誉卓著的人总是善待你，大臂者啊！（30）你也应该善待自己的这些近亲，婆罗多族雄牛啊！不要受愤怒控制。（31）

"智者们追求三大目的（法、利和欲），婆罗多族雄牛啊！在三者不能兼得时，人们坚持法和利。（32）而只能取其一时，上者求法，中者求利，下者求欲。（33）出于贪婪，放纵感官，摒弃正法，不择手段追求利和欲，这样的人会遭到毁灭。（34）追求利和欲，也要从一开始就遵行正法，因为利和欲任何时候都不能脱离正法。（35）人们说正法是三大目的的手段，民众之主啊！如果依法追求，就会迅速繁荣昌盛，犹如干柴烈火。（36）

"朋友啊！你不择手段追求一切国王公认的显赫王权，婆罗多族雄牛啊！（37）以怨报德的人伤害自己，犹如斧子砍伐树林，国王啊！（38）如果不希望某人遭殃，就不要扰乱他的思想；只要思想不被扰乱，坚强的人会谋求幸福。（39）婆罗多子孙啊！在三界中，不该欺压绝望的人，也不该欺压任何普通的人，更何况那些般度族雄牛？（40）一个人受愤怒控制，会失去理智，婆罗多子孙啊！一切过分的东西要纠正，请看标准的做法！（41）

"你与般度之子们联合比与那些恶人联合要好，朋友啊！你与他们和好，你将实现所有愿望。（42）王中俊杰啊！你享受般度之子们赢得的大地，却抛弃他们，想要求助别人。（43）你想要繁荣，却把权力托付给难降、难拒、迦尔纳和妙力之子（沙恭尼），婆罗多子孙啊！（44）但他们不及你通晓正法和利益，不及般度之子们勇敢，婆罗多子孙啊！（45）所有的国王和你都不足以在战场上面对愤怒的怖军。（46）所有国王的军队集合起来，朋友啊！毗湿摩、德罗纳、迦尔纳和慈悯，（47）月授之子广声、马嘶和胜车，他们都抵挡不住胜财（阿周那）。（48）甚至所有的天神、阿修罗、凡人和健达缚都不能战胜愤怒的阿周那。你就别把心思放在战争上了！（49）在所有国王的军队中，有哪个人在战场上与阿周那交战后，还能平安回家？（50）

"在这世上，你何必杀人？婆罗多族雄牛啊！你能找到一个人战胜阿周那，你也就胜利了。（51）他曾在甘味林战胜天神、健达缚、药叉、阿修罗和蛇，哪个凡人敢与他作战？（52）同样，他在毗罗吒城创造单身战群雄的奇迹，这就是明证。（53）你想要在战斗中战胜英雄阿周那。但是，吉湿奴（阿周那）斗志昂扬，永不退却，不可征服，不可战胜。（54）而且，有我担任普利塔之子（阿周那）的助手。

他在战场上迎面冲来时，包括摧毁城堡者（因陀罗）本人在内，谁敢挑战？（55）谁能用双臂托起大地，愤怒地焚毁一切众生，把众天神撑下天国，他才能在战斗中战胜阿周那。（56）

"你看看你的这些儿子、弟兄、亲属和亲友，婆罗多族俊杰啊！别让他们为了你而毁灭。（57）让俱卢族人活下去吧！不要让这个家族毁灭，不要让人称你为'灭族者'，身败名裂，国王啊！你不要失去声誉，人中之主啊！（58）那些大勇士会确立你为新王，而确立你的父亲持国为大王。（59）不要拒绝迎面而来的荣华富贵，朋友啊！只要你把一半国土还给普利塔之子们，你就能得到荣华富贵。（60）听取朋友们的忠告，与般度族和解吧！与朋友们友好相处，你将获得持久的幸福。"（61）

以上是吉祥的《摩诃婆罗多》中《斡旋篇》第一百二十二章（122）。

一二三

护民子说：

听了盖娑婆（黑天）这些话，婆罗多族雄牛啊！福身王之子毗湿摩对暴躁的难敌说道：（1）"希望朋友们和睦安宁，黑天对你说了这些话，孩子啊！你要听进去，不要受愤怒控制。（2）你不按照灵魂伟大的盖娑婆（黑天）的话去做，孩子啊！你就得不到安宁、幸福和繁荣。（3）大臂者黑天对你说的利益符合正法，孩子啊！获取这种利益吧，不要将臣民引向毁灭。（4）持国还活着，由于你灵魂卑劣，你将毁掉在一切国王中威严显赫的婆罗多族的吉祥富贵。（5）由于你心术不正，你将葬送你自己和你的大臣、儿子、牲畜、亲属和朋友。（6）你无视盖娑婆（黑天）真实有益的话，无视你父亲和睿智的维杜罗的话，婆罗多族俊杰啊！（7）不要走上邪路，成为愚蠢邪恶的毁灭家族者；不要给年迈的父母增添忧愁。"（8）

然后，德罗纳对陷入愤怒而喘息不止的难敌说道：（9）"孩子啊！盖娑婆（黑天）对你说的话符合正法和利益，福身王之子（毗湿摩）的话也是如此。你照着做吧，人中之主啊！（10）他俩聪明，机智，自制，博学，为了你好，说的话对你有益，折磨敌人者啊！接受他俩的话吧！（11）大智者啊！听从黑天和毗湿摩的话吧！不要听从那些思想浅薄的人的话，折磨敌人者啊！（12）那些鼓动你的人决不可信赖。一旦战争爆发，他们就将别人的仇恨套在你的脖子上。（13）不要害死整个俱卢族、你的儿子和弟兄。你要知道，只要婆薮提婆之子（黑天）和阿周那在，他们的军队就不可战胜。（14）你的朋友黑天和毗湿摩的意见是正确的，孩子啊！如果你不接受，以后你会痛苦不堪，婆罗多子孙啊！（15）正如已经说过的那样，阿周那比阇摩陀耆尼之子（持斧罗摩）更强大，而提婆吉之子黑天连众天神都难以抗衡。（16）关于你的幸福和快乐，何必还要多谈？这一切都已对你说过，婆罗多族雄牛啊！按照你的希望去做吧！我没有更多的话要对你说的了，婆罗多族俊杰啊！"（17）

他的话一停下，奴婢子维杜罗望着暴躁的持国之子难敌，说道：（18）'难敌啊！我并不为你担忧，婆罗多族雄牛啊！我为你年迈的父亲和甘陀利担忧。（19）由于你这个硬心肠的保护者，他俩将失去保护，失去朋友，失去大臣，犹如失去翅膀的鸟儿。（20）得知你是这样一个卑贱邪恶的毁灭家族的人，他俩将像求乞者那样，悲伤地在这大地上游荡。"（21）

随后，持国对与弟兄们坐在一起，众国王围绕的难敌说道：（22）"难敌啊！你要明白，灵魂伟大的梭利（黑天）说的话切实可行，保证永远吉祥平安，你要听取。（23）因为得到行为纯洁的黑天的帮助，我们将在一切国王中实现一切目的。（24）孩子啊！与黑天合作，到坚战那里去，给婆罗多族带来吉祥幸福和健康安宁。（25）孩子啊！以婆薮提婆之子（黑天）作津梁，你去会晤坚战吧！我想这是一个良机，难敌啊！不要失之交臂。（26）盖娑婆（黑天）寻求和平，前来劝说你，如果你加以拒绝，你就不得不遭殃。"（27）

以上是吉祥的《摩诃婆罗多》中《斡旋篇》第一百二十三章（123）。

一二四

护民子说：

听了持国这些话，毗湿摩和德罗纳表示支持，对违抗父命的难敌说道：（1）"两位黑王子（黑天和阿周那）还没有全副武装，甘狄拨神弓还搁在那里，烟氏仙人还没有将敌人的军队祭供军队之火，（2）谦恭的大弓箭手坚战还没有怒视你的军队，让战争平息吧！（3）我们还没有看到普利塔之子大弓箭手怖军站在自己的军队中，让战争平息吧！（4）他还没有在进军途中，令军队欢欣鼓舞；还没有在战场上，用杀敌的铁杵，（5）砍下象兵的头颅，仿佛砍下大树成熟的果子，让战争平息吧！（6）无种、偕天、水滴王之孙猛光、毗罗吒、束发和童护之子（勇旗）全副武装，（7）他们精通武艺，发射敏捷，还没有袭击我们，犹如鳄鱼袭击大海，让战争平息吧！（8）可怕的兀鹰羽毛箭还没有落在国王们娇嫩的身躯上，让战争平息吧！（9）那些大弓箭手精通武艺，发射敏捷，射程很远，百发百中，（10）他们的大铁箭还没有射在战士们涂有檀香和沉香、佩戴金项链的胸膛上，让战争平息吧！（11）

"你俯首行礼时，但愿王中大象、法王坚战用双手拥抱你。（12）但愿这位慷慨施舍者用他紧握旗帜、刺棒和象钩的右手放在你肩上，表示和解，婆罗多族雄牛啊！（13）你坐在那里时，但愿他用系有宝石草、戴有宝石戒指的手，抚摸你的后背。（14）但愿肩膀如同沙罗树的大臂者狼腹（怖军）友好地问候你，表示和解，婆罗多族雄牛啊！（15）阿周那和孪生子他们三人问候你时，你也要友好地问候他们，亲吻他们的头，国王啊！（16）看到你和英勇的般度族兄弟们和好，让国王们流下喜悦的眼泪吧！（17）让这幸运的消息在所有国王的首都宣布，让大地充满兄弟情谊，让你摆脱烦恼。"（18）

以上是吉祥的《摩诃婆罗多》中《斡旋篇》第一百二十四章（124）。

一二五

护民子说:

在俱卢族集会上,难敌听了这些不愉快的话,对声誉卓著的大臂者婆薮提婆之子(黑天)说道:(1) "你应该考虑之后再说话,盖娑婆啊!你一味指责我。(2) 你无缘无故向普利塔之子们表示忠心,诛灭摩图者啊!你一味指责我,有没有考虑过双方的强弱?(3) 你、奴婢子、国王、老师和祖父都指责我,而不指责任何别的国王。(4) 我没有发现自己有什么错误行为,而你们所有人和国王们都恨我。(5) 我想了想,没有发现自己有什么重大错误,克敌者啊!甚至细小的错误也没有,盖娑婆啊!(6)

"般度之子们喜欢赌博,将王国输给沙恭尼,这是我的错吗?诛灭摩图者啊!(7) 再有,般度之子们在赌博中输掉的财物,当时我就答应还给他们了,诛灭摩图者啊!(8) 而不可战胜的般度之子们又在掷骰子中输掉,流亡森林,这不是我们的错,优秀的胜利者啊!(9) 受了什么羞辱,他们与我们为敌?他们软弱无力,却喜欢像敌人那样对待我们,黑天啊!(10) 我们做了什么?怎么得罪了他们?般度之子们和斯楞遮耶族人想要杀死持国之子们。(11)

"面对猛烈的语言和行动,甚至面对百祭(因陀罗)的威胁,我们都不会出于害怕,卑躬屈膝。(12) 黑天啊!我没有看见哪个遵循刹帝利正法的人渴望战胜我们,杀敌者啊!(13) 毗湿摩、慈悯、德罗纳和他们的军队,甚至众天神都不能战胜他们,何况般度之子们?诛灭摩图者啊!(14) 如果我们遵循自己的正法,摩豆族后裔啊!到时候在战场上被武器杀死,我们将升入天国。(15) 遮那陀那啊!躺在战场的箭床上,这是我们刹帝利的最高正法。(16) 如果我们在战场上不向敌人屈膝投降,躺在英雄之床上,我们也就无怨无悔,摩豆族后裔啊!(17) 哪个出身高贵、履行刹帝利正法的人,会出于恐惧,只考虑生存,而向某人屈膝投降?(18) 人应该挺立,不应该屈膝,因为挺立是男子气概。宁可粉身碎骨,也不向哪个人屈膝。(19) 这是摩登伽说的话，盼望得益的人都喜欢。像我这样的人只向正法和婆罗门屈膝行礼。（20）一个人应该终身奉行这个法则，不考虑其他。我一向认为这就是刹帝利正法。（21）

"只要我活着，盖娑婆啊！他们就休想得到我父亲曾经同意给他们的那一份王国。（22）遮那陀那啊！持国王当政时，我们和他们都放下武器，依靠他生存，摩豆族后裔啊！（23）过去，我还年幼，依靠他人生活，出于无知或恐惧，把王国给了他们，遮那陀那啊！（24）如今，只要我活着，苾湿尼族后裔啊！般度之子们再也别想得到，大臂盖娑婆啊！（25）哪怕针尖那么一点点的土地，我也不会还给般度之子们，摩豆族后裔啊！"（26）

以上是吉祥的《摩诃婆罗多》中《斡旋篇》第一百二十五章（125）。

一二六

护民子说：

然后，十能（黑天）眼中含怒，在俱卢族集会上嘲笑难敌说：（1）"你会得到英雄之床，你会如愿以偿。但愿你和你的大臣挺住，将会有一场大屠杀。（2）蠢人啊！你认为你对般度之子们没有什么错，让国王们听听这一切吧！（3）你忍受不了灵魂高尚的般度之子们的荣华富贵，与妙力之子（沙恭尼）一起策划了这场赌博，婆罗多子孙啊！（4）品德高尚、行为正直、受善人尊敬的亲属，怎么会与骗子一起参与这场不正当的赌博？朋友啊！（5）这场掷骰子赌博带给善人痛苦和毁灭，带给恶人分裂和灾难，大智者啊！（6）这场可怕的灾难正是从赌博开始，由你和追随罪恶的人造成，而没有与行为高尚的人商量。（7）

"除了你以外，谁会羞辱亲戚的妻子？你把德罗波蒂带到会堂，对她说了那样的话。（8）这位般度之子们的王后出身高贵，品行端庄，般度之子们爱她胜过生命，却受到你的凌辱。（9）所有的俱卢族人都知道，折磨敌人的贡蒂之子们遭到放逐时，难降在俱卢族集会上说了些什么话。（10）哪个善人会这样对待自己的亲戚？这些亲戚行

为端正，不贪婪，永远遵行正法。（11）迦尔纳、难降和你说了那么多残忍、卑劣和粗野的话。（12）

"在多象城，他们还是孩子，你处心积虑，要烧死他们和他们的母亲，但你没有成功。（13）般度之子们和母亲一起隐藏在独轮城的一位婆罗门家里，住了很长时间。（14）你用过各种各样手段，诸如毒药、蛇和套索，欲置般度之子们于死地，但你没有成功。（15）你对般度之子们这样费尽心机，使尽诡计，怎么能说你对灵魂高尚的般度之子们没有罪过？（16）你虚伪卑劣，像暴徒那样对般度之子们，做尽坏事，现在却在这里狡辩。（17）

"父母、毗湿摩、德罗纳和维杜罗一再劝你和解，而你不肯和解，国王啊！（18）和解，对你和普利塔之子双方都大有好处，但你不愿意，国王啊！除了智慧浅薄外，还能是什么呢？（19）不听朋友们的话，你将不得安宁，国王啊！你做的是不合法和不名誉的事，国王啊！"（20）

十能（黑天）说了这些后，难降在俱卢族集会上对暴躁的难敌说道：（21）"如果你不自动与般度之子们讲和，俱卢族人会把你捆起来，交给贡蒂之子，国王啊！（22）毗湿摩、德罗纳和你的父亲会把毗迦尔多那（迦尔纳）、你和我三个人交给般度之子们，人中雄牛啊！"（23）听了弟弟的话，持国之子难敌像大蛇一样喘息着，愤怒地起身走出去。（24）无论是维杜罗、持国、波力迦大王、慈悯、月授、毗湿摩和德罗纳，还是遮那陀那（黑天），（25）他一概藐视。他心思邪恶，不知羞耻，没有教养，无法无天，狂妄自大，目无尊长。（26）看到这位人中雄牛走出去，他的弟兄、大臣和所有的国王也都跟着出去。（27）

看到难敌愤怒地起身，与弟兄们一起离开会堂，福身王之子毗湿摩说道：（28）"他抛弃正法和利益，意气用事。不久，敌人们会嘲笑他的不幸。（29）这位持国的王子灵魂邪恶，不择手段，盲目迷醉王国，陷入愤怒和贪婪。（30）我认为所有这些刹帝利的时辰已到，遮那陀那啊！因为这些国王和大臣们都愚蠢地追随他。"（31）

听了毗湿摩的话，英勇的莲花眼十能（黑天）对以毗湿摩和德罗纳为首的所有人说道：（32）"这是俱卢族所有长辈铸下的大错，不能阻止这位愚蠢的国王滥用权力。(33) 我认为,该是这样做的时候了,克敌者们啊!如果这样做,一切会变好。请听着,无罪的人们啊!(34) 我即将要说的话对你们有益,如果你们认为对你们适用,婆罗多族人啊!(35)

"年迈的博遮王(厉军)的儿子(刚沙)行为邪恶,没有灵魂,陷入愤怒,篡夺活着的父亲的王权。(36) 厉军之子刚沙遭到亲友们鄙弃。我为了亲友们的利益,在一场大战中将他杀死。(37) 我们和亲友们再次向阿护迦之子厉军表示恭敬,立他为王,繁荣博遮王族。(38) 为了家族的利益,抛弃一个刚沙,所有的雅度族、安陀族和苾湿尼族共同繁荣,得到幸福,婆罗多子孙啊!(39)

"还有,国王啊!天神和阿修罗高举武器,对阵开战,至高无上的生主张口说话。(40) 世界分裂成两部分,面临毁灭,婆罗多子孙啊!这位创造世界的尊神说道:(41) '阿修罗、提迭和檀那婆将会失败,而阿提迭、婆薮和楼陀罗将会住在天国。(42) 天神、阿修罗、人、健达缚、蛇和罗刹,将会在这场战争中互相激烈厮杀。'(43) 想到这些,至高无上的生主对正法之神说道'将那些提迭和檀那婆捆起来交给伐楼拿。'(44) 闻听此言,正法之神执行至高无上者的命令,将提迭和檀那婆们捆起来,交给伐楼拿。(45) 水中之主伐楼拿用正法之神的套索和自己的套索捆住这些檀那婆,一直在海中小心看守他们。(46)

"同样,你们将难敌、迦尔纳、妙力之子沙恭尼和难降捆起来,交给般度之子们吧!(47) 为了家族,可以舍弃一个人;为了村庄,可以舍弃一个家族;为了城镇,可以舍弃一个村庄;为了自我,可以舍弃大地。(48) 国王啊!如果捆起难敌,随后与般度之子们和解,那么,由于你的缘故,刹帝利们就不会毁灭,刹帝利雄牛啊!"(49)

以上是吉祥的《摩诃婆罗多》中《斡旋篇》第一百二十六章(126)。

一二七

护民子说:

听了黑天的话,人中之主持国立刻对通晓一切正法的维杜罗说道：(1) '朋友啊！你去把聪明睿智、富有远见的甘陀利带来，我要和她一起劝导心思邪恶的儿子。(2) 如果她能安抚灵魂邪恶、心术不正的儿子，我们就能照朋友黑天的话去做。(3) 她说话恰当，能为心思邪恶、结交恶友、陷入贪婪的儿子指点迷津。(4) 她能消弭难敌给我们带来的可怕的大灾难，求得永久的幸福和安宁。" (5) 听了持国王的话，维杜罗奉命将富有远见的甘陀利带来。(6)

持国王说：

甘陀利啊！你的儿子灵魂邪恶，违抗命令。由于贪求王权，他将失去王权和生命。(7) 他像没有教养的人，毫无节制。这傻瓜不听朋友的劝告，和那些灵魂邪恶的人一起离开了会堂。(8)

护民子说：

声誉卓著的公主甘陀利听了丈夫的话后，希望幸福平安，说道：(9) "快将痴迷王国成病的儿子带来。王国不能让一个无视正法和利益、没有教养的人掌管。(10) 持国啊！在这件事上，你应该受到严厉责备。你喜欢儿子，明知他作恶，还要依从他的意见。(11) 他已经陷入贪婪、嗔怒和痴迷，国王啊！你现在无力扭转他了。(12) 持国你把王国交给一个灵魂邪恶、幼稚无知、结交恶友、贪婪成性的人，尝到了苦果。(13) 因为大智者怎么会听任自己人分裂呢？自己人一旦分裂，敌人就会征服你。(14) 依靠友善和馈赠能渡过难关，大王啊！谁会将棍棒打在自己人身上？" (15)

遵照持国的命令和母亲的吩咐，奴婢子（维杜罗）又将难敌带到会堂。(16) 难敌想听听母亲的话，再次进入会堂。由于愤怒，他眼睛红似紫铜，像蛇一样嘶嘶喘息。(17) 看见误入歧途的儿子进来，甘陀利用恰当的话责备他：(18) "你听我说，难敌啊！我说这些话是为了你和追随者们的利益，为了将来的幸福，儿子啊！(19) 你应该讲和，以示对毗湿摩、父亲和我，对以德罗纳为首的朋友们的尊重。(20)

"大智者啊！王国不是随心所欲就能得到、守住和享受的，婆罗多族雄牛啊！(21) 一个不控制感官的人不能获得永久的王国，只有控制自我的智者才能守住王国。(22) 贪婪和嗔怒使人背离利益。国王抛弃这两个敌人，便能征服大地。(23) 统治世界是一件大事。灵魂邪恶的人渴求这种王权，却不能保持地位。（24）向往伟大的人应该按照正法和利益控制感官。控制了感官，智慧就能增长，犹如火焰添柴。（25）感官不受控制，害人不浅，犹如桀骜不驯的马在途中颠覆蹩脚的车夫。（26）一个人不控制自己，却想控制大臣，那么，他没有控制自己，也没有控制大臣，不由自主地走向毁灭。（27）一个人首先要像控制国家那样控制自己，那么，他想控制大臣和敌人，就不会落空。（28）控制感官，控制大臣，惩处作恶者，三思而行，吉祥富贵永远伴随这样的智者。（29）

"潜伏在身上的贪婪和嗔怒会撕裂一个人的智慧，犹如细眼渔网中的两条大鱼。（30）贪婪和嗔怒膨胀，众天神害怕这种人闹到天国，因而对他们关上天国的大门。（31）国王只有懂得征服爱欲、愤怒、贪婪、欺诈和骄傲，才能征服大地。（32）国王想要获得正法和利益，打败敌人，就应该始终牢牢控制感官。（33）陷入贪婪和嗔怒，欺侮自己人或其他人，他就不会有朋友。（34）

"孩子啊！般度之子们富有智慧，团结一致，英勇杀敌，你将幸福地与他们一起享受大地。（35）孩子啊！福身王之子毗湿摩和大勇士德罗纳说的是实话，黑天和般度之子（阿周那）不可战胜。（36）你请求行为纯洁的大臂黑天帮助吧！因为盖娑婆（黑天）乐于为双方谋福利。（37）不听从富有学识和智慧的好心朋友的忠告，这样的人只会让敌人高兴。（38）孩子啊！战争没有好处。没有正法和利益，哪里会有幸福？胜败无常，你不要把心思放在战争上。（39）

"大智者啊！毗湿摩、你的父亲和波力迦正是害怕分裂，才把一部分王国赐予般度之子们，克敌者啊！（40）今天，你也看到这一赐予的好处：你享受整个大地，一切隐患由那些勇士铲除。（41）如果你和大臣们愿意享受一半国土，那就给般度之子们应得的那份吧，克敌者啊！（42）一半的国土足够维持你和大臣们的生活。听从朋友的忠告，你将获得声誉，婆罗多子孙啊！（43）般度之子们吉祥富贵，有灵魂，有智慧，控制感官，孩子啊！与他们争斗会毁掉巨大的幸福。（44）消除朋友们的怒气，正当地统治自己的王国，交还般度之子们那一份，婆罗多族雄牛啊！（45）够了，迫害了他们十三年，大智者啊！平息你的贪婪和嗔怒之火吧！（46）狂暴的车夫之子（迦尔

纳）想要为你出力，但他不能抵御普利塔之子们。你的弟弟难降也是如此。（47）

"一旦毗湿摩、德罗纳、慈悯、怖军、胜财（阿周那）和猛光满腔发怒时，一切众生肯定不复存在。（48）你不要意气用事，毁了俱卢族，孩子啊！不要让整个大地为了你和般度之子们而经历屠杀。（49）你以为毗湿摩、德罗纳和慈悯等人会竭尽全力为你作战，傻瓜啊！这是不可能的。（50）这些战胜自我的人，对于你这方面和般度族方面的王国、地位和热爱，尤其是正法，一视同仁。（51）即使他们担心皇粮，不怕牺牲性命，也不敢正视坚战王。（52）在这世上，我们没见过贪心能成就事业，孩子啊！不要再贪心不足，平静下来吧！婆罗多族雄牛啊！"（53）

以上是吉祥的《摩诃婆罗多》中《斡旋篇》第一百二十七章（127）。

一二八

护民子说：

难敌不理睬母亲说的有益的话，又生气地到那些灵魂不完善的人那里去。（1）俱卢后裔（难敌）离开会堂，与精通骰子的妙力之子沙恭尼商议。（2）难敌、迦尔纳、妙力之子沙恭尼和难降四个人商量决定：（3）"在行动敏捷的遮那陀那（黑天）偕同持国王和福身王之子（毗湿摩）抓我们之前，（4）我们先下手，用武力逮捕感官之主（黑天）这位人中之虎，就像因陀罗抓住毗娄遮那之子（钵利）。（5）般度之子们听到必湿尼族后裔（黑天）被捕，就会灰心丧气，精神崩溃，犹如失去牙齿的蛇。（6）这位大臂者（黑天）是他们的护符和铠甲。这位恩主沙特婆多族雄牛（黑天）一旦被捕，般度族和苏摩迦族就会失去勇气。（7）因此，不管持国怎么叫喊，我们先把盖娑婆（黑天）捆起来，然后，与敌人们作战。"（8）

通晓相术的萨谛奇立刻觉察到这些心术不正的恶人们的阴谋。（9）为此，他和诃利迪迦之子成铠一起走出会堂。他对成铠说道："赶快集合军队！（10）让军队全副武装，排好阵容，站在会堂门口，等我去禀告行为纯洁的黑天。"(11) 这位英雄进入会堂,犹如狮子进入山洞。他告诉灵魂伟大的盖娑婆(黑天)这个阴谋。(12) 然后,他把那些人的阴谋也告诉持国和维杜罗,仿佛笑着,说道:(13) "这些蠢人妄想背离正法和利益,做出善人不齿之事,无论如何也不会得逞。(14) 这些灵魂邪恶的蠢人以前就聚在一起作恶,受爱欲和嫉恨操纵,受贪婪和愤怒控制。(15) 这些智力低下的人想要抓住莲花眼(黑天),犹如幼儿和傻子想要用布抓住燃烧的火。"(16)

听了萨谛奇的话,富有远见的维杜罗在俱卢族会堂中对大臂持国说道:(17) "国王啊!你所有儿子的死期来临,折磨敌人者啊!他们准备做这种既不光彩又做不到的事。(18) 他们聚在一起,企图袭击和抓住婆薮之主(因陀罗)的莲花眼弟弟(黑天)。(19) 一旦他们进攻这位难以抵御、不可征服的人中之虎,他们将不复存在,犹如飞蛾扑火。(20) 只要遮那陀那(黑天)愿意,他能把所有的战斗者送往阎摩殿,犹如愤怒的狮子对待鹿群。(21) 但黑天决不会做遭受谴责的事。这位人中俊杰不退者(黑天)不会背离正法。"(22)

维杜罗这样说罢,盖娑婆(黑天)望着持国,当着侧耳倾听的朋友们的面,说道:(23) "国王啊!如果他们发怒,要用武力抓我,国王啊!你就允许他们抓我,也允许我抓他们,国王啊!(24) 因为我能制服所有这些狂暴的人。但我决不会做遭受谴责的恶事。(25) 你的儿子们贪图般度之子们的财富,将会丢失自己的财富。如果他们想这样做,坚战会成全他们。(26) 因为今天,我就要抓起他们和他们的追随者,交给普利塔之子们,婆罗多子孙啊!这会有什么错失?国王啊!(27) 但我不会当着你们的面,大王啊!出于愤怒和恶念,做出遭受谴责的事,婆罗多子孙啊!(28) 国王啊!难敌想怎么做,就让他怎么做吧!我遵守一切规则,婆罗多子孙啊!"(29)

闻听此言,持国对维杜罗说道 "快去把痴迷王国的、邪恶的难敌带来,(30) 连同他的朋友、大臣、弟兄和追随者。看我能不能再次努力把他拉回正道?"(31) 于是,奴婢子(维杜罗)又将难敌带进会堂。难敌很不情愿,与弟兄们一起进入,国王们围绕他。(32)

持国王对迦尔纳、难降和国王们围绕着的难敌说道:(33) "残忍的作恶多端的人啊!你结交行为卑劣的朋友。你与这些邪恶的朋友勾结，策划罪恶的勾当。（34）这种既不光彩又做不到的事，这种遭受善人谴责的事，只有像你这种玷污家族的傻瓜才想得出来。（35）你当真想勾结这些邪恶的朋友，要抓难以抵御、不可征服的莲花眼（黑天）吗？（36）甚至众天神和婆薮之主（因陀罗）也不能强行抓他，傻瓜啊！你却想抓他，犹如幼儿想抓月亮。（37）你并不知道天神、人、健达缚、阿修罗和蛇在战场上都不能对抗盖娑婆（黑天）。（38）风难以用手抓住，月亮难以用手摸到，大地难以用头支撑，盖娑婆（黑天）难以用武力抓住。"（39）

持国说罢，奴婢子维杜罗望着暴躁的持国之子难敌，说道：（40）"在梭婆城门，著名的猴王德维维陀用猛烈的石雨覆盖盖娑婆（黑天）。（41）它竭尽全力，施展勇气，一心想要抓住摩豆族后裔（黑天），但没能抓住他。而你倒想强行抓住他。（42）在尼摩遮那城，六千个大阿修罗用绳索捆他，也没能抓住他。而你倒想强行抓住他。（43）在东光国，那罗迦和檀那婆没有能抓住梭利（黑天），你倒想强行抓住他。（44）他还是幼儿时，就已杀死布多那，婆罗多族雄牛啊！为了保护牛群，托起牛增山。（45）他曾经杀死阿利私吒、台奴迦、大力士遮奴罗、马王和作恶多端的刚沙。（46）他还杀死妖连、婆迦罗、英勇的童护和巴纳，在战场上杀死许多国王。（47）他战胜伐楼拿王和无比光辉的火神，为了采摘波利质多花，战胜沙姬的丈夫（因陀罗）本人。（48）他躺在辽阔的大海里，杀死摩图和盖达跋；他投胎转生，又杀死马项。（49）

"他是创造者，而自己不被创造。他也是人的力量源泉。这位梭利（黑天）想要做什么，不用费力就能做到。（50）你并不知道勇猛的乔宾陀（黑天）永不退却，他是一团光焰，像愤怒的毒蛇，不可战胜。（51）企图征服行为纯洁的大臂黑天，你和大臣们将不复存在，犹如飞蛾扑火。"（52）

以上是吉祥的《摩诃婆罗多》中《斡旋篇》第一百二十八章（128）。

一二九

护民子说：

维杜罗这样说罢，英勇的杀敌者盖娑婆（黑天）对持国之子难敌说道：(1) "难敌啊！你出于愚痴，以为我只是单独一人，你能制服我，想把我抓起来，傻瓜啊！(2) 这里有所有的般度族、安陀迦族和苾湿尼族，这里有阿提迭、楼陀罗、婆薮和大仙人们。"(3)

说罢，杀敌英雄盖娑婆（黑天）放声大笑。灵魂伟大的梭利（黑天）大笑时，从他的闪光的身体中跃出拇指般大的三十三天神，光辉似火。(4) 梵天出现在他的额头，楼陀罗出现在他的胸膛，世界保护者们出现在他的四臂，火神从他的口中出现。(5) 阿提迭、沙提耶、婆薮、双马童、因陀罗、摩录多和毗奢，还有药叉、健达缚和罗刹的形体。(6) 商迦尔舍那（持斧罗摩）和胜财（阿周那）出现在他的两臂，弓箭手阿周那在右边，持斧罗摩在左边。(7) 怖军、坚战、玛德利的双生子出现在后面，以始光为首的安陀迦族人和苾湿尼族人，(8) 高举威力巨大的武器出现在黑天的前面。螺号、飞轮、铁杵、长矛、角弓、犁头和刀剑，(9) 还能看到其他各种高举的武器，闪闪发光，出现在黑天的许多手臂上。(10) 从他的眼睛、鼻子和耳朵中闪发出可怕的带烟的火光，无数毛孔仿佛闪发出阳光。(11)

见到灵魂伟大的盖娑婆（黑天）的可怕的本体，国王们胆战心惊，闭上眼睛。(12) 德罗纳、毗湿摩、大智者维杜罗、大德者全胜和以苦行为财富的仙人们除外，因为尊者遮那陀那（黑天）赐给他们天眼。(13) 见到摩豆族后裔（黑天）在会堂上展现的伟大奇迹，天鼓响起，花雨降下，(14) 大地震动，大海翻滚，国王们惊异至极，婆罗多族雄牛啊！(15)

然后，制服敌人的人中之虎（黑天）收回自己这种神奇美妙、神通广大的形体。(16) 诛灭摩图者（黑天）用双手拉着萨谛奇和诃利迪迦之子（成铠）向仙人们辞别。(17) 那罗陀等仙人离去，消失不见。在一片嘈杂声中，又出现奇迹。(18)

看到人中之虎（黑天），俱卢族人和国王们跟随他犹如众天神跟随百祭（因陀罗）。(19) 灵魂无量的梭利（黑天）不管这些成群的国王，跨步走出，犹如带烟的火。(20) 然后，他看到一辆明净的大车，挂着铃铛，张着绚丽的金网，轻快，响声似雷，(21) 铺着洁净的虎皮，装备精良，套着塞尼耶马和妙项马，由达禄迦驾驭。(22) 他也看到苾湿尼族公认的英雄诃利迪迦之子成铠也在车上。(23)

克敌者梭利（黑天）上车准备出发，大王持国再次对他说道；(24) "你看到我在儿子身上花的力气，遮那陀那啊！你亲眼目睹，没有什么遮盖，粉碎敌人者啊！(25) 我希望并努力争取俱卢族和平，盖娑婆啊！你知道这个情况，不应该对我产生怀疑。(26) 我对般度之子们不怀恶意，盖娑婆啊！我对难敌说的话，你都听到。(27) 所有的俱卢族人和大地上的国王们都知道我竭尽全力争取和平，摩豆族后裔啊！"(28)

然后，大臂者（黑天）对持国王、德罗纳、祖父毗湿摩、奴婢子（维杜罗）、波力迦和慈悯说道：(29) "你们已经亲眼目睹俱卢族集会上发生的一切。那个蠢人像没有受过教养，不止一次发怒起身。(30) 而大地之主持国说自己不能做主。我向你们大家告辞，我要回到坚战那里去。"(31) 人中雄牛梭利（黑天）告辞出发，英勇的大弓箭手们、婆罗多族雄牛们跟在后面。(32) 他们是毗湿摩、德罗纳、慈悯、奴婢子（维杜罗）、持国、波力迦、马嘶、毗迦尔纳和大勇士尚武。(33) 盖娑婆（黑天）乘坐这辆明净的挂着铃铛的大车，当着俱卢族人的面，前去看望姑母普利塔（贡蒂）。(34)

以上是吉祥的《摩诃婆罗多》中《斡旋篇》第一百二十九章（129）。

一三〇

护民子说：

他进入她的宫中，行触足礼，简要地讲述俱卢族集会上发生的事。(1)

婆薮提婆之子（黑天）说：

我和仙人们讲了许多有道理的话，值得接受，他不接受。(2) 这里的一切被难敌控制，注定要灭亡。我向你辞别，立即回到般度之子们那里去。(3) 你有什么话要我传达给般度之子们，你就说吧！大智慧的母亲啊！我听从你的吩咐。(4)

贡蒂说：

盖娑婆啊！你对以法为魂的坚战王说"你的正法已经锐减，孩子啊！不要无所作为。(5) 国王啊！你像迂腐的吠陀学者缺乏理解力，在反复背诵中丧失智慧，片面地看待正法。(6) 你看看自生者创造的正法吧！刹帝利从他的胸膛产生，凭借自己的臂力生存，永远从事残酷的事，以保护臣民。(7)

"请听我从老人那里听到的一个譬喻：从前，吠湿罗婆那（财神）喜欢王仙牟朱恭陀，把大地送给他。但他没有接受，说道：(8) '我要依靠自己的臂力享有王国。'吠湿罗婆那（财神）听了又喜又惊。(9) 后来，牟朱恭陀这位严格奉行刹帝利正法的国王依靠臂力赢得大地，统治大地。(10)

"臣民受到国王精心保护，履行正法，婆罗多子孙啊！国王获得这种正法的四分之一功德。(11) 如果他从事非法，他就走向地狱。(12) 运用刑罚，按照自己的正法制约四种姓，严格限制臣民从事非法。(13) 一旦国王全面和正确地实施刑罚，便会出现最好的时代，即圆满时代。(14) 是时代造就国王，还是国王造就时代？毫无疑问，是国王造就时代。(15) 国王是圆满时代的创造者，也是三分时代、二分时代和第四时代的创造者。(16) 由于创造圆满时代，国王享受无限的天国；由于创造三分时代，国王享受有限的天国；创造二分时代，享受也与之相应。(17) 作恶的国王则长年住地狱，因为国王的罪恶影响世界，世界的罪恶也影响国王。(18)

"你对照对照祖祖辈辈适用的正法！你想要遵循的并不是王仙的行为。(19) 由于懦弱，心慈手软，这样的国王不能获得任何保护臣民的功果。(20) 般度、我和祖父，我们过去并不希望你按照这种想法行事。(21) 我始终希望你祭祀、施舍、苦行、英勇、繁衍子孙、伟大和凭力量享受；(22) 希望你永远'娑婆诃'，永远'娑婆达'。①

---

① 在祭祀祖先时，一边念诵"娑婆诃"或"娑婆达"，一边向祭火中投送祭品。

仁慈的祖先和天神受到合适的供奉，会赐予长寿、财富和儿子。（23）祖先和天神总是希望他们的子孙施舍、学习、祭祀和保护臣民。（24）

"不管合法不合法，你生来就该这样，孩子啊！你们出身高贵，富有学识，却遭受非人生活的折磨。（25）生活在大地上的人们饥饿时，遇到慷慨的施主，得到满足，还有比这更高的正法吗？（26）遵行正法，获得王国后，应该拢住各方面的人，有些用施舍，有些用武力，有些用恩惠。（27）婆罗门应该乞求，刹帝利应该保护，吠舍应该获取财富，首陀罗应该侍奉所有的人。（28）对你来说，不准乞求，也不应该耕作。你是刹帝利，依靠臂力生活，拯救受难者。（29）

"大臂者啊！依靠亲善、馈赠、离间、惩罚和策略，重新夺回你失去的那份祖传遗产吧！（30）我生下了你，却失去亲人，指望别人供养，还有什么比这更痛苦？令敌人高兴者啊！（31）你依靠王法，战斗吧！不要辱没祖先！你的功德已经耗尽，不要再带着弟弟们走向罪孽之路。"（32）

以上是吉祥的《摩诃婆罗多》中《斡旋篇》第一百三十章（130）。

一三一

贡蒂说：

在这方面，人们引用一个古老的传说，关于维杜拉和儿子的对话，折磨敌人者啊！（1）维杜拉能充分说明利益所在。她出身高贵，声誉卓著，光彩熠熠，易于动怒。（2）她热爱刹帝利正法，富裕幸福，博学多闻，富有远见，在国王们的集会中享有盛誉。（3）她的亲生儿子被信度王打败后，郁郁不乐，灰心丧气，躺倒在床，令敌人高兴。正直的维杜拉训斥不懂正法的儿子道：（4）

"你不是我的儿子，也不是你父亲的儿子。你从哪里来的啊？你这男子汉没有一点怒气，攀附小树枝，一副太监相。（5）你居然这样绝望地活着。你要肩负担子，追求幸福。你不要自卑，不要满足一星半点。你要胸怀大志，别害怕，挺起腰杆。（6）起来吧，懦夫！你不要失败后，这样躺着。不要失去自尊，使亲人忧愁，敌人高兴。（7）

小河易满，鼠掌易满，懦夫容易满足，一丁点儿就满足。（8）宁可像狗那样咬碎蛇的毒牙而死去；甘愿冒生命危险，冲向前去。（9）你应该像兀鹰那样，无所畏惧，盘旋空中，时而鸣叫，时而沉默，窥测敌人的漏洞。（10）你为何像死尸那样躺着，仿佛被金刚杵击倒？起来，懦夫！不要在失败后，这样躺着。（11）你不要悲惨地走向没落，要用自己的业绩传扬名声！不要站在中间、低处和下处，要昂首挺立！（12）宁可像黑檀木熊熊燃烧片刻，也不要像糟糠之火那样焖烧。你愿意像乌鸦那样漂泊不停吗？宁可燃烧一瞬间，也比久久冒烟好。（13）

"别让王宫里生出像母驴那样软弱的男孩子。履行人的职责，竭尽全力拼搏，也就偿还了正法之债，不必自我责备。（14）不管是得是失，智者们无怨无悔，继续从事工作，不顾自己的生命。（15）鼓起勇气，走这必然之路，将正法摆在首位，儿子啊！你怎么能这样活着？（16）你的祭祀供奉和名誉声望已经完全丧失，享受之根已被砍断，懦夫啊！你怎么能这样活着？（17）一个人倒下时，也要紧紧抓住敌人的小腿。即使根基已被砍断，也决不灰心丧气，牢记像骏马那样，负轭前进。（18）你要自强自尊，知道自己是男子汉！家族在你手中败落，也要在你手中振兴！（19）

"如果人们不谈论他的神奇业绩，那么，他只是多余的赘疣，既不是男子，也不是女子。（20）他在施舍、苦行、勇气、学问和获取财富方面毫无声望，那么，他只是母亲排泄的粪便。（21）学问、苦行、吉祥、勇气和业绩胜过别人，他才是真正的男子汉。（22）你不该向往以头盖骨作乞钵的卑贱生活。那种生活适合懦夫，不光彩，悲惨痛苦。（23）敌人喜欢他，世人鄙视他，无衣无食，虚弱瘦削，（24）穷困潦倒，得到一点赏赐就欣喜不已。有了这样一个亲属，亲属们就不会获得幸福。（25）

"我们遭到放逐，失去王国，失去一切欲乐享受，失去地位，一无所有，我们将陷入贫穷。（26）全胜啊！我生下你这个乔装儿子的迦利（恶魔），在善人中违背种姓，毁灭家族。（27）但愿任何妇女不要生下这样的儿子，没有愤慨，没有进取心，没有勇气，令敌人高兴。（28）不要冒烟，要熊熊燃烧，冲向前去，杀死敌人！在敌人头上燃烧，哪怕一刹那！（29） 对敌人不宽恕忍耐，这才是男子汉！对敌人宽恕忍耐，既不是男子，也不是女子。（30） 知足自满毁灭吉祥，怜悯、懒惰和恐惧也是如此。没有雄心，成不了大事。（31） 你要依靠自己摆脱这些卑劣的罪恶。心肠要硬似铁石，追寻属于自己的东西。（32） 男子称作男子，在于他征服城市。像女子那样生活，称为男子就名不副实。（33） 一位意气风发的英雄，像狮子那样勇敢豪迈，即使也得服从命运，臣民也乐于享用他的残食。（34） 放弃自己的舒适安乐，追求吉祥幸福，他很快就会给大臣们带来欢乐。"（35）

儿子说：

如果你不关心我，那么，整个大地对你有什么用？首饰、享受和生命对你有什么用？（36）

母亲说：

让你的敌人获得人人惊呼"如今怎么了？"的世界；让你的朋友行走在自我尊重的世界。（37） 不要追随那些没有骨气的卑贱者的生活方式，他们被仆人抛弃，依靠别人的饭团维生。（38） 但愿婆罗门和朋友们依靠你生活，孩子啊！正如众生依靠云雨，众天神依靠百祭（因陀罗）。（39） 一切众生依靠他生活，犹如遇到一棵成熟的果树，全胜啊！这样的人活着才有意义。（40） 亲人们依靠他的勇敢，获得幸福，犹如众天神依靠帝释天，这样的勇士活着才美好。（41） 一个人依靠自己的臂力生活，在这个世界获得声誉，在另一个世界也安宁幸福。（42）

以上是吉祥的《摩诃婆罗多》中《斡旋篇》第一百三十一章（131）。

一三二

维杜拉说：

在现在这种情况下，你想放弃男子汉气概，你很快就会走上无人侍奉的道路。（1） 一个想要生存的刹帝利，不竭尽全力和施展勇气，人们会认为他是窃贼。（2） 这些有意义、有道理的话对你不起作用，犹如药对一心想死的人。（3） 信度王确实有许多踌躇满志的人，但他们出于软弱,傻坐着等待灾难降临。(4) 另外一些人看到你四处召集朋友,精进努力,充满男子汉气概,他们便会变心。(5) 你与他们联合,在悬崖峭壁中活动,等待灾难降临到他头上,因为他并不是不老不死之人。(6)

你名为全胜,但我没有看到你胜利。你要名副其实,儿子啊!不要徒有虚名。(7) 在你小的时候,眼光正确的婆罗门大智者就说过你会遇到重大挫折,然后又会繁荣昌盛。(8) 我牢记他的话,盼望你胜利,孩子啊!因此,我这样对你说,我将一次又一次这样对你说。(9) 追求其他人同样热烈追求的目标,善于运用各种谋略,他一定能获得成功,实现目标。(10) 你知道你的祖先也是有福有祸,全胜啊!因此,你要决心战斗,不要退缩。(11) 商波罗(阿修罗)说没有比这种境况更悲惨:今天的食物没着落,明天的食物也没着落。(12) 他说贫穷比丈夫和儿子死去更痛苦,因为贫穷是连续不断的死亡。(13)

我出身名门望族,从一个湖泊到另一个湖泊,丈夫用一切吉祥物品供奉我这个女主人。(14) 我的朋友们过去看到我佩戴昂贵的花环和首饰,身穿精美的衣服,现在看到我贫穷艰难。(15) 你看着我和你自己的妻子极度衰弱,你活着也就毫无意义。(16) 见到我由于生活无着,那些奴仆、差役、侍从、老师、经师和祭司都离我们而去,你怎么还能活着?(17) 我现在不像过去那样能看到你的值得称颂的业绩和荣誉,我的心怎么会平静?(18) 如果我对婆罗门说"没有",我的心会碎裂,因为我和我丈夫从不对婆罗门说"没有"。(19) 别人依靠我们,我们不依靠别人。如果我要依靠别人生活,我将抛弃生命。(20)

在无边的大海上,你成为我们的海岸吧!在无船的大海上,你成为我们的渡船吧!(21) 如果你不苟且偷生,你就会抵抗一切敌人;如果你采取这种懦夫的生活,(22) 灰心丧气,你就抛弃这种邪恶的生命吧!勇士杀死一个敌人,就能获得声誉。(23) 因陀罗杀死弗栗多,成为伟大的因陀罗,获得苏摩酒杯,成为世界的主宰。(24) 在战场上,自报家门,迎战全副武装的敌人,冲锋在前,杀死强手,(25) 这样的英雄凭借勇敢善战,赢得巨大声誉,而他的敌人胆战心惊，卑躬屈膝。(26) 懦夫不能自主，把富裕繁荣的全部希望寄托在舍生忘死、奋勇作战的勇士身上。(27) 不管王国面临可怕的沦陷，或者有生命危险，优秀的战士也要消灭任何到手的敌人。(28)

王国如同天国之门，或者如同甘露，惟一的通道已经对你关闭。想到这一点，你要像火把那样投向敌人。(29) 国王啊！你要在战场上杀戮敌人，维护自己的正法。任何时候，也不要让强盛的敌人看到你软弱无能，(30) 处在我们的忧愁和敌人的欢乐之中；也不要让我悲哀地看到你处在凄惨的地位。(31) 像过去一样，炫耀自己的财富，与绍维罗族女孩们住在一起，不要无可奈何接受信度族女孩们的控制。(32) 像你这样的青年，有美貌，有学问，出身高贵，举世闻名，犹如一头应该负轭的牛，却行动反常，我认为无异于死亡。(33) 如果我看到你阿谀奉承敌人，追随敌人，我的心怎么会平静？(34) 出生在这样家族里的人，不应该追随他人，不应该依靠别人生活，孩子啊！(35)

我知道永恒的刹帝利之心。它由先辈和先辈的先辈称颂，也为后代和后代的后代称颂。(36) 任何一个出生在这里的刹帝利，懂得刹帝利正法，不会出于恐惧或谋生，而向任何人卑躬屈膝。(37) 应该昂首挺胸，不应该卑躬屈膝。昂首挺胸才是男子汉。宁可粉身碎骨，也不向任何人卑躬屈膝。(38) 你应该像发情的大象，精神昂扬地四处行走，永远追求正法，只向婆罗门行礼，全胜啊！(39) 制服其他种姓，消灭一切作恶者，不管有没有盟友，只要活着，就应该这样。(40)

以上是吉祥的《摩诃婆罗多》中《斡旋篇》第一百三十二章(132)。

一三三

儿子说：

我的母亲啊！你的心肠由黑铁铸成，牢记仇恨，残酷无情！(1) 你这样对我这个独生子说话，口气像是对陌生人："遵行刹帝利正法吧！"(2) 如果你不关心我，那么，整个大地对你有什么用？首饰、

享受和生命对你有什么用?（3）

  母亲说:

  孩子啊! 智者的一切行动都是为了正法和利益,全胜啊! 正是考虑到这些,我才鼓励你。（4） 考虑采取行动的重要时刻已经来到。事到临头,你不采取必要的行动,你就会失去尊严,做出有害的事情。（5）全胜啊! 在你名誉受损的时候,如果我不提醒你,人们就会说我像母驴,对你的爱毫无意义,毫无理由。（6） 放弃智者谴责而愚者遵循的道路吧! 这是极大的无知,为臣民所趋附。（7） 如果你遵循善人的生活方式,遵循正法和利益,而决不遵循其他,依靠天命和人为努力,这样就会使我高兴。（8） 一个人喜欢儿孙,而儿孙没有教养,没有上进心,那么,他的生育功果落空。（9） 卑贱的人不做该做的事,尽做遭受谴责的事,他今生和来世都得不到幸福。（10）

  全胜啊! 刹帝利生下来就是为了战斗和胜利。行为勇猛,永远保护臣民,无论获胜还是被杀,他都能获得因陀罗的世界。（11） 刹帝利制服敌人,他获得的幸福在天国神圣的帝释天的宫殿中都得不到。（12）一个有志气的人,即使屡遭挫折,依然怒火中烧,决心要战胜敌人。（13） 或者牺牲生命,或者打败敌人,还有什么其他办法能使他获得平静? （14） 智者不喜欢卑微之事。在这世上,喜欢卑微之事的人必定委琐和不可爱。（15） 缺乏可爱也就缺乏光彩,这样的人肯定走向虚无,犹如恒河流向大海。（16）

  儿子说:

  母亲啊! 你不要表达这种想法,特别是对儿子。你发点慈悲,做个聋哑人吧! （17）

  母亲说:

  你有这样的想法,我很高兴。你质问我,而我更严厉质问你。（18） 一旦我看到你杀死所有信度人,大获全胜,我才会尊敬你。（19）

  儿子说:

  没有财宝,没有盟友,我怎么能获胜? 我知道自己处在如此悲惨的境地。我的情绪已经摆脱王国,犹如作恶者不再妄想天国。（20）如果你深思熟虑,你觉得有什么办法,请你认真告诉我。我将如实执

行你的命令。(21)

母亲说：

儿子啊！不要以过去的不幸，轻视自己，因为财富失而复得，得而复失。(22) 急躁得不到财富，愚蠢也得不到财富，孩子啊！一切行动的成果永远无常。(23) 懂得无常的人，时有时无。而不行动的人，一无所有。(24) 不努力只有一种可能，即没有行动的成果。而努力有两种可能，或者有成果，或者没有成果。(25) 事先知道一切财富无常，王子啊！他就会努力促进增长和繁荣。(26) 应该站起来，保持清醒，从事追求繁荣富强的事业。要坚定信心，永远不要担心"这会怎样？"与婆罗门和众天神站在一起，举行吉祥的仪式。(27) 一个聪明睿智的国王很快就会繁荣昌盛，儿子啊！吉祥富贵回到他身边，犹如太阳回到东方。(28)

我看你已经听取我讲述的例举、办法和许多鼓舞斗志的话。拿出男子汉气概吧！你能够把握你怀抱的人生目的。(29) 你应该联合那些愤怒的人、贪婪的人、衰败的人、受侮辱的人、受轻视的人和竞争的人。(30) 这样，你就能分化庞大的敌军，犹如猛烈的旋风吹散乌云。(31) 你首先要对他们施舍，黎明即起，说话温和，他们就会喜欢你，肯定尊你为首。(32) 一旦敌人知道对手不怕牺牲，就会害怕，犹如害怕尚未进屋的蛇。(33) 如果得知敌人勇敢善战，无法制服，那就应该指责敌人，这也会产生效果。(34) 通过指责，稳定自己阵脚，他就能增长财富，因为朋友总是尊敬和依附有钱的人。(35) 孩子啊！亲友也抛弃失去财富的人，不依附他，厌弃他。(36) 信任一个认敌为友的人，而想获得王国，那是不可能的。(37)

以上是吉祥的《摩诃婆罗多》中《斡旋篇》第一百二十二章(133)。

一三四

母亲说：

国王遇到任何危难，都不应该恐惧；即使恐惧，也不能像恐惧者那样行动。(1) 因为看到国王恐惧，所有的人都会跟着恐惧，王国、军队和大臣会各想各的。(2) 一些人会投靠敌人,另一些人会出走,还有一些过去受到轻视的人会企图报复。(3) 只有真正的朋友们侍奉他,而他们无能为力,只希望时来运转,犹如母牛陪着被拴住的牛犊。他们为他的悲伤而悲伤,仿佛为逝去的亲人悲伤。(4) 那些过去受到尊敬而被认作朋友的人,也会觊觎落难国王的王国。你不要恐惧,以免朋友们抛弃陷入恐惧的你。(5)

犹如一位强者对弱者,我对你说了这些话,为了鼓励你,为了考验你的力量、勇气和智慧。(6) 如果我说得有道理,如果你理解这些话,那么,坚强起来,全胜啊!去争取胜利!(7) 我们还有一个巨大的宝库,你不知道,别人也不知道,只有我知道,我会交给你。(8) 你还会有成百成百个朋友,全胜啊!他们会与你同甘共苦,英雄啊!他们一个顶百个,永不退却。(9) 一个雄心勃勃、奋发向上的人,他的朋友和粉碎敌人的大臣就应该是这样。(10)

儿子说:

听了词句和意义这样美妙的话,即使心胸狭隘,谁的愚暗不会被驱散?(11) 有你这样一位洞察过去和未来的人作向导,我应该驾起沉入水中的轭,努力上坡。(12) 因为我想聆听你的每一句话,一直默默地坐着,只是现在才回答你的话。(13) 我不知餍足,犹如在危难中从亲人那里得到甘露。我要努力制服敌人,争取胜利。(14)

贡蒂说:

犹如一匹骏马,他被语言之箭射中,受到激励,如实按照命令去做。(15) 国王受到敌人折磨,精神沮丧,大臣就应该为他讲述这种鼓舞斗志、振奋精神的崇高故事。(16) 希望胜利的人应该听取这个名为"胜利"的故事。听了之后,就能迅速征服大地,消灭敌人。(17) 这个故事会造就男子汉,会造就英雄。孕妇反复聆听,肯定会生下英雄。(18) 学问的英雄,苦行的英雄,自制的英雄,苦行者,闪耀梵的光辉,受到称颂。(19) 光辉、有力和吉祥的大勇士,勇敢大胆、不可征服和不可战胜的胜利者,(20) 作恶之人的惩处者,守法之人的保护者,刹帝利妇女会生下这种以真理为勇气的英雄。(21)

以上是吉祥的《摩诃婆罗多》中《斡旋篇》第一百三十四章(134)。

一三五

贡蒂说:

盖娑婆(黑天)啊!你对阿周那说"我的儿子啊!你出生时,我坐在净修林里,由妇女们陪伴着。(1) 空中出现令人欢欣的天国话音:'贡蒂啊!你的这个儿子会像千眼神(因陀罗)一样。(2) 他将在战场上战胜所有结集起来的俱卢族人,以怖军为助手征服这世界。(3) 你的儿子在婆薮提婆之子(黑天)协助下,在战场上杀死俱卢族人,赢得大地,声誉直达天国。(4) 他将夺回失去的那份祖传遗产,吉祥富贵,与兄弟们一起举行三次大祭。'"(5)

不退者(黑天)啊!正如我知道毗跋蒐(阿周那)奉守誓言,勇武有力,左手开弓,难以抵御,十能(黑天)啊!让天国话音说的一切实现吧!(6) 如果存在正法,这一切就会实现,芯湿尼族后裔啊!你也应该促成这一切,黑天啊!(7) 我不怀疑天国话音说的话。我向伟大的正法行礼。正法扶持众生。(8) 你就这样对胜财(阿周那)说,也对时刻准备战斗的狼腹(怖军)说"这个时刻已经来到。刹帝利妇女生育儿子就是为了这个时刻,因为人中雄牛们迎战敌人,从不沮丧。"(9) 怖军的思想,你很了解,这位粉碎敌人者不消灭敌人,不会安宁。(10)

摩豆族后裔啊!灵魂高尚的般度的儿媳黑公主声誉卓著,美丽动人,精通一切正法,黑天啊!你要对她说:(11) "出身高贵、吉祥幸福、声誉卓著的女子啊!你对我的所有儿子行为合适。"(12) 你要对玛德利的热爱刹帝利正法的双生子说"依靠勇敢获得享受,胜过生命本身。(13) 依靠勇敢获得财富,永远使以刹帝利正法为生的人感到高兴,人中俊杰啊!(14) 当着你们的面,汇聚一切正法的般遮罗公主遭到粗暴的侮辱,谁能容忍?(15) 儿子们的王国被夺、赌博失败、流亡森林,这些对我都不算痛苦。(16) 而在会堂上,这位伟大的黑公主哭泣着听人辱骂,这才是我的最大痛苦。(17) 臀部优美的黑公主始终恪守妇道,热爱刹帝利正法,贞洁,有保护者,而当时没

有得到保护。"(18)

大臂者啊！请你对优秀的武士、人中之虎阿周那说 "走德罗波蒂（黑公主）的路！"(19) 因为你知道怖军和阿周那很像愤怒的阎摩和死神，甚至能将天神送往最后的归宿。(20) 黑公主在会堂，难降辱骂怖军，这是对他俩的蔑视。当时，俱卢族英雄们都在场。你让他记住这些。(21) 你要问候般度之子们、黑公主和他们的儿子，并告诉他们我身体安康，遮那陀那啊！祝你一路平安，保护我的儿子们！(22)

护民子说：

大臂黑天向她行礼，右旋绕行，然后离去，步履如同狮子。(23) 他让毗湿摩等俱卢族雄牛回去，让迦尔纳上车，与萨谛奇一起出发。(24) 十能（黑天）走后，俱卢族人聚在一起，互相议论出现在盖娑婆（黑天）身上的至高无上的伟大奇迹。(25) 他们说道 '整个愚痴的世界已经套上死亡的套索，由于难敌的愚蠢，一切将不复存在。'(26)

人中俊杰（黑天）离开城市出发，与迦尔纳交谈了很久。(27) 然后，雅度族后裔（黑天）让罗陀之子（迦尔纳）回去，催马快速前进。(28) 在达禄迦的驱策下，这些马仿佛吞饮太空，以思想和风的速度飞奔。(29) 这些马一路飞奔，如同兀鹰，载着手持角弓者（黑天），到达水没城，这时太阳高高升起。(30)

以上是吉祥的《摩诃婆罗多》中《斡旋篇》第一百三十五章（135）。

一三六

护民子说：

听了贡蒂的这些话，大勇士毗湿摩和德罗纳对违抗命令的难敌说道：(1) "人中之虎啊！你已经听到贡蒂在黑天面前说的话。这些话符合正法，富有意义，至高无上。(2) 贡蒂之子们会按照婆薮提婆之子（黑天）的想法行事，俱卢后裔啊！没有王国，他们不会平静。(3) 普利塔之子们和德罗波蒂在会堂受到你的侮辱，囿于正法的束缚，他们忍气吞声。（4） 有武艺高强的阿周那，吃苦耐劳的怖军，甘狄拨神弓和两个箭囊，战车和军旗，还有婆薮提婆之子（黑天）的帮助，坚战不会容忍。（5） 大臂者啊！你亲眼见到，过去，在毗罗吒城，睿智的普利塔之子（阿周那）在战斗中打败所有的人。（6） 他使用楼陀罗法宝，在战斗中用法宝之火焚烧行为可怕的全甲族檀那婆。（7）迦尔纳等人，还有你身披铠甲，坐着战车，逃出牧场。这就是明证。（8）

"与般度族兄弟和好吧，婆罗多族俊杰啊！拯救这个咬在死神口中的大地吧！（9） 你的长兄恪守正法，仁慈，纯洁，说话和气。你摒弃罪恶，到这位人中之虎那里去吧！（10） 如果这位般度之子看到你放下弓箭，舒展眉头，光辉吉祥，我们的家族也就平安无事。（11）与大臣们一起到那里去，拥抱这位王子，跟过去一样，向这位国王行礼问候，克敌者啊！（12） 你行礼问候，贡蒂之子、怖军的兄长坚战会友好地用双臂抱住你。（13） 优秀的武士怖军肩膀臂腿如同狮子，手臂粗壮，让他用双臂拥抱你吧！（14） 然后，让狮子脖、莲花眼和头发浓密的贡蒂之子胜财（阿周那）向你行礼问候。（15）让两位人中之虎、美貌绝伦的双马童之子怀着敬爱之心，像欢迎老师那样欢迎你。（16） 让以十能（黑天）为首的国王们流下喜悦的眼泪，国王啊！摒弃傲慢，去与兄弟们会合吧！（17）然后，你和兄弟们一起统治整个大地吧！让国王们互相高兴地拥抱，然后回家。（18）

"停止战争，王中因陀罗啊！听从朋友的劝告吧！在战争中，只能看到刹帝利毁灭。（19） 星宿相克，鸟兽可怖，种种凶兆预示刹帝利毁灭，英雄啊！（20） 那些凶兆尤其预示我们毁灭，因为你的军队遭到燃烧的流星打击。（21） 那些马怏怏不乐仿佛在哭泣，民众之主啊！那些兀鹰围绕你的军队盘旋。（22） 城市不再像过去那样，王宫也是如此。豺狼发出不祥的嗥叫，出没在燃烧的方向。（23）

"你遵照父亲、母亲和我们的话做吧！大家都是为了你好，大臂者啊！和平和战争都取决于你。（24） 如果你不听从朋友的话，粉碎敌人者啊！看到你的军队遭受普利塔之子的军队打击，你会痛苦不堪的。（25） 一旦你在战场上听到勇敢的怖军的大声吼叫和甘狄拨神弓

的声音，你会想起我的话。如果你不愿意接受，那么，我的话就会实现。"（26）

以上是吉祥的《摩诃婆罗多》中《斡旋篇》第一百三十六章（136）。

一三七

护民子说：

听了这些话，难敌垂头丧气，斜着眼睛，皱着双眉，不吭一声。（1）看到他垂头丧气，两位人中雄牛在一旁互相望了望，又说了这些话。（2）

毗湿摩说：

普利塔之子（坚战）孝顺听话，不妒忌，有梵行，信守诺言。我们将与他作战，还有什么比这更痛苦？（3）

德罗纳说：

我器重和尊敬以猿猴为旗徽的胜财（阿周那）胜过我自己的儿子马嘶，国王啊！（4）为了遵行刹帝利正法，我将迎战比儿子还可爱的胜财（阿周那）。呸，刹帝利生活！（5）在这世界上，没有一个弓箭手能与毗跋蒺（阿周那）相比。由于我的恩惠，他胜过其他的弓箭手。（6）背叛朋友，品行恶劣，信奉邪教，阴险狡诈，这样的人不会受到善人尊敬，犹如来到祭场的傻子。（7）灵魂邪恶者，即使阻止他作恶，他也会想着作恶；灵魂纯洁者，即使受到罪恶诱惑，他也想着行善。（8）虽然他们受到不公正对待，却依然与人为善，婆罗多族俊杰啊！你的缺点造成不幸。（9）俱卢族耆老（毗湿摩）、我、维杜罗和婆薮提婆之子（黑天）都劝说你，而你却不肯从善。（10）

你自以为有力量，想要强行渡过雨季水流湍急而又充满蛟龙、鲨鱼和鳄鱼的恒河。（11）出于贪婪，你获得坚战的富贵，犹如获得丢弃的花环，而你认为你现在穿着自己的衣服。（12）哪个身居王位的人经受得住般度之子（坚战）的生活？即使流亡森林，德罗波蒂也跟随他，众弟兄手持武器陪伴他。（13）法王（坚战）遇到伊罗毗罗之子（财神）。按照财神的命令，所有的国王侍立如同紧迦罗，而法王

(坚战)光彩熠熠。(14) 到达俱比罗(财神)的宫殿,获得珠宝后,般度之子们向你的富饶的国土进军,想要得到王国。(15)

你要知道,我们两个一向施舍、祭祀和学习,用钱财满足婆罗门,度过我们的一生,完成我们的任务。(16) 你却抛弃幸福、王国、朋友和钱财,要与般度之子们作战。你将陷入巨大的灾难。(17) 黑公主说话真实,发誓实施严酷的苦行,祈求般度之子(坚战)获胜,而你妄想战胜他。(18) 他的参谋是遮那陀那(黑天),他的弟弟是胜财(阿周那),你怎么能战胜这位精通一切武艺的优秀武士般度之子?(19) 他的婆罗门朋友思想坚定,制服感官,你怎么能战胜这位实施严酷苦行的英雄般度之子?(20)

作为一个希望朋友繁荣昌盛的人,看到朋友沉入不幸之海,我有必要再说一句。(21) 停止战争,为了俱卢族繁荣昌盛,与那些英雄和好。不要带着儿子、大臣和军队走向灭亡。(22)

以上是吉祥的《摩诃婆罗多》中《斡旋篇》第一百三十七章(137)。《黑天出使篇》终。

迦尔纳争议篇

一三八

持国说:

全胜啊!诛灭摩图者(黑天)在王子和大臣们簇拥下,让迦尔纳上车,一起出发。(1) 杀敌英雄(黑天)在车上对罗陀之子(迦尔纳)说了些什么?乔宾陀(黑天)怎样安抚这位车夫之子(迦尔纳)?(2) 黑天的话音似流水,似雷鸣,全胜啊!此刻,他对迦尔纳说了些什么?不管是温和的,还是严厉的,请告诉我。(3)

全胜说:

温和、柔顺、可爱、符合正法、真实、有益、扣人心弦,(4) 灵魂无量的诛灭摩图者(黑天)对罗陀之子(迦尔纳)说的这些话,我将依次告诉你,婆罗多子孙啊!(5)

婆薮提婆之子（黑天）说：

罗陀之子（迦尔纳）啊！你已经侍奉那些精通吠陀的婆罗门，控制自我，不怀妒忌，询问他们真理。（6）你通晓永恒的吠陀学说，迦尔纳啊！你掌握各种精密的法典。（7）精通经典的人们说：妇女婚前生的儿子，同婚后生的儿子一样，都算是这位父亲的儿子。（8）你就是这样生的，迦尔纳啊！按照正法，你也是般度的儿子。来吧！根据法典，你将成为国王。（9）普利塔之子们是你的父系，苾湿尼族是你的母系，人中雄牛啊！你要知道，你属于这两个谱系。（10）

今天，你与我一起去，朋友啊！让般度之子们知道你是生在坚战之前的贡蒂之子。（11）般度族五兄弟将触摸你的双脚，德罗波蒂的五个儿子和不可战胜的妙贤之子（激昂）都将这样做。（12）为了般度族而聚集的国王和王子们、所有的安陀迦族人和苾湿尼族人都将触摸你的双脚。（13）金罐、银罐、土罐、药草、所有的种子、所有的宝石和蔓藤，（14）让王后和公主们带来，为你灌顶。到了第六时刻，德罗波蒂也会来到你的身边。（15）

今天，你坐上虎皮椅，让精通四吠陀的婆罗门和般度族祭司为你灌顶。（16）让人中雄牛般度族五兄弟、德罗波蒂的五个儿子、般遮罗人和车底人为你灌顶。（17）我也将为你灌顶，立你为大地之主。让贡蒂之子坚战王成为你的王储吧！（18）让以法为魂、严守誓言的贡蒂之子坚战手持白扇，跟随你上车。（19）

贡蒂之子啊！贡蒂之子大力士怖军将为你这位灌顶为王者举着高大的白色华盖。（20）阿周那将驾驭这辆套着白马、铺着虎皮、百铃叮当的车子。（21）激昂、无种、偕天和德罗波蒂的五个儿子将始终紧挨着你。（22）般遮罗人和大勇士束发将跟随你。我也将跟随你。所有的安陀迦人和苾湿尼人，还有陀沙诃人和陀沙那人都将成为你的随从，民众之主啊！（23）

大臂者啊！举行各种吉祥仪式，念诵祷词，供奉祭品，你和般度族兄弟们一起享受王国吧！（24）让达罗毗荼人和贡多罗人，还有安达罗人、多罗遮罗人、朱朱波人和吠奴波人，走在你的面前。（25）让吟唱诗人和歌手用各种颂诗赞美你，让般度族人欢呼富军（迦尔纳）胜利。（26）普利塔之子们围绕你，犹如众星围绕月亮，贡蒂之

子啊！你统治王国吧！让贡蒂高兴！（27）也让你的朋友们高兴，而让你的敌人们恐惧！今天，你与般度族兄弟们团聚吧！（28）

以上是吉祥的《摩诃婆罗多》中《斡旋篇》第一百三十八章（138）。

一三九

迦尔纳说：

盖娑婆啊！毫无疑问，你是出于友爱，才对我这样说，苾湿尼族后裔啊！你作为朋友，一心为了我好。（1）我知道这一切诚如你说，按照正法，依据法典，我是般度的儿子，黑天啊！（2）这个女子从太阳神那里怀上我，遮那陀那啊！她又按照太阳神的吩咐，生下我后，抛弃我。（3）我是这样出生的，黑天啊！按照正法，我是般度的儿子。但贡蒂却把我当作死胎扔掉。（4）车夫升车发现我，出于慈爱，将我抱回家，交给罗陀，诛灭摩图者啊！（5）满怀对我的爱，罗陀的乳房立即充满乳汁。她为我把屎把尿，摩豆族后裔啊！（6）我通晓正法，一向喜欢聆听法典。像我这样的人，怎么能不供养她呢？（7）同样，车夫升车也认我为儿子。我从感情上，也始终认他为父亲。（8）

出于对儿子的爱，摩豆族后裔啊！他按照经典规定，为我举行出生礼等等仪式，遮那陀那啊！（9）他让婆罗门为我起名富军。到了青春年龄，他为我娶妻，盖娑婆啊！（10）我和妻子们繁衍儿孙，遮那陀那啊！我的爱心与她们紧密相连，黑天啊！（11）不管出于喜悦，还是出于恐惧，不管为了整个大地，还是为了成堆成堆的金子，我都不能说谎话，乔宾陀啊！（12）

在持国家族中，黑天啊！我依靠难敌，顺顺当当享受了十三年王权。（13）我与车夫们一起举行过许多祭祀，也与车夫们一起举办嫁娶仪式。（14）黑天啊！难敌依靠我备战，要与般度族们开战，苾湿尼族后裔啊！（15）他高兴地选择我作为左手开弓者（阿周那）的主要对手，在战场上单车迎战，不退者啊！（16）不管被杀，还是被俘，不管出于恐惧，还是出于贪婪，遮那陀那啊！我都不能对聪明的持国之子（难敌）失信。（17）如果我不与左手开弓者（阿周那）单车决

351

战,那么,我和这位普利塔之子双方都会丧失名誉,感官之主啊!(18)

毫无疑问,你说的都是为了我好,同样毫无疑问,般度之子们会照你说的一切去做,诛灭摩图者啊!(19) 你应该对我俩的谈话保密,人中俊杰啊!我想,这样做对我们有利,雅度族后裔啊!(20) 如果灵魂高尚、严守誓言的国王(坚战)知道我是贡蒂的大儿子,他就不会接受王国。(21) 而我得到这个地大物博的王国,诛灭摩图者啊!也会把它交给难敌的,克敌者啊!(22) 让灵魂高尚的坚战永远做国王吧!他有感官之主(黑天)做导师,有胜财(阿周那)做勇士。(23) 他的王国是大地,他的大勇士有怖军、无种、偕天和德罗波蒂的儿子们,摩豆族后裔啊!(24) 优多贸阇、苏摩迦族遵奉真理和正法的瑜达摩尼瑜、车底王、显光和不可战胜的束发,(25) 肤色如同萤火的羯迦夜族兄弟,肤色如同彩虹的大勇士贡提婆阇,(26) 也就是怖军的舅舅,还有大勇士犀那吉特、毗罗吒的儿子商佉和你这座宝库,遮那陀那啊!(27) 他召集的这个刹帝利阵营是强大的,黑天啊!他获得了这个受到一切国王称颂的光辉王国。(28)

持国之子们将举行战争祭祀,苾湿尼族后裔啊!你亲临这次祭祀,遮那陀那啊!你将是这次祭祀中的行祭者祭司,黑天啊!(29) 在这里,以猿猴为旗徽的毗跋蓌(阿周那)身穿铠甲,将是劝请者祭司,以甘狄拨神弓为木勺,以男子汉勇气为酥油。(30) 左手开弓者(阿周那)使用的武器因陀罗法宝、兽主法宝、梵天法宝和桩耳箭将成为咒语,摩豆族后裔啊!(31) 妙贤之子(激昂)与父亲一样勇敢,甚至超过父亲。他将成为合适的吟唱苏摩石颂歌的祭司。(32) 力大无比的人中之虎怖军在战场上吼叫着消灭象军。他将成为咏歌者祭司和咏歌者助理祭司。(33) 以法为魂的永恒之王坚战将作为婆罗门,在这里进行祈祷和祭供。(34) 螺号声、小鼓声、铜鼓声和高昂的狮子吼将成为祈祷声,诛灭摩图者啊!(35) 玛德利的双生子无种和偕天,声誉卓著,勇敢无比。他俩将成为这里屠宰祭牲的祭司。(36) 那些洁净的战车上斑斑驳驳的旗杆,乔宾陀啊!将成为这次祭祀中的祭柱,遮那陀那啊!(37) 耳箭、那利迦箭、铁箭、牛牙箭和长矛将成为苏摩杯,弓将成为筛子。(38) 在这次祭祀中,刀剑将是钵,头颅将成为祭饼，血将成为祭品，黑天啊！（39）洁净的标枪和铁杵将成为点火棍和拢火棍，德罗纳和有年之子慈悯的学生们将成为助理祭司。（40）手持甘狄拨神弓者（阿周那）、德罗纳和德罗纳之子（马嘶）以及其他大勇士射出的箭将成为酒杯。（41）萨谛奇将成为行祭者助理祭司，持国之子（难敌）将成为筹备祭司，大军将成为他的妻子。（42）大力士瓶首将成为通宵祭祀中屠宰祭牲的祭司，大臂者啊！（43）威武的猛光从祭火中诞生，黑天啊！他将成为三圣火祭祀的酬金。（44）

过去，我为了取悦持国之子（难敌），说了许多伤害般度之子们的话，黑天啊！现在，我为此感到内疚。（45）一旦你看到我被左手开弓者（阿周那）杀死，这次祭祀将再度积聚。（46）一旦般度之子喝上狂呼乱叫的难降的血，也就开始榨取苏摩酒。（47）一旦两位般遮罗王子（猛光和束发）杀死德罗纳和毗湿摩，祭祀也就接近尾声，遮那陀那啊！（48）一旦大勇士怖军杀死难敌，持国之子的祭祀也就结束，摩豆族后裔啊！（49）持国的儿媳和孙媳失去丈夫、儿子和保护者，盖娑婆啊！她们汇聚这里，（50）与甘陀利一起悲悼痛哭。这里充满狗、兀鹰和鹗。此刻将进行祭祀后的沐浴，遮那陀那啊！（51）

刹帝利雄牛啊！但愿那些资深年迈的刹帝利不要由于你的缘故白白死去，诛杀摩图者啊！（52）让众多的刹帝利在这三界中最圣洁的俱卢之野都死于武器，盖娑婆啊！（53）你要怀抱这样的愿望，让所有的刹帝利都升入天国，苾湿尼族后裔啊！（54）只要高山屹立，大河流淌，遮那陀那啊！他们的声誉将永远存在。（55）婆罗门们将在集会上讲述这场维护刹帝利荣誉的、伟大的婆罗多族大战，苾湿尼族后裔啊！（56）带领贡蒂之子去战斗吧，盖娑婆啊！永远保守我们谈话的秘密，折磨敌人者啊！（57）

以上是吉祥的《摩诃婆罗多》中《斡旋篇》第一百三十九章（139）。

一四〇

全胜说：

听了迦尔纳的话，杀敌英雄盖娑婆（黑天）笑了笑，而后继续笑着说道:(1)'获得王国这件事不应该使你为难,迦尔纳啊!你不想统治我给你的大地。(2)般度之子们必胜,这里没有人对此怀疑。人们看见般度族胜利的旗帜已经高高升起,以可怕的猴王为旗徽。(3)它由鲍婆那(工巧天)运用神奇的幻术制成,犹如因陀罗的旗帜高高升起,显示许多令人害怕的神灵和生物。(4)它横竖伸展一由旬,高山和大树挡不住,迦尔纳啊!胜财(阿周那)的火一般的吉祥旗帜高高升起。(5)

"当你在战场上看到他乘坐黑天驾驭的白马战车,使用因陀罗、火神和风神的法宝;(6)听到甘狄拨神弓发出雷鸣般的声音,这时已不是三分时代,不是圆满时代,也不是二分时代。(7)当你在战场上看到贡蒂之子坚战运用祈祷和祭供保护自己的大军,(8)犹如难以接近的太阳烧灼敌人的军队,这时已不是三分时代,不是圆满时代,也不是二分时代。(9)当你在战场上看到大勇士怖军喝下难降的鲜血,在战场上跳舞,(10)犹如一头发情的大象杀死另一头对立的大象,这时已不是三分时代,不是圆满时代,也不是二分时代。(11)当你在战场上看到玛德利的双生子大勇士犹如两头大象冲垮持国之子们的军队,(12)在武器纷飞碰撞中,粉碎敌方英雄的战车,这时已不是三分时代,不是圆满时代,也不是二分时代。(13)当你在战场上看到德罗纳、福身王之子(毗湿摩)、慈悯、难敌王和信度王胜车,(14)冲锋进攻,但很快被左手开弓者(阿周那)挡住,这时已不是三分时代,不是圆满时代,也不是二分时代。(15)

"迦尔纳啊!你去对德罗纳、福身王之子(毗湿摩)和慈悯说:'这是一个舒适的月份,饲料和燃料随手可得,(16)药草成熟,树林茂盛,果子丰富,没有蚊蝇,没有泥沼,水质甘甜,气候宜人,不热不冷。(17)七天之后,将是新月之夜。让战斗从这天开始,因为人们说这天是因陀罗日。'(18)你也告诉那些结集备战的国王,我将实现你们向往的一切。(19)追随难敌的国王和王子们将死于武器,获得至高的归宿。"(20)

以上是吉祥的《摩诃婆罗多》中《斡旋篇》第一百四十章(140)。

— 一四一 —

全胜说:
听了盖娑婆(黑天)可爱有益的话,迦尔纳向诛灭摩图者黑天敬礼,说道 "大臂者啊! 你知道一切,为什么还要诱惑我?(1)整个大地濒临毁灭,原因在于沙恭尼、我、难降和持国之子难敌王。(2)黑天啊! 毫无疑问,般度族和俱卢族之间的浴血大战即将来临。(3)追随难敌的国王和王子们将在战场上遭到武器之火焚烧,走向阎摩殿。(4)做了许多可怕的噩梦,诛灭摩图者啊! 看见许多可怕的象征和凶险的预兆,(5)苾湿尼族后裔啊! 种种令人毛发直竖的征兆仿佛预示 '持国之子必败,坚战必胜!'(6)

"无比光辉的土星凶狠地折磨毕宿,更凶狠地折磨众生。(7) 火星退向心宿,意在攻击房宿,而貌似和平友好,诛灭摩图者啊!(8)俱卢族肯定要面临大恐怖,黑天啊! 因为行星尤其折磨角宿,苾湿尼族后裔啊!(9)月亮上的阴影变形,罗睺逼近太阳。流星从空中坠落,伴随着飓风和地震。(10)大象吼叫,马匹流泪,不思饮食,摩豆族后裔啊!(11)人们说,出现这些征兆,大难临头,众生即将毁灭,大臂者啊!(12)

"盖娑婆啊! 但见象、马和人进食很少,而排泄很多。(13)诛灭摩图者啊! 智者们说,这是在持国之子们军队中出现的失败征兆。(14)黑天啊! 他们说,般度之子们的马匹欢喜踊跃,各种走兽右绕而行,这是他们胜利的征兆。(15)而所有的走兽左绕持国之子而行,盖娑婆啊! 还有各种无形体的话音,这是失败的征兆。(16)孔雀、花鸟、天鹅、仙鹤、沙燕和命命鸟跟随般度之子们。(17)而兀鹰、乌鸦、秃鹫、妖魔、豺狼和成群的蚊子跟随俱卢族。(18)在持国之子的军队中,鼓声偃息,而般度族的战鼓不敲自响。(19)在持国之子的军队中,水井像公牛那样鸣叫,这是失败的征兆。(20)

"天神降下血肉之雨。光辉的健达缚城出现在附近,有城墙、壕沟、堡垒和美丽的门楼。(21)在日出日落的清晨和黄昏,总有一条黑云阻挡太阳，预示大恐怖。有一只母豺发出可怕的嗥叫，这是失败的征兆。（22） 那些可怕的黑脖子鸟在附近盘旋，飞向暮色，这是失败的征兆。（23） 他首先仇恨婆罗门，诛灭摩图者啊！又仇恨师长和忠诚的仆人，这是失败的征兆。（24） 东方一片血红，南方色似刀剑，西方呈现烧坏的陶罐色，诛灭摩图者啊！（25） 持国之子四方燃烧，摩豆族后裔啊！这种征兆预示大恐怖。（26）

"我梦见坚战和他的弟兄们登上千柱宫殿，不退者啊！（27） 我看到他们头戴白顶冠，身穿白外衣，坐在美丽的座位上。（28） 我梦见你用内脏铺满血染的大地，遮那陀那啊！（29） 无比光辉的坚战登上白骨堆，喜气洋洋用金钵吃酥油饭。（30） 我看到坚战吞咽你给他的大地。显然，他在享受这大地。（31） 行为可怕的狼腹（怖军）手持铁杵，登上高山。这位人中之虎仿佛在俯瞰大地。（32） 显然，他将在大战中消灭我们所有的人，感官之主啊！我知道哪里有正法，那里就有胜利。（33） 胜财（阿周那）手持甘狄拨神弓，与你一起登上白象，闪耀着无上的吉祥光芒，感官之主啊！（34） 我毫不怀疑，黑天啊！你们将在战场上杀死以难敌为首的所有的国王。（35） 无种、偕天和大勇士萨谛奇戴着洁净的手镯和项链，戴着白色花环，穿着白色外衣。（36） 这三位人中之虎登上华丽的人车，撑着白色华盖，穿着白色外衣。（37）

"盖娑婆啊！在持国之子的军队中，我也看见三位头戴白顶冠的人，遮那陀那啊！我说给你听。（38） 他们是马嘶、慈悯和沙特婆多族成铠。我看到所有其他的国王头戴红顶冠，摩豆族后裔啊！（39） 大臂遮那陀那啊！毗湿摩和德罗纳在我和持国之子陪伴下，登上骆驼车，主人啊！（40） 我们驶向投山统治的地区，遮那陀那啊！很快就会到达阎摩殿。（41） 我和其他国王，所有的刹帝利，都将进入甘狄拨神弓的烈火中。对此，我毫不怀疑。"（42）

黑天说：

大地的毁灭确实就要来到，迦尔纳啊！因为我的话没有进入你的心。（43） 面对一切众生即将毁灭，仍然不消除心中貌似有理实质无理的想法。（44）

迦尔纳说：

黑天啊！如果我们能从这场毁灭英雄的大战中死里逃生，那么，

我们还会见到你，大臂者啊！（45）然而，我们肯定会在天国相逢，黑天啊！那么，我们就在那里与你相见，无罪的人啊！（46）

全胜说：

迦尔纳对摩豆族后裔盖娑婆（黑天）说完，紧紧拥抱他，向他告别，下车。（47）罗陀之子（迦尔纳）登上自己镶金的车子，神情沮丧，与我们一起回来。（48）然后，盖娑婆（黑天）和萨谛奇快速出发，一再催促御者："快！快！"（49）

以上是吉祥的《摩诃婆罗多》中《斡旋篇》第一百四十一章（141）。

一四二

护民子说：

黑天斡旋没有成功，从俱卢族返回般度族。奴婢子（维杜罗）来到普利塔那里，仿佛忧虑不安地，缓缓而说：（1）"生养儿子的母亲啊！你知道我一向慈悲为怀。尽管我发出呼吁，难敌也不采纳我的话。（2）坚战有车底人、般遮罗人和羯迦夜人，有怖军、阿周那、黑天、善战（萨谛奇）和双生子。（3）坚战已在水没城安营。但出于对亲戚的友爱，他依然企盼正法。虽然他是强者，却像是弱者。（4）持国王年事已高，不实施和平。他被儿子的疯狂搅糊涂了，行走在背离正法的道路上。（5）由于胜车、迦尔纳、难降和妙力之子（沙恭尼）的坏主意，分裂还在继续。（6）违法者夺走守法者的王国，正法会向他们显示结果。（7）俱卢族人强行掠夺合法者，谁会不冒火？盖娑婆（黑天）没有带回和平，般度之子们就会准备开战。（8）俱卢族的失策将导致英雄们毁灭。我忧心忡忡，白天黑夜都不能入睡。"（9）

贡蒂听了这位好心人的话，深深叹气，痛苦不堪，心中想道：（10）"呸，财富！为了它，亲属自相残杀，彻底毁灭。在这场战争中，亲戚朋友将惨遭失败。（11）般度族联合车底族、般遮罗族和雅度族，将与婆罗多族开战，还有什么比这更痛苦的事？（12）我看到战争的危害，也看到战争中的失败。贫穷不如死去更好，因为在亲属自相残杀中，没有胜利可言。（13）祖父福身王之子（毗湿摩）、军队教师（德罗纳）和迦尔纳都为持国之子战斗，这增添了我的恐惧。（14）也许老师德罗纳不是自愿与学生们作战。祖父又怎么会不对般度之子们怀有爱心？（15）唯独这个罪人（迦尔纳）缺乏眼光，盲目追随思想邪恶的持国之子，始终仇视般度之子们。（16）尤其是迦尔纳强大有力，一直热衷置般度之子们于死地。这使我忧心如焚。（17）今天，我要去见他，告诉他事情真相，安抚他，希望他的心转向般度之子们。（18）

"我住在父亲宫中时，曾经取悦尊者杜婆沙。他赐我一个召唤天神的恩惠。（19）我住在国王后宫，受到父王贡提婆阇宠爱。我的心忐忑不安，左思右想：（20）'咒语有没有效力？这个婆罗门的话是不是灵验？'出于妇女的天性和年幼无知，我翻来覆去想着。（21）那时我受到忠心的奶娘保护，又有女伴陪伴，避免犯错误，保护父亲的名声。（22）'我怎样能既做成事情，又不犯错误？'我想起这个婆罗门，向他敬礼。（23）于是，我得到这个咒语。出于好奇，出于幼稚，我还是个女孩，就用它召来太阳神。（24）他是我未婚时怀下的胎，现在像儿子一样回到我身边，怎么不会听取对他的弟兄们有益的合适的话？"（25）

贡蒂作出这个重大决定。为了完成这个任务，她前往跋吉罗提河（恒河）。（26）在恒河岸边，普利塔（贡蒂）听到她的心肠慈悲、信守誓言的儿子正在念诵。（27）迦尔纳面向东方，高举手臂，可怜的贡蒂站在他背后，等他念诵结束。（28）这位苾湿尼族公主和俱卢族王后受到太阳的烧灼，犹如一个枯萎的莲花花环站到迦尔纳上衣的影子中。（29）信守誓言的迦尔纳念诵着，直至太阳移到背后，才转过身来，看见贡蒂。这位骄傲的大光辉者、优秀的守法者，双手合十，向她行礼问候。（30）

以上是吉祥的《摩诃婆罗多》中《斡旋篇》第一百四十二章（142）。

一四三

迦尔纳说：

我是罗陀和升车的儿子迦尔纳，我向你问好。你来这里有什么

事？请说我能为你做什么？（1）

贡蒂说：

你是贡蒂的儿子，不是罗陀的儿子。你的父亲不是升车。你的出身不是车夫家族。你听我说，迦尔纳啊！（2）你是我结婚前生的，是我在贡提婆阇宫中怀胎生下的第一个儿子。你是普利塔之子，儿子啊！（3）这位放射光和热的太阳神和我生下你这位优秀的武士，迦尔纳啊！（4）我在父亲家中生下你，儿子啊！你是天神之子，天生戴着耳环，穿着铠甲，光辉吉祥，不可征服者啊！（5）你不知道自己的弟兄，而糊里糊涂侍奉持国之子们，儿子啊！这对你很不合适。（6）父亲和偏心眼的母亲对儿子满意，这被确定为人的正法的成果，儿子啊！（7）与持国之子们绝交吧！享有坚战的荣华富贵吧！这荣华富贵过去由阿周那赢得，后来被贪婪的恶人夺走。（8）今天，让俱卢族人看到迦尔纳和阿周那会合，充满兄弟情谊。让那些恶人看到后，俯首行礼。（9）让迦尔纳和阿周那像罗摩（大力）和遮那陀那（黑天）那样。你们两个思想一致，在这世上，还有什么事做不成？（10）迦尔纳啊！在五位弟弟陪伴下，你将光彩夺目，犹如梵天由四吠陀和吠陀支陪伴。（11）在优秀的亲属中，具有品德的长者最优秀。你不要再用车夫之子的称号了。你是英勇的普利塔之子。（12）

以上是吉祥的《摩诃婆罗多》中《斡旋篇》第一百四十三章（143）。

一四四

护民子说：

随后，迦尔纳听到太阳在远处发出亲切声音，像父亲般地说道：（1）"迦尔纳啊！普利塔说的都是实话，照你母亲的话做吧，人中之虎啊！你照着这样做，对你最有好处。"（2）虽然母亲和太阳神父亲都亲口这样说了，信守真理的迦尔纳仍然不动心。（3）

迦尔纳说：

刹帝利女子啊！不是我不相信你说的话——服从你的命令是我的正法之门。（4）你对我犯了太大的罪过。我被你抛弃，由此名声和荣誉俱毁。(5) 我出身刹帝利，却没有得到刹帝利的待遇。哪个敌人对我的伤害会超过你？(6) 在应该尽责的时候，你并不爱怜我。现在，你却命令我这个没有礼仪名分的人。(7) 过去你没有像母亲那样关心我的利益，现在你只是为了自己的利益才向我说明真相。(8)

有黑天帮助，谁会不害怕胜财（阿周那）？今天，我加入普利塔之子们的行列，谁会不认为我是出于害怕？(9) 过去，没有人知道我与他们是兄弟。现在，交战之时，宣布此事。如果我参加般度族，刹帝利们会说我什么？(10) 持国之子们让我随意享受一切，始终尊敬我，我怎么能不报答？(11) 他们与别人结仇，但始终侍奉我，向我行礼，犹如婆薮们对待婆薮之主（因陀罗）。(12) 他们认为只要我活着，他们就能对付敌人。我怎么能让他们的希望破灭？(13) 他们以我为渡船，希望越过浩淼无边的战争之海，到达彼岸。我怎么能抛弃他们？(14) 现在正是仰仗持国之子生活的人们报效的时刻，我应该不惜生命尽忠报恩。(15) 那些恶人受到礼遇，达到目的，而到了应该出力的时候，却视若无睹，不肯出力。(16) 掠夺国王，偷窃主人饭团，这些行为邪恶的人既得不到这个世界，也得不到另一个世界。(17)

我将为持国之子们竭尽全力，与你的儿子们作战。我对你不说假话。(18) 我将维护善人应有的仁慈行为。即使你的话自有道理，如今我也不能照你的话做。(19) 但你对我做的这些工作也不会白做。虽然我能在战场上抵御和杀死你的儿子们，但我将不杀死坚战、怖军和双生子，唯独阿周那除外。(20) 在坚战的军队中，我只与阿周那交战。我在战场上杀死阿周那，也就取得了成果。如果我被左手开弓者（阿周那）杀死，那我也会赢得声誉。(21) 你依旧还有五个声誉卓著的儿子。没有阿周那，还有迦尔纳，或者，我被杀死，还有阿周那。(22)

护民子说:

贡蒂听了迦尔纳这些话，心中痛苦，颤抖不已。她拥抱儿子，对意志坚强、不可动摇的迦尔纳说道：(23) "照这样，俱卢族人必将走向毁灭。正如你所说的，迦尔纳啊！命运的力量更强大。(24) 你要记住你的许诺，粉碎敌人者啊！让四个弟弟安然无恙，在战争中死里

逃生。（25）祝你健康幸运。"普利塔（贡蒂）对迦尔纳说完这些话后，迦尔纳向她行礼告辞。于是，他俩各自离去。（26）

以上是吉祥的《摩诃婆罗多》中《斡旋篇》第一百四十四章（144）。

一四五

护民子说：

克敌者盖娑婆（黑天）从象城回到水没城，如实地将一切告诉般度之子们。（1）交谈了很长时间，又反复商量后，梭利（黑天）回到自己的住所休息。（2）送走了以毗罗吒为首的众国王，般度族五兄弟在太阳落山时，（3）进行黄昏祈祷，沉思默想。他们想起黑天，将他召来，又与他一起商量。（4）

坚战说：

你去象城，持国之子在会堂上说了些什么？莲花眼啊！你应该告诉我们。（5）

婆薮提婆之子（黑天）说：

我去象城，在会堂上，对持国之子（难敌）说了许多真实、有理和有益的话，但这个思想邪恶的人拒不接受。（6）

坚战说：

暴躁的难敌走上歧路，俱卢族老祖父对他说了些什么？感官之主啊！老师婆罗堕遮之子（德罗纳）说了些什么？大臂者啊！（7）我们的叔父奴婢子（维杜罗）是优秀的守法者，总是为侄儿们担忧操心，他对持国之子（难敌）说了些什么？（8）那些坐在会堂中的国王们说了些什么？你如实告诉我们吧，遮那陀那啊！（9）因为你讲了俱卢族两位首领对那位陷入贪婪而又自以为聪明的蠢人讲的话。（10）但这种不愉快的事，盖娑婆啊！我没有用心记住，乔宾陀啊！我想再听听他们说的话，主人啊！（11）就这么做吧，朋友啊！不要错过时机，因为你是我们的归宿，你是我们的庇护，我们的导师，黑天啊！（12）

婆薮提婆之子（黑天）说：

听着，国王啊！在会堂中，当着俱卢族人的面，对难敌王说的

话,王中因陀罗啊!(13) 持国之子(难敌)听了我说的话后,大笑起来。然后,毗湿摩生气地对他说道:(14)

"难敌啊!你听我为了家族的利益对你说话,王中之虎啊!听了之后,你就做对自己家族有益的事吧!(15) 孩子啊!我的父亲是举世闻名的福身王,国王啊!我是他的独生子,一个优秀的儿子。(16) 他产生想法:'怎样能有第二个儿子?智者们说,一个儿子等于没有儿子。(17) 怎样能使家族绵延不绝,声誉永传?'我知道了他的心愿,带回母亲迦梨(贞信)。(18) 为了父亲和家族,我许下难以做到的诺言,正如你知道的那样,我不做国王,也不做父亲,保持童贞。我信守诺言,愉快地生活。(19) 她生下了我的弟弟奇武。这位吉祥的大臂国王以法为魂,维系俱卢族。(20)

"我的父亲去天国后,我在自己的王国立奇武为王,而我充当他手下的仆从。(21) 我战胜成群的国王,为他娶了相配的妻子们,王中因陀罗啊!这些你已经听过多次。(22) 后来,我在战场上与罗摩(持斧)决斗,因为市民们惧怕罗摩(持斧),将他放逐。奇武与妻子们纵欲过度,痨病身亡。(23) 天王(因陀罗)不为没有国王的王国降雨,臣民们遭受饥饿和恐惧折磨,跑到我这里。"(24)

臣民们说:

臣民们日渐减少,为了我们的利益,你做国王吧!消除这些灾难吧!祝你成功!复兴福身王的家族吧!(25) 所有的臣民都遭受极其可怕的疾病折磨,恒河之子啊!他们所剩无几了。你应该拯救他们。(26) 驱除这些疾病吧,英雄啊!依法保护臣民吧!只要你活着,就不要让王国走向毁灭。(27)

毗湿摩说:

臣民们哭喊时,我的心没有动摇,牢记善人的行为,信守诺言。(28) 于是,市民、我的善良的母亲迦梨、仆从、家庭祭司和学识渊博的婆罗门焦灼不安,大王啊!他们一再请求我"你做国王吧!(29) 由波罗底波保护的王国传到你这儿,即将毁灭。为了我们的利益,你做国王吧,大智者啊!"(30) 听了他们的话,我双手合十,痛苦异常,孩子啊!我反复对他们说"出于对父亲的尊重,我许下诺言,为了家族,我保持童贞,不做国王。"(31) 然后,国王啊!我双手合十，安抚母亲，反复说道："妈妈！我是福身王所生，维系俱卢族世系，但我不能背弃诺言。（32）尤其是我不能为了你这样做。不要把这个担子压在我身上。我是你的仆人和奴隶，慈爱的妈妈啊！"（33）

这样安抚了母亲和臣民，我请求大牟尼毗耶娑与我的弟媳们生子。（34）我和母亲一起劝说这位大仙，大王啊！请求他生子。他赐予这个恩惠，生了三个儿子，婆罗多族俊杰啊！（35）你的父亲是瞎子。由于残疾，他不能做国王。灵魂高尚、举世闻名的般度成为国王。（36）般度是国王，他的儿子们是父亲遗产的继承人，孩子啊！不要争吵了，把一半王国给他们吧！（37）只要我活着，哪个人敢统治这个王国？不要无视我的话，我一直希望你们和睦相处。（38）孩子啊！我对你和他们一视同仁，国王啊！这也是你的父亲、甘陀利和维杜罗的想法。（39）应该听长辈的话。不要怀疑我的话。不要毁灭你自己和整个大地。（40）

以上是吉祥的《摩诃婆罗多》中《斡旋篇》第一百四十五章（145）。

一四六

婆薮提婆之子（黑天）说：

毗湿摩说完，能言善辩的德罗纳当着众国王的面，对难敌说了这些对你有利的话：（1）"孩子啊！正如波罗底波之子福身王努力繁荣家族，天誓毗湿摩也一心为了家族。（2）后来，般度成为俱卢族国王。这位人主遵奉真理，控制感官，以法为魂，信守誓言，思想稳定。（3）他促使俱卢世系繁荣兴旺，然后，将王国交给睿智的长兄持国和弟弟奴婢子（维杜罗）。（4）国王啊！这位俱卢族后裔让不退者（持国）坐上狮子座后，自己带着两位妻子前往森林，无罪的人啊！（5）

"而人中之虎维杜罗甘居下位，如同谦卑的仆人摇动拂尘，侍奉他。（6）所有的臣民都服从人主持国，犹如服从人中之王般度。（7）战胜敌人城堡的般度把王国交给持国和维杜罗后，在整个大地上游荡。(8) 信守誓言的维杜罗照管国库收入、布施和仆人,担负起一切。(9) 而战胜敌人城堡的大光辉者毗湿摩掌管战争与和平,照看国王的事务。(10) 大力士持国王坐在狮子座上,始终由灵魂高尚的维杜罗侍候。(11)

"你出生在他的家族,怎么企图分裂这个家族?与你的兄弟们团结合作,共同享受,国王啊!(12) 我说这些不是出于怯懦,也不是图谋私利。我的享用是毗湿摩给我的,不是你给我的,王中俊杰啊!(13) 我并不想靠你谋生,人主啊!毗湿摩在哪里,德罗纳就在那里。你照毗湿摩说的话做吧!(14) 粉碎敌人者啊!将半个王国交给般度之子们,孩子啊!我永远是你和他们共同的老师。(15) 我对马嘶和阿周那也是一样看待。何必再多说什么?哪里有正法,那里就有胜利。"(16)

大王啊!无比光辉的德罗纳这样说完,信守誓言、通晓正法的维杜罗转过身来,望着父亲的脸,说道:(17) "天誓啊!你听我说几句。俱卢世系面临毁灭时,你曾经拯救它。(18) 现在,你无视我的诉说。在这个家族中,谁是败家子?正是难敌。(19) 他贪婪成性,行为卑劣,不知报恩,利令智昏,违抗熟谙正法和利益的父亲的命令,而你却尾随他的想法。(20) 正是由于难敌,俱卢族走向毁灭,大王啊!你要做到不让他们毁灭。(21) 犹如画家作画,你过去创造了我和持国,大光辉者啊!现在,不要毁灭我们,如同创造主创造了众生,又毁灭众生。(22) 大臂者啊!不要无视我的话,眼睁睁看着家族毁灭。毁灭就要来临,如果你的智慧已经丧失,那就与我和持国一起,前往森林吧!(23) 或者,把这个阴险狡诈、心术不正的持国之子捆起来,让般度之子们好好保护这个王国。(24) 开恩吧,王中之虎啊!般度族、俱卢族和无比光辉的国王们即将遭到大毁灭。"(25)

维杜罗这样说完停下。他精神沮丧,陷入沉思,反复叹气。(26) 于是,妙力王之女(甘陀利)害怕家族毁灭,当着众国王的面,生气地对思想邪恶、行为残忍的难敌讲述符合正法和利益的话:(27) "让所有来到会堂的国王、婆罗门仙人和其他在会堂中的人都听着,我要讲述你和你的臣仆们的罪过。(28) 俱卢族王国应该按照次序享受,这是沿袭至今的家族法规。而你使用卑鄙手段，要毁灭俱卢族王国，思想邪恶、行为残忍的人啊！（29）睿智的持国王还在位，他的富有远见的弟弟维杜罗也还在，难敌啊！你怎么昏头昏脑，超越他俩，想要王位呢？（30）只要毗湿摩还在，大威力的国王（持国）和奴婢子（维杜罗）都会听从他的。人中英雄、恒河之子（毗湿摩）通晓正法，灵魂高尚，从不贪图王国。（31）这个不可征服的王国属于般度，现在属于他的儿子们，而不属于别人。这整个王国是般度族的遗产，属于般度族儿孙。（32）俱卢族元老天誓（毗湿摩）灵魂高尚，信守誓言，聪明睿智。我们维护自己的正法，不损害正法，就应该接受他说的一切。（33）国王（持国）和维杜罗应该恪守誓言者（毗湿摩）的吩咐，宣布必须这样做，团结朋友，永远将正法放在首位。（34）正法之子坚战受到持国鼓励和福身王之子（毗湿摩）推崇，让他统治这个依法传承的俱卢族王国吧！"（35）

以上是吉祥的《摩诃婆罗多》中《斡旋篇》第一百四十六章（146）。

一四七

婆薮提婆之子（黑天）说：

甘陀利这样说罢，国王啊！人主持国当着众国王的面，对难敌说道：（1）"难敌啊！你听我告诉你，儿子啊！如果你尊敬父亲，就照着做吧！祝你幸运！（2）从前，生主苏摩创立俱卢家族。友邻王之子迅行王是苏摩以来的第六位。（3）他的五个儿子都是优秀的王仙。其中的老大是大光辉的雅度王。（4）最小的是补卢，由弗栗沙波婆（牛节王）的女儿多福所生。他使我们家族兴旺。（5）婆罗多族俊杰啊！雅度是天乘的儿子。因此，他是光辉无比的金星迦维耶的外孙。（6）他创立雅度族，以勇敢有力著称。但他智慧浅薄，狂妄自大，轻视刹帝利。（7）这位不可战胜者自恃强大，盛气凌人，头脑发昏，轻视父亲和弟弟们。（8）雅度成为大地四方的力士。他征服众国王，住在象城。（9）他的父亲，也就是友邻之子迅行王愤怒至极，诅咒这个儿子，将他逐出王国，甘陀利之子啊！（10）那些弟弟追随这位强硬蛮横的兄长。迅行王也愤怒地诅咒这些儿子。(11) 然后，这位王中俊杰让服从自己的小儿子补卢登上王位。(12) 就这样，年长的哥哥骄傲专横，没有赢得王国，而年幼的弟弟孝敬长辈，赢得王国。(13)

"同样，我的父亲的祖父波罗底波通晓一切正法，是闻名三界的大地保护者。(14) 这位王中之狮以法治国，生了三个天神般的儿子，声誉卓著。(15) 老大是天友，老二是波力迦，老三是我的祖父、坚定的福身，孩子啊！(16) 大光辉的天友是王中俊杰，遵行正法，说话真实，孝顺父亲。但他患有皮肤病。(17) 天友王受到城乡居民尊敬，受到善人礼遇，赢得老老少少欢心。(18) 他聪明睿智，信守誓言，关心一切众生利益，遵奉父亲和婆罗门的命令。(19) 他是波力迦和灵魂高尚的福身的可爱的哥哥。这些灵魂高尚者之间的兄弟情谊至高无上。(20)

"随着时间流逝，王中俊杰（波罗底波）进入老年。这位卓越的国王按照经典，准备为太子灌顶，举行一切吉祥仪式。(21) 而所有的婆罗门、年长者和城乡居民都抵制为天友灌顶。(22) 国王听说灌顶受阻，泪水堵住喉咙，为儿子忧虑发愁。(23) 就这样，天友慷慨大度，通晓正法，信守誓言，受臣民爱戴，但有皮肤病这个缺陷。(24) 众天神不喜欢国王肢体有残疾。考虑到这一点，婆罗门雄牛们抵制这位优秀的国王。(25) 于是，他精神沮丧，为儿子担忧，终于死去。看到他去世，天友隐居森林。(26) 波力迦也抛弃王国，住到舅母家去。他抛弃父亲和兄弟，获得富裕的城市。(27) 经波力迦同意，国王啊！父亲去世后，举世闻名的福身担任国王，治理王国。(28)

"同样，我是长子，而肢体有残疾，睿智的般度经过反复考虑，取消我的王权，婆罗多子孙啊！(29) 般度虽然是幼子，但他获得王国，成为国王。他去世后，这个王国属于他的儿子们，克敌者啊！我并没有享有王国，你怎么能想要这个王国呢？(30)

"坚战王子灵魂高尚，这个王国理应是他的。他是俱卢族人的主人和统治者，威力巨大。(31) 他信守诺言，永远精进努力，与人为善，听从亲人的命令，受臣民爱戴，对朋友仁慈，控制感官，是善人们的主人。(32) 宽容，忍耐，自制，正直，恪守誓言，博学，勤勉，怜悯众生，善于教诲，坚战具备国王的所有品德。(33) 你不是王子，行为低劣，贪婪，对亲戚不怀好意，缺乏教养，怎么能抢夺别人合法继承的王国呢？(34) 驱除痴迷，把一半王国，连同马匹和仆人，给他们吧！然后，你和你的弟兄们才能安度余生，王中因陀罗啊！"(35)

以上是吉祥的《摩诃婆罗多》中《斡旋篇》第一百四十七章(147)。

一四八

婆薮提婆之子（黑天）说：

毗湿摩、德罗纳、维杜罗、甘陀利和持国这样说后，那个蠢人仍不醒悟。(1) 他怒不可遏，两眼发红，愤然起身离去，那些不怕牺牲的国王紧跟在他后面。(2) 他反复对这些心思邪恶的国王下令道："你们前往俱卢之野，今天是鬼宿日。"(3) 于是，那些国王带着军队，让毗湿摩担任统帅，在时神催促下，兴高采烈地出发。(4) 十一支国王的大军汇聚在一起，以棕榈树为旗徽的毗湿摩站在前面，威风凛凛，民众之主啊！你就作出必要的安排吧！(5)

婆罗多子孙啊！在俱卢族会堂上发生的事，毗湿摩、德罗纳、维杜罗、甘陀利和持国当着我的面说的话，我都告诉你了，国王啊！(6) 一开始，我采取安抚的办法，希望维护兄弟情谊，国王啊！只要不分裂，俱卢家族和臣民就能繁荣昌盛。(7) 安抚不成，我又采取离间的办法，赞颂你的神奇的业绩。(8) 难敌听不进我的安抚的话，我就召集所有的国王，分化他们。(9) 婆罗多子孙啊！我展示那些神奇、可怕、恐怖和非凡的业绩，我的主人啊！(10) 我痛斥那些国王，贬低难敌，一再威胁恐吓罗陀之子（迦尔纳）和妙力之子（沙恭尼）。(11) 我反复指责持国之子们卑鄙，用各种语言和说法分化那些国王。(12)

为了避免俱卢家族分裂，也为了完成自己的使命，我又结合安抚，表示愿意馈赠，说道：(13) '那些孩子，般度之子们应该摒弃骄傲，甘居下位，依靠持国、毗湿摩和维杜罗。(14) 他们不当国王，让他们把王国送给你!按照国王(持国)、恒河之子(毗湿摩)和维杜罗说的那样做吧!(15)你给他们五个村庄,整个王国都归你,王中俊杰啊!因为你的父亲肯定能供养他们。"(16)而我即使这样说了,这个灵魂邪恶的人也没有改变态度。对于这样的恶人,我看没有别的办法,只有第四种惩处的办法了。(17)那些国王前往俱卢之野是走向灭亡。我已经讲述了在俱卢族集会上发生的一切。(18)不通过战斗,他们不会给你王国,般度之子啊!他们是毁灭的根源,面临死亡。(19)

以上是吉祥的《摩诃婆罗多》中《斡旋篇》第一百四十八章(148)。《迦尔纳争议篇》终。

出 战 篇

一四九

护民子说:

听了遮那陀那(黑天)的话,以法为魂的法王坚战,当着盖娑婆(黑天)的面,对弟兄们说道:(1)"你已经听了盖娑婆(黑天)讲述在俱卢族集会上发生的事,一切都已清楚。(2)因此,诸位人中俊杰啊!你们为我布置兵力,集合七支大军,去争取胜利。(3)你们知道,我有七位著名的军队统帅:木柱王、毗罗吒、猛光和束发,(4)萨谛奇、显光和英勇的怖军。这些军队首领都是不怕牺牲的英雄。(5)他们全都是英勇的武士,通晓吠陀,信守誓言,知廉耻,有策略,擅长战斗,精通箭术和一切武艺。(6)但要有一位首领,他能调遣这七支军队,并能在战场上抵御犹如箭火的毗湿摩。(7)俱卢后裔偕天啊!你说说自己的想法,谁适合担任我们的军队统帅,人中之虎啊!(8)

偕天说:

能合作,共患难,有勇气,通晓正法,我们依靠这样的国王,去争取自己的那份王国。(9)摩差王毗罗吒强大有力,精通武艺,作战

疯狂,他能在战场上对抗毗湿摩和其他大勇士。(10)

护民子说:

偕天这样说完,能言善辩的无种接着说道:(11) "他在年龄、学问、坚定、家族和出生方面都合适。他知廉耻,出身高贵,吉祥,精通一切学问。(12) 他从婆罗堕遮那里学得武艺,不可征服,信守誓言,永远能抗衡德罗纳和大力士毗湿摩。(13) 他位于国王们的前列,是声誉卓著的军队统帅,子孙围绕,犹如枝叶茂盛的大树。(14) 这位国王出于愤怒,想要杀死德罗纳,而与妻子一起实施严酷的苦行。这位英雄在战场上光彩照人。(15) 这位王中雄牛始终像父亲那样照顾我们。让岳父木柱王担任我们的军队统帅吧!(16) 我认为他能迎战德罗纳和毗湿摩,因为这位国王通晓天神武器,是鸯耆罗的朋友。"(17)

玛德利的双生子讲完自己的意见,像因陀罗一样的因陀罗之子、俱卢后裔左手开弓者(阿周那)说道:(18) "他具有苦行的威力,令仙人们满意。这位大力士是位神奇的人,肤色似火。(19) 他从火坛中产生。他身穿铠甲,握弓持剑,全副武装,登上神奇的骏马驾驭的战车。(20) 车声隆隆,犹如乌云发出雷鸣。这位英雄具有狮子般的勇气。(21) 这位大臂者具有狮子般的胸膛;这位大力士具有狮子般的胸围;这位英雄具有狮子般的吼叫;这位大光辉者具有狮子般的肩膀。(22) 他身体壮实,有漂亮的眉毛,漂亮的牙齿,漂亮的下颌,漂亮的手臂,漂亮的面孔,漂亮的锁骨,漂亮的大眼,漂亮的脚,漂亮的姿势。(23) 任何武器都不能穿透他,犹如发情的大象。他控制感官,说话真实,生来就是为了杀死德罗纳。(24) 我认为猛光能抵御毗湿摩的箭。这些箭射到身上犹如因陀罗的雷杵,犹如嘴巴燃烧的蛇。(25) 它们快速降临,犹如阎摩的使者,犹如一团团火。罗摩曾在战场上抵挡过这些雷鸣电击般可怕的箭。(26) 我看除了猛光,没有别人能抵御这位大誓言者,国王啊!这是我的意见。(27) 他双手敏捷,精通各种战斗,铠甲坚固,光辉吉祥,我认为他能担任统帅,犹如大象率领象群。"(28)

怖军说:

木柱王的儿子束发,生来就是为了杀戮,王中因陀罗啊!这是悉陀和仙人们聚会时说的。（29）他在战场上施展神奇武器，人们仿佛见到灵魂高尚的罗摩形象。（30）在战场上，束发全副武装站在战车上，我没有看到哪个人能在战斗中刺杀他。（31）国王啊！除了英雄束发，没有人能单车抵御大誓言者毗湿摩，我认为他能担任统帅。（32）

坚战说：

孩子啊！以法为魂的盖娑婆（黑天）知道一切世界的精华和糟粕，强盛和衰弱，过去和未来。（33）不管精通或不精通武艺，不管年老或年轻，十能黑天说是谁，就让他担任我们的军队统帅。（34）他是我们成败的关键，我们的生命和王国、生存和灭亡、幸福和痛苦都取决于他。（35）他是安排者，布置者，我们成功的依托。十能黑天说是谁，谁就能担任我们的军队统帅。让优秀的辩士黑天说吧，黑夜就要过去。（36）按照黑天的旨意确定统帅后，待剩下的黑夜过去，我们就用香料熏染武器，完成吉祥仪式，出发前往战场。（37）

护民子说：

听了睿智的法王（坚战）的这些话，莲花眼（黑天）望着胜财（阿周那），说道：（38）"大王啊！你们说的这些军队统帅英勇善战。他们全都能消灭你的敌人。（39）他们在大战中，甚至使因陀罗也感到恐惧，何况那些邪恶贪婪的持国之子们？（40）大臂者啊！为了你的利益，我尽了很大努力，去争取和平，克敌者啊！我们已经仁至义尽，不会受到舆论谴责，婆罗多子孙啊！（41）而愚痴的持国之子（难敌）以为自己达到目的。这个人有病，还以为自己强大有力。（42）好吧，集合军队！我想他们是自己找死。持国之子们将抵御不住，一旦他们遇见胜财（阿周那），（43）遇见愤怒的怖军、如同阎摩的双生子和由善战（萨谛奇）协助的、勇猛的猛光，（44）激昂、德罗波蒂的儿子们、毗罗吒、木柱王和其他顽强勇敢的大军统帅、人中因陀罗们。（45）我们的军队精神饱满，难以征服，难以抵御，毫无疑问，将在战场上消灭持国之子的军队。"（46）

黑天说完，人中俊杰们兴高采烈。心情愉快的人们发出大声叫喊：（47）"备马！"于是，马匹快速跑动，到处是骏马嘶鸣声、战车隆隆声、螺号声和战鼓声，响成一片。（48）般度之子们带着所有的

军队即将出发，看上去就像不可阻挡的滔滔恒河。(49)

走在军队前面的是怖军、全副武装的玛德利双生子、妙贤之子（激昂）、德罗波蒂的儿子们和水滴王之孙猛光。钵罗跋德罗迦人和般遮罗人跟在怖军后面。(50) 人声鼎沸犹如朔望日的海涛，欢腾的进军声直达天国。(51) 粉碎敌军的战士们全副武装，兴高采烈，贡蒂之子坚战走在他们中间。(52) 车辆、货物、帐篷、牲口、箱柜、机械、武器、内科医生和外科医生。(53) 连同一些瘦弱的士兵，坚战都把他们召集起来，带着他们，与仆从一起出发。(54)

说话真实的般遮罗公主德罗波蒂和妇女们留在水没城，由男女奴仆陪伴。(55) 般度之子们留下一个大军营，安排好固定的和流动的卫兵，然后出发。(56) 婆罗门围绕他们，赞颂他们。他们施舍牛和金子后，登上镶有珠宝的战车出发，国王啊！(57)

羯迦夜王子们、勇旗、迦尸王子、希利尼曼、施财和不可战胜的束发，(58) 他们高兴满意，装饰打扮，身披铠甲，手持武器，围绕坚战王，跟随他出发。(59) 走在后面的是毗罗吒、苏摩迦族祭军（木柱王）、妙法、贡提婆阇和猛光的儿子们。(60) 四万辆战车，五倍于战车的马匹，十倍于马匹的步兵和六万象兵。(61) 无碍、显光、车底王、萨谛奇围绕婆薮提婆之子（黑天）和胜财（阿周那），出发前进。(62) 军队到达俱卢之野，阵容整齐，般度之子们看似鸣叫的公牛。(63) 克敌者们深入俱卢之野，吹响螺号。婆薮提婆之子（黑天）和胜财（阿周那）也吹响螺号。(64) 听到"五生"螺号发出雷鸣般的号声，所有的士兵精神振奋。(65) 这些兴奋的人们发出狮子吼，与螺号声和鼓声混合，响彻大地、天空和海洋。(66)

然后，在半坦、舒适、饲料柴草丰富的地方，坚战千计士兵们安营。(67) 避开了火葬场、神殿、大仙人的净修林和圣地，(68) 贡蒂之子坚战王在水质甜美、吉祥圣洁的地方安营。(69) 在马匹得到休息后，他又起身，在成千成百位国王陪同下，愉快地前进。(70) 盖娑婆（黑天）和普利塔之子（阿周那）在四周巡视，赶走数百名持国之子的士兵。(71) 水滴王之孙猛光和威武有力的优秀车兵萨谛奇寻找营地。(72) 到达俱卢之野圣洁的希伦婆蒂河。这里有舒适的沐浴处，河水纯净，没有乱石和淤泥。(73) 婆罗多子孙啊！盖娑婆（黑天）在这里安营,挖了一条壕沟,安排一支军队守护。(74) 盖娑婆(黑天）为国王们搭建的营帐与灵魂高尚的般度之子们一样。(75) 有丰富的水和柴草,有食物和饮料,不容易受到攻击,这样的营帐成千成百。(76) 国王们的这些豪华的营帐遍布各处,王中因陀罗啊!犹如一座座天宫降落地面。(77)

这里有数以百计花钱聘用的能工巧匠和高超的医生,配备有一切器械。(78) 弓弦、弓、铠甲和武器,蜂蜜和酥油,树脂和沙砾,堆积如山。(79) 充足的水、精细的饲料、谷糠和木炭,坚战王将这些分配给每个营帐。(80) 还有大型器械、铁箭、标枪、长矛、斧子、弓、铠甲和护胸等等。(81) 那些大象配备披肩和铁甲,高大如山,能够抗击成千成百个敌人。(82)

得知般度之子们在这里安营,婆罗多子孙啊!盟友们也带着军队和马匹,来到这个地方。(83) 这些国王遵循梵行,饮用苏摩,慷慨布施,为了般度之子们的胜利汇集这里。(84)

以上是吉祥的《摩诃婆罗多》中《斡旋篇》第一百四十九章(149)。

一五〇

镇群王说：

坚战渴望战斗,带着军队出征,由婆薮提婆之子(黑天）护卫,进入俱卢之野。(1) 毗罗吒和木柱王及其儿子们跟随在后,还有羯迦夜族人、苾湿尼族人和数以百计的国王们围绕他。(2) 这些大勇士保护他,犹如阿提迭们保护伟大的因陀罗。难敌王听到这些后,有什么反响?(3) 以苦行为财富者啊!我想听听在俱卢之野上,这场激战的详细情况。(4) 般度之子们和婆薮提婆之子(黑天),还有毗罗吒和木柱王,在战场上甚至令天神的军队也胆战心惊。(5) 还有般遮罗王子猛光、大勇士束发和英勇的善战(萨谛奇）甚至连天神也难以接近。(6) 我想听听俱卢族和般度族双方行动的详细情况,以苦行为财富者啊!(7)

护民子说：

十能(黑天)离开后,难敌王对迦尔纳、难降和沙恭尼说道：(8) '轴下生（黑天）没有完成任务，回到普利塔之子们那里，肯定会气愤地向他们汇报。(9) 婆薮提婆之子（黑天）是希望我和般度之子们打仗的。怖军和阿周那也赞同十能（黑天）的意见。(10) 而无敌（坚战）如今受怖军和阿周那控制。我过去伤害过他和他的弟兄们。(11) 毗罗吒和木柱王也与我有仇。这两个军队首领受婆薮提婆之子（黑天）控制。(12) 这将是一场令人毛发直竖的激战。因此，你们要不辞辛劳，做好一切战争准备。(13) 让所有的国王在俱卢之野上安营，空间要开阔，让敌人难以接近。(14) 成百成千个营帐都要保证水和柴草，提供给养的道路不易切断，堆积各种珠宝，存足各种武器，树起各种旗幡。(15) 从城外到这些营帐的道路要平坦，现在就下达明天出发的命令，不要耽误。"(16)

他们同意道"遵命！"第二天，开始行动。这些灵魂高尚的国王喜形于色，准备消灭敌人。(17) 所有的国王听了难敌王的命令，求战心切，从昂贵的座位上起身。(18) 他们慢慢地摩擦犹如铁闩的手臂。那些手臂上戴着闪闪发光的金手镯，涂着檀香膏和沉香膏。(19) 他们用莲花般的手戴好顶冠，整理好上下衣服，佩好各种饰物。(20) 优秀的车夫备好车，精通马术的马夫备好马，精通象术的象夫备好象。(21) 然后，他们穿上各种漂亮的金铠甲，携带各种武器。(22) 无数的步兵将各种金光闪闪的武器佩戴在身上。(23)

持国之子的城里挤满兴高采烈的人们，犹如热闹的喜庆节日，婆罗多子孙啊！(24) 以人流为旋涡，以车、象和马为鱼，以螺号和战鼓为涛声，以成堆的库藏为珠宝，(25) 以各种饰物为波浪，以洁净的武器为泡沫，以宫殿的花环为四周环绕的山，以道路和货物为海岸，(26) 以士兵为升起的月亮，以俱卢族国王们为波涛，国王啊！整座城市看似月亮升起的大海。(27)

以上是吉祥的《摩诃婆罗多》中《斡旋篇》第一百五十章（150）。

一五一

护民子说：

想起婆薮提婆之子（黑天）的话，坚战询问苾湿尼族后裔（黑天："那个傻瓜说了些什么？（1）时机已经来到，不退者啊！我们应该怎样才合适？怎样行动才不背离自己的正法？（2）婆薮提婆之子啊！你是知道难敌、迦尔纳和妙力之子沙恭尼的想法，也知道我和弟弟们的想法。（3）你已经听了维杜罗和毗湿摩他们两人的话，大智者啊！你也听了贡蒂的充满智慧的话。（4）超越这一切，反复思考衡量，大臂者啊！告诉我们应该怎样才合适？不要迟疑。"（5）

听了法王（坚战）符合正法和利益的话，黑天用似雷如鼓的声音说道：（6）"我说了符合正法和利益的话，但对险恶狡诈的俱卢后裔（难敌）不起作用。（7）这个心思邪恶的人不听毗湿摩、维杜罗和我的话，无视一切。（8）这个灵魂卑劣的人不需要正法，不需要名誉。他自以为依靠迦尔纳，就能胜利。（9）难敌灵魂邪恶，违抗父命，甚至下令逮捕我，但没有得逞。（10）毗湿摩和德罗纳没有对此事说什么话，除了维杜罗，他们全都尾随难敌，不退者啊！（11）妙力之子沙恭尼、迦尔纳和难降这些傻瓜对那个暴躁的傻瓜说了许多于你不利的话。（12）我何必告诉你这些俱卢族人说的那些话？总而言之，这个灵魂邪恶的人对你没有安好心。（13）你的军队中的所有国王全然不像他那样邪恶凶险。（14）我们决不能为了与俱卢族人和解，而过分牺牲我们的利益。让战争开始吧！"（15）

听了婆薮提婆之子（黑天）的话，所有的国王都默不作声，凝视着国王的脸，婆罗多子孙啊！（16）坚战明白国王们的意向，与怖军、阿周那和双生子一起下令备马。（17）按照命令备好马，般度族军队发出欢呼，士兵们兴高采烈。（18）法王坚战看到将要杀死那些不该杀死的人，不禁叹息，对怖军和维阇耶（阿周那）说道：（19）"尽管我竭尽努力，最大的不幸还是落到我们头上，流亡森林，经受痛苦。（20）我们作出努力，不幸应该离开我们。可是，我们的努力不起作用，大难还是逼近我们。（21）我们怎么能与那些不该杀死的人开战？我们怎么能通过杀死老师和长辈赢得胜利？"（22）

听了法王（坚战）的话，折磨敌人的左手开弓者（阿周那）向他重申婆薮提婆之子（黑天）说的话：（23）"提婆吉之子（黑天）已经讲了贡蒂和维杜罗说的话，国王啊！你是完全明白的。（24）我坚决认为他俩说的话符合正法，贡蒂之子啊！现在停战撤退不合

适。"（25）

婆薮提婆之子（黑天）听了左手开弓者（阿周那）的话，微笑着对普利塔之子（坚战）说道"正是这样。"（26）于是，般度之子们增强了战斗的决心，大王啊！他们和士兵们一起愉快地度过这个夜晚。（27）

以上是吉祥的《摩诃婆罗多》中《斡旋篇》第一百五十一章（151）。

一五二

护民子说：

夜晚过去，难敌王布置他的十一支军队，婆罗多子孙啊！（1）国王按照人、象、车和马的强、中、弱，对全体军队进行编排。（2）配备有车轴、箭囊、防护板、标枪、箭筒、长矛、剑和投掷物，（3）旗帜、旗幡、弓、梭镖、各种各样的绳子、套索和垫子，（4）束发带、弓弦、油、糖浆、沙、毒蛇罐、树脂和尘土，（5）铃铛、木板、斧子、砍刀、虎皮和豹皮铺垫，（6）喷射器、兽角、飞镖、各种武器、铁铲、铁锹、芝麻油、亚麻和酥油。（7）

色彩缤纷的军队犹如燃烧的火焰。勇士们身穿铠甲，谙熟武艺。（8）出身良好、精通养马的人担任车夫。车上系着避邪的药草，绑着带子，树着旗幡。（9）所有的战车套着四匹欢腾的马，驮着各种武器和成百成百张弓。（10）一位车夫驾驭前面两匹驾辕的马，两位优秀的车夫驾驭两侧的两匹马，车兵也精通马术。（11）数千辆饰有金环的战车一路排开，犹如一座座设防的城堡，敌人难以攻破。（12）

大象也像战车一样系着带子，装饰华丽，犹如蕴藏宝石的高山。每头大象上坐着七个人。（13）其中两个人手持刺棒，两个人是高超的弓箭手，两个人手持长矛和旗幡。（14）俱卢族遍布的军队拥有成千成千头疯狂的大象，披着铠甲，驮着武器和箱柜。（15）成万成万匹马也都披着各种铠甲，装饰华丽，旗幡飘扬。每匹马上都有骑兵。（16）这数十万匹马佩戴金鞍具，知足满意，容易驾驭，听从骑兵摆布。（17）

那些步兵身穿各种铠甲，携带各种武器，佩戴金环，形态各异。(18) 每辆车配有十头象，每头象配有十匹马，每匹马配有十个步兵，在四周保护它们的腿。(19) 为填补空缺的后备军是一辆车配五十头象，一头象配一百匹马，一匹马配七个人。(20) 五百头象和同样多的车组成一个军（"塞纳"）；十个军组成一个军团（"普利多纳"）；十个军团组成一个大军团（"婆希尼"）。(21) 不过，婆希尼、普利多纳、塞纳、特婆吉尼、萨迪尼、遮穆、阿克肖希尼和婆卢提尼也用作同义词。这就是睿智的俱卢后裔（难敌）布置的兵阵。(22)

双方共有十八支大军，般度族的军队有七支大军，俱卢族军队有十一支大军。(23) 五十五个人组成一个排，三个排组成一个营。(24) 十个营组成一个团。在难敌的军队中，有成万成万个这样的团，都是英勇善战的武士。(25) 大臂者难敌王选择一些睿智的人，担任军队司令。(26) 他召集这些人中俊杰，让他们每人统帅一支大军，按照礼仪，为他们灌顶。(27) 他们是慈悯、德罗纳、沙利耶、大勇士信度王、甘波阇族善巧和成铠，(28) 德罗纳之子（马嘶）、迦尔纳、广声、妙力之子沙恭尼和大勇士波力迦。(29) 一天又一天，每时每刻，他都亲自向他们发布各种指令，婆罗多子孙啊！(30) 经过这样的训练，这些将领以及追随他们的士兵都乐意为国王效劳。(31)

以上是吉祥的《摩诃婆罗多》中《斡旋篇》第一百五十二章 (152)。《出战篇》终。

毗湿摩挂帅篇

一五三

护民子说：

然后，持国之子（难敌）双手合十，对福身王之子毗湿摩和所有的国王说道：(1) "缺了军队司令，甚至一支大军也会像一群蚂蚁，在战斗中溃败。(2) 两个人的智力决不会一样，而首领们之间还会互相较量勇气。(3) 大智者啊！我们听说，过去婆罗门们高举拘舍草旗向无比光辉的海河夜族进攻。(4) 那些吠舍和首陀罗都跟随他们，祖父啊！因此，一方是三种种姓的人，另一方是刹帝利雄牛们。（5）　在战斗中，三种种姓一方的军队一次又一次失败，而刹帝利一方的军队屡战屡胜。（6）　于是，那些婆罗门俊杰询问刹帝利们，祖父啊！通晓正法的刹帝利们如实回答他们说：（7）　'在战场上，我们只听从一个大智者的指挥，而你们听凭各自的智慧，各行其是。'（8）　然后，那些婆罗门选了一位精通战术的婆罗门勇士担任军队统帅，战胜了刹帝利们。（9）

"就这样，他们选了一个精明能干、纯洁无瑕、关心利益的勇士担任军队统帅，就战胜了敌人。（10）　你与优沙那一样，始终关心我的利益，坚定不移恪守正法。你就担任我们的军队统帅吧！（11）　如同发光体中的太阳，药草中的月亮，药叉中的俱比罗，摩录多中的婆薮之主（因陀罗），（12）　山中的弥卢山，鸟中的金翅鸟，精灵中的鸠摩罗，婆薮中的纯洁无瑕运送祭品者（火）。（13）　正如众天神由帝释天保护，我们由你保护，肯定连三十三天神也不能征服我们。（14）　走在我们的前面吧，就像火神之子（室建陀）走在众天神的前面。我们将跟随你，犹如众牛犊跟随一头公牛。"（15）

毗湿摩说：

正如你说的那样，大臂者啊！但对我来说，般度之子们和你们都一样，婆罗多子孙啊！（16）　我也要为他们的利益说话，国王啊！但我按照承诺，必须为你作战。（17）　我看在这大地上，除了人中之虎、贡蒂之子胜财（阿周那），没有一个战士像我一样。（18）　这位大臂者精通所有的天神武器。但在战场上，这位般度之子决不会公开与我交战。（19）　我可以施展武器的威力，刹那间毁灭这个人间世界，连同天神、阿修罗和罗刹。（20）　但我不能消灭般度之了们，国王啊！因此，我将设法每天杀死他们一万个战士。（21）　只要他们不先在战斗中杀死我，俱卢后裔啊！我就这样把他们杀尽。（22）　国王啊！要我同意担任你的军队统帅，另外有个条件，你听我说。（23）　或者迦尔纳先出战，或者我先出战，大地之主啊！因为这个车夫之子总是在战场上与我作对。（24）

迦尔纳说：

只要恒河之子（毗湿摩）活着，我决不出战，国王啊！一旦毗湿

摩战死，我将与手持甘狄拨神弓者（阿周那）交战。(25)

护民子说：

然后，持国之子（难敌）按照礼仪，慷慨施舍，立毗湿摩为军队统帅。毗湿摩灌顶，光彩熠熠。(26) 遵照国王的命令，数百个人整齐地敲响大鼓小鼓，吹响螺号。(27) 天空中出现狮子吼和各种动物的嗥叫，降下浑浊的血雨。(28) 飓风席卷，大地摇晃，大象鸣叫，所有战士的心里发沉。(29) 空中传来无形体的话音，流星坠落，豺狼发出恐怖的嗥叫，预示灾难降临。(30) 难敌王为恒河之子（毗湿摩）灌顶，立为军队统帅时，出现数百种凶象，国王啊！(31)

他把粉碎敌军的毗湿摩立为军队统帅后，又施舍大量的金子和牛，让那些优秀的婆罗门祈祷祝福。(32) 在胜利的祝福鼓舞下，他带领军队出发。以恒河之子（毗湿摩）为前锋，偕同众弟兄，他带领庞大的军队，前往俱卢之野。(33) 俱卢族国王（难敌）和迦尔纳巡视俱卢之野后，在平坦的地方安营。(34) 在水质甜美和饲料柴草丰富的地方建起军营，如同象城。(35)

以上是吉祥的《摩诃婆罗多》中《斡旋篇》第一百五十三章(153)。

一五四

镇群王说：

恒河之子毗湿摩灵魂高尚，是优秀的武士，婆罗多族的祖父，一切国王的旗帜。(1) 他睿智如同祭主，宽容如同大地，深沉如同大海，坚定如同雪山，(2) 慷慨如同生主，光辉如同太阳，用箭雨杀敌如同伟大的因陀罗。(3) 他将长期投身残酷恐怖、令人毛发直竖的战争祭祀。坚战王听到这个消息后，(4) 这位精通一切正法的大臂者说了些什么？怖军和阿周那，或者黑天又怎么看？(5)

护民子说：

大智者坚战精通危机中的正法和利益，召集所有的弟兄和沙特婆多族婆薮提婆之子（黑天）。这位优秀的辩士用安抚的语气说道：(6) "你们巡视军队，全副武装，严阵以待。我们将首先与祖父交战。因

此，你们帮我选定七支军队的司令。"（7）

婆薮提婆之子（黑天）说：

你说得对，婆罗多族雄牛啊！正是事到临头你应该说的话。（8）我同意你的话，大臂者啊！立刻行动吧，为七位军队司令灌顶。（9）

护民子说：

于是，召来木柱王、毗罗吒、悉尼族雄牛（萨谛奇）、般遮罗族王子猛光、勇旗王、般遮罗族王子束发和摩揭陀王偕天。（10）坚战按照礼仪，为七位热爱战斗的英雄、大弓箭手灌顶，立为军队司令。（11）他指定猛光为全军统帅。猛光从燃烧的火中诞生，生来就是为了杀死德罗纳。（12）他又让头发浓密的胜财（阿周那）担任一切灵魂高尚者的最高军队统帅。（13）让商迦尔舍那（持犁罗摩）的弟弟、吉祥的大智者遮那陀那（黑天）担任阿周那的向导和御者。（14）

看到这场灾难性的大战迫在眉睫，持犁罗摩来到般度族国王的住处。（15）随他而来的有阿迦卢罗、迦陀、商波和优罗牟迦等人，有鲁克米尼之子（始光）、遮奴提湿纳和阿护迦的儿子们。（16）这些苾湿尼族俊杰勇猛有力，如同老虎。他们护卫大臂者（持犁罗摩），犹如摩录多护卫婆薮之主（因陀罗）。（17）吉祥的持犁罗摩身穿青色绢衣，犹如盖拉娑山峰，步态犹如狮子，眼角发红，犹如醉汉。（18）看到了他，法王（坚战）、大光辉者盖娑婆（黑天）、行为可怕的普利塔之子狼腹（怖军），（19）手持甘狄拨神弓者（阿周那）和其他在场的国王们都走上前去，向持犁罗摩致敬。（20）然后，般度王握住他的手，以婆薮提婆之子（黑天）为首，所有的人向他问候。（21）克敌者持犁罗摩向木柱王和毗罗吒王两位长者请安后，与坚战一起坐下。（22）

所有的国王都坐下后，卢醯尼之子（持犁罗摩）望着婆薮提婆之子（黑天），说道：（23）"一场残酷可怕的大屠杀即将开始。依我看，这是命运注定，无法避免。（24）我想我会看到你们和你们的朋友度过这场战争，安然无恙，身体完好无损。（25）大地上的刹帝利都已结集，时机已经成熟。毫无疑问，会有一场血肉横飞的大屠杀。（26）我私下里一直对婆薮提婆之子（黑天）说'你对所有的亲戚要一视同仁，诛灭摩图者啊！（27）般度之子们是我们的亲戚，难敌王也是

379

我们的亲戚，也应该受到应有的尊敬。'（28） 但是，诛灭摩图者（黑天）没有照我的话做。他关心胜财（阿周那），全身心投入你的事业。（29）

"我确信，般度之子们肯定胜利，因为这是婆薮提婆之子（黑天）的意图，婆罗多子孙啊！（30） 没有黑天，我不能面对这个世界。因此，我依从盖娑婆（黑天）的意愿。（31） 怖军和难敌王这两位精通杵战的英雄都是我的学生。我对他俩一样爱护。（32） 因此，我将前往娑罗私婆蒂河朝圣，我不忍心看到俱卢族人毁灭。"（33）

这样说罢，大臂者持犁罗摩辞别般度之子们和诛灭摩图者（黑天），前去朝拜圣地。（34）

以上是吉祥的《摩诃婆罗多》中《斡旋篇》第一百五十四章（154）。

一五五

护民子说：
这时，出现因陀罗的朋友、灵魂高尚的金毛王具威的儿子。（1） 具威是阿赫提族大王，著名的博遮国王，统治南方。他的儿子宝光闻名天下。（2） 宝光是住在香醉山的紧布罗沙之狮（德鲁摩）的学生，掌握全部四种弓术。（3） 这位大臂者得到大因陀罗的神弓。这弓不可摧毁，能与甘狄拨弓和沙棱迦弓媲美。（4）

有三张天神使用的神弓：伐楼拿的甘狄拨神弓，大因陀罗的胜利神弓，（5） 还有毗湿奴的沙棱迦神弓。人们说，黑天拥有的这张神弓最具威力，令敌军丧魂落魄。（6） 因陀罗之子（阿周那）在甘味林从火神那里得到甘狄拨神弓，大光辉者宝光从德鲁摩那里得到胜利神弓。（7） 施展威力，砍断牟罗的套索，杀死牟罗，打败大地之子那罗迦，感官之主（黑天）得到摩尼珠耳环，（8） 一万六千名妇女和各种宝石，还有无上的沙棱迦神弓。（9）

宝光得到声响如雷的胜利神弓，仿佛威慑世界。他来到般度之子们那里。（10） 这位以臂力自豪的英雄以前不肯宽恕聪明的婆薮提婆之子（黑天）劫夺艳光公主。（11） 他发誓不杀死盖娑婆（黑天），决不回去。于是,他一直追踪优秀的武士苾湿尼族后裔(黑天)。(12) 他带着四支大军,佩戴各种武器和铠甲,长途跋涉,犹如汹涌的恒河。(13) 他进攻苾湿尼族后裔、瑜伽之主(黑天),遭到失败,国王啊!他出于羞愧,没有返回罐城。(14) 就在被黑天打败的战场上,这位杀敌英雄建了一座无上的城,名叫福席。(15) 城里有大量的军队,许多象和马,国王啊!这座福席城闻名天下。(16)

大勇士博遮王(宝光)在大军的簇拥下,来到般度之子们那里。(17) 他身穿铠甲,佩戴刀剑、弓箭和护套,乘坐战车,旗帜灿若太阳,进入大军营。(18) 他向般度之子们通报自己,心中想着取悦婆薮提婆之子(黑天)。坚战王走上前去,向他致敬。(19) 他受到般度之子们的尊敬和友好接待,也向所有的人还礼。待他和军队稍事休息后,便当着众英雄的面,对贡蒂之子胜财(阿周那)说道:(20)"如果你害怕的话,般度之子啊!我就在战斗中作你的助手。我将在战场上协助你,让你的敌人不能抵抗。(21) 我的勇敢在这里无人可比,颇勒古拿(阿周那)啊!我将在战场上杀死你的敌人,把他们交给你。"(22)

他当着法王(坚战)和盖娑婆(黑天)的面这样说,所有其他的国王都听到。(23) 睿智的贡蒂之子(阿周那)望着婆薮提婆之子(黑天)和般度之子法王(坚战)笑了笑,友好地说道:(24)"我在牧场,与力量强大的健达缚们交战,英雄啊!有哪位朋友作我的助手?(25) 我在充满天神和檀那婆的可怕的甘味林里作战,有谁作我的助手?(26) 我与全甲族和迦罗盖耶檀那婆们作战,有谁作我的助手?(27) 我在毗罗吒城,在战场上与众多的俱卢族人作战,有谁作我的助手?(28) 我的武艺得益于楼陀罗、帝释天、吠湿罗婆那(财神)、阎摩、火神、慈悯、德罗纳和摩豆族后裔(黑天)。(29) 我手持坚固强劲的甘狄拨神弓,发射取之不尽的箭。天神的武器为我增威。(30) 我出身俱卢族,尤其是生为般度的儿子,拜德罗纳为师,有婆薮提婆之子(黑天)作为助手。(31) 像我这样的人,怎么会说'我害怕'这种丢脸的话?人中之虎啊!即使面对手持金刚杵者(因陀罗),也不会说。(32) 大臂者啊!我不害怕,也不需要助手。你或者去别处合适的地方,或者留下,随你的便。"(33)

于是，宝光调转他的大海般的军队，前往难敌那里，婆罗多族雄牛啊！（34）这位国王到了那里，说了同样的话，遭到自认为是英雄的难敌拒绝。（35）

这样，苾湿尼族的卢醯尼之子（持犁罗摩）和宝光王，他俩都退出这场战争，大王啊！（36）持犁罗摩已去朝拜圣地，具威之子（宝光）也已离去。般度之子们又坐下来，继续商议。（37）法王（坚战）的集会上坐满国王，犹如月亮当空，群星闪烁，婆罗多子孙啊！（38）

以上是吉祥的《摩诃婆罗多》中《斡旋篇》第一百五十五章（155）。

一五六

镇群王说：

再生族雄牛啊！在俱卢之野排好阵容后，在时神催促下，俱卢族人又在做什么？（1）

护民子说：

婆罗多族雄牛啊！排好阵容后，大王啊！持国对全胜说道：（2）"来，全胜啊！告诉我俱卢族和般度族双方军队安营后的事，详详细细不要遗漏。（3）我想，命运至上，人力无奈。我也知道战争的种种祸害，导致毁灭。（4）但我不能控制精通赌博、擅长欺诈的儿子，也不能为自己的利益做点事。（5）御者啊！我具备洞察弊病的智慧。但是，一遇到难敌，这种智慧就消失。（6）过去是这样，今后也会是这样，全胜啊！确实，在战场上舍生忘死，这是受到崇敬的刹帝利正法。"（7）

全胜说：

你提出这个问题是应该的，大王啊！但你不要完全怪罪难敌。你听我详详细细告诉你一切吧，国王啊！（8）由于自己的恶行，一个人遭遇不幸，他就不应该责怪命运或时神。（9）大王啊！一个人做了任何应受谴责的事，而受到全世界谴责，这样的人也就该杀。（10）般度之子们和他们的大臣在赌博中受到欺诈，人中俊杰啊！他们出于对你的尊敬，才忍受屈辱。（11）

听我详详细细告诉你,马、象和无比光辉的国王们在战场上厮杀。(12) 你听到这场大战导致整个世界毁灭时,大王啊!你要挺住,不要伤心。(13) 因为一个人不是善业或恶业的行动者,犹如木偶,不是自己行动。(14) 有些人认为由大神操纵,有些人认为出于偶然,有些人认为由前业决定,分成这样三种观点。(15)

以上是吉祥的《摩诃婆罗多》中《斡旋篇》第一百五十六章(156)。《毗湿摩挂帅篇》终。

优楼迦出使篇

一五七

全胜说:

大王啊!灵魂高尚的般度之子们在希伦婆蒂河安营,婆罗多子孙啊!难敌和迦尔纳,(1) 还有妙力之子沙恭尼和难降,召来优楼迦,王中因陀罗啊!秘密地对他说道:(2) '赌徒之子优楼迦啊!你到般度之子们和苏摩迦人那里去。到了那里,当着婆薮提婆之子的面,传达我的话:(3) '期待多年的般度族和俱卢族之间的战争即将来临,世界为之恐怖。(4) 贡蒂之子啊!全胜当着俱卢族人的面,转述了你的狂妄的大话。现在时机已到,照你夸下的一切做吧!(5)

"'记住你的怨愤,王国被夺,流亡森林,黑公主受辱,般度之子啊!做一个男子汉!(6) 实现刹帝利妇女生育儿子的目的,这个时机已经来到。显示你的力量、勇气、胆识、精湛的武艺和男子汉气概!在战场上报仇雪恨!(7) 失去王权,长期流亡,历尽艰难困苦,谁的心不会破碎?(8) 出身高贵的勇士贪图别人的财产,而发现自己的王国被割裂,怎么会不怒火中烧?(9) 现在,用行动证明你说的大话吧!光说大话不行动,贤士们称之为小人。(10)

"'制服敌人和收复王位,是你作战的两个目的。因此,拿出男子汉气概吧!(11) 你或者打败我们,统治这个大地;或者被我们杀死,前往英雄的世界。(12) 记住你失去王国,蒙受苦难,流亡森林,黑

383

公主受辱，般度之子啊！做个男子汉！（13）服从冤家对头的话，一次又一次流亡，你应该表示气愤，因为气愤是男子汉气概。（14）在战场上，显示你的愤怒、力量、勇气、智慧和精湛的武艺吧，普利塔之子啊！做个男子汉！'（15）

"优楼迦啊！你要反复对愚蠢、无知、贪吃的懦夫怖军说：（16）'如果你能喝难降的血，你就喝吧！就像你在会堂上无可奈何发出的咒誓那样，狼腹（怖军）啊！（17）武器净化仪式已经举行，俱卢之野没有污泥，马匹肥壮，战士到位，明天，你就和盖娑婆（黑天）一起出战吧！'"（18）

以上是吉祥的《摩诃婆罗多》中《斡旋篇》第一百五十七章（157）。

一五八

全胜说：

赌徒之子（优楼迦）到达般度之子的军营，会见般度之子们，对坚战说道：（1）"你知道我说的全是作为一个使者说的话，因此，你听了难敌的训词，请不要对我发怒。"（2）

坚战说：

优楼迦啊！你不用害怕，不必顾虑，传达贪婪而又目光短浅的持国之子（难敌）的意见吧！（3）

全胜说：

于是，面对光辉的、灵魂高尚的般度之子们、所有的斯楞遮耶人和声誉卓著的黑天，（4）面对木柱王及其儿子、毗罗吒和所有的国王，他说道：（5）'这就是精神伟大的国王持国之子（难敌）当着俱卢族众英雄的面，对你说的话，国王啊！你听着：（6）你在赌博中失败，黑公主被带到会堂，这会使任何一个自认为是男子汉的人发怒。（7）你离家流亡森林整整十二年，又为毗罗吒王作仆役，住了一年。（8）记住你的怨愤，王国被夺，流亡森林，黑公主受辱，般度之子啊！做个男子汉吧！（9）怖军无能为力，赌咒发誓，般度之子啊！如果他能喝难降的血，他就喝吧！（10）武器净化仪式已经举行，俱

卢之野没有污泥，道路平坦，战士到位，明天，你就和盖娑婆（黑天）一起出战吧！（11）

"还没有在战场上遇到毗湿摩，你怎么能自吹自擂呢？犹如傻瓜想要登上香醉山。（12）优秀的武士德罗纳在战斗中犹如沙姬的丈夫（因陀罗），普利塔之子啊！你没有在战场上战胜他，怎么想要王国呢？（13）他是传授梵学和弓术的老师，精通这两门吠陀；他是战斗的支柱，不可动摇，永不退却。（14）你出于愚痴，妄想战胜德罗纳，普利塔之子啊！我们从未听说风能吹倒弥卢山。（15）如果你对我说的话果真兑现，那么，风就会吹走弥卢山，天空也会坠落大地，时代也会倒转。（16）

"无论是象、马和人，遇到他俩杀敌的武器，想要活命，都会逃回家去。（17）凡是脚踩大地的生灵，一旦成为他俩可怕的武器投掷的目标，他怎么还能在战场上逃命？（18）你就像井底之蛙，不知道这支结集的国王大军，如同天神大军一样难以征服。他们受国王们保护，犹如天国受众天神保护。（19）东方、西方、南方和北方的国王们、甘波阇人、沙迦人、伽沙人、沙鲁瓦人、摩差人、俱卢人、中部人、弥戾车人、布邻陀人、达罗毗荼人、安达罗人和甘吉耶人，（20）他们形成战斗中的各种人流，犹如不可阻挡的滔滔恒河，愚蠢的傻瓜啊！你怎么想和我这个站在象军中的人作战？"（21）

对正法之子坚战这样说完后，优楼迦又转向吉湿奴（阿周那），说道：（22）"不要吹嘘，你战斗吧！何必自吹自擂呢？阿周那啊！成功依靠因缘，不依靠吹嘘。（23）胜财啊！如果在这世上，事情能靠吹嘘获得成功，那么，所有的人都能达到目的。不幸的人就大肆吹嘘。（24）我知道婆薮提婆之子（黑天）是你的助手，我知道甘狄拨神弓高似多罗树，我知道没有一个勇士像你这样。我知道这些，才夺取你的王国。（25）一个人依靠因缘法，不能获得巨大成功。创造主凭意念就能控制众生。（26）在你悲伤的时候，我已经享用这个王国十三年。在杀死你和你的亲属后，我还要继续统治。（27）在赌博中输做奴隶时，你的甘狄拨神弓在哪里？怖军的力量在哪里？颇勒古拿（阿周那）啊！（28）没有无可指责的黑公主，你们都不能得救。怖军和铁杵，普利塔之子（阿周那）和甘狄拨神弓，都无济于事。（29）

385

这位光辉的女子救了你们，使你们免于沦为奴隶，从事奴隶的营生，过非人的生活。（30）我说你们是空心芝麻，事实也是如此！在毗罗吒城，普利塔之子（阿周那）就留着发辫。（31）怖军在毗罗吒王的厨房里忙于炊事，贡蒂之子啊！这便是我的男子汉气概。（32）对于临阵脱逃的刹帝利，刹帝利们永远要给予惩处，让他充当侍臣、厨子或留发辫。（33）

"颇勒古拿（阿周那）啊！我不会由于害怕婆薮提婆之子（黑天）或害怕你，交还王国。你和盖娑婆（黑天）一起出战吧！（34）幻术、魔术和骗术都吓唬不了我。我会在战斗中高举武器，发出吼叫。（35）哪怕一千个婆薮提婆之子（黑天）或者一百个颇勒古拿（阿周那）向我进攻，我箭无虚发，迫使他们逃向四面八方。（36）你去与毗湿摩作战，用你的头撞开这座山吧！用你的双臂游过这深不可测的人海吧！（37）那里，有年之子（慈悯）是鲸鱼，毗文沙提是大鱼，巨力是波浪，月授之子（广声）是吞鲸鱼。（38）难降是急流，舍罗和沙利耶是鱼，苏室纳和画兵是鲨鱼和鳄鱼，胜车是礁石，多友是深水，难耐是水，沙恭尼是岸。（39）当你的心智已经耗尽在劳累之中时，一旦你沉入这不断增长而永不枯竭的武器之海，耗尽心力，你将发现所有的亲属已被杀死，你的心会痛悔莫及。（40）那时，你会收回统治大地的想法，犹如污秽的人收回升入天国的想法，因为你很难获得王国统治权，犹如不修苦行的人很难获得天国。"（41）

以上是吉祥的《摩诃婆罗多》中《斡旋篇》第一百五十八章（158）。

一五九

全胜说：

优楼迦又对阿周那重复了一遍刚才说的话，用语言刺激他，仿佛用棍棒刺激一条愤怒的毒蛇。（1）般度之子们听了这个赌徒之子的话，原本已经满腔愤怒，现在再一刺激，更是怒上加怒。（2）他们离开座位，伸出双臂，像愤怒的毒蛇，互相对视。（3）怖军低下头，用眼角发红的双眼凝视盖娑婆（黑天），像毒蛇那样发出唏嘘。（4）看

到风神之子（怖军）受到愤怒伤害，十能（黑天）仿佛笑着，对赌徒之子（优楼迦）说道：(5)

"赌徒之子啊！你快走吧，去告诉难敌：话已经听到，意思已经明白，就照你的意见办吧！(6) 你也要将我的话转达难敌：明天瞧你的，做个男子汉吧！心思恶毒的人啊！(7) 你以为遮那陀那（黑天）被普利塔之子们选作御者，不参加战斗，傻瓜啊！你就有恃无恐了。(8) 最后的时刻会来到，我将愤怒地焚烧所有的国王，犹如大火焚烧干草。(9) 奉坚战之命，我在战斗中担任颇勒古拿（阿周那）的御者。他灵魂高尚，有自知之明。(10) 明天，无论你飞向三界，还是钻进地层，你都会看到阿周那的战车出现在你面前。(11) 你以为怖军吼叫的是空话，而怖军肯定会喝到难降的血。(12) 无论是普利塔之子（阿周那）和坚战王，还是怖军和双生子都不会在乎你的胡言乱语。"(13)

以上是吉祥的《摩诃婆罗多》中《斡旋篇》第一百五十九章 (159)。

一六〇

全胜说：

婆罗多族雄牛（阿周那）听了难敌的话，两眼通红，瞪视赌徒之子（优楼迦）。(1) 声誉卓著的浓发（阿周那）望了望盖娑婆（黑天），抱住粗壮的手臂，对赌徒之子（优楼迦）说道：(2) "依靠自己的勇气，向敌人挑战，无所畏惧，竭尽全力，这样的人称作男子汉。(3) 依靠别人的勇气，向敌人挑战，这样无能的刹帝利亲友，在这世上只是卑贱的小人。(4) 你把别人的勇气看作是自己的勇气。你是个懦夫和傻瓜，却想打垮敌人。(5) 一切国王中最年老者（毗湿摩）是位大智者，控制感官，心地善良。你让他献身，而自己空口说大话。(6) 心术不正的人啊！我们知道你的心思，玷污家族的人啊！你以为般度之子们出于同情，不会杀死恒河之子（毗湿摩）。(7) 依靠他的勇气，你自吹自擂，持国之子啊！我要当着所有弓箭手的面，首先杀死毗湿摩。(8)

"赌徒之子啊！你到了婆罗多族，告诉持国之子难敌：左手开弓者阿周那说就这么办！夜晚过去，将是一场杀戮。（9）或许，他（毗湿摩）恪守誓言，精神振作，在俱卢族人中间说过鼓舞人心的话：'我要消灭般度族军队和沙鲁瓦人，这是我的任务。（10）因为除了德罗纳，只有我能摧毁世界。你不用害怕般度之子们。'这样，你以为王国已经抢到手，般度之子们肯定走向毁灭。（11）你傲气十足，没有看到自己正处在危险中。因此，我要首先当着众人的面，杀死这位俱卢族老长辈。（12）太阳升起后，你要备好军队，挂上旗帜，登上战车，保护这位恪守誓言者（毗湿摩）。我要当着你们的面，用箭将你们的庇护者毗湿摩从车上射下。（13）

"明天，看到祖父落入我的箭网，难敌你就会尝到自吹自擂的滋味。（14）你的弟兄难降目光短浅，不知正法，永远记仇，思想邪恶，行为残忍。（15）怖军在会堂上愤怒地诅咒他，难敌啊！不久你将看到这个誓言兑现。（16）自负，骄傲，愤怒，粗鲁，苛刻，狂妄，自以为是，（17）残忍，刻薄，仇视正法，违背正法，污蔑毁谤，不服从长者，（18）见解偏颇，胡作非为，难敌啊！你很快就会看到所有这些的恶果。（19）

"我有婆薮提婆之子（黑天）做助手，又处在愤怒之中，你还有什么理由指望能活命或霸占王国呢！傻瓜啊！（20）一旦毗湿摩和德罗纳安息，车夫之子（迦尔纳）也倒下，你就别指望有生命、王国和儿子了。（21）等你看到你的弟兄和儿子们被杀死，你自己也被怖军打倒，难敌啊！你就会记起自己的恶行了。（22）盖娑婆（黑天）不会作出第二次许诺。我说的是实话。"（23）

赌徒之子（优楼迦）听后，记住这些话，国王啊！他得到同意，按原路返回。（24）从般度族回来，赌徒之子（优楼迦）在俱卢族会堂上，向持国之子（难敌）如实禀告一切。（25）婆罗多族雄牛（难敌）听了盖娑婆（黑天）和阿周那的话后，对难降、迦尔纳和沙恭尼说道：（26）"通知国王的军队和盟友的军队，在天亮以前，所有军队都要做好准备，整装待发。"（27）接到迦尔纳的命令，使者们快速驾车、骑骆驼或骑骏马。（28）他们遵照迦尔纳的命令，很快跑遍所有军营，通知国王们："天亮以

前，做好准备。"（29）

以上是吉祥的《摩诃婆罗多》中《斡旋篇》第一百六十章（160）。《优楼迦出使篇》终。

列数武士和大武士篇

一六一

全胜说：

贡蒂之子坚战听了优楼迦的话后，命令以猛光为前锋的军队出发。（1）这支军队由步兵、象兵、车兵和马兵四个兵种组成，威严可怕，像大地一样不可动摇。（2）由怖军和阿周那这样的大勇士们保护，由猛光统帅，犹如茫茫的大海，难以逾越。（3）

般遮罗族大弓箭手猛光在前面带领军队。他作战疯狂，渴望与德罗纳对阵。（4）他按照力量和勇气，为车兵们指定作战对象：阿周那对付车夫之子（迦尔纳），怖军对付难敌。（5）无种对付马嘶，尸毗王对付成铠，芯湿尼族后裔善战（萨谛奇）对付信度王（胜车）。（6）他指定束发在前面对付毗湿摩，偕天对付沙恭尼，显光对付舍罗。（7）他指定勇旗对付沙利耶，优多贸阇对付乔答摩（慈悯），德罗波蒂的儿子们对付五位三穴人。（8）妙贤之子（激昂）对付牛军和其余的国王们，因为猛光认为他在战场上比普利塔之子（阿周那）更强。（9）

这样，或单独，或组合，为战士们作了安排，这位肤色似火的大弓箭手将德罗纳留给自己对付。（10）然后，作为军队的总司令，大弓箭手猛光坚定自信，巧妙地布置作战阵容。（11）他让般度族军队按照指令在战场上排好队列，努力为般度之子们争取胜利。（12）

以上是吉祥的《摩诃婆罗多》中《斡旋篇》第一百六十一章（161）。

一六二

持国说:

颇勒古拿(阿周那)发誓要杀死毗湿摩,全胜啊!以难敌为首,我那些愚蠢的儿子们怎么办?(1)我仿佛看到在战场上普利塔之子(阿周那)手持硬弓,由婆薮提婆之子(黑天)做助手,杀死了父亲恒河之子(毗湿摩)。(2)优秀的武士、大弓箭手毗湿摩智慧无量,听了普利塔之子(阿周那)的誓言后,说了些什么?(3)俱卢族的支柱、大智大勇的恒河之子(毗湿摩)担任军队统帅后,做了些什么?(4)

护民子说:

于是,全胜告诉持国无比光辉的俱卢族耆老毗湿摩所说的一切。(5)

全胜说:

国王啊!福身王之子毗湿摩担任军队统帅后,仿佛为了让难敌高兴,说道:(6)"我向手持长矛的天帅鸠摩罗行礼后,现在,毫无疑问,我将是你的军队统帅,(7)我精通军事和各种布阵方法,善于安排正规军和非正规军。(8)大王啊!我像祭主那样精通进军、战斗和恢复和平。(9)我精通天神、健达缚和人的作战布阵。我将用这些迷惑般度之子们。你消除忧惧吧!(10)我将按照经典规定奋力作战,保护你的军队。你消除忧虑吧!"(11)

难敌说:

恒河之子啊!即使面对所有天神和阿修罗,我也无所畏惧,大臂者啊!我对你说的是真话。(12)更何况有你这位难以征服的人担任军队统帅,有热爱战斗的人中之虎德罗纳支持。(13)有你们两位人中魁首在,我的胜利就有保证,人中俊杰啊!即使是天神的王国,肯定也不难得到。(14)俱卢后裔啊!我想知道敌方和我方所有的武士和大武士的情况。(15)因为祖父熟悉敌我双方的情况,我和所有的国王都想听听。(16)

毗湿摩说:

甘陀利之子啊！请听，王中因陀罗啊！你自己军队中的武士和大武士的情况，大地保护者啊！(17) 你的军队中有数千、数万、数千万武士，听我说主要的。(18)

首先，你和以难降为首的同胞兄弟总共一百位，是优秀的勇士。(19) 你们全都善于作战，精通劈刺，或者在战车上，或者在象背上，或者进行杵战，或者使用剑和盾。(20) 作为御者，作为战士，个个精通武艺，堪当重任；在箭术上，都是德罗纳和有年之子慈悯的学生。(21) 聪明的持国之子们遭到般度之子们侵犯，他们将在战斗中杀死奋勇作战的般遮罗人。(22)

而我是你的全军统帅，婆罗多族俊杰啊！我将消灭敌人，平定般度族。我无须在这里表白自己的长处，因为你都清楚。(23)

博遮族优秀的战士成铠是大武士。毫无疑问，他将在战场上实现你的目的。(24) 他的武器坚硬，善于远距离投射。武艺高手制服不了他，而他能为你杀死敌人，犹如伟大的因陀罗杀死檀那婆。(25)

我认为大弓箭手、摩德罗王沙利耶是大武士。他在每次战斗中总是与婆薮提婆之子（黑天）较量。(26) 抛弃自己的外甥们，沙利耶现在成为你的优秀勇士。他将在战场上与手持飞轮和铁杵的黑天交战。(27)

广声仿佛以海浪般的速度席卷敌人。他精通武艺，也是你可靠的朋友。(28) 大弓箭手月授之子（广声）是帅中之帅。他将大量歼灭敌军。(29)

大王啊！我认为信度王（胜军）是双料勇士，国王啊！这位优秀的勇士将在战场上奋勇作战。(30) 以前在劫持黑公主时，他吃过般度之子们的苦头。记着这次屈辱，这位杀敌英雄将为你作战。(31) 由于实施严酷的苦行，国王啊！他得到难以得到的恩惠，在战场上与般度之子作战。(32) 这位勇士之虎记着宿仇，孩子啊！他将在战场上抛弃难以抛弃的生命，与般度之子们作战。(33)

以上是吉祥的《摩诃婆罗多》中《斡旋篇》第一百六十二章（162）。

一六三

毗湿摩说:

我认为甘波阇族善巧是一位孤胆英雄。他将为实现你的目的,在战场上与敌人作战。(1) 俱卢族人将会看到这位勇士之狮在战斗中勇敢如同因陀罗,王中俊杰啊!(2) 他的甘波阇车队迅猛出击,犹如一群蝗虫飞扑,大王啊!(3)

来自摩希湿摩提的尼罗,身披蓝色铠甲,将率领车队摧毁敌人。(4) 这位国王与偕天有宿仇,国王啊!他将永远为你战斗,俱卢族俊杰啊!(5)

阿凡提国文陀和阿奴文陀两位优秀的勇士,勇敢顽强,善于战斗。(6) 这两位人中之虎将用手臂掷出铁杵、梭镖、刀剑、铁矢和长矛,摧毁敌军。(7) 他俩热爱战斗,犹如两头象王在兽群中游戏,大王啊!犹如四处游荡的死神。(8)

我认为三穴国的五兄弟都是优秀的勇士。他们在毗罗吒城与普利塔之子(阿周那)结下仇恨。(9) 王中因陀罗啊!他们将在战场上扰乱普利塔之子们的军队,犹如鳄鱼搅乱波浪起伏的恒河。(10) 王中因陀罗啊!以真车为首的五位勇士将会记住宿仇,在战场上作战。(11) 国王啊!以前,般度之子怖军的弟弟(阿周那)驾驭白马征服四方,得罪了他们,婆罗多子孙啊!(12) 他们肩负刹帝利重任,将会进攻般度族的大勇士们,杀死那些优秀的大弓箭手们。(13)

你的儿子罗奇蛮和难降的儿子,这两位人中之虎在战场上从不退缩。(14) 这两位年轻稚嫩的王子行动迅疾,是谙熟战斗要领的将才。(15) 我认为他俩是优秀的勇士,勇士之虎啊!这两位英雄热爱刹帝利正法,能成就大事。(16)

人中雄牛持杖是孤胆英雄,大王啊!他在自己的军队保护下,来到战场,将为你作战。(17)

我认为憍萨罗王巨力勇敢顽强,也是优秀的勇士,孩子啊!(18) 这位大弓箭手忠于持国之子的利益,武器锐利,将在战场上作战,鼓

舞自己的军队。(19)

有年之子慈悯是帅中之帅,国王啊!他将不惜舍弃可爱的生命,以摧毁你的敌人。(20) 他是大仙人乔达摩有年老师的儿子,从芦苇秆中出生,像迦絺吉夜(战神)一样不可战胜。(21) 他将像大火席卷战场,孩子啊!焚毁各种武器和弓。(22)

以上是吉祥的《摩诃婆罗多》中《斡旋篇》第一百六十三章(163)。

一六四

毗湿摩说:

你的母舅沙恭尼是孤胆英雄,人中之主啊!毫无疑问,他将怀着仇恨与般度族作战。(1) 他的军队装备许多奇异的武器,迅猛似风,在战斗中决不后退,难以征服。(2)

德罗纳的儿子(马嘶)是位大弓箭手,胜过一切弓箭手。这位大勇士武器坚固,在战场上熟悉各种战斗。(3) 他的箭从弓上射出,就像手持甘狄拨神弓者(阿周那)那样,接连不断,大王啊!(4) 但是,我不能称这位英雄为优秀的勇士,尽管他声誉卓著,只要愿意,甚至能焚毁三界。(5) 他住在净修林中时,修炼苦行,培育了怒气和精力。他聪明睿智,接受德罗纳赐予的天神武器。(6) 他有一个很大的弱点,婆罗多族雄牛啊!所以,我不认为他是武士或大武士,王中俊杰啊!(7) 这位再生族(婆罗门)过于钟爱生命,贪图寿命。双方军队中,没有人能与他匹敌。(8) 他甚至能独自驱车摧毁天神的军队。他形体英俊,甚至能用掌声劈开高山。(9) 这位英雄具备无数才能,闪耀可怕的光辉,奋勇杀敌,不可抵御,犹如手持刑杖的时神。(10) 这位大智者颈脖如同狮子,愤怒如同时代毁灭之火,他将平息战争的余波,婆罗多子孙啊!(11)

他的父亲(德罗纳)威力巨大,虽然年迈,仍胜过年轻人。他将在战场上建立功勋。(12) 他将用迅猛的武器之火,点燃军队似柴草,焚毁般度之子的军队,赢得胜利。(13) 婆罗堕遮之子(德罗纳)是人中雄牛,勇士中的勇士,帅中之帅,他将为你的利益创建丰功伟绩。（14）这位德高望重的耆宿、一切灌顶的国王的老师，将消灭斯楞遮耶人，但他喜欢胜财（阿周那）。（15）这位大弓箭手牢记自己凭品德获得老师的尊严，决不会杀死行为清白的普利塔之子（阿周那）。（16）英雄婆罗堕遮之子（德罗纳）总是赞扬普利塔之子（阿周那）的种种美德，认为他胜过自己的儿子。（17）他威风凛凛，使用天神武器，即使独自驱车，也能在战场上杀死联合作战的天神、健达缚和檀那婆。（18）

我认为宝罗婆是武士，国王啊！这位王中之虎捣毁敌方英雄的战车，英雄啊！他是你的大勇士。（19）他率领自己的军队，燃烧敌人的军队，犹如烈火燃烧干草，焚毁般遮罗人。（20）

优秀的勇士诚誓王子是位大勇士，国王啊！他将像时神一样在你的敌军中游荡。（21）王中因陀罗啊！他的士兵们身穿各种铠甲，手持各种武器，将在战场上奔突，杀死你的敌人。（22）

迦尔纳之子牛军是你的大勇士。这位杰出的勇士、优秀的力士将摧毁你的敌军。（23）大光辉的水连是你的优秀勇士，国王啊！这位摩揭陀族杀敌英雄将在战斗中不惜牺牲生命。（24）这位大臂者将在战场上熟练驾驭大象或战车，摧毁敌军。（25）我认为这位人中雄牛是武士，大王啊！他将率领军队，在大战中不惜为你献出生命。（26）他英勇善战，熟悉各种战斗，国王啊！他将在战场上无所畏惧，与你的敌人作战。（27）

我认为波力迦是大武士，国王啊！他在战场上奋勇作战，从不退缩，如同毗婆娑之子（阎摩）。（28）他一上战场，就不后退，国王啊！他像狂风那样席卷战场上的敌人。（29）

军队司令萨谛梵是你的大勇士，大王啊！这位武士在战场上捣毁敌人战车，创造奇迹。（30）遇到战斗，他毫不迟疑，冲锋向前，令站在车道上的敌人惊慌失措。（31）这位英勇的人中俊杰为了你，大量杀戮敌人，完成大丈夫应该完成的事业。（32）

罗刹王阿罗瑜达行为残酷，国王啊！这位大力士将牢记宿仇，杀戮敌人。（33）他是一切罗刹军队中的优秀勇士，具有幻力。他将怀着强烈的仇恨，奔驰在战场上。（34）

东光王福授英勇威武，是优秀的驭象者，也精通车战。（35）手持甘狄拨神弓者（阿周那）曾经与他激战多天，国王啊！他俩都渴望胜利。(36) 甘陀利之子啊！后来，这位朋友出于对诛灭巴迦者（因陀罗）的尊敬，与灵魂高尚的般度之子（阿周那）和解。(37) 他善于驾驭大象，将在战场上作战，犹如驾驭爱罗婆多大象的天王婆薮之主（因陀罗）。(38)

以上是吉祥的《摩诃婆罗多》中《斡旋篇》第一百六十四章（164）。

一六五

毗湿摩说：

不摇和雄牛兄弟俩是武士，难以征服。他俩将消灭你的敌人。(1) 这两位人中之虎年轻英俊，强壮有力，怒气冲冲，作战勇猛，是犍陀罗族俊杰。(2)

你的亲密的朋友是战争狂人，国王啊！他一直鼓动你与般度之子们开战。(3) 毗迦尔多那·迦尔纳是你的顾问、导师和朋友。他粗鲁，卑劣，喜欢吹嘘，骄傲，趾高气扬。(4) 他既不是完善的武士，也不是大武士，国王啊！这个愚蠢的人失去与生俱有的铠甲；这个软弱的人也永远失去神奇的耳环。(5) 由于罗摩的诅咒和婆罗门的预言，也由于他失去自己的器具，我认为他只是半个武士。他与颇勒古拿（阿周那）交战，绝无生还之路。(6)

全胜说：

于是，优秀的武士、大臂者德罗纳说道 "正如你说的，一点也不假。(7) 在每次战斗中，总是看到这个狂妄自大的人逃跑。迦尔纳软弱而又傲慢，我也认为他是半个武士。"(8)

闻听此言，王中因陀罗啊！罗陀之子（迦尔纳）气得两眼鼓起，仿佛用语言之鞭抽向毗湿摩，说道：(9) "祖父啊！你总是出于嫉恨，一有机会，就随意用语言之箭射击我这个无辜之人。为了难敌，我忍受了这一切。(10) 你认为我像懦夫那样毫无能力，而我认为你是半个武士，这一点毋庸置疑。(11) 你永远无益于全世界，也无益于俱卢族，恒河之子啊！我说的不是假话，只是国王还没有认识到。(12)

谁会像你这样在这些同样建立丰功伟绩的国王中间，借口介绍他们的品德，抹煞他们的光辉，制造分裂，播下罪恶？（13）一个刹帝利称作大武士，不能靠年龄，靠白发，靠财产，靠亲属，俱卢后裔啊！（14）刹帝利依靠力量著称，婆罗门依靠经咒著称，吠舍依靠财富著称，首陀罗依靠年龄著称。（15）你出于昏聩，按照自己的爱憎喜好，随心所欲指称武士和大武士。（16）

"大臂难敌啊！你要好好看清楚！这个毗湿摩居心不良，对你有害，抛弃他吧！（17）同一宗族的军队分裂后，尚且难以统一，国王啊！何况我们这些不同宗族的军队？人中之虎啊！（18）在这场战争中，战士中间出现分裂，婆罗多子孙啊！他居然当众抹煞我们的光辉。（19）头脑简单的毗湿摩哪里会懂得武士知识？我将包围般度族军队。（20）般度之子们和般遮罗人遇到箭不虚发的我，如同公牛遇到老虎，他们将逃向四面八方。（21）

"毗湿摩年迈体衰，灵魂迟钝，面对时神而困惑，哪里会懂得战斗、谋略或忠告？（22）他总是与整个世界作对，目空一切，认为没有一个人是男子汉。（23）经典教导我们要听老人的话，但不要听过于年老的人的话，因为他们又返老还童。（24）毫无疑问，我将独自杀死般度之子们，而英勇善战的荣誉归给毗湿摩，王中之虎啊！（25）你已任命毗湿摩为军队统帅，国王啊！美德也就属于军队统帅，而决不会属于战士们。（26）只要恒河之子活着，我决不出战，国王啊！一旦毗湿摩战死，我才与大勇士们交战。"（27）

以上是吉祥的《摩诃婆罗多》中《斡旋篇》第一百六十五章（165）。

一六六

毗湿摩说：

我考虑了多年，才承担起海洋般巨大的重任，为持国之子作战。（1）现在，令人毛发直竖的可怕时刻已经来临，我不能制造分裂，所以你才得以活命，车夫之子啊！（2）虽然我年老，你年轻，我也不会不勇往直前，在战场上破灭你活着战斗的信念，车夫之子啊！（3）

阇摩陀耆尼之子罗摩（持斧）向我发射大量利箭，也没有使我害怕，你又能把我怎么样？（4）确实，贤人们不赞赏称颂自己的力量，但我忍不住还是要告诉你，玷污家族的小人啊！（5）刹帝利国王们聚集在迦尸国王的选婿大典上，我独自驱车打败他们，迅速夺走那些女孩。（6）我又在战场上独自一人扫荡成千成千同样优秀的国王和他们的军队。（7）遇到你这个满怀仇恨的人，俱卢族便遭了大灾。你就努力杀敌吧！做个男子汉吧！（8）你去战场上与普利塔之子交战吧！你一直与他较劲。我将看着你从战场上逃跑，心思邪恶的人啊！（9）

全胜说：

然后，精神伟大的国王持国之子（难敌）对毗湿摩说道"恒河之子啊！请你关心我，因为重大的任务已经来临。（10）认真考虑一下，怎样对我最有利。你们俩要为我成就大事。（11）我想再听听敌方的优秀勇士，他们的大武士和帅中之帅。（12）我想听听敌方的强弱，俱卢后裔啊！夜过天明，战争就要开始。"（13）

毗湿摩说：

我已经列数你的武士、大武士和半武士，人主啊！现在请听般度族方面，国王啊！（14）如果你和这些国王对般度族军队中的武士情况感兴趣，请听吧，大臂国王啊！（15）

贡蒂喜欢的般度之子坚战王本人是优秀的勇士，孩子啊！毫无疑问，他将像火一样在战场上燃烧。（16）怖军一个勇士相当于八个勇士，王中因陀罗啊！他有万头大象的力量，威武，骄傲，勇气非凡。（17）玛德利的双生子是人中雄牛。这两位勇士具有美貌和威力，犹如双马童。（18）他们将牢记自己的苦难，冲在军队的前面，犹如楼陀罗。对此，我毫不怀疑。（19）

他们灵魂高尚，像婆罗树干那样挺拔，身材比别人高出一拃。（20）这些般度之子都是大力士，像狮子那样坚定，奉守梵行，实施严酷的苦行。（21）这些人中之虎知廉耻，像老虎那样勇猛有力。进攻的速度和打击的力度非同寻常，在征服世界中，战胜一切国王，婆罗多族雄牛啊！（22）没有人能对付他们的武器、铁杵和箭，俱卢后裔啊！没有人能拉开他们的弓弦，搭上他们的箭，举起他们的铁杵。（23）甚至在孩提时代，他们在奔跑、打靶、吃饭和沙场角斗方面都要比你们强。(24) 他们像老虎那样勇猛有力,将在战场上粉碎你的军队。你不要与他们交战吧!(25) 他们一次又一次在战场上杀死大地上的国王,王中因陀罗啊!你已经亲眼看到在王祭中发生的一切。(26) 他们牢记在那场赌博中德罗波蒂受辱和你们的粗言恶语,将会像时神那样出现在战场上。(27)

眼睛发红的浓发者(阿周那)有那罗延(黑天)作为助手,双方军队中没有一个勇士能与他相比,英雄啊!(28) 在天神、檀那婆、蛇、罗刹和药叉中都没有这样的勇士,何况在凡人中?(29) 我听说像睿智的普利塔之子(阿周那)这样的勇士或许过去有过,或许将来才会有,大王啊!(30) 婆薮提婆之子(黑天)是御者,胜财(阿周那)是战士,甘狄拨是神弓,那些马匹快速似风。(31) 他的神奇铠甲不会破裂,他的大箭囊取之不尽,他的武库是因陀罗法宝、楼陀罗法宝和俱比罗法宝,(32) 还有阎摩法宝和伐楼拿法宝。他的那些铁杵形状可怕,他的以金刚杵为首的各种武器出类拔萃。(33) 他曾经在战场上独自驱车杀死成千成千金城的檀那婆。哪个勇士能与他相比?(34) 他以真理为勇气,激昂有力。这位大臂者会保护自己的军队,消灭你的军队。(35) 在双方军队中,只有我或老师(德罗纳)可以抵御胜财(阿周那),而没有第三个人,王中因陀罗啊!这位勇士跃身泼洒箭雨,(36) 犹如夏末大风吹起乌云。贡蒂之子(阿周那)全副武装,有婆薮提婆之子(黑天)做助手。他俩年轻有为,而我俩已经老朽。(37)

全胜说：

听了毗湿摩的话,国王们垂下佩戴金钏、涂抹檀香的肥胖手臂。(38) 他们心慌意乱,想起般度之子们以往的英勇事迹,仿佛就在眼前。(39)

以上是吉祥的《摩诃婆罗多》中《斡旋篇》第一百六十六章(166)。

一六七

毗湿摩说：

德罗波蒂的五个儿子都是大勇士,大王啊!我认为毗罗吒之子优多罗是武士。(1) 激昂是帅中之帅,大王啊!他在战场上能与普利塔之子(阿周那)或婆薮提婆之子(黑天)媲美。(2) 他武艺娴熟,使用各种武器,机智灵敏,顽强勇敢。他会牢记父亲的苦难,英勇作战。(3) 摩豆族后裔萨谛奇是苾湿尼族勇士中的勇士,帅中之帅,暴躁而不慌乱。(4) 我认为优多贸阇也是大勇士,国王啊!人中雄牛战愤很勇敢,也是优秀的勇士。(5) 他们有数以千计的战车、大象和马匹,为了取悦贡蒂之子,将舍生忘死,投入战斗。(6) 他们和般度之子并肩作战,对付你的军队,婆罗多子孙啊!犹如火和风互相呼应,国王啊!(7)

毗罗吒和木柱王两位老将在战场上不可战胜。我认为这两位无比英勇的人中雄牛是大勇士。(8) 他俩虽然年老,但忠于刹帝利正法,竭尽全力坚守英雄之路。(9) 由于联姻的关系,也由于自身的勇气和力量,这两位行为高尚的大弓箭手已经与般度族结成友谊的纽带,王中因陀罗啊!(10) 由于这个原因,所有的大臂者或者成为勇士,或者成为懦夫,人中雄牛啊!(11) 为了同一个目标,他俩坚决忠于普利塔之子,竭尽全力,舍生忘死,国王啊!(12) 他俩将各自率领一支大军,在战斗中显示可怕的威力,维护姻亲关系,创建丰功伟绩。(13) 这两位人间英雄、大弓箭手将会舍生忘死,维护信念,创建丰功伟绩,婆罗多子孙啊!(14)

以上是吉祥的《摩诃婆罗多》中《斡旋篇》一百六十七章(167)。

一六八

毗湿摩说:

征服敌人城堡的般遮罗王子束发,我认为他是普利塔之子的主要勇士,婆罗多子孙啊!(1) 他消灭过去的状态,将在战场上作战,在你的军队中赢得最高荣誉,婆罗多子孙啊!(2) 他有大量的军队、般遮罗人和钵罗跛德罗迦人。他将率领车队,创建丰功伟绩。(3) 我认为全军统帅猛光是大武士,婆罗多子孙啊!这位大勇士是德罗纳的学生,国王啊!(4) 他将在战场上作战,消灭敌人,犹如在世界毁灭的

时代,满腔愤怒的尊神持戟者(湿婆)。(5) 好战者们说,在战场上,他的车队像天神的车队,浩浩荡荡,如同大海。(6)

猛光的儿子刹多罗达磨年轻,缺乏锻炼,王中因陀罗啊!我认为他是半武士,国王啊!(7) 英勇的童护之子车底王勇旗是大武士。这位大勇士与般度之子们是姻亲。(8) 勇士车底王将与儿子一起,创建连大勇士也难以创建的丰功伟绩,婆罗多子孙啊!(9) 征服敌人城堡的刹多罗提婆忠于刹帝利正法,我认为他是般度族优秀的勇士,王中因陀罗啊!阇延多、阿密道阇斯和真胜都是大勇士。(10) 灵魂高尚的般遮罗族俊杰们都是大勇士,孩子啊!他们将在战场上奋勇作战,犹如狂怒的大象。(11) 英勇的阿遮和博遮是般度族的两位大勇士。他俩武艺娴熟,通晓各种战斗,精明强干,顽强勇敢,会竭尽全力帮助般度族。(12)

羯迦夜族五兄弟作战疯狂,王中因陀罗啊!他们都是优秀的勇士,旗帜血红。(13) 迦尸迦、苏古摩罗阇、尼罗、日授、商佉和醉马,(14) 我认为他们都是优秀的勇士,灵魂高尚,具备战士的特征,精通一切武器。(15) 我认为国王画兵是优秀的勇士,因为他是战斗明星,忠于有冠者(阿周那)。(16) 显光和真坚这两位人中之虎是般度族的两位大勇士。(17) 毫无疑问,王中因陀罗啊!我认为虎授和月军是般度族的两位优秀勇士,婆罗多子孙啊!(18) 军丸又名诛怒,王中因陀罗啊!这位国王与婆薮提婆之子(黑天)和怖军一样勇敢,将在战场上与你的军队作战。(19) 正如你认为我、德罗纳和慈悯是优秀的勇士那样,你也应该承认这位驰名疆场的英雄是优秀的勇士。(20) 迦尸王武艺娴熟,征服敌人城堡,备受称颂。我认为这位孤胆英雄是优秀的勇士。(21)

木柱王年轻的儿子真胜作战勇敢,驰名疆场,一人能顶八个勇士。(22) 他和猛光一样,堪称大武士,看重荣誉,将为般度族创建丰功伟绩。(23) 英勇无比的般底耶王是又一位忠诚的大勇士,肩负着般度族的重任。(24) 大弓箭手坚弓是般度族的优秀勇士,俱卢族俊杰啊!我认为希利尼曼和施财王是两位大武士,折磨敌人者啊!(25)

以上是吉祥的《摩诃婆罗多》中《斡旋篇》第一百六十八章(168)。

一六九

毗湿摩说：

娄遮摩那是般度族的大勇士，大王啊！他将像天神那样在战场上与敌军作战，婆罗多子孙啊！（1）布卢吉特·贡提婆阇是大弓箭手、大力士，怖军的母舅。我认为他是大武士。（2）这位英勇的大弓箭手精明强干，通晓各种战斗。我认为他是勇士中的雄牛。（3）他将奋勇作战，犹如摩诃梵（因陀罗）奋战檀那婆。他的士兵们也都善于作战，声誉卓著。（4）这位英勇的国王坚决维护外甥般度之子们的利益，将在战场上创建丰功伟绩。（5）

怖军和希丁芭的儿子（瓶首）是罗刹王，掌握各种幻术，大王啊！我认为他是帅中之帅。（6）他酷爱战斗，将在战场上运用幻术作战，孩子啊！他统辖的那些罗刹和大臣也都是勇士。（7）

其他许多来自不同国家的国王，以婆薮提婆之子（黑天）为首，为了般度之子汇聚在一起。（8）国王啊！我认为这些是灵魂高尚的般度之子的军队中主要的武士、大武士和半武士。（9）他们将在战场上率领坚战的可怕的军队，国王啊！由英雄有冠者（阿周那）保驾，犹如由伟大的因陀罗保驾。（10）我将在战场上与这些渴望胜利而向你冲来的勇士们作战，英雄啊！我希望自己或是取得胜利，或是捐躯疆场。（11）我将迎战手持飞轮和甘狄拨神弓的婆薮提婆之子（黑天）和普利塔之子（阿周那）。这两位人中俊杰犹如晨昏相连的日月。（12）我将冲在阵地前沿，迎战般度之子的这些优秀的勇士和军队。（13）国王啊！我已经讲述了你和他们的主要的武士、大武士和半武士，俱卢族的因陀罗啊！（14）

我只要看到阿周那、婆薮提婆之子（黑天）和其他国王，我都会击退他们，婆罗多子孙啊！（15）但是，大臂者啊！如果我看到般遮罗族束发在战场上挽弓搭箭，向我冲来，我将不杀死他。（16）世人都知道，我为了取悦父亲，放弃到手的王国，发誓恪守梵行。（17）我将花钏灌顶为俱卢族国王，将年幼的奇武灌顶为王储。（18）在大地上所有的国王中，我获得"天誓"的称号。我决不杀死任何女子，也不杀死前生曾是女子的人。(19) 你或许已经听说束发从前是女子，国王啊！他生为女子，后来变成男子，我不会与他交战，婆罗多子孙啊！(20) 我将在战场上杀死向我冲来的其他任何国王，婆罗多族雄牛啊！但是，我不会杀死贡蒂之子们，国王啊！(21)

以上是吉祥的《摩诃婆罗多》中《斡旋篇》第一百六十九章（169）。《列数武士和大武士篇》终。

安芭故事篇

一七〇

难敌说：

婆罗多族俊杰啊！为什么看到束发在战场上挽弓搭箭，冲向前来，你将不杀死他？(1) 大臂者啊！原先你说过将杀死般度族人和苏摩迦族人，恒河之子啊！请你告诉我，祖父啊！(2)

毗湿摩说：

难敌啊！你和诸位国王请听我为何在战场上看到束发，也不杀死他。(3) 我的父亲、灵魂高尚的婆罗多族雄牛福身大王到了命定时刻，寿终正寝，人中雄牛啊！(4) 于是，我信守诺言，婆罗多族俊杰啊！我将我的弟弟花钏灌顶为大王。(5) 花钏死后，我遵照贞信的意见，按照礼仪，将奇武灌顶为王。(6) 他虽然年幼，我还是按照正法为他灌顶，王中因陀罗啊！奇武以法为魂，很尊重我。(7) 孩子啊！我心里想着为他从合适的家族娶妻。(8)

我听说迦尸王的三个女儿正在举行选婿大典，大臂者啊！她们个个美貌绝伦，名字分别为安芭、安必迦和安波利迦。(9) 世界上所有的国王应邀而来，婆罗多族雄牛啊！安芭是大公主，安必迦是二公主，安波利迦是小公主，王中因陀罗啊！(10) 于是，我独自驾车前往迦尸王的京城，大臂者啊！我看到这三位盛装严饰的公主和汇聚在那里的国王们，大地之主啊！(11) 我向站在场地上的所有国王挑战，把三位公主抢上我的车,婆罗多族雄牛啊!(12) 我知道这些公主的聘礼是勇敢。登上车后,我对聚集在那里的所有国王反复呼喊道:"福身王之子毗湿摩抢走这些公主了!(13) 国王们竭尽全力来解救她们吧!我就在你们的眼皮下,把她们抢走了,国王们啊!"(14)

于是,所有的国王高举武器,冲向前来,愤怒地催促车夫们:"驾车!驾车!"(15) 有些国王乘着云朵般的战车,有些擅长象战的国王乘着大象,有些国王骑着载重马,高举武器冲向前来。(16) 所有这些国王用庞大的车队将我团团围住,民众之主啊!(17) 而我用强大的箭雨阻挡,战胜所有的国王,犹如天王战胜檀那婆。(18) 我用一支支的箭,将这些进攻的国王的各种镶金彩旗射倒在地。(19) 我在战斗中,笑着用燃烧的箭射倒他们的马匹、大象和车夫,人中雄牛啊!(20) 看到我武艺娴熟,他们绝望地撤退。我战胜这些国王,返回象城。(21) 然后,我告诉贞信这件事,婆罗多子孙啊!说明这些女孩子是为弟弟找的,大臂者啊!(22)

以上是吉祥的《摩诃婆罗多》中《斡旋篇》第一百七十章(170)。

一七一

毗湿摩说：

婆罗多族俊杰啊!我走向母亲,这位渔家女和英雄之母,拥抱她的脚,说道:(1) "为了奇武,我战胜国王们,赢得这些以勇敢为聘礼的迦尸王的公主。"(2) 贞信热泪盈眶,吻了吻我的头,高兴地说道"多么幸运,孩子啊!你取得了胜利。"(3)

经贞信同意,定下婚期后,迦尸王的大女儿害羞地说道:(4) "毗湿摩啊!你通晓正法,精通一切武艺。听了我的合乎正法的话,你能为我做主。(5) 原先我心里选定沙鲁瓦王为婿,他也悄悄选定我。我的父亲并不知道。(6) 国王啊!你学过经典,怎么能将我这个另有所爱的女子安置在你的家中?毗湿摩啊!尤其你是俱卢家族的人。(7) 现在,你已经知道真相,好好想想,婆罗多族雄牛啊!你应该做对你合适的事,大臂者啊!(8) 显然,沙鲁瓦王正在等着我,民

众之主啊！怜悯我吧，大臂者啊！优秀的守法者啊！因为我们听说你严守誓言，享誉大地，英雄啊！"（9）

以上是吉祥的《摩诃婆罗多》中《斡旋篇》第一百七十一章（171）。

一七二

毗湿摩说：

然后，我征得贞信·迦梨以及大臣们、婆罗门们和祭司们的同意，让大公主安芭离去，人中之主啊！（1）这位公主告别我们，由年长的婆罗门保护，由乳母陪同，前往沙鲁瓦王的京城。经过长途跋涉，她见到了国王。（2）她走上前去，对沙鲁瓦王说道"大臂者啊！我为你而来，大光辉者啊！"（3）

沙鲁瓦王仿佛笑着，民众之主啊！对她说道"你已经属于别人，我不选你为妻。（4）贤女啊！回到婆罗多族那里去吧！你已经被毗湿摩抢走，我不想要你了。（5）毗湿摩在大战中战胜国王们，强行抢走你。你也高高兴兴让他带走。你已经属于别人，我不选你为妻了。（6）像我这样的国王，富有知识，教导别人正法，怎么能让一个属于别人的女子进入家门？贤女啊！你愿意去哪儿就去吧！不要浪费时间。"（7）

国王啊！安芭忍受着爱神之箭的折磨，对他说道"你不要这样说，国王啊！事情完全不是这样，（8）我不是高高兴兴让毗湿摩带走的，粉碎敌人者啊！他驱散国王们，强行把哭喊着的我带走。（9）沙鲁瓦王啊！接受我这个忠于你的、无辜的女孩吧！因为正法不赞赏抛弃忠于自己的人。（10）我征询在战斗中从不退缩的恒河之子（毗湿摩），经他同意，我才回到你的家。（11）并不是大臂者毗湿摩想要我，王中之主啊！我听说毗湿摩的所作所为是为了他的弟弟。（12）我的两个妹妹安必迦和安波利迦也是一起被抢走的，国王啊！恒河之子（毗湿摩）已经将她俩给了他的弟弟奇武。（13）沙鲁瓦王啊！我以脑袋发誓，除了你，我从未想过别的男子，人中之虎啊！（14）我不是已婚女子，才来到你这里，我说的是实话，沙鲁瓦王啊！我以灵魂发誓,这是真的。(15) 大眼者啊!接受我这个自己走来的女子吧!我不是已婚女子,王中因陀罗啊!我盼望你开恩。"(16)

尽管她这样恳求,沙鲁瓦还是抛弃迦尸王的这个女儿,婆罗多族俊杰啊!犹如蛇蜕去衰老的皮。(17) 尽管她说尽各种恳求的话,无罪的人啊!沙鲁瓦王还是不相信这个女孩,婆罗多族雄牛啊!(18) 迦尸王的大女儿满腔怨愤,两眼含泪,话音哽咽,说道:(19) "被你遗弃后,无论我到哪里,民众之主啊!但愿那里的善人们庇护我!因为我说的是真话。"(20)

她这样诉说着,哀哀哭泣,俱卢后裔啊!残酷的沙鲁瓦王还是抛弃了她。(21) 沙鲁瓦王反复说道 "走吧!走吧!我害怕毗湿摩,美臀女啊!你是毗湿摩娶走的妻子。"(22) 听了目光短浅的沙鲁瓦王说的这些话,她凄惨地哭泣着离开这座城市,犹如一头雌鹗。(23)

以上是吉祥的《摩诃婆罗多》中《斡旋篇》第一百七十二章(172)。

一七三

毗湿摩说:

婆罗多子孙啊!她离城后,独自思忖道 "在这大地上,没有一个青年女子比我更不幸。我失去亲属,又被沙鲁瓦抛弃。(1) 我不能再回象城了。毗湿摩同意我离开,就是为了成全沙鲁瓦。(2) 能怪我自己吗?能怪难以抵御的毗湿摩吗?能怪我愚蠢的父亲吗?他是为我举行选婿大典。(3) 是我自己造成的错误。当时发生激战,我没有为了沙鲁瓦而从毗湿摩的车上跳下,造成这样的结果。我真像个傻瓜。(4) 可恨的毗湿摩,可恨我那愚蠢无知的父亲,鲁莽地把我像娼妇那样标价抛售。(5) 可恨我自己,可恨沙鲁瓦王,可恨创造主,由于他们倒行逆施,使我遭受巨大不幸。(6) 人总得接受命中注定的那一份。但福身王之子毗湿摩是我不幸的开端。(7) 现在,我觉得,我必须报复毗湿摩,或者通过苦行,或者通过战斗。我认为他是我不幸的原因。但是,有哪个国王能在战斗中战胜毗湿摩呢?"(8)

她这样考虑着走出城外,来到那些灵魂高尚、品行纯洁的苦行者

405

的净修林。在苦行者们护卫下,她在那里住了一夜。(9) 然后,这位笑容甜美的女子详详细细诉说自己的一切遭遇,婆罗多子孙啊!遭到劫持,获得释放,又被沙鲁瓦抛弃,大臂者啊!(10) 那里有一位誓言严酷的大婆罗门塞卡婆底耶,终身修炼苦行,是精通经典和森林书的老师。(11) 大苦行牟尼塞卡婆底耶看到这个贞洁的女孩唉声叹气,陷入痛苦和忧伤,便说道:(12) "贤女啊!这些苦行者住在净修林里修炼苦行,灵魂高尚,大福大德,在这种情况下,能为你做什么?"(13)

国王啊!她回答说:"你可以给我恩惠。我想要出家,修炼严酷的苦行。(14) 肯定是我前生愚蠢,作下恶业,遭此报应。(15) 我不能再回到自己亲人那里去了,诸位苦行者啊!没有名分,没有欢乐,我已被沙鲁瓦抛弃。(16) 我想要你们教我修苦行,天神般纯洁的人们啊!怜悯我吧!"(17)

他引经据典,用各种例举安慰这个女孩,让她平静下来。他与婆罗门们一起答应帮助她。(18)

以上是吉祥的《摩诃婆罗多》中《斡旋篇》第一百七十三章(173)。

一七四

毗湿摩说:

然后,所有的苦行者担起责任。这些遵行正法的人为这女孩考虑:"应该怎么办?"(1) 有些苦行者说:"带她回父亲家去。"有些优秀的婆罗门想:"我们会受到谴责。"(2) 有些人认为:"她应该去与沙鲁瓦王团圆。"另外一些人说:"不行,他已经拒绝她了。"(3)

在这种情况下,这些誓言严酷的苦行者又对她说道:"贤女啊!圣人们能为你做什么?(4) 不要出家了吧,贤女啊!听从有益的劝告,从这里回父亲家去,祝你幸运!(5) 你的父王知道下一步该怎么办,美女啊!你住在那里舒服方便,具有一切优点。你没有别的路可走,贤女啊!去父亲那里最合适。(6) 肤色美丽的女子啊!丈夫和父亲都是女子的归宿。正常情况下,丈夫是归宿;遭逢不幸时,父亲是归宿。(7) 出家生活十分艰苦，尤其是对你这样身为公主的娇嫩女子，美女啊！(8) 你住在净修林里，肤色美丽的女子啊！会遇到许多麻烦，贤女啊！住在父亲家里就不会这样。"(9) 这些婆罗门还对这位苦行女说道 "看到你独自一人住在偏僻深邃的树林里，那些王中因陀罗会纠缠你。因此，放下这个念头吧！"(10)

安芭说：

我不能回迦尸城，也不能去父亲家。毫无疑问，亲友们会鄙视我。(11) 这已经与小时候住在父亲家里不一样了，诸位苦行者啊！祝你幸运！我不回父亲那里，我希望在苦行者们保护下，修炼苦行。(12) 诸位优秀的婆罗门啊！我要修炼苦行，以求今生和来世不再遭受如此巨大的不幸。(13)

毗湿摩说：

正当这些婆罗门这样考虑时，王仙苦行者诃多罗伐诃那来到这个树林。(14) 所有的苦行者欢迎这位国王，以礼相待，献上坐垫和水。(15) 他坐下休息后，听大家谈话。这些林居者又谈起那个女孩。(16) 听到安芭和迦尸王的故事，婆罗多子孙啊！安芭的这位外公激动地站起身来，把她搂在怀里，安慰她，国王啊！(17) 他详细询问她遭逢不幸的来龙去脉。她把事情经过全都告诉了他。(18)

这位大苦行者王仙满怀痛苦和忧伤，心中考虑应该怎么办。(19) 他痛苦地颤抖着，对受苦的女子说道 "不要去你父亲家，贤女啊！我是你的外公。(20) 我将铲除你的痛苦。你只要听我的，孩子啊！你已经干枯的心愿会实现，公主啊！(21) 听我的话，到苦行者阁摩陀耆尼之子罗摩（持斧）那里去。罗摩会消除你的巨大痛苦和忧伤。如果毗湿摩不听从他的话，他会在战场上杀死他。(22) 到这位婆利古族俊杰那里去吧！他的光辉犹如时神之火。这位大苦行者会把你送上平坦之路。"(23)

这个女孩啜泣不止，向外公诃多罗伐诃那俯首行礼，(24) 声泪俱下，说道 "我将遵照你的吩咐去那里。但是，我能见到这位举世闻名的高贵者吗？(25) 这位婆利古族后裔又怎样消除我的巨大痛苦？我想先听听这些，然后再去。"(26)

以上是吉祥的《摩诃婆罗多》中《斡旋篇》第一百七十四章(174)。

一七五

诃多罗伐诃那说:

孩子啊！你将见到阇摩陀耆尼之子罗摩。这位大力士信守誓言，在大森林里修炼严酷的苦行。(1) 在著名的摩亨陀罗山上，精通吠陀的仙人们，还有健达缚和仙女们，始终侍奉罗摩。(2) 你去那里吧，祝你幸运！先向这位终身修炼苦行、誓言坚定的人俯首行礼，转达我的话。(3) 然后，告诉他你的愿望，贤女啊！由于你提到我，罗摩会为你做一切事情。(4) 罗摩是我的亲密的朋友，孩子啊！这位阇摩陀耆尼之子是英雄，精通一切武艺的优秀武士。(5)

毗湿摩说:

国王诃多罗伐诃那对这女孩说着这些话，罗摩亲密的同伴阿讫多弗罗那来到这里。(6) 成千位牟尼都站起身来，年迈的斯楞遮耶国王诃多罗伐诃那也站起身来。(7) 这些林居者按照礼节，互相问候，婆罗多族俊杰啊！然后，围绕着他，一起坐下。(8) 他们讲述各种迷人的、可爱的和神圣的故事，沉浸在欢快喜悦之中，王中因陀罗啊！(9) 大家讲完故事后，灵魂高尚的王仙诃多罗伐诃那向阿讫多弗罗那询问优秀的大仙罗摩的情况：(10) "大臂者啊！现在，在哪儿能见到光辉的阇摩陀耆尼之子，阿讫多弗罗那啊！他是优秀的吠陀学者。"(11)

阿讫多弗罗那说:

罗摩经常提到你，主人啊！说道 "王仙斯楞遮耶是我的好朋友。"(12) 我想，明天早上罗摩会在这里。他想来这里见你，你也就会见到他。(13) 王仙啊！这个女孩为什么来到森林？她是谁的女儿？跟你有什么关系？我想知道。(14)

诃多罗伐诃那说:

她是我的外孙女，主人啊！迦尸王美丽的大女儿。她和两个妹妹一起举行选婿大典，无罪的人啊！(15) 迦尸王的这个女儿名叫安芭。她的两个妹妹是安必迦和安波利迦，苦行者啊！(16) 刹帝利国王们汇聚迦尸城,就是为了这三个女孩,婆罗门仙人啊!那里举行盛大的喜庆活动。(17) 后来,英勇非凡的福身王之子毗湿摩撇开众国王,这位大光辉者抢走了这三个女孩。(18) 灵魂纯洁的毗湿摩打败众国王,带着这三个女孩回到象城,婆罗多族子孙啊!(19) 这位主人把她们交给贞信,盼咐马上为弟弟奇武举行婚礼。(20)

看到婚礼准备就绪,婆罗门族雄牛啊!这个女孩当着众大臣的面,对恒河之子(毗湿摩)说道:(21) "英雄啊!我心中已选定沙鲁瓦王为婿,知法者啊!我心中另有所爱,你不应该把我嫁给别人。"(22) 听了她的话,毗湿摩与大臣们商量,并征得贞信同意,决定放她回去。(23) 这个女孩告别毗湿摩,高高兴兴赶到梭婆王沙鲁瓦那里,婆罗门啊!对他说道:(24) "毗湿摩放了我,请你赐给我正法吧!我早就在心里选定你,王中雄牛啊!"(25) 而沙鲁瓦王怀疑她的品行,拒绝了她。于是,这个女孩来到苦行林,热衷苦行。(26) 她提到自己的家族,我才认出她。现在她认为毗湿摩是她痛苦的根由。(27)

安芭说:

尊者啊!正如斯楞遮耶王诃多罗伐诃那所说的那样,他是我母亲的生父。(28) 我不能回到自己的京城去,苦行者啊!我害怕别人鄙视我,而我自己也感到羞愧,大牟尼啊!(29) 尊者啊!我认为尊者罗摩会告诉我怎样做,我一定照他说的去做,婆罗门俊杰啊!(30)

以上是吉祥的《摩诃婆罗多》中《斡旋篇》第一百七十五章(175)。

一七六

阿讫多弗罗那说:

贤女啊!有两种痛苦,你想选择哪种办法?柔弱的女孩啊!请你告诉我。(1) 如果你想与梭婆王结婚,贤女啊!灵魂高尚的罗摩为你着想,会让他娶你。(2) 如果你想看到河流之子毗湿摩在战场上败给睿智的罗摩,婆利古后裔也会做到。(3) 听了斯楞遮耶和你的话,笑容美丽的女子啊!让我们认真考虑下一步怎么办吧!(4)

409

安芭说：

尊者啊！毗湿摩抢走我时，并不知情，婆罗门啊！毗湿摩不知道我心中有沙鲁瓦。（5）你要用心考虑，作出决定，妥善处理。（6）采取一个对于俱卢族之虎毗湿摩，对于沙鲁瓦王，或者对于他们两人都合适的办法，婆罗门啊！（7）我已经如实诉说我痛苦的根源，尊者啊！你应该设法解决这个问题。（8）

阿讫多弗罗那说：

肤色美丽的女子啊！你所说的关于正法的话是正确的，贤女啊！现在听我说。（9）如果河流之子（毗湿摩）没有把你带到象城，羞怯的女子啊！沙鲁瓦在罗摩的催促下，一定会俯首娶你。（10）而你被他征服，贤女啊！然后被他带走，美女啊！因此，沙鲁瓦王对你产生怀疑，细腰女啊！（11）毗湿摩以男子汉气概自豪，因胜利而神采飞扬，所以，你应该设法报复他。（12）

安芭说：

婆罗门啊！这正是我心中的强烈愿望 "如果有可能，我要在战场上杀死毗湿摩。"（13）你给毗湿摩或沙鲁瓦王定罪吧，大臂者啊！你惩处那个造成痛苦的人吧！（14）

毗湿摩说：

他们这样说着，白天消逝，婆罗多族俊杰啊！夜晚带着舒适和煦的微风来临。（15）然后，罗摩出现，光辉熠熠，犹如燃烧的火焰，国王啊！这位牟尼身穿树皮衣，挽着发髻，众位徒弟围绕身边。（16）他握着弓，带着剑和斧，精神抖擞，一尘不染，走向斯楞遮耶王，王中之虎啊！（17）看见他来到，苦行者们、大苦行者国王和这个痛苦的女孩都站起身来，双手合十。（18）他们恭敬地用蜜食招待婆利古后裔（罗摩）。他接受待客之礼后，与他们一起坐下。（19）

然后，王仙斯楞遮耶和阇摩陀耆尼之子（罗摩）谈论一些往事，婆罗多子孙啊！（20）谈完后，王仙不失时机，对力大无比的婆利古族俊杰罗摩说出甜美而有意义的话：（21）"罗摩啊！这是我的外孙女，迦尸王的女儿，主人啊！你听听她想要做的事，精通事务的人啊！"（22）罗摩回答说 "请尽管说吧！"于是，她走近罗摩，犹如走近燃烧的火焰。（23）这个美丽的女孩用头向罗摩行触足礼，并用莲

花瓣一般的双手触摸他的双足,然后,站在他面前。(24) 她眼中充满泪水,哀哀哭泣,请求婆利古后裔(罗摩)庇护。(25)

罗摩说:

你对我,就像你对斯楞遮耶一样,公主啊!说出你内心的痛苦吧!我会照你的话去做。(26)

安芭说:

尊者啊!今天,我得到你的庇护,大誓言者啊!你把我从这可怕的痛苦泥沼中解救出来吧,主人啊!(27)

毗湿摩说:

望着这个年轻美貌、新鲜娇嫩的女孩,罗摩陷入沉思。(28) "她想要说什么?"婆利古族俊杰罗摩满怀怜悯,沉思良久。(29) 罗摩再次说道 "请说吧!"于是,这个笑容美丽的女孩如实向婆利古后裔(罗摩)倾诉一切。(30) 听了公主说的话,阇摩陀耆尼之子(罗摩)作出决定,对这个美臀女说道: (31) "我会给俱卢族俊杰毗湿摩发话,美女啊!这位国王听了我的符合正法的话,他会照办。(32) 如果恒河之子(毗湿摩)听了我的话,不照办,贤女啊!我将在战场上用武器的光辉焚烧他和他的大臣。(33) 公主啊!如果你改变主意,我就让英勇的沙鲁瓦王尽到自己的责任。"(34)

安芭说:

婆利古后裔啊!毗湿摩听说我的心早已许给沙鲁瓦王,便放了我。(35) 我到了梭婆王(沙鲁瓦)那里,苦苦恳求他。而他怀疑我的品行,不肯接纳我。(36) 婆利古后裔啊!你应该运用自己的智慧全面考虑,决定怎么办。(37) 大誓言者毗湿摩是我痛苦的根源,因为他强行制服我,抢走我。(38) 大臂者啊!请你杀死毗湿摩!是他使我遭受如此深重的痛苦和不幸,婆利古族之虎啊!(39) 毗湿摩贪婪、骄傲,因胜利而神采飞扬,婆利古后裔啊!所以,你应该给他一个报复,无罪的人啊!(40) 我被婆罗多后裔(毗湿摩)抢走时,主人啊!我心里就想着要杀死这位大誓言者。(41) 因此,罗摩啊!实现我的愿望吧,无罪的人啊!杀死毗湿摩,犹如摧毁城堡者(因陀罗)杀死弗栗多,大臂者啊!(42)

以上是吉祥的《摩诃婆罗多》中《斡旋篇》第一百七十六章(176)。

411

一七七

毗湿摩说：

这女孩哭着连连催促 "请你杀死毗湿摩！"主人啊！罗摩听后，对她说道：（1） "迦尸国公主啊！我不能随便拿起武器，除非为了知梵者，肤色美丽的女子啊！我能为你做别的什么事吗？（2） 毗湿摩和沙鲁瓦都会听从我的话，公主啊！我能做到这一点，不要悲伤，体态无可指摘的女子啊！（3） 但是，我决不会拿起武器，除非婆罗门有此需求，美女啊！这是我立下的誓言。"（4）

安芭说：

你应该消除我的痛苦，而这痛苦正是毗湿摩造成的，主人啊！杀死他吧，不要耽搁。（5）

罗摩说：

迦尸国公主啊！请说说别的要求吧！毗湿摩无论怎样值得尊敬，他也会按照我的吩咐，用头向你行触足礼。（6）

安芭说：

罗摩啊！如果你想让我高兴，就在战场上杀死毗湿摩，如果你言而有信，就应该兑现你许下的诺言。（7）

毗湿摩说：

罗摩和安芭这样说着，国王啊！阿讫多弗罗那对阇摩陀耆尼之子（罗摩）说道：（8） "大臂者啊！你不应该抛弃这位前来求救的女孩，罗摩啊！在战场上杀死像阿修罗那样吼叫的毗湿摩吧！（9） 如果毗湿摩在战场上受到你的挑战，大牟尼罗摩啊！他要么承认自己战败，要么照你的话去做。（10） 这样，你为这女孩做了该做的事，婆利古后裔啊！你许下的诺言，英雄啊！也就兑现，主人啊！（11） 你曾经作出承诺，大牟尼罗摩啊！在战胜一切刹帝利后，你对婆罗门们说：（12） '如果有婆罗门、刹帝利、吠舍和首陀罗仇恨婆罗门，我将在战场上杀死他。'婆利古后裔啊！（13） 你还说 '只要我活着，决不会抛弃身陷危难、前来寻求庇护的人。（14） 如果有人在战场上战胜聚集在一起的所有刹帝利,我将杀死这个骄傲的人。'婆利古后裔啊！(15) 俱卢后裔毗湿摩已经取得这样的胜利,罗摩啊！你上战场与他交战吧,婆利古后裔啊！"(16)

罗摩说:

我记得我作出的承诺,优秀的仙人啊！我将用调和的办法解决此事。(17) 这位迦尸国公主心里想要做的是件大事,婆罗门啊！我将亲自带这女孩到那里去。(18) 如果战绩显赫的毗湿摩不照我的话做,我就杀死这个傲慢的人。这是我的决定。(19) 我射出的箭不会粘在人身上,[①] 你早已在我与刹帝利的战斗中见识过了。(20)

毗湿摩说:

这样说罢,思想高尚的罗摩决定出发。他和知梵者们站起身来。(21) 这些苦行者供奉祭火,念诵经咒,在那里过完一夜,起身出发,想要杀死我。(22) 罗摩和婆罗门雄牛们带着那个女孩,一起前往俱卢之野,婆罗多子孙啊！(23) 到达婆罗私婆蒂河,以婆利古族俊杰（罗摩）为首,这些灵魂高尚的苦行者在这里安营。(24)

以上是吉祥的《摩诃婆罗多》中《斡旋篇》第一百七十七章（177）。

一七八

毗湿摩说:

他在这个平坦的地方住到第三天,国王啊！这位大誓言者传话给我说"我来了。"(1) 听说这位大力士来到边界,我怀着喜悦,迅速去见这位犹如光辉宝库的主人。(2) 王中因陀罗啊！我出婆罗门、天神般的祭司和家庭祭司们陪伴,将一头牛放在前面。(3) 看到我来了,威武的阇摩陀耆尼之子（罗摩）接受我的敬意,然后说道:(4) "毗湿摩啊！你是怎么想的？先强行抢走她,随后又放了她。(5) 你使她完全失去了正法。由于你接触过她,谁还敢接近她？(6) 由于你带走过她,沙鲁瓦才拒绝接受她,婆罗多子孙啊！因此,你听从我的

[①] 意思是射出的箭,支支穿透人的身体。

413

吩咐，把她带回去，婆罗多子孙啊！（7）让这位公主得到自己的正法，人中之虎啊！她不应该受到像你这样的国王的轻慢，无罪的人啊！"（8）

看到他不是极端愤怒，我说道："婆罗门啊！我无论如何不能再把她嫁给我的弟弟。（9）婆利古后裔啊！她曾对我说：'我是沙鲁瓦的人。'因而，我同意她去梭婆城。（10）我不会出于恐惧或怜悯，出于贪婪或私利，放弃刹帝利正法。这是我立下的誓言。"（11）

罗摩眼中充满愤怒，对我说道："如果你不照我的话做，俱卢族雄牛啊！（12）我今天就杀死你和你的大臣们！"他情绪激动，眼中充满愤怒，反复这样说。（13）我一再用取悦的语言恳求这位克敌制胜的婆利古族之虎，但他不能平静下来。（14）于是，我向这位婆罗门俊杰俯首行礼，说道："你有什么理由要与我作战呢？（15）我还是孩子的时候，你就教会了我四种武艺，大臂者啊！我是你的学生，婆利古后裔啊！"（16）

然而，罗摩气得眼睛发红，对我说道："你知道我是你的老师，毗湿摩啊！你却不肯接纳这位迦尸国公主，让我感到高兴，俱卢族国王啊！（17）如果这样，你就不得安宁，俱卢后裔啊！带她走吧，大臂者啊！保护自己的家族吧！因为你使她失去地位，找不到丈夫。"（18）

征服敌人城堡的罗摩这样说罢，我回答说："事已如此，无法挽回，婆罗门仙人啊！你何必要耗费精力？（19）阇摩陀耆尼之子啊！看在你过去是我的老师的分上，我请求你宽恕，尊者啊！因为我已经抛弃她。（20）凡是懂得妇女的缺点和祸害的人，怎么会将一个另有所爱的女人留在家里，犹如留住一条毒蛇？（21）即使受到婆薮之主（因陀罗）威胁，我也不会放弃正法，大光辉者啊！你或者宽恕我，或者做你该做的事，不必耽搁！（22）

"灵魂纯洁的人啊！我们听过往世书中，主人啊！灵魂高尚的摩奴多念诵的一首偈颂，大智者啊！（23）'老师的命令必须执行，尽管他傲慢狂妄，尽管他不明是非，尽管他偏离正道。'（24）想到你是我的老师，我怀着情谊，对你极其恭敬。而你不知道为师之道。因此，我将与你作战。（25）我不会在战场上杀死老师，何况又是婆罗门，而且终身修炼苦行。因此，我宽恕你。（26） 正法裁定说：在战场上，看到一个婆罗门像刹帝利那样挽弓搭箭，奋勇作战，不肯撤退，那么，出于愤怒而杀死他，这不算是犯杀害婆罗门罪。（27） 我是刹帝利，奉守刹帝利正法，苦行者啊！以其人之道，还治其人之身，这样的人不违背正法，而是深明事理。（28） 通晓正法和利益，也懂得地点和时间，对事情有无意义产生怀疑，比毫不怀疑要好。（29） 你在这件值得怀疑的事上，自以为是，罗摩啊！因此，我要与你大战一场，让你领教我的超人的臂力和勇气。（30） 婆利古后裔啊！即使面临这种情况，我也将尽我所能，婆罗门啊！我将在俱卢之野作战，罗摩啊！按照你的愿望准备决斗吧，大牟尼啊！（31） 在那里我将用成百成百支箭淹没你，罗摩啊！你将在大战中受到我的武器净化，得到你已经赢得的世界。（32）

"因此，去吧，回到俱卢之野，热爱战斗的人啊！我将在那里与你相遇，大臂者啊！与你交战，苦行者啊！（33） 你曾经在那里净化你的父亲，罗摩啊！我也将在那里杀死你，净化你，婆利古后裔啊！（34）赶快去那里吧，战斗疯狂的罗摩啊！我将驱除你的传说中的骄傲，自封的婆罗门啊！（35） 罗摩啊！你多次在集会上自吹自擂：'我独自一人战胜世界上所有的刹帝利。'然而，你听着，（36） 那时，毗湿摩，或者像我这样能灭除你的战争狂热的刹帝利还没有出生。（37）然而，现在，我已经出生，大臂者啊！毫无疑问，征服敌人城堡的毗湿摩将灭除你的战斗傲气，罗摩啊！"（38）

以上是吉祥的《摩诃婆罗多》中《斡旋篇》第一百七十八章（178）。

一七九

毗湿摩说：

然后，婆罗多子孙啊！罗摩仿佛笑着，对我说道 "多么幸运，毗湿摩啊！你想与我在战场上交战。（1） 我与你一起前往俱卢之野，俱卢后裔啊！我照你说的做，你也要去那里，折磨敌人者啊！（2） 让你的恒河母亲看到你被我的成百成百支箭射中，成为兀鹰、鹤和乌鸦的吃食，毗湿摩啊！（3）让这位由悉陀和遮罗纳侍奉的女神看到你被我杀死的悲惨景象，伤心哭泣，国王啊！（4）这与大福大德的跋吉罗陀之女恒河不相称。她生下你这么个人，愚蠢，有病，酷爱战争。（5）来吧，与我一起去，毗湿摩啊！今天就开战，俱卢后裔啊！带上所有的车子等等，婆罗多族雄牛啊！"（6）征服敌人城堡的罗摩这样说罢，我向他俯首行礼，说道"就这样。"国王啊！（7）

于是，渴望战斗的罗摩前往俱卢之野，我进城禀告贞信。（8）然后，举行消灾仪式，接受母亲祝福，也让婆罗门祈求吉祥平安，大光辉者啊！（9）我登上漂亮的银色战车，装备精良，裹着虎皮，由白马驾驭。（10）配备有各种大型武器和所有的器具，而御者出身世家，是精通马经的勇士，国王啊！（11）这位优秀的御者经常目睹我的业绩。我身披漂亮的白色铠甲，（12）手持白色的弓，启程出发，婆罗多族俊杰啊！头顶上撑着白色的华盖，（13）摇晃着白色的拂尘，国王啊！我身穿白色的衣服，头戴白色的顶冠，所有的装饰品都呈白色。（14）随着祝福胜利的赞美词，我离开象城，前往俱卢之野，这战斗的场地，婆罗多族雄牛啊！（15）

那些马匹速度如同思想和风，在御者的驱策下，很快将我带到战场，国王啊！（16）到了俱卢之野，我和威武的罗摩互相展示勇气，渴望战斗，国王啊！（17）我站在大苦行者罗摩的视界内，紧握和吹响我的高级螺号。（18）然后，婆罗门、苦行者和林居者们以及天神和成群的仙人，一起观看这场神奇的战斗，国王啊！（19）天国的花环不断闪现，天国的乐器不断奏响，云团不断涌起。（20）跟随婆利古后裔（罗摩）的所有苦行者都成了观战者，团团围住战场。（21）

然后，我的母亲显身，国王啊！这位关心一切众生利益的女神对我说 "你想做什么？（22）我要去阇摩陀耆尼之子（罗摩）那里，俱卢后裔啊！坚决请求他 '不要与你的学生毗湿摩作战。'（23）儿子啊！不要这样固执，一定要与婆罗门阇摩陀耆尼之子（罗摩）决战，国王啊！"她这样责备我：（24）"难道你不知道罗摩杀戮刹帝利与诃罗（湿婆）一样勇敢，儿子啊！因此，你想要与他作战？"（25）

我双手合十，向女神行礼，告诉她在选婿大典上发生的一切，婆罗多族俊杰啊！（26）我也告诉她，我原先如何恳求罗摩宽恕，王中因陀罗啊！还有迦尸国公主原先的爱情。(27) 于是，我的母亲恒河女神为了我，去罗摩那里，恳求这位婆利古族仙人，说道 "请你不要与你的学生毗湿摩作战。"(28) 而他对求情的女神说道 "你去劝阻毗湿摩吧！正是因为他违背我的意愿，我才与他较量。"(29)

全胜说：

于是，恒河女神出于对儿子的爱，又回到毗湿摩那里。而他眼中充满愤怒，不肯听从她的话。(30) 然后，以法为魂的大苦行者、优秀的婆罗门、婆利古族俊杰（罗摩）再次发出挑战。(31)

以上是吉祥的《摩诃婆罗多》中《斡旋篇》一百七十九章（179）。

一八〇

毗湿摩说：

我笑着对准备战斗的罗摩说道 "我不能站在车上与站在地上的你作战。(1) 如果你想与我作战，罗摩啊！登上战车，英雄啊！穿上铠甲，大臂者啊！"(2) 罗摩在战场上，笑着对我说道 "这大地就是我的战车，毗湿摩啊！吠陀是我的骏马。(3) 风是我的御者，吠陀之母①是我的护身铠甲，我将在战场上作战，俱卢族后裔啊！"(4) 甘陀利之子啊！以真理为勇气的罗摩这样说着，用密集的利箭从四面八方包围我。(5)

然后，我看到阇摩陀耆尼之子（罗摩）站在光辉灿烂的天车上，装有一切武器，仿佛是奇迹。(6) 这是他心造的，圣洁，宽敞，犹如一座城市，套上天马，披上铠甲，装饰有金子，(7) 还有以月亮为装饰标记的旗帜，大臂者啊！他拿着弓，佩着箭囊，戴着臂套和指套。(8) 阿讫多弗罗那是好战的婆利古后裔（罗摩）的亲密朋友，精通吠陀，担任御者。(9) 婆利古后裔（罗摩）在战场上向我挑战，反复喊道 "冲上来啊！"令我精神振奋。(10) 我一对一，迎战罗摩。这位刹帝利的大力士犹如上升的太阳，不可征服。(11)

---

① 吠陀之母指吠陀颂诗的韵律。

在相距三箭的射程处，我勒住马，跳下马，放下弓，徒步走向这位优秀的仙人。（12）我遵照礼仪，向婆罗门俊杰罗摩行礼致敬，说一些好话：（13）"我将与你在战场上交战，罗摩啊！你是我的优秀的老师，出类拔萃，恪守正法，主人啊！为我祝福胜利吧！"（14）

罗摩说：

俱卢族俊杰啊！一个想要繁荣幸福的人就应该这样，大臂者啊！与强者作战，这就是正法。（15）如果你不敢进攻我，民众之主啊！我会诅咒你，俱卢后裔啊！你要坚定不移，在战场上奋力作战。（16）我不会为你祝福胜利，因为我要战胜你。去吧，依法作战吧！我对你的行为表示满意。（17）

毗湿摩说：

我向他致敬后，迅速登上战车，再次在战场上吹响镶金的螺号。（18）然后，我与他开始战斗，婆罗多子孙啊！战斗持续多天，我俩都想战胜对方。（19）在战场上，他首先向我发射九百六十支火光闪烁的苍鹭羽毛箭。（20）我的四匹马和御者受到遏制，民众之主啊！而我全副武装，依然挺立战场。（21）

我向众天神和婆罗门们行礼，婆罗多子孙啊！他站着准备战斗，我笑着对他说道：（22）"尽管你超越法度，我依然尊师重道。请你再听我说，婆罗门啊！成功在于把握正法。（23）我不会打击你体内的吠陀、伟大的梵性和大威力的苦行。（24）我按照你也接受的刹帝利正法打击你，因为婆罗门举起武器，便成为刹帝利。（25）请看我的弓的威力！请看我的双臂的威力，英雄啊！我将把你的弓箭射成两半。"（26）

我射出一支锋利的月牙箭，婆罗多族雄牛啊！他的弓顶断裂，坠落地上。（27）我又向阁摩陀耆尼之子（罗摩）发射九百支笔直的苍鹭羽毛箭。（28）这些箭借助风势，射中他的身体。它们滴着血向前移动，犹如游动的蛇。（29）罗摩全身布满伤口，流淌鲜血，国王啊！犹如弥卢山流淌矿物。（30）罗摩既像冬季结束时，红花盛开的无忧树，国王啊！又像金苏迦树。（31）

然后，罗摩愤怒地拿起另一张弓，泼洒锋利的金杆羽毛箭。（32）这些可怕的、致人死命的箭速度飞快，向我袭来，犹如蛇、火焰和毒药,令我颤抖。(33) 我重新振作精神,愤怒地向罗摩发射数百支箭。(34) 这些利箭犹如烈火、骄阳和毒蛇,罗摩不堪折磨,仿佛失去知觉。(35) 于是,我心生怜悯,自己责备自己:"该死的战斗,该死的刹帝利!"婆罗多族雄牛啊!(36) 我满怀忧伤,国王啊!一再说道"天啊!我的刹帝利行为犯下罪孽。(37) 我的箭将以法为魂的婆罗门老师折磨成这样。"我不再打击阇摩陀耆尼之子(罗摩),婆罗多子孙啊!(38) 千道光芒的太阳照耀大地后,在白天结束时落山,战斗停止。(39)

以上是吉祥的《摩诃婆罗多》中《斡旋篇》第一百八十章(180)。

一八一

毗湿摩说:

我的能力非凡的御者拔去自己身上、马匹身上和我身上的箭,民众之主啊!(1) 这些马洗澡,溜达,饮水,消除疲劳。早晨太阳升起,战斗继续。(2) 看到我全副武装,驱车疾驰而来,威武的罗摩也精心准备好战车。(3) 看到罗摩渴望战斗,冲向前来,我放下优质硬弓,从车上下来。(4) 像先前一样,我向罗摩行礼后,再登上战车,婆罗多子孙啊!我毫无畏惧地在阇摩陀耆尼之子(罗摩)面前,准备作战。(5) 他向我泼洒密集的箭雨,我也向他泼洒箭雨。(6) 阇摩陀耆尼之子(罗摩)满腔愤怒,又向我发射羽毛箭,犹如一条条嘴中冒火的毒蛇,国王啊!(7) 我一次又一次迅猛地发射成百成千支锋利的月牙箭,国王啊!在空中截断它们。(8)

然后,威武的阇摩陀耆尼之子(罗摩)向我掷来许多神奇的武器,我也阻截住它们。(9) 大臂者啊!我也想用武器创造更大的战绩。这时,四周空中出现巨大的声响。(10) 我向阇摩陀耆尼之子(罗摩)施展风神法宝,罗摩便用俱希迦法宝反击,婆罗多子孙啊!(11) 我使用附有咒语的火神法宝,主人罗摩便用伐楼拿法宝阻截。(12) 这样,我阻截罗摩的各种法宝,光辉的克敌者罗摩精通法宝,也阻截我的各种法宝。(13)

然后，优秀的婆罗门阇摩陀耆尼之子罗摩满腔愤怒，这位大力士从左边射中我的胸膛，国王啊！（14）我瘫坐在战车上，婆罗多族俊杰啊，在罗摩的利箭折磨下，我虚弱无力，御者迅速驾车撤退一段距离，婆罗多族俊杰啊！（15）看到我受了重伤，失去知觉，向后撤退，以阿讫多弗罗那为首，罗摩的随从们，还有迦尸国公主，兴高采烈，齐声欢呼，婆罗多子孙啊！（16）然后，我恢复知觉，清醒过来，对御者说道："御者啊！去罗摩那里！我的疼痛已过去，准备作战！"（17）御者驱车送我，那些骏马速度似风，仿佛在跳舞，俱卢后裔啊！（18）我与罗摩交锋，愤怒地用箭网撒向这个愤怒的人，想要战胜他，俱卢族后裔啊！（19）但罗摩在战斗中迅速射箭，每次三支，截断我的那些笔直飞行的箭。（20）在战场上，罗摩的成百支箭把我的所有利箭一截为二。（21）我又向阇摩陀耆尼之子罗摩发射一支如同死神化身的燃烧发光的箭，想要杀死他。（22）这支箭狠狠射中罗摩。他顿时昏厥，跌倒在地。（23）

罗摩倒在地上，所有的人发出惊呼，仿佛太阳跌落，世界恐慌。（24）所有的苦行者，还有迦尸国公主，惊慌失措，一齐跑向婆利古后裔（罗摩）。（25）他们扶起他，用浸过凉水的手轻轻安抚他，祝福他胜利，俱卢后裔啊！（26）然后，罗摩站了起来，急忙把箭搭在弓上，对我喊道："站住，毗湿摩！你的死期到了。"（27）这支箭迅速飞来，射中我的左胁。我浑身震颤，犹如一棵摇晃的树。（28）

在大战中，罗摩用快箭射死我的马匹，又自信地向我泼洒羽毛箭，国王啊！（29）我也在战斗中发射不可抵御的快箭，大臂者啊！罗摩的箭和我的箭停留空中，很快覆盖住天空四周。（30）太阳被箭网遮住，不再炎热；风仿佛被乌云挡住，在空中发出呼啸。（31）由于风的吹拂，太阳的光照，自燃产生火。（32）这些自燃产生的亮丽的火，将所有的箭烧成灰，飘落地上，国王啊！（33）

罗摩满腔愤怒，迅速向我射来数百、数千、数万、数亿、数兆支箭，俱卢后裔啊！（34）而我在战场上，也用蛇毒般的箭，将它们射断，坠落地上，像蛇那样，国王啊！（35）就这样，战斗进行着，婆罗多族俊杰啊！直至黄昏消逝，我的老师回去。（36）

以上是吉祥的《摩诃婆罗多》中《斡旋篇》第一百八十一章（181）。

一八二

毗湿摩说:

第二天,我又与罗摩交锋,展开极其可怕的激战,婆罗多族俊杰啊!(1) 这位勇敢的主人以法为魂,精通法宝,每天不止一次地使用法宝。(2) 在激战中,我不怕舍弃难以舍弃的生命,用法宝反击法宝,婆罗多子孙啊!(3) 我的法宝多次挫败婆利古后裔(罗摩)的法宝,这位大光辉者怒不可遏,拼命进攻。(4)

灵魂高尚的阇摩陀耆尼之子(罗摩)遭到我的法宝阻截,便掷出一支形状可怕的标枪,枪尖燃烧,犹如时神抛出一颗燃烧的流星,照亮整个世界。(5) 这支标枪向我飞来,像世界末日的太阳那样燃烧,我用闪闪发光的箭将它一截为三,坠落地上,随即,吹起一阵芳香的风。(6) 这支标枪折断,罗摩怒火中烧,又掷出十二支可怕的标枪,婆罗多子孙啊!由于光辉耀眼,速度飞快,无法描述它们的形状。(7) 但我在惊恐中看到它们形状各异,枪尖闪耀光焰,犹如燃烧的大流星从四面八方向我袭来,恰似世界毁灭之时的十二个太阳。(8) 然后,我看到箭网撒来,我也用箭网阻截,国王啊!我在战场上发射十二支箭,挡住这些形状可怕的标枪。(9) 灵魂高尚的阇摩陀耆尼之子(罗摩)又掷出另外一些可怕的金杆标枪,系着金带,光彩夺目,犹如燃烧的大流星。(10) 这些可怕的标枪遭到我的盾和剑的阻截,坠落战场,人中因陀罗啊!我在战斗中向阇摩陀耆尼之子(罗摩)的那些天马和御者泼洒神箭。(11)

看到这些金光闪闪的标枪如同窜出的毒蛇,却被砍断,灵魂高尚的诛灭海诃夜王者(罗摩)愤怒地使出法宝。(12) 一排排燃烧的无羽箭,犹如一群群可怕的蝗虫飞来,密密麻麻,覆盖我的身体、马匹、御者和战车。(13) 我的马匹、御者和战车堆满这些箭,国王啊!车辕、车杆、车轮和车轴都被这些箭射断。(14) 这阵箭雨停止,我就向老师发射箭流。这位梵的宝库(罗摩)中箭受伤,大量的鲜血从他身上流出。(15) 正如罗摩遭受箭网折磨,我也受到箭网重创。下

午，太阳落山，战斗停止。(16)

以上是吉祥的《摩诃婆罗多》中《斡旋篇》第一百八十二章(182)。

一八三

毗湿摩说：

王中因陀罗啊！早上，明亮的太阳升起，婆利古后裔（罗摩）又与我开始战斗。(1) 优秀的武士罗摩站在奔驰的战车上，向我泼洒箭雨，犹如帝释天向山岳倾泻暴雨。(2) 我的御者朋友遭到箭雨打击，倒在车座上，令我精神沮丧。(3) 我的御者中箭，陷入深度昏迷，跌落地下，失去知觉。(4) 然后，御者在罗摩的箭的折磨下，失去生命，王中因陀罗啊！顿时，恐惧袭击我。(5)

国王啊！御者死去，我精神恍惚，胡乱射箭，而罗摩向我射出死亡之箭。(6) 我为御者忧伤不已，婆利古后裔（罗摩）挽开强弓，用箭狠狠地射中我。(7) 嗜血的利箭射中我的锁骨，国王啊！与我一起栽倒地上，王中因陀罗啊！(8) 罗摩以为我死了，婆罗多族雄牛啊！一次又一次发出雷鸣般的欢呼。(9) 国王啊！我躺在地上，罗摩兴高采烈，与他的随从们一起发出巨大的吼叫。(10)

站在我身边的俱卢族人和那些前来观战的人们，看见我倒下，深感震惊和痛苦。(11) 我躺在地上，王中狮子啊！看见八位光辉如同太阳和祭火的婆罗门围绕在我的四周，在战场中间，亲自用手臂将我抬起。(12) 我受到这些婆罗门保护，没有接触地面。他们像亲人一样，将我托在空中。我仿佛腾空而睡，接受他们喷洒的水滴。(13) 国王啊！这些婆罗门托着我，反复说道"不用害怕，祝你平安无事！"(14) 我受到这些话语的激励，立刻站了起来，看见优秀的恒河母亲站在我的车上。(15) 恒河女神在战场上驾驭着我的马匹，俱卢族的因陀罗啊！我向母亲的双脚行礼，也向阿哩湿底赛那仙人行礼，然后登上战车。(16) 她保护了我的战车、马匹和器具。我再次双手合十，向她行礼告别。(17)

我亲自驱策这些快速如风的马匹，与阇摩陀耆尼之子（罗摩）作战,直至白天结束,婆罗多子孙啊!(18) 在战斗中,我向罗摩发射一支快速、有力、钻心的利箭,婆罗多族俊杰啊!(19) 罗摩中箭倒地,失去知觉,弓从膝部滑落。(20) 慷慨布施的恩主罗摩倒下,云团布满天空,降下阵阵血雨。(21) 成百颗流星坠落,伴随着飓风和地震;天光(罗睺)也突然遮蔽灿烂的太阳。(22) 疾风劲吹,大地摇晃,兀鹰、乌鸦和鹤兴奋地盘旋。(23) 在燃烧的地平线上,豺狼发出可怕的嗥叫;震耳的战鼓不敲自响。(24) 灵魂高尚的罗摩倒在地上,失去知觉,出现这种可怕的征兆,婆罗多族俊杰啊!(25) 光晕渐渐柔和,太阳落山,消失在尘埃之中。夜晚来临,清风徐徐,我俩停止战斗。(26) 就这样,国王啊!夜晚停战,天亮后再展开激战。一个黎明接一个黎明,持续了二十三天。(27)

以上是吉祥的《摩诃婆罗多》中《斡旋篇》第一百八十三章(183)。

一八四

毗湿摩说:

王中因陀罗啊!晚上,我俯首行礼,向婆罗门们、祖先们和各处的天神们,(1) 向夜行的神灵们和黑夜女神,民众之主啊!然后,我上床,心中暗暗思忖:(2) "我与阇摩陀耆尼之子(罗摩)的这场战斗残酷激烈,可怕至极,已经持续许多天。(3) 我在战场上不能战胜阇摩陀耆尼之子(罗摩)。这位婆罗门是英勇非凡的大力士。(4) 如果我能战胜威武的阇摩陀耆尼之子(罗摩),就请仁慈的神灵今晚显身吧!"(5)

然后,我忍受着箭伤入睡,王中因陀罗啊!夜里,在我的右边,仿佛天亮似的。(6) 我从车上跌下时,那些优秀的婆罗门抬起我,安慰我"别害怕"。(7) 大王啊!正是他们进入我的梦中,围绕着我,说道'听着!俱卢后裔啊!(8) 你要挺住,不要害怕,恒河之子啊!你没有什么危险。我们会保护你,人中之虎啊!因为你就是我们自己的身体。(9) 阇摩陀耆尼之子罗摩在战场上决不会战胜你,而你将在战斗中战胜罗摩,婆罗多族雄牛啊!(10)

"你应该记得这件可爱的法宝,因为你在前生就已经掌握它。(11) 它是工巧天制造的生主法宝,名为催眠法宝,婆罗多子孙啊!在这大地上,没有人知道它,罗摩也不知道。(12) 记住它,大臂者啊!努力使用它。罗摩并不会死于这件法宝,国王啊!(13) 你也就不会犯下罪孽,恭顺者啊!阁摩陀耆尼之子(罗摩)中了你的箭,便会睡着。(14) 你这样战胜他后,毗湿摩啊!再在战场上使用可爱的苏醒法宝,让他站起来。(15) 天亮后,你就在战车上这样做,俱卢后裔啊!我们觉得睡着和死去一样。(16) 但罗摩决不会死去,国王啊!你就使用这件催眠法宝吧!"(17)

这八位优秀的婆罗门容貌相同,犹如太阳的化身,说完这些话,便消失不见。(18)

以上是吉祥的《摩诃婆罗多》中《斡旋篇》第一百八十四章(184)。

一八五

毗湿摩说:

夜晚过去,我醒来,婆罗多子孙啊!我想起这个梦,兴奋不已。(1) 然后,我和他又展开激烈而神奇的战斗,令一切众生毛发直竖,婆罗多子孙啊!(2) 婆利古后裔(罗摩)向我泼洒箭雨,我用箭网阻截,婆罗多子孙啊!(3) 这位大苦行者昨天的怒气未消,怒上加怒,向我掷出一支标枪。(4) 这支标枪像因陀罗的金刚杵一样坚硬,像阎摩的刑杖一样光亮,犹如燃烧的烈火,在战场上舐食一切。(5) 婆罗多族之虎啊!犹如空中坠落的流星,猛然砸在我的肩上,婆罗多子孙啊!(6) 从罗摩击中的伤口,流出可怕的鲜血,犹如山上流出的矿物,眼睛血红的人啊!(7)

我满腔愤怒,狠狠地向阁摩陀耆尼之子(罗摩)射出一支利箭,如同死神,如同毒蛇。(8) 这支箭射中婆罗门俊杰(罗摩)的前额,大王啊!这位英雄光辉熠熠,犹如峰顶突兀的高山。(9) 他愤怒地转过身,用力挽弓,搭上一支毁灭敌人的箭,如同恐怖的死神。(10) 这支利箭如同喘息的蛇,射中我的胸膛,国王啊!我鲜血直流,倒在地上。(11) 我恢复知觉后,向睿智的阇摩陀耆尼之子(罗摩)掷出一支明亮的标枪,如同燃烧的霹雳。(12) 标枪击中这位婆罗门俊杰的胸膛,国王啊!他惊慌失措,颤抖不已。(13)

他的朋友、大苦行者婆罗门阿讫多弗罗那抱住他,一再用悦耳的话语安抚他。(14) 大誓言者罗摩复原后,怒不可遏,使出至高的梵天法宝。(15) 为了抵御,我也使出至高的梵天法宝。它熊熊燃烧,犹如展现时代末日。(16) 这两件梵天法宝在空中相撞,并没有落到罗摩或我的身上,婆罗多族俊杰啊!(17) 于是,空中大火弥漫,令一切众生痛苦不堪,民众之主啊!(18)

仙人、健达缚和天神们在法宝的光焰折磨下,苦恼至极。(19) 大地连同高山、森林和树木颠簸摇晃,酷热难忍的众生陷入绝望。(20) 国王啊!天空在燃烧,四面八方在冒烟,空中的飞禽都不能停留在空中。(21) 整个世界,连同天神、阿修罗和罗刹,发出哀叫,婆罗多子孙啊!我看准这个时机,(22) 准备按照那些婆罗门的吩咐,使用可爱的催眠法宝。我一想到这个法宝,它就出现在我心中。(23)

以上是吉祥的《摩诃婆罗多》中《斡旋篇》第一百八十五章(185)。

一八六

毗湿摩说:

然后,空中出现响亮的呼叫声:"毗湿摩啊!你不要投掷催眠法宝,俱卢后裔啊!"(1) 我对准婆利古后裔(罗摩)正要投掷催眠法宝,那罗陀对我说道:(2) "俱卢族人啊!一群天神正站在空中,劝阻你不要投掷催眠法宝。(3) 罗摩是具有梵性的苦行者婆罗门,是你的老师,俱卢后裔啊!无论如何,你不要轻慢他。"(4) 然后,王中因陀罗啊!我看到那八位婆罗门站在空中,温和地微笑着对我说道:(5) "婆罗多族俊杰啊!按那罗陀说的做,因为这样对世界最有利,婆罗多族雄牛啊!"(6) 于是,我在战场上收回催眠法宝,按照礼仪,点燃梵天法宝。(7) 愤怒的罗摩看到我收回那件法宝,高声叫喊道:"我被毗湿摩打败了,我多么愚蠢啊!"(8)

然后，阁摩陀耆尼之子（罗摩）看到他的父亲、祖父和其他祖先站在他的周围，温和地安抚他说：(9)"孩子啊！再也不要这样鲁莽，与毗湿摩这样的刹帝利打仗了。(10) 战斗是刹帝利的正法，婆利古后裔啊！而学习吠陀和奉守誓言是婆罗门的最大财富。(11) 以前，出于某种原因，我们说服你拿起武器，你也完成了可怕的事业。(12) 孩子啊！你和毗湿摩已经打够了，以你失败告终，大臂者啊！撤离这个战场吧！(13) 祝你幸运！这弓你也握够了，扔掉它吧，不可征服的婆利古后裔啊！去修你的苦行吧！(14)

"众天神已经劝阻福身王之子毗湿摩，催促他撤离战场。(15) 他们一再说道 '俱卢后裔啊！不要与你的老师罗摩战斗了。你在战场上打败罗摩是不恰当的，恒河之子啊！你在战场上向这位婆罗门表示敬意吧！'(16) 我们是你的长辈，所以才劝阻你。毗湿摩是一位婆薮神，孩子啊！你还活着，算你幸运。(17) 福身王和恒河女神的儿子是著名的婆薮神，你怎么可能在战场上打败他？罗摩啊！回去吧！(18) 般度族俊杰阿周那是强大有力的英雄，摧毁城堡者（因陀罗）的儿子，生主那罗，永恒的古老之神。(19) 他英勇非凡，以'左手开弓者'享誉三界。自生者（梵天）已经安排他在适当的时间杀死毗湿摩。"(20)

听了父辈们这些话，罗摩回答说"在战斗中不退却，这是我立下的誓言。(21) 我过去从不从战场上撤退。如果恒河之子愿意，让他撤离战斗，祖父啊！我决不撤离战斗。"(22)

然后，国王啊！以利吉迦为首的牟尼们和那罗陀一起，对我说道：(23)"孩子啊！你要尊敬优秀的婆罗门们，撤离战场吧！"而我看重刹帝利正法，对他们说道"不！(24) 我在这世界上发过誓：我决不临阵脱逃，决不背部受箭。(25) 我决不会出于贪婪、怯懦、恐惧或私利，放弃永恒的正法。我的决心已定。"(26)

于是，国王啊！以那罗陀为首，所有的牟尼，还有我的母亲跋吉罗蒂（恒河），一齐走到战场中间，国王啊！(27) 我照样持弓握箭，意志坚定，站在战场上准备战斗。而他们又聚在一起，在战场上再次对婆利古后裔罗摩说道：(28) '婆罗门心软似酥油，平静下来，婆利古后裔啊！罗摩啊罗摩，撤离战斗吧！婆罗门俊杰啊！你杀不死毗湿

摩，毗湿摩也杀不死你，婆利古后裔啊！"（29）他们这样说着，挡在战场中间。父辈们让婆利古后裔（罗摩）放下武器。（30）

然后，我又看见那八位婆罗门，犹如八颗升起的行星，闪闪发光。（31）他们对站在战场上的我温和地说道："去你的老师罗摩那里，大臂者啊！为世界谋福利吧！"（32）看到罗摩在朋友劝说下撤退，我也为了世界的利益，接受他们的话。（33）我带着累累伤痕，走近罗摩，向他行礼。大苦行者罗摩友好地笑着：（34）"像你这样在大地上行动的刹帝利，世界上找不到。请走吧，毗湿摩啊！在这场战斗中，我对你非常满意。"（35）

当着我的面，婆利古后裔（罗摩）唤来那个女孩，在这些苦行者中间，用悲哀的语调说道。（36）

以上是吉祥的《摩诃婆罗多》中《斡旋篇》第一百八十六章（186）。

一八七

罗摩说：

美女啊！当着一切世界的面，我竭尽全力，显示我的大丈夫气概。（1）但是，即使我施展各种法宝，也不能在战斗中压倒优秀的武士毗湿摩。（2）我已经使出浑身解数，竭尽全力，贤女啊！你就去你自己想去的地方吧！或者我能为你做点什么事？（3）你去向毗湿摩求情吧！你没有别的出路了。毗湿摩施展伟大的法宝，已经将我打败。（4）

毗湿摩说：

这样说罢，精神伟大的罗摩叹了口气，保持沉默。这个女孩对婆利古后裔（罗摩）说道：（5）"尊者啊！正如你说的那样，甚至众天神也不能在战斗中战胜聪明睿智的尊者毗湿摩。（6）你已经竭尽全力为我做了一切，在战场上，毫不吝惜你的勇气和各种武器。（7）最终，你也不能压倒他。但我决不会回到毗湿摩那里去。（8）苦行者啊！我准备到我能亲自杀死毗湿摩的地方去，婆利古后裔啊！"（9）

说罢，这个女孩离去，眼中充满愤怒，决心修炼苦行，想要杀死我。(10) 然后，婆利古族俊杰罗摩向我告别，与众牟尼一起，原路返回摩亨陀罗山，婆罗多子孙啊！(11) 于是，我登上车，在婆罗门们的赞美声中回到城里，向贞信母亲如实禀告一切，大王啊！她向我表示祝贺。(12)

我委派一些聪明的人侦察这个女孩的活动。这些人忠于我的利益，每天向我报告她的行踪、言语和行为。(13) 自从这个女孩去森林修炼苦行，我仿佛失魂落魄，沮丧，烦恼。(14) 因为没有一个刹帝利能依靠勇敢在战斗中战胜我，除非是依靠苦行强化誓言的知梵者，孩子啊！(15) 我出于恐惧，将此事告诉那罗陀和毗耶娑，国王啊！他俩对我说道：(16) "你不必为迦尸国公主沮丧，毗湿摩啊！谁能靠人为的努力阻挡天命？"(17)

这个女孩进入净修林，大王啊！在阎牟那河岸修炼超凡的苦行。(18) 她以苦行为财富，不吃食物，消瘦，粗糙，盘着发髻，沾有污泥，靠饮风过了六个月，如同一根木桩。(19) 这位美女走下阎牟那河岸，呆在水中，不吃食物，度过一年。(20) 她怀着强烈的愤怒，用一只脚趾站立，只吃一片枯叶，又度过一年。(21) 这样，过了十二年。她的苦行使天地发热。亲友们无法劝阻她。(22)

然后，她前往婆蹉普弥。那里是灵魂高尚、行为圣洁的苦行者们的净修林，悉陀和遮罗纳经常出没。(23) 日日夜夜，这位迦尸国公主在那里的各处圣地沐浴，随意游荡。(24) 大王啊！难陀净修林，美丽的优楼迦净修林，行落净修林，梵天圣地，(25) 天神的祭场补罗耶伽，天神的森林，博伽婆底的憍尸迦净修林，国王啊！(26) 曼吒维耶净修林，底梨波净修林，国王啊！罗摩池塘，贝勒伽吉耶净修林，俱卢后裔啊！(27) 在这些圣地，迦尸国公主沐浴肢体，修炼严酷的苦行，民众之主啊！(28)

我的母亲从水中出来，俱卢后裔啊！对她说道："贤女啊！你为什么折磨自己？请如实告诉我。"(29) 国王啊！这位无可指责的女孩双手合十，回答说："眼睛美丽的女神啊！罗摩在战斗中不能战胜毗湿摩，(30) 还有谁能战胜这位持箭的大地之主？我修炼严酷的苦行，就是为了消灭毗湿摩。(31) 女神啊！我在大地上游荡，只求杀死这位国王，只求来世转生，实现这个誓愿。"(32)

于是，流向大海者（恒河女神）对她说道 "美女啊！你的行为偏颇，你的愿望不能实现，体态无可指摘的女孩啊！（33）如果你发誓消灭毗湿摩，迦尸女孩啊！如果你为了实现誓愿，抛弃自己的身体，那么你将变成一条弯曲的河，雨季才会有水，（34）不宜沐浴，不为人知，一年里八个月干涸，充满可怕的鳄鱼，令一切众生恐惧。"（35）这样说罢，国王啊！我的大福大德的母亲仿佛笑着，打发迦尸国公主回去。（36）

这位肤色美丽的女孩依然修炼苦行，甚至连水也不喝，有时十个月。（37）俱卢后裔啊！这位迦尸国公主热衷朝拜，从这儿到那儿，又来到婆蹉普弥。（38）在婆蹉普弥，她变成一条河流，河名就叫安芭，婆罗多子孙啊！只在雨季有水，充满鳄鱼，不宜沐浴，弯弯曲曲。（39）这个女孩依靠苦行的威力，她的一半变成婆蹉地区的河流，而她还是一个女孩，国王啊！（40）

以上是吉祥的《摩诃婆罗多》中《斡旋篇》第一百八十七章（187）。

一八八

毗湿摩说：

看到她坚定不移，修炼苦行，孩子啊！所有的苦行者都劝说她："你何必这样？"（1）这个女孩回答这些终身修炼苦行的仙人说 "我已经被毗湿摩抛弃，不能依法拥有丈夫。（2）我净身献祭是为了杀死他，而不是为了追求世界，以苦行为财富的人们啊！只有杀死毗湿摩，我才能平静。这是我的决心。（3）由于他的缘故，我永远陷入痛苦的生活，不能拥有丈夫，变得不男不女。（4）不在战斗中杀死恒河之子（毗湿摩），我决不罢休，以苦行为财富的人们啊！这是我心中的意愿，为此，我才发奋努力。（5）我讨厌成为女性，决心变成男性。我要向毗湿摩复仇，谁也劝阻不了我。"她反复这样说着。（6）乌玛的丈夫、手持三叉戟的天神（湿婆），当着这些大仙人的面，向这位美女显身。（7）她接受他的恩惠，选择要打败我。天神回答这位意志坚强的女孩说 "你将会杀死他。"（8）于是，女孩又问楼陀罗

(湿婆)说:"天神啊!我是女子,怎么能在战斗中取胜呢?我是女子,内心非常柔和,乌玛的丈夫啊!(9)你许诺我打败毗湿摩,众生之主啊!因此,你要设法让这诺言兑现,以公牛为旗徽的天神啊!让我与福身王之子毗湿摩交战,并将他杀死。"(10)

以公牛为旗徽的大神(湿婆)对这个女孩说道:"贤女啊!我说话算数,会兑现的。(11)你将变成男性,在战场上杀死毗湿摩。你来生转世,会记得这一切。(12)你将出生在木柱王家族,成为大勇士,熟娴各种武艺,通晓各种战斗,备受尊敬。(13)美女啊!一切都会如我说的那样,经过一段时间后,你会变成一个男子。"(14)这样说罢,大光辉的、以公牛为旗徽的迦波尔迪(湿婆)在众位婆罗门的眼前消失。(15)

然后,这位肤色美丽、无可指摘的女孩当着众位大仙人的面,从树林里收集木柴,(16)堆起一个高大的柴堆,点上火,大王啊!随着火焰燃烧,她心中的怒火燃烧,(17)呼喊着:"为了杀死毗湿摩!"国王啊!迦尸国的大公主在阎牟那河岸,纵身跳入火中。(18)

以上是吉祥的《摩诃婆罗多》中《斡旋篇》第一百八十八章(188)。

一八九

难敌说:

恒河之子啊!束发原先是女孩,怎么变成男子的,战斗英雄啊!请你告诉我,祖父啊!(1)

毗湿摩说:

王中因陀罗啊!木柱王的妻子,可爱的王后,没有儿子,民众之主啊!(2)当时,木柱王为求儿子,取悦商迦罗(湿婆),大王啊!(3)他一心想要杀死我们,实施严酷的苦行。他从大神那里得到一个女儿,虽然他祈求一个儿子:(4)"尊者啊!为了向毗湿摩复仇,我想要一个儿子。"神中之神对他说道:"你的这个孩子先女后男。(5)请回吧,国王啊!不会有别的了。"他回到城里,告诉妻子说:(6)"我为求儿子,尽心竭力修炼苦行,王后啊!商部(湿婆)

对我说道 '你会有孩子,先是女孩,然后变成男子。'(7) 我一再恳求,湿婆说道 '这是命中注定,别无他法,只能如此。'"(8)

然后,贤惠的王后控制自我,在月经期与木柱王同房。(9) 到时候,按照命运安排,她从水滴王之子(木柱王)那里受孕怀胎,就像那罗陀对我说的那样,国王啊!(10) 莲花眼王后怀胎后,大臂木柱王渴望儿子,高兴地侍奉可爱的妻子,俱卢后裔啊!(11) 她为无子的木柱王生下一个美貌的女儿,国王啊!(12) 这位声誉卓著的王后告诉无子的木柱王说 "王中因陀罗啊!我生了一个儿子。"(13)

于是,木柱王为这个隐瞒了性别的女孩举行各种儿子出生礼仪,仿佛她就是儿子,国王啊!(14) 木柱王的王后竭尽全力,保守这个秘密,说是生了儿子。在城里,除了水滴王之子(木柱王),没人知道她是女孩。(15) 木柱王相信威力不可思议的天神说的话,隐瞒她是女孩,也说是生了儿子。(16) 木柱王举行一切有关儿子出生的礼仪,人们都知道这孩子名叫束发。(17) 只有我,通过侦探,依据那罗陀的话、大神的话和安芭的苦行,知道事情真相。(18)

以上是吉祥的《摩诃婆罗多》中《斡旋篇》第一百八十九章(189)。

一九〇

毗湿摩说:

木柱王在家中尽心竭力。束发精通绘画等等技艺,在箭术方面是德罗纳的学生,王中因陀罗啊!(1) 肤色美丽的母亲催促国王,为这女孩寻找新娘,仿佛她是儿子,大王啊!(2) 看到这女孩到达青春期,又想到她是女孩,水滴王之子(木柱王)和妻子陷入忧愁。(3)

木柱王说:

我的女儿到达青春期,令我忧愁倍增。由于手持三叉戟的大神的话,我才隐瞒这女孩的性别。(4) 这事情绝不会出错,王后啊!三界之主怎么会弄虚作假呢?(5)

妻子说:

如果你愿意,你就听我说,国王啊!听了之后,你就做你自己该

做的事,水滴王之子啊!(6) 你就按照礼仪为这孩子娶妻,国王啊!我坚信大神的话会应验。(7)

毗湿摩说:

于是,夫妻俩决定这样做,选中陀沙尔那国王的女儿做新娘。(8) 就这样,王中之狮木柱王依据出身,观察所有的国王,选中陀沙尔那国王的女儿作束发的妻子。(9) 陀沙尔那国王名叫金铠。这位大地保护者把女儿嫁给了束发。(10) 金铠是陀沙尔那地区伟大的国王,统帅大军,精神高尚,难以征服。(11)

王中俊杰啊!这个女孩结婚后,与束发一样,到达青春期。(12) 束发娶妻后,回到甘毕梨耶。因此,有一段时间,新娘不知道束发是女子。(13) 后来,金铠的女儿发现束发是女孩,害羞地告诉奶娘和女友们束发是般遮罗国王的公主。(14) 于是,陀沙尔那国奶娘们深感痛苦,派人捎信,王中之虎啊!(15) 使者向陀沙尔那国王禀告一切。国王得知事情真相,十分生气。(16)

而这时,束发正高兴地在宫中像男子那样嬉戏玩耍,大王啊!她不喜欢暴露自己是女性。(17) 金铠王听说这事后,婆罗多族雄牛啊!一连几天,暴躁不安,王中因陀罗啊!(18) 陀沙尔那国王满怀愤怒,派遣一位使者,来到木柱王宫中。(19) 金铠王的使者见到木柱王,将他拉到一边,悄悄地说道:(20)"国王啊!陀沙尔那王受你欺骗,恼羞成怒,无罪的人啊!他要我告诉你:(21)'国王啊!你羞辱我,耍弄我。你愚蠢地为自己的女孩求娶我的女孩。(22) 今天,你要得到这种欺骗行为的报应,心术不正的人啊!我要消灭你和你的臣民。你就等着吧!'"(23)

以上是吉祥的《摩诃婆罗多》中《斡旋篇》第一百九十章(190)。

一九一

毗湿摩说:

使者这样说完,国王啊!木柱王犹如被抓住的窃贼,无言以对。(1) 他作出很大的努力,让善于调解的亲友和甜言蜜语的使者们

说明事情不是这样。(2) 而陀沙尔那国王再次确认那个女孩是般遮罗国公主，便立即出发。(3)

他通知威力无比的朋友们，告诉他们奶娘们讲述的女儿受骗之事。(4) 这位王中俊杰集合军队，决定进攻木柱王，婆罗多子孙啊！(5) 金铠王与朋友们商量对付般遮罗王的办法，王中因陀罗啊！(6) 这些灵魂高尚的国王决定：如果这是事实，束发是女孩，我们就把般遮罗王捆起来，带他回家，国王啊！(7) 我们在般遮罗国，另立一位国王。我们要处死木柱王和束发。(8) 方针确定后，国王又派遣卫士作使者，去见水滴王之子（木柱王），说道"我要杀死你，你等着！"(9)

木柱王天生胆小又自知理亏，陷入深深的恐惧。(10) 木柱王忧愁憔悴，又派遣一个使者去见陀沙尔那王，然后，悄悄来到妻子那里，与她商量。(11) 般遮罗王满怀恐惧，忧心忡忡，对亲爱的束发的母亲说道：(12) "我的强大的亲家金铠王率领军队，愤怒地向我冲来。(13) 我真愚蠢，现在对这个女孩怎么办呢？他怀疑'你的儿子束发是女孩。'(14) 这个怀疑得到证实后，他认为自己受骗，便带着盟友、军队和随从前来消灭我。(15) 美臀女子啊！在这件事上，孰是孰非，请你告诉我，美丽的女子啊！我听了你的话后，就照着去做，美人啊！(16) 因为我和女儿束发面临危险，你也面临灾难，肤色美丽的王后啊！(17) 为了拯救大家，你如实回答我，美臀女啊！我会做应该做的事，笑容美丽的女子啊！你不用为束发担心，我会根据情况处理。(18) 美臀女啊！我是受到儿子出生礼仪的欺骗，我又欺骗了陀沙尔那国王，大福大德的女子啊！你说吧！我将采取有益的行动。"(19)

人中因陀罗啊！国王明明知道内情，但为了向别人表白，当众这样说话。王后在国王催促下，回答他的话。(20)

以上是吉祥的《摩诃婆罗多》中《斡旋篇》第一百九十一章（191）。

一九二

毗湿摩说:

于是,大臂国王啊!束发的母亲如实向丈夫讲述女儿束发的情况:(1) "我没有儿子,国王啊!出于对王妃们的恐惧,生下女儿束发后,我却报告你说是儿子。(2) 人中俊杰啊!你出于对我的爱,高兴地为这女孩举行儿子出生礼仪,王中雄牛啊!后来,你又为她娶了陀沙尔那国王的女儿做妻子,国王啊!(3) 先前,你说过天神话语中有这个意思:这孩子先女后男。因此,你才麻痹大意。"(4)

听完这些话,木柱王祭军将全部事实告诉大臣们,与他们商量对策,以保护臣民们,国王啊!(5) 他认定陀沙尔那国王是亲家,王中因陀罗啊!但自己确实欺骗了对方。他专心思考对策,作出决定。(6) 这座城市出现的时候,天然就适合防御,婆罗多子孙啊!现在,他又全面加固设防,王中因陀罗啊!(7)

国王和妻子为与陀沙尔那国王发生争执,烦恼至极,婆罗多族雄牛啊!(8) 国王心想:"我怎么能与亲属进行大战呢?"于是,他诚心诚意敬拜众天神。(9) 国王啊!王后看到他沉思天神,敬拜天神,便说道:(10) "尊崇天神永远正确,受到善人赞许。何况我们陷入苦海,更要敬拜天神。(11) 让我们大量施舍,祭供所有的天神,将祭品投入火中,以阻止陀沙尔那。(12) 主人啊!你要设法不战而和。依靠众天神的恩惠,一切都会顺利。(13) 大眼睛国王啊!你要与大臣们商量,以保证这座城市不遭毁灭。(14) 天命和人力结合,便能大获成功,国王啊!天命和人力冲突,两者都不会成功。(15) 因此,你与大臣们一起安排好城市防务后,按照你的心愿敬拜众天神吧,民众之主啊!"(16)

贤惠的女孩束发看见父母这样忧心忡忡说着话,仿佛感到羞愧。(17) 她想:"由于我的缘故,双亲才这样痛苦。"于是,她决定结束自己的生命。(18) 她作出这样的决定,满怀忧伤,离家前往偏僻的密林。(19) 国王啊!那是富裕的药叉思菟纳迦尔纳守护的林子。

出于对他的恐惧，人们都避开这座树林。（20） 思菟纳的房子用白灰粉刷，有围墙和门楼，散发出炒米蒸饼的烟雾。（21）

木柱王的女儿束发进入这个树林，国王啊！绝食多天，身体消瘦。（22） 蜜眼药叉思菟纳出现在她面前，说道 "你这样做为了什么？快告诉我。我会帮你。"（23） 她反复对药叉说道 "这不可能。"而密迹天回答说 "我能做到。（24） 我是财神的随从，赐予恩惠者，公主啊！我能给你别人不能给的东西，你说说你想要什么吧！"（25）

于是，婆罗多子孙啊！束发将所有一切都告诉药叉首领思菟纳迦尔纳：（26） "药叉啊！我的父亲遇到麻烦，不久就要毁灭，因为陀沙尔那国王满腔愤怒，要进攻他。（27） 这位国王身披金铠甲，勇敢非凡，药叉啊！请你拯救我，还有我的父亲和母亲。（28） 你已经答应要解除我的痛苦，药叉啊！依靠你的恩惠，让我成为一个男子而不受谴责。（29） 大药叉啊！趁这位国王还没到达我的城市，请你赐给我恩惠吧，密迹天啊！"（30）

以上是吉祥的《摩诃婆罗多》中《斡旋篇》第一百九十二章（192）。

一九三

毗湿摩说：

听了束发的话，婆罗多族雄牛啊！药叉想了想，在命运的驱使下，说了这些话，俱卢后裔啊！这是注定要给我带来痛苦。（1） 他说道 "贤女啊！我会满足你的愿望，但有一个条件，你听着！我把自己的男性器官借给你一段时间，到时候你要还给我。我对你说的是真话。（2） 我是主宰者，心想事成，能随意变形，飞行空中。依靠我的恩惠，你去拯救你的城市和所有的亲属吧！（3） 我将持有你的女性器官，公主啊！你要对我发誓，我将让你高兴。"（4）

束发说：

尊者啊！我会还给你男性器官。你就在这段时间里，保持我的女性器官，夜行者啊！（5） 一旦身穿金铠甲的陀沙尔那国王回去，我仍成为女孩，而你成为男子。（6）

毗湿摩说:

说罢，他俩立下誓约，国王啊！他俩互不违约，交换了性器官。(7) 药叉思菟纳持有女性器官，国王啊！束发持有药叉的光辉形体。(8) 于是，束发成为般遮罗王子，高高兴兴回到城里，国王啊！他拜见父亲木柱王，如实禀告这一切。(9) 听了他的话，木柱王和妻子高兴至极，想起大自在天（湿婆）的话。(10) 然后，国王啊！他派遣使者去见陀沙尔那国王，说道"我的儿子是男子，请你相信我！"(11)

然而，陀沙尔那国王充满痛苦和烦恼，加快速度，向般遮罗国木柱王进军。(12) 到达甘毕梨耶，陀沙尔那国王款待一位优秀的知梵者（婆罗门），派遣他作为使者：(13) "使者啊！你以我的名义，对下贱的般遮罗国王说'你竟然为自己的女儿娶妻，心思邪恶的人啊！毫无疑问，你今天就会看到这种欺骗行为的报应。'"(14) 这个婆罗门听了陀沙尔那国王的话，王中俊杰啊！遵照他的吩咐，作为使者，进入城里。(15)

这位婆罗门祭司在城里见到木柱王。般遮罗国王和束发热情接待他，献上牛和礼物，王中因陀罗啊！(16) 但他谢绝这些礼遇，说道："英勇的金铠王对你说：(17) '行为卑劣的人啊！你为了女儿欺骗我，心思邪恶的人啊！你该为这个罪孽遭报应！(18) 你作战吧，国王啊！我今天就要在战场上消灭你连同你的大臣、儿子和亲戚。'"(19)

国王当着众大臣的面，听了陀沙尔那国王的使者、婆罗门祭司的辱骂之辞。(20) 婆罗多族俊杰啊！木柱王谦恭地说道"你遵奉我的亲家的命令，对我说了这些话，婆罗门啊！我会派遣使者作出回答。"(21) 然后，木柱王派遣一位精通吠陀的婆罗门作为使者，去见灵魂高尚的金铠王。(22) 国王啊！这位使者见到陀沙尔那国王，转达木柱王说的话：(23) "请来调查一下吧！我的孩子确实是儿子。有人对你说了假话，你不应该相信。"(24)

听了木柱王的话，国王想探个究竟，便派遣一些容貌美丽的优秀妇女去核实束发是男还是女。(25) 派去的这些妇女探明实际情况，高兴地将一切禀告陀沙尔那国王，说束发是个雄壮有力的男子汉，俱卢族因陀罗啊！(26) 经过这番调查，国王高兴地去见亲家，愉快地住在那里。（27）这位人中之主满怀喜悦，赐给束发许多财物：象、马、牛和数以百计的女奴。他备受恭敬，在劝导女儿后，便回去了。（28）陀沙尔那国王金铠解除烦恼，高高兴兴回去，束发喜形于色。（29）

过了一段时间，以人为坐骑的俱比罗（财神）周游世界，来到思菟纳的住所。（30）这位财富守护神在他的住宅上空盘旋，认出是药叉思菟纳的家，装饰着各色花环，（31）有炒米，有香料，有顶幔，烟雾缭绕，悬挂旗帜和旗幡，还有祭供的食物、饮料和肉。（32）看到住宅四周装饰优美，药叉之主（财神）对跟随他的药叉们说道：（33）"无比英勇的药叉们啊！思菟纳的住宅装饰优美，但这个傻瓜怎么不出来见我？（34）他昏头昏脑，知道我在这里，也不出来见我。我认为他应该受到重罚。"（35）

药叉们说：

木柱王有个女儿，名叫束发，国王啊！出于某种原因，思菟纳把自己的男性特征赐给她了。（36）他接受她的女性特征，成为女子，呆在家里。他有了女性形体，羞于出来见你。（37）正是这个原因，国王啊！思菟纳今天没有出来见你。你知道了这个情况，就酌情处理吧！请将飞车停在这里。（38）

毗湿摩说：

然后，药叉之主（财神）下令："把思菟纳带来！"他一再说道："我要惩处他！"（39）国王啊！思菟纳被召来。他女性模样，满怀羞愧，站在药叉王面前，大王啊！（40）俱卢后裔啊！赐予财富者（财神）满腔愤怒，发出诅咒："密迹天们啊！让这罪人就成为这样的女性。"（41）接着，灵魂高尚的药叉之主（财神）说道："你侮辱了药叉，思想邪恶者啊！你把男性特征送给束发，而接受她的女性特征，行为邪恶者啊！（42）你做了一件荒唐事，傻瓜啊！因此，从今以后，你是女子，她是男子。"（43）

然后，药叉们为思菟纳向吠湿罗婆那（财神）求情，一再说道："你给这个诅咒定个期限吧！"（44）于是，灵魂高尚的药叉王（财神）对这些希望诅咒有个期限的药叉随从们说道：（45）"一旦束发在战场上被杀死，他将恢复自己的形体。请精神伟大的思菟纳放心

吧！"（46）说罢，这位备受药叉和罗刹恭敬的尊神，带着这些眨眼之间就消失的随从离开。（47）

思菟纳受到诅咒后，仍然住在那里。到时候，束发来见这位夜行者（药叉）。（48）束发走上前来，说道"尊者啊！我来了。"思菟纳反复说道"我很高兴。"（49）看到束发王子诚实地前来践约，思菟纳将一切如实告诉他。（50）

药叉说：

王子啊！为了你的缘故，我遭到吠湿罗婆那（财神）诅咒。现在，你愿意去哪儿就去那儿，愉快地在这世界上生活吧！（51）你来到这里和补罗斯迭之子（财神）来访，我想这都是命中注定，无法避免。（52）

毗湿摩说：

听了药叉思菟纳这些话，束发满怀喜悦，回到城里，婆罗多子孙啊！（53）他用各种香料、花环和财物供奉婆罗门、天神、塔庙和十字路口。（54）看到儿子束发达到目的，般遮罗国木柱王和亲属们高兴至极。（55）俱卢族雄牛啊！他将曾经是女孩的儿子束发交给德罗纳作学生，大王啊！（56）束发王子和水滴王之孙猛光，与你们一起学习四种弓箭术。（57）我派遣密探乔装傻子、瞎子和聋子到木柱王那里，他们向我如实报告这一切，孩子啊！（58）

就这样，大王啊！木柱王的儿子束发先女后男，成为优秀的勇士，俱卢族俊杰啊！（59）迦尸国王的大女儿，天下闻名的安芭转生在木柱王家族，成为束发，婆罗多族雄牛啊！（60）他手持弓箭，渴望战斗，而我不会瞧他一眼，更不会与他交战。（61）我的誓言举世皆知：妇女，前生是妇女，有妇女的名字，有妇女的形体，（62）我不会向这些人射箭，俱卢后裔啊！出于这个原因，我不会杀死束发。（63）孩子啊！这是我知道的束发的出生真相。因此，即使他在战斗中向我冲来，我也不会杀死他。（64）如果毗湿摩杀死一个妇女，那他就是杀死自己。因此，我即使看到他站在战场上，也不会杀死他。（65）

全胜说：

听了这些话，俱卢族难敌王沉思片刻，认为毗湿摩是正确

的。(66)

以上是吉祥的《摩诃婆罗多》中《斡旋篇》第一百九十三章（193）。

一九四

全胜说：

黑夜逝去，黎明来到，你的儿子又在全军中间询问祖父道：（1）"恒河之子啊！般度族军队优良，拥有许多人、象和马，充满大勇士。(2) 以猛光为首，怖军和阿周那等等大弓箭手、大力士犹如世界保护者，保护这支军队。(3) 他们如同汹涌的大海，不可征服，不可抵挡。这支大海般的军队在战场上，连天神也难以对付。(4) 恒河之子啊！你要用多长时间消灭它？大光辉者啊！或者，大弓箭手老师（德罗纳）呢？大力士慈悯呢？(5) 驰名疆场的迦尔纳呢？婆罗门俊杰德罗纳之子（马嘶）呢？在我的军队中，你们全都通晓天神的法宝。(6) 我想知道这一点，因为我始终怀着强烈的好奇心，大臂者啊！你应该告诉我。"(7)

毗湿摩说：

俱卢族俊杰啊！你应当了解敌我双方的强弱，国王啊！（8）请听，国王啊！有关我在战场上的最高能力，我的武器和双臂的最大威力，大臂者啊！(9) 普通的人依靠正直战斗，拥有幻术的人依靠幻术战斗，这是正法的规定。(10) 大臂者啊！我每天上午消灭一部分，我能消灭般度族军队。(11) 我想我每次能消灭一万名步兵和一千名车兵，大光辉者啊！(12) 我按照这种方式，全副武装，天天出战，在一段时间里，就能消灭般度族大军，婆罗多子孙啊！(13) 如果我在大战中使用法宝，一次杀敌一万，只要一个月就能消灭他们，婆罗多子孙啊！(14)

全胜说：

听了毗湿摩的话后，王中因陀罗啊！难敌王又询问鸯者罗族俊杰德罗纳道：(15) "老师啊！你要用多长时间消灭般度之子的军队？"德罗纳仿佛笑着回答说：(16) "俱卢族俊杰啊！我老了，气短力衰。

我要用法宝之火焚烧般度族的军队。(17) 与福身王之子毗湿摩一样，我想用一个月时间。这是我的最高能力和最大威力。"(18) 有年之子慈悯说要两个月。德罗纳之子（马嘶）承诺用十天消灭敌军。而通晓大法宝的迦尔纳承诺用五天。(19)

恒河之子（毗湿摩）听了车夫之子（迦尔纳）的承诺，不禁笑出声来，说道：(20) "普利塔之子（阿周那）在战场上手持弓箭刀枪，与婆薮提婆之子（黑天）一起驱策战车，永不退却。(21) 罗陀之子啊！只要你不遇上他，你尽可以这么想，也尽可以这么说。"(22)

以上是吉祥的《摩诃婆罗多》中《斡旋篇》第一百九十四章 (194)。

一九五

护民子说：

听到这些话，贡蒂之子（坚战）悄悄召集所有弟兄，婆罗多族俊杰啊！对他们说道：(1) "我派往持国之子（难敌）军中的密探，早上给我送来情报：(2) '难敌询问大誓言者恒河之子（毗湿摩），要用多长时间消灭般度族军队？主人啊！(3) 他答应思想邪恶的持国之子（难敌）用一个月，德罗纳也答应用这点时间。(4) 我们听说乔答摩（慈悯）答应用两个月时间。通晓大法宝的德罗纳之子（马嘶）承诺十天。(5) 而问到通晓天神法宝的迦尔纳，他在俱卢族集会上承诺用五天消灭敌军。'(6) 因此，我想听听你的意见，阿周那啊！你要用多长时间在战场上消灭敌人？"(7)

听了国王的这番话，头发浓密的胜财（阿周那）望了望婆薮提婆之子（黑天），回答说：(8) "他们全部精神伟大，武艺高强，通晓各种战斗，毫无疑问可以消灭你的军队，大王啊！(9) 但是，我说真的，你就打消心中的忧虑吧！我只要一辆车，由婆薮提婆之子（黑天）陪伴，(10) 就能消灭这三界，连同一切动物和不动物，甚至众天神，也包括过去、现在和未来。我想这只要一眨眼的工夫。(11) 兽主（湿婆）乔装吉罗陀野人与我决斗后，赐给我这件可怕的大法宝，还保存在我这里。(12) 这是兽主在时代末日，用以毁灭一切众生的法宝，人中之虎啊！现在在我这里。(13) 恒河之子（毗湿摩）不知道这件法宝，德罗纳、乔答摩（慈悯）和德罗纳之子（马嘶）也不知道这件法宝，更不用说车夫之子（迦尔纳）了，国王啊！(14) 但是，用天神法宝在战场上杀死普通人，这样不合适。我们应该依靠正直的战斗战胜敌人。(15)

"国王啊！你的这些同伴都是人中之虎，通晓天神法宝，热爱战斗。(16) 他们念诵吠陀，在仪式后沐浴，全都不可战胜，在战场上甚至能消灭天神的军队，般度之子啊！(17) 束发、善战（萨谛奇）、水滴王之孙猛光、怖军、双生子、瑜达摩尼瑜和优多贸阇，(18) 毗罗吒和木柱王在战斗中犹如毗湿摩和德罗纳，还有你自己，甚至能毁灭这三界。(19) 像婆薮之主（因陀罗）一样光辉的人啊！你只要愤怒地看一眼哪个人，这个人就会不存在。我是知道你的，俱卢后裔啊！"(20)

以上是吉祥的《摩诃婆罗多》中《斡旋篇》第一百九十五章（195）。

一九六

护民子说：

第二天，天空晴朗，在持国之子难敌催促下，国王们向般度族进军。(1) 他们已经沐浴净身，戴着花环，穿着白衣，举着武器和旗帜，供奉祭火，祈祷祝福。(2) 这些勇士通晓吠陀，奉守誓言，恪尽职责，熟悉战斗。(3) 这些大力士都想在战场上赢得最高世界，一心一意，互相信任。(4)

阿凡提国的文陀和阿奴文陀，羯迦夜人和波力迦人，在婆罗堕遮之子（德罗纳）率领下，一起出发。(5) 马嘶、福身王之子（毗湿摩）、信度王胜车、南方、西方和山区的勇士们，(6) 犍陀罗王沙恭尼、东方人、北方人、沙迦人、吉罗陀人、耶婆那人、尸毗人和婆娑提人，(7) 都带着自己的军队，簇拥着他们的大勇士。所有这些大勇士组成第二方阵出发。(8) 成铠带着军队，三穴国人力大无穷，难敌王由弟弟们陪伴。(9) 舍罗、广声、沙利耶和憍萨罗王巨力，跟在持

国之子（难敌）率领的队伍后面。（10）

这些渴望战斗的大勇士全副武装，沿着平坦的道路，占据俱卢之野的西部。（11）难敌安下营地，婆罗多子孙啊！装饰得犹如第二座象城。（12）甚至连住在城里的资深市民都分不清是营地，还是城市，王中因陀罗啊！（13）俱卢族国王（难敌）也为其他国王建立成百成千个坚不可摧的营地。（14）国王啊！这些数以百计的军营在战场上延伸，占据方圆五由旬。（15）国王们按照自己的能力和威力，迅速进入这成千座给养丰富的军营。（16）难敌王将上等食物分配给灵魂高尚的国王们和他们的军队以及外勤人员，（17）还有象、马、人、工匠和其他随从人员，吟唱诗人、歌手和赞颂者，（18）商人、妓女和看客。俱卢族国王按照礼仪，全都照顾到。（19）

以上是吉祥的《摩诃婆罗多》中《斡旋篇》第一百九十六章（196）。

一九七

护民子说：

同样，正法之子、贡蒂之子坚战王催促以猛光为首的英雄们，婆罗多子孙啊！（1）他也命令车底族、迦尸族和迦卢沙族勇敢坚定的首领、杀敌者勇旗，（2）毗罗吒、木柱王、善战（萨谛奇）、束发、般遮罗族两位大弓箭手瑜达摩尼瑜和优多摩阇。（3）这些英勇的大弓箭手身穿各色铠甲，佩戴发亮的耳环，如同祭坛上浇入酥油而燃烧的祭火，又如天上燃烧的星球，光彩熠熠。（4）人中雄牛坚战王依次向这些军人致敬后，下令出发。（5）般度之子（坚战）首先派出激昂、芝亨多和木柱王的儿子们，以猛光为首。（6）坚战派出的第二军阵是怖军、善战（萨谛奇）和般度之子胜财（阿周那）。（7）战士们兴奋地奔跑移动，安装马具，响声喧天。（8）然后，国王（坚战）自己偕同毗罗吒和木柱王，与其他国王们一起出发。（9）

以猛光为首，可怕的弓箭手部队看似涨满水的恒河停滞又流动。（10）然后，睿智的国王（坚战）又布置阵容，以搅乱持国之子们的智慧之流。（11）般度之子（坚战）命令大弓箭手木柱王的儿子们、激昂、无种、偕天和所有的钵罗跋德罗迦人，（12） 一万马兵、两千象兵、一万步兵和五百车兵，（13） 还有难以征服的怖军，作为先头部队。中间是毗罗吒和摩揭陀王胜军，（14） 还有般遮罗族两位大勇士瑜达摩尼瑜和优多贸阇，灵魂高尚，英勇非凡，手持铁杵和弓。婆薮提婆之子（黑天）和胜财（阿周那）也在中间跟随。（15）

狂热的战士们手持武器，勇士们举着两万面旗帜。（16） 五千头大象，四面八方的车队，步兵们，勇士们，手持弓、箭和铁杵，前面数以千计，后面数以千计。（17） 其他许多国王，包括坚战自己，安排在这座军队的海洋中。（18） 里面有数千头大象、数万匹马、数千辆战车和数千个步兵，婆罗多子孙啊！依靠他们，向持国之子难敌发动进攻。（19） 后面还有成百成千成万个人和成千支军队，呼喊着向前挺进。（20） 成千成万的人们兴高采烈，敲响数以千计的战鼓，吹响数以万计的螺号。（21）

以上是吉祥的《摩诃婆罗多》中《斡旋篇》第一百九十七章（197）。《安芭故事篇终》。《斡旋篇》终。

第六　毗湿摩篇

赡部洲构造篇

一

镇群王说：

那些俱卢族、般度族和苏摩迦族的英雄，那些来自各地的高贵国王，他们怎样战斗？(1)

护民子说：

请听俱卢族、般度族和苏摩迦族的英雄们，在这俱卢之野、苦行之地①的战斗情况，大地之主啊！(2) 般度族和苏摩迦族的大力士们渴望胜利，进入俱卢之野，向俱卢族挺进。(3) 他们全部通晓吠陀，热爱战斗，渴望在战场上搏杀和取胜。(4) 他们带领军队，走向难以战胜的持国之子的军队，停在西边，面朝东方。(5) 在普五地区外围，贡蒂之子坚战下令按照规则，扎下成千成千座军营。(6) 整个大地仿佛成了虚空，只剩下儿童和老人，没有马和人，没有车和象。(7) 因为在太阳普照的赡部洲地盘，所有的兵力都集中到这里，王中俊杰啊！(8) 各色人等汇集在一起，占据许多由旬，绵延许多地区、河流、山峦和树林。(9) 坚战王为全体人员和牲口安排最好的饮食，人中雄牛啊！(10) 坚战为他们确定各种口令，以便一说就能知道"这是般度族人"。(11)

俱卢族王（难敌）也为所有人员确定在战斗中使用的标志、口令和装饰。(12) 看到普利塔之子的旗幡，心气高傲的持国之子（难敌）和所有的国王一起，列队与般度族对阵。(13) 他的头顶上撑着白色华盖，在一千头大象中间，由众弟兄陪伴。(14)

---

① 俱卢是俱卢族和般度族的共同祖先。俱卢曾在这里修炼苦行，因而称作俱卢之野和苦行之地。

般度族军队看到难敌,群情沸腾,一齐吹响大螺号,擂响战鼓,数以千计。(15) 看到自己的军队如此兴奋,般度之子们和英勇的婆薮提婆之子(黑天)满怀喜悦。(16) 人中之虎婆薮提婆之子(黑天)和胜财(阿周那)为了让士兵高兴,站在车上,吹响天螺。(17) 士兵们和牲口们听到他俩的"五生"和"天授"[①]的螺号声,屎尿失禁。(18) 犹如群兽听到狮子的吼声,持国之子的军队瑟瑟发抖。(19) 尘土扬入空中,士兵们什么也分辨不清。太阳笼罩在尘土中,消失不见。(20) 乌云降下血肉之雨,落在所有士兵身上。这一切仿佛是奇迹。(21) 然后,地面起风,尘土飞扬,挟带沙石,侵袭这些士兵。(22)

那时,国王啊!两边的军队站在俱卢之野,兴奋异常,准备战斗,犹如两座翻滚的大海。(23) 这两支军队相遇,犹如世界末日两片大海汇合,确实是奇迹。(24) 由于俱卢族集合军队,整个大地成了虚空,只剩下儿童和老人。(25)

然后,俱卢族、般度族和苏摩迦族制定协议,确定战斗法则,婆罗多族雄牛啊!(26) 即使战斗结束,双方都会满意。按照具体情况,遵守传统习惯,就不会出现欺诈行为。(27) 用语言挑战,就用语言应战。退出战斗行列的人,不应该遭到杀害。(28) 车兵对车兵作战,象兵对象兵,马兵对马兵,步兵对步兵,婆罗多子孙啊!(29) 按照具体情况,按照勇气、胆量和年龄,发出警告。不应该杀害没有防备或惊慌失措的人。(30) 不应该杀害与别人作战的人、疯癫的人、转过脸的人、兵器损坏的人或失去铠甲的人。(31) 不应该杀害车夫、牲口或运送兵器的人,不应该杀害鼓手和号手。(32)

这样,俱卢族、般度族和苏摩迦族定下协议,互相凝视,惊奇不已。(33) 这些灵魂高尚的人中雄牛和士兵们一起进入营地,精神愉快,喜形于色。(34)

以上是吉祥的《摩诃婆罗多》中《毗湿摩篇》第一章(1)。

[①] "五生"是一个藏在贝螺中的阿修罗。黑天杀死这个阿修罗,获得他的贝螺作螺号,故名"五生"螺号。阿周那的螺号是天神因陀罗赐给他的,故名"天授"螺号。

二

护民子说：

贞信之子毗耶娑，这位尊贵的仙人，最优秀的吠陀学者，观察东方的黎明和西方的薄暮。(1) 可怕的战争即将爆发，这位婆罗多族尊敬的祖父洞幽察微，通晓过去、现在和未来。(2) 他悄悄对奇武之子持国王说了这些话。那时，持国王想到儿子们行为不端，忧心忡忡。(3)

毗耶娑说：

国王啊！你的儿子们和其他的国王们时限已到，他们将在战场上互相搏杀。(4) 他们时限已到，即将灭亡，婆罗多子孙啊！认识到这是时运，你不必心怀忧伤。(5) 如果你想看到战斗情况，国王啊！我就让你亲眼目睹。① 观看这场战争吧！(6)

持国说：

我不愿意看到亲族互相残杀，优秀的梵仙啊！我可以依靠你的威力，听取这场战争的全部情况。(7)

护民子说：

鉴于他不愿意看到，而愿意听到这场战争，恩惠之主（毗耶娑）赐予全胜②恩惠。(8)

毗耶娑说：

全胜会向你报告这场战争，国王啊！战争中发生的一切，都不会逃过他的眼睛。(9) 全胜具有天眼。他会成为全知者，向你叙述这场战争。(10) 无论公开的事情或暗中的秘密，无论白天或黑夜，即使是内心思想，全胜都会知道。(11) 武器不会砍死他，疲倦不会累死他，这位牛众之子（全胜）会活过这场战争。(12) 而我会颂扬所有俱卢族和般度族的荣誉，婆罗多族雄牛啊！你别忧伤。(13) 这早已由命中注定，你不必为此忧伤。事态无法控制。哪里有正法，那里就

---

① 持国天生目盲。因此，毗耶娑准备赐给他恩惠，让他亲眼目睹这场大战。
② 全胜是持国的御者和侍臣。

449

6.2.14

胜利。(14)

护民子说:

这位俱卢族尊敬的祖父说完这些话,又对大臂者持国说道:(15)"在这场战争中,大王啊!伤亡惨重。我现在已经看到可怕的征兆。(16) 秃鹫、兀鹰、乌鸦、苍鹭和勃罗鸟都飞到林边,聚在一起。(17) 这些食肉鸟禽满怀喜悦,观看这场激烈的战争,将要享受象肉和马肉。(18) 仙鹤感到恐怖,发出叽喳叽喳尖利的叫声,从中部飞向南方。(19) 我经常观察东方的黎明和西方的薄暮,婆罗多子孙啊!看见太阳在升起和落下之时,受到云彩包围。(20) 在黎明和薄暮之中,这些三色云彩包围太阳,周边呈现白色和红色,脖子呈现黑色,携带着闪电。(21) 我看到太阳、月亮和星星都闪闪发光,分不清白天和夜晚。这样的日夜预示灾难。(22) 在满月之夜,月亮与火红的天空同色,缺乏光辉,不可辨认。(23) 这些大地之主、国王、王子,臂如铁闩的勇士们,将遭到杀害,躺倒在大地。(24) 我经常在夜晚,听到空中传来熊和猫格斗发出的咆哮声。(25) 那些神像或颤抖,或发笑,或吐血,或流汗,或倒下。(26) 战鼓不敲自响,民众之主啊!刹帝利的战车不驾而行。(27) 杜鹃、啄木鸟、青樫鸟、野鸡、鹦鹉、天鹅和孔雀发出可怕的叫声。(28) 在太阳升起时,可以看到成百成百堆麋集的昆虫,犹如身披铠甲、佩戴武器和标志、骑马行进的大军。(29) 在黎明和薄暮,四面八方布满红光,降下血雨和骨雨,婆罗多子孙啊!(30) 甚至著名的、三界称善的阿容达提,国王啊!也将极裕仙人置于自己的背后。[①](31) 土星也在折磨卢醯尼(毕宿),国王啊!月亮中的印记也在消失,这些预示大灾大难。(32) 尽管天空无云,却不时听到隆隆的雷声,牲口们嗥叫,流下泪滴。"(33)

以上是吉祥的《摩诃婆罗多》中《毗湿摩篇》第二章(2)。

[①] 阿容达提及其丈夫极裕仙人均为天上星宿。如果阿容达提位于极裕仙人之前,那就预兆灾难。

三

毗耶娑说：

牛生出驴，儿子与母亲交欢，林中的树长出不合时令的花果。(1) 怀孕的公主生下可怕的食肉兽、鸟禽、豺狼或鹿。(2) 各种不祥的怪兽出生，三只角，四只眼，五条腿，两根阴茎，两颗头，两条尾巴。(3) 长有顶冠的三腿马，四牙象，它们张开嘴巴，发出凶恶的叫声。(4) 在你的城市里，还看到一些梵学者的妻子生下金翅鸟和孔雀。(5) 母马生下牛犊，狗生下豺，大地之主啊！鸲鹆生下鸣声聒噪的鹧鸪和鹦鹉。(6) 有些妇女一次生下四五个女孩，呱呱坠地就会跳舞、唱歌和嬉笑。(7) 那些愚民的婴儿在窃贼家中跳舞唱歌，预示大灾大难。(8) 一些儿童在时神的怂恿下，画出佩戴武器的神像。他们渴望战斗，手持棍棒，互相冲撞，围攻自己垒起的城堡。(9) 青莲和睡莲长在树上，猛烈的毒风吹拂，尘土飞扬不止。(10)

大地不停摇晃，罗睺吞食太阳，白色行星的位置越过角宿。(11) 恐怖的计都星进入鬼宿，预示俱卢族彻底灭亡。(12) 大行星将为两边的军队制造可怕的灾难。火星转向星宿，木星转向牛宿。(13) 太阳之子（土星）走近和折磨吉祥的星宿，国王啊！金星登上室宿，转向璧宿，仰视前方。(14) 黑色的行星冒烟燃烧，进入因陀罗的光辉的星座心宿。(15) 北极星可怕地燃烧，转向右边；暴烈的行星固定在角宿和亢宿之间。(16) 通体血红的（火星）闪耀火光，偏而又偏，接近梵聚星座，停在牛宿。(17)

大地不按时令，结满各种果实，有五穗的大麦，百穗的稻谷。(18) 牛是宇宙的本源，世界的依靠。它们给牛犊喂奶，流出的是血。(19) 刀剑出鞘，闪发耀眼的光芒。显然，这些兵器感到战争临近。(20) 兵器、水、铠甲和旗帜，都与火同色，预示大灾大难。(21) 四面八方的飞禽走兽张开火红的嘴巴嗥叫，显示大恐怖，预示大灾大难。(22) 一只独翅、独眼和独腿的猛禽在夜空飞行，不断发出尖叫，吐出鲜血。(23)

仿佛燃烧着铜色和赤色火焰的两颗行星停在那里，盖过高贵的七仙人（星座）的光辉。（24）木星和土星这两颗燃烧的行星，在氐宿附近停留一年。（25）暴烈的行星在第一宿——昴宿闪耀，犹如计都星剥夺昴宿的美貌。（26）水星一再进入三座东方星宿，民众之主啊！造成巨大的恐怖。（27）新月之夜通常在第十四、十五和十六日，我不知道会在第十三日。（28）月蚀和日蚀发生在同一月第十三日。这种异常的月蚀和日蚀将毁灭众生。（29）

四面八方尘土弥漫，纷纷扬扬。汹涌咆哮的恶云在夜里降下血雨。（30）在黑暗的第十四夜又降下稠密的、可怕的肉雨，但罗刹们仍不餍足。（31）江河溪流流淌着血水；池塘泛起泡沫，像公牛那样吼叫；流星夹着干雷，呼啸着坠落。（32）即使现在，黑夜消失，太阳冉冉升起之时，依然受到四颗燃烧的大流星伤害。（33）敬拜太阳的大仙们说道：大地将吮吸成千成千个国王的血。（34）

盖拉娑山、曼陀罗山和雪山上轰轰隆隆，成千成千个山峰倒塌。（35）大地摇晃，四海翻滚，波涛一次次涌上海岸，腾跃喧嚣。（36）狂风大作，飞沙走石，摇撼树木。城市和乡村中的圣地无花果树纷纷倒下。（37）婆罗门的祭火闪发黄色、红色和蓝色，火焰朝左，味臭，烟浓，声音嘈杂，色香味变质，国王啊！（38）国王的旗幡不停地颤抖冒烟，大小铜鼓喷洒炭雨。（39）凶猛的兀鹰左向盘旋，降落在宫顶和城门。（40）乌鸦呱呱乱叫，停在旗幡顶上，等待国王们灭亡。（41）成千成千匹马和象低头沉思，甩动尾巴，颤抖着发出悲鸣。（42）

听了这些话，你就顺其自然吧！这个世界不会走向彻底毁灭，婆罗多子孙啊！（43）

护民子说：

持国听了父亲的这些话，说道"我认为这早已命中注定，毫无疑问。（44）如果刹帝利遵循武士法则，在战斗中牺牲，就会进入英雄世界，获得幸福。（45）这些人中之虎在大战中捐躯，那么，他们在这个世界获得声誉，在另一个世界获得长久的幸福。"（46）

以上是吉祥的《摩诃婆罗多》中《毗湿摩篇》第三章（3）。

四

护民子说：

听了儿子持国的话后，王中俊杰啊！这位牟尼诗王进入禅定，思索至高的本质。（1） 这位大苦行者、时间论者又说道 "王中因陀罗啊！毫无疑问，时间毁灭世界，（2） 时间也创造世界。在这世上，没有永恒的事物。请向俱卢族及其亲戚和朋友，（3） 指出正义之路，因为你能阻止他们。杀害亲族是卑劣的行为。不要做出令我心痛的事。（4）时间已经化作你的儿子，国王啊！杀戮毫无益处，在吠陀中不受崇拜。（5） 谁毁灭家族之法，谁就是毁灭自己的身体。你能遵循正道，却被时间引上邪路。（6） 这个化作王国的灾难带来不幸，毁灭家族，也毁灭国王们，抛弃它吧！（7） 你完全丧失了理智。向儿子们指明正法吧！王国给你带来危害，难以战胜的人啊！对你有什么用？（8）保护荣誉、正法和名声，你将升入天国。让般度族获得王国，让俱卢族获得和平！"（9）

婆罗门俊杰这样说完，安必迦之子持国娴于辞令，又开腔说话。（10）

持国说：

你知道，我也知道。生和死两者，我都如实知道。世人陷入自己的利益而迷糊，父亲啊！你知道我也是个世俗之人。（11） 你威力无比，请开恩吧！你是我们的救星和导师。他们不受我的约束，大仙啊！你不应怪罪于我。（12） 你是正法、吉祥、荣誉、名声、坚定和传承，你是俱卢族和般度族尊敬的祖父。（13）

毗耶娑说：

奇武之子啊！你心中怎么想就怎么说吧，国王啊！我将解除你的疑惑。（14）

持国说：

尊者啊！我想如实听取在战争中，获胜一方的所有特征。（15）

毗耶娑说：

祭火纯净，火光向上，火焰朝右，无烟，祭品散发清香，人们说

453

这是胜利的预兆。(16) 鼓声深沉,号声嘹亮,太阳和月亮明净,人们说这是胜利的预兆。(17) 乌鸦在后面或停或飞,叫声悦耳,国王啊!它们在后面催促,在前面警告。(18) 兀鹰、天鹅、鹦鹉、麻鹬和啄木鸟鸣声祥和,右旋飞行,婆罗门说这样的一方在战争中必定胜利。(19) 他们的军队有装饰、铠甲和旗幡,容貌整洁,色泽似金,光辉灿烂,不可逼视,这样的一方战胜敌人。(20) 战士们发出欢声笑语,勇气不衰退,花环不凋谢,这样的一方战胜敌人。(21) 风儿可爱,吹向右方,起先遇到阻碍,然后实现目的。(22) 声、色、味、触和香,新鲜纯净,战士们始终快乐,这样的一方必定胜利。(23) 风儿吹拂云儿和鸟儿,云儿伴随彩虹。(24) 这些是胜利者的特征,民众之主啊!垂死者的特征与此相反,人主啊!(25)

无论是大部队,还是小部队,战士们兴奋愉快,是取胜的惟一标志。(26) 一人恐慌,造成整个大军恐慌;即使是勇敢的士兵,也跟随这人恐慌。(27) 崩溃的大军难以阻拦,犹如湍急的流水,受惊的鹿群。(28) 大军败退,无法遏止。看到惊慌的逃兵,勇敢的战士也惊慌,恐怖的气氛更强烈。(29) 大军崩溃,四处逃窜,国王啊!即使勇士们也无法加以阻拦。(30)

睿智的国王永远挺立,努力想方设法稳住四支大军。(31) 人们说,以智巧取胜是上策,分裂是中策,以战争取胜是下策,民众之主啊!战争害处大,招来杀身之祸。(32) 互相了解,心情愉快,意志坚定,不可动摇,只要有五十位这样的勇士,就能粉碎一支大军;只要有五位、六位或七位不退却的勇士,就能取胜。(33) 毗娜达之子迦楼罗[①]即使看到成群结队的金翅鸟,也不求助大众,婆罗多子孙啊!(34) 人多势众,未必就能取胜,婆罗多子孙啊!胜利并不固定,这要看天意。即使在战争中取胜,也会走向毁灭。(35)

以上是吉祥的《摩诃婆罗多》中《毗湿摩篇》第四章(4)。

[①] 迦楼罗是金翅鸟王。

五

护民子说:

毗耶娑向聪明的持国说完这些话，起身离开。而持国听完这些话，陷入沉思。(1) 他仿佛只沉思片刻，便不时地长吁短叹，婆罗多族雄牛啊！他询问灵魂坚定的全胜：(2)

"全胜啊！这些英勇的、热爱战斗的国王，使用各种武器，互相杀戮。(3) 这些国王为了夺取大地，不停地杀戮，捐弃生命，扩大阎摩①的领域。(4) 他们渴求大地和王权，互不相容。因此，我想这大地必定有许多优点，全胜啊！请你告诉我。(5) 数百、数千、数万、数亿、数兆人间英雄，聚集在俱卢之野。(6) 我愿意如实听取他们来自的地区和城市的情况，全胜啊！(7) 你受到威力无比的婆罗门仙人毗耶娑的恩惠，具有天智之灯和智慧之眼。"(8)

全胜说:

大智者啊！我将按照我的智慧向你讲述大地的优点。你具有经典之眼②，请看吧！我向你致敬，婆罗多族雄牛啊！(9) 世上生物分为动和不动两种，动的生物又分成卵生、湿生和胎生三种。(10) 在一切动的生物中，胎生最优秀，国王啊！在胎生中，人和动物最优秀。(11) 各种形态的动物分成十四种，七种生活在林中，七种生活在村中。(12) 狮、虎、野猪、野牛、象、熊和猿猴，这七种生活在林中，国王啊！(13) 牛、山羊、人、羊、马、骡和驴，善人们列举这七种生活在村中。(14) 这些是吠陀所说的十四种村中和林中的动物，国王啊！祭祀依靠它们维持，大地之主啊！(15) 村中动物中，人最优秀；林中动物中，狮子最优秀。这一切生物，互相依赖而生存。(16) 不动的植物有五种：树木、灌木、蔓藤、竹和草。(17) 这

---

① 阎摩是死神。汉译佛经中也译作阎罗，是阎摩罗阇（阎摩王）的略称。
② 经典之眼指语法，意即凭借语法能读通任何经典。

十九种加上五大成分①，共二十四种，被称作是举世尊敬的伽耶特利②。(18) 谁知道这位具备一切美德的、圣洁的伽耶特利，婆罗多族俊杰啊！他肯定不会在世上遭到毁灭。(19) 一切在大地上产生，一切在大地上毁灭；大地是众生的支持，大地是众生的庇护。(20) 谁获得大地，他就获得整个动和不动的世界。正是为了夺取大地，国王们互相杀戮。(21)

以上是吉祥的《摩诃婆罗多》中《毗湿摩篇》第五章(5)。

六

持国说：

河流、山岳和国土的名称，以及大地的其他情况，全胜啊！(1) 大地各处的面积，还有森林，知量者啊！请你详详细细告诉我，全胜啊！(2)

全胜说：

大王啊！智者们说，维系世界的五大成分全都相同。(3) 地、水、风、火和空，其中地最重要，含有全部属性。(4) 通晓真谛的仙人们说，声、触、色、味和香，这些是地的五种属性。(5) 水有四种属性，缺少香，国王啊！火有声、触和色三种属性，风有声和触，空有声。(6) 这五种属性存在于一切世界的五大成分中，国王啊！世界万物得以维系。(7) 浑然一体时，它们互不发生作用。一旦互相失去平衡，它们就变得具有形体。事情就是这样。(8) 它们依次消失，依次产生。它们不可测量。它们的形态就是至高的自在。(9) 五大成分的元素随处可见，人们凭借理智观察它们的定量。(10) 然而，这些情况确实不可思议，无法依靠理智解决。超自然是不可思议者的特征。(11)

---

① 五大成分是地、水、火、风和空。
② 伽耶特利是吠陀诗律之一，尤指婆罗门在晨祷和晚祷中反复念诵的《梨俱吠陀》中的一首颂诗（Ⅲ.62.10）。这里，伽耶特利被神化为创造主。

俱卢族后裔啊！我向你讲述善见洲①，大王啊！这个洲呈圆形，宛如车轮。(12) 覆盖着河流，高耸如云的山岳，各种各样可爱的城市和国土。(13) 有开花结果的树木，有财富和宝藏，四周环绕咸味的大海。(14) 正如人在镜中照见自己的脸，善见洲映照在月轮中。(15) 在那里，两部分是毕钵果树，另两部分是大白兔，到处长有各种药草，其余部分是水。简单地说，就是这样。(16)

以上是吉祥的《摩诃婆罗多》中《毗湿摩篇》第六章(6)。

七

持国说：

你简单地讲述了这个洲的情况，全胜啊！现在请详细说说。大地呈现在兔子形象中，请说说它的情况，然后讲讲毕钵果树。(1)

护民子说：

国王这样说后，全胜说道 "由西向东延伸六座宝山，大王啊！东西两边是深邃的大海。(2) 雪山，金顶山，尼奢陀山，琉璃构成的尼罗山，银光闪闪的白山，蕴藏一切矿物的角山。(3) 这些山上居住着悉陀和遮罗纳②。它们的间距成千由旬。(4) 其间有许多圣洁的国家和地区，婆罗多子孙啊！居住着各种各样的生物。(5) 这里称作婆罗多国，下一个地区称作雪山国，金顶山那一边称作诃利国。(6) 尼罗山南边，尼奢陀山北边，由西向东延伸，大王啊！名叫摩利耶凡山。(7) 在摩利耶凡山另一边是香醉山。在这两座山之间，是圆形的金山弥卢。③ (8) 犹如灿烂的朝阳和无烟的火焰，相传它的底部有一万六千由旬，(9) 高度有八万四千由旬，国王啊！上下左右，围绕着许多世界。(10) 在它的附近，有四洲，主人啊！跋德罗湿婆洲、计都摩罗洲、赡部洲和圣洁的住地北俱卢洲，婆罗多子孙啊！(11)

---

① 善见洲即赡部洲。
② 悉陀是一类小神，具有神通。遮罗纳是天国的歌手。
③ 弥卢山又称须弥卢山。在汉译佛经中也略称须弥山。

"妙翼①之子妙颜鸟看到那些金色的鸟,心想:(12)'弥卢山上的鸟不分上中下,因此,我要离开这里。'(13)光辉之主太阳,月亮和星星,还有风,永远向右绕着弥卢山行走。(14)山上盛开神圣的花果,遍布金碧辉煌的宫殿。(15)天神、健达缚、阿修罗和罗刹,②国王啊!经常和天女们一起在山上游戏。(16)梵天、楼陀罗和众神之王帝释天,聚在一起,举行各种祭祀,布施许多礼物。(17)冬布鲁、那罗陀、广慈、诃诃和呼呼,③众位优秀的天神,走上前去,赞美歌颂,主人啊!(18)灵魂高尚的七仙人和生主迦叶波,经常在朔望日去那里。祝你幸运!(19)

"在山顶上,有称作诗人的优娑那,还有众位提迭④,国王啊!有许多宝石,有许多宝石山。(20)尊贵的俱比罗(财神)享有它的四分之一财富,并将十六分之一赐给人类。(21)在它的北边,有圣洁可爱的迦尼迦罗林,盛开各季花朵,山溪流淌。(22)尊贵的兽主(湿婆),这位众生创造者在众神围绕下,亲自与乌玛作伴游戏。(23)他佩戴的迦尼迦罗花环垂到脚下;三只眼睛闪闪发光,犹如升起的三颗太阳。(24)众悉陀苦行严厉,誓愿坚定,言语真实,能够看到大自在天(湿婆),而行为不端者不能看到他。(25)

"从山顶上,三十臂围的乳流倾泻,发出可怕的喧响,人主啊!(26)这条圣洁的恒河又名跋吉罗提河,受到圣洁的人们崇拜,奔腾不息,落在美丽的月亮湖中。这个湖如同大海,由恒河形成而圣洁。(27)连群山也难以承受这条河,而大自天(湿婆)用头顶支撑了她十万年。(28)

"在弥卢山西边是计都摩罗洲,国王啊!那里还有辽阔的赡部洲,如同欢喜园。(29)那里的寿命为一万岁,婆罗多子孙啊!人的肤色金黄,妇女如同天女。(30)那里的人们生来闪烁金光,无病无忧,永远心情愉快。(31)密迹天⑤王俱比罗(财神)和罗刹一起,住在香

---

① 妙翼即金翅鸟迦楼罗。
② 健达缚又译乾达婆,是天国的歌舞伎。阿修罗和罗刹是妖魔。
③ 其中,那罗陀是仙人,其他四位是健达缚。
④ 提迭是妖魔。
⑤ 密迹天即药叉。

醉山顶，在成群成群天女环绕下，愉快度日。(32) 在香醉山脚西边，另外有些山。那里的最高寿命为一万一千岁。(33) 那里的男人皮肤黝黑，威武有力，国王啊！女人个个容貌可爱，犹如青莲花瓣。(34)

"尼罗山那边是白山，白山那边是黄金国，然后，角山那边是爱罗婆多国。(35) 南北两国呈弓形，大王啊！伊罗婆利多国在中间。这是五个地区。(36) 再往北去的地区充满更多优点，人们依据法、欲和利，享有寿命、身材和健康。(37)

"在这些地区，生物聚居，婆罗多子孙啊！就是这样，大王啊！大地上群山耸立。(38) 雄伟的金顶山，名为盖拉娑，吠湿罗婆那（俱比罗）和密迹天们在那里愉快度日。(39) 盖拉娑山北边，对着美那迦山，是雄伟神圣的金峰摩尼山。(40) 在它附近，有一座浩淼神圣的宾度湖。黄金沙滩，美丽可爱。在那里，国王跋吉罗陀看到名为跋吉罗提的恒河，住了许多年。(41) 用摩尼珠制作的祭柱，用黄金铺设的祭坛，闻名遐迩的千眼神在这里举行祭祀，获得成功。(42) 永恒的众生之主威力无比，创造了一切世界，在众生围绕下，接受侍奉。那罗和那罗延，梵天，摩奴，斯塔奴是第五。(43)

"那位女神（恒河）途经三路[①]，首先从梵界下降，然后分成七条支流。(44) 婆私波迦沙罗河，纳利尼河，圣洁的娑罗私婆蒂河，赡部纳迪河，悉多河，恒河，信度河是第七。(45) 神的意愿不可思议。这是天主的安排，在一千个时代毁灭之时，在那里举行祭祀。(46) 娑罗私婆蒂河有时可见，有时不可见。这就是三界闻名的七条神圣的恒河。(47)

"罗刹在雪山，密迹天在金顶山，蛇和蟒在尼奢陀山，苦行者在牛耳山。(48) 天神和阿修罗住在白山，健达缚住在尼奢陀山，梵仙住在尼罗山，国王啊！角山是祖先们的居处，大王啊！(49)

"这些是七个地区，大王啊！居住着动和不动的生物。(50) 在这些地区，可以看到神和人的繁荣多种多样。对此，无法一一列举，但向往幸福的人都深信不疑。(51) 国王啊！这是你询问的那个神圣的兔子形象。在兔子的两边，有南北两个地区；两个耳朵是蛇岛和迦叶

---

① 三路指天国、空中和大地。

岛。(52) 顶部是赤铜色的、吉祥的摩罗耶山，国王啊！看上去像这个洲①的另一个兔子形象。"(53)

以上是吉祥的《摩诃婆罗多》中《毗湿摩篇》第七章(7)。

八

持国说：

请你接着详细讲述弥卢山的北边和东边，全胜啊！还有摩利耶凡山，大智者啊！(1)

全胜说：

尼罗山南边，弥卢山北边，是圣洁的北俱卢洲，悉陀的居处。(2) 在那里，树木常年开花结果，花儿芳香，果子甜蜜多汁。(3) 在那里，有些树木随意结果，人主啊！另外有些树木含有乳汁，国王啊！(4) 这些树木经常流淌乳汁，六味俱全，如同甘露；它们也产生衣服，果子中结出首饰。(5) 整个大地由摩尼珠构成，沙子是金屑；到处洁净，触觉舒服，人主啊！(6) 这里的人全都由天神世界降生；无论在平坦之地还是崎岖之地，他们具有同样的美貌和品质。(7) 妇女如同天女，生育孪生儿；这些孪生儿吸吮那些树木流出的甘露般的乳汁。(8) 孪生儿一起长大，具有同样的美貌和品质，身穿同样的服装，相亲相爱，如同鸳鸯，主人啊！(9) 他们无病无忧，永远心情愉快，寿命一万一千岁，互不抛弃，大王啊！(10) 一种名叫跋容吒的鸟，喙尖力大，叼取死尸，扔进洞穴。(11) 我向你简单地讲述了北俱卢洲，国王啊！接着，我要如实讲述弥卢山的东边。(12)

东边湿润的跋德罗湿婆洲，民众之主啊！有跋德罗沙罗树林和高大的迦罗摩罗树。(13) 美丽的迦罗摩罗树常年开花结果，大王啊！洲高一由旬，居住着悉陀和遮罗纳。(14) 那里的男人白净，威武有力；妇女美丽可爱，宛如白莲。(15) 她们能歌善舞，肤色似月，光亮似月，肢体清凉似月，脸儿宛如满月。(16) 那里，人的寿命一万

---

① 指赡部洲。

岁,婆罗多族雄牛啊!他们喝迦罗摩罗树汁,永葆青春。(17)

尼罗山南边,尼奢陀山北边,有一种永恒的大赡部树,名叫善见。(18) 这种圣树的果子为悉陀和遮罗纳随意享用,永恒的赡部洲由此得名。(19) 它是树中之王,婆罗多族雄牛啊!高达十万由旬,树顶触天,人主啊!(20) 它的果子成熟流汁,体积为十万一千五百肘。(21) 这些果子掉在地上时,发出沉重的响声,国王啊!泻出金色的液汁。(22) 这种赡部树的果汁形成河流,人主啊!向右围绕弥卢山,流向北俱卢洲。(23) 人们喝这种果汁,永远快乐,人主啊!喝了这种果汁,不会衰老。(24) 那里有一种名叫赡部那陀的金子,是天神的装饰品;那里的人天生灿若朝阳。(25)

在摩利耶凡山顶,火焰熊熊。那是名叫毁灭的时间之火,婆罗多族雄牛啊!(26) 在摩利耶凡山顶东边,甘底迦河向东流。摩利耶凡山占地五万由旬。(27) 那里的人天生闪耀金光,全都从梵界降下,通晓梵学。(28) 他们修炼苦行,严格禁欲,为了保护众生,进入太阳。(29) 六万六千年,他们围绕太阳,走在阿噜诺(曙光)前面。(30) 六万六千年,他们忍受太阳的光热,然后进入月轮。(31)

以上是吉祥的《摩诃婆罗多》中《毗湿摩篇》第八章(8)。

九

持国说:

请你如实告诉我那些地区和山岳的名称,全胜啊!还有那些山上的居民。(1)

全胜说:

白山南边,尼罗山北边,这个地区名叫罗摩那迦,人们在那里诞生。(2) 那里的人们全都出身纯洁,容貌可爱,耽于欲乐。(3) 他们的寿命一万一千五百岁,大王啊!永远心情愉快。(4)

角山南边,白山北边,这个地区名叫亥伦婆多,那里有条亥伦婆提河。(5) 那些药叉随从拥有财富,容貌可爱,国王啊!他们很有力量,永远心情愉快。(6) 他们的寿命能活到一万两千五百岁,人主

啊！(7)

角山有三座峰顶，人主啊！一座由摩尼珠构成，一座由金子构成，奇妙无比。(8) 一座全由宝石构成，装饰着美丽的宫殿。自我发光的女神香底利永远住在那里。(9)

角山北边，直至海岸，人主啊！这个地区名叫爱罗婆多，属于角山的终极。(10) 在那里，太阳不发热，人们不衰老，月亮和星星仿佛成为遍照一切的光源。(11) 诞生在那里的人们，光泽似莲，肤色似莲，眼睛宛如莲花瓣，芳香宛如莲花瓣。(12) 他们不活跃，不吃食，控制感官，通体芳香；他们全都从天神世界降下，洁净无垢，国王啊！(13) 这些人的寿命，人主啊！能活到一万三千岁，婆罗多族俊杰啊！(14)

在乳海北边，主神诃利，又名毗恭吒，住在金车中。(15) 这辆车子装饰着金子，有八个车轮，速度飞快似思想，颜色似火。(16) 这位主神是众生的主宰，婆罗多族雄牛啊！他是毁灭、繁荣、创造者和操纵者。(17) 他是地、水、空、风和火，国王啊！他是众生之祭祀，火是他的嘴。(18)

护民子说：

思想高尚的持国王听了全胜这些话，想起自己的儿子们，人主啊！(19) 他想过之后，大王啊！开口说道 "毫无疑问，御者之子啊！时间毁灭世界，又创造世界。在这世上，没有任何永恒之物。(20) 那罗和那罗延通晓一切，维系众生。众神称这位主神为毗恭吒，吠陀称他为毗湿奴。"(21)

以上是吉祥的《摩诃婆罗多》中《毗湿摩篇》第九章(9)。

一〇

持国说：

在这个婆罗多国，军队结集，我的儿子难敌野心勃勃。(1) 般度的儿子们贪心，我的心也执著，全胜啊！你是聪明人，请告诉我事情的本质。(2)

第六　毗湿摩篇

全胜说：

请听我说，国王啊！般度的儿子们并不贪心，而是难敌以及妙力之子沙恭尼贪心。(3)　还有其他许多刹帝利，他们是各地的君主，贪图婆罗多国，互不相容。(4)　我向你讲述这个婆罗多国，婆罗多子孙啊！它受到天神因陀罗和毗婆薮之子摩奴的钟爱。(5)　钟爱者还有维那之子普利图，国王啊！灵魂高尚的甘蔗王，迅行王，安波利沙，曼达特里，友邻王。(6)　还有牟朱恭陀，优湿那罗之子尸毗王，牛王，爱罗王，尼伽王。(7)　大王啊！还有其他许多强大有力的刹帝利，王中因陀罗啊！他们全都钟爱婆罗多国，婆罗多子孙啊！(8)　我将根据我所听说的，向你讲述这个国家，制服敌人者啊！请听我解答你提出的问题，国王啊！(9)

摩亨德罗山，摩罗耶山，萨希耶山，修格底曼山，利刹凡山，文底耶山，巴利耶多罗山，这是七座主要的山。(10)　在它们的周围，还有成千座山，国王啊！这些著名的山雄伟壮丽，顶峰奇特。(11)　还有一些居民矮小的无名小山，俱卢族后裔啊！阿利耶人、弥戾车人和其他的人，喝许多河中的水，主人啊！(12)

恒河，信度河，娑罗私婆蒂河，戈达瓦利河，那尔摩达河，巴胡达河，(13)　舍多陀鲁河，旃陀罗跋伽河，阎牟那河，德利私陀婆底河，维波夏河，维波波河，私吐罗婆鲁迦河，(14)　吠多罗婆蒂河，黑维纳河，伊罗婆底河，毗多湿达河，波约私尼河，提毗迦河，(15)　吠陀私摩利蒂河，吠多希尼河，特里迪婆河，伊楚摩利尼河，迦利希尼河，吉多罗婆赫河，吉多罗犀那河，(16)　戈摩蒂河，吐多波波河，凡陀那河，憍湿吉河，吉提亚河，毗吉多罗河，罗诃达利尼河，(17)　罗他私他河，舍多恭跋河，萨罗优河，人主啊！遮尔曼婆蒂河，吠多罗婆蒂河，赫私底苏摩河，迪湿河，(18)　舍达婆利河，波约私尼河，波罗河，毗摩罗梯河，迦吠利河，朱鲁迦河，婆比河，舍多勃罗河，(19)　尼吉罗河，摩希达河，苏波罗由伽河，人主啊！波维特罗河，贡陀罗河，信度河，婆吉尼河，布罗摩利尼河，(20)　布尔婆毗罗摩河，毗罗河，毗摩河，奥卡婆蒂河，波罗希尼河，波波诃罗河，摩亨陀罗河，毕波罗婆蒂河，(21)　波利犀那河，阿悉格尼河，萨罗拉河，婆罗摩尔迪尼河，布鲁希河，钵罗婆罗河，美那河，莫卡河，克利多婆蒂河，(22) 吐摩提亚河，阿迪讫利什那河，苏吉河，查维河，俱卢族后裔啊！萨达尼罗河，阿达利希亚河，俱舍达罗河，(23) 舍希甘达河，希瓦河，维罗婆蒂河，婆私都河，苏婆私都河，高利河，甘波那河，萨希伦婆蒂河，(24) 希伦婆蒂河，吉多罗婆蒂河，吉多罗犀那河，罗他吉多罗河，乔底罗他河，维希瓦密多罗河，迦宾遮罗河，(25) 乌本陀罗河，古遮罗河，安部瓦希尼河，吠南底河，宾遮罗河，维纳河，东伽维纳河，(26) 维迪夏河，黑维纳河，多摩罗河，迦比罗河，舍鲁河，苏瓦摩河，吠陀湿婆河，诃利私罗婆河，(27) 希克罗河，毕吉罗河，跛罗德瓦吉河，憍湿吉河，索那河，巴胡达河，旃陀那河，(28) 杜尔伽河，安多希罗河，婆罗诃摩美迪亚河，婆利诃德婆蒂河，遮罗刹河，摩希罗希河，赡部纳迪河，(29) 苏纳沙河，多摩沙河，达希河，多罗沙摩尼耶河，婆罗纳希河，罗罗达利多迦罗河，布尔那夏河，(30) 摩那维河，婆利舍跛河，人主啊！萨达尼罗摩耶河，婆利提亚河，曼陀伽河，曼陀瓦希尼河，(31) 婆罗诃摩尼河，摩诃高利河，杜尔伽河，婆罗多子孙啊！吉多罗波罗河，吉多罗婆尔诃河，曼朱河，摩迦罗瓦希尼河，(32) 曼达吉尼河，吠多罗尼河，谷迦河，舍格提摩提河，阿罗尼耶河，布湿波吠尼河，乌特波罗婆蒂河，(33) 罗希提亚河，迦罗多耶河，婆利舍朋吉尼河，古摩利河，利希古利耶河，婆罗诃摩古利耶河，婆罗多子孙啊！(34) 所有这些圣洁的河流，尊者啊！是万物之母，强大有力。(35) 另外还有成百成千条不知名的河流，国王啊！我已经依据传承，列举了以上这些河流。(36)

接着，请听我讲述各个地区。这些地区是俱卢般遮罗，沙鲁阿，玛德雷耶，疆伽罗，(37) 苏罗塞那，羯陵伽，波陀，贸迦，摩差，苏古迪，绍勃利耶，贡多罗，迦尸憍萨罗，(38) 车底婆蹉，迦卢沙，博遮，信度布邻陀伽，优多摩遮，陀沙尔那，美迦罗，乌特迦罗，(39) 般遮罗，憍希遮，爱迦波利希吒，瑜甘陀罗，绍达，摩德罗，菩金伽，迦尸，阿波罗迦尸，(40) 优达罗，古古舍，苏陀舍尔那，婆罗多子孙啊！贡提，阿凡提，阿波罗贡提，(41) 乔宾陀，曼陀迦，香吒，毗陀婆，阿湿摩迦，邦苏罗湿德罗，戈波罗湿德罗，波尼多迦，(42) 阿提罗湿德罗，苏俱陀，钵利罗湿德罗，伐纳罗希耶，波罗瓦诃，婆迦罗，婆迦罗跋耶，沙迦，（43）毗提诃，摩揭陀，苏诃摩，维阇耶，安伽，梵伽，羯陵伽，耶讫利罗摩耶，（44）摩罗，苏代湿那，波罗胡多，摩希舍迦尔希迦，瓦希迦，瓦吒达那，阿毗罗，迦罗多耶迦，（45）阿波伦达罗，首陀罗，波诃罗婆，遮尔摩肯底迦，阿吒维舍勃罗，摩鲁宝摩，尊者啊！（46）乌波婆利希遮，阿努波婆利希遮，苏罗湿德罗，羯迦夜，古吒波朗多，德威泰耶，迦刹，沙穆德罗尼希古吒，（47）安达罗，许多山里山外的国家，国王啊！安伽摩罗陀，摩揭陀，摩纳婆尔遮迦，（48）摩希瑜多罗，波罗婆利塞耶，跋尔伽婆，人主啊！邦德罗，跋尔伽，吉罗陀，苏道湿那，波罗穆陀，（49）沙迦，尼沙陀，尼沙达，阿纳尔多，奈尔利多，杜古罗，波罗提摩差，俱舍罗，俱那吒，（50）提罗伽罗诃，多罗道耶，罗吉迦，罗希耶迦伽那，提罗迦，波罗希迦，摩吐曼，波罗古差迦，（51）迦湿弥罗，信度绍维罗，犍陀罗，陀尔舍迦，阿毗沙罗，古鲁多，谢婆罗，缚喝罗，（52）陀尔维迦，萨迦遮，陀尔婆，瓦多遮，阿摩罗陀，乌罗伽，巴呼瓦迪耶，俱卢族后裔啊！苏陀摩纳，苏摩利迦，（53）婆达罗，迦利舍迦，俱邻陀，乌波迪耶迦，瓦那瑜，陀舍波尔湿婆，劳摩纳，俱舍宾杜，（54）迦查，戈波罗迦查，朗伽罗，波罗婆罗迦，吉罗多，钵尔钵罗，悉陀，毗提诃，多摩罗陵伽迦，（55）奥希陀罗，邦陀罗，塞伦达罗，波尔婆提耶，尊者啊！还有一些南方的国家，婆罗多族雄牛啊！（56）达罗毗荼，喀罗拉，波罗吉耶，菩希迦，婆那婆辛，乌纳提耶迦，摩希舍迦，维迦尔波，穆舍迦，（57）迦尔尼迦，贡提迦，绍毗陀，那罗迦罗迦，憍古吒迦，朱罗，贡迦纳，摩罗瓦纳迦，（58）萨孟伽，戈波纳，古古罗，安伽陀，摩利舍，陀婆吉尼，乌差婆，商盖多，特里伽尔多，萨尔婆塞尼，（59）特里盎伽，盖迦罗迦，波劳湿陀，波罗商遮罗迦，文底耶布罗迦，布邻陀，迦尔迦罗，（60）马罗迦，摩罗迦，阿波罗婆尔多迦，俱邻陀，俱罗迦，迦伦陀，古罗迦，（61）穆舍迦，私多那巴罗，萨迪，波提邦遮迦，阿提达耶，息罗勒，私吐钵迦，私多纳波，（62）诃利希毗达尔跋，甘提迦，东伽那，波罗东伽那，婆罗多族俊杰啊！还有一些北方的居民，弥戾车，（63）耶婆那，甘波阇，达鲁那，各种弥戾车，萨刹德鲁诃，贡多罗，胡那，波罗迦，（64）摩罗达，支那，陀舍摩

465

利迦，这些是刹帝利以及吠舍和首陀罗的居住地。(65) 还有首陀罗毗罗，陀罗陀，迦湿弥罗，波修，伽希迦，杜伽罗，波罗婆，吉利伽诃婆罗，(66) 阿特雷耶，婆罗堕遮，私多那约希迦，奥波迦，羯陵伽，各种吉罗多，(67) 多摩罗，杭萨摩尔伽，迦罗邦遮迦，主人啊！我只是列举这些著名的地区。(68)

大地受到善待，会像如意神牛那样，根据性质和力量，产生法、利和欲三大成果。(69) 英勇的国王们精通法和利，贪图美味，渴求大地，在战场上捐弃生命。(70) 大地确实是神体和人体的托庇。如同狗与狗之间互相夺肉，(71) 国王们渴求享有大地，婆罗多族俊杰啊！在这世上，任何人的欲望都不知餍足。(72) 因此，俱卢族和般度族为占有大地而斗争。手段是安抚、贿赂、离间和动武，国王啊！(73) 大地受到善待，会成为众生的父亲、母亲、儿子、天空和天国，人中雄牛啊！(74)

以上是吉祥的《摩诃婆罗多》中《毗湿摩篇》第十章(10)。

一一

持国说：

婆罗多国和雪山国的地域、寿命、果实和优缺点，御者啊！(1) 未来、过去和现在的情况，还有诃利国，请你详细告诉我，全胜啊！(2)

全胜说：

在婆罗多国，有四个时代，婆罗多族雄牛啊！圆满时代、三分时代、二分时代和争斗时代，俱卢族福星啊！(3) 最初是圆满时代，然后是三分时代，主人啊！二分时代之后，出现争斗时代。(4) 在圆满时代，俱卢族俊杰啊！寿命达到四千岁，优秀的国王啊！(5) 三分时代三千岁，人主啊！二分时代两千岁，现在一百岁。(6) 在这个争斗时代，寿命没有定数，婆罗多族雄牛啊！有的在胎中就死去，有的生下就死去。(7)

在圆满时代诞生强壮有力的人，高尚纯洁的人，具有美德的人，国王啊！还有以苦行为财富的牟尼。(8) 在圆满时代诞生的人，勇气非凡，灵魂伟大，恪守正法，说话诚实，拥有财富，容貌可爱，国王啊！(9) 在三分时代，诞生长寿者，大勇士，大弓箭手，刹帝利英雄，转轮王。(10) 在二分时代诞生的所有种姓，大王啊！精力旺盛，勇气非凡，互相渴望征伐。(11) 在争斗时代诞生的人，国王啊！精力衰微，易怒，贪婪，欺诳，婆罗多子孙啊！(12) 在争斗时代诞生的人，妒忌，骄傲，粗暴，虚妄，愤怒，激动，贪婪，婆罗多子孙啊！(13) 这个二分时代即将结束，人主啊！雪山国的状况优于婆罗多国，而诃利国的状况优于雪山国。(14)

以上是吉祥的《摩诃婆罗多》中《毗湿摩篇》第十一章(11)。《赡部洲构造篇》终。

大 地 篇

一 二

持国说：

你已经讲述赡部洲，全胜啊！请你如实讲讲它的范围和规模。(1) 也请讲讲大海的规模，洞察一切的人啊！还有舍迦洲和俱舍洲，全胜啊！(2) 也请你如实讲讲木棉洲和麻鹬洲，牛众之子啊！还有罗睺、月亮和太阳的种种情况。(3)

全胜说：

国王啊！这个广阔的世界有许多洲。我给你讲述七个洲，还有月亮、太阳和行星。(4) 赡部山的面积足足有一万八千六百由旬，国王啊！(5) 咸味的大海的面积据说是这两倍，遍布各种国家和奇妙的珠宝珊瑚。(6) 大海呈圆形，遍布各种奇妙的矿石，壮丽的群山，还有悉陀和遮罗纳。(7)

我现在如实讲述舍迦洲，国王啊！请你听我准确地讲述，俱卢族后裔啊！(8) 这个洲的面积是赡部洲的两倍，人主啊！大海的面积也是洲的两倍，大王啊！乳海环绕这个洲，婆罗多族俊杰啊！(9) 那里的国家圣洁,人们从不死亡。那里怎么会有饥饿?人们精力充沛,心地宽容。(10) 我已经如实讲述了舍迦洲的简况,婆罗多族雄牛啊!你想听别的什么?大王啊!(11)

持国说：

你如实讲述了舍迦洲的简况,全胜啊!请你再如实详细介绍,大德啊!(12)

全胜说：

那里有七座山,装饰着摩尼珠,蕴藏着宝石,还有许多河流,国王啊!听我讲述它们的名字以及那里所有美好和圣洁的事物,人主啊!(13) 至高之山名叫弥卢,居住着天神、仙人和健达缚,大王啊!接着,向东绵延的山名叫摩罗耶。云从那里升起,遍布各方。(14) 接着,另一座大山是阇罗达罗,俱卢族后裔啊!婆薮之主（因陀罗）经常从这里摄取至高之水。因此,雨季才会下雨,人主啊!(15) 接着是永远耸立的高山奈婆多迦,在空中有奈婆蒂星座（奎宿）。这由祖先（梵天）亲自安排。(16) 在这北边的大山名叫黑山,王中因陀罗啊!因此,这里的人们皮肤黝黑,国王啊!(17)

持国说：

我对说到的这个情况大惑不解,全胜啊!为什么这里的人们皮肤黝黑?御者之子啊!(18)

全胜说：

大智者啊!在所有这些洲中,俱卢族后裔啊!人有黑色、白色和黑白两色之间的色,国王啊!(19) 我告诉你这座山何以成为黑山,婆罗多子孙啊!世尊黑天在那里,由于他的光辉,这座山成为黑山。(20)

接着,另一座大山杜尔迦歇罗,俱卢族的因陀罗啊!还有充满花蕊的盖瑟灵山,风儿从那里吹起。(21) 它们的面积依次为前者的两倍,俱卢族后裔啊!智者们提到这里的一些国家。(22) 相传有大弥卢山的摩诃迦舍国,阇罗陀山的古穆道多罗国,阇罗达罗山的苏古摩罗国,国王啊!(23) 奈婆多山的高摩罗国,黑山的摩尼遮迦国,盖瑟罗山的莫达吉国,另一个是大人国。(24)

在这个洲的中部,有一棵高度和宽度闻名赡部洲的大树,俱卢族后裔啊！（25）这棵位于中部的大树名叫舍迦，大王啊！洲中的这些国家圣洁，崇拜商迦罗（湿婆）。（26）悉陀、遮罗纳和天神们前往那里，国王啊！四种种姓①的人们全都恪守正法，婆罗多子孙啊！（27）各个种姓忠于自己的职守，没有偷盗行为，大王啊！人人长寿，没有衰老和死亡。（28）

那里的人们繁荣昌盛，犹如雨季的河流。那些河流流淌着神圣的水，恒河分为多支。（29）苏古摩利河，古摩利河，悉多河，迦毗罗迦河，俱卢族后裔啊！摩尼阇罗河，伊楚婆尔达尼迦河，婆罗多族俊杰啊！（30）还有数十万条水流圣洁的河流，俱卢族后裔啊！婆薮之主（因陀罗）从中吸水下雨。（31）这些圣洁的河流的名称和长度不可能一一列举。（32）

那里有四个圣洁的国家，举世公认。它们是摩伽国、摩舍迦国、摩那娑国和曼陀伽国。（33）在摩伽国，大多数婆罗门忠于自己的职守，国王啊！在摩舍迦国，王族恪守正法，满足众人的愿望。（34）在摩那娑国，大王啊！吠舍依靠工作维生，怀有一切愿望，勇敢追求正法和利益；在曼陀伽国，首陀罗永远恪守正法。（35）那里没有国王，没有刑罚，没有刑吏；他们恪守自己的正法，互相保护正法。（36）

关于这个伟大光辉的舍迦洲，值得说的是这些，值得听的也是这些。（37）

以上是吉祥的《摩诃婆罗多》中《毗湿摩篇》第十二章(12)。

一三

全胜说：

请听北方各洲的情况，俱卢族后裔啊！我将按我所听说的告诉你，大王啊！（1）那里有一个酥油海，另一个是凝乳海，还有酒海和法海。（2）这些洲的面积依次是前者的两倍，人主啊！到处群山环

---

① 印度古代社会主要有四种种姓：婆罗门掌管祭祀和文化，刹帝利掌管王政和军事，吠舍从事商业或农业，首陀罗从事农牧渔猎和各种仆役。

绕,大王啊!(3) 在中部洲,有一座白色的大山摩纳希罗,西边有一座黑色的山,犹如那罗延,国王啊!(4) 盖沙婆(黑天)亲自保护那里的神奇宝石;他坐在生主身旁,赐给众生幸福。(5) 在俱舍洲的王国中,有俱舍草丛;在木棉洲,木棉树受崇拜,国王啊!(6) 在麻鹬洲,大麻鹬山蕴藏丰富的宝石,大王啊!永远受到四种姓的祭拜。(7) 雄伟的戈曼陀山蕴含一切矿物,吉祥的神主莲花眼那罗延,又名诃利,永远住在那里,接受解脱者们的赞颂。(8) 在俱舍洲,第二座山是名叫苏达摩的金山,树木葱茏,难以攀登。(9) 第三座山是名叫迪瑜底曼的莲花山,俱卢族后裔啊!第四座名叫布湿波凡,第五座名叫古歇舍耶,(10) 第六座名叫诃利山。这是六座主要的山。它们的间距依次是前者的两倍。(11) 第一个国家是奥德毗陀,第二个是吠努曼陀罗,第三个是罗他迦罗,第四个是波罗纳。(12) 第五个国家是达利底曼,第六个是波罗跋迦罗,第七个是迦比罗。这是七个国家。(13) 天神、健达缚和众生在这里游戏娱乐,世界之主啊!这里的人们从不死亡。(14) 这里没有陀私优人,也没有弥戾车人,人主啊!这里的人们大多白净柔嫩,国王啊!(15)

我再讲述我所听说的其余国家的情况,人主啊!请专心听我讲述,大王啊!(16) 在麻鹬洲,有一座大山名叫麻鹬山,大王啊!麻鹬山另一边是婆摩纳迦山,婆摩纳迦山另一边是安达迦罗迦山。(17) 安达迦罗迦山另一边是优秀的美那迦山,国王啊!美那迦山另一边是优秀的乔宾陀山,国王啊!(18) 乔宾陀山另一边是尼毗吒山,国王啊!它们的间距依次是前者的两倍,家族的福星啊!(19) 我现在讲述那里的国家,请听我说。麻鹬山的俱舍罗国,婆摩纳山的摩诺努伽国。(20) 摩诺努伽国另一边是乌湿纳国,俱卢族后裔啊!乌湿纳国另一边是波罗婆罗迦国,波罗婆罗迦国另一边是安达迦罗迦国。(21) 安达迦罗迦国另一边是牟尼代舍国,牟尼代舍国另一边是冬杜毗私婆那国。(22) 这里到处是悉陀和遮罗纳,肤色以白为主,人主啊!天神和健达缚经常出现在这些国家,大王啊!(23) 在布湿迦罗洲,有一座名叫布湿迦罗的山,蕴含摩尼珠和宝石,大神生主本人经常住在那里。(24) 所有的天神和众大仙经常侍奉他,用称心的话语崇拜他,人主啊!(25) 在这些洲,都有产自赡部洲的各种珠宝,俱卢族后裔

啊！（26）在这些洲，婆罗门的梵行、诚实、自制、健康和寿命，依次是前者的两倍。（27）

在这些洲，国王啊！只有一个国家，婆罗多子孙啊！因为在上述这些国家中，只看到一种正法。（28）自在天生主永远屹立，手持刑杖，亲自保护这些洲，大王啊！（29）他是国王，他是吉祥，国王啊！他是父亲，他是祖父，人中俊杰啊！他保护或愚或智的众生。（30）俱卢族后裔啊！众生永远享用自动生长的食物和熟食，大王啊！（31）

接下去，还看到一个名叫萨摩的世界，大王啊！它有四个角，三十三个地盘。（32）那里屹立着四头闻名世界的方位象，俱卢族后裔啊！婆摩纳和爱罗婆多等等，婆罗多族俊杰啊！还有苏波罗迪迦，颞颥和面颊裂开，国王啊！（33）我无法说出它的规模。它的高低和宽度永远不可计量。（34）在那里，风儿从四面八方吹起，大王啊！这些大象随意吸取风儿。（35）它们的鼻顶宛如莲花，形态美丽，光彩熠熠，经常或缓慢或急促，再呼出风儿。（36）这些方位象的呼吸便是吹到这里的风，大王啊！众生得以维生。（37）

持国说：

你讲得十分详细，全胜啊！你已经讲述了各洲情况，请接着往下讲，全胜啊！（38）

全胜说：

已经讲述了各洲，大王啊！请听我如实讲述各种行星，俱卢族后裔啊！天光（罗睺）充满威力。（39）天光（罗睺）这个行星呈圆形，大王啊！据说直径一万二千由旬。（40）古代智者说它的圆周为四万二千由旬，无罪的人啊！（41）月亮的直径据说有一万一千由旬，国王啊！这个光线清凉、伟大崇高的月亮圆周为二万八千九百由旬，俱卢族俊杰啊！（42）太阳的直径一万由旬，俱卢族后裔啊！据说它的圆周，国王啊！（43）为三万五千八百由旬，无罪的人啊！这个飞行的太阳无限慷慨，婆罗多子孙啊！我给你讲了太阳的规模。（44）罗睺体积庞大，到时候就遮蔽月亮和太阳，大王啊！这只是简单提一下。（45）

我已经按照经典，如实回答了你所问的一切，大王啊！你可以平心静气了。（46）我按照见闻讲述了世界的构成，因此，俱卢族后裔

啊！请你安抚你的儿子难敌。(47)

凡国王聆听这章动人的大地篇，婆罗多族俊杰啊！他便吉祥幸运，实现目的，受人尊敬，寿命、威力、勇气和光辉不断增长。(48) 谁在朔望日聆听这一篇，恪守誓言，大地的保护者啊！他的先辈们会欢喜满意。(49) 我们生活的这个婆罗多国，你已经听说了它以前的一切功德。(50)

以上是吉祥的《摩诃婆罗多》中《毗湿摩篇》第十三章(13)。《大地篇》终。

薄伽梵歌篇

一四

护民子说:

智慧的牛众之子全胜通晓过去、现在和未来的一切，犹如亲眼目睹。他从战场来到。(1) 他痛苦不堪，匆忙走近正在沉思的持国，告诉他婆罗多族魁首毗湿摩被杀的消息：(2) "我是全胜，大王啊！向你致敬，婆罗多族雄牛啊！福身王之子、婆罗多族的祖父毗湿摩已经被杀。(3) 他是一切战士的顶峰，一切弓箭手的光辉。现在，这位俱卢族祖父躺倒在箭床。(4) 仰仗他的勇气，你的儿子投入战斗，国王啊！毗湿摩在战场上，遭到束发杀害而倒下。(5) 这位大英雄曾在迦尸城大战中，单车战胜所有参战的国王。(6) 他曾与阇摩陀耆尼之子持斧罗摩交战。他没有被持斧罗摩杀死，今天却被束发杀死。(7) 他像伟大的因陀罗那样英勇，像雪山那样坚定，像大海那样深沉，像大地那样容忍。(8) 你的父亲①是人中之狮，不可战胜；他以箭为齿，以弓为嘴，以剑为舌，如今却被般遮罗人击倒。(9) 般度族大军看见他参战，恐惧沮丧，瑟瑟发抖，犹如牛群看见狮子。(10) 这位杀敌英雄保卫了你的军队十天，完成了艰难的事业，仿佛太阳落山。(11)

---

① 毗湿摩是持国的伯父。在梵语中，伯父或叔父也统称父亲，就像堂兄弟或表兄弟也统称兄弟。

他像帝释天那样不动声色,洒下成千成千支箭,在十天的战斗中,杀死了一千万士兵。(12) 犹如狂风吹断大树,如今他呻吟着倒在地上,国王啊!顺从了你的坏主意,否则他不会如此,婆罗多子孙啊!"(13)

以上是吉祥的《摩诃婆罗多》中《毗湿摩篇》第十四章(14)。

一五

持国说:

俱卢族雄牛毗湿摩怎么会被束发杀死?我的这位父亲如同婆薮之主(因陀罗),怎么会从车上倒下?(1) 毗湿摩像天神那样有力,为了父亲而恪守梵行;失去了他,我的儿子们怎么样?全胜啊!(2) 这位大贤人、大弓箭手、大力士、大勇士、人中之虎遭到杀害,人们怎么想?(3) 听到你说这位俱卢族雄牛、人中雄牛、不可动摇的英雄遭到杀害,我痛苦至极。(4) 他前进时,哪些人跟着他?哪些人走在他前面?哪些人站在他身旁?哪些人与他同行?全胜啊!(5) 这位兵中猛虎、刹帝利雄牛不可战胜;他冲入敌军车阵时,哪些勇士跟随在后?(6) 这位杀敌英雄驱逐敌人犹如太阳驱散黑暗。他就像千道光芒的太阳,带给敌人恐惧。他按照俱卢族的命令,在战场上从事艰难的事业。(7) 他歼灭敌人,足智多谋,不可战胜;般度族怎么会在战斗中包围和击倒福身王之子(毗湿摩)?(8) 他粉碎敌人,强大有力,以箭为齿,以弓为张开的大嘴,以剑为舌,难以制服,令人生畏。(9) 他深知廉耻,不可战胜。贡蒂之子(坚战)怎么会在战斗中击败这位无敌英雄?(10) 他站在质量上乘的车上,手持可怕的弓,射出可怕的箭;他用利箭射穿敌人的肢体。(11) 他犹如时间之火,不可遏制;般度族大军看到他参战,经常缩成一团。(12) 这位杀战英雄统帅我的军队十天,完成了艰难的事业,仿佛太阳落山。(13) 他犹如帝释天,洒下无穷无尽的箭雨,在十天的战斗中,杀死了一千万士兵。(14) 犹如狂风吹断大树,他呻吟着倒在地上。顺从了我的坏主意,否则他不会如此。(15) 面对勇猛可怕的福身王之子毗湿摩,般度族军队怎么可能杀害他？（16）般度族后裔怎样与毗湿摩交战？德罗纳还活着，毗湿摩怎么会不取胜？全胜啊！（17）有慈悯和德罗纳之子（马嘶）在他身边，优秀的杀敌英雄毗湿摩怎么会遇难？（18）大勇士毗湿摩连众天神也难以抗衡，怎么会在战斗中遭到般遮罗人束发杀害？（19）他在战斗中，永远与阁摩陀耆尼之子（持斧罗摩）相匹敌；他的勇力如同帝释天，不会被持斧罗摩战胜。（20）这位名副其实的大勇士、大力士在战斗中遭到杀害，由此我们失去幸福，全胜啊！请你讲讲这位英雄。（21）

　　我方有哪些大弓箭手不抛弃这位坚定的英雄？全胜啊！有哪些勇士在难敌指挥下围护他？（22）以束发为首的般度族全军冲向毗湿摩，没有一个俱卢族人会胆怯地抛弃这位坚定的英雄，全胜啊！（23）以弦声为呼啸，以飞箭为雨滴，以弓声为雷鸣，犹如庞大的乌云升起。（24）这位英雄向贡蒂的儿子们以及般遮罗人和斯楞遮耶人洒下箭雨，歼灭敌方车兵，犹如持金刚杵者（因陀罗）歼灭檀那婆。①（25）在战斗中，他是一座可怕的弓箭和刀枪的海洋。箭是鳄鱼，难以抵御；弓是波浪，无穷无尽；没有岛屿，不可跨越。里面充满刀枪，如同鲨鱼；充满象、马，如同鳄鱼。（26）这位诛灭敌雄者在战斗中，勇猛地扫荡大批象、马、车和步兵。（27）这位折磨敌人的英雄怒火中烧，充满威力，有哪些勇士能包围他，犹如堤岸包围大海？（28）杀敌英雄毗湿摩为了难敌的利益投入战斗，全胜啊！当时有哪些人充当他的前锋？（29）哪些恪守誓言的勇士保护威力无比的毗湿摩的右轮？哪些勇士在后面阻截敌人？（30）英雄毗湿摩投入战斗，哪些勇士在前面附近保护他？哪些勇士保护他的前轮？（31）哪些勇士在左轮那边歼灭斯楞遮耶人，全胜啊！在前锋队伍中，哪些勇士保护这位不可抵御的英雄？（32）哪些勇士在两翼艰难地向前挺进？哪些军队进攻敌方的英雄？全胜啊！（33）勇士们保护他，他也保护勇士们，怎么在战斗中没有迅速战胜难以战胜的般度族军队？（34）他犹如一切世界的主宰、至高的生主，般度族怎么可能击倒他？全胜啊！（35）

　　在这个洲，俱卢族依靠他，与敌人作战。请你说说这位倒下的人

---

① 因陀罗是雷神和战神，三十三天（忉利天）的天王，又称帝释天。金刚杵也译雷杵。檀那婆是妖魔。

中之虎毗湿摩,全胜啊!(36) 我的儿子力量强大,依赖他的勇气,藐视般度族。他怎么会被敌人杀死?(37) 我的父亲恪守伟大的誓言,战斗勇猛。以前,因陀罗和众天神消灭檀那婆,盼望他协助。(38) 这位大勇士、人间的商迦罗[①]、优秀的儿子诞生时,他的父亲福身王摆脱了忧愁、痛苦和不幸。(39) 他潜心智慧,热爱正法,纯洁无瑕,通晓吠陀和吠陀支[②]的真谛,你说说他怎么会被杀害?(40) 他精通一切武艺,自制,平静,聪明。听到福身王之子(毗湿摩)被杀,我觉得剩下的军队也都被杀。(41) 我想这是非法的力量强于正法,因为般度族觊觎王权,杀死长辈。(42) 过去,阇摩陀耆尼之子持斧罗摩精通一切武艺,所向无敌。他为了安芭,挑起战斗,结果被毗湿摩击败。[③](43) 毗湿摩是最优秀的弓箭手,功绩与因陀罗媲美。你说他遭到杀害,我还会有什么比这更大的痛苦?(44)

这位诛灭敌雄者在战斗中,一次又一次击败成群成群的刹帝利,如同他战胜阇摩陀耆尼之子持斧罗摩。(45) 因此,木柱王之子束发的光辉可能比战斗勇猛的大勇士跋尔伽婆(持斧罗摩)更大。(46) 他在战斗中杀死了精明能干的毗湿摩,这位通晓一切经典、掌握最高武艺的婆罗多族雄牛。(47) 在与敌人遭遇时,哪些勇士跟着这位杀敌英雄?请告诉我毗湿摩与般度族战斗的情况。(48) 我的儿子的军队失去这位英雄,仿佛成了柔弱的女子,全胜啊!我的这支军队犹如牛群失去牧人,惊恐不安。(49) 在大战中,他的气概举世无双。当他倒在地上,人们怎么想?(50) 是我们害死了父亲,这位勇士、人间的执法者,全胜啊!现在我们即使活着,还有什么力量?(51) 毗湿摩遭到杀害,犹如渡河者看到船只沉入深水,我想我的儿子们极度痛苦悲伤。(52) 我的心肯定是铁制的,如此坚硬,听到人中之虎毗湿摩遭到杀害,居然没有破碎。(53)

在这位不可制服的婆罗多族雄牛身上,武艺、智慧和策略不可限量,他怎么会在战斗中被杀?(54) 既非武艺,也非勇气,既非苦行,

---

[①] 商迦罗是大神湿婆。

[②] 吠陀是婆罗门教圣典,包括《梨俱吠陀》、《娑摩吠陀》、《夜柔吠陀》和《阿达婆吠陀》。吠陀支是与吠陀相关的学问,分为六支:礼仪学、语音学、语法学、词源学、诗律学和天文学。

[③] 参阅《斡旋篇》中的《安芭故事篇》。

也非智慧，既非坚定，也非弃绝，能使人摆脱死亡。（55）你告诉我福身王之子毗湿摩遭到杀害，全胜啊！可见，时间确实是大勇士，尘世万物都难以超越。（56）我原先想依靠福身王之子毗湿摩得到庇护，现在却为儿子们焦虑，心中充满痛苦。（57）看到毗湿摩倒在地上，犹如太阳坠落，全胜啊！难敌还能指望什么？（58）我凭自己的智力思索，全胜啊！看不出我方和敌方国王们的军队对峙，会有什么结果。（59）仙人们指出残酷是刹帝利之法。因此，般度族追逐王权，杀害毗湿摩。（60）或者是我们追逐王权，害死这位祖父。这些儿子作为国王，遵循刹帝利之法，不算犯罪。（61）在遇到艰难险恶时，高尚的人也会这样做，全胜啊！充分展现勇气，这是刹帝利之法的规则。（62）

毗湿摩歼灭敌军，深知廉耻，不可战胜，尊者啊！般度的儿子们怎么会击败他？（63）敌军怎样排阵？我的父亲毗湿摩怎样与灵魂高尚的对手们作战？他怎样会被敌人杀死？全胜啊！（64）难敌、迦尔纳、妙力之子沙恭尼和狡诈的难降，在毗湿摩遇难时说什么？（65）那里到处是人、象和马的躯体，以刀枪、弓箭和棍棒为骰子，充满恐怖。（66）有哪些人中雄牛投入战斗？这些愚蠢的赌徒进入难以取胜的赌博大厅，以生命做赌注，参与可怕的赌博。（67）除了福身王之子毗湿摩之外，哪些人取胜？哪些人失败？哪些人是赢家？哪些人是输家？请你告诉我，全胜啊！（68）

我的父亲天誓（毗湿摩）的业绩令人生畏。听到他在战斗中遇难，我陷入痛苦，无法平静。（69）我的心中本已承受着儿子们造成的巨大痛苦，全胜啊！你仿佛火上浇油，增加我的痛苦。（70）毗湿摩举世闻名，担负着重大责任。看到他被杀，我想我的儿子们肯定悲伤不已。（71）我想听听难敌造成的那些苦难，因此，请你告诉我那里发生的一切，全胜啊！（72）在这些国王的战斗中，一切失去理智的愚蠢举动，无论好坏，请你告诉我，全胜啊！（73）毗湿摩精通武艺，威风凛凛，渴望胜利；他在战斗中的作为，请你详详细细告诉我。（74）按照时间和顺序，告诉我俱卢族和般度族两支大军战斗的情况。（75）

以上是吉祥的《摩诃婆罗多》中《毗湿摩篇》第十五章(15)。

一六

全胜说:

这个问题与你有关,大王啊!你应该提出。但不应该把错误归给难敌。(1) 谁自己做了坏事,谁就接受恶果。他不应该指望别人承担罪责。(2) 大王啊!谁做任何不齿于人类的事,遭到举世谴责,他就该杀。(3) 智慧高尚的般度族蒙受屈辱,而对你怀抱希望,长期忍耐,与大臣们一起流亡森林。(4)

我凭借瑜伽力,马、象和威力无比的众英雄,历历在目。(5) 请听我说,大地之主啊!你的心,别忧伤。现在发生的这一切,早已命中注定,人主啊!(6) 我曾向你的智慧的父亲波罗舍尔耶(毗耶娑)致敬。由于他的恩惠,我获得无上的天智。(7) 我有超感官的视觉,还能听到远处的声音,国王啊!知道别人的思想,知道过去和未来。(8) 由于这位灵魂伟大者的恩惠,我知道分歧的缘由,经常在空中行走,在战斗中能避开刀枪。(9) 请听我详详细细讲述婆罗多族的这场大战,无比奇妙,令人汗毛直竖。(10)

这些军队按照规则排定阵容后,大王啊!难敌对难降说道:(11) "赶快让车队负责保护毗湿摩,难降啊!赶快催促全军行动。(12) 般度族和俱卢族率军会战,我已经想了多年,这个时刻已经来到。(13) 我认为在战斗中,没有任何行动比保护毗湿摩更重要。他得到保护,就能消灭般度族、苏摩迦族和斯楞遮耶族。(14) 灵魂纯洁的毗湿摩说'我不能杀害束发,因为听说他前生是女人,所以我在战斗中不与他交手。'(15) 因此,我认为必须特别保护毗湿摩,让我们的所有战士尽力杀死束发。(16) 让东南西北各路精通一切武艺的战士们,保护我们的祖父。(17) 因为豺狼能杀死强大有力而缺乏保护的狮子,我们要防止束发杀死毗湿摩,犹如豺狼杀死狮子。(18) 阿周那的两个保护者:瑜达摩尼瑜保护左轮,优多贸阇保护右轮,而阿周那是束发的保护者。(19) 束发受到普利塔之子(阿周那)保护,而毗湿摩决不与束发交战,难降啊!你要做到不让束发杀死恒河之子(毗湿

摩)。"（20）

黑夜逝去，国王们高声叫喊"整队！整队！"（21）号角和铜鼓鸣奏，如同狮子吼，婆罗多子孙啊！还有马的嘶鸣声，车轮的转动声。（22）大象吼叫，战士喊叫，到处是喊声、叫声、拍击声，一片喧嚣。（23）太阳升起，俱卢族和般度族两支大军，大王啊！你的儿子们和般度的儿子们全都起身，准备停当，王中因陀罗啊！（24）大象和战车装饰着金子，闪闪发光，看上去像携带闪电的乌云。（25）众多的车队看上去像一座座城市，你的父亲光辉灿烂，犹如一轮圆月。（26）士兵们手持各种闪光的武器，弓、剑、刀、棍、梭镖和长矛，站在各自的队列中。（27）象兵、车兵、步兵和马兵排列成阵，国王啊！如同成百成千张罗网。（28）能看到成千成千面我方和敌方的旗帜，高高飘扬，各色各样，光彩熠熠。（29）成千成千面国王的旗帜装饰有金子和摩尼珠，犹如燃烧的火焰，闪闪发光。（30）这些闪光的旗帜犹如天国宫殿天帝因陀罗的旗帜，英雄们全副武装，凝视它们，渴望战斗。（31）

这些人中因陀罗站在队列前面，佩戴护臂，高举武器，睁着牛眼，身体颤动。（32）妙力之子沙恭尼，沙利耶，信度王胜车，阿凡提的阿奴文陀和文陀，甘波阇的善巧，（33）羯陵伽的闻杵，国王胜军，憍萨罗的巨力，沙特婆多的成铠，（34）这十位人中之虎，臂如铁闩的英雄，慷慨布施的祭祀者，是十个师的首领。（35）他们和其他许多追随难敌家族的国王和王子，这些训练有素的大力士，（36）全副武装，站在各自的队列。他们身裹黑鹿皮，佩戴蒙阇花环，举着旗帜。（37）他们统率整整十个师，为了难敌，准备登上梵界。（38）

俱卢族持国部队的第十一个大方阵排在所有军队的前面，为首者是福身王之子（毗湿摩）。（39）我们看到这位不可动摇的毗湿摩，白色的顶冠，白色的马，白色的铠甲，大王啊！犹如看到升空的月亮。（40）俱卢族和般度族看到毗湿摩以金棕榈为旗徽，站在银车上，犹如看到白云环绕的太阳。（41）看到毗湿摩站在军队前面，般度族和斯楞遮耶族以猛光为首的大弓箭手们颤抖不已。（42）仿佛小鹿看到张开大口的雄狮，以猛光为首的士兵惊恐不安。（43）

这些就是你的十一支军队，光辉吉祥，婆罗多子孙啊！同样，般度族的七支军队，也由大人物们统率。（44）看上去就像时代末日，两座大海汇合，海中充满疯狂的鳄鱼和鲨鱼。（45）这样的大军结集会战，国王啊！我们从未见过，也从未听说。(46)

以上是吉祥的《摩诃婆罗多》中《毗湿摩篇》第十六章(16)。

一七

全胜说：

正如尊敬的岛生黑仙毗耶婆所说，所有的国王们来到这里结集。(1) 那天，月亮到达星宿（第八宿），七大行星燃烧着在天空相遇。(2) 太阳升起时，看上去仿佛变成两个；它闪耀着燃烧的光焰，升入空中。(3) 豺狼和乌鸦享用血肉，渴望死尸，在燃烧的方位鸣叫。(4)

般度族和俱卢族的老祖父（毗湿摩）以及德罗纳每天早上起身，控制自我，(5) 说道"但愿般度的儿子们取胜。"同时，这两位克敌的英雄遵照规矩，为你作战。(6) 你的父亲天誓（毗湿摩）通晓一切法则，他召集国王们，说了这番话：(7) "诸位刹帝利啊！天国的大门为你们敞开，前往帝释天和梵天的世界吧！(8) 这是你们的先辈前人行走的永恒之路。你们要思想集中，在战斗中表现自己。(9) 那跋伽、迅行王、曼达特里、友邻王和尼伽，他们通过这样的行动获得成就，进入至高领域。(10) 病死在家，不合刹帝利之法；在战斗中走向死亡，才是刹帝利的永恒之法。"(11)

国王们听了毗湿摩的话，婆罗多族雄牛啊！乘坐优质战车，光彩熠熠，走在各自队列的前头。(12) 惟有太阳之子迦尔纳及其亲友，出于毗湿摩的原因，放下武器，不参加战斗，① 婆罗多族雄牛啊！(13) 除了迦尔纳之外，你的儿子们和国王们出发，狮子般的吼叫震撼十方。(14) 白色的华盖、旗帜、幡幢、象、马、车和步兵，这些军队光辉灿烂。(15) 大地顿时充满铜鼓声，大鼓声，小鼓声，车

---

① 在大战前夕，迦尔纳受到毗湿摩羞辱，决定在毗湿摩担任俱卢族统帅期间不参战。参阅《斡旋篇》第165章。

轮声。(16) 这些大勇士佩戴金臂环、金腕环和弓箭，看上去光彩熠熠，犹如行走的山群。(17) 俱卢族大军统帅毗湿摩以大棕榈和五星为旗徽，宛如明净的太阳。(18) 你的大弓箭手们和国王们，婆罗多族雄牛啊！他们的行动听从福身王之子(毗湿摩)的指挥，国王啊！(19)

尸毗王戈婆萨纳和众国王一起，驾驭着与国王身份相配的马中之王，旗帜飘扬，走在一切军队的前面，肤色如同莲花。(20) 马嘶以狮尾为旗徽，坚定地走向前。闻寿、奇军、多友和毗文沙提，(21) 沙利耶、广声和毗迦尔纳，这七位大弓箭手驾驭着色彩绚丽的战车，跟随德罗纳之子（马嘶），走在毗湿摩之前。(22) 他们的金幡幢高高耸起，看上去闪闪发光，为优质的战车增添光彩。(23) 首席教师德罗纳的幡幢装饰着金祭坛、水罐和弓。(24) 难敌率领数十万大军，他的大旗上装饰着摩尼珠宝象。(25) 宝罗婆、羯陵伽王、甘波阇王善巧、安弓和苏密多罗，这些勇士站在他的前面。(26) 摩揭陀王驾驭着昂贵的战车，以公牛为旗徽，仿佛牵引着先锋部队向前行进。(27) 这支东部人的军队看上去像密集的秋云，受到安伽王和灵魂高尚的慈悯保护。(28) 声誉卓著的胜车站在军队前列，光彩熠熠，前面的银旗，以熊为旗徽。(29) 他统辖十万辆战车、八千头大象、六万个骑兵。(30) 这支由信度王率领的大军，庄严美观，国王啊！旗手在前，车、象和马不见尽头。(31) 羯陵伽王和具旗一起向前行进，驾驭着六万辆战车和一万头大象。(32) 他的那些大象宛如山岳，配备有机械、长矛和箭袋，装饰着旗帜，辉煌美丽。(33) 羯陵伽王以树为旗徽，配有白华盖和金拂尘，光彩熠熠。(34) 而具旗在战斗中乘坐钩子无比美妙的大象，国王啊！犹如太阳坐在云端。(35) 福授王光辉炽烈，乘坐优质大象，向前行进，宛如持金刚杵者（因陀罗）。(36) 阿凡提的文陀和阿奴文陀能与福授王相媲美；他俩坐在大象肩头，追随具旗。(37)

这个由战车和士兵组成的阵容，以大象为躯体，以国王为头，以马为翼，以四面八方为嘴，猛烈向前飞跃。(38) 这个阵容由德罗纳、福身王之子（毗湿摩）以及教师之子（马嘶）、波力迦和慈悯编排，国王啊！(39)

以上是吉祥的《摩诃婆罗多》中《毗湿摩篇》第十七章(17)。

一八

全胜说:

过了一会儿,就听到渴望战斗的战士们发出呼叫声,震撼人心,大王啊!(1) 号角和铜鼓的吹奏声,大象的吼叫声,车轮的转动声,仿佛大地崩裂。(2) 战马的嘶鸣声,战士的呼叫声,仿佛刹那间布满空中四面八方。(3) 你的儿子们和般度的儿子们,难以制服者啊!两军相遇,激动颤抖。(4) 那里能看到装饰着金子的大象和战车闪闪发光,犹如携带闪电的乌云。(5) 你的军队各色各样的旗帜装饰着金环,人主啊!犹如火焰闪耀。(6) 能看到我方和敌方的旗帜闪闪发光,婆罗多子孙啊!犹如天国宫殿天帝因陀罗的旗帜。(7) 英雄们身穿宛如火焰和太阳的金铠甲,看上去像燃烧的行星。(8) 大弓箭手们佩戴护臂,高举各种武器和旗帜,睁着牛眼,站在队列的前面。(9) 你的儿子难降、难拒、丑面和难偕,人主啊!在后面保护毗湿摩。(10) 还有毗文沙提、奇军、毗迦尔纳(奇耳)、诚誓、多友、庆胜、广声和舍罗,(11) 两万辆战车跟随他们。阿毗沙诃、苏罗塞纳、尸毗和婆娑提,(12) 沙鲁阿、摩差、安波私吒、三穴、羯迦夜、妙雄、吉达婆以及东部、西部和北部的玛尔华,(13) 这十二个地区的勇士们全都甘愿捐躯,驾驭庞大车队,保护老祖父。(14) 摩揭陀国王驾驭一万头迅猛的大象组成的象队跟随车队。(15) 在大军中保护车轮和保护象腿的士兵有六百万。(16) 数十万步兵走在前面,手持弓箭、盾牌和刀剑,也用指甲和飞镖作战。(17) 你的儿子的十一支大军,婆罗多子孙啊!看上去像与阎牟那河分流的恒河,大王啊!(18)

以上是吉祥的《摩诃婆罗多》中《毗湿摩篇》第十八章(18)。

一九

持国说:

般度之子坚战看到这十一支大军的阵容,他的军队数量很少,怎

么对阵？（1）毗湿摩通晓人、神、健达缚和阿修罗的战阵，贡蒂之子、般度之子（坚战）怎么对阵？（2）

全胜说：

法王般度之子（坚战）以法为魂，看到持国军队的阵容，对胜财（阿周那）说道：（3）"依照大仙祭主的说法，兄弟啊！人们知道少数者作战应该集中兵力，多数者可以随意扩展。（4）我们的军队与敌方相比是少数；少数与多数作战应该采用针尖阵。（5）般度之子（阿周那）啊！你就依照大仙的说法安排阵容吧！"听了法王的话，阿周那回话道：（6）"国王啊！我为你安排难以制胜的雷杵阵；这是持雷杵者（因陀罗）安排的阵容，又名不动阵。（7）它在战斗中犹如卷起的狂风，敌人难以承受；杀敌英雄怖军将在我们前面战斗。（8）这位人中俊杰精通武艺，将作为我们的主将，充当先锋，灭除敌军的威风。（9）以难敌为首的所有国王看到他，都会仓皇后退，犹如小鹿看到雄狮。（10）我们都得依靠优秀的杀敌英雄怖军，把他看作安全的围墙，犹如众天神依靠持雷杵者（因陀罗）。（11）因为在这人世间，没有人敢正眼观看发怒的狼腹（怖军），这位行为暴烈的人中雄牛。（12）怖军手持坚硬的金刚精铁杵，行动迅猛，甚至能消灭大海。（13）羯迦夜兄弟、勇旗以及英勇的显光，和朋友们一起恭候你的命令，人中之主啊！（14）他们是持国的亲戚。"阿周那这样说道，尊者啊！战场上全体战士以合适的语言称颂普利塔之子（阿周那）。（15）

大臂者胜财（阿周那）说完，就开始行动。他迅速排定队伍，向前挺进。（16）般度族大军面对前进的俱卢族，看上去像涨满河水、缓慢流动的恒河。（17）怖军是他们的主帅，还有水滴王之孙猛光、无种、偕天和英勇的勇旗。（18）然后是大军围绕的国王，他与弟兄和儿子们一起在后面保护。（19）玛德利光辉的双生子保护怖军的车轮；黑公主的儿子们和妙贤的儿子勇猛有力，在后面保护。（20）大勇士般遮罗王猛光偕同军中的勇士和漂亮的车队保护他们。（21）然后是束发，阿周那在后面保护他，婆罗多族雄牛啊！他向前行进，一心要杀死毗湿摩。（22）而勇士善战（萨谛奇）在后面保护阿周那，般遮罗族的瑜达摩尼瑜和优多贸阁保护车轮。（23）

贡蒂之子坚战位于大军中央，周围兴奋的大象犹如移动的山群。(24) 般遮罗族思想高尚的祭军英勇非凡，为了般度族的利益，率领大军跟随毗罗吒王。(25) 他们战车上的大旗有各种标志，国王啊！装饰着优质的金子，像日月那样辉煌。(26) 大勇士猛光跟随在后，与兄弟和儿子们一起保护坚战。(27) 越过你的敌军战车上各种旗帜，耸立着一面阿周那的大猿旗。(28) 数十万步兵手持刀剑枪矛，走在前面，保护怖军。(29) 一万头勇猛的大象犹如山群，披着金铠甲，闪闪发光。它们的颞颥和面颊裂开，(30) 湿漉漉流淌液汁，犹如乌云降雨，散发莲花香味。它们跟随在国王后面，犹如移动的山群。(31) 怖军思想高尚，难以制服；他挥舞铁闩般可怕的铁杵，攻击你的大军。(32) 犹如光环燃烧的太阳，难以逼视，位于各处的战士都不能靠近看他。(33)

这个名为雷杵的阵容，在手持甘狄拨神弓者（阿周那）保护下，面向所有方向，坚不可摧，以弯弓标志闪电，令人生畏。(34) 般度族排定这个阵容，与你的军队对峙。在般度族保护下，这个阵容在人世间不可战胜。(35)

在黎明时分，军队等待太阳升起；风儿吹拂，夹带水滴，天空无云，响着雷声。(36) 渐渐狂风四起，飞沙走石；尘土扬起，黑暗弥漫，笼罩整个世界。(37) 大流星向东坠落，婆罗多族雄牛啊！碰撞升起的太阳，轰然粉碎。(38) 军队严阵以待，婆罗多族雄牛啊！太阳升起，黯然无色；大地轰鸣，摇晃迸裂，婆罗多族俊杰啊！(39) 狂风大作，席卷四方八面，国王啊！尘土扑面，万物模糊不清。(40) 幡幢在狂风吹拂下，猛烈飘荡。幡幢上有串连成网的铃铛和金环。(41) 有各种旗帜，灿烂辉煌如同太阳。只听得四周哗哗作响，犹如棕榈树林呼啸。(42)

就这样，般度族这些热爱战斗的人中之虎排定阵容，与你的儿子的军队对阵。(43) 看到怖军手持铁杵站在前面，婆罗多子孙啊！你的士兵们的骨髓仿佛下沉。(44)

以上是吉祥的《摩诃婆罗多》中《毗湿摩篇》第十九章(19)。

二〇

持国说：

太阳升起的时候，以毗湿摩为首的我们一方和以怖军为首的般度族一方谁先准备战斗，仿佛兴高采烈？（1） 太阳、月亮和风，对哪方不利？野兽向哪边军队嗥叫？哪些年轻人面露喜色？请你如实告诉我这一切。（2）

全胜说：

两边的军队仿佛对称，人中因陀罗啊！两边的阵营都兴高采烈，仿佛一排排美丽的树林，充满象、车和马。（3） 两边的军队都庞大恐怖，难以抗衡，婆罗多子孙啊！两边都决心战胜天国，因为两边都得到善士贤人保护。（4） 俱卢族持国的儿子们面朝西，普利塔的儿子们面朝东，准备战斗。俱卢族军队如同提迭王的军队，般度族军队如同天王的军队。（5） 和风在般度族背后吹拂，野兽向持国的儿子们嗥叫；你儿子的象群不能忍受那些象王颞颥液汁的刺鼻香味。（6）

难敌乘坐的大象系着金肚带，天生有力，色如莲花，颞颥开裂；他位于俱卢族大军中央，受到歌手们赞扬。（7） 他的白华盖宛如月亮，金花环在高贵的肢体上闪光；犍陀罗王沙恭尼和犍陀罗山民们在四周保护他。（8） 年老的毗湿摩站在所有军队的前面，白华盖，白螺号，白顶冠，白幡幢，白马，宛如一座白山。（9） 他的军队中有持国的儿子们，波力迦国的舍罗，安波私咤国和信度国的刹帝利们，妙雄国和五河国的勇士们。（10） 大臂者德罗纳生性高尚，灵魂伟大，名声显赫，是所有国王的教师；他乘坐红棕马驾驶的金车，在后面保护大军，犹如因陀罗。（11） 在大军中，有增武子（胜车）、广声、多友和庆胜，还有沙鲁阿人、摩差人和羯迦夜人，驾驭象军，准备战斗。（12） 有年之子乔答摩（慈悯）这位大弓箭手灵魂高尚，精通各种武艺；他和沙迦人、吉罗陀人、耶婆那人以及波罗婆人一起在北面保护大军。（13） 成铠率领的大部队，全副武装的安陀迦族、芯湿尼族、博遮族、苏拉私咤罗族和尼内多族大勇士们，在南面保护你的大

军。(14) 敢死队的一万辆战车决定阿周那胜利或者灭亡,国王啊！三穴国勇士们全副武装,目标是阿周那。(15)

你的大象整整十万头,婆罗多子孙啊！每头大象配一百辆战车,每辆战车配一百匹马。(16) 每匹马配十个弓箭手,每个弓箭手配十个手持盾牌的战士,婆罗多子孙啊！毗湿摩这样排定你的大军阵容。(17)

每天来临,福身王之子毗湿摩站在前面,编排人、神、健达缚和阿修罗的阵容。(18) 毗湿摩排定的持国军队阵容面朝两边作战；里面布满大勇士,犹如朔望日大海潮汐涌动。(19) 你的大军不见尽头,显得般度族军队并不可怕,人中因陀罗啊！但我认为般度族军队十分强大,难以制服,因为他们的首领是盖沙婆(黑天)和阿周那。(20)

以上是吉祥的《摩诃婆罗多》中《毗湿摩篇》第二十章(20)。

二一

全胜说:

贡蒂之子坚战王看到持国大军准备开战,面露愁容。(1) 这位般度之子看到毗湿摩编排的阵容坚固,无法攻破,神情沮丧,对阿周那说道:(2) "胜财啊！我们怎么能与持国军队交战？大臂者祖父是他们的战士。(3) 毗湿摩是威力无比的杀敌者；他按照经典和规则编排的这个阵容不可动摇,不可摧毁。(4) 我们和我们的军队陷入疑惑,杀敌者啊！面对这个庞大阵容,我们怎么能取胜？"(5)

普利塔之子(坚战)看到你的军队,神情沮丧,国王啊！于是,杀敌英雄阿周那对他说道:(6) "你要知道,国王啊！少数者可以凭借智慧战胜具备各种优势、强大有力的多数者。(7) 你不怀妒意,国王啊！我告诉你原因。那罗陀仙人知道这个原因,毗湿摩和德罗纳也知道,般度之子啊！(8) 过去,天神和阿修罗交战,老祖父(梵天)向天帝因陀罗为首的众天神讲过此事:(9) '想要取胜,依靠力量和勇敢,不如依靠诚实、仁慈、合法和努力。(10) 摒弃非法、贪婪和痴迷,不狂妄自大,努力战斗吧！因为谁合法,谁取胜。'(11) 因此,你要知道,国王啊！我们肯定在这场战斗中取胜,正像那罗陀对我所说：哪里有黑天，那里有胜利。（12） 胜利是黑天的特征，胜利追随摩豆族后裔（黑天）。除了胜利，黑天的另一个特征是谦卑。（13）乔宾陀（黑天） 威力无穷，面对敌群，从不沮丧。他是最坚定的人。哪里有黑天，那里有胜利。（14） 他坚不可摧，过去是大神诃利，曾向天神和阿修罗大声发问：'谁能取胜？'（15） '我们跟随黑天能取胜。'哪些人这样说，他们就取胜。正是依靠他的恩惠，以帝释天为首的众天神赢得三界。（16） 我看不出你有任何理由感到痛苦，婆罗多子孙啊！享有万物的天国之主盼望你取胜。"（17）

以上是吉祥的《摩诃婆罗多》中《毗湿摩篇》第二十一章(21)。

二二

全胜说:

于是，坚战王针对毗湿摩的军队编排阵容，鼓励自己的军队，婆罗多子孙啊！（1） 般度族按照规则排定阵容；这些俱卢族后裔渴望升入至高的天国，准备勇敢作战。（2） 束发的部队在中间，由左手开弓者（阿周那）保护；猛光的部队由怖军亲自保护。（3） 南面的部队由善战（萨谛奇） 保护，国王啊！他是吉祥的弓箭手，沙特婆多族的俊杰，犹如帝释天。（4）

坚战坐在象队中间的车上。这辆车镶嵌着各种金银珠宝，配备有金制的缰绳拖索，宛如天帝因陀罗的神车。（5） 柄把弯曲的白华盖高高耸立，明亮美丽；众位大仙吟唱颂诗，围着这位人中因陀罗，向右绕行。（6） 祭司们和学问渊博的老年大仙们围绕这位杀敌英雄，用咒语、颂诗和药草，为他举行祈福仪式。（7） 这位灵魂高尚的俱卢族俊杰向前行进，馈赠众婆罗门衣服、牛群、花果和金币，犹如因陀罗馈赠众天神。（8）

阿周那的战车配备白马和坚固的车轮；系着成百个铃铛，犹如成千个太阳；装饰着最昂贵的纯金，犹如光环围绕的火焰。（9） 他手持甘狄拨神弓，坐在这辆插着猿旗、由盖沙婆（黑天）驾驭的战车上。在这大地上，找不到与他匹配的弓箭手，无论何时都找不到。（10）

怖军具有暴戾的容貌，准备消灭你儿子的军队；这位妙臂者在战斗中，不用武器，而用手臂就能将人、马和象捶成粉末。(11) 怖军又名狼腹，和两位孪生弟弟一起保护英雄的战车。看到狼腹玩耍疯牛和疯狮的游戏，犹如天帝因陀罗在尘世的化身；(12) 看到他站在军队前面，如同骄傲的象王，难以抗衡，你的士兵们恐惧发抖，勇气消沉，犹如骆驼陷入泥沼。(13)

满头浓发的王子阿周那站在大军中间，遮那陀那（黑天）对这位难以抗衡的婆罗多族俊杰说道。(14)

黑天说：

这位大军统帅毗湿摩威力炙人，犹如雄狮瞪视着我们的军队；他是俱卢族的旗帜，举行过三百次马祭。(15) 那些军队掩护这位威力无比的英雄，犹如乌云隐藏太阳，人中英豪啊！你要准备消灭这些军队，与这位婆罗多族雄牛交战。(16)

持国说：

哪一方的战士首先愉快地投入战斗？全胜啊！哪些人精神高昂？哪些人情绪低落？(17) 我们一方和般度族一方在战斗中，哪些人首先进攻？哪些人信心动摇？请你告诉我，全胜啊！(18) 在哪一方军队中，花环散发芳香？士兵们发出吉祥的呼喊？(19)

全胜说：

两边的战士都兴高采烈，两边都充满花环、香料和饮料，散发芳香。(20) 大军结集，编成队列，向前挺进，婆罗多族雄牛啊！这是一场大会战。(21) 乐声夹杂螺号声和铜鼓声，大象吼叫，兴奋的士兵呼叫，一片喧嚣。(22)

以上是吉祥的《摩诃婆罗多》中《毗湿摩篇》第二十二章(22)。

二三

持国说：

正法之田，俱卢之野①，我们和般度族双方，结集军队，渴望战

---

① 正法是指规律、法则、正义或职责。这里，俱卢之野实指战场，正法之田喻指这里进行着一场事关正法的大战。

斗，情况怎么样？全胜啊！（1）

全胜说：

看到般度族军队已经排定阵容，难敌王走近老师德罗纳，对他这样说道：（2）"请看！木柱王之子猛光，你的聪明的学生，已为般度族大军排定阵容，老师啊！（3）大弓箭手们英勇善战，像怖军和阿周那一样，其中有萨谛奇、毗罗吒，还有大勇士木柱王，（4）勇旗、显光、补卢耆和贡提波阁，英勇非凡的迦尸王，人中雄牛尸毗王，（5）勇敢的瑜达摩尼瑜、优多贸阁和激昂，德罗波蒂的儿子们，他们全都是大勇士。（6）你要知道在我军中，也有许多著名将领，最优秀的再生族①啊！听我通报他们姓名。（7）你、毗湿摩、迦尔纳，百战百胜的慈悯，马嘶和毗迦尔纳，月授的儿子广声。（8）许许多多英雄，为我奋不顾身，手持各种武器，个个精通战争。（9）我们受毗湿摩保护，军队的力量无限；他们受怖军保护，军队的力量有限。（10）大家按照分工，站好各自的位置，把住所有关口，注意保护毗湿摩！"（11）

为了让难敌高兴，俱卢族的老祖父，高声发出狮子吼，雄赳赳吹响螺号。（12）顷刻之间军队中，众多螺号和喇叭，铜鼓、大鼓和小鼓，一齐鸣响闹嚷嚷。（13）随即，黑天和阿周那，他俩站在大战车上，车前驾着白色骏马，也把神圣螺号吹响。（14）黑天吹响五生螺号，阿周那吹响天授螺号，怖军以行为恐怖著称，吹响崩多罗大螺号。（15）贡蒂之子坚战王，也吹响永胜螺号，无种吹响妙声螺号，偕天吹响珠花螺号。（16）无上弓箭手迦尸王，还有束发大勇士，猛光和毗罗吒王，不可战胜的萨谛奇，（17）木柱王和大臂激昂，德罗波蒂的儿子们，他们在各处，国王啊！吹响各自的螺号。（18）螺号声激越高亢，响彻大地和天空，仿佛撕裂持国儿子们的心。（19）

看到持国的儿子们摆开阵势发射箭，阿周那也举起弓，他以猿猴为旗徽。（20）大地之主啊！阿周那对感官之主黑天说道"永不退却者！驾驭战车，请把它停在两军之间。（21）这样，我可以看到那些渴望战斗的人，他们已经各就各位，我要投入这场战斗。（22）他们

---

① 再生族指四种种姓的前三种种姓，年届学龄，要举行圣线礼，由老师授予圣线，意味获得第二次生命。

集合，准备战斗，我要看到这些将士，他们渴望在战斗中，讨好心术不正的难敌。"（23）

听了阿周那的话，婆罗多子孙啊！黑天把精良的战车停在双方军队中间。（24） 面对毗湿摩和德罗纳，还有其他国王，他说道 "普利塔之子阿周那啊！请看聚在这里的俱卢人。"（25）

在这里，阿周那看到父亲们、祖父们、老师们、舅父们、儿子们、孙子们，还有兄弟们和同伴们。（26） 阿周那还看到岳父们和朋友们，他的所有亲戚都在两军中站着。（27） 他满怀怜悯之情，忧心忡忡地说道 "看到自己人，黑天啊！聚在这里渴望战斗，（28） 我四肢发沉，嘴巴发干，我浑身颤抖，汗毛直竖。（29） 神弓从手中脱落，周身皮肤直发烧，我的脚跟站不稳，脑子仿佛在旋转。（30） 我看到不祥之兆，黑天啊！我不明白，打仗杀死自己人，能得到什么好处？（31）我不渴望胜利，黑天啊！我不渴望王国和幸福。王国对我们有什么用？生命和享受有什么用？（32） 正是为了他们这些人，我们才追求王国和幸福，他们却抛弃财富来这里，奋不顾身，参加战斗。（33）老师、父亲和祖父，儿子、孙子和舅父，堂房兄弟和岳父，还有其他的亲族。（34） 即使我被杀，黑天啊！即使能获得三界①王权，我也不愿意杀死他们，何况为了地上的王国？（35） 杀死持国的儿子们，我们有什么快乐？杀死了这些罪人，我们也犯下了罪恶。(36) 不能杀死持国的儿子们，他们是我们的亲族，杀死自己的亲友，我们怎么会幸福？（37） 如果这些人利令智昏，已被贪婪迷住心窍，不把毁灭家族视为罪，不把谋害朋友视为恶，（38） 而我们完全明白，毁灭家族罪孽重，那为什么还这样，不回避这种罪过？（39）如果家族遭到毁灭，传承的宗法也毁灭；而宗法一旦毁灭，家族也就陷入非法。（40） 一旦非法滋生，族中妇女堕落；一旦妇女堕落，种姓也就混乱。②（41） 种姓混乱导致家族和毁灭家族者堕入地狱；祖先失去供品饭和水，也跟着遭殃，纷纷坠落。（42） 这些人毁灭家族，造成种姓混乱；这些人犯下罪过，破坏宗法和种姓法。（43） 我们已经听说，折磨敌人者啊！毁弃宗法的人，注定住进地狱。（44） 由于

---

① 三界指天国世界、地上世界和地下世界。
② 种姓制度强调同种姓通婚，以保持种姓纯洁。

贪图王国，贪图幸福，天哪！我们决心犯大罪，准备杀害自己人。(45) 我宁可手无寸铁，在战斗中不抵抗，让持国的儿子们，手持武器杀死我。"(46)

阿周那说完这些话，心中充满忧伤，他放下弓和箭，坐在车座上。(47)

以上是吉祥的《摩诃婆罗多》中《毗湿摩篇》第二十三章(23)。

二四

全胜说：

阿周那满怀怜悯，眼中饱含泪水；看到他精神沮丧，黑天这样说道。(1)

吉祥薄伽梵[①]说：

你怎么在危急关头，成了畏缩的卑贱者？这为高贵者所忌讳，不能进入天国享殊荣。(2) 阿周那啊！别怯懦，那样与你不相称，抛弃委琐的软心肠，站起来，折磨敌人者！(3)

阿周那说：

在战斗中，杀敌者啊！我怎么能用箭射击这两位可敬的人，毗湿摩和德罗纳？(4) 即使在世间乞食谋生，也强似杀害尊贵的老师；即使杀害贪财的老师，我的享受也会沾上鲜血。(5) 我们胜或者他们胜，我不知道哪个重要；杀死面前这些持国的儿子，我们也不愿意再活。(6) 我受到心软的弱点伤害，思想为正法困惑，请开导！我是你的学生，求你庇护，明确告诉我该如何是好？(7) 即使获得无比富饶的王国，甚至获得天国世界的王权，我也实在看不出，有什么能解除我烧灼感官的忧患？(8)

全胜说：

对感官之主黑天，阿周那说了这些话，最后说道 "我不参战。"然后，他保持沉默。(9) 阿周那精神沮丧，站在双方军队之间，婆罗

---

① 薄伽梵是对黑天的尊称，意谓尊者或世尊。

多子孙啊！黑天仿佛笑着，说了这些话。(10)

吉祥薄伽梵说：

你说着理智的话，为不必忧伤者忧伤；无论死去或活着，智者都不为之忧伤。(11) 我、你和这些国王，过去无时不存在，我们大家死去后，仍将无时不存在。(12) 正如灵魂在这个身体里，经历童年、青年和老年，进入另一个身体也这样，智者们不会为此困惑。(13) 与物质接触，贡蒂之子啊！冷热苦乐，来去无常，婆罗多子孙阿周那啊！但愿你能忍受它们。(14) 智者对痛苦和快乐，一视同仁，通向永恒；这些东西，人中雄牛啊！不会引起他们烦闷。(15)

没有不存在的存在，也没有存在的不存在，洞悉真谛的人们，早已察觉两者的根底。(16) 这遍及一切的东西，你要知道，不可毁灭；不可毁灭的东西，任何人都不能毁灭。(17) 身体有限，灵魂无限，婆罗多子孙阿周那啊！灵魂永恒，不可毁灭，因此，你就战斗吧！(18) 倘若认为它是杀者，或认为它是被杀者，两者的看法都不对，它既不杀，也不被杀。(19) 它从不生下或者死去，也不过去存在，今后不存在；它不生，持久，永恒，原始，身体被杀时，它也不被杀。(20) 如果知道，阿周那啊！它不灭，永恒，不生，不变，这样的人怎么可能杀什么或教人杀什么？(21) 正如抛弃一些破衣裳，换上另一些新衣裳，灵魂抛弃死亡的身体，进入另外新生的身体。(22) 刀劈不开它，火烧不着它，水浇不湿它，风吹不干它。(23) 劈不开，烧不着，浇不湿，吹不干，它永恒，稳固，不动，无处不在，永远如此。(24) 它被说成不可显现，不可思议，不可变异；既然知道它是这样，你就不必为它忧伤。(25)

即使你仍然认为，它常生或者常死，那么，你也不应该为它忧伤，大臂者！(26) 生者必定死去，死者必定再生，对不可避免的事，你不应该忧伤。(27) 万物开始不显现，中间阶段显现，到末了又不显现，有谁为之忧伤？(28) 有人看它如同奇迹，有人说它如同奇迹，有人听它如同奇迹，而听了也无人理解。(29) 居于一切身体内，灵魂永远不可杀，因此，你不应该为一切众生忧伤。(30)

即使考虑自己的正法，你也不应该犹疑动摇，因为对于刹帝利武士，有什么胜过合法的战斗？(31) 有福的刹帝利武士，才能参加这样的战斗,仿佛蓦然间,阿周那啊!走近敞开的天国大门。(32) 这场合法的战斗,如果你不投身其中,抛弃了正法和名誉,你就会犯下罪过。(33) 你将在众生嘴上,永远留下坏名声;对于受尊敬的人,坏名声不如死亡。(34) 勇士们会这样想,你胆怯,逃避战斗;他们过去尊重你,今后就会蔑视你。(35) 敌人也就会诽谤你,嘲讽你的能力,说些不该说的话,有什么比这更痛苦?(36) 或者战死升入天国,或者战胜享受大地,阿周那啊!挺身站起,下定决心,投入战斗!(37) 苦乐、得失和成败,对它们一视同仁;你就投入战斗吧!这样才不犯罪过。(38)

以上讲了数论①智慧,现在请听瑜伽②智慧,你掌握了这种智慧,将摆脱行动的束缚。(39) 这里没有障碍,努力不会落空,只要稍有正法,就会无所畏惧。(40) 坚决的智慧单纯如一,俱卢子孙阿周那啊!枝枝杈杈,漫无边际,那是不坚决的智慧。(41) 阿周那啊!无知的人说些花哨漂亮的话,他们热衷谈论吠陀,宣称没有别的存在。(42) 充满欲望,一心升天,举行各种特殊仪式,获取再生的业果,求得享受和权力。(43) 贪图享受和权力,思想受到迷惑,哪怕智慧坚决,也无法进入三昧③。(44) 吠陀的话题局限于三性④,你要超脱三性,超脱对立性⑤,超脱保业守成,阿周那啊!把握自我,永远保持真性。(45) 所有的吠陀经典,对于睿智的婆罗门,其意义不过是水乡的一方池塘。(46)

你的职责就是行动,永远不必考虑结果;不要为结果而行动,也不固执地不行动。(47) 摒弃执著,阿周那啊!对于成败,一视同仁;你立足瑜伽,行动吧!瑜伽就是一视同仁。(48) 比起智慧瑜伽,行动远为低下;为结果而行动可怜,向智慧寻求庇护吧!(49) 具备这种智慧的人,摆脱善行和恶行,因此,你要修习瑜伽,瑜伽是行动的技巧。(50) 具备这种智慧的人,摒弃行动的结果,摆脱再生和束缚,

---

① 数论是印度古代的一种哲学体系。
② 瑜伽一般指修炼身心的方法,这里也泛指行动方式。
③ 三昧指沉思入定。
④ 按照数论哲学,有两种永恒的实在,一种是"原人"(或译"神我",即灵魂);另一种是"原质"(或译"自性",即原初物质)。三性是指"原质"的三种性质:善性、忧性和暗性。
⑤ 对立性是由原质引起事物的矛盾、冲突和对立,从而引起人的好恶爱憎。

达到无病的境界。(51) 一旦智慧克服愚痴,对于已经听说的,对于仍会听说的,你就会漠然置之。(52) 如果你的智慧,受到所闻迷惑,仍能专注入定,你将达到瑜伽。(53)

阿周那说:

智慧坚决,专注入定,怎样描述这类智者?他们怎样说?怎样坐?怎样行?黑天啊!(54)

吉祥薄伽梵说:

摒弃心中一切欲望,惟有自我满意自我,普利塔之子阿周那啊!这是智慧坚定的人。(55) 遇见痛苦,他不烦恼,遇见快乐,他不贪图,摆脱激情、恐惧和愤怒,这是智慧坚定的牟尼。(56) 他不贪恋任何东西,无论面对是祸是福,既不喜欢,也不憎恨,他的智慧坚定不移。(57) 他的所有感觉器官,摆脱一切感觉对象①,犹如乌龟缩进全身,他的智慧坚定不移。(58) 除味之外,感觉对象远离戒食的人,一旦遇见最高存在,连味也远远离去。② (59) 即使聪明而又勤勉,怎奈感官激动鲁莽,强行夺走他的理智,贡蒂之子阿周那啊!(60) 用瑜伽控制感官,一心一意思念我③;由于感官受到控制,他的智慧坚定不移。(61)

如果思念感官对象,就会执著感官对象,从执著产生欲望,从欲望产生愤怒。(62) 由愤怒而产生愚痴,由愚痴而记忆丧失,记忆丧失则智慧毁灭,智慧毁灭则人也毁灭。(63) 而控制自己的人,活动在感官对象中,感官受到自我控制,摆脱爱憎,达到清净。(64) 达到清净的人,脱离一切痛苦;由于心灵清净,智慧迅速稳定。(65) 不能约束自己的人,没有智慧,也没有定力;没有定力则没有平静,没有平静,何来幸福?(66) 感官游荡不定,思想围着它转,智慧就会丧失,犹如大风吹走船。(67) 因此,大臂阿周那啊!谁能让自己的感官摆脱感官对象束缚,他的智慧坚定不移。(68)

---

① 感觉器官主要是眼、耳、鼻、舌和身,相应的感觉对象是色、声、香、味和触。
② 意思是戒食的人依然留恋食物的味,而认识到最高存在后,连味也摒弃。
③ 思念我是指思念黑天,以黑天为最高存在。

芸芸众生之夜，自制之人觉醒；芸芸众生觉醒，有识之士之夜。① (69) 欲望进入他，犹如江河流入满而不溢的大海，他能达到这种平静，贪欲之人无法达到。(70) 摒弃一切欲望，摆脱一切贪恋，不自私，不傲慢，他就达到平静。(71) 这是梵之所在，达到它，就不愚痴；立足其中，阿周那啊！死去能够达到梵涅槃。② (72)

以上是吉祥的《摩诃婆罗多》中《毗湿摩篇》第二十四章(24)。

二五

阿周那说：

既然你认为，黑天啊！智慧比行动更重要，那你为什么，黑天啊！要我从事可怕的行动？(1) 仿佛用复杂的话，你搅乱我的智慧；请你明确告诉我，该走哪条路才好？(2)

吉祥薄伽梵说：

我早就说过，无罪的人啊！这世上有两种立足的方式，数论行者的智慧瑜伽，瑜伽行者的行动瑜伽。(3) 即使不参与行动，并不能摆脱行动，即使弃绝一切，也不能获得成功。(4) 因为世上无论哪个人，甚至没有一刹那不行动，由于原质产生的性质，所有的人都不得不行动。(5) 控制了行动感官，心中仍留恋感官对象，这种思想愚痴的人，他们被称作伪善者。(6) 思想控制住感官，凭借行动的感官，从事行动而不执著，这样的人是佼佼者。(7) 从事必要的行动吧！行动总比不行动好；如果你拒绝行动，恐怕生命都难维持。(8)

除了为祭祀而行动，整个世界受行动束缚；摆脱执著，阿周那啊！你就为祭祀而行动吧！(9) 在古代，生主创造众生，同时也创造祭祀，说道"通过它，你们生育繁衍，让它成为你们的如意牛！③ (10) 通过它，你们抚养众神，也让众神抚养你们，就这样，互

---

① 意思是有识之士控制感官，芸芸众生放任感官，因而如同黑夜和白天、觉醒和沉睡，互相看法截然不同。

② 梵是永恒不灭的至高存在。梵涅槃是获得解脱，达到至高的平静和幸福，与梵同一。

③ 印度神话中的神牛，能满足人的任何愿望。

相抚养,你们将达到至福。(11) 众神受到祭祀供养,也会赐给你们享受;谁享受赐予不回报,这样的人无异于窃贼。"(12) 吃祭祀剩下的食物,善人摆脱一切罪过;只为自己准备食物,恶人吃下的是罪过。(13) 众生产生靠食物,食物产生靠雨水,雨水产生靠祭祀,祭祀产生靠行动。(14) 一切行动源自梵,梵产生于不灭,因此,梵遍及一切,永远存在祭祀中。(15) 恶人不愿意跟随这样转动的车轮,他们迷恋感官,徒然活在世上。(16)

热爱和满意自我,乐在自我之中,对于这样的人,没有该做之事。(17) 他行动不为了什么,不行动也不为了什么,他在世上对一切众生,无所依赖,无所企求。(18) 你永远无所执著,做应该做的事吧!无所执著地做事,这样的人达到至福。(19) 像遮那迦①等人那样,通过行动,获得成功,即使着眼维持世界,你也应该从事行动。(20) 优秀人物做这做那,其他人也做这做那,优秀人物树立标准,世上的人遵循效仿。(21)

在三界中,阿周那啊!没有我必须做的事,也没有我应得而未得,但我仍然从事行动。(22) 我原本不知疲倦,一旦停止行动,普利塔之子阿周那啊!所有的人都会效仿我。(23) 如果我停止行动,这个世界就会倾覆,我成了混乱制造者,毁掉了这些众生。(24) 无知者行动而执著,婆罗多子孙阿周那啊!为了维持这个世界,智者行动而不执著。(25) 智者按照瑜伽行动,尽管无知者执著行动,也宁可让他们喜欢行动,而不要让他们智慧崩溃。(26)

一切行动无例外,由原质的性质造成,而自高自大的愚人,自以为是行动者。(27) 那些洞悉真谛的智者,知道性质和行动的区别,认为性质活动在性质中,大臂者啊!他们不执著。(28) 昧丁原质性质的人,执著性质造成的行动,然而,知识完整的人,别搅乱知识片面的人。(29) 把一切行动献给我,抛弃愿望,摒弃自私,专注自我,排除烦恼,你就投入战斗吧!(30) 如果始终如一,遵循我的这个教导,怀抱信仰,毫无怨言,就能摆脱行动束缚。(31) 昧于一切知识的人,贬损我的这个教导,拒绝遵循,你要知道!这些无知者遭到毁

---

① 遮那迦是密提罗国王,史诗《罗摩衍那》主人公罗摩的岳父。

灭。(32)

甚至富有知识的人，也按照自己原质行动，一切众生趋于原质，强行压制有什么用？(33) 感官的好恶爱憎依附感官对象，不要受这两者控制，因为它们是拦路石。(34) 自己的职责即使不完美，也胜似圆满执行他人职责；死于自己的职责远为更好，执行他人的职责有危险。(35)

阿周那说：

黑天啊！是什么造成一个人犯罪？他仿佛不是自愿，而是被迫犯罪。(36)

吉祥薄伽梵说：

这个欲望，这个愤怒，它的来源是忧性，极其贪婪，极其邪恶，你要知道敌人在这里。(37) 犹如烟雾笼罩火焰，犹如灰尘蒙住镜子，犹如子宫隐藏胎儿，智慧这样被它蒙蔽。(38) 欲望形同烈火，从来难以满足，智者永恒之敌，是它蒙蔽智慧。(39) 感官、思想和知觉，是它的立足之处；它就是利用这些，蒙蔽智慧，迷惑灵魂。(40) 它毁灭智慧和知识，因此，婆罗多族雄牛啊！你首先要控制感官，杀死这个罪魁祸首。(41) 人们说感官重要，思想比感官更重要，智慧比思想更重要，而它比智慧更重要。(42) 知道了它比智慧更重要，那就依靠自我加强自我，杀死欲望，大臂阿周那啊！这个难以制服的敌人！(43)

以上是吉祥的《摩诃婆罗多》中《毗湿摩篇》第二十五章(25)。

二六

吉祥薄伽梵说：

这个永恒的瑜伽，我曾告诉毗婆薮，毗婆薮告诉摩奴，摩奴告诉甘蔗王。① (1) 就这样互相传授，王仙②们都知道它；但由于历时太

---

① 毗婆薮是太阳神。摩奴是毗婆薮的儿子，人类始祖，第一位立法者。甘蔗王是摩奴的儿子，太阳世系的第一位国王。

② 王仙是国王中的圣贤。

久,这个瑜伽又失传。(2) 你是崇拜者和朋友,因此我今天告诉你,这个古老的瑜伽,这个最高的秘密。(3)

阿周那说:

是你出生在后,毗婆薮出生在前,我怎么能够理解,你先宣讲这瑜伽?(4)

吉祥薄伽梵说:

你和我,阿周那啊!都经历了许多生,我知道所有这一切,而你不知道这一切。(5)尽管我的灵魂不生不灭,尽管我是一切众生之主,我依然依据自己的本性,凭借自己的幻力出生。(6)一旦正法衰落,非法滋生蔓延,婆罗多子孙啊!我就创造自己。(7)为了保护善人,为了铲除恶人,为了维持正法,我一次次降生。(8)谁真正理解,阿周那啊!我的神圣出生和行动,这样的人抛弃身体后,就不再出生,而归依我。(9)摒弃激情、恐惧和愤怒,沉浸于我,寻求我庇护,通过智慧苦行获得净化,许多人进入我的存在。(10)这样的人走向我,我就会接纳他们,到处有人,阿周那啊!追随我的生存方式。(11)渴望事业有成的人,在这世上祭祀天神,因为在这人类世界,行动迅速产生成果。(12)

按照性质和行动区别,我创造了四种种姓;尽管我是种姓创造者,我依然不动,也不变。(13)一切行动不沾染我,我也不贪求行动成果,谁能这样理解我,他就不受行动束缚。(14)你已知道以前古人,追求解脱,这样行动,那么,像从前古人,你就这样行动吧!(15)

什么是行动和不行动?甚至智者也感到困惑;我将告诉你这种行动,知道后,你能摆脱罪恶。(16)应该知道什么是行动,什么是错误的行动,还有什么是不行动,而难点是行动方式。(17)在行动中看到不行动,在不行动中看到行动,他便是人中的智者,无所不为的瑜伽行者。(18)如果从事一切行动,而摆脱欲望和企图,行动经过智火焚烧,聪明人称他为智者。(19)如果从事一切行动,而摒弃对成果的执著,他永远知足,无所依赖,即使行动,也没做什么。(20)控制思想和自己,摒弃贪欲,无所企求,他只是活动身体,不会犯下什么罪过。(21)他满足偶然所得,超越对立,毫不妒忌,对成败一

视同仁,他不会受到束缚。(22)

　　他的思想依托智慧,摒弃执著,摆脱束缚,为了祭祀而行动,他的行动完全融化。(23) 梵即祭祀,梵即祭品,梵将祭品投入梵火,谁能沉思梵即行动,这样的人能达到梵。(24) 一些瑜伽行者,用祭祀祭供天神;另一些瑜伽行者,用祭祀祭供梵火。(25) 有人用耳等等感官,祭供抑止之火;有人用声等等对象,祭供感官之火。(26) 也有人用生命活动,连同一切感官活动,祭供由智慧点燃的自我控制的瑜伽之火。(27) 同样,有些人用财物祭供,用苦行祭供,用瑜伽祭供,一些誓言严酷的苦行者,用自己的学问和知识祭供。(28) 一些人专注呼吸,控制吸气呼气方式,用吸气祭供呼气,用呼气祭供吸气。(29) 一些人节制饮食,用呼吸祭供呼吸,所有懂得祭祀的人,通过祭祀消除罪恶。(30) 享受祭祀剩余的甘露,这些人达到永恒的梵;这个世界不属于不祭祀者,何况另一个世界?阿周那啊!(31) 种种祭祀展现梵面前,它们全都产生于行动;你应该知道这一切,知道后,就能获得解脱。(32)

　　智慧的祭祀胜于一切物质的祭祀;一切行动,阿周那啊!在智慧中达到圆满。(33) 你要知道,通过虔敬,通过询问和侍奉,洞悉真谛的智者会把智慧教给你。(34) 知道了这一切,阿周那啊!你就不再会这样愚痴,你就会看到一切众生都在自我之中,在我之中。(35) 即使你犯有罪恶,比一切罪人更有罪,只要登上智慧之船,就能越过一切罪恶。(36) 正如燃烧的烈火,将木柴化为灰烬,阿周那啊!智慧之火将一切行动化为灰烬。(37) 在这世上,哪里也找不到像智慧这样的净化者,通过瑜伽获得成功的人,终于自己在自我中找到它。(38)

　　怀抱信仰,控制感官,专心致志,获得智慧,这种获得智慧的人,很快达到最高平静。(39) 没有智慧,没有信仰,自我怀疑,走向毁灭,此世、彼世和幸福,不属于自我怀疑者。(40) 用瑜伽弃绝行动,用智慧斩断疑惑,把握住自我的人,不会受行动束缚。(41) 因此,用智慧之剑斩断自己心中无知的疑惑,婆罗多子孙阿周那啊!立足瑜伽,站起来吧!(42)

　　　　　　　　以上是吉祥的《摩诃婆罗多》中《毗湿摩篇》第二十六章(26)。

二七

阿周那说：

你赞扬弃绝行动，又赞扬瑜伽，黑天啊！请你明确告诉我，两者之中，哪种更好？（1）

吉祥薄伽梵说：

弃绝行动和行动瑜伽，两者都导向至福；但两者之中，行动瑜伽比弃绝行动更好。（2） 没有怨恨，没有渴望，称作永远的弃绝者，因为摆脱对立的人，很容易摆脱束缚。（3） 愚者区别数论和瑜伽，而智者不作截然划分；正确地依据其中之一，就能获得两者的成果。（4） 数论能达到的地方，瑜伽也同样能达到，看到数论与瑜伽同一，这样的人真正有眼力。（5） 但是，没有瑜伽，弃绝很难达到梵；而只要实行瑜伽，牟尼很快达到梵。（6） 实行瑜伽，净化自己，控制自己，制服感官，自我与众生自我同一，即使行动，也不受污染。（7） 瑜伽行者洞悉真谛，认为自己没有做什么；他看、听、嗅、尝和触，行走、睡觉和呼吸，（8） 说话、放掉和抓住，睁开眼和闭上眼，他认为这是这些感官活动在感官对象中。（9） 将一切行动献给梵，摒弃执著，从事行动，他不受罪恶污染，犹如莲叶不沾水。（10） 为了保持自我纯洁，瑜伽行者摒弃执著，用身体、思想和智慧，甚至只用感官行动。（11） 约束自己，摒弃行动成果，达到持久的至高平静；不约束自己，听任欲望，执著成果，就会受到束缚。（12）

心中已摒弃一切行动，内在的自我作为主人，愉快地安居九门之城①，不行动，也不引起行动。（13） 这位主人不为世界创造行动者和行动，也不创造两者的结合，只是自己本性在活动。（14） 这位主人不接受任何人的善和恶，而无知蒙蔽智慧，导致人们迷惑。（15） 人们只要用智慧，消除自己的无知，智慧就会像太阳，照亮至高的存在。（16） 以它为智慧，为自己，以它为根基，为归宿，他们用智慧

---

① 九门之城指身体，九门指身体的九个器官：两眼、两耳、两鼻孔、嘴、肛门和生殖器。

消除罪恶，走向不再返回的地方。(17)

品学兼优的婆罗门，牛、象以至狗和屠夫，无论面对的是什么，智者们都一视同仁。(18) 他们的心安于平等，在这世就征服造化；梵无缺陷，等同一切，所以他们立足梵中。(19) 不因可爱而高兴，不因可憎而沮丧，智慧坚定不迷惑，知梵者立足梵中。(20) 自我不执著外在接触，他在自我中发现幸福；用梵瑜伽约束自己，他享受到永恒的幸福。(21) 接触产生的享受，有起始，也有终了，它们是痛苦的源泉，智者不耽乐其中。(22) 在身体获得解脱之前，在这世上，能够承受欲望和愤怒的冲击，他是有福的瑜伽行者。(23)

他具有内在的幸福，内在的欢喜和光辉，这样的瑜伽行者与梵同一，达到梵涅槃。(24) 仙人们涤除罪恶，斩断疑惑，控制自己，热爱一切众生利益，他们获得梵涅槃。(25) 苦行者理解自我，控制住自己的思想，摆脱欲望和愤怒，他们走向梵涅槃。(26) 摒弃外在的接触，固定目光在眉心，控制吸气和呼气，均衡地出入鼻孔。(27) 控制感官、思想和智慧，一心一意追求解脱，摒弃愿望、恐惧和愤怒，牟尼获得永久的解脱。(28) 我是一切众生的朋友，我是一切世界的主宰，祭祀和苦行的享受者，知道我的人达到平静。(29)

以上是吉祥的《摩诃婆罗多》中《毗湿摩篇》第二十七章(27)。

二八

吉祥薄伽梵说：

谁做应该做的事，而不执著行动成果，他是弃绝者，瑜伽行者，但不摒弃祭火和祭祀。(1) 你要知道，阿周那啊！所谓弃绝，就是瑜伽，因为不弃绝欲望，就成不了瑜伽行者。(2) 牟尼想要登上瑜伽，行动是他们的方法；牟尼已经登上瑜伽，平静是他们的方法。(3) 不执著感官对象，不执著任何行动，弃绝一切欲望，这称作登上瑜伽。(4) 应该自己提高自我，不应该自己挫伤自我，因为自我是自己的亲人，自我也是自己的敌人。(5) 如果自己把握自我，自我成为自己的亲人，如果不能把握自我，自我像敌人充满敌意。(6) 把握自我,达到平静,至高的自我沉思入定,平等看待快乐和痛苦,冷和热,荣誉和耻辱。(7) 自我满足于智慧和知识,它制服感官,不变不动,平等看待土块、石头和金子,这是把握自我的瑜伽行者。(8) 对待朋友、同伴、敌人、旁观者、中立者、仇人、亲人,甚至对待善人和恶人,他一视同仁,优异杰出。(9)

瑜伽行者永远应该把握自我,独居幽境,控制思想和自己,无所企盼,无所贪求。(10) 选择清净的地方,安置自己的座位,座位稳固,不高不低,铺上布、皮和拘舍草。(11) 控制意念和感官,思想集中在一点,坐上座位修习瑜伽,以求灵魂得到净化。(12) 身体、头颅和头顶,保持端正不动摇,固定目光在鼻尖,前后左右不张望。(13) 自我平静,无所畏惧,恪守誓言行梵行,① 控制思想,修习瑜伽,一心一意思念我。(14) 瑜伽行者始终如一,把握自我,控制思想,达到平静,以我为归宿,以涅槃为至高目标。(15)

瑜伽不能暴食,也不能绝食;瑜伽不能贪睡,也不能不睡。(16) 控制饮食娱乐,控制行为动作,控制睡眠觉醒,瑜伽消除痛苦。(17) 一旦控制思想,真正立足自我,摆脱一切欲望,才算瑜伽行者。(18) 瑜伽行者控制思想,运用瑜伽把握自我,好比无风之处一盏灯,它的火焰静止不动。(19) 在那里,他勤修瑜伽,思想受控变平静,自我观看自我,始终满足于自我。(20) 在那里,他发现凭借智慧,可以获得超感官的至福,这样,他更加坚定不移,决不愿意脱离这个真谛。(21) 他认为,获得了它,再也没有别的需要;哪怕遇到深重苦难,立足于它,不会动摇。(22)

你要知道,所谓瑜伽,就是摆脱痛苦束缚;瑜伽行者意志坚定,不应该精神沮丧。(23) 欲望产生于意志,彻底摒弃不留情,同时要运用思想,全面控制感官群。(24) 依靠坚定的智慧,他渐渐达到平静,思想固定在自我,不思虑其他一切。(25) 思想游移不定,随时都会躁动,需要加以控制,接受自我约束。(26) 思想平静,激情止息,纯洁无邪,与梵同一,至高的幸福走向这样的瑜伽行者。(27) 始终这样把握自我,彻底摒弃一切罪恶,瑜伽行者就很容易获得接触

---

① 梵行是保持思想、语言和行为纯洁。

梵的至福。(28)

自我接受瑜伽约束,在自我中看到众生,在众生中看到自我,无论何处,一视同仁。(29) 在一切中看到我,在我中看到一切;对于他,我不消失,对于我,他不消失。(30) 瑜伽行者立足于一,崇拜寓于一切的我,他无论怎样活动,都活动在我之中。(31) 他以自我作比照,无论苦乐,一视同仁,他堪称,阿周那啊!完美的瑜伽行者。(32)

阿周那说:

你讲的这个瑜伽,具有平等的性质,而我烦躁不安,黑天啊!看不出它有坚实根基。(33) 因为思想浮躁,冲动,有力,固执,我认为它,黑天啊!像风一样难以把握。(34)

吉祥薄伽梵说:

毫无疑问,阿周那啊!思想活跃,难以把握,但只要摒弃贪欲,反复修习,仍可把握。(35) 我认为不控制自我,确实难以获得瑜伽,但努力控制自己,便有办法获得瑜伽。(36)

阿周那说:

有信仰而无自制力,思想从瑜伽游离,他不能完成瑜伽,走向何方?黑天啊!(37) 在梵路上迷惑动摇,他会不会,黑天啊!像撕裂的云那样,从两边坠落毁灭。(38) 你能为我,黑天啊!彻底解除这疑惑,因为除了你之外,没有人能解除这疑惑。(39)

吉祥薄伽梵说:

无论今世和来世,他都不会遭到毁灭,所有的行善之人,都不会走上恶路。(40) 他没有实现瑜伽,进入善人的世界,居住了无数年后,又生在吉祥人家。(41) 或者,他恰好出生在智慧的瑜伽行者家中,而这样幸运的出生,在这世上十分难得。(42) 在这里,他又恢复前生的智慧瑜伽,再次努力争取成功,俱卢子孙阿周那啊!(43) 前生修习的瑜伽,不由自主吸引他;只要有心学瑜伽,他就能超越声梵①。(44) 勤奋努力,涤尽罪恶,经过不止一次再生,瑜伽行者获得成功,最终达到至高目标。(45) 瑜伽行者胜于苦行者,瑜伽行者胜

---

① 声梵指吠陀经典。

于智者，瑜伽行者胜于行动者，因此，你成为瑜伽行者吧！（46）真心诚意归依我，怀着信仰崇拜我，一切瑜伽行者中，我认为他最优秀。（47）

以上是吉祥的《摩诃婆罗多》中《毗湿摩篇》第二十八章(28)。

二九

吉祥薄伽梵说：

请听我说，阿周那啊！你一心思念我，依靠我，修习瑜伽，毫无疑问，你将会彻底了解我。（1）这种智慧和知识，我将毫无保留告诉你，你知道后，在这世上，再没有什么需要知道。（2）在成千上万的人中，难得有人争取成功；在争取成功的人中，难得有人真正了解我。（3）地、水、火、风、空、思想、智慧和自我意识，这是对我的原质所作的八种区分。（4）这是我的较低原质，我还有一种更高原质，你要知道，它是生命，这个世界由它维持。（5）你要知道，阿周那啊！它是一切众生的母胎；我是全世界的产生者，也是全世界的毁灭者。（6）没有比我更高的存在，所有一切都与我相连，犹如许许多多珍珠，它们串在一根线上。（7）

我是水中味，日月之光，一切吠陀中的"唵"①，空中之声，人之勇气，贡蒂之子阿周那啊！（8）我是大地的清香，我是火焰的光热，一切众生的生命，苦行者的苦行。（9）我永远是，阿周那啊！一切众生的种子，我是智者的智慧，辉煌者的光辉。（10）我是坚强者的力量，用以消除欲望和激情，婆罗多族雄牛阿周那啊！我是众生合法的欲望。（11）一切善性、忧性和暗性，你要知道，都源自我；我不在它们之中，而它们在我之中。（12）

正是这三种性质，迷惑了整个世界，以致他们都不知道，我不变

---

① 在奥义书中，唵（Om）这个音节被说成是整个世界的象征，沉思这个音节有助于认知梵。Om 由 a、u 和 m 三个音组成。在后来的婆罗门教的经典中，这三个音分别代表三位大神：梵天、毗湿奴和湿婆，或者代表三部吠陀：《梨俱吠陀》、《娑摩吠陀》和《夜柔吠陀》，或者代表三界：天上世界、地上世界和地下世界。《摩奴法论》规定婆罗门念诵吠陀，开头和结束都要念诵唵，并认为这个唵是最高的梵。

不灭，高于它们。（13）我的神奇幻力，由三性造成，难以超越，但那些归依我的人，能够超越这种幻力。（14）愚昧低贱的作恶者，幻力夺走他们的智慧，他们不愿意归依我，而依赖阿修罗性。（15）受苦者和求知者，求财者和智者，这四种善人崇拜我，婆罗多族雄牛啊！（16）智者永远修习瑜伽，虔诚专一，优异杰出，因为智者最热爱我，所以我也热爱智者。（17）所有这些人都高尚，但我认为智者是我，因为他能把握自我，以我为至高的归宿。（18）经过许多次再生，智者终于归依我，他确信黑天就是一切，这样的高尚灵魂难得。（19）

有些人智慧被欲望夺走，他们归依另外一些神，受自己的原质限制，遵循这种那种戒规。（20）无论是谁怀着信仰，愿意崇拜哪个形体，我都允许他们保持各自的坚定信仰。（21）他们各自怀着信仰，努力抚慰崇拜对象，由此实现各种欲望，实际也是得益于我。（22）但这些智力薄弱的人，他们获得的成果有限，祭祀天神者走向天神，惟有崇拜我者走向我。（23）

尽管我没有显现，无知者认为我已显现，他们不知道我的本性，至高无上，不灭不变。（24）隐蔽在瑜伽幻力中，我没向任何人显露，这个愚痴的世界，不知道我不生不变。（25）过去、现在和将来的一切众生，我都知道，但是，阿周那啊！没有哪个人知道我。（26）愿望和憎恨造成对立，一切众生受到迷惑，婆罗多子孙阿周那啊！他们在创造中走向愚昧。（27）

修善积德的人，灭寂一切罪恶，摆脱对立和愚昧，严守誓言崇拜我。（28）他们向我寻求庇护，努力摆脱衰老死亡，他们彻底通晓梵，通晓自我和行动。（29）他们知道我是物主、神主和祭主，他们的思想受约束，临死之时也知道我。（30）

以上是吉祥的《摩诃婆罗多》中《毗湿摩篇》第二十九章（29）。

三〇

阿周那说：

人中俊杰啊！什么是梵？什么是自我？什么是行动？所谓物主是

什么？所谓神主又是什么？（1） 谁是祭主？黑天啊！又怎样居于这个身体？那些控制自己的人，临死之时怎样知道你？（2）

吉祥薄伽梵说：

梵是不灭的至高存在，自我是自己的本质，创造被称作行动，它造成众生存在。（3） 物主是可灭的存在，神主是原人，阿周那啊！祭主是我，在这里，存在于这个身体中。（4） 谁在临终之时想念我，毫无疑问，在他抛弃身体后，就进入我的存在。（5） 临终时想念什么，抛弃身体去世后，他就进入什么，长期变成那样。（6） 因此，时刻想着我，你就投入战斗吧！思想智慧寄托我，无疑你将归依我。（7）

一心修习瑜伽，决不驰心旁骛，他思念和归依至高神圣的原人。（8）思念这位古代先知，指导者、维持一切者、极微者、形态不可思议者、色似太阳的超越黑暗者。（9） 临终之时思想坚定虔诚，运用瑜伽力约束自己，正确地将呼吸定在眉心，他就走向至高神圣的原人。（10） 通晓吠陀的人称之为不灭者，摒弃激情的苦行者进入其中，盼望获得它的人实践梵行，我将简要地告诉你这个境界。（11）

守住一切身体之门，抑止心中的思想，把呼吸定在头顶，专心于瑜伽执持。（12） 时时刻刻想念我，只念一个梵音"唵"，抛弃身体去世时，他走向最高归宿。（13） 时时刻刻想念我，永远不驰心旁骛，永远受瑜伽约束，他就容易到达我。（14） 灵魂高尚者走向我，他们获得最高成功，不再出生，不再返回飘忽无常的痛苦渊薮。（15） 梵界以下世界，全都轮回转生，而如果归依我，就不会再出生。（16）

梵的一日为一千代，梵的一夜为一千代，① 只有知道梵的日夜，才是真正知道日夜。（17） 白天来到，一切事物从不显现中显现，黑暗降临，又都消失，这时称为不显现。（18） 物群始终是这样，不由自主，阿周那啊！黑夜降临就消失，白天来到又显现。（19） 除了这种不显现，还有永恒的不显现，即使众生毁灭，它也不会毁灭。（20） 这种不显现叫做不灭，人们称它为最高归宿，到达那里就不再返回，它是我的至高居处。（21） 它是至高的原人，遍及一切，阿周那啊！

---

① 世界每次从创造到毁灭，都要经历四个时代：圆满时代、三分时代、二分时代和争斗时代。这四个时代总共有四百三十二万年，组成一个大时代。一千个大时代组成一劫，共有四十三亿两千万年，相当于梵的一日或一夜。

众生存在于它之中,忠诚不贰,可以获得它。(22)

我告诉你,瑜伽行者在什么时间逝世,去后就不再返回,或者去后仍返回。(23) 火、光、白昼和月明,太阳北行的六个月,在这个时候逝世,知梵者走向梵。(24) 烟雾、黑夜和月暗,太阳南行的六个月,瑜伽行者这时逝世,到达月亮,后又返回。(25) 光明之路和黑暗之路,两条永恒的世界之路,一条路去后不返回,另一条路去后仍返回。(26) 由于知道这两条路,瑜伽行者不会迷惑,因此,无论何时,你都要修习瑜伽。(27) 瑜伽行者知道这一切,他们超越吠陀、祭祀、苦行和布施的功果,达到至高的原始境界。(28)

以上是吉祥的《摩诃婆罗多》中《毗湿摩篇》第三十章(30)

三一

吉祥薄伽梵说:

你无恶意,我要告诉你非常秘密的智慧和知识,知道了这些之后,你就会摆脱罪恶。(1) 这是国王的学问和奥秘,这是无与伦比的净化者,凭感觉亲证,合乎正法,容易实行,永恒不灭。(2) 不信仰这种正法的人,他们到不了我这里,仍回到生死轮回之中,折磨敌人的阿周那啊!(3) 我没有显现形体,但遍及一切世界,一切众生居于我之中,而我不居于他们之中。(4) 甚至众生也不居于我之中,请看我这神圣的瑜伽!我的自我生成一切众生,维持众生,而不居于其中。(5)

犹如广大的空气,遍布一切地方,永远占据空间,众生居于我之中。(6) 在世界毁灭的劫末,一切众生进入我的原质,在世界创造的劫初,我又把一切众生放出。(7) 我依凭自己的原质,一次又一次放出他们;由于受到原质支配,这些物群无能为力。(8) 然而,阿周那啊!这些行动不束缚我,我仿佛冷漠地坐着,不执著这些行动。(9) 本性在我的监督下,产生动物和不动物,正是由于这个原因,世界才流转不息。(10)

因为我依托人体[①]，愚昧的人便轻视我，不知道作为万物之主，我的至高无上性。（11） 他们的希望落空，行动落空，知识落空，思想混乱，依附愚痴的罗刹和阿修罗的原质。（12） 而灵魂高尚的人知道，我是永恒的万物之源，他们依附神的原质，全心全意崇拜我。（13） 勤奋努力，严守誓言，他们永远约束自己，永远赞美我，侍奉我，诚心诚意膜拜我。（14） 有些人用智慧祭祀，祭供我，侍奉我，单一、各别、多重的我，面向一切的我。（15）

我是祭祀行动，我是祭祀，我是祭祀供物，我是药草，我是颂诗，我是酥油，我是祭火，我是祭品。（16） 我是世界父亲、母亲和祖父，维持者、可知者和净化者，我是那个音节"唵"，我是梨俱、娑摩和夜柔。（17） 我是归宿、支持者和主人，目睹者、居处、庇护和朋友，生成、毁灭、基地和安息地，我是永恒不灭的种子。（18） 我发出光热，我下雨，我摄取又释放；既是不朽，又是死亡，既存在，又不存在。（19）

通晓三吠陀，饮苏摩，涤除罪恶，用祭祀抚慰我，祈求进入天国，他们到达天神因陀罗的世界，在天上享受天神的神圣生活。（20） 他们在广阔的天界享受，功德消尽后，又回到尘世；他们遵循三吠陀法则，满怀欲望，来而复去。（21） 而有些人沉思我，全心全意侍奉我，他们永远约束自己，我给他们瑜伽安乐。（22） 有些人怀抱信仰，虔诚祭拜别的神，尽管不合传统仪规，他们也是祭拜我。（23） 我是一切祭祀的享受者和主人；没有真正理解我，这些人遭受挫折。（24） 祭拜天神走向天神，祭拜祖先走向祖先，祭拜生灵走向生灵，祭拜我者走向我。（25）

有些人约束自己，虔诚地献给我一片叶，一朵花，一枚果，一掬水，我接受这些真诚的供品。（26） 阿周那啊！无论做什么，享受什么，祭供什么，施舍什么，修什么苦行，你都把它们奉献给我。（27） 你将摆脱行动的束缚，摆脱善恶之果的束缚，自我受到弃绝瑜伽约束，你将获得解脱，走向我。（28） 我平等看待一切众生，既不憎恶，也不宠爱，虔敬我的人在我之中，而我也在他们之中。（29） 即使行

[①] 依托人体是指化身下凡。

为恶劣的人，如果一心一意崇拜我，也应该认为他是好人，因为他下了正确决心。(30) 自我迅速走上正道，他达到永恒的平静，你要知道，阿周那啊！崇拜我，不会遭毁灭。(31) 即使出身卑贱的人，妇女、吠舍和首陀罗，只要向我寻求庇护，也能达到至高归宿。(32) 更何况婆罗门和王仙，他们圣洁而又虔诚！你既然来到这个世界，痛苦无常，就崇拜我吧！(33) 你要思念我，崇拜我，祭供我，向我敬礼，你就这样约束自己，以我为归宿，走向我。(34)

以上是吉祥的《摩诃婆罗多》中《毗湿摩篇》第三十一章(31)。

三二

吉祥薄伽梵说:

你继续听我讲述这些至高无上的话，你喜欢听，阿周那啊！我也怀着善意告诉你。(1) 众天神和众大仙，不知道我的来源，因为我是所有这些天神和大仙的本源。(2) 知道我是世界之主，不生者和无始者，在尘世中不迷惑，他摆脱一切罪恶。(3) 智慧、知识、不迷惑、宽容、真实、自制、平静、存在、不存在、快乐、痛苦、恐惧和无畏，(4) 戒杀、平等、知足、施舍、荣誉和耻辱，众生的这些状态，全都来源于我。(5) 古代七位大仙，还有四位摩奴，全都从我心中产生，尘世众生由他们产生。(6) 凡真正知道我的这种显现和瑜伽，毫无疑问，他就会坚定不移，修习瑜伽。(7)

我是一切的本源，一切因我而流转，聪明人想到这些，满怀热情崇拜我。(8) 他们心中想着我，他们的生命趋向我，互相启发谈论我，永远满意和高兴。(9) 他们永远约束自己，充满热情崇拜我，我给他们智慧瑜伽，他们由此走向我。(10) 出自对他们同情，我处在自我状态中，用明亮的智慧之灯，驱散无知产生的黑暗。(11)

阿周那说:

你是至高的梵，至高居处，你是至高无上的净化者，永恒神圣的原人，不生者，原始之神，遍及一切者。(12) 那罗陀和阿私陀，提婆罗和毗耶娑，仙人神仙全都这样说，你自己也这样对我说。(13)

你告诉我的这一切，我相信都是正确的，众天神不知道你的显现，那些檀那婆也不知道。(14) 你本人，至高的人啊！依靠自己知道自己，众生之源，众生之主啊！神中之神，世界之主啊！(15) 你会毫无保留告诉我，你自己的神圣显现；正是通过这些显现，你遍及世界，屹立其中。(16) 我经常思考你，尊者啊！我应该怎样理解你？我应该从哪些方面思考你？瑜伽行者啊！(17) 请你再详细说说自己的瑜伽和显现，你的话语如同甘露，黑天啊！我百听不厌。(18)

吉祥薄伽梵说：

好吧！我扼要告诉你，我的神圣的显现，若要细说，阿周那啊！那是说不完的。(19) 我是居于一切众生心中的自我，阿周那啊！我是一切众生的开始、中间和结束。(20) 我是阿提迭①中的毗湿奴，我是光明中辉煌的太阳，我是摩录多②中的摩利支，我是星宿中的月亮。(21) 我是吠陀中的《娑摩吠陀》③，我是天神中的婆薮之主④，我是感官中的心，我是众生中的意识。(22) 我是楼陀罗中的商迦罗⑤，我是药叉、罗刹中的财神，我是婆薮中的火神，我是山峰中的弥卢山。(23) 你要知道，阿周那啊！我是祭司中的魁首祭主⑥，我是统帅中的室建陀⑦，我是湖泊中的大海。(24) 我是大仙中的婆利古，我是语言中的单音节"唵"，我是祭祀中的默祷，我是高山中的喜马拉雅山。(25) 我是一切树中的毕钵树⑧，我是神仙中的那罗陀，我是健达缚中的奇车，我是悉陀中的牟尼迦比罗⑨。(26) 你要知道，我是马匹中的出自甘露的高耳马，我是象王中的爱罗婆多⑩，我是人中的国王。(27) 我是武器中的金刚杵，我是牛中的如意牛，我是生殖者中的

---

① 阿提迭是一组天神。
② 摩录多是一组暴风雨神。
③ 在吠陀中，《娑摩吠陀》用作吟唱，在奥义书中被称作吠陀的精华。
④ 婆薮是一组天神，婆薮之主即因陀罗。
⑤ 楼陀罗是一组天神，商迦罗即湿婆。
⑥ 祭主（毗诃波提）是众天神的大祭司。
⑦ 室建陀是战神，湿婆的儿子。
⑧ 毕钵树是一种无花果树，又称梵树或宇宙树。
⑨ 迦比罗是数论创始人。
⑩ 高耳马和爱罗婆多象都是天神和阿修罗搅乳海搅出的珍宝，而成为因陀罗的坐骑。

爱神，我是蛇中的婆苏吉①。(28) 我是蛇中的无限②，我是水族中的伐楼拿③，我是祖先中的阿尔耶摩④，我是控制者中的阎摩。(29) 我是提迭中的波罗诃罗陀⑤，我是司命中的时神，我是兽中的兽王，我是鸟中的金翅鸟。(30) 我是净化者中的风，我是武士中的罗摩⑥，我是鱼中的鳄鱼，我是河流中的恒河。(31) 我是一切创造中的开始、中间和结束，我是学问中的自我学⑦，我是说话中的论辩。(32) 我是字母中的"呃"⑧，我是离合释⑨中的相违释，我是不灭的时间，我是面向一切的创立者。(33) 我是吞噬一切的死神，我是未来的起源，我是阴性名词⑩中的名誉、吉祥、言语、记忆、聪慧、坚定和耐心。(34) 我是曲调中的大调，我是诗律中的伽耶特利，我是月份中的九月，我是季节中开花的春天。(35) 我是欺诈中的赌博，我是发光体中的光，我是胜利，我是努力，我是善人中的善。(36) 我是苾湿尼族中的黑天，我是般度族中的阿周那，我是牟尼中的毗耶娑，我是诗人中的诗人优沙那。(37) 我是惩罚中的刑杖，我是求胜者的策略，我是秘密中的缄默，我是智者的智慧。(38) 我也是，阿周那啊！一切众生的种子，无论动物和不动物，没有我，都不存在。(39)

我的神圣显现无穷无尽，阿周那啊！以上我只是简略地说明我的显现。(40) 你要知道，一切存在，无论怎样庄严吉祥，无论怎样灿烂辉煌，都源自我的部分光辉。(41) 阿周那啊！你有何必要详详细细都知道？我只用我的一小部分，就支撑起这整个世界。(42)

以上是吉祥的《摩诃婆罗多》中《毗湿摩篇》第三十二章(32)。

---

① 天神和阿修罗搅乳海时，婆苏吉蛇缠在搅棒上，用作牵动搅棒的绳索。
② 无限蛇是毗湿奴的坐骑。
③ 伐楼拿是水神。
④ 阿尔耶摩是祖先中的首领。
⑤ 波罗诃罗陀是魔王的儿子。他虔信毗湿奴大神，遭到魔王迫害。毗湿奴化身人狮，杀死魔王，让他登上王位。
⑥ 罗摩是毗湿奴大神的化身，主要事迹是诛灭十首魔王罗波那。
⑦ 自我学是关于自我（或灵魂）的学说。
⑧ 呃（a）是梵文字母表中的第一个字母。
⑨ 离合释是梵文名词复合方式，分为相违释、依主释、持业释、多财释和不变释。
⑩ 梵文名词分为阳性、中性和阴性。

三三

阿周那说:

承蒙你的厚爱,对我讲了这些话,称作自我的最高秘密,解除了我的困惑。(1) 众生的起源和灭亡,我从你这儿详细听说;也知道了你的永恒伟大,眼似莲花的黑天啊!(2) 就像这样,至高的神啊!我听你讲述你自己,我也想看到,至高的人啊!你的神圣的形象。(3) 如果你认为,主人啊!我能看到你的形象,那你就向我,瑜伽之主啊!显示永恒不灭的自我吧!(4)

吉祥薄伽梵说:

请看,阿周那啊!我的形象庄严神圣,各种色彩,各种形状,千姿百态,变化无穷。(5) 请看众位阿提迭和婆薮,楼陀罗、双马童①和摩录多,请看许多前所未见的奇迹,婆罗多子孙阿周那啊!(6) 现在你看,在我的身体里,这个统一完整的世界,容纳一切动物和不动物,还有其他你想看到的东西。(7) 但是,用你的肉眼,你不可能看见我,我给你一双天眼,请看我的神圣瑜伽!(8)

全胜说:

伟大的瑜伽之主黑天这样说罢,国王啊!他向阿周那显示至高的神圣形象。(9) 无数嘴巴和眼睛,无数奇异的形貌,无数神圣的装饰,无数高举的法宝。(10) 穿戴神圣的衣服和花环,涂抹神圣的香料和油膏,这位大神具备一切奇幻,无边无际,面朝所有方向。(11) 倘若有一千个太阳,同时出现在天空,这样的光芒才能与这位灵魂伟大者的光辉相比。(12) 般度之子阿周那在这位神中之神身上,看到一个完整的世界,它既统一,又多样。(13) 阿周那看到之后,惊讶不已,汗毛直竖,双手合十,俯首敬礼,向这位大神说道。(14)

阿周那说:

在你身上,神啊!我看到一切天神和各类生物,坐在莲花座上的

---

① 双马童是孪生神,天国神医。

大梵天，所有的仙人和神蛇。（15）你有无数臂、腹、嘴和眼，无限的形象遍及一切，但我看不到，宇宙之主啊！你的起始、中间和末端。（16）我看到你戴着头冠，握着铁杵，举着转轮，光团到处闪耀，难以看清，阳光火焰围绕，无边无际。（17）你不愧是不灭的至高者，你是宇宙的至高居处，你是永恒正法的保护者，我相信你是原初的原人。（18）我看到你无始无终无中间，勇力无穷无尽，手臂无计其数，以日月为眼睛，嘴巴燃烧火焰，以自己的光辉照耀这个宇宙。（19）

你一个人，灵魂伟大者啊！遍及天地之间和四面八方，看到这样神奇可畏的形象，三界众生无不诚惶诚恐。（20）成群成群的天神进入你，双手合十，惊恐地赞颂你，众大仙和悉陀向你祝福，用大量的颂诗赞美你。（21）楼陀罗、阿提迭、婆薮、沙提耶、毗奢、双马童、摩录多、优湿摩波、健达缚、药叉、阿修罗和悉陀，全都惊讶诧异，注视着你。（22）看到你的伟大形象，大臂者啊！许多嘴、眼和手臂，许多腿和脚，许多肚子，许多可怕的牙齿，一切世界和我一样，惊恐惶惑。（23）你头顶天空，色彩斑斓，你嘴巴洞开，大眼放光，看到你，我内心感到恐慌，失去坚定和平静，黑天啊！（24）

看到你的一张张嘴，神主啊！布满可怕的牙齿，如同劫火，我迷失方向，失去快乐，请爱怜我吧，世界庇护所啊！（25）所有这些持国的儿子和其他许多国王一起，毗湿摩、德罗纳和迦尔纳，还有我方的著名武士，（26）迅速进入你的那些嘴，里面布满可怕的牙齿，有些人夹在牙缝里，他们的脑袋被压碎。（27）犹如条条江河激流，汹涌奔腾，流向大海，这些人间英雄进入你的那些燃烧的嘴。（28）犹如飞蛾迅速扑向燃烧的火焰，走向毁灭，世上的人们迅速进入你的这些嘴，走向毁灭。（29）你用这些燃烧的嘴，舔着吞噬一切世界，你用光辉遍照宇宙，强烈的光芒烧灼万物。（30）你的形象恐怖，告诉我，你是谁？向你致敬，尊神啊！请你爱怜我，我想要知道你这位原始之神，因为我不理解你的所作所为。（31）

吉祥薄伽梵说:

我是毁灭世界的成熟时神，我在这里收回一切世界，对立军队中的所有战士，除了你之外，都将不存在。（32）因此，你站起来，争取荣誉吧！战胜敌人，享受富饶的王国吧！他们早已被杀死，阿周那啊！你就充当一下象征手段吧！（33）你就杀死德罗纳、毗湿摩、胜车、迦尔纳和其他勇士；他们已被我杀死，你不必恐慌！战斗吧！你将在战斗中战胜敌人。（34）

全胜说：
阿周那听了黑天的话，双手合十，浑身颤抖，再次向黑天俯首敬礼，结结巴巴，惊恐地说道。（35）

阿周那说：
确实，感官之主啊！这个世界乐于赞美你，恐惧的罗刹逃向四方，所有的悉陀向你致敬。（36）他们怎么会不向你致敬？无限者啊！你是比梵天更重要的原始创造者，神主啊！你是不灭者，既存在，又不存在，灵魂伟大者啊！以至超越存在不存在。（37）你是原始之神，古老的原人，宇宙的至高居处，至高归宿，你是知者和被知者，遍及宇宙，形象无限者啊！（38）你是风神、阎摩和伐楼拿，火神、月神、生主和老祖宗，一千次地向你致敬！致敬！再三地向你致敬！致敬！（39）从前面，从后面，一切者啊！从一切方面向你致敬！你勇气无限，力量无限，你遍及一切，是一切者。（40）

出于疏忽或者钟爱，我不知道你的伟大，只当是朋友，冒昧称你"黑王子！雅度人！朋友！"①（41）游戏、睡觉、坐着或者吃饭时，或者我独自，或者当着众人，出于开玩笑，对你不尊重，我请求你这位无量者宽恕。（42）你是动物和不动物之父，世界的崇拜对象和尊师，无与伦比，威力无比者啊！三界中没有比你更伟大者。（43）因此，我匍匐在地，向你致敬，你是受人礼赞的神，请你赐恩！你能宽恕我，就像父亲对儿子，朋友对朋友，亲人对亲人，神啊！（44）我乐于见到前所未见的形象，但心中惊恐不安，求你垂怜！神啊！请显示你的那种形象吧！世界庇护所啊！神中之主啊！（45）我愿意看到你原来的形象，头戴顶冠，手持铁杵和转轮，请你呈现四臂形象吧！千臂者啊！宇宙形象啊！（46）

吉祥薄伽梵说：
我喜欢你，通过自我瑜伽，显示这个至高的原始形象，光辉构成

---

① 黑天作为毗湿奴大神的化身，下凡降生在雅度族。

的宇宙，无边无际，除你之外，别人从未见过。(47) 在这人间，除你之外，阿周那啊！没有人能看到我的这种形象，通过吠陀、祭祀、诵习和布施，或者仪式和严酷苦行，都不行。(48) 看到我的这种可怕形象，你不要惊慌，不要困惑！你解除恐惧，心怀喜悦，再看我的这种形象吧！(49)

全胜说：
灵魂伟大的黑天说完，再次显示自己的形象，恢复原来的优美相貌，让恐惧的阿周那放心。(50)

阿周那说：
看到你，黑天啊！优美的人体形象，现在我的思想，重新恢复正常。(51)

吉祥薄伽梵说：
我的这种形象很难看到，而今天我已经让你看到，甚至众天神长期以来，也渴望看到这种形象。(52) 通过吠陀，通过苦行，通过布施，通过祭祀，都不能像你这样，看到我的这种形象。(53) 阿周那啊！只有依靠忠贞不贰的虔诚，才能真正理解我，看到我，进入我。(54) 谁摒弃执著，为我而行动，以我为至高目的，崇拜我，对一切众生无怨无恨，他就走向我，阿周那啊！(55)

以上是吉祥的《摩诃婆罗多》中《毗湿摩篇》第三十三章(33)。

三四

阿周那说：
有些人永远约束自己，诚心诚意崇拜你，有些人崇拜不灭和不显现，他们之中谁更懂得瑜伽？(1)

吉祥薄伽梵说：
永远约束自己，思念我，怀有最高信仰，崇拜我，我认为这些人才是最优秀的瑜伽行者。(2) 而有些人崇拜不灭者、不可言明者、不显现者、无所不在者、不可思议者、不变者、不动者和永恒者，(3) 控制所有感官，平等看待一切，爱护一切众生利益，他们也到达我这

里。(4) 只是思想执著不显现，他们也就更艰难，因为不显现的目标，肉身之人不易达到。(5)

把一切行动献给我，以我为至高目的，专心修习瑜伽，沉思我，崇拜我。(6) 这些人的思想进入我，普利塔之子阿周那啊！我很快就把他们救出生死轮回之海。(7) 把思想凝聚于我，让智慧进入我，随后，毫无疑问，你将居于我之中。(8) 如果不能做到把思想凝聚于我，你就练习瑜伽，争取到达我这里。(9) 如果不能练习瑜伽，你就把为我而行动作为你的最高目的，这样，你也会成功。(10) 如果连这也不能，那就控制自己，遵照我的瑜伽，弃绝一切行动成果。(11) 因为智慧胜于练习，沉思胜于智慧，弃绝行动成果胜于沉思，一旦弃绝，立即平静。(12)

不仇视一切众生，而是友好和同情，不自私，不傲慢，宽容，对痛苦快乐一视同仁。(13) 永远知足，控制自己，决心坚定，信仰虔诚，把思想和智慧献给我，我喜欢这样的瑜伽行者。(14) 世界不畏惧他，他也不畏惧世界，摆脱喜怒忧惧，我喜欢这样的人。(15) 无所企盼，超然物外，纯洁聪慧，摆脱疑惧，摒弃一切举动，崇拜我，我喜欢这样的人。(16) 不喜悦，不憎恨，不忧伤，不渴望，弃绝善恶，我喜欢这样的虔诚者。(17) 无论敌人朋友，无论荣誉耻辱，无论冷热苦乐，一视同仁不执著。(18) 责备和赞美，等量齐观，对一切知足，沉默不语，居无定所，思想坚定，我喜欢这样的虔诚者。(19) 崇拜上述正法甘露，以我为至高目的，怀抱信仰，我最喜欢这样的虔诚者。(20)

以上是吉祥的《摩诃婆罗多》中《毗湿摩篇》第三十四章(34)。

三五

吉祥薄伽梵说：
这个身体称作领域，通晓这个领域的人，阿周那啊！智者们称之为知领域者。(1) 你要知道，阿周那啊！我是一切领域中的知领域者，领域和知领域者的知识，我认为才是真正的知识。(2) 请听我扼

要告诉你,什么是领域?它像什么?怎样变化?它又从何而来?它是什么?有什么能力?(3)

仙人们已经反复诵唱,在各种各样的颂诗中,在有推理和结论的梵经许多句子中。(4) 五大和我慢,智慧和未显,十种感官一种心,五种感官对象。① (5) 愿望、憎恨、快乐、痛苦、聚合、意识和坚定,对于领域及其变化,这些是简要的说明。(6)

不骄傲,不欺诈,戒杀,宽容,正直,纯洁,尊敬教师,坚定,控制自己。(7) 摒弃感官对象,决不妄自尊大,看清生老病死,这些痛苦缺陷。(8) 对妻儿和家庭,不迷恋,不执著,称心或者不称心,永远平等看待。(9) 专心修习瑜伽,坚定不移崇拜我,喜欢独自隐居,厌弃嘈杂人群。(10) 追求自我知识,洞悉真知含义,这被称作知识,此外皆是无知。(11)

我将告诉你知识对象,知道了它,就尝到甘露。它是无始的、至高的梵,既非存在,又非不存在。(12) 到处有它的手和脚,到处有它的头和脸,到处有它的眼和耳,它居于世界,包罗一切。(13) 它似乎具备感官功能,却又没有任何感官,它不执著,又支持一切,它无性质,又感受性质。(14) 它在众生内外,在远处,也在近处,不运动,又运动,微妙而不可知。(15) 它不可区分,又仿佛在众生中可以区分;作为众生支持者,它既吞噬,又释放。(16) 它是光明中的光,被称作超越黑暗者;它是知识、知识对象和目的,居于一切心中。(17)

领域、知识和知识对象,以上作了扼要说明,虔信我的人知道我的状态,就能到达我这里。(18) 你要知道原质和原人,两者都没有起始;你要知道变化和性质,它们都产生于原质。(19) 效果、手段和行动者,原质被说成是原因;痛苦和快乐的感受者,原人被说成是原因。(20) 原人居于原质中,感受原质产生的性质,而对性质的执著,是善生和恶生的原因。(21) 至高原人居于身体中,是监督者和

---

① 五大是地、水、火、风和空。我慢是自我感觉(或自我意识)。智慧是智力。未显是处于原始状态的原质。十种感官是五种感觉器官——眼、耳、鼻、舌和身,五种行动器官——口、手、脚、肛门和生殖器。心是思想。五种感官对象是色、声、香、味和触。以上这些都是原质的产物,再加上原人,便是数论所谓的"二十五谛"。

批准者，支持者和感受者，大自在者和至高自我。(22) 谁能这样懂得原人、原质和性质，无论怎样活动，他也不再出生。(23)

有些人自己通过沉思，在自身中看到自我，有些人通过数论瑜伽，有些人通过行动瑜伽。(24) 有些人不懂得这些，听了别人的话后崇拜；他们坚信听来的话，也能超越死亡。(25) 无论什么动物和不动物，你要知道，它们的产生，婆罗多族雄牛啊！都源自领域和知领域者的结合。(26) 谁能看到至高自在者平等地居于万物中，万物毁灭而它不毁灭，这才是真正有见识。(27) 谁能看到自在者平等地遍及一切，自己不能伤害自我，他就达到至高归宿。(28) 谁能看到一切行动，都是原质所为，自我不是行动者，这才是真正有见识。(29) 谁能看到各种生物，全都立足于一，由此延伸和扩展，他就达到了梵。(30)

至高自我永恒不灭，没有起始，没有性质，即使居于身体中，也不行动，不受污染。(31) 正像遍布一切的空，微妙而不受污染，居于一切身体的自我，也不受任何污染。(32) 正像这个太阳，照亮整个世界，这个领域之主，照亮整个领域。(33) 凡用智慧之眼看清领域和知领域者的区别，懂得摆脱众生原质束缚，他们就走向至高者。(34)

以上是吉祥的《摩诃婆罗多》中《毗湿摩篇》第三十五章(35)。

三六

吉祥薄伽梵说：
我还要讲述知识中至高无上的知识，所有牟尼知道了它，由此达到最高成就。(1) 依靠这种知识，他们与我同一，创造时，他们不出生，毁灭时，他们不恐惧。(2) 伟大的梵是我的子宫，我安放胚胎在里面，由此，产生一切众生，婆罗多子孙阿周那啊！(3) 任何子宫产生的形体，贡蒂之子阿周那啊！伟大的梵是他们的子宫，我是播下种子的父亲。(4)

善性、忧性和暗性是原质产生的性质；在身体中，它们束缚永恒不灭的自我。(5) 其中的善性纯洁，因而明亮和健康，但它执著快乐和知识，而束缚自我，阿周那啊！(6) 忧性是激动性，因执著渴望而产生，你要知道，它执著行动，而束缚自我，阿周那啊！(7) 暗性产生于无知，蒙蔽一切自我，由于放逸、懒惰和昏沉，它束缚自我，阿周那啊！(8) 善性执著快乐，忧性执著行动，暗性蒙蔽智慧，执著安逸，阿周那啊！(9)

善性压倒忧性和暗性，忧性压倒善性和暗性，暗性压倒善性和忧性，这是三性的存在方式。(10) 在身体九门中，闪耀智慧光芒，由此可以知道，善性占据优势。(11) 如果忧性占据优势，婆罗多族雄牛啊！便产生贪婪和活动，行动、焦躁和渴求。(12) 如果暗性占据优势，俱卢子孙阿周那啊！便产生昏暗和停滞，还有放逸和愚痴。(13) 善性占据优势，生命解体以后，前往清净世界，与无上知者为伍。(14) 忧性占优势，死去后，投生执著行动的人；暗性占优势，死去后，投生愚昧者的子宫。(15)

人们说善行的果实，具有善性而纯洁，忧性的果实是痛苦，暗性的果实是无知。(16) 从善性产生智慧，从忧性产生贪欲，从暗性产生放逸、愚昧和无知。(17) 善性之人上进，忧性之人居中，暗性之人下沉，性质行为低劣。(18) 如果看到除了性质外，没有任何行动者，并知道什么超越性质，他就进入我之中。(19) 一旦自我超越产生于身体的三性，摆脱生老死之苦，也就尝到了甘露。(20)

阿周那说：

超越三性的人，具有什么标志？通过什么行为，怎样超越三性？(21)

吉祥薄伽梵说：

光明、活动和愚痴，出现时，他不憎恨，消失时，他不渴望，般度之子阿周那啊！(22) 他坐着像旁观者，不为三性所动，明知三性在动，他端坐不动。(23) 立足自我，对苦乐一视同仁，对土块、石头、金子一视同仁，对可爱和不可爱等量齐观，对责备和赞美等量齐观。(24) 等同荣誉和耻辱，等同朋友和敌人，弃绝一切举动，这就是超越三性。(25) 运用虔信瑜伽，坚定不移侍奉我，他超越三性，就能达到梵。(26) 因为我是甘露，不灭的梵之所在，永恒正法之所

在，终极幸福之所在。(27)

以上是吉祥的《摩诃婆罗多》中《毗湿摩篇》第三十六章(36)。

三七

吉祥薄伽梵说：

人们说永恒的毕钵树①，树根在上，树枝在下，叶子是颂诗，知道它，便是通晓吠陀者。(1) 它的树枝受到三性滋育，上下伸展，树芽是感官对象；它的树根受到行动束缚，向下在人间延伸扩展。(2) 它无始，无终，无基础，世上无人知道它的形象，而用锋利的无执著之斧，砍断这棵坚固的毕钵树，(3) 就能找到一条路径，通向再也不返回的地方，说道 "我到达原初的原人，以往的一切活动源自这里。"(4) 不骄慢，不虚妄，克服执著，永远把握自我，抑止欲望，摆脱苦乐对立，不愚昧，就能达到永恒的境界。(5)

那是我的至高居处，日月火光照临不到，人们到达那里，就再也不返回。(6) 只是我的一部分永恒，变成生命世界的生命，支配居于原质中的感官，其中的心是第六感官。(7) 自在者占据身体，后又带着感官离开，犹如一阵风吹过，带走原处的香味。(8) 耳、眼、触、舌和鼻，还有第六感官心，全受自在者支配，侍奉感官对象。(9) 它离开或停留，感受或拥有性质，愚痴之人看不见，智慧之眼能看见。(10) 勤勉的瑜伽行者，看见它居于自身中；无知者不约束自己，即使勤勉也看不见。(11)

你要知道，阳光照亮整个世界，还有月光和火光，都是我的光辉。(12) 我进入这个大地，用精气维持众生，我成为多汁的月亮，滋润一切药草。(13) 我依附众生身体，成为生命之火，与呼气吸气结合，消化四种食物②。(14) 我进入一切心中，由于我，才有记忆、智慧和否定；可以通过一切吠陀知道我，我是吠檀多③作者，精通吠

---

① 这里的毕钵树象征宇宙中轮回转生的生存方式。
② 四种食物是按照嚼、吮、舔和喝四种进食方式分类。
③ 吠檀多的原义是"吠陀的终极"，也就是阐述吠陀真谛的奥义书。

陀。(15)

这世上有两种人，可灭者和不灭者，可灭者是一切众生，不灭者是不变者。(16) 还有一种至高原人，被称作至高的自我，这位自在者永恒不变，进入三界，维持三界。(17) 我超越可灭者，也高于不灭者，在世界上和吠陀中，被称作至高原人。(18) 凡是思想不愚痴，知道我是至高原人，他就是通晓一切的人，全心全意崇拜我。(19) 这种最秘密的学问，我已经告诉你，阿周那啊！知道了它，就会变聪明，完成自己的职责。(20)

以上是吉祥的《摩诃婆罗多》中《毗湿摩篇》第三十七章(37)。

三八

吉祥薄伽梵说：

无畏，心地纯洁，坚持智慧瑜伽，布施，自制，祭祀，诵习，苦行，正直，(1) 戒杀，诚实，不发怒，弃绝，平静，不诽谤，怜悯众生，不贪婪，和蔼，知耻，不浮躁，(2) 精力充沛，宽容，坚定，纯洁，无恶意，不骄慢，这些属于，阿周那啊！生来具有神性的人。(3) 欺诈，狂妄，傲慢，暴躁，鲁莽，无知，这些属于，阿周那啊！生来具有魔性的人。(4) 神性导致解脱，魔性导致束缚，阿周那啊！别忧伤，你生来具有神性。(5)

在这世上创造的生物，分为神性和魔性两类，神性我已经详细描述，现在请听我讲述魔性。(6) 具有魔性的人，不知道活动和停止；纯洁、规矩和真诚，在他们身上找不到。(7) 他们宣称世界不真实，不牢靠，没有主宰，出于欲望而互相结合，此外没有别的什么。(8) 他们坚持这种看法，丧失自我，缺乏智慧，行为暴戾，成为导致世界毁灭的敌人。(9)

他们狡诈，骄慢，疯狂，沉迷难以满足的欲望，愚昧无知，执著虚妄，怀着邪恶的誓愿行动。(10) 他们直到死亡，充满无穷的焦虑，以欲望为至高目的，坚信这就是一切。(11) 身缠千百条愿望绳索，耽于欲望和愤怒，为满足欲望，追求享受，不择手段，敛聚财富。(12) "今天我已经获得这个,明天我还要获得那个;这份财富是我的,那一份也将成为我的。(13) 我杀死了这个敌人,我还要杀死别的敌人,我是主宰者,享受者,成功者,强大者,幸福者。(14) 我是富有者,高贵者,有谁能和我相比?我祭祀,我布施,我快乐。"愚昧无知的人这样说。(15)

他们思想混乱,陷入愚痴之网,执著欲望和享受,堕入污秽的地狱。(16) 他们只顾自己,冥顽不化,依仗富有而傲慢疯狂;他们虚伪地举行祭祀,徒有其名,不合古代仪规。(17) 他们执著自私、暴力、骄傲、欲望和愤怒,仇视居于自己和别人身体中的我,满怀妒忌。(18) 这些卑劣的恶人,残酷粗暴的仇视者,我不断把他们投入魔性子宫,轮回不休。(19) 这些愚昧的人,阿周那啊!进入魔性子宫,生而又生;他们到不了我这里,只能堕落沉沦。(20)

欲望、愤怒和贪婪是导致自我毁灭,通向地狱的三重门,应该摒弃这三者。(21) 避开这三座黑暗之门,所作所为有利自我,这样的人,阿周那啊!就能达到至高目标。(22) 无视经典规定,行动随心所欲,不能获得成功和幸福,不能达到至高目标。(23) 经典是准则,决定你该做什么,不该做什么;你知道了经典的规定,就能在世上采取行动。(24)

以上是吉祥的《摩诃婆罗多》中《毗湿摩篇》第三十八章(38)。

三九

阿周那说:

有些人无视经典规定,满怀信仰举行祭祀,黑天啊!他们依据什么?属于善性、忧性或暗性?(1)

吉祥薄伽梵说:

人的信仰分为三种:善性、忧性和暗性,产生于自己的本性,请听我告诉你。(2) 一切人的信仰,符合各自的本性;人由信仰造成,信仰什么,他是什么。(3) 善性之人祭祀众天神,忧性之人祭祀药叉、罗刹,而那些暗性之人,祭祀各种亡灵和鬼怪。(4) 有些人无视经典规定，修炼可怕的苦行，他们虚伪和自私，充满欲望、激情和暴力。（5）你要知道，他们丧失理智，折磨身体中的各种元素，甚至也折磨身体中的我，他们下定了魔的决心（6）

一切人喜爱的食物，还有祭祀、苦行和布施，全都可以分为三种，请听我讲述这种区分。（7）味美，滋润，结实，可口，增强生命、精气和力量，促进健康、幸福和快乐，善性之人喜爱的食物。（8）苦、酸、咸、烫和辣，刺嘴的和烧嘴的，引起痛苦、悲哀和疾病，忧性之人喜爱的食物。（9）发馊的和走味的，变质的和腐败的，残剩的和污秽的，暗性之人喜爱的食物。（10）

按照规定举行祭祀，不期望获取功果，只认为应该祭祀，这是善性之人的祭祀。（11）举行祭祀，企盼功果，满足虚荣，你要知道，婆罗多族俊杰啊！这是忧性之人的祭祀。（12）不按照规定进行祭祀，不供祭品，不念颂诗，不付酬金，缺乏信仰，这是暗性之人的祭祀。（13）

敬神，敬老师，敬智者，敬婆罗门，纯洁，正直，行梵行，不杀生，这是身体的苦行。（14）经常诵习经典，言语不激愤，真实、动听而有益，这是言语的苦行。（15）思想清净而安定，心地纯洁而温和，控制自己而沉默，这是思想的苦行。（16）怀着最高的信仰，修炼这三种苦行，不期望获取功果，这称作善性苦行。（17）企盼礼遇、荣耀和崇敬，怀着虚荣心，修炼苦行，这称作忧性苦行，动摇不定，难以持久。（18）愚昧固执，修炼苦行，采取自我折磨的手段，或者为了毁灭他人，这称作暗性苦行。（19）在合适的地点和时间，布施合适的人，不求回报，只想着自己应该布施，这称作善性布施。（20）一心期望回报，或者企盼功果，勉强进行布施，这称作忧性布施。（21）在不合适的地点时间，布施不合适的人，不按礼节，态度轻慢，这称作暗性布施。（22）

"唵！那个，真实。"相传是梵的三种标记，婆罗门、吠陀和祭祀，在古时候，由此形成。（23）因此，那些知梵的人，总是要念诵"唵"！按照经典的规定，从事祭祀、布施和苦行。（24）人们渴望解脱，从事祭祀、苦行和布施，不求获取功果，只是想着"那个"。（25）"真实"这个词，用在真性和善性上，阿周那啊！也用在值得称赞的行动上。(26) 坚信祭祀、苦行和布施，这也被称作"真实"，为此采取的行动，同样也被称作"真实"。(27) 从事祭祀、布施和苦行，而毫无信仰，这是"不真实"，无论在现世或死后，都没有价值，阿周那啊！(28)

以上是吉祥的《摩诃婆罗多》中《毗湿摩篇》第三十九章(39)。

四〇

阿周那说：

我想知道，大臂者啊！弃绝和摒弃这两者，各自的真正含义，感官之主黑天啊！(1)

吉祥薄伽梵说：

弃绝充满欲望的行动，诗人们称之为弃绝；摒弃一切行动的成果，智者们称之为摒弃。(2) 有些智者说行动如同罪恶，应该摒弃；另一些说祭祀、布施和苦行，这些行动不应该摒弃。(3) 请听，婆罗多族俊杰啊！我对摒弃的论断：摒弃可以分为三种，人中之虎阿周那啊！(4) 祭祀、布施和苦行，这些行动不应该摒弃，而应该实行，因为它们是智者的净化手段。(5) 摒弃了执著和成果，这些行动仍应实行，阿周那啊！这是我的最终想法和结论。(6)

弃绝必要的行动，这样并不合适，这是暗性之人，出于愚痴而摒弃。(7) 如果惧怕身体劳累，以为痛苦而摒弃行动，这是忧性之人的摒弃，不会获得摒弃的果报。(8) 从事必要的行动，认为应该这样做，而摒弃执著和成果，这是善性之人的摒弃。(9) 聪明的人充满善性，斩断疑惑，实行摒弃，他不憎恨讨厌的行动，也不执著愉快的行动。(10) 在这世上，没有人能摒弃行动，只要摒弃行动成果，他就被称作摒弃者。(11) 不摒弃者在死后，获得三种行动成果：称心、不称心或参半，而弃绝者一无所获。(12)

数论原理中讲述，一切行动获得成功，有五种原因，阿周那啊！请听我告诉你。(13) 基础和行动者，各种各样手段，各种各样行动，还有第五神明。(14) 一个人从事行动，用身体、语言和思想，无论行动正确或错误，原因都是这五种。（15）谁智力不全，把自己看作惟一的行动者，这只能说明他思路不正，缺乏见识。（16）谁的本性不自私，智慧不受污染，即使杀了这些世人，他也没有杀，不受束缚。（17）知识、知识对象和知者，是行动的三种驱使者；手段、行动和行动者，是行动的三种执持者。（18）

知识、行动和行动者，分别在性质数论中，按照性质分为三种，请听我如实告诉你。（19）通过它，在一切众生中，看到一种永恒不变的状态；在一切可分中，看到不可分，你要知道，这是善性知识。（20）依据个别性，在一切众生中，看到各种各样个别状态，你要知道，这是忧性知识。（21）盲目执著一种行动，仿佛它就是全部，浅薄狭隘，毫无意义，这被说成是暗性知识。（22）

不执著，无爱憎，从事必要的行动，不企求行动成果，这是善性行动。（23）充满欲望，或者，怀着自私心理，竭尽全力行动，这是忧性行动。（24）出于愚痴而行动，不顾能力和后果，不惜破坏和杀害，这是暗性行动。（25）

摆脱执著不自负，勇猛精进有毅力，成败得失不动摇，这是善性行动者。（26）热烈渴求行动成果，嗜杀成性，污秽不洁，贪得无厌，或喜或悲，这是忧性行动者。（27）放荡不羁，骄横，粗野，虚伪，狡诈，懒惰，拖沓，沮丧，这是暗性行动者。（28）

请听我，阿周那啊！分别依据性质，细说三种智慧，以及三种坚定。（29）知道活动和停止，应该做和不应该做，恐惧和无畏，束缚和解脱，这是善性智慧。（30）不能正确理解合法和非法，应做和不应做，这是忧性智慧。（31）为痴暗所蒙蔽，视非法为合法，颠倒一切是非，这是暗性智慧。（32）

坚定不移修瑜伽，控制思想和呼吸，约束感官活动，这是善性坚定。（33）充满执著，渴求成果，正法、爱欲和财富，紧紧抓住不放松，这是忧性坚定。（34）愚痴而不能摆脱昏睡、恐惧、忧恼、沮丧和疯狂，这是暗性坚定。（35）

现在，请听三种幸福，婆罗多族雄牛啊！通过反复实践，感到快乐，灭寂痛苦。（36）自我和智慧沉静，开始如同毒药，结果如同甘露，这是善性幸福。（37）感官和对象接触，开始如同甘露，结果如

同毒药，这是忧性幸福。(38) 昏睡、懒惰和放逸，无论开始和结果，自我始终困惑，这是暗性幸福。(39)

三性产生于原质，没有生物能摆脱，这个大地上没有，天国众神中也没有。(40) 婆罗门、刹帝利、吠舍和首陀罗的行动，按照他们各自本性产生的性质区分。(41) 平静、自制和苦行，纯洁、宽容和正直，智慧、知识和虔诚，是婆罗门本性的行动。(42) 勇敢、威武和坚定，善于战斗不脱逃，慷慨布施，大将风度，是刹帝利本性的行动。(43) 耕种、畜牧和经商，是吠舍本性的行动；以侍候他人为己任，是首陀罗本性的行动。(44)

热爱各自的工作，人们获得成功。怎样热爱自己工作，获得成功？请听我说。(45) 一切众生源自它，它遍及所有一切，用自己的工作供奉它，也就会获得成功。(46) 自己的职责即使不完美，也胜似圆满执行他人职责；从事自己本性决定的工作，他就不会犯下什么罪过。(47) 即使带有缺陷，也不应该摒弃生来注定的工作，因为一切行动都带有缺陷，犹如火焰总是带有烟雾。(48) 无论何处，智慧不执著，控制自己，消除渴望，通过摒弃成果而获得超越行动的至高成功。(49)

听我扼要地告诉你，怎样像获得成功那样，获得梵，阿周那啊！梵是智慧的最高境界。(50) 接受纯洁的智慧约束，坚定地控制自己，摒弃声等等感官对象，抛开热爱和憎恨。(51) 离群索居，节制饮食，控制语言、身体和思想，专心修习禅定瑜伽，永远摒弃世俗欲情。(52) 摆脱自傲、暴力和骄横，消除欲望、愤怒和占有，毫不自私，内心平静，他就能与梵同一。(53)

与梵同一，自我平静，他不忧伤，不渴望，平等看待一切众生，达到对我的最高崇拜。(54) 由于这种崇拜，他真正理解我；由于真正理解我，他直接进入我。(55) 他永远依托我，从事一切行动，凭我的恩惠，达到永恒不灭的境界。(56) 全心全意崇拜我，把一切行动献给我，修习瑜伽智慧，永远思念我吧！(57)

思念我，凭我的恩惠，你将克服一切困难；如果自私，听不进去，你就会走向毁灭。(58) 你出于自私心理，决定不参加战斗，这是错误的决定，原质将会约束你。(59) 受到出自自己本性的行动束

缚，阿周那啊！即使你困惑，不愿意行动，你也将不得不行动。(60)
阿周那啊！自在者居于一切众生心中，他用幻力转动登上机关的一切
众生。(61) 全心全意求他庇护吧！凭他的恩惠，阿周那啊！你将获
得至高的平静，你将达到永恒的居处。(62) 这是最秘密的智慧，我
已经告诉你，你充分考虑后，按你意愿去做吧！(63)

请再听我的至高的话，一切之中的最高秘密，因为我十分喜欢
你，要指明你的利益所在。(64) 你要思念我，崇拜我，祭祀我，向
我敬礼，我保证你会到达我，因为我十分喜欢你。(65) 摒弃一切法
则，以我为惟一庇护；别忧伤，我会让你摆脱一切罪恶。(66)

不修苦行，不虔诚，不愿听取，嫉恨我，无论何时，你都不能把
这些话告诉这些人。(67) 谁在信仰我的人中间，宣讲这个最高秘密，
以我为至高崇拜对象，无疑，他将到达我这里。(68) 人类中，没有
哪个人，比他令我更喜欢；大地上，也没有别的比他令我更喜
欢。(69) 谁能学习我俩之间这席合乎正法的对话，我认为，我会受到
他的智慧的祭供。(70) 怀抱信仰，摒除怨愤，虚心听取，获得解脱，
这样的人就会到达行善者的清净世界。(71) 你是否聚精会神，已经
听清这些话？你因无知产生的困惑，是否已经消除？阿周那啊！(72)

阿周那说：

由于你的恩惠，我已经解除困惑，恢复记忆；我打消疑虑，变得
坚定，我将按照你的话去做。(73)

全胜说：

听了黑天和高尚的阿周那之间这席奇妙的对话，我高兴得汗毛直
竖。(74) 瑜伽之主黑天，亲自讲述瑜伽，我承蒙毗耶娑恩惠，听到
这个最高秘密。(75) 黑天和阿周那之间这番圣洁的对话，我一遍又
一遍回想，一次又一次欢欣鼓舞。(76) 黑天神奇无比的形象，国王
啊！令我惊诧不已，我一遍又一遍回想，一次又一次欢欣鼓舞。(77)
哪里有瑜伽之主黑天，有弓箭手阿周那，我认为，那里就有吉祥和胜
利，就有繁荣和永恒的正义。(78)

以上是吉祥的《摩诃婆罗多》中《毗湿摩篇》第四十章(40)。
《薄伽梵歌篇》终。

杀毗湿摩篇

四一

全胜说：

看到胜财（阿周那）手持箭和甘狄拨神弓，大勇士们又发出巨大的喊叫声。(1) 般度族人、苏摩迦族人和跟随他们的众多英雄满怀喜悦，吹响海螺。(2) 然后，敲响战鼓，奏响军乐，吹响牛角，顿时一片喧嚣。(3) 天神们、健达缚们、祖先们、悉陀们和遮罗纳们都来观看，人中之主啊！(4) 大福大德的仙人们以百祭（因陀罗）为首，一起来到这里，观看这场大屠杀。(5)

坚战看到两边的军队准备战斗，如同大海缓缓向前移动，国王啊！(6) 这位英雄脱下铠甲，放下精锐的武器，迅速下车步行，双手合十。(7) 法王坚战望着老祖父，控制语言，朝着东面敌军的方向走去。(8) 贡蒂之子胜财（阿周那）看见他向前走去，急忙下车，与兄弟们一起跟随他。(9) 尊者黑天也在后面跟随，那些为首的国王们焦急不安，跟随其后。(10)

阿周那说：

你打算干什么？国王啊！你抛弃我们，步行走向东面的敌军。(11)

怖军说：

你去哪里？王中因陀罗啊！你卸下铠甲和武器，抛弃弟兄们，走向全副武装的敌军，国王啊！(12)

无种说：

你是我们兄弟中的长者，婆罗多子孙啊！你这样行动，恐惧折磨我的心。你说说，你去哪里？(13)

偕天说：

大军结集，准备战斗，充满恐怖，你朝着敌军，走向哪里？国王啊！(14)

全胜说：

尽管弟兄们这样说着，俱卢族后裔啊！坚战控制语言，什么也不说，继续朝前走去。（15）黑天具有伟大的精神和伟大的智慧，仿佛笑着，对他们说道"我知道他的意图。（16）这位国王要向毗湿摩、德罗纳、乔答摩（慈悯）和沙利耶所有这些老师致敬后，才与敌人开战。（17）因为据说在古代，谁不先向老师们致敬，就与长辈们交战，他显然怀有恶意。（18）谁按照经典先向老师们致敬，然后与长辈们交战，他在战斗中肯定会取胜。这是我的想法。"（19）

黑天这样说着，持国之子的阵容那一边发出"啊啊"的大叫声，而这一边寂然无声。（20）持国之子的士兵们远远望见坚战，互相议论道："这个败家子成不了主子。（21）这位坚战王显然像是出于恐惧，带着弟兄们来到毗湿摩身边祈求庇护。（22）有般度之子胜财（阿周那）、狼腹（怖军）、无种和偕天保驾，这位般度之子怎么会感到恐惧？（23）他肯定不是出生在举世闻名的刹帝利家族，因为他缺乏勇气，心里害怕战斗。"（24）然后，所有这些刹帝利武士赞美俱卢族，高兴愉快，摆动自己的衣服。（25）民众之主啊！所有这些战士在这里指责坚战和他的弟兄们，连同黑天。（26）俱卢族军队责骂坚战之后，很快又安静下来，民众之主啊！（27）

这位国王会说什么？毗湿摩会回答什么？热衷战斗的怖军会说什么？黑天和阿周那会说什么？（28）他想要说什么？双方军队都对坚战的意图怀有极大的好奇，国王啊！（29）他在弟兄们围护下，穿过敌军充满利箭和标枪的阵容，迅速走向毗湿摩。（30）他用双手抱住准备战斗的福身王之子毗湿摩的双脚，开口说道。（31）

坚战说：

我向你报告，难以制服的人啊！我就要与你交战，老祖父啊！请你表示同意，赐予祝福，老祖父啊！（32）

毗湿摩说：

如果在这场战斗中，你不是这样来到我这里，大地之主啊！我就会诅咒你，大王啊！让你失败，婆罗多子孙啊！（33）我很高兴，孩子啊！你投入战斗，取得胜利吧，般度之子啊！你还有其他什么愿望，也都在战争中实现吧！（34）选择恩惠吧，普利塔之子啊！你希望从我们这里得到什么？在这样的情况下，大王啊！你不会失败。(35) 人是财富的奴隶，而财富不是任何人的奴隶。这是真理，大王啊！俱卢族已用财富将我捆住。(36) 因此，我像阉人那样对你说话，俱卢族后裔啊！我已被财富抓走，俱卢族子孙啊！除了战斗以外，你想要什么？(37)

坚战说：
你一向为我的利益着想，大智者啊！请你出个主意。你就为俱卢族战斗吧！这始终是我的选择。(38)

毗湿摩说：
国王啊！我怎样帮助你呢？俱卢后裔啊！尽管我要为你的敌人作战，也请你说出你的想法吧！(39)

坚战说：
我怎样在战斗中战胜不可战胜的你？如果你认为合适，请你给我出个好主意。(40)

毗湿摩说：
我没有发现有哪个人能在我作战时战胜我，甚至百祭（因陀罗）显身也不行。(41)

坚战说：
因此，我请教你，老祖父啊！我向你致敬！请你说说在与敌人作战中，战胜你本人的方法。(42)

毗湿摩说：
我没有发现有哪个敌人在战斗中能战胜我，孩子啊！我的死期未到，你下次再来吧！(43)

全胜说：
坚战再次向毗湿摩致以敬礼，俱卢后裔啊！俯首听从他的话。(44) 大臂者（坚战）与弟兄们一起，在全体士兵的注视下，又从中间走向老师的战车。(45) 他向难以制服的德罗纳致敬，向右绕行，为了自己的利益说道：(46) "我向你报告，尊者啊！我将光明正大地投入战斗。获得你的同意，我将战胜所有的敌人，婆罗门啊！"(47)

德罗纳说：
如果你决定开战而不来到我这里，我就会诅咒你，大王啊！无论如何都会让你失败。(48) 坚战啊！你向我致敬，我很满意，无罪的人啊！我表示同意。你投入战斗，取得胜利吧！(49) 让我满足你的心愿，说说你的愿望吧！在这样的情况下，大王啊！除了战斗之外，你想要什么？(50) 人是财富的奴隶，而财富不是任何人的奴隶。这是真理，大王啊！俱卢族已用财富将我捆住。(51) 因此，我像阉人那样对你说话。除了战斗之外，你想要什么？我将为俱卢族战斗，但我希望你取胜。(52)

坚战说：

请你祝愿我取胜，婆罗门啊！请你给我出个好主意。你就为俱卢族战斗吧！这是我选择的恩惠。(53)

德罗纳说：

诃利（黑天）是你的顾问，国王啊！你肯定会取胜。我了解你，你将在战斗中战胜敌人。(54) 哪里有正法，就有黑天；哪里有黑天，就有胜利。你投入战斗吧，贡蒂之子啊！我要为你说些什么，请提问吧！(55)

坚战说：

请听我想要问你的问题，优秀的婆罗门啊！我怎样在战斗中战胜不可战胜的你？(56)

德罗纳说：

只要我在战场上作战，你就不可能取胜，国王啊！你和你的弟兄们尽快设法杀死我吧！(57)

坚战说：

因此，大臂者啊！请你说说杀死你本人的方法，老师啊！我俯首向你请教，向你致敬！(58)

德罗纳说：

我在战场上奋勇战斗，泼洒箭雨，孩子啊！我没有发现哪个敌人能杀死我。(59) 除非我在战斗中自己想死，丢下武器，对士兵们失去感觉，才能杀死我。我对你说的是实话。(60) 我在战场上听到说话可信的人宣布极其可怕的消息，就会抛弃武器。我对你说的是实话。(61)

全胜说：

听了聪明的婆罗堕遮之子（德罗纳）的话，大王啊！他向这位老师致敬，然后走向有年之子（慈悯）。(62) 国王向慈悯致敬，向右绕行。他擅长辞令，对这位不可制服者说道：(63) "我向你致敬，老师啊！我将光明正大地投入战斗。获得你的同意，我将战胜所有的敌人，无罪的人啊！"(64)

慈悯说：

如果你决定开战而不来到我这里，我就会诅咒你，大王啊！无论如何都会让你失败。(65) 人是财富的奴隶，而财富不是任何人的奴隶。这是真理，大王啊！俱卢族已用财富将我捆住。(66) 我想，大王啊！我必须为他们战斗。因此，我像阉人那样对你说话。除了战斗之外，你想要什么？(67)

坚战说：

我要向你请教，老师啊！请听我说。(68)

全胜说：

说着，国王内心痛苦，失去知觉，没有再说下去。乔答摩（慈悯）知道他的意图，回答说"我是不可杀的，国王啊！你投入战斗，取得胜利吧！(69) 你来这里，我很高兴，人中之主啊！我每天起身，都会祝福你取得胜利。我对你说的是实话。"(70)

听了乔答摩（慈悯）的话，大王啊！国王向他致敬，然后走到摩德罗王那里。(71) 国王向沙利耶致敬，向右绕行，为了自己的利益，对这位不可制服者说道：(72) "我向你致敬，老师啊！我将光明正大地投入战斗。获得你的同意，大王啊！我将战胜敌人。"(73)

沙利耶说：

如果你决定开战而不来到我这里，我就会诅咒你，大王啊！让你在战争中失败。(74) 你向我致敬，我很满意。但愿你的愿望获得实现！我表示同意，你投入战斗，取得胜利吧！(75) 说说出于什么原因，还有什么需要？英雄啊！我能给予你什么？在这样的情况下，大王啊！除了战斗之外，你想要什么？(76) 人是财富的奴隶，而财富不是任何人的奴隶。这是真理，大王啊！俱卢族已用财富将我捆住。(77) 因此，我像阉人那样对你说话，外甥啊！但我将满足你的愿望。除了战斗之外，你想要什么？(78)

坚战说：

为了我的永久的最高利益，给我出个主意吧，大王啊！而你就按

照自己的意愿，为敌人作战吧！这是我选择的恩惠。(79)

沙利耶说：

说说我怎样帮助你，人中俊杰啊！俱卢族已用财富将我捆住，我将自愿为敌人作战。(80)

坚战说：

这正是我在准备战斗之时请求你赐予的恩惠：在战斗中，你应当削弱车夫之子（迦尔纳）的威力。(81)

沙利耶说：

你的这个愿望会如愿实现，贡蒂之子啊！你去吧，放心投入战斗。我保证你会取胜。(82)

全胜说：

贡蒂之子向母舅摩德罗王致敬，然后在弟兄们围护下，离开大军。(83) 伽陀之兄黑天走向参战的罗陀之子（迦尔纳），为了般度族的利益，对他说道：(84) "迦尔纳啊！我听说你出于对毗湿摩的怨恨，不准备投入战斗。在毗湿摩被杀之前，罗陀之子啊！你就支持我们吧。(85) 一旦毗湿摩被杀，罗陀之子啊！你可以再帮助持国之子作战，如果你平等对待双方的话。"(86)

迦尔纳说：

我不会做损害持国之子的事，黑天啊！你知道我甘愿为难敌的利益牺牲生命。(87)

全胜说：

黑天听了这话，婆罗多子孙啊！转身回到坚战为首的般度族兄弟们那里。(88) 然后，般度族长兄（坚战）在军队中间喊叫道："谁选择我们，我们就选择他为盟友。"(89) 尚武①望着他们，心生喜悦，对贡蒂之子法王坚战说道：(90) "如果你选择我，大王啊！我将为了你们与对抗的持国之子们作战，无罪的人啊！"(91)

坚战说：

来吧，来吧！我们一起与你的那些不明智的弟兄们作战，尚武啊！黑天和我们都这样说。(92) 我选择你，大臂者啊！你为我而战

---

① 尚武是持国与一个吠舍女子生的儿子。

吧！持国的祭祖饭团和家族命脉就指望你维系了。(93) 我们接受你，王子啊！你也接受我们吧，大光辉者啊！持国之子（难敌）心思恶毒，脾气暴戾，就要丧命。(94)

全胜说：

于是，俱卢族后裔尚武抛弃你的儿子们，敲响大鼓，走进般度之子们的军队。(95) 坚战王和他的弟兄们满怀喜悦，他重新穿上金光闪耀的铠甲。(96) 这些人中雄牛登上自己的战车，再次排定原先的阵容。(97) 成百成百张大鼓和铜鼓敲响，这些人中雄牛发出各种各样的狮子吼。(98) 看到人中之虎般度族兄弟们站在车上，猛光等等国王们又满怀喜悦。(99) 看到般度之子们沉着稳重，尊敬值得尊敬的人们，国王们向他们表示深深的敬意。(100) 国王们称颂这些灵魂高尚的人经常在合适的时机，向亲友们表达友情、怜悯和慈悲。(101) 到处响起"好啊，好啊！"的叫声，还有赞美的颂歌和圣洁的话语，让这些享有荣誉的人听了满心喜欢。(102) 弥戾车人和阿利雅人在这里耳闻目睹般度之子们的事迹，结结巴巴地哭泣。(103) 人们满怀喜悦，意志坚定，敲响成百成百张大鼓和铜鼓，吹响白似牛奶的螺号。(104)

以上是吉祥的《摩诃婆罗多》中《毗湿摩篇》第四十一章(41)。

四 二

持国说：

我方和另一方的阵容这样排定后，俱卢族人和般度族人谁先开战？(1)

全胜说：

你的儿子难敌与弟兄们一起，国王啊！让毗湿摩排位在前，带领军队前进。(2) 而全体般度族人以怖军为先锋，他们想与毗湿摩交战，满心欢喜地前进。(3) 咆哮声，欢叫声，军乐、牛角、大鼓、小鼓和铜鼓，战马嘶鸣，大象吼叫。(4) 双方的军队，国王啊！他们冲向我们，我们发出呼叫，一片喧嚣。(5) 般度族和俱卢族的大队人马相遇，螺号和鼓声震撼双方大军，犹如狂风摇撼森林。（6）　在这凶恶的时刻，双方的军队充满国王、象、马和车，向前挺进，喧嚣不已，犹如狂风搅动大海。（7）　喧嚣之声腾起，令人毛发直竖。这时，大臂怖军像公牛那样发出吼叫。（8）　怖军的吼叫压过螺号声、鼓声、大象的叫声和军队的狮子吼。（9）　怖军的吼叫压过军队中成千成千匹战马的嘶鸣声。（10）　他像乌云发出雷鸣，你的士兵听到他的吼叫，瑟瑟发抖。（11）　听到这位英雄的吼叫，所有的坐骑流出粪尿，犹如众兽听到狮子的吼叫。（12）

他发出吼声，显示自己的可怕形象，犹如浓重的乌云，威胁你的儿子们，压向你的军队。（13）　兄弟们包围这个向前冲来的大弓箭手，用大量的箭覆盖他，犹如乌云笼罩太阳。（14）　你的儿子难敌、丑面、难偕、舍罗、大勇士难降和难耐，国王啊！（15）　毗文沙提、奇军、大勇士毗迦尔纳、多友、庆胜、博遮和英勇的月授之子（广声），（16）他们挥舞大弓，犹如乌云挥舞闪电，取出如同释放蛇毒的铁箭。（17）然后，德罗波蒂的儿子们、大勇士妙贤之子（激昂）、无种、偕天和水滴王之孙猛光，（18）　冲向持国之子们，用利箭打击他们，犹如用速度飞快的金刚杵打击山峰。（19）

在这首次遭遇中，弓弦发出可怕的声响，你方和对方没有一个人转身逃跑。（20）　我看到德罗纳的徒弟们，婆罗多族雄牛啊！驾轻就熟，频频射箭，命中目标，国王啊！（21）　嗡嗡的弓弦声接连不断，燃烧的利箭犹如彗星从空中飞落。（22）　所有其他的国王仿佛成了旁观者，婆罗多子孙啊！他们观看这场壮观而可怕的亲族会战。（23）

这些大勇士互相积有冤仇，情绪激动，国王啊！他们互相挑战，进行决斗。（24）　俱卢族和般度族军队中充满象、马和车，他们在战场上光辉灿烂，犹如一幅画卷。（25）　然后，在你的儿子命令下，所有的国王手持弓箭，与军队一起冲上去。（26）　而在坚战的指挥下，成千成千个国王也喊叫着，冲向你的儿子们的军队。（27）　双方的军队激烈交战，士兵们扬起的尘土遮住了太阳。（28）　进攻，溃退，又反攻，在这里分辨不清敌我双方的区别。（29）　在这场极其恐怖的混战中，你的父亲（毗湿摩）的光辉胜过一切军队。（30）

以上是吉祥的《摩诃婆罗多》中《毗湿摩篇》第四十二章(42)。

四三

全胜说：

在这恐怖的一天的上午，民众之主啊！进行着杀戮国王们躯体的可怕战争。（1）俱卢族和般度族渴望在战斗中取胜，他们的叫声犹如狮子的吼声，在天地回响。（2）欢叫声中混合螺号声，还能听到勇士们发出的狮子吼。（3）皮套牵拉的弓弦声，婆罗多族雄牛啊！步兵的脚步声，战马的嘶鸣声。（4）刺棒和刺钩的鞭策声，武器的碰击声，大象互相冲撞发出的铃铛声。（5）在这令人毛发直竖的喧嚣声中，车声隆隆，犹如乌云打雷。（6）

所有的战士狠下决心，不怕牺牲，高举旗帜，冲向般度族人。（7）福身王之子（毗湿摩）在战斗中，亲自冲向胜财（阿周那），国王啊！手持可怕的弓，犹如时神的刑杖。（8）而威武的阿周那也手持举世闻名的甘狄拨神弓，冲向位于阵地前沿的恒河之子（毗湿摩）。（9）这两位俱卢族之虎都想杀死对方。有力的恒河之子（毗湿摩）在战斗中刺向阿周那，但没有能动摇他，国王啊！而般度之子（阿周那）在战斗中也不能动摇毗湿摩。（10）

大弓箭手萨谛奇冲向成铠。他俩之间的一场混战令人毛发直竖。（11）萨谛奇用可怕的箭射击成铠，成铠用可怕的箭射击萨谛奇，互相厮杀。（12）这两位大力士全身中箭，犹如春季里两棵盛开的金苏迦树，挂满鲜花。（13）

大弓箭手激昂与巨力交战。这位憍萨罗王在战斗中，民众之主啊！砍断妙贤之子（激昂）的旗帜，击倒他的车夫。（14）妙贤之子（激昂）见车夫倒下，怒不可遏，大王啊！向巨力射出九支箭。（15）这位折磨敌人者又向巨力射出黄色的月牙箭，一支砍断旗帜，一支砍断前轴，一支击倒车夫，国王啊！他俩愤怒地互相厮杀，发射利箭。（16）

怖军在战场上与你的儿子难敌交战。大勇士难敌骄傲，狂妄，记仇。（17）这两位大力士、人中之虎、俱卢族魁首在战场上互相泼洒

箭雨。(18) 看到这两位灵魂伟大、武艺高超的优秀战士,一切众生惊讶不已,婆罗多子孙啊!(19)

难降冲向大勇士无种,向他发射许多致命的利箭。(20) 玛德利之子(无种)仿佛笑着,射出利箭,砍断他的旗帜和弓,婆罗多子孙啊!然后,又向他发射二十五支小头箭。(21) 你的儿子难以制服,在大战中用箭击倒他的车辕和旗帜。(22)

丑面在大战中冲向奋勇作战的大力士偕天,向他泼洒箭雨。(23) 而英雄偕天在大战中,用极其锋利的箭击倒丑面的车夫。(24) 他俩热衷战斗,在战场上互相攻击,用可怕的箭威胁对方,一心想要进攻或反击。(25)

坚战王亲自冲向摩德罗王,摩德罗王将他的弓射断成两半,尊者啊!(26) 贡蒂之子坚战丢下断弓,拿起另一张更加强劲有力的弓。(27) 国王愤怒地用笔直的箭覆盖摩德罗王,说道"你等着,等着!"(28)

猛光冲向德罗纳,婆罗多子孙啊!猛光奋勇作战,德罗纳愤怒地将他的致敌死命的硬弓一断为三。(29) 他在战斗中又发射一支极其可怕的箭,如同时神的刑杖,击中猛光的身体。(30) 木柱王之子(猛光)拿起另一张弓和十四支箭,向德罗纳发起反击。他俩满腔愤怒,互相激战。(31)

刚烈的商伕在战场中冲向刚烈的月授之子(广声),说道"你等着,等着!"大王啊!(32) 在战斗中,这位英雄击中他的右臂,而月授之子(广声)击中商伕的锁骨。(33) 这两位骄傲的武士越战越勇,场面可怕,犹如弗栗多和因陀罗交战,民众之主啊!(34)

大勇士勇旗灵魂不可限量,民众之主啊!他满腔怒气,在战场上冲向愤怒的波力迦。(35) 波力迦发出狮子吼,国王啊!向愤怒的勇旗射出许多箭。(36) 车底王(勇旗)满腔愤怒,迅速向波力迦射出九支箭。他俩在战斗中,犹如一头疯象进攻另一头疯象。(37) 他俩在战斗中,一次又一次发出吼叫。他俩愤怒地交战,犹如火星和水星相遇。(38)

行为暴戾的瓶首在战斗中冲向行为暴戾的罗刹指掌,犹如帝释天冲向勃罗。(39) 瓶首满腔愤怒,向大力士罗刹射出九十支利箭,婆罗多子孙啊！（40）指掌在战斗中，也多次选择笔直的箭，射向大力士怖军之子（瓶首）。（41）这两位大力士在战斗中互相中箭，光辉灿烂，犹如天神和阿修罗大战中的帝释天和勃罗。（42）

有力的束发在战斗中冲向德罗纳之子（马嘶），国王啊！愤怒的马嘶向冲向前来的束发，（43）发射极其锋利的铁箭，令他颤抖。束发也反击德罗纳之子（马嘶），国王啊！（44）射出锋利的黄檀箭。他俩在战斗中使用多种多样的箭，互相厮杀。（45）

军队首领毗罗吒在战斗中迅速冲向勇士福授，开始战斗，国王啊！（46）毗罗吒遭到福授打击，满腔愤怒，泼洒箭雨，犹如乌云向山峰降雨。（47）福授在战斗中，迅速用箭覆盖大地之主毗罗吒，犹如乌云笼罩升起的太阳。（48）

有年之子慈悯冲向羯迦夜王巨武，用箭雨覆盖他，婆罗多子孙啊！（49）愤怒的羯迦夜王也用箭雨覆盖乔答摩（慈悯）。他俩互相杀害对方的马，粉碎对方的弓。（50）他俩失去战车，愤怒地互相逼近，用剑作战。他俩激烈交战，场面可怕。（51）

木柱王满怀喜悦，冲向喜气洋洋的信度王胜车，焚烧敌人者啊！（52）信度王在战斗中向木柱王射出三支箭，木柱王予以回击。（53）他俩激烈交战，场面可怕，犹如金星和火星相遇，令观众心生喜悦。（54）

你的儿子毗迦尔纳驾着快马，冲向大力士子月，开始战斗。（55）毗迦尔纳射出许多箭，不能动摇子月。子月也不能动摇毗迦尔纳。这仿佛是奇迹。（56）

大勇士显光满腔愤怒，为了般度族的利益，勇敢地冲向人中之虎善佑。（57）善佑在战斗中，用浩大的箭雨覆盖人勇士显光，大王啊！（58）显光情绪激动，在大战中也用许多箭覆盖善佑，犹如乌云笼罩山峰。（59）

英勇的沙恭尼冲向英勇的向山，王中因陀罗啊！犹如一头疯象冲向另一头疯象。（60）坚战之子（向山）满腔愤怒，在战斗中向妙力之子（沙恭尼）发射许多利箭，犹如因陀罗进攻檀那婆。（61）大智者沙恭尼回击向山，向他发射许多笔直的箭。（62）

闻业在战斗中冲向英武的甘波阇族大勇士善巧，王中因陀罗啊！（63）善巧在战斗中攻击大勇士偕天之子（闻业），但不能动摇他，犹如不能动摇美那迦山。（64）愤怒的闻业向甘波阇族大勇士发射许多箭，仿佛射中他的全身。（65）

宴丰满腔愤怒，在战斗中冲向愤慨的闻寿，一个更比一个奋勇向前。（66）大勇士阿周那之子（宴丰）在战斗中杀死他的马，发出巨大的吼声，士兵们高兴满意。（67）闻寿满腔愤怒，在战斗中也用铁杵杀死阿周那之子的马，然后继续交战。（68）

阿凡提国的阿奴文陀和文陀在战斗中缠住率领儿子和军队的大勇士贡提婆阇。（69）我们在这里看到奇迹，阿凡提人勇敢坚定，与庞大的军队交战。（70）阿奴文陀用棍棒打击贡提婆阇，贡提波阇迅速发射大量的箭。（71）贡提婆阇的儿子也向文陀射箭，文陀予以回击。这仿佛是奇迹。（72）

羯迦夜族五位兄弟率领军队，犍陀罗族五位王子也率领军队，尊者啊！他们在战场上交战。（73）你的儿子雄臂与优秀的勇士毗罗吒之子优多罗交战，向他发射许多利箭。优多罗也向这位勇士发射许多利箭。（74）车底王在战斗中冲向优楼迦，国王啊！优楼迦向他发射许多锋利的羽毛箭。（75）他俩不可战胜，愤怒地互相厮杀，场面可怕，民众之主啊！（76）

就是这样，你方和对方布满车、象、马和步兵，数千个捉对交战的场面。（77）这战斗场面乍看仿佛壮丽美观，随即疯狂混乱，什么也分辨不清。（78）在战斗中，象冲向象，车兵冲向车兵，马冲向马，步兵冲向步兵。（79）勇士们在战场上互相进攻，战斗激烈，难解难分。（80）天神、仙人、悉陀和遮罗纳们聚集在这里，观看这场如同天神和阿修罗的可怕战争。（81）数千头象和数千辆车，马流和人流，尊者啊！逸出常规。（82）到处可见车、象、步兵和骑兵，反复交战，人中之虎啊！（83）

以上是吉祥的《摩诃婆罗多》中《毗湿摩篇》第四十三章(43)。

四四

全胜说：

国王啊！这里那里，这时那时，数百数千场战斗，混乱不堪，我将告诉你，婆罗多子孙啊！（1）儿子不认父亲，父亲不认亲生儿子；兄弟不认兄弟，母舅不认外甥。（2）外甥不认母舅，朋友不认朋友。般度族和俱卢族交战，仿佛魔鬼附身。（3）一些人中之虎用车队撞翻车队，用车轭撞断车轭，婆罗多族雄牛啊！（4）用车辕撞断车辕，用车轴撞断车轴，互相渴望杀死对方。（5）

一些车被另一些车挡住，不能前进。一些身躯庞大、颞颥裂开的大象被另一些大象挡住。（6）一些愤怒的大象与另一些挂着长矛和旗帜的大象，互相用象牙反复进攻。（7）大王啊！一些大象被另一些凶猛的大象用象牙戳伤，痛苦不堪，发出哀叫。（8）一些颞颥裂开的大象训练有素，在刺棒和刺钩鞭策下，冲向另一些颞颥裂开的大象。（9）一些大象缠住另一些颞颥裂开的大象，追逐奔跑，发出苍鹭那样的鸣叫。（10）一些训练有素的优秀大象颞颥裂开，被利剑、长矛和铁箭击中。（11）它们被击中要害，哀叫着倒地死去。另一些大象发出可怕的吼叫，四处逃跑。（12）

那些保卫象腿的战士胸膛宽阔，配备有剑、弓和明亮的战斧，（13）棍、杵、标枪和长矛，铁闩和明亮锋利的剑。（14）但见他们手持武器，情绪激昂，四处奔跑，互相渴望杀死对方，大王啊！（15）但见勇士们互相进攻，手中明亮的剑滴着人血。（16）英雄们的手臂挥剑砍杀，击中致命部位，发出尖利的叫喊。（17）被棍棒打碎，被利剑砍碎，被象牙捅碎，被大象撞碎，（18）到处听到人群互相发出哀叫，犹如鬼魂可怕的呼喊，婆罗多子孙啊！（19）

那些战马尾巴如同拂尘，速度快似天鹅，骑兵骑着它们，互相进攻。（20）他们掷出镶金的大梭镖，明亮锋利，速度飞快，像蛇一样。（21）一些英勇的骑兵骑着快马，跳上大车，割取车夫的脑袋。（22）而车夫用笔直的月牙箭，杀死许多进入射程的骑兵。（23）

那些大象装饰有金子，犹如山上的云。它们疯狂地摔倒战马，用脚踩碎。(24) 一些大象被梭镖击中颧颞和肋部，痛苦不堪，发出哀叫。(25) 在可怕的混乱中，一些优秀的大象冲向战马，将战马连同骑兵一起摔倒。(26) 一些大象四处游荡，用象牙挑起战马和骑兵，用脚践踏战马和旗帜。(27) 一些雄性大象春情勃发，用鼻子和脚杀死战马和骑兵。(28) 一些大象用鼻子卷起车和马，拽向四面八方，伴随着种种响声。(29)

明亮锋利的标枪速度飞快，像蛇一样落下，刺穿人马的身躯和铁铠甲。(30) 英雄们举臂掷出锃亮的标枪，坠落下来，像大流星那样可怕，民众之主啊！(31) 战士们从豹皮鞘和虎皮鞘中拔出锃亮的刀剑，在战场上杀死敌人。(32) 但见他们愤怒地跳跃着，即使肋部受伤，依然举着剑、盾和战斧，扑向前去。(33)

一些人被标枪击中，一些人被战斧砍倒，一些人被大象踩伤，另一些人被战马踩伤。(34) 一些人被车轮碾压，另一些人被利箭射中，国王啊！到处听到人们呼唤亲人。(35) 在战场上，一些人呼唤儿子，一些人呼唤父亲，一些人呼唤兄弟，另一些人呼唤母舅、外甥或其他亲人。(36) 许多人武器失落，大腿破碎，胳膊断裂，肋部撕开，婆罗多子孙啊！但见他们渴望活命，哀号哭泣。(37) 一些人倒在地上，奄奄一息，唇焦口渴，乞求喝水，民众之主啊！(38) 一些人躺在血泊中，痛苦不堪，强烈地谴责自己和你的儿子们，婆罗多子孙啊！(39)

而另一些与对方结下仇恨的刹帝利勇士，尊者啊！不放下武器，不哀号哭泣，依然满怀喜悦，咒骂对方。(40) 他们愤怒地用牙齿咬住自己的嘴唇，紧皱眉头，望着对方。(41) 另一些大力士意志刚强，忍受着箭伤的剧烈疼痛，一声不吭。(42) 另一些勇士在战斗中失去战车，倒在地上，被大象踩伤，要求登上别人的战车，大王啊！他们光彩熠熠，犹如鲜花盛开的金苏迦树。(43)

在这些军队中，充满可怕的叫喊声。在这场极其恐怖的战争中，英雄们互相杀戮。(44) 父亲杀害儿子，儿子杀害父亲，外甥杀害母舅，母舅杀害外甥。(45) 朋友杀害朋友，亲友杀害亲友，国王啊！就是这样，俱卢族和般度族在这里交战。(46) 在这场混乱可怕的大战中，般度族军队进攻毗湿摩，向前移动。（47）大臂毗湿摩站在大车上，婆罗多族雄牛啊！高耸着以五星和棕榈树为标志的银旗，犹如月亮和弥卢山，国王啊！（48）

以上是吉祥的《摩诃婆罗多》中《毗湿摩篇》第四十四章(44)。

四五

全胜说：

在这可怕的一天，上午已过大半，大英雄们互相杀戮的残酷战斗仍在进行。（1）在你的儿子督促下，丑面、成铠、慈悯、沙利耶和毗文沙提上前保护毗湿摩。（2）由这五位杰出的勇士保护，婆罗多族雄牛啊！大勇士（毗湿摩）冲向般度族军队。（3）但见毗湿摩以棕榈树为标志的旗帜，不断在车底族、迦尸族、迦卢沙族和般遮罗族中移动，婆罗多子孙啊！（4）毗湿摩用箭杆笔直、速度飞快的月牙箭，粉碎许多敌人的头颅和武器。（5）毗湿摩在车道上舞动，婆罗多族雄牛啊！一些大象被击中要害，发出痛苦的哀叫。（6）

激昂满腔愤怒，站在棕色骏马驾驭的战车上，冲向毗湿摩的战车。（7）飘扬着金光灿烂的迦尼迦罗旗，他向毗湿摩和那些杰出的勇士泼洒箭雨。（8）他的利箭射中以棕榈树为标志者（毗湿摩）的旗帜。这位英雄与毗湿摩及其随从们战斗。（9）一支箭射向成铠，五支铁箭射向沙利耶，九支顶端锋利的箭射向老祖父。（10）一支拉满弓弦射出的箭，准确命中镶金的旗帜。（11）一支笔直的月牙箭突破重围，砍下丑面的车夫的头颅。（12）一支顶端锋利的月牙箭砍断慈悯镶金的弓。他还射出许多尖嘴箭。（13）这位大勇士无比愤怒，仿佛跳着舞蹈，奋勇杀敌。天神们看到他武艺娴熟，感到满意。（14）以毗湿摩为首的勇士们看到他百发百中，仿佛觉得勇武的胜财（阿周那）显身。（15）他轻松自如，向四面八方挥舞他的弓，嗡嗡作响，犹如甘狄拨神弓；闪闪发光，犹如火轮。（16）

诛灭敌雄的毗湿摩在战斗中冲向阿周那之子（激昂），迅速射出九支高速快箭。（17）恪守誓言者（毗湿摩）用三支月牙箭砍断威力无比者（激昂）的旗帜，又用三支羽毛箭杀死他的车夫。(18) 成铠、慈悯和沙利耶也攻击阿周那之子，尊者啊！但不能动摇他，犹如不能动摇美那迦山。(19) 英勇的阿周那之子受到持国族大勇士们包围，向五位勇士泼洒箭雨。(20) 有力的阿周那之子用箭雨挡住他们的强大武器，吼叫着，向毗湿摩射箭。(21) 他控制思想，在战斗中用箭攻击毗湿摩，国王啊！人们发现他的臂膊粗壮有力。(22) 毗湿摩也反击这位勇士射来的箭，而他在战斗中粉碎毗湿摩挽弓射来的箭。(23) 这位英雄箭无虚发，在战斗中用九支箭砍断毗湿摩的旗帜，人们发出呼喊。(24) 高大的棕榈树由银子制成，镶有金子，被妙贤之子（激昂）的箭砍断，倒在地上，婆罗多子孙啊！(25) 看到妙贤之子（激昂）用箭射倒旗帜，婆罗多族雄牛啊！怖军满怀喜悦，向妙贤之子（激昂）发出欢呼。(26)

这时，威严可怕的大力士毗湿摩施展许多神奇的武器。(27) 这位灵魂不可限量的老祖父向妙贤之子（激昂）射出成百成千支笔直的箭。(28) 般度族十位勇敢非凡的大弓箭手迅速驾车冲上前去，保护妙贤之子（激昂）。(29) 毗罗吒和他的儿子、水滴王之孙猛光、怖军、羯迦夜族五兄弟和萨谛奇，民众之主啊！(30) 面对他们快速冲来，福身王之子毗湿摩在战斗中，向般遮罗王子（猛光）和萨谛奇发射三支利箭。(31) 他拉满弓弦，射出一支锋利的剃刀箭，砍断怖军的旗帜。(32) 怖军以狮子为标志的金制旗帜，人中俊杰啊！被毗湿摩射断，从车上掉下。(33) 怖军在战斗中向福身王之子毗湿摩发射三支箭，向慈悯发射一支箭，向成铠发射八支箭。(34)

毗罗吒之子优多罗驾着鼻端翘起的大象，冲向摩德罗王（沙利耶）。(35) 象王快速冲来，沙利耶在战斗中驾车挡住象王无与伦比的速度。(36) 愤怒的象王抬脚踩在车辕上，杀死沙利耶的四匹高大的骏马。(37) 摩德罗王站在马匹被杀的战车上，掷出铁制标枪，像毒蛇一样，致优多罗以死命。(38) 标枪穿透铠甲，优多罗陷入一片黑暗之中，从象背摔下，刺钩和刺棒失落。(39) 沙利耶持剑从优质战车上跳下，冲向象王，割下象王的大鼻子。(40) 这头大象的致命部位中了许多箭，鼻子又被割掉，发出可怕的哀鸣，倒地死去。(41) 大勇士摩德罗王完成这个战绩，迅速登上成铠光辉灿烂的战车。(42)

毗罗吒之子商佉看到兄弟优多罗被杀，看到沙利耶和成铠在一起，怒不可遏，犹如火上浇油，熊熊燃烧。(43) 这位力士拉开镶金的大弓，冲向前去，想要杀死摩德罗王沙利耶。(44) 在四周庞大的车队护卫下，他冲向沙利耶的战车，发射箭雨。(45) 看到他冲来，像疯象那样勇敢，你的七位勇士从四面围堵他，想要从死神之口救出摩德罗王。(46) 大臂者毗湿摩发出雷鸣般吼叫，举起高似棕榈树的弓，冲向商佉。(47) 看到这位力大无比的大弓箭手冲向前来，般度族军队瑟瑟发抖，犹如遭到狂风吹袭。(48) 阿周那赶紧站到商佉的前面，心里想着要保护他免遭毗湿摩杀害。于是，战斗开始。(49)

战士们在交战中，发出一片"啊啊"的叫喊声。威力之中见威力，令人惊诧不已。(50) 沙利耶手持棍棒，从大车上跳下，杀死商佉的四匹马，婆罗多族雄牛啊！(51) 商佉迅速拿起剑，从马匹已死的战车上跳下，登上毗跋蓤（阿周那）的战车，这才心情安定。(52) 从毗湿摩的战车上，快速飞出许多箭，布满天地之间。(53) 最优秀的战士毗湿摩用箭射倒般遮罗人、摩差人、羯迦夜人和钵罗跋德罗迦人。(54) 他在战斗中很快避开左手开弓的般度之子（阿周那），冲向由军队护卫的般遮罗国木柱王，国王啊！向这位可爱的亲友发射许多箭。(55) 但见木柱王的军队遭到利箭折磨，犹如冬末的森林遭到大火焚烧。毗湿摩屹立战场，犹如无烟的火焰。(56)

如同中午光焰燃烧的太阳，般度族的士兵们不敢凝视毗湿摩。(57) 般度族人胆战心惊，环视四周，犹如受冻的牛群，找不到保护者。(58) 遭到杀戮，受伤，逃跑，沮丧，般度族军队中响起一片"啊啊"的呼叫声，婆罗多子孙啊！(59) 福身王之子毗湿摩始终拉满弓弦，发射顶端燃烧的箭，犹如一条条毒蛇。(60) 恪守誓言的毗湿摩向四面八方射出一行又一行箭，逐一杀死般度族勇士，婆罗多子孙啊！(61) 四处的军队受挫崩溃，这时太阳已经落山，什么也分辨不清。(62) 普利塔之子们看到毗湿摩在大战中巍然屹立，只得带领军队撤退，婆罗多族雄牛啊！(63)

以上是吉祥的《摩诃婆罗多》中《毗湿摩篇》第四十五章(45)。

四六

全胜说：

在这第一天，军队撤退，婆罗多族雄牛啊！毗湿摩在战斗中精神饱满，难敌满怀喜悦。（1）法王坚战与弟兄们以及所有的人中英雄一起，迅速走到遮那陀那（黑天）那里。（2）他目睹毗湿摩的勇武，想到自己的失败，忧伤至极，对芯湿尼族后裔（黑天）说道：（3）

"黑天啊！你看大弓箭手毗湿摩英勇可怕，用箭摧毁我的军队，犹如大火焚烧夏季的干草。（4）我们怎样才能对付这位灵魂伟大的人？他像浇上酥油的火焰那样吞噬我的军队。（5）看到这位持弓的人中之虎力大无比，我的军队中箭逃跑。（6）在战斗中，愤怒的阎摩，手持金刚杵者（因陀罗），手持套索的伐楼拿，或者手持棍棒的俱比罗，都能战胜。（7）但威力无比的大力士毗湿摩不能战胜。我处在这样的境况：沉入毗湿摩深不可测的水流中。（8）由于我智力低下，居然与毗湿摩对抗，盖沙婆（黑天）啊！我最好还是去林中生活，乔宾陀（黑天）啊！（9）而不要把这些国王奉献给死神毗湿摩，黑天啊！精通武艺的毗湿摩将毁灭我的军队。（10）正如飞蛾扑向燃烧的火焰，我的军队走向灭亡。（11）我为了王国而逞强，被引向毁灭，芯湿尼族后裔啊！我的英勇的弟兄们遭受箭的折磨，痛苦不堪。（12）为了我，人们失去兄弟朋友，失去王国，失去幸福。我认为生命宝贵，因为生命难得。（13）在我的余生，我将长期修炼苦行。我不再让这些朋友在战场上遭到杀害，盖沙婆（黑天）啊！（14）大力士毗湿摩不停地用神奇的武器，数千数千地杀死我的那些优秀的勇士。（15）

"我该怎么办？摩豆族后裔（黑天）啊！赶快告诉我。我看到左手开弓者（阿周那）似乎在战斗中保持中立。（16）唯独大臂者怖军牢记刹帝利法，完全依靠臂力，奋力作战。（17）他思想高尚，手持诛灭英雄的铁杵，竭尽全力，在象、马、车和步兵中，完成艰难的事业。（18）但是，依靠正直的战斗，即使用几百年时间，尊者啊！也不能毁灭敌人的军队，英雄啊！（19）惟有你的朋友（阿周那）精通武艺，而他眼看着我们惨遭灵魂伟大的毗湿摩和德罗纳打击。（20）灵魂伟大的毗湿摩和德罗纳不断使用神奇的武器，击败所有的刹帝利。（21） 黑天啊！毗湿摩情绪激昂，如此英勇。他与那些国王们一起，肯定会消灭我们。（22） 你看有哪位大弓箭手或大勇士，瑜伽之主啊！他能在战斗中制服毗湿摩，犹如乌云制服森林大火？（23） 依靠你的恩惠，乔宾陀（黑天）啊！般度族兄弟才能消灭仇敌，收复王国，与亲属们一起共享快乐。"（24）

思想高尚的普利塔之子（坚战）这样说完，心中充满忧伤，沉思良久。（25） 看到般度之子（坚战）忧愁悲伤，内心痛苦，乔宾陀（黑天）鼓励般度族兄弟，说道：（26） "别忧伤，婆罗多族俊杰啊！你不应该忧伤。你的弟兄们个个是英雄，举世闻名的弓箭手。（27） 有我支持你，国王啊！还有大勇士萨谛奇，年长的毗罗吒王和木柱王，水滴王之孙猛光。（28） 所有的国王和军队都忠于你，优秀的国王啊！期望获得你的恩惠，民众之主啊！（29） 水滴王之孙猛光这位大力士担任军队统帅，他始终为你的利益着想，讨你喜欢。还有大臂者束发，他肯定会致毗湿摩以死命。"（30）

坚战听后，在这个会议上，当着黑天的面，对大勇士猛光说道：（31） "猛光啊！你记住我要对你说的话，尊者啊！我的话说出口，不应该受到违背。（32） 黑天同意你担任我的军队统帅。正如从前迦缔吉夜担任天兵统帅，你担任般度族军队统帅，人中雄牛啊！（33） 你施展威力，消灭俱卢族人吧，人中之虎啊！我、怖军和黑天都追随你，尊者啊！（34） 还有玛德利的双生子，全副武装的德罗波蒂的儿子们，以及其他的优秀国王们，人中雄牛啊！"（35）

然后，猛光说了鼓舞人心的话 "普利塔之子啊！商部早已认定我是杀死德罗纳的人。①（36） 我现在要与毗湿摩、德罗纳、慈悯、沙利耶和胜车作战，与所有那些傲慢的国王们作战，国王啊！"（37） 水滴王之孙（猛光）这位折磨敌人的王中因陀罗意气风发，热衷战斗的般度族大弓箭手们发出一片欢呼。（38）

于是，普利塔之子（坚战）对军队统帅水滴王之孙（猛光）说

---

① 商部即梵天。般遮罗国木柱王和德罗纳结有冤仇。木柱王为了复仇，举行祭祀祈求儿子。从祭火中诞生猛光和黑公主德罗波蒂。猛光诞生时，天上传来话音，预言他将杀死德罗纳。

545

道:"有一种消灭一切敌人的阵容,名叫苍鹭阵。(39) 这种阵容是在天神和阿修罗大战中,祭主告诉因陀罗的。你就布置这种消灭敌军的阵容,让我方的国王们,也让俱卢族的国王们看看这种前所未见的阵容!"(40)

他听了这位人中之神的话,犹如毗湿奴听了持金刚杵者(因陀罗)的话。天亮后,他将胜财(阿周那)安排在全军的前面。(41) 阿周那的旗帜是因陀罗命令工匠神制造的,在空中移动飘扬,令人惊叹。(42) 它仿佛沿着车道跳舞,尊者啊!它配有许多旗幡,颜色如同彩虹,飞鸟般在空中移动,犹如健达缚城。(43) 这位普利塔之子具有镶嵌宝石的甘狄拨神弓,犹如至高的自在天具有光芒。(44)

由大军护卫的木柱王成为这个阵容的头部,贡提婆阇王和车底王成为它的双眼,人中之主啊!(45) 陀沙尔那人、补罗耶伽人、陀歇罗迦人、阿奴波伽人和吉罗陀人位于颈部,婆罗多族雄牛啊!(46) 坚战和波咤遮罗人、洪咤人、宝罗婆迦人、尼沙陀人一起,位于背部,国王啊!(47) 怖军和水滴王之孙猛光在两翼。还有,德罗波蒂的儿子们和激昂,以及大勇士萨谛奇。(48) 毕舍遮人、陀罗陀人、崩德罗人和贡提雅沙人,摩咤迦人、罗咤迦人、坦伽纳人和波罗坦伽纳人。(49) 波力迦人、底底罗人、朱罗人和般底耶人,婆罗多子孙啊!这些地方的人位于右翼。(50) 火邻人、遮伽冬咤人和波罗陀沙人,婆罗多子孙啊!沙钵罗人、冬布波人、婆蹉人和那古罗人,无种和偕天,位于左翼。(51)

两翼一万辆车,头部一百万辆车,背部一千零两万辆车,颈部一百零七万辆车。(52) 两翼的顶端、边缘和末端围有大象,国王啊!行进时犹如群山移动。(53) 毗罗咤和羯迦夜人护卫尾部,还有迦尸王和尸毗王以及数万辆车。(54)

这样,般度族排定这个庞大的阵容,婆罗多子孙啊!全副武装,盼望太阳升起,准备战斗。(55) 他们的白色华盖宽敞洁净,灿若太阳,在象群和车群中闪发光辉。(56)

以上是吉祥的《摩诃婆罗多》中《毗湿摩篇》第四十六章(46)。

四七

全胜说:

威力无比的普利塔之子(坚战)排定庞大的苍鹭阵,牢不可破,令人畏惧,你的儿子看到后,(1)尊者啊!他走近教师慈悯、沙利耶、月授之子(广声)、毗迦尔纳和马嘶,(2)走近以难降为首的所有弟兄,还有准备战斗的其他许多勇士,婆罗多子孙啊!(3)你的儿子及时地说了这些鼓舞人心的话"你们手持各种武器,精通武艺。(4)你们都是大勇士,独自一人就能在战斗中杀死这些般度之子和他们的军队,更何况你们集合在一起。(5)我们的军队受毗湿摩保护,力量无限;他们的军队力量有限,诸位优秀的国王啊!(6)商斯他那人、苏罗塞那人、吠尼迦人、古古罗人、阿雷婆迦人、三穴人、摩德罗迦人和耶婆那人,(7)与胜敌、难降以及英勇的毗迦尔纳、欢喜和喜悦一起,(8)与奇军和巴尼跛德罗迦人一起,带着各自的军队,保护毗湿摩!"(9)

于是,德罗纳、毗湿摩和你的儿子,尊者啊!排定大阵容,抵抗般度族。(10)四周簇拥着浩荡的队伍,毗湿摩犹如天王率领大军挺进。(11)威武的大弓箭手婆罗堕遮之子(德罗纳)跟随他,与恭多罗人、陀沙尔那人、摩揭陀人一起,民众之主啊!(12)与毗陀婆人、美迦罗人和耳遮人一起,带着所有的军队,保护战绩辉煌的毗湿摩。(13)犍陀罗人、信度人、绍维罗人、尸毗人和婆娑提人,与沙恭尼一起,带着自己的军队,保护婆罗堕遮之子(德罗纳)。(14)而难敌王与自己的弟兄们一起,与阿湿婆多迦人、毗尔纳人、舍尔密罗人和憍萨罗人一起,(15)与德罗德人、朱朱波人、克苏德罗迦人和摩罗婆人一起,兴高采烈,保护妙力之子(沙恭尼)的军队。(16)广声、舍罗、沙利耶、福授以及阿凡提国的文陀和阿奴文陀保护左翼,尊者啊!(17)月授之子、善佑和甘波阇国善巧,还有百寿和闻寿,护卫右翼。(18)马嘶、慈悯和沙特婆多族成铠带着大批军队殿后。(19)具旗、施财、迦尸王之子阿比善和各地的国王在后面护卫,(20)你方的所有将士兴奋地准备战斗,婆罗多子孙啊!他们喜悦地吹响螺号,发出狮子吼。(21)威武的俱卢族老祖父(毗湿摩)听到这些将士兴奋地吼叫,他也发出高昂的狮子吼,吹响螺号。(22)接着,其他人的各种螺号吹响,各种铜鼓、大鼓和小鼓敲响,一片喧嚣。(23)

然后,他俩站在白马驾驭的大车上,吹响镶有金子和宝石的上等螺号。(24)感官之主(黑天)吹响"五生"螺号,胜财(阿周那)吹响"天授"螺号,行为可怕的狼腹(怖军)吹响"崩多罗"大螺号。(25)贡蒂之子坚战王吹响"永胜"螺号,无种和偕天吹响"妙声"螺号和"珠花"螺号。(26)迦尸王、尸毗王子、大勇士束发、猛光、毗罗吒和声名卓著的萨谛奇,(27)大弓箭手般遮罗王和德罗波蒂(黑公主)的五个儿子,他们全都吹响大螺号,发出狮子吼。(28)这些勇士发出的巨大吼声充斥天地,交响回荡。(29)大王啊!这些俱卢族和般度族将士兴奋地互相走近,威胁对方,准备再次交锋。(30)

以上是吉祥的《摩诃婆罗多》中《毗湿摩篇》第四十七章(47)。

四八

持国说:

我方和对方的阵容这样排定,这些最优秀的战士怎样交战?(1)

全胜说:

双方军队排定阵容,全副武装,旗帜鲜艳。看到军队犹如浩瀚的大海,无边无沿,(2)你的儿子难敌王站在中间,对你方全体将士说道"你们全副武装,战斗吧!"(3)全体将士狠下心肠,奋不顾身,高举旗帜,冲向般度族。(4)

然后,一场混战,令人毛发直竖,你方和对方的战车和大象挤成一堆。(5)车上的将士射出金色羽毛箭,箭头明亮锋利,落在象和马身上。(6)战斗这样开始,大臂毗湿摩全副武装,威风凛凛,举弓射箭,(7)射向妙贤之子(激昂)、怖军、大勇士悉尼之孙(萨谛奇)、

羯迦夜、毗罗吒和水滴王之孙猛光，（8）射向车底人和摩差人。俱卢族老祖父将箭雨泼洒在这些人中英雄身上。（9）

英雄对垒，庞大的阵容摇动，所有的军队投入激战。（10）般度族的旗帜和大象倒下，骏马受伤，车队散开。（11）人中之虎阿周那看到大勇士毗湿摩，愤怒地对苾湿尼族后裔（黑天）说道"你向祖父那里冲去！（12）苾湿尼族后裔啊！毗湿摩满腔愤怒。显然，为了难敌的利益，他要毁灭我的军队。（13）德罗纳、慈悯、沙利耶、毗迦尔纳和以难敌为首的持国之子们，遮那陀那啊！（14）他们在这位顽强的弓箭手的保护下，要消灭般遮罗人。为了保护我的军队，我要冲向毗湿摩，遮那陀那啊！"（15）

婆薮提婆之子（黑天）对他说道"你要小心，胜财（阿周那）啊！我这就带你冲向祖父的战车，英雄啊！"（16）说罢，苏罗后裔（黑天）将这辆举世闻名的战车，驶向毗湿摩的战车，人主啊！（17）众多的旗帜飘扬，马匹的色泽如同苍鹭，高耸的幡幢上猿猴发出可怕的叫声，这辆战车闪耀着太阳的光辉，发出巨大的雷鸣声。（18）这位解除朋友危难的般度之子（阿周那）迅速到达，发射利箭，攻击俱卢族军队和苏罗塞纳人。（19）他像发情的大象飞速冲来，在战斗中用利箭射倒众勇士，令人恐惧。（20）在以信度人为首的东部人、绍维罗人和羯迦夜人护卫下，福身王之子毗湿摩奋起迎战阿周那。（21）除了俱卢族祖父或者德罗纳和毗迦尔多那（迦尔纳），还有谁能抵御手持甘狄拨神弓者（阿周那）？（22）

大王啊！俱卢族祖父发射七十七支铁箭，围攻阿周那。（23）德罗纳发射二十五支箭，慈悯五十支箭，难敌六十四支箭，沙利耶九支箭。（24）信度王也发射九支箭，沙恭尼五支箭，国王啊！毗迦尔纳向般度之子发射十支月牙箭。（25）这位大弓箭手遭到四面八方的利箭袭击，这位大臂者毫不畏缩，犹如大山遭到袭击，岿然不动。（26）这位人中之虎向毗湿摩发射二十五支箭，向慈悯发射九支箭，向德罗纳发射六十支箭，向毗迦尔纳发射三支箭。（27）这位灵魂无限的有冠者进行反击，向阿尔乌耶尼（沙利耶）发射三支箭，向难敌发射五支箭，婆罗多族雄牛啊！（28）萨谛奇、毗罗吒、水滴王之孙猛光、德罗波蒂的儿子们和激昂护卫胜财（阿周那）。（29）般遮罗王子与苏

摩迦人一起，冲向热爱恒河之子（毗湿摩）的大弓箭手德罗纳。(30)
最优秀的勇士毗湿摩用八十支利箭射击般度之子（阿周那），你方的
将士齐声呼喊。(31)

听到他们欢快的呼喊，威武的勇士之狮胜财（阿周那）欢快地冲
入他们中间。(32) 在这些勇士之狮中间，国王啊！他耍弄弓箭，瞄
准这些大勇士。(33) 人中之主难敌王在战斗中，看到自己的军队遭
受普利塔之子（阿周那）折磨，便对毗湿摩说道：(34) "这位有力的
般度之子和黑天一起，要连根铲除我们的全部军队，尽管你这位恒河
之子和优秀的勇士德罗纳还活着。(35) 正是由于你，大勇士迦尔纳
放下武器，不与普利塔之子（阿周那）交战，尽管他始终忠于我的利
益。(36) 恒河之子啊！你就杀死颇勒古拿（阿周那）吧！"闻听此
言，国王啊！你的父亲天誓（毗湿摩）说道"去它的刹帝利法！"便
冲向普利塔之子（阿周那）的战车。(37) 国王啊！看到两匹白马接
近，众国王发出高昂的狮子吼，吹响螺号，婆罗多子孙啊！(38) 德
罗纳之子（马嘶）、难敌和你的儿子毗迦尔纳在战场上护卫毗湿摩，
准备战斗，尊者啊！(39) 同样，般度族兄弟们护卫胜财（阿周那），
准备大战。然后，战斗开始。(40)

在战斗中，恒河之子（毗湿摩）向普利塔之子（阿周那）射出九
支箭，而阿周那回击十支命中要害的箭。(41) 然后，武艺显赫的般
度之子阿周那接连射出一千支箭，团团围住毗湿摩。(42) 而福身王
之子毗湿摩也射出箭网，俱卢族后裔啊！挡住普利塔之子（阿周那）
的箭团。(43) 两个人都极度兴奋，喜爱战斗，热衷于进攻和反击，
难解难分。(44) 但见毗湿摩弓上射出成批成批的箭，被阿周那的箭
挡住而断裂。(45) 同样，阿周那射出的一张张箭网，也被恒河之子
的箭截住，坠落地面。(46) 阿周那向毗湿摩发射二十五支利箭，毗
湿摩也在战斗中向普利塔之子（阿周那）发射三十支箭。(47) 这两
位克敌制胜的大力士进行战斗游戏，互相射击马匹、旗帜和车
轮。(48)

然后，大王啊！优秀的战士毗湿摩愤怒地发射三支箭，射向婆薮
提婆之子（黑天）的胸膛。(49) 诛灭摩图者（黑天）被毗湿摩的弓
射出的箭击中，国王啊！他在战场上，像开花的金苏迦树，光彩熠

熠。(50) 阿周那看到黑天被击中，怒不可遏，在战斗中向恒河之子的御者发射三支箭。(51) 这两位英雄互相奋力杀戮对方，双方在战斗中都不能达到目的。(52) 但见他俩你来我往，反复较量，凭借御者技巧熟练，展现一个个美妙的圆圈。(53) 这两位大勇士寻找攻击对方的机会，国王啊！一次又一次变换位置和路线。(54) 这两位大勇士吹响螺号声，混杂狮子吼；他俩还发出弓弦声。(55) 他俩的螺号声和车轮声震裂大地，引起大地摇晃和鸣响。(56) 谁也找不出他俩的漏洞，婆罗多族雄牛啊！这两位英勇的力士在战斗中互相匹敌，难解难分。(57) 俱卢族全靠旗徽认准毗湿摩，般度族也全靠旗徽认准普利塔之子（阿周那）。(58)

国王啊！看到这两位人中俊杰如此英勇，战场上一切众生惊诧不已，婆罗多子孙啊！(59) 在战场上，谁也找不出他俩的疏漏，婆罗多子孙啊！犹如在任何地方，谁也找不出守法者的过失。(60) 他俩忽儿被箭网遮盖，隐而不见，忽儿又在战场上显现。(61) 众位天神和健达缚，众位遮罗纳和仙人，看到他俩的勇武，互相攀谈：(62) "世上之人即使联合天神、阿修罗和健达缚，也毫无可能战胜这两位奋勇参战的大勇士。(63) 这场无比奇妙的战斗堪称世界奇迹，将来再也不会出现这样的战斗。(64) 毗湿摩站在车上，在战斗中挽弓射箭，机智的普利塔之子（阿周那）不能战胜他。(65) 同样，般度之子（阿周那）连天神也难以制服，毗湿摩在战斗中也不能战胜这位持弓者。"(66) 人们听到他们说的这些话，民众之主啊！这些话赞美恒河之子和阿周那交战。(67)

他俩展示勇武，婆罗多子孙啊！你方和般度族的战士们互相攻打。(68) 双方军队的勇士们互相厮杀，使用锋利的刀剑、光洁的战斧以及弓箭和其他各种武器。(69) 这场残酷可怕的战斗正在进行，国王啊！德罗纳和般遮罗王子发生激战。(70)

以上是吉祥的《摩诃婆罗多》中《毗湿摩篇》第四十八章(48)。

四九

持国说:

全胜啊！请你告诉我，大弓箭手德罗纳和水滴王之孙般遮罗王子（猛光）怎样发生激战？（1）如果福身王之子毗湿摩在战斗中没能战胜般度之子（阿周那），全胜啊！我认为那是天命胜于人力。（2）因为愤怒的毗湿摩在战斗中能杀死世上一切动与不动的生物，全胜啊！怎么会在战斗中没有本领战胜般度之子（阿周那）？（3）

全胜说:

国王啊！你要镇定，听我讲述这场残酷的战斗。即使众天神和婆薮之主（因陀罗）一起，也不能战胜这位般度之子（阿周那）。（4）德罗纳向猛光发射许多利箭，用一支月牙箭将他的御者从车座上射翻。（5）然后，他满腔愤怒，又用四支好箭射击猛光的四匹马，尊者啊！（6）而猛光也向德罗纳射出九十支利箭，笑着说道"站住，站住！"（7）灵魂无限的婆罗堕遮之子（德罗纳）威风凛凛，又用箭雨覆盖愤怒的猛光。（8）为了杀死水滴王之孙（猛光），他取出一支可怕的箭，威力如同因陀罗的雷杵，或者如同死神的刑杖。（9）看到婆罗堕遮之子（德罗纳）搭上这支箭，婆罗多子孙啊！所有的士兵哇哇大叫。（10）我们目睹猛光的神奇威力，这位英雄独自站在那里，犹如岿然不动的高山。（11）这支可怕的箭燃烧着向他飞来，犹如死神降临。他砍断了这支箭，向婆罗堕遮之子（德罗纳）发射箭雨。（12）看到猛光做到这件难以做到的事，所有的般遮罗人和般度族人一起欢呼。（13）

接着，英勇的猛光掷出一支镶有金子和吠琉璃的标枪，速度飞快，想要杀死德罗纳。（14）婆罗堕遮之子（德罗纳）仿佛笑着，将这支突然飞来的镶金标枪砍成三截。（15）勇武的猛光看到标枪折断，又向德罗纳泼洒箭雨，人主啊！（16）名声卓著的德罗纳挡住箭雨，射断木柱王之子（猛光）的弓。（17）弓被射断，名声卓著的力士猛光向德罗纳掷出沉重的铁杵。（18）掷出的铁杵迅速飞来，想要杀死德罗纳。我们目睹婆罗堕遮之子（德罗纳）的英勇奇迹。（19）他轻巧地截住镶金铁杵；截住铁杵后，向水滴王之孙（猛光）发射月牙箭。（20）这些金色的月牙箭镶有金羽毛，在石头上打磨尖锐，它们穿透猛光的铠甲，吸吮他的血。（21）

然后，思想高尚的猛光取出另一张弓，向德罗纳发起攻击，射出五支箭。（22）这两位人中雄牛身染鲜血，光彩熠熠，国王啊！犹如春天开花的两棵金苏迦树。（23）愤怒的德罗纳站在军队的前沿发起攻击，国王啊！再次射断木柱王之子（猛光）的弓。（24）接着，灵魂无限的德罗纳向手持断弓的猛光发射许多扁平箭，犹如乌云向大山泼洒雨水。（25）他用一支月牙箭将猛光的御者从车座上射翻，又用四支利箭射倒他的四匹马。（26）他在战斗中发出狮子吼，又用另一支月牙箭射断猛光手上的弓。（27）弓已折断，车已毁坏，马匹和御者伤亡，猛光手持铁杵，下车施展他的大威力。（28）而没等猛光下车，德罗纳迅即发射利箭，击落他的铁杵，婆罗多子孙啊！这仿佛是奇迹。（29）

然后，这位臂膀结实的力士（猛光）手持美丽的百月大盾牌和神奇的大刀，（30）快速冲向前去，想要杀死德罗纳，犹如林中觅食的狮子冲向疯象。（31）我们目睹婆罗堕遮之子（德罗纳）的英勇奇迹，婆罗多子孙啊！目睹他的轻巧娴熟的武艺和臂力。（32）他用箭雨阻拦水滴王之孙（猛光），任凭猛光有力量，也不能冲向前去。（33）我们看到大勇士猛光站在那里，手持盾牌，抵挡箭雨。（34）

在战斗中，灵魂高尚的大臂力士怖军突然跑上前来，援助水滴王之孙（猛光）。（35）他向德罗纳发射七支利箭，国王啊！迅速让水滴王之孙（猛光）登上另一辆车。（36）于是，难敌王催促羯陵伽王带领大军，保护婆罗堕遮之子（德罗纳）。（37）遵照你的儿子的命令，人主啊！羯陵伽大军迅速冲向怖军。（38）优秀的勇士德罗纳也撇开般遮罗王子（猛光），与年长的毗罗吒和木柱王交战，猛光则在战斗中跑向法王（坚战）。（39）然后，一场混战，令人毛发直竖。羯陵伽人和灵魂高尚的怖军交战，出现毁灭世界的恐怖场面。（40）

以上是吉祥的《摩诃婆罗多》中《毗湿摩篇》第四十九章(49)。

五〇

持国说：

军队首领羯陵伽王接受命令，他怎样迎战业绩神奇的大力士怖军？（1）怖军手持铁杵，驰骋战场，犹如手持刑杖的死神，羯陵伽王怎样率领军队与这位英雄交战？（2）

全胜说：

这位大力士听从你的儿子昐咐，王中因陀罗啊！在大军护卫下，冲向怖军的战车。（3）羯陵伽大军布满车、象和马，携带大量武器，迅猛冲来。（4）怖军和车底人一起迎战羯陵伽军队，迎战冲向前来的尼奢陀王子具旗，婆罗多子孙啊！（5）然后，愤怒的闻寿和具旗王一起，在车底人的整齐的军队阵容中，与怖军交战。（6）在战斗中，羯陵伽国王用数千辆车，具旗用一万头象，和尼奢陀人一起，从四面包围怖军，国王啊！（7）车底人、摩差人和迦卢沙人，以怖军为先锋，与众国王一起，勇猛冲向尼奢陀人。（8）一场恐怖的战斗开始，场面可怕；一心只想杀死对手，甚至认不清自己的战士。（9）

怖军和敌人展开可怕的激战，大王啊！犹如发生在因陀罗和提迭大军之间。（10）军队在交战中发出巨大的呐喊声，婆罗多子孙啊！犹如大海呼啸。（11）战士们互相厮杀，民众之主啊！使整个大地成为火葬场，仿佛布满兔血。（12）战士们一心杀戮，分不清敌我；那些在战斗中难以战胜的勇士也打错自己人。（13）这是一场少量的车底人与众多的羯陵伽人和尼奢陀人之间的激战，民众之主啊！（14）这些车底大力士竭尽勇力后，丢下怖军，转身返回。（15）尽管车底人撤退，般度之子（怖军）坚持不撤退，依靠自己的臂力抵御所有的羯陵伽人。（16）大力士怖军岿然不动，从车座上向羯陵伽军队发射利箭。（17）

大弓箭手羯陵伽王和他的儿子、名叫释迦罗天的大勇士，用箭攻击般度之子（怖军）。（18）大臂怖军挥动美丽的弓，依靠自己的臂力与羯陵伽人交战。（19）在战斗中，释迦罗天发射许多箭，有些箭射死怖军的马匹；他泼洒箭雨，如同夏季之末的乌云。(20) 大力士怖军站在马匹倒毙的车上，向释迦罗天掷出金刚铁杵。(21) 这位羯陵伽王子被铁杵击毙，与旗帜和御者一起从车上跌落地面。(22)

羯陵伽国王看到自己的儿子被击毙，用数千辆车从四面包围怖军。(23) 于是，大臂怖军放弃沉重的大铁杵，举起弯刀，准备进行一场恶战。(24) 国王啊！他手持无与伦比的牛皮盾牌，人中雄牛啊！镶满金制的星星和月牙。(25) 愤怒的羯陵伽王拉开弓弦，搭上一支蛇毒般可怕的利箭，射向怖军，想要杀死他。(26) 射出的利箭迅速飞临，怖军举起大刀，将箭砍成两截；他发出欢叫，震慑军队。(27) 于是，愤怒的羯陵伽王迅速向怖军掷出十四支在石头上磨尖的长矛。(28) 般度之子大臂怖军不慌不忙，不等这些长矛飞到，迅即用锋利的大刀将它们砍断，国王啊！(29)

人中雄牛怖军在战斗中砍断这十四支长矛后，盯住有光，向他跑去。(30) 有光用箭雨覆盖怖军，发出有力的吼叫，响彻天地。(31) 怖军在大战中不能忍受这种狮子吼，他用高音大声嚎叫。(32) 他的叫声震慑羯陵伽军队，婆罗多族雄牛啊！他们认为参战的怖军不是凡人。(33) 怖军大声嚎叫后，大王啊！他持刀从象牙跳上大象。(34) 他登上象王腰背，尊者啊！用大刀腰斩有光。(35)

克敌制胜的怖军杀死又一位王子武士后，将大刀砍向大象负重的脖颈。(36) 象王脖颈断裂，呻吟着倒下，犹如山峰在大海冲击下，崩溃倒塌。(37) 这位灵魂高尚的婆罗多族后裔从大象上跳下，婆罗多子孙啊！手持大刀，全副武装，站在地上。(38) 但见他无所畏惧，纵横驰骋，击倒大象，犹如火轮飞转，所向披靡。(39) 怖军如同兀鹰，驰骋战场，见到敌军就眼红，在马群、象群、车队和步兵队伍中砍杀，沾满鲜血。(40) 他速度飞快，在战斗中用锋利的大刀，砍断那些象兵的脑袋和身体。(41) 这位步兵满腔愤怒，敌军恐惧倍增，犹如世界末日的阎摩，令人迷妄。(42) 他在大战中手持大刀，横冲直撞，敌军神志不清，只是呐喊着向他冲去。(43) 这位克敌制胜的力士在战斗中砍断车兵的车辕和车轭，也杀死车兵。(44)

但见怖军纵横驰骋，向前，向上，冲击，跳跃，追赶，奔跑，跌倒，站起。(45) 这位灵魂高尚的般度之子用锋利的大刀砍中一些人的要害，他们哀叫着倒地死去。（46） 一些大象的象牙和前鼻被砍断，另一些大象颧颢被砍裂，它们失去御者，踩死自己的军队，婆罗多子孙啊！发出尖利的叫声，倒在地上。（47） 砍断的长矛、弓、象夫的头、绚丽多彩的象披和金光闪烁的鞍辔；（48） 颈锁、标枪、旗帜、剑、箭袋、各种机械和弓，（49） 明净的火盆、刺棒和钩子，各种铃铛和嵌金刀把，国王啊！我们看到这些东西与御者一起纷纷坠落。（50） 这些大象的臀部和鼻子遭到砍削，大地仿佛布满倒下死去的大象。（51）

　　这位人中雄牛这样砍杀大象，他也砍杀马和优秀的骑兵，婆罗多子孙啊！他和他们展开可怕的战斗，婆罗多子孙啊！（52） 马笼头、马轭、金光闪烁的鞍辔、马披、标枪和昂贵的双刃剑，（53） 绚丽的铠甲、盾牌和坐垫，在大战中纷纷坠落，到处可见。（54） 他使大地布满绚丽的马具和明亮的兵器，犹如色彩斑斓的鲜花。（55） 这位大力士般度之子跳起来，攻击一些车兵，用大刀将他们连同旗帜一起砍倒。（56） 这位名声卓著的人在战斗中反复跳跃，四处奔跑，纵横驰骋，令人惊讶。（57） 他摔死一些人，用脚踢死一些人，用刀砍死一些人，他的吼叫令人恐惧。（58） 凭借快速有力的大腿，他把一些人撞倒在地；另一些人看到他，吓得化为五种元素。（59）

　　就这样，这支快速的羯陵伽大军在战斗中护卫毗湿摩，冲向怖军。（60） 然后，怖军看到闻寿站在羯陵伽军队的前面，便向他冲去，婆罗多族难牛啊！（61） 灵魂无限的羯陵伽王看见怖军冲上前来，便向他射出九支箭，射中他的胸膛。（62） 怖军被羯陵伽王的箭射中，仿佛大象受到刺棒刺激，他怒火燃烧，犹如干柴烈焰。（63） 御者阿输迦驾驭一辆镶金的战车，让怖军上车。（64） 这位折磨敌人的贡蒂之子（怖军） 迅速登上战车，冲向羯陵伽王，喊道 "站住，站住！"（65） 力士闻寿满腔愤怒，向怖军发射利箭，显示自己的灵巧手艺。（66） 羯陵伽王的良弓射出的九支利箭，狠狠击中名声卓著的怖军，国王啊！怖军怒不可遏，犹如蛇被棍棒击中。（67） 优秀的力士普利塔之子怖军愤怒地用力挽弓，射出七支铁箭，杀死羯陵伽王。（68） 他用剃刀箭杀死羯陵伽王的两个保护车轮的大力士，又把萨谛耶提婆和萨谛耶送往阎摩殿。（69） 灵魂无限的怖军在战斗中，又

用三支锋利的铁箭，把其旗送往阎摩殿。(70)

羯陵伽的刹帝利武士们满腔愤怒，带领数千士兵，包围愤怒的怖军。(71) 这些羯陵伽人用标枪、铁杵、刀、长矛、剑和斧，国王啊！攻击怖军。(72) 大力士怖军拿起铁杵，迅速跳下，挡住涌来的可怕箭雨，将七百位勇士送往阎摩殿。(73) 克敌制胜的怖军又把两千个羯陵伽人送往阴府。这仿佛是个奇迹。(74) 就这样，这位英雄在战斗中，望着誓言严酷的毗湿摩，一次又一次砍杀羯陵伽战士。(75) 这位灵魂高尚的般度之子杀死那些象夫，那些大象忍受着箭伤，犹如乌云遭到狂风袭击，吼叫着冲向军队，踩死自己的士兵。(76) 然后，大臂力士怖军吹响螺号，动摇整个羯陵伽军队的人心。(77) 羯陵伽军队神志不清，折磨敌人者啊！所有的士兵和牲畜簌簌发抖。(78) 怖军在战场上如同象中因陀罗，国王啊！纵横驰骋，东奔西跑，反复跳跃，令人丧魂落魄。(79) 这支军队害怕怖军，吓得发抖，犹如宽阔的湖泊被鳄鱼扰乱。(80)

怖军的奇迹吓坏这些勇士，他们成批成批转身逃跑。(81) 看到所有的羯陵伽士兵逃跑，般度族的车兵统帅、水滴王之孙猛光向自己的军队喊道："战斗吧！"(82) 听到军队统帅的命令，以束发为首的将领，率领车队和士兵，走向怖军。(83) 般度之子法王（坚战）带着一支云色的庞大象军，跟在大家后面。(84) 就这样，水滴王之孙（猛光）鼓动自己的军队；他担任怖军的后卫，这是优秀人物的岗位。(85) 对于这位般遮罗王，在这世上，除了怖军和萨谛奇，再也没人比他的生命更可爱。(86) 诛灭敌雄的水滴王之孙（猛光）看到克敌制胜的大臂怖军在羯陵伽队伍里冲杀。(87) 这位折磨敌人者一再发出喜悦的叫喊，国王啊！在战斗中吹响螺号，发出狮子吼。(88) 看到猛光驾着鸽色马，镶金的战车上飘着黑檀旗，怖军感到放心。(89) 灵魂无限的猛光看到羯陵伽人冲向怖军，便上前援助。(90)

萨谛奇在远处望见猛光和狼腹（怖军）这两位精明的英雄与羯陵伽人交战。(91) 优秀的战士悉尼之孙（萨谛奇）迅速赶到那里，这位人中雄牛担任普利塔之子（怖军）和水滴王之孙（猛光）的后卫。(92) 他手持弓箭，面目狰狞，在战场上大肆杀戮敌人。(93) 怖军使那里血流成河，漂流着羯陵伽人的血肉。(94) 大力士怖军跨越

557

羯陵伽族和般度族之间这条难以跨越的河。(95) 你方的将士见到这样一位怖军,叫喊道 "这是死神化作怖军与羯陵伽人作战。"(96)

福身王之子毗湿摩听到战场上的这种叫喊声,在庞大的编队护卫下,迅速冲向怖军。(97) 萨谛奇、怖军和水滴王之孙猛光也冲向毗湿摩镶金的战车。(98) 他们三人在战斗中包围勇猛的恒河之子毗湿摩,各人迅速向他发射三支可怕的箭。(99) 你的父亲天誓(毗湿摩)向这三位奋勇参战的大弓箭手,每人回射三支箭。(100) 然后,他用一千支箭挡住这些大勇士,用一些箭射死怖军的那些披挂金铠甲的马。(101) 威武的怖军站在马匹倒下的战车上,迅速向恒河之子(毗湿摩)的战车掷出标枪。(102) 你的父亲天誓(毗湿摩)不等标枪到达,就将它砍为三截,散落在地。(103) 于是,力士怖军拿起沉重的钢杵,迅速从车上跳下,人中雄牛啊!(104) 萨谛奇为了取悦怖军,迅速用箭射翻俱卢族长辈(毗湿摩)的御者。(105) 御者一死,那些飞跑的马拉着优秀的勇士毗湿摩离开战场。(106)

誓言严酷的毗湿摩被拉走,怖军犹如干柴烈火,熊熊燃烧。(107) 他站在军队中间,杀死所有羯陵伽人,你方的人谁也不敢抵抗,婆罗多族雄牛啊!(108) 优秀的勇士猛光让这位声名卓著者(怖军)登上自己的战车,当着所有的军队的面,将他拉走。(109) 他受到般遮罗人和摩差人致敬,婆罗多族雄牛啊!他拥抱猛光,走近萨谛奇。(110) 雅度族之虎、真正英勇的萨谛奇当着猛光的面,取悦怖军,说道:(111) "可喜可贺啊!羯陵伽王、羯陵伽王子具旗和释迦罗天以及羯陵伽人,都在战斗中被杀死。(112) 你独自一人,凭借自己的臂膀的威力,捣毁布满象、马和车的羯陵伽大阵容。"(113) 说完,这位克敌制胜的长臂悉尼之孙(萨谛奇)下车,登上猛光的车,拥抱般度族之子(怖军)。(114) 然后,这位大勇士又登上自己的车,愤怒地杀戮你方的人,增强怖军的力量。(115)

以上是吉祥的《摩诃婆罗多》中《毗湿摩篇》第五十章(50)。

五一

全胜说：
在车、象、马、步兵和骑兵的大毁灭中，这天下午的时间已过大半，婆罗多子孙啊！（1）这位般遮罗王子（猛光）与德罗纳之子（马嘶）、沙利耶和灵魂高尚的慈悯这三位大勇士交战。（2）大力士般遮罗王子（猛光）用十支利箭射死德罗纳之子（马嘶）的举世闻名的骏马。（3）马匹被杀，德罗纳之子（马嘶）迅速登上沙利耶的战车，向般遮罗王子（猛光）发射箭雨。（4）看到猛光与德罗纳之子（马嘶）交战，婆罗多子孙啊！妙贤之子（激昂）迅速上前发射利箭。（5）他向沙利耶发射二十五支，向慈悯发射九支，向马嘶发射八支，人中雄牛啊！（6）于是，德罗纳之子（马嘶）立即向阿周那之子（激昂）发射羽毛箭，沙利耶也发射十二支利箭，慈悯发射三支。（7）你的孙子罗奇蛮兴奋地冲向你的那位参战的侄孙（激昂），开始交战。（8）

国王啊！这仿佛是奇迹。难敌之子（罗奇蛮）满腔愤怒，在战斗中向妙贤之子（激昂）发射九支箭。（9）激昂满腔愤怒，动作敏捷，婆罗多族雄牛啊！向堂兄弟发射五百支箭，国王啊！（10）而罗奇蛮用一支羽毛箭射断他的弓，正中握弓处，大王啊！人们发出欢呼。（11）杀敌英雄妙贤之子（激昂）丢下断弓，取出另一张奇妙的硬弓。（12）这两位人中英雄在战斗中奋力进攻和反攻，用利箭互相射击。（13）

难敌王看到自己的大勇士儿子遭到你的侄孙（激昂）攻击，这位人中之主便赶往那里。（14）你的儿子赶往那里，所有的国王也都带着车队，从四面包围阿周那之子（激昂）。（15）这位勇士（激昂）的勇武与黑天相当，尽管受到这些难以战胜的勇士包围，他毫不畏缩。（16）胜财（阿周那）看到妙贤之子（激昂）陷入包围，愤怒地冲向那里，援救自己的儿子。（17）

于是，国王们以毗湿摩和德罗纳为首，带着车、象和马，一起冲向左手开弓者（阿周那）。（18）顿时，大地震动，但见象、马、车和骑兵扬起的尘土遮天蔽日。(19) 数千头大象和数百位国王到达他的射程之内,不再前进。(20) 一切众生发出呼叫,四面八方天色晦暗,但见惨烈的灾祸降临俱卢族。(21) 有冠者(阿周那)射出成批成批的箭,婆罗多族俊杰啊!分辨不清天空、方向、大地和太阳。(22) 但见大象的旗帜折断,车兵的马匹倒毙,一些车队首领的战车逃逸。(23) 另一些车兵失去战车,手持武器,佩戴臂环,东奔西跑,到处可见。(24) 由于惧怕阿周那,马夫抛弃战马,象夫抛弃大象,四处逃跑,国王啊!(25) 但见国王们遭到阿周那打击,从车上、从象上和从马上纷纷坠落。(26) 那些举起的手臂握着铁杵和刀,民众之主啊!握着标枪、箭袋和弓箭,(27) 握着钩子和旗帜。阿周那呈现凶相,用利箭射断这些人的手臂。(28) 在战斗中,铁闩、大铁锤、长矛、飞镖和剑,尊者啊!(29) 地面上,锋利的斧子和标枪,破碎的护胸和铠甲,婆罗多子孙啊!(30) 散见各处的旗帜和盾牌,华盖、金杖和拂尘,婆罗多子孙啊!(31) 刺棒、鞍辔和马具,尊者啊!成堆成堆,遍布战场,随处可见(32)。

在你的军队中,婆罗多子孙啊!没有人能在战斗中抵御英勇的阿周那。(33) 无论谁在战斗中迎战普利塔之子(阿周那),民众之主啊!都被他用利箭送往阴府。(34) 你的士兵们四处逃跑,阿周那和婆薮提婆之子(黑天)吹响两支优质的螺号。(35)

你的父亲天誓(毗湿摩)看到军队溃败,仿佛笑着,对英勇的婆罗堕遮之子(德罗纳)说道:(36) "这位英勇的力士般度之子胜财(阿周那)与黑天一起,完全能够这样对付军队。(37) 今天无论如何不可能战胜他;他的相貌看上去像世界末日的阎摩。(38) 我们的大军不可能召回,你看!他们互相观望,纷纷逃跑。(39) 这个太阳仿佛摄取全世界的形体,走近优秀的西山。(40) 我想是到了收兵的时间,人中雄牛啊!我们的士兵既疲乏,又恐惧,无法再战。"(41)

大勇士毗湿摩对优秀的教师德罗纳说完这些话,下令你方军队收兵。(42) 太阳到达西山,黄昏来临,你方和对方的军队收兵,婆罗多子孙啊!(43)

以上是吉祥的《摩诃婆罗多》中《毗湿摩篇》第五十一章(51)。

五二

全胜说:

夜尽天明,福身王之子毗湿摩命令军队准备战斗,婆罗多子孙啊!（1）福身王之子毗湿摩盼望你的儿子们获胜,这位俱卢族祖父编定大鹏阵容。（2）你的父亲天誓（毗湿摩）自己站在鸟喙,婆罗堕遮之子（德罗纳）和沙特婆多族的成铠站在鸟的两腿。（3）名声卓著的马嘶和慈悯,与三穴人、摩差人、羯迦夜人和伐陀达那人一起站在鸟头。（4）广声、舍罗、沙利耶、福授、摩德罗人、信度人、绍维罗人和五河人,尊者啊!（5）与胜车一起站在鸟颈。难敌王由众兄弟和随从陪伴站在鸟背。（6）阿凡提族的文陀和阿奴文陀、甘波阇人和沙迦人,与苏罗塞那人一起站在鸟尾,大王啊!（7）摩揭陀人、羯陵伽人和陀歇罗迦人全副武装,站在右翼。（8）迦纳纳人、维贡阇人、崩德罗人和巨力一起,站在左翼。（9）

折磨敌人的左手开弓者（阿周那）看到这个军队阵容,与猛光一起编排半月阵容,对抗这个极其可怕的阵容。（10）怖军站在右角,光彩熠熠,来自各地的国王围绕他,手持各种武器。（11）接着是毗罗吒和大勇士木柱王,接着是尼罗和尼罗瑜达人。（12）紧接尼罗是大勇士勇旗,围绕着车底人、迦尸人、迦卢沙人和布卢人。（13）猛光、束发、般遮罗人和钵罗跋德罗迦人站在大军中间,准备战斗,婆罗多子孙啊!（14）法王（坚战）由象军围绕,接着是萨谛奇和德罗波蒂（黑公主）的五个儿子,国王啊!（15）紧接他们是激昂和宴丰,接着是怖军之子（瓶首）和羯迦夜族大勇士们,国王啊!（16）人中俊杰遮那陀那（黑天）是整个世界的保护者,站在左侧,保护这个阵容。（17）

般度族针锋相对,编排这个大阵容,为了杀死你的儿子们和站在你们这边的人。（18）然后,战斗开始,你方和对方的军队互相厮杀,车象碰撞。（19）到处可见马队和车队,民众之主啊!互相冲击和搏杀。（20）奔驰的车队互相厮杀,喧嚣声和鼓声混杂。（21）在这场激

战中，你方和对方的英雄互相厮杀，响声震天，婆罗多子孙啊！（22）

以上是吉祥的《摩诃婆罗多》中《毗湿摩篇》第五十二章(52)。

五三

全胜说：

你方和对方的军队对阵，大勇士胜财（阿周那）在战斗中，用箭杀戮你的车军，射倒那些车队首领，婆罗多子孙啊！（1）他们遭到普利塔之子（阿周那）杀戮，犹如面对世界末日的死神。持国之子们在战场上奋力反击般度族，阻遏死亡，追求辉煌的名誉。（2）他们一心一意，多次突破般度族军队，国王啊！同时，他们也在战斗中遇到挫折。（3）受挫的般度族人和俱卢族人晕头转向，四处乱跑。（4）地上扬起的尘土遮天蔽日，甚至分不清正反方向。（5）到处都凭称号、名字和族姓作出判断，进行战斗，民众之主啊！（6）

俱卢族的阵容受到诚实聪明的婆罗堕遮之子（德罗纳）保护，无论如何不会崩溃。（7）同样，般度族的庞大阵容受到左手开弓者（阿周那）和怖军保护，也不会崩溃。（8）双方军队的车和象顶在一起，士兵们走出队伍进行战斗。（9）马兵们在大战中，互相用光洁锋利的剑和标枪击倒对方。（10）车兵们在这场恶战中相遇，互相用镶金的箭击倒对方。（11）你方和对方的象兵拥在一起，互相用铁箭和长矛击倒对方。（12）成群成群的步兵在战斗中欢快地互相作恶，用飞镖和战斧击倒对方。（13）

你方和对方的军队在战斗中，步兵用锐利的武器击倒车兵，车兵也击倒步兵。（14）象兵击倒马兵，马兵也击倒象兵，这仿佛是奇迹。（15）到处可见步兵被优秀的象兵击倒，象兵也被步兵击倒。（16）成百成千的步兵被马兵击倒，马兵也被步兵击倒。（17）

破碎的旗帜、弓、长矛、标枪、铁杵、铁闩和飞镖，（18）梭镖、各种铠甲、刺枪、钩子、明亮的剑和金羽箭，（19）昂贵的象披、坐垫和毛毯遍布大地，婆罗多族俊杰啊！犹如绚丽的花环。（20）大地沾满血肉，到处是在大战中倒毙的人、马和象的尸体，难以行走。(21) 尘土浸透鲜血，不再飞扬，四面八方变得清澈明亮，人主啊！(22) 周围呈现无数无头尸体，象征世界的毁灭，婆罗多子孙啊！(23) 这里进行着残酷恐怖的战斗，到处可见车兵奔跑。(24)

德罗纳、毗湿摩、信度王胜车、多友、毗迦尔纳和妙力之子沙恭尼，(25) 他们勇如狮子，难以战胜，一次又一次挫败般度族军队。(26) 同样，怖军、罗刹瓶首、萨谛奇、显光和德罗波蒂（黑公主）的儿子们，婆罗多子孙啊！(27) 与众国王一起，在战斗中击退你的儿子们，犹如三十三天神击退檀那婆。(28) 这些刹帝利雄牛互相厮杀，沾满鲜血，犹如面目狰狞的檀那婆。(29) 双方军队的英雄战胜敌人，看上去像空中的那些大彗星。(30)

然后，你的儿子难敌在战斗中率领一千辆战车冲向罗刹瓶首。(31) 同样，般度之子们在战斗中率领大军，进攻克敌制胜的英雄德罗纳和毗湿摩。(32) 愤怒的有冠者（阿周那）冲向那些优秀的国王，阿周那之子（激昂）和萨谛奇冲向妙力之子（沙恭尼）的军队。(33) 你方和对方的军队都渴求胜利，再次展开激战，令人毛发直竖。(34)

以上是吉祥的《摩诃婆罗多》中《毗湿摩篇》第五十三章(53)。

五四

全胜说：

在战斗中，那些愤怒的国王看到颇勒古拿（阿周那），用数千辆战车包围他。(1) 用大批战车围住他后，婆罗多子孙啊！又发射成千成千支箭，从四面八方围堵他。(2) 他们在战斗中，愤怒地向颇勒古拿（阿周那）的战车投掷光洁锋利的标枪、铁杵、铁闩、长矛、斧子、铁锤和棒槌。(3) 这些武器如同暴雨降临，又如飞蛾扑来，普利塔之子（阿周那）用镶金利箭四面阻挡。(4) 看到毗跋蹉（阿周那）敏捷过人，天神、檀那婆、健达缚、毕舍遮、蛇和罗刹连声叫好，向颇勒古拿（阿周那）致敬，王中因陀罗啊！(5)

英勇的犍陀罗人和妙力之子们在战斗中带领大军截住萨谛奇和激

昂。(6) 沙恭尼的军队在战斗中,愤怒地用各种武器粉碎苾湿尼人(萨谛奇)的上等战车。(7) 在恐怖的战斗中,折磨敌人的萨谛奇放弃自己的战车,迅速登上激昂的战车。(8) 他俩共乘一辆战车,迅速向妙力之子(沙恭尼)的军队发射笔直的利箭。(9) 德罗纳和毗湿摩奋力作战,用锐利的苍鹭羽毛箭消灭法王(坚战)的军队。(10) 正法之子坚战王和玛德利的两个儿子当着所有军队的面,击退德罗纳的军队。(11) 激烈的大战令人毛发直竖,犹如从前天神和阿修罗之间发生的恶战。(12)

怖军和瓶首大显身手,难敌冲过去,截住他俩。(13) 希丁芭之子(瓶首)的勇武令人惊诧,在战斗中胜过他的父亲(怖军),婆罗多子孙啊!(14) 般度之子怖军满腔愤怒,仿佛笑着,用一支箭射中愤怒的难敌的心口。(15) 难敌王受到沉重打击,头昏目眩,倒在车座上,失去知觉。(16) 御者发现他昏厥过去,急忙带他离开战场,队伍溃退。(17) 俱卢族军队四处逃跑,怖军在后面追赶,发射利箭。(18) 优秀的战士水滴王之孙(猛光)和正法之子(坚战)当着德罗纳和恒河之子(毗湿摩)的面,用毁灭敌军的利箭,杀戮这些军队。(19) 毗湿摩和德罗纳这两位大勇士不能阻止你的儿子的军队逃跑。(20) 因为尽管受到毗湿摩和德罗纳的阻拦,民众之主啊!他们依然当着毗湿摩和德罗纳的面逃跑。(21)

数千辆战车逃往各处,妙贤之子(激昂)和悉尼族雄牛(萨谛奇)共乘一辆战车,四处追杀妙力之子(沙恭尼)的军队。(22) 悉尼之孙(萨谛奇)和俱卢族雄牛(激昂)光彩熠熠,犹如新月之夜,日月相遇在天空。(23) 然后,愤怒的阿周那向你的军队发射箭雨,民众之主啊!犹如乌云泼洒暴雨。(24) 遭到普利塔之子(阿周那)的利箭袭击,俱卢族军队胆战心惊,惶恐不安,四处逃跑。(25) 毗湿摩和德罗纳两位大勇士看到他们逃跑,怒不可遏,为了难敌的利益,努力阻拦他们。(26) 难敌王也劝说逃往四处的军队回来,民众之主啊!(27) 这些刹帝利大勇士停止逃跑,婆罗多子孙啊!他们在哪儿见到你的儿子,就在那儿停下。(28) 其他人看到他们停下,出于互相竞争的羞耻心,也跟着停下。(29) 他们重振雄风,民众之主啊!犹如月亮升起,大海潮涨浪涌。(30)

难敌王看到他们返回,迅速走到福身王之子毗湿摩那里,说道:(31) "祖父啊!请听我跟你说,婆罗多子孙啊!我不认为有你活着,会出现这种局面,俱卢后裔啊!(32)我不认为有精通武艺的优秀教师德罗纳以及他的儿子和朋友活着,有大弓箭手慈悯活着,这支军队会溃逃。(33)般度族无论如何不是你的对手,国王啊!也不是德罗纳、德罗纳之子(马嘶)和慈悯的对手。(34)毫无疑问,般度之子们受到你的宠爱,祖父啊!因此,你容忍他们杀戮这支军队,英雄啊!(35)你应该在开战以前就告诉我,国王啊!你在战斗中不准备与般度之子们交战,也不与水滴王之孙(猛光)和萨谛奇交战。(36)这样,听了你和教师慈悯的话,我和迦尔纳会三思而行。(37)如果你俩不应当在这场战斗中抛弃我,人中雄牛啊!请你俩施展自己的勇力,投身战斗吧!"(38)

毗湿摩闻听此言,仿佛不断地笑着,愤怒地竖起眼睛,对你的儿子说道:(39) "我多次对你讲过有益的实话,国王啊!在战斗中,甚至众天神和婆薮之主(因陀罗)也不能战胜般度之子们。(40)今天,我只能尽我老朽所能,勉力而为,人中俊杰啊!现在,就请你和亲友们瞧着吧!(41)我要当着全世界的面,阻挡般度之子们以及他们的军队和亲友。"(42)

听了毗湿摩的话,你的儿子们兴高采烈,吹响螺号,擂响战鼓,人主啊!(43)般度之子们听到喧嚣声,国王啊!他们也吹响螺号,擂响大小战鼓。(44)

以上是吉祥的《摩诃婆罗多》中《毗湿摩篇》第五十四章(54)。

五五

持国说:

在这场残酷的战斗中,毗湿摩作出许诺;他被我的不堪痛苦的儿子激怒。(1)毗湿摩怎样对付般度之子们?全胜啊!或者,般遮罗人怎样对付祖父?请告诉我,全胜啊!(2)

全胜说:

这天上午时间已过大半,婆罗多子孙啊!灵魂高尚的般度之子们获得胜利，兴高采烈。（3） 你的父亲天誓（毗湿摩）通晓一切正法特征，在大军和你的儿子们护卫下，驾着快马，冲向般度族军队。（4）由于你的失策，婆罗多子孙啊！我方和般度族展开激战，令人毛发直竖。（5） 挽弓声，弓弦拍击声，响成一片，犹如地崩山裂。（6） 站住！我在这儿！打他！后退！挺住！我在这儿！进攻！到处听到这样的叫喊。（7） 金铠甲、头冠和旗帜纷纷坠落，发出声响，犹如石头落在石岩上。（8） 许多戴有头饰的头颅坠落，成百成千滚落地上。（9）一些人中俊杰失去头颅，依然站着，高举弓箭，紧握武器。（10） 血流成河，滚滚流淌，大象的尸体成为河中巨石，充满污秽的血肉。（11）人、马和象的躯体淌出的鲜血，流向阴府的大海，兀鹰和豺狼欢欣鼓舞。（12） 你的儿子们和般度之子们发生的这场战斗，国王啊！见所未见，闻所未闻，婆罗多子孙啊！（13）

在战斗中，倒毙的士兵覆盖车道，倒毙的大象犹如青色的山峰。（14）战场上遍布各种铠甲、旗帜和华盖，尊者啊！犹如秋季艳丽的天空。（15） 一些人在战斗中中箭受伤，痛苦不堪，依然全副武装，无所畏惧，冲向敌人。（16） 另一些人在战斗中倒下，叫喊道"大爷！兄弟！朋友！亲人！伙计！舅舅！别丢下我！"（17） 还有一些人叫喊道"过来！过来！别走！你怎么害怕了？你去哪里？我在这儿，别害怕！"（18）

福身王之子毗湿摩始终力挽满弓，发射利箭，箭头燃烧，犹如条条毒蛇。（19） 恪守誓言者（毗湿摩）专心致志，向各个方向瞄准射箭，粉碎般度族的战车，婆罗多子孙啊！（20） 他在车座上旋身展示灵巧的手艺，看上去像旋转的火轮，国王啊！（21） 这位英雄单独战斗，由于他的敏捷灵巧，般度族人和斯楞遮耶人看到数百千人。（22）人们仿佛觉得毗湿摩施展分身幻术，刚在东面看到他，又在西面看到他；（23） 刚在北面看到他，又在南面看到他，主人啊！英勇的恒河之子（毗湿摩）在战斗中就是这样。（24）

般度之子们谁也不能看清他，只看到从毗湿摩的弓射出许多箭。（25）看到你的父亲相貌非凡，驰骋战场，消灭军队，业绩显赫，英雄们发出种种呼叫。（26） 国王们在命运驱使下，像飞蛾那样，成百成千扑向毗湿摩燃烧的怒火，自取灭亡。（27） 毗湿摩技艺娴熟，箭不虚发，目标又密集，箭箭命中人、象和马的身躯。（28）他用一支羽毛箭，就射穿大象披甲，犹如金刚杵击碎高山。（29）你的父亲（毗湿摩）用一支锋利的铁箭，就射死两三个身披铠甲、挤在一起的象兵。（30）我发现，无论谁在战斗中走近人中之虎毗湿摩，只要被他看到，就会被他射倒在地。（31）就这样，法王（坚战）的大军遭到勇力无比的毗湿摩杀戮，成千成千地毁灭。（32）

在箭雨的打击下，当着婆薮提婆之子（黑天）和普利塔之子（阿周那）的面，大军崩溃。（33）这些英雄遭到毗湿摩箭雨折磨，尽管作出努力，也不能阻止那些大勇士逃跑。（34）毗湿摩的勇力如同伟大的因陀罗，大军遭到杀戮，全线崩溃，大王啊！他们各自逃跑，甚至没有两个人结成一伙。（35）人、象和马伤亡，旗帜和车辕倒地，般度之子们的军队精神失常。（36）在命运的控制下，父亲杀儿子，儿子杀父亲，朋友向朋友挑战。（37）般度之子的另一些士兵丢弃铠甲，披散头发，拼命逃跑，婆罗多子孙啊！（38）车队首领仓皇逃跑，般度之子的军队发出哀叫，犹如受惊的牛群。（39）

提婆吉之子（黑天）看到军队溃败，停住上等战车，对普利塔之子毗跋蒁（阿周那）说道：（40）"你盼望的时刻已经来到，普利塔之子啊！如果你没有糊涂，人中之虎啊！向他出击吧！（41）过去在国王们的集会上，英雄啊！你说过：'以毗湿摩和德罗纳为首，持国之子的所有战士，（42）以及他们的亲友，如果与我交战，我要把他们全都杀死。'贡蒂之子啊！兑现你的话吧，克敌制胜者啊！（43）毗跋蒁啊！你看，自己的军队全线崩溃，坚战队伍里所有的国王逃跑。（44）因为看到毗湿摩在战斗中怒目圆睁，如同死神，他们不胜恐惧，拼命逃跑，犹如小鹿看到狮子。"（45）

闻听此言，胜财（阿周那）回答婆薮提婆之子（黑天）说"策马越过军队之海，冲向毗湿摩。"（46）于是，黑天驱赶银色的马匹，冲向毗湿摩的战车，国王啊！犹如冲向难以凝视的太阳。（47）看到普利塔之子大臂（阿周那）冲向毗湿摩，坚战的大军又返回战场。（48）

然后，俱卢族俊杰毗湿摩像狮子那样不断吼叫，迅速向胜财（阿周那）的战车发射箭雨。（49）刹那间，阿周那的战车连同马匹和御

567

者，在滂沱的箭雨中淹没不见。（50）英勇的婆薮提婆之子（黑天）镇定沉着，不慌不乱，驱策被毗湿摩的箭击伤的马匹。（51）普利塔之子（阿周那）举起弦声似雷的神弓，用三支箭射断毗湿摩的弓。（52）这张弓被射断，你的父亲俱卢族后裔（毗湿摩）在转眼之间，又安上另一张大弓。（53）他用双手挽开弦声似雷的弓。而愤怒的阿周那又射断他的弓。（54）福身王之子（毗湿摩）敬佩他的灵巧，说道＂好啊，大臂普利塔之子！好啊，般度之子！（55）你能成就大业，胜财啊！我真心喜欢你，孩子啊！与我交战吧！＂（56）

这位英雄称赞普利塔之子（阿周那）后，举起另一张大弓，向普利塔之子（阿周那）的战车射箭。（57）婆薮提婆之子（黑天）展示高超的御马本领，灵巧轻快地转圈，避开射来的箭。（58）而毗湿摩猛烈地发射利箭，射遍婆薮提婆之子（黑天）和胜财（阿周那）的全身，尊者啊！（59）这两位人中之虎被毗湿摩的箭射伤，犹如两头被牛角顶伤的牛，发出吼叫。（60）毗湿摩满腔愤怒，又在战斗中猛烈地发射笔直的箭，从四面覆盖这两位黑王子（黑天和阿周那）。（61）愤怒的毗湿摩大声笑着发射利箭，使苾湿尼后裔（萨谛奇）惊诧不已，身体颤抖。（62）

大臂黑天看到毗湿摩在战斗中英勇威武，而普利塔之子软弱无力；（63）看到毗湿摩在战斗中不断发射箭雨，站在两军之间，犹如燃烧的太阳；（64）看到毗湿摩杀戮般度之子的优秀战士，犹如在坚战的军队中，制造世界末日。（65）灵魂无限的尊贵的诛灭敌雄者盖沙婆（黑天）无法忍受，担心坚战的军队荡然无存：（66）＂因为毗湿摩在一天之内就能摧毁众天神和檀那婆，何况般度之子们以及他们的军队和随从？（67）灵魂高尚的般度之子的大军逃跑。这些俱卢族人看到苏摩迦人败退，在战场上欢快地奔跑，让祖父高兴。（68）我今天全副武装，要为般度族杀死毗湿摩，解除灵魂高尚的般度之子们的这个负担。（69）阿周那在战斗中尽管遭到利箭袭击，但出于对毗湿摩的尊敬，不知道该怎么战斗。＂（70）

正当他这么思忖着，祖父（毗湿摩）满腔愤怒，又向普利塔之子（阿周那）的战车射箭。（71）无计其数的箭覆盖四面八方，天地方位和太阳光环隐而不见，风儿乱吹，烟雾弥漫，四面八方，骚动不安。(72) 德罗纳、毗迦尔纳、胜车、广声、成铠和慈悯,安波私吒王闻寿、文陀、阿奴文陀和善巧,(73) 所有的东部人、绍维罗人、婆娑提人和克苏德罗迦人,按照福身之子(毗湿摩)王的命令,迅速冲向有冠者(阿周那)。(74) 悉尼之孙(萨谛奇)看到数百千条马兵、步兵和车兵的洪流,还有许多象兵首领,团团包围有冠者(阿周那)。(75) 看到步兵、象兵、马兵和车兵围攻这两位最优秀的武士阿周那和婆薮提婆之子(黑天),悉尼族勇士(萨谛奇)迅速冲向那里。(76) 这位悉尼族勇士手持大弓,迅猛冲向这些军队,支援阿周那,犹如毗湿奴支援诛灭弗栗多者(因陀罗)。(77) 坚战军队的象、马、车和旗帜破裂,所有的战士畏惧毗湿摩,纷纷逃跑,这位悉尼族英雄望着他们,说道:(78) "诸位刹帝利跑向哪里?这不符合古代先人宣讲的善士法。勇士们不要违背自己的诺言,请恪守自己的勇士法。"(79)

因陀罗之弟(黑天)看到那些杰出的人中因陀罗四处逃跑,看到普利塔之子软弱无力,而毗湿摩在战斗中奋勇逞威。(80) 这位灵魂高尚的、陀沙诃人的庇护者(黑天)无法忍受。看到俱卢族人从四面八方冲过来,他称赞声名卓著的悉尼之孙(萨谛奇),说道:(81) "那些逃跑的,让他们逃跑吧!悉尼族勇士啊!那些站着的,也让他们逃跑吧!沙特婆多族后裔啊!你看着,今天我要在战斗中,把毗湿摩和德罗纳连同他们的随从,从车上击倒。(82) 今天在战斗中,无论哪辆俱卢族的战车都不能从我这里逃脱。我怒不可遏,紧握锐利的飞轮,要剥夺誓言严酷者(毗湿摩)的生命。(83) 我要在战斗中杀死毗湿摩和他的随从,杀死英勇的车兵德罗纳,悉尼之孙(萨谛奇)啊!取悦胜财(阿周那)、怖军和双马童(无种和偕天)。(84) 我今天要杀死所有的持国之子,杀死他们的那些杰出的王中因陀罗,满怀喜悦,让无敌王(坚战)赢得王国。"(85)

婆薮提婆之子(黑天)手举飞轮,轮心美丽,灿若太阳,边缘锋利,威力如同金刚杵;他丢下马匹,跳下战车。(86) 灵魂高尚的黑天迅猛冲向毗湿摩,步伐震撼大地,犹如傲气十足的狮子想要杀死疯狂盲目的象王。(87) 伟大的因陀罗之弟(黑天)勇猛有力,愤怒地冲向站在军队中间的毗湿摩,黄色的衣摆晃动,犹如空中携带闪电的乌云。(88) 黑天的"妙见"飞轮如同莲花闪闪发光,以黑天的手臂为粗壮的茎秆,犹如那罗延肚脐中长出的原始莲花,① 色似朝阳。(89) 黑天的愤怒犹如升起的太阳,催醒这莲花,美丽的莲叶边缘锋利似剃刀;它以那罗延(黑天)的手臂为茎秆,以他的躯体为生长其中的大湖。(90) 看到伟大的因陀罗之弟(黑天)手持飞轮,愤怒地高声吼叫,一切众生觉得俱卢族末日来临,发出呼叫。(91) 婆薮提婆之子(黑天)握着飞轮,仿佛要毁灭生命世界;这位世界导师冲向前去,犹如焚烧万物的时间之火。(92)

看到这位神圣的人中俊杰手持飞轮冲向前来,福身王之子(毗湿摩)镇定自若,手持弓箭,站在车上说道:(93)"来吧,神主!你以世界为居处,向你致敬!你手持弓和飞轮,冲上来,世界之主啊!在战斗中,把我从车上击倒吧!你是众生的庇护。(94) 今天,我在这里被你杀死,黑天啊!我在此界和彼界都有好运,安陀迦族和芯湿尼族的庇护主啊!由于你的进攻,英雄啊!我受到三界尊敬。"(95)

然后,手臂粗壮的普利塔之子(阿周那)迅速跳下战车,追赶手臂粗壮的雅度族勇士(黑天),用双臂抱住诃利(黑天)。(96) 这位原初之神、瑜伽行者毗湿奴(黑天)满腔愤怒,尽管被抱住,依然拖带着吉湿奴(阿周那)冲向前,犹如狂风挟带着一棵树。(97) 佩戴头冠的普利塔之子(阿周那)竭力停住双脚,不让黑天冲到毗湿摩身边,国王啊!他好不容易在第十步,使劲拽住了黑天。(98) 佩戴金环的阿周那愉快地拜倒在停步的黑天前,说道"请息怒,盖沙婆(黑天)啊!您是般度族的庇护。(99) 我不会背弃诺言,盖沙婆啊!我用儿子和兄弟发誓,我将和你一起毁灭俱卢族。"(100)

遮那陀那(黑天)听了他的誓言和许诺,内心喜悦,怀着对这位俱卢族俊杰(阿周那)的爱意,手持飞轮,再次登上战车。(101) 杀敌者黑天再次拉起那些缰绳,拿起"五生"螺号,让号声响彻四面八方。(102) 看到他佩戴胸环、臂环和耳环,弯曲的眼睫沾染尘土,牙齿洁白,手持螺号,俱卢族英雄们发出呼叫。(103) 然后,铜鼓、杖鼓和小鼓声,车轮声,大鼓声,还有狮子吼,高亢激越,在俱卢族的

---

① 那罗延就是大神毗湿奴。在世界创造之初,毗湿奴躺在水中,肚脐上长出莲花。莲花中出现梵天。梵天修炼苦行,创造世界万物。

所有军队中响成一片。(104) 普利塔之子（阿周那）的甘狄拨神弓的弦声如同雷鸣，响彻天空和四方；从般度之子（阿周那）的这张神弓射出的箭洁净明亮，飞向四面八方。(105)

俱卢族国王（难敌）率领军队，偕同毗湿摩和广声，手持弓箭，冲向阿周那，犹如烈火想要焚烧干柴。(106) 广声向阿周那射出七支金羽月牙箭，难敌掷出飞速的长矛，沙利耶掷出铁杵，福身王之子（毗湿摩）掷出标枪。(107) 阿周那用七支箭挡住广声射来的七支好箭，用另一支尖锐锋利的箭粉碎难敌掷来的长矛。(108) 这位英雄还用两支箭粉碎福身王之子（毗湿摩）掷来的灿若闪电的标枪和摩德罗王（沙利耶）掷来的铁杵。(109)

然后，阿周那双臂用力挽开无与伦比的甘狄拨神弓，按照法式，让伟大的因陀罗的神奇可怕的法宝出现在空中。(110) 这位佩戴头冠的、灵魂高尚的大弓箭手凭借这个法宝，用色似明亮火焰的箭流挡住所有的军队。(111) 普利塔之子（阿周那）的弓射出的这些箭粉碎许多战车、旗顶、弓和手臂，穿透敌军国王、象王和马匹的身体。(112) 佩戴头冠的普利塔之子（阿周那）用这些可怕的利箭覆盖四面八方，用甘狄拨神弓的响声搅乱他们的心。(113) 在这场极其可怕的战斗中，螺号声、鼓声和喧嚣的战斗呼声，都淹没在甘狄拨神弓的响声中。(114) 以毗罗吒为首的人中英雄们，英勇的般遮罗族木柱王，这些生性高贵的武士，辨出甘狄拨神弓的响声，来到这里。(115) 而你的所有军队听到甘狄拨神弓的响声，没有一个人敢转身冲向那里。(116)

国王们遭到可怕的打击，勇士们连同战车和御者一起中箭，大象遭受铁箭折磨，连同大旗和美丽的金鞍辔一起倒下。(117) 他们遭到佩戴头冠的普利塔之子（阿周那）的残酷打击，迅猛的羽毛箭和锋利的月牙箭穿透铠甲和身体，顷刻间丧命倒毙。(118) 器具破碎，螺栓毁坏，军队前面的大旗折断。在战斗中，成群的步兵、车兵、马匹和大象，(119) 被箭射中，顿时失去生命，肢体瘫痪，倒在地上，国王啊！财胜（阿周那）在大战中，用这种因陀罗法宝穿透他们的铠甲和身体。(120) 有冠者（阿周那）用锋利的箭流在战场造成一条可怕的河，以人体中箭流出的血为河水，以尸首为浪花。(121) 这条河宽阔迅急，水流发出恐怖的呼叫，以倒毙的象和马的身体为河岸，以粘连内脏和筋腱的人肉为泥沙。(122) 河里漂着成千上万的尸体，以连着头盖的头发为浮草，以各种破碎的铠甲为翻滚的波浪，成群成群的罗刹和鬼怪出没其间。(123) 这条河以人、马和象的碎骨为卵石，充满恐怖，如同地狱，岸边布满苍鹭、兀鹰和鹤，成群的食肉兽和豺狼。(124) 看到这条恐怖的河，犹如看到吠陀罗尼大河；它由阿周那的利箭造成，漂满脂肪、筋腱和污血。(125) 车底人、般遮罗人、迦卢沙人、摩差人和所有的普利塔之子一起，发出吼叫，震慑敌军将士，犹如狮子震慑鹿群；甘狄拨神弓持有者（阿周那）和遮那陀那（黑天）喜气洋洋，他俩也发出吼叫。(126)

俱卢族人满身箭伤，看到太阳收缩光芒；看到可怕的因陀罗法宝逞威，犹如世界末日降临，不可抗拒；(127) 看到时已黄昏，夜空染上太阳的血色，他们与毗湿摩、德罗纳、难敌以及波力迦人一起撤退。(128) 胜财（阿周那）战胜敌人，赢得荣誉和名声；他完成任务，与人中因陀罗们和兄弟们一起，在暮色中返回营地。然后，夜晚降临，俱卢族里出现可怕喧嚷声：(129) '阿周那在战斗中摧毁一万辆战车，杀死七万头大象，歼灭所有的东部人、绍维罗人、克苏德罗迦人和玛尔华人。胜财（阿周那）立下大功，做到了谁也做不到的事。(130) 举世闻名的大勇士有冠者（阿周那）凭自己的臂力，战胜了安波私吒王闻寿、难耐、奇军、德罗纳、慈悯、信度王、波力迦、广声、沙利耶、舍罗和毗湿摩，国王啊！"(131) 你方的所有人们这样说着，返回营地，婆罗多子孙啊！成千上万的火炬燃烧，灯光点亮，俱卢族军队所有战士惧怕有冠者（阿周那），进入营地。(132)

以上是吉祥的《摩诃婆罗多》中《毗湿摩篇》第五十五章(55)。

五六

全胜说：

夜晚过去，婆罗多子孙啊！灵魂高尚的毗湿摩心中愤怒，站在婆罗多族军队前面，在全体将士簇拥下，向敌人挺进。(1) 德罗纳、难敌和波力迦，难耐和奇军，强壮有力的胜车，还有其他国王和军队，左右追随。（2）这些大勇士威武雄壮，国王啊！这些王中魁首围绕毗湿摩，犹如众天神围绕手持雷杵者（因陀罗），王中俊杰啊！（3）在军队前面，大象肩上悬挂着红色、黄色、黑色和棕色大旗，光彩熠熠，迎风招展。（4）军队里有福身王之子（毗湿摩），有众多的战车、大象和马匹，犹如雨季的天空中有乌云，又如乌云中有闪电。（5）威武的俱卢族军队，在福身王之子（毗湿摩）保护下，前往战场，冲向阿周那，犹如迅猛可怕的潮水。（6）

灵魂高尚的阿周那以猴王为旗徽，远远看到这个阵容犹如密布的乌云，藏有各路英雄豪杰，以象、马、步兵和车流为辅翼。（7）这位灵魂高尚的人中雄牛站在军队前面，白马驾驶的战车上旗帜飘扬；他勇敢坚定，为了歼灭强大的敌人，率领军队向前推进。（8）看到阿周那以猿猴为旗徽，装备精良，与雅度族雄牛（黑天）一起奋勇作战，俱卢族人和你的儿子们神情沮丧。（9）你方的军队看到举世闻名的大勇士有冠者（阿周那）手持武器，保护他们卓越的阵容，排列着成千头大象，每排四头。（10）像昨天一样，由俱卢族后裔法王（坚战）编排阵容，车底族众首领和般遮罗族众首领全都站在指定的位置。（11）

然后，数千铜鼓在战斗中猛烈敲响，螺号声、鼓声和狮子吼，响彻所有军队。（12）英雄们搭箭挽弓，刹那间，宏大的弓弦声和高昂的螺号声淹没大小鼓声。（13）看到天空响彻螺号声，布满飞扬的尘土，如同张开的大帐篷，英雄们勇往直前。（14）车兵攻打车兵，连同御者、车马和旗帜一起倒下；象兵攻打象兵，步兵攻打步兵，也纷纷倒下。（15）马队冲上去，用弓箭、标枪和大刀攻打和歼灭冲过来的马队，场面壮观。（16）英雄们使用的盾牌镶满金星，被战斧、标枪和大刀击碎，坠落地上。（17）一些车兵被象牙和象鼻击伤，和御者一起倒下；一些象兵雄牛被车兵雄牛用箭击伤，倒在地上。（18）一些骑兵被迅猛的象群撞翻，一些骑兵和步兵遭到象牙和象身折磨；听到他们的哀叫声，人们瘫坐地上。（19）

象、马和车乱作一团，骑兵和步兵陷入恐怖，毗湿摩在大勇士们护卫下，看到以猴王为旗徽的阿周那。（20）有冠者（阿周那）手持神奇的武器和弓箭，一路上如同雷电闪耀；福身王之子（毗湿摩）以五棵高耸的棕榈树为旗徽，斗志昂扬，催马疾驰，冲向阿周那。(21) 以德罗纳为首，慈悯、沙利耶、毗文沙提、难敌和月授之子（广声），国王啊！也冲向这位与帝释天（因陀罗）相像的因陀罗之子（阿周那）。(22) 阿周那的儿子激昂精通武艺，身披金色铠甲；这位勇士从车队前面走出，快速冲向这些敌人。(23) 行动果断的迦尔希尼（激昂）摧毁这些大勇士的种种武器，犹如集会上圣洁的祭火，大咒语唤起熊熊火焰。(24)

然后，毗湿摩在战斗中迅速造成一条河，以敌人的鲜血为浪花；他品性高贵，避开妙贤之子（激昂），冲向普利塔之子（阿周那）。(25) 有冠者（阿周那）笑了笑，甘狄拨神弓发出巨响，射出神奇的箭网，摧毁毗湿摩的箭网。(26) 以猴王为旗徽的阿周那灵魂高尚，行动果断，迅速用光洁明亮的月牙箭网撒向最优秀的弓箭手毗湿摩。(27) 就这样，俱卢族人、斯楞遮耶人和所有的人，目睹毗湿摩和胜财（阿周那）这两位人中俊杰决斗，弓弦发出可怕的响声。(28)

以上是吉祥的《摩诃婆罗多》中《毗湿摩篇》第五十六章(56)。

五七

全胜说：

德罗纳之子（马嘶）、广声、沙利耶、奇军和桑耶摩尼之子，尊者啊！他们一起攻打妙贤之子（激昂）。(1) 人们看到激昂英勇非凡，独自一人与五位人中之虎搏斗，犹如一头幼狮与五头大象搏斗。(2) 勇气、胆量、武艺、灵巧和箭术，谁也比不上迦尔希尼（激昂）。(3) 看到自己的儿子英勇战斗，制服敌人，在战场上奋勇作战的普利塔之子（阿周那）发出狮子吼。(4) 看到你的侄孙折磨你的军队，民众之主啊！你方的战士从四面围攻他，王中因陀罗啊！(5) 妙贤之子（激昂）勇武有力，反击持国之子们的军队。(6) 他与敌人战斗中，但见他的大弓明亮似太阳，运用自如。(7) 他向德罗纳之子（马嘶）发射一支箭，向沙利耶发射五支箭；他用八支箭射倒桑耶摩尼之子的旗帜。(8)　月授之子（广声）射来的金杖大标枪锐利似蛇,他用一支羽毛箭将它击落。(9)　阿周那之子（激昂）挡住沙利耶射来的成百成百支可怕的利箭,在战斗中杀死他的马匹。(10)　广声、沙利耶、德罗纳之子、桑耶摩尼之子和舍罗焦躁不安,凭臂力不能战胜迦尔希尼（激昂）。(11)

然后,你的儿子催促三穴人、摩德罗人和羯迦夜人,王中因陀罗啊！共三十万五千人。(12)　这些优秀的战士精通箭术,战无不胜,包围杀气腾腾的有冠者（阿周那）和他的儿子。(13)　克敌制胜的军队首领般遮罗王子（猛光）看到这父子两位车兵雄牛陷入包围。(14)他率领数千象队和车队,数十万马兵和步兵。(15)　这位折磨敌人者愤怒挽弓,催促部队冲向摩德罗族军队和羯迦夜人。(16)　在这位名声卓著的硬弓手保护下,这支军队连同车、象和马准备战斗,光彩熠熠。(17)

般遮罗王子（猛光）走向阿周那,俱卢族后裔啊！用三支箭射中有年之子（慈悯）的锁骨。(18)　他兴高采烈,独自一人,用数十支箭杀戮摩德罗人,用一支月牙箭杀死成铠的马。(19)　这位折磨敌人者还用宽头铁箭,杀死灵魂高尚的布卢王的儿子陀摩那。(20)　于是,桑耶摩尼之子向这位难以战胜的般遮罗王子发射三十三支箭,向他的御者发射十支箭。(21)　这位大弓箭手受到严重打击,舔舔嘴角,用极其锋利的月牙箭射碎桑耶摩尼之子的弓。(22)　然后,又迅速向他发射二十五支箭,国王啊！杀死他的马匹和两翼的卫士。(23)　桑耶摩尼之子的马匹倒毙,婆罗多族雄牛啊！他站在车上望着灵魂高尚的般遮罗王子（猛光）。(24)　他握紧可怕的钢铁宝剑,快步冲向站在车上的木柱王之子（猛光）。(25)　像汹涌奔腾的洪水,像自天而降的毒蛇,像时神派遣的死亡,他挥舞剑和盾牌。(26)　般度之子们和水滴王之孙（猛光）看到他的步姿如同受刀光剑影刺激的疯象。(27)　般遮罗王子（猛光）看到他迎面跑来,一手握着利剑,一手拿着挡箭盾牌。(28)　看到他超过箭速,跑近战车,这位军队首领满腔愤怒,迅即举起铁杵,击碎他的脑袋。(29)　他被杀倒下,国王啊！绚丽的盾牌和剑,随即从他手中坠落地下。(30)

灵魂高尚、勇气骇人的般遮罗王子（猛光）用铁杵杀死桑耶摩尼之子,赢得至高荣誉。(31) 桑耶摩尼之子这位大弓箭手、大勇士和王子被杀,尊者啊!你的军队发出大声哀叫。(32) 桑耶摩尼看到自己的儿子被杀,愤怒地冲向难以战胜的般遮罗王子(猛光)。(33) 俱卢族和般度族所有国王看到这两位优秀的勇士在战斗中交锋。(34) 诛灭敌雄的桑耶摩尼愤怒地向水滴王之孙(猛光)射出三支箭,仿佛用刺棒打击大象。(35) 在战斗中活跃的沙利耶满腔愤怒,射击英勇的水滴王之孙(猛光)的胸膛。于是,战斗开始。(36)

以上是吉祥的《摩诃婆罗多》中《毗湿摩篇》第五十七章(57)。

五八

持国说:

我认为命运胜过人力,全胜啊!我的儿子的军队遭到般度族军队杀戮。(1) 因为你总是说我方军队遭到杀戮,孩子啊!总是说般度族军队无所畏惧,兴高采烈。(2) 你说我方军队缺乏英雄气概,遭到杀戮,纷纷倒下,全胜啊!(3) 我方军队竭尽全力,投入战斗,争取胜利,而总是般度族获胜,我方失利。(4) 我总是听到难敌造成的种种难以承受的剧烈痛苦,孩子啊!(5) 我看不出有什么办法能战胜般度族,有什么办法我方能获胜,全胜啊!(6)

全胜说:

这是你自己的重大失策,国王啊!你要镇定,请听我讲述人、象、马和车的毁灭。(7) 沙利耶向猛光发射九支箭;猛光满腔愤怒,用许多铁箭回击这位摩德罗王。(8) 我们目睹水滴王之孙(猛光)的英勇奇迹,他迅速围堵战斗明星沙利耶。(9) 他俩奋勇交战,谁也看不到其中出现间歇;战斗仿佛进行了一瞬间,双方不分高下。(10) 然后,沙利耶在战斗中,大王啊!用锋利的黄色月牙箭射断猛光的弓。(11) 他又用箭雨覆盖猛光,婆罗多子孙啊!犹如雨季的饱含雨水的乌云笼罩山峰。(12) 猛光遭到打击,激昂满腔愤怒,快速冲向摩德罗王(沙利耶)的战车。(13) 灵魂无限的迦尔希尼(激昂)怒不可遏,到达摩德罗王的战车,向阿尔多耶尼(沙利耶)连发三箭。(14) 你方军队想要挡住阿周那之子（激昂），国王啊！他们迅速围住摩德罗王的战车，站在那里。(15) 难敌、毗迦尔纳、难降、毗文沙提、难耐、难偕、奇军和丑面，(16) 诚誓和多友，祝你幸运，婆罗多子孙啊！他们站在那里，保护摩德罗王的战车。(17) 满腔愤怒的怖军、水滴王之孙猛光、德罗波蒂（黑公主）的儿子们、激昂和玛德利的两个儿子（无种和偕天），(18) 他们掷出各种各样的武器，民众之主啊！由于你的失策，国王啊！他们兴高采烈，投入战斗，互相渴望杀死对方。(19)

十车对十车，可怕的战斗开始，你方和对方的其他车兵站着观看。(20) 这些大勇士互相投掷各种武器，吼叫着打击对方。(21) 他们个个情绪激烈，奋勇杀戮对方，投掷武器，怒不可遏。(22) 难敌在大战中，满腔愤怒，迅速向猛光发射四支利箭。(23) 难耐发射二十支箭，奇军五支，丑面九支，难偕七支，毗文沙提五支，难降三支。(24) 折磨敌人的水滴王之孙（猛光）展示灵巧的手艺，王中因陀罗啊！一支接一支，回击他们二十五支。(25) 激昂在战斗中，婆罗多子孙啊！一支接一支，射击诚誓和多友。(26) 玛德利的两位宠儿在战斗中用大量的箭覆盖母舅，这仿佛是奇迹。(27) 沙利耶也用大量的箭，大王啊！覆盖这两位优秀的车兵、渴望反击的外甥。而这两位玛德利的儿子尽管被箭覆盖，依然毫不动摇。(28)

然后，大力士怖军看到难敌，这位般度之子渴望结束战斗，举起铁杵。(29) 看到大臂怖军举起铁杵，如同盖拉娑山，你的儿子们惊慌恐惧，纷纷逃跑。(30) 难敌满腔愤怒，催促摩揭陀王率领一万头迅猛的大象组成的象军，冲向怖军。(31) 看到象军冲来，狼腹（怖军）手持铁杵，跳下战车，如同狮子，发出吼叫。(32) 他紧握石精制成的沉重的大铁杵，冲向象军，犹如张开大嘴的毁灭之神。(33) 大臂力士怖军在战场上闯荡，如同手持雷杵的婆薮之主（因陀罗），用铁杵杀戮大象。(34) 怖军发出的大声吼叫震撼人心，大象缩成一团，不敢动弹。(35)

德罗波蒂（黑公主）的儿子们、大勇士妙贤之子（激昂）、无种、偕天和水滴王之孙（猛光），(36) 在后面保护怖军，冲上前去，向这些大象泼洒箭雨，犹如乌云向山峰泼洒雨水。(37) 这些般度族战士用剃刀箭、马蹄箭、黄色的月牙箭和合掌箭，砍落象兵们的首级。（38）佩戴首饰的头颅、手臂和紧握钩子的手，纷纷坠落，如同石雨。（39）这些骑在象背上的无头象兵，看上去像山上砍去树顶的树木。（40）我们看到还有一些大象被灵魂高尚的水滴王之孙猛光杀死，纷纷倒下。（41）

然后，摩揭陀国王在战斗中，驱赶爱罗婆多一般的大象，冲向妙贤之子（激昂）的战车。（42）诛灭敌雄的妙贤之子（激昂）看到摩揭陀王的大象冲来，用一支箭杀死了它。（43）大象倒下，征服敌人城堡的迦尔希尼（激昂）用一支银羽月牙箭砍下摩揭陀王的头颅。（44）

般度之子怖军也冲进象军，在战场上闯荡，杀戮大象，犹如因陀罗粉碎山峰。（45）我们看到在战斗中，怖军一铁杵就打死一头大象，犹如雷杵打击山峰。（46）山峰一般的大象遭到打击，象牙破碎，颞颥破碎，股骨破碎，前额破碎。（47）有些大象哀叫着瘫倒，有些大象转身掉头，还有些大象身受重伤，惊恐万状，屎尿失禁。（48）我们看到怖军所到之处，高山一般的大象遭到打击，呻吟哀鸣，失去生命。（49）一些大象前额粉碎，口吐鲜血，惊恐地倒在地上，犹如山峰倒塌。（50）怖军手持铁杵，在战场上闯荡，身上溅满脂肪、鲜血和筋腱，如同毁灭之神。（51）狼腹（怖军）手持沾有鲜血的铁杵，恐怖骇人，犹如手持三叉戟的湿婆神。（52）在愤怒的怖军的打击下，余下的大象仓皇逃跑，践踏你的军队。（53）

以妙贤之子（激昂）为首的大弓箭手和车兵们保护这位战斗英雄，犹如众天神保护以金刚杵为武器的因陀罗。（54）灵魂可怕的怖军溅满象血，手持沾有鲜血的铁杵，看上去像毁灭之神。（55）我们看到他手持铁杵，在四方八面跳跃，婆罗多子孙啊！犹如看到狂舞的商迦罗（湿婆）。（56）我们看到这沉重可怕的致命铁杵如同阎摩的刑杖，响声如同因陀罗的霹雳，大王啊！（57）这铁杵沾有毛发、筋腱和鲜血，如同愤怒的楼陀罗（湿婆）杀戮野兽的三叉戟。（58）正如牧人用棍棒驱赶畜群，怖军用铁杵驱赶象军。（59）你的那些大象遭到铁杵和四处的飞箭袭击，转身逃跑，践踏自己的军队。（60）如同大风吹走乌云，怖军赶走那些大象，他站在混乱的战场，犹如湿婆手

持三叉戟，站在混乱的坟场。(61)

以上是吉祥的《摩诃婆罗多》中《毗湿摩篇》第五十八章(58)。

五九

全胜说：

象军遭到杀戮，你的儿子难敌催促所有军队杀死怖军。(1) 遵照你儿子的命令，所有的军队冲向高声吼叫的怖军。(2) 这涌来的军队潮水无边无沿，连天神也难以抗拒，犹如朔望之日难以越过的大海。(3) 拥满车、象和马，螺号和铜鼓齐鸣，浩浩荡荡，连绵不断，国王们心地坚硬。(4) 怖军在战斗中抵挡这支坚定的军队，犹如堤岸抵挡大海。(5)

我们看到怖军在战斗中的非凡业绩，国王啊！堪称奇迹，令人折服。(6) 怖军毫不慌乱，用铁杵打击整个骚动的大地，连同马、车和象。(7) 优秀的车兵怖军用铁杵抵挡军队潮水；他站在混乱的战场，犹如巍然屹立的弥卢山。(8) 在这极其混乱、残酷和恐怖的时刻，他的弟兄们、儿子们和水滴王之孙猛光，(9) 德罗波蒂（黑公主）的儿子们、激昂和大勇士束发，尽管感到恐惧，也不抛弃大力士怖军。(10)

怖军紧握沉重的钢制大铁杵，犹如手持刑杖的毁灭大神，所向披靡，杀戮你的士兵，打击车队和马队。(11) 怖军在战场上闯荡，犹如世界末日的毁灭之神；诛灭一切，犹如世界末日的时间之神。(12) 这位般度之子以大腿的冲力顶撞车群，他袭击所有的人象，犹如大象践踏芦苇。(13) 他把车兵、象兵和马兵从车上、象背和马背打翻在地，也把步兵打翻在地。(14) 到处是倒毙的人、象和马，这战场如同死神的屠场。(15) 但见怖军威猛可怕的致命铁杵如同愤怒的楼陀罗（湿婆）杀戮野兽的三叉戟，如同阎摩的刑杖，响声如同因陀罗的霹雳。(16) 灵魂高尚的贡蒂之子（怖军）的杀敌铁杵，如同世界毁灭之时时间之神的恐怖形象。(17) 看到他一次又一次击溃大军，犹如死神降临，所有的人丧失神志。(18) 这位般度之子举起铁杵，眼

睛望到哪里,那里的所有军队就遭到毁灭,婆罗多子孙啊!(19)

看到他摧毁军队,看到成群成群的士兵不能制服他,看到他像毁灭之神张开大嘴吞噬军队,(20) 看到狼腹(怖军)手持大铁杵,行动如此恐怖,毗湿摩迅即冲上前去。(21) 他的战车灿烂似太阳,轰响似雷鸣;犹如饱含雨水的乌云,他用箭雨覆盖怖军。(22) 看到毗湿摩冲过来,如同张开大嘴的毁灭之神,大臂怖军愤怒地对冲过去。(23)

就在这时,忠诚的悉尼族勇士萨谛奇冲向祖父,用硬弓杀戮敌军;你儿子的军队胆战心惊。(24) 他驾着银色的马匹冲来,手挽硬弓射箭,婆罗多子孙啊!你的所有部队不能阻挡他。(25) 惟有优秀的国王鹿角之子,又名指掌,用迅猛的利箭射他,而英勇的悉尼之孙(萨谛奇)驾车冲上前来,回射四支箭。(26) 看到这位苾湿尼族俊杰冲上前来,在敌军中间纵横驰骋,击退俱卢族雄牛们,在战斗中一再发出吼叫;(27) 看到这位俊杰如同中午燃烧的太阳,谁也不能阻挡,国王啊!除了月授之子(广声),这里的人们无不沮丧。(28) 看到自己的军队溃退,月授之子广声拿起迅猛的弓,婆罗多子孙啊!冲向前去,要与萨谛奇交战。(29)

以上是吉祥的《摩诃婆罗多》中《毗湿摩篇》第五十九章(59)。

六〇

全胜说:

广声极其愤怒,向萨谛奇发射九支箭,国王啊!就像用刺棒袭击大象。(1) 灵魂无限的萨谛奇当着众人的面,向这位俱卢族战士泼洒笔直的箭。(2) 难敌王奋勇作战,和簇拥在身边的弟弟们一起,从四面围住月授之子(广声)。(3) 同样,威武的般度之子们一起围住奋勇作战的萨谛奇,站在那里。(4) 怖军满腔愤怒,举起铁杵,婆罗多子孙啊!围攻你的以难敌为首的儿子们。(5) 你的儿子南陀迦满腔愤怒,率领数千辆战车,向大力士怖军发射六支在石头上磨尖的苍鹭羽毛箭。(6) 愤怒的难敌在战斗中,用三支利箭射击大力士怖军的胸膛。（7）大臂大力士怖军登上自己的上等战车，对御者除忧说道：（8）"这些英勇的持国之子们、大勇士和大力士，他们极其愤怒，竭力要在战斗中杀死我。（9）毫无疑问，今天我当着你的面，要杀死他们，所以，你在战斗中努力驾驭我的马匹，御者啊！"（10）

说完，普利塔之子（怖军）向你的儿子难敌发射十支镶金利箭，又对准南陀迦的胸膛发射三支箭。（11）难敌向大力士怖军发射六十支箭，又向除忧发射三支利箭。（12）在交战中，难敌王仿佛笑着，国王啊！用三支利箭射断怖军光亮的弓，断在握弓处。（13）你的持弓的儿子发射利箭，怖军看到御者除忧在战斗中遭受打击，（14）他难以忍受，满腔愤怒，拿起神弓，大王啊！想要杀死你的儿子，婆罗多族雄牛啊！（15）怖军愤怒地取出马蹄羽毛箭，用它射断难敌王的良弓。（16）难敌怒火中烧，扔下断弓，迅速拿起另一张迅猛的弓。（17）他搭上一支像死神那样可怕的利箭，愤怒地射击怖军的胸膛。（18）怖军受到重创，痛苦地坐在车座上；啊！他坐在车座上，就昏迷过去。（19）

看到怖军受伤，以激昂为首的般度族大弓箭手和大勇士们不能忍受。（20）他们镇定地掷出各种威力强大的武器，如同大雨倾泻在你的儿子头上。（21）然后，大力士怖军恢复知觉，向难敌发射三支箭，接着又发射五支箭。（22）大弓箭手般度之子（怖军）又向沙利耶发射二十五支金羽箭；沙利耶中箭，逃离战场。（23）然后，你的十四个儿子冲向怖军，他们是军主、苏室纳、水连和秀目，（24）威猛、怖车、毗罗、雄臂、无贪、丑面、难攻、欲知、变形和娑摩。（25）他们气得眼睛发红，一起冲向怖军，发射许多箭，猛攻猛打。（26）大力士怖军望着你的儿子们，犹如豺狼站在群兽中间，英勇的般度之子（怖军）舔了舔嘴角，用一支马蹄箭砍下军主的头颅。（27）他又砍死水连，送往阎摩殿；接着又杀死苏室纳，送交死神。（28）他又用月牙箭砍下威猛的头颅；这头颅如同月亮，戴着耳环，连同头盔一起落地。（29）怖军在战斗中用七支箭将雄臂连同马匹、旗帜和御者一起，送往阴府，尊者啊！（30）怖军仿佛笑着，又将暴烈的毗罗和怖车两兄弟送往阎摩殿，国王啊！（31）在大战中，怖军当着所有的军队的面，又用马蹄箭，将秀目送往阎摩殿。（32）你的儿子们目睹

怖军的威力，余下的人继续遭到灵魂高尚的怖军打击，恐惧万分，逃向四面八方，国王啊！（33）

然后，福身王之子（毗湿摩）对所有的大勇士说道："怖军在战场上愤怒地杀戮持国之子们。（34）他手持硬弓，杀戮聚在这里，如此杰出、如此优秀、如此勇敢的大勇士们，诸位国王啊！请你们消灭他！"（35）闻听此言，持国的所有战士满腔愤怒，冲向大力士怖军。（36）福授骑着颞颥裂开的大象，民众之主啊！突然冲到怖军的跟前。（37）他冲过来，在战斗中用石头上磨尖的利箭笼罩怖军，犹如乌云笼罩太阳。（38）以激昂为首的大勇士们在战斗中依靠自己的臂力，不能忍受怖军淹没在箭雨中。（39）他们从四面八方发射箭雨，包围福授；从四面八方发射箭雨，袭击那头大象。（40）这头东光国大象遭到各种各样的利箭袭击，国王啊！以加倍的步伐奔跑。（41）但见它血流如注，在战场上犹如阳光交织的大片云彩。（42）这头大象在福授的鞭策下，流着颞颥液汁，犹如时神派出的毁灭者，以加倍的速度冲向所有人，步履震撼大地。（43）看到这头大象，所有的大勇士觉得不可抵御，神情沮丧。（44）国王（福授）愤怒地用笔直的箭射中怖军的胸膛，人中之虎啊！（45）这位大弓箭手、大勇士（怖军）被国王射中，肢体失去知觉，靠在旗杆上。（46）看到怖军昏厥和众人恐惧，威武有力的福授发出吼叫。（47）

瓶首看到怖军处于这种状态，国王啊！这位可怕的罗刹满腔愤怒，隐身消失。（48）转眼间，他又以可怕的面目显现；他制造恐怖的幻象，令胆怯者恐惧倍增。（49）他亲自骑着幻化的爱罗婆多象，其他几头方位象也尾随其后。（50）由其他罗刹骑着的这三头大象是安阇纳、婆摩纳和大莲花，光彩熠熠，（51）躯体庞大，威武雄壮，强劲有力，国王啊！颞颥的液汁分三道流淌。（52）折磨敌人的瓶首鞭策自己的大象，想要杀死骑在象上的福授。（53）其他几头四牙大象在那些罗刹大力士的鞭策下，狂暴地从四面围堵，用象牙袭击福授的象。（54）福授的象遭到这些大象袭击，又遭到利箭袭击，痛苦不堪，发出大声吼叫，如同雷鸣。（55）

听到福授的象发出凄厉可怕的叫声，毗湿摩对德罗纳和难敌王说道：（56）"大弓箭手福授予灵魂邪恶的希丁芭之子（瓶首）交战，陷入困境。(57) 这位罗刹幻力巨大,这位国王愤怒无比;这两位大勇士相遇,犹如互为死神。(58) 我们听到般度族的大声欢呼,也听到那头恐惧的大象的大声哀叫。(59) 我们要去救护这位国王,祝你们幸运!他得不到救护,很快就会在战斗中丧生。(60) 诸位大勇士迅速行动,我们不要耽搁;这场可怕的大战令人毛发直竖。(61) 这位将领出身高贵,英勇忠诚,我们应当救护他,决不后退!"(62)

听了毗湿摩的话,以婆罗堕遮之子(德罗纳)为前锋,所有的国王想要救护福授,一起加快速度,冲向他那里。(63) 看到他们冲向前去,以坚战为前锋,般遮罗族人和般度族人一起,在后面追赶这些敌人。(64) 看到这些军队,威武的罗刹王瓶首发出大声吼叫,如同雷鸣。(65) 听到瓶首的吼叫,看到交战的大象,福身王之子毗湿摩又对婆罗堕遮之子(德罗纳)说道:(66) "我不愿与灵魂邪恶的希丁芭之子(瓶首)交战。此刻他勇武有力,又有援兵。(67) 甚至手持金刚杵者(因陀罗)亲自出场,也不能战胜他。他目标明确,斗志旺盛,而我们在这一天中遭到般遮罗族人和般度族人打击,牲口已经疲乏。(68) 我不愿与占据上风的般度族作战,现在宣布撤退吧!我们明天再与敌人交战。"(69)

俱卢族人惧怕瓶首,听了福身王之子毗湿摩的话,便乘机撤退。(70) 俱卢族人撤退,般度族人满怀胜利喜悦,发出狮子吼,吹响螺号和竹笛。(71) 般度族和俱卢族这一天的战斗就是这样,婆罗多族雄牛啊!瓶首大出风头。(72) 夜晚降临,俱卢族人返回自己的营地,国王啊!他们被般度族人打败,满怀羞愧。(73) 大勇士般度之子们身上布满箭伤,但满怀战斗的喜悦,也返回营地。(74) 他们欣喜无比,将怖军和瓶首拥到前面,互相致敬,大王啊!(75) 他们发出各种叫声,伴随着鼓声;他们发出狮子吼,伴随着螺号声。(76) 这些灵魂高尚的战士发出吼叫,震撼大地,刺痛你儿子的心,尊者啊!这些折磨敌人的战士在夜晚返回营地。(77) 难敌王由于一些弟弟阵亡,神情沮丧,饱含忧伤的泪水,沉思片刻。(78) 然后,他按照规则安排好营地的一切事务;他失去一些弟弟,痛苦忧伤,陷入沉思。(79)

以上是吉祥的《摩诃婆罗多》中《毗湿摩篇》第六十章(60)。

六一

持国说：

听说般度族王子们做到连天神们也难以做到的事，我感到恐惧和惊讶，全胜啊！（1）听说我的儿子们全线溃败，全胜啊！我忧心忡忡，不知结局会怎样？御者啊！（2）维杜罗①的话语肯定会燃烧我的心，全胜啊！因为看来一切皆由命定。（3）以毗湿摩为首的勇士们精通武艺，般度族军队与这些优秀的武士交战。（4）灵魂高尚的大力士般度之子们为何不能杀死？他们受到了谁的恩惠？孩子啊！或者，他们掌握什么知识？由此，他们犹如天上的群星，不会走向灭亡。（5）我不能忍受我的军队一次又一次遭到般度族杀戮；由于命中注定，最残酷的惩罚落在我身上。（6）为何般度之子们不被杀死，而我的儿子们被杀死，请你如实告诉我这一切，全胜啊！（7）我无法看到这场苦难的彼岸，犹如一个人想凭双臂渡过大海。（8）我感到我的儿子们肯定会遭到可怕的灾难；毫无疑问，怖军会杀死我的所有儿子。（9）我看不到有哪位英雄能在战斗中保护我的儿子们，全胜啊！我的儿子们肯定会在战斗中灭亡。（10）因此，我特别询问其中的原因，御者啊！你能如实告诉我这一切。（11）还有，在自己的军队撤退后，难敌做什么？毗湿摩、德罗纳、慈悯、妙力之子（沙恭尼）、胜车、大弓箭手德罗纳之子（马嘶）或者大力士毗迦尔纳做什么？（12）在我的儿子们撤退后，大智者啊！那些灵魂高尚的人们又作出什么决定？全胜啊！（13）

全胜说：

请你专心听着，国王啊！听完后，你要镇定。般度族没有施展任何咒术，也没有施展任何幻术，国王啊！也没有施展任何恐怖手段。（14）他们有能力，按照规则进行战斗，婆罗多子孙啊！这些普利塔之子追求高尚名声，他们总是依法行事。（15）这些大力士恪守正

---

① 维杜罗是持国和般度的弟弟，担任俱卢族的管家，一向反对俱卢族迫害般度族。

法，充满吉祥，决不逃避战斗。哪里有正法，哪里就有胜利。因此，这些普利塔之子在战斗中不被杀死，赢得胜利，国王啊！（16）你的儿子灵魂邪恶，热衷罪恶，性情粗暴，行为卑劣。因此，他们在战斗中失败。（17）你的儿子们像卑鄙小人，对般度族兄弟做了许多恶事，人主啊！（18）般度族兄弟不计较你的儿子们的一切恶行，总是避而不说，般度之兄啊！而你的儿子们却不知尊重他们，民众之主啊！（19）经常犯下恶业，结出极其可怕的恶果，犹如苦涩的甄迦波瓜，大王啊！请你与儿子和朋友们一起享受吧！（20）你不理会朋友们的劝阻，国王啊！灵魂高尚的维杜罗、毗湿摩和德罗纳，（21）还有我，不止一次劝阻你，而你不听取有益有利的话，犹如病人不接受良药。你采纳你的儿子们的意见，认为能够战胜般度族。（22）请你继续听我如实回答你提的问题，婆罗多族俊杰啊！我将按照我听到的，告诉你般度族获胜的原因，克敌制胜者啊！（23）难敌已向祖父询问这个问题。看到所有的大勇士弟弟们在战场上败阵，（24）这位俱卢后裔心中忧伤困惑，在夜里谦恭地走到大智慧的祖父那里。请听我告诉你，人主啊！你的这位儿子这样说道。（25）

难敌说：

你和德罗纳、沙利耶、慈悯以及德罗纳之子（马嘶)、诃利迪迦之子成铠和甘波阇王子善巧，（26）还有英勇的广声、毗迦尔纳和福授，这些著名的大勇士出身高贵，勇于献身。（27）我认为他们能赢得三界，所有般度族兄弟无法抗拒。（28）我心中产生疑问，向你求教。请你告诉我，贡蒂之子们依靠谁，得以屡屡战胜我们？（29）

毗湿摩说：

请你听我说，国王啊！这话我已多次对你说过，俱卢族后裔啊！可你总是不接受。（30）与般度族讲和吧，婆罗多族俊杰啊！我认为这样对你和对大地都合适，主人啊！（31）你和你的弟弟们一起幸福地享受这个大地吧，国王啊！惩治一切恶人，取悦你的亲友们。（32）以前，哪怕我叫着喊着，你也不听我的话。你轻视般度族，落到这个结果。（33）请听我告诉你，大王啊！这些不折不挠的人不会被杀死的原因，主人啊！（34）在这世上，现在没有，过去没有，将来也不会有人能在战斗中战胜手持角弓者（毗湿奴）保护的般度族。（35）

585

请听我如实吟诵古事歌,知法者啊!这是灵魂纯洁的仙人们告诉我的,孩子啊!(36)

从前,所有的天神和仙人聚集在香醉山上,围坐在祖父(梵天)身边。(37) 生主坐在他们中间,看到空中出现一辆光芒闪烁的精妙飞车。(38) 梵天通过禅定明了一切,他控制自我,双手合十,满心喜悦,向至高之神致敬。(39) 众仙人和众天神看见梵天起立,也都起立,双手合十,观看这个伟大的奇迹。(40) 梵天是优秀的知梵者,世界的创造者,通晓至高之法,他按照礼节致敬后,说道:(41) "你是宇宙之财富,宇宙之形象,宇宙之主宰,无所不在的军队,以宇宙为事业,控制自我;你是宇宙之主,婆薮提婆之子(黑天),因此,我走向你这位以瑜伽为魂的天神。(42) 胜利,宇宙大神!胜利,为世界谋求福利之神!胜利,瑜伽之神!主啊!胜利,一切瑜伽!(43) 胜利,腹生莲花者!大眼者!世界的神中之神!胜利,过去、未来和现在的庇护者!温和者!自生者中的自生者!(44) 胜利,品德无量者!不可战胜者!一切的庇护者!胜利,那罗延!难以逾越者!持弓者!(45) 胜利,具备一切神秘品质者!宇宙之形象!无病者!宇宙之主!大臂者!为世界谋求福利者!(46) 胜利,大蛇!野猪!黄发髻!主啊!黄衣裳!民众之主!宇宙之宅!无量者!不灭者!(47) 胜利,显现者!不显现者!居处无量者!控制感官者!有感官者!不可计量者!通晓自我本性者!深沉者!满足愿望者!(48) 胜利,无限者!智慧闻名者!永恒的万物创造者!成功者!机智者!知法者!胜利者!不可战胜者!(49) 自我深邃者!万物之灵魂!现象之本源!现实之本质!世界之主宰!万物创造者!(50) 胜利,自我之母体!大吉祥者!解除劫难者!产生者!产生思想者!喜爱知梵者!(51) 热衷毁灭和创造者!愿望之主!至高之神!不朽之本源!善之本源!时代之火!赐予胜利者!(52) 胜利,众生的主中之主!神啊!脐生莲花者!大力者!自我存在者!大存在者!事业之灵魂!事业授予者!(53)

"大地女神是你的双脚,方向是你的手臂,天国是你的头,我是你的形象,身躯是众天神,日月是你的双眼。(54) 苦行、真理和正法是你的力量,欲望是你的儿子,主啊!火是你的精力,风是你的呼吸，水是你的汗液。(55) 双马童是你的双耳，娑罗私婆蒂女神是你的舌头，吠陀是你的诸行依据，这个世界依靠你而存在。(56) 我们不知你的数量，你的容量，你的精力，你的勇武，你的力量，你的起源，瑜伽和瑜伽行者之主啊！(57) 我们自我约束，专心致志，虔信你，神啊！永远尊奉你为至高的大神，毗湿奴啊！(58) 仙人、天神、健达缚、药叉、罗刹、蛇、毕舍遮、人、兽、鸟和爬行动物，(59) 出于你的恩惠，我在大地上创造了诸如此类的生物，脐生莲花者！大眼者！黑天！消灭噩梦者！(60) 你是一切众生的归依，你是引导者，你是世界之嘴，由于你的恩惠，神主啊！众天神永远幸福。(61) 由于你的恩惠，神啊！大地永远无所畏惧。因此，大眼者啊！请你繁荣雅度族吧！(62) 为了确立正法，为了消灭提迭，为了维持世界，请你照我说的做吧，主啊！(63)

"正是出于你的恩惠，主啊！我如实吟唱关于你的至高神秘，婆薮提婆之子啊！(64) 你自己创造自己为商迦尔舍那，黑天啊！你又自己创造自己为波罗迪优那。(65) 你又从波罗迪优那创造出阿尼娄陀，也就是人所共知的不灭的毗湿奴；阿尼娄陀创造出我，也就是维持世界的梵天。(66) 我被你创造出来，具有婆薮提婆之子（黑天）的本质；请你再把自己分成若干份，化身为人吧，主啊！(67) 为了一切世界的幸福，杀死阿修罗，确立正法，赢得声誉，你将真正实现瑜伽。(68) 在这世界上，众梵仙和众天神虔信你，以各种名义歌唱你这位具有至高灵魂的神，勇力无限者啊！(69) 一切众生存在于你之中，依赖你这位赐予恩惠者，妙臂啊！众婆罗门称颂你是世界的桥梁，称颂你没有起始、中间和终结，是无限的瑜伽。"(70)

以上是吉祥的《摩诃婆罗多》中《毗湿摩篇》第六十一章(61)。

六二

毗湿摩说：

然后，这位世界的至高尊神，以温和深沉的话语回答梵天道：(1) "我通过瑜伽，得知你的一切愿望，就这么办吧。"说罢，他消失不见。（2）　众天神，众仙人和众健达缚惊讶不已，怀着好奇心，询问祖父（梵天）道：（3）　"他是谁？尊者您谦恭地向他致敬，用最尊贵的话语赞颂他，主啊！我们想要知道他。"（4）　听了这话，尊者祖父（梵天）用甜美的话语回答众天神、众梵仙和众健达缚：（5）

"那是他，未来的至高者，必然的至高者。这位神主是众生之灵魂，至高地位的梵。（6）　我和这位纯洁的神主谈话，诸位雄牛啊！为了救助世界，我乞求这位世界之主：（7）　'请你化身凡人，名为婆薮提婆之子（黑天）；为了杀死阿修罗，请你降生大地。'（8）　那些在战斗中被杀的提迭、檀那婆和罗刹已经降生在人间，面目可怕，力量强大。（9）　为了杀死他们，这位控制自我的尊者将会出现在大地，与那罗一起投身母胎。（10）　那罗和那罗延这两位优秀的古代仙人光辉无量，一起化身为凡人。（11）　连众天神也无法战胜那罗和那罗延，而愚痴之人不知道这两位仙人。（12）

"我是他的儿子梵天，一切世界之主；这位婆薮提婆之子（黑天）是一切世界的大神，应该受到我们崇敬。（13）　他手持螺号、转轮和铁杵，无比英勇，优秀的众天神啊！无论何时都不要轻视他，以为他只是个凡人。（14）　他是至高的神秘，他是至高的归宿，他是至高的梵，他是至高的名誉。（15）　他不灭，不显；他永恒，伟大；他以人的名义受到诵唱，而不被理解。（16）　工巧天称颂他是至高的精力，至高的幸福，至高的真理。（17）

"因此，包括因陀罗在内，一切天神和凡人都不能轻视这位勇力无比的神主，以为婆薮提婆之子（黑天）是位凡人。（18）　智力迟钝的人说他只是一位凡人；由于轻视这位感官之主（黑天），人们称这种人为低等人。（19）　谁轻视婆薮提婆之子（黑天）这位瑜伽行者，进入人体的伟大灵魂，人们就称其为愚昧之人。（20）　谁不知道这位神是动物和不动物的灵魂，吉祥，有标志，有光彩，是脐生莲花者，人们就称其为愚昧之人。（21）　这位灵魂伟大者佩戴头冠和宝石，解除朋友们的恐惧，谁轻视他，谁就会陷入可怕的黑暗。（22）　知道了真实情况，婆薮提婆之子（黑天）这位世界的主中之主应该受到一切世界崇敬，优秀的众天神啊！"（23）

尊者（梵天），一切世界的灵魂，说完这些，遣散众天神，走向自己的住所。(24) 众天神、众健达缚、众牟尼和众天女听了梵天吟诵的这些话,愉快地返回天国。(25) 在灵魂高尚的仙人集会上,他们谈论古老者婆薮提婆之子,孩子啊! 我听到了这些。(26) 从阇摩陀耆尼之子罗摩、智慧的摩根德耶以及毗耶娑和那罗陀的嘴中听到了这些,精通学问者啊! (27) 知道了这件事,听到了婆薮提婆之子是不灭的神,伟大的灵魂,世界的主中之主,(28) 一切世界之父梵天是他的儿子,人们怎会不尊敬和崇拜这位婆薮提婆之子呢? (29)

以前,精通吠陀的众牟尼劝阻过你,孩子啊! "别与智慧的婆薮提婆之子(黑天)交战,别与般度之子们交战!"而你执迷不悟。(30) 你仇恨乔宾陀(黑天)和般度之子胜财(阿周那),我认为你是残酷的罗刹,陷入黑暗中,因为没有一个人仇恨那罗和那罗延这两位神。(31) 因此,我告诉你,国王啊! 他永恒不灭,蕴含一切世界;他是统治者,创造者,支撑者,永久,坚定。(32) 他支撑三界,是动物和不动物的导师和主人;他是战斗者,胜利,胜利者,万物之主。(33) 他充满善性,摒弃痴暗和欲情,因此,哪里有黑天,那里有正法;哪里有正法,那里有胜利。(34) 般度之子们受到他的伟大的瑜伽和灵魂的支持,国王啊! 胜利将属于他们。(35) 他经常赋予般度之子们高超的智慧,经常保护他们的军队在战斗中免遭危难。(36) 你向我询问的,正是这位永恒、吉祥、蕴含一切神秘的神,名叫婆薮提婆之子,婆罗多子孙啊! (37) 婆罗门、刹帝利、吠舍和首陀罗各具特色,终日忙碌,以自己的职业供养和崇拜他。(38) 在二分时代结束和争斗时代开始之时,虔信者按照仪规诵唱他和商迦尔舍那。(39) 一个时代接一个时代,这位婆薮提婆之子一次又一次创造阿修罗和凡人的世界,创造以大海为边缘的城市,创造人类的住处。(40)

以上是吉祥的《摩诃婆罗多》中《毗湿摩篇》第六十二章(62)。

六三

难敌说:
婆薮提婆之子被说成是一切世界的伟大存在,祖父啊! 我想知道

他的由来和根基。(1)

毗湿摩说:

婆薮提婆之子是伟大的存在,与众天神共同存在,找不到比这位莲花眼更高的存在,婆罗多族雄牛啊!摩根德耶称乔宾陀(毗湿奴)为伟大的奇迹。(2) 他是众生,众生之灵魂,伟大的灵魂,至高之人;他创造了水、风和火这三者。(3) 这位一切世界的神主创造了大地;这位灵魂伟大的至高之人安卧水中;这位蕴含一切水的神通过瑜伽睡在那里。(4) 这位不灭者从嘴中创造火,从呼吸中创造风,从心中创造娑罗私婆蒂(辨才女神)和吠陀。(5) 这位不灭者首先创造世界,然后创造众天神和众仙人,也创造众生的毁灭和死亡。(6) 他是正法,通晓正法者,赐予恩惠者,满足一切愿望者;他是作者和所作,先前之神,自强之神。(7) 遮那陀那(毗湿奴)首先创造过去、现在和未来,清晨和黄昏,方向、天空和限制。(8) 灵魂伟大的不灭之神乔宾陀(毗湿奴)也创造仙人和苦行,还创造世界的创造者(梵天)。(9) 他创造了一切众生中最早出生的商迦尔舍那;他创造了湿舍,人们称之为无限之神。(10) 湿舍支撑众生、大地和群山,众婆罗门凭禅瑜伽称他为大威力。(11) 这位至高之人(毗湿奴)杀死名叫摩图的大阿修罗。摩图原来产生于他的耳垢,行为暴烈,思想暴烈,企图毁灭梵天。(12) 由于杀死摩图,孩子啊!天神、檀那婆、人和仙人们称遮那陀那(毗湿奴)为诛灭摩图者。这位神主是野猪、狮子和跨行三步者。① (13) 这位诃利(毗湿奴)是一切众生的父母,过去和未来都没有比这位莲花眼更高者。(14) 这位神以苦行约束自己,从嘴中创造婆罗门,从双臂创造刹帝利,从双腿创造吠舍,从双脚创造首陀罗,国王啊!也创造一切肉身的死亡。(15) 谁在新月之夜和满月之夜崇拜,就能接近这位大神,以梵为本和以瑜伽为本的盖沙婆(毗湿奴)。(16) 盖沙婆是至高的精力,一切世界的祖父,众牟尼称他为感官之主,人主啊!(17) 你要知道他是教师、父亲和导师。赢得黑天宠爱者,战胜无穷的世界。(18) 谁在危难之中请求盖沙婆庇护,谁经常念诵这些,他就会吉祥幸福。(19) 谁接近黑天,谁就

---

① 毗湿奴曾化身野猪,救出被阿修罗拖入海底的大地;化身狮子(狮首人身)杀死一个阿修罗魔王;化身侏儒,跨行三步,剥夺另一个阿修罗魔王的三界统治权。

不会痴迷；遮那陀那经常保护那些陷入大恐怖的人。（20）坚战如实知道这些，婆罗多子孙啊！他全心全意寻求灵魂伟大的盖沙婆这位世界之主和瑜伽之主庇护，国王啊！（21）

以上是吉祥的《摩诃婆罗多》中《毗湿摩篇》第六十三章(63)。

六四

毗湿摩说：

以前，众梵仙和众天神在大地上赞颂这位以梵为本的神，大王啊！请听我告诉你：（1）"那罗陀说你是众萨提耶和众天神之主，神中之神主，通晓世界创造之性质。摩根德耶说你是过去、现在和未来。（2）尊者婆利古说你是祭祀中的祭祀，苦行中的苦行，神中之神，古代的可怕形象，众生之主毗湿奴啊！（3）岛生（毗耶娑）说你是婆薮中的婆薮提婆之子，帝释天的确立者，众天神的神中之神。（4）从前创造众生时，人们说你是生主陀刹；鸯耆罗说你是一切众生的创造主。（5）黝黑的提婆罗说你不在身体中显现，而在思想中显现，众天神产生于你的语言。（6）你的头遍布天国，你的双臂支撑大地，你的腹部是三界，你是永恒之人。（7）高尚的苦行者，满足于自我之见的优秀仙人，才能知道你。（8）优秀的王仙在战斗中不退缩，恪守一切法规，诛灭摩图者啊！你是他们的归依。"（9）关于盖沙婆（黑天）的情况，我已或详或略如实告诉你，请你喜欢盖沙婆（黑天）吧！（10）

全胜说：

听完这个圣洁的故事，大王啊！你的儿子开始重视盖沙婆（黑天）和大勇士般度之子们。（11）大王啊！福身王之子毗湿摩又对他说道"你已经听到灵魂高尚的盖沙婆（黑天）和那罗的伟大。（12）我如实回答了你询问的问题，为何那罗和那罗延化身为人；（13）为何这两位英雄在战斗中不可战胜，不可杀害；为何般度之子们在战斗中不可接近，国王啊！（14）黑天衷心喜欢名声卓越的般度族兄弟，因此，王中因陀罗啊！请与般度族兄弟讲和吧！（15）你控制自己，

与有力的弟兄们一起享受大地吧！轻视那罗和那罗延这两位神，你会遭到毁灭。"（16）

说罢，你的父亲（毗湿摩）保持沉默，民众之主啊！他打发走国王，上床休息。（17）国王向灵魂高尚的祖父行礼辞别，走回自己的营帐，躺在精美的床上，度过这个夜晚，婆罗多族雄牛啊！（18）

以上是吉祥的《摩诃婆罗多》中《毗湿摩篇》第六十四章（64）。

六五

全胜说：

夜晚逝去，太阳升起，大王啊！两军互相走近，投入战斗。（1）他们互相望着，满腔愤怒，渴望战胜对方，向前冲去。（2）由于你的失策，国王啊！般度之子们和持国之子们全副武装，斗志昂扬，排定阵容。（3）毗湿摩周全地保护鳄鱼阵容，国王啊！般度族兄弟保护自己的阵容，国王啊！（4）你父亲天誓（毗湿摩）走出车军；这位优秀的车兵受到庞大的车队围护。（5）各就各位的车兵、步兵、象兵和马兵依次跟随。（6）名声卓越的般度族兄弟看到他们发起进攻，以不可制胜的兀鹰阵容迎战。（7）大力士怖军在兀鹰嘴尖，难以制服的束发和水滴王之孙猛光在兀鹰双眼。（8）真正勇敢的英雄萨谛奇在兀鹰头顶，挥舞甘狄拨神弓的普利塔之子阿周那在兀鹰脖颈。（9）兀鹰左翼是整整一军人马，包括灵魂高尚的、吉祥的木柱王和他的儿子。（10）兀鹰右翼一军人马的统帅是羯迦夜，后面是德罗波蒂的儿子们和英勇的妙贤之子（激昂）。（11）吉祥的、智慧的坚战王步履优美，和两位孪生弟兄（无种和偕天）一起站在兀鹰背部。（12）

怖军进入鳄鱼嘴，遭遇毗湿摩，在战斗中，用箭覆盖毗湿摩。（13）毗湿摩在大战中掷出大量武器，婆罗多子孙啊！打乱般度之子们的军队阵容。（14）军队混乱，胜财（阿周那）迅速向站在战场前沿的毗湿摩发射一千支箭。（15）他遏制毗湿摩掷出的各种武器，与自己兴奋的军队站在一起，投入战斗。（16）

优秀的力士难敌王目睹军队惨遭杀戮，这位大勇士记得一些弟兄在战斗中被杀死,对婆罗堕遮之子(德罗纳)说道:(17)"老师啊!你永远为我的利益着想,无罪者啊!我们依靠你和祖父毗湿摩,(18)毫无疑问,甚至想在战斗中战胜众天神,何况缺乏勇气和威力的般度之子们?"(19) 德罗纳听了你的儿子的这些话,尊者啊!当着萨谛奇的面,冲进般度族军队。(20) 于是,萨谛奇包围德罗纳,婆罗多子孙啊!一场混乱开始,令人毛发直竖。(21)

威武的婆罗堕遮之子(德罗纳)仿佛笑着,在战斗中愤怒地用利箭射中悉尼之孙(萨谛奇)的锁骨。(22) 怖军愤怒地射击婆罗堕遮之子(德罗纳),国王啊!保护萨谛奇免遭优秀的武士德罗纳的攻击。(23) 德罗纳、毗湿摩和沙利耶在战斗中愤怒地用箭雨覆盖怖军,尊者啊!(24) 激昂和德罗波蒂之子们满腔愤怒,尊者啊!用利箭射击这些奋勇作战的勇士。(25) 大弓箭手束发在大战中抵御愤怒地冲来的毗湿摩和德罗纳两位大力士。(26) 这位有力的英雄握紧弦声似雷的弓,迅速用箭雨遮蔽太阳。(27)

婆罗多族祖父(毗湿摩)遇见束发,想到他是女性,在战斗中避开他。(28) 在你的儿子催促下,大王啊!德罗纳在战斗中冲向束发,保护毗湿摩。(29) 束发遇见优秀的武士德罗纳,在战斗中避开他,犹如躲避世界末日之火。(30) 你的儿子渴望伟大名声,民众之主啊!与大军一起上前保护毗湿摩。(31) 般度族以胜财(阿周那)为先锋,国王啊!一心想要取胜,冲向毗湿摩。(32) 双方渴望胜利和永久的名声,犹如天神和檀那婆之间发生可怕而无比神奇的战争。(33)

以上是吉祥的《摩诃婆罗多》中《毗湿摩篇》第六十五章(65)。

六六

全胜说:

福身王之子毗湿摩进行激烈的战斗,想要让你的儿子们摆脱对怖军的恐惧。(1) 上午,可怕的王族大战进行着,毁灭俱卢族和般度族的杰出勇士。(2) 在这场极其恐怖的混战中,喧嚣声直达辽阔的天空。(3) 大象吼叫,马匹嘶鸣,还有铜鼓声和螺号声,响成一片。(4)英勇的大力士们渴望取胜,如同牛圈里的雄牛,互相吼叫着。(5)在战斗中,被利箭砍下的头颅纷纷坠落,犹如空中降下石雨,婆罗多族雄牛啊!(6)但见佩戴耳环和头冠的、金光闪耀的头颅坠落,婆罗多族雄牛啊!(7)大地布满被利箭射中的肢体和手臂,一些握着弓,另一些戴着饰品;(8)布满身披铠甲的肢体和佩戴饰品手臂,面庞漂亮似月,眼角发红。(9)大地之主啊!顷刻之间,整个大地布满象、马和人的肢体。(10)

尘土似乱云,刀光似闪电,战士们的吼声如同雷鸣。(11)俱卢族和般度族之间的战斗凶猛激烈,血流成河,婆罗多子孙啊!(12)这场极其恐怖的混战令人毛发直竖,狂妄好战的刹帝利们泼洒箭雨。(13)在大战中,你方和敌方的大象遭到箭雨袭击,发出吼叫,婆罗多族俊杰啊!失去骑兵的马匹到处乱跑。(14)你方和敌方的一些战士中箭,痛苦不堪,跃起又倒下,婆罗多族雄牛啊!(15)到处可见奔驰的马、象和车遭到打击,民众之主啊!(16)刹帝利们在死神催促下,用铁杵、刀剑、标枪和笔直的箭互相杀戮。(17)另一些善战的英雄在战斗中,屡屡用铁闩般的手臂搏击。(18)你方的一些英雄和般度族用拳头、膝盖和手掌互相搏杀,民众之主啊!(19)失去战车的车兵手持利剑,互相追赶,渴望杀死对方。(20)难敌王在众多的羯迦夜人围护下,以毗湿摩为前锋,冲向般度族。(21)而所有般度族人围护狼腹(怖军),驾驭勇猛的车马,愤怒地冲向毗湿摩。(22)

以上是吉祥的《摩诃婆罗多》中《毗湿摩篇》第六十六章(66)。

六七

全胜说:

看到弟兄们和另外一些国王与毗湿摩交锋,胜财(阿周那)手持武器,冲向这位恒河之子(毗湿摩)。(1)听到"五生"螺号和甘狄拨神弓的响声,看到普利塔之子(阿周那)的旗帜,我们所有的人心生恐惧。(2)我们看到手持甘狄拨神弓者(阿周那)的神圣旗帜以猿猴为标志，绚丽多彩，犹如林中出现不落的彗星。(3) 战士们看到这位大勇士弓背镶金的甘狄拨神弓，犹如看到空中云间耀眼的闪电。(4) 在他杀戮你的军队的时候，我们听到他的手掌发出可怕的拍击声，犹如帝释天发出强烈的雷鸣声。(5) 犹如狂风大作、雷电交加的乌云，他泼洒箭雨，覆盖四面八方。(6) 武器锐利的胜财（阿周那）冲向恒河之子（毗湿摩），我们被他的武器击昏，辨不清东边和西边。(7) 战士们迷失方向，马匹疲惫，武器损坏，知觉混乱，互相挤成一团，婆罗多族雄牛啊！(8) 他们和你的儿子们一起寻求毗湿摩保护；福身王之子毗湿摩成为他们战斗中的救主。(9)

车兵们惊慌失措，从战车上跳下，马兵从马背上跳下，步兵也倒在地上。(10) 听到甘狄拨神弓发出雷鸣般声响，所有的军队吓得肢体瘫软，婆罗多子孙啊！(11) 然后，以甘波阇人为首，数千个戈波族士兵，骑着高大的快马，簇拥着戈婆萨纳（牛会）。(12) 以全体羯陵伽人为首，摩德罗人、绍维罗人、犍陀罗人和三穴人，簇拥着羯陵伽王，民众之主啊！(13) 以难降为前锋，那伽人涌动如潮，还有胜车王和所有的国王。(14) 在你的儿子们催促下，一万四千名优秀士兵围护妙力之子（沙恭尼）。(15) 你方的所有将士分别驾驭车马，在战斗中，一起冲向般度族，婆罗多族雄牛啊！(16) 车兵、象、马和步兵扬起的尘土犹如笼罩的乌云，战场更显恐怖。(17)

毗湿摩依靠由长矛、标枪、铁箭、象、马、车和士兵组成的大军，与有冠者（阿周那）交战。(18) 阿凡提王与迦尸王交战，信度王与怖军交战，无敌（坚战）带领儿子和大臣，与著名的摩德罗族雄牛沙利耶交战。(19) 毗迦尔纳与偕天交战，奇军与束发交战，摩差人冲向难敌和沙恭尼，民众之主啊！(20) 木柱王、显光和大勇士萨谛奇，与灵魂高尚的德罗纳及其儿子交战。慈悯和成铠冲向勇旗。(21) 就这样，战马奔腾，大象和战车驰骋，战士们到处交战。(22)

无云的空中闪电大作，四面八方尘土弥漫，大彗星轰然出现，民众之主啊！(23) 狂风呼啸，飞沙走石，军队扬起的尘土遮蔽空中的太阳。(24) 在尘土的折磨下，在各种武器的打击下，一切众生神志迷糊。(25) 从英雄们手臂中射出能穿透一切铠甲的利箭，互相碰击，

595

响成一片。（26）那些高贵的手臂举起武器，灿若群星，照亮天空，婆罗多族雄牛啊！（27）

各种金网缠绕的牛皮铠甲飘落四面八方，婆罗多族雄牛啊！（28）但见躯体和头颅被色泽似太阳的利剑砍断，坠落在各处。（29）车轮、车轴和车座破碎，大旗折断，马匹丧命，大勇士们随处倒下。（30）一些车兵阵亡，驾车的马匹被武器击伤，倒在那里。（31）一些驾辕的骏马被箭射中，躯体破裂，依然拉着车辕到处奔驰，婆罗多子孙啊！（32）

但见一些战车连同御者、马匹和车兵，被一头有力的大象摧毁，国王啊！（33）在大军交战中，许多大象在战场上闻到香象的春情液汁，抬步向前。（34）许多大象被铁箭和大型长矛击中，倒地丧命，布满战场。（35）在大军交战中，许多战车连同战士和旗帜，被优质大象摧毁，在战斗中倒下。（36）但见许多车辕在战斗中遭到那些如同象王的大象象鼻甩打，顿时断裂，大王啊！（37）车队溃散，大象在战斗中用象牙挑刺车兵的发髻，犹如挑刺树枝。（38）那些优质大象在战斗中拽着挤成一团的战车，跑向四面八方，发出各种叫声。（39）这些大象这样拽着战车，犹如拽着湖中成片的莲花。（40）就这样，辽阔的战场上布满马兵、步兵、旗帜和大勇士。（41）

以上是吉祥的《摩诃婆罗多》中《毗湿摩篇》第六十七章（67）。

六八

全胜说：

束发和摩差王毗罗吒迅速冲向难以制服的大弓箭手毗湿摩，民众之主啊！（1）胜财（阿周那）与德罗纳、慈悯和毗迦尔纳这些有力的大弓箭手以及国王的其他一些勇士交战；（2）与大弓箭手信度王及其大臣和亲友交战，与东部和南部的国王们交战，王中雄牛啊！（3）怖军在战斗中，冲向你的怒不可遏的儿子大弓箭手难敌和难偕。（4）偕天冲向沙恭尼和大勇士优楼迦，两位难以战胜的父子大弓箭手。（5）大勇士坚战曾经受到你儿子欺诈，在战斗中冲向象军，大王啊！（6）

玛德利和般度之子无种，这位在战斗中呼叫的勇士，与三穴国车兵交战。（7）　萨谛奇、显光和大勇士妙贤之子（激昂）在战斗中，冲向难以制服的沙鲁瓦人和羯迦夜人。（8）　难以制服的勇旗和罗刹瓶首，在战斗中冲向你的儿子们的车队。（9）　灵魂无限的大力士统帅猛光，与业绩如同因陀罗的德罗纳交战，国王啊！（10）　就这样，你方的这些英勇的大弓箭手，与般度族在战场上交锋，互相进攻。（11）

时至中午，阳光布满天空，俱卢族和般度族互相杀戮。（12）　裹着虎皮的战车有旗杆，有旗帜，车身镶嵌金子，在战场上驰骋，光彩熠熠。（13）　在交战中，战士们渴望战胜对方，大声喊叫，犹如发出狮子吼。（14）　我们看到斯楞遮耶族英雄们与俱卢族展开激战，堪称奇迹。（15）　到处发射利箭，国王啊！我们看不见天空，辨不清方向，也辨不清方位，折磨敌人者啊！（16）　顶端光洁的标枪和长矛，淡黄色的利剑，光彩熠熠，如同蓝莲花。（17）　各种铠甲和装饰品也闪发光辉，照亮天空和四方八面。这时的战场，国王啊！到处闪发光辉。（18）战车狮子座上的人中之虎们在战斗中冲杀，国王啊！犹如空中的彗星闪发光辉。（19）

最优秀的车兵毗湿摩满腔愤怒，当着全体军队的面，围攻大力士怖军。（20）　毗湿摩在战斗中向怖军发射的金羽箭，曾在石头上磨尖，涂过油，威力强大。（21）　大力士怖军掷出速度飞快的标枪，犹如掷出毒蛇，婆罗多子孙啊！（22）　毗湿摩在战斗中，用笔直的箭粉碎这支突然飞来的、难以抵御的金杖标枪。（23）　他用另一支锋利的淡黄月牙箭，把怖军的弓射成两截，婆罗多子孙啊！（24）　于是，萨谛奇迅速冲向毗湿摩，在战斗中向你的父亲发射许多箭，人中之神啊！（25)毗湿摩搭上一支极其可怕的利箭，将芝湿尼族后裔（萨谛奇）的御者从车上射翻。（26）　御者中箭倒下，马匹脱缰狂奔，国王啊！速度如同思想，如同暴风。（27）　所有的军队发出喧哗，能听到灵魂高尚的般度族 "啊！啊！" 的叫声。（28　"跑吧" "抓住" "拽住马" "跑吧！" 这些叫喊声尾随善战（萨谛奇）的战车。（29）

这时，福身王之子毗湿摩再次袭击般度族军队，犹如诛灭弗栗多者（因陀罗）打击阿修罗。（30）　尽管遭到毗湿摩袭击，般遮罗人和苏摩迦人依然斗志高昂，冲向毗湿摩。（31）　普利塔之子们渴望战胜你的儿子的军队,以猛光为前锋,冲向福身王之子(毗湿摩)。(32)同样,你方以毗湿摩和德罗纳为前锋,快速冲向敌人,进行战斗,国王啊!(33)

以上是吉祥的《摩诃婆罗多》中《毗湿摩篇》第六十八章(68)。

六九

全胜说:

大勇士毗罗吒用三支箭射击大勇士毗湿摩,又用三支箭射击他的马。(1) 而福身王之子毗湿摩这位大弓箭手和大力士,抬手回射他十支金羽箭。(2) 大勇士德罗纳之子(马嘶)这位可怕的大弓箭手,手臂强劲有力,向手持甘狄拨神弓者(阿周那)的胸膛发射六支箭。(3)诛灭敌雄的颇勒古拿(阿周那)射断他的弓。这位粉碎敌人者用锐利的羽毛箭狠狠射击他。(4) 他气得发昏,不能忍受普利塔之子(阿周那)在战斗中射断他的弓,又迅速取出另一张弓。(5) 他向颇勒古拿(阿周那)发射九十支利箭,国王啊!向婆薮提婆之子(黑天)发射七十支最锋利的箭。(6) 颇勒古拿(阿周那)和黑天气得眼睛发红,喘着长长的热气,沉思片刻。(7)

手持甘狄拨神弓粉碎敌人者(阿周那)满腔愤怒,左手挽弓,取出那些箭杆笔直、锋利可怕、致人死命的箭。(8) 他迅速用这些箭射向优秀的力士德罗纳之子(马嘶),这些箭在战斗中穿透他的铠甲,吸吮他的血。(9) 德罗纳之子(马嘶)被手持甘狄拨神弓者(阿周那)射伤,仍不退缩,依然无所畏惧地泼洒箭雨,国王啊!他要在战斗中保护恪守誓言者(毗湿摩)。(10) 他与两位黑王子(黑天和阿周那)交战而不退缩,人中雄牛们称赞他的这一伟大业绩。(11) 他从德罗纳那里学会难以获得的各种武器发射和回收的方法,在军队中作战,始终无所畏惧。(12) "他是我的教师的儿子,他是德罗纳笃爱的儿子,他尤其是一位婆罗门,应该受到我的敬重。"(13) 折磨敌人的英雄毗跋蔌(阿周那)想到这点,这位最优秀的车兵对德罗纳之子(马嘶)产生怜悯。(14) 于是,这位折磨敌人的勇士贡蒂之子(阿周

598

那）在战斗中放弃德罗纳之子（马嘶），迅速投入战斗，杀戮你方战士。（15）

难敌向大弓箭手怖军发射十支在石头上磨尖的金杆兀鹰羽毛箭。（16）怖军满腔愤怒，拿起致敌死命的硬弓和十支利箭。（17）他镇定地把这些迅猛锋利的箭拉至耳边，迅速射向俱卢王宽阔的胸膛。（18）这些箭围绕胸前穿在金线上的宝石，宛如众多彗星围绕太阳。（19）你的英勇的儿子遭到怖军打击，犹如蛇不能忍受人的掌声。（20）他用在石头上磨尖的金羽箭射向怖军，威慑军队，大王啊！（21）这两位大力士在战斗中交锋，互相受到重创；你的这两个儿子犹如一对天神，光彩照人。（22）

诛灭敌雄的妙贤之子（激昂）向人中之虎奇军发射十支箭，向多友发射七支箭。（23）这位英雄又向诚誓发射七十支箭，在战斗中如同帝释天，仿佛在战场上跳舞，给我们带来痛苦。（24）奇军向他回射十支箭，诚誓回射九支箭，多友回射七支箭。（25）阿周那之子（激昂）受伤流着血，依然用箭射断奇军阻遏敌人的奇妙大弓，射穿他的铠甲，命中胸膛。（26）你方的大勇士、英勇的王子们情绪激动，在战斗中聚在一起，发射利箭，精通武艺的激昂也用利箭杀戮他们。（27）他在战斗中毁灭你的军队，犹如焚烧大片干草；看到他的业绩，你的儿子们包围他。（28）

妙贤之子（激昂）摧毁你的军队，犹如寒季逝去的时节，大火焚烧点燃之物，光焰闪耀。（29）看到他的这种行为，民众之主啊！你的孙子罗奇蛮在战斗中迅速冲向妙贤之子（激昂）。（30）激昂满腔愤怒，用六十支箭射击具有吉祥标志的罗奇蛮，用三支箭射击他的御者。（31）同样，罗奇蛮用利箭射击妙贤之子（激昂），国王啊！这仿佛是奇迹，大王啊！（32）大力士妙贤之子（激昂）用利箭杀死他的四匹马和御者，然后，冲向罗奇蛮。（33）杀敌英雄罗奇蛮站在马匹倒毙的车上，愤怒地将标枪投向妙贤之子（激昂）的战车。（34）这支迅猛袭来的标枪如同毒蛇，形状可怕，难以抵御，激昂用利箭将它射碎。（35）于是，乔答摩（慈悯）让罗奇蛮登上自己的车，当着全体军队的面，用车带他撤离战斗。（36）

在这场极其恐怖的混战中，战士们冲锋向前，互相渴望杀死对方。(37) 你方的大弓箭手们和般度族大勇士们在战斗中互相杀戮,奉献生命。(38) 发髻披散,铠甲失落,弓箭断裂,斯楞遮耶人和俱卢族人用手臂交战。(39) 大臂者大力士毗湿摩满腔愤怒,用神奇的武器杀戮灵魂高尚的般度族军队。(40) 大地上遍布御者丧命的大象以及人、马、步兵、车兵和马兵。(41)

以上是吉祥的《摩诃婆罗多》中《毗湿摩篇》第六十九章(69)。

七〇

全胜说:

国王啊! 大臂萨谛奇疯狂战斗,在战斗中挽开担负重任的硬弓,(1) 射出许多如同毒蛇的羽毛箭,展示他的轻巧娴熟的武艺。(2) 他挽开弓,射出许多箭,又取出一些箭,搭上弓。(3) 他在战斗中射杀敌人,看上去如同乌云降雨。(4) 难敌王看到他如此勇猛,便派出一万辆战车,婆罗多子孙啊!(5) 英勇的大弓箭手萨谛奇确实英勇,用神奇的武器杀死所有这些大弓箭手。(6)

这位英雄手持弓箭,完成骇人的战绩后,又在战斗中与广声遭遇。(7) 为俱卢族增光的广声看到军队被善战(萨谛奇)摧毁,满腔愤怒,冲了上来。(8) 他挽开色泽如同彩虹的大弓,发射成千上万支箭,如同雷杵,如同毒蛇,大王啊!展示他轻巧的手艺。(9) 萨谛奇的随从们不能忍受这些致命的利箭,国王啊! 纷纷逃向四方,撇下疯狂战斗的萨谛奇,国王啊!(10)

善战(萨谛奇)的十个大力士儿子是著名的大勇士,装备有奇妙的铠甲、武器和旗帜。(11) 他们看到后,阻截以祭柱为旗徽的大弓箭手广声,在大战中愤怒地对他说道: (12) '喂! 喂! 俱卢族的亲戚! 过来与我们交战吧,大力士啊! 与我们全体或者单个交战。(13) 要么是你在战斗中战胜我们,赢得荣誉;要么是我们战胜你,为我们的父亲增光。"(14) 听罢这些勇士们的话,这位以英勇著称的人中俊杰大力士,望着这些站在面前的人,说道: (15) "好啊,英雄们! 你们说了你们的这个想法,那就一起与我交战吧! 我将在战斗中杀死你

们。"(16) 闻听此言,这些英勇的大弓箭手动作敏捷,向这位制服敌人者(广声)泼洒浩大的箭雨。(17)

时间已是下午,大王啊! 一人面对众人,在战场上进行激烈的战斗。(18) 他们向这一位最优秀的勇士泼洒箭雨,犹如雨季的乌云向高山降雨,国王啊! (19) 他们射出的这些如同阎摩刑杖或雷电的箭流,在尚未到达之时,都被这位大勇士迅速粉碎。(20) 我们目睹月授之子(广声)英勇的奇迹,他一人与众人交战,无所畏惧。(21) 十位大勇士泼洒箭雨,国王啊! 包围这位大臂勇士,准备杀死他。(22) 愤怒的大勇士月授之子(广声)在顷刻之间,就用十支箭粉碎他们的弓,婆罗多子孙啊! (23) 射断他们的弓后,又在战斗中用笔直锋利的月牙箭砍断他们的头颅,国王啊! 他们倒地而死,犹如被雷电劈断的树木。(24)

看到英勇的大力士儿子们阵亡,国王啊! 苾湿尼族后裔(萨谛奇)吼叫着冲向广声。(25) 这两位大力士在战斗中战车碰撞,互相杀死对方驾车的马匹;战车失灵,这两位大勇士跳下战车冲杀。(26) 这两位人中之虎身披上等铠甲,手持长剑,英姿勃发,站在那里交战。(27) 怖军迅速来到手持利剑的萨谛奇那里,国王啊! 把他接到自己的战车上。(28) 你的儿子也在战斗中,当着所有弓箭手的面,国王啊! 迅速把广声接到自己的战车上。(29)

同时,在这场战斗中,愤怒的般度族与大勇士毗湿摩交战,婆罗多族雄牛啊! (30) 太阳正在变红,胜财(阿周那)迅速杀死二万五千个大勇士。(31) 因为这些大勇士奉难敌之命想杀死普利塔之子(阿周那),结果冲到那里就遭到灭亡,犹如飞蛾扑火。(32) 然后,精通箭术的摩差人和羯迦夜人围绕大勇士普利塔之子(阿周那)和他的儿子。(33) 这时,太阳落到西山,所有的战士昏沉麻木。(34) 在这黄昏时分,战马疲惫,大王啊! 你的父亲天誓布置军队撤退。(35) 般度族和俱卢族两军交战,极其恐怖,现在返回各自的住处。(36) 般度族、斯楞遮耶族和俱卢族按照规则,婆罗多子孙啊! 走进各自的营地。(37)

以上是吉祥的《摩诃婆罗多》中《毗湿摩篇》第七十章(70)。

七一

全胜说：

俱卢族和般度族停战休息，国王啊！夜晚逝去，他们又出来战斗。（1）那里，喧嚣声起，婆罗多子孙啊！战车驾上马匹，大象装备齐全，（2）步兵和战马全副武装，婆罗多子孙啊！各处的螺号和铜鼓响成一片。（3）然后，坚战王对猛光说道："大臂者啊！排好折磨敌人的鳄鱼阵容。"（4）大勇士猛光这位优秀的车兵听了普利塔之子（坚战）的话，下达命令，大王啊！（5）木柱王和般度之子胜财（阿周那）站在鳄鱼头部，大勇士偕天和无种站在鳄鱼双眼，大力士怖军站在鳄鱼嘴尖，大王啊！（6）妙贤之子（激昂）、德罗波蒂的儿子们、罗刹瓶首、萨谛奇和法王（坚战），站在鳄鱼阵容的颈部。（7）军队将帅毗罗吒和猛光一起，由大军围护，站在鳄鱼的背部，大王啊！（8）羯迦夜族五兄弟站在左侧，人中之虎勇旗和英勇的迦罗迦尔舍站在右侧，保护阵容。（9）吉祥的大勇士贡提婆阇和百军，由大军围护，站在阵容的两足。（10）有力的大弓箭手束发由苏摩迦人围护，与宴丰一起，站在鳄鱼的尾部。（11）般度族排定这个庞大的阵容，婆罗多子孙啊！太阳已经升起，他们全副武装，再次投入战斗，大王啊！（12）他们偕同象、马、车和步兵，携带光洁锐利的武器，高举旗帜，迅速挺军俱卢族。（13）

你的父亲天誓（毗湿摩）看到这个军队阵容，国王啊！他安排军队编成庞大的苍鹭阵容。（14）大弓箭手婆罗堕遮之子（德罗纳）站在苍鹭的喙尖，马嘶和慈悯站在苍鹭的两腿，人主啊！（15）人中俊杰、最优秀的弓箭手成铠偕同甘波阇人、阿罗吒人和波力迦人，站在苍鹭头顶。（16）苏罗塞纳和你的儿子难敌，尊者啊！由许多国王围护，站在苍鹭颈部，大王啊！（17）东光王偕同摩德罗人、绍维罗人和羯迦夜人，由大军围护，站在苍鹭胸部，人中俊杰啊！（18）钵罗斯他罗王善佑全副武装，和自己的军队一起，站在左翼，保护阵容。（19）杜夏罗人、耶婆那人、沙迦人和朱朱波人一起，站在右翼，

保护阵容，婆罗多子孙啊！（20） 闻寿、百寿和月授之子（广声） 站在阵容尾部，互相保护。（21）

然后，般度族和俱卢族互相逼近，准备战斗，大王啊！太阳已经升起，大战开始。（22） 车兵冲向大象，大象冲向车兵，马兵冲向马兵，车兵冲向马兵。（23） 国王啊！在大战中，车兵冲向御者，也冲向大象；象兵冲向车兵，车兵冲向马兵。（24） 车兵和步兵，骑兵和步兵，斗志昂扬，互相进攻，国王啊！（25） 在怖军、阿周那、孪生兄弟（偕天和无种）和其他大勇士保护下，般度族军队光彩熠熠，犹如群星璀璨的夜空。（26） 同样，你的军队受到毗湿摩、慈悯、德罗纳、沙利耶和难敌等人保护，犹如彗星围绕的天空。（27）

英勇的贡蒂之子怖军看到德罗纳，便驾驶快马，向婆罗堕遮之子（德罗纳）的军队冲去。（28） 英勇的德罗纳在战斗中瞄准怖军的要害，发射九支铁箭，国王啊！（29） 怖军尽管受到重创，仍在战斗中将婆罗堕遮之子（德罗纳）的御者送往阎摩殿。（30） 威武的婆罗堕遮之子（德罗纳）勒紧自己的马匹，杀戮般度族军队，犹如大火焚烧草堆。（31） 遭到德罗纳和毗湿摩杀戮，人中俊杰啊！斯楞遮耶人和羯迦夜人纷纷逃散。（32） 同样，你的军队遭到怖军和阿周那打击，失去知觉，呆在那里，犹如骄矜的美女。（33） 双方阵容崩溃，优秀的勇士们阵亡，你方和对方的损失惨重，婆罗多子孙啊！（34） 我们目睹你方和对方交战的奇迹，所有的战士全心全意投入战斗，婆罗多子孙啊！（35） 般度族和俱卢族的大勇士互相战斗，抵御对方的武器，民众之主啊！（36）

以上是吉祥的《摩诃婆罗多》中《毗湿摩篇》第七十一章(71)。

<h1 style="text-align:center">七二</h1>

持国说：
我们的军队有许多优点，有许多种类，按照经典布阵，攻无不克，全胜啊！（1） 这支军队非常支持我们，一贯热爱我们，服从我们，无灾无祸，勇气有目共睹。（2） 这些士兵不年老，不幼小，不瘦

弱，不肥胖，身体健壮，动作敏捷。（3）身披铠甲，手持各种武器，精通击剑、搏斗和杵战。（4）精通标枪、双刃剑、长矛、铁闩、飞镖、梭镖和铁杵。（5）精通枪矛弓箭和各种投射器，还有拳击。（6）努力学习，刻苦操练，精通一切武器使用知识。（7）精通登上、跳下、冲刺、躲闪、有效打击、进攻和撤退。（8）驾驭象、马和车的能力经过多次考察，依据考察，支付合理酬金。（9）不依据关系，不依据仪态，不依据亲戚和相貌，不依据朋友和力气，不依据家族。（10）他们的家族富庶而高贵，亲友受到善待而满意，他们获得大量恩惠，享有荣誉，意志坚定。（11）经常保护他们的是许多举世闻名的杰出人物，战无不胜，业绩卓著，犹如世界保护者；（12）是许多举世敬重的刹帝利，携带军队和随从，主动前来支持我们。（13）

这支军队犹如各地河流汇成的浩淼大海，战车和大象围绕，无翼而似有翼。（14）各种战士组成海水，各种牲畜是汹涌的波浪，各种刀剑、铁杵、标枪、弓箭和长矛是船桨。（15）到处是用宝石和布料制作的旗帜和装饰品；各种牲畜奔驰，形成狂风，摇动大海。（16）我们的军队犹如浩瀚无边的、咆哮的大海，受到德罗纳、毗湿摩和成铠保护，（17）受到慈悯、难降和胜车等人保护，受到福授、毗迦尔纳、德罗纳之子（马嘶）、妙力之子（沙恭尼）和波力迦保护，（18）受到世上许多灵魂高尚、体魄健壮的英雄保护，如今在战斗中遭到杀戮，那是宿命注定。（19）

在这大地上，无论是凡人，还是古老吉祥的仙人，都没有见过这样的战斗。（20）这样一支武器和财富充足的大军，在战斗中遭到杀戮，不是命运，会是什么？（21）这一切看来是反常的，全胜啊！这样一支可怕的军队在战斗中不能征服般度族。（22）或者是众天神汇集这里，帮助般度族作战，以致我们的军队遭到杀戮，全胜啊！（23）维杜罗确实说过合理有益的话，全胜啊！可是我的愚蠢的儿子难敌不听。（24）这位灵魂高尚的人通晓一切，我认为他早已想好，孩子啊！现在发生的一切早已在他预料之中。（25）或者，这一切完全由创造主促成，全胜啊！他早已作出这样的安排，就不可能有别的结果。（26）

以上是吉祥的《摩诃婆罗多》中《毗湿摩篇》第七十二章(72)。

七 三

全胜说：

那是你自己的过失导致这个灾祸，国王啊！因为那些玷污正法的行为，婆罗多族雄牛啊！难敌不明白，而你是明白的，国王啊！（1）由于你的过失，才发生掷骰子事件，民众之主啊！由于你的过失，才发生与般度族的战争。你自己犯下错误，现在就享受后果吧！（2）自己做事，自己承担，无论今世或来世，你都得如实接受，国王啊！（3）因此，你要挺住，国王啊！接受这个大灾祸，请听我如实讲述这场战争，尊者啊！（4）

怖军用许多利箭打散你们庞大的军阵，然后，这位英雄攻击难敌所有的弟弟。（5）难降、难拒、难偕、猖狂、庆胜、胜军、毗迦尔纳、奇军和妙容，（6）美奇、美铠、丑耳、迦尔纳和站在附近的其他许多大勇士，（7）大力士怖军望着这些满腔愤怒的持国之子们，在战斗中冲进由毗湿摩保护的这支大军。（8）狼腹（怖军）冲了进来，勇士们互相叫喊道："国王们！让我们拿下他的性命。"（9）普利塔之子（怖军）被这些下定决心的堂兄弟包围，犹如众生毁灭之时，太阳被那些凶恶的大彗星包围。（10）般度之子（怖军）进入他们的阵容，犹如天神和阿修罗大战时，伟大的因陀罗进入檀那婆的阵容，毫不畏惧。（11）他泼洒可怕的箭雨，主人啊！而数十万车兵从四面八方包围他一个人。（12）这位英雄在战斗中不考虑这些持国之子们，只是杀戮他们那些优秀的象兵、马兵和车兵。（13）而思想高尚的怖军觉察到他们决心要杀死他，国王啊！便决定杀死他们所有人。（14）般度之子（怖军）抛开战车，举起铁杵，杀进持国族的军队海洋。（15）

怖军冲进去的时候，水滴王之孙猛光撇下德罗纳，迅猛地冲向妙力之子（沙恭尼）。（16）这位人中雄牛劈开你方的大军，在战斗中遇见怖军的空车。（17）猛光只看见怖军的御者除忧，大王啊！他神情沮丧，失去知觉。（18）泪水阻塞，话语哽咽，他痛苦地问道："怖军胜过我的生命，他在哪儿？"（19）除忧双手合十，对猛光说道："这位威武的般度族力士吩咐我呆在这儿，（20）他自己杀进持国族的军队海洋，人中之虎啊！他对我说了令人欣喜的话：（21）'拽住马，御者啊！等我一会儿。我很快就消灭这些想要杀死我的人。'（22）但见这位大力士手持铁杵，向前冲杀，所有的军队挤成一团。（23）在这场激烈可怕的战斗中，国王啊！你的朋友杀进敌方庞大的阵容。"（24）

水滴王之孙猛光听了御者除忧的话，这位大力士在战场中间回答说：（25）"如果忘却与般度族的情谊，在战斗中丢下怖军，御者啊！我今天活着，毫无用处。（26）如果我抛弃怖军，刹帝利们会说我什么？怖军孤身奋战，而我袖手旁观。（27）谁抛弃朋友，安然回家，以火神为首的众天神就会惩罚他。（28）大力士怖军是我的朋友和亲戚，他忠于我们，我也要忠于这位杀敌英雄。（29）狼腹（怖军）在哪里，我也要去那里，请看我杀戮敌人，犹如婆薮之主（因陀罗）杀戮檀那婆。"（30）

说罢，这位英雄冲进婆罗多族军队，沿着怖军的路径，以铁杵击倒的大象为标志。（31）他看见怖军焚烧敌军，在战斗中击溃众国王，犹如狂风摧折树木。（32）车兵、马兵、步兵和象兵在战斗中遭到杀戮，大声嚎叫。（33）只听见你们的军队发出"啊！啊！"叫声，尊者啊！他们遭到武艺神奇的怖军杀戮。（34）然后，他们全都紧握武器，包围狼腹（怖军），无所畏惧，从四面八方泼洒箭雨。（35）

力士水滴王之孙（猛光）看到怖军这位最优秀的战士向前冲杀，而这支可怕的军队和那些举世闻名的英雄从四面八方一齐围攻般度之子（怖军）。（36）怖军尽管身负箭伤，依然手持铁杵，徒步作战，口喷怒气似毒药，犹如世界末日的毁灭之神。水滴王之孙（猛光）走近他，以示慰问。（37）灵魂高尚的猛光迅速拔除怖军身上的箭，把他接到自己的战车上，在敌军包围下，热烈拥抱他，安慰他。（38）

在这场激烈的战斗中，你的儿子走近他的弟弟们，说道"这个灵魂邪恶的木柱王之子（猛光）与怖军会合，你们一起冲上去杀死他，别让这个敌人冒犯我们的军队。"（39）闻听此言，持国之子们怒不可遏，遵照长兄的命令，高举武器，冲杀上去，犹如世界毁灭之时凶恶的彗星。（40）这些英雄握紧各种各样的弓，弓弦声和车轮声震撼大地；他们向木柱王之子（猛光）泼洒箭雨，犹如乌云用雨网笼罩山峰。而武艺奇妙的猛光在战斗中毫不畏缩，也用锋利的箭射杀他们。(41) 年轻的木柱王之子（猛光）在战斗中看到你的儿子们涌上前来，国王啊！这位大勇士极端愤怒，想要杀死站在面前的这些英雄，用厉害的"迷魂"武器打击他们，犹如伟大的因陀罗打击提迭。(42) 这些人中英雄的智慧和勇气遭到"迷魂"武器打击，在战斗中神志迷糊。看到你的儿子们昏昏沉沉，失去知觉，仿佛时限已到，所有的俱卢族战士带着象、马和车，向四处逃跑。(43)

就在这时，优秀的武士德罗纳与木柱王遭遇，向他发射了三支锐利的箭。(44) 木柱王在战斗中被德罗纳射中，国王啊！他记得他俩的宿怨，离开战场，国王啊！(45) 威武的德罗纳战胜木柱王，吹响螺号；听到他的螺号声，所有的苏摩迦人胆战心惊。(46) 然后，这位优秀武士、光辉的德罗纳听说你的儿子们在战斗中被"迷魂"武器击昏。(47) 他想要援救这些王子，迅速离开这儿的战场。威武的大弓箭手婆罗堕遮之子（德罗纳）在那里，看到猛光和怖军驰骋在辽阔的战场。(48) 这位大勇士看到你的儿子们陷入昏迷，取出"智慧"武器，瓦解"迷魂"武器。(49) 于是，你的大勇士儿子们恢复生气，重新投入战斗，冲向怖军和水滴王之孙（猛光）。(50)

然后，坚战召唤自己的军队，说道 "你们要尽力追随怖军和水滴王之孙（猛光）战斗的足迹。(51) 请妙贤之子（激昂）为首的十二位勇士全副武装，去探明情况，因为我心中不安。"(52) 这些作战勇敢、骄傲自信的勇士听到命令，说道 "好吧！"太阳正当中午，他们全体出发。(54) 羯迦夜人、德罗波蒂的儿子们和英勇的勇旗，以激昂为前锋，由大军围护。(53) 这些制服敌人的勇士在战斗中排出针尖阵容，突破持国族的车阵。(55) 以激昂为前锋的大弓箭手们冲向前来，而你的军队满怀对怖军的恐惧，又被猛光击昏，(56) 无力抵御，民众之主啊！犹如路上醉意蒙眬的女人支撑不住自己。(57) 这些大弓箭手举着镶金旗帜，冲向前来，救援猛光和狼腹（怖军）。(58) 看到以激昂为前锋的大弓箭手们，他俩满怀喜悦，继续杀戮你的军队。(59)

这时，般遮罗王子（猛光）突然看到自己的老师冲了过来，英勇的水滴王之孙（猛光）也就顾不上杀戮你的儿子们。（60）他让狼腹（怖军）登上羯迦夜的战车后，满腔愤怒地冲向精通弓箭和武器的德罗纳。（61）威武的杀敌者婆罗堕遮之子（德罗纳）怒不可遏，迅速用月牙箭射断向前冲来的猛光的弓。（62）他记得自己吃主人的饭，为了报答难敌，又向水滴王之孙（猛光）发射成百支箭。（63）而诛灭敌雄的水滴王之孙（猛光）取出另一张弓，向德罗纳发射七十支用石头磨尖的金羽箭。（64）粉碎敌人的德罗纳再次射断他的弓，又迅速用四支利箭射击他的四匹马。（65）英勇的德罗纳把它们送往可怕的阎摩殿，又用一支月牙箭把他的御者送交死神。（66）大臂大勇士猛光迅速从马匹倒毙的战车上跳下，登上激昂的大战车。（67）

当着怖军的面，也当着水滴王之孙（猛光）的面，整个军队连同车、象和马，簌簌发抖。（68）眼看军队被威力无比的德罗纳击溃，所有的大勇士无法阻挡他。（69）遭到德罗纳的利箭杀戮，军队阵脚大乱，犹如波涛翻滚的大海。（70）看到对方军队如此，你的军队高兴；看到老师满脸愤怒焚烧敌军，战士们连声叫好，婆罗多子孙啊！（71）

以上是吉祥的《摩诃婆罗多》中《毗湿摩篇》第七十三章(73)。

七四

全胜说：

难敌王摆脱昏迷，恢复生气，又用箭雨覆盖不可动摇的怖军。（1）你的大勇士儿子们齐心协力，再次冲向前去与怖军交战。（2）大臂怖军也在战斗中再次登上自己的战车，冲向你的儿子。（3）他紧握美丽坚固、速度飞快、致敌死命的硬弓，向你的儿子们发射利箭。（4）而难敌王用锋利的铁箭，狠狠射击大力士怖军的要害。（5）这位大弓箭手被你的儿子射中，气得眼睛发红，迅速举起弓，（6）用三支箭射击难敌的双臂和胸膛。难敌王遭到打击，仍像高山一样岿然不动。（7）

看到他俩愤怒交战，互相攻杀，难敌所有英勇的弟弟们奋不顾身。（8）他们记得从前制服行为可怕的怖军的谋略，下定决心要制服他。(9) 大力士怖军在战斗中冲向他们，大王啊！犹如大象冲向迎面冲来的大象。(10) 名声卓著的怖军威武有力，大王啊！他极其愤怒，用利箭射击你的儿子奇军。(11) 他还在战斗中，用许多飞快的金羽箭射击你的其他儿子，婆罗多子孙啊！(12)

以激昂为首的十二位大勇士，在战斗中控制自己的所有军队，(13) 按照法王（坚战）的吩咐，紧随怖军的足迹，大王啊！他们冲向你的大力士儿子们。(14) 看到站在战车上的这些勇士闪耀太阳和火焰一般的光辉，看到所有这些大弓箭手笼罩着吉祥，(15) 看到他们的金铠甲在大战中闪闪发光，你的大力士儿子们放弃怖军。(16) 然而，贡蒂之子不能容忍他们活着逃走，继续追击你的儿子们。(17)

你军中的大勇士们看见激昂与怖军和水滴王之孙（猛光）一起作战。(18) 他们以难敌为首，手持弓箭，驾驭快马，冲向那三位勇士。(19) 时间已是下午，国王啊！你方和敌方的军队展开大战，婆罗多子孙啊！(20) 激昂杀死毗迦尔纳的那些速度飞快的马，又向他连发二十五支小箭。(21) 大勇士毗迦尔纳放弃马匹倒毙的战车，国王啊！登上奇军锃亮的战车。(22) 阿周那之子（激昂）用箭网覆盖这两位站在同一辆车上的俱卢族兄弟，婆罗多子孙啊！(23) 难胜和毗迦尔纳向迦尔希尼（激昂）发射五支铁箭，而迦尔希尼（激昂）犹如弥卢山，岿然不动。(24) 难降在战斗中，与羯迦夜族五兄弟交战，尊者啊！这仿佛是奇迹，王中因陀罗啊！(25) 德罗波蒂的儿子们在战斗中愤怒地阻截难敌，每人向你的儿子发射三支箭，民众之主啊！(26) 你的儿子难以制服，国王啊！在战斗中向德罗波蒂的儿子们分别发射利箭。(27) 他中箭流血，光彩熠熠，犹如山上溪水夹带矿物流淌。(28)

有力的毗湿摩也在战斗中驱赶般度族军队，国王啊！犹如牧人驱赶畜群。(29) 然后，传来甘狄拨神弓的响声，普利塔之子（阿周那）在军队右侧杀戮敌人。(30) 在那里的战斗中，在俱卢族和般度族的军队中，到处出现无头躯干，婆罗多子孙啊！(31) 血是海水，车是漩涡，象是岛屿，马是波浪，人中之虎们以车为船，越过军队海洋。(32) 但见人中豪杰们成百成千倒在那里，手臂断裂，铠甲失去，肢体残缺。(33) 那些倒毙的疯象浸在血泊之中，犹如大地重峦叠嶂，婆罗多族俊杰啊！（34）我们在这里目睹奇迹，婆罗多子孙啊！你方和对方，没有一个人不想投入战斗。（35）这样，你们和般度族双方英雄交战，追求显赫名声，渴望战斗胜利。（36）

以上是吉祥的《摩诃婆罗多》中《毗湿摩篇》第七十四章(74)。

七五

全胜说：

太阳正在变红，难敌王热衷战斗，想要杀死怖军，向前冲去。（1）看到这位人中英雄怀抱深仇大恨，冲了过来，怖军满腔愤怒，对他说道：（2）"我盼望多年的时刻已经来到。今天，如果你不放弃战斗，我就要杀死你。（3）我今天杀死你，也就彻底解除贡蒂和德罗波蒂（黑公主）的苦难和流亡森林的苦恼。（4）你曾经是赌徒，侮辱般度族，甘陀利之子啊！请看这罪行给你带来的灾祸。（5）你以前采纳迦尔纳和妙力之子（沙恭尼）的想法，轻视般度族，随心所欲。（6）你鬼迷心窍，藐视十能（黑天）的恳求；兴高采烈，派遣优楼迦传送信息。（7）今天，我要杀死你和你的亲友，报复你过去所犯的罪行。"（8）

说罢，他挽开可怕的弓，一挽再挽，取出像大雷电一样可怕的箭，（9）满腔愤怒，迅速向难敌射出二十六支，形同燃烧的火焰，像金刚杵那样急驰直行。（10）两支射中他的弓，两支射中他的御者，四支把他的四匹快马送往阎摩殿。（11）这位制服敌人者在战斗中用力射出两支箭，将难敌王的华盖从优质战车上射下。（12）三支箭射断闪闪发光的优质旗帜；射断后，当着你儿子的面，发出吼叫。（13）镶有各种宝石的吉祥旗帜突然从车上坠落在地，犹如闪电脱离乌云。（14）像太阳一样闪光，以大象为旗徽，所有的国王看到俱卢王镶有珠宝的美丽旗帜折断。（15）然后，大勇士怖军仿佛笑着，在战斗中用十支箭射击难敌，犹如用刺棒袭击大象。（16）

信度族最优秀的车兵胜车王紧跟难敌，担任后卫重任。（17）威力无比的俱卢族后裔难敌支撑不住，国王啊！最优秀的车兵慈悯把他接上战车。(18) 难敌王在战斗中被怖军的铁杵击中，痛苦不堪，坐在车座上。(19) 胜车想要杀死怖军，用几辆战车包围怖军，挡住他的去路。(20)

英勇的激昂、勇旗、羯迦夜族兄弟和德罗波蒂的儿子们，国王啊！与你的儿子们交战。(21) 奇军、妙奇、奇马、奇容、美奇、妙美、欢喜和喜悦，(22) 这八位有名的优秀王子和大弓箭手团团包围激昂的战车，国王啊！(23) 思想高尚的激昂迅速冲杀，向他们每人发射五支笔直的箭；这些箭如同金刚杵，如同死神，从他的奇妙的弓中射出。(24) 他们难以忍受，向优秀的车兵妙贤之子（激昂）泼洒利箭，犹如乌云向弥卢山降雨。(25) 激昂精通武艺，疯狂战斗，尽管遭到袭击，依然震撼你方军队，大王啊！犹如天神和阿修罗大战，手持金刚杵者（因陀罗）震撼伟大的阿修罗们。(26)

然后，这位最优秀的车兵仿佛在战场上跳舞，婆罗多子孙啊！射出十四支毒蛇般可怕的月牙箭，粉碎毗迦尔纳的旗帜、御者和马匹。(27) 大力士妙贤之子（激昂）又向毗迦尔纳射出另一些在石头上磨尖的黄色利箭。(28) 这些苍鹭羽毛箭射中毗迦尔纳，穿透他的身体，落到地上，像蛇那样闪闪发光。(29) 但见地上这些羽毛和箭头镶金的利箭，浸透毗迦尔纳的鲜血，仿佛在吐血。(30)

看到毗迦尔纳中箭，他的同胞兄弟们冲向以妙贤之子（激昂）为首的勇士们。(31) 他们满腔愤怒，疯狂战斗，迅速接近这些站在车上、灿若太阳的勇士，互相杀戮。(32) 丑面用七支快箭射击闻业，用一支箭射断他的旗帜，用七支箭射击他的御者。(33) 他又冲上去，用六支箭射杀披着金铠甲、快似疾风的马匹，并击倒御者。(34) 大勇士闻业站在马匹倒毙的车上，满腔愤怒，掷出一枚飞镖，如同燃烧的大彗星。(35) 这枚闪闪发光的飞镖穿透著名的丑面的宽大铠甲，钻入地下。(36) 大力士子月看见闻业战车失灵，当着所有军队的面，把他接到自己的战车上。(37)

英雄闻称在战斗中冲向你著名的儿子胜军，想要杀死他，国王啊！(38) 你的儿子胜军仿佛笑着，国王啊！在战斗中用锋利的剃刀箭，射断灵魂高尚的闻称挽开的弓，婆罗多子孙啊！(39) 威武的百军看见同胞兄弟的弓被射断，冲到那里，像狮子那样连声吼叫。(40)

百军在战斗中挽开硬弓,迅速向胜军发射四支箭。(41) 百军又搭上一支能穿透一切铠甲的利箭,用力射击胜军的心窝。(42)

恰好这时,丑耳就在兄弟身边;他愤怒至极,在战斗中射断无种之子(百军)的弓。(43) 大力士百军又取出另一张能承受强力的良弓,搭上锋利的箭。(44) 他招呼站在兄弟前面的丑耳:"等着!等着!"射出锋利的箭,犹如闪光的蛇。(45) 他用一支箭射断丑耳的弓,用两支箭射击御者,尊者啊!又在战斗中迅速向丑耳射出七支箭。(46) 无瑕的百军用十二支锋利的箭,迅速全歼丑耳快似思想的黑斑马。(47) 愤怒的百军又在战斗中用力发射一支月牙箭,击中丑耳的心窝。(48)

看到丑耳受伤,国王啊!五位大勇士从四面包围百军,想要杀死他。(49) 著名的百军被箭雨覆盖,羯迦夜族五兄弟满腔愤怒,冲了过去。(50) 看见他们冲过来,大王啊!你的大勇士儿子们反冲过去,犹如大象互相对冲。(51) 丑面、难胜和年轻的难耐,还有胜敌和御敌,所有这些著名的勇士满腔愤怒,一起冲向羯迦夜族兄弟,大王啊!(52) 那些战车如同城堡,驾着快似思想的马匹,装饰着各种色彩绚丽的旗帜。(53) 这些英雄手持弓箭,铠甲和旗帜美丽,冲入敌方军队,犹如狮子从一座森林进入另一座森林。(54) 他们战斗激烈,战车和大象碰撞,场面极其恐怖,国王啊!互相残杀,互相施暴,扩充阎摩的王国。(55) 很快,太阳落山,战斗依然激烈,车兵和马兵成千成千倒下。(56) 愤怒的福身王之子毗湿摩用笔直的箭歼灭灵魂高尚的般度族军队,用箭把般遮罗军队送往阎摩殿。(57)

这样,大弓箭手毗湿摩击溃般度族军队,下令收兵,返回自己的营地,国王啊!(58) 法王(坚战)见到猛光和狼腹(怖军),亲吻他俩的头,也高兴地返回营地。(59)

以上是吉祥的《摩诃婆罗多》中《毗湿摩篇》第七十五章(75)。

七六

全胜说:

这些互相施暴的英雄身上淌着血,回到自己的营地,大王啊！（1）他们按照规则，休息过后，互相致敬；但见他们全副武装，又渴望战斗。（2）你的儿子满怀忧虑，国王啊！身上淌着血，询问祖父（毗湿摩）道：（3）"我们的军队凶猛可怕，布阵正确，飘扬许多旗帜，依然遭到般度族英勇的车兵们迅猛的冲击、杀害和折磨。（4）他们在战斗中，击昏我们所有著名的勇士；我进入金刚杵般的鳄鱼阵容，怖军用死神刑杖般可怕的利箭杀害我。（5）望着他愤怒的样子，我吓得失去知觉，现在还惊魂未定，国王啊！我希望得到你的恩惠，获取胜利，杀死般度族兄弟，信守诺言的人啊！"（6）

闻听此言，灵魂高尚的恒河之子（毗湿摩）笑了笑，知道难敌心生悲哀；这位最优秀的武士思想坚定，回答他说：（7）"我尽心竭力冲入敌军，王子啊！我愿意带给你胜利和幸福；为了你，我没有隐藏自己。（8）许多凶猛的大勇士精通武艺，以勇敢著称，成为般度族的盟军，在战斗中不知疲劳，喷吐毒药般的怒气。（9）他们充满勇气，与你结仇，不可能轻易战胜，国王啊！我将不惜性命，一心一意反击他们，英雄啊！（10）为了你，威力伟大的人啊！今天在战斗中，不要精心保护我的生命；为了你，我可以焚毁包括天神和提迭在内的所有世界，更何况你的敌人？（11）我将与般度族作战，国王啊！我将做你喜欢的一切事情。"闻听此言，难敌信心十足，满怀喜悦。（12）

他高兴地对所有的军队和所有的国王说道"出发！"遵照他的命令，车、马、步兵和象，全军迅速出发。（13）庞大的队伍喜气洋洋，国王啊！携带各种武器，配备象、马和步兵，你的军队在战场上光彩熠熠，国王啊！（14）许多象兵熟练地驾驭着周围的象群，人中之神啊！许多手持各种武器的战士站在你的军队中。（15）车、步兵、象和马按照规则向战场挺进，扬起大量尘土，色似朝阳，遮蔽太阳的光芒。（16）安在战车和大象上的各种彩旗光辉灿烂，随风飘扬，国王啊！犹如空中的乌云携带着闪电。（17）国王们挽弓，发出可怕的轰鸣声，犹如原初时代众天神和伟大的阿修罗们一起搅动乳海。（18）你的儿子们的军队响声震天，色彩绚丽，群情激昂，准备消灭敌军，犹如世界毁灭之时的层层乌云。（19）

以上是吉祥的《摩诃婆罗多》中《毗湿摩篇》第七十六章(76)。

七七

全胜说：

婆罗多族俊杰、恒河之子（毗湿摩）又对你的陷入沉思的儿子，说了这些令人高兴的话：（1）"我、德罗纳、沙利耶和沙特婆多族的成铠，马嘶、毗迦尔纳、月授和信度王，（2）阿凡提国的文陀和阿奴文陀，波力迦和波力迦人，有力的三穴王和难以战胜的摩揭陀王，（3）憍萨罗王巨力、奇军和毗文沙提，数千位勇士高举大旗，光辉灿烂。（4）马兵们骑着各地出产的骏马，那些发情的象王颗颤和脸颊流淌液汁。（5）英勇的步兵们来自各地，国王啊！手持各种武器，准备为你战斗。（6）这些和其他许多勇士愿意为你献身，我认为他们在战斗中甚至能战胜众天神。（7）毫无疑问，国王啊！为了你的利益，我始终对你说，般度族兄弟得到婆薮提婆之子（黑天）支持，勇武如同伟大的因陀罗，甚至众天神连同婆薮之主（因陀罗），也不能战胜他们。（8）但无论如何，王中因陀罗啊！我将按照你的吩咐去做，在战斗中或者是我战胜般度族兄弟，或者是般度族兄弟战胜我。"（9）说完，毗湿摩给他治疗创伤的特效药草，他的伤口得到痊愈。（10）

晨空清澈，英勇的毗湿摩精通阵容，亲自排定自己军队的阵容。（11）这个圆型阵容布满各种武器，人中俊杰啊！布满优秀的战士、大象和步兵。（12）四周环绕数千辆战车，大批手持刀剑和长矛的马兵。（13）每头大象附近七辆战车，每辆战车附近七匹马，每匹马后十位弓箭手，每位弓箭手附近七位手持盾牌的战士。（14）这是你的军队的阵容，大王啊！大勇士们排定位置，在毗湿摩保护下，准备投入大战。（15）一万匹马，一万头大象，一万辆战车，还有你的全副武装的儿子们，以奇军为首的勇士们,护卫祖父(毗湿摩)。（16）这些勇士护卫毗湿摩，同时毗湿摩保护这些全副武装的大力士国王们。（17）难敌全身披挂，站在战车上，神采奕奕，犹如天国的帝释天。(18) 然后，你的儿子们大声吼叫，婆罗多子孙啊！还有喧闹的战车声和鼓乐声。(19) 持国族消灭敌人的圆型大阵容由毗湿摩排定,坚不可破,向西推进。整个阵容光辉灿烂,国王啊!在战斗中,敌人难以抗拒。(20)

看到这个极其可怕的圆型阵容,坚战王亲自编排金刚杵阵容。(21) 军队排定阵容,车兵和马兵各就各位,发出狮子吼。(22) 双方善战的勇士们渴望战斗,偕同军队向前冲锋,想要突破对方阵容。(23) 婆罗堕遮之子(德罗纳)冲向摩差王,德罗纳之子(马嘶)冲向束发,难敌王亲自冲向水滴王之孙(猛光)。(24) 无种和偕天冲向摩德罗王,国王啊!阿凡提国的文陀和阿奴文陀冲向宴丰。(25) 许多国王在战斗中与胜财(阿周那)交战,怖军在战斗中奋力围堵诃利迪迦之子(成铠)。(26) 阿周那之子(激昂)在战斗中,国王啊!与你的儿子奇军、毗迦尔纳和难耐交战,主人啊!(27) 优秀的罗刹希丁芭之子(瓶首)迅速冲向大弓箭手东光王,犹如一头疯象冲向另一头疯象。(28) 罗刹指掌在战斗中,国王啊!愤怒地冲向率领军队疯狂战斗的萨谛奇。(29) 广声在战斗中奋战勇旗,正法之子坚战与闻寿王交战。(30) 显光在战斗中与慈悯交战,其他人奋力冲向大勇士怖军。(31)

数百位国王手持梭镖、长矛、铁箭、铁杵和铁叧,包围胜财(阿周那)。(32) 阿周那极其愤怒,对苾湿尼族后裔(黑天)说道"看啊,摩陀婆!灵魂高尚的恒河之子(毗湿摩)精通阵容,在战斗中为持国族军队排定阵容。(33) 看啊,摩陀婆!这些勇士全副武装,渴望战斗。看啊,盖沙婆!三穴王和他的兄弟们。(34) 这些人渴望在战场上与我交战,雅度族俊杰啊!今天,我要当着你的面打败他们,遮那陀那啊!"(35) 说罢,贡蒂之子(阿周那)擦拭弓弦,向这些国王泼洒箭雨。(36) 而这些大弓箭手也向他倾泻箭雨,犹如雨季的乌云向池中倾泻暴雨。(37)

看到两位黑王子(黑天和阿周那)在大战中被箭雨覆盖,你的军队发出一片"啊!啊!"的叫喊声,民众之主啊!(38) 看到这两位黑王子处于这种状况,众天神、众神仙、众健达缚和众大蛇惊诧不已。(39) 愤怒的阿周那掷出因陀罗法宝,国王啊!我们目睹维阇耶(阿周那)的神奇威力。(40) 箭流既挡住敌人倾泻的箭雨,又使那里的人无不中箭受伤,民众之主啊!(41) 数千位国王、马匹和大象,还有其他人,每人中了普利塔之子(阿周那)两三支箭。(42) 他们遭到普利塔之子(阿周那)打击,跑向福身王之子毗湿摩,毗湿摩成了堕入深渊的人们的救主。(43) 他们一逃跑,你的军队崩溃,大王啊!犹如风吹大海,波涛翻滚。(44)

以上是吉祥的《摩诃婆罗多》中《毗湿摩篇》第七十七章(77)。

七八

全胜说:

战斗这样进行着,善佑退却,灵魂高尚的般度之子(阿周那)击溃众英雄。(1) 你的军队乱作一团,犹如波涛翻滚的大海,恒河之子(毗湿摩)迅速冲向维阇耶(阿周那)。(2) 难敌看到普利塔之子(阿周那)奋勇战斗,国王啊!迅速走上前来,向全体国王发话。(3) 英勇的大力士善佑站在众国王前面,难敌站在全体军队中间,说了这些鼓舞人心的话:(4) "俱卢族俊杰、福身王之子毗湿摩不惜牺牲自己的生命,一心想要战胜胜财(阿周那)。(5) 在他冲向敌军的时候,你们要带领全体军队,奋勇作战,保护这位婆罗多族祖父。"(6) 听了这话,众国王的军队齐声说道 "好吧!"大王啊!他们走向祖父。(7)

然后,福身王之子毗湿摩迅速冲向阿周那,与这位迎面冲来的婆罗多族大力士交锋。(8) 他(阿周那)神采奕奕,驾着大白马,以可怕的猿猴为旗徽,战车隆隆,如同乌云发出响雷。(9) 在战斗中,看到有冠者胜财(阿周那)冲向前来,全体军队心生恐惧,狂呼乱叫。(10) 在战斗中,看到黑天手持缰绳,如同正午的太阳,他们无法逼视。(11) 同样,般度族军队看到福身王之子毗湿摩驾着白马,挽着白弓,如同空中出现的白色彗星,无法逼视。(12) 他的四周围绕着灵魂高尚的三穴国兄弟、你的儿子们和其他大勇士。(13)

婆罗堕遮之子(德罗纳)在战斗中用羽毛箭射击摩差王,一支箭射断他的旗帜,另一支箭射断他的弓。(14) 军队将帅毗罗吒丢下断弓，迅速拿起另一张能承受强力的硬弓，也拿起一些闪闪发光的箭，如同一条条喷吐毒液的蛇。（15）这位再生族雄牛满腔愤怒，用三支箭射击德罗纳，四支箭射击他的马，一支箭射击他的旗帜，五支箭击他的御者，一支箭射击他的弓。（16）而德罗纳用八支笔直的箭射击他的马匹，用一支羽毛箭射击他的御者，婆罗多族俊杰啊！（17）马匹倒毙，御者被杀，这位优秀的车兵迅即从车上跳下，登上商佉的车。（18）这父子两人站在车上，奋力用滂沱的箭雨围攻婆罗堕遮之子（德罗纳）。（19）愤怒的婆罗堕遮之子（德罗纳）在战斗中，迅速向商佉发射一支如同毒蛇的利箭，人中之主啊！（20）这支箭穿透他的心，吸吮他的血，掉落地上，沾满湿漉漉的血迹。（21）他被婆罗堕遮之子（德罗纳）的箭射中，当即从车上倒下，倒在父亲身边，手中的弓箭失落。（22）毗罗吒看到自己的儿子被杀，惊恐地逃跑，躲避德罗纳，犹如躲避张开大嘴的死神。（23）随后，婆罗堕遮之子（德罗纳）在战斗中，成百成千地击溃般度族大军。（24）

束发在战斗中与德罗纳之子（马嘶）交锋，大王啊！用三支快速的铁箭射中他的眉间。（25）这位人中之虎额头中了三支箭，犹如弥卢山耸立着三座金峰。（26）愤怒的马嘶没眨一眼，立即瞄准束发，在战斗中用许多箭射倒他的御者、旗帜、马匹和武器，国王啊！（27）折磨敌人的优秀车兵束发从马匹倒毙的车上跳下，手持锋利光洁的剑和盾，满腔愤怒，像一头兀鹰在战场上游弋。（28）他手持利剑在战场上闯荡，德罗纳之子（马嘶）找不到下手的机会，这仿佛是奇迹。（29）德罗纳之子（马嘶）愤怒至极，在战斗中射出数千支箭，婆罗多族雄牛啊！（30）优秀的力士束发在战斗中，用锋利的剑粉碎扑面而来的可怕的箭雨。（31）然后，德罗纳之子（马嘶）在战斗中，击破他的光洁可爱的百月盾，粉碎他的剑，国王啊！向他发射许多锋利的羽毛箭。（32）束发挥动被羽毛箭射碎的剑，迅速掷出，犹如掷出闪闪发光的蛇。（33）而德罗纳之子（马嘶）显出心灵手巧，在战斗中粉碎这迅猛袭来的、劫火一般的断剑，向束发发射许多铁箭。（34）束发遭到这些利箭的严重打击，国王啊！迅速登上灵魂高尚的摩豆族后裔（萨谛奇）的战车。（35）

力士萨谛奇在战斗中，愤怒地用许多可怕的利箭射击凶猛的罗刹指掌。(36) 而这位罗刹王在战斗中,用一支月牙箭射断他的弓,婆罗多子孙啊! 又向他发射许多羽毛箭; 然后施展罗刹幻术,泼洒箭雨。(37) 我们目睹悉尼之孙(萨谛奇)英勇的奇迹,面对这些利箭袭击,他毫不惊慌。(38) 苾湿尼族后裔(萨谛奇)施展因陀罗法宝,婆罗多子孙啊! 这是声誉卓著的摩豆族后裔(萨谛奇)从维阇耶(阿周那)那里学来的。(39) 这个法宝使罗刹幻术化为灰烬,可怕的利箭从四面八方覆盖指掌,犹如雨季的乌云用暴雨覆盖山峰。(40) 遭到灵魂高尚的摩豆族后裔(萨谛奇)这样的打击,这位罗刹惊恐地逃离战场,躲避萨谛奇。(41) 当着你的军队的面,悉尼之孙(萨谛奇)战胜了连摩诃梵(因陀罗)都不能战胜的罗刹王,发出吼叫。(42) 这位真正英勇的萨谛奇也用许多利箭杀戮你的军队,他们惊恐地逃跑。(43)

这时,木柱王的儿子力士猛光在战斗中,大王啊! 用许多笔直的箭覆盖你的儿子人中之主(难敌)。(44) 尽管被猛光的利箭覆盖,婆罗多子孙啊! 你的儿子人中之主毫不畏缩,王中因陀罗啊!(45) 他在战斗中迅速向猛光发射六十支和三十支箭,这仿佛是奇迹。(46) 而这位大勇士统帅(猛光)愤怒地射断他的弓,尊者啊! 又迅速射死他的四匹马,还迅速向他发射七支利箭。(47) 大臂力士(难敌)跳下马匹倒毙的战车,举刀徒步冲向水滴王之孙(猛光)。(48) 忠于国王的大力士沙恭尼,冲向前去,当着众人的面,把国王接到自己的车上。(49) 诛灭敌雄的水滴王之孙(猛光)战胜国王后,杀戮你的军队,犹如手持金刚杵者(因陀罗)杀戮阿修罗。(50)

成铠在战斗中用箭雨覆盖大勇士怖军,犹如大片的乌云覆盖太阳。(51) 而折磨敌人的怖军笑了笑,在战斗中满腔愤怒地向成铠射箭。(52) 精通武艺的沙特婆多族大勇士(成铠)受到打击,毫不动摇,大王啊! 仍向怖军射箭。(53) 大力士怖军杀死他的四匹马,射倒他的御者和美丽的旗帜。(54) 诛灭敌雄者(怖军)用各种各样的箭覆盖他,以致他看上去像一头全身破裂的豪猪。(55) 他从马匹倒毙的车上跳下,迅速跑向雄牛的车,大王啊! 当着你的妻舅(沙利耶)和你的儿子的面。(56) 怖军满腔愤怒,冲向你的军队,大肆杀戮,犹如手持刑杖、满腔愤怒的死神。(57)

以上是吉祥的《摩诃婆罗多》中《毗湿摩篇》第七十八章(78)。

七九

持国说：

我听你讲了般度族和我们之间许多次各种各样的交锋，全胜啊！（1）你没有讲到一次值得我们高兴的事，全胜啊！你总是讲般度之子们欢欣鼓舞，从不失败。（2）而我们在战斗中屡遭失败，精神沮丧，勇气受挫，御者啊！这毫无疑问是命运的安排。（3）

全胜说：

你的军队在战斗中尽心竭力，展示出最大的勇气，人中雄牛啊！（4）正如神圣的恒河，一旦与大海交融，甜美的河水变得苦涩，（5）你的灵魂高尚的军队一旦与英勇的般度之子们交战，那种勇气就失效，国王啊！（6）你不能责怪俱卢族军队，俱卢族俊杰啊！他们竭尽全力，投身难以成功的事业。（7）那是你和你的儿子的过失，民众之主啊！造成大地上这场可怕的大毁灭，壮大阎摩王国。（8）由于自己的过失，造成这种局面，你无须忧伤，国王啊！因为国王们不顾一切利益，甚至生命。（9）国王们在战斗中追求正义的世界，冲锋陷阵，永远以天国为归宿。（10）

上午，厮杀正在进行，大王啊！请你专心听我讲述这场如同天神和阿修罗的战斗。（11）阿凡提国两位灵魂高尚的大弓箭手、大力士作战奋勇，盯住宴丰，冲向前去；他们之间展开激烈的战斗，令人毛发直竖。（12）宴丰满腔愤怒，向这对貌似天神的兄弟，迅速发射笔直锋利的箭；这两位光辉的战士也予以回击。（13）但见他们忙于进攻和反攻，竭力消灭敌人，战斗难分高下，国王啊！（14）然后，宴丰用四支箭将阿奴文陀的四匹马送往阎摩殿，国王啊！（15）他又在战斗中，用两支锋利的月牙箭射断阿奴文陀的弓和旗帜，国王啊！这仿佛是奇迹。（16）阿奴文陀抛弃自己的战车，登上文陀的战车，又拿起一张承受强力的上等硬弓。（17）这两位阿凡提国英雄、优秀的车兵站在同一辆战车上，迅速向灵魂高尚的宴丰射箭。（18）他们射出的镶金快箭，抵达太阳的轨道，遮蔽天空。（19）愤怒的宴丰向这两位大勇士兄弟泼洒箭雨,射中他俩的御者。(20) 御者倒地丧命,马匹失控,向四处狂奔乱跑。(21) 这位蛇王公主的儿子(宴丰)战胜这对兄弟后,大王啊!他显示勇力,袭击你的军队。(22) 持国族大军在战斗中遭到杀戮,惊恐万状,犹如一个人吃下了毒药。(23)

罗刹王希丁芭之子(瓶首)冲向福授,这位大力士的战车灿若太阳,飘着旗帜。(24) 而东光王(福授)骑着象王,犹如从前在达罗迦战争中的持金刚杵者(因陀罗)。(25) 众天神、众健达缚和众仙人聚集在这里,分辨不出希丁芭之子(瓶首)和福授的高下。(26) 正如神主帝释天令檀那婆们畏惧,同样,国王啊!东光王在战斗中令般度族军队畏惧。(27) 般度族士兵逃向四面八方,在自己的队伍中找不到保护者,婆罗多子孙啊!(28) 我们看到怖军之子(瓶首)依然站在车上,婆罗多子孙啊!而其他的大勇士们神志不清,纷纷逃跑。(29) 般度族军队在战斗中退却,婆罗多子孙啊!你的军队发出可怕的吼叫。(30)

然后,瓶首在大战中用箭雨覆盖福授,国王啊!犹如暴雨覆盖弥卢山。(31) 福授王在战斗中迅速粉碎怖军之子(瓶首)射出的箭雨,并袭击这位罗刹的要害。(32) 尽管遭到许多笔直的箭袭击,罗刹王毫不畏缩,犹如遭到砍劈的山岳。(33) 愤怒的东光王在战斗中掷出十四支长矛,罗刹将它们粉碎。(34) 大臂者(瓶首)用利箭粉碎那些长矛后,向福授王射出七支苍鹭羽毛箭。(35) 东光王仿佛笑了笑,国王啊!在战斗中用箭射死他的四匹马,婆罗多子孙啊!(36) 威武的罗刹王站在马匹倒毙的车上,迅速将标枪掷向东光王的大象。(37) 东光王击碎迅猛飞来的金杖标枪,标枪断为三截,散落地上。(38) 希丁芭之子(瓶首)看到标枪折断,惊恐地逃跑,犹如从前提迭中的豪杰那牟吉逃离因陀罗的战场。(39) 战胜了这位以勇敢著称、连阎摩和伐楼拿都无法战胜的勇士,国王啊!(40) 东光王驾着大象践踏般度族军队,犹如林中大象踩躏莲花池,国王啊!(41)

摩德罗王(沙利耶)在战斗中与般度的孪生子、自己的两位外甥交锋,用箭流覆盖他俩。(42) 偕天在战斗中望着前来的母舅,用箭流围堵他,犹如乌云遮蔽太阳。(43) 尽管被箭流覆盖,他却喜形于色,而他俩面对母系亲属,也无比喜悦。(44) 大勇士(沙利耶)在战斗中笑着,国王啊!用四支上等箭,将无种的四匹马送往阎摩殿。(45)大勇士(无种)迅速跳下马匹倒毙的战车,登上声誉卓著的兄弟的战车。(46)这两位勇士站在同一辆车上,愤怒地挽开硬弓,在刹那之间,用箭覆盖摩德罗王的战车。(47)这位人中之虎被两位外甥的许多笔直的箭覆盖,但像山岳那样,毫不动摇,仿佛笑着,发射箭雨。(48)英勇的偕天搭上一支箭,瞄准摩德罗王发射,婆罗多子孙啊!(49)他发射的这支箭像金翅鸟那样迅疾,穿透摩德罗王,坠落地上。(50)这位大勇士遭受重创,痛苦不堪,坐倒在车座上,神志迷糊,大王啊!(51)御者看到他在战斗中遭到双生子打击,昏迷倒下,便驾车驶离战场。(52)看到摩德罗王的战车掉头转向,持国族军队精神沮丧,心想"他完了。"(53)玛德利的孪生子在战斗中战胜了母舅,这两位大勇士欢快地吹响螺号,发出狮子吼。(54)他俩兴奋地冲向你的军队,民众之主啊!犹如天神因陀罗和优宾陀罗冲向提迭大军,国王啊!(55)

以上是吉祥的《摩诃婆罗多》中《毗湿摩篇》第七十九章(79)。

八〇

全胜说:

太阳抵达天空中央,坚战王盯住闻寿,驱策马匹。(1)坚战王向制服敌人的闻寿冲去,用九支笔直锋利的箭袭击他。(2)大弓箭手闻寿王在战斗中,挡住正法之子(坚战)射来的箭,向贡蒂之子(坚战)发射七支箭。(3)这些箭穿透他的铠甲,吸吮他的血,仿佛摄取这位灵魂高尚者体内的生命力。(4)灵魂高尚的般度族国王遭到重创,仍在战斗中用猪耳箭射击闻寿王的心窝。(5)优秀的车兵普利塔之子(坚战)又迅速用另一支月牙箭,将灵魂高尚者(闻寿)的旗帜从车上射到地上。(6)闻寿王看到旗帜坠落,向般度之子(坚战)发射七支锋利的箭,国王啊!(7)正法之子坚战怒火中烧,犹如世界末日焚烧万物的烈火。(8)看到般度之子(坚战)发怒,众位天神、健达缚和罗刹颤抖,整个世界慌乱,大王啊!(9)一切生物产生这样的想法：" 这位满腔愤怒的国王今天将焚毁世界。"（10） 在般度之子（坚战）发怒的时候，众仙人和众天神庄严祝祷，祈求世界安宁，国王啊！（11）

坚战满腔愤怒，舔着嘴角，犹如世界末日的太阳，呈现出可怕的面目。（12） 你的所有的军队，民众之主啊！对生命产生绝望，婆罗多子孙啊！（13） 声誉卓著的坚战以镇定抑制愤怒，在握弓处射断闻寿的大弓。（14） 射断大弓后，坚战王又在战斗中，当着所有军队的面，用铁箭射穿闻寿胸膛。（15） 大力士（坚战）又迅速行动，用箭射死这位灵魂高尚者（闻寿）的马匹，又抓紧时间，射死御者。（16） 闻寿在战斗中目睹坚战王的勇力，抛弃马匹倒毙的战车，快速逃跑。（17）大弓箭手（闻寿）在战斗中被正法之子（坚战）击败，国王啊！难敌的所有军队转身逃跑。（18） 正法之子坚战完成此举后，大王啊！大肆杀戮你的军队，犹如张开大口的死神。（19）

苾湿尼族后裔显光当着所有军队的面，用许多箭覆盖优秀的车兵乔答摩（慈悯）。（20） 有年之子慈悯在战斗中挡住这些箭，国王啊！用羽毛箭射击奋勇的显光。（21） 慈悯敏捷，用另一支月牙箭射断他的弓，尊者啊！又在战斗中射倒他的御者，杀死他的那些马匹和两翼卫士，国王啊！（22） 沙特婆多族优秀的持杵者（显光）迅速从车上跳下，紧握铁杵，用摧毁英雄的铁杵杀死乔答摩（慈悯）的马匹，击倒御者。（23） 乔答摩（慈悯）站在地上，发射十六支箭，那些箭穿透沙特婆多族勇士（显光），钻进地面。（24） 愤怒的显光掷出铁杵，想要杀死乔答摩（慈悯），犹如摧毁城堡者（因陀罗）想要杀死弗栗多。（25） 光洁的玛瑙大铁杵迎面飞来，乔答摩（慈悯）用数千支箭将它挡住。（26） 显光从剑鞘中拔出剑，婆罗多子孙啊！以最快的步伐冲向乔答摩（慈悯）。（27） 乔答摩（慈悯）也放下弓，握起锋利的剑，快速冲向显光。（28） 他俩手持上等宝剑，强壮有力，用锋利的剑互相劈刺。（29） 这两位人中雄牛遭到利剑猛烈袭击，倒在众生依赖的大地上，肢体麻木，精疲力竭，昏迷过去。（30） 看到奋勇作战的显光变成这样，迦罗迦尔舍怀着友情，迅速冲上前去，当着所有军队的面，把他接到自己车上。（31） 同样，你的妻舅勇士沙恭尼迅速把优秀的车兵乔答摩（慈悯）接到自己车上，民众之主啊！（32）

愤怒的大勇士勇旗迅速向月授之子(广声)发射九十支箭,射中他的胸膛,国王啊!(33)这些扎在胸膛的箭为月授之子(广声)大增光彩,犹如中午太阳的光芒,大王啊!(34)广声在战斗中用许多上等的箭射死大勇士勇旗的马匹和御者,使他的战车失灵。(35)看到他马匹倒毙,御者丧命,战车失灵,又在战斗中用滂沱的箭雨覆盖他。(36)思想高尚的勇旗抛弃自己的战车,登上百军的战车,尊者啊!(37)

奇军、毗迦尔纳和难耐这些勇士披挂金铠甲,国王啊!一起冲向妙贤之子(激昂)。(38)激昂与他们展开激战,犹如与身体的三种元素:风、胆和痰交战,国王啊!(39)这位人中之虎在大战中造成你的这些儿子失去战车,但记着怖军的话,没有杀死他们,国王啊!① (40)毗湿摩在战斗中连天神也难以对付,在众位国王成百成百象、马、车和兵的围护下,(41)迅速冲向前来,援救你的这些儿子。战车驾着白马的贡蒂之子(阿周那)看到后,指着孤身作战的少年勇士激昂,对婆薮提婆之子(黑天)说道:(42)"驱策马匹,感官之主啊!驶向那些勇士。这些勇士全副武装,作战奋勇,别让他们杀戮我们的军队,摩陀婆(黑天)啊!赶马吧!"(43)威力无比的贡蒂之子(阿周那)这样说完,芘湿尼族后裔(黑天)驱动白马驾驭的战车,投入战斗。(44)

愤怒的阿周那在战斗中冲向你的军队,尊者啊!你的军队发出大声呼叫。(45)贡蒂之子(阿周那)与保护毗湿摩的众位国王交锋,国王啊!他对善佑说了这些话:(46)"我知道你是最优秀的战士,我们的宿敌,今天,请你目睹时间流转的可怕结果,我要让你见到早已去世的列祖列宗。"(47)消灭敌人的毗跋蔟(阿周那)说了这些刺耳的话,车队之主善佑听后,没有回答一句好听或难听的话。(48)前后和两侧,在许多国王围护下,他冲向英雄阿周那。(49)他在战斗中,和你的儿子们一起包围阿周那,无罪的人啊!用箭雨覆盖他,犹如大片乌云遮蔽太阳。(50)然后,你方军队和般度族军队展开大战,血流成河,婆罗多子孙啊!(51)

以上是吉祥的《摩诃婆罗多》中《毗湿摩篇》第八十章(80)。

---

① 因为怖军发誓要亲手杀死持国的儿子们。

八一

全胜说:

力士胜财（阿周那）遭到箭雨袭击,犹如一条蛇被人踩着,呼呼喘息,他迅即在战斗中用一支支箭,粉碎那些大勇士的弓。(1) 顷刻之间,灵魂高尚的阿周那粉碎那些英勇的国王的弓,同时,他也向这些国王射箭,想要彻底消灭他们。(2) 遭到帝释天之子（阿周那）的袭击,国王啊! 他们倒在地上,沾满鲜血,肢体破碎,头颅坠落,铠甲和身体破裂,命殒气绝。(3) 他们被普利塔之子（阿周那）的武力征服,倒在地上,形态各异,同时灭亡;三穴国国王看到这些王子在战斗中遭到杀戮,立即冲向前去。(4) 另外三十二位车队后卫也冲向普利塔之子（阿周那）,他们一起包围普利塔之子（阿周那）,挽开弓弦,弦声轰鸣,泼洒洪水般的箭雨,犹如乌云用暴雨覆盖山峰。(5) 胜财（阿周那）遭到洪水般的箭雨袭击,心生愤怒,他在战斗中向那些后卫发射六十支抹过油的箭。(6) 声誉卓著的胜财（阿周那）在战斗中战胜六十位车兵,心生喜悦;吉湿奴（阿周那）在战斗中击败那些国王的军队,迅速冲向前去,想要杀死毗湿摩。(7)

三穴国国王在战斗中,看到那些大勇士亲友遭到杀戮,迅速指挥一些国王冲向前去杀死普利塔之子（阿周那）。(8) 以束发为首的勇士们看到优秀的战士胜财（阿周那）冲锋陷阵,他们手持锐利的武器跑向前去,保护阿周那的战车。(9) 普利塔之子（阿周那）看到那些人中英雄和三穴国国王一起向他冲来,这位弓箭手（阿周那）便在战斗中用甘狄拨神弓发射箭,击溃他们;他准备冲向毗湿摩,却遇见难敌和以信度王为首的其他国王。(10) 这位英雄凭武力与这些想要围堵他的国王们交战片刻;他威武庄严,勇力无限,甩开了难敌王和以胜车为首的其他国王,然后,这位力量可怕、思想坚定的英雄手持弓箭,在战斗中冲向恒河之子（毗湿摩）。(11) 坚战灵魂高尚,名声无限,勇猛有力,怒不可遏,在战斗中,撇开已经跑回队伍的摩德罗王,偕同玛德利的双生子和怖军,冲向福身王之子毗湿摩,投入战斗。(12) 武艺高强的恒河之子（毗湿摩）在战斗中，与这些围拢而来的全体般度之子、杰出的大勇士们交战，灵魂高尚的福身王之子（毗湿摩）毫不畏缩。(13)

信守诺言的胜车王勇猛有力，思想坚定，在战斗中猛冲过来，用硬弓粉碎大勇士们的弓。(14) 灵魂高尚的难敌满腔愤怒似毒药，在战斗中用火焰般的利箭，袭击坚战、怖军、双生子和普利塔之子（阿周那）。(15) 在战斗中遭到慈悯、沙利耶、舍罗和奇军的利箭袭击，般度之子们怒不可遏，犹如众天神遭到众提迭联合袭击。(16) 灵魂高尚的无敌王（坚战）在战斗中，看到束发的武器被福身王之子（毗湿摩）击碎①，心生愤怒，对束发说了这些话：(17) "你当着父亲的面对我说过'我要用光洁明亮、灿若太阳的箭流杀死誓言伟大的毗湿摩。我说的是真话。'这是你许下的诺言。(18) 而你没有在战斗中杀死天誓（毗湿摩），没有兑现你的诺言，人中英雄啊！你不要空许诺言，要维护正法、家族和名誉。(19) 你看，毗湿摩在战斗中迅猛可怕，用威力无比的阵阵箭流，摧残我的所有军队，犹如死神在刹那之间带来死亡。(20) 你败在福身王之子（毗湿摩）手下，弓已断裂，无心恋战；你抛弃亲友和兄弟，准备跑向哪里？你不该这样。(21) 看到毗湿摩勇力无限，我们的军队溃败逃跑，你肯定害怕了，木柱王之子啊！因为你的脸上毫无喜色。(22) 在胜财（阿周那）指挥下，大战正在激烈进行，人中英雄啊！你在大地上享有盛名，今天怎么会害怕毗湿摩呢？英雄啊！"(23)

法王（坚战）的话含有埋怨，言词刺耳，灵魂高尚的束发听后觉得是忠告，迅速采取行动，准备杀死毗湿摩，国王啊！(24) 束发快速冲向毗湿摩，沙利耶用难以抵御的可怕武器阻截他。(25) 看到沙利耶掷出的武器威力如同世界末日的烈火，这位木柱王之子（束发）威力如同伟大的因陀罗，毫不慌乱，国王啊！(26) 大弓箭手束发站在那里，用箭阻挡这件武器，然后，他拿起另一件厉害的伐楼拿法宝，进行反击。空中诸神和地上的国王们看到束发的法宝击碎沙利耶的武器。(27)

---

① 毗湿摩发誓不与束发交战，这里可以理解为无意中击碎他的武器。

而灵魂高尚的英雄毗湿摩在战斗中，射碎阿阇弥吒后裔般度之子坚战王美妙的弓和旗帜，发出吼叫，国王啊！（28）看到坚战满怀恐惧，扔下弓和箭，怖军在战斗中紧握铁杵，徒步冲向胜车。（29）看到怖军手持铁杵快速冲来，胜车用五百支如同阎摩刑杖的可怕利箭覆盖他。（30）勇猛的狼腹（怖军）满腔愤怒，毫不在乎这些利箭，在战斗中杀死信度王（胜车）所有的阿罗吒骏马。（31）看到这种情形，你的威力无比的儿子高举武器，如同天王，迅速驾车冲向前去，想要杀死怖军。（32）而怖军大吼一声，手持铁杵，叫骂着对冲过来，四面八方的俱卢族战士看到他高举如同阎摩刑杖的铁杵。（33）他们全都抛开你的勇猛的儿子，想要躲避铁杵的打击；他们丧魂落魄，纷纷逃跑，出现拥挤混乱的可怕场面，婆罗多子孙啊！（34）而奇军看到迎面而来的大铁杵，头脑依然冷静；他抛弃战车，紧握光洁明亮的剑和盾，徒步行走在战场，犹如狮子从山顶跳下，行走在平地。（35）铁杵砸了下来，砸烂美丽的战车，连同马匹和御者，犹如燃烧的大彗星从空中坠落地上。（36）你方的勇士们看到这个伟大的奇迹，满怀喜悦，婆罗多子孙啊！他们和士兵们从四面八方齐声呐喊，向你的儿子致敬。（37）

以上是吉祥的《摩诃婆罗多》中《毗湿摩篇》第八十一章(81)。

八二

全胜说：

你的儿子毗迦尔纳驶向思想坚定、失去战车的奇军，把他接到自己的车上。（1）在这场极其激烈的混战中，福身王之子毗湿摩迅速冲向坚战。（2）斯楞遮耶人连同车、象和马簌簌发抖，他们认为坚战进入了死神之口。（3）而俱卢族后裔坚战王与孪生兄弟（无种和偕天）一起，冲向人中之虎大弓箭手福身王之子毗湿摩。（4）般度之子（坚战）在战斗中发射数千支箭，覆盖毗湿摩，犹如乌云遮蔽太阳。（5）坚战准确地撒出箭网，婆罗多子孙啊！恒河之子（毗湿摩）成百支成千支地予以接收。（6）同样，毗湿摩也撒出箭网，尊者啊！看上去像空中成群成群的飞鸟。(7) 福身王之子毗湿摩在战斗中连眼都未及眨一下,就用成片成片的箭网笼罩坚战。(8) 愤怒的坚战向灵魂高尚的俱卢族长(毗湿摩)射出如同毒蛇的铁箭。(9) 从弓中射出的铁箭尚未到达,大勇士毗湿摩在战斗中用剃刀箭将它射碎。(10) 毗湿摩在战斗中射碎如同死神的铁箭后,又射死俱卢族中因陀罗(坚战)那些饰有金子的马匹。(11) 正法之子坚战抛弃马匹倒毙的战车,迅速登上灵魂高尚的无种的战车。(12)

攻克敌人城堡的毗湿摩满腔愤怒,也与双生子交战,在战斗中用箭覆盖他俩。(13) 看到他俩遭受毗湿摩的利箭折磨,大王啊!坚战一心一意,想要杀死毗湿摩。(14) 坚战鼓动他统辖的那些国王和朋友们:"你们一齐动手,杀死福身王之子毗湿摩!"(15) 所有这些国王听了普利塔之子(坚战)的话,率领庞大的车队,包围祖父(毗湿摩)。(16) 你的父亲天誓(毗湿摩)被团团包围,国王啊!他玩耍弓箭,射倒那些大勇士。(17) 普利塔之子们在战斗中看到这位俱卢族长在战场上游荡,犹如林中一头幼狮走进鹿群。(18) 他们看到他在战斗中发出怒吼,用箭威胁勇士们,大王啊!他们满怀恐惧,犹如鹿群看到狮子。(19) 刹帝利们看到这位婆罗多族雄狮的战斗行径,犹如看到风助火势,焚烧干草。(20) 毗湿摩在战斗中砍下车兵们的头颅,犹如熟练地从多罗树上摘下成熟的果子。(21) 大批头颅落地,发出沉重的响声,大王啊!犹如石头落地。(22)

在这场激烈可怕的战斗中,所有的军队陷入一片混乱。(23) 阵容已经打散,刹帝利们互相挑战,捉对厮杀。(24) 束发遇见婆罗多族祖父(毗湿摩),迅速冲上去,喊道"站住!站住!"(25) 毗湿摩想到束发是女性,在战斗中不理睬他,愤怒地冲向斯楞遮耶人。(26) 斯楞遮耶人看到大勇士毗湿摩,兴奋地发出各种狮子吼,还吹响螺号。(27) 战斗进行,战车和大象挤成一团,太阳已经移向西方,主人啊!(28) 般遮罗族猛光和大勇士萨谛奇用标枪和长矛之雨,猛烈袭击军队,国王啊!在战斗中,用许多武器杀戮你方的大勇士。(29) 尽管在战斗中遭到杀戮,人中雄牛啊!你方的大勇士们作出庄严的决定,不放弃战斗;他们在战斗中竭尽全力拼杀。(30) 你方灵魂高尚的战士们在战斗中遭到灵魂高尚的水滴王之孙(猛光)杀戮,发出大声哀叫，国王啊！（31）听到你方战士们可怕的叫喊，阿凡提国文陀和阿奴文陀两位大勇士迎战水滴王之孙（猛光）。（32）这两位大勇士迅速杀死他的马匹，用箭雨覆盖水滴王之孙（猛光）。（33）般遮罗族大力士（猛光）立即跳下战车，迅速登上灵魂高尚的萨谛奇的战车。（34）

在战斗中，坚战王在大军围护下，冲向在战斗中愤怒地折磨敌人的阿凡提国两兄弟。（35）同样，你的儿子做好一切准备，尊者啊！站在那里保卫阿凡提国的文陀和阿奴文陀。（36）阿周那也满腔愤怒，与刹帝利们交战，刹帝利雄牛啊！犹如手持金刚杵者（因陀罗）与阿修罗们交战。（37）德罗纳帮助你的儿子，在战斗中愤怒地歼灭所有的般遮罗人，犹如烈火焚烧棉花堆。（38）你的儿子们以难敌为先锋，民众之主啊！在战斗中保卫毗湿摩，与般度族交战。（39）太阳正在变红，难敌王向你方全体战士喊道"抓紧时间！"婆罗多子孙啊！（40）

这样，他们战斗着，从事难以完成的事业，太阳渐渐落山，失去光芒。（41）刹那间夜晚降临，血浪汇成可怕的河，豺狼任意出没。（42）成群成群的豺狼发出可怕的嗥叫，战场上充满鬼怪，阴森可怖。（43）罗刹、毕舍遮和其他食肉的妖魔，成百成千，到处可见。（44）

阿周那在敌军中间战胜善佑等等国王以及他们的随从，返回自己的营地。（45）俱卢族后裔坚战王和两位弟弟一起，由军队围护，在暮色中返回自己的营地。（46）怖军在战斗中战胜以难敌为首的车兵们，王中因陀罗啊！也返回自己的营地。（47）难敌在大战中保护福身王之子毗湿摩，也迅速返回营地。（48）德罗纳、德罗纳之子（马嘶）、慈悯、沙利耶和沙特婆多族成铠保护全军，返回营地。（49）同样，萨谛奇和水滴王之孙猛光在战斗中保护战士们，国王啊！也返回营地。（50）这样，你们和般度族双方折磨敌人的勇士们夜晚休战，大王啊！（51）

般度族和俱卢族回到自己的营地后，大王啊！战士们互相表示致敬。（52）勇士们注意保护自己，按照规则布置防务，拔除身上中的箭，用各种水沐浴。（53）他们举行了禳灾祈福仪式，受到歌手们赞颂，这些声誉卓著的勇士们享受歌曲和乐声。（54）此时此刻，一切如同天国，因为大勇士们不再谈论战斗。（55）双方的军队连同大批象和马，人主啊！疲倦入睡，令人悦目，国王啊！（56）

以上是吉祥的《摩诃婆罗多》中《毗湿摩篇》第八十二章(82)。

八三

全胜说：

夜晚结束，国王们舒服地睡了一觉，俱卢族和般度族又投入战斗。(1) 双方军队前往战场，声势浩大，犹如大海呼啸。(2) 难敌王、奇军、毗文沙提、最优秀的车兵毗湿摩和婆罗门婆罗堕遮之子（德罗纳），(3) 全副武装，齐心协力，为俱卢族大军编排阵容，对付般度族军队，国王啊！(4) 你的父亲毗湿摩排定大阵容，民众之主啊！像大海那样可怕，以象马为泡沫和波浪。(5) 福身王之子毗湿摩走在全军前面，玛尔华人、南方人和阿凡提人尾随其后。(6) 接着是威武的婆罗堕遮之子（德罗纳），布邻陀人、巴罗陀人、克苏德罗迦人和玛尔华人尾随其后。(7) 紧接德罗纳的是威武英勇的福授，摩揭陀人、羯陵伽人和毕舍遮人尾随其后，民众之主啊！(8) 紧接东光王的是憍萨罗王巨力，美迦罗人、三城人和吉契罗人尾随其后。(9) 紧接巨力的是英勇的钵罗斯他罗王三穴，许多甘波阇人和成千成千的耶婆那人尾随其后。(10) 紧接勇士三穴王的是凶猛的德罗纳之子（马嘶），婆罗多子孙啊！他在前进中发出震撼大地的狮子吼。(11) 紧接德罗纳之子（马嘶）的是难故土，由弟弟们围护，全体军队尾随其后。(12) 难敌后面是有年之子慈悯，就这样，这个大阵容向前挺进，如同大海。(13) 旗帜、白色华盖、美丽的臂环和昂贵的弓闪闪发光，主人啊！(14)

大勇士坚战看到你方的大阵容，立即对军队统帅水滴王之孙（猛光）说道：(15) "你看，大弓箭手啊！他们排定的阵容如同大海，水滴王之孙（猛光）啊！你赶快编排对付它的阵容。"(16) 英勇的水滴王之孙（猛光）排出可怕的三叉阵容，用来摧毁敌人阵容，大王啊！（17）叉尖上有大勇士怖军和萨谛奇，还有数千战车、马匹和步兵。（18）人中俊杰（阿周那）驾驭白马，以猿猴为旗徽，位于轴心；坚战王和玛德利的两位儿子位于中间。（19）然后，其他国王、大弓箭手和军队布满这个阵容，他们全都通晓布阵术。（20）大勇士激昂、毗罗吒、兴奋的德罗波蒂之子们和罗刹瓶首殿后。（21）就这样，般度族排定大阵容，婆罗多子孙啊！这些勇士等待交锋，渴望胜利。（22）咚咚的鼓声与螺号声、吼叫声、拍臂声、叫骂声交织，响彻四方，震撼人心。（23）

然后，勇士们在战斗中相遇，眼睛一眨不眨，愤怒地盯住对方，国王啊！（24）这些战士满怀信心，首先互相挑战，然后投入战斗。（25）你方和敌方的战士互相杀戮，战斗激烈，场面恐怖。（26）在战斗中，锋利的铁箭飞驰，婆罗多子孙啊！犹如成群成群可怕地张开大口的毒蛇。（27）抹过油的标枪飞驰，光洁明亮，威力巨大，犹如云中放出成百条闪电，国王啊！（28）扎着光洁布带的镶金铁杵飞驰，看上去如同美丽的山峰；剑光闪烁，如同清澈的天空。（29）到处可见饰有百月的牛皮盾牌，在战斗中闪闪发光，国王啊！（30）

双方军队在战斗中交锋，场面壮观，人主啊！犹如提迭和天神的军队展开激战，到处可见他们在战斗中互相对冲。（31）在激战中，车兵们快速驾驭战车，双方的车辘顶在一起，王中雄牛们互相搏杀。（32）大象在战斗中互相冲撞，婆罗多族俊杰啊！到处可见象牙摩擦起火，冒着青烟。（33）到处可见一些象兵遭到长矛袭击，犹如树木从山顶坠落。（34）但见英勇的步兵们形貌各异，以手掌和长矛为武器，互相杀戮。（35）俱卢族和般度族军队互相交锋，在战斗中用各种可怕的武器把对方送往阎摩殿。（36）福身王之子毗湿摩在战斗中冲向般度族，车声震耳欲聋，弓声搅乱人心。（37）以猛光为先锋，般度族的勇士们也发出可怕的叫声，奋勇向前冲锋。（38）你方和对方的人、马、车、象，互相挤成一团，展开激战，婆罗多子孙啊！（39）

以上是吉祥的《摩诃婆罗多》中《毗湿摩篇》第八十三章(83)。

八四

全胜说:

愤怒的毗湿摩在战斗中到处折磨敌人,般度族战士不能逼视他,犹如不能逼视太阳。(1) 按照正法之子(坚战)的命令,全军冲向发射利箭的恒河之子(毗湿摩)。(2) 而乐于战斗的毗湿摩依然用箭射倒苏摩迦族、斯楞遮耶族和般遮罗族的大弓箭手们。(3) 尽管遭到毗湿摩杀戮,般遮罗人和苏摩迦人摒弃死亡的恐惧,快速冲向毗湿摩。(4) 福身王之子英雄毗湿摩在战斗中砍断许多车兵的手臂和头颅,国王啊!(5) 你的父亲天誓(毗湿摩)使车兵失去战车,使马兵的头颅从马上坠落。(6) 我们看到如同山岳的大象被毗湿摩的武器击昏,躺倒在地,失去御者。(7) 在般度族的车兵中,民众之主啊!除了最优秀的大力士怖军,再也没有别的人。(8) 唯有他迎上前去,袭击毗湿摩。毗湿摩和怖军交锋,出现可怕的叫喊。(9) 所有的军队恐惧万状,而般度之子们兴奋地发出狮子吼。(10)

在这场毁灭生灵的战斗中,难敌王在弟弟们围护下,保护毗湿摩。(11) 优秀车兵怖军杀死毗湿摩的御者,马匹脱缰,驾着战车到处乱跑。杀敌者(怖军)迅速用箭砍下苏纳跋的头颅。(12) 苏纳跋被锋利的剃刀箭杀死,倒在地上,大王啊!你的大勇士儿子遭到杀害,他的七位英勇的兄弟无法忍受。(13) 阿提迭计都、多愿、持罐、巨腹、莫敌、饱学和难以战胜的广目,(14) 这些歼灭敌人的勇士身披各种铠甲,悬挂各种旗帜,求战心切,冲向般度之子(怖军)。(15) 巨腹在战斗中用九支如同金刚杵的羽毛箭袭击怖军,犹如诛杀弗栗多者(因陀罗)袭击那牟吉。(16) 阿提迭计都用七十支箭,多愿用五支箭,持罐用九十支箭,广目用七支箭,(17) 克敌制胜的大勇士莫敌用许多箭袭击大力士怖军,大王啊!(18) 饱学也在战斗中用三支箭袭击怖军。怖军在战斗中不能忍受敌人袭击。(19)

粉碎敌人者(怖军)用左手压紧弓,用笔直的箭砍削头颅。(20) 你的鼻孔漂亮的儿子莫敌被怖军射中,头颅落地。(21) 然后,当着众人的面，怖军用另一支月牙箭，把大勇士持罐送往阎摩殿。（22）灵魂无限者（怖军）又搭上另一支箭，射向饱学，婆罗多子孙啊！（23）这支箭穿透饱学，钻入地下，犹如毒蛇受死神派遣，即刻致人死命。（24）灵魂昂扬的怖军记得过去的苦难，用三支箭把广目的头颅砍落地上。（25）他又用一支铁箭射中大弓箭手巨腹的胸膛，国王啊！巨腹倒地死去。（26）杀敌者（怖军）在战斗中用一支箭射断阿提迭计都的旗帜，又用一支极其锋利的月牙箭砍下他的头颅。（27）然后，怖军满腔愤怒，用一支笔直的箭把多愿送往阎摩殿。（28）你的其他儿子纷纷逃跑，民众之主啊！因为他们想起他立下的誓言。（29）

难敌王为弟弟们遇难而悲痛，对你方战士们说道"你们要在战斗中杀死这个怖军！"（30）你的大弓箭手儿子们看到这些兄弟遇难，民众之主啊！他们记起那些话。（31）那是大智者奴婢子（维杜罗）充满善意的话。这位具有天眼的人说的话，如今得到应验。（32）你以前宠爱儿子，陷入贪欲和痴迷，人主啊！不能理解这些大实话。（33）这位大臂力士般度之子（怖军）这样杀戮俱卢族战士，仿佛他生来就是为了毁灭你的儿子。（34）

然后，难敌王走近毗湿摩，尊者啊！悲痛欲绝，萎靡不振，说道：（35）'我的这些英勇的弟弟在战斗中被怖军杀害，其他所有的战士即使奋勇作战，也会遭到杀害。（36）你对我们毫不关心，始终冷眼旁观。看啊！我踏上了什么路？这是我的命运！"（37）

你的父亲天誓（毗湿摩）听了这些刺耳的话，眼中含泪，对难敌说道：（38）"我、德罗纳、维杜罗和声誉卓著的甘陀利从前说过的那些话，孩子啊！你全然不理解。（39）我以前对你们作出的承诺，无论如何，我不会在战斗中放弃，老师（德罗纳）也不会放弃，折磨敌人者啊！（40）怖军在战斗中盯住持国族无论哪一位，就会把他杀死。我对你说的是实话。（41）你要坚强，国王啊！下定决心，与普利塔之子们战斗，以天国为归宿。（42）连天神、阿修罗和因陀罗也不能战胜般度族兄弟，婆罗多子孙啊！因此，你就下定决心，战斗吧！"（43）

以上是吉祥的《摩诃婆罗多》中《毗湿摩篇》第八十四章(84)。

八五

持国说：

眼看怖军独自一人杀死我的许多儿子，全胜啊！毗湿摩、德罗纳和慈悯在战斗中干什么？（1）一天又一天，我的儿子们走向毁灭，全胜啊！我想这完全是命运的残酷打击，御者啊！（2）我的所有儿子只败不胜，他们处在灵魂高尚的毗湿摩、德罗纳和慈悯中间，（3）处在英勇的月授之子（广声）、福授和马嘶这些灵魂高尚的勇士中间，孩子啊！（4）处在这些和其他的英雄中间，我的儿子们依然在战斗中遭到杀害，不是命运安排，还能是什么？（5）以前，愚蠢的难敌不理解我、毗湿摩和维杜罗的劝说，孩子啊！（6）以前，甘陀利也经常好意规劝，这傻瓜执迷不悟，现在造成这个结果。（7）怖军满腔愤怒，一天接一天，在战斗中把我的这些失去理智的儿子送往阎摩殿。（8）

全胜说：

奴婢子（维杜罗）说的金玉良言，当时你不理解，主人啊！他的话现在已经应验。（9）他说过'阻止你的儿子掷骰子，不要伤害般度族！'朋友们的好意劝说，（10）你听不进去，就像垂死的病人拒绝良药。现在这些话在你身上应验。（11）不听取维杜罗、德罗纳和其他好心人的忠告，俱卢族走向毁灭。（12）这些已是过去的往事，民众之主啊！现在请听我如实讲述正在进行的战斗。（13）

中午时分，毁灭众生的大战极其恐怖，国王啊！请听我告诉你。（14）按照正法之子（坚战）的命令，所有的军队情绪激昂，冲向毗湿摩，想要杀死他。（15）大勇士猛光、束发和萨谛奇率领军队，一起冲向毗湿摩，大王啊！（16）阿周那、德罗波蒂之子们和显光在战斗中一起冲向难敌麾下的那些国王。（17）英雄激昂、大勇士希丁芭之子（瓶首）和满腔愤怒的怖军，一起冲向俱卢族军队。（18）俱卢族在战斗中遭到兵分三路的般度族杀戮，同样，俱卢族也在战斗中杀戮敌人。（19）

优秀的车兵德罗纳满腔愤怒，冲向苏摩迦人和斯楞遮耶人，把他们送往阎摩殿。(20) 灵魂高尚的斯楞遮耶人在战斗中遭到弓箭手婆罗堕遮之子（德罗纳）杀戮，发出大声哀叫。(21) 许多刹帝利在战斗中遭到德罗纳打击，拼命挣扎，犹如疼痛难忍的病人。(22) 在战场上，不断听到如同饥饿难忍的人发出的悲哭、哀号和呻吟。(23) 同样，愤怒的大力士怖军大肆杀戮俱卢族战士，犹如另一位死神。(24) 双方军队在大战中互相杀戮，鲜血流淌，汇成可怕的河。(25) 俱卢族和般度族展开大战，场面恐怖，大王啊！壮大阎摩王国。(26)

愤怒的怖军格外勇猛，他迎战象军，把它们送交阎摩。(27) 那些大象被怖军的铁箭射中，婆罗多子孙啊！或倒下，或坐下，或哀叫，或跑散。(28) 那些断鼻和断腿的大象，尊者啊！像苍鹭那样惊恐地发出悲鸣，躺倒在地。(29) 无种和偕天冲向马军，但见佩戴金环和金鞍的马匹，成百成千遭到杀戮。(30) 倒下的马匹遍布大地，国王啊！或断舌，或喘息，或呻吟，或断气，这些马匹形态各异，人中俊杰啊！(31) 阿周那也在战斗中杀死许多马匹，婆罗多子孙啊！大地充满恐怖，民众之主啊！(32) 到处是破碎的战车、断裂的旗帜、美丽的华盖、金项链、臂环和戴着耳环的头颅；(33) 到处是坠落的头冠、旗帜、漂亮的车底、腹带和缰绳，布满大地，如同春季盛开的鲜花。(34)

就这样，福身王之子毗湿摩、优秀的勇士德罗纳、马嘶、慈悯和成铠发怒，(35) 般度族便惨遭杀戮，婆罗多子孙啊！同样，对方发怒，你方便惨遭杀戮。(36)

以上是吉祥的《摩诃婆罗多》中《毗湿摩篇》第八十五章(85)。

八六

全胜说：

在这场毁灭英雄豪杰的可怕战斗中，国王啊！吉祥的妙力之子沙恭尼冲向般度族。(1) 沙特婆多族诛灭敌雄的诃利迪迦之子（成铠）也在战斗中冲向般度族军队，国王啊！(2) 到处是甘波阇骏马、大河

骏马、阿罗吒骏马、摩希骏马和信度骏马，（3）白色的婆那优骏马和山地骏马，还有快速似风的底底罗骏马。（4）

般度之子（阿周那）的儿子，这位折磨敌人的力士驾着马匹，兴奋地冲向敌军；这些马匹披戴铠甲，装饰金子。（5）阿周那这个英勇的儿子名叫宴丰，是蛇王的女儿与聪明的普利塔之子（阿周那）所生。（6）她的前夫被金翅鸟杀死，无儿无女，凄苦抑郁，灵魂高尚的爱罗婆多（蛇王）将她许配。（7）她陷入爱情，普利塔之子（阿周那）娶她为妻，就这样，阿周那的儿子出生在他乡。（8）灵魂邪恶的叔父仇视普利塔之子（阿周那），将他抛弃；他在蛇族中，由母亲抚育长大。（9）他英俊、勇敢，有德，真正英勇，听说阿周那在因陀罗的天国，立即前往那里。（10）他走近灵魂高尚、真正英勇的父亲，镇定自若，谦恭地双手合十，说道"我是你的儿子宴丰，祝福你，大人！"（11）他说得出父母相会的种种情况，而般度之子（阿周那）对这一切也记得清清楚楚。（12）普利塔之子（阿周那）拥抱这位与自己品性相同的儿子，满怀喜悦，住在天王宫中。（13）国王啊！大臂宴丰在天界，婆罗多子孙啊！愉快地接受阿周那交给自己的任务："一旦战争爆发，你要支援我们。"主人啊！（14）他说道"遵命！"现在，战争爆发，来到这里，他带着许多色泽漂亮、速度飞快的马匹。（15）

这些马匹佩戴金环，绚丽多彩，速度快似思想，国王啊！它们突然腾起，犹如大海中的天鹅。（16）它们冲向你们快速的马群，胸对胸，鼻对鼻，互相撞击，国王啊！在高速撞击下，它们猛然摔倒在地。（17）马群互相撞击摔倒，发出可怕的响声，犹如大鹏金翅鸟坠地。（18）同样，马兵们在战斗中互相交锋，互相残杀，大王啊！（19）在这场混乱的激战中，双方的马群遭到严重摧残。（20）勇士们失去马匹，忍受箭伤，疲惫不堪，互相砍杀，走向灭亡。（21）

趁剩下的一些马军精疲力竭，婆罗多子孙啊！妙力之子（沙恭尼）英勇的儿子们出现在阵地前沿。（22）他们登上年龄合适、训练有素、速度和力量如同暴风的骏马。（23）伽阇、伽瓦刹、婆利舍迦、遮尔摩凡、阿尔伽婆和苏迦，这六位力士从大军中冲出。（24）这些大力士全副武装，精通武艺，面目狰狞，受到沙恭尼和自己的大力士战士们围护。(25) 这些作战奋勇的犍陀罗勇士满怀喜悦,渴望胜利,向往升天,率领大军,突破难以战胜的敌军,冲了过去,大臂者啊! (26)

宴丰看见他们冲了过来,对佩戴各种装饰和武器的战士们说道: (27) "采取一切手段,在战斗中,杀死所有这些持国族战士及其随从和马匹。" (28) 宴丰的全体战士说道 "遵命!"开始杀戮难以战胜的敌军。(29) 妙力的儿子们看见自己的军队在战斗中遭到敌军杀戮,忍耐不住,冲上去,从四面围堵。(30) 勇士们奔跑着投掷锋利的长矛,互相攻击,一片混乱。(31) 宴丰被灵魂高尚的勇士们锋利的长矛击中,犹如大象被刺棒击中,鲜血流淌。(32) 胸部、背部和两肋受到重创,他独自奋战众人,镇定自若,毫不畏缩,国王啊! (33) 攻克敌人城堡的宴丰满腔愤怒,在战斗中向他们发射利箭,击昏他们。(34) 克敌制胜的宴丰从自己身上拔出所有的长矛,在战斗中用它们袭击妙力的儿子们。(35) 他拔出利剑,手持盾牌,徒步冲向妙力的儿子们,想要在战斗中杀死他们。(36)

妙力的儿子们恢复元气,满怀愤怒,再次冲向宴丰。(37) 宴丰自恃有力,手持利剑,施展娴熟轻巧的技艺,冲向他们。(38) 由于宴丰动作敏捷,妙力的儿子们尽管行动迅速,也找不到下手的机会。(39) 看到宴丰徒步作战,他们全力围堵,想要活捉他。(40) 而一旦走近,折磨敌人的宴丰就用利剑劈刺他们的肢体。(41) 他们的武器和佩戴饰品的手臂坠落,破碎的躯体倒地断气。(42) 惟有婆利舍迦,大王啊!虽然多处受伤,却躲过这场灭绝英豪的大屠杀。(43)

难敌看到他们倒下,心里害怕,愤怒地对面目狰狞的罗刹发话。(44) 这位罗刹是鹿角仙人的儿子,精通幻术,克敌制胜的大弓箭手,因钵迦被杀而与怖军结下冤仇。① (45) "请看,英雄啊!这个颇勒古拿(阿周那)的儿子强壮有力,精通幻术,摧毁我的军队,对我造成可怕的危害。(46) 你能随意飞行,精通魔幻法宝,孩子啊!你与普利塔之子有仇,因此,你就在战斗中杀死他吧!"(47) 面目狰狞的罗刹说道 "遵命!"他发出狮子吼,冲向年轻的阿周那之子(宴丰)。(48) 他在自己的军队围护下,与那些善于登骑、精通武艺、手

---

① 以前般度族五兄弟逃避难敌迫害,住在独轮城时,怖军为民除害,杀死吃人的罗刹钵迦。

持锃亮长矛的战斗英雄一起,想要在战斗中杀死大力士宴丰。(49)

歼灭敌人的勇士宴丰满腔愤怒,迅速阻截罗刹,想要杀死他。(50) 大力士罗刹看到他冲了过来,迅速施展幻术。(51) 他幻变出这么多的马匹,上面骑着可怕的罗刹,手持铁叉和长矛。(52) 两千个战士相遇,斗志昂扬,互相很快就把对方送往阴府。(53) 双方军队像弗栗多和婆薮之主(因陀罗)那样奋勇作战,互相杀戮。(54) 看到奋勇作战的罗刹冲了过来,大力士宴丰满腔愤怒,对冲过去。(55) 邪恶的罗刹在战斗中冲到身边,宴丰举剑击碎了他的明亮的弓和箭袋。(56) 看到弓已断裂,罗刹迅速腾入空中,仿佛用幻术迷惑愤怒的宴丰。(57) 宴丰也能随意变形,熟谙一切要害,难以对付;他也腾入空中,用幻术迷惑罗刹,用箭射碎他的肢体。(58) 这位优秀的罗刹一次又一次被箭射碎,大王啊!但又恢复青春。(59) 这种幻术是天生的,他们能随意选择年龄和形象,因此,罗刹的肢体一次次破碎,又一次次恢复。(60) 宴丰满腔愤怒,又一再用利斧劈砍大力士罗刹。(61) 强壮有力的英雄罗刹如同树木遭到砍伐,发出可怕的叫喊,声音尖厉。(62) 力士罗刹被斧子砍伤,血流如注;他怒不可遏,在战斗中猛冲猛打。(63)

面对这位英勇善战的敌人,鹿角仙人之子幻变成可怕的巨人,当着众人的面,在阵地前沿想要抓住他。(64) 看到灵魂高尚的罗刹施展这种幻术,宴丰满腔愤怒,也施展幻术。(65) 宴丰怒不可遏,在战斗中毫不退缩。这时,他的一位母系亲属走近他。(66) 这位亲属在许多蛇围绕下,在战斗中,呈现巨大形状,如同无限大蛇,国王啊!他与这些蛇一起覆盖罗刹。(67) 罗刹中的雄牛被这些蛇覆盖后,沉思入定,幻化成金翅鸟,吞噬这些蛇。(68) 眼看母系亲属被幻术吞噬,宴丰昏厥过去;罗刹乘此机会用剑杀死他。(69) 罗刹砍下宴丰的头颅;这头颅佩戴耳环和顶冠,灿若莲花和月亮,坠落地面。(70)

阿周那的英雄儿子被罗刹杀死,持国族军队和国王们消除忧虑。(71) 在这场激烈的大战中,双方军队又挤成一团,场面可怕。(72) 马匹、人象和步兵混杂,遭到大象摧残,战车和大象遭到步兵打击。(73) 同样,在混战中,步兵、车流和许多马匹遭到车兵袭击,国王啊!(74) 阿周那不知道亲生儿子被杀,在战斗中杀死那些保护毗湿摩的勇士。（75）你方和斯楞遮耶族大力士在战斗中奉献生命，互相杀戮。（76）发髻披散，铠甲失落，战车失灵，弓也断裂，于是，挤在一起，徒手搏斗。(77)

大力士毗湿摩用致人死命的箭杀戮大勇士，般度族军队在战斗中惊恐发抖。（78）他杀死坚战军队中许多战士、大象、马兵、车兵和马匹。（79）看到毗湿摩的勇武，婆罗多子孙啊！我们仿佛看到帝释天的勇武，真是奇迹。（80）同样，怖军、水滴王之孙（猛光）和沙特婆多族弓箭手（萨谛奇）作战凶猛，婆罗多子孙啊！（81）看到德罗纳勇敢非凡，般度族心怀恐惧。"他独自一人在战斗中，就能消灭我们的军队，（82）何况他身边陪随许多大地勇士和大批战士。"在战斗中遭受到德罗纳打击的人们这样说道，大王啊！（83）

这样，激烈可怕的战斗进行着，婆罗多族雄牛啊！双方军队的勇士们互不容忍。（84）你方和般度族手持弓箭的大力士们仿佛罗刹附身，奋勇作战。（85）在这场如同提迭之战中，我们没有一个战士顾惜自己的生命，人主啊！（86）

以上是吉祥的《摩诃婆罗多》中《毗湿摩篇》第八十六章(86)。

八七

持国说：

普利塔之子们看到宴丰被杀后，这些大勇士们在战斗中做什么？请你告诉我，全胜啊！（1）

全胜说：

怖军之子瓶首看到宴丰在战斗中被杀，这位罗刹发出大声吼叫。(2) 他的吼叫震撼大地、山岳、森林和四海，响彻天空和四面八方。(3) 听到这样巨大的吼声，婆罗多子孙啊！你的战士们两腿发软，心慌冒汗。(4) 他们个个情绪低落，像蛇那样蜷缩，王中因陀罗啊！仿佛大象惧怕狮子。(5) 这位罗刹发出雷鸣般巨大吼声，高举铁叉，形象恐怖。(6) 他满腔愤怒，在手持各种武器的、可怕的罗刹雄牛们围护下，冲向前来，犹如世界末日的阎摩。(7)

看到这位面目狰狞的罗刹满腔愤怒,冲向前来,而自己的军队出于恐惧,纷纷转身逃跑,(8) 难敌王手持大弓,像狮子那样连连发出吼叫,冲向瓶首。(9) 梵伽王亲自率领一万头流着液汁、如同高山的大象,紧随其后。(10) 看到你的儿子在象军围护下冲向前来,大王啊! 这位夜行者(罗刹)怒火中烧。(11) 罗刹们和难敌的军队展开激战,令人毛发直竖,王中因陀罗啊! (12) 罗刹们看到象军如同乌云腾起,愤怒地手持武器,冲上前去。(13) 他们如同携带雷电的乌云,发出各种叫声,用箭、标枪、剑和铁箭杀戮那些象兵,(14) 用长矛、铁叉、锤子、斧子、山峰和大树杀戮那些大象。(15) 我们看到那些大象遭到夜行者(罗刹)们杀戮,颞颥破裂,肢体破碎,鲜血流淌。(16)

象兵们锐气消失,溃不成军,大王啊! 难敌冲向那些罗刹。(17) 这位大力士义愤填膺,奋不顾身,向罗刹们发射利箭。(18) 你的儿子大弓箭手难敌满腔愤怒,杀死那些杀人的罗刹,婆罗多族俊杰啊! (19) 这位大勇士用四支箭杀死四个罗刹有速、大凶、电舌和强暴。(20) 灵魂无限的难敌又向夜行者(罗刹)军队泼洒难以抵挡的箭雨,婆罗多族俊杰啊! (21) 大力士怖军之子(瓶首)看到你的儿子大显身手,气得浑身冒火,尊者啊! (22) 他迅速冲向克敌制胜的难敌,挽开弦声如同雷电的大弓。(23) 看到他冲向前来,如同时间派遣的死神,大王啊! 你的儿子难敌毫不畏缩。(24)

凶猛的瓶首怒不可遏,两眼通红,对难敌说道"由于你作恶,般度族在掷骰子骗局中失败,长期流亡,国王啊! (25) 黑公主德罗波蒂正来月经,身穿单衣,被拽到大会堂,邪恶的人啊! 受你百般折磨。①(26) 在净修林里,她又遭到灵魂邪恶的信度王欺凌;② 信度王愿意讨好你,藐视我的父亲们。(27) 如果你不放弃战斗,败家子! 今天我要清算这些和其他的侮辱。"(28) 说罢,希丁芭之子(瓶首)挽开大弓,牙咬下唇,舌舔嘴角,(29) 向难敌泼洒滂沱的箭雨,犹

---

① 在难敌设置的掷骰子赌博骗局中,坚战输掉一切财产和王国,又输掉四个弟弟和自己,最后输掉他们五兄弟的共同妻子德罗波蒂。难敌吩咐弟弟难降把德罗波蒂拽来,当众羞辱她,企图剥掉她的衣服。

② 在般度族流亡森林期间,信度王胜车曾劫走德罗波蒂。

如雨季乌云向山峰倾泻暴雨。(30)

以上是吉祥的《摩诃婆罗多》中《毗湿摩篇》第八十七章(87)。

八八

全胜说：

王中因陀罗（难敌）在战斗中承受连檀那婆也难以承受的箭雨，犹如大象承受暴雨。(1) 你的儿子（难敌）怒火中烧，像蛇那样喘息，处在极端的危险之中，婆罗多族雄牛啊！(2) 他发射二十五支锋利的铁箭，国王啊！猛然射中这位罗刹雄牛，犹如愤怒的毒蛇降落香醉山。(3) 他中箭流血，如同颞颥裂开的大象；这位食肉者（罗刹）决心消灭难敌王，紧握甚至能粉碎山岳的大标枪。(4) 这位大臂者（罗刹）举起像大彗星那样闪闪发光的标枪，犹如摩诃凡（因陀罗）举起雷杵，想要杀死你的儿子。(5) 看到举起的大标枪，梵伽王迅速驱策如同山岳的大象，冲向罗刹。(6) 他将快速有力的大象安置在难敌战车前面的路上，用大象挡住你的儿子的战车。(7) 看到聪明的梵伽王封堵道路，大王啊！瓶首气得两眼发红，把举起的大标枪投向大象。(8) 大象被罗刹投出的大标枪刺中，国王啊！痛苦地流着血，倒下死去。(9) 大象倒下，有力的梵伽王迅速跳下，到达地面。(10)

难敌看到大象倒毙，又看到军队溃散，心急如焚。(11) 但这位国王注重刹帝利正法和自己的尊严，尽管遭受挫折，依然屹立不动。(12) 他愤怒至极，搭上一支利箭，威力如同世界末日的烈火，射向可怕的夜行者（罗刹）。(13) 看到利箭飞来，如同因陀罗的雷杵，身材魁梧的瓶首轻巧地避开。(14) 他气得两眼发红，再次狂暴地发出吼叫，犹如世界末日的乌云，震慑一切生灵。(15)

听到这个可怕的罗刹的恐怖吼声，福身王之子（毗湿摩）走近老师（德罗纳），说道：(16) '听到罗刹发出这种可怕吼声，可以肯定希丁芭之子（瓶首）在与难敌王交战。(17) 任何生物不可能在战斗中战胜这个罗刹。祝你们幸运！去那里保护国王吧！(18) 光辉吉祥的国王遭到灵魂邪恶的罗刹进攻，诸位折磨敌人的勇士啊！这是我们的最高职责。"（19）听了祖父的话，大勇士们立即行动，以最快的速度，到达俱卢族后裔（难敌）那里。（20）德罗纳、月授、波力迦、胜车、慈悯、广声、沙利耶、奇军和毗文沙提，（21）马嘶、毗迦尔纳、阿凡提王和巨力，数千位勇士及其随从，想要救助你的遭到进攻的儿子难敌。（22）看到这支不可抵御的军队在人间豪杰们的保护下，手持弓箭，冲向前来，优秀的大臂罗刹毫不动摇，如同美那迦山。（23）他紧握大弓，亲友们围绕他，手持铁叉、锤子和各种武器。（24）罗刹们和难敌的生力部队展开激烈的战斗，令人毛发直竖。（25）到处听到强劲的挽弓声，大王啊！仿佛竹林燃烧的劈啪声。（26）武器击中战士铠甲的响声，国王啊！如同山峰崩裂。（27）英雄们手中掷出的长矛飞行空中，民众之主啊！形似爬行的蛇。（28）

大臂罗刹王愤怒至极，发出可怕的吼叫，挽开大弓。（29）他愤怒地用一支半月箭射碎老师（德罗纳）的弓，又用一支月牙箭射断月授的旗帜，然后发出吼叫。（30）他又用三支箭射击波力迦的胸膛，用一支箭射击慈悯，用三支箭射击奇军。（31）他又搭上一支箭，眼睛瞄准，拉足弓弦，射中毗迦尔纳的锁骨。毗迦尔纳倒在车座上，鲜血流淌。（32）灵魂无限的罗刹满腔愤怒，又发射十五支铁箭，婆罗多子孙啊！迅速穿透广声的铠甲，钻入地面。（33）他又袭击毗文沙提和德罗纳之子（马嘶）的御者；两位御者倒在车座上，缰绳脱手。（34）他用一支半月箭射断信度王的镶金野猪旗，大王啊！又用第二支箭射断他的弓。（35）他气得两眼发红，用四支铁箭，射死灵魂高尚的阿凡提王的四匹马。（36）他又搭上一支黄色的利箭，拉足弓弦，射中王子巨力，大王啊！巨力遭受重创，痛苦地倒在车座上。（37）这位罗刹王站在战车上，满腔愤怒，又射出许多如同毒蛇的利箭，大王啊！射中精通武艺的沙利耶。（38）

以上是吉祥的《摩诃婆罗多》中《毗湿摩篇》第八十八章(88)。

八九

全胜说:
罗刹在战斗中击退你的所有军队，冲向难敌，想要杀死他，婆罗多族俊杰啊！（1） 看到他快速冲向国王，你方奋勇作战的战士们冲上去，想要杀死他。（2） 这些大力士挽开一多罗宽的弓，像成群的狮子吼叫着，冲向他一个人。（3） 他们从四面用箭雨覆盖他，犹如秋季的乌云用暴雨覆盖山峰。（4） 他遭受重创，犹如大象遭受刺棒折磨，痛苦不堪，于是像金翅鸟那样，腾入空中。（5） 他发出巨大的吼声，如同秋季的乌云，这可怕的吼声响彻天空和四面八方。（6）

婆罗多族俊杰坚战王听到罗刹的吼声，对怖军说了这些话：（7）"听到罗刹发出这种可怕的吼声，可以肯定他在与持国族大勇士们交战，弟弟啊！我觉得他的负担过于沉重。（8） 祖父满腔愤怒，竭力杀戮般遮罗人；为了保护他们，颇勒古拿（阿周那）与敌军交战。（9） 知道这两件迫在眉睫的任务，大臂者啊！你去保护处在危急关头的希丁芭之子（瓶首）吧！"（10）

听了长兄的吩咐，狼腹（怖军）立即冲向前去，发出狮子吼，威吓所有的国王，国王啊！他动作迅猛，犹如朔望日的大海。（11） 奋勇作战的真坚、绍吉提、有序和威严的迦尸王子尾随其后，（12） 还有以激昂为首的大勇士们、德罗波蒂的儿子们、英勇的刹多罗提婆和刹多罗达磨。（13） 阿奴波王尼罗统辖自己的军队，驾驶庞大的车队，围绕希丁芭之子（瓶首）。（14） 他们偕同六千头疯狂的战象，保护罗刹王瓶首。（15） 高亢的狮子吼，隆隆的车轮声，踏踏的马蹄声，震撼大地。（16）

你的军队听到他们冲过来的声音，出于对怖军的惧怕，脸色变白，纷纷撇下瓶首，向后撤退。（17） 你方和对方灵魂高尚的战士们在战斗中决不后退，开始交战。（18） 大勇士们投掷各种武器，互相攻打，挤成一团；战斗激烈残酷，令胆怯者心生恐惧。（19） 马匹与大象相遇，步兵与车兵相遇，互相在战斗中追求荣誉，国王啊！（20） 战车、马匹、大象和步兵猛烈碰撞，脚步和车轮扬起大片尘土。（21） 浓密的暗红色的尘土弥漫战场，战士们分辨不清敌我双方，国王啊！（22）父亲认不出儿子，儿子认不出父亲，这种混乱的屠杀令人毛发直竖。（23）

武器碰击和人的叫喊形成巨大声响，犹如竹林燃烧，婆罗多族俊杰啊！（24） 那里流出一条河，以象、马和人的血和肠为波浪，以头发为水草。(25) 一颗颗头颅从人体坠落战场，沉重的响声听来像飞石落地。(26) 头颅坠落的人体，肢体残缺的大象，身躯破裂的马匹，遍布大地。 (27) 大勇士们投掷各种武器，互相冲锋，互相袭击。(28) 在马兵驱策下，马匹和马匹交锋，互相拼撞，断送性命，倒在战场上。(29) 人与人交锋，两眼气得发红，胸脯对胸脯，互相紧抱挤压，杀死对方。(30) 在象兵驱策下，我方和敌方的大象在战斗中，用牙尖互相杀戮。(31) 这些大象装饰有旗帜，挤在一起，痛苦地流淌鲜血，看似乌云携带闪电。(32)

有些大象身躯被牙尖捅破，有些大象颧颥被长矛捅破，吼叫着向前奔跑，犹如咆哮的乌云。(33) 有些大象象牙断裂，有些大象肢体残缺，倒在地上，犹如削去翅膀的山峰。(34) 还有些大象被另一些大象捅破胁腹，流出大量鲜血，犹如矿山流出矿物。(35) 还有些大象被铁箭射中，或被长矛击中，御者倒毙，犹如山岳失去顶峰。(36) 还有些大象满怀愤怒，疯狂盲目，失去控制，在战场上成百成百地践踏战车、马匹和步兵。(37)

同样，马兵用梭镖和长矛袭击马匹，这些马匹狂奔乱跑，扰乱四面八方。(38) 出身高贵的车兵们互相交锋，不惜牺牲生命，竭尽全力，无所畏惧。(39) 精通武艺的战士们追求荣誉，向往天国，互相扭打，犹如选婿比武。(40) 在这场令人毛发直竖的战斗中，持国族大军节节败退。(41)

以上是吉祥的《摩诃婆罗多》中《毗湿摩篇》第八十九章(89)。

九〇

全胜说：

难敌王看到自己的军队遭到杀戮，满腔愤怒，亲自冲向克敌制胜的怖军。(1) 他紧握弦声如同雷鸣的大弓，向般度之子（怖军）泼洒滂沱箭雨。(2) 他愤怒地搭上一支锋利的半月羽毛箭，射断怖军的弓。(3) 这位大勇士抓住机会，又迅速搭上一支甚至能穿透山岩的利箭，射击怖军的胸膛。(4) 威武的怖军受到重创，痛苦不堪，舔着嘴

643

角，靠在镶金的旗杆上。（5） 看到怖军受伤，精神不振，瓶首怒火中烧，浑身灼热发光。（6） 以激昂为首的般度族大勇士们慌慌张张，喊叫着冲向难敌王。（7）

看到他们满腔愤怒，慌慌张张冲向前来，婆罗堕遮之子（德罗纳）对你方的大勇士们说道：（8） "祝福你们！赶快去保护国王！他陷入灾难之海，处境极其危险。（9） 般度族的大弓箭手、大勇士们，以怖军为先锋，愤怒地冲向难敌。（10） 他们渴望胜利，投掷各种武器，发出可怕的叫喊，威吓国王。"（11） 听了老师（德罗纳）的话，以月授为前锋，你方军队冲向般度族。（12） 慈悯、广声、沙利耶、德罗纳之子（马嘶）、毗文沙提、奇军、毗迦尔纳、信度王、巨力和阿凡提国两位大弓箭手，围绕俱卢族后裔（难敌）。（13）

走了二十步，般度族和俱卢族军队就开始交战，互相渴望杀死对方。（14） 大臂婆罗堕遮之子（德罗纳）说完话后，挽开大弓，向怖军发射二十六支箭。（15） 随即，他又迅速向怖军泼洒箭雨，犹如秋季的乌云向山峰倾泻暴雨。（16） 而大力士、大弓箭手怖军迅速回击他十支利箭，射中他的左胁。（17） 他年寿已高，受到重创，痛苦不堪，失去知觉，猛然倒在车座上，婆罗多子孙啊！（18）

亲眼看到老师蒙受痛苦，难敌王和德罗纳之子（马嘶）一起，愤怒地冲向怖军。（19） 看到他俩冲向前来，如同世界末日的阎摩，大臂怖军立即拿起铁杵。（20） 他迅速跳下战车，像山峰那样巍然屹立，在战斗中举起沉重的铁杵，如同阎摩刑杖。（21） 看到他高举铁杵，犹如顶峰突兀的盖拉娑山，俱卢后裔（难敌）和德罗纳之子（马嘶）一起冲向他。（22） 看到这两位优秀的力士猛冲过来，狼腹（怖军）迅速对冲过去。（23） 看到面目狰狞的怖军愤怒地冲向前来，俱卢族的大勇士们迅速对冲过去。（24） 以德罗纳之子（马嘶）为首的勇士们渴望杀死怖军，瞄准他的胸膛，投掷各种武器，从四面八方一齐打击这位般度之子。（25） 看到大勇士怖军遭受打击，处境危险，以激昂为首的般度族大勇士们甘愿舍弃难以舍弃的生命，冲上前去救助怖军。（26）

怖军的好友、英勇的阿奴波王尼罗貌若青云，满腔愤怒，冲向德罗纳之子（马嘶）。这位大弓箭手一向与德罗纳之子（马嘶）较劲。(27) 他挽开大弓,用羽毛箭射击德罗纳之子(马嘶),犹如从前帝释天射击檀那婆,大王啊!(28) 那位檀那婆名叫毗波罗制谛,难以制服,令众神恐惧;他怒气冲冲,凭借自己的勇武威吓三界。(29) 德罗纳之子(马嘶)被尼罗箭头漂亮的羽毛箭射中,受伤流血,满怀愤怒。(30) 优秀的智者(马嘶)挽开弦声如同因陀罗雷杵的良弓,决心消灭尼罗。(31) 他搭上工匠锻造的光洁的月牙箭,射死尼罗的四匹马,射断尼罗的旗帜。(32) 第七支月牙箭射中尼罗的胸膛;尼罗受到重创,痛苦不堪,倒在车座上。(33)

看到貌若青云的尼罗王昏迷过去,瓶首满腔愤怒,在弟兄们簇拥下,(34) 迅猛冲向战斗明星德罗纳之子(马嘶);其他奋勇作战的罗刹们也冲上前去。(35) 看到面目狰狞的罗刹冲了过来,威武的德罗纳之子(马嘶)迅速对冲过去。(36) 他满腔愤怒,杀死许多面目狰狞的罗刹,这些愤怒的罗刹跑在罗刹瓶首的前面。(37) 看到德罗纳之子(马嘶)挽弓射箭,击退这些罗刹,身躯庞大的怖军之子瓶首怒不可遏。(38) 这位精通幻术的罗刹王在战斗中施展大幻术,呈现暴戾可怕的形象,迷惑德罗纳之子(马嘶)。(39) 由于幻术的作用,你方的所有战士转身逃跑。他们互相看到肢体残缺,倒在地上,痛苦挣扎,鲜血流淌。(40) 他们甚至看到俱卢族主要的大弓箭手德罗纳、难敌、沙利耶和马嘶,也是这般模样。(41) 所有的车兵丧命,所有的大象倒毙,成千成千大象和象兵粉身碎骨。(42) 看到这些,你的军队逃回营地,国王啊!他们不听我和天誓(毗湿摩)的呼喊:(43) "战斗啊!别逃跑!这是瓶首在战斗中施展的罗刹幻术!"他们已经吓昏,不肯停步,不肯相信我俩说的话。(44)

望着他们逃跑,般度族赢得胜利,与瓶首一起发出狮子吼,到处响起喧嚣的螺号声和铜鼓声。(45) 就这样,你的全部军队在日落之际,被灵魂邪恶的希丁芭之子(瓶首)击溃,逃向四面八方。(46)

以上是吉祥的《摩诃婆罗多》中《毗湿摩篇》第九十章(90)。

九一

全胜说：

在这场大战中，难敌王走近恒河之子（毗湿摩），谦恭地致敬。（1）他如实地向他讲述发生的一切——瓶首获胜，自己失败。（2）这位难以制胜的勇士频频叹息，对俱卢族祖父毗湿摩说道：（3）"依靠你，正像敌方般度族依靠婆数提婆之子（黑天），我发动了这场可怕的战争，主人啊！（4）我的十一支著名的大军和我本人听从你指挥，折磨敌人者啊！（5）以怖军为前锋的般度族军队在战斗中依靠瓶首，依然战胜我，人中之虎啊！（6）此事燃烧我的肢体，犹如大火焚烧枯木，大吉祥者啊！我想要得到你的恩惠，折磨敌人者啊！（7）你难以制胜，让我依靠你，亲自杀死这个罗刹贱种，祖父啊！你能帮我实现这个愿望。"（8）

听了难敌王的话，婆罗多族俊杰啊！福身王之子毗湿摩对他这样说道：（9）"国王啊！请听我要对你说的话，俱卢族大王啊！我告诉你应该怎样做，折磨敌人者啊！（10）无论如何，孩子啊！在战斗中应该保护自我，克敌制胜者啊！你应该坚持与正法之子（坚战）战斗，无罪的人啊！（11）与阿周那、双生子或者怖军战斗，要尊重王者之法，国王与国王对垒。（12）我、德罗纳、慈悯、德罗纳之子（马嘶）、沙特婆多族成铠、沙利耶、月授之子（广声）和大勇士毗迦尔纳，（13）以难降为首，你的英勇的弟弟们，为了你，我们将与这位大力士罗刹战斗。（14）如果你放心不下这位暴戾的罗刹王，那就让福授王去与这位思想邪恶的罗刹交战；福授王在战斗中勇似摧毁城堡者（因陀罗）。"（15）

说完这些话，善于辞令的毗湿摩又当着王中因陀罗（难敌）的面，对福授王说道：（16）"赶快去吧，大王啊！当着所有弓箭手的面，奋力作战，阻截疯狂战斗的希丁芭之子（瓶首），这个行为暴戾的罗刹，犹如因陀罗阻截达罗迦。（17）你的武器神奇，勇气非凡，过去曾与许多阿修罗交战，折磨敌人者啊！（18）在这场大战中，你

是这位罗刹的真正对手，王中之虎啊！你要在自己军队围护下，杀死这个罗刹中的雄牛，国王啊！"（19）

听了军队统帅毗湿摩的话，福授王发出狮子吼，冲向敌人。（20）看到他冲了过来，如同呼啸的乌云，般度族大勇士们满腔愤怒，对冲过去。（21）他们是怖军、激昂、罗刹瓶首、德罗波蒂的儿子们、真坚和刹多罗提婆，尊者啊！（22）还有车底王、财施和陀沙尔那王。而福授王也驾驭妙颜象，冲向他们。（23）般度族和福授王展开激战，场面恐怖，扩充阎摩王国。（24）

车兵们发射速度可怕、威力强大的箭，大王啊！射中大象和战车。（25）颞颥开裂的大象在象兵驾驭下，互相冲撞，无所畏惧地倒下。（26）它们在大战中，暴躁不安，疯狂盲目，互相用铁杵般的象牙顶撞，用牙尖捅破对方。（27）在手持长矛的马兵驱策下，头系饰带的马匹快速奔跑，互相撞倒。（28）步兵们互相用梭镖和长矛袭击对方，成百成千倒在地上。（29）车兵们在战斗中用耳箭、标枪和羽毛箭杀戮英雄们，发出狮子吼，国王啊！（30）

在这场令人毛发直竖的战斗中，大弓箭手福授王冲向怖军。（31）他驾驭的大象颞颥开裂，流着七道液汁，犹如山峰流着七道溪水。（32）他坐在妙颜象头上射出数千支箭，犹如摩诃凡（因陀罗）坐在爱罗婆多象上倾泻暴雨，无罪的人啊！（33）这位国王用箭雨袭击怖军，犹如秋季的乌云用暴雨覆盖山峰。（34）大弓箭手怖军满腔愤怒，用箭雨杀死一百多位保护象腿的卫兵。（35）威武的福授王看到这些卫兵被杀，愤怒地驱策象王，冲向怖军的战车。（36）大象受到驱策，犹如出弦之箭，飞速冲向克敌制胜的怖军。（37）看到大象冲向前来，般度族大勇士们以怖军为先锋，迅速冲上前去。（38）羯迦夜人、激昂、德罗波蒂的儿子们、英勇的陀沙尔那王、刹多罗提婆、车底王和奇军，尊者啊！他们全都满腔愤怒。（39）这些大力士施展各种神奇的武器，愤怒地围堵这头大象。（40）这头大象中了许多箭，痛苦不堪，流淌鲜血，犹如山王流淌矿物，色彩绚丽。（41）

陀沙尔那王驾驭一头如同山峰的大象，冲向福授王的大象。（42）妙颜象王在战斗中顶住这头冲上前来的大象，犹如海岸挡住大海。（43）看到灵魂高尚的陀沙尔那王的大象被顶住，甚至般度族军队

647

也发出"好啊！好啊！"的赞声。（44）然后，东光王（福授）愤怒地掷出十支长矛，击中这头大象的面部，王中俊杰啊！（45）迅速穿透镶金的护面铠甲，扎了进去，犹如毒蛇钻进蚁垤。（46）大象遭受重创，痛苦不堪，疯狂转身，快速逃回，婆罗多族俊杰啊！（47）它奋力逃跑，发出可怕的号叫，践踏自己的军队，犹如狂风摧折树木。（48）

这头大象败退，般度族大勇士们发出高昂的狮子吼，投入战斗。（49）他们以怖军为先锋，冲向福授王，发射各种箭，投掷各种武器。（50）他们满腔愤怒，恶狠狠地冲了过来，国王啊！听到他们可怕的吼声，大弓箭手福授王怒不可遏，无所畏惧，驱策自己的大象。（51）在刺棒和拇指刺激下，顷刻之间，这头象王在战斗中仿佛变成劫火。（52）它满怀愤怒，在战场上横冲直撞，践踏成百成千战车、大象、马匹、马兵和步兵，国王啊！（53）遭到这头大象侵袭，般度族大军蜷缩，犹如兽皮遭到火烤。（54）

看到自己的军队被聪明的福授王击溃，瓶首满腔愤怒，冲向福授王。（55）这个狰狞的罗刹仿佛被怒火点燃，面部燃烧，两眼冒火，呈现恐怖的形象。（56）这位大力士紧握铁叉，猛然掷出，想要杀死那头大象。这支铁叉火光熊熊，火星四溅，甚至能穿透山岩。（57）看到这支火光熊熊的铁叉迅猛飞来，福授王发射一支漂亮锋利的半月箭，用这支快速有力的箭击碎大铁叉。（58）这支镶金的铁叉断为两截，坠落地下，犹如帝释天掷出的大雷杵从空中坠落。（59）福授王看到铁叉断为两截，坠落地下，便紧握如同火焰的金杖大标枪，掷向罗刹，口中喊道"你站住！站住！"（60）看到这支标枪如同雷杵从空中飞来，罗刹立即腾身跃起抓住它，发出吼叫。（61）随即当着王中因陀罗的面，他把标枪搁在膝上折断，婆罗多子孙啊！这仿佛是奇迹。（62）看到这位罗刹强大有力，身手不凡，连天上的天神、健达缚和牟尼也惊诧不已。（63）以怖军为前锋的般度族大弓箭手们发出"好啊！好啊！"的叫声，响彻大地。（64）

听到灵魂高尚的般度族大声欢呼，威武的大弓箭手福授王不能忍受。（65）他挽开弦声如同雷鸣的大弓，快速冲向般度族大勇士们，发射锋利的铁箭，光洁明亮如同火焰。（66）一支箭射向怖军，九支射向罗刹,三支射向激昂,五支射向羯迦夜人。(67) 他在战斗中拉足弓弦,用一支金色羽毛箭射中刹多罗提婆的右臂;刹多罗提婆的良弓和箭顿时失落。(68) 他用五支箭射击德罗波蒂的五个儿子,又愤怒地射死怖军的马匹。(69) 他用三支箭射断怖军以狮子为标志的旗帜,又用三支箭射中他的御者。(70) 御者除忧在战斗中被福授王射中,痛苦不堪,倒在车座上,婆罗多族俊杰啊!(71) 战车失控,优秀的车兵怖军紧握铁杵,迅速跳下大战车,大王啊!(72) 看到他举起铁杵,如同顶峰突兀的高山,你的军队恐惧万分,婆罗多子孙啊!(73)

这时,那位以黑天为御者的般度之子(阿周那)来到这里,成千成千地杀戮敌人,大王啊!(74) 这里,折磨敌人的人中之虎怖军和瓶首父子两人与东光王(福授)展开激战。(75) 这位般度之子(阿周那)看到大勇士们正在交战,国王啊!迅速冲过来,泼洒箭雨,婆罗多族俊杰啊!(76) 随即,大勇士难敌王迅速催促布满车、象和马的军队上阵。(77) 俱卢族大军迅猛冲向前来,驾驭白马的般度之子(阿周那)快速冲上前去。(78) 福授王也在战斗中驾驭大象,践踏般度族军队,冲向坚战,婆罗多子孙啊!(79) 福授王与高举武器的般遮罗人、斯楞遮耶人和羯迦夜人展开激战,尊者啊!(80) 怖军还在战斗中把宴丰被杀这件大事,如实告诉了盖沙婆(黑天)和阿周那。(81)

以上是吉祥的《摩诃婆罗多》中《毗湿摩篇》第九十一章(91)。

九二

全胜说:

胜财(阿周那)听到儿子宴丰被杀,满怀悲痛,像蛇那样喘息。(1) 他在战斗中,国王啊!对婆薮提婆之子(黑天)这样说道:"大智者维杜罗早已预见,(2) 这会导致俱卢族和般度族可怕的毁灭,所以,这位思想高尚的人劝阻持国王。(3) 许多不可杀害的英雄在战斗中被俱卢族杀害,诛灭摩图者(黑天)啊!同样,他们的英雄也在战斗中被杀害。（4）为了财富，人中俊杰啊！不惜做出卑劣的事。呸，财富！为了它，竟然动手杀戮亲戚。（5）宁可贫穷死去，也不要依靠屠杀亲戚致富，黑天啊！杀害聚集在这里的亲戚，我们会得到什么？（6）由于难敌和妙力之子沙恭尼作恶，迦尔纳出坏主意，刹帝利们走向灭亡。（7）我现在体会到坚战王英明，歼灭摩图者（黑天）啊！他向难敌乞求半个王国或者五座村庄，而毒心的难敌不答应。① （8）看到刹帝利勇士们尸横遍地，我强烈谴责我自己：呸，武士！（9）战斗的刹帝利们会认为我无能，我只能与我的这些亲戚交战，诛灭摩图者（黑天）啊！（10）赶快驱策这些马匹，冲向持国族大军！我要用双臂渡过战斗之海，到达伟大的彼岸。没有时间犹豫不决，摩豆族后裔（黑天）啊！"（11）

杀敌英雄盖沙婆（黑天）听了普利塔之子（阿周那）的这些话，驱策那些快速似风的白马。（12）你的军队发出巨大声响，犹如朔望日汹涌的大海，狂风推波助澜。婆罗多子孙啊！（13）在这下午，大王啊！毗湿摩和般度族的战斗开始，响声如同乌云。（14）你的儿子们冲向怖军，国王啊！他们在战斗中围护德罗纳，犹如众婆薮围护婆薮之主（因陀罗）。（15）福身王之子毗湿摩、优秀的车兵慈悯、福授和善佑冲向胜财（阿周那）。（16）诃利由迦之子（成铠）和波力迦一起冲向萨谛奇，安波私吒王围堵激昂。（17）其他的大勇士们也捉对交锋，大王啊！激烈的战斗开始，场面恐怖。（18）

怖军看到你的儿子们，气得浑身燃烧，人主啊！犹如供品投入祭火。（19）你的儿子们用箭覆盖贡蒂之子（怖军），大王啊！犹如雨季的乌云笼罩山峰。（20）这位英雄被你的儿子们用许多箭覆盖，民众之主啊！犹如傲慢的老虎，他舔舔嘴角。（21）怖军用一支锋利的剃刀箭射倒宽胸，国王啊！宽胸命终气绝。（22）他用另一支锋利的黄色月牙箭射倒有环，犹如狮子杀死小鹿。（23）他又靠近你的儿子们，尊者啊！迅速取出七支黄色利箭。（24）怖军挽开硬弓，射出这些箭，把你的大勇士儿子们从车上射翻。（25）阿那提湿提、罐破、吠罗吒、长目、长臂、妙臂和金旗，（26）这些光彩熠熠的英雄倒下，婆罗多

---

① 般度族五兄弟在流亡期满后，坚战要求难敌归还王国，并作出最大让步，只要归还五个村庄就行，但难敌坚决不答应。

族雄牛啊！犹如春天花色斑斓的芒果树倒下。（27）于是，你的其他儿子纷纷逃跑，民众之主啊！他们把大力士怖军视若死神。（28）

德罗纳在战斗中用箭雨泼洒这位焚烧你的儿子们的英雄，犹如用暴雨泼洒山峰。（29）我们目睹怖军神奇的英雄气概，尽管遭到德罗纳围堵，他依然杀戮你的儿子们。（30）正如雄牛顶住天上降下的雨，怖军顶住德罗纳发射的箭雨。（31）狼腹（怖军）在这里创造奇迹，大王啊！他在战斗中杀戮你的儿子们，又与德罗纳交战。（32）阿周那的哥哥（怖军）耍弄你的英雄儿子们，大王啊！犹如强大有力的老虎闯入鹿群。（33）或者，犹如狼在畜群中追逐牲畜，狼腹（怖军）在战斗中追逐你的儿子们。（34）

恒河之子（毗湿摩）、福授和大勇士乔答摩（慈悯）正在战斗中围堵英勇的般度之子阿周那。（35）这位大勇士在战斗中用箭抵挡他们的箭，把你们军队的许多勇士送交死神。（36）激昂用箭袭击举世闻名的安波私吒王，致使这位最优秀的车兵失去战车。（37）这位国王失去战车，面临名声卓著的妙贤之子（激昂）的杀戮，赶紧跳下战车，面带羞愧。（38）他向灵魂高尚的妙贤之子（激昂）投掷一把剑，同时登上灵魂高尚的诃利迪迦之子（成铠）的战车。（39）杀敌英雄妙贤之子（激昂）精通战争之道，轻巧地避开迎面飞来的这把剑。（40）看到妙贤之子（激昂）在战斗中避开这把剑，军队里发出"好啊！好啊！"的叫声，民众之主啊！（41）其他勇士以猛光为首，与你的军队交战，同样，你方所有勇士与般度族军队交战。（42）

你方和对方展开大战，婆罗多子孙啊！互相残杀，投身难以完成的事业。（43）这些勇士在战斗中互相揪住头发，尊者啊！用指甲、牙齿、拳头和膝盖搏斗。（44）互相用手臂、手掌和利剑打击要害，把对方送往阎摩殿。（45）父亲杀死儿子，儿子杀死父亲，这些人在战斗中神志混乱。（46）死者散落的遗物，那些美丽的镶金的弓，昂贵的箭袋，婆罗多子孙啊！（47）那些抹油的、锋利的金羽毛银箭，像蜕皮的蛇那样闪闪发亮。（48）象牙手柄的镶金宝剑，弓箭手散落的镶金盾牌，（49）镶金的梭镖，镶金的长矛，金制的双刃剑，金光闪耀的标枪，（50）它们破碎断裂，散落地上，尊者啊！沉重的铁杵，铁闩，长矛，飞镖，（51）梭镖，各种镶金的象披，各种拂尘，散落

地上。(52)

许多大勇士倒在地上,丢下各种武器,命断气绝,看上去仍像活着。(53) 许多人躺在地上,或者肢体被铁杵砸坏,或者头颅被铁棍砸开,或者被象、马和车碾碎。(54) 大地上覆盖着马、人和象的尸体,国王啊!犹如层嶂叠峦。(55) 战场上散落着标枪、宝剑、弓箭、梭镖、双刃剑、长矛、铁枪和斧子,(56) 铁闩、飞镖、百杀器以及被武器击碎的躯体,布满大地。(57) 或静默,或呻吟,或浸身血泊,或命断气绝,杀敌者啊!这些躯体覆盖大地。(58)

勇士们的断臂戴着手套和臂环,涂有檀香膏,折断的大腿如同象牙。(59) 那些牛眼勇士的头颅坠落在地,佩戴着顶珠和耳环,婆罗多子孙啊!(60) 浸透鲜血的铠甲,各色各样的金首饰,在大地上闪烁,犹如火焰平息的熸火。(61) 破碎的箭袋,折断的弓,各色各样的金羽毛箭,散落各处。(62) 许多装饰有铃网的战车已经毁坏,到处是倒毙的马匹,沾满鲜血,舌头吐出。(63) 到处是车轴、旗杆、箭袋和旗帜,还有英雄们的白色大螺号。(64)

大地上倒卧许多断鼻大象,犹如美女佩戴各色各样装饰品。(65) 另一些大象遭到长矛重创,痛苦不堪,象鼻中不断发出呻吟,喷出水雾,这战场仿佛隆起一座座劲风吹拂的山峦。(66) 大象各种颜色的坐垫和披巾,镶有吠琉璃宝珠的刺棒,美丽的钩子,散落地上。(67) 象王的铃铛和破碎的各色羚羊鹿皮披巾,散落各处。(68) 还有各色各样套在颈部的锁链,镶金的腹带,各种破碎的器具和断裂的长矛。(69)

马匹的贴金护胸沾染尘土而变褐,马兵的断臂散落地上,戴着臂环。(70) 光洁锋利的长矛,明亮的宝剑,破碎的头冠,散落各处。(71) 各种镶金的半月箭,马匹破碎的羚羊鹿皮坐垫和披巾。(72) 各种各样昂贵的国王们的顶珠,破碎的华盖和拂尘。(73) 英雄们灿若莲花和月亮的面庞,美丽的耳环,精心修饰的胡须。(74) 大地上散落破碎的金光闪闪的耳环,犹如夜空中点点繁星。(75)

就这样,婆罗多子孙啊!你方和对方大军交锋,在战斗中互相杀戮。(76) 战士们或疲倦,或溃退,或伤亡,婆罗多子孙啊!这时,可怕的黑夜降临,我们看不清战斗场面。(77) 阴森可怖的黑夜降临,

俱卢族和般度族双方收兵。(78) 俱卢族和般度族一起收兵，返回自己的营地，按时休息。(79)

以上是吉祥的《摩诃婆罗多》中《毗湿摩篇》第九十二章(92)。

九三

全胜说：

难敌王、妙力之子沙恭尼、你的儿子难降和难以战胜的车夫之子（迦尔纳），(1) 他们聚在一起商量对策，大王啊！怎样才能战胜般度之子们及其随从？(2) 难敌王与车夫之子（迦尔纳）和大力士妙力之子沙恭尼交谈后，对侍臣们说道：(3) "德罗纳、毗湿摩、慈悯、沙利耶和月授之子（广声）在战斗中不能抵御普利塔之子们，我不知道是什么原因？(4) 不可杀戮的普利塔之子们杀戮我的军队，迦尔纳啊！我在战斗中体力减退，武器失效。(5) 般度族勇士连天神也不能杀害，我深受屈辱，怀疑我怎么可能在战斗中取胜？"(6)

大王啊！车夫之子（迦尔纳）对这位国王说道 "别忧伤，婆罗多族俊杰啊！我会实现你的心愿。(7) 让福身王之子毗湿摩立刻脱离大战！一旦恒河之子（毗湿摩）放下武器，脱离战斗，婆罗多子孙啊！(8) 我就会当着毗湿摩的面，消灭普利塔之子们和全体苏摩迦人，国王啊！我向你发誓。(9) 毗湿摩一向同情般度族，国王啊！他在战斗中不可能战胜这些大勇士。(10) 毗湿摩在战斗中十分傲慢，他也始终热爱战斗，兄长啊！他何必在战斗中战胜聚在一起的般度族？[①] (11) 你赶快前往毗湿摩的营地，劝说毗湿摩放下武器，婆罗多子孙啊！(12) 一旦毗湿摩放下武器，国王啊！请看我独自一人在战斗中杀戮般度族以及他们的亲戚朋友。"(13)

你的儿子难敌听了迦尔纳的话，对弟弟难降这样说道：(14) "让所有的侍从穿戴整齐，难降啊！立即下令出发！"(15) 难敌王说罢，国王啊！又对迦尔纳说道 "我说服人中俊杰毗湿摩后，(16) 马上就

[①] 这句话的意思可能是指毗湿摩热爱战斗，如果一下子全歼般度族，战斗也就结束，无仗可打了。

会回到你的身边，克敌制胜者啊！然后，你就投入战斗，人中之虎啊！"（17）

于是，你的儿子立即和弟弟们一起出发，民众之主啊！犹如百祭（因陀罗）和众天神。（18）弟弟难降迅速让这位勇猛似虎的王中之虎（难敌）上马。（19）这位持国族国王佩戴臂环、头冠和其他装饰品，神采奕奕，大王啊！如同伟大的因陀罗。（20）涂了昂贵芬芳的檀香膏，灿若金子和盘帝花；（21）身穿整洁的服装，迈着狮步，这位国王如同秋季明媚的太阳。（22）这位人中之虎前往举世闻名的弓箭手毗湿摩的营地。他的大弓箭手弟弟们跟随他，犹如众天神跟随婆薮之主（因陀罗）。（23）有的人骑马，有的人骑象，有的人乘车，这些人中俊杰四面围绕他，婆罗多子孙啊！（24）朋友们手持武器，保卫这位国王，如同天上众天神保卫帝释天。（25）

这位俱卢族大勇士受到俱卢族人尊敬，前往声誉卓著的恒河之子（毗湿摩）的住处，国王啊！他的同胞们一齐跟随他。（26）这位敏捷的人时时举起自己的右臂。这右臂如同象鼻，能熟练地消灭敌人。（27）他用这右臂接受四面八方人们的合十致敬。他处处听到人们的甜蜜话语。（28）这位举世闻名的王中之王受到苏多和歌手们赞颂，他也向所有的人致敬。（29）到处点燃灌满香油的金灯，环绕这位灵魂高尚的国王。（30）明亮的金灯环绕这位国王，犹如燃烧的大彗星环绕月亮。（31）身披胸甲、头盘顶髻的侍从，手持杖鼓，温和地挡开四面八方的人们。（32）

然后，国王到达毗湿摩美丽的住处，下马会见毗湿摩。（33）他向毗湿摩致敬后，坐在金制座位上。这座位漂亮舒适，铺有昂贵的坐垫。他双手合十，眼中含泪，声音哽咽，对毗湿摩说道：（34）'我们在战斗中依靠你，消灭敌人者啊！甚至能战胜以因陀罗为首的众天神和阿修罗，（35）何况这些般度族勇士以及他们的亲戚朋友？因此，恒河之子啊！你会怜惜我，主人啊！杀死这些英勇的般度之子，就像伟大的因陀罗杀死檀那婆。（36）大臂者啊！过去你说过'我将杀死苏摩迦人、般遮罗人、迦卢沙人和般度族。'婆罗多子孙啊！（37）兑现你的诺言吧！杀死这些普利塔之子和苏摩迦族大弓箭手们！你要信守诺言，婆罗多子孙啊！（38）如果你保护般度族，不管是出于同情，还是出于对我不满,或者怪我自己命运不济,(39) 那你就同意战斗明星迦尔纳参战吧!他会在战斗中战胜普利塔之子们及其亲戚朋友。"(40) 你的儿子难敌王对威武可怕的毗湿摩说完这些话,便住口不言。(41)

以上是吉祥的《摩诃婆罗多》中《毗湿摩篇》第九十三章(93)。

九四

全胜说:

你的儿子用语言之箭深深刺伤祖父。尽管他极其痛苦,仍然不说一句难听的话。(1) 他痛苦忿怒,沉思良久,像遭到棒击的蛇那样发出喘息。(2) 他抬起双眼,仿佛出于愤怒,要焚毁包括天神、阿修罗和健达缚在内的整个世界,婆罗多子孙啊!这位通晓世事的俊杰以温和的口吻,对你的儿子说道:(3) "难敌啊!你为何用语言之箭刺伤我?我竭尽全力为你效劳;在战斗中奋不顾身,为你谋利。(4) 英勇的般度之子火烧甘味林,在战斗中战胜帝释天,这是明证。① (5) 你被健达缚强行劫走,大臂者啊!般度之子解救你,这是明证。② (6) 当时,主人啊!你的同胞弟弟们和车夫之子罗泰耶(迦尔纳)全都逃跑,这是明证。(7) 在毗罗吒城,他独自一人战胜我们所有的人,这是明证。③ (8) 他在战斗中战胜愤怒的德罗纳和我,战胜大勇士迦尔纳、德罗纳之子(马嘶)、慈悯和你,抢走我们的衣服,这是明证。(9) 普利塔之子在战斗中战胜连婆薮之主(因陀罗)也难以战胜的全甲族,这是明证。(10) 谁能在战斗中战胜英勇的般度之子?你出于愚痴,不知道什么该说不该说,难敌啊!(11) 在垂死的人眼中,一切树木都是金的,甘陀利之子啊!你也这样错看一切。(12) 你自己与般度族和斯楞遮耶族结下深仇,那就上战场与他们战斗吧!让我

---

① 般度族流亡森林期间,为了满足火神焚烧甘味林的愿望,阿周那用箭覆盖天空,阻挡帝释天(因陀罗)降下的雨水,并在战斗中战胜帝释天。

② 般度族流亡森林期间,难敌在双林被健达缚军队劫走。阿周那击败健达缚军队,救出难敌。

③ 般度族流亡森林十二年后,第十三年在毗罗吒城隐姓埋名,充当毗罗吒王的仆役。阿周那独自一人击败前来征讨的俱卢族大军。

655

们看到你是一条好汉！（13） 除了束发之外，我将杀死所有的苏摩迦人和般遮罗人，人中之虎啊！（14） 或者我在战斗中被他们杀死，走向阎摩殿，或者我在战斗中杀死他们，给你带来快乐。（15） 束发从前是王宫里的女人，后来获得恩惠，转变为男人，但她毕竟是女人束发。（16） 即使我丢掉性命，我也不会杀害她，婆罗多子孙啊！造物主以前创造的毕竟是女人束发。（17） 你就舒舒服服地睡觉吧，甘陀利之子啊！明天我要大战一场。只要大地存在，人们就会传颂这场大战。"（18）

你的儿子听了这些话，走了出来，人主啊！他向尊师俯首敬礼，返回自己的住处。（19） 回来后，这位毁灭敌人的国王打发走大批随从人员，迅速进入自己卧室，度过这个夜晚。（20）

以上是吉祥的《摩诃婆罗多》中《毗湿摩篇》第九十四章（94）。

九五

全胜说：

夜尽天明，国王起身，命令众国王说 "集合军队！今天，愤怒的毗湿摩要在战斗中杀戮苏摩迦人。"（1） 听了难敌昨晚的反复申诉，毗湿摩觉得这仿佛是对自己下达命令，国王啊！（2） 福身王之子（毗湿摩）忧郁绝望，责备自己受制他人，沉思良久，准备与阿周那交战。（3）

难敌凭表情察觉恒河之子（毗湿摩）的心思，大王啊！他催促难降道：（4） "难降啊！立即备车保护毗湿摩！让三十二支军队全部出动！（5） 消灭般度族和他们的军队，获得王国，实现这个多年梦想的时机已经来到。（6） 我认为我们必须保护毗湿摩，这样，他才能在战斗中杀死普利塔之子们，带给我们幸福。（7） 这位灵魂纯洁的人说：'我不会杀害束发，因为他从前是女人，所以我在战斗中要回避他。（8） 世人都知道，从前我为了满足父亲的愿望，摒弃富饶的王国和妇女，大臂者啊！（9） 无论如何，我决不会在战斗中杀害女人或曾经是女人的人，人中俊杰啊！我向你发誓。（10） 你已经知道这位束发从前是女人，国王啊！我在备战时期对你讲过女人束发的故事。(11) 她原本是女孩，后来变成男人，婆罗多子孙啊！他会跟我战斗，而我无论如何不会拿箭射他。(12) 至于其他所有渴望般度族胜利的刹帝利，只要在战斗中进入我的射程，我会杀死他们。'(13) 婆罗多族俊杰、精通武艺的恒河之子（毗湿摩）对我这样说，因此，我认为必须精心保护毗湿摩。(14) 在大森林中，豺狼也能杀死缺乏保护的狮子，我们不能让束发像豺狼那样杀死人中之虎（毗湿摩）。(15) 让母舅沙恭尼、沙利耶、慈悯、德罗纳和毗文沙提努力保护恒河之子（毗湿摩）。只要他得到保护，我们必定取胜。"(16)

听了难敌王的话，四面八方的车队护卫恒河之子（毗湿摩）。(17) 你的作战奋勇的儿子们护卫恒河之子（毗湿摩），震撼大地和天空，扰乱般度族军心。(18) 大勇士们驾着战车和大象，全副武装，各就各位，在战斗中护卫毗湿摩。(19) 如同在天神和阿修罗大战中，众天神护卫持金刚杵者（因陀罗），他们护卫大勇士（毗湿摩）。(20)

然后，难敌王又对弟弟（难降）说道 '瑜达摩尼瑜保护左轮，优多贸阇保护右轮，而阿周那的这两位卫士和阿周那一起保护束发。(21) 他受到普利塔之子（阿周那）保护，不让我们接近，难降啊！你要做到不让他杀害我们的毗湿摩。"(22) 听了长兄的话，你的儿子难降把毗湿摩安排在前面，和军队一起前进。(23) 看到毗湿摩处在车队保护之下，优秀的车兵阿周那对猛光说道：(24) "人中之虎啊！今天把束发安排在毗湿摩面前，般遮罗族后裔啊！我来保护他。"(25)

福身王之子毗湿摩和军队一起走了出来，在战场上排定庞大的全福阵容。(26) 大勇士慈悯、成铠、尸毗之子、沙恭尼、信度王和甘波阇王善巧，(27) 以及你的所有儿子和毗湿摩一起，婆罗多子孙啊！站在全体军队的前面，位于阵容之首。(28) 德罗纳、广声、沙利耶和福授，尊者啊！全副武装，站在阵容右翼。(29) 马嘶、月授和阿凡提国两位大勇士偕同大军，保护左翼。(30) 难敌由三穴人四面护卫，大王啊！站在阵容中间，国王啊！与般度族对峙，婆罗多子孙啊！(31) 优秀的车兵指掌和大勇士闻寿全副武装，站在全体军队和阵容的后面。(32) 就这样，你方军队排定阵容，全副武装，婆罗多子孙啊！看上去像熊熊燃烧的火焰。(33)

同样，坚战王、般度之子怖军、玛德利的双生子无种和偕天，全副武装站在全体军队和阵容的前面。（34）消灭敌军的大勇士猛光、毗罗吒和萨谛奇，与大军站在一起。（35）束发、维阁耶（阿周那）、罗刹瓶首、大臂显光和英勇的贡提婆阇站在战场上，由大军围绕，大王啊！（36）大弓箭手激昂、大勇士木柱王和羯迦夜族五兄弟，全副武装，准备战斗。（37）就这样，般度族勇士们针锋相对，在战场上排定难以战胜的大阵容，准备战斗，尊者啊！（38）

你方的国王们偕同军队奋勇作战，以毗湿摩为前锋，冲向普利塔之子们，国王啊！（39）同样，般度族军队在战斗中以怖军为前锋，向往胜利，渴望与毗湿摩交战，国王啊！（40）吼叫声、喧嚣声、乐声、牛角声、铜鼓声、大鼓声和小鼓声，般度族向前挺进，发出可怕的声响。（41）铜鼓声、大鼓声、小鼓声和螺号声，混杂狮子吼和各种蹦跳声。（42）我们的军队快速挺进，满腔愤怒，发出同样的声响。顿时，战场上乱成一片。（43）战士们互相对冲，互相打击，巨大的声响震撼大地。（44）

鸟儿乱飞，发出恐惧的鸣叫，空中灿烂的太阳失却光芒。（45）狂风大作，传播恐惧，凶恶的豺狼发出可怕的嗥叫，大王啊！预示大难临头。（46）四面八方火光闪耀，空中降下尘暴和夹杂鲜血的骨雨。（47）牲畜哭泣，洒落泪水，木然发呆，屎尿失禁，民众之主啊！（48）罗刹和吃人妖魔的可怕吼声压过战斗的呼声，婆罗多族雄牛啊！（49）但见豺狼、苍鹭、乌鸦和兀鹰发出各种叫声，聚集这里。（50）燃烧的大彗星撞击太阳，猛然坠地，预示大恐怖。（51）

般度族和持国族两支大军在大战中交锋，螺号声和鼓声激励他们，犹如狂风摇撼树木。（52）在这不吉祥的时辰，充满国王、象和马的大军冲锋陷阵，这喧嚣声犹如狂风席卷大海的呼啸声。（53）

以上是吉祥的《摩诃婆罗多》中《毗湿摩篇》第九十五章(95)。

九六

全胜说：

威武有力的勇士激昂驾着棕色骏马，冲向难敌大军，泼洒箭雨，犹如乌云倾泻暴雨。(1) 你的俱卢族雄牛们不能抵御这位释放箭流、消灭敌人的妙贤之子（激昂），他愤怒地潜入永不枯竭的军队的海洋。(2) 他在战斗中发射致敌死命的箭，国王啊！把刹帝利勇士们送往阎摩殿。(3) 愤怒的妙贤之子（激昂）在战斗中发射的箭，如同可怕的阎摩刑杖，又如闪光的毒蛇。(4) 阿周那之子（激昂）迅速把车兵从战车上射翻，把马兵从马上射翻，把象兵连同大象一起射翻。(5) 国王们满怀喜悦，敬佩他在战斗中创造的伟大奇迹，赞扬阿周那之子（激昂）。(6) 妙贤之子（激昂）神采奕奕，驱散这些军队，犹如风吹各处棉花堆。(7) 你的军队被他驱散，找不到保护者，犹如大象陷入泥潭，婆罗多子孙啊！(8)

人中俊杰激昂驱散你的军队后，站在那里，国王啊！如同无烟的烈焰。(9) 你方所有战士不能抵御这位杀敌勇士，犹如受命运驱使，飞蛾无法抗拒烈焰。(10) 但见这位大勇士、大弓箭手打击般度族的一切敌人，犹如手持金刚杵的因陀罗。(11) 他到处挥舞镶金良弓，国王啊！犹如百舌闪电在云层中游动。(12) 黄色的利箭在战斗中射出，国王啊！犹如成群的蜜蜂从繁花盛开的树林中飞出。(13) 灵魂高尚的妙贤之子（激昂）驾着云声战车驰骋战场，人们找不到下手机会。(14) 他迷惑慈悯、德罗纳、德罗纳之子（马嘶）、巨力和大弓箭手信度王，动作敏捷轻巧。(15) 我们看到他的弓挽成圆圈，尊者啊！犹如一轮太阳，烧灼你的军队。(16) 刹帝利勇士们看到他用箭光烧灼敌人；凭他的业绩，以为这世上有两位颇勒古拿（阿周那）。(17) 婆罗多族大军遭到他的折磨，大王啊！犹如酒醉的女人到处乱转。(18) 驱散了这支军队，你方大勇士们浑身颤抖，朋友们欢欣鼓舞，犹如婆薮之主（因陀罗）战胜摩耶。(19) 你的军队在战斗中被他驱散，发出痛苦的哀叫，犹如可怕的雷声。(20)

听到你的军队的可怕叫声，尊者啊！犹如朔望日狂风席卷大海的呼啸声，难敌王对鹿角之子（指掌）说道：(21) "这位大弓箭手黑王子之子（激昂）仿佛是第二位颇勒古拿（阿周那），他愤怒地驱散我的军队，犹如弗栗多驱散天神的军队。(22) 你通晓一切知识，优秀的罗刹啊！除了你之外，我看不出有别的什么灵丹妙药。(23) 请你在战斗中杀死这位迅猛的英雄，我们以毗湿摩和德罗纳为先锋，将杀

659

死普利塔之子们。"(24)

威武有力的罗刹王听了这些话,遵照你的儿子的命令,迅速冲向战场,发出大声吼叫,犹如雨季的乌云。(25) 他的大声吼叫震撼般度族大军,国王啊!犹如风吹大海。(26) 许多人被他的吼声吓住,国王啊!抛弃可爱的生命,倒在地上。(27) 而黑王子之子(激昂)满怀喜悦,手持弓箭仿佛在车座上跳舞,冲向这个罗刹。(28) 愤怒的罗刹在战斗中接近阿周那之子(激昂),在不远处驱赶他的军队。(29) 般度族大军在战斗中遭到杀戮,向罗刹对冲,犹如天军冲向钵利。(30) 激昂的军队在战斗中遭到面目狰狞的罗刹杀戮,伤亡惨重,尊者啊!(31) 这位罗刹用数千支箭驱散般度族大军,在战斗中大显威风。(32)

般度族军队在战斗中遭到面目狰狞的罗刹杀戮,恐惧地逃跑。(33) 然后,他践踏军队,犹如大象践踏莲花池,又冲向大力士德罗波蒂之子们。(34) 英勇善战的大弓箭手德罗波蒂之子们愤怒地冲向罗刹,犹如五颗彗星冲向太阳。(35) 优秀的罗刹遭到这些勇士袭击,犹如恐怖的世界末日,月亮遭到五颗彗星袭击。(36) 大力士向山迅速发射锋利的全铁尖顶箭,射中罗刹。(37) 这些箭穿透铠甲,犹如阳光穿透云层,优秀的罗刹光彩熠熠。(38) 扎着这些贴金的利箭,国王啊!鹿角之子(指掌)犹如顶峰燃烧的山峰。(39) 这五兄弟在大战中用贴金的利箭射击罗刹王。(40) 这些可怕的箭如同发怒的蛇,穿透指掌,国王啊!他像蛇王那样愤怒至极。(41)

在这些大勇士袭击下,大王啊!他很快身负重伤,尊者啊!长时间陷入黑暗。(42) 然后,他恢复知觉,气得身躯扩大一倍,射箭粉碎他们的旗帜和弓。(43) 这位大勇士仿佛笑着,仿佛在车座上跳舞,向每人发射三支箭。(44) 大力士罗刹满腔愤怒,迅速杀死这些灵魂高尚者的马匹和御者。(45) 他兴奋激动,又发射各种各样的利箭,成百成千,击中他们。(46) 夜行者罗刹使这些大弓箭手战车失灵,然后,猛冲上去,想要杀死他们。(47)

看到他们在战斗中遭到灵魂邪恶的罗刹折磨,阿周那之子(激昂)冲向罗刹。(48) 你方和般度族所有的大勇士看到他俩像弗栗多和婆薮之主(因陀罗)那样展开战斗。(49) 这两位大力士怒火中烧,展开激战,气得两眼发红,大王啊!在战斗中互相瞪视,犹如世界末日的烈火。(50) 他俩的战斗激烈可怕,犹如天神和阿修罗大战中,帝释天和商波罗之间的战斗。(51)

以上是吉祥的《摩诃婆罗多》中《毗湿摩篇》第九十六章(96)。

九七

持国说:

英勇的阿周那之子(激昂)在战斗中杀戮我们的大勇士,指掌怎样在战斗中抵御他?全胜啊!(1) 杀敌英雄妙贤之子(激昂)又怎么对付鹿角之子(指掌)?请你如实告诉我战斗情况。(2) 胜财(阿周那)对我的军队做了什么?全胜啊!还有优秀的力士怖军和罗刹瓶首,(3) 无种、偕天和大勇士萨谛奇。你善于描述,请你告诉我这一切,全胜啊!(4)

全胜说:

我将告诉你罗刹王和妙贤之子(激昂)之间令人毛发直竖的战斗,尊者啊!(5) 告诉你般度之子阿周那、怖军、无种和偕天在战斗中的英勇事迹,(6) 也告诉你以毗湿摩和德罗纳为前锋,你方军队无所畏惧创造的美妙奇迹。(7)

指掌在战斗中一再大声吼叫怒骂,凶猛地冲向大勇士激昂,喊道"你站住!站住!"(8) 妙贤之子(激昂)也在战斗中一再发出狮子吼,冲向父亲不共戴天的仇敌大弓箭手鹿角之子(指掌)。(9) 这两位优秀的车兵,一个是人,一个是罗刹,一个精通法宝,一个精通幻术,驾车猛冲,犹如天神和檀那婆,在战斗中交锋。(10) 黑王子之子(激昂)在战斗中用三支利箭射中鹿角之子(指掌),接着又射出五支。(11) 指掌满腔愤怒,也用九支快箭射中黑王子之子(激昂)心窝,犹如刺棒击中大象。(12) 动作敏捷的夜行者(罗刹)又在战斗中用一千支箭袭击阿周那之子(激昂),婆罗多子孙啊!(13) 而愤怒的激昂用九十支笔直锋利的箭射中罗刹的胸膛。(14) 这些箭迅速钻进他的身体,穿透他的要害。这位优秀的罗刹全身中箭,光彩熠熠，国王啊！犹如山峰布满鲜花盛开的金苏迦树。（15）这位优秀的大力士罗刹身上也中了许多金羽毛箭，看上去也像燃烧的山峰。（16）然后，愤怒的大力士鹿角之子（指掌）用箭覆盖如同伟大的因陀罗的黑王子之子（激昂），大王啊！（17）这些射出的利箭如同阎摩的刑杖，穿透激昂的身躯，进入地下。（18）同样，阿周那之子（激昂）也发射镶金的利箭，穿透指掌的身躯，进入地下。（19）妙贤之子（激昂）在战斗中用笔直的箭迫使罗刹转身，犹如帝释天在战斗中迫使摩耶转身。（20）

折磨敌人的罗刹在战斗中遭到敌人打击，转过身去，于是，他施展黑暗大幻术。（21）大地上所有的人都陷入黑暗，战场上看不见激昂，也分不清敌我。（22）俱卢族后裔激昂看到这个形象恐怖的大黑暗，便施展威力强大的放光法宝。（23）整个世界重放光明，大地之主啊！他破了灵魂邪恶的罗刹的幻术。（24）勇气非凡的人中俊杰（激昂）满腔愤怒，在战斗中用笔直的箭覆盖罗刹王。（25）灵魂无限的阿周那之子（激昂）精通一切武器，又破了罗刹施展的其他幻术。（26）罗刹幻术失灵，又遭到利箭袭击，便抛弃战车，恐惧地逃跑。（27）战胜了这个在战斗中热衷欺诈的罗刹，阿周那之子（激昂）随即践踏你的军队，犹如疯狂盲目的林中象王践踏莲花池。（28）

福身王之子毗湿摩看到军队逃跑，便用庞大的车队阻截妙贤之子（激昂）。（29）持国族大勇士们围住这位英雄，众多的人瞄准他一个人猛烈射箭。（30）这位优秀的车兵勇武与父亲相当，勇气和力量与婆薮提婆之子（黑天）相仿。（31）这位优秀的战士业绩与父亲和母舅相仿，在战斗中大显身手。（32）

胜财（阿周那）正在杀戮你的军队，国王啊！为了救助儿子，急忙与毗湿摩交锋。（33）你的父亲天誓（毗湿摩）迎战普利塔之子（阿周那），国王啊！犹如罗睺与太阳交锋。（34）你的儿子们驾着车、象和马，围绕毗湿摩，从四面保护他，民众之主啊！（35）般度族人环绕胜财（阿周那），国王啊！他们全副武装，准备投入大战，婆罗多族雄牛啊！（36）有年之子（慈悯）向站在毗湿摩面前的阿周那发射二十五支箭，国王啊！（37）萨谛奇一心要让般度族满意，冲向慈悯，发射利箭，犹如老虎冲向大象。（38）乔答摩（慈悯）满腔愤怒,迅速回射九支苍鹭羽毛箭,射中摩豆族后裔(萨谛奇)的心窝。(39) 大勇士悉尼之孙(萨谛奇)遭到重创,愤怒地搭上一支能致乔答摩(慈悯)死命的利箭。(40) 这支箭迅猛飞来,像因陀罗的雷杵那样闪光,德罗纳之子(马嘶)愤怒至极,将它一截为二。(41)

于是,悉尼之孙(萨谛奇)在战斗中撇下优秀的车兵乔答摩(慈悯),冲向德罗纳之子(马嘶),犹如空中罗睺冲向月亮。(42) 德罗纳之子(马嘶)将萨谛奇的弓射断成两截,婆罗多子孙啊!随后继续用箭袭击他。(43) 萨谛奇取出另一张能承担杀敌重任的弓,射出六支箭,击中德罗纳之子(马嘶)的手臂和胸膛,大王啊!(44) 他中箭受伤,痛苦不堪,顷刻间神志不清,倒在车座上,靠着旗杆。(45) 然后,威武的德罗纳之子(马嘶)恢复知觉,在战斗中愤怒地用铁箭射击苾湿尼族后裔(萨谛奇)。(46) 这支铁箭穿透悉尼之孙(萨谛奇)的身躯,钻入地下,犹如春季健壮的小蛇钻进地洞。(47) 然后,德罗纳之子(马嘶)在战斗中用另一支月牙箭射断摩豆族后裔(萨谛奇)精致的旗帜,发出狮子吼。(48) 接着,又用可怕的利箭覆盖他,婆罗多子孙啊!犹如夏末的乌云笼罩太阳,大王啊!(49) 而萨谛奇粉碎箭网,大王啊!迅速用多层箭网覆盖德罗纳之子(马嘶)。(50) 犹如摆脱乌云的太阳,诛灭敌雄的悉尼之孙(萨谛奇)折磨德罗纳之子(马嘶)。(51) 大力士萨谛奇又发射一千支箭覆盖他,发出吼叫。(52)

看到儿子像月亮那样遭到罗睺折磨,威武的婆罗堕遮之子(德罗纳)冲向悉尼之孙(萨谛奇)。(53) 为了救助遭到苾湿尼族后裔(萨谛奇)折磨的儿子,国王啊!他在战斗中发射极其锋利的箭。(54) 萨谛奇在战斗中战胜大勇士老师的儿子(马嘶),向德罗纳发射二十支全铁的利箭。(55) 这时,灵魂无限的大勇士贡蒂之子(阿周那)驾着白马,愤怒地冲向德罗纳。(56) 于是,德罗纳和普利塔之子(阿周那)在大战中交锋,大王啊!犹如空中水星和金星相撞。(57)

以上是吉祥的《摩诃婆罗多》中《毗湿摩篇》第九十七章(97)。

九八

持国说：

大弓箭手德罗纳和般度之子胜财（阿周那）这两位勇士在战斗中怎样交锋？请你告诉我，全胜啊！（1）因为般度之子（阿周那）一向喜欢聪明的婆罗堕遮之子（德罗纳），而老师（德罗纳）也一向喜欢普利塔之子（阿周那），全胜啊！（2）婆罗堕遮之子（德罗纳）和胜财（阿周那）这两位勇士在战斗中如同傲慢狂暴的狮子，他俩怎样交锋？（3）

全胜说：

德罗纳在战斗中不考虑自己喜欢普利塔之子（阿周那），以刹帝利正法为重，普利塔之子（阿周那）在战斗中也不考虑自己喜欢老师（德罗纳）。（4）刹帝利在战斗中互不回避，国王啊！他们不分界限，与父亲或兄弟作战。（5）德罗纳在战斗中中了普利塔之子（阿周那）的三支箭，婆罗多子孙啊！而德罗纳没想到这些箭射自普利塔之子（阿周那）的弓。（6）普利塔之子（阿周那）在战斗中再次用箭雨覆盖德罗纳，德罗纳怒不可遏，犹如森林之火腾起。（7）他在战斗中发射笔直的箭，王中因陀罗啊！仿佛顷刻之间包围阿周那，婆罗多子孙啊！（8）

然后，难敌王督促善佑，防止德罗纳在战斗中背部受敌，国王啊！（9）愤怒的三穴王（善佑）奋力挽弓，在战斗中用铁头箭覆盖普利塔之子（阿周那）。（10）他俩射出的箭在空中闪闪发光，国王啊！犹如秋季空中的天鹅。（11）一些箭钻进贡蒂之子（阿周那）的身躯，主人啊！犹如飞鸟钻进硕果累累的果树。（12）优秀的车兵阿周那在战斗中发出吼叫，用箭射击三穴王和他的儿子。（13）尽管遭到如同世界末日死神的普利塔之子（阿周那）的打击，他们依然视死如归，与普利塔之子（阿周那）交战，向般度之子（阿周那）的战车泼洒箭雨。（14）而般度之子（阿周那）用箭雨抵挡箭雨，王中因陀罗啊！犹如山峰顶住暴雨。（15）我们目睹奇迹，毗跋蓰（阿周那）手掌敏捷轻巧，用许多箭挡住难以抵御的箭雨。(16) 犹如一阵劲风挡住一群乌云，众天神和檀那婆对普利塔之子（阿周那）的这种表现感到满意。(17)

然后，愤怒的普利塔之子（阿周那）在战斗中，婆罗多子孙啊! 在军队前面，向三穴人释放风神法宝，大王啊! (18) 随即，狂风席卷天空，吹倒许多树木，杀伤军队。(19) 德罗纳看到可怕的风神法宝，大王啊! 他射出一支可怕的石箭。(20) 德罗纳在大战中射出这支箭，狂风止住，四面八方平息。(21)

英勇的般度之子（阿周那）在战斗中迫使三穴王的车队灰心丧气，转身逃跑。(22) 于是，难敌王、优秀的车兵慈悯、马嘶、沙利耶和甘波阇王善巧，(23) 阿凡提国文陀和阿奴文陀，波力迦和波力迦人，驾着庞大的车队，从四面包围普利塔之子（阿周那）。(24) 同样，福授和大力士闻寿偕同象军，从四面包围怖军。(25) 广声、舍罗和妙力之子（沙恭尼）迅速用各种箭流围堵玛德利的双生子，民众之主啊！(26) 毗湿摩和持国族所有军队迎战坚战，从四面包围他。(27)

普利塔之子狼腹（怖军）看到象车冲来，这位英雄像林中兽王那样舔舔嘴角。(28) 这位优秀的车兵在大战中手持铁杵，迅速跳下战车，使你的军队感到恐惧。(29) 看到他手持铁杵，四面八方的象兵在战斗中奋力包围怖军。(30) 般度之子（怖军）抵达象群中间，光彩熠熠，犹如进入庞大云层的太阳。(31) 般度族雄牛（怖军）用铁杵击溃象军，犹如狂风驱散浩瀚无比的云层。(32) 这些大象在战斗中遭到力士怖军杀戮，发出痛苦的呼叫，犹如乌云发出雷鸣。(33) 普利塔之子（怖军）身上多处被象牙戳破，如同鲜花盛开的金苏迦树，在阵地前沿闪闪发光。(34) 他抓住大象的象牙，拔出象牙，又用象牙袭击大象的颞颥，犹如死神手持刑杖，把大象打倒在地。(35) 他手持沾满鲜血的铁杵，身上沾满脂肪和骨髓，臂环上沾满鲜血，看上去就像楼陀罗。(36) 就这样，这些大象遭到杀戮，剩下的逃往各处，践踏自己的军队，国王啊! (37) 这些大象逃往各处，婆罗多族雄牛啊! 难敌的所有军队再次转身逃跑。(38)

以上是吉祥的《摩诃婆罗多》中《毗湿摩篇》第九十八章(98)。

九九

全胜说：

中午，毗湿摩和苏摩迦人展开毁灭世界的可怕战斗，大王啊！（1）优秀的车兵恒河之子（毗湿摩）用成百成千支利箭射击般度族军队。（2）你的父亲天誓（毗湿摩）碾压那些军队，犹如牛群践踏成捆成捆割下的稻穗。（3）猛光、束发、毗罗吒和木柱王在战斗中与毗湿摩交锋，用箭射击这位大勇士。（4）毗湿摩用三支箭射中猛光和毗罗吒，又用一支铁箭射击木柱王，婆罗多子孙啊！（5）这些大弓箭手在战斗中被粉碎敌人的毗湿摩射中，犹如蛇遭脚踩，怒不可遏。（6）

束发也射击婆罗多族祖父（毗湿摩），永不退却的毗湿摩想到他是女性，不予回击。（7）猛光在战斗中怒气冲冲，犹如燃烧的烈火，用三支箭射击祖父的手臂和胸膛。（8）木柱王向毗湿摩射出二十五支箭，毗罗吒射出十支，束发射出二十五支。（9）毗湿摩在战斗中遭到这些灵魂高尚的勇士重创，犹如春季鲜花盛开的红色无忧树，光彩熠熠。（10）

恒河之子（毗湿摩）向他们每人回击三支笔直飞行的箭，又用一支月牙箭射断木柱王的弓，尊者啊！（11）木柱王拿起另一张弓，向毗湿摩发射五支箭，又在阵地前沿，向毗湿摩的御者发射三支利箭。（12）然后，怖军和德罗波蒂的五个儿子，大王啊！羯迦夜族五兄弟和沙特婆多族萨谛奇，（13）他们一起冲向恒河之子（毗湿摩），为了坚战的利益，在战斗中保护以猛光为首的般遮罗人。（14）同样，你方的所有勇士竭力保护毗湿摩，偕同军队冲向般度族军队，人主啊！（15）这样，你方和对方的人、马、车和象展开激烈的大战，壮大阎摩王国。（16）

车兵与车兵交战，把对方送往阎摩殿。同样，步兵、象兵和马兵也互相交战。（17）用笔直的箭和各种各样可怕的武器，把对方送往另一世界，民众之主啊！（18）失去车兵，御者也被杀死，马匹失控，

666

在战斗中拉着战车四处乱跑。(19) 这些战车在战场上碾压许多人和马,国王啊!看上去像乘风飞驰的健达缚城。(20) 那些失去战车的车兵,个个威武有力,身穿铠甲,佩戴耳环、顶冠和金臂环;(21) 容貌如同天神之子,勇武如同帝释天,财富如同吠湿罗婆那,行为如同祭主。(22) 这些勇士是世界各地的主人,民众之主啊!现在四处奔逃,看上去像普通百姓。(23)

大象失去优秀的象兵,人中俊杰啊!践踏自己的军队,跌跌撞撞,发出各种叫声。(24) 铠甲、拂尘、华盖和旗帜,尊者啊!肚带、刺棒、铃铛和长矛,(25) 散落各处,但见这些大象奔向四面八方,如同山中涌出的乌云,发出雷鸣。(26) 同样,我们看到你方和对方的象兵在混战中失去大象,四处奔逃。(27) 我们看到各地出产的骏马装饰有金子,成百成千,狂奔乱跑,快速似风。(28) 我们看到失去马匹的马兵在战斗中追赶和奔逃。(29) 大象在战斗中与奔跑的大象相撞,猛烈践踏步兵和马匹。(30) 大象在战斗中也践踏战车,国王啊!战车也与步兵和马匹相撞,(31) 在战斗中碾压步兵和马匹,国王啊!就这样,互相以各种方式冲撞践踏。(32)

在这场极其恐怖的激战中,流出一条可怕的河,以血和肠为波浪,(33) 以骨堆为入口,以头发为水草,以战车为水塘,以箭为漩涡,以马为鱼,难以接近,(34) 以遍布的头颅为石头,以拥挤的大象为鳄鱼,以大量的铠甲和顶冠为泡沫,以弓为岛,以剑为龟,(35) 以大量的旗杆和旗帜为树木,以不断吞没的尸体为堤岸,食肉兽麇集成群,壮大阎摩王国。(36) 许多刹帝利勇士在大战中摒弃恐怖,国王啊!以马、象和车为船,渡过这条河。(37) 正如吠陀罗尼河将死人送往阎摩城,这条河带走在战斗中胆怯昏迷的人。(38)

刹帝利们目睹这场大屠杀,叫嚷道:"由于难敌的过错,俱卢族走向毁灭。(39) 持国王灵魂邪恶,财迷心窍,他为何要嫉恨有德的般度之子们?"(40) 这样,人们听到各种赞美般度族和谴责你的儿子们的话,婆罗多子孙啊!(41) 你的儿子难敌得罪众人,他听到所有战士谈论这些话。(42) 于是,婆罗多子孙啊!他对毗湿摩、德罗纳、慈悯和沙利耶说道:"你们不要骄傲,战斗吧!为什么耽搁这么长时间?"(43)

然后，俱卢族继续与般度族交战，国王啊！这是一场由掷骰子赌博引发的恐怖战争。（44）以前，灵魂高尚的人们予以劝阻，而你不加制止，奇武之子（持国）啊！现在你请看事情落到这个结果！（45）般度之子们连同军队和随从，在战斗中毫不顾惜生命，国王啊！俱卢族也是如此，民众之主啊！（46）因此，出现这场恐怖的大屠杀，人中之虎啊！或者由于命运安排，或者由于你的失策，国王啊！（47）

以上是吉祥的《摩诃婆罗多》中《毗湿摩篇》第九十九章（99）。

一〇〇

全胜说：

阿周那用利箭，人中之虎啊！把善佑率领的国王们送往阎摩殿。（1）善佑也在战斗中用箭射击普利塔之子（阿周那），用七十支箭射击婆薮提婆之子（黑天），又用九支箭射击普利塔之子（阿周那）。（2）大勇士因陀罗之子（阿周那）用箭流阻挡这些箭，在战斗中把善佑的战士们送往阎摩殿。（3）这些大勇士在战斗中受到普利塔之子（阿周那）杀戮，犹如受到世界末日死神的杀戮，国王啊！他们满怀恐惧，纷纷逃跑。（4）有些人丢弃马匹，有些人丢弃战车，有些人丢弃大象，逃向四面八方，尊者啊！（5）另一些人遭到打击，驾着马、象和车，以最快的速度逃离战场，民众之主啊！（6）步兵们也在大战中丢下武器，不顾一切，纷纷逃跑，婆罗多子孙啊！（7）尽管遭到三穴王善佑和其他优秀的国王的阻拦，他们也不留下来战斗。（8）

看到这支军队逃跑，你的儿子难敌把毗湿摩安排在所有军队的前面。（9）他拼足全力，冲向胜财（阿周那），救助活着的三穴王，民众之主啊！（10）他独自和弟弟们一起发射各种箭，而其他的人纷纷逃跑。（11）同样，般度族人也全副武装，拼足全力，冲向毗湿摩那里，救助颇勒古拿（阿周那），国王啊！（12）尽管他们知道手持甘狄拨神弓的阿周那在战斗中威力可怕，仍然奋力发出"啊！啊！"的呼叫，从四面八方冲向毗湿摩。（13）以棕榈树为旗徽的勇士（毗湿摩）在战斗中用笔直的箭覆盖般度族军队。（14）太阳到达天空中央，俱

卢族和般度族的所有军队战成一片,大王啊!(15)

勇士萨谛奇用五支铁箭射中成铠,他屹立战场,射出成千支箭。(16)同样,木柱王用利箭射中德罗纳,接着又向他发射七十支箭,向他的御者发射七支箭。(17)怖军射中祖父辈的波力迦王,像林中的老虎那样发出大声吼叫。(18)阿周那之子(激昂)被奇军的许多快箭射中,于是,他用三支箭猛烈射中奇军的心窝。(19)这两位大勇士交锋,光彩熠熠,犹如天上两颗可怕的大彗星水星和土星。(20)诛灭敌雄的妙贤之子(激昂)用九支箭杀死奇军的马匹和御者,发出大声吼叫。(21)大勇士(奇军)立即跳下马匹倒毙的战车,迅速登上丑面的战车,民众之主啊!(22)

英勇的德罗纳用笔直的箭射中木柱王,又迅速射击他的御者。(23)木柱王在军队前沿遭到打击,驾着快马离开,记着从前的冤仇。(24)怖军当着所有军队的面,仿佛在顷刻之间,使波力迦王失去马匹、御者和战车。(25)人中俊杰波力迦王处境危险,国王啊!这位大勇士急忙跳下战车,迅速登上罗奇蛮的战车。(26)

大勇士萨谛奇用许多箭挡住成铠,然后与祖父(毗湿摩)交锋,国王啊!(27)他挥动大弓,仿佛在车座上跳舞,向婆罗多族祖父发射六十支锋利的羽毛箭。(28)祖父向他掷出一支速度飞快的大标枪,铁制镶金,像那伽(蛇)族的少女那样美丽。(29)这支威力如同死神的标枪迅猛飞来,声誉卓著的苾湿尼族后裔(萨谛奇)轻巧地将它击落。(30)这支可怕至极的标枪没有击中苾湿尼族后裔(萨谛奇),像大彗星那样坠落地面,失去光辉。(31)苾湿尼族后裔(萨谛奇)迅速拿起自己的形状可怕的标枪,掷向祖父的战车,国王啊!(32)从苾湿尼族后裔(萨谛奇)臂中用力掷出的这支标枪迅猛飞驰,犹如毁灭之夜降临某人。(33)毗湿摩用一对锋利的剃刀箭,将这支迅猛飞来的标枪射成两截,散落地上,婆罗多子孙啊!(34)粉碎敌人的恒河之子(毗湿摩)射断标枪后,又愤怒地射出九支箭,射中萨谛奇的胸膛。(35)般度族为了保护摩豆族后裔(萨谛奇),般度之兄啊!驾着车、象和马,在战斗中包围毗湿摩。(36)于是,般度族和俱卢族双方渴望在战斗中取胜,展开激战,令人毛发直竖。(37)

以上是吉祥的《摩诃婆罗多》中《毗湿摩篇》第一百章(100)。

669

— 〇 —

全胜说：

看到愤怒的毗湿摩在战斗中被般度族人包围，大王啊！犹如夏末天上的太阳被乌云笼罩，（1）大王啊！难敌对难降说道"这位消灭敌人的大弓箭手、英勇的毗湿摩，（2）他被四面八方的般度族人用箭覆盖，婆罗多族雄牛啊！你应该保护这位灵魂高尚的人，英雄啊！（3）我们的祖父毗湿摩在战斗中受到保护，他就会杀死奋勇作战的般遮罗族和般度族战士。（4）我认为我们有责任保护毗湿摩，因为我们的祖父大弓箭手毗湿摩是我们的保护者。（5）你带领所有的军队围绕祖父，保护他，让他在战斗中完成难以完成的业绩。"（6）

你的儿子难降听了这些话，带领大批军队围绕毗湿摩。（7）妙力之子（沙恭尼）带领十万匹马，马兵手持光洁的长矛、宝剑和梭镖。（8）他们骄傲，勇猛，有力，举着旗帜，与训练有素、精通武艺的人中俊杰们会合。（9）他们阻截般度之子无种、偕天和正法之子（坚战），从四面包围人中俊杰（坚战）。（10）

难敌王又派遣一万英勇的马兵，围堵般度族人。（11）他们如同金翅鸟，迅猛无比，冲进战场，大地受到马蹄践踏，剧烈震动，发出响声。（12）喧嚣的马蹄声听起来像山上大片竹林在燃烧。（13）马蹄扬起的大片尘土直达云霄，遮蔽太阳。（14）这些马迅猛奔驰，扰乱般度族军队，如同大批天鹅急冲直下，扰乱湖泊，但闻马嘶声，辨不出其他任何声音。（15）

坚战王与般度和玛德利的双生子在战斗中，勇猛地阻拦这些马兵的冲击。（16）这正如雨季大海上涨，大王啊！在满月之日，堤岸挡住汹涌的海潮。（17）然后，这些车兵发射笔直的箭，国王啊！把马兵们的头颅从身上砍下。（18）他们被勇猛的弓箭手杀死，倒在地下，大王啊！就像在山洞里，一些大象被另一些大象杀死。（19）这些车兵驶向四面八方，用锐利的长矛和笔直的箭粉碎敌人的头颅。（20）马兵们遭到宝剑猛砍，婆罗多族雄牛啊！头颅如同大树上的果子纷纷坠落。（21）马兵和马到处遭到杀戮，国王啊！成百成千，纷纷倒下。（22）这些遭到杀戮的马惊恐万状，纷纷逃跑，犹如鹿群遇见狮子，求生逃命。（23）般度族在大战中战胜敌人，大王啊！吹响螺号，敲响铜鼓。（24）

难敌看到军队受挫，婆罗多族俊杰啊！对摩德罗王这样说道：（25）"这个强壮有力的般度长子在众目睽睽之下，母舅啊！战胜我们，赶跑我们的军队，大臂者啊！（26）你要阻截他，如同堤岸阻拦大海，大臂者啊！因为你的力量和勇气不可抗衡，遐迩闻名。"（27）听了你的儿子的话，威武的沙利耶带领车队，冲向坚战王那里。（28）般度之子（坚战）在战斗中阻截迅猛冲来的沙利耶的大军，犹如围堵汹涌的洪水。（29 大勇士法王（坚战）在战斗中迅速射出十支箭，射中摩德罗王的胸膛。无种和偕天也各自射出三支笔直飞行的箭。（30）摩德罗王也向他们每人发射三支箭，又向坚战发射六十支利箭，向愤怒的玛德利双生子每人发射两支箭。（31）大臂怖军在战斗中看到坚战王处在摩德罗王控制下，犹如处在死神嘴下，这位克敌制胜的勇士冲到坚战那里。（32）灿烂的太阳已经移到西边，激烈可怕的战斗开始。（33）

以上是吉祥的《摩诃婆罗多》中《毗湿摩篇》第一百零一章(101)。

一○二

全胜说：

你的父亲在战斗中愤怒地用锋利的上等箭，射击四面八方的普利塔之子们以及他们的军队。（1）十二支箭射中怖军，九支箭射中萨谛奇，三支箭射中无种，七支箭射中偕天，（2）十二支箭射中坚战的手臂和胸膛，然后，大勇士毗湿摩又射中猛光，发出吼叫。（3）无种向祖父（毗湿摩）回射六支箭，摩豆族后裔（萨谛奇）回射三支箭，猛光回射七十支箭，怖军回射五支箭，坚战回射十二支箭。（4）德罗纳先后用五支如同阎摩刑杖的利箭射中萨谛奇和怖军。（5）他俩分别用三支笔直飞行的箭回射婆罗门雄牛德罗纳，犹如用刺棒击中大

象。(6)

绍维罗人、吉达婆人、东部人、西部人、北方人和玛尔华人,阿毗沙诃人、苏罗塞那人、尸毗人和婆娑提人,在战斗中遭到利箭杀戮,而无法杀害毗湿摩。(7) 其他一些人遭到灵魂高尚的般度族杀戮,手持各种武器,冲向般度族。同样,般度族包围祖父(毗湿摩),国王啊!(8) 他被车流团团围住,依然不可战胜,犹如林中蹿起的烈火,焚烧敌人。(9) 他的战车是火宅,弓是火焰,宝剑、标枪和铁杵是燃料,箭是火花,毗湿摩之火焚烧刹帝利雄牛们。(10)

他用富有威力的金羽毛箭、兀鹰羽毛箭、耳箭和铁箭覆盖敌军。(11) 他用利箭射倒旗帜和车兵,使车队看似砍掉树顶的多罗树林。(12) 这位精通武艺的大臂勇士在战斗中,使车、象和马失去御者。(13) 他的弓弦声和击掌声响似雷鸣,一切众生听了胆战心惊,婆罗多子孙啊!(14) 你的父亲箭无虚发,婆罗多族雄牛啊!从毗湿摩弓中射出的箭从不滞留在铠甲中。(15)

我们看到许多快马拽着英雄倒毙的战车,国王啊!在战场上奔驰,大王啊!(16) 车底国、迦尸国和迦卢沙国一万四千个出身高贵的著名大勇士,举着镶金的旗帜,奋不顾身,勇往直前。(17) 他们在战斗中与毗湿摩交锋,就像遇见张开大嘴的死神,带着车、马和象,栽进另一个世界。(18) 我们看到成百成千辆战车,国王啊!车轴断裂,车轮破碎,零件散落。(19) 连同护栏一起破碎的战车、倒毙的车兵、破碎的铠甲、箭和矛枪,民众之主啊!(20) 铁杵、棍棒、宝剑、箭、破碎的车底、车轮和箭袋,尊者啊!(21) 手臂、弓、刀、戴着耳环的头颅、手套、指套、倒下的旗帜和断弓,遍布大地。(22)

象兵倒毙的大象,马兵倒毙的马匹,国王啊!成百成千,狂奔乱跑。(23) 那些英雄尽管努力,也不能阻止遭到毗湿摩利箭折磨的大勇士们逃跑。(24) 大军遭到如同伟大的因陀罗的勇士杀戮,分崩离析,甚至没有两个人一起逃跑。(25) 车、马和象受创,旗帜和车辕倒下,般度族军队神志不清,一片"啊!啊!"的叫声。(26) 由于命运的力量,在战斗中,父亲杀儿子,儿子杀父亲,朋友杀死亲密的朋友。(27) 但见其他许多般度族战士头发披散,铠甲丢弃,纷纷逃跑,婆罗多子孙啊!(28) 战车和大象狂奔乱跑,犹如失控的牛群,般度

族军队发出哀叫。(29)

雅度族宠儿（黑天）看到军队溃败，驾稳精良的战车，对普利塔之子毗跋蕤（阿周那）说道：(30) "你渴望的时刻已经来到，普利塔之子啊！如果神志清醒，没有糊涂，那就动手吧，人中之虎啊！(31) 以前，英雄啊！在毗罗吒城众国王聚会时，全胜也在场，普利塔之子啊！你说过：(32) '一旦他们与我交战，我要杀死以毗湿摩和德罗纳为首所有持国族军队以及他们的亲友。'(33) 贡蒂之子啊！兑现你的诺言吧，克敌制胜者！牢记刹帝利正法，战斗吧，婆罗多族雄牛！"(34)

听了婆薮提婆之子（黑天）的话，毗跋蕤（阿周那）低头斜眼，仿佛不情愿地这样说道：(35) "或者是杀死不该杀死的人，获得王国而下地狱，或者是流亡森林，忍受痛苦，我该怎么办才好？(36) 驱策马匹前往毗湿摩那儿吧！我将照你的话去做，杀死这位难以制胜的俱卢族老祖父。"(37)

摩豆族后裔（黑天）驱策这些银白色的马匹，前往毗湿摩那儿，国王啊！毗湿摩如同太阳，难以逼视。(38) 看到大臂普利塔之子（阿周那）迎战毗湿摩，坚战大军又开始战斗。(39) 俱卢族俊杰毗湿摩一再像狮子那样发出吼叫，迅速向胜财（阿周那）的战车泼洒箭雨。(40) 刹那间，阿周那和他的战车、马匹、御者在箭雨笼罩下，什么也分辨不清。(41) 而沙特婆多族婆薮提婆之子（黑天）沉着坚定，毫不慌乱，驱策那些遭到毗湿摩利箭射击的马。(42) 普利塔之子（阿周那）紧握弦声似雷的神弓，用利箭射断毗湿摩的弓。(43)

断弓落地，俱卢族英雄（毗湿摩）又拿起另一张弓，在眨眼之间，你的父亲就上了弦。(44) 愤怒的阿周那用双臂挽开弦声似雷的弓，再次射断他的弓。(45) 福身王之子（毗湿摩）敬佩他的敏捷轻巧，说道 "好啊！大臂普利塔之子！好啊！贡蒂之子。"(46) 说完，毗湿摩又拿起另一张精美的弓，在战斗中向普利塔之子（阿周那）的战车放箭。(47) 婆薮提婆之子（黑天）在马车上显示无上力量，不断转圈，让他的箭落空。(48) 毗湿摩和普利塔之子（阿周那）两位人中之虎身有箭伤，光彩熠熠，犹如两头愤怒的雄牛互相用角挑伤。(49)

673

婆薮提婆之子（黑天）看到普利塔之子（阿周那）作战软弱无力，而毗湿摩在战斗中不停地泼洒箭雨。(50) 毗湿摩站在两军之间，犹如燃烧的太阳，杀戮般度族优秀的战士。(51) 毗湿摩对坚战军队的所作所为，如同世界末日降临，摩豆族诛灭敌雄的大臂英雄（黑天）无法忍受。(52) 这位愤怒的大瑜伽行者丢下普利塔之子（阿周那）银白色的马匹，跳下大车，尊者啊！这位用臂搏击的力士冲向毗湿摩。(53) 他手挥鞭子，威风凛凛，一再像狮子那样发出吼叫，如同世界之主用双足踩碎大地。(54) 黑天两眼气得通红，渴望杀戮，光辉无限，仿佛在大战中摧毁你们的精神。(55)

看到摩豆族后裔（黑天）在战斗中冲向毗湿摩，士兵们叫喊道："毗湿摩遭殃了！毗湿摩遭殃了！"所有的人惧怕婆薮提婆之子（黑天），纷纷逃跑。(56) 折磨敌人者（黑天）身穿黄色绢衣，皮肤黝黑如同摩尼珠，光彩熠熠，犹如佩戴闪电花环的乌云，冲向毗湿摩。(57) 这位威武的雅度族雄牛吼叫着冲向前去，犹如狮子冲向大象，兽中雄牛冲向雄牛。(58)

看到莲花眼（黑天）在战斗中冲向前来，毗湿摩不慌不忙，挽开大弓，内心镇定，对乔宾陀（黑天）说道：(59) "来吧！莲花眼！神中之神！向你致敬！今天，在大战中，你杀死我吧，沙特婆多族俊杰啊！(60) 神啊！我在战斗中被你杀死，无罪的人啊！是这世上最大幸事，黑天啊！在今天的战斗中，我会受到三界崇敬，乔宾陀（黑天）啊！"(61)

大臂普利塔之子（阿周那）在后面追赶盖沙婆（黑天），拽住他，用双臂抱住他。(62) 人中俊杰莲花眼黑天继续前进，用力拖着拽住他的普利塔之子（阿周那）。(63) 诛灭敌雄的普利塔之子（阿周那）用力停住脚步，好不容易在第十步拽住感官之主（黑天）。(64) 黑天两眼充满愤怒，像蛇那样喘息，杀敌英雄阿周那痛苦地对他说道：(65) "你停步，大臂者啊！你不要失信，盖沙婆（黑天）啊！你过去说过'我不参战。'(66) 世人会说你是说谎者，摩豆族后裔啊！杀死恪守誓言者（毗湿摩），这完全是我的任务。(67) 我凭友谊、真诚和善行发誓，摩豆族后裔啊！我将消灭敌人，粉碎敌人者啊！(68) 你看着，今天，我会轻松地击倒难以制胜的誓言伟大者（毗湿摩），

犹如击落世界毁灭之时的圆月。"(69)

摩豆族后裔（黑天）听了灵魂高尚的颇勒古拿（阿周那）的话，不吭一声，愤怒地重新登上战车。(70) 福身王之子毗湿摩又向站在车上的这两位人中之虎泼洒箭雨，犹如乌云向两座山峰倾泻暴雨。(71) 你的父亲天誓（毗湿摩）攫取战士们的生命，犹如寒季结束之时，太阳用光线摄取活力。(72) 正如般度之子（阿周那）在战斗中击溃俱卢族军队，你的父亲（毗湿摩）在战斗中击溃般度族军队。(73) 军队遭到杀戮，丧去勇气，精神萎靡，在战斗中不敢正视无与伦比的毗湿摩，犹如不敢正视中午灼热燃烧的太阳。(74) 般度族军队遭到如同世界末日死神的毗湿摩的杀戮，大王啊！他们吓得两腿发直。(75) 他们在战斗中，犹如陷入泥潭的牛群找不到保护者，犹如无力的蚂蚁被有力的人碾碎。(76) 他们不敢正视毗湿摩，婆罗多子孙啊！这位大勇士难以制胜，用箭流折磨国王们，箭光如同灼热的阳光。(77) 就在他蹂躏般度族军队时，太阳落山，疲惫不堪的军队心中盼望收兵。(78)

以上是吉祥的《摩诃婆罗多》中《毗湿摩篇》第一百零二章(102)。

一○三

全胜说：

在他们战斗的时候，太阳落山，可怕的黄昏降临，我们看不清战斗。(1) 坚战王看到黄昏降临，婆罗多子孙啊！军队依然遭到消灭敌人的毗湿摩杀戮；(2) 看到他们丢下武器，转过身子，一心逃跑，而毗湿摩在战斗中愤怒地追逐大勇士们；(3) 看到苏摩迦族大勇士们丧失勇气，溃不成军，他沉思良久，决定收兵。(4)

于是，坚战王命令军队收兵，同样，你的军队也收兵。(5) 在大战中受伤的大勇士们安排军队收兵，进入营地，俱卢族俊杰啊！(6) 般度族遭到毗湿摩沉重打击，想起毗湿摩的战斗业绩，心中不能平静。(7) 毗湿摩在战斗中战胜般度族和斯楞遮耶族，受到你的儿子们致敬和祝贺，婆罗多子孙啊！(8) 他与喜形于色的俱卢族战士们一起

进入营地,一切众生昏沉的夜晚降临。(9)

可怕的夜晚降临,般度族、芝湿尼族和难以制胜的斯楞遮耶族坐下商量。 (10) 这些大力士擅长决策,冷静地商量于己有利的时机。(11) 坚战王沉思良久,国王啊!然后,对婆薮提婆之子(黑天)这样说道:(12) "请看看灵魂高尚的毗湿摩威力可怕,黑天啊!他蹂躏我的军队,犹如蹂躏芦苇丛。(13) 我们不敢正视这位灵魂高尚的人,他像熊熊烈焰吞噬我们的军队。(14) 如同可怕的大蛇多刹迦具有剧毒,黑天啊!威武的毗湿摩在战斗中武器锐利。(15) 他在战斗中挽弓发射利箭。愤怒的阎摩和手持金刚杵的天王(因陀罗)能被战胜,(16) 手持套索的伐楼拿或手持铁杵的财神也能被战胜,而在大战中满腔愤怒的毗湿摩不可战胜。(17) 因此,我沉入忧愁的海洋,黑天啊!由于自己头脑简单,在战斗中与毗湿摩交锋。(18) 我将去森林,难以制胜的人啊!那里是我的最好去处。我不再渴望战斗,黑天啊!因为毗湿摩始终杀戮我们。(19) 我冲向毗湿摩,正如飞蛾扑向燃烧的火焰,只有死路一条。(20) 为了王国,我勇往直前,结果走向毁灭,芝湿尼族后裔啊!我的英勇的弟弟们遭到利箭猛烈袭击。(21) 为了我,他们出于兄弟情谊,离开王国流亡;为了我,黑公主蒙受苦难,诛灭摩图者(黑天)啊!(22) 我觉得生命宝贵,因为如今性命难保,我将用我的余生遵行高尚的正法。(23) 如果你关心我和我的弟弟们,盖沙婆(黑天)啊!请你说说怎样不违背自己的正法。"(24)

听了坚战滔滔不绝的话,出于同情,黑天安慰他,说道:(25) "信守诺言的正法之子啊!你别悲伤。你的弟弟们都是消灭敌人的勇士,难以战胜。(26) 阿周那和怖军勇力如同风神和火神,玛德利的双生子如同两位英勇的天王(因陀罗)。(27) 或者,让我参战。为了友谊,我将与毗湿摩交战,般度之子啊!我站在你一边,国王啊!在大战中,我有什么不可以做?(28) 如果颇勒古拿(阿周那)不想做,我将在战斗中,当着持国族的面,向人中雄牛毗湿摩挑战,杀死他。(29) 如果杀死毗湿摩,国王啊!你就看到胜利,般度之子啊!今天,我使用一辆战车就能杀死俱卢族老祖父。(30) 请看我在战斗中,勇力如同伟大的因陀罗,国王啊!我将把发射锐利武器的毗湿摩从战车上击倒。(31) 他是般度族敌人,无疑就是我的敌人,你的目的是我的目的,我的目的也是你的目的。(32) 你的弟弟阿周那是我的朋友、亲戚和学生,为了他,我可以割肉奉献,大地之主啊!(33) 这位人中之虎也可以为我献出生命。我们应该互相保护,这是我们的共识。让我参战吧,王中因陀罗啊!我能成为你的庇护地。(34) 以前,普利塔之子(阿周那)在水没城,当着优楼迦的面,发誓要杀死恒河之子(毗湿摩)。① (35) 我应该维护聪明的普利塔之子(阿周那)的誓言。毫无疑问,我能实现普利塔之子(阿周那)的诺言。(36) 或者,这是颇勒古拿(阿周那)的战斗任务,他将在战斗中杀死战胜敌人城堡的毗湿摩。(37) 奋勇的普利塔之子(阿周那)能在战斗中做到别人做不到的事,甚至能杀死奋勇的众天神、提迭和檀那婆,何况毗湿摩?人主啊!(38) 大勇士福身王之子毗湿摩已经倒转背运,精力衰退,生命有限,肯定不知道该怎么办?"(39)

坚战说:

正是这样,你说得对,大臂者啊!因为这里所有的人都不能抵挡你的勇猛,摩豆族后裔啊!(40) 肯定,我会一切心遂所愿,人中之虎啊!因为你这位大力士是我的保护者。(41) 有你作为保护者,优秀的胜利者啊!我甚至能战胜因陀罗和众天神,何况在这场大战中战胜毗湿摩?乔宾陀(黑天)啊!(42) 但我不能只考虑自己的复兴,让你失信。你还是按照说好的做吧,支持但不参战,摩豆族后裔啊!(43) 毗湿摩和我有过约定,摩豆族后裔啊!他说"我将为你出主意,但决不为你战斗。我将为难敌战斗,这是真话。"主人啊!(44) 他给我出主意,也就是赐给我王国,摩豆族后裔啊!因此,我们和你一起再一次去见天誓(毗湿摩),询问杀死他本人的办法,诛灭摩图者(黑天)啊!(45) 我们一起赶快去见人中俊杰毗湿摩,苾湿尼族后裔啊!我们请这位俱卢族长辈出主意。(46) 他会说出对我们真正有益的话,遮那陀那(黑天)啊!我们就在战斗中照他说的去做,黑天啊!(47) 这位恪守誓言的人,给我们出主意,也就是赐给我们胜利。我们从小失去父亲,由他照顾长大。(48) 而我想杀死

---

① 般度族五兄弟流亡期满后,住在毗罗吒国水没城。优楼迦是沙恭尼的儿子,曾作为难敌的使者前往水没城。

这位老祖父，亲爱的父亲的父亲，可鄙啊，刹帝利职业。(49)

全胜说：

然后，大王啊！苾湿尼族后裔（黑天）对俱卢族后裔（坚战）说道"你的话，我一向爱听，大臂者啊！(50) 能干的天誓毗湿摩用眼光就能焚烧敌人，我们去向这位恒河之子请教杀死他本人的办法。尤其是你请教，他会说真话。"(51) "我们去询问俱卢族祖父，向他俯首行礼，请他出主意，摩豆族后裔（黑天）啊！我们将按照他出的主意与敌人作战。"(52)

般度族英雄们这样商定，般度之兄啊！他们和英勇的婆薮提婆之子（黑天）一起，卸下武器和铠甲，前往毗湿摩住处。(53) 般度族兄弟低头进去，大王啊！俯首行礼，向毗湿摩致敬，寻求毗湿摩的庇护，婆罗多族雄牛啊！(54) 俱卢族祖父大臂毗湿摩对他们说道"欢迎你，苾湿尼族后裔（黑天）！欢迎你，胜财（阿周那）！欢迎你们，正法之子（坚战）、怖军和双生子（无种和偕天）！(55) 今天，我能做些什么，为你们增添快乐？哪怕天大的难事，我也会尽心竭力去做。"(56)

恒河之子（毗湿摩）心怀慈爱，反复这样说着；正法之子坚战精神怯弱，对他说道：(57) "我们怎样才能取胜？知法者啊！我们怎样才能获得王国？怎样才能避免毁灭？请你告诉我，主人啊！(58) 请你亲自告诉我们杀死你本人的方法，国王啊！我们在战斗中怎样才能抵御你？(59) 因为你毫无漏洞可让人抓，俱卢族祖父啊！在战斗中始终见你挽弓成圆。(60) 我们看到你发出吼声，搭箭挽弓，站在车上如同太阳。(61) 你是人、马、车和象的杀戮者，诛灭敌雄者啊！哪个人敢杀害你？婆罗多族雄牛啊！(62) 你泼洒滂沱箭雨，人中俊杰啊！导致我的大军毁灭。(63) 请你告诉我怎样在战斗中战胜你？怎样获得王国？或者怎样毁灭你方军队？祖父啊！"(64)

于是，般度之兄啊！福身王之子（毗湿摩）对般度族兄弟说道："无论如何，贡蒂之子啊！在战斗中，只要我活着，你们就别想看到胜利。我对你们说的是真话。(65) 一旦在战斗中战胜了我，你们肯定能战胜俱卢族。如果你们想在战斗中取胜，那就赶快打击我吧！我同意你们随意打击我，普利塔之子们！(66) 我深知这样做对你们有

利。一旦我被杀死，所有的人都会被杀死。因此，就这么办吧！"（67）

坚战说：

那你得告诉我们在战斗中战胜你的方法，因为你在战斗中，如同愤怒的、手持刑杖的死神。（68）你能战胜手持金刚杵者（因陀罗）、伐楼拿和阎摩，而因陀罗以及众天神和阿修罗不能在战斗中战胜你。（69）

毗湿摩说：

确实像你说的那样，大臂般度之子啊！甚至因陀罗以及众天神和阿修罗也不能在战斗中战胜我。（70）那是因为我在战斗中手持武器，紧握良弓，奋勇作战。一旦我放下武器，国王啊！大勇士们就能在战斗中杀死我。（71）凡是扔掉武器的人，倒下的人，失去铠甲和旗帜的人，逃跑的人，恐惧的人，宣布投降的人，（72）女人，取女人名字的人，残疾人，只有一个儿子的人，没有儿子的人，难看的人，我不愿与他们战斗。（73）请记住我这个早已认定的想法，普利塔之子啊！一旦看到不祥之兆，我决不战斗。（74）

在你的军队中，国王啊！木柱王之子束发是位大勇士，渴望战斗，英勇善战，常胜不败。（75）他以前是女人，后来变成男人，你们也都知道这件事的全部情况。（76）在战斗中，让全副武装的勇士阿周那将束发安置在前面，然后迅速向我射箭。（77）面对不祥之兆，尤其这人以前是女人，我决不会与手持弓箭者战斗。（78）请般度之子胜财（阿周那）抓住这个机会，迅速从四面向我射箭，婆罗多族雄牛啊！（79）在这世界上，我看不出有谁能奋起杀死我，除了大吉大利的黑天和般度之子胜财（阿周那）。（80）因此，让毗跋蒛（阿周那）把另一个人安置在我的前面，然后打倒我。这样，你就会取胜。（81）你就按照我说的话去做，贡蒂之子啊！你将在战斗中战胜汇聚的持国族军队。（82）

全胜说：

普利塔之子们受到允诺后，向灵魂高尚的俱卢族祖父毗湿摩行礼致敬，返回自己营地。（83）恒河之子（毗湿摩）决心前往另一个世界，才这样说话。阿周那痛苦不堪，羞愧地说道：（84）'我怎么能在战斗中与族中耆老、聪明睿智的老师、祖父作战,摩豆族后裔(黑天)啊!(85) 小时候,我身上沾满泥土,与这位思想高尚、灵魂伟大的祖父瞎闹,婆薮提婆之子(黑天)啊!(86) 我年幼无知,爬在他的膝盖上,伽陀之兄(黑天)啊!把这位灵魂高尚的父亲般度的父亲叫作'爸爸'。(87) 他对我说 '我不是你的爸爸,我是你的爸爸的爸爸,婆罗多子孙啊!'这是我小时候的事,我现在怎么能杀他?(88) 就让我的军队遭到任意杀戮吧!不管是取胜,或者我被杀,我不与灵魂高尚的毗湿摩作战,黑天啊!你怎么想?"(89)

吉祥的黑天说:

你以前已经发誓要在战斗中杀死毗湿摩,吉湿奴(阿周那)啊!按照刹帝利正法,你怎么能不杀死他,普利塔之子啊!(90) 把他从战车上击倒,犹如雷电击倒大树,普利塔之子啊!你不在战斗中杀死恒河之子(毗湿摩),你就不会取胜。(91) 从前由众天神定下的事必将发生,不以你的意志为转移。命中注定,杀死毗湿摩的是因陀罗。[①] 事情就是这样。(92) 毗湿摩难以制胜,如同张开大嘴的死神,除了你之外,连持金刚杵者(因陀罗)本人也不能杀死他。(93) 杀死毗湿摩吧,大臂者啊!请听我告诉你从前大智者祭主对帝释天(因陀罗)说的话:(94 "尽管他是德高望重的长者,他前来杀你,挽弓欲射,你也可以先向他致敬,然后杀死他。"(95) 这是永恒不变的刹帝利正法,胜财(阿周那)啊!应该不怀恶意地战斗、保护和祭祀。(96)

阿周那说:

束发肯定成为毗湿摩的死因,黑天啊!因为毗湿摩一看到这位般遮罗王子,就停止战斗。(97) 我想,我们把束发放在前面,用这个办法,我们就能杀死恒河之子毗湿摩。(98) 我将用箭阻拦其他的大弓箭手,优秀的武士束发就能冲向毗湿摩。(99) 你已经听到俱卢族魁首(毗湿摩)说 "我不杀害束发,因为他以前是女人,后来变成男人。"(100)

全胜说:

这样,般度族兄弟和摩豆族后裔(黑天)一起商量决定后,这些

[①] 阿周那是因陀罗化身下凡。

人中雄牛分享各自的床铺。(101)

以上是吉祥的《摩诃婆罗多》中《毗湿摩篇》第一百零三章(103)。

一〇四

持国说：

束发和般度族兄弟怎样在战斗中冲向毗湿摩？请你告诉我，全胜啊！(1)

全胜说：

清晨，太阳升起，铜鼓、大鼓和小鼓一齐敲响，(2) 奶白色的螺号一齐吹响，般度族将束发放在前面，出发战斗。(3) 排定消灭一切敌人的阵容，大王啊！束发位于全军之前，民众之主啊！(4) 怖军和胜财（阿周那）保护他的车轮，德罗波蒂之子们和英勇的妙贤之子（激昂）殿后。(5) 他们由大勇士萨谛奇和显光保护，后面是猛光，由般遮罗人保护。(6) 接着，是坚战王和双生子，在前进中发出狮子吼，婆罗多族雄牛啊！(7) 然后是由自己军队护卫的毗罗吒和向前挺进的木柱王，大王啊！(8) 羯迦夜族五兄弟和英勇的勇旗担任般度族军队的后卫，婆罗多子孙啊！(9) 般度族大军排定这样的阵容，在战斗中奋不顾身，冲向你的军队。(10)

同样，俱卢族将大力士毗湿摩放在全军之前，向般度族挺进。(11) 你的难以制胜的大力士儿子们保护他。接着是大弓箭手德罗纳和他的大力士儿子（马嘶）。(12) 后面是象军环绕的福授，慈悯和成铠伴随福授。(13) 接着是强壮有力的甘波阇王善巧、摩揭陀王胜军、妙力之子（沙恭尼）和巨力。(14) 其他的大弓箭手，以善佑为首的国王们，担任你的军队的后卫，婆罗多子孙啊！(15) 一天又一天，福身王之子毗湿摩就这样在战斗中排定阿修罗阵容、毕舍遮阵容或罗刹阵容。(16)

然后，你方和对方的战斗开始，婆罗多子孙啊！互相杀戮，壮大阎摩王国，国王啊！(17) 以阿周那为首的普利塔之子们将束发放在前面，在战斗中冲向毗湿摩，发射各种各样的箭。(18) 你方战士们

681

遭到怖军的利箭袭击,血流如注,走向另一个世界,婆罗多子孙啊!(19) 无种、偕天和大勇士萨谛奇勇猛拦截和打击你的军队。(20) 你方战士们在战斗中遭到杀戮,婆罗多族雄牛啊!无法阻挡般度族大军。(21) 你的军队遭到大勇士们打击和杀戮,纷纷逃向四面八方,国王啊!(22) 他们遭到般度族和斯楞遮耶族利箭的杀戮,找不到保护者,婆罗多族雄牛啊!(23)

持国说：

看到军队遭到普利塔之子们打击,英勇的毗湿摩必定愤怒,请你告诉我,全胜啊!他怎样战斗?(24) 这位折磨敌人者怎样迎战般度族,杀戮苏摩迦族英雄们,请你告诉我,全胜啊!(25)

全胜说：

你儿子的军队遭到般度族和斯楞遮耶族打击,大王啊!我告诉你祖父怎样战斗。(26) 般度族勇士们欢欣鼓舞,般度之兄啊!冲上前来杀戮你的儿子的军队。(27) 军队在战斗中遭到敌人杀戮,人、象和马走向毁灭,人中因陀罗啊!毗湿摩无法忍受。(28) 这位难以制胜的大弓箭手奋不顾身,冲向般度族、般遮罗族和斯楞遮耶族。(29) 他用锋利的铁箭、牛牙箭和合掌箭,国王啊!阻截般度族五位手持武器、奋勇作战的优秀大勇士。(30) 这位人中雄牛在战斗中愤怒地杀死无数象和马,国王啊!他把车兵从战车上射倒,(31) 把马兵从马背上射倒,把象兵从象背上射倒,也把成群结队的步兵射倒,造成敌军恐慌。(32)

般度族在战斗中围攻独自奋勇作战的大勇士毗湿摩,犹如众阿修罗围攻手持金刚杵者(因陀罗)。(33) 但见他紧握可怕的弓,向四面八方发射如同雷电的利箭。(34) 但见他在战斗中始终挽弓成圆,犹如挽开帝释天的大弓。(35) 看到他的战斗业绩,民众之主啊!你的儿子们惊诧不已,对祖父满怀崇敬。(36) 普利塔之子们精神不振,望着你的父亲,犹如众天神望着英勇作战的毗波罗制谛,不能阻挡他,犹如不能阻挡张开大嘴的死神。(37)

在这第十天,毗湿摩用利箭焚烧束发的车队,犹如大火焚烧树林。(38) 毗湿摩如同愤怒的毒蛇,又如死神派遣的毁灭者,束发用三支箭射中他的胸膛。(39) 毗湿摩受到重创,满腔愤怒地望着束发,不予回击，仿佛笑着说道：(40) "随你袭击或不袭击我，我决不与你作战，因为你依然是创造主创造的那个女人束发。"(41)

闻听此言，束发气得发昏，在战斗中舔舔嘴角，对毗湿摩说道：(42) "我知道你是刹帝利武士的毁灭者，大臂者啊！我听说你曾与阇摩陀耆尼之子（持斧罗摩）作战。(43) 我也听说，你有许多神奇的威力，尽管我知道你的威力，我今天仍要与你作战。(44) 为了让般度族高兴，也为了我自己，人中俊杰啊！我今天要与你作战，人中佼佼者啊！(45) 当着你的面，我真心发誓，我一定会杀死你。听了我的话，你就准备着对付我吧！(46) 随你袭击或不袭击我，你别想活着逃过我，战胜敌人的毗湿摩啊！你就好好看这世界最后一眼吧！"(47) 说完，他射出五支笔直的箭，射中用语言之箭伤害他的毗湿摩，国王啊！(48)

听了他的话，折磨敌人的左手开弓者（阿周那）心想时机已到，怂恿束发说：(49) "我跟在你后面，用利箭驱散敌人，你奋勇向前，冲向威武可怕的毗湿摩。(50) 因为大力士毗湿摩不能在战斗中袭击你，大臂英雄啊！今天你就冲向毗湿摩。(51) 如果你不在战斗中杀死毗湿摩，尊者啊！你和我就会遭到世人耻笑。(52) 别让我们在大战中受人耻笑，你要努力战斗，杀死祖父！(53) 我会在战斗中阻截所有的车兵，保护你，折磨敌人者啊！你就杀死祖父吧！(54) 德罗纳、德罗纳之子（马嘶）、慈悯、难敌、奇军、毗迦尔纳和信度王胜车，(55) 阿凡提国的文陀和阿奴文陀、甘波阇王善巧、英勇的福授和大勇士摩揭陀王，(56) 英勇的月授之子（广声）、鹿角之子罗刹、三穴王和所有的大勇士，我会在战斗中阻截他们，犹如堤岸挡住大海。(57) 我会在战斗中阻截所有的俱卢族勇士以及他们的军队，你就杀死祖父吧！"(58)

以上是吉祥的《摩诃婆罗多》中《毗湿摩篇》第一百零四章(104)。

一〇五

持国说：

般遮罗族愤怒的束发在战斗中，怎样冲向以法为魂、恪守誓言的祖父恒河之子（毗湿摩）？（1） 般度族军队中，哪些大勇士渴望胜利，在这危急时刻迅速行动，保护手持武器的束发？（2） 在这第十天，大勇士福身王之子毗湿摩怎样与般度族和斯楞遮耶族战斗？（3） 我不能忍受在战斗中束发挑衅毗湿摩，也不能忍受毗湿摩的战车毁坏或者弓断裂。（4）

全胜说：

毗湿摩在战斗中，用笔直的箭杀戮敌人，婆罗多族雄牛啊！他的弓没有断裂，战车也没有毁坏。（5） 你方数十万大勇士以及装备精良的车、象和马，国王啊！以祖父为先锋，冲向前去战斗。（6） 遵照诺言，战胜敌人的毗湿摩始终消灭普利塔之子们的军队，俱卢族后裔啊！（7） 这位大弓箭手在战斗中用箭杀戮敌人，般遮罗族和般度族一起阻截他。（8） 在这第十天，他用成百成千利箭粉碎和折磨敌军。（9） 大弓箭手毗湿摩如同手持套索的死神，般度之兄啊！般度族在战斗中不能战胜他。（10）

然后，折磨敌人的毗跋蓰（阿周那）冲向前来，大王啊！这位不可战胜的左手开弓者吓住所有的车兵。（11） 普利塔之子（阿周那）如同死神驰骋战场，像狮子那样不断发出大声吼叫，挽弓发射箭流。（12） 他的吼声震慑你的军队，婆罗多族雄牛啊！犹如鹿群听到狮子吼叫，他们惊恐万状，纷纷逃跑，国王啊！（13） 看到般度之子（阿周那）战胜和折磨你的军队，难敌痛苦不堪，对毗湿摩说道：（14） "爷爷啊！这个般度之子驾着白马，以黑天为御者，焚烧我们所有的人，犹如大火焚烧树林。（15） 你看，恒河之子啊！在战斗中，军队遭到优秀的武士般度之子杀戮，逃向四面八方。（16） 正像林中猎人捕杀兽群，我的军队遭到杀戮，折磨敌人者啊！（17） 胜财（阿周那）的箭击溃我的军队，他们逃向各处；难以制胜的怖军也驱散我的军队。（18） 萨谛奇、显光、玛德利的双生子和英勇的激昂他们焚烧我的军队。（19） 英勇的猛光和罗刹瓶首这两位大力士猛烈地驱赶我的军队。（20） 军队遭到所有这些大力士杀戮，我看不到继续战斗有什么出路，婆罗多子孙啊！（21） 出路唯独在你，勇力匹敌天神的人中之虎啊！你赶快拯救遭受折磨的军队吧！"（22）

听了他的话，大王啊！你的父亲天誓（毗湿摩）想了一想，心中作出决定。于是，福身王之子（毗湿摩）安慰你的儿子，说道：（23）"难敌啊！你要坚定，民众之主啊！你要记住我从前对你有过承诺，大力士啊！（24）我每天的任务是要杀死一万个灵魂高尚的刹帝利，才离开战场。我按照诺言做了，婆罗多族雄牛啊！（25）今天，我还要在大战中大干一番，或者我被杀死倒下，或者我杀死般度族。（26）今天，我在阵地前沿被杀，人中之虎啊！也就偿还了长期欠你的债——供给我的饭团，国王啊！"（27）说罢，难以制胜的婆罗多族俊杰（毗湿摩）与般度族军队交锋，用利箭折磨刹帝利们。（28）恒河之子（毗湿摩）站在军队中间，犹如愤怒的毒蛇，婆罗多族雄牛啊！般度族全力围堵。（29）

在这第十天，国王啊！毗湿摩大显身手，杀戮数万敌人，俱卢族后裔啊！（30）他摄取般遮罗族那些优秀的王子和大力士们的精力，犹如太阳用光线吸水。（31）他杀死一万勇猛的大象和象兵，大王啊！又杀死一万匹马。（32）人中俊杰毗湿摩还杀死足足两万步兵。他在战斗中光彩熠熠，犹如无烟的烈火。（33）般度族没有人能正视他，犹如正视停在北路的烈日。（34）遭到这位大弓箭手折磨，般度族和斯楞遮耶族大勇士们满腔愤怒，冲向前去，想要杀死毗湿摩。（35）福身王之子大臂毗湿摩与许多人作战，犹如山峰笼罩在乌云中。（36）你的儿子们偕同大军，从四面围护恒河之子（毗湿摩），然后，战斗开始。（37）

以上是吉祥的《摩诃婆罗多》中《毗湿摩篇》第一百零五章（105）。

一〇六

全胜说：

目睹毗湿摩的威武，国王啊！阿周那在战斗中对束发说"冲向祖父！（1）你今天决不能惧怕毗湿摩，我会用利箭把他从精良的战车上射倒。"（2）普利塔之子这样说罢，婆罗多族雄牛啊！束发听了他的话，冲向恒河之子（毗湿摩）。（3）猛光和大勇士妙贤之子（激昂），国王啊！他俩听了普利塔之子（阿周那）的话，也兴奋地冲向毗湿摩。(4) 年长的毗罗吒王和木柱王,还有全副武装的贡提婆阇王,也当着你儿子的面,冲向恒河之子(毗湿摩)。(5) 无种、偕天和英勇的法王(坚战)以及所有军队,民众之主啊!他们听了普利塔之子(阿周那)的话,一齐冲向恒河之子(毗湿摩)。(6)

你的军队尽心竭力,迎战一齐冲来的这些大勇士,请听我告诉你!(7) 奇军冲向想与毗湿摩交战的显光,大王啊!犹如虎犊冲向雄牛。(8) 成铠迅速阻截在毗湿摩跟前奋勇作战的猛光,大王啊!(9) 月授之子(广声)迅速阻截满腔愤怒想要杀死毗湿摩的怖军,大王啊!(10) 毗迦尔纳一心保护毗湿摩的生命,阻截泼洒箭雨的英雄无种。(11) 有年之子慈悯满腔愤怒,在战斗中阻截奋力冲向毗湿摩战车的偕天。(12) 力士丑面冲向怖军之子(瓶首),这位大力士罗刹行为暴戾,想要杀死毗湿摩。(13) 鹿角之子在战斗中阻截愤怒的萨谛奇,大王啊!甘波阇王善巧阻截冲向毗湿摩战车的激昂,大王啊!(14) 愤怒的马嘶阻截两位共同打击敌人的长者毗罗吒王和木柱王,婆罗多子孙啊!(15) 婆罗堕遮之子(德罗纳)在战斗中奋力阻截正法之子(坚战),这位般度长子渴望杀死毗湿摩。(16) 勇猛的阿周那在战斗中,将束发放在前面,想要接近毗湿摩,横扫四面八方,大王啊!大弓箭手难降在战斗中阻截他。(17) 你方其他战士在战斗中阻截冲向毗湿摩的般度族其他大勇士。(18)

猛光一再向军队叫喊道 "大家一起冲向这个大力士毗湿摩!(19) 俱卢族后裔阿周那已在战斗中冲向毗湿摩,大家一起冲啊!别害怕!毗湿摩打不着你们。(20) 连婆薮之主(因陀罗)也不敢与阿周那作战,勇士们啊!何况精力衰退、生命有限的毗湿摩?"(21)

听了军队统帅的话,般度族大勇士们欢欣鼓舞,冲向恒河之子(毗湿摩)的战车。(22) 你方的人中雄牛们同样欢欣鼓舞,阻挡他们冲向前来,犹如拦截汹涌的洪水。(23)

大勇士难降担心毗湿摩的生命,摒弃恐惧,冲向胜财(阿周那),大王啊!(24) 同样,般度族勇士们在战斗中冲向恒河之子(毗湿摩)的战车,冲向你的大勇士儿子们。(25) 我们目睹美妙的奇迹,民众之主啊!普利塔之子(阿周那)到达难降的战车那儿,停止不前。(26) 正如堤岸挡住汹涌的大海,你的儿子挡住愤怒的般度之子

（阿周那）。（27）这两位优秀的车兵都难以战胜，婆罗多子孙啊！他们光辉灿烂如同月亮和太阳，婆罗多子孙啊！（28）他俩同样怒不可遏，互相渴望杀死对方，犹如从前摩耶和帝释天在大战中相遇。（29）

难降在战斗中用三支箭射击般度之子（阿周那），用二十支箭射击婆薮提婆之子（黑天），大王啊！（30）看到芯湿尼族后裔（黑天）遭受折磨，阿周那怒火中烧，在战斗中向难降发射一百支铁箭。这些铁箭穿透难降的铠甲，吸吮他的鲜血。（31）愤怒的难降向普利塔之子（阿周那）发射五支笔直的箭，射中他的额头，婆罗多族俊杰啊！（32）额头扎着这些箭，般度族俊杰（阿周那）光彩熠熠，大王啊！犹如弥卢山那些高耸的顶峰。（33）大弓箭手普利塔之子（阿周那）在战斗中遭到你的儿子弓箭手重创，光彩熠熠，如同鲜花盛开的金苏迦树。（34）

然后，愤怒的般度之子（阿周那）袭击难降，犹如在朔望日，暴戾的罗睺满腔愤怒，折磨月亮。（35）你的儿子遭到力士袭击，民众之主啊！在战斗中用在石头上磨尖的苍鹭羽毛箭射击普利塔之子（阿周那）。（36）英勇的普利塔之子（阿周那）迅速射断你儿子的弓，接着，又向他发射九支箭。（37）你的儿子站在毗湿摩前面，取出另一张弓，发射二十五支箭，射中阿周那的手臂和胸膛。（38）粉碎敌人的般度之子（阿周那）愤怒地向他发射许多像阎摩刑杖那样可怕的箭，大王啊！（39）普利塔之子（阿周那）奋力发射的这些箭还未到达，你的儿子就将它们统统射断，这仿佛是奇迹。（40）

然后，愤怒的普利塔之子（阿周那）在战斗中搭上在石头上磨尖的金羽毛箭，挽弓发射。（41）这些箭扎进灵魂高尚者（难降）的身躯，大王啊！犹如天鹅扎进水池，婆罗多子孙啊！（42）你的儿子遭到灵魂高尚的般度之子（阿周那）打击，在战斗中撇下普利塔之子（阿周那），迅速跑向毗湿摩的战车。他沉入深渊，毗湿摩成了他的安全岛。（43）你的儿子恢复知觉后，民众之主啊！这位坚强的勇士再次阻截阿周那。（44）他英勇非凡，毫不惧怕阿周那，用锋利的箭射击普利塔之子（阿周那），犹如弗栗多射击摧毁城堡者（因陀罗）。（45）

以上是吉祥的《摩诃婆罗多》中《毗湿摩篇》第一百零六章（106）。

一〇七

全胜说：

大弓箭手鹿角之子在战斗中阻截全副武装冲向毗湿摩的萨谛奇。（1）摩豆族后裔（萨谛奇）满腔愤怒，在战斗中仿佛笑着，向这位罗刹发射九支箭，婆罗多子孙啊？（2）同样，罗刹满腔愤怒，向摩豆族后裔（萨谛奇）发射利箭，国王啊！折磨这位悉尼族雄牛，王中因陀罗啊！（3）摩豆族诛灭敌雄的悉尼之孙（萨谛奇）满腔愤怒，向罗刹发射一束箭。（4）罗刹用许多利箭射击真正英勇的大臂萨谛奇，发出狮子吼。（5）威武的摩豆族后裔（萨谛奇）在战斗中遭到罗刹重创，但他凭借坚定的意志，依旧发出笑声和吼声。（6）

然后，愤怒的福授用许多利箭袭击摩豆族后裔（萨谛奇），犹如用刺棒袭击大象。（7）优秀的车兵悉尼之孙（萨谛奇）在战斗中撇下罗刹，用笔直的箭射击东光王（福授）。（8）东光王用边缘锋利的月牙箭，像射击能手那样，射断摩豆族后裔（萨谛奇）的大弓。（9）诛灭敌雄者（萨谛奇）迅速取出另一张弓，在战斗中愤怒地用利箭射击福授。（10）大弓箭手（福授）受到重创，不断地舔嘴角，向萨谛奇掷出一支镶有金子和吠琉璃的、坚固的铁标枪，如同可怕的阎摩刑杖。（11）从他的手臂掷出的标枪迅猛飞来，萨谛奇在战斗中用箭将它射断，国王啊！标枪断为三截，犹如大彗星坠落地上，失去光辉。（12）

看到标枪被击碎，民众之主啊！你的儿子偕同庞大的车队，围堵摩豆族后裔（萨谛奇）。（13）看到苾湿尼族大勇士（萨谛奇）受到围困，难敌异常兴奋，对弟弟们说：（14）"俱卢族后裔啊！你们要做到不让萨谛奇在战斗中活着逃出我们庞大的车队。只要他被杀死，我想，般度族大军也就完了。"（15）"好吧！"大勇士们听从他的话，在毗湿摩跟前，与悉尼之孙（萨谛奇）作战。（16）

强壮有力的甘波阇王（善巧）在战斗中阻截奋勇冲向毗湿摩的激昂。（17）阿周那之子（激昂）用笔直的箭射中这位国王，国王啊！

然后又向他发射六十四支箭。(18) 善巧一心保护毗湿摩的生命,在战斗中向迦尔希尼(激昂)射出五支箭,向他的御者射出九支箭。(19)

他俩奋勇交战之时,大战开始。折磨敌人的束发冲向恒河之子(毗湿摩)。(20) 年长的两位大勇士毗罗吒王和木柱王满腔愤怒地阻击大军,在战斗中冲向毗湿摩。(21) 于是,优秀的车兵马嘶愤怒地冲上前来,你方和对方的战斗开始,婆罗多子孙啊!(22) 毗罗吒用十支月牙箭射击奋勇作战的大弓箭手、战斗明星德罗纳之子(马嘶),折磨敌人者啊!(23) 木柱王与站在毗湿摩前面的老师之子(马嘶)交锋,向他发射三支利箭。(24) 而马嘶用十支箭射击这两位冲向毗湿摩的长者毗罗吒王和木柱王。(25) 我们目睹这两位长者大显身手的奇迹,他俩在战斗中顶住德罗纳之子(马嘶)发射的这些可怕的箭。(26)

有年之子慈悯和偕天对冲,犹如一头疯象冲向另一头疯象。(27) 慈悯在战斗中迅速向大勇士玛德利之子(偕天)发射七十支镶金利箭,国王啊!(28) 而玛德利之子(偕天)用箭射断他的弓,一截为二,随即又向他发射九支箭。(29) 慈悯取出另一张能承受重压的硬弓,兴奋地向玛德利之子(偕天)发射十支箭;他一心保护毗湿摩的生命,愤怒地射中玛德利之子(偕天)的胸膛。(30) 同时,愤怒的般度之子(偕天)渴望杀死毗湿摩,射中怒不可遏的有年之子(慈悯)的胸膛,国王啊!他俩的战斗凶猛激烈,令人恐惧。(31)

折磨敌人的毗迦尔纳一心保护毗湿摩的生命,在战斗中向愤怒的无种发射六十支箭。(32) 无种尽管受到你的弓箭手儿子重创,依然发射七十七支箭,射中毗迦尔纳。(33) 这两位人中之虎、折磨敌人的英雄,为了毗湿摩的缘故,犹如牛圈里的两头雄牛互相拼杀。(34)

瓶首在战斗中奋力杀戮你的军队,英勇的丑面为了你,向他冲去。(35) 愤怒的希丁芭之子(瓶首)向折磨敌人的丑面发射九十支利箭,射中他的胸膛,国王啊!(36) 英雄丑面站在阵地前沿,兴奋地吼叫着,向怖军之子(瓶首)发射六十支箭头锋利的箭。(37)

诃利迪迦之子(成铠)保护毗湿摩的生命,阻截冲向前来想要杀死毗湿摩的猛光。(38) 苾湿尼族后裔(成铠)用五支铁箭射中英勇的水滴王之孙（猛光），随即又迅速向他的胸膛发射一百零五支箭。(39) 同样，水滴王之孙（猛光）用九支锋利的苍鹭羽毛箭射击诃利迪迦之子（成铠），国王啊！(40) 为了毗湿摩的缘故，他们在大战中拼杀，互不示弱，如同弗栗多和伟大的因陀罗。(41)

大力士怖军向毗湿摩冲过来，广声迅速迎上去，喝道"站住!你站住!"(42) 月授之子（广声）在战斗中用锋利的金羽毛铁箭射中怖军胸膛。(43) 威武的怖军胸部中箭，光彩熠熠，犹如从前苍鹭山被室建陀的标枪击中，王中俊杰啊！(44) 他俩在战斗中，互相愤怒地不断发射工匠精心锻造、光亮如同太阳的利箭。(45) 怖军渴望杀死毗湿摩，与大勇士月授之子（广声）战斗，同样，月授之子（广声）渴望毗湿摩胜利，与般度之子（怖军）战斗。他俩进攻和反击，奋力拼杀。(46)

坚战在大军围护下，冲向毗湿摩，大王啊！婆罗堕遮之子（德罗纳）阻击他。(47) 德罗纳战车嘎嘎，犹如雨云雷声隆隆，国王啊！钵罗跋德罗迦人听了心惊胆战，尊者啊！(48) 般度之子（坚战）的大军奋勇向前，国王啊！遭到德罗纳阻截，不能前进一步。(49)

显光在战斗中满脸怒容，冲向毗湿摩，人主啊！你的儿子奇军阻截他。(50) 为了毗湿摩，威武的大勇士奇军竭尽全力与显光作战，婆罗多子孙啊！(51) 同样，显光也竭尽全力与奇军作战。他俩大显身手，展开激战。(52)

阿周那一再遭到你的儿子阻截，但他击退你的儿子，蹂躏你的军队。(53) 难降坚信"敌人怎么可能杀死毗湿摩？"竭尽全力阻截普利塔之子（阿周那），婆罗多子孙啊！(54) 你儿子的军队在战斗中随处遭到优秀的车兵们杀戮，乱成一团，婆罗多子孙啊！(55)

以上是吉祥的《摩诃婆罗多》中《毗湿摩篇》第一百零七章(107)。

一〇八

全胜说：

英勇的大弓箭手（德罗纳）勇武如同疯象，拿起能够抵御疯象的大弓。(1) 这位大勇士挥动上等良弓,驱散大勇士们,击溃般度族军队。(2) 英勇的德罗纳精通征兆,看到四面八方充满征兆,对折磨敌军的儿子(马嘶)说道:(3)

"这一天,孩子啊!大勇士普利塔之子在大战中,竭尽全力想要杀死毗湿摩。(4) 我的箭仿佛在跳动,我的弓仿佛在抖动,我的武器跃跃欲试,我的思想暴躁不安。(5) 寂静的四方,鸟兽发出可怕的叫声,兀鹰低低地飞向婆罗多族军队。(6) 太阳仿佛失去光辉,四面八方天色血红,大地颤抖呻吟,牲畜嘶鸣。(7) 苍鹭、兀鹰和鹤不断鸣叫,豺狼发出不吉祥的嚎叫,预兆大恐怖。(8) 大彗星从日盘中央坠落,条云和无头怪(罗睺)围绕太阳。(9) 太阳和月亮出现可怕的晕轮,预兆国王们遭逢恐怖的杀身之祸。(10) 俱卢族国王神殿中的诸神颤抖、发笑、跳舞和哭泣。(11) 尊贵的月亮上升,月牙朝下,行星绕着不祥的月亮右旋。(12) 在持国族军队中,国王们的衣服似乎消失,尽管全副武装,却暗淡无光。(13)

"激越的'五生'螺号鸣声和甘狄拨神弓弦声,双方军队在各处都能听到。(14) 毗跋蹴(阿周那)肯定会在战斗中,依靠优良的武器,驱散战士们,接近祖父。(15) 想到毗湿摩和阿周那交锋,大臂者啊!我的皮肤毛孔紧缩,我的心仿佛下沉。(16) 普利塔之子(阿周那)与毗湿摩战斗,把那位思想邪恶、诡计多端的般遮罗王子放在前面。(17) 毗湿摩从前说过'我不会杀害束发。创造主创造了这个女人,命运作怪,又变成男人。'(18) 这位大勇士祭军之子(束发)是不祥之兆。正因为不吉祥,恒河之子(毗湿摩)不会打击他。(19) 想到今天在战斗中,普利塔之子(阿周那)冲向俱卢族耆老,我的智慧就剧烈下沉。(20) 坚战愤怒,毗湿摩和阿周那交锋,我的武器出鞘,肯定会给众生带来灾难。(21)

"般度之子(阿周那)聪明,有力,勇敢,坚强,精通武艺,箭力足,射程远,又熟谙征兆。(22) 这位优秀的武士强壮有力,聪明睿智,不知疲倦,连婆薮之主(因陀罗)和众天神也无法在战斗中战胜他。(23) 般度之子(阿周那)武器可怕,在战斗中常胜不败,他肯定能扫清道路,接近恪守誓言者(毗湿摩)。(24) 你看着,大臂者啊!大难就要临头。勇士们绚丽多彩的镶金铠甲,(25) 将被阿周那笔直的箭穿透。那些旗顶、长矛和弓，（26） 光洁锋利的梭镖、金光闪闪的标枪和大象的旗帜，将被满腔愤怒的有冠者（阿周那） 粉碎。（27） 这不是臣仆顾惜生命的时候，儿子啊！追求荣誉和胜利，以天国为归宿，前进吧！（28）

"阿周那以猿猴为旗徽，驾着战车渡过难以渡过的战斗之河；这条战斗之河以象、马和车为漩涡，极其可怕。（29） 这里还能见到胜财（阿周那） 的王兄（坚战），他具有梵性，善于自制，乐善好施，修炼苦行，行为高尚。（30） 还有强壮有力的怖军和玛德利的双生子，苾湿尼族后裔婆数提婆之子（黑天）是坚战的保护者。（31） 坚战的身体受到苦行烧灼，思想邪恶的持国之子（难敌） 带给他的忧愁产生怒火，焚烧婆罗多族军队。（32）

"但见普利塔之子（阿周那） 依靠婆数提婆之子（黑天），到处粉碎持国族的所有军队。（33） 这位有冠者（阿周那） 搅乱军队，犹如大鲸鱼搅动波浪翻滚的大海。（34） 在阵地前沿，到处能听到'啊啊！呀呀！'的叫声。你冲向这位般遮罗族后裔（怖军） 吧！我将冲向坚战。（35） 这位国王的阵容威力无比，周围站着大勇士，难以冲入它的内部，犹如难以达到大海深处。（36） 萨谛奇、激昂、猛光、狼腹（怖军） 和双生子，保护这位人中之主坚战王。（37） 黝黑如同因陀罗之弟（黑天），挺拔如同大娑罗树，他冲向军队，仿佛是又一位颇勒古拿（阿周那）。（38） 你拿起优良的武器，握紧大弓，从侧面冲向坚战王，与狼腹（怖军）作战！（39） 谁不希望自己的爱子长命百岁？我是以刹帝利正法为重，给你指派任务。（40） 毗湿摩也在战斗中焚烧般度族大军，孩子啊！他在战斗中，威力如同阎摩和伐楼拿。"（41）

以上是吉祥的《摩诃婆罗多》中《毗湿摩篇》第一百零八章(108)。

<h1 style="text-align:center">一〇九</h1>

全胜说：

福授、慈悯、沙利耶和沙特婆多族成铠，阿凡提国文陀、阿奴文陀以及信度王胜车，（1）奇军、毗迦尔纳和年轻的难耐，你方这十位战士与怖军作战。（2）他们和来自各地的大军一起，为毗湿摩而战，追求伟大的荣誉，国王啊！（3）沙利耶向怖军发射九支箭，成铠发射三支箭，慈悯发射九支箭，（4）奇军、毗迦尔纳和福授，尊者啊！各自向怖军发射十支月牙箭。（5）信度王用三支箭射中怖军的锁骨，阿凡提国文陀和阿奴文陀每人发射五支箭，难耐发射二十支利箭。（6）

这些举世闻名的勇士光彩熠熠，大王啊！大力士怖军用许多箭，分别射向所有这些持国族大勇士。（7）一百零五支箭射中沙利耶，八支箭射中成铠，一支箭射中慈悯带箭的弓，婆罗多子孙啊！射断他的弓后，又向他发射五支箭。（8）向文陀和阿奴文陀每人发射三支箭，向难耐发射三十支箭，向奇军发射五支箭。（9）向毗迦尔纳发射十支箭，向胜车发射五支箭，随即又用三支箭射中信度王（胜车），怖军发出欢呼。（10）

然后，优秀的车兵乔答摩（慈悯）拿起另一张弓，满腔愤怒，向怖军发射十支利箭。（11）威武的大臂怖军中了许多箭，犹如大象被许多刺棒击中。他在战斗中愤怒地向乔答摩（慈悯）回射许多箭。（12）他的光辉如同世界末日的死神，用三支箭把信度王的马匹和御者送往阴府。（13）大勇士（信度王）迅速跳下马匹倒毙的战车，在战斗中向怖军发射利箭。（14）怖军用两支月牙箭，婆罗多子孙啊！射中灵魂高尚的信度王的弓，婆罗多族俊杰啊！（15）信度王的弓被射断，马匹倒毙，御者丧生，战车失灵，国王啊！他迅速登上奇军的战车。（16）大勇士般度之子（怖军）当着众人的面，用箭射击和阻挡大勇士们，使信度王的战车失灵，创造了战斗奇迹。（17）

沙利耶无法忍受怖军的勇武，搭上工匠精心锻造的利箭，喊道："站住！你站住！"向怖军发射了七十支箭。（18）在战斗中，慈悯、成铠、福授、奇军、阿凡提国的文陀和阿奴文陀，尊者啊！（19）难耐、毗迦尔纳和英勇的信度王，这些克敌制胜的勇士迅速射击怖军，支援沙利耶。（20）怖军回击他们每人五支箭，而向沙利耶发射七十支箭，接着又发射十支箭。（21）沙利耶向他发射九支箭，接着又发射五支箭，又用一支月牙箭深深击中他的御者要害。（22）威武的怖军看到除忧中箭受伤，用三支箭射击摩德罗王（沙利耶）的手臂和胸

膛。(23) 他也向那些大弓箭手每人发射三支笔直飞行的箭,并像狮子那样发出吼叫。(24)

这些大弓箭手奋勇作战,每人用三支箭头锋利的箭,猛烈射击疯狂战斗的般度之子(怖军)的要害。(25) 大弓箭手怖军受到重创,但他毫不动摇,犹如山峰承受乌云降下的暴雨。(26) 声誉卓著的怖军在战斗中用九支箭猛烈射击沙利耶,国王啊!用一百支箭猛烈射击东光王(福授)。(27) 他又像熟练的射手那样,用锋利的剃刀箭射断灵魂高尚的沙特婆多族后裔(成铠)带箭的弓。(28) 成铠拿起另一张弓,用一支铁箭射中狼腹(怖军)的眉心,折磨敌人者啊!(29) 怖军在战斗中用九支铁箭射击沙利耶,用三支箭射击福授,用八支箭射击成铠。(30) 他向以乔答摩(慈悯)为首的其他勇士每人发射两支箭,国王啊!这些勇士也在战斗中用利箭射击他。(31)

怖军遭到周围这些大勇士袭击,但他把他们视同草芥,驰骋战场,无所顾忌。(32) 而这些优秀的车兵也镇定自若,向怖军发射成百成千支利箭。(33) 大勇士福授在战斗中掷出速度飞快的、昂贵的金杖标枪。(34) 大臂信度王在战斗中掷出长矛和铁叉,国王啊!慈悯投出百杀器,沙利耶射出利箭。(35) 其他的大弓箭手瞄准怖军,每人用力发射五支箭。(36) 风神之子(怖军)用剃刀箭把长矛一截为二,用三支箭击碎铁叉,如同折断芝麻秸秆。(37) 这位大力士用九支苍鹭羽毛箭击碎百杀器,也射断摩德罗王沙利耶发射的箭。(38) 他猛烈地击碎福授发射的标枪,还用笔直的箭射断那些可怕的箭。(39) 斗志昂扬的怖军将这些箭每支射断为三截,随即向所有这些大弓箭手每人发射三支箭。(40)

大战进行中,看到大勇士怖军在战场上用箭袭击和杀戮敌人,胜财(阿周那)驾着战车来到这里。(41) 看到两位灵魂高尚的般度之子在这里会合,你方战士们失去胜利希望,人中雄牛啊!(42) 阿周那渴望杀死毗湿摩,将束发放在前面,准备与毗湿摩作战。(43) 他在战斗中遇上你方这十位正与怖军搏杀的战士。满怀对怖军的爱意,毗跛蹉(阿周那)袭击这些战士。(44) 于是,难敌王敦促善佑杀死阿周那和怖军,说道:(45) "善佑啊!你赶快带着军队,杀死这两位般度之子胜财(阿周那)和狼腹(怖军)!"(46) 大地之主三穴王

(善佑)听了他的命令,冲向怖军和阿周那这两位弓箭手。(47) 阿周那被数千辆战车团团包围,他与敌人展开战斗。(48)

以上是吉祥的《摩诃婆罗多》中《毗湿摩篇》第一百零九章(109)。

一一〇

全胜说:

阿周那在战斗中,用笔直的箭覆盖奋勇作战的大勇士沙利耶。(1) 他向善佑、慈悯、东光王(福授)和信度王胜车每人发射三支箭。(2) 向奇军、毗迦尔纳、成铠、难耐和阿凡提国两位大勇士,王中因陀罗啊!(3) 这位大勇士(阿周那)每人发射三支苍鹭和孔雀羽毛箭,折磨你的军队。(4)

胜车站在奇军的战车上,用箭射击普利塔之子(阿周那),随即又射击怖军,婆罗多子孙啊!(5) 沙利耶和优秀的武士慈悯在战斗中,一再用致人死命的箭射击吉湿奴(阿周那)。(6) 以奇军为首,你的儿子们在战斗中,民众之主啊!每人迅速发射五支利箭,袭击阿周那和怖军,尊者啊!(7) 这两位贡蒂之子、优秀的车兵、婆罗多族雄牛在战斗中,打击三穴国大军。(8) 善佑用铁箭射击普利塔之子(阿周那),发出有力的吼叫,响彻天空。(9) 其他英勇的车兵们用笔直飞行的、锋利的金羽毛箭射击怖军和阿周那。(10)

这两位贡蒂之子、优秀的车兵相貌英俊,战车精良,仿佛在那些车兵中间游戏,犹如两头强壮有力的狮子出来觅食,在牛群中间游戏。(11) 这两位英雄在战斗中,一再射断那些勇士的弓和箭,成百成百地削落他们的头颅。(12) 在大战中,许多战车破碎,成百成百匹马丧命,大象和象兵倒地。(13) 但见周围的车兵和马兵纷纷遭到杀戮,横七竖八,国王啊!(14) 倒毙的大象、步兵和马匹,破碎的战车,遍布大地。(15) 许多破碎的华盖,折断的旗帜,丢弃的刺棒和象巾,婆罗多子孙啊!(16) 臂环、腕环和项圈,碾碎的毛毯,丢弃的顶冠和拂尘,(17) 还有国王们抹有檀香膏的断臂和断腿,遍布大地。(18) 我们目睹普利塔之子(阿周那)英勇的战斗奇迹,用箭

遏制这些英雄，杀戮你的军队。（19）

看到怖军和阿周那会合，你的儿子惊恐万分，走近恒河之子（毗湿摩）的战车。（20）慈悯、成铠、信度王胜车、阿凡提国文陀和阿奴文陀投入战斗。（21）大弓箭手怖军和大勇士颇勒古拿（阿周那）在战斗中勇猛地驱散可怕的俱卢族大军。（22）在战斗中，数万数千万支孔雀羽毛箭迅速降落在胜财（阿周那）的战车。（23）普利塔之子（阿周那）用箭网挡住这些箭，把周围的那些大勇士送交死神。（24）

愤怒的大勇士沙利耶仿佛在战斗中戏耍吉湿奴（阿周那），用笔直的月牙箭射击他的胸膛。（25）普利塔之子（阿周那）用五支箭射断他的弓，射破他的手套，又用利箭猛烈射击他的要害。（26）摩德罗王（沙利耶）取出另一张承受重压的弓，在战斗中愤怒地袭击吉湿奴（阿周那）。（27）他向阿周那发射三支箭，向婆薮提婆之子（黑天）发射五支箭，大王啊！他用九支箭射中怖军的手臂和胸膛。（28）

然后，大王啊！德罗纳和大勇士摩揭陀王（胜军）奉难敌之命，来到这里。（29）这里，普利塔之子（阿周那）和般度之子怖军这两位大勇士正在杀戮俱卢族大军，大王啊！（30）年轻的胜军在战斗中，用八支利箭射击手持可怕武器的怖军，婆罗多族雄牛啊！（31）怖军向他发射十支箭，接着又发射七支箭，随后用一支月牙箭把他的御者从车座上射倒。（32）马匹失控，四处乱跑，当着所有军队的面，拉走了摩揭陀王。（33）德罗纳抓住机会，向怖军发射六十五支锋利的蛙嘴铁箭。（34）怖军斗志昂扬，向如同父亲的老师（德罗纳）发射六十九支月牙箭，婆罗多子孙啊！（35）阿周那用许多铁箭射击善佑，驱散他的军队，犹如狂风驱散密布的乌云。（36）

然后，毗湿摩、国王（难敌）、妙力之子（沙恭尼）和巨力满腔愤怒冲向怖军和胜财（阿周那）。（37）同样，般度族勇士们和水滴王之孙（猛光）在战斗中冲向毗湿摩，犹如冲向张开大嘴的死神。（38）束发面对婆罗多族恪守誓言的祖父（毗湿摩），抛弃恐惧，兴奋地冲向他。（39）以坚战为首，和斯楞遮耶人一起，普利塔之子们把束发放在前面，与毗湿摩作战。（40）你方所有的勇士也在战斗中，把恪守誓言的毗湿摩放在前面，与以束发为前锋的普利塔之子们作

战。(41)

这样,为了毗湿摩的胜败,俱卢族和般度族在这里展开恐怖的战斗。(42) 在这场或赢或输的战争赌博中,民众之主啊!毗湿摩成了你们的赌注。(43) 大王啊!猛光命令全体军队:"冲向恒河之子(毗湿摩)!不用害怕,人中英豪们!"(44) 听了军队统帅的话,般度族军队奋不顾身,迅速冲向毗湿摩。(45) 优秀的车兵毗湿摩迎战这支冲向前来的大军,大王啊!犹如堤岸阻挡大海。(46)

以上是吉祥的《摩诃婆罗多》中《毗湿摩篇》第一百一十章(110)。

— — —

持国说:

在这第十天,福身王之子毗湿摩怎样与无比英勇的般度族和斯楞遮耶族作战?全胜啊!(1) 俱卢族怎样在战斗中抵御般度族?战斗明星毗湿摩怎样进行这场大战?请你告诉我。(2)

全胜说:

听我如实告诉你俱卢族和般度族的战斗情况,婆罗多子孙啊!(3) 一天又一天,有冠者(阿周那)用威力无比的武器,把你们的车队送往另一个世界。(4) 常胜不败的俱卢族毗湿摩也遵照诺言,不断毁灭普利塔之子们的军队。(5) 看到大勇士毗湿摩和俱卢族一起作战,阿周那和般遮罗族一起作战,人们难测胜负。(6)

在这第十天,毗湿摩和阿周那交锋,不断杀戮军队,极其恐怖。(7) 折磨敌人的福身王之子毗湿摩精通武艺,成万成万地杀戮战士,国王啊!(8) 毗湿摩杀死的这些勇士,国王啊!他们的名字和族姓几乎无人知道,但个个勇往直前。(9) 折磨敌人的毗湿摩接连十天折磨般度族军队,这位灵魂高尚者已经厌弃生命。(10) 他希望在阵地前沿结束自己生命"我不再准备杀害这些在战斗中冲向前来的人中俊杰。"(11) 你的父亲大臂天誓(毗湿摩)这样想定,大王啊!他对站在附近的般度之子(坚战)说道:(12) "精通一切经典的大智者坚战啊!请听我的这符合正法和导向天国的话,孩子啊!(13) 我在战斗中杀死了许多生命，婆罗多子孙啊！我已十分厌倦这个身体，孩子啊！我时限已到。（14）因此，如果你想为我做好事，那就以普利塔之子（阿周那）、般遮罗人和斯楞遮耶人为前锋，努力杀死我吧！"（15）

洞察真谛的般度之子（坚战）得知毗湿摩的想法，和斯楞遮耶人一起，在战斗中奋力冲向毗湿摩。（16）猛光和般度之子坚战听了毗湿摩的这番话，国王啊！鼓动军队说：（17）"冲上去！与毗湿摩交战，战胜他！你们受到言而有信、战胜敌人的吉湿奴（阿周那）保护。（18）军队统帅大弓箭手水滴王之孙（猛光）和怖军也肯定会在战斗中保护你们。（19）你们在战斗中决不要惧怕毗湿摩，斯楞遮耶人啊！把束发放在前面，我们一定会战胜毗湿摩。"（20）在这第十天，气得发昏的般度族作出这样的决定；他们以梵界为归宿，一起冲向前去。（21）以束发和般度之子胜财（阿周那）为前锋，他们竭尽全力要击倒毗湿摩。（22）

遵照你儿子的命令，来自各地的大力士国王们偕同德罗纳和他的儿子（马嘶），带领军队。（23）有力的难降和所有的弟兄，一起保护站在战场中间的毗湿摩。（24）你方的勇士们把恪守誓言的毗湿摩放在前面，与以束发为前锋的普利塔之子们作战。（25）以猿猴为旗徽的阿周那偕同车底人和般遮罗人，把束发放在前面，冲向福身王之子毗湿摩。（26）悉尼之孙（萨谛奇）与德罗纳之子（马嘶）交战，勇旗与布卢子交战，瑜达摩尼瑜与难敌及其侍臣交战。（27）折磨敌人的毗罗吒带领军队与带领军队的增武之子胜车交战。（28）坚战与带领军队的大弓箭手摩德罗王（沙利耶）交战，在怖军保护下，冲向象军。（29）般遮罗王子（猛光）偕同苏摩迦人，奋力冲向不可制胜、不可抵御的优秀武士德罗纳。（30）克敌制胜的王子巨力以狮子为旗徽，冲向以迦尼迦罗花为旗徽的妙贤之子（激昂）。（31）你的儿子们和众国王一起，在战斗中冲向束发和般度之子胜财（阿周那），渴望杀死他俩。（32）

两军奋勇交战，场面极其恐怖，大地在战士们奔跑中颤动。（33）看到恒河之子（毗湿摩）投入战斗，你方和对方军队挤在一起混战，婆罗多子孙啊！（34）他们互相奋勇冲杀，四面八方，响声震天，婆罗多子孙啊！（35）螺号声、鼓声、大象的吼叫，战士们的狮子吼，声声恐怖。（36）所有英雄国王的臂环和顶冠灿若日月，光辉熠熠。（37）飞扬的尘土如同乌云，刀光剑影如同闪电，弓弦声如同雷鸣，充满恐怖。（38）双方军队的箭声、螺号声、鼓声和车轮声汇成巨大的声响。（39）空中布满双方军队的长矛、梭镖、投枪和箭流，仿佛变得阴暗。（40）在大战中，车兵和马兵互相冲撞，大象杀戮大象，步兵杀戮步兵。（41）犹如两只兀鹰争夺一片肉，人中之虎啊！俱卢族和般度族为了毗湿摩而展开激战。（42）双方在战场上交锋，互相渴望杀死和战胜对方，战斗激烈可怕，婆罗多子孙啊！（43）

以上是吉祥的《摩诃婆罗多》中《毗湿摩篇》第一百一十一章（111）。

一一二

全胜说：

英勇的激昂偕同大军，为了毗湿摩的缘故，与你的儿子交战，大王啊！（1）愤怒的难敌在战斗中向迦尔希尼（激昂）发射九支笔直的箭，接着又向他发射三支箭。（2）迦尔希尼（激昂）满腔愤怒，在战斗中向难敌掷出一支标枪，像死神的姐妹那样可怕。（3）这支形状可怕的标枪迅猛飞来，民众之主啊！你的大勇士儿子用剃刀箭将它一截为二。（4）看到这支标枪坠落，迦尔希尼（激昂）愤怒至极，用三支箭射击难敌的手臂和胸膛。（5）接着，他又用十支可怕的箭射击暴躁的难敌的胸膛，婆罗多族俊杰啊！（6）这场战斗可怕而又美妙，受到观看者激赏，受到所有国王敬仰，婆罗多子孙啊！（7）一个为了杀死毗湿摩，一个为了战胜普利塔之子（阿周那），妙贤之子（激昂）和俱卢族雄牛（难敌）这两位英雄进行战斗。（8）

折磨敌人的婆罗门雄牛德罗纳之子（马嘶）在战斗中愤怒地用铁箭射击勇猛的萨谛奇的胸膛。（9）灵魂无量的悉尼之孙（萨谛奇）也用九支苍鹭羽毛箭射击老师之子（马嘶）的所有要害。（10）马嘶在战斗中迅速发射九支箭，随即又发射三十支箭，射击萨谛奇的手臂和胸膛。（11）声誉卓著的沙特婆多族大弓箭手（萨谛奇）受到重创，

向德罗纳之子（马嘶）发射三支箭。(12)

布卢子在战斗中用箭阻截大勇士勇旗，一再射中这位大弓箭手。(13) 力大无比的大勇士勇旗在战斗中也向布卢子发射三支利箭。(14) 大勇士布卢子射断勇旗的弓，发出有力的吼叫，又发射十支箭。(15) 勇旗拿起另一张弓，向布卢子发射七十三支锋利的蛙嘴箭，大王啊！(16) 这两位身材魁梧的大勇士大弓箭手互相泼洒滂沱箭雨。(17) 这两位大勇士互相射断弓，杀死马，婆罗多子孙啊！战车失灵后，互相用剑拼搏。(18) 两块美丽的牛皮盾牌镶有百颗月亮和百颗星星，两支宝剑光洁明亮。(19) 他们俩人互相对冲，国王啊！犹如林中两头雄狮奋力争夺情侣。(20) 他俩攻守进退，转动着美丽的圈子，互相挑战逞勇。(21) 布卢子满腔愤怒，叫喊着"站住！你站住！"用剑刺中勇旗的颅骨。(22) 车底王（勇旗）也在战斗中用锋利的剑刺中人中雄牛布卢子的锁骨。(23) 这两位克敌制胜的勇士在大战中互相进攻，互相猛烈打击，一起倒在地上，大王啊！(24) 于是，你的儿子胜军把布卢子接到自己战车上，带离战场，国王啊！(25) 威武的、折磨敌人的玛德利之子偕天也把勇旗带离战场，国王啊！(26)

奇军向多福发射九支快速箭，随即又发射六十支箭，接着又发射九支箭。(27) 愤怒的多福在战斗中向你的儿子接连两次发射十支利箭，民众之主啊！(28) 愤怒的奇军又在战斗中回击他三十支笔直的箭，国王啊！为毗湿摩增添荣誉和骄傲，国王啊！(29)

妙贤之子（激昂）与王子巨力交战。憍萨罗王子（巨力）向阿周那之子（激昂）发射五支铁箭，随即又发射二十支笔直的箭。(30) 妙贤之子（激昂）在战斗中向巨力发射九支铁箭，不能动摇他，又连连发射。(31) 颇勒古拿之子（激昂）射断憍萨罗王子（巨力）的弓，又向他发射三十支苍鹭羽毛箭。(32) 愤怒的王子巨力拿起另一张弓，在战斗中向颇勒古拿之子（激昂）发射许多箭。(33) 这两位武艺高强的勇士，折磨敌人者啊！为了毗湿摩而愤怒交战，大王啊！犹如天神和阿修罗大战中，摩耶和婆薮之主（周陀罗）交战。(34)

怖军与象军交战，犹如帝释天手持雷杵摧毁座座山峰，光彩熠熠。(35) 如同山峰的大象遭到怖军杀戮，纷纷倒在地上，吼声震撼大地。(36) 这些巍峨似山的大象倒在地上，犹如成堆成堆的眼膏，

犹如绵延起伏的山群。(37)

大弓箭手坚战在战斗中袭击受大军保护的摩德罗王。(38)英勇的摩德罗王在战斗中满腔愤怒,为了毗湿摩而袭击大勇士正法之子(坚战)。(39)信度王向毗罗吒发射九支笔直锋利的箭,接着又发射三十支箭。(40)毗罗吒站在军队前面,大王啊!向信度王发射三十支利箭,射中他的胸膛。(41)摩差王(毗罗吒)和信度王相貌堂堂,配备奇妙的弓、剑和武器,奇妙的铠甲和旗帜,在战斗中大放光彩。(42)

德罗纳在大战中与般遮罗王子(猛光)相遇,猛烈发射笔直的箭。(43)德罗纳射断水滴王之孙(猛光)的大弓,大王啊!接着又向他发射五十支箭。(44)杀敌英雄水滴王之孙(猛光)拿起另一张弓,向瞪眼望着他的德罗纳发射许多箭。(45)大勇士德罗纳用箭流挡住那些箭,又向木柱王之子(猛光)发射五支箭。(46)愤怒的杀敌英雄水滴王之孙(猛光)在战斗中,大王啊!向德罗纳掷出如同阎摩刑杖的铁杵。(47)这枚系有布带的镶金铁杵迅猛飞来,德罗纳用五十支箭拦截它。(48)它被德罗纳弓中射出的这些箭击得粉碎,洒落地上,国王啊!(49)看到铁杵坠落,折磨敌人的水滴王之孙(猛光)又向德罗纳掷出一支漂亮的全铁标枪。(50)德罗纳用九支箭击碎这支标枪,婆罗多子孙啊!在战斗中打击大弓箭手水滴王之孙(猛光)。(51)就这样,德罗纳和水滴王之孙(猛光)为了毗湿摩而展开大战,场面激烈可怕,大王啊!(52)

阿周那到达恒河之子(毗湿摩)那里,犹如奋力冲向林中的疯象,发射利箭。(53)威武的大力士福授驾着颞颞裂成三道、疯狂盲目的大象,向普利塔之子(阿周那)对冲过去。(54)这头如同伟大的因陀罗乘坐的大象迅猛冲来,毗跋蔟(阿周那)竭尽全力抵挡。(55)在战斗中威武的福授王坐在象上,用箭雨阻截阿周那。(56)阿周那在大战中,用光洁锋利的铁箭,射击这头冲向前来的、仿佛银制的大象。(57)贡蒂之子(阿周那)敦促束发说"冲啊!冲向毗湿摩,大王啊!杀死他!"(58)而后,东光毛(福授)撇下般度之子(阿周那),般度之兄啊!迅速冲向木柱王的战车,国王啊!(59)于是,阿周那迅速冲向毗湿摩,大王啊!把束发放在前面,进行战

斗。(60) 你方的勇士们在战斗中高喊着，一齐冲向勇猛的般度之子（阿周那），这仿佛是奇迹。(61)

阿周那驱散你的儿子们的各种军队，人主啊！犹如狂风驱散空中的乌云。(62) 束发面对婆罗多族祖父（毗湿摩），毫不慌乱，迅速用许多箭覆盖他。(63) 大勇士毗湿摩在战斗中杀戮跟随普利塔之子（阿周那）的苏摩迦人，阻挡般度族军队。(64) 他的战车是火宅，弓是火焰，宝剑、标枪和铁杵是燃料，箭是火花，在战斗中焚烧刹帝利武士们。(65) 毗湿摩投掷神奇的武器，焚烧敌军，犹如大火借助风势焚烧干草。(66) 声誉卓著的毗湿摩发出吼叫，响彻四面八方，发射笔直锋利的金羽毛箭，(67) 射倒车兵、大象和马兵，国王啊！使车队仿佛成为削去树顶的棕榈树林。(68) 优秀的武士毗湿摩在战斗中，国王啊！使车、象和马失去御者。(69) 他的弓弦声和击掌声响似雷鸣，国王啊！所有的士兵听了胆战心惊。(70) 你的父亲箭无虚发，人主啊！从毗湿摩弓中射出的箭从不滞留在身体中。(71)

国王啊！我们看到许多快马拽着无人驾驭的战车狂奔乱跑，民众之主啊！(72) 车底国、迦尸国和迦卢沙国一万四千个出身高贵的著名大勇士奋不顾身，(73) 举着镶金的旗帜，驾着车、马和象，勇往直前。这些大勇士在战斗中与毗湿摩交锋，就像遇见张开大嘴的死神，栽进另一个世界。(74) 没有哪个苏摩迦族大勇士在战斗中接近毗湿摩，大王啊！还想活着回来。(75) 看到毗湿摩的勇武，人们都认为那些战士已在战斗中被送往阎摩城。(76) 没有哪个大勇士能在战斗中对抗毗湿摩，除了驾着白马、以黑天为御者的英雄般度之子（阿周那）和威力无比的般遮罗王子束发。(77)

束发在战斗中面对毗湿摩，婆罗多族雄牛啊！接连两次发射十支箭。(78) 恒河之子（毗湿摩）斜视束发，仿佛用愤怒的眼光焚烧他，婆罗多子孙啊！(79) 想到他是女人，国王啊！当着世人的面，毗湿摩在战斗中不杀害他，而束发明白这一点。(80) 大王啊！阿周那对束发说道："赶快冲上去，杀死这位祖父！(81) 你还用说什么？英雄啊！杀死大勇士毗湿摩！因为我发现在坚战的军队中，没有哪个人，(82) 他能在战斗中与祖父毗湿摩交战，除非是你，人中之虎啊！我对你说的是真话。"(83)

听了普利塔之子（阿周那）的话，束发迅速用各种箭袭击祖父，婆罗多族雄牛啊！（84）你的父亲天誓（毗湿摩）不考虑这些箭，只是在战斗中用箭阻截愤怒的阿周那。（85）同样，大勇士（毗湿摩）在战斗中用锋利的箭，将般度族军队送往另一个世界，尊者啊！（86）同样，在大军围护下，国王啊！般度族压向毗湿摩，犹如乌云笼罩太阳。（87）婆罗多族后裔（毗湿摩）四面受围，婆罗多族雄牛啊！他在战斗中焚烧那些勇士，犹如熊熊烈火焚烧树林。（88）

我们在这里目睹你的儿子的英勇奇迹，他与普利塔之子（阿周那）交战，保护恪守誓言者（毗湿摩）。（89）你的灵魂高尚的弓箭手儿子难降在战斗中的表现，令世人满意。（90）他独自一人与普利塔之子们以及他们的随从们作战，般度族在战斗中无法阻挡这位勇士。（91）难降在战斗中使车兵失去战车，大王啊！那些大力士马兵和象兵，（92）被利箭射中，倒在地上。还有一些象兵不堪忍受箭的折磨，逃向四面八方。（93）正如火遇干柴，火焰熊熊燃烧，你的儿子焚烧般度族。（94）没有哪个般度族大勇士能够战胜或者对抗这位魁梧的婆罗多族勇士，除了驾着白马、以黑天为御者的伟大因陀罗之子（阿周那）。（95）阿周那又名维阇耶（"胜利"），国王啊！在战斗中战胜难降，当着所有军队的面，冲向毗湿摩。（96）你的儿子尽管战败，依然仰仗毗湿摩的臂力，一再鼓起勇气，奋力战斗，国王啊！他在战斗中与阿周那交战，光彩熠熠。（97）

束发在战斗中向祖父发射威力如同雷电和蛇毒的利箭，国王啊！（98）这些箭并没有给你的父亲造成痛苦，人主啊！恒河之子（毗湿摩）笑着接收利箭。（99）正如热得难受的人欢迎水流，恒河之子（毗湿摩）接收束发的箭流。（100）刹帝利武士们目睹可怕的毗湿摩在大战中焚烧灵魂高尚的般度族军队，大王啊！（101）

然后，尊者啊！你的儿子对全体军队说道"驾着战车，从四面围攻颇勒古拿（阿周那），（102）通晓正法的毗湿摩会在战斗中保护你们。抛弃一切恐惧，与般度族战斗吧！（103）以燃烧的棕榈树为旗徽，毗湿摩在战斗中保护全体持国族的福祉和铠甲。（104）甚至众天神奋勇作战，也无法抗衡灵魂高尚的毗湿摩，何况脆弱必死的凡人普利塔之子们？因此，战士们冲啊！冲向颇勒古拿（阿周那）！（105）

今天，我将在战斗中，和你们大家一起，奋战颇勒古拿（阿周那），诸位大地之主啊！"（106）

听了你的弓箭手儿子的话，国王啊！有力的大勇士们奋力冲向阿周那。（107）毗提诃人、羯陵伽人和陀歇罗迦人，尼沙陀人和绍维罗人，在大战中冲锋陷阵。（108）波力迦人、陀罗陀人、东部人、北方人、玛尔华人、阿毗沙诃人、苏罗塞纳人、尸毗人和婆娑提人，（109）沙鲁瓦人、三穴人、安波私吒人和羯迦夜人，他们在战斗中冲向普利塔之子（阿周那），犹如飞蛾扑火。（110）

胜财（阿周那）默念神奇的法宝，大王啊！瞄准那些大勇士和他们的军队。（111）大力士毗跋蕨（阿周那）用那些威力强大的法宝和利箭迅速焚烧他们，犹如烈火焚烧飞蛾。（112）这位优秀射手射出数千支箭，他的甘狄拨神弓看似在空中闪耀。（113）受到利箭折磨，战车旗帜破碎，大王啊！这些国王不再一齐冲向以猿猴为旗徽者（阿周那）。（114）在有冠者（阿周那）利箭打击下，车兵与旗帜一起倒下，马兵与马匹一起倒下，大象与象兵一起倒下。（115）大地布满从阿周那臂中射出的箭和四处逃跑的国王们的军队。（116）

大臂普利塔之子（阿周那）在战斗中，驱散军队后，向难降发射许多箭。（117）这些铁箭全都穿透你的儿子难降，进入地下，犹如蛇穿透蚁垤。然后，阿周那又射死他的马匹，射倒他的御者。（118）接着，他用二十支箭使毗文沙提的战车失灵，主人啊！随即又猛烈地发射五支笔直的箭。（119）这位驾着白马的贡蒂之子（阿周那）又用许多铁箭射击慈悯、沙利耶和毗迦尔纳，使他们的战车失灵。（120）这样，慈悯、沙利耶、难降、毗迦尔纳和毗文沙提五位勇士的战车失灵，尊者啊！他们被左手开弓者（阿周那）战败而逃。（121）

这样，在上午的战斗中，国王啊！普利塔之子（阿周那）战胜大勇士们，光彩熠熠，如同无烟的烈火。（122）像太阳放射光芒，大王啊！他也用箭雨击倒其他的国王。（123）在战斗中用箭雨迫使大勇士们背向而逃，婆罗多子孙啊！在俱卢族和般度族两军中间，出现一条鲜血汇成的大河。（124）大象和车队一再遭到车兵打击，战车遭到大象打击，大象遭到马匹和步兵打击。（125）象兵、马兵和车兵被拦腰斩断，身躯和头颅散落各处。（126）战场上布满倒毙的大勇士王子

们，佩戴着耳环和臂环，光彩熠熠。（127）

但见步兵、马匹和马兵遭到车轮碾压，遭到大象践踏。（128）象、马和车纷纷倒下，遍地是车轮、车轭和旗帜破碎的战车。（129）战场浸透象、马和车兵的鲜血，灿若秋季通红的天空。（130）狗、乌鸦、兀鹰、豺狼和其他丑恶的鸟兽，遇见食物，发出叫声。（131）四面八方刮起各种怪风，罗刹和鬼怪发出呼叫。（132）但见镶金的系带和昂贵的旗帜，笼罩在烟雾中，突然遇风飘动。（133）但见数千顶白色华盖，成百成千辆悬挂旗帜的战车，丢在各处；插着旗帜的大象不堪忍受利箭折磨，跑向各处。（134）但见刹帝利武士手持铁杵、标枪和弓箭，倒在各处，人中因陀罗啊！（135）

毗湿摩掷出一件神奇的法宝，大王啊！当着所有弓箭手的面，冲向贡蒂之子（阿周那）。（136）而束发全副武装，在战斗中奋力冲向他。于是，毗湿摩收回那件如同烈火的法宝。（137）就在这时，贡蒂之子（阿周那）驾着白马，杀戮你方军队，为难毗湿摩。（138）

以上是吉祥的《摩诃婆罗多》中《毗湿摩篇》第一百一十二章(112)。

一一三

全胜说：

军队大多这样排定阵容，所有的战士以梵界为归宿，婆罗多子孙啊！（1）军队与军队不挤在一起，乱成一团。车兵不与车兵战，步兵不与步兵战，（2）马兵不与马兵战，象兵不与象兵战。一片混乱，恐怖降临双方军队。（3）这样，人、马和车遍布各处，在毁灭的恐怖中，没有任何区别。（4）

沙利耶、慈悯、奇军、难降和毗迦尔纳迅速登上战车，婆罗多子孙啊！这些勇士在战斗中使般度族军队心惊胆战。（5）般度族军队遭到这些灵魂高尚的勇士杀戮，犹如下沉的船找不到救护者。（6）正如寒冷的冬季击中牛的要害，毗湿摩击中般度之子们的要害。（7）你的军队的大象如同山顶乌云，它们遭到灵魂高尚的普利塔之子（阿周那）猛烈打击，纷纷倒下。（8）但见那些国王遭到普利塔之子（阿周那)蹂躏,遭到成千成千支铁箭袭击。(9) 大象发出痛苦的哀叫,随处倒下。灵魂高尚的勇士们遭到杀害,躯体佩戴着装饰品,(10) 头颅佩戴着耳环,遍布战场,光彩熠熠,国王啊!在这场毁灭英雄豪杰的大屠杀中,毗湿摩和般度之子胜财(阿周那)奋勇战斗。(11) 看到祖父(毗湿摩)奋勇战斗,国王啊!俱卢族子孙们以梵界为目标,勇往直前。(12) 他们愿意在战斗中献身,以天国为归宿,在这场毁灭英雄豪杰的大屠杀中,冲向般度族。(13) 而般度族记得你和你的儿子,大王啊!以前带给他们的各种苦难,人主啊!(14) 这些勇士在战斗中摒弃恐惧,以梵界为目标,兴奋地与你方军队,与你的儿子们作战。(15)

军队统帅大勇士(猛光)在战斗中命令军队说:"苏摩迦人和斯楞遮耶人一起,冲向恒河之子(毗湿摩)!"(16) 苏摩迦人和斯楞遮耶人听了军队统帅的话,冲向恒河之子(毗湿摩),从四面泼洒箭雨。(17) 你的父亲福身王之子(毗湿摩)遭到袭击,国王啊!他陷入愤怒,与斯楞遮耶人作战。(18) 从前,聪明睿智的罗摩授予声誉卓著的毗湿摩消灭敌人们的武艺,尊者啊!(19) 诛灭敌雄的俱卢族老祖父毗湿摩凭借这份武艺,毁灭敌军,每天杀死一万个般度族战士。(20) 在这第十天,婆罗多族雄牛啊!毗湿摩独自一人在战斗中杀死摩差族和般遮罗族无数的象和马,杀死他们的五位大勇士。(21) 老祖父还在大战中杀死五千个车兵和一万四千个人。(22) 你的父亲依靠武艺的威力,还杀死一千头象和一万匹马,民众之主啊!(23)

他搅乱所有国王的军队后,射倒毗罗吒亲爱的兄弟百军。(24) 威武的毗湿摩在战斗中杀死百军后,大王啊!又用月牙箭射倒一千个国王。(25) 无论哪位般度族军队的国王走向胜财(阿周那),一旦遭遇毗湿摩,就走进阎摩殿。(26) 就这样,毗湿摩站在军队前面,把箭网撒向四面八方,挡住普利塔之子们。(27) 在这第十天,他手持弓箭,站在两军中间,大显身手。(28) 没有哪个国王敢于逼视他,犹如逼视夏季中午炽热的太阳,国王啊!(29) 正如帝释天在战斗中挫败提迭大军,毗湿摩挫败般度之子们,婆罗多子孙啊!(30)

杀死摩图的提婆吉之子(黑天)看到毗湿摩英勇战斗,怀着爱意,对胜财(阿周那)说道:(31) "福身王之子站在两军中间,不奋力杀死他,你就不会取胜。(32) 大军受挫,你去那里,奋力阻挡他,因为除你之外,没有人能承受毗湿摩的箭,主人啊!"(33) 以猿猴为旗徽者(阿周那)受到鼓动,国王啊!刹那之间,他用许多箭遮蔽毗湿摩,连同旗帜、战车和马匹。(34) 而俱卢族魁首中的雄牛(毗湿摩)以箭挡箭,驱散般度之子(阿周那)泼洒的箭雨。(35)

般遮罗王、英勇的勇旗、般度之子怖军和水滴王之孙猛光,(36) 双生子、显光、羯迦夜族五兄弟、萨谛奇、妙贤之子(激昂)和瓶首,大王啊!(37) 德罗波蒂的儿子们、束发、英勇的贡提婆阇、善佑和毗罗吒,(38) 这些和其他许多般度族大力士遭受毗湿摩的利箭折磨,陷入忧愁之海,得到颇勒古拿(阿周那)救助。(39)

然后,束发紧握威力无比的武器,在有冠者(阿周那)保护下,迅猛冲向毗湿摩。(40) 不可战胜的毗跋蘇(阿周那)精通战术,也冲向毗湿摩,杀死他的随从们。(41) 萨谛奇、显光、水滴王之孙猛光、毗罗吒、木柱王和玛德利的双生子,在硬弓射手(阿周那)保护下,一起冲向毗湿摩。(42) 激昂和德罗波蒂的五个儿子高举强大的武器,也在战斗中冲向毗湿摩。(43) 所有这些精通箭术的硬弓射手在战斗中勇往直前,向毗湿摩频频射箭。(44)

灵魂高尚的祖父(毗湿摩)蔑视般度族优秀的国王们射出的那些箭,他游戏般地粉碎那些箭,冲入般度族军队。(45) 大勇士毗湿摩想到般遮罗王子束发,曾经是女人,一再发笑,不向他发射一支箭,而射击木柱王军队中的七位勇士。(46) 刹那间,在冲向毗湿摩一人的摩差国、般遮罗国和车底国军队中,响起一片叫喊声。(47) 他们偕同马队、车队、象队和步兵,压向在战斗中焚烧敌人的恒河之子毗湿摩一个人,犹如乌云笼罩太阳。(48) 他和他们战斗如同天神和阿修罗战斗,有冠者(阿周那)把束发放在前面,射击毗湿摩。(49)

以上是吉祥的《摩诃婆罗多》中《毗湿摩篇》第一百一十三章(113)。

一一四

全胜说:

就这样,般度族全军在战斗中把束发放在前面,围堵和袭击毗湿摩。(1) 可怕的百杀器、铁叉和斧子，锤子、铁杵、长矛和各种投射器，(2) 金羽毛箭、标枪、梭镖和飞镖，铁箭、牛牙箭和火箭，婆罗多子孙啊！所有斯楞遮耶人在战斗中用这些武器打击毗湿摩。(3) 许多武器穿透铠甲，击中要害，但恒河之子（毗湿摩）毫不畏缩。(4) 他那闪耀的弓箭是光焰，掷出的武器是疾风，车轮嘎嘎是轰响，强大的武器是火苗，(5) 美丽的弓是火焰，倒毙的英雄是燃料，毗湿摩在敌人眼中如同世界末日的烈火。(6)

但见毗湿摩冲进车队又冲出，接着又驰骋在国王们中间。(7) 他挫败般遮罗王和勇旗，迅速冲入般度族军队中间。(8) 萨谛奇、怖军、般度之子胜财（阿周那）、木柱王、毗罗吒和水滴王之孙猛光，(9) 他向这六位勇士发射六支如同太阳的利箭。这些箭速度飞快，发出可怕的呼啸，能穿透敌人铠甲。(10) 这些大勇士截住毗湿摩的这些利箭，每人用力向他发射十支箭。(11) 束发在战斗中发射许多在石头上磨尖的金羽毛箭，它们迅速扎进毗湿摩的身体。(12) 有冠者（阿周那）斗志昂扬，把束发放在前面，冲向毗湿摩，射断他的弓。(13)

大勇士们无法忍受毗湿摩的弓被射断，德罗纳、成铠和信度王胜车，(14) 广声、舍罗、沙利耶和福授，他们七位愤怒至极，冲向有冠者（阿周那）。(15) 这些大勇士施展神奇的法宝，愤怒地向前冲去，覆盖般度族。(16) 他们冲向颇勒古拿（阿周那）的声音，听来如同世界毁灭之时大海汹涌的涛声。(17) "杀啊""拿来""抓住""打啊""砍啊！"冲着颇勒古拿（阿周那）的战车，响起这些杂乱的叫喊声。(18)

听到这些杂乱的叫喊声，般度族大勇士们冲上前去援助颇勒古拿（阿周那），婆罗多族雄牛啊！(19) 萨谛奇、怖军、水滴王之孙猛光、毗罗吒、木柱王和罗刹瓶首，(20) 还有满腔愤怒的激昂，他们七位气得发昏，手持美妙的弓，迅速冲上前去。(21) 他们投入战斗，令人毛发直竖，婆罗多族俊杰啊！犹如众天神和众檀那婆展开激战。(22)

优秀的车兵束发在有冠者（阿周那）保护下，在战斗中用十支箭射击弓已断裂的毗湿摩，用十支箭射击他的御者，用一支箭射断他的旗帜。(23) 恒河之子(毗湿摩)拿起另一张更为有力的弓,而颇勒古拿(阿周那)又用锋利的月牙箭射断他的弓。(24) 就这样,毗湿摩一次又一次换弓,愤怒的般度之子、折磨敌人的左手开弓者(阿周那)一次又一次地射断他的弓。(25) 弓被射断,他满腔愤怒,舔舔嘴角,拿起一支甚至能劈开山峰的标枪,掷向颇勒古拿(阿周那)的战车。(26) 看到这支标枪如同闪光的雷电袭来,般度族后裔(阿周那)取出五支锋利的月牙箭。(27) 他满腔愤怒,婆罗多族俊杰啊!用这五支箭将毗湿摩奋力掷出的这支标枪射断为五截。(28) 这支标枪被愤怒的有冠者(阿周那)射断坠落,犹如雷电断裂,从云层中坠落。(29)

看到标枪折断,毗湿摩满腔愤怒;这位战胜敌人城堡的英雄在战斗中运用智慧思考:(30)"如果不是毗湿奴(黑天)成为他们的保护者,我独自一人就能用弓箭杀死所有般度族。(31) 鉴于这个原因,我不准备再与般度族作战,一是般度之子们不可杀戮,二是束发实为女人。(32) 以前,父亲和黑娘结婚时,对我表示满意,赐给我恩惠:在战斗中不被杀死,自由选择死亡时间。因此,我仿佛觉得自己的死亡时限已到。"(33)

得知威力无比的毗湿摩作出这样的决定,天上的众仙人和众婆薮对毗湿摩说道:(34)"你的这个决定,英雄啊!我们十分赞赏。照着去做吧,大弓箭手啊!让你的智慧撤出战斗。"(35) 话音刚落,吹起吉祥的微风,芳香柔顺,充满水珠。(36) 天鼓隆隆敲响,在毗湿摩头顶上方,花雨飘洒,国王啊!(37) 除了大臂毗湿摩,还有我,凭借牟尼的威力,国王啊!没有哪个人听到他们的话。(38) 举世钟爱的毗湿摩即将从战车上倒下,众天神大为震惊,民众之主啊!(39)

听了天上神仙的话,灵魂高尚的福身王之子毗湿摩不再冲向毗跋蓰(阿周那),即使遭到穿透一切铠甲的利箭袭击。(40) 愤怒的束发用九支利箭射中婆罗多族祖父的胸膛,大王啊!(41) 俱卢族祖父在战斗中遭到他袭击,毫不动摇,犹如山岳在地震中依然屹立,大王啊!(42) 毗跋蓰(阿周那)笑着挽开甘狄拨神弓,向恒河之子(毗湿摩)发射二十五支短箭。(43) 胜财(阿周那)满腔愤怒,又迅速用一百支箭,袭击毗湿摩身体的所有要害。(44) 就这样,在大战中,毗湿摩还遭到其他人袭击，那些在石头上磨尖的金羽毛箭对他造不成痛苦。(45) 有冠者（阿周那）意气风发，把束发放在前面，冲向毗湿摩，射断他的弓。(46) 接着，又用十支箭射击毗湿摩，用一支箭射断他的旗帜，用十支箭射击御者，使他惊慌失措。(47) 恒河之子（毗湿摩）拿起另一张更有力的弓，然而，一次又一次，在眨眼之间，阿周那用三支锋利的月牙箭将他拿起的弓射断为三截。(48) 这样，阿周那在战斗中射断了他的许多张弓，而福身王之子毗湿摩不再冲向毗跋蕨（阿周那）。(49)

然后，阿周那又向他发射二十五支利箭。大弓箭手（毗湿摩）受到重创，对难降说道：(50) "这位般度族大勇士、愤怒的普利塔之子（阿周那）在战斗中向我发射了几千支箭。(51) 甚至手持金刚杵者（因陀罗）也不能在战斗中战胜他，甚至英勇的天神、檀那婆和罗刹联合起来也不能战胜我，何况脆弱必死的凡人？"(52) 正当他俩这样说话时，颇勒古拿（阿周那）把束发放在前面，又用利箭射击毗湿摩。(53)

毗湿摩笑着，继续对难降说道 "我受到手持甘狄拨神弓者（阿周那）的利箭重创。(54) 连续不断射击，箭头锋利，扎进身体，如同遭到雷击，这些不是束发的箭。(55) 穿透坚固的铠甲，击中要害，如同铁杵砸我，这些不是束发的箭。(56) 犹如遭到梵杖打击，迅猛似雷杵，不可抵御，伤害我的生命，这些不是束发的箭。(57) 犹如剧毒的蛇愤怒地吐着舌尖，钻进我的要害，这些不是束发的箭。(58) 犹如遭到铁杵或铁闩打击，犹如阎摩的使者奉命毁灭我的生命，这些不是束发的箭。(59) 伤害我肢体，犹如摩伽月（冬季）伤害牛的肢体，这些是阿周那的箭，不是束发的箭。(60) 除了手持甘狄拨神弓、以猿猴为旗帜的英雄吉湿奴（阿周那），其他所有的国王都不能造成我痛苦。"(61)

说着，福身王之子（毗湿摩）掷出一支顶端燃烧、火星飞溅的标枪，仿佛要焚毁般度之子（阿周那），婆罗多子孙啊！(62) 当着俱卢族所有英雄的面，阿周那用三支箭把他的标枪射断为三截，婆罗多子孙啊！(63) 于是，恒河之子（毗湿摩）拿起镶金盾牌和剑，希望或者赴死，或者胜利。(64) 而没等意志刚强的毗湿摩下车，阿周那就

把他的盾牌击得粉碎,这仿佛是奇迹。(65)

阿周那像狮子那样发出大声吼叫,鼓动自己的军队说 "冲向恒河之子(毗湿摩)!不要有一丝一毫害怕!" (66) 于是,伴随梭镖、长矛和四面八方的箭流,铁叉、宝剑和各种武器,(67) 还有牛牙箭和月牙箭,他们冲向毗湿摩一人。般度族军队发出可怕的狮子吼。(68) 同样,你的儿子们渴望毗湿摩取胜,也冲上去保护他一人,发出狮子吼,国王啊!(69)

在这第十天,王中因陀罗啊!毗湿摩和阿周那对阵,你方和对方军队展开激战。(70) 两军交战,互相杀戮,犹如恒河和大海汇合,漩涡湍急。(71) 大地浸满鲜血,泥泞难行,分辨不出平地或凹地。(72) 在这第十天,毗湿摩已经杀死一万战士,尽管身体要害遭到打击,他始终巍然屹立。(73) 普利塔之子阿周那站在军队前面,占据中路,驱赶俱卢族军队。(74) 我方战士惧怕驾着白马的贡蒂之子胜财(阿周那),在阵阵利箭的打击下,纷纷逃离战斗。(75) 绍维罗人、吉达婆人、东部人、西北玛尔华人、阿毗沙诃人、苏罗塞纳人、尸毗人和婆娑提人,(76) 沙鲁瓦人、三穴人、安波私吒人和羯迦夜人,这十二个地区的战士尽管遭受利箭和伤痛的折磨,不离开与有冠者(阿周那)交战的毗湿摩。(77)

众多的般度族勇士围堵毗湿摩一个人,泼洒箭雨,击溃所有俱卢族军队。(78) "杀啊!""抓啊!""打啊!""砍啊!"冲着毗湿摩的战车,响起这些激烈的叫喊声。(79) 箭流射向毗湿摩,成百成千,在他的肢体上,找不到没有中箭的一指之地。(80) 这样,颇勒古拿(阿周那)在战斗中用箭头锋利的箭把你的父亲射得遍体鳞伤,主人啊!在夕阳余晖中,当着你的儿子们的面,你的父亲头朝东方,从车上倒下。(81)

毗湿摩从车上倒下,天上众天神和地上众国王发出"啊!啊!"的大声呼叫。(82) 看到灵魂高尚的祖父倒下,我们所有人的心与毗湿摩一起倒下。(83) 这位弓箭手的旗帜、大臂英雄倒下,犹如因陀罗旗杆被连根拔起,震动大地。他的身上扎满箭,甚至接触不到大地。(84) 这位大弓箭手、人中雄牛从车上倒下,躺在箭床上,神性进入他。 (85) 雨云降雨,大地摇晃,他倒下时,看到太阳落

711

下。(86)

他想到死期,便保护知觉,婆罗多子孙啊!他听到周围空中响起神仙的话音:(87)"灵魂高尚的恒河之子(毗湿摩)这位优秀的武士、人中之虎,为什么选择太阳南行之时死去?"(88)恒河之子毗湿摩听后,说道"我活着。"尽管倒在地上,他仍然保护生命。俱卢族祖父毗湿摩希望等到太阳北行之时死去。(89)

雪山的女儿恒河得知他的想法,派遣众大仙化作天鹅来到那里。(90)众天鹅迅速降临摩纳娑湖,一同前来看望俱卢族祖父毗湿摩;这位人中俊杰正躺在箭床上。(91)这些化作天鹅的牟尼走近毗湿摩,看到俱卢族祖父毗湿摩躺在箭床。(92)看到他后,他们向灵魂高尚的婆罗多族俊杰恒河之子(毗湿摩)和南行的太阳绕行致敬。(93)这些智者互相议论道"这位灵魂高尚的毗湿摩确实在太阳南行之时安息。"(94)

看到这些天鹅说罢,起身朝南方飞去,大智者毗湿摩想了一想,婆罗多子孙啊!(95)福身王之子(毗湿摩)对它们说道"我决不在太阳南行之时逝世,我的这个决心已定。(96)我将在太阳北行之时,前往我从前的居处,天鹅啊!我对你们说的是真话。(97)我将保护生命,等待太阳北行。我掌握着放弃生命的自主权。因此,我将保持生命。我希望在太阳北行之时死去。(98)我的灵魂高尚的父亲曾经赐给我恩惠,我可以自由选择死亡时间。但愿他的这个恩惠实现!(99)这样,我将控制死亡,保持生命。"对这些天鹅说完,他依然躺在箭床。(100)

威力无比的俱卢族魁首毗湿摩就这样倒下,般度族和斯楞遮耶族发出狮子吼。(101)婆罗多族杰出的大勇士遇难,你的儿子们不知所措,婆罗多族雄牛啊!俱卢族失魂落魄,陷入混乱。(102)以难敌为首的国王们叹息哭泣,忧伤过度,失去知觉。(103)他们陷入沉思,无心恋战,大王啊!仿佛大腿已被抱住,不再冲向般度族。(104)威力无比的福身王之子毗湿摩不可杀害,现在却被杀害,国王啊!强烈的空虚感降临俱卢族。(105)左手开弓者(阿周那)用利箭杀害勇士们,粉碎我们,战胜我们,我们不知所措。(106)般度族获得胜利,获得未来的最高归宿。所有胳膊如同铁闩的勇士们吹响大螺号,苏摩

迦人和般遮罗人欢欣鼓舞，人主啊！（107）数以千计的乐器奏响，大力士怖军猛烈击掌跳舞。（108）

恒河之子（毗湿摩）倒下，两军的英雄放下武器，陷入沉思。（109）有些人哀号，有些人趴下，有些人昏厥，有些人谴责刹帝利职业，有些人向毗湿摩致敬。（110）仙人们和先辈们赞扬恪守誓言的毗湿摩，婆罗多族的祖先也赞扬他。（111）而英勇睿智的福身王之子（毗湿摩）依靠伟大的奥义书和瑜伽，默祷着等待死期到来。（112）

以上是吉祥的《摩诃婆罗多》中《毗湿摩篇》第一百一十四章(114)。

一一五

持国说：

战士们失去毗湿摩，会怎么样？全胜啊！他为了父亲，成为梵行者，像天神那样坚强有力。（1）当时毗湿摩蔑视木柱王之子（束发），不打击他，我以为只是其他的俱卢族国王会遭到杀害。（2）现在，我这个坏心人听到父亲被杀害，还有什么比这更痛苦？（3）难道我的心是铁石造的？全胜啊！听到毗湿摩遇难，它也没有碎成百瓣。（4）我实在无法忍受天誓（毗湿摩）在战斗中遭到杀害，过去阇摩陀耆尼之子（持斧罗摩）用神奇的武器也不能把他杀害。（5）请你告诉我，盼望胜利的人中之狮毗湿摩在战斗中遭到杀害后的情况，全胜啊！（6）

全胜说：

俱卢族老祖父在黄昏时分倒在地上，持国族忧愁悲伤，般遮罗族欢欣鼓舞。（7）毗湿摩从车上跌倒地上，躺在箭床上，接触不到大地。（8）俱卢族的界树、毁灭敌军的毗湿摩倒下，众生发出"啊！啊！"的惊叫声。（9）两军的刹帝利武士们心生恐惧，国王啊！看到福身王之子毗湿摩铠甲和旗帜破碎，俱卢族和般度族背过脸去，民众之主啊！（10）福身王之子毗湿摩遭到杀害，天空布满阴霾，太阳失去光辉，大地发出呜咽。（11）"这是最优秀的知梵者！这是知梵者的终极！"众生称道这位躺下的婆罗多族雄牛。（12）"这位人中雄牛从

713

前得知父亲为爱情烦恼，决定自己永葆童贞。"（13） 众位仙人、悉陀和遮罗纳称道这位躺在箭床上的婆罗多族俊杰。（14）

婆罗多族祖父福身王之子毗湿摩遭到杀害，你的儿子们不知所措，婆罗多子孙啊！（15） 他们脸部变色，失去光彩，羞愧地站着，垂头丧气，婆罗多子孙啊！（16） 般度族获得胜利，站在阵地前沿，一齐吹响裹有金网的大螺号。（17） 各种乐器奏响，无罪的人啊！我们看到大力士贡蒂之子怖军在战场上手舞足蹈，兴高采烈，国王啊！（18）他已经在战斗中杀死许多力大无比的敌人。然而，俱卢族失魂落魄，陷入混乱。（19） 俱卢族魁首毗湿摩倒下，迦尔纳和难敌频频叹息，到处是"啊！啊！"的哀叫声，乱成一片。（20）

你的儿子难降看到毗湿摩倒下，以最快的速度跑向德罗纳的军队。（21） 这位英雄全副武装，和自己的军队一起受兄长调遣，这位人中之虎催促自己的军队前进。（22） 俱卢族战士看到难降来到，围住他，心想："他有什么消息？"大王啊！（23） 俱卢族后裔（难降）向德罗纳报告毗湿摩遇难。德罗纳听到这个噩耗，突然从车上倒下。（24）威武的婆罗堕遮之子（德罗纳）恢复知觉，拦住自己的军队，尊者啊！（25） 看到俱卢族军队撤退，般度族也派遣信使快马加鞭，通知自己的军队收兵。（26） 各处的军队相继撤出，所有的国王卸下铠甲，走近毗湿摩。（27） 战士们脱离战斗，成百成千站在灵魂高尚的毗湿摩身旁，犹如众天神站在生主身旁。（28） 般度族和俱卢族走近躺着的婆罗多族俊杰毗湿摩，向他致敬后，站立一旁。（29）

于是，以法为魂的福身王之子毗湿摩对恭敬地站在面前的般度族和俱卢族说道：（30） "欢迎你们，诸位大德！欢迎你们，诸位大勇士！你们如同天神，见到你们，我很满意。"（31） 他倒悬着头，向他们表示欢迎后，说道"我的头倒悬着，很难受。请给我垫上枕头！"（32）国王们取来许多精致柔软的枕头，而祖父不愿意要这些枕头。（33）这位人中之虎仿佛笑着，对国王们说道"这些枕头不适合英雄的床，诸位国王啊！"（34） 然后，他望着举世闻名的长臂大勇士、人中俊杰般度之子胜财（阿周那），说道：（35） "大臂胜财（阿周那）啊！我的头倒悬着，请给我垫上你认为合适的枕头。"（36）

阿周那放下大弓，向祖父致敬，两眼满含泪水，说道：（37） "请盼咐吧，俱卢族俊杰！优秀的武士！我是你的奴仆，难以制胜的人啊！我该怎样做？祖父啊！"（38）福身王之子（毗湿摩）说道 "我的头倒悬着，孩子啊！请给我垫上适合我睡的枕头，俱卢族俊杰颇勒古拿（阿周那）啊！请赶快给我吧，英雄啊！（39）你是最优秀的弓箭手，大臂普利塔之子啊！你充满智慧、勇气和美德，通晓刹帝利正法。"（40）颇勒古拿（阿周那）说道 "好吧！"当机立断，拿起甘狄拨神弓和笔直的箭，默念咒语。（41）他征得灵魂高尚的婆罗多族俊杰（毗湿摩）同意，用三支迅猛锋利的箭支撑他的头。（42）婆罗多族俊杰毗湿摩洞悉正法真谛，以法为魂，左手开弓者（阿周那）领会他的意图，令他满意。（43）

垫上这样的枕头，毗湿摩对一向为朋友增添快乐的优秀武士贡蒂之子胜财（阿周那）说道：（44）"你垫上了适合我睡的枕头，般度之子啊！如果你不这样做，我会生气诅咒你。（45）一个刹帝利就应该这样恪守正法，睡在战场的箭床上，大臂者啊！"（46）对毗跋蔟（阿周那）说完，他又对在场的所有国王、王子和般度之子们说道：（47）"我将躺在这张床上，直到太阳转移方向，那时活着的国王会看到我。（48）燃烧的太阳照耀世界，驾着光辉灿烂的车，驱向吠湿罗婆那（俱比罗）所在的方向时，我将抛弃生命以及亲爱的朋友们。（49）请在我的周围挖条壕沟，诸位国王啊！即使我全身中箭，也要侍奉太阳。而你们，请摒弃敌意，停止战斗，诸位国王啊！"（50）

这时，一些训练有素、精通拔箭的医生，带着所有必备的器械，来到他的身旁。（51）看到他们，恒河之子（毗湿摩）说道 "对这些医生奉以厚礼，让他们走吧！（52）我现在处在这种情况，不需要医生。我已达到刹帝利正法称颂的最高目标。（53）这么做不合乎正法，诸位大地之主啊！我躺在箭床上，最终要与这些箭一起火焚，诸位人主啊！"（54）

听了他的话，你的儿子难敌给足酬谢，送走那些医生。（55）各地的国王目睹威力无比的毗湿摩恪守正法，达到极点，惊讶不已。（56）为你的父亲垫上枕头后，人主啊！般度族和俱卢族所有的大勇士一起，（57）再次走近躺在光辉的箭床上的毗湿摩，向这位灵魂高尚的人表示敬意，右绕行礼。（58）他们在四周设岗守卫毗湿摩。

这些英雄身上浸透鲜血，痛苦至极，想念自己的营帐，在黄昏时分，返回宿营地。(59)

般度族大勇士们也回到营地。由于打败毗湿摩，他们兴高采烈，欢欣鼓舞。雅度族后裔（黑天）抓紧机会，走近这些大勇士，对正法之子坚战说道：(60)"由于运气，你获得胜利，俱卢族后裔啊！由于运气，毗湿摩被击倒。这位信守诺言的大勇士，凡人不可能杀死他。(61) 或许由于命运作怪，普利塔之子啊！这位精通一切武器的英雄遇见你这位眼光杀手，遭到你的可怕的眼光焚烧。"(62)

法王（坚战）听后，回答遮那陀那（黑天）说道"胜利来自你的思想，失败来自你的愤怒。你是我们的庇护，黑天啊！你使虔信者无所畏惧。(63) 这样的人取得胜利不必惊奇，盖沙婆（黑天）啊！因为在战斗中，你始终是他们的保护者，始终关注他们的利益。我觉得，只要与你在一起，就没有什么值得惊奇的。"(64)

遮那陀那（黑天）听后，笑着回答说"这样的话只有你能说出，优秀的国王啊！"(65)

以上是吉祥的《摩诃婆罗多》中《毗湿摩篇》第一百一十五章(115)。

一一六

全胜说：

夜晚逝去，大王啊！般度族和俱卢族所有国王来到毗湿摩那里。(1) 刹帝利武士们向这位躺在英雄床上的英雄、俱卢族俊杰、刹帝利雄牛行礼问好后，站在一旁。(2) 女孩们带着檀香粉、炒米和花环，妇女、儿童、老人和各色人等，前来看望福身王之子（毗湿摩），犹如众生走向驱除黑暗的太阳。(3) 成群的妓女、演员和舞伎带着乐器，跳着舞，走近俱卢族老祖父。(4) 俱卢族和般度族一起停止战斗，卸下铠甲，放下武器。(5) 他们坐在难以制胜的克敌者天誓（毗湿摩）周围，像从前那样按照辈分互相问好。(6) 这个婆罗多族百位国王的集会有毗湿摩在场，光辉灿烂，犹如天上的日盘。(7) 这些国王围坐在祖父（毗湿摩）身旁，犹如众天神围坐在天王祖父（大梵

天）身旁。(8)

而毗湿摩受着箭伤折磨，精神不振，婆罗多族雄牛啊！他凭借毅力，强忍痛苦，说道：(9) "我的身体受着箭伤折磨，烧得心慌，我渴望喝水，诸位国王啊！"(10) 于是，刹帝利武士们从各处取来各种食物和一罐罐清凉的水，国王啊！(11) 福身王之子毗湿摩看到他们取来的东西，说道 "现在我不能吃任何凡人的食品，孩子啊！(12) 我已脱离凡人的享受，躺在箭床上，等待月亮和太阳返回。"(13) 福身王之子（毗湿摩）话语低沉，对国王们说罢，招呼大臂胜财（阿周那），婆罗多子孙啊！(14)

大臂者（阿周那）走上前去，双手合十，向祖父行礼问好，站着问道 "我能做什么？"(15) 看到般度之子（阿周那）向他致敬后，站在他面前，国王啊！以法为魂的毗湿摩高兴地对胜财（阿周那）说道：(16) "我的身体扎满利箭，火烧火燎，各处要害疼痛，口干唇燥。(17) 为了凉快身体，请给我水喝，阿周那啊！因为你能按照合适的方式给我水喝，大弓箭手啊！"(18)

英雄的阿周那说道 "好吧！"登上战车，用力搭上弓弦，挽开甘狄拨神弓。(19) 他的弓弦声和击掌声如同雷鸣，所有国王和一切众生听了胆战心惊。(20) 这位优秀的车兵驾着战车，向躺着的优秀武士、婆罗多族俊杰（毗湿摩）右绕行礼。(21) 声誉卓著的普利塔之子（阿周那）搭上闪光的箭，默念咒语，连接雨神法宝，当着众人的面，射击毗湿摩右侧的大地。(22) 随即，涌出一股吉祥纯净的泉水，像甘露一样清凉，具有神奇的香和味。(23) 普利塔之子（阿周那）勇气非凡，行动神奇，用这股清凉的泉水满足俱卢族雄牛毗湿摩。(24) 阿周那的所作所为酷似帝释天，在场的大地之主们惊讶不已。(25) 看到毗跋薮（阿周那）的非凡奇迹，俱卢族如同牛群受冻，簌簌发抖。(26) 出于惊奇，所有的国王舞动上衣，各处的螺号声和铜鼓声响成一片。(27)

福身王之子（毗湿摩）感到满意，国王啊！当着所有国王和英雄的面，仿佛向毗跋薮（阿周那）致敬，说道：(28) "对你来说，大臂者啊！这并不奇怪，俱卢族后裔啊！你光辉无比，那罗陀曾经说你是古代的仙人。(29) 你有婆薮提婆之子（黑天）帮助，你肯定能够完成连天王和众天神也不能完成的伟大事业。（30）明白之人都知道你是所有刹帝利的毁灭者，普利塔之子啊！唯独你是人间大地最优秀的弓箭手。（31）世界上最优秀的是人，鸟类中最优秀的是金翅鸟，水中最优秀的是大海，四足兽中最优秀的是牛，（32）发光体中最优秀的是太阳，山岳中最优秀的是雪山，种姓中最优秀的是婆罗门，弓箭手中最优秀的是你。（33）持国之子（难敌）不听维杜罗再三提醒他的话，也不听德罗纳、罗摩、遮那陀那（黑天）和全胜说的话。（34）难敌神魂颠倒，仿佛失去知觉，不喜欢听我的话；他违背经典，终究会被杀躺下，败在怖军手中。"（35）

俱卢族王难敌听了他的话，精神沮丧。福身王之子（毗湿摩）望着他，说道'听明白，国王啊！你要摒弃愤怒。（36）你已经看到，难敌啊！聪明的普利塔之子（阿周那）造出像甘露一样芳香清凉的泉水。在这世上，任凭是谁都不能做到这一点。（37）火神，伐楼拿，苏摩，风神，毗湿奴，因陀罗，兽主，梵天，最上者，生主，陀多，陀湿多，萨毗多，他们的各种法宝，（38）在整个人间，惟有胜财（阿周那）或提婆吉之子黑天知道，其他人都不知道，孩子啊！在战斗中，决不能战胜般度族。（39）灵魂高尚的阿周那业绩非凡，孩子啊！与这位善于战斗、敢于战斗的勇士、战斗明星讲和吧！（40）

"只要大臂黑天在俱卢族集会上保持独立，孩子啊！你就与勇士普利塔之子（阿周那）讲和吧。（41）只要阿周那不用笔直的箭消灭你剩下的军队，孩子啊！你就讲和吧！（42）只要在战斗中幸存的同胞弟兄们和许多国王能活着，国王啊！你就讲和吧！（43）只要坚战充满怒火的眼光不焚烧你的军队，孩子啊！你就讲和吧！（44）只要般度之子无种、偕天和怖军，大王啊！不消灭你的军队，孩子啊！你就与般度族恢复兄弟情谊吧！（45）随着我的死，孩子啊！结束与般度族的战斗。但愿你听取我对你说的这些话，无罪的人啊！我认为这关系到你和家族的幸福。（46）

"摒弃愤怒，与般度之子们讲和吧！颇勒古拿（阿周那）的任务已经完成，随着毗湿摩死去，你们恢复友谊吧！团结友爱，心平气和，国王啊！（47）把一半王国给般度族，让法王（坚战）统治天帝城。不要无情无义，成为国王中的败类，臭名远扬，俱卢族王啊！(48) 随着我的死，让臣民获得和平！让国王们欢聚一堂！让父亲和儿子，外甥和舅舅，兄弟和兄弟，重逢团圆！国王啊！(49) 如果你执迷不悟，听不进我这及时的话，随着毗湿摩死去，你们也都会死。我说的全是真话。"(50)

尽管身体要害受着箭伤折磨，恒河之子（毗湿摩）出于情谊，忍住疼痛，在国王们中间，对婆罗多子孙（难敌）说了这些话，然后保持沉默。(51)

以上是吉祥的《摩诃婆罗多》中《毗湿摩篇》第一百一十六章(116)。

一一七

全胜说：

福身王之子毗湿摩保持沉默，大王啊！所有的国王又返回自己住处。(1) 人中雄牛罗陀之子（迦尔纳）听到毗湿摩遭到杀害，略感恐惧，迅速前去。(2) 他看到这位灵魂高尚的人躺在箭床，犹如天神迦缔吉夜躺在诞生之床。(3) 光辉无比的雄牛（迦尔纳）走近这位闭着眼睛的英雄，匍匐在他的脚下，喉咙哽咽，(4) 对他说道"我是罗陀之子，俱卢族俊杰啊！向来我出现在你的眼前，就无端遭到你的极度仇视。"(5)

俱卢族耆老（毗湿摩）听到他的话，用力睁开眼睛，缓慢地望着他，说了这番慈祥的话。(6) 恒河之子（毗湿摩）看到周围无人，便打发走卫士，用一只手臂拥抱迦尔纳，犹如父亲拥抱儿子。(7) "来吧！我的对手！你一直与我对抗。如果你不到我这里来，你肯定不会安宁。(8) 我从那罗陀、黑岛生（毗耶娑）和盖沙婆（黑天）那里知道，毋庸置疑，你是贡蒂之子，不是罗陀之子。(9) 说真的，孩子啊！我对你没有仇恨。只是为了杀杀你的威风，我才对你说话尖刻。(10) 我认为你无故仇恨般度族，所以你一再受人怂恿，行为粗暴，太阳之子啊！(11)

"我知道你的战斗勇气，敌人难以抵挡；你具有梵性，勇敢，慷慨布施。(12) 你如同天神，任何凡人不能与你相比；我担心家族分裂，一直对你说话粗声粗气。（13） 在弓的强度、箭的力度和娴熟轻巧方面，你与颇勒古拿（阿周那）和灵魂高尚的黑天相像。（14） 迦尔纳啊！你独自一人携带弓箭前往王城，为了俱卢王，在战斗中横扫众国王。（15） 强壮有力的妖连王难以抵御，在战斗中狂妄自大，也不能与你匹敌。（16） 你具有梵性，说话真诚，光辉无比，犹如第二个太阳；你是神胎，在战斗中不可战胜，超越尘世凡人。（17） 我过去对你粗暴，现在已经改正。而命运非人力所能扭转。（18） 那些般度族英雄是你的同胞兄弟，杀敌者啊！如果你愿意让我高兴，大臂者啊！与他们团聚吧！（19） 让仇恨与我一起结束，太阳之子啊！让大地上所有的国王安然无恙。"（20）

迦尔纳说：

我知道你说的这一切，大智者啊！毫无疑问，正如你说的，我不是车夫之子，难以制胜的人啊！我是贡蒂之子。（21） 然而，贡蒂抛弃我，车夫抚养我。我享用了难敌的财富，不能背信弃义。（22） 为了难敌，我准备抛弃一切财产、身体、尊严和名誉，慷慨布施者啊！我依附难敌，始终触怒般度族。（23） 此事无法控制，不能扭转，有哪种人力能扭转命运？（24） 你曾在集会上，宣布你发现的预示大地毁灭的种种征兆，祖父啊！（25） 我完全明白其他任何人都不能战胜般度族兄弟和婆薮提婆之子（黑天），但我能战胜他们。（26） 你一向热爱战斗，爷爷啊！请你允许我。我想只有获得你的认可，英雄啊！我才能投入战斗。（27） 由于激动或轻率，我过去多有失言或冒犯之处，也希望你能宽恕。（28）

毗湿摩说：

如果你不能抛弃这种强烈的敌意，迦尔纳啊！我同意你，怀着对天国的向往，战斗吧！（29） 不必愤怒，不必激动，尽心竭力，以正当的行为方式，为国王效劳。（30） 我同意你，按照你的心愿去做吧！毫无疑问，你将赢得刹帝利正法取胜的世界。（31） 不要狂妄自大，依靠力量和勇气战斗吧！对于刹帝利，没有比战斗更好的事情。（32） 长期以来，我一直努力谋求和平，但没能成功。哪里有正法，那里就有胜利。（33）

全胜说：

恒河之子（毗湿摩）这样说完，罗陀之子（迦尔纳）向他行礼致

敬，求得宽恕，然后登上战车，前往你的儿子那里。(34)

以上是吉祥的《摩诃婆罗多》中《毗湿摩篇》第一百一十七章(117)。

《杀毗湿摩篇》终。《毗湿摩篇》终。